HEYNE

Das Buch

Europa in der Zukunft: Seit der Tod mit technischen Mitteln besiegt wurde, ist der Kontinent völlig überbevölkert und zu einer gigantischen Metropole aus hoch in den Himmel ragenden Wohntürmen zusammengewachsen, in denen eine brutale Ordnung herrscht: Die Fortpflanzung ist streng reglementiert, der Preis für ein Kind ist der Verlust des eigenen Lebens. Aber wer braucht Kinder, wenn er ewig jung und gesund sein kann?
Jan Nachtigall ist Mitglied einer Sondereinheit des Sicherheitsministeriums, die streng über die Einhaltung des Fortpflanzungsgesetzes wacht. Ihre Aufgabe ist es, illegalen Kindern und nicht angemeldeten Schwangerschaften auf die Spur zu kommen. Eines Tages erhält Jan überraschend einen Sonderauftrag: Er soll einen Terroristen und dessen schwangere Freundin ausschalten. Für ihn ist es die große Chance, sich zu beweisen und die Karriereleiter hochzuklettern. Doch als er mit seiner Einheit die konspirative Wohnung stürmt, kommt alles anders als gedacht. Der Terrorist kann entkommen, und kurz darauf ist Jan selbst auf der Flucht – an seiner Seite die junge Frau, die er eigentlich töten soll. Es ist der Beginn eines Kampfes, in dem es um nichts Geringeres als die Zukunft der Menschheit geht.

Der Autor

Dmitry Glukhovsky ist ein russischer Schriftsteller und Dramatiker. 1979 in Moskau geboren, machte er seinen Abschluss an der Hebräischen Universität Jerusalem. Er schreibt für die internationale Presse, darunter THE GUARDIAN, LA LIBERATION, DIE ZEIT und NOVAYA GAZETA. Glukhovsky ist Autor zahlreicher Bestseller, darunter der Welterfolg »METRO 2033«. Seine Bücher wurden in 40 Sprachen übersetzt. Als entschiedener Kritiker des Putin-Regimes wurde er zum »ausländischen Agenten« erklärt und 2023 von einem Moskauer Gericht in Abwesenheit zu 8 Jahren Haft verurteilt. Er lebt im Exil.

Instagram: @glukhovsky, Twitter: @glukhovsky, Facebook: @glukhovskybooks

Von Dmitry Glukhovsky sind im Heyne-Verlag erschienen:

Metro 2033
Metro 2034
Metro 2035
Futu.re
Sumerki
Outpost
Geschichten aus der Heimat
Wir. Tagebuch des Untergangs
Text

Mehr Informationen über den Autor und seine Bücher auf:

diezukunft.de

DMITRY GLUKHOVSKY

FUTU.RE

Roman

Aus dem Russischen von David Drevs

WILHELM HEYNE VERLAG
MÜNCHEN

Titel der russischen Originalausgabe
Будущее

MIX
Papier | Fördert gute Waldnutzung
FSC® C014496

Penguin Random House Verlagsgruppe FSC® N001967

4. Auflage

Taschenbuchausgabe 5/2016
Redaktion: Anja Freckmann

in der Penguin Random House Verlagsgruppe GmbH,
Neumarkter Straße 28, 81673 München
produktsicherheit@penguinrandomhouse.de
(Vorstehende Angaben sind zugleich Pflichtinformationen nach GPSR.)

Umschlaggestaltung: Das Illustrat, München
Satz: Schaber Datentechnik, Austria
Druck und Bindung: GGP Media GmbH, Pößneck
Printed in Germany

ISBN: 978-3-453-31758-1

www.diezukunft.de

INHALT

I · HORIZONTE

So ein Lift ist eine großartige Sache. Es gibt jede Menge Gründe, die für einen Aufzug sprechen.

Wenn du dich horizontal bewegst, weißt du eigentlich immer, wo du am Ende landest.

Im vertikalen Modus dagegen kannst du wer weiß wo rauskommen.

Es gibt zwar nur zwei Richtungen, nämlich rauf und runter, trotzdem kannst du dir nie sicher sein, was du zu sehen bekommst, wenn sich die Aufzugtüren öffnen: ein schier unermessliches Großraumbüro, in dem Sachbearbeiter in Einzelgehegen sitzen wie in einem Tierpark, eine idyllische Pastorale mit sorglosen Schäfern oder eine Heuschreckenfarm. Vielleicht aber auch eine riesige Halle, in der einsam und ziemlich ramponiert die Notre-Dame herumsteht. Gut möglich, dass du dich plötzlich inmitten eines stinkenden Slums wiederfindest, wo jeder Mensch gerade mal dreißig Zentimeter Wohnraum besitzt, oder an einem Swimmingpool mit Mittelmeerpanorama oder in einem Labyrinth aus engen Fluren, wo sich die Gebäudetechnik verbirgt. Manche Ebenen sind allgemein zugänglich, andere öffnen sich nur für bestimmte Fahrgäste, und dann gibt es noch solche, von deren Existenz niemand weiß außer den Architekten des jeweiligen Turms.

Die Türme sind hoch genug, um die Wolken zu durchbrechen, und ihre Wurzeln reichen sogar noch tiefer in die Erde hinab. Die Christen behaupten, dass in dem Turm, der an der Stelle des Vatikans errichtet wurde, bestimmte Aufzüge bis in die Hölle und wieder zurück fahren, während andere wiederum die Gerechten direkt bis ins Paradies befördern. Einmal habe ich mir einen dieser Prediger geschnappt und ihn gefragt, warum sie die Leute noch immer an der Nase herumführen. All das Gerede von der Unsterblichkeit der Seele ist heute so was von sinnlos, damit weiß sowieso niemand mehr was anzufangen. Das Paradies der Christen ist wahrscheinlich ein genauso trostloses Loch wie der Petersdom selbst: Kein Schwein zu sehen, überall liegt fingerdick der Staub. Der Typ jedenfalls stotterte irgendwas von einer Vorbildfunktion für die Massen, man müsse mit den Schäfchen in ihrer Sprache sprechen und so. Ich hätte diesem Betrüger die Finger brechen sollen, damit es ihm nicht mehr so leichtfällt, sich zu bekreuzigen.

Um in zwei Kilometer Höhe zu gelangen, braucht man in den modernen Highspeed-Aufzügen nicht viel länger als eine Minute. Für die meisten von uns genug Zeit, um sich ein Werbevideo anzusehen, die Frisur zu richten oder nachzusehen, ob einem auch nichts zwischen den Zähnen steckt. Nur wenige verschwenden überhaupt einen Gedanken an die Innenausstattung oder die Größe der Kabine. Die meisten merken nicht mal, dass sich der Lift bewegt, obwohl die Beschleunigung ihnen sämtliche Darmschlingen und Hirnwindungen zusammenpresst.

Nach den Gesetzen der Physik müsste sich dabei doch auch die verdammte Zeit verdichten – wenigstens ein kleines bisschen. Von wegen: Jeder Augenblick in dieser Kabine dehnt sich, bläht sich auf …

Schon zum dritten Mal schaue ich auf die Uhr. Diese verfluchte Minute will einfach nicht vergehen. Ich hasse Leute, die Aufzüge toll finden, und ich hasse Leute, die darin einfach ihr Spiegelbild betrachten können, als wäre nichts dabei. Ich hasse Aufzüge, und ich hasse den Typen, der sie sich ausgedacht hat. Was für eine teuflische Erfindung, einen engen Kasten über einen Abgrund zu hängen, darin lebende Menschen einzupferchen und dem Kasten die Entscheidung zu überlassen, wann er sie wieder in die Freiheit entlässt!

Die Tür will sich immer noch nicht öffnen; schlimmer noch, die Kabine macht nicht einmal Anstalten langsamer zu werden. So hoch bin ich, glaube ich, noch nie hinaufgefahren.

Auf die Höhe scheiß ich, die stört mich nicht. Wenn's sein muss, stell ich mich auf einem Bein auf den Everest. Hauptsache, ich komme endlich aus diesem verfluchten Kasten raus.

Nicht darüber nachdenken, sonst krieg ich keine Luft mehr. Warum habe ich schon wieder diese klebrigen Gedanken zugelassen? Dabei war ich doch gerade so schön am Philosophieren – über den verlassenen Petersdom, smaragdgrüne toskanische Hügel im Frühsommer … Schließ die Augen, stell dir vor, du stehst mitten in hohem Gras … Es reicht dir bis zur Hüfte … So soll man es machen, stand in diesem Buch … Einatmen … Ausatmen … Gleich geht's dir wieder besser … Gleich …

Woher soll ich verdammt noch mal wissen, wie das ist, bis zur Hüfte im Gras zu stehen?! Ich bin einer Wiese noch nie näher gekommen als bis auf ein paar Schritte – wenn man von Kunstrasen mal absieht.

Warum habe ich mich überhaupt darauf eingelassen, so hoch hinaufzufahren? Warum habe ich diese Einladung angenommen?

Auch wenn sich das hier nur schwer als Einladung bezeichnen lässt.

Da lebst du ein stinknormales Leben an der Kakerlakenfront, läufst durch Spalten in Böden und Wänden wie durch Schützengräben, selbst beim kleinsten Geräusch erstarrst du, weil du glaubst, dass es dir gilt und du gleich zerdrückt wirst. Dann, eines schönen Tages, krabbelst du ausnahmsweise mal ans Licht – und schwupp, sitzt du in der Falle. Doch anstatt mit einem Knacks deine Käferseele auszuhauchen, fliegst du hinauf, von starken Fingern gepackt, denn offenbar will dich dort oben jemand begutachten.

Der Aufzug steigt noch immer. Auf einem Werbebildschirm, so groß wie eine der Kabinenwände, ist eine stark geschminkte Tussi zu sehen, die gerade eine Glückstablette schluckt. Die anderen Wände sind beige gepolstert. Das beruhigt die Passagiere und verhindert, dass sie sich bei einer Panikattacke die Köpfe einschlagen. Toll, wirklich jede Menge Gründe, die für Aufzüge sprechen …

Die Lüftung summt. Trotzdem tropft mir der Schweiß auf den beigen, federnden Boden. Meine Kehle lässt keine Luft mehr durch, als würde eine mächtige Pranke sie zusammenpressen. Die Tussi blickt mir in die Augen und lächelt. Durch einen winzigen Spalt im Hals bekomme ich gerade noch genug Sauerstoff, um nicht in Ohnmacht zu fallen. Die beigen Wände verengen sich langsam, fast unmerklich, als wollten sie mich erdrücken.

Lasst mich raus!

Ich drücke der Tussi meine Hand auf den rot lächelnden Mund. Es scheint ihr sogar zu gefallen. Dann verschwindet das Bild, und die Wand verwandelt sich wieder in einen Spiegel. Ich blicke mir ins Gesicht. Und lächle.

Ich drehe mich um und hole aus, um der Tür einen Fausthieb zu verpassen.

Da bleibt der Lift stehen.

Die Türhälften gleiten auseinander.

Die stählernen Finger, die meine Atemröhre umklammern, lockern widerwillig ihren Griff.

Ich stürze aus der Kabine in die Lobby. Sieht ganz nach einem Steinboden aus, die Wände sind wahrscheinlich holzgetäfelt. Die Beleuchtung ist abendlich, hinter der dezenten Empfangstheke wartet ein braun gebrannter, freundlicher Concierge im Casual-Look. Keine Namensschilder, kein Wachdienst: Wer hier Zutritt hat, weiß, wo er sich befindet und welchen Preis er für jegliche Art von Fehltritt zahlen würde.

Ich will mich vorstellen, doch der Concierge winkt freundlich ab.

»Gehen Sie ruhig weiter. Hinter dem Empfang ist ein zweiter Aufzug.«

»Was, noch einer?!«

»Er bringt Sie direkt aufs Dach. Es dauert nur wenige Sekunden.«

Aufs Dach?

Ich bin noch nie auf einem Dach gewesen. Mein Leben spielt sich in Boxen und Röhren ab, wie es sich gehört. Wenn ich mal rauskomme, bin ich hinter jemandem her. Kommt hin und wieder vor. Ist aber ansonsten uninteressant.

Dächer sind etwas anderes.

Ich ziehe ein beflissenes Lächeln über meine verschwitzte Birne, reiße mich zusammen und schreite auf den Geheimlift zu.

Keine Bildschirme, keine Knöpfe. Ich hole tief Luft und tauche hinein. Der Boden ist mit Parkett aus russischem Holz ausgelegt – eine Rarität. Für einen Augenblick vergesse ich meine Angst, gehe in die Hocke und betaste ihn. Nein, das hier ist kein Laminat, sondern tatsächlich massiv.

In dieser idiotischen Pose – irgendwo auf der Entwicklungslinie zwischen Affe und Mensch – befinde ich mich noch, als sich die Tür wieder öffnet und *sie* mich erblickt. Über meine Körperhaltung scheint sie sich nicht sonderlich zu wundern. Das macht wohl die Erziehung.

»Ich …«

»Ich weiß, wer Sie sind. Mein Mann verspätet sich. Er hat mich gebeten, Sie bei Laune zu halten – sozusagen als Vorprogramm. Ich bin Helen.«

»Wenn das so ist …«, entgegne ich lächelnd, noch immer auf den Knien, und küsse ihr die Hand.

Sie zieht ihre Finger zurück und sagt: »Ihnen ist wohl ein wenig heiß geworden.«

Ihre Stimme ist kühl und flach, ihre Augen sind hinter den riesigen runden Gläsern einer Sonnenbrille verborgen. Die breite Krempe eines eleganten Hutes – braune und beige Streifen in konzentrischem Wechsel – verschleiert ihr Gesicht. Alles, was ich sehen kann, sind kirschrot geschminkte Lippen und zwei perfekte, kokainweiße Zahnreihen. Möglicherweise die Verheißung eines Lächelns. Aber vielleicht ist diese angedeutete Lippenbewegung auch nur dazu gedacht, bei Männern schlüpfrige Hirngespinste hervorzurufen. Nur so zur Übung.

»Ich fühle mich etwas beengt«, gebe ich zu.

»Kommen Sie, ich zeige Ihnen unser Haus.«

Ich richte mich auf und bemerke, dass ich größer bin als sie. Trotzdem kommt es mir so vor, als ob sie mich durch ihre Gläser noch immer von oben herab ansieht. Sie hat sich mit ihrem

Vornamen vorgestellt, aber das ist nur gespielte Demokratie. Frau Schreyer, so sollte ich sie eigentlich anreden, wenn ich berücksichtige, wer ich bin – und wessen Frau sie ist.

Ich habe nicht die geringste Ahnung, wozu ihr Mann mich braucht, und noch viel weniger kann ich mir vorstellen, warum er mich hat kommen lassen. Ich an seiner Stelle wäre mir zu schade gewesen.

Aus dem hellen Flur – der Zugang zum Lift tarnt sich als gewöhnliche Haustür – treten wir in eine Galerie geräumiger Zimmer. Helen geht voraus, zeigt den Weg, ohne sich nach mir umzudrehen. Das ist gut so, denn ich glotze umher wie der letzte Dorftrottel. Ich bin schon in den unterschiedlichsten Wohnungen gewesen. Schließlich ist mein Job dem des Sensenmanns ziemlich ähnlich: Ich mache keinen Unterschied zwischen Arm und Reich. Aber eine Ausstattung wie diese hier habe ich noch nie gesehen.

Was die Schreyers an Wohnraum besitzen, reicht ein paar Hundert Ebenen weiter unten für mehrere Wohnviertel.

Ich muss nicht mehr auf dem Boden herumkriechen, um zu begreifen: In diesem Haus ist alles echt. Die leicht fugig verlegten, geschliffenen Holzdielen, die träge rotierenden Messingventilatoren an der Decke, die dunkelbraunen asiatischen Möbel und die vom häufigen Anfassen glänzenden Türbeschläge sind natürlich nur Stilelemente. Das Innenleben dieses Hauses ist hochmodern, aber eben hinter einer Verkleidung aus echtem Messing und Holz verborgen. Unpraktisch und unverhältnismäßig teuer, finde ich, denn Komposit kostet nur einen Bruchteil davon und hält ewig.

Die schattigen Zimmer sind leer. Es sind keine Bediensteten zu sehen. Nur manchmal zeichnet sich im Dunkeln eine menschliche Gestalt ab, die sich aber sogleich als Skulptur entpuppt – mal aus Bronze mit weißlich grüner Patina, mal aus lackiertem Ebenholz. Von irgendwo dringt leise alte Musik zu uns, auf deren Wogen Helen Schreyer mit leicht schwankenden, hypnotischen Bewegungen durch ihre schier grenzenlosen Besitzungen segelt.

Ihr Kleid: ein schlichtes, kaffeefarbenes Rechteck. Die Schultern betont, der Ausschnitt schmucklos rund, was einen abweisenden Eindruck erweckt. Der lange, aristokratische Hals liegt frei, während der Rest ihres Körpers bedeckt bleibt, doch an den Schenkeln endet das Kleid abrupt mit einer schnurgeraden, gleichsam gezeichneten Kante, hinter der erneut alles im Schatten liegt. Das Schöne liebt den Schatten, denn jeder Schatten ist eine Versuchung.

Wir biegen um eine Ecke, durchschreiten einen Bogen – und plötzlich ist die Decke verschwunden.

Über mir gähnt die Weite des Himmels. Ich erstarre auf der Stelle.

Teufel! Ich wusste, was kommen würde, und doch bin ich darauf nicht vorbereitet.

Sie dreht sich um und lächelt herablassend.

»Sie sind wohl noch nie auf einem Dach gewesen?«

Sie sind also ein Plebejer, will sie damit sagen.

»In meinem Job habe ich weitaus häufiger in den Slums zu tun, Helen. Waren Sie schon einmal in den Slums?«

»Ach ja … Ihr Job … Sie bringen Menschen um, oder so ähnlich, nicht wahr?«

Sie scheint keine Antwort zu erwarten. Stattdessen dreht sie sich einfach um und geht weiter. Und tatsächlich folge ich ihr ohne Antwort. Den Himmel habe ich inzwischen verdaut, also reiße ich mich vom Türrahmen los – und nehme erst jetzt wahr, wohin mich der Aufzug gebracht hat.

In ein echtes Paradies. Aber nicht in dieses zuckersüße Surrogat der Christen, sondern in mein ganz persönliches Himmelreich, das ich zwar noch nie gesehen, aber von dem ich, wie ich jetzt feststelle, mein ganzes Leben geträumt habe.

Wohin ich auch blicke, nirgends gibt es Wände! Wir sind aus einem großen Bungalow auf eine weitläufige, sandige Lichtung getreten, inmitten eines verwilderten tropischen Gartens. Bohlenpfade führen in verschiedene Richtungen, ihr Ende ist nicht zu erkennen. Obstbäume und Palmen, exotische Sträucher mit riesigen saftigen Blättern, weiches grünes Gras – die gesamte Vegetation glänzt wie Plastik, ist aber zweifellos echt.

Zum ersten Mal seit verdammt langer Zeit atme ich frei. Als hätte mein ganzes mieses Leben lang ein fettes Drecksweib auf mir gehockt, mir die Rippen eingedrückt und meinen Atem vergiftet. Endlich habe ich es abgeworfen, und der Druck ist weg. Seit ewigen Zeiten habe ich mich nicht mehr so frei gefühlt. Vielleicht sogar noch nie.

Während ich Helens bronzefarbener Gestalt über einen der Bohlenpfade folge, betrachte ich diesen Ort. Mein Traumdomizil. Schreyers Residenz ist einer tropischen Insel nachempfunden. Dass sie künstlich ist, verrät allein ihre geometrische Vollkommenheit: Sie bildet einen Kreis von vielleicht fünfhundert Metern Durchmesser, umgürtet von der gleichmäßigen Linie eines Sandstrands.

Als Helen mich auf den Strand hinausführt, verliere ich die Beherrschung. Ich bücke mich und senke meine Hand in den feinen, samtweißen Sand. Man könnte meinen, wir wären auf einem einsamen Atoll irgendwo in der unendlichen Weite des

Ozeans, wäre da nicht jene durchsichtige Wand, die den Strand anstelle der schäumenden Brandung begrenzt. Jenseits davon geht es steil hinab, und einige Meter weiter unten sind Wolken zu sehen. Trotz der geringen Entfernung ist die Glaswand kaum zu erkennen. Sie steigt steil hinauf und geht in eine riesige Kuppel über, die sich über die gesamte Insel wölbt. Die Kuppel ist in mehrere Segmente unterteilt, die sich unabhängig voneinander bewegen lassen, sodass stets ein Teil des Strands und Gartens direkt von der Sonne beschienen werden.

Auf einer Seite plätschert blaues Wasser zwischen dem Strand und der Glaswand: ein kleiner Pool, ein etwas bemühter Versuch, den Schreyers ein Stückchen Ozean zu suggerieren. Unmittelbar davor stehen zwei Liegestühle im Sand.

Auf dem einen lässt sie sich nieder.

»Wie Sie sehen, sind wir hier immer über den Wolken«, sagt Helen. »Ein idealer Ort, um ein Sonnenbad zu nehmen.«

Ich selbst habe die Sonne mehrmals gesehen. Auf den tieferen Ebenen aber kenne ich jede Menge Leute, die gelernt haben, mit einer gemalten Sonne auszukommen. Offenbar muss der Mensch nur lang genug in unmittelbarer Nachbarschaft mit einem Wunder leben, damit es ihm langweilig wird. Flugs erfindet er noch einen praktischen Verwendungszweck dafür: Die Sonne? Ach ja, davon wird man so schön braun …

Der zweite Liegestuhl gehört sicher ihrem Mann. Ich kann es förmlich vor mir sehen, wie diese beiden Himmelsbewohner abends von ihrem Olymp auf die Welt herabschauen, von der sie glauben, sie gehöre ihnen.

Ich setze mich einige Schritte neben ihr in den Sand und blicke in die Ferne.

»Wie gefällt es Ihnen bei uns?« Sie lächelt gönnerhaft.

Ringsum erstreckt sich, so weit das Auge reicht, ein bauschiges Wolkenmeer, über das Hunderte, nein Tausende fliegender Inseln segeln. Es sind die Dächer anderer Türme, die Wohnstätten der Reichsten und Mächtigsten, denn in einer Welt, die aus Millionen hermetischer, miteinander verschraubter Boxen besteht, gibt es nichts Wertvolleres als offenen Raum.

Auch die meisten anderen Dächer sind zu Gärten oder Hainen umgestaltet worden. Es scheint, als kokettierten die Bewohner des Himmels mit ihrer Sehnsucht nach der Erde.

Dort hinten, wo die letzten sichtbaren Inseln im Dunst verschwimmen, umspannt der Ring des Horizonts das Weltengebilde. Zum ersten Mal sehe ich jene winzige schmale Linie, die die Erde vom Himmel trennt. Wenn man auf einer der unteren oder mittleren Ebenen ins Freie tritt, ist die Aussicht immer verbaut: Das Einzige, was man sieht, sind benachbarte Türme, und sollte man doch einmal zwischen zweien hindurchsehen können, so trifft der Blick doch wieder nur auf Türme, die in weiterer Ferne stehen.

Der wirkliche Horizont unterscheidet sich gar nicht sonderlich von dem, den man uns auf unseren Wandbildschirmen präsentiert. Natürlich weiß jeder, dass dieser nur ein Bild oder eine Projektion ist – der echte Horizont ist viel zu wertvoll. Der Anblick des Originals steht nur den wenigen zu, die ihn sich leisten können, alle anderen müssen sich mit Abbildungen im Taschenkalender begnügen.

Ich schöpfe eine Handvoll feinen weißen Sand. Er ist so weich, dass ich ihn mit den Lippen berühren möchte.

»Sie beantworten meine Fragen nicht«, bemerkt sie vorwurfsvoll.

»Verzeihung. Was wollten Sie wissen?«

Solange sie sich hinter ihren libellenartigen Okularen verbirgt, bin ich mir nicht sicher, ob sie meine Meinung wirklich interessiert, oder ob sie mich nur pflichtbewusst bei Laune hält, wie von ihrem Ehegatten aufgetragen.

Ihre gebräunten Unterschenkel, umflochten von goldenen Riemchen ihrer hohen Sandalen, glänzen im Sonnenlicht. Ihre Zehennägel sind elfenbeinfarben lackiert.

»Wie gefällt es Ihnen bei uns?«

Die Antwort habe ich sofort parat.

Ich wünschte, auch ich wäre als sorgloser Faulpelz in diesen Paradiesgarten hineingeboren worden, als einer, für den Sonnenstrahlen etwas Selbstverständliches sind, der nicht panisch auf Wände starren muss, der in Freiheit lebt und in vollen Zügen atmet! Stattdessen …

Mein einziger Fehler war, dass ich aus der falschen Mutter herausgekrochen bin. Jetzt muss ich mein ganzes unendliches Leben dafür bezahlen.

Ich schweige. Und lächle. Lächeln kann ich gut.

»Ihr Zuhause ist eine riesige Sanduhr«, antworte ich grinsend, lasse die weißen Körnchen herabrieseln und blinzle in die Sonne, die genau über der gläsernen Kuppel im Zenit steht.

»Ich sehe, dass die Zeit für Sie offenbar noch fließt.« Wahrscheinlich meint sie den Sand, der zwischen meinen Fingern hindurchrieselt. »Für uns steht sie längst still.«

»Oh! Vor den Göttern ist sogar die Zeit machtlos.«

»Sie und Ihresgleichen bezeichnen sich doch als Unsterbliche«, entgegnet sie, ohne auf meine hämische Bemerkung einzugehen. »Ich dagegen bin nur ein einfacher Mensch aus Fleisch und Blut.«

»Und doch ist die Wahrscheinlichkeit zu sterben bei mir wesentlich höher als bei Ihnen.«

»Sie haben sich diese Arbeit selbst ausgesucht.«

»Da irren Sie sich«, antworte ich, noch immer lächelnd. »Man könnte sogar sagen, dass die Arbeit mich gewählt hat.«

»Mord ist also eine Art Berufung für Sie?«

»Ich ermorde niemanden.«

»Da habe ich Gegenteiliges gehört.«

»Diese Leute haben auch eine Wahl. Ich folge stets den Regeln. Technisch gesehen, natürlich …«

»Wie langweilig.«

»Langweilig?«

»Ich dachte, Sie sind ein Killer. Dabei sind Sie ein Bürokrat.«

Ihr den Hut vom Kopf reißen und ihre Haare um meine Faust wickeln.

»Jetzt sehen Sie mich allerdings an wie ein Killer. Sind Sie sicher, dass Sie die Regeln immer befolgen?«

Sie stellt eines ihrer Beine auf, der Schatten wird größer, ein Strudel breitet sich aus, und ich befinde mich an seinem äußersten Rand, spüre ein Ziehen in der Brust, ein Vakuum, als könnten meine Rippen jeden Augenblick einbrechen … Wie bringt es diese verwöhnte Schlampe fertig, mich so zu manipulieren?

»Regeln befreien einen von der Verantwortung«, äußere ich abwägend.

Sie zieht die Augenbrauen hoch. »Sie fürchten sich vor der Verantwortung? Haben Sie am Ende sogar Mitleid mit all diesen armen Leuten, die Sie …«

»Hören Sie. Ist Ihnen noch nie in den Sinn gekommen, dass nicht jeder in solchen Verhältnissen leben kann wie Sie? Wahrscheinlich wissen Sie gar nicht, dass sogar auf einigermaßen anständigen Ebenen gerade mal vier Quadratmeter pro Kopf die Norm sind! Ist Ihnen bekannt, wie viel ein zusätzlicher Liter Wasser kostet? Und ein Kilowatt? Einfache Menschen aus Fleisch und Blut beantworten diese Fragen, ohne auch nur eine Sekunde zu zögern. Und wissen Sie auch, warum Wasser, Energie und Wohnraum so teuer sind? Wegen dieser ach so armen Leute, die unsere Wirtschaft – und übrigens auch Ihren Elfenbeinturm – endgültig in den Ruin treiben, wenn wir uns nicht um sie kümmern.«

»Für einen Auftragsmörder sind Sie ziemlich eloquent, auch wenn ich Ihrem flammenden Plädoyer ganze Passagen aus einer Rede meines Mannes entnehme. Ich hoffe, Sie haben nicht vergessen, dass Ihre Zukunft in seinen Händen liegt?«

Diese beiläufige Kälte, als ob sie sich nur so erkundigt.

»In meinem Job habe ich gelernt, die Gegenwart zu schätzen.«

»Natürlich, wenn man täglich anderen die Zukunft stiehlt … Da ist wohl irgendwann ein gewisser Sättigungsgrad erreicht?«

Ich erhebe mich. Schreyers Miststück hat einen ganzen Satz Nadeln aus dem Ärmel gezogen, und jetzt steckt sie mir eine nach der anderen rein, um herauszufinden, wo es mir wehtut. Aber ich habe keine Lust, diese idiotische Akupunktur über mich ergehen zu lassen.

»Wieso lächeln Sie?« Ihre Stimme klingt metallisch.

»Ich denke, ich muss los. Richten Sie Herrn Schreyer aus, dass …«

»Ist Ihnen schon wieder zu heiß? Oder zu eng? Dann versetzen Sie sich erst mal in die Lage dieser Leute. Sie bestrafen sie doch nur dafür, dass …«

»Ich kann mich nicht in ihre Lage versetzen!«

»Ach ja, Ihr Gelübde …«

»Darum geht es nicht! Ich weiß einfach, welchen Preis wir alle dafür zahlen, wenn sich mal wieder irgendwer nicht beherrschen kann! Ich selbst zahle diesen Preis! Ich, nicht Sie!«

»Machen Sie sich doch nichts vor! Sie können diese Menschen einfach nicht verstehen, weil Sie – ein Kastrat sind!«

»Wie bitte?!«

»Sie brauchen doch keine Frauen! Denn Sie ersetzen sie mit Ihren Tabletten! Oder etwa nicht?«

»Was soll das, zum Teufel?!«

»Sie sind doch genau wie alle anderen! Aus Überzeugung impotent! Ja, lachen Sie nur. Sie wissen, dass ich die Wahrheit sage.«

»Willst du, dass ich …«

»Was … was erlauben Sie sich?! Lassen Sie sofort los …«

»Brauchst du …«

»Lass mich los! Hier sind überall Kameras … Ich … Wage es bloß nicht!«

»Helen!«, schnurrt aus der Tiefe des Gartens ein samtener Bariton herüber. »Schatz, wo seid ihr?«

»Am Strand!« Es gelingt ihr nicht auf Anhieb, die Heiserkeit von ihrer Stimme zu streifen, also setzt sie gleich noch einmal an: »Wir sind hier, Erich, am Strand!«

Helen streicht ihr leicht zerknittertes Kaffeekleid zurecht. Dann, kurz bevor ihr Gemahl aus dem Dickicht tritt, versetzt sie mir eine Ohrfeige – und zwar eine richtig böse.

Jetzt bin ich ihre Geisel, denke ich mit stumpfer Gleichgültigkeit. Was habe ich von diesem Miststück zu erwarten? Weshalb ist sie plötzlich so auf mich losgegangen? Was ist da eigentlich eben zwischen uns passiert? Ihre Augen habe ich noch immer nicht zu sehen bekommen, auch wenn ihr der Hut in den Sand gefallen ist, und sich jetzt honigblondes Haar über ihre Schultern ergießt …

»Ah … Da seid ihr ja!«

Er sieht genauso aus wie auf dem Bildschirm, wie in den Nachrichten: vollkommen. Seit der Zeit der römischen Patrizier sind solch aristokratische Züge nur ein einziges Mal auf die sündige Erde zurückgekehrt – nach Hollywood in den Fünfzigerjahren des 20. Jahrhunderts –, um sodann wieder für lange Jahrhunderte zu verschwinden. Und jetzt sind sie also wieder da – diesmal für immer, denn Erich Schreyer wird niemals sterben.

»Helen … Du hast unserem Gast ja nicht einmal einen Cocktail angeboten?«

Ich blicke an ihr vorbei – auf den Sand, der rund um die Liegestühle aufgewühlt ist wie nach einem Stierkampf.

»Herr Senator …« Ich neige den Kopf.

Seine grünen Augen blicken mich mit dem ruhigen Wohlwollen des Übermenschen und der zurückhaltenden Neugier des Insektenforschers an. Vielleicht sind ihm der heruntergefallene Hut und die Spuren im Sand gar nicht aufgefallen. Sicher achtet er nur selten auf das, was sich unter seinen Füßen befindet.

»Ich bitte Sie, warum denn so förmlich … Sie sind hier bei mir zu Hause, und zu Hause heiße ich einfach Erich.«

Ich nicke schweigend.

»Schließlich ist meine Rolle als Senator nur eine von vielen, nicht wahr? Und nicht einmal die wichtigste. Sobald ich zu Hause ankomme, ziehe ich sie aus wie einen Anzug und hänge sie im Flur auf. Wir alle spielen nur unsere Rollen, und nach einer gewissen Zeit fängt doch jeder Anzug an zu kratzen … Haha …«

»Tut mir leid, aber ich komme aus meinem wohl nicht mehr raus«, entgegne ich unwillkürlich. »Ich fürchte, er ist mir zur zweiten Haut geworden.«

»Auch eine Haut kann man abstreifen.« Schreyer zwinkert mir freundschaftlich zu und greift nach dem Hut, der noch immer im Sand liegt. »Hatten Sie denn schon Gelegenheit, sich in meinem Domizil etwas umzusehen?«

»Nein … Ihre Frau und ich waren zu sehr ins Gespräch vertieft …«

Helen sieht mich nicht an. Offenbar hat sie noch nicht entschieden, ob sie mich hinrichten oder begnadigen soll.

»Ich besitze nichts Wertvolleres«, sagt er lachend und reicht ihr den gestreiften Hut. »Cocktails, Helen. Für mich einen *Beyond the Horizon* … und für Sie?«

»Einen Tequila«, antworte ich. »Als Muntermacher.«

»Oh! Welch unsterbliches Getränk … Also dann, einen Tequila, Helen.«

Sie deutet eine demütige Verneigung an.

Natürlich ist dies ein Zeichen besonderer Aufmerksamkeit, ebenso wie die Tatsache, dass Schreyer seine Gemahlin gebeten hat, mich zu empfangen. Eine Aufmerksamkeit, die ich nicht verdient habe – und ich bin mir nicht sicher, ob ich sie mir verdienen will.

Ich bin grundsätzlich gegen ein Leben auf Kredit. Du erwirbst etwas, das dir nicht gehören sollte, und begleichst deine Schuld damit, dass du dir selbst nicht mehr gehörst. Ein bescheuertes Konzept.

»Woran denken Sie gerade?«

»Ich versuche zu verstehen, warum Sie mich hierherbeordert haben.«

»Beordert! Hörst du das, Helen? Ich habe Sie eingeladen. Damit wir uns kennenlernen.«

»Wozu?«

»Aus Neugier. Ich interessiere mich für Leute wie Sie.«

»Allein in Europa gibt es 120 Milliarden Leute wie mich. Und davon empfangen Sie einen pro Tag? Mir ist klar, dass Ihnen keine zeitlichen Grenzen gesetzt sind, aber trotzdem …«

»Sie machen einen nervösen Eindruck. Sind Sie erschöpft? Hat die Fahrt hierher zu lang gedauert?«

Damit meint er die Aufzüge. Er weiß also Bescheid. Hat sich tatsächlich die Zeit genommen, meine Akte zu lesen.

»Das geht gleich vorbei«, sage ich und stürze den doppelten Tequila herunter.

Gelblich saures Feuer, geschmolzener Bernstein, wie Schmirgelpapier in der Kehle. Ein wunderbares Aroma, aber seltsam, so gar nicht synthetisch. Mit nichts vergleichbar, was ich bisher probiert habe – und das macht mich misstrauisch. Ich halte mich für einen Kenner.

»Was ist das? *La Tortuga?*«, frage ich aufs Geratewohl.

»Aber nein, ich bitte Sie«, antwortet er schmunzelnd.

Er reicht mir ein Stück Zitrone. Wie großzügig von ihm. Ich schüttle den Kopf. Für solche, die Feuer und Schmirgelpapier nicht mögen, gibt es Cocktails à la *Beyond the Horizon* und anderes süßes Zeug.

»Sie haben meine Akte gelesen?« Der Alkohol brennt auf meinen rissigen Lippen. Ich fahre mit der Zunge darüber, um das Gefühl noch etwas zu verlängern. »Ich bin geschmeichelt.«

»Das gehört zu meinen Pflichten«, antwortet Schreyer mit ausgebreiteten Armen. »Sie wissen ja, die Unsterblichen befinden sich unter meinem Schutz.«

»Unter Ihrem Schutz? Erst gestern habe ich in den Nachrichten gehört, dass Sie bereit wären, die Phalanx aufzulösen, wenn das Volk es will.«

Helen dreht ihre Okulare in meine Richtung.

»Mitunter wirft man mir Prinzipienlosigkeit vor.« Schreyer zwinkert mir zu. »Aber ein eisernes Prinzip habe ich doch: jedem das zu sagen, was er von mir hören will.«

Witzbold.

»Nicht jedem«, wirft Frau Schreyer ein.

»Ich spreche von Politik, meine Liebe.« Schreyer wirft ihr ein strahlendes Lächeln zu. »Nur so hat man eine Chance, in der Politik zu überleben. Die Familie dagegen ist jener stille Hafen, in dem wir ganz wir selbst sein können. Wo, wenn nicht in der Familie, können und müssen wir aufrichtig sein?«

»Klingt großartig«, kommentiert sie.

»Dann fahre ich fort, wenn du gestattest, meine Liebe«, schnurrt er. »Es ist doch so: Menschen, die glauben, was in den Nachrichten verkündet wird, vertrauen für gewöhnlich darauf, dass sich der Staat um sie kümmert. Würden wir diesen Leuten jedoch erzählen, wie der Staat dies tut, würden sie sich gar nicht mehr so wohlfühlen. Sie wollen nur eines hören: ›Keine Sorge, wir haben alles unter Kontrolle. Auch die Unsterblichen.‹«

»Diese ›außer Rand und Band geratenen Sturmtruppen‹.«

»Die Leute wollen einfach nur, dass ich sie beruhige. Dass ich ihnen versichere, dass die Unsterblichen in unserem altehrwürdigen Europa mit seiner jahrhundertealten Tradition der Demokratie und Menschenrechte nur eine vorübergehende, hässliche, aber notwendige Erscheinung sind.«

»Sie verstehen es, den Menschen Vertrauen in die Zukunft einzuflößen«, sage ich und spüre, wie sich in mir eine Schleuse öffnet und der Tequila direkt in mein Blut dringt. »Aber Sie sollten wissen, dass auch wir diese Nachrichten sehen. Da ruft man Ihnen zu, dass die Unsterblichen Massenmörder sind, deren Treiben man längst ein Ende hätte setzen sollen, und Sie lächeln nur. Als ob Sie nichts mit uns zu tun hätten.«

»Das haben Sie ganz richtig formuliert: Als ob wir mit der Phalanx nichts zu tun hätten. Dafür geben wir Ihnen ja auch völlig freie Hand.«

»Und verkünden zugleich, dass wir völlig unkontrollierbar sind.«

»Aber Sie wissen doch … Unser Staat basiert auf den Prinzipien der Menschlichkeit! Das Recht jedes Einzelnen auf Leben ist heilig, wie auch das Recht auf Unsterblichkeit! Europa hat die Todesstrafe vor Jahrhunderten abgeschafft, und wir werden niemals zu ihr zurückkehren, unter keinem Vorwand!«

»Jetzt erkenne ich Sie wieder, so kommen Sie in den Nachrichten rüber.«

»Ich hätte nicht gedacht, dass Sie so naiv sind. Bei Ihrem Beruf …«

»Naiv? Ach, wissen Sie … Wenn man so einen Job hat wie ich, würde man sich öfter mal ganz gern mit all diesen Leuten aus den Nachrichtensendungen unterhalten, dic uns durch die Scheiße ziehen. Und jetzt bietet sich mir eben diese seltene Gelegenheit.«

Wieder zeigt sich ein Schmunzeln auf Schreyers Gesicht. »Es wird Ihnen nicht gelingen, mit mir einen Streit vom Zaun zu brechen. Erinnern Sie sich? Ich sage den Menschen immer genau das, was sie von mir hören wollen.«

»Und was, glauben Sie, will ich wohl hören?«

Schreyer nuckelt mit einem Strohhalm an seinem phosphoreszierenden Schickimicki-Cocktail. Der Kelch ist kugelrund – wenn man ihn abstellte, würde er einfach umkippen.

»In Ihrer Akte steht, dass Sie beflissen und ehrgeizig sind. Dass Sie die richtigen Motive haben. Es werden Beispiele angeführt für Ihr Verhalten bei Einsätzen. Das alles sieht gar nicht schlecht aus. Als hätten Sie eine große Zukunft. Und doch scheinen Sie irgendwo auf der Karriereleiter hängen geblieben zu sein.«

Ich bin sicher, in meiner Akte steht noch so einiges, was Schreyer aus reinem Kalkül nicht erwähnt – noch nicht.

»Daher gehe ich davon aus, dass Sie gern etwas von einer Beförderung hören würden.«

Schweigend kaue ich auf meiner Wange herum und versuche, nichts von mir preiszugeben.

»Und da ich stets meinem Prinzip folge« – erneut setzt er dieses freundliche Lächeln auf –, »will ich mit Ihnen genau darüber sprechen.«

»Warum ausgerechnet Sie? Für Beförderungen ist der Kommandeur der Phalanx zuständig. Sollte er nicht …«

»Natürlich! Natürlich ist der gute alte Riccardo dafür zuständig. Ich unterhalte mich ja nur mit Ihnen.« Schreyer macht eine Handbewegung. »Derzeit sind Sie die rechte Hand des Gruppenführers. Korrekt? Die Empfehlung lautet, Sie zum Brigadekommandeur zu ernennen.«

»Zehn Einheiten? Unter meinem Befehl? Von wem kommt die Empfehlung?«

Tequilagesättigtes Blut pocht in meinen Schläfen. Eine Beförderung über zwei Stufen. Ich mache meinen Rücken gerade. Vorhin hätte ich fast seine Frau aufs Kreuz gelegt und ihm selbst die Fresse eingeschlagen. Großartig.

»Von einer bestimmten Stelle«, antwortet Schreyer und neigt den Kopf. »Was denken Sie darüber?«

Eine eigene Brigade zu befehligen hieße, nicht mehr selbst menschliche Schicksale zu Brei treten zu müssen. Es hieße, endlich mit einigen Leuten abrechnen zu können. Aber vor allem hieße es, aus meinem elenden Loch herauszukommen und ein etwas größeres Quartier zu beziehen … Ich habe nicht die geringste Ahnung, wer mich empfohlen haben könnte.

»Ich denke«, sage ich widerstrebend, »dass ich das nicht verdient habe.«

»Sie denken, dass Sie das schon längst verdient haben«, entgegnet Schreyer. »Noch einen Tequila? Sie machen mir einen etwas unkonzentrierten Eindruck.«

Ich nicke. »Mir kommt es gerade vor, als ob mir jemand einen lebenslangen Kredit unterjubeln will.«

»Und Kredite mögen Sie gar nicht«, fällt Schreyer sogleich ein. »So steht es in Ihrer Akte. Aber keine Sorge, das hier ist kein Kredit. Gezahlt wird im Voraus.«

»Ich wüsste nicht, wie ich Sie kaufen könnte.«

»Mich? Sie stehen doch nicht bei irgendeinem Senator in der Schuld. Sondern bei der Gesellschaft. Bei Europa. Na gut, kürzen wir das Präludium ab. Helen, geh ins Haus.«

Sie widersetzt sich nicht und reicht mir zum Abschied den zweiten Double-Shot. Schreyer folgt ihr mit seltsamem Blick. Für einen Augenblick ist das Lächeln aus seinem schönen Gesicht verschwunden, und er scheint vergessen zu haben, irgendeine andere Miene aufzusetzen. Für Sekundenbruchteile sehe ich ihn, wie er wirklich ist: leer. Doch als er sich mir zuwendet, strahlt er wieder übers ganze Gesicht.

»Der Name Rocamora dürfte Ihnen bekannt sein?«

Ich nicke. »Ein Aktivist der Partei des Lebens. Einer ihrer Anführer …«

»Ein Terrorist«, korrigiert mich Schreyer.

»Seit dreißig Jahren auf der Fahndungsliste …«

»Wir haben ihn gefunden.«

»Und festgenommen?«

»Nein! Natürlich nicht. Stellen Sie sich vor: Eine Polizeiaktion, jede Menge Kameras, Rocamora ergibt sich, und am nächsten Tag ist er auf allen Kanälen. Dann beginnt ein öffentlicher Prozess, die größten Schwätzer des Landes werden ihn umsonst verteidigen wollen, nur wegen des Rampenlichts, während er das Gericht als Bühne missbraucht und zum Star wird … Allein die Vorstellung ist wie ein Albtraum nach einem schweren Abendessen. Finden Sie nicht?«

Ich zucke mit den Schultern.

»In der Hierarchie der Partei des Lebens ist Rocamora die Nummer zwei, gleich nach Clausewitz«, fährt Schreyer fort. »Er und seine Leute versuchen die Grundfesten unserer Staatlichkeit zu untergraben. Unser labiles Gleichgewicht zu zerstören. Den Turm der europäischen Zivilisation zum Einsturz zu bringen. Aber noch können wir einen Präventivschlag ausüben. Und da kommen Sie ins Spiel.«

»Inwiefern?«

»Dank unseres Warnsystems wissen wir, wo er sich befindet. Er ist in Begleitung seiner schwangeren Freundin. Offenbar haben die beiden nicht vor, etwas zu melden. Eine hervorragende Gelegenheit für Sie, sich als Gruppenführer zu bewähren.«

»Gut«, antworte ich, während ich fieberhaft nachdenke. »Aber was können wir tun? Selbst wenn er die Wahl trifft … Eine gewöhnliche Neutralisierung. Nach der Spritze wird er noch einige Jahre weiterleben, vielleicht sogar die ganzen zehn …«

»Wenn alles regulär abläuft. Aber wenn man so ein großes Tier in die Enge treibt, muss man sich auf Überraschungen gefasst machen. Es ist eine gefährliche Operation, das brauche ich Ihnen nicht zu erklären. Da kann alles Mögliche passieren!«

Schreyer legt mir seine Hand auf die Schulter.

»Sie verstehen doch, was ich meine? Eine heikle Angelegenheit … Die Freundin im vierten Monat … Er steht unter Druck, ist außer sich … Dann taucht plötzlich eine Abteilung Unsterblicher auf … Heldenmütig wirft er sich ihnen entgegen, um seine Geliebte zu schützen … Es entsteht Chaos, keiner weiß hinterher so genau, wie alles passiert ist. Und am Ende gibt es keine anderen Zeugen als die Unsterblichen selbst.«

»Aber genau dasselbe könnte doch auch die Polizei erledigen, oder nicht?«

»Die Polizei? Wissen Sie, was für einen Skandal das hervorrufen würde? Da könnten wir diesen Mistkerl ja gleich in einer Gefängniszelle aufhängen. Die Unsterblichen dagegen … sind etwas ganz anderes.«

Ich nicke: »Vollkommen unkontrollierbar.«

»Massenmörder, deren Treiben man längst ein Ende hätte setzen sollen.« Er nimmt erneut einen Schluck aus dem Kelch. »Was sagen Sie dazu?«

»Ich bin kein Killer, egal, was Sie Ihrer Frau über mich erzählen.«

»Erstaunlich«, schnurrt er seelenruhig. »Dabei habe ich Ihre Akte so genau studiert. Von Prinzipientreue war dort keine Rede. Vielleicht ist das ja was Neues. Ich werde es bei Gelegenheit nachtragen.«

Ich blicke ihm direkt in die Augen. »Schreiben Sie: Legt Wert auf eine saubere Weste.«

»Wohl eher: ›Hat einen Sauberkeitsfimmel.‹«

»Die Unsterblichen sind ihrem Kodex verpflichtet.«

»Der gilt für die unteren Ränge der Phalanx. Einfache Regeln für einfache Leute. Kommandeure dagegen sollten Flexibilität und Initiative an den Tag legen. Ebenso Personen, die gern Kommandeure wären.«

»Und seine Freundin? Hat sie etwas mit der Partei des Lebens zu tun?«

»Keine Ahnung. Ist Ihnen das nicht egal?«

»Soll sie auch …?«

»Das Mädchen? Natürlich. Damit Ihre Version der Ereignisse nicht infrage gestellt werden kann.«

Ich nicke, doch gilt das nicht so sehr ihm, sondern eher mir selbst.

»Muss ich mich sofort entscheiden?«

»Nein, Sie haben noch ein paar Tage Zeit. Aber ich muss Ihnen sagen, dass wir noch einen weiteren Beförderungskandidaten haben.«

Sein Schweigen ist so beredt, dass ich klein beigebe.

»Wer ist es?«

»Na, na … Nur keine Eifersucht! Vielleicht erinnern Sie sich an seine Personalnummer: 503.«

Ich lächle und stürze den Double-Shot mit einem Schluck herunter.

»Schön, dass Sie diesen Mann in so guter Erinnerung haben«, fährt Schreyer ebenfalls lächelnd fort. »In der Kindheit kommt einem wohl alles wesentlich schöner vor, als es in Wirklichkeit ist.«

»Ist Nr. 503 Mitglied der Phalanx?«, frage ich und merke, dass es mir sogar auf dieser vermaledeiten fliegenden Insel allmählich zu eng wird. »Nach den Regeln …«

»Es gibt immer eine Ausnahme von der Regel«, unterbricht Schreyer und zeigt mir beflissen die Zähne. »Sie hätten da also einen sehr sympathischen Kompagnon.«

»Ich übernehme den Auftrag«, sage ich.

»Wie schön.« Er scheint sich nicht zu wundern. »Gut, dass ich bei Ihnen nicht um den heißen Brei herumreden muss. Solche Offenheit leiste ich mir nicht bei jedem. Noch einen Tequila?«

»Gern.«

Er geht selbst zu der mobilen Strandbar hinüber, lässt aus der angebrochenen Flasche erneut zwei Finger gelbes Feuer in mein quadratisches Glas plätschern. Durch den offenen Teil der Kuppel weht kühler Wind auf die Insel herab und zaust die fast unnatürlich grünen Baumkronen. Die Sonne beginnt Richtung Hölle zu fahren. Mein Kopf fühlt sich an, als würde er von einer eisernen Zwinge zusammengepresst.

»Wissen Sie, ewiges Leben und Unsterblichkeit sind nicht dasselbe«, sagt Schreyer, während er mir das Glas reicht. »Ewiges Leben ist hier.« Er greift sich an die Brust. »Unsterblichkeit ist hier.« Er deutet mit dem Zeigefinger auf seine Schläfe und schmunzelt erneut. »Ewiges Leben ist Teil der sozialen Grundversorgung. Unsterblichkeit dagegen ist nur für einige Auserwählte bestimmt. Und ich denke … Ich denke, dass Sie dazu gehören könnten.«

»Könnten?«, unterbreche ich sarkastisch. »Bin ich nicht schon einer der Unsterblichen?«

»Es ist der gleiche Unterschied wie zwischen einem Menschen und einem Tier.« Auf einmal zeigt er mir wieder sein leeres Gesicht. »Für den Menschen ist er offensichtlich, für das Tier nicht.«

»Mir steht also noch eine Art Evolution bevor?«

Schreyer seufzt. »Von selbst geschieht leider gar nichts. Man muss das Tier in sich ausmerzen. Nehmen Sie eigentlich keine Gelassenheitspillen?«

»Nein. Derzeit nicht.«

»Wie schade«, ermahnt er mich wohlwollend. »Nichts erhebt den Menschen so sehr über sich selbst wie diese Pillen. Sie sollten es wieder einmal versuchen. Nun denn … Auf Bruderschaft?«

Wir stoßen an.

»Auf deine Entwicklung!« Schreyer zuzelt den restlichen Inhalt aus seiner Kugel und stellt sie im Sand ab. »Danke, dass du gekommen bist.«

»Danke, dass Sie mich gerufen haben«, entgegne ich lächelnd.

Wenn Gott mit sanfter Stimme zu dem Schlächter spricht, so ruft er ihn wohl eher zur Opferbank als in die Reihen der Apostel. Und wer, wenn nicht der Schlächter, der doch selbst Gott spielt mit dem Vieh, sollte das begreifen.

»Was ist das bloß für eine Sorte?«, frage ich sinnierend, während ich durch mein Glas die Strahlen der untergehenden Sonne betrachte. »Ein *Francisco de Orellana?*«

»Nein, ein *Quetzalcoatl.* Wird schon seit gut hundert Jahren nicht mehr produziert. Ich trinke ihn nicht, aber der Geschmack soll ganz außerordentlich sein.«

»Ich weiß nicht«, antworte ich schulterzuckend. »Hauptsache, er wirkt.«

»Natürlich. Ach, und für den Fall, dass dir plötzlich Zweifel kommen … Nr. 503 haben wir ebenfalls dorthin geschickt.

Tauchst du nicht auf, muss er den Auftrag erledigen.« Er seufzt, als wollte er mir bedeuten, wie unangenehm ihm diese Vorgehensweise ist. »Helen wird dich hinausbegleiten. Helen!«

Zum Abschied reicht er mir die Hand. Sein Händedruck fühlt sich angenehm kräftig an, die Haut ist trocken und glatt. Sicherlich nützt ihm das bei seiner Arbeit, auch wenn es überhaupt nichts aussagt. Das weiß ich aus eigener Erfahrung – in meinem Job komme ich ja mit nicht wenigen menschlichen Händen in Kontakt.

Er bleibt auf dem Strand zurück, während Helen – nun ohne Hut – mich zum Lift eskortiert. Bugsiert, sollte man wohl besser sagen, angesichts meines Zustands und der Tatsache, dass ich wie vorher in ihrem Kielwasser rudere.

»Haben Sie nichts zu sagen?«, erkundigt sich ihr Rücken.

Was mir heute zugestoßen ist, hat so überhaupt nichts mit der Wirklichkeit zu tun, und das macht mich leichtsinnig.

»Doch.«

Wir sind wieder im Haus. Ein Zimmer mit dunkelrot gestrichenen Wänden. An einer Seite das riesige goldene Relief eines Buddhagesichts, durchzogen von Rissen wie ein Spinnennetz, die Augen geschlossen, die Wangen gebläht von all den Träumen der letzten tausend Jahre. Darunter eine breite Liege, bezogen mit schwarzem, abgewetztem Leder.

Sie dreht sich um.

»Was denn?«

»Man merkt Ihnen an, dass Sie hier leben. Unter dieser Kuppel. Ihr Teint ist wirklich sehr …« – ich lasse meinen Blick über ihre Beine gleiten, von den Sandalen bis zur Saumkante ihres Kleides –, »… sehr, sehr gleichmäßig. Sehr.«

Helen schweigt, aber ich sehe, wie sich ihre Brust unter dem kaffeefarbenen Stoff hebt.

»Ihnen ist wohl ein wenig heiß geworden«, bemerke ich.

»Mir ist ein wenig eng«, entgegnet sie und richtet den Kragen ihres Kleides.

»Ihr Gemahl hat mir empfohlen, Gelassenheitstabletten zu nehmen. Er findet, dass ich das Tier in mir ausmerzen sollte.«

Helen hebt langsam, gleichsam zweifelnd, die Hand, greift nach ihrer Sonnenbrille und setzt sie ab. Sie hat grüne Pupillen, eingefasst von einem dunkelbraunen Reif, aber irgendwie erscheinen sie mir matt, wie Smaragde, die zu lange unbeachtet in einer Vitrine gelegen sind. Hohe Wangenknochen, eine glatte Stirn, ein schmaler Nasenrücken … Mit ihrer Brille scheint sie auch eine Art Panzer abgelegt zu haben, denn nun spüre ich ihre vollkommene Zerbrechlichkeit – diese einladende, herausfordernde weibliche Zerbrechlichkeit, die jeder Mann sofort zerreißen und niederstampfen möchte.

Plötzlich stehe ich ganz nah vor ihr.

»Tun Sie es nicht«, sagt sie.

Ich ergreife ihre Hand – heftiger als nötig – und ziehe sie nach unten. Ich weiß nicht, ob ich sie damit liebkosen oder ihr Schmerzen zufügen will.

»Das tut weh.« Sie versucht sich zu befreien.

Ich lasse sie los. Sie macht einen Schritt zurück.

»Gehen Sie.«

Auf dem restlichen Weg bis zum Aufzug schweigt Helen. Ich betrachte ihren Nacken, beobachte, wie glänzender Honig darüberfließt. Mir ist klar, dass es meine ungeschickte, falsche Bewegung war, die soeben eine Kollision im Weltraum verhindert hat. Diese unwiderstehliche Anziehungskraft, die sich vorhin so plötzlich aufbaute, lässt allmählich wieder nach, und schon treiben die Flugbahnen unserer Schicksale uns wieder um Hunderte von Lichtjahren auseinander.

Zur Besinnung komme ich erst, als ich bereits in der Kabine stehe.

»Was soll ich nicht tun?«

Helen runzelt ein wenig die Stirn. Sie fragt nicht zurück. Sie erinnert sich an ihre Worte, denkt darüber nach.

»Lassen Sie Ihr Tier in Ruhe«, sagt sie schließlich. »Merzen Sie es nicht aus.«

Die Tür schließt sich.

II · WIRBEL

Eigentlich dürfte ich hier gar nicht sein. Aber ich bin zu aufgewühlt, um nach Hause zu gehen, und zu betrunken, um mich zusammenzureißen – also bin ich hier.

Im Badehaus Quelle.

Von meiner Schale aus gesehen, scheint es das ganze Weltall einzunehmen.

Hunderte großer und kleiner Becken steigen in fächerförmigen Kaskaden in den warmen Abendhimmel auf. Sie alle sind über durchsichtige Röhren miteinander verbunden. Aus den Umkleidekabinen geht es zunächst mit einem Fahrstuhl einen etwa hundert Meter hohen Glasschacht hinauf, an dem die gesamte phantasmagorische Konstruktion befestigt ist. Ganz oben befindet sich ein breites Becken, von wo sich eine Vielzahl gläserner Tunnel in alle Himmelsrichtungen verzweigt. Auf schäumenden Bächen gleitet der Badegast abwärts, von einer Schale zur anderen, bis er diejenige gefunden hat, die ihm zusagt.

Jede dieser mit Meerwasser gefüllten Schalen pulsiert in einer bestimmten Farbe zum Takt einer eigenen Melodie. Dennoch ergibt sich kein kakofonisches Durcheinander: Von einem unsichtbaren Dirigenten geleitet, vereinigen sich Tausende von Schalen zu einem großen Orchester, unzählige Einzelstimmen verschmelzen zu einer einzigen, gewaltigen Sinfonie. Genau wie die Röhren sind auch die Schalen durchsichtig. Blickt man von oben auf sie hinab, erscheinen sie wie Blüten an den Zweigen des Weltenbaums, von unten betrachtet dagegen sind es Heerscharen schillernder Seifenblasen, die der Wind ins abendliche Blau hinausträgt. Auch das vielfarbige Leuchten dieser scheinbar frei schwebenden umgedrehten Glaskuppeln ist nach einem bestimmten Rhythmus synchronisiert: Mal nehmen die Schalen eine einheitliche Tönung an, mal breitet sich ein buntes Farbspiel über sie aus, wie ein Lauffeuer im Gezweig eines wundersamen kristallenen Baobabs, der den Himmel mit der irdischen Feste verbindet.

Der Baobab steht inmitten eines grünen Hochplateaus, umgeben von verschneiten Gebirgsausläufern, hinter denen die Sonne gerade erst untergegangen zu sein scheint. Natürlich sind die grauen Gipfel, die moosbedeckte Ebene davor und der allmählich erlöschende Himmel dahinter nur Projektionen. Nichts davon gibt es wirklich. Tatsächlich existiert nur eine gigantische würfelförmige Box, in deren Zentrum sich dieses unwirkliche Gebilde aus Pseudoglas, einem durchsichtigen Verbundwerkstoff, befindet.

Doch nur mir fällt die Täuschung auf, denn heute habe ich den wahren Himmel und den wahren Horizont gesehen. Die übrigen Besucher des Bades lassen sich wie immer durch nichts irritieren. Auflösung und Raumtiefe dieser Projektion sind so eingestellt, dass das menschliche Auge die Fälschung schon ab zwanzig bis dreißig Meter Entfernung nicht mehr wahrnimmt. Wozu auch: Heutzutage hat niemand mehr das Bedürfnis, die durchsichtigen Barrieren zu überwinden, die die Grenzen dieses komfortablen Selbstbetrugs markieren.

Auch ich selbst will an diese Berge und diesen Himmel glauben, und ich habe genügend Tequila in mir, um die Grenze zwischen Projektion und Realität dahinschmelzen zu lassen.

Wie schläfrige tropische Fische in einem Aquarium rekeln sich die Badegäste in ihren bunten Anzügen in den Becken. Das Badehaus ist ein Fest für die Augen, ein Hort der Frische, der Schönheit und des Begehrens, ein Tempel ewiger Jugend.

Weder Alte noch Kinder sind hier zu sehen: Nichts soll den Besuchern den Genuss verderben, weder moralisch noch ästhetisch. Die gläsernen Gärten sind nur denen zugänglich, die sich ihre Jugend und Kraft bewahrt haben. Alle anderen sollen ruhig in ihren Reservaten bleiben, wo ihre Abnormität niemanden irritiert.

Junge Frauen und Männer kommen allein, paarweise oder auch in größeren Gruppen hierher. Über die Wasserrutschen verteilen sie sich, bis jeder für sich die passende Schale gefunden hat, mit einer Musik, die seiner Stimmungslage entspricht, und in der richtigen Größe, sei es für einsame Gedanken, für eine erotische Vereinigung oder für Spiele unter Freunden. Mit eher schweigsamen Nachbarn, die kein Interesse an einer Kontaktaufnahme haben, oder mit solchen, die Abenteuer suchen und eine ganze Schale elektrisieren können.

Im labyrinthischen Geäst des kristallenen Baobabs gibt es Winkel, in denen man völlig ungestört ist. Doch nicht jeder will sich vor fremden Blicken verbergen: So manche Suchenden vereinigen sich, sobald der erste Funke überspringt, zu einem lüsternen Geflecht, mitunter nur einen Schritt entfernt von zufälligen Augenzeugen. Eine einzige unwillkürliche Berührung, ein heftiges Seufzen oder ersticktes Stöhnen bringt den Zuschauer dazu, sich entweder abzuwenden oder aber sich dem leidenschaftlichen Spiel anzuschließen.

Für gewöhnliche Menschen ist das Badehaus ein Supermarkt des Vergnügens, ein Fahrgeschäft des Glücks, eine höchst beliebte Art und Weise, die Ewigkeit zu verbringen.

Für solche wie mich jedoch ist es Sünde – und verboten.

Ungefähr in der Mitte dieses fiktiven Universums habe ich eine kleine Schale für mich gefunden. Halb liegend betrachte ich die eine Hälfte der unzähligen Seifenblasen, die hoch über mir im Himmel schwebt, während die andere sich unter mir ausdehnt. Der schwere, sinnliche Duft aromatischer Öle hängt in der Luft. Die Glaswand meines Beckens lodert in gedämpftem Violett, leise, aber eindringliche Basstöne passieren meine Haut und erreichen meine innersten Organe; es ist eine ruhige, schwere Musik, doch statt mich einzuschläfern, erregt sie meine Fantasie.

Durch das Glas hindurch blicke ich auf eine Schale weiter unten, in der zwei junge Frauen wie Seesterne ausgestreckt liegen. Sie haben ihre Zeigefinger miteinander verhakt, es sieht aus, als ob sie in der Luft schwebten.

Die Dunkelhäutige trägt einen gelb fluoreszierenden Badeanzug, durch den die braunen Flecken ihrer Nippel durchscheinen. Die andere, rothaarig mit milchweißem Teint, verdeckt mit einem Arm die entblößten Brüste; ihre Haare schwimmen lose verteilt im Wasser, wie ein dunkler Nimbus umrahmen sie ihr schmales, ein wenig kindliches Gesicht. Sie betrachtet die flackernden Glaskugeln, die sich über ihr in den Himmel erheben, dann treffen sich für einen Augenblick unsere Blicke. Anstatt meinem Blick auszuweichen, lächelt sie mir langsam zu.

Ich erwidere ihr Lächeln, dann wende ich mich ab und schließe die Augen. Die Strömung des Salzwassers schaukelt mich sanft, der Tequila rauscht wie Meeresbrandung in meinen Ohren. Ich weiß, ich könnte jetzt eine Etage hinabgleiten, es würde nur wenige Augenblicke dauern, bis ich die Hand des rothaarigen Mädchens ergreife, und ganz sicher würde sie ihr wortloses Versprechen einlösen. Das Badehaus ist ebenso ein Ort für den erfrischenden Aufguss wie für den erleichternden Erguss, ein Zweck, den früher einmal Nachtclubs erfüllten. In den durchsichtigen Schalen ertränkt man seine Einsamkeit, verscheucht sie durch flüchtige Bekanntschaften, kurze, fiebrige Ringkämpfe; zugleich berührt uns diese plötzliche Nähe so unangenehm, dass wir anschließend sofort wieder Reißaus nehmen und uns davonmachen durch die nächstbeste gläserne Röhre.

Wir? Ich tue ja schon so, als gehörte ich zu ihnen. Nein, nicht wir, sondern sie.

Uns, den Unsterblichen, ist der Zugang zum Badehaus durch unseren Ehrenkodex verwehrt. In unseren Regeln wird es als »Brutstätte der Unzucht« bezeichnet.

Natürlich geht es nicht um die Verlockung flüchtigen Taumels, nicht um das spontane, verzweifelte Sich-ineinander-Verschränken von Geschlechtsorganen, sondern darum, was dabei herauskommen könnte. Bisher wird uns Unsterblichen der regelmäßige Konsum von Gelassenheitstabletten noch nicht vorgeschrieben, sondern lediglich dringend empfohlen. Aber der Senator und andere Schutzherren der Phalanx sähen es am liebsten, wenn wir unsere animalische Natur gänzlich ausmerzten. Für uns gibt es eigene Bordelle, wo einem die Huren jegliche Wünsche erfüllen und sämtliche Geheimnisse zu wahren wissen. Jenseits ihrer Mauern haben wir uns jedoch wie Kastraten zu verhalten.

Das gilt auch für mich. Was also mache ich hier? Was habe ich hier zu suchen, Basile?

Platsch!

Jemand lacht laut auf – eine reine, klangvolle Mädchenstimme, in unmittelbarer Nähe. In meiner Schale, wo ich mich vor allen verstecken wollte und doch darauf gehofft habe, dass ich entdeckt werde. Dann eine weitere Fontäne. Ich schweige, gedulde mich, stelle mich schlafend.

Ein Flüstern – offenbar überlegen die beiden, ob sie weiterziehen sollen, die Kaskaden hinab, oder ob es sich lohnt zu bleiben. Die zweite Stimme gehört einem Mann. Sie diskutieren über mich. Das Mädchen kichert.

Ich tue so, als ob mich ihr Spiel überhaupt nicht interessiert.

Es ist ein Pärchen, das durch das Labyrinth der Röhren in meinem Becken gelandet ist. Der junge Mann hat olivbraune Haut, aluminiumfarbene Augen, Arme wie ein Diskuswerfer und einen pechschwarzen Schopf. Das Mädchen ist schwarz, wie aus Ebenholz gemeißelt. Ein Kurzhaarschnitt wie bei einer Jazzsängerin, der Kopf auf einem langen Hals. Schmale Schultern. Die Brüste klein wie Äpfel. Durch das zitternde Wasser sehe ich ihren muskulösen Bauch und ihre schmalen Schenkel trügerisch schwanken, als hätte man sie eben erst in Ebonit gegossen und sie hätten noch nicht ihre endgültige Form angenommen.

Der junge Mann und das Mädchen halten sich am Rand der Schale fest – auf meiner Seite, obwohl die gegenüberliegende nicht besetzt ist. Wahrscheinlich soll ich sie nicht bei ihrem Tun beobachten können. Ist auch besser so. Ich überlege sogar, ob ich mich nicht weitertreiben lassen soll … aber ich bleibe.

Ich schließe die Augen. Eine Minute meines Lebens verrinnt in dem salzigen Nass um mich herum, dann noch eine. Das warme Meerwasser gestattet es, beliebig viel Zeit darin aufzulösen. Wahrscheinlich ist das Badehaus gerade aus diesem Grund den ganzen Tag über gut besucht, obwohl der Eintritt unverschämt teuer ist.

Wieder lacht die Dunkelhäutige – diesmal jedoch gedämpft, verlegen. Ein paar leichte Schläge aufs Wasser – ein scherzhafter Kampf. Ein Juchzer, ein Kiekser, Stille.

Was läuft da ab?

Ein Stück Stoff schwimmt auf dem Wasser, unanständig scharlachrot ist das Oberteil ihres Bikinis, und in erregtem Scharlachrot pulsiert nun auch unser Becken. Der winzige Fetzen nähert sich der Mündung der Röhre, zögert eine Sekunde lang, wie am Rand eines Wasserfalls – und gleitet auf den Wogen abwärts.

Seine Eigentümerin hat nichts von dem Verlust bemerkt. Die Arme weit ausgebreitet, von ihrem Freund an den Rand des Beckens gedrängt, öffnet sie sich ihm immer mehr. Ich beobachte, wie sich ihre zuerst noch verkrampften Schultern allmählich entspannen, sich zurückziehen, und sie seinem Ansturm schließlich nachgibt. Das Wasser brodelt. Weitere Stoffteile landen an der Oberfläche. Er dreht sie mit dem Rücken zu sich – und mit dem Gesicht zu mir. Sie hat die Augen halb geschlossen, ihr Blick ist verschleiert. Zwischen den geschürzten afrikanischen Lippen erkenne ich Zähne, weiß wie Zucker.

»Ah …«

Zuerst suche ich ihren Blick, doch als ich ihn endlich erhasche, ist es mir unangenehm. Der olivfarbene Athlet stößt sie in meine Richtung – wieder und wieder, bis die beiden ihren Rhythmus gefunden haben. Da sie sich nirgends festhalten kann, kommt sie mir Stück für Stück näher. Ich müsste zusehen, dass ich weiterkomme, ich darf nicht, aber trotzdem bleibe ich mit klopfendem Herzen.

Jetzt sieht sie mir direkt in die Augen – sie sucht die Verbindung. Ihre Pupillen wandern, heften sich auf meine Lippen … Ich wende mich ab.

Hier sind überall Kameras, sage ich zu mir. Hör auf. Jeder wird hier beobachtet. Was, wenn sie dir auf die Spur kommen. Du darfst dich hier nicht mal aufhalten, und wenn du jetzt …

In der neuen Welt schämt sich niemand mehr seiner selbst, jedermann stellt sich bereitwillig zur Schau, Intimität findet heute in aller Öffentlichkeit statt. Es gibt nichts zu verbergen, vor wem auch. Seit Einführung des Gesetzes über die Wahl hat die Familie ihren Sinn verloren. Wie ein Zahn nach einer Wurzelbehandlung ist sie nach einer gewissen Zeit spröde geworden und von selbst zerbrochen.

Schluss jetzt. Es ist höchste Zeit. Noch ist es nicht zu spät. Ich gehe. Ich schwimme weiter.

»Komm schon …«, flüstert sie. »Bitte … Komm …«

Ich werfe ihr einen Blick zu. Nur einen.

Ein Stoß … noch einer … Sie ist nur noch einen Schritt von mir entfernt. Zu nah … Ich bin kurz davor … Sie will zu mir … Streckt ihren Hals … Noch reicht es nicht.

»Komm …«

Ich gebe nach. Bewege mich auf sie zu.

Sie riecht nach Fruchtkaugummi. Ihre Lippen sind weich wie Ohrläppchen.

Ich küsse sie. Sie ist offen, verlangt nach mehr. Ich fasse sie ins Genick. Ihre Finger fahren meine Brust hinab, über meinen Bauch, erst unsicher, dann krallt sie sich auf einmal fest. Ein Schmerz hat sie erfasst, salzig und süß, sie will ihn mit mir teilen. Ihr wirres, sinnloses Flüstern ist lauter als das Summen all der Becken.

Es fehlt nicht mehr viel, und es ist um mich geschehen.

Plötzlich – ein Kreischen von oben. Verzweifelt, aus vollem Hals, wie ich es außerhalb der Arbeit noch nie gehört habe. Das Kreischen zerreißt mit einem Schlag die gesamte Harmonie der Schalenmusik, sein Echo hallt durch den Raum. Dann folgt ein weiterer Schreckensschrei, und schließlich setzt ein ganzer Chor verängstigter Ausrufe ein.

Unser Trio fällt auseinander. Die schwarze Schönheit klammert sich verwirrt an den Diskuswerfer, während ich den Blick nach oben richte, um die Ursache für das seltsame Durcheinander herauszufinden. Die Menschen über uns scheinen sich gegenseitig zu stoßen, jemand schreit etwas – doch hier unten ist nichts zu verstehen. Dann schieben sie einen schweren, weißlichen Gegenstand in die Röhre, der nun langsam auf die nächsttiefere Schale zugleitet. Einen Augenblick später herrscht dort höchste Panik. Die Szene wiederholt sich: kreischende Frauenstimmen, Ausrufe des Entsetzens, Chaos. Körper, die sich eben noch frei und ungezwungen bewegten, scheinen auf einmal wie gelähmt.

Etwas Seltsames und Furchtbares spielt sich dort ab – keine Ahnung, worum es eigentlich geht. Es sieht aus, als wäre irgendein ekelerregendes Tier, ein Monster in das Badehaus gelangt und glitte nun langsam durch das Rohrsystem abwärts. Es scheint in unsere Richtung zu kommen und auf seinem Weg jeden, der es ansieht, mit Wahnsinn zu infizieren.

Wieder schäumt Wasser wie bei einem Handgemenge – und wieder verlässt das Etwas die Schale und kriecht weiter hinab. Für einen Augenblick glaube ich, es könnte sich um einen Menschen handeln … Aber diese Bewegungen … Träge plumpst der Gegenstand nun in das Becken direkt über uns. Was kann das sein? Die Glashülle dort strahlt dunkelblau und ist daher fast undurchsichtig, keine Chance zu erkennen, was da unaufhaltsam auf uns zukommt. Selbst die Leute in dem Becken scheinen nicht gleich zu begreifen, was sie vor sich sehen. Jetzt berühren sie es …

»Mein Gott … Das ist ja …«

»Schaff es weg! Raus damit!«

»Aber das ist doch …«

»Rühr ihn nicht an! Bitte! Nicht!«

»Was sollen wir tun? Was sollen wir jetzt nur tun?!«

»Schieb es weg! Ich will nichts damit zu tun haben!«

Das seltsame Geschöpf wird auch aus dieser Schale ausgestoßen und nähert sich nun ohne Hast der unseren. Ich schiebe mich vor das kurzhaarige Mädchen und ihren Diskuswerfer. Die beiden machen einen ziemlich verstörten Eindruck, auch wenn der junge Mann sich mutig gibt. Was immer da auf uns zugleitet, ich bin besser auf diese Begegnung vorbereitet als die beiden.

»Was zum Teufel …«

Endlich ist es nah genug, dass ich es in Augenschein nehmen kann. Ein schwerer, praller Sack, der Kopf tanzt hin und her wie angenäht, als gehörte er gar nicht zu dem Rest, die Gliedmaßen sind unnatürlich verrenkt, mal scheinen sie zu rudern, mal sich irgendwo festhalten zu wollen. Kein Wunder, dass der hier überall solche Panik auslöst.

Ein Toter.

In diesem Augenblick schwappt er, den Kopf voraus, träge in unser Becken, taucht ab und verharrt unter der Wasseroberfläche. Seine Arme hängen auf Brusthöhe herab und bewegen sich leicht hin und her, bewegt von den unsichtbaren Strömungen, die durch das gesamte Badehaus zirkulieren. Es sieht aus, als sei er der Dirigent, der den Chor der Badeschalen leitet. Seine Augen sind geöffnet.

»Was ist das?«, murmelt der Diskuswerfer verblüfft. »Ist er etwa …«

»Ist er tot? Er ist tot, ja?!« Die Freundin scheint einen hysterischen Anfall zu bekommen. »Er ist tot, Claudio! Er ist tot!«

Dem Mädchen ist klar, dass der Tote nachdenklich ins Nichts blickt, doch offenbar hat sie das Gefühl, dass er sie unter Wasser anstarrt. Reflexartig bedeckt sie ihre Scham mit den Händen, dann hält sie es nicht mehr aus und stürzt sich – splitterfasernackt – in die nächstbeste Röhre, um diesem furchterregenden Gast zu entgehen. Der Diskuswerfer hält sich noch, will nicht als Feigling erscheinen, doch auch er zittert.

Verständlich. Die beiden sind noch nie mit dem Tod konfrontiert worden – wie wohl auch alle Badehausgäste weiter oben, die die Leiche aus ihrer Schale vertrieben haben. Sie wissen mit dem Tod nichts anzufangen. Sie halten ihn für ein abscheuliches Relikt, kennen ihn aus historischen Filmen oder aus irgendwelchen Nachrichten über Russland, aber in ihrem näheren oder weiteren Bekanntenkreis ist noch nie jemand gestorben. Den Tod hat man vor vielen Jahrhunderten abgeschafft, besiegt, wie zuvor die Pocken oder die Beulenpest; und ebenso wie die Pocken existiert der Tod in ihrer Vorstellung nur noch irgendwo in geschlossenen Reservaten oder hermetisch abgeriegelten Labors, aus denen er niemals mehr ausbrechen kann – es sei denn, sie rufen ihn selbst herbei. Alles, was sie tun müssen, ist, nach dem Buchstaben des Gesetzes zu leben.

Doch auf einmal ist er aus seinem Gefängnis ausgebüchst, als könnte er durch Wände gehen, und taucht einfach so in den

Gärten der ewigen Jugend auf. Mit furchterregender Gleichmut dringt Thanatos in Eros' Reich der Träume ein, nimmt genau in dessen Mitte Platz, als sei er hier der Hausherr, und blickt mit seinen toten Augen auf die jungen Liebenden, deren noch immer erregte Geschlechtsteile unter seinem Blick erschlaffen.

Im Schatten eines Toten sind die Lebenden auf einmal nicht mehr so überzeugt von ihrer Unsterblichkeit. Also versuchen sie ihn zu vertreiben, ihn von sich zu stoßen – doch er setzt seinen Triumphzug immer weiter fort wie einer der apokalyptischen Reiter.

Ich aber verjage ihn nicht. Wie hypnotisiert blicke ich Thanatos ins Gesicht.

Wahrscheinlich vergehen so einige Sekunden. Im Schatten des Toten gerinnt die Zeit, erstarrt zu Eis.

»Was sollen wir tun?«, stottert Claudio. Er ist immer noch da, auch wenn sich seine Gesichtsfarbe von Olivbraun zu Aschgrau gewandelt hat.

Ich schwimme auf die Leiche zu, nehme sie in Augenschein. Blonde Haare, füllige Statur. Das Gesicht angstverzerrt, die Augen weit aufgerissen, der Mund leicht geöffnet. Keine äußeren Verletzungen zu erkennen. Ich packe ihn unter den Achseln und befördere ihn an die Oberfläche. Er lässt den Kopf hängen, aus Mund und Nase fließt Wasser. Wahrscheinlich zu viel davon geschluckt und ertrunken, mehr ist da nicht zu diagnostizieren. So etwas kommt höchst selten vor: Drogen und Alkohol werden innerhalb des Badehauses nicht verkauft, und man muss sich schon selten dumm anstellen, um hier drin zu ertrinken, wo einem das Wasser gerade mal bis zur Brust geht.

Auf einmal weiß ich, was zu tun ist – ich kenne es aus Schulbüchern und habe es im Internat oft geübt. Ertrunkene kann man noch nach zehn Minuten, ja manchmal sogar nach einer halben Stunde aus dem Jenseits zurückholen. Künstliche Beatmung, Herzdruckmassage und so. Verdammt, ich dachte, ich hätte diese Worte schon längst vergessen – ich habe sie noch nie gebraucht!

Der Tequila tut sein Übriges, um mich davon zu überzeugen, dass ich das schaffen kann.

Ich umfasse den Körper des Mannes und schleppe ihn bis an den Rand des Beckens, wo es einen Vorsprung gibt, auf den man sich setzen kann. Dem Toten scheint es an der frischen Luft gar nicht zu gefallen, er beginnt vom Sitz zu rutschen und drängt mit aller Macht zurück ins Wasser. Wie gelähmt vor Entsetzten starrt Claudio mich an.

Also … Seine Lungen sind jetzt sicher voller Wasser, stimmt's? Meine Aufgabe ist es, sie wieder freizubekommen. Das Wasser durch Luft zu ersetzen. Danach das Herz wieder in Gang bringen. Dann wieder künstliche Beatmung. Dann wieder das Herz. Und nicht aufhören, bis es endlich klappt. Es muss einfach klappen, auch wenn ich das noch nie zuvor gemacht habe.

Ich beuge mich über die Wasserleiche. Die Lippen des Mannes sind blau, aus den Augen tritt Meerwasser, salzig wie echte Tränen. Er starrt an mir vorbei in den Himmel.

Mist! Ich kann mich nicht überwinden, seinen Mund zu berühren. Ich brauche einen persönlichen Bezug. Einen Namen oder so. Na gut, dann heißt er eben Fred. Mit Fred macht das mehr Spaß als mit irgendeiner unbekannten Wasserleiche.

Ich hole tief Luft und lege meinen Mund auf seine Lippen. Sie sind kalt – aber nicht so kalt, wie ich dachte.

»Was tust du da?!« In der Stimme des aschfahlen Claudio liegen Grauen und Ekel zugleich. »Bist du völlig übergeschnappt?!«

Ich beginne zu blasen. Sofort klappt sein Unterkiefer auf, und ich habe seine Zunge im Mund – wie ein weicher, fleischiger Lappen berührt sie die meine. Ungefähr wie bei einem Kuss.

Ich reiße mich von dem Ertrunkenen los. Augenblicklich habe ich seinen Namen wieder vergessen. Als mir endlich dämmert, was da eben passiert ist, muss ich mich fast übergeben.

»Ich rufe den Sicherheitsdienst!«

Sobald ich mich wieder unter Kontrolle habe, werfe ich einen Blick auf den Mann, dann auf Claudio, der inzwischen eine grünliche Färbung angenommen hat – wahrscheinlich ist es das Leuchten unserer Schale, das sich auf seiner gepflegten Haut spiegelt.

»Fred«, sage ich zu der Leiche. »Ich tue das hier für dich. Also mach jetzt bitte keinen Scheiß, okay?«

Ich hole aus und schlage ihm mit der Faust auf den Brustkorb – dort, wo sich nach meiner Kenntnis das Herz befinden müsste.

»Du bist ja völlig bekloppt!«, brüllt mich der Diskuswerfer an.

Fred rutscht immer wieder von dem Vorsprung ins Wasser. Wenn der so weitermacht, kriege ich ihn nicht wieder hin. Ich wende mich Claudio zu.

»Komm her!«

»Ich?«

»Tempo! Heb ihn an, und halt ihn fest, damit sein Gesicht über Wasser bleibt!«

»Was?!«

»Ich sage, heb ihn an! Hier, nimm ihn hier!«

»Ich fasse den doch nicht an! Er ist tot!«

»Hör mal, du Vollidiot! Wir können ihn noch retten! Ich versuche gerade, ihn zu reanimieren!«

»Ich mach da nicht mit!«

»Machst du doch, Arschloch! Das ist ein Befehl!«

»Hilfe!«

Flink wie ein Fischlein stürzt er sich in die Röhre, und ich bleibe mit Fred allein. Ich überwinde mich, drücke meinen Mund wieder auf den seinen, rolle die Zunge ein – und blase aus voller Kraft.

Dann setze ich ab, hole aus und prügle ihm erneut aufs Brustbein. Und wieder atme ich Luft in ihn hinein.

Schlagen! Atmen! Schlagen! Atmen! Schlagen!

Woher soll ich wissen, ob ich alles richtig mache? Ob er noch eine Chance hat? Wie lange seine Lungen schon voller Wasser sind?

Atmen!

Woher soll ich wissen, ob da irgendwo in irgendeinem entfernten Winkel seines sauerstoffarmen Gehirns noch ein Bewusstsein sitzt und mir lautlos zuruft: »Ich bin hier!«, oder ob er schon längst krepiert ist, und ich hier mit einem Stück Fleisch ringe?

Schlagen!

Atmen!

Immer wieder ziehe ich seinen Kopf auf den Vorsprung zurück, damit das Wasser nicht wieder in die Lungen zurückfließt.

Hör auf herumzuzappeln! Hörst du jetzt endlich auf, du Idiot!

Schlagen! Atmen!

Er muss wieder zu sich kommen!

Los, atme!

Fred will einfach nicht wieder aufwachen. Je länger sein Widerstand andauert, desto mehr gerate ich in Fahrt, desto verzweifelter hämmere ich gegen sein Herz, und desto wilder presse ich meine Luft in ihn hinein. Ich will es mir nicht eingestehen, dass ich ihn nicht mehr retten kann.

Schlagen!

Wie kann ich sicher sein, dass ich alles richtig mache?

Atmen!

Er bewegt sich nicht. Er blinzelt nicht, hustet nicht, spuckt kein Wasser, starrt mich nicht verblüfft an, lauscht nicht ungläubig meinem Bericht, bedankt sich nicht für seine Rettung. Wahrscheinlich habe ich ihm sämtliche Rippen gebrochen und seine Lungen zerfetzt, aber er spürt trotzdem nichts.

»Also gut … Folgender Vorschlag …«

Ein letzter Schlag! Ein letztes Mal atmen!

Ein Wunder!

»Na, wie wär's mit einem Wunder?!«

Er schwankt ein wenig …

Nein. Er will wieder ins Wasser zurück.

Ich lasse die Arme sinken.

Fred starrt nach oben. Ich würde ihm gern sagen, dass seine Seele jetzt irgendwo dort ist, in dem Himmel, auf den er seinen Blick geheftet hat. Es ist fünfhundert Jahre her, seit man zuletzt an so was geglaubt hat. Und ich will Fred nicht anlügen: Für eine Seele hatte er, genau wie wir alle, keine Verwendung, und der Himmel über seinem sanft hin und her schaukelnden Kopf ist sowieso nur gemalt.

»Versager«, sage ich stattdessen zu ihm. »Elender Versager.«

Noch ein Schlag! Und noch einer!

Und noch einer!!!

»Treten Sie zurück«, ertönt eine strenge Stimme hinter mir. »Er ist tot.«

Ich drehe mich um. Zwei Männer in weißen Schwimmanzügen mit dem Logo der Quelle. Security.

»Ich versuche ihn zu reanimieren!«

Fred rutscht von dem Vorsprung herunter und plumpst mit dem Gesicht voraus ins Wasser.

»Beruhigen Sie sich«, entgegnet der Wachmann. »Sie benötigen psychologische Unterstützung. Wie heißen Sie?«

Die beiden fördern einen netzartigen, länglichen Sack zutage, weiß mit bunten Streifen an der Seite. Sie entfalten ihn unter Wasser und treiben Fred mit geschickten Bewegungen hinein. Dann ziehen sie den Sack zu. Jetzt sieht er aus wie eine dicke aufblasbare Wurst.

»Wie heißen Sie?«, fragt der Wachmann erneut. »Es kann sein, dass Sie als Zeuge gebraucht werden.«

»Ortner«, antworte ich lächelnd. »Nicholas Ortner 21K.«

»Wir hoffen, dass Sie nichts von dem, was Sie hier gesehen haben, in der Öffentlichkeit verbreiten, Herr Ortner«, fährt er fort. »Das Badehaus Quelle ist sehr sensibel in Bezug auf die Wahrung seines guten Leumunds, und unsere Juristen …«

»Keine Sorge«, unterbreche ich ihn. »Sie werden von mir nichts mehr hören.«

Einer der beiden Wachleute taucht in die Röhre hinab, der andere hebt Fred, die Wurst, an, schickt ihn auf seinen letzten Schwimmausflug und beschließt dann selbst den Trauerzug. Meine Augen folgen ihnen. In dem Becken unter uns ruft der bunte Sack noch ängstliche Reaktionen hervor, auf der nächsttieferen Ebene Ekel, doch bereits ein Becken weiter wird er nur noch neugierig zur Kenntnis genommen, und ab da interessiert sich niemand mehr dafür.

Endlich lasse ich Fred ziehen und lehne mich gegen den Rand der Schale. Eigentlich muss ich hier schleunigst verschwinden, aber noch warte ich ab. Sollen ihn die Sicherheitsleute erst mal bis zum Ausgang schleppen – ich will weder ihnen noch dem Ertrunkenen jemals wieder begegnen. Ich schließe die Augen und versuche meinen Atem zu kontrollieren.

Ich fühle mich ausgelaugt, dumm und hilflos. Was sollte das eigentlich?! Warum musste ich unbedingt versuchen, ihn wiederzubeleben? Warum bin ich nicht abgehauen, warum habe ich die Leiche nicht einfach weitergeschoben? Vor wem wollte ich angeben? Was wollte ich mir damit beweisen?!

Sobald der quietschbunte Sack samt Geleit außer Sichtweite ist, stürze ich mich ebenfalls in eine der Röhren. Aus Versehen stoße ich mit dem Bein an einer Kante an und bin dankbar für den Schmerz. Am liebsten würde ich mich selbst schlagen. Mir die idiotische Birne weich prügeln.

Auf dem Heimweg verfolgt mich der Gedanke an Fred: Wie hat er es nur hinbekommen, einfach so zu sterben? Wenn unsere durchschnittliche Lebensdauer bei siebzig Jahren läge, wäre sein Tod nichts Außergewöhnliches. Aber sie strebt nun mal gen Unendlich, und die Kurve im Diagramm wird nur von solchen Unglücksraben wie ihm ein wenig abgeflacht …

Er hätte gut und gern noch tausend Jahre weiterleben können und wäre immer so jung geblieben wie jetzt. Vielleicht hätte er sogar noch ein paar Kilo abgenommen … Wenn ich ihn wieder zurückgeholt hätte.

Ich hätte ihn einfach in Frieden lassen sollen, dann wäre mein Besuch im Badehaus vielleicht unbemerkt geblieben.

Nun werden sie mich als Zeugen suchen. Völlig sinnlos, das Ganze.

Ich dränge mich durch die wuselnde Menge.

Ich hasse Menschenansammlungen.

Wenn sich viele menschliche Körper an einem Ort häufen und sich an mich drücken, an mir kleben, meine Bewegungen einschränken, mir die Luft zum Atmen nehmen, an meinen Armen hängen, auf meine Füße trampeln – dann schüttelt es mich. Ich will losbrüllen, sie alle mit einem Schlag wegfegen und davonlaufen, über fremde Beine und Köpfe hinweg. Aber wohin? Egal wie viele Türme wir bauen, der Platz wird nie für alle reichen.

Ich habe meine eigene Methode, um auf öffentlichen Plätzen vorwärtszukommen: Ich nenne sie Eisbrecher. Ich stelle mich leicht seitlich, schiebe den rechten Ellenbogen voraus und stemme zusätzlich meine linke Hand gegen die rechte Faust. So wird aus meinem Körper ein sehr stabiler Rahmen. Mein Gewicht verlagere ich nach vorn, als würde ich schwanken, dann ramme ich den Ellenbogen in die Menschenmenge und schiebe meinen Körper hinterher. Die Leute stoßen gegeneinander, reiben sich, fluchen, berühren sich insgeheim und schieben alles auf das unsägliche Gedränge. Ich dagegen fräse mich unaufhaltsam durch diesen Brown'schen Müllberg, ohne Rücksicht auf Verluste.

Hätte ich diese Methode nicht erfunden, wäre ich längst durchgedreht. Wahrscheinlich wäre ich einfach irgendwo in der Menge hängengeblieben und hätte mich darin ein für alle Mal verloren.

Mit letzter Kraft erreiche ich die Schleuse und drücke auf den Kommunikator. Das Signal ertönt, die Schleuse lässt mich ein und trennt mich vom überflüssigen Rest der Masse. Endlich bin ich dem Gedränge entkommen.

Endlich: mein Block.

Eine zwanzig Meter hohe orangene Wand, eingeteilt in exakt gleich große Quadrate, jedes davon mit einer Klappe. Außen an der Wand ist eine Gitterkonstruktion aus Treppen und Brücken befestigt, sodass jeder Wohnkubus einen eigenen Zugang besitzt. Angeblich haben sich die Architekten von alten Motels inspirieren lassen, von wegen Romantik und so. Außerdem soll diese offene Bauweise mit dem lebensbejahenden Anstrich gut für Klaustrophobiker sein. Die können mich mal, diese Schlauberger.

Nach dem Scheißgedränge könnte ich eine Dusche gebrauchen.

Am Blockeingang steht ein Tradeomat, bei dem man alles Mögliche kaufen kann: Proteinriegel, Alkohol in Kompositflaschen, sämtliche Tabletten, die man so braucht. Die junge Verkäuferin trägt einen Pony, blickt doof aus ihren blauen Augen, ihr weißes Hemd steht bis zum dritten Knopf offen.

»Hallo!«, begrüßt sie mich. »Was darf's sein? Die Heuschrecken sind heute ganz frisch!«

»Haben Sie *Cartel* da?«

»Natürlich! Wir haben für Sie immer ein Fläschchen auf Lager.«

»Wie nett. Lass rüberwachsen. Und von deinen Grashüpfern auch eine Portion.«

»Süß oder salzig? Wir haben auch welche mit Kartoffel- oder Salamigeschmack.«

»Die salzigen. Das wär's.«

»Natürlich, die salzigen!«, ruft sie und klatscht sich drollig mit dem Patschehändchen gegen die Stirn. »Wie immer.«

Der Kommunikator an meinem Arm fordert mich auf, den Zeigefinger auf das Display zu legen, um die Zahlung zu autorisieren. Gleich darauf händigt mir der Automat eine Tüte mit meinen Einkäufen aus.

»Fast hätte ich's vergessen: Wollen Sie nicht die neuen Glückstabletten probieren?«

»Tabletten?«

»Ganz ausgezeichnet, wirklich! Die Wirkung ist einfach umwerfend! Hält bis zu drei Tagen an. Und keine Entzugserscheinungen danach wie bei anderen Produkten.«

»Woher weißt du das?«

»Was?«

»Woher willst ausgerechnet du wissen, dass die Wirkung so umwerfend ist? Hast du einen Vergleich?«

»Was wollen Sie damit sagen?«

»Na, bist du etwa jemals glücklich gewesen?«, kaue ich ihr genüsslich vor. »Auch nur für eine einzige Sekunde, hm?«

»Aber Sie wissen doch, dass ich nicht …«

»Natürlich nicht! Warum zum Teufel behauptest du dann …«

»Warum sagen Sie so etwas?« Die Kränkung in ihrer Stimme klingt so natürlich, dass es mir schon fast unangenehm ist. Eine absurde Situation.

»Na schön … entschuldige.« Warum sage ich das überhaupt? »Ist mir so rausgerutscht. Ich hatte einen schweren Tag. Ziemlich lang und … ziemlich merkwürdig.«

»Merkwürdig?«

»Sieht so aus, als hätte ich eine Menge Sachen angestellt, die ich eigentlich gar nicht tun wollte. Du weißt ja, wie das manchmal so ist, oder?«

Sie hebt ihre niedlichen Schultern und klappert mit den Wimpern.

»Du nimmst dir fest vor, eine bestimmte Sache niemals zu tun«, erkläre ich. »Aber eines schönen Tages wachst du auf, und schon steckst du mittendrin, in dieser einen Sache, und dann ist es zu spät, den Rückwärtsgang einzulegen. Du hast keine Ahnung, wie das alles passieren konnte. Und es gibt niemanden, den du fragen könntest. Oder mit dem du darüber reden könntest.«

»Fühlen Sie sich einsam?«

Der flüchtige Seitenblick, den sie mir zuwirft, ist so professionell gemacht, dass ich alles vergesse und darauf reinfalle.

»Tja … Und du?«

»Ich dachte nur, wenn Sie sich einsam fühlen, dann wären unsere neuen Glückstabletten vielleicht genau das, was Sie jetzt brauchen könnten … Wollen Sie nicht doch mal welche probieren?«

»Lass mich mit deinen Scheißtabletten in Ruhe! Glück kann man nicht fressen, kapiert?! Also hör endlich auf, es mir aufzuschwatzen!«

»He, Onkel … Reg dich nicht so auf.« Ich höre ein spöttisches Glucksen in meinem Rücken. »Du weißt ja wohl, dass sie nicht echt ist, oder? Oder willst du sie etwa poppen? Dann mach aber mal hinne, hier warten nämlich noch andere!«

»Du kannst mich mal …« Ich drehe mich um und trete zur Seite.

Hinter mir steht eine geschlechtslose Vogelscheuche in einem roten, fluffigen Hoody. Sie macht einen Schritt nach vorn und nimmt dreist meinen Platz am Ausgabefenster ein.

»Vielen Dank für Ihren Einkauf«, ruft mir die Verkäuferin zum Abschied zu.

»Hol mir Isabella her«, beordert die Vogelscheuche den Tradeomaten. »Diese frigide Puppe hier geht mir auf den Sack.«

Die aufdringliche, blauäugige Schnalle verschwindet sogleich diensteifrig, und an ihrer Stelle erscheint eine andere Projektion: südlicher Typ, lockiges Haar und breite Hüften, dazu ein schwerer Busen und vulgäres Make-up.

»Was glotzt du so? Zieh Leine, Dumpfbacke!« Die Vogelscheuche nickt in meine Richtung. »Hi, Isa! Was geht?«

Zum Abschied kriegt er von mir eins auf die Braue.

Merkwürdiger Tag.

Erst als ich mich in meinen Kubus gezwängt habe, merke ich, dass in meiner Packung Schlafmittel nur noch ein Kügelchen drin ist. Morgen muss ich unbedingt neue kaufen, sonst …

Ich sehe mich um: Wie immer herrscht perfekte Ordnung. Das Bett ist gemacht, die Kleidung im Regal gebügelt und sortiert, die Uniform liegt an einem eigenen Platz bereit, sauber und in zweifacher Ausfertigung, die Schuhe ordentlich in Schonern, auf dem ausklappbaren Tisch mit dem Bedienpult ein Kästchen mit Souveniren, an der Wand eine alte Mickymaus-Maske aus Plastik, ein billiges Spielzeug, wie man es vor langer Zeit in Vergnügungsparks verkaufte.

Sonst ist hier nichts: Ich hasse Überflüssiges. Man könnte einwenden, dass es in einem Kubus der Größe zwei mal zwei mal zwei gar nicht anders geht, aber da würde ich widersprechen. Wer keinen Hang zur Ordnung hat, dem folgt das Chaos bis ins Grab.

Es ist alles im Lot. Alles im Lot. Alles im Lot.

Bevor es mir hier zu eng wird, befehle ich meinem Heim: »Fenster! Toskana!«

Eine der Wände – genau gegenüber meiner Schlafkoje – flammt auf und verwandelt sich in ein Fenster, das vom Boden bis zur Decke reicht. Dahinter erscheinen meine geliebten Hügel, der Himmel und die Wolken. Alles nur Lug und Trug, aber ich bin mit Surrogaten aufgewachsen.

Ich nehme einen Schluck aus der Flasche, dann drücke ich die letzte Schlafpille aus der Packung, werfe sie ein, mache es mir auf meiner Liege bequem und beginne das Kügelchen zu lutschen. Tief atmend, starre ich auf die Landschaft jenseits des Fensters.

Nur fünf Minuten muss ich durchhalten. So lang braucht das Kügelchen, um mich ins Nichts zu befördern. Sollen die ihre Glückstabletten und Gelassenheitspillen doch selber fressen, solange sie mir meine kleinen runden Freunde lassen. Die schalten mir für genau acht Stunden das Licht aus, und zwar garantiert ohne Träume. Eine geniale Erfindung. Mehr brauche ich nicht, um gelassen und glücklich zu bleiben.

Das Schlafmittel liegt angenehm sauer auf der Zunge. Ich nehme immer die mit Zitronengeschmack – die passen gut zu Tequila. Schließlich kann sich nicht jeder echte Zitronen leisten. Und die echte, sonnige Toskana sowieso niemand. Ist ja auch scheißegal.

Ich schalte das Licht aus, ziehe die Dunkelheit wie eine Hülle über mich. Ich bin ein lustiger Sack, weiß und regenbogenfarben. Etwas zieht mich durch eine durchsichtige Röhre. Am einen Ende befindet sich eine Schale mit Meerwasser, am anderen – das Nichts.

III · RAZZIA

Na schön, ich gebe zu, es gibt auch normale Aufzüge.

Vorsintflutliche Glaskästen, die an den Fassaden uralter Türme entlangkriechen. Zumindest eine Zeit lang kann ich es darin aushalten, auch wenn es eine Ewigkeit zu dauern scheint, bis sie von den oberen Ebenen bis ganz nach unten gelangen.

Dieser Aufzug ist groß: Gut dreißig Personen passen hinein, und jetzt ist er gerade mal zu einem Drittel gefüllt. Von außen sieht er wie eine gläserne Halbkugel aus, eine von mehreren Dutzend, die an der Fassade dieses gigantischen Turms kleben – eines Wolkenkratzers wie aus einem Eisblock gefräst.

Außer mir befinden sich noch neun weitere Personen in der Kabine. Zuerst bleibt der Blick an einem düsteren Zwei-Meter-Hünen haften, der auf seiner Lippe kaut. Mit seinen roten, tränenden Augen und der schniefenden Nase sieht es aus, als ob er weint. Neben ihm steht ein untersetzter Herr, Typ Geschäftsmann auf dem Weg ins Büro, der sich nachdenklich den Nacken reibt. Ein kurz geschorener, irgendwie ungeschickt wirkender Lulatsch mit dicken, unentwegt grinsenden Lippen unterhält sich leise mit einem sommersprossigen Lockenkopf, der in einem geblümten Hawaiihemd steckt. Der Hüne sieht die beiden missbilligend an.

Ein kleines, hageres Männlein mit erschöpftem, nervösem Gesicht dämmert im Stehen, obwohl seine beiden tuschelnden

Nachbarn ihm direkt ins Ohr zu kichern scheinen. Etwas weiter ragt eine lange Bohnenstange auf, der Mann hat eine knorpelige Nase, traurige dunkle Augen und beeindruckend große Ohren, die unter seinem sorgfältig gewaschenen Haarschopf hervorschauen. Trotz seines seltsamen Äußeren strahlt er vollkommene Gelassenheit aus: Möglicherweise ist das Männlein neben ihm gerade deswegen – beschattet von den beiden enormen Lauschern seines Nachbarn – eingenickt.

Meine Aufmerksamkeit gilt jedoch einem anderen Passagier: einem kahlgeschorenen, schmächtigen Jüngelchen. Er ist fast noch ein Teenager, Typ zwielichtiges Gesindel. In einer anständigen Box würden ihn alle misstrauisch beäugen; hier aber hat ihn nur ein Mitfahrer im Blick: der zehnte Mann, ein kräftiger, glatzköpfiger Typ mit Schnauzer. Wenn ich raten müsste, würde ich sagen: ein Polizist.

Der Typ ist der klassische romantische Held: ein Körperbau wie der vitruvianische Mann, die Gesichtszüge edel wie die des »David«, kraushaarig und noch dazu mit träumerischen Zügen. So einer würde im Badehaus für Furore sorgen.

Ich lehne meine Stirn gegen die Scheibe.

Immer tiefer tauchen wir in diesem Einmachglas hinab; eben befinden wir uns irgendwo auf mittlerer Höhe. Von hier aus gesehen, scheinen die Türme schier endlos aufzuragen, bis sich ihre Wipfel berühren. Irgendwo unter uns, in ebenso weiter Entfernung, wachsen ihre Wurzeln zusammen. Myriaden von Lichtern brennen. Weit und breit ist kein Ende, kein Rand dieser Stadt zu erblicken.

Europa. Eine enorme Gigapolis, die den halben Kontinent unter sich begraben hat. Erde wie Himmel hat sie rücksichtslos in Besitz genommen.

Vor langer Zeit bauten die Menschen einen Turm, der bis zu den Wolken reichen sollte; Gott bestrafte sie für ihren Hochmut, indem er Zwietracht unter ihnen säte und sie verschiedene Sprachen sprechen ließ. Ihr großartiges himmelhohes Bauwerk wurde zerstört. Zufrieden grinsend, steckte sich Gott eine Zigarette an.

Die Menschen ließen damals vom Himmel ab – aber nicht für lange. Im Handumdrehen hatten sie Gott in eine Ecke gedrängt und schließlich ganz ausquartiert. Heute steht Europa voller Babylonischer Türme, aber der Grund dafür ist nicht menschlicher Hochmut; es gibt einfach nicht genug Platz zum Leben.

Auch die Lust an einem Wettstreit mit Gott ist den Menschen längst vergangen, denn die Zeit, als er der Einzige war, ist vorbei. Heute ist er nur noch einer von 120 Milliarden – sofern er in Europa gemeldet ist. Daneben gibt es ja noch Panamerika, Indochina, Japan mit seinen Kolonien, die Latinos und schließlich Afrika: insgesamt eine knappe Billion Menschen. Die Erde ist einfach zu eng geworden, der Platz reicht nicht für Betriebe und Agrofabriken, Büros und Arenen, Badehäuser und Naturpark-Imitate. Wir sind zu viele, deshalb haben wir ihn höflich gebeten, ein wenig beiseitezurücken. Wir brauchen den Himmel dringender als er.

Europa sieht aus wie ein fantastischer Regenwald: Die Türme gleichen Baumstämmen, viele haben einen Umfang von mehr als einem Kilometer, sind mehrere Kilometer hoch und behängt mit Transportschläuchen, die sich wie Lianen von einem zum anderen spannen. Diese Türme erheben sich über dem Rheintal genauso wie über den Tälern der Loire, sind in Portugal und in Tschechien emporgewachsen. Was früher einmal Barcelona,

Marseille, Hamburg, Krakau und Mailand war, ist jetzt ein einziges Land, eine einzige Stadt, eine Welt in sich. Ein jahrhundertealter Traum ist in Erfüllung gegangen: Europa ist endlich wirklich eins – und wer will, durchquert es zur Gänze über Transportschläuche und -tunnel auf der Höhe des hundertsten Stockwerks.

An einigen Stellen ist dieser großartige Wald lichtdurchflutet, an anderen erscheint er unwirtlich und düster. Viele Gebäude sind fensterlos, außen liegende Versorgungsleitungen umranken die Turmstämme wie parasitäre Schlingpflanzen. Doch das Wertvollste befindet sich in ihrem Innern, denn während das neue Europa immer weiterwuchs, nahm es das alte gänzlich in sich auf: Ob mittelalterliche Kirchen, antike römische Paläste, ob die Pariser Gassen mit ihrem Kopfsteinpflaster und ihren schmiedeeisernen Straßenlaternen oder die gläserne Kuppel des Berliner Reichstags – all das befindet sich jetzt im Bauch der neuen Giganten, gehört sozusagen zur Innenausstattung der unteren Stockwerke. Manches musste abgerissen werden, um gewaltige Stützen in den Boden treiben und Mauern hochziehen zu können. Eine neue Welt lässt sich eben nicht errichten, ohne das eine oder andere umzuplanen.

Nun spannen sich also über den Dächern der Prager Altstadt, den Türmen der Fischerbastei in Budapest und dem Madrider Königspalast Hunderte neuer Dächer, eins über dem anderen, dazu Parks und Slums, Bäder und Fabrikkomplexe, Schlafboxen und Unternehmenssitze, Stadien, Schlachtereien und Villen. Eiffelturm, Tower und Kölner Dom stauben unter künstlichen Wolken vor sich hin – in den Kellern jener neuen Türme, Paläste und Kathedralen, die wahrhafte Größe und ewige Dauer für sich in Anspruch nehmen.

Denn nur solche Bauten sind des neuen Menschen würdig, der seinen eigenen Körper aufzubrechen vermochte und damit das Todesurteil annullierte, das der bärtige Naturalist ihm in die DNA eingeschrieben hatte. Diesem neuen Menschen gelang es, sich selbst umzuprogrammieren. Einst ein eher schlecht haltbares Spielzeug seines Schöpfers, hat er heute ewige Jugend erlangt, kennt keinen körperlichen Verfall, ist endlich frei, vollkommen.

Er hat aufgehört Geschöpf zu sein und ist stattdessen selbst zum Schöpfer geworden.

Millionen von Jahren hatten die Menschen einen einzigen, sehnsuchtsvollen Traum: den Tod zu besiegen, sein Joch abzuwerfen, endlich nicht mehr in ewiger Angst zu leben, frei zu werden! Kaum gingen wir aufrecht, kaum hatten wir den ersten Stock in die Hand genommen, da dachten wir schon daran, wie wir den Tod überlisten könnten. In unserer ganzen Geschichte, nein, sogar noch früher, als die Geschichte der Menschheit noch eine Ursuppe des Unbewussten war, strebten wir nur danach. Die Menschen fraßen Herz und Leber ihrer Feinde, suchten am Ende der Welt nach mystischen Quellen, schluckten zerstoßene Rhinozeros-Hörner und geriebene Edelsteine, kopulierten mit Jungfrauen, zahlten alchemistischen Scharlatanen Unsummen, kasteiten sich mit Kohlenhydrat- oder Proteindiäten oder was immer ihnen die Gerontologen gerade empfahlen, joggten und zahlten irgendwelchen Kurpfuschern Unsummen, damit diese ihnen die Haut strafften und die Falten glätteten … Alles nur, um ewig jung zu bleiben – oder wenigstens so zu scheinen.

Wir sind nicht mehr Homo sapiens. Wir sind Homo ultimus.

Wir wollen nicht mehr von irgendjemandem gemacht sein. Wollen nicht mehr darauf warten, bis der träge, bürokratische

Apparat der Evolution unsere Angelegenheit endlich verhandelt. Deshalb haben wir unser Schicksal selbst in die Hand genommen.

Wir sind die Krönung der eigenen Schöpfung.

Und dies ist unsere Residenz: das neue Europa.

Ein Land des Glücks und der Gerechtigkeit, wo jeder unsterblich geboren wird, wo das Recht auf Unsterblichkeit genauso heilig und unveräußerlich ist wie das Recht auf Leben.

Ein Land von Menschen, die erstmals in ihrer Geschichte frei sind von Angst, die nicht mehr jeden Tag leben müssen, als wäre es ihr letzter. Die nicht mehr den Zersetzungsprozessen ihrer körperlichen Hülle unterliegen und also endlich nicht mehr nur in Tagen und Jahren denken dürfen, sondern in Zeiträumen, die des Universums wahrhaft würdig sind. Wir sind heute in der Lage, unser wissenschaftliches Know-how und all unsere anderen Fertigkeiten unendlich zu mehren und somit auch die Welt ständig zu verbessern.

Es hat keinen Sinn mehr, mit Gott zu wetteifern, denn wir gleichen ihm längst. Früher war nur er ewig, heute sind wir es alle. Auch deshalb haben wir den Himmel erstürmt, weil heute jeder von uns ein Gott ist und das Himmelreich mit Fug und Recht uns gehört.

Und wir mussten Gott gar nicht stürzen, denn er hat von selbst die Flucht ergriffen, sich den Bart geschoren, ein Frauenkleid übergezogen und weilt jetzt irgendwo unter uns, lebt in einem Kubus von der Größe zwei mal zwei mal zwei und schluckt zum Frühstück Antidepressiva.

Der Aufzug ist mittlerweile zwanzig Ebenen tiefer gekrochen; durch Nebel und Rauch kommen die Fundamente der Türme in Sicht. Jetzt kann es nicht mehr lang dauern.

»Ich sag dir mal was«, höre ich den Schnauzbart reden und kehre mit meinen Gedanken in die Kabine zurück. »Du lebst in der besten aller Zeiten, die es auf diesem Planeten je gegeben hat. Es hat nie eine glücklichere Zeit gegeben, kapierst du das?«

Er scheint mit dem zwielichtigen Teenager zu reden, aber auch die übrigen Passagiere haben sich ihm zugewandt und lauschen mit ernsten Gesichtern.

»Aber dieses Glück gilt eben nicht für alle. Nur hier in Europa, bei uns ist das so. In Russland dagegen … Du hast ja sicher in den Nachrichten gesehen, was da abgeht. Oder wie das in Indien gelaufen ist. Kein Wunder, dass die Flüchtlinge sich an unseren Grenzen festgesaugt haben wie Zecken. Klar wollen sie bei uns unterschlüpfen, weil das hier ein lockeres Leben ist. So was wie bei uns gibt's doch sonst nirgends. Und Amerika ist für sie keine Option. Denn dafür reicht ihre Kohle nicht.«

Der Bengel blickt finster vor sich hin, aber dann nickt er doch.

Ich betrachte ihn genauer. Er gefällt mir nicht. Die ganze Zeit macht er so ein dumpfes, grimmiges Gesicht. Was sucht er hier? Er hat hier nichts verloren.

»Du zum Beispiel bist hier geboren. Also hast du von vornherein ein Recht auf Unsterblichkeit. Schwein gehabt. Und jetzt glaubst du also, dass es immer so weitergeht, oder? Freust dich auf dein ewiges Leben, was? Von wegen! Garantiert ist nichts, das sag ich dir. Null. Du bist nämlich nicht der Einzige, der auf ein lockeres Leben steht. Und auch alles Gute hat irgendwann mal ein Ende. Wasser ist knapp, stimmt's? Wir trinken schon unsere gefilterte Pisse! Und der Platz reicht nicht! Wenn einer mal acht Kubik hat, kann er sich glücklich schätzen. Und Nahrung … Hörst du mir überhaupt zu?«

»Jaja, klar …«, brummt der Rotzbengel.

»Nahrung! Energie! Alles am Limit! Am Limit, verstehst du? Da muss jeder Einzelne ein bisschen Verantwortungsbewusstsein an den Tag legen! 120 Milliarden 602 Millionen 481 Tausend. Damit kommt Europa gerade noch klar. Aber mit mehr nicht. Wir sind in Gefahr. Die Demagogen wollen uns weismachen: ein paar Tausend mehr oder weniger … Aber ich sage dir: Das Glas ist voll und basta. Noch ein Tropfen – und es läuft über. Und dann geht alles den Bach runter.«

Ich nicke: Wo er recht hat, hat er recht.

»Dann kannst du deine Unsterblichkeit nämlich vergessen, kapiert? Alles nur wegen denen. Wenn Europa einen Feind hat, dann dieses Gesocks. Wenn du lieber wie ein Tier leben willst, dann triff deine Wahl, so wie das Gesetz es vorsieht, klar? Aber nein: Die wollen sich drücken. Wollen dich betrügen. Damit ihre Brut uns die Luft wegatmet und unser ganzes Wasser aufsaugt! Sollen wir ihnen das etwa durchgehen lassen?!«

»Das können sie knicken …«, murmelt der Junge.

»Denk einfach immer dran, klar? Das sind Verbrecher. Parasiten. Sie müssen bezahlen! Wir dagegen machen alles richtig. Die Welt, mein Freund, ist einfach gebaut: schwarz und weiß. Wir oder sie. Kapiert?!«

»Ja, klar …«

»Korrekt! Null Gnade für dieses Geschmeiß!«

Der Schnauzer mustert den Bengel streng, dann setzt er seinen Tornister ab und holt eine weiße Maske hervor. Er betrachtet sie, als sähe er sie zum ersten Mal und wüsste gar nicht, wie sie in seinen Rucksack geraten ist. Erst dann zieht er sie über.

Das Komposit, aus dem sie gemacht ist, sieht genau so aus wie Marmor.

Die Gesichtszüge der Maske stammen von einer antiken Apollostatue. Ich weiß das, denn ich habe die Statue selbst im Museum gesehen. Ihre Augen sind leer, ohne Pupillen – als ob sie nach oben gerollt wären oder wie bei einer Hornhauttrübung. Ein kaltes Gesicht, gefühllos, wie gelähmt. Geschlechtslos. Und viel zu ebenmäßig. Da muss entweder der Gott selbst Modell gestanden haben oder eine schöne Leiche. So ein Gesicht kann nicht von einem Menschen stammen. Jedenfalls nicht von einem lebenden.

Der Rotzbengel greift nun ebenfalls in seinen Sack und zieht eine exakte Kopie jener Maske hervor, setzt sie auf und verharrt reglos – wie eine gespannte Feder.

Dann fischt der rundliche Businessman den gleichen Mummenschanz wie der Junge und der Schnauzer aus seiner Tasche. Hastig nimmt das hagere Männlein sein Apollogesicht zur Hand, während Großohr sich die Marmorhülle eher gemächlich übers Gesicht zieht. Es folgen der Hüne und der Vitruvmann. Der lockige Typ hat unterdessen sein Hawaiihemd verschwinden lassen und trägt jetzt einen schwarzen Overall wie die anderen. Dann verwandelt auch er sich in den Gott des Lichts, der Jugend und der Schönheit. Den Abschluss macht der Witzbold mit den dicken Lippen. Alle neun sind jetzt gesichtslos und uniformiert.

Einer von ihnen dreht sich zu mir um.

»Schläfst du?« Es ist der, dessen Schnauzbart jetzt nicht mehr zu sehen ist.

Auch ich ziehe meine Maske hervor – als Letzter.

Wir sind da.

Die Wand, aus der wir heraustreten, ist ein einziges riesiges Bild: ein naives, grellbuntes, süßliches Graffito: Es zeigt lächelnde, braun gebrannte Helden mit kantigem Kinn, deren Köpfe in Seifenblasen stecken, arische Frauen in silbernen Overalls und lachende Kinder mit klugen, erwachsenen Augen. Gläserne Wolkenkratzer schwingen sich leicht empor, und darüber wölbt sich ein wolkenloser Himmel. Dieser geht nahtlos in das blaue Weltall über, unten starten Dutzende weißer Raumfähren vom Typ Albatros, offenbar auf dem Sprung durch den interstellaren Raum. Ihr Ziel ist es, neue Welten zu erobern und von dort Brücken zu errichten zu unserer Erde, die vollkommen überfüllt ist mit glücklichen Menschlein.

Zwischen Himmel und Weltraum steht in meterhohen Lettern der Name dieser rosaroten Utopie: FUTURE.

Weiß der Teufel, wann das hingepinselt worden ist. Muss lange her sein – ist ja alles noch gemalt, keine Wandprojektion, kein Großbildschirm wie heute üblich. Damals hat man noch Geld für Farben ausgegeben, um die vielen Kinder zu malen. Und man glaubte noch an die Eroberung des Weltraums. Eines ist jedenfalls sicher: Dieses Wandbild ist seit seiner Entstehung noch kein einziges Mal gereinigt worden: Eine braune Schicht aus Ruß und Fett hat sich darübergelegt, wie bei einem mittelalterlichen Gemälde. Unter dieser fettigen Patina hat der Himmel sich verdüstert, und auch die Menschen machen keinen besonders gesunden Eindruck mehr: Ihre grinsenden Münder zeigen gelbe Zähne, sie starren aus gelben Augen, ihre Freude wirkt gekünstelt, fast wie bei KZ-Häftlingen, die ein Zeitungsfotograf angewiesen hat, schön brav zu lächeln.

Schon komisch. Die Menschen, die dem Künstler dieses Werks vor Jahrhunderten Modell standen, haben sich seither wahrscheinlich kein bisschen verändert. Ihre Porträts dagegen sind trübe, verrußt und rissig geworden. Die Zeit schadet den Bildnissen, das wusste schon der ewige Jüngling O. Wilde. Wir dagegen pfeifen auf die Zeit. Sie kann uns nichts mehr anhaben.

Dort, wo sich unser Liftausgang befindet, hat der Künstler originellerweise das letzte Raumschiff hingemalt, das offenbar noch auf den Start ins tiefe Blau des Weltalls wartet. Die Aufzugtür entspricht dabei natürlich genau der Einstiegsluke des intergalaktischen Shuttles.

Wir steigen also in einer veralteten ZUKUNFT aus einem Fluggerät, das noch gar nicht zu den Sternen aufgebrochen ist. Und damit letzten Endes genau das Richtige tut, denn alle Unternehmungen in diese Richtung waren sowieso ein Griff ins Klo.

Und da liegt sie vor uns: die Gegenwart.

Die Halle, in der wir uns jetzt befinden, ist etwa fünfzig Meter hoch und dürfte sowohl in der Länge als auch in der Breite jeweils einen halben Kilometer messen; genauer lässt sich das nicht sagen, denn ihr ganzes Ausmaß ist von hier aus nur schwer zu erkennen. Vom Boden bis zur Decke ragen Gerüste in die Höhe, die ausschließlich aus zusammengeschraubten Kompositelementen bestehen. Das Ganze sieht aus wie ein gigantisches Megamarkt-Lager mit endlosen Regalen und Zwischengeschossen. In diesem riesigen Skelett aus Stangen und Brettern leben, wie in einem Korallenriff, die merkwürdigsten Lebewesen.

Die Stockwerke sind gerade mal eineinhalb Meter hoch, man muss also ständig gebückt gehen. Manche Box begrenzt ihr Territorium mit einem wackeligen Zaun, andere sind mit notdürftigen Wänden aus allerlei Gerümpel versehen, wieder andere präsentieren sich völlig nackt. Es gibt hier sicher eine Million solcher Boxen, auf die genau eine Million menschlicher Leben verteilt sind. Überall, in jeder einzelnen Minizelle hat jemand seine Wohnstatt, betreibt einen Laden, ein Nachtquartier oder eine Garküche. Ein scharfer Dunst hängt in der Luft: ein dampfendes Gewaber aus menschlichem Atem und rauchenden Kochstellen, gemischt mit Schweiß, Gewürzen, Urin und exotischen Duftstoffen.

Die Gerüste stehen eng beieinander, mit Anlauf kann man leicht von dem einen auf das nächste hinüberspringen. Selbst im dreißigsten Stockwerk – sofern man diese winzigen Ebenen so bezeichnen mag – braucht man sich vor so einem Sprung nicht zu fürchten, denn die Gerüste sind überall mit Hängebrücken und kleinen Seilbahnen verbunden, oder es hängt Wäsche zum Trocknen an Leinen. Sollte man also tatsächlich einmal stolpern, bleibt man auf jeden Fall irgendwo hängen.

Zwischen diesen Myriaden von Wohnmuscheln wuselt eine bunte, unüberschaubare Menschenmenge umher. Ständig überfüllt ist die erste Ebene, das sogenannte Erdgeschoss – auch wenn die eigentliche Erdoberfläche etwa dreihundert Meter tiefer liegt. Doch auch die anderen Ebenen brodeln förmlich vor Gesichtern, die nie ganz »verdampfen«, und auch auf den wenig vertrauenswürdigen Verbindungsstegen herrscht reger Verkehr – mitunter sieht es so aus, als hingen die Menschen einfach in der Luft. Über die Treppen, die in vergitterten Schächten verlaufen, schiebt sich unaufhaltsam eine träge Menschenmasse vom Boden bis unter die Decke. Hinzu kommen geschätzte zehntausend Leitern, die die Ebenen vollkommen willkürlich miteinander verbinden. Schließlich sind hier und da noch kleine, verdächtig wackelige, mitunter wieselflinke Hebebühnen zu erkennen, die besonders risikofreudige Fahrgäste und deren oft ziemlich merkwürdige Fracht trotz all des höllischen Durcheinanders offenbar an genau den richtigen Ort befördern.

Und doch ist dieses riesige Bauwerk irgendwie … nein, nicht durchsichtig, aber doch löchrig. Vereinzelt lässt sich durch all die Gitter, Wände, Übergänge, Balkons und Wäschestücke tatsächlich die Decke über der Halle erkennen, die ebenfalls den Weltraum mit Sternen und ziemlich geschmacklos dargestellten Planeten zeigt – die Fortsetzung jenes gigantischen Wandbilds, aus dem wir herausgetreten sind. Und so blicken die stolzen Astronauten an der Wand aus ihren Seifenblasenhelmen unentwegt auf diesen Hexenkessel, der sich vor ihren weisen und gütigen (vielleicht ein wenig gelbsüchtigen) Augen abspielt. Man meint ihnen anzusehen, wie sie, starr vor Schreck, darüber nachdenken, ob es nicht doch das Beste für sie wäre, schleunigst in den Weltraum abzuhauen.

Seid gegrüßt, Menschen der ZUKUNFT. Willkommen in den Favelas.

Der Lärm hier ist kaum auszuhalten. Es sind eine Million Menschen, die alle gleichzeitig reden – und jeder in seiner Sprache. Sie plärren die neuesten Pop-Ohrwürmer, stöhnen, schreien, lachen, flüstern, fluchen und weinen.

Ich fühle mich wie in einer Mikrowelle.

Es scheint, als könnte ich mich nicht einmal als Einzelner durch dieses Gedränge schlagen, selbst mit meiner Spezialtechnik. Ganz zu schweigen von einer Zehnergruppe, die immer zusammenbleiben muss …

»Keilformation«, befielt mir unser Gruppenführer. Hinter der Apollomaske verbirgt sich Al, der mit dem Schnauzer, der vorhin den zwielichtigen Teenager zugetextet hat.

Ich kann seine Stimme in dem Lärm nicht richtig verstehen; es ist, als ob ich das Kommando von den Lippen seiner Maske ablese.

»Keilformation!«, brülle ich.

Der Riese mit der Schnupfennase – Daniel – tritt nach vorn. Dahinter kommen Al und Anton, der rundliche Businesstyp. Die dritte Reihe bilden der ewig grinsende Benedikt, der Teenager, an dessen Namen ich mich gar nicht erinnern will, und der hagere, nervöse Alex. Den Abschluss machen Bernard mit der dicken Lippe, der lockige Viktor, der Vitruvmann Josef und ich.

»Marsch«, stößt unser Gruppenführer hervor – vermute ich zumindest.

»Marsch!«, brülle ich aus Leibeskräften.

Am liebsten würde ich die Menge nach allen Seiten wegstoßen, diese Nichtstuer auseinandertreiben, sie niedertrampeln, doch stattdessen mache ich mich klein wie in einer stählernen Schraubzwinge, richte meinen Blick auf Al und auf Daniel und lasse mich von ihrer Kaltblütigkeit anstecken. Ich bin Teil der Gruppe. Um mich herum sind meine Kampfgenossen. Wir sind ein Mechanismus, ein Organismus. Wenn doch nur Basile hier wäre … anstatt dieser minderjährigen Pfeife. Aber Basile ist selber an allem schuld. Selber. Selber!

Meine Wut von eben hat sich gelegt. Ich marschiere.

Unsere Formation kriecht vorwärts wie ein Panzer.

Zuerst geht es schwer: In diesem Hexenkessel bemerkt man uns nicht sofort. Doch schon stolpert das erste Augenpaar über die schwarzen Höhlen in unseren Masken, dann bleibt ein Blick an den glatten Marmorstirnen und den erstarrten Marmorlocken haften, an den zusammengeschweißten Lippen und den perfekt konturierten Nasen, und schließlich fliegt ein Raunen durch die Menge:

»Die Unsterblichen … die Unsterblichen …«

Und die Masse bleibt stehen.

Wenn Wasser auf null Grad abkühlt, erstarrt es nicht unbedingt gleich. Legt man aber nur ein Stückchen Eis hinein, so beginnt der Prozess sofort, und die Oberfläche wird nach allen Richtungen hin von einem Eispanzer bedeckt.

Genauso scheint sich auch jetzt um uns eine Kälte auszubreiten, die Obdachlose, Krämer, Arbeiter, Piraten, Dealer, Diebe und all die anderen gescheiterten Existenzen gefrieren lässt. Erst hören sie auf herumzulaufen, starren uns reglos an, dann machen sie sich möglichst klein und verdünnisieren sich nach allen Seiten, rücken irgendwie zusammen, auch wenn das kaum möglich scheint.

Wir bewegen uns unterdessen immer schneller vorwärts, schneiden uns durch die Masse, hinterlassen eine Spur, eine Schramme, die lange braucht, bis sie wieder verheilt, als ob die Menschen sich fürchteten, denselben Boden zu betreten wie wir.

»Die Unsterblichen …«, raschelt es hinter uns immer weiter.

Es ist ein kriecherisches, ängstliches Flüstern, aber auch Hass und Verachtung liegen darin.

Scheiß drauf.

Mit einem Schlag verstummen die Gespräche in den winzigen, schmutzigen Garküchen, in denen die glücklicheren Besucher fast schon übereinandersitzen, während die anderen in Trauben von den Balkons hängen, sich dort auf abenteuerliche Weise festhalten und aus zerkratzten Näpfen irgendein unsägliches organisches Gebräu schlürfen. Die Wohnmuscheln fahren ihre Stielaugen aus, die Bewohner strömen auf Galerien und Brücken, um sich von unserer Anwesenheit zu überzeugen. Mit ängstlichen Blicken verfolgen sie unsere Bewegungen. Jeder will wissen, wohin wir gehen.

Wen wir suchen.

Al wirft einen Blick auf seinen Komm, dann befiehlt er: »Nach links.«

»Nach links!«

Wir wenden uns einer kleinen Treppe zu, die zwischen einem Kabinett für vertikale Massage und einem Salon für virtuellen Sex hindurchführt. Ein baumlanger Kerl mit plattgedrückter Nase stellt sich uns in den Weg, doch Daniel schleudert ihn ohne viel Federlesens beiseite, dass er reglos am Boden liegen bleibt.

»Ins Fünfzehnte«, sagt Al.

Das Flüstern der Menschen fliegt uns voraus ins fünfzehnte Geschoss, viel schneller, als wir die quietschende Leiter hinaufklettern können, zumal diese so schwankt, dass wir uns wie Affen an einer Liane fühlen.

Da oben brennt sicher schon die Hütte, denke ich. Gut so.

Oben angekommen, laufen wir über mehrere enge Hängebalkone an einer endlosen Reihe von Kabinen, Behausungen und Zellen entlang. Menschen springen beiseite. Wer zu langsam reagiert oder sich vor lauter Schreck nicht mehr rühren kann, wird aus dem Weg geräumt.

»Schneller!«, ruft Al. »Schneller!«

Völlig aufgelöst, wirft sich uns eine junge Frau entgegen, die Arme irgendwie blödsinnig nach vorn gestreckt. Ihre Hände sind mit einer gelben Substanz beschmiert.

»Geht wieder! Geht! Nein! Ich lasse euch nicht durch!«

»Hau ab, dumme Kuh!«, schreit einer und versucht sie von uns wegzuziehen. »Was machst du?! Du bringst doch nur …«

»Aus dem Weg!«, brüllt Daniel.

»Die können wir brauchen«, beschließt unser Gruppenführer. »Festsetzen!«

Anton zieht seinen Schocker und stößt ihn der Frau in den Bauch. Wie vom Blitz getroffen, stürzt sie zu Boden und bringt kein Wort mehr hervor. Der Mann starrt zuerst ungläubig auf die Frau, dann stößt er Anton mit beiden Armen gegen die Schultern, dass dieser durch das morsche Balkongeländer bricht und im Abgrund verschwindet.

»Hier … Hier muss es irgendwo sein!«, ruft unser Kommandeur.

Antons unerwarteter Fall hat bei dem Unbekannten eine Art Starre ausgelöst – im nächsten Augenblick bekommt er einen Schocker aufs Ohr und sinkt wie ein Sack zu Boden. Ich schaue vom Balkon hinab: Anton ist ein paar Stockwerke tiefer auf einem Querbalken gelandet. Er zeigt mir den erhobenen Daumen.

Vor einem winzigen Nudelimbiss bleiben wir stehen. Der Verkäufer passt nur sitzend hinter die zwergenhafte Theke, hinter ihm hantiert ein Koch auf engstem Raum, es gibt eine Reihe Hocker auf abgesägten Beinen, am Ende des Raumes befindet sich ein Vorhang, dort geht es zur Toilette. Der gesamte Imbiss ist nicht größer als ein Kiosk. Die Nachbarn sind alle in Sichtweite – keine Möglichkeit sich zu verstecken. An der Wand neben der Kasse zeigt ein Hologramm einen muskulösen Typen in einem engen rosa Gummianzug. Seine Augen sind geschminkt, aus dem Mund ragt eine lila Zigarre, die vor sich hinqualmt und je nach Standpunkt auf unzweideutige Art ihren Neigungswinkel verändert.

Ich muss gleich kotzen.

Auf der braunen Glatze des untersetzten Kochs prangt ein weißes Tattoo mit der Aufforderung: »Nimm mich«. Auch der Mann an der Kasse ist aufgedonnert, die Haare gegelt, die Zunge mit einem fluoreszierenden Stab gepierct. Als er Daniel erblickt, fährt er mit seinem blinkenden Schmuckstück langsam über die geschminkten Lippen. Sieht so aus, als wären wir falsch.

»Kannst die Maske gern anbehalten«, sagt er. »Ich mag's anonym. Und lass auch die Stiefel dran … Die sind so schön brutal.«

»Hier?« Daniel wendet sich Al zu. »Bisschen seltsam für ein Squat.«

»Das Signal kam von hier«, entgegnet der Gruppenführer irritiert und starrt auf seinen Kommunikator. »Und diese Tussi eben …«

Plötzlich bemerke ich, dass sich der Vorhang an einer Stelle leicht hebt. Ein Paar großer Augen starrt mich an. Es folgt ein unterdrücktes Quieken, dann Geflüster … Ich schiebe Daniel, der den Eingang versperrt, beiseite, mache blitzartig einen Bückling, tauche zwischen den neugierigen Schwulen und ihren langsam kalt werdenden Nudeln hindurch und steuere auf die Toilette zu …

»He!«, ruft mir der Kassierer nach. »Was soll das?!«

Mit einem Ruck ziehe ich den Fetzen beiseite. Keiner da.

Der Raum ist so niedrig, dass man nur gebückt hineinpasst. Die Wand hinter der Kloschüssel ist mit Angeboten für schnellen, anonymen Sex vollgekritzelt, auch metrische Angaben sind zu lesen, in den meisten Fällen wahrscheinlich übertrieben. Auf der linken Seite hat irgendein Möchtegern-Künstler einen anatomisch korrekten Penis eingeritzt und ihn wie ein Familienwappen mit Bändern eingerahmt, deren Aufschrift die unvorstellbarsten Obszönitäten enthält. Dort, wo das Wort »schmatzend« steht, erkenne ich einen winzigen Fingerabdrucksensor. Sehr originell.

Ich gehe einen Schritt zurück und trete mit dem Stiefel gegen die Wand. Sie reißt ein wie Pappe und gibt den Blick auf einen Durchstieg sowie eine nach unten führende Stehleiter frei.

»Hier!« Ich springe als Erster.

Schon im Fallen höre ich ein Kreischen und weiß: Ich habe sie. Das Signal war also echt. Sie haben es nicht mehr geschafft abzuhauen. Adrenalin schießt durch meinen Körper. Das ist sie, die Jagd.

Jetzt entkommt ihr uns nicht mehr, Bastarde.

Ein winziges Zimmer im Halbdunkel. Auf dem Boden irgendwelche Kunststoffmöbel, ein Haufen Kleider, eine gekrümmte Gestalt … Ich spüre Übelkeit in mir aufsteigen. Noch ehe ich alles registriert habe, flammt das Zimmer auf, ich gehe kopfüber zu Boden, vor meinen Augen wabern feurige Ringe, und für einen Moment verschlägt es mir den Atem. Doch schon im nächsten Augenblick rolle ich zur Seite, stoße mich ab und werfe mich blindlings auf ihn, ertaste mit den Fingern den Hals, dann die Augen – und drücke zu. Er heult auf.

Ich fasse nach meinem Schocker und komme gerade noch einer fremden, feuchten Hand zuvor, die ebenfalls danach greifen will. Ich reiße ihn aus dem Halfter und stoße ihn in weiches Fleisch.

Zzz … Ich drücke noch mal. Ruhig noch ein bisschen mehr. Damit du schön liegen bleibst, Arschloch.

Schließlich wälze ich den schlaffen Körper von mir und verpasse ihm einen müden Fußtritt.

Wo sind eigentlich die anderen geblieben?

Ich schleudere Säcke und Stühle herum, lasse an ihnen aus, womit ich meinen Gegner verschont habe.

Hinter einem Sofa in der Ecke des Zimmers entdecke ich das Schlupfloch.

Wo bleibt ihr?!

Von oben ertönen Flüche und Poltern. Offenbar haben sie da auch alle Hände voll zu tun. Ich kann nicht mehr zurück. Die kommen schon zurecht. Jetzt höre ich es wieder, dieses gedämpfte, hohe Quieken. Das Nest muss ganz in der Nähe sein.

In diesem Durchgang kann alles Mögliche versteckt sein. Gesetzesbrecher sind manchmal gut bewaffnet. Aber ich darf jetzt nicht zögern, denn es kommt auf jede Sekunde an. Wenn es ihnen gelingt zu entkommen, war die ganze Razzia für die Katz.

Ich hieve das reglose menschliche Bündel vom Boden hoch und stopfe es in das Schlupfloch. Von der anderen Seite ertönt ein Schrei. Das Bündel beginnt zu zucken, irgendwie ungut, konvulsivisch. Dann erstarrt es wieder. Jemand zieht es von der anderen Seite weiter. Wieder ein Aufschrei, diesmal voller Verzweiflung:

»Maxim!«

Aha, da hat jemand wohl kapiert, dass sie einen von ihren eigenen Leuten fertiggemacht haben.

Das Atmen fällt mir noch immer schwer. Meine Rippen schmerzen. Ich checke meinen Schocker, er gibt ein leises Summen von sich. Maximal zulässige Ladung. Der Durchgang ist eng wie der Magen einer Python, aber ich muss da jetzt durch! Am besten gleich springen, solange sich ihr Rachen noch nicht zusammenzieht und sie mich erstickt …

Ein Hechtsprung, und ich bin drin, bevor die auf der anderen Seite begreifen, dass ich nur ein Mensch bin.

Aufs Geratewohl prügle ich auf die verschwommenen Umrisse vor mir ein. Noch während sie fallen, werden ihre Konturen schärfer. Dann höre ich ein dünnes, schluchzendes Weinen.

»Aufhören!«

»Keiner rührt sich, ihr Säcke!«, brülle ich und verkünde im nächsten Augenblick die glühende Losung:

»Vergiss den Tod!«

Mit diesen Worten, diesem feurigen Brandzeichen, markiere ich sie alle, drücke sie fest, lähme sie. Wer sich bis dahin noch gewehrt hat, lässt jetzt die Arme sinken. Wer geweint hat, winselt nur noch. Sie alle wissen: Jetzt ist es vorbei.

Dann wollen wir mal sehen. Ich drücke auf den Lichtschalter.

Das Zimmer ist in grellen Farben gestrichen, eine Wand zitronengelb, die andere tiefblau, beide vollgeschmiert mit irgendwelchen Kritzeleien, als wäre hier ein Schwachsinniger mit Koordinationsstörungen am Werk gewesen: Türme, Menschen halten sich an den Händen, Wolken, die Sonne.

Die Einrichtung besteht aus Matratzen. Nicht gerade luxuriös. Und eng ist es hier, dass man kaum atmen kann. Wie passen wir hier bloß alle rein?

Auf dem Boden liegen zwei Frauen und der Typ von vorhin. Letzterer berührt mit der Nase meinen Stiefel. Der Kopf der einen Frau liegt in einer grünen, stinkenden Pfütze – von hier sieht es aus, als trüge sie einen Heiligenschein. Ich spüre, dass auch mir ätzender Saft in den Hals steigt.

Drei weitere junge Frauen drücken sich an die Wand. Die eine, blauäugig mit kurzem, dunkelblauem Kleid, hat ein maunzendes Bündel auf den Armen. Die zweite, eine nach außen schielende, gefärbte Blondine, presst die Hand auf den Mund eines etwa eineinhalbjährigen Mädchens, dessen spärliches schwarzes Haar unter einer rosa Mütze hervorlugt. Das Mädchen blökt beleidigt etwas und versucht sich dem Griff der Mutter zu entziehen, doch deren Hand sitzt fest, als hätte sie einen Starrkrampf. Vom Gesicht des Mädchens sind nur die Augen zu sehen – die gleichen schmalen Schlitze wie bei der Mutter. Die dritte Frau hat ihre roten Haare in tausend Zöpfchen geflochten. Sie versucht mit ihrem Körper einen flachsblonden Jungen von etwa drei Jahren zu verbergen. Der Junge streckt mir eine dümmliche, glatzköpfige Babypuppe entgegen, der ein Bein fehlt. Er hält sie, als wäre sie eine Waffe. Eine Puppe, ist ja irre … Ob sie die vom Flohmarkt haben oder von einem Trödler? Die Puppe scheint mich mit ihren etwas gruseligen, beinahe verständigen Augen zu fixieren.

»Komm, lass uns Fangen spielen«, tönt sie monoton. »Aber dazu brauche ich erst mein Bein zurück! Wie soll ich sonst vor dir weglaufen? Gib mir mein Bein zurück, und lass uns spielen, ja?«

Die anderen schweigen. Also mache ich den Anfang.

»Wir haben ein Signal von hier erhalten und müssen es überprüfen. Sie werden verdächtigt, illegal Geborene zu verbergen. Wir werden jetzt einen DNA-Test durchführen. Wenn Ihre Kinder gemeldet sind, haben Sie nichts zu befürchten.«

Ich sage »wir«, obwohl ich hier immer noch ganz allein stehe.

»Mama! Keine Angst, ich habe ihn im Visier!«, verkündet der Junge und macht einen wackeligen Schritt nach vorn.

Die Frau beginnt zu schluchzen.

»Nein … Bitte nicht …«

»Sie haben nichts zu befürchten«, wiederhole ich lächelnd.

Ich sehe die drei an und weiß, dass ich lüge. Sie haben allen Grund, vor Angst zu schlottern, denn sie haben sich schuldig gemacht. Der Test wird bestätigen, was ihre Blicke verraten.

Der Einzige, der keine Angst zu haben scheint, ist der Junge. Warum? Hat man ihm etwa keine Schauermärchen von den Unsterblichen erzählt?

»Sie da«, sage ich und nicke der zerzausten Blauäugigen mit dem Säugling zu. »Treten Sie vor.«

»Sollen wir Fangen spielen?«, nölt die Puppe noch immer und blickt mich schief an. »Aber gib mir vorher mein Bein zurück … Wie soll ich sonst laufen?«

Ich blockiere den einzigen Ausgang; es gibt keine andere Fluchtmöglichkeit – weder für sie noch für die Puppe noch für mich. Auch ich täte nichts lieber, als aus diesem stinkigen Loch zu verschwinden.

Gehorsam, wie hypnotisiert, macht die Frau in dem blauen Kleid einen Schritt nach vorn. In ihren hellblauen Augen könnte man glatt ertrinken. Das Kind wird allmählich stiller – vielleicht schläft es gerade ein.

»Ihren Arm.«

Etwas linkisch hält sie den Säugling mit dem einen Arm, während sie den anderen ausstreckt und mir ihre Hand hinhält. Sie wirkt schüchtern, als habe sie doch noch eine leise Hoffnung. Ich nehme ihre Hand wie zum Gruß und überstrecke dabei ihr Gelenk, sodass der Puls freiliegt. Dann nehme ich den Scanner und drücke ihn an. Ein leises, melodisches Signal. Der Klingelton heißt »Glöckchen«, ich habe ihn selbst ausgewählt. Gewöhnlich entspannt das ein wenig die Situation.

»Gemeldete Schwangerschaften?«

Als wäre die junge Frau aus ihrer Trance erwacht, versucht sie mir mit einem Ruck ihre Hand zu entreißen. Es ist, als hätte ich ein Tier gefangen, ein warmes, bewegliches Tier, das sich mir anfangs naiv anvertraut hat und nun, da ich es packe und ihm den Hals umdrehen will, wild zu zappeln beginnt – obwohl es weiß, dass es aus meinem stählernen Griff kein Entkommen gibt.

Es dauert etwas, bis der Scanner die Information mit der Datenbank abgeglichen hat, doch dann teilt er mit: *»Elizabeth Duris 83A. Keine Schwangerschaft gemeldet.«*

»Ist das Ihr Kind?« Ich blicke der Frau ins Gesicht, ohne ihre Hand loszulassen.

»Nein … Ja, doch«, stottert sie verwirrt. »Es … Sie … Es ist ein Mädchen …«

»Geben Sie her.«

»Wie bitte?«

»Das Handgelenk des Mädchens.«

»Nein!«

Ich ziehe sie zu mir und beginne das Bündel zu öffnen. Darin liegt ein winziges rötliches Geschöpf, das eine gewisse Ähnlichkeit hat mit einem nackten, runzligen Äffchen. Tatsächlich, ein Mädchen. Sein Körper ist überall mit einem gelben Zeug beschmiert. Es ist höchstens einen Monat alt. Besonders lang hat es sich nicht vor uns verstecken können.

»Nein, bitte nicht …«

Elizabeth Duris' Kleid bekommt auf einmal feuchte Stellen: Muttermilch. Ich sag's ja, sie sind wie Tiere. Ich lasse sie los, fasse das winzige Affenpfötchen und drücke den Scanner dagegen.

Klingeling!

Manche von uns legen für das Ende des DNA-Scannings einen Klingelton namens »Guillotine« an. Sehr witzig.

»Kindesanmeldung überprüfen.«

»Ich will Fangen spielen!«, fordert die einbeinige Puppe immer aufdringlicher.

»Es liegt keine Kindesanmeldung vor«, teilt der Scanner mit.

»Komm, Mama, wir gehen, ja? Ich will spazieren gehen!«

»Still, mein Junge …«

»Verwandtschaftsgrad mit vorheriger Probe feststellen.«

»Blutsverwandtschaft ersten Grades.«

»Ich mag den Mann nicht!«

»Danke für Ihre Kooperation.« Nickend entlasse ich die Frau im blauen Kleid und wende mich der Rothaarigen zu:

»Jetzt Sie.«

Schluchzend weicht sie zurück, schüttelt heftig den Kopf. Ich schnappe mir ihren Bengel.

»Lass mich los! Lass mich sofort los!«

»Sollen wir Fangen spielen?«, fährt die Puppe dazwischen.

Auf einmal dreht sich der kleine Scheißer zu mir um und schnappt mit den Zähnen nach meinem Finger.

»Lass uns in Ruhe!«, schreit er. »Geh weg!«

Sieh mal an, bis aufs Blut. Ich nehme ihm die Puppe weg, hole aus und lasse sie auf den Boden krachen. Der Kopf reißt ab und fliegt durch den Raum.

»Das tat weh. Mach das bitte nicht noch mal«, tönt der Kopf beleidigt mit der Stimme eines sehr alten Mannes – offenbar ist der Lautsprecher hinüber.

»Warum hast du das gemacht?!«, schreit der Junge und versucht mich mit seinen schmutzigen Fingernägeln zu kratzen.

Ich packe ihn am Kragen und schüttele ihn in der Luft.

»Hör sofort auf!«, kreischt die Rothaarige. »Rühr ihn nicht an, du Monster!«

Der Bengel hängt noch immer an meiner einen Hand, während ich sie mit der anderen wegstoße.

»Zurück!«

Klingeling!

»Kindesanmeldung überprüfen!«

»Es liegt keine Kindesanmeldung vor.«

»Gib her! Gib mir meinen Sohn zurück, du perverses Schwein!«

»Ich warne Sie … Sonst bin ich gezwungen … Zurück!«

»Gib mir meinen Sohn wieder, du Tier! Du Bastard!«

»Was hast du gesagt?!«

»Bastard!«

»Sag das noch mal!«

»Du Ba…«

Zzzzzz. Zz.

Es ist, als hätten sich ihre Muskeln und Knochen in Wasser verwandelt – wie ein leerer Schlauch sackt sie zu Boden.

Klingeling!

»Entschuldigen Sie … Dürfen … Dürfen wir jetzt gehen?«, sagt die Blauäugige, als wäre sie eben erst aufgewacht.

»Nein. Verwandtschaft mit der vorherigen Probe feststellen.«

»Aber Sie haben doch gesagt …«

»Ich habe Nein gesagt! Verwandtschaft feststellen!«

»Was hast du mit meiner Mama gemacht?!«

»Komm mir bloß nicht zu nahe, du kleiner Scheißer!«

»Mama! Mama!«

»Blutsverwandtschaft ersten Grades.«

»Das tut mir weh. Ich wollte doch bloß Fangen spielen.«

»Aber wieso? Ich verstehe nicht …?«, insistiert die Blaue.

»Sie müssen warten, bis der Kommandeur unserer Gruppe eintrifft.«

»Wozu? Warum?« Völlig aufgelöst, berührt sie ihre Brust und betrachtet ihre Hand. »Verzeihen Sie … meine Milch … Wenn ich mich nur umziehen könnte … Ich bin ja ganz …«

»Sie haben gegen das Gesetz über die Wahl verstoßen. Laut Punkt vier des Gesetzes haben Sie verantwortungslos Nachkommen gezeugt, Ihr Kind gilt somit als illegal geboren.«

»Aber sie ist doch noch so klein … Ich wollte doch … Ich bin nur noch nicht dazu gekommen!«

»Bleiben Sie, wo Sie sind. Wir müssen warten, bis der Kommandeur unserer Gruppe eintrifft. Nur er ist befugt, Ihnen die gesetzlich vorgeschriebene Injektion zu verabreichen.«

»Injektion? Die Spritze? Sie wollen mir die Spritze geben? Mich mit Alter infizieren?!«

»Ihre Schuld ist bewiesen. Hör auf zu brüllen! Bist du ein Baby, oder was?! Ihre Schuld ist bewiesen!«

»Aber ich … Aber … Ich wollte doch …«

Die gefärbte Asiatin ist bis zu diesem Moment einfach still dagestanden, als hätte man ihr die Batterien rausgenommen. Doch offenbar war das nur Teil ihrer Finte, die mich völlig unvorbereitet trifft: Urplötzlich nimmt sie Anlauf, rammt ihre Schulter gegen eine Wand – und bricht sie komplett aus ihrer Verankerung. Im nächsten Augenblick ist sie im dampfenden Abgrund verschwunden. Ihre Tochter ist völlig perplex – genauso wie ich. Auf ihren kurzen Beinchen trippelt sie auf den gähnenden Schlund zu und quäkt:

»Mama? Mama?«

Ich muss grinsen.

Das Mädchen knickt ein, lässt sich auf alle viere fallen, dann auf den Bauch und schiebt sich bereits mit dem Rücken voraus ins Nichts – ganz so, als würde sie von einem Sofa auf den Boden klettern. Im letzten Augenblick halte ich sie fest. Sie beginnt zu weinen.

»Lassen Sie uns gehen …«

»Das tut weh. Ich wollte doch nur …«

»Halt die Klappe!«

Ich halte das sich windende Mädchen an mich gedrückt und kicke den Puppenkopf auf Nimmerwiedersehen aus dem Zimmer. Der Bengel starrt mich an, als wäre ich der Teufel. Dabei weiß er noch gar nicht, was ihn erwartet.

»Können Sie uns nicht gehen lassen, solange Ihr Vorgesetzter noch nicht da ist? Bitte! Wir sagen es auch niemandem, Ehrenwort!«

»Sie haben! … Gegen das Gesetz! … Verstoßen! … Ja, Sie!«

»Mama?«, fragt mich die Kleine. Die rosa Mütze ist ihr über die Augen gerutscht.

»Ich flehe Sie an … Was kann ich Ihnen …«

»Sie haben! … Ein illegales Kind geboren! … Und das ist! …«

»Was immer Sie wollen … Soll ich Ihnen …«

»Also! Wird! Ihnen! Die! Übliche! Injektion! Verabreicht!«

»Aber begreifen Sie doch …«

»Und! Ihr! Kind! Wird! Konfisziert!«

»Ich bin nur noch nicht dazu gekommen! Ich wollte ja, aber ich habe es nicht geschafft!«

»Das geht mich nichts an!«

»Haben Sie doch ein Herz! Um ihretwegen … Wenigstens um des Mädchens willen … Sehen Sie die Kleine doch an!«

»Jetzt hör mir mal gut zu! Ich pfeife auf dich und deine kleine Meerkatze, kapiert?! Du hast gegen das Gesetz verstoßen! Mehr weiß ich nicht und will ich auch gar nicht wissen! Hat's dich zu sehr gejuckt? Dann hättest du doch wenigstens Pillen schlucken können! Was um alles in der Welt hat dir denn so gefehlt?! Was?! Wozu brauchtest du unbedingt ein Kind?! Du bist jung! Gesund! Für immer! Geh doch arbeiten! Schau, dass du aus dieser Scheiße rauskommst! Leb ein normales Leben! Die ganze Welt steht dir offen! Alle Männer sind dein! Wozu brauchtest du unbedingt diesen Affen hier?!«

»Hören Sie auf, so zu reden!«

»Aber wenn du nicht so leben willst wie ein Mensch, dann leb von mir aus wie ein Tier! Und Tiere werden nun mal alt! Und irgendwann verrecken sie!«

»Ich bitte Sie, ein letztes Mal!«

»Mam-mma?!«

»Da gibt es nichts zu bitten! Überhaupt nichts! Wegen solchen wie dir geht Europa den Bach runter! Kapierst du das nicht?! Du hast die Anmeldung nicht vergessen; du hattest es gar nicht vor. Dachtest wohl, dass wir dich nicht kriegen. Dachtest, du verkriechst dich in dieses Wanzennest und kannst hier für den Rest deines Lebens bleiben. Tja, daraus ist wohl nichts geworden! Früher oder später finden wir euch alle. Alle!«

Sie sagt nichts mehr, sondern weint nur noch lautlos.

Ich blicke sie an und merke, dass mein Gesicht sich langsam zu entkrampfen beginnt.

»Und was wird aus meinem Mädchen? Meiner Kleinen …« Die Frage gilt nicht mir, sondern ihr selbst.

»Hallo! Da ist uns also doch was ins Netz gegangen!«

Als Stimme. Ich drehe mich um.

Ein Apollogesicht erscheint im Durchgang. Der Gruppenführer schlüpft in das Zimmer und klopft sich den Overall ab. Hinter ihm kommt noch jemand angekrochen – offenbar Bernard.

»Wir hatten ein paar Problemchen da oben. Hat ganz schön gedauert, bis wir das in den Griff bekommen haben. Wie sieht's bei dir aus?«

»Wie du siehst … Drei Kinder, zwei davon erwiesenermaßen illegal … Und die Erwachsenen hier. Diese da konnte ich überführen … Die hier habe ich noch nicht geschafft, da sie sich widersetzt haben. Die müssten also noch kontrolliert werden. Ach ja, eine ist gesprungen.«

Al tritt vorsichtig an die offene Wand und wirft einen Blick in den Abgrund.

»Ich sehe keine Leiche. Wenn sie lebt, werden wir sie finden. Ich lass mal ein Sonderkommando herkommen, damit sie die Rotznasen abholen. Bei den Erwachsenen gleichen wir noch mal die Datenbank ab, dann jeweils ein Ultraschall zur Sicherheit, dann die Spritze – und tschüss. Du passt auf, dass keiner von denen Ärger macht? Bernard, nimm mal das Kroppzeug!«

Ich nicke. Eigentlich will ich so schnell wie möglich raus aus diesem Rattenloch, damit ich endlich nicht mehr mit dem Kopf an der Decke und mit den Schultern an den Wänden anstoße. Aber ich nicke trotzdem.

Al reißt der auf dem Boden liegenden Rothaarigen das Kleid auf und drückt ihr ein Ultraschallgerät auf den Bauch: Auf dem Bild ist eine winzige Amöbe zu erkennen. Aha, die ist also auch noch schwanger. Damit wäre der Vater dann auch gleich erledigt. Er kommt auf die Fahndungsliste – und das macht dann die Runde.

Das schlitzäugige Mädchen (»Mama? Mama?«) reiche ich Bernard. Der hält dem bissigen Knaben einfach den Mund zu. Recht hat er: Sie mit Samthandschuhen anzufassen ist jetzt sowieso sinnlos.

Dann die Spritzen. Um das leichte Zittern meiner Hände zu unterdrücken, packe ich die Frau mit dem nassen Kleid mit solcher Kraft am Arm, dass sie blaue Flecken bekommt. Sie scheint es gar nicht zu spüren.

»Sie sind doch hier verantwortlich, nicht wahr?« Ein verzweifeltes Flehen liegt in ihren strahlend blauen Augen, mit denen sie in die leeren Höhlen von Als Maske starrt, während dieser den Injektor gegen ihr Handgelenk presst und abdrückt. »Sie werden meinem Mädchen doch nichts tun? Bitte, sagen Sie mir …«

Die Antwort unseres Gruppenführers ist ein kurzes, trockenes Lachen.

IV · TRÄUME

Jenseits des Fensters – toskanische Hügel (sicher längst abgetragen oder überbaut), in meiner Hand eine angebrochene Flasche, in meinen Ohren ihr Geschrei: »Wohin bringt ihr sie?! Wohin bringt ihr sie?! Wohin bringt ihr sie?!« Zum Henker mit der Schnecke. Immer wieder hat sie den Satz wiederholt, wahrscheinlich dreihundertmal. Das Theater hätte sie sich sparen können: Die Wahrheit wird sie nie erfahren.

Ist irgendwie hektisch gelaufen heute.

Ich nehme einen tiefen Schluck und schließe die Augen. Ich will diese Schlampe mit dem breiten gestreiften Hut sehen, mir vorstellen, wie ich ihr das kaffeebraune Rechteck runterziehe, es zerreiße, wie sie die Arme schützend vor sich hält … Aber alles, was ich sehe, sind dunkle, kreisrunde Flecken auf einem kurzen dunkelblauen Kleid, weiße Tropfen, die durch den Stoff sickern.

Vergessen. Einschlafen.

Das Einzige, was mich jetzt erlösen kann, ist ein Kügelchen. Ich will niemanden mehr sehen. Ich finde die Schlafmittelpackung, öffne sie … Nichts.

Mann. Mann, Mann.

Wie konnte mir das bloß passieren?

Alles nur wegen dem Streit gestern mit der Kiosk-Verkäuferin … Dabei habt ihr zwei doch so nett geredet, du und dieses Automaten-Interface. Du Idiot hast einem Hologramm dein Herz ausgeschüttet – warum bist du nicht gleich mit ihr ins Bett gestiegen?

Na gut. Alles halb so schlimm. Geh einfach kurz rüber, und kauf dir ein neues Päckchen.

Der Beschluss ist gefasst – aber ich rühre mich nicht von der Stelle. Stattdessen schenke ich mir noch einen Tequila ein und starre weiter auf die grünen Hügel und die weißen Wölkchen. Meine Beine fühlen sich weich an, als hätte man sie mit Luft vollgepumpt, und in meinem Kopf schwimmt alles.

Auch wenn ich am Tradeomaten nicht die frisierte Schreckschraube sondern den großbusigen italienischen Krauskopf aufrufe, ändert das nichts: Sie spulen alle das gleiche Programm ab. Die Italienerin wird mir genauso Glückstabletten andrehen wollen (»Vielleicht heute mal?«), obwohl sie ganz genau weiß, dass ich von ihr etwas anderes brauche: »Wir haben immer ein Fläschchen für Sie auf Lager.«

Ich gehe heute nirgendwo mehr hin. Lieber trinke ich noch einen. Einen Absacker. Wenn ich genügend intus habe, spült mich der Alk von selbst aus meiner stickigen Bude ins Reich der seligen Leere.

Tabs sind heute im Trend. Man kriegt sie in allen Varianten: Glückspillen, Gelassenheitspillen, Sinnpillen … Unsere Erde ruht auf drei Elefanten, die auf dem Panzer einer riesigen Schildkröte stehen, diese wiederum auf dem Rücken eines unermesslich großen Wals – und alle miteinander werden sie von Tabletten getragen.

Ich aber brauche nur mein Schlafmittel. Alle anderen Tabs renken einem auf eine ganz bestimmte Art und Weise das Hirn zurecht. Es fühlt sich an, als hätte jemand eine völlig fremde

Person in deinem Kopf einquartiert. Die meisten Leute können das vielleicht ab, aber mich macht das wahnsinnig: In meinem Schädel ist es schon eng genug, da kann ich keine Zellengenossen gebrauchen.

Natürlich hab ich auch mal versucht, mit den Schlaftabletten aufzuhören.

Ich dachte, dass ich mich eines Tages davon befreien würde. Dass ich aufhören würde, mich jede Nacht, in der ich mich nicht mit Schlafmitteln zudröhne, in *ihn* zu verwandeln. Irgendwann muss er doch mal in Vergessenheit geraten, blasser werden, verschwinden? Es kann doch nicht sein, dass er ewig in mir sitzen wird – und ich in ihm?

Auf ex!

Der Tequila versetzt die Welt um mich in Drehung, entfesselt einen Tornado, der mich in seinen Trichter hineinzieht, mich von der Erde losreißt, mit Leichtigkeit durch die Luft wirbelt, als wäre ich nicht dieser grobschlächtige Neunzig-Kilo-Brocken, sondern die kleine Dorothy. Verzweifelt versuche ich mich mit dem Blick an der falschen Idylle hinter dem falschen Fenster festzuhalten und flehe den Wirbelsturm an, er möge mich gemeinsam mit meiner verfluchten Bude in dieses fiktive Zauberland Toskana bringen.

Nur: Mit einem Wirbelsturm kann man nichts vereinbaren.

Ich schließe die Augen.

»Ich hau ab von hier«, höre ich ein Flüstern im Dunkeln.

»Sei ruhig und schlaf. Von hier kann man nicht abhauen«, antwortet ein anderes Flüstern.

»Ich hau trotzdem ab.«

»Sag so was nicht. Du weißt doch, wenn sie uns hören …«

»Sollen sie doch. Mir egal.«

»Spinnst du?! Hast du vergessen, was sie mit 906 gemacht haben?! Sie haben ihn in die Gruft gebracht!«

Die Gruft. Von diesem staubigen, veralteten Wort, das in der glänzenden Welt des Komposits irgendwie unangebracht klingt, geht etwas so Grauenhaftes aus, dass meine Hände zu schwitzen beginnen. Ich habe dieses Wort nie wieder gehört – seit damals.

»Na und?« Die erste Stimme hat deutlich an Selbstsicherheit eingebüßt.

»Sie haben ihn immer noch nicht rausgelassen … Dabei ist so viel Zeit vergangen!«

Die Gruft befindet sich an einem anderen Ort als der Korridor mit den Besprechungszimmern, aber wo genau, weiß keiner. Die Tür zur Gruft ist von den anderen Türen nicht zu unterscheiden, es gibt keine Beschriftung. Genau betrachtet, ist das nur logisch: Auch das Tor zur Hölle sieht vermutlich aus wie der Eingang zu einer Besenkammer. Und die Gruft ist nichts weiter als eine Filiale der Unterwelt.

Die Wände der Besprechungszimmer sind aus abwaschbarem Material, in die Böden sind spezielle Abflüsse eingelassen. Die Zöglinge dürfen nicht erzählen, was im Besprechungszimmer vor sich geht, und doch flüstern sie untereinander. Hat man einmal begriffen, wofür diese Abflüsse da sind, ist es unmöglich zu schweigen. Doch egal, was sie dort mit dir machen, dir ist immer bewusst: Wenn sie dich im Besprechungszimmer nicht zu brechen vermögen, kommst du als Nächstes in die Gruft – und im Angesicht der Angst verliert der Schmerz seinen Schrecken.

Wer in der Gruft gewesen ist, berichtet niemandem davon. Er tut so, als erinnerte er sich an nichts, nicht einmal daran, wo sie sich befindet. Wer dort gewesen ist, kommt als ein anderer wieder – und manche blieben für immer weg. Niemand von uns würde es wagen nachzufragen, denn wer allzu wissbegierig ist, darf als Nächster in einem der Besprechungszimmer vorstellig werden.

»906 wollte nicht abhauen!«, mischt sich eine dritte Stimme ein. »Es ging um was anderes. Er hat von seinen Eltern gesprochen. Ich habe es selbst gehört.«

Schweigen.

»Und, was hat er erzählt?«, zischelt einer endlich.

»Halt die Klappe, 220! Ist doch egal, was er gelabert hat!«

»Nein, ich halte nicht die Klappe. Das tue ich nicht.«

»Du reitest uns alle noch rein, du Ratte!« Das Flüstern klingt wie ein Schrei. »Hört einfach auf, von irgendwelchen Eltern zu reden!«

»Wieso, willst du etwa nicht wissen, wo deine sind?«, hakt der andere nach. »Wie es ihnen geht?«

»Kein bisschen!«, erwidert die erste Stimme. »Ich will einfach hier raus, das ist alles. Ihr könnt von mir aus hierbleiben, bis ihr verfault! Und euer ganzes Leben lang vor Angst ins Bett pinkeln!«

Ich erkenne die Stimme – eine entschlossene, hohe Kinderstimme.

Es ist meine.

Ich nehme die Binde von den Augen und finde mich in einem kleinen Schlafsaal wieder. Vierstöckige Betten an weißen Wänden, darin exakt achtundneunzig Jungenkörper. Alle schlafen oder stellen sich schlafend. Der ganze Raum ist durchflutet von blendend hellem Licht. Es ist unmöglich festzustellen, woher es kommt – fast scheint es, als ob die Luft selbst leuchtet. Geschlossene Lider können das Licht nicht zurückhalten, es färbt sich höchstens purpurrot – von den Blutgefäßen. Man muss schon höllisch erschöpft sein, um in diesem Cocktail aus Licht und Blut einschlafen zu können. Deshalb tragen wir alle eine Augenbinde. Die Beleuchtung erlischt niemals auch nur für eine Sekunde: Alle müssen immer zu sehen sein, und es gibt weder Decken noch Kissen, um sich zu verstecken oder zumindest zuzudecken.

»Lasst uns jetzt schlafen, ja?«, bittet einer. »Es ist sowieso gleich Weckzeit!«

Ich drehe mich zu Nr. 38 um, einem wunderschönen Knaben wie aus dem Fernsehen. Auch er hat seine Binde abgenommen und ein Schmollgesicht aufgesetzt.

»Genau, halt endlich die Klappe, 717!«, pflichtet Nr. 584 bei. Er hat seine Binde auf dem Pickelgesicht mit den Segelohren gelassen, zur Sicherheit. »Was, wenn die uns jetzt wirklich hören können?«

»Halt selber die Klappe, Schisser! Hast wohl Angst, dass sie irgendwann mal mitkriegen, wie du deinen …«

Plötzlich geht die Tür auf.

Nr. 38 kippt wie vom Blitz getroffen mit dem Gesicht nach unten auf sein Bett zurück. Ich will mir noch schnell die Binde überziehen, schaffe es aber nicht mehr rechtzeitig. Ich gefriere zu Eis, erstarre, drücke mich gegen die Wand und kneife die Augen zu. Mein Schlafplatz ist relativ weit unten, ganz hinten in der Ecke, vom Eingang aus kann man mich nicht sehen, aber wenn ich jetzt eine heftige Bewegung mache, merken sie sofort etwas.

Ich rechne mit einem der Leiter – doch die Schritte klingen anders.

Es sind leichte, kurze Schritte, und sie hören sich seltsam an: irgendwie schlurfend und ungleichmäßig. Sollte das etwa … Ist 906 endlich aus der Gruft zurück?!

Vorsichtig luge ich aus meiner Höhle hervor.

Ich treffe den Blick eines gebückt gehenden, kahlgeschorenen Jungen. Seine Augen sind schwarz umrandet, die eine Hand hält vorsichtig die andere, die unnatürlich verdreht scheint.

»654?« In meiner Stimme schwingt Enttäuschung mit. »Schon aus dem Lazarett entlassen? Wir dachten, sie hätten dich bei der Besprechung komplett fertiggemacht …«

Seine tief eingesunkenen Augen weiten sich, er bewegt lautlos die Lippen, als versuche er mir etwas zu sagen, aber …

… Ich lehne mich vor, um ihn besser zu verstehen, und da sehe ich …

… eine Gestalt in der Tür, reglos.

Doppelt so groß und viermal so schwer wie der kräftigste Junge in unserem Saal. Das weiße Gewand, die Kapuze auf dem Kopf, und anstelle des eigenen Gesichts – das Gesicht des Zeus. Eine Maske mit schwarzen Einschnitten. Ich halte den Atem an und beginne mich ganz, ganz langsam in meine Nische zurückzuziehen. Ich weiß nicht, ob er mich bemerkt hat. Wenn ja, dann …

Die Tür schlägt zu.

Nr. 654 versucht vergeblich seine Liege auf der dritten Ebene zu erklimmen. Seine Hand scheint gebrochen zu sein. Ich sehe zu, wie er mit schmerzverzerrtem Gesicht einen ersten Versuch unternimmt, dann einen weiteren. Niemand mischt sich ein. Alle bleiben brav liegen, blind von ihren Binden. Alle schlafen. Alle lügen. Schlafende Menschen schnarchen oder stöhnen, die ganz Unvorsichtigen sprechen sogar im Traum. Doch hier im Saal herrscht drückende Stille, nur das verzweifelte Schnaufen von Nr. 654 ist zu hören, während er vergeblich versucht, seinen Platz einzunehmen. Jetzt könnte er es schaffen, er versucht sein

Bein auf die Matratze zu schwingen, doch dann kommt ihm seine Hand dazwischen, und mit einem Schmerzensschrei landet er auf dem Boden.

»Komm hierher«, sage ich, ohne genau zu wissen warum. »Leg dich auf mein Bett, ich schlafe auf deinem weiter.«

»Nein.« Er schüttelt heftig den Kopf. »Das ist nicht mein Platz. Ich kann nicht. Das ist gegen die Regeln.«

Wieder unternimmt er einen neuen Anlauf. Dann sinkt er schweißnass zu Boden und bleibt einfach sitzen, blass und konzentriert.

»Haben sie dir gesagt, weshalb sie dich …?«, frage ich.

»Aus dem gleichen Grund wie alle anderen«, antwortet er schulterzuckend.

In diesem Augenblick schrillt das Wecksignal.

Achtundneunzig Jungen reißen sich ihre Binden von den Augen und springen von ihren Liegen herunter.

»Waschen!«

Alle ziehen die nummerierten Pyjamas aus, zerknüllen sie, werfen sie auf ihre Betten, bilden eine Dreierreihe und warten fröstelnd, die kleinen Pimmel mit den Händen bedeckend, bis sich die Tür öffnet – dann setzt sich die blasse Raupe in Bewegung und kriecht in Richtung Waschraum.

Jeweils zu dritt durchlaufen wir den Duschbogen und stellen uns – nackt, nass und zappelnd – in einem großen Saal auf. Zu unserer zerzausten Hundertschaft gesellt sich noch eine weitere hinzu, und noch eine – die beiden älteren Gruppen.

Der Oberste Leiter schreitet unsere dreigliedrige Formation ab. Seine Augen sind so weit in den Tiefen der Zeusmaske verborgen, dass es den Anschein hat, als wäre hinter der Maske nichts als Leere. Er ist von niedriger Statur, aber sein Kopf ist so dick, dass die Zeusmaske nur gerade so daraufpasst. Seine Stimme, die darunter hervorschreit, ist durchdringend, fast trompetenhaft, und zugleich tief und furchterregend.

»Dreck!« Seine Stimme überschlägt sich fast, als er dieses Wort herausspeit. »Nichts als elender Dreck seid ihr! Satansbrut! Ihr könnt von Glück reden, dass wir im humansten Staat dieser Welt leben, sonst hätte man euch längst zertreten, einen nach dem anderen! In Indochina würden sie mit euch kurzen Prozess machen! Nur hier werdet ihr noch geduldet!«

Die Krater seiner Augenhöhlen scheinen sich an unseren flatternden Pupillen festzusaugen. Wehe dem, dessen Blick er erhascht.

»Jeder Europäer hat das Recht auf Unsterblichkeit!«, brüllt er weiter. »Nur deshalb seid ihr noch am Leben, ihr Bastarde! Aber wir haben für euch etwas in petto, das noch viel schlimmer ist als der Tod! Ihr werdet ewig hier herumsitzen, euer ganzes unendliches Bastardenleben werdet ihr hier absitzen! Ihr seid Abschaum und werdet eure Schuld niemals abbüßen! Denn für jeden Tag, den ihr hier verbringt, verdient ihr euch noch zwei weitere Tage dazu!«

Der saugende Blick des Obersten streift von einem Zögling zum anderen. Er wird begleitet von zwei weiteren Leitern. Äußerlich sind sie nur aufgrund ihrer Körpergröße von ihm zu unterscheiden.

»691!«, stößt Zeus hervor. Er ist plötzlich stehen geblieben, nur zehn Schritte von mir entfernt. »Erziehungsmaßnahme.«

»Jawohl«, antwortet Nr. 691 demütig.

Mit seiner Unterwürfigkeit kann der Junge später im Besprechungszimmer vielleicht ein wenig Nachsicht erheischen – vielleicht aber auch nicht. Es ist ein Lotteriespiel, ebenso wie die Tatsache, dass ausgerechnet Nr. 691 ausgewählt wurde.

Dem Obersten werden all unsere kleinen und großen Sünden berichtet, und was er einmal gehört hat, vergisst er nie, nicht einmal den kleinsten Vorfall. Nr. 691 muss jetzt vielleicht für ein Vergehen büßen, das er heute Nacht begangen hat, für einen Fehler, der ihm vor einem Jahr unterlaufen ist, oder aber für etwas, was der Junge noch gar nicht getan hat. Wir alle sind von Anbeginn schuldig, die Leiter brauchen nicht nach einem Vorwand zu suchen, um uns zu bestrafen.

»Abtreten, Zimmer A«, sagt der Oberste.

Gehorsam, mit hängenden Schultern, schleppt sich Nr. 691 in Richtung Folterkammer – allein, ohne Begleitung.

Der Oberste nähert sich mir. Ihm eilt eine solche Welle des Grauens voraus, dass den Jungen rechts und links von mir die Knie zu zittern beginnen. Weiß der Oberste, was ich heute Nacht zu den anderen gesagt habe?

Auch ich selbst vibriere am ganzen Körper und spüre, wie sich mir die Haare im Genick aufstellen. Ich will mich vor dem Obersten verstecken, irgendwohin verschwinden, aber das ist unmöglich.

Uns gegenüber hat eine andere Gruppe Aufstellung genommen. Es sind die Fünfzehnjährigen: verpickelte, kantige Halbstarke, deren Muskeln allmählich größer werden, deren Wirbelsäulen sich plötzlich gestreckt haben, und denen bereits ekelhaft krauses Gestrüpp zwischen den Beinen wächst.

Genau vor mir steht er.

Nr. 503.

Neben seinen hoch aufgeschossenen Kameraden ist er eher klein, aber er scheint ganz aus miteinander verdrillten Muskeln und Sehnen zu bestehen. Er steht isoliert: Die Jungen links und rechts sind so weit wie möglich von ihm weggerückt. Es ist, als ob sich um Nr. 503 herum eine Art Kraftfeld gebildet hat, das andere Menschen fernhält.

Große grüne Augen, eine etwas plattgedrückte Nase, ein breiter Mund und schwarze Borstenhaare – eigentlich ist auf den ersten Blick nichts Abstoßendes an ihm zu bemerken. Aber sobald man Nr. 503 genauer studiert, versteht man den Grund, warum sich alle von ihm fernhalten. Hinter den halb geschlossenen Lidern glimmt der Wahnsinn. Die Nase hat er sich im Kampf gebrochen – und sie mit Absicht so gelassen. Der Mund ist groß und wolllüstig, die Lippen zerkaut. Die Haare sind kurz geschoren, damit sich keiner an ihnen festhalten kann. Die Schultern fallen schnell herab, und er lässt sie zusätzlich hängen, sodass sich eine eigentümliche, fast tierische Körperhaltung ergibt. Andauernd tritt er von einem Fuß auf den anderen, ständig unter Strom, sein ganzer Körper ist ein einziges gespanntes Nervenbündel, das nur darauf wartet, sich zu lösen, hervorzuschnellen und loszuschlagen.

Jetzt zwinkert er mir zu. »Was schaust du so, Kleiner? Hast du's dir vielleicht anders überlegt?«

Ich kann seine Stimme nicht hören, aber ich weiß genau, was er sagt. Auf einmal ist die Kälte weg, mir wird sogar heiß. In meinen Ohren beginnt das Blut zu pochen. Ich wende den Blick ab – und stoße auf den Obersten.

»Verbrecher!«, brüllt dieser, während er auf mich zugeht. »Krepieren solltet ihr alle, mehr habt ihr nicht verdient!«

Nr. 503 wird mich früher oder später zu fassen kriegen. Wahrscheinlich wäre es wirklich besser, vorher zu krepieren.

»Es wird dir gefallen …«, flüstert er mir hinter dem Rücken des Obersten zu.

»Doch anstatt euch alle kaltzumachen, verschwenden wir Essen, Wasser und Luft an euch! Wir geben euch Bildung! Lehren euch zu überleben! Zu kämpfen! Schmerzen zu ertragen! Trichtern euch Hohlköpfen wertvolles Wissen ein! Wozu?!«

Der Oberste bleibt genau vor mir stehen. Die schwarzen Höhlen richten sich auf mich – nicht auf den kleinen Rotzlümmel, der da bebend im Saal steht, sich mit den Händen bedeckt und dem Obersten irgendwo auf den Solarplexus blickt, sondern auf jenes Geschöpf, das gebückt im Innern dieses Jungen hockt und durch dessen Pupillen wie durch einen Türspion nach draußen guckt.

»Wozu?!«, donnert es in meinen Ohren. »Wozu, 717?!«

Ich begreife nicht sofort, dass er die Antwort von mir hören will. Also hat mich doch jemand verpetzt … Ich schlucke mit Mühe – mein Mund ist völlig ausgetrocknet, die Kehle reibt gegen die Zungenwurzel.

»Damit. Wir einmal. Alles. Zurückzahlen können«, bringe ich Stück für Stück hervor. »Unsere Schuld. Sühnen …«

Der Oberste Leiter schweigt, nur das leise Pfeifen ist zu hören, wenn die Luft durch die Atemlöcher in seine Maske strömt. Das Zeusgesicht hängt vor mir wie gelähmt, als hätte ihn im Augenblick der größten Raserei ein Schlaganfall ereilt.

»Kleiner …«, flüstert Nr. 503 hinter seinem Rücken, aber der Oberste scheint ihn nicht zu hören.

»Und warum sollst du deine Schuld büßen?«, fragt er mich stattdessen.

Schweiß rinnt mir von der Stirn, und Schweiß läuft mir den Rücken hinab.

»Um …«

»Kleiner …«

Mich beim Obersten beschweren geht nicht. Wer sich beschwert, zögert den Tag der Abrechnung nur hinaus, doch währenddessen summieren sich Zinsen und Zinseszinsen an Schmerz und Erniedrigung. Aus dem Augenwinkel bemerke ich, wie der Oberste sich für einen Augenblick von mir löst und seinen Gorgonenblick über Nr. 503 streifen lässt, worauf das höhnische Flüstern erstirbt. Dann richtet er seine schwarzen Löcher wieder auf mich.

»Um …?!«

»Um von hier abzuhauen! Egal wohin! Nur weg von hier!«

Ich halte mir den Mund zu.

Ich rechne mit einer Ohrfeige. Eine Flut von Beleidigungen. Ich erwarte, die Nummer des Besprechungszimmers zu hören, in dem ich vorstellig werden muss, damit sie die Torheit aus mir herausprügeln, sie aus mir herauspressen, hinein in den Abfluss am Boden. Doch der Oberste reagiert nicht.

Das Schweigen zieht sich in die Länge. Der Schweiß brennt in meinen Augen. Ich kann sie mir nicht reiben, denn meine Hände sind beschäftigt.

Dann endlich wage ich es. Ich hebe das Kinn, bereit, in seine Augenschlitze zu blicken …

Der Oberste ist weg. Weitergegangen. Er hat mich verschont.

»Quatsch!« Seine donnernde Stimme kommt von der Seite und entfernt sich zusehends. »Keiner von euch wird jemals von hier abhauen – keiner! Ihr alle wisst, dass es nur eine Möglichkeit gibt! Die Prüfungen zu bestehen! Durchzuhalten bis zum Schluss! Wer auch nur einen Test vermasselt, wird weiter hier vor sich hinschmoren bis in alle Ewigkeit!«

Ich schaue zu Nr. 503 hinüber. Er grinst mich an. Ich zeige ihm den Mittelfinger. Sein obszönes Maul zieht sich noch mehr in die Breite.

Er lässt mich nicht aus den Augen, bis die Leiter unsere Hundertschaften auseinandertreiben, damit wir uns anziehen und in den Unterricht marschieren. Noch im Gehen dreht er sich erneut nach mir um und zwinkert mir zu.

Er hat mich nur deshalb ausgewählt, weil ich ihm beim Morgenappell immer gegenüberstehe.

Vor Nr. 503 kann mich niemand schützen. Ich bin nicht nur einen Kopf kleiner – er ist auch noch ganze drei Jahre älter als ich. Für mich eine gefühlte Ewigkeit.

Die Leiter mischen sich in diese Dinge nicht ein. Den Älteren teilen sie höchstens mal Gelassenheitspillen aus, mehr nicht. Wäre ich in einer normalen Zehnereinheit, könnte ich wenigstens jemanden um Hilfe bitten … Obwohl, wer würde es schon wagen, gegen Nr. 503 und seine Blutsauger anzutreten?

Der Kodex besagt, dass einem Zögling niemand näherstehen darf als die Kameraden in der eigenen Zehnereinheit. Nr. 503 dagegen hat statt Kameraden lieber Sklaven und Liebhaber, wobei er immer mal wieder die einen zu den anderen macht und umgekehrt. Seine Zehnereinheit ist eine Geißel Gottes.

Dafür ist meine Einheit eine Ansammlung von Denunzianten, Schlappschwänzen und Einfaltspinseln. Soweit ich zurückdenken kann, habe ich immer versucht, mich von ihnen so gut es geht fernzuhalten. Schwachsinnigen darf man niemals vertrauen, aber noch gefährlicher ist das bei Schwächlingen.

Hier die Liste:

Nr. 38, ein geschniegelter Schönling, ein lockiges Engelchen, Hosenscheißer, Streber und Schleimer. Wegen seiner Schönheit und seiner Ängstlichkeit zahlt er den älteren Zöglingen, die keine Gelassenheitstabletten nehmen, regelmäßig Tribut.

Nr. 55, breitlippig, Typ Spaßvogel und Rowdy, der seine Freunde ausliefert, wenn er dafür eine Stunde länger im Videosaal bleiben darf. Kriegt man ihn zu fassen, ist Gott sein Zeuge, dass er es nicht war, und wenn man nachbohrt, schwört er heilige Eide, dass man ihn unter Androhung der Folter zum Verrat gezwungen hat. Erst nach einiger Zeit begreift man, dass für diesen stets lächelnden Jungen alle Menschen auf der Welt nichts als dumme Puppen sind, die er nach Lust und Laune manipulieren kann.

Nr. 310 ist ein ernsthaft dreinblickender Kraftprotz, dem jegliche Schmerzschwelle fehlt. Die Welt teilt er in exakt zwei Hälften: eine dunkle und eine helle. Geheimnisse sollte man ihm lieber nicht anvertrauen, wenn man nicht will, dass sie früher oder später doch ans Licht kommen. Welcher auch nur halbwegs intelligente Mensch glaubt schon daran, dass alle Dinge auf der Welt genau in eine von zwei Schubladen passen: eine »gute« und eine »schlechte«?

Nr. 900, groß, dick, finster und wortkarg, überragt uns und sogar die Fünfzehnjährigen, ist aber ein furchtbarer Schwächling und dazu noch unerträglich begriffsstutzig. Da es völlig unmöglich ist, bei ihm etwas zu erreichen, bittet man ihn am besten um nichts, und schlägt ihm auch nichts vor. Er würde es ohnehin nicht kapieren, und wenn man Pech hat, verpfeift er einen.

Der rothaarige, sommersprossige Nr. 220 dagegen hat ein so einfaches und treuherziges Gesicht, dass man ihm sofort alles beichten möchte. Auch er selbst weiht einen gern in seine angeblichen Geheimnisse ein. Hörst du dir diese bis zum Schluss an, hast du damit schon irgendeine Regel gebrochen, und wenn du dann noch verständnisvoll nickst, so blüht dir mit Sicherheit eine Erziehungsmaßnahme. Seltsam ist nur, dass Nr. 220 selbst noch nie mit blauen Flecken gesichtet wurde, obwohl er häufig in irgendein Besprechungszimmer einbestellt wird. Wer ihm gegenüber dagegen etwas zu offenherzig war, den trifft die Bestrafung unausweichlich, wenn auch nicht unbedingt sofort.

Nr. 7, ein Dickerchen, schwer von Begriff und nah am Wasser gebaut. Ich konnte mich nie länger als eine Minute mit ihm unterhalten. Seine Antworten dauern mir zu lange, aber kaum treibe ich ihn ein wenig an, bricht er gleich in Tränen aus.

Nr. 584 hat bereits Pickel und onaniert heimlich – bei ihm schlagen die Hormone offenbar schon ziemlich früh aus.

Nr. 163, ein aufbrausender, wilder Raufbold, wandert ewig zwischen den Besprechungszimmern und dem Lazarett hin und her. Besonders mutig ist er deswegen jedoch nicht, sondern eher erschreckend hirnlos und dickköpfig – wahrscheinlich weiß er gar nicht, wie sich das Wort »Angst« schreibt.

Nr. 717. Nun ja, das bin ich.

Einer fehlt. Nr. 906.

Der, den sie in die Gruft gebracht haben.

»Sie ist keine Verbrecherin«, sagt Nr. 906 zu mir.

»Wer?«, frage ich.

»Meine Mutter.«

»Leise, Mann!« Ich versetze ihm einen Schlag auf die Schulter.

»Selber leise!«

»Klappe, hab ich gesagt!« Ich blicke mich zu Nr. 220 um. Dieser spitzt bereits die Ohren und beugt sich unauffällig zu uns.

»Lass mich in Ruhe!«

»Mensch, hör doch … In den Regeln …«

Nun wende ich mich Nr. 220 zu; dieser grinst über das ganze Gesicht, so sehr freut er sich. Soll er wenigstens wissen, dass ich ihn ertappt habe.

»Hör mal!«, sagt Nr. 220 mit einer verächtlichen Handbewegung in meine Richtung. »Wenn du so ein Mädchen bist, dass du dir das nicht mal anhören kannst, dann zieh doch Leine! Was erzählst du da gerade, 906?«

Wir sitzen im Videosaal. Die letzte Stunde vor dem Zapfenstreich haben wir für uns. Es ist die einzige Stunde, die noch irgendeine Ähnlichkeit mit menschlichem Leben hat. Alle zehn Tage eine Stunde am Tag. Unser Leben wiegt also nur ein Vierundzwanzigstel von dem da draußen. Obwohl wir darüber, wie die da draußen leben, ja dass sie überhaupt existieren, nur aus Filmen wissen. Auch all unser Wissen über Frauen stammt aus Filmen. Kaum einer von uns erinnert sich an sein Leben vor dem Internat – und selbst wenn, so würde es natürlich keiner zugeben.

»Ich sage, dass meine Mutter ein guter Mensch ist. Sie ist nicht schuld!«, wiederholt Nr. 906 starrsinnig.

Der Videosaal hat hundert Plätze. Hundert unbequeme, harte Sessel und hundert kleine Bildschirme. Keine Raumsichtbrillen, keine Pupillenprojektion. Was du schaust, kann jeder andere auch sehen.

Alle zehn Tage darf unsere Hundertschaft vor dem Zapfenstreich hier ein wenig entspannen. Jedoch ist keiner der Filme in der Playlist kürzer als zwei Stunden. Das bedeutet, um den zweiten Teil zu sehen, müssen wir zehn Tage warten – und dürfen uns dabei nicht das Geringste zuschulden kommen lassen.

Auf hundert kleinen Bildschirmen flackern hundert verschiedene bewegliche Bilder. Jeder sucht sich etwas nach seinem Geschmack: der eine einen Ritterfilm, der andere etwas über den Weltraum, ein Dritter einen Bericht über die Europäische Revolution des 22. Jahrhunderts. Die meisten jedoch dröhnen sich mit Actionfilmen zu. Selbst das trashigste Machwerk ist für uns ein köstliches Vergnügen; es grenzt ja schon an ein Wunder, dass man uns überhaupt in den Videosaal lässt. Zudem ist dies so ziemlich das einzige Mal, dass wir im Internat etwas selbst bestimmen dürfen. Sich ein Video selbst auszusuchen, das ist, als ob man sich einen Traum bestellt.

Doch selbst bei diesem kurzen Ausflug hält man uns an kurzer Leine: Die ganze Zeit schreiten die Leiter durch den Saal und blicken uns beim »Träumen« über die Schulter. Vielleicht geht es hier auch gar nicht darum, uns einmal freie Wahl zu lassen, sondern – wie immer – um einen Test, wie zuverlässig wir sind.

Links von mir sitzt Nr. 906. Wie immer.

Heute will ich ihm etwas Wichtiges sagen. Ihm ein Geständnis machen.

Ich will abhauen. Kommst du mit?

Ich schiele zu ihm hinüber und schweige.

Komm, wir machen die Fliege … Allein schaffe ich es nicht, aber zu zweit …

Ich kaue auf meiner Wange herum. Ich kann es nicht. Ich will mich ihm anvertrauen, aber ich bringe es einfach nicht fertig.

Ich starre wieder auf den Bildschirm.

Ein Haus mit Flachdach. Es besteht ganz aus Quadern und Würfeln und sieht überhaupt nicht aus wie sonst die Märchenhäuser in den kitschigen Zeichentrickfilmen. Einfache, strenge Formen, hellbeige, einfarbige Wände … Und doch finde ich es unglaublich anheimelnd. Vielleicht sind es die riesigen Fenster, oder die braune Holzveranda unter dem Vordach, die um das ganze Haus herumläuft. Trotz seiner Geradlinigkeit und eckigen Form fühle ich mich zu ihm hingezogen. Dieses Haus ist bewohnt – und deshalb lebt es.

Vor dem Haus befindet sich ein gepflegtes Stück Rasen. Auf dem gestutzten Gras zwei komisch anzusehende Hängesessel für je eine Person, eiförmige, geflochtene Sitze, aufgehängt an gebogenen Ständern. Sie wiegen sich im gleichen Takt. In einem davon sitzt ein Mann mit Leinenhemd und -hose, der Wind spielt in seinem weizenblonden Haar, fein kräuselt sich der Rauch einer Zigarette, bevor er im Winde verweht. In der anderen Hängematte wiegt sich, ihre sanftbraunen Beine angezogen, eine junge Frau in einem leichten, weißen Kleid, nippt hin und wieder an einem Glas Weißwein und tippt etwas in ein kleines Gadget – ein altes Telefon.

Sie sind zu zweit in diesem Mikrokosmos, und doch erahnt man die Anwesenheit eines Dritten. Ein aufmerksamer Zuschauer würde, hielte er das Bild an, ein Fahrrad erkennen, das jemand auf den Rasen hat fallen lassen. Es ist zu klein für den Mann oder die Frau mit dem Telefon. Vergrößert man die Ansicht, werden auf der Treppe zur Veranda Kindersandalen sichtbar. Und noch etwas: In dem eiförmigen Sessel der Frau sitzt neben ihr ein kleiner flauschiger weißer Teddybär. Wenn man genau hinsieht, kann man sogar silberne Knopfaugen über einer irgendwie erstaunt aussehenden Schnauze ausmachen. Der Teddy bewegt sich nicht, es ist kein Eco-Pet, sondern nur ein Stofftier. Umso verwunderlicher, dass die Frau zur Seite gerückt ist, um dem Bären Platz zu machen, und sogar einen Arm schützend um ihn gelegt hat, als wäre er ein Lebewesen.

Im Hintergrund ist Musik zu vernehmen: Ich höre Streicher und Glöckchen heraus. Der Wind fährt mit unsichtbaren Fingern durch das Gras und schaukelt sanft die beiden Sitzkokons.

Es ist der Anfang des Films »Sogar Taube werden hören«, eines uralten Streifens über den europäischen Bürgerkrieg von ’97. Nur wenig später wird das Bauklötzchenhaus überfallen, die Frau vergewaltigt, an die Veranda genagelt und gemeinsam mit dem Haus verbrannt werden. Als der Mann am nächsten Tag – verspätet – von der Arbeit nach Hause kommt, ist sein ganzes bisheriges Leben vernichtet. In der Folge gerät er in die Mühlen des Krieges und wird so lange Menschen töten, bis er diejenigen aufspürt, die seine Welt zerstört haben.

Bis zum Abspann des Films habe ich nur ein einziges Mal durchgehalten, aber die ersten Minuten sehe ich mir immer wieder an. Es ist eine Art Ritual: Jedes Mal, wenn wir in den Videosaal dürfen, lasse ich zuerst den Anfang dieses Films laufen, bevor ich mir etwas Unterhaltsames aussuche.

Jedes Mal halte ich die Zeit an für dieses glückliche Paar, exakt zwei Sekunden bevor am Ende der Allee die ersten Fremden auftauchen, fünf Sekunden bevor eine neue, verstörende Musik den grausamen Gewaltakt ankündigt. Nicht etwa, weil ich damit die Frau in dem weißen Kleid oder ihr Haus retten will – ich bin ja schon zwölf und weiß längst, wie das Leben funktioniert. Nein, was danach passiert, interessiert mich nicht. In dem Augenblick, in dem der sanfte Streicherklang von den ersten unheilschwangeren Takten abgelöst wird, verwandelt sich der Film in das übliche Gemetzel zwischen Gut und Böse, in einen jener hunderttausend Actionstreifen, aus denen die Playlist unseres Videosaals besteht.

Stattdessen betrachte ich das auf die Seite gefallene Fahrrad, überzeuge mich davon, dass die Sandalen auf der Veranda Kindergröße haben, versuche zu verstehen, warum die Frau mit dem weißen Kleid dem Spielzeugbären so viel Respekt zollt – ist er am Ende nur Platzhalter für ein anderes, lebendiges, geliebtes Wesen? Mir wird klar, dass man aus diesem Film etwas

Wichtiges herausgeschnitten hat. Und natürlich ahne ich, was das sein könnte.

Mit Ausnahme einiger weniger alter Animationsfilme sind fast alle Videos in der Playlist Heldensagen, Actionthriller, Kriegsfilme oder Revolutionsepen. Die Leiter sagen, das sei pädagogisch begründet: Schließlich will man uns zu Kämpfern erziehen. Häufig aber sieht man sich einen dieser Filme an – und verliert auf einmal mittendrin den Faden. Man hat das Gefühl, dass den Figuren etwas zugestoßen ist, was uns Zuschauern vorenthalten wird. Nicht nur mir fällt immer wieder auf, dass ganze Szenen aus einem Film verschwunden sind. Trotzdem schauen alle weiter. Schließlich ist das Wichtigste, weswegen wir immer wieder in den Videosaal kommen, unberührt geblieben: die Kampfszenen und Verfolgungsjagden.

Über knapp hundert Bildschirme jagen Polizeiautos mit heulenden Sirenen, gepanzerte Streitpferde, schwer getroffene Propellerflugzeuge, Motorboote, trompetende Kampfelefanten, Menschen in Smokings oder blutverschmierten Militäruniformen, Segelschiffe, Raumgleiter … Die gesamte Geschichte der Menschheit zieht in Rauch und Flammen vorbei – aus dem Nirgendwo ins Nirgendwo.

Mein Display dagegen zeigt noch immer das gleiche Standbild. Das Bauklötzchenhaus, die Sitzkokons, den Zigarettenrauch, das leichte Kleid und den weißen Teddy mit den silbernen Augen.

Bei Nr. 906 sind das auf den Rasen geworfene Fahrrad, die Kindersandalen auf der braunen Veranda und die riesigen Fenster zu sehen.

Der Horizont ist bei uns beiden der Gleiche: smaragdgrün wogende toskanische Hügel unter einem azurblauen Himmel, die spindelförmigen Silhouetten der Zypressen, halb zerfallene Kapellen aus gelbem Sandstein. Das beigefarbene Haus mit der Holzveranda befindet sich in der Nähe von Florenz – vor vierhundert Jahren.

Wir diskutieren nicht, warum wir uns alle zehn Tage nebeneinandersetzen und uns jedes Mal, bevor wir uns beflissen irgendwelche Kriegs- und Revolutionsstreifen ansehen, diesen einen Film einschalten, den Vorspann überspringen und genau bis zu jenem Augenblick vorspulen, da die Geigen und Glöckchen verklingen. Es ist ein geheimes Abkommen. Ein Schweigegelübde.

Aber jetzt sagt er auf einmal: »Meine Mutter ist ein guter Mensch. Sie ist nicht schuld!« Und das laut?! Hier sind doch überall Denunzianten! Man wird uns auf die Schliche kommen! Uns verraten!

»Halt die Klappe, hab ich gesagt!« Ich boxe Nr. 906 gegen die Brust. »Unsere Mütter sind alle Verbrecher, wieso deine nicht?!«

»Eure sind mir egal! Meine Mutter ist jedenfalls ein ehrlicher Mensch!«

»Klar!«, unterstützt ihn Nr. 220 mit eifrigem Nicken. »Genau das sagst du ihr!«

»Das werde ich auch!«

»Ihr könnt mich doch alle!«

Ich springe auf und gehe weg, wütend auf diesen unglückseligen Idioten. Soll er doch den Helden spielen und dem roten Spitzel sein Herz ausschütten, ich scheiß drauf. Ich habe getan, was ich konnte – aber ich habe keine Lust, mich wegen seiner Sturheit weiter in Gefahr zu bringen!

Was könnte ich sonst tun?

Nichts!

»Selber schuld!«, schreie ich Nr. 906 hinterher, während die Leiter ihn, der sich mit rotem Kopf widersetzt, in die Gruft fortzerren. »Blödmann!«

Die anderen blicken ihm schweigend nach.

Jeden Tag sehe ich mich nach ihm um – sei es im Refektorium oder beim Appell. Wenn ich an den Besprechungszimmern vorbeikomme, gehe ich langsamer. Nachts lausche ich nach Schritten im Korridor – vielleicht hat man ihn ja wieder rausgelassen?

Ich kann nicht schlafen.

»Ich hau ab von hier«, höre ich eines Tages meine eigene Stimme sagen.

»Sei ruhig und schlaf. Von hier kann man nicht abhauen«, flüstert mir Nr. 310, der Kraftprotz mit der schwarz-weißen Weltsicht zu.

»Ich hau trotzdem ab.«

»Sag so was nicht«, stammelt das Engelchen Nr. 38. »Du weißt doch, wenn sie uns hören …«

»Sollen sie doch. Mir egal.«

»Spinnst du?! Hast du vergessen, was die mit 906 gemacht haben?! Sie haben ihn in die Gruft gebracht!« Nr. 38 macht sich bald in die Hosen vor Angst.

Eigentlich will ich etwas sagen wie: »Ich hab damit gar nichts zu tun!«, oder: »Ich habe ihn gewarnt!«, aber stattdessen kommt etwas ganz anderes heraus.

»Na und?«

»Sie haben ihn immer noch nicht rausgelassen … Dabei ist so viel Zeit vergangen!«

»906 wollte nie abhauen!«, fährt der Verräter Nr. 220 dazwischen. »Es ging um was anderes. Er hat von seinen Eltern gesprochen. Ich habe es selbst gehört.«

Nr. 906 allein ist ihm wohl nicht genug. Jetzt will er die Geschichte noch als Köder für die anderen benutzen …

»Und, was hat er erzählt?« Tatsächlich, da hat einer angebissen.

Ich balle die Fäuste. »Halt die Klappe, 220!«, zische ich. »Ist doch egal, was er gelabert hat!«

»Nein, ich halte nicht die Klappe. Das tue ich nicht.«

»Du miese Ratte, du reitest uns noch alle rein!«, schreie ich ihn flüsternd an. »Hört einfach auf, von irgendwelchen Eltern zu reden!«

»Wieso, willst du etwa nicht wissen, wo deine sind?« Jetzt will er mich provozieren. »Wie es ihnen geht?«

»Kein bisschen! Ich will einfach hier raus, das ist alles. Ihr könnt von mir aus hierbleiben, bis ihr verfault! Und euer ganzes Leben vor Angst ins Bett pinkeln!«

»Lasst uns jetzt schlafen, ja?«, sagt Nr. 38 in dem verzweifelten Versuch, die Fronten zu schlichten. »Es ist sowieso gleich Weckzeit!«

Nr. 220 schweigt zufrieden. Meine Reaktion genügt ihm vollauf für einen fetten Bericht mit allen Einzelheiten. Ich will ihm eins auf die Nase geben, ihm den Arm ausrenken, will, dass er schreit und mich anfleht ihn loszulassen, ihm die Zähne einzeln ausschlagen. Schon seit Langem will ich das – aber ich Hosenscheißer tue nichts.

»Genau, halt endlich die Klappe, 717!«, pflichtet Nr. 584 bei. Er hat seine Binde auf dem Pickelgesicht mit den Segelohren gelassen, zur Sicherheit. »Was, wenn die uns jetzt wirklich hören können?«

»Halt selber die Klappe, Schisser!«, schreie ich ihn an. »Hast wohl Angst, dass sie irgendwann mal mitkriegen, wie du deinen …«

Die Tür geht auf. Mit all meiner Kraft, fast schon laut, wünsche ich mir, dass es Nr. 906 ist.

Ich will von hier abhauen. Kommst du mit?

Ich nutze jede Gelegenheit, versuche mich krank zu stellen, um so den Unterricht zu schwänzen, melde mich mehrfach in der Nacht zur Toilette ab – alles nur, um allein durch die Gänge zu laufen, zu beobachten und zu horchen.

Weiße, glatte Wände, eine Reihe weißer Türen ohne Klinken, aufdringliches weißes Licht von der Decke. Der Gang hat kein Ende, er ist kreisrund und mündet in sich selbst. Stets verbirgt sich das Ende hinter der Biegung, und wenn man immer weitergeht, kommt man irgendwann wieder dort an, wo man losgegangen ist. Geometrie.

Die Decke leuchtet nicht nur, sie kann auch sehen. Sie ist ein einziges Überwachungssystem mit Tausenden von Augen, deren Pupillen jedoch nicht zu erkennen sind, da sie ein großes, milchiges Leukom überzieht. Wegen dieser Hornhauttrübung kannst du nie genau sagen, ob dir gerade jemand zusieht oder nicht. Mit der Zeit beginnst du dich so zu verhalten, als würdest du ständig beobachtet.

Verstecken kannst du dich nirgends. Es gibt hier keine Sackgassen, keine dunklen Winkel – eigentlich überhaupt keine Winkel, keine Abstellkammern, ja nicht einmal irgendwelche Ritzen, in die man sich hineinzwängen könnte. Keine Fenster. Kein einziges Fenster. Fenster kenne ich nur aus Filmen.

Es gibt keinen Ausgang aus dem Internat. Dieser Raum ist in sich geschlossen wie ein Ei.

Nur drei Ebenen gibt es hier, die durch einen Aufzug mit drei Knöpfen miteinander verbunden sind. Die beiden anderen Ebenen sehen exakt genauso aus wie unsere. Auf der untersten befindet sich die Krippe, dort wird das kleine Kroppzeug gehalten. Die zweite Ebene ist für die Junioren bis elf bestimmt und die dritte für die Großen, ab zwölf bis zum Ende.

Alle Türen in dem runden Korridor sind gleich, und auf keiner einzigen gibt es eine Aufschrift. Auf der dritten Ebene sind es dreißig. Mit der Zeit merkt man sich, welche Tür wohin führt.

Vier Schlafsäle, ein Sanitärbereich, ein Versammlungssaal, neun Vorlesungsräume, vier Sportsäle, eine Tür, die zu den Besprechungszimmern führt, der Schlafraum für die Leiter und das Büro des Obersten Leiters, der Videosaal, fünf Kampfringe, das Refektorium, der Aufzug.

Ich gehe die Türen eine nach der anderen ab, zähle zum tausendsten Mal nach, um sicherzugehen, dass es tatsächlich dreißig sind und ich keine ausgelassen habe.

Ich denke daran, wie ich den Ausgang suchte, als ich noch ganz klein war. Der Grundriss der ersten Ebene ist in meine Netzhaut eingebrannt, so oft habe ich ihn mir aufgezeichnet und betrachtet. Dort sind es ebenfalls dreißig Türen: drei Schlafsäle, ein Schlafraum für die Leiter, das Büro des Obersten, ein Sanitärbereich, ein Versammlungssaal, drei Sportsäle, ein Spielzimmer, fünf Kampfringe, zehn Klassenräume, der Videosaal, die Tür zu den Besprechungszimmern, das Refektorium, der Aufzug.

Keine einzige Tür führt nach draußen. Ich erinnere mich, dass ich als kleiner Junge dachte, der Ausgang aus dem Internat befände sich irgendwo auf der zweiten oder dritten Ebene. Als ich älter wurde und auf die zweite Ebene umzog, blieb mir nur noch die dritte. Nun, da ich auf der dritten wohne, kommt mir der Verdacht, dass ich auf den anderen beiden doch nicht gründlich genug nachgesehen habe.

Von Anfang an trichtert man uns ein, dass es hier keinen Ausgang gibt. Aber einen Eingang muss es doch geben! Die Kleinen müssen doch von irgendwoher kommen!

Geduldig gehe ich von Tür zu Tür. Während des Unterrichts mustere ich die Vorlesungsräume und Kampfringe. Alle Wände sind glatt und hermetisch; reibt man sich zu stark an ihnen, rächen sie sich mit prickelnden Stromschlägen.

Ich werde ins Besprechungszimmer gerufen. Man erkundigt sich, warum ich mich so benehme und bricht mir im Eifer des Gefechts den Ringfinger der linken Hand. Ein höllischer Schmerz; der Finger ist unnatürlich nach hinten geknickt. Als ich ihn ansehe, begreife ich, dass ich jetzt ins Lazarett eingewiesen werde. Das ist gut, denn so gelange ich wieder auf die zweite Ebene und kann alles noch einmal kontrollieren.

»Was suchst du?«, fragt mich der Leiter.

»Den Ausgang«, antworte ich.

Er lacht.

Als ich noch auf der ersten Ebene wohnte, flüsterten die Jungen sich vor dem Schlafen zu, dass das Internat in einer Tiefe von mehreren Kilometern in die Erde eingegraben sei, dass es sich in einem Bunker befinde, der mitten in massivem Granitgestein liege. Dass wir als Einzige den Atomkrieg überlebt hätten, und dass wir die Hoffnung der Menschheit seien. Andere schworen, wir seien an Bord einer Rakete eingeschlossen, die über den Rand unseres Sonnensystems hinausgeschickt worden sei, und wir seien als erste Kolonisten dazu auserkoren, Tau Ceti zu erschließen. Verzeihlich, immerhin waren wir alle fünf oder sechs Jahre alt. Die Leiter sagten uns damals schon, wir seien

Abschaum und Kriminelle, und man habe uns nur deswegen in dieses verfluchte Ei gesteckt, weil es für uns keinen anderen Platz auf dieser Welt gibt, aber wenn du sechs Jahre alt bist, ist dir jedes Märchen lieber als eine solche Wahrheit.

Mit zehn interessierte es uns nicht mehr, wo sich das Internat befand, und mit zwölf war es uns allen schließlich scheißegal, dass uns kein großes Schicksal, ja eigentlich sogar gar keins erwartete. Unklar war nur, wozu wir dann eigentlich in allen Einzelheiten über irgendeine Welt da draußen unterrichtet wurden, warum wir seine Geschichte und Geografie studierten, seine Kultur und die Gesetze der Physik zu lernen hatten – wenn man doch gar nicht vorhatte, uns jemals in diese Welt zu entlassen. Wahrscheinlich, so vermuteten wir, wollte man uns fühlen lassen, was man uns vorenthielt.

Ich wäre durchaus bereit gewesen, eine Ewigkeit hier abzusitzen, hätte ich beim Morgenappell nicht immer gegenüber von Nr. 503 stehen müssen. Solche Kleinigkeiten können einem die ganze verfluchte kosmische Harmonie verderben.

Die zweite Ebene.

Die gleichen blinden Wände, die gleichen gesichtslosen Türen. Vorsichtig meinen gebrochenen Finger haltend, gehe ich eine nach der anderen ab. Die Kampfringe, die Klassenräume, der Videosaal, die Schlafsäle: weiß auf weiß, wie überall auch. Nichts.

Dann komme ich im Lazarett an. Der Arzt scheint auf einem Rundgang zu sein. Die Tür zu seinem Arbeitszimmer steht angelehnt.

Für gewöhnlich haben Patienten hier keinen Zutritt; eine Chance, die ich mir nicht entgehen lassen darf. Ich zögere einen Augenblick, dann schlüpfe ich hinein – und finde mich in einem großzügigen Raum wieder: ein Schreibpult, ein Bett, flimmernde

Hologramme von inneren Organen auf Sockeln. Alles steril und langweilig. Am Ende des Zimmers befindet sich noch eine Tür, auch sie steht offen.

Und dort …

Ich gehe weiter und spüre, dass mein Herz schneller schlägt und sich die Zeit verlangsamt. Hinter der Tür sind Stimmen zu hören, aber ich gehe weiter. Ich fürchte mich nicht davor, entdeckt zu werden. Das Adrenalin versetzt meinen Körper in Slow-Motion, ich fühle mich wie im Kino.

»Wie konnte es dazu kommen?«, höre ich eine rostig krächzende Stimme sagen. Der Mann klingt unzufrieden.

»Wir haben ihn vergessen …«, antwortet ein anderer – es ist der Bass des Obersten Leiters.

»Vergessen?«

»Zu lange dringelassen.«

Ich verstehe nichts von ihrem Dialog, und er ist mir auch völlig gleichgültig. Das Einzige, was mich in diesem Augenblick interessiert, ist dieses riesige Etwas, das dort in der Türöffnung auftaucht und die ganze Rückwand des Hinterzimmers einnimmt …

Ein Fenster.

Das einzige Fenster des gesamten Internats.

Mit angehaltenem Atem schleiche ich mich so nahe wie möglich an die Tür.

Und blicke zum ersten Mal *nach draußen*.

Wenigstens weiß ich jetzt, dass wir uns nicht an Bord eines intergalaktischen Raumschiffs befinden, und auch nicht in einer Gruft aus Granit.

Jenseits des Fensters liegt eine gewaltige Stadt, eine Stadt mit Tausenden von gigantischen Türmen, Säulen, die auf einer unglaublich weiten Erde stehen und sich in einen unendlich fernen Himmel erheben. Eine Stadt für eine Milliarde Menschen.

Die Türme kommen mir, der ich eine winzige Küchenschabe, eine Mikrobe bin, wie die Beine unvorstellbar riesiger menschenartiger Geschöpfe vor. Die Beine von Atlanten, denen die Wolken bis zu den Knien gehen und auf deren Schultern das Himmelsgewölbe ruht. Es ist das größte Schauspiel, das ich je gesehen habe. Nie im Leben hätte ich mir etwas dermaßen Majestätisches vorstellen können.

Und vor allem: Nie im Leben hätte ich gedacht, dass es auf dieser Welt so viel Platz geben kann!

Ich mache die erschütterndste geografische Entdeckung aller Zeiten und Völker.

Für mich ist sie wichtiger als für Galilei die Annahme, dass die Erde rund ist, und für Magellan die Fähigkeit, dies zu beweisen. Wichtiger als der Versuch zu belegen, dass wir im Universum nicht allein sind.

Meine Entdeckung lautet: Jenseits der Mauern des Internats gibt es noch eine Welt. Ich habe einen Ausgang gefunden. Ich weiß jetzt, wohin ich fliehen muss!

»Hast du etwa die Tür offen gelassen?«

Ich zucke zurück, doch schon hat mich einer der beiden an den Haaren gepackt.

»Her mit ihm!«

Ich werde nach innen geschleudert. Für einen kurzen Augenblick sehe ich einen Tisch, auf dem ein ziemlich großer, länglicher Sack mit Reißverschluss liegt, den der Oberste Leiter sogleich mit seinem Körper verdeckt. Daneben einen Haufen Instrumente, dann den Arzt mit einem Gesicht, so müde und angewidert, dass sein jugendliches Äußeres gar nicht mehr dazupasst, und schließlich noch die Klinke am Fenster.

»Was hast du hier verloren, Grünschnabel?!«

»Ich suche den Doktor … Hier …«

Der Oberste Leiter packt den Finger, den ich ihm hinhalte, als wäre es ein Passierschein oder ein schützendes Amulett, und reißt daran mit so irrsinniger Kraft, dass mir heiße Sterne vor den Augen flimmern. Ich falle zu Boden und schnappe vor Schmerz nach Luft.

»Vergiss das hier, klar?! Vergiss alles, was du hier …«

Ich kann ihm nicht antworten, denn ich versuche verzweifelt, Atem zu holen.

»Ist das klar?! Ist dir das klar, du dreckiger Lump?!«

Wie geschmolzenes Zinn formt sich mein Schmerz zu einem rasenden Wutanfall, und ich schreie ihn an:

»Was wollt ihr mir denn tun?! Was?! Was?!«

Schwarze Augenhöhlen starren in mein Innerstes.

»Nicht hier«, sagt der Arzt.

»Ihr könnt mir nichts tun!«, rufe ich und winde mich aus dem eisernen Griff. »Wir alle werden sowieso von hier abhauen!«, füge ich hinzu, schlüpfe zwischen den Beinen des Leiters hindurch, laufe aus dem Arbeitszimmer, vorbei an einer Reihe aufgeschreckter Patienten, hinaus in den Gang.

Ich hetze zum Lift, fliege hinein, drücke auf alle Knöpfe zugleich – und erinnere mich plötzlich an eine Legende, die ich vor hundert Jahren, in meiner Kindheit, gehört habe, dass es im Internat noch eine nullte Ebene geben soll, über die die Neuen hierhergelangen. Angeblich soll man, wenn man alle Knöpfe eine Zeit lang gleichzeitig gedrückt hält, genau auf dieser geheimen Ebene landen – entweder über oder unter uns …

Die Tür schließt sich, und der Aufzug kriecht irgendwohin.

Wenn die nullte Ebene nicht existiert, bin ich am Ende.

Als sich die Kabine wieder öffnet, habe ich keine Ahnung, auf welcher Ebene ich herausgekommen bin. Weiße Wände, eine weiße Decke … Schlitternd laufe ich weiter, an verschlossenen Türen vorbei, auf der Suche nach einer einzigen, die offen steht.

Endlich sehe ich eine Öffnung. Ich tauche hinein, ohne gleich zu begreifen, wo ich gelandet bin, und laufe an der Wand weiter. Warum verfolgt mich niemand? Der Oberste Leiter wird mir diesen Streich niemals durchgehen lassen … Er wird mir nie verzeihen, dass ich das Fenster entdeckt und hindurchgesehen habe, und vor allem, dass ich nun weiß, dass es einen Ausgang gibt.

Ich blicke mich um.

Ich bin im Videoraum. Er ist vollkommen leer, das Licht ist schummrig, denn alle sind im Unterricht. Langsam schleiche ich durch die Reihen, verziehe mich in die hinterste Ecke, rufe die Playlist auf und schalte meinen Film ein.

Ich lasse ihn von Anfang an laufen.

Ich zittere am ganzen Körper. Um mich zu wärmen, ziehe ich die Beine an, drücke mich in den Sessel und schiebe das Kinn zwischen die Knie.

Der Vorspann.

Ich sitze auf den warmen Dielen der Veranda, neben mir ein Paar Kindersandalen; in einem der leicht geöffneten Fensterflügel sehe ich einen echten, lebendigen Kater sitzen – dick und rot-weiß gefleckt. In der leichten Brise schaukeln die Kokonsessel, in denen mit dem Rücken zu mir zwei Menschen sitzen: ein Mann und eine Frau. Ein blauer Rauchfaden steigt für einen Augenblick in die Luft – und verschwindet sogleich, fortgewischt vom Wind.

Ich schaue auf das Fahrrad, das ich achtlos ins Gras geworfen habe, nachdem ich genug damit gefahren bin. Über die glänzende Klingel aus Chromstahl läuft eine Ameise. Die Sonne versinkt allmählich hinter einem grünen Hügel, auf dessen Kuppe eine alte Kirche steht. Zum Abschied küsst sie mir mit ihren Strahlen die Hände.

Ich fühle mich wohl, ruhig und erstaunlich friedlich. Dies ist der Ort, wo ich hingehöre.

»Komm, wir hauen ab«, sage ich zu Nr. 906. »Allein schaffe ich es nicht, aber zu zweit …«

Er antwortet nicht.

Die Luft um mich wird zäh und dicht wie Wasser, und schon trübt sie sich wie durch den Tintenschwall eines Oktopus – die Katastrophe zieht herauf.

Die dramatische Melodie setzt ein, und nun beginnen die Bilder an meinen Nerven zu reißen. Es ist die Einstellung vom Ende der Allee …

Wie ein prall gefülltes Euter hängt das Unglück über dem Würfelhaus und droht mich und die beiden in ihren Hängesesseln mit seinen geschwollenen Zitzen zu erdrücken. Schon bald werden wir alle sein Gift saugen müssen. Aber ich tue so, als geschehe das alles nicht jetzt, nicht ihnen und nicht mir. Ich schalte auf Pause, halte die Zeit an, um das Unabwendbare abzuwenden.

»So ein Zufall: das Würstchen …«, höre ich auf einmal hinter mir.

Nr. 503. Ich erkenne ihn an der Stimme, brauche mich also nicht erst umzudrehen, und mache sofort eine heftige Ausreißbewegung nach vorn. Zu spät.

Sein Unterarm blockiert meinen Hals. Im nächsten Augenblick reißt er mich zurück und nach oben, würgt mich aus meinem Nest und zieht mich in die letzte Reihe. Ich winde mich, versuche freizukommen, doch seine sehnigen Arme sind wie ein steinernes Schloss, dessen Bügel sich nicht öffnen lässt.

»Rühr mich nicht an! Lass mich los! Ich … Ich … werde ihnen … alles erzählen …«

Ich strample mit den Beinen. Wenn ich mich doch irgendwo festhalten könnte, oder mich abstoßen …

»Glaubst du etwa … die wissen nicht Bescheid?«, flüstert mir Nr. 503 ins Ohr.

Ich höre sein zischendes Lachen: »Kch-kch-kch …«, und spüre, wie er weiter zudrückt. Sein Atem kitzelt meinen Nacken. Ich versuche nach hinten auszutreten, ihm in die Eier, aber er hält mich so geschickt, dass ich ständig danebentrete. Selbst wenn ich jetzt träfe, hätte der Schlag keine Kraft: Der Mangel an Atemluft lähmt meine Bewegungen, wie in einem bösen Traum.

»Ich habe den Auftrag … dich … zu bestrafen …«

Mit der freien Hand ertastet er den Knopf meiner Hose, reißt ihn ab und zieht sie mir bis zum Knie herunter. Etwas Kleines, Hartes, Ekelhaftes drückt sich gegen meinen Rücken. Er hat tatsächlich einen Ständer.

Auf einmal spüre ich einen furchtbaren Drang im Unterbauch. Ich muss gleich … Nein, das geht nicht … Ich …

»Hör auf! Hör endlich auf!«

Und dann ergießt sich etwas Warmes über meine Knie. Ich erstarre vor Schreck und vor Scham.

»He, hast du dich etwa angepisst?! Du kleiner Scheißer! Du hast dir wirklich in die Hosen gemacht?!«

Für einen kurzen Augenblick lockert sich sein Griff. Ich nutze dies, um mich herauszuwinden, mit den Fingern nach seinen Augen zu stechen und einen Fluchtversuch zu starten – doch er hat seinen Ekel bereits überwunden, wirft mich zwischen den Sitzreihen zu Boden und wälzt sich auf mich.

Seine Augen sind halb geschlossen, sein Mund ist zu einem widerlichen Grinsen verzogen, sodass ich die Spalten zwischen seinen Zähnen erkennen kann.

»Ja, komm … Versuch doch wegzulaufen … Kleiner …«

Und dann mache ich das Einzige, was mir in diesem schlüpfrigen, tierischen Kampf in den Sinn kommt.

Mit einer verzweifelten, ruckartigen Bewegung hieve ich meinen Oberkörper nach oben und beiße in sein Ohr. Erst fahre ich kratzend mit den Zähnen über verschwitzte Haare, aber als ich Haut spüre, presse ich die Kiefer zusammen, drücke zu, bis ich ein zugleich knacksendes und reißendes Geräusch vernehme.

»Aaaah! Du Drecksau! Lass los!!!«

Außer sich vor Schmerz und Panik stößt mich Nr. 503 weg, ich falle wieder zu Boden – und spüre etwas Weiches, Heißes im Mund, während er mit seiner Hand ein blutiges Loch an seinem Kopf bedeckt. Ich schmecke Salz und noch etwas anderes, mir Unbekanntes, mein Mund ist voll davon, und ich bin kurz davor, mich zu übergeben. Ich krieche zurück, springe auf, spucke im Laufen das Ohr – einen durchgekauten, schleimigen Knorpel – in meine Hand, schließe fest meine Finger darum und renne davon, nichts wie weg aus diesem verfluchten Videosaal.

»Drecksau! Dich mach ich fe-e-erti-i-ig!!!«

Ich stehe in dem weißen Gang, der keine Ecken hat und keinen Ausgang, in meiner Hand meine beschissene Trophäe, die offene, halb heruntergezogene Hose eingenässt. Von der Decke blickt das blinde, allsehende Auge auf mich herab. Bei meiner Hinrichtung wird es mit keiner Wimper zucken.

Entweder ich haue von hier ab, oder ich verrecke.

Abhauen. Ich werde abhauen.

V · VERTIGO

Der Kommunikator piepst kaum hörbar. Trotzdem springe ich fast bis an die Decke.

Ein Einsatz.

Egal ob du schläfst, im Bordell bist oder auf dem OP-Tisch liegst: Wenn das Signal für eine Razzia kommt, musst du eine Minute später zum Einsatzort unterwegs sein. Eine Minute genügt vollauf, um sich fertig zu machen, vor allem wenn man angezogen schläft.

Und wenn man am Abend vorher nichts getrunken hat.

Ich fühle mich, als hätte man alle grauen Zellen aus meinem Kopf entfernt und stattdessen zähes Meerwasser mit kleinen Fischlein hineingefüllt. Und meine Aufgabe ist es nun, dieses blöde Aquarium nicht zu zerdeppern.

Keine Ahnung, wie lang ich geschlafen habe – jedenfalls nicht lang genug für meine Leber. Ich bestehe zu drei Vierteln aus Tequila. Mein Mund schmeckt säuerlich. Mein Schädel fühlt sich wirklich an wie Glas, und jedes Geräusch von außen kratzt daran wie ein Nagel. Die Fischlein scheinen sich in meinem Kopf nicht besonders wohlzufühlen, denn sie wollen unbedingt raus.

Am Grund des Aquariums hat sich das trübe Gemisch eines unterbrochenen Albtraums abgesetzt. Was genau ich da geträumt habe, weiß ich nicht mehr, aber meine Stimmung könnte nicht mieser sein.

Um nüchtern zu werden, beiße ich mir in die Hand.

Wer zu spät kommt, den erwartet ein Disziplinarverfahren. Aber gleich welche Bestrafung das Tribunal ausspricht: Niemand von uns denkt auch nur daran, die Phalanx zu verlassen. Fast niemand. Es geht dabei nicht ums Geld – die Sturmtruppen werden nicht gerade fürstlich entlohnt. Aber man nenne mir auch nur eine Arbeit, die in derselben Weise zum Sinn des Lebens werden könnte. In einem Leben ohne Ende ist so etwas wie Sinn nämlich ziemlich selten geworden. Heute drängen sich eine ganze Billion Menschen schiebend und stoßend auf dieser Erde, von denen die meisten nicht wirklich behaupten können, sie täten etwas Nützliches. Alles Nützliche ist, wenn man so will, schon vor dreihundert Jahren erledigt worden. Aber was wir machen, wird immer notwendig bleiben. Das wirft man nicht so einfach weg. Abgesehen davon: Unser Dienstvertrag läuft ohnehin auf Lebenszeit.

Auf dem Kommunikator leuchten die Koordinaten des Standorts, an dem ich mich binnen einer Stunde einzufinden habe. Ein Turm namens Hyperborea. Nie gehört. Und auch noch irgendwo ganz weit draußen. Hoffentlich schaffe ich es rechtzeitig.

Ich ziehe meinen Rucksack mit der Uniform aus dem Schrank, lege Maske und Schocker hinein – und bin abmarschbereit. Die schwarze Kluft ziehe ich mir erst später an, kurz bevor ich ankomme. Ich will die Nerven unbescholtener Bürger nicht unnötig strapazieren.

Der Rucksack riecht nach Rosen: Das kommt von der Wäscherei, die meine Kleidung ständig mit diesem Mist aromatisiert – warum, weiß kein Mensch. Sie tun das nicht bei jedem, sondern nur bei den »besonders geschätzten« Kunden, zu denen ich natürlich gehöre, denn immerhin bringe ich täglich was zum Reinigen. All die fremden Auswürfe – Blut, Urin, Schweiß und Kotze – müssen ja wieder runter von der Uniform. Wie oft habe ich sie schon darum gebeten, den Rosenduft wegzulassen. Aber gegen das System komme ich offenbar nicht an.

Jedes Mal, wenn ich zum Dienst antrete, dufte ich also wie ein Schwuler. Nur gut, dass Daniel seine Sachen in der gleichen Wäscherei abgibt. Auch er stinkt immer nach Rosen – und bei Daniel würde sich niemand erlauben, irgendwelche Witzchen zu machen.

Ich reihe mich in die tausendköpfige menschliche Herde ein, die langsam auf den Verkehrsknotenpunkt zutreibt. Der Turm namens Navaja, in dem sich mein elendes Loch befindet, beherbergt eines der Hauptterminals für Hochgeschwindigkeitsröhren, die Tubes. Deshalb habe ich mich auch für eine Box hier entschieden: Eine Minute im Aufzug, und du bist am Bahnhof. Dann noch eine halbe Stunde, und du verpasst irgendwo jemandem eine Dosis Ax. Alles nach Plan.

Ich bin überhaupt eher praktisch veranlagt.

Zäh kriecht die Menschenmasse durch den Schlund des Haupteingangs und drängt sich im Verteiler, bis jeder sein Gate gefunden hat. Dann kommt die Warteschlange vor dem Einstieg, bevor man sich endlich auf die Plätze in den Speed-Tubes verteilt und davonfliegt, jeder in seine Richtung. Das Gedränge im Hub ist ein Albtraum. Die Architekten dieser großartig durchdachten Konstruktion haben sich offenbar von einem Fleischwolf inspirieren lassen. Für mich mit meiner Vorliebe für Menschenmengen und meinen noch immer in Unfreiheit schmachtenden Fischlein die perfekte Voraussetzung, um endgültig auszuticken.

Welches ist mein Gate? Welche Röhre brauche ich? In welche Richtung?

Was habe ich geträumt?

»Daniel!«, spreche ich in den Kommunikator.

Schweigen. Eins, zwei, drei …

»Was zum …?!«, krächzt ein schiefes Gesicht auf dem Bildschirm. »Es ist vier Uhr nachts!«

»Hast du verschlafen?!«, krächze ich zurück. »Schau auf deinen Komm! Das Signal!«

»Was für ein Signal, zum Henker?!«

»Der Turm Hyperborea! Ein Eileinsatz!«

»Warte …« Daniel schnauft konzentriert, während er die eingegangenen Mitteilungen durchblättert. »Wann hast du das erhalten?«

»Vor fünfzehn Minuten!«

»Ich habe nichts.«

»Was?«

»Ich habe kein Signal bekommen.«

»Machst du Witze?«

»Wenn ich's dir sage: Bei mir ist nichts.«

»Na gut. Ich … Ich frag mal bei Al nach. Entschuldige, schlaf weiter …«

Bevor wir die Verbindung trennen, schweigen wir noch einige Sekunden. Daniel sieht mich von meinem Handgelenk aus misstrauisch an. Der Schlaf ist aus seinen Augen verschwunden. Auch ich bin jetzt hellwach.

Wir sind eine Gruppe. Eine Familie. Ein Organismus. Er ist die Faust, Al das Gehirn, ich der Rachen … Die anderen sind die Arme, Beine, das Herz, der Magen und so weiter. Immer zusammen. Bei allen Razzien, allen Operationen. Die Zusammensetzung der Gruppen ändert sich nie, außer wenn einer mal im Krankenhaus landet. Oder wenn …

Aber Daniel ist doch in Ordnung. Er ist in Ordnung! Aus welchem Grund sollte man ihn beseitigen wollen? Hat er vielleicht bei der letzten Razzia irgendwas verbockt? Woher soll ich wissen, was da oben passiert ist, während ich die jungen Mütter bearbeitete?

Und trotzdem ist es wie eine Amputation. Daniel gehört zu uns und wir zu ihm. Wir brauchen keine Fremden in unserer Gruppe. Ich will nicht, dass wir anstelle unserer Faust irgendeinen Sack an die Backe kriegen! Mir genügt schon dieser pickelige Teen, der für Basile gekommen ist.

»Al!«, diktiere ich in den Kommunikator.

Auch unser Kommandeur antwortet nicht gleich.

»Was ist los?« Die Stimme klingt unzufrieden, schlaftrunken.

»Mit mir – gar nichts, außer dass ich keine Ahnung habe, wo dieser blöde Hyperborea-Turm sein soll. Wo treffen wir uns? Und was ist mit Daniel?«

»Was ist mit Daniel?«, wiederholt Al begriffsstutzig.

»Das frage ich dich! Warum ist er nicht bei der Razzia dabei? Ist es was Ernstes?«

»Keine Ahnung … Ich habe erst gestern Abend mit ihm gesprochen. Warte … bei welcher Razzia?«

»In diesem komischen Hyperborea! Wo bist du überhaupt?« Ich versuche die Umgebung hinter Als Konterfei zu erkennen.

»Bist du schon wieder dicht?!«, schreit er plötzlich.

»Was?«

»Hast du dich wieder volllaufen lassen?! Was für ein Hyperborea?! Und was für eine Razzia, zum Henker?! Was grinst du so blöd? Leg dich wieder hin und schlaf!«

Er bricht die Verbindung ab.

Ich bleibe stehen – aber die Menge schiebt mich weiter auf den Schlund des Haupteingangs zu. Ist ja gut. Ich lasse mich demütig von dieser Fleischmasse vorwärtstreiben – mir fehlt jetzt die Kraft, mich zu widersetzen. Ich versuche zu begreifen, ob ich Als Befehl Folge leisten soll: einfach wieder in der Welt des Schlafs zu versinken und so zu tun, als hätte mich nichts und niemand je geweckt.

Ich kontrolliere meinen Kommunikator. Die Nachricht ist immer noch da, ebenso die Koordinaten. Die Fischlein in meinem Aquarium werden allmählich nervös. Die Situation ist offenbar um einiges komplizierter, als Al es sich vorstellen kann. Delirium tremens reicht da als Erklärung nicht aus.

Die Menge quetscht sich mit Müh und Not in den Schlund des Hubs. Im Inneren dieses enormen Gebäudes mit einer gigantischen Bildschirmkuppel (dem größten Werbeträger Europas) teilt sich der brodelnde Strom Tausender Köpfe in Hunderte kleiner Kanäle auf: Jeder eilt zu seinem Gate. Die Tubes tangieren den runden Verteilerturm außen auf mehreren Ebenen. Wie durchsichtige Injektionszylinder halten die Züge an, saugen Menschenmasse bis zum Anschlag in sich hinein und fliegen fort in die Dunkelheit.

Welches ist mein Gate? Wohin muss ich gehen? Von wem stammt das Signal?

Das Spiel der Strömungen trägt mich in die Mitte dieses Menschenmeeres: Plötzlich finde ich mich in einem toten Winkel wieder, wo mich niemand stößt oder schubst, mich mit dem

Ellenbogen streift oder hinter sich herzieht, sondern wo ich frei vor mich hin baumele und allmählich nüchtern werde.

Erst jetzt begreife ich es: Weder Daniel noch Al haben ein Signal erhalten. Und auch all die anderen schnarchen sicher noch in ihren Kojen.

Dies ist meine persönliche Razzia. Der Auftrag von Erich Schreyer.

Die erste Operation, die ich selbst befehligen werde.

Meine Chance, ein Mensch zu werden. Eine, die man vielleicht nur einmal im Leben bekommt.

»Zeit!«, spreche ich in den Kommunikator.

»Noch eine halbe Stunde bis zum Einsatz«, ertönt die Antwort.

»Route zum Turm Hyperborea!«

Einmal bei einer Razzia hatte Al gerade irgendwelche Mütter im Kreuzverhör, und ich musste ein Mädchen von vielleicht drei Jahren, das Rotz und Wasser heulte, irgendwie ruhigstellen. Ich hatte keine Ahnung, was ich mit diesem kleinen Frett anfangen sollte. Zum Glück lag irgendwo eines ihrer Spiele herum: lauter verschlungene Gänge, wie herausquellendes Gedärm, am einen Ende ein Kaninchen mit hängenden Ohren, am anderen die leuchtenden Fenster eines kleinen Häuschens. »Hilf dem verirrten Häschen, den Weg nach Hause zu finden.« Ein Labyrinth. Man musste mit dem Finger auf dem Bildschirm entlangfahren, von dem doofen Hasen bis zu dem genauso doofen Haus. Ich kenne interessantere Freizeitbeschäftigungen, aber das Mädchen war davon so hypnotisiert, dass sie Al nicht weiter störte, als er ihrer Mutter die Altersspritze verabreichte.

Lieber Gott, hilf dem verirrten Häschen, den Weg vom Hub zum Turm Hyperborea zu finden.

»Gate 71, Abfahrt des nächsten Zuges in vier Minuten.«

Weiß der Teufel, wie oft die fahren. Wenn ich es in vier Minuten nicht schaffe, schaffe ich es vielleicht nie mehr in meinem ganzen Leben.

Ich blicke mich um, suche nach der Anzeige mit der Nummer 71. Irgendwo muss die doch aufleuchten.

Und da bricht es über mich herein …

Solange ich in mich hineinsehen konnte, ging alles einigermaßen gut, doch kaum werfe ich einen Blick um mich herum, überkommt mich wilde Panik.

Auf meiner Stirn bilden sich dicke Schweißtropfen.

Der Lärm der Menge, der bisher nur gedämpft im Hintergrund zu hören war, dreht nun zu voller Lautstärke auf – wie ein monströses, verstimmtes Orchester aus hunderttausend verschiedenen Instrumenten, von denen jedes mit starrsinnigem Eifer seine eigene kleine Melodie spielt.

Auf der Bildschirmkuppel hoch über meinem Kopf empfiehlt mir ein schöner Jüngling, ich solle mir einen Kommunikator der neuesten Generation direkt ins Hirn einpflanzen lassen. Dumm ist nur, dass der Bildschirm so groß ist wie ein Fußballfeld, und das Gesicht des Jungen es ganz und gar ausfüllt: Haare dick wie Taue, durch seine Pupille könnte ein ganzer Zug fahren. Mich graust es.

»Stay in touch!«, donnert er vom Himmel herab und fährt mit seinem Zeigefinger auf mich nieder.

Wahrscheinlich eine Anspielung auf dieses uralte Fresko. Auf dem Gott dem Menschen die Hand entgegenstreckt – Michelangelo hieß der Kerl, oder? Davon kursieren doch nur noch Ramschkopien, und selbst die will niemand mehr haben. Mir aber kommt es in diesem Augenblick so vor, als wollte mich dieser Erzengel mit dem schönen Gesicht zerquetschen wie einen Floh. Ich ziehe den Kopf ein und kneife die Augen zusammen.

Ich spüre den Druck seines Fingers förmlich auf mir, während ich im Zentrum eines brodelnden Kessels von einem halben Kilometer Durchmesser stehe, um mich herum ein chaotischer Reigen aus hunderttausend Menschen. Auch die Ziffern über den Gates beginnen sich zu bewegen, drehen sich im Kreis: 71 72 73 77 80 85 89 90 9299 1001239 923364567 – sie kleben aneinander, vereinigen sich zu einer einzigen unbekannten Zahl, deren Name »Unendlich« ist.

Spring ab von diesem Teufelskarussell!

Reiß dich zusammen! Fräs dich durch die Menge!

»Noch drei Minuten bis zur Abfahrt des Zuges.«

Dieser Zug ist der letzte. Ich darf ihn nicht verpassen.

Ich schließe die Augen und stelle mir vor, ich stünde bis zur Hüfte in grünem Gras.

Einatmen … Ausatmen …

Im nächsten Augenblick verpasse ich irgendjemandem neben mir einen Kinnhaken, schleudere jemand anderen beiseite, bohre meinen Ellenbogen zwischen Körper, die sich erst verkrampfen, dann schlaff werden, während ich umgekehrt immer stärker werde, steinhart wie eine Egge das Feld durchpflüge, zerdrücke, niedertrample, zerreiße …

»Aus dem Weg, ihr Arschlöcher!«

»Polizei!«

»Lasst ihn durch, der ist nicht normal …«

»He, was soll das?!«

»Ich werd dich gleich …«

»Das ist Klaustrophobie! Der Mann hat einen Anfall von Platzangst, meine Frau hat das Gleiche, ich kenne das …«

»Verzieh dich!«, brülle ich.

Zuerst haste ich einfach vorwärts, ohne darauf zu achten, in welche Richtung ich mich bewege. Dann flackert plötzlich irgendwo 71 vor mir auf, und ich zwinge mich, mich darauf zu konzentrieren. Jemand packt mich am Kragen, um mich aufzuhalten, und wieder raste ich aus. Wenige Sekunden später trete ich auf sein Gesicht. Es fühlt sich weich an.

Ich bin eine kleine Kugel. Wenn ich das Fach mit der Nummer 71 treffe, ist es ein Gewinn, und ich spiele va banque, alles oder nichts. Ich habe schon fast die richtige Laufrinne erreicht, als mir jemand einen Schlag ins Zwerchfell verpasst, und sich das teuflische Roulette von Neuem zu drehen beginnt.

Die Leute kleben an mir, hängen an meinen Armen, schlabbern mit ihren Lippen in meinem Gesicht herum, nehmen mir die Luft weg, starren mir direkt in die Augen, als wollten sie sich auch noch mit ihren Seelen an mir reiben, weil sie mit ihren Körpern nicht mehr näher an mich heranrücken können.

»Durchlassen!«, schreie ich. »Lasst mich durch! Lasst mich raus!!!«

Mit fast geschlossenen Augen trete ich auf fremde Füße – langsam, als stünde ich bis zum Hals in einem Wasserbecken.

»Noch dreißig Sekunden bis zur Abfahrt.«

Wahrscheinlich hat mich der Kommunikator schon vorher gewarnt, dass die Zeit knapp wird, aber sein schwaches Piepsen ging im Chor der Menschen unter, denen ich auf den Füßen herumtrampelte.

Vor mir erblicke ich eine Bresche.

Ein Gate! Irgendeins, egal was für eines.

Durch eine Wand sehe ich, wie aus der Dunkelheit ein von innen beleuchtetes Reagenzglas – ein Zug – hereinschwebt und bei den Türen Halt macht.

»Aus dem We-e-e-eg!«

Die gläsernen Gefäße der Waggons füllen sich mit der dunklen, quecksilberartigen Menschenmasse. An den Türen herrscht Gedränge. Das Schicksal spricht mit wohlwollender mechanischer Stimme zu mir:

»Vorsicht, Abfahrt des Zuges. Bitte zurücktreten.«

»Drängeln Sie nicht so!«, zetert eine Tussi. »Wir passen sowieso nicht mehr alle hinein!«

»Mach, dass du wegkommst!«

Ich packe die entrüstete Dame am Handgelenk, schleudere sie zur Seite und werfe meinen Körper zwischen die sich bereits schließenden Türen.

Im letzten Moment schiebe ich mich hinein. Der gesamte Wagen muss die Luft anhalten, damit ich noch Platz finde. Die Passagiere erdulden es schweigend. Es gibt doch noch anständige Leute.

Und so, ohne Luft, beginnt die Fahrt ins Leere.

Zuerst mal muss ich meine inneren Organe sortieren. Meine völlig verknäuelten Därme entwirren. Die verklebten Atemsäcke entspannen und ihren Rhythmus beruhigen. Das galoppierende Herz zügeln. Was nicht einfach ist, denn der Waggon ist wirklich gesteckt voll. Um all diese barmherzigen Samariter nicht schmutzig zu machen, lehne ich mich mit der Stirn gegen das schwarze Glas und schaue nach draußen.

Wie eine durchsichtige Vene erstreckt sich die Tube vom pulsierenden Herzen des Hubs bis in die fernsten Extremitäten dieses schlafenden Titanen, und wie eine Kapsel mit einem Virus fliegen wir nun in rasender Geschwindigkeit durch seine Gefäße, um andere, entlegene Wolkenkratzer mit unserer Lebensform zu infizieren.

Diese Vorstellung beruhigt mich. Ich bekomme meinen Atem wieder unter Kontrolle, der Geschmack von salzigem Speichel weicht allmählich aus meinem Mund, und auch die Übelkeit nimmt ab.

Aber wohin fahre ich?

Die Roulettekugel ist gefallen, aber ich habe keine Ahnung, in welchem Fach ich gelandet bin.

»Auf welcher Strecke fahren wir?«, frage ich meinen Nachbarn – einen dreißigjährigen Bartträger mit violettem Jackett. »Welches Gate war das eben?«

Wir alle sehen aus wie Dreißigjährige, mit Ausnahme einiger von uns, die sich haben verjüngen lassen.

»Zweiundsiebzig«, antwortet jener.

Soso.

Ich habe den falschen Bahnsteig genommen. Den Orient-Express mit dem Auschwitz-Transport verwechselt. Ich hätte auf das Schicksal hören sollen, als es mir empfahl, von diesem Zug zurückzutreten.

Der nächste Halt kann zweihundert oder dreihundert Kilometer entfernt von hier sein. Die Züge fahren komplett automatisch und lassen sich unterwegs nicht stoppen. Bis ich den nächsten Bahnhof erreiche, den Zug in die Gegenrichtung nehme und zum Hub zurückkehre … Komme ich zu spät, fangen sie ohne mich an. Ich muss an Schreyers Worte denken: Nr. 503 wird auch dort sein. Wenn ich nicht auftauche, geht das Kommando an ihn, und er wird sich diese Chance ganz sicher nicht entgehen lassen. Und ich darf weiter in meiner Box schmoren und ewig den Ausblick auf meinen verkorksten Kindertraum genießen.

Ich stecke noch immer in dem Augenblick fest, in dem ich erfahren habe, dass ich mich im falschen Zug befinde. Wie eine

Statue starre ich den Bärtigen mit offenem Mund an. Zuerst tut er so, als wäre alles in Ordnung, doch dann erkundigt er sich:

»Wollten Sie noch etwas von mir?«

»Sehr schönes Jackett«, sage ich zerstreut. »Ganz zu schweigen von Ihrem Bart.«

Er hebt eine Augenbraue.

Bis ich beim Hyperborea ankomme, ist die Operation längst zu Ende. Für zwei Personen – vorausgesetzt, es sind tatsächlich nur die beiden – braucht die Gruppe höchstens zehn Minuten.

Was mich an dieser Geschichte noch mehr wurmt als nur die verpasste Karrierechance oder das ungelöste Wohnungsproblem: Nr. 503 wird glauben, dass ich mich davor fürchte, ihm noch einmal zu begegnen. Dass ich gekniffen habe.

»Dein Hemd ist übrigens auch toll«, sagt der Bärtige nachdenklich. »Und eine hübsche Nase hast du. Mit diesem römischen Buckel – einfach klasse.«

»Ein Bruch«, antworte ich mechanisch.

Wie stehe ich besser da vor meinem geheimen Auftraggeber: als Idiot – oder als Feigling? Keine einfache Entscheidung.

Der Zug saust dahin, taucht zwischen verschwimmenden Türmen hindurch. Ein Display zeigt die Geschwindigkeit an: 413 km/h.

»Sieht sehr männlich aus.« Der Violette nickt anerkennend. »Ich hab mir neulich mal Narben stechen lassen.«

»Narben?«

»Auf der Brust und auf beiden Bizepsen. Mehr hab ich erst mal nicht gemacht, obwohl ich schon noch ein paar Ideen hätte. Sag mal, wie viel kostet es, sich so eine Nase machen zu lassen?«

»Ich hab's umsonst gekriegt«, versuche ich zu scherzen. »Über Beziehungen.«

»Glückspilz. Ich hab ein ganzes Vermögen hinlegen müssen. Erst haben sie mir ein 3-D-Tatoo angeboten, aber das ist ja Schnee von gestern. Narben dagegen sind jetzt wieder groß im Kommen.«

»Ich hab ein paar Bekannte, die sich über diese Nachricht freuen werden.«

»Wirklich? Ich sag dir, sich Narben machen zu lassen, ist besser als Sex. So ursprünglich.«

Ausgangssituation: Ein Scheißzug rast mit einer Geschwindigkeit von 413 km/h in die falsche Richtung. Fragestellung: Um wie viel bin ich tiefer in den Arsch gerutscht, während der Bärtige den Satz »sich Narben machen zu lassen, ist besser als Sex« gesagt hat? Lösungsansatz: Teile 413 durch 60 (um herauszubekommen, welche Strecke der Zug in der Minute zurücklegt) und dann noch einmal durch 20 (um auf die drei Sekunden zu kommen, die der Bärtige gebraucht hat, um seine Weisheit zu verkünden). Antwort: ungefähr 300 Meter. Und kaum habe ich zu mir selbst »ungefähr dreihundert Meter« gesagt, stecke ich schon wieder um etwa dieselbe Distanz tiefer im Schlamassel.

Und ich kann überhaupt nichts dagegen machen. Schon wieder dreihundert.

»Falsche Route«, teilt mir der Kommunikator mit. Guten Morgen, Trantüte.

Von dem kleinen Bildschirm blinkt mir noch immer das Signal entgegen – jetzt kommt es mir vor wie ein spöttisches Zwinkern.

Ich werde in meinem Kubus hocken, bis ich verfaule.

Ein Ausdruck aus alten Zeiten: verfaulen. Heute sind wir alle mit Konservierungsstoffen vollgepumpt, da kommt so etwas nicht mehr vor. Eigentlich schade: Wer allmählich verrottet, darf zumindest die Hoffnung hegen, dass dies alles irgendwann mal aufhört.

»Du hast tolle Augen«, sagt auf einmal der Violette. »Sollen wir zu mir fahren?«

Ich begreife plötzlich, dass wir uns schon die ganze Zeit, während wir uns unterhalten, mit allem berühren außer mit unseren Händen. Wir sind uns so nahe, wie die gerösteten Grashüpfer in den Päckchen, die ich immer kaufe. Und offenbar hat Mister Lila Pause hier Lust bekommen auf eine Portion Insektenliebe.

»Sorry«, antworte ich fast tonlos. »Ich steh eher auf Frauen.«

»Na und? Sei doch kein Spielverderber!« Ein Stirnrunzeln. »Frauen sind doch so was von out. Ich hab einen Haufen Freunde, die früher mit Chicks rumgemacht haben, aber inzwischen haben sie sich das abgewöhnt, bringt ja sowieso nichts. Und, ehrlich gesagt, bisher hat's keiner bereut …«

Sein Bart kitzelt mich am Ohr.

»Du fühlst dich doch allein, das sehe ich gleich. Warum hättest du sonst angefangen mit mir zu reden, hm?«

Plötzlich fällt mir mein Traum ein.

Nr. 503. Der Vorführsaal.

Wie ein Aal drehe ich mich um die eigene Achse, bis ich ihm direkt ins Gesicht blicke, packe seinen Bart, ziehe ihn nach unten und drücke ihm mit dem Finger den Adamsapfel ein.

»Jetzt hör mir gut zu, du Wichser«, zische ich. »Das Problem liegt bei dir selber. Meinetwegen kannst du deinen kranken Freunden die Prostata massieren, bis sie blau wird. Ich jedenfalls bin völlig normal. Und noch was: Ich habe hier einen Schocker in der Tasche – wenn du willst, steck ich ihn dir rein und dreh ein paarmal um, damit du dich nicht so allein fühlst.«

»He ... Was soll das, Freund?!«

»Von euch Violetten gibt es sowieso viel zu viele. Wenn da einer in dem Gedränge mal zu zappeln anfängt, merkt das keiner.«

»Ich ... dachte nur ... Du ... hast doch selber angefangen ...«

»Ich? Ich habe angefangen, Arschloch?!«

Seine Gesichtsfarbe ähnelt zunehmend der seines Jacketts.

»Was machen Sie da?!«, erkundigt sich eine Tussi von links.

»Selbstverteidigung«, antworte ich und lockere den Druck auf seinen Kehlkopf.

»Du bist ja krank ...«, krächzt er und reibt sich den Hals.

»So sollte man es mit euch allen machen«, flüstere ich ihm ins Ohr. »Einfach zerquetschen.«

»Nächster Halt Oktaeder«, ertönt eine Stimme aus dem Lautsprecher. »Escher-Gärten. Bitte Vorsicht beim Ausstieg.«

Der Zug reduziert die Geschwindigkeit, die Fahrgäste werden wie ein Blasebalg zusammengepresst. Unmittelbar vor dem Ausstieg ramme ich dem Violetten die Stirn ins Gesicht. Da hast du deine Buckelnase, Arschloch, nichts zu danken.

Jetzt bin ich bereit.

Vom Bahnsteig aus werfe ich dem Bärtigen noch eine Kusshand zu.

Der Glaszylinder mit dem glotzäugigen Schwulen verschwindet im Dunkel. Soll er ruhig zur Polizei gehen, da hat er noch Glück, wenn er nur einen Schocker in den Hintern bekommt. Das Innenministerium und noch ein paar andere wichtige Behörden werden nämlich von der Partei der Unsterblichkeit kontrolliert. Die hat seinerzeit die parlamentarische Koalition vor dem Zerfall bewahrt und bekommt jetzt jeden Wunsch erfüllt. Und gleich der erste Wunsch bestand darin, die Unsterblichen unsichtbar zu machen. Abrakadabra – erledigt. Sogar in einem demokratischen Staat ist noch ein klein wenig Zauberei möglich.

Inzwischen ist es mir egal, wie spät ich beim Hyperborea ankomme. Egal, wen ich dort antreffe und wen ich fertigmachen muss. Ich atme tief ein. Das Adrenalin hat meine verkrampften Innereien wie heißes Öl geschmiert, jetzt fühle ich mich wieder leicht. Als hätte ich gerade gekotzt.

Wenn dir das Schicksal zulächelt, musst du zurücklächeln.

Und ich lächle.

»Route zum Turm Hyperborea«, diktiere ich dem Kommunikator.

»Kehren Sie zum Hub zurück und gehen Sie zum Gate Nr. 71. Ankunft des nächsten Zuges in neun Minuten.«

Vertane Zeit. Ich stehe auf der Stelle, während sich Hyperborea immer noch mit einer Geschwindigkeit von 413 km/h von mir entfernt. Und Einstein kratzt sich den Schädel.

Ich betrachte die Spitzen meiner Springerstiefel. Stahlkappen in Ersatzleder. Das Leder ist zerschrammt wie die Knie eines kleinen Jungen. Unter den dicken Sohlen spüre ich nachgiebiges Gras. Als ich einen Stiefel anhebe, stellt sich das Gras sofort wieder auf. Einen Augenblick später ist nichts mehr von meinem Abdruck zu erkennen.

Ich blicke mich um. Seltsam, dieser Ort hier. Die Escher-Gärten … Gehört habe ich davon schon oft, besucht habe ich sie noch nie.

Was ich da unter den Füßen habe, ist tatsächlich Gras – weich, saftig, fast wie echt, aber unverwüstlich, vollkommen unempfindlich gegenüber Schuhsohlen. Es muss nicht gegossen werden, braucht keine Sonnenstrahlen und hinterlässt keine Flecken auf der Kleidung. Es ist in jeder Beziehung besser als echtes Gras, bis auf die Tatsache vielleicht, dass es nicht echt ist.

Aber wen kümmert das schon?

Auf dem Gras liegen Hunderte von Pärchen: Sie schwätzen, liebkosen sich, lesen oder sehen sich gemeinsam ein Video an, wieder andere werfen sich Frisbee-Scheiben zu. Allesamt fühlen sie sich wohl auf diesem Gras.

Über unseren Köpfen schweben – Orangenbäume.

Ihre Wurzeln stecken in kugelrunden weißen Töpfen aus rauem Material, als wären sie von Hand geformt, und jeder dieser Töpfe hängt an mehreren Seilen. Tausende dieser Bäume sind es, und sie sind wirklich echt. Die einen blühen, während andere, einer Laune ihrer Züchter folgend, bereits Früchte tragen. Weiße Blütenblätter trudeln herab und landen auf dem Kunstrasen, hie und da fallen den Mädchen Apfelsinen in die Hand. Die Bäume schweben über den Köpfen des begeisterten Publikums wie Zirkusakrobaten, sie brauchen die Erde nicht mehr: Wasser- und Düngemittelleitungen werden ihnen über ein eigenes Hängesystem zugeführt, und diese künstliche Nahrung ist um einiges gesünder als die natürliche.

Anstelle eines gefälschten Himmels breitet sich über uns ein gigantischer Spiegel aus. Er überspannt exakt die gleiche Fläche wie der weiche Rasen am Boden: Abertausende von Quadratmetern, eine ganze Ebene dieses mächtigen achteckigen Wolkenkratzers.

Im Spiegel sehe ich unsere Welt auf dem Kopf. Die sorgsam gehegten Baumkronen hängen kopfüber im Nichts, Orangen fallen nach oben, dazu komische Menschlein, die wie Fliegen an der Decke entlangkrabbeln, und wieder dieses Gras – weich und grün, von lebendem Gras nicht zu unterscheiden außer daran, dass es nicht lebt. Die verspiegelten Wände der Halle machen die Illusion vollkommen: Die Escher-Gärten scheinen sich über die ganze Welt zu erstrecken.

Seltsamerweise herrscht an diesem merkwürdigen Ort eine unbeschreibliche Ruhe und Gelassenheit. Niemand macht einen besorgten, bekümmerten oder verärgerten Eindruck. Überall nur polyfones Gelächter und duftende Apfelsinen auf weichem Gras.

Ich hebe den Blick und sehe mich selbst, winzig, mit den Füßen kopfüber an der Decke klebend, wie ich zum Himmel hinauf- – und zugleich nach unten – starre. Auf einmal fliegt eine hellgelbe Scheibe auf mich zu.

Ich fange sie.

Ein Mädchen kommt herbeigelaufen – nicht unbedingt schön, aber doch auf ihre Art sympathisch. Schwarzes, schulterlanges Haar, braune Augen, der Blick leicht gesenkt, fröhlich und traurig zugleich.

»Entschuldige bitte! Falsch gelandet.«

»Dito«, antworte ich und gebe ihr die Scheibe zurück.

»Wieso, was ist dir passiert?« Sie hält die Scheibe, jedoch ohne sie mir wegzunehmen; ein paar Sekunden lang sind wir miteinander verbunden.

»Ich habe die falsche Tube genommen. Die Nächste kommt erst in neun Minuten.«

»Willst du mit uns spielen?«

»Ich bin spät dran.«

»Aber du hast doch noch neun Minuten!«

»Stimmt. Na gut.«

Und so folge ich ihr, mein Killer-Outfit im Gepäck, zum Frisbeespielen. Ihre Freunde sind alles sympathische Typen mit ehrlichen Gesichtern. Sie lächeln, ihre Bewegungen strahlen Ruhe aus.

»Ich bin Nadja«, sagt die mit den braunen Augen.

»Pietro«, stellt sich ein kleiner Typ mit großer Nase vor.

»Giulia.« Eine zerbrechlich wirkende Blondine reicht mir die Hand, um die schmalen Hüften eine Tarnhose mit Seitentaschen, im Nabel ein Piercing. Ihr Händedruck ist kraftvoll.

»Patrick«, sage ich.

Ein normaler Name. Sehr menschlich.

»Also dann, zwei gegen zwei!«, sagt Nadja. »Patrick, spielst du mit mir?«

Über uns raue Kugeltöpfe, ein Geflecht kaum sichtbarer Drahtseile, ölig glänzende grüne Laubhüte, Luft, dann erneut ölig glänzende grüne Laubhüte, ein noch dünneres Drahtgeflecht, raue Kugeltöpfe und Gras, auf dem glückliche Menschen Frisbee spielen. Die Escher-Gärten sind ein Schutzgebiet für glückliche Menschen.

Die Scheibe fliegt mehr schlecht als recht – die jungen Leute hier sind offenbar nicht besonders sportlich.

»Du bist ganz schön schnell.« Nadjas Stimme klingt begeistert. »Was machst du so?«

»Ich bin arbeitslos«, antworte ich. »Noch.«

»Ich bin Designerin. Pietro ist Künstler, wir arbeiten zusammen.«

»Und Giulia?«

»Gefällt sie dir?«

»Ich frage nur so.«

»Also gefällt sie dir? Sag schon, stell dich nicht so an!«

»Du gefällst mir.«

»Wir spielen hier jede Woche. Hier ist es super.«

»Ja, hier ist es super«, stimme ich zu.

Nadja sieht mich an – zuerst meine Lippen, dann wandert ihr Blick nach oben. Ein etwas verwischtes Lächeln.

»Du … gefällst mir auch. Vielleicht lässt du deinen Zug einfach sausen, und wir fahren zu mir?«

»Ich … Nein. Ich kann nicht«, sage ich. »Ich bin schon spät dran. Wirklich.«

»Dann komm nächste Woche wieder. Wir sind meistens nachts hier …«

Sie weiß nichts über mich, aber das ist ihr egal. Sie erhebt keinen Anspruch auf mich, drängt sich mir nicht auf. Wäre ich ein normaler Mensch, wären wir einfach ein paar Minuten zusammen und gingen dann wieder auseinander – und sähen uns dann eine Woche später oder nie wieder. Wäre ich ein normaler Mensch und hätte ich kein Gelübde abgelegt, könnte ich mit Frauen ganz zwanglos umgehen, und die Frauen mit mir auch. Früher einmal hieß es: Liebe schenkt man, seinen Körper verkauft man. Heute dagegen geht durch einen Liebesakt nichts verloren. Unsere Körper sind ewig, Reibung kann ihnen nichts anhaben, wir brauchen nicht mehr lange zu überlegen, wem wir unsere Jugend und Schönheit hingeben, denn beide sind unbegrenzt.

So ist die Natur der Dinge: Gewöhnliche Menschen sind dazu geschaffen, um zu genießen: die Welt, das Essen, einander. Wozu sonst? Um glücklich zu sein. Solche wie ich dagegen sind dazu da, dieses Glück zu bewahren.

Ich habe die Escher-Gärten als Schutzgebiet bezeichnet, aber eigentlich stimmt das nicht. Außer den hängenden Orangenbäumchen ist hier nichts außergewöhnlich. Die Menschen sind hier genauso gelassen, fröhlich und ehrlich wie überall sonst. So, wie es die Bürger eines utopischen Staates sein sollen.

Denn Europa ist eine Utopie. Und zwar noch viel schöner und großartiger, als es sich Morus und Campanella je hätten träumen können. Aber jede Utopie hat natürlich auch ihren Hinterhof. Bei Thomas Morus garantierten zum Beispiel Zwangsarbeiter die Prosperität des idealen Staates – wie auch unter dem Genossen Stalin.

Für all das Schöne habe ich wegen meiner Arbeit gar keinen Blick mehr. Ständig hetze ich hin und her, immer nur durch die Hinterhöfe und Dienstbotenkorridore dieser Utopie. Auf die Fassaden achte ich längst nicht mehr. Dabei gibt es sie, diese Fassaden, wo sich in gelb leuchtenden, gemütlichen Fenstern lächelnde Menschen umarmen oder Tee trinken.

Das ist mein Problem, nicht ihres.

»He, Patrick! Wirf schon!«

Erst jetzt merke ich, dass ich die gelbe Scheibe in der Hand halte. Keine Ahnung, wie lang ich schon so dastehe wie ein Ölgötze. Ich werfe der Blondine die Frisbee zu – zu hoch. Giulia springt, dass ihr dabei fast die Hose herunterrutscht, und fängt lachend die Scheibe.

Plötzlich hält sich Nadja die Ohren zu. »Was ist das?«

Ein furchtbares, mechanisch klingendes Heulen kriecht mir ins Gehör. Eine Alarmsirene?!

Blendendes weißes Licht durchflutet die Halle – als wäre ein Staudamm gebrochen, hinter dem sich eine leuchtende Supernova befindet.

»Achtung, an alle Besucher des Parks: Versammeln Sie sich unverzüglich beim Westausgang! In diesem Gebäude wurde eine Bombe entdeckt!«

Schon tauchen Menschen in dunkelblauer Polizeiuniform hinter den Spiegeln auf – mit Helmen, schusssicheren Westen und

Pistolen in den Händen. Aus irgendwelchen Kisten holen sie kompakte runde Apparate hervor, so ähnlich wie Hausputzgeräte. Diese beginnen schnaubend über den Rasen zu fahren, auf der Suche nach irgendetwas …

»Alle zum Westausgang! Schnell!«

Augenblicklich sind alles Glück und alle Ruhe zerknüllt und zerrissen. Das Heulen der Sirene packt die Leute am Kragen, stößt sie in den Rücken, rollt sie wie kleine Stückchen Plastilin zu einer klebrigen Kugel zusammen, die sich nun in westlicher Richtung bewegt.

Nur ich will da nicht hin. Ich darf nicht.

Ich muss hier bei meinem Ausgang bleiben – dem östlichen. Jeden Moment kann mein Zug eintreffen!

Nadja und ihre Freunde werden von der bunten Plastilinkugel verschluckt, bevor ich mich von ihnen verabschieden kann.

»Was ist passiert?!«, frage ich einen der Polizisten, die die Menge antreiben.

»Zum Westtor!«, brüllt er mich an.

Sein Gesicht ist schweißbedeckt. Ich erkenne deutlich: Der Mann hat wirklich Angst, das hier ist keine Übung.

Ich ziehe die Apollomaske aus meinem Ranzen und halte sie ihm vors Gesicht. Ausweise dürfen wir keine führen, aber die Maske ersetzt jedes noch so wichtige Papierchen. Niemand außer den Unsterblichen würde es wagen, sie zu tragen. Der Polizist weiß das ganz genau.

»Eine Terrorwarnung … Es hat Drohungen gegeben. Die Partei des Lebens, diese Schweinehunde. Sie haben angekündigt, die Escher-Gärten in Schutt und Asche zu legen … Bitte gehen Sie zum Westausgang … Wir evakuieren das Gebäude.«

»Ich bin dienstlich hier. Ich muss auf einen Zug warten …«

»Hier fährt kein Zug mehr, bis wir die Bombe gefunden haben. Ich bitte Sie, hier kann jede Sekunde … Begreifen Sie denn nicht?!«

Die Partei des Lebens. Jetzt lassen sie ihren Worten Taten folgen. Das war ja zu erwarten.

Die Schäferhunde mit den Schulterklappen haben in der Zwischenzeit fast alle in die andere Ecke der Halle getrieben. Was, wenn sich der Terrorist in der Menge befindet? Wenn er die Bombe noch immer bei sich hat? Das ist doch kompletter Wahnsinn!

Schon will ich dem Polizisten meine Bedenken mitteilen, doch dann halte ich mitten im Wort inne. Erstens wird er nicht auf mich hören, zweitens hat er hier sowieso nichts zu melden. Und drittens: Ich bin nicht hier, um die Welt zu retten. Heute bin ich in einer anderen Mission unterwegs. Einer etwas bescheideneren. Also packe ich den Mann am Kragen.

»Ich brauche ein Fahrzeug! Egal was für eins!«

Auf einmal bemerke ich eine offene Luftschleuse. Sie gibt den Blick auf einen Turbokopter frei, der sich an der Außenwand des Turms festgesaugt hat. Von dort sind die Bullen also hereingekommen.

Da ist sie: meine Chance.

Los, befehle ich mir selbst.

Ich lasse den Mann stehen und bewege mich auf die Schleuse zu. Im Laufen ziehe ich mir die Maske über. Jetzt bin ich verschwunden, Apollo vertritt mich. Mein Kopf ist wieder leicht, ich spüre jede Faser meiner Muskeln, als wäre ich mit Steroiden vollgepumpt. Manche glauben, dass wir die Masken der Anonymität wegen tragen. Irrtum. Das Wichtigste, was sie uns garantieren, ist Freiheit.

Apollos Antlitz lässt die Bullen zurückweichen; sie scheinen sich sogar von mir wegzuducken. Das Verhältnis zwischen unseren Einheiten ist nicht ganz einfach, aber jetzt habe ich keine Zeit für diplomatisches Zeremoniell.

»Vergiss den Tod!«

»Wo liegt das Problem?« Ein mächtiger Gorilla tritt mir entgegen und klappt das Visier seines Helms hoch. Wahrscheinlich der Kommandeur der Operation.

»Ich muss dringend den Turm Hyperborea erreichen.«

»Abgelehnt«, blecht es mir durch das Sichtfenster entgegen. »Das hier ist ein Sondereinsatz.«

»Und ich handle im Auftrag eines Ministers. All das Chaos, das ihr hier veranstaltet, könnte meinen Einsatz gefährden.«

»Ausgeschlossen.«

Ich wechsele die Taktik, packe sein Handgelenk und stoße ihm meinen Scanner gegen den Arm.

»He!«

Das Glöckchen klingelt.

»Konstantin Reifert 12T«, stellt der Scanner fest, bevor Konstantin Reifert 12T überhaupt reagieren kann. *»Keine Schwangerschaft gemeldet.«*

Mit einer heftigen Bewegung befreit der Gorilla seinen Arm und tritt einen Schritt zurück. Er ist so schlagartig erblasst, als hätte ich ihm den Hals aufgeschnitten und sein ganzes stinkendes Blut abgelassen.

»Hör gut zu, Reifert«, sage ich. »Setz mich beim Hyperborea ab, und ich werde deinen Namen vergessen. Wenn du dich aber weiter sträubst, brauchst du morgen gar nicht erst zum Dienst anzutreten.«

»Du hältst dich wohl für was Besonderes«, knurrt er. »Eure Leute werden nicht ewig Minister bleiben.«

»O doch«, versichere ich. »Wir sind die Unsterblichen.«

Er schweigt weiter und knirscht demonstrativ mit den Zähnen, aber mir ist schon klar: Das ist nur Show, um das leise Knacken seines Rückgrats zu überdecken, das ich ihm soeben gebrochen habe.

»Na gut … Einmal hin und wieder zurück.«

Ein zweiter Flugapparat der gleichen Bauart hat an der Wand angelegt – die typische Rahmenkonstruktion mit vier Turboprops und einer Passagierkapsel. Doch anstelle von Polizeiwachleuten hüpft auf einmal irgendeine Tussi durch die Schleuse. Der Schriftzug »Presse« prangt mitten auf ihrem hochgepushten Busen.

Ich verziehe mich ins Innere der Kapsel. Diese Schlampen kann ich nicht ausstehen.

»Von wegen Sondereinsatz! Das ist doch alles nur Show!«

»Die Gesellschaft hat das Recht, die Wahrheit zu erfahren«, entgegnet Reifert mit Worten, die sicher nicht von ihm selbst stammen.

Ich muss grinsen, aber Apollo gibt meine Regung nicht preis.

Reifert zwängt sich ebenfalls in die Kabine, die Tür zischt, und der Turbokopter löst sich vom Turm. Der Bulle zieht sich den Helm von seinem runden, verschwitzten Schädel und stellt ihn auf den Boden. Marines-Bürstenschnitt, Schweinsäuglein und Doppelkinn. Ebenfalls deutlich zu erkennen sind akute Hirnverfettung sowie unkontrollierte Zellteilung des Muskelgewebes.

Er bemerkt meinen Blick und errät, was ich denke. Typischer Polizeireflex.

»Schau mich nicht so an«, sage ich zu ihm. »Vielleicht habe ich dir ja sogar das Leben gerettet. Wenn das jetzt loskracht …«

Ja, vielleicht sind die Apfelsinen im Gras, die gelbe Frisbee-Scheibe und das Mädchen namens Nadja in einer Minute genauso Vergangenheit wie die toskanischen Hügel. Wir werden es in den Nachrichten hören.

Der achteckige Turm mit seinen gespiegelten Gärten entfernt sich, wie eine gigantische Schachfigur, andere Wolkenkratzer drängen sich ins Sichtfeld. Der Turbokopter taucht leicht schwankend zwischen den riesigen Pfeilern hindurch. Reifert sitzt selbst am Steuer.

Der Luftraum ist leer. Nur Polizeikräfte und Ambulanzen haben eine Flugerlaubnis. Allen anderen steht der öffentliche Nahverkehr zur Verfügung: Hochgeschwindigkeitsröhren und Aufzüge – schön parallel zu den Achsen des Koordinatensystems. Nur diese Blödmänner hier dürfen die Welt in echtem 3-D erleben.

»Und, legt ihr euch hier nicht ab und zu den ›Walkürenritt‹ ein – als Soundtrack sozusagen?«, erkundige ich mich etwas neidisch.

»Halt's Maul, Klugscheißer …«, knurrt der Hohlkopf zurück.

»Ich würd's tun.«

»Und ich würde dir …« Weiter grummelt er was Unverständliches – wahrscheinlich irgendeinen unanständigen Kasernenwitz. Großmütig verzichte ich darauf nachzufragen.

Das Signal auf dem Kommunikatorbildschirm blinkt noch immer. Ich bin spät dran, aber offenbar wollen sie nicht ohne mich anfangen. Wie es aussieht, halte ich den Steuerknüppel meines Lebens jetzt wieder selbst in der Hand. Alles wieder unter Kontrolle. Alles unter Kontrolle.

»Diese Säcke«, murmelt Reifert vor sich hin.

»Wer ist damit schon wieder gemeint?«

»Die Partei des Lebens. Wenn das stimmt … Die sind völlig außer Rand und Band geraten. Und wofür?!«

»Hast du nie ihre Propagandasprüche gelesen? Das Leben ist unantastbar, das Recht auf Fortpflanzung heilig, ein Mensch ohne Kinder ist kein Mensch, schafft das Gesetz über die Wahl ab, bla-bla-bla …«

»Und die Überbevölkerung?«

»Das ist denen doch egal. Die scheißen auf die Wirtschaft, die Umwelt und die Energieversorgung. Den Jungs wird einfach der Hosenschlitz zu eng, und die Mädels haben ihre Hormone nicht unter Kontrolle, mehr steckt nicht dahinter. An die Zukunft wollen diese Leute nicht denken. Aber dafür sind wir ja da. Wir übernehmen das Denken für sie.«

»Wozu dann ein Terroranschlag?! Das Leben ist doch unantastbar!«

»Mich wundert das nicht«, sage ich. »Sie werden von Tag zu Tag dreister. Mit Sicherheit haben sie ihre eigenen Theoretiker, die ihnen in null Komma nichts beweisen, dass man schon mal ein paar Tausend opfern muss, um Millionen zu retten.«

»Was für Schweine.« Er spuckt aus.

»Keine Sorge. Früher oder später kriegen wir sie. Ein Anlass findet sich immer.«

Reifert schweigt, er scheint sich auf den Flug zu konzentrieren. Doch dann nuschelt er plötzlich:

»Sag mal … Was ich schon immer mal fragen wollte … Wie treibt ihr sie eigentlich auf? Diese Gesetzesbrecher?«

Ich zucke mit den Achseln.

»Verhalte dich einfach immer korrekt, dann brauchst du darüber nicht nachzudenken.«

»War nur so 'ne Frage, aus Interesse.« Er gähnt übertrieben.

»Natürlich.«

Plötzlich merke ich, wie sich mir im Nacken die Haare aufstellen. Mein Jagdinstinkt. Ich spüre, da ist ein neuer Kunde. Aber jetzt ist dafür keine Zeit, und außerdem wüsste ich nicht, wo ich seinen Schrumpfkopf hinstellen könnte.

»Da hinten kommt er in Sicht.« Reifert deutet mit dem Kinn auf eine zwei Kilometer hohe Säule, die sich allmählich aus dem nächtlichen Nebel schält. »Mach dich bereit zum Absprung.«

Hyperborea macht auf mich einen seltsamen Eindruck. Am meisten ähnelt der Turm einem uralten Plattenbau, der aufgrund irgendeiner genetischen Anomalie schon seit Jahrhunderten nicht aufhört zu wachsen. Die Außenhülle sieht aus wie gefliest. Die Geschosse sind winzig, wahrscheinlich sind es um die tausend, und sie haben Fenster. Was für ein hässliches Gebäude.

Ich nehme die Maske ab und lege sie wieder in den Rucksack zurück. Auch Perseus trug den Kopf der Medusa in einem Sack. Einen Gorgonenschädel sollte man stets wohldosiert einsetzen.

»Du siehst ja wie ein ganz normaler Mensch aus«, sagt der Hohlkopf enttäuscht.

»Das scheint nur so.«

Der Turbokopter verlangsamt seinen Flug; Reifert nähert sich dem Hyperborea vorsichtig und lässt die Maschine auf der Suche nach einem Dock an der glatten, dunklen Wand entlangschweben. Als wir angelegt haben, wurstelt er mit seinen Fingern auf der Tastatur herum.

Dann flammt im Halbdunkel der Kabine plötzlich etwas auf und erlischt sogleich wieder.

»Was ist jetzt schon wieder los?!«

Auf der Frontscheibe erscheint mein dreidimensionales Konterfei.

Mich beschleicht ein Gefühl, als würde ich mit dem Teufel eine Partie Schiffeversenken spielen. Jetzt müsste ich wohl »Treffer« sagen.

»Was soll der Scheiß, Reifert?!«

»Wenn wir uns schon kennenlernen wollen, dann wenigstens richtig. Du hast dich mir ja nicht vorgestellt …« Er bleckt seine Zähne. »Scannen können wir nämlich auch. Datenbankabfrage.«

»Datensatz gefunden. Subjekt zur Fahndung ausgeschrieben«, stellt das System gleichgültig fest.

»Was ist das für ein Blödsinn?!«

Treffer.

»Hoppla!« Reifert schmunzelt zufrieden. »Nicht so eilig, wenn ich bitten darf … Vielleicht machen wir mit dir ja noch einen kleinen Ausflug. Details!«

»Fraglicher Tatort: Badehaus Quelle. Subjekt wird als Zeuge sowie als mutmaßlicher Täter bei einem Zwischenfall mit tödlichem Ausgang gesucht. Verdacht auf falsche Namensangabe. Tatsächlicher Name nicht ermittelbar.«

»Da schau an!« Das Grinsen wird immer breiter. »Was ist denn da vorgefallen, in deinem Badehaus?«

»Nichts Besonderes. Ich habe nur versucht, einen Ertrunkenen wiederzubeleben.«

Wo ist in diesem verfluchten Luftschiff der Knopf, der die Türen öffnet?!

»Großartig!« Jetzt freut er sich wie ein kleiner Junge. Sein Grinsen ist so breit, dass seine Augen nicht mehr zu sehen sind. »Ich fürchte, du wirst mir ein paar Fragen beantworten müssen.«

Ich kaue auf meiner Backe herum. Dann erwidere ich sein Grinsen.

»Na gut, dann fange ich am besten mit der an, die du bereits gestellt hast. Wie wir die Gesetzesbrecher auftreiben.«

Ein winziges Zucken huscht über sein Bulldoggengesicht. Tschick. Nicht mehr. Fast unmerklich. Aber nur fast.

»Es gibt Sensoren in der Kanalisation. Hormonsensoren. Wenn da auch nur ein bisschen Gonadotropin vorbeiläuft, haben wir das Signal sofort in der Zentrale. Wusstest du das?«

Er schüttelt den Kopf und starrt mich an, als wäre ihm Hitler persönlich erschienen. Tschick. Tschick.

Ich zwinkere zurück. »Also sag deiner Holden, dass sie für kleine Mädchen lieber in ein Gläschen machen sollte.«

Tschick-tschick-tschick.

Treffer!

Noch ein paar Spielzüge, und dieses Vierdeck-Schlachtschiff geht auf Grund.

»Mach die Tür auf, Konstantin Reifert 12T. Du hast deine Sorgen, und ich hab meine. Mach dich nicht unglücklich wegen irgendwelcher Lappalien. Flieg dahin, rette die Welt.«

Ich grüße ihn militärisch.

Er schluckt: Wie ein Maschinenkolben hebt und senkt sich der mächtige Kehlkopf in seinem Stierhals. Dann öffnet sich die Tür. Die Luftschleuse steht weit offen, von innen kommt mir Licht entgegen.

Ich werfe mir den Rucksack über die Schulter und springe auf das Deck. Unter meinen Füßen ist einen Augenblick lang ein kilometertiefer Abgrund zu sehen, aber Höhenangst habe ich nicht.

Reifert hängt noch immer in der Luft, den starren Blick auf mich geheftet.

»Aber meistens sind es die Nachbarn, die uns informieren«, gebe ich ihm zum Abschied mit. »Und vor den Nachbarn ist niemand sicher. Ich gebe dir daher einen guten Rat, Reifert, alter Freund: Wartet nicht, bis wir euch finden. Treibt lieber gleich ab.«

VI · BEGEGNUNG

Bevor ich endlich die Arena mit den Löwen betreten darf, die wegen meiner Verspätung sicher schon ganz wild sind, lässt man mich noch eine Weile in dem engen Käfig eines höllisch langsamen Aufzugs schmoren.

Heiß und stickig ist es hier. Schweiß verklebt meine Gedanken.

Macht nichts, sage ich mir, dass sie mich im Badehaus ertappt haben. Noch bin ich in den Miesen, aber nicht mehr lange. Einfache Regeln für einfache Leute, wie Schreyer sagt. Ein Verstoß gegen den Kodex kann durchaus gesühnt werden – durch einen anderen Verstoß. Minus mal Minus ergibt Plus. Ich brauche nur seinen Auftrag auszuführen, nur diesem Halunkenpärchen die Hälse umzudrehen, und schon bin ich aus dem Gröbsten raus. Den großen Helden hat man ihre kleinen Verfehlungen – Raubzüge oder Vergewaltigungen zum Beispiel – zu allen Zeiten nachgesehen, und ich habe doch nur versucht, ein Menschenleben zu retten. Für die Zukunft ist mir das natürlich eine Lehre. Misch dich nie in anderer Leute Angelegenheiten ein. Mach das, was du am besten kannst. Nämlich Hälse umdrehen. Und verzettle dich nicht.

Rocamora und seine Schickse … Mich juckt's schon in den Fingern, und ich habe ein Kribbeln im Bauch. Als wäre ich unterwegs zu einem Date.

Seit Internatszeiten habe ich Nr. 503 nicht mehr gesehen, aber vieles von dem, was ich seit damals gemacht habe, hat mit der Erinnerung an ihn zu tun. Boxen. Freistilringen. Gewichtheben. Dazu noch ein paar geistige Übungen.

Ich darf mich nicht vor ihm fürchten. Seit unserer letzten Begegnung bin ich groß und stark geworden. Trotzdem schüttelt es mich: Ich brauche nur an ihn zu denken, und schon fühle ich mich, als würde mir jemand einen Schocker in die Fresse drücken.

Sogar meine Panik ist schneller vorbei als sonst. Hass ist ein hervorragendes Gegengift gegen Angst.

Drrring! Wir sind da.

Der Empfang sieht aus wie der einer drittklassigen Schmuddelfirma. Die Decke höchstens zwei zwanzig, man möchte sich schon fast bücken. Unangenehm grelle Leuchter, ich muss sofort an den Schlafsaal im Internat denken. Die Empfangstheke der Sekretärin schmückt ein pathetisches, wenig einprägsames Logo: ein Wappen, ein Namenszug, Gold – alles auf einem billigen Aufkleber. Ein Magazintisch mit einer staubigen Ikebana-Figur aus Komposit steht inmitten einer schäbigen, durchgesessenen Couchgruppe.

Die Veranstaltung ist ausverkauft, alle Plätze besetzt. Auf den Sofas, eng aneinandergedrängt, die wartenden Kollegen. Was für ein Andrang auf die geheimnisvollen Dienstleistungen dieser Firma, würde man meinen, läge da nicht die Empfangssekretärin mit einem Knebel im Mund unter dem Tisch. Und glichen die Gäste einander nicht wie eineiige Zwillinge. Zwillinge des Apolls von Belvedere.

Schwarze Umhänge mit Kapuzen. An den Füßen schwere Stiefel. Die Hände zerkratzt, manche in Handschuhen.

Neun Augenpaare richten sich auf mich. Ihre Blicke sind kalt und stechend. Zwei von ihnen springen federnd auf, die Hände in den Taschen. Offenbar hat mich keiner am Gesicht erkannt … Außer einem natürlich. Welcher von ihnen mag es sein?

Die beiden beginnen sich mir von unterschiedlichen Seiten zu nähern, aber noch bevor ein Durcheinander entstehen kann, rufe ich:

»Vergiss den Tod!«

Die beiden bleiben stehen und warten lauernd ab.

Ich greife in meinen Rucksack, hole meine Maske hervor und ziehe sie über. Ich gehöre nicht zu ihrem Team. Vielleicht sind sie für diese Operation alle aus unterschiedlichen Teams zusammengewürfelt worden. In der Maske werden sie mich erkennen. Aber werden sie mir auch folgen?

»Vergiss den Tod«, fügen sich neun Stimmen zu einer.

Ein Schauer läuft mir über den Rücken. Und das Gefühl, dass ich jenes entscheidende Teil bin, das diesem Mechanismus, dieser hochpräzisen, perfekt eingestellten und geölten Maschine noch gefehlt hat. Es ist dieser Augenblick, da ich schnalzend in die für mich vorgesehene Position einraste, in dem die Maschine auflebt und zu laufen beginnt. Vielleicht ist es doch falsch zu glauben, dass Basile unersetzbar sei. Ich bin nichts weiter als ein abtrennbarer Kopf, den man nur auf einen fremden Körper zu setzen braucht, damit er sogleich an dessen Schultern anwächst. Wir alle sind Teile eines großen Ganzen, Teile eines unendlich weisen und mächtigen Superorganismus. Und wir alle sind austauschbar. Darin liegt unsere Stärke.

»Lagebericht«, befehle ich streng und lasse den Blick über meine neue Zehnergruppe schweifen.

Wenn ich hier richtig bin, und dies die nämliche Operation ist, dann warten sie auf ihren Kommandeur. Dann werden sie mich nicht auslachen, sondern exakt Rapport erstatten.

Aber das heißt auch, dass einer von ihnen mein Feind ist. Eines der Organe unseres Körpers ist von Krebs befallen. Aber welches? Ohne Biopsie lässt sich das nicht feststellen.

Weiß Nr. 503 überhaupt, als wessen Stellvertreter er zu dieser Razzia abkommandiert wurde? Erwartet er unsere Begegnung genauso ungeduldig wie ich? Hat man ihm die gleiche Bedingung gestellt: ich oder er? Oder hat ihn niemand auf mein Auftauchen hier vorbereitet?

Hat er mich in der halben Minute, bevor ich meine Maske aufgesetzt habe, überhaupt erkannt?

Ich werde sein Gesicht nie vergessen, aber auch er dürfte sich noch an mich erinnern. Natürlich habe ich mich seither verändert, aber jeder von uns hat wohl ein paar Menschen in seinem Bekanntenkreis, die er auch nach hundert Jahren wiedererkennen würde, egal wie sehr sie ihr Aussehen zu verändern versuchen.

»Wir sind vor einer halben Stunde eingetroffen«, beginnt ein hünenhafter Kerl mit Bassstimme zu berichten. »Rocamoras Standort befindet sich auf dieser Ebene, etwa einen halben Kilometer von hier. Wir beobachten das Geschehen über mehrere installierte Kameras. Die beiden sind völlig ahnungslos. Sobald Sie grünes Licht geben, können wir loslegen.«

Nein, der ist es nicht. Weder Statur noch Satzmelodie stimmen. Außerdem hat der Typ eine ganz andere Aura.

Ich nicke. Immerhin weiß ich jetzt mit Sicherheit, wo ich mich befinde und warum ich hier bin.

»Zweierformation.«

»Zweierformation!«, brüllt der Hüne.

In meiner Gruppe bin ich es, der Als Befehle wiederholt – denn ich bin seine rechte Hand. Für diese Razzia ist mir eigentlich Nr. 503 als Stellvertreter zugeteilt worden, aber er schweigt und überlässt offenbar das Reden dem Kraftprotz. Ich sollte sie alle nach ihren Namen fragen, aber dazu ist jetzt keine Zeit.

Im Nu sind alle in einer Zweierformation angetreten. Spätestens jetzt müsste ich Nr. 503 an einer aufgesetzten, provozierenden Langsamkeit erkennen (»Von dem da soll ich Befehle annehmen?«), aber noch bewegen sich alle in Reih und Glied.

»Im Laufschritt.«

»Im Laufschritt!«

Die Tür öffnet sich, und wir stürmen ein Lager voller in Hüllen verpackter, undefinierbarer Gegenstände. Der Kommunikator weist die Richtung, wir kommen schnell voran. Eine weitere Tür – krach! – und wir befinden uns in einem Büro. Kreischend springen einige junge Frauen in Businesskostümen aus dem Weg. Ein uniformierter Wachmann will sich von seinem Platz erheben, doch der Hüne rechts neben mir pflanzt ihm seine Pranke aufs Gesicht und drückt ihn in den Sitz zurück. Vor dem Büro des Direktors bleiben wir kurz stehen. Weiter, versichert mir der Kommunikator. Wir brechen ein und werfen den Chef – einen fetten, schuppigen Typen – ohne große Umschweife in den Gang hinaus. Ein Vorhang hinter seinem Arbeitsplatz verbirgt den Zugang zu einem Ruhe- und Freizeitraum, der mit einem Klappsofa, einem Kalender mit dreidimensionalen Titten und einem Wandschrank ausgestattet ist.

»Der Schrank.«

In wenigen Sekunden ist er in seine Einzelteile zerlegt; hinter den Kleiderbügeln, an denen weitere schuppenbepuderte

Anzüge hängen, entdecken wir eine kleine Tür. Es folgt ein enger Gang, dunkel und leer, durch den ein schwacher, muffiger Luftzug weht. Die Decke ist höchstens zwei Meter hoch – Daniel würde hier steckenbleiben. Irgendwo weiter hinten flackert eine Leuchtdiode – das einzige Licht auf einer Länge von mehreren Dutzend Metern.

Wir laufen den Korridor entlang, unsere Stiefel stampfen synchron wie ein höllischer Tausendfüßler – bis der Kommunikator uns bedeutet, vor einem eigentümlichen Schutthaufen Halt zu machen. Es sind Türen, Türen und nochmals Türen, alle verschieden: kleine, große, aus Metall oder Kunststoff, beklebt mit irgendwelchen Gesichtern oder Stickern mit politischen Slogans.

Das Gerippe eines Hometrainers, eine weibliche Schaufensterpuppe mit Hut. Mein Kommunikator ist der Meinung, dass wir das Ziel erreicht haben.

»Hier ist es.«

Eine Tür, gepolstert mit abgewetztem Ersatzleder. Ein Klingelknopf, ein leerer Garderobenständer, ein Spiegel mit geschnitztem Holzrahmen. Einer von uns verdeckt den Türspion mit schwarzem Klebeband. Von innen dringt gedämpftes Murmeln an meine Ohren. Schon jetzt verspüre ich heftigen Klassenhass gegenüber den Bewohnern dieses Kubus.

»Los«, flüstere ich.

Wir ziehen unsere Schocker und schalten die Taschenlampen ein. Ich mustere meine Truppe. Suche hinter den Masken nach einem Paar grüner Augen. Doch in den Höhlen sind nur Schatten zu erkennen, nichts als Leere. Die gleiche Leere, die hinter meiner Maske herrscht.

Wir stoßen die Tür auf und wirbeln ins Innere.

»Vergiss den Tod!«

»Vergiss den Tod!!!«

Kein Kubus, sondern eine richtige Wohnung. Wir stehen im Flur, von dem aus einige Türen in verschiedene Zimmer führen. Die Hälfte des Flurs nimmt die Projektion einer Nachrichtensendung ein: Aus der Sicht eines Korrespondenten wird eine Wüste gezeigt, tote, rissige Erde, eine Meute abgerissener, schmutziger Proleten in vorsintflutlichen Klapperkisten auf Rädern. Rote Fahnen …

»Die Lage dieser Menschen ist verzweifelt«, sagt der Reporter, doch niemand hört ihm zu; der Flur ist leer.

Die Gruppe verteilt sich auf die übrigen Räume. Ich bleibe am Eingang stehen.

»Kontakt!«

»Hier auch!«

»Bringt sie her!«, rufe ich.

Aus der Toilette zerren sie einen Mann mit heruntergelassener Hose herbei, aus dem Schlafzimmer eine junge, noch benommene Frau im Pyjama. Tatsächlich, da deutet sich ein Babybauch an, nicht auffällig, aber ein Profi erkennt es sofort. Beide werden in die Mitte des Flurs gezerrt und müssen sich hinknien.

Rocamora sieht gar nicht aus wie ein Terrorist – und überhaupt nicht so wie auf den Fahndungsfotos. Allerdings soll er meisterhaft mit Silikonprothesen und Schminke umgehen können. Angeblich braucht er nur eine Viertelstunde, um sich ein neues Gesicht anzufertigen. Kein Wunder, dass kein einziges Erkennungssystem bei ihm greift. Die braunen, welligen Haare sind nach hinten gekämmt, ein ganz junger Kerl mit schmaler Nase und einem großen, aber nicht überdimensionierten Kinn. Weiß der Geier, ob das seine eigene Nase und seine Lippen sind; jedenfalls kommen mir seine Gesichtszüge, die durchaus sympathisch sind und hohe Willenskraft ausstrahlen, aus irgendeinem Grund bekannt vor. Er scheint jemandem zu ähneln, den ich kenne – ich wüsste nur nicht zu sagen, wem, und wenn überhaupt, so ist diese Ähnlichkeit kaum fassbar.

Sein Mädchen hat mittelblondes, schulterlanges Haar, einen schrägen Pony und seidige Haut. Sie ist ein hagerer Typ, ihr Pyjama liegt eng an ihrem Körper. Die Augen sehr hellbraun, verschmierte Wimperntusche, die dünnen Brauen sind angstvoll erhoben. Der erste, spontane Gedanke: Zerbrechlichkeit. Da muss man ja richtig aufpassen, dass man nichts kaputt macht. Und auch sie kommt mir auf einmal, ganz unvermittelt, bekannt vor. Wahrscheinlich nur ein Déjà-vu. Scheiß drauf.

Na dann.

Jetzt müssen wir die beiden also irgendwie um die Ecke bringen.

»Was soll das?!«, erregt sich der junge Mann und versucht sich die Hose hochzuziehen. »Das ist eine Privatwohnung! Mit welchem Recht …«

Kommt ziemlich natürlich rüber, wie der sich aufregt. Ein echter Schauspieler.

Das Mädchen schweigt, starr vor Schreck, und hält sich die Hände vor den Bauch.

»Ich werde die Polizei rufen! Ich werde sofort …«

Einer aus der Gruppe holt aus und verpasst ihm mit dem Handrücken eine Ohrfeige. Rocamora hält sich den Kiefer – und verstummt.

»Name!«, brülle ich.

»Wolf … Wolfgang Zwiebel.«

Ist es wirklich Rocamora? Oder hat uns der Kommunikator doch falsch geleitet? Ich packe seinen Arm und verbeiße meinen Scanner in seiner Haut.

Drrring.

»Keine Entsprechung in der Datenbank«, meldet der Scanner ungerührt, als wäre das überhaupt nichts Ungewöhnliches.

»Wer bist du?«, frage ich. »Du bist ja nicht mal in der DNA-Datenbank! Wie hast du das hingekriegt, verdammt?!«

»Wolfgang Zwiebel«, wiederholt der Mann würdevoll. »Ich habe keine Ahnung, was mit Ihrer Maschine nicht stimmt. Mit mir hat das nicht das Geringste zu tun.«

»Jaja, schon gut! Dann kontrollieren wir eben erst mal deine Mademoiselle!« Ich presse den Scanner auf die Haut der jungen Frau.

Klingeling!

»Annelie Wallin 21P«, meldet das Gerät. *»Keine Schwangerschaft gemeldet.«*

»Hormonspiegel.« Ich bemerke ihren Blick, halte ihn fest, gestatte es ihr nicht, ihn zu verbergen.

»Erhöhte Werte für humanes Choriongonadotropin, Progesteron und Östrogen. Ergebnis: positiv. Es liegt eine Schwangerschaft vor.«

Eigentlich müsste ich jetzt noch einen Ultraschall machen, aber ich habe keinen Apparat dabei. Keiner von uns.

Die junge Frau will auffahren, aber sie wird sogleich wieder zu Boden gedrückt.

Das läuft ja wie am Schnürchen. Wir handeln wie ein Team, wie ein Ganzes, ein idealer Mechanismus. Am Ende ist Nr. 503 gar nicht dabei? War sein Name womöglich nur ein Köder für mich, weil man wusste, dass ich für ihn niemals das Feld räumen würde? Auch wenn es hier ja nur darum geht, wer sich die Henkersmütze aufsetzt?

»Warum hast du mir nichts gesagt?!«, stöhnt Zwiebel-Rocamora.

»Ich … Ich wusste nicht …«, stottert sie. »Ich dachte …«

»Schluss mit dem Theater«, schnauze ich sie an. »Wenn ich mir deinen Bauch ansehe, bist du schon seit drei Monaten am Denken! Sie beide haben gegen das Gesetz über die Wahl verstoßen, und Sie wissen ja wohl Bescheid, was das bedeutet. Laut Gesetz haben Sie jetzt, und nur jetzt, die Wahl: Wollen Sie das Kind behalten, so muss einer von Ihnen auf seine Unsterblichkeit verzichten. Die Injektion erfolgt unverzüglich.«

»Sie sprechen, als wäre bereits klar, wer der Vater des Kindes ist«, entgegnet Zwiebel gefasst. »Noch haben Sie das aber nicht eindeutig festgestellt.«

Die Frau errötet und blickt ihn gekränkt, ja wütend, an.

»Wir haben keine Zeit für eine DNA-Analyse des Fötus«, sage ich. »Es besteht allerdings kein Zweifel daran, wer die Mutter ist. Und da Sie die Vaterschaft offenbar leugnen …« Ich wende mich an den Hünen. »Den Injektor!«

Genau nach Vorschrift. Alles genau nach Vorschrift. Wie geschmiert.

Das einzige Problem: Rocamora und seine Freundin machen keine Anstalten, irgendwelchen Widerstand zu leisten. Dabei soll das doch der Grund sein, weswegen wir sie quasi aus Versehen umbringen sollen. Was mache ich jetzt? Und was mache ich besser nicht?!

»Es gibt keinen Injektor«, flüstert mir der Kraftprotz ins Ohr.

»Was soll das heißen?!« Ich habe das Gefühl, als würde jemand mit einem Messer an meiner Darmwand entlanghobeln.

»Warum zum Teufel habt ihr keinen Injektor dabei?!« Ich stoße ihn in die Ecke.

»Im Übrigen sieht das Gesetz noch eine zweite Möglichkeit vor.« Dieser Zwiebel ist wirklich durch nichts aus der Ruhe zu bringen. Dabei kniet er noch immer mit heruntergelassener Hose vor uns. Aber nun zitiert er mit dreister Anwaltsstimme aus dem Gedächtnis: »Gesetz über die Wahl, Paragraf 10, Absatz a. ›Beschließen beide Kindeseltern vor Beginn der zwanzigsten Schwangerschaftswoche, eine Abtreibung durchzuführen, und erwirken sie sodann einen Abbruch der Schwangerschaft im Familienplanungszentrum Brüssel im Beisein von Vertretern des Gesetzes, des Gesundheitsministeriums und der Phalanx, so werden sie von der Injektion des Akzelerators befreit.‹ Und selbst wenn die Spritze bereits verabreicht wurde, kann nach erfolgter Abtreibung noch eine Therapie angesetzt werden, die die Wirkung des Akzelerators blockiert! Das geht aus Absatz b hervor. Eigentlich müssten Sie das doch wissen!«

Die junge Frau schweigt, umfasst nur mit beiden Händen ihren Bauch und beißt sich auf die Lippen. Unwillkürlich gleitet mein Blick an ihr herab. Aus irgendeinem Grund finde ich sie schön, obwohl eine Schwangerschaft die meisten Frauen entstellt.

»Wir fahren also einfach nach Brüssel, machen eine Abtreibung und zahlen die Strafe. Damit ist der Fall erledigt.«

Dieses unerwartete, idiotische Happy End muss ich hier aber unter allen Umständen vermeiden. Irgendwie muss ich das verirrte Häschen wieder zur Schlachtbank zurückführen.

»Es ist eben kein Injektor da«, rechtfertigt sich der Kraftprotz. »Normalerweise hat so was immer der Gruppenführer dabei. Spritzen, Tabletten, all den Scheiß.«

Stimmt. In unserer Gruppe ist Al für die Apotheke zuständig. Aber ich habe von niemandem etwas bekommen. Sieht nach einer etwas ungewöhnlichen Razzia aus.

»Du bist doch bereit, eine Abtreibung zu machen, nicht wahr, Annelie?«, fragt Zwiebel.

Sie antwortet nicht. Dann hebt sie mit einer mühevollen Bewegung das Kinn, überwindet sich und lässt es ebenso schwer wieder fallen. Ein Nicken also.

»Na also, dann wär's das. Sie haben ja, glaube ich, irgendwelche Injektionen fürs Frühstadium, nicht wahr?«

»Du weißt genau Bescheid, Zwiebel, was?«

Ein Terrorist, rede ich mir ein. Das hier ist nicht der nette Zwiebel, das ist Jesús Rocamora, immer noch einer der zehn meistgesuchten Menschen in Europa. Eine der Stützen der Partei des Lebens. Er und seine Freunde sind es, die den Oktaeder in Grund und Boden sprengen wollten, zusammen mit den Spiegelgärten und den jungen Leuten – wie hießen die noch mal – und überhaupt … Provoziere mich doch, du Hornochse! Schlag mich! Versuch zu fliehen! Siehst du nicht, dass ich dich nicht einfach so ohne Grund abmurksen kann?!

Oder soll ich ihm als Erster eine verpassen? Irgendwo habe ich mal gelesen, dass nicht nur Haie auf offene Wunden und frisches Blut reagieren, sondern auch Hausschweine. Sie rasten dann total aus und fallen über ihre Besitzer her, besonders wenn sie hungrig sind. Und ich bin hungrig.

»Ich bin Jurist«, entgegnet er zuckersüß. »Da hat man hin und wieder mit Gesetzen zu tun.«

Und wenn sie es gar nicht sind? Wenn hier ein Fehler vorliegt? Warum gibt es keinen Eintrag in der Datenbank?!

Ich schweige. Das Häschen ist vom Weg abgekommen und stößt immer wieder gegen die Wand. Die junge Frau schluchzt, ohne zu weinen. Die Unsterblichen sehen mich an. Die Sekunden verfliegen. Ich schweige. Ein paar von den Jungs werden bereits unruhig und beginnen miteinander zu tuscheln. Das Häschen beruhigt sich und setzt sich erst mal: Es hat begriffen, dass es sich in einer Sackgasse befindet, hat aber keine Ahnung, wie es wieder herausfindet.

»Wir sollten sie allmählich erledigen«, sagt plötzlich eine der Masken. »Die Zeit läuft uns davon.«

»Wer hat das gesagt?«

Schweigen.

»Wer hat das gesagt?!«

Der Einsatz ist geheim. Schreyer hat sich sicher nicht die Mühe gemacht, alle zehn Söldner einzeln in den Plan einzuweihen. Außer mir kann nur ein einziger Mensch wissen, wie das hier ausgehen soll. Dieser eine, der mein Schatten sein soll. Dessen Aufgabe es ist, mich abzusichern.

»Ich weiß selbst Bescheid, klar?!«

»Erledigen? … W-was soll das bedeuten?« Zwiebel fängt plötzlich an, sich fieberhaft die Hose zuzuknöpfen. »Begreifen Sie überhaupt, was Sie da sagen?!«

»Ganz ruhig«, antworte ich und klopfe ihm auf die Schulter. »War nur ein Scherz.«

Er scheint seine Beinkleider tatsächlich in Griff zu bekommen.

»Steh auf!« Ich packe ihn unter den Achseln. »Wir gehen eine Runde spazieren.«

»Wo bringen Sie ihn hin?!«, ruft das Mädchen und versucht sich ebenfalls zu erheben.

Eine der Masken tritt ihr mit dem Stiefel in den Bauch, sie verstummt und schnappt nach Luft. Das wäre nicht nötig gewesen, sage ich zu mir. In den Bauch, das ist zu viel.

»Ich erledige das selbst!«, schnauze ich die Masken an. »Ihr haltet euch zurück!«

Ich bringe ihn in den dunklen Korridor, durch den wir zuvor gekommen sind. Ich lasse die Eingangstür zufallen, die sich wie durch ein Wunder noch immer in ihren Angeln hält.

»Sie können doch nicht einfach … Sie haben kein Recht!«

»Mit dem Gesicht zur Wand!«

»Was soll das? Das entspricht nicht dem Kodex!«, ermahnt mich Zwiebel, dreht sich aber gehorsam zur Wand.

So. Wenn ich ihm nicht in die Augen schauen muss, fällt mir das Ganze schon irgendwie leichter.

»Halt die Klappe! Glaubst du, ich weiß nicht, wer du bist?! Für solche wie dich gilt der Kodex nicht!«

Er schweigt.

Was jetzt? Ihn erwürgen? Ihn zu Boden werfen, seinen Hals mit beiden Händen zudrücken, immer zudrücken, bis sein Kehldeckel einbricht, mich mit dem Gewicht meines ganzen Körpers auf ihn werfen, damit er sich mir nicht entwindet, während er langsam erstickt, zappelnd und mit den Beinen zuckend?

Ich betrachte meine Hände.

Dann hole ich aus und schlage ihm aufs Ohr. Zwiebel fällt zu Boden, setzt sich mühevoll wieder auf und lehnt sich mit dem Rücken gegen die Wand. Macht nicht mal einen Versuch, Widerstand zu leisten. Mistkerl.

»Und was genau weißt du über mich?«, sagt er schließlich. Seine Stimme klingt auf einmal ganz anders: fremd und müde.

»Alles, Rocamora. Wir haben dich gefunden.«

Er betrachtet mich von oben bis unten – ein forschender, nachdenklicher Blick.

»Ich will mich der Polizei stellen«, sagt er schließlich völlig ruhig.

Ich schweige – eine Sekunde lang, fünf, zehn.

»Ich fordere, dass Sie die Polizei kommen lassen!«

Ich schüttele den Kopf.

»Tut mir leid.«

»Ich bin auf der Fahndungsliste. Auf meinen Kopf ist eine Belohnung ausgesetzt. Jeder, der mich festhält, ist verpflichtet …«

»Kapierst du denn nicht?«, unterbreche ich ihn.

Er verstummt mitten im Satz, blickt mir lange ins Gesicht und wird auf einmal aschfahl.

»Dann … ist das hier also ernst? Man hat also beschlossen, mich zu beseitigen, ja?«

Ich antworte nicht.

»Und wie … Wie willst du das machen?«

Keine Ahnung.

»So ein Blödsinn …« Er schüttelt den Kopf – und dann lächelt er.

Und auch ich muss auf einmal lächeln.

Der Nachrichtensprecher hinter der Tür spricht plötzlich lauter. Jetzt ist deutlich zu hören, was er berichtet:

»*Die Hoffnung auf Veränderungen wurde ihnen vor vielen Jahrhunderten genommen! Aber jetzt haben sie begriffen, dass sie dies nicht mehr erdulden dürfen!! Sie nehmen den Kampf auf – unter einem Banner, das hier zum letzten Mal vor vierhundert Jahren wehte!!!*«

Die Lautstärke scheint mit jedem Wort zuzunehmen. Was soll das?! Sind die taub da drinnen? Was ist auf einmal so interessant an dieser idiotischen Reportage aus der idiotischen Dritten Welt?

»IN WENIGEN MINUTEN SCHALTEN WIR WIEDER ZU UNSEREM BERICHTERSTATTER AUS RUSSLAND ZURÜCK! AUFGRUND EINER AKTUELLEN MELDUNG UNTERBRECHEN WIR JEDOCH DIE SENDUNG!«, brüllt mir der Sprecher jetzt direkt ins Ohr; den Leuten in der Wohnung müsste bei dieser Lautstärke eigentlich das Trommelfell platzen. *»IN DEN ESCHER-GÄRTEN GEHT DIE FAHNDUNG NACH DER BOMBE WEITER!«*

In den Pausen zwischen seinen Worten glaube ich noch ein anderes Geräusch zu vernehmen … Eine fast unhörbare, aufgeregte Bewegung … Eine Art Miauen …

»DIE ANDROHUNG, DEN BERÜHMTEN PARK MIT ALL SEINEN BESUCHERN ZU VERNICHTEN, ERREICHTE UNS VOR EINER STUNDE!«

Ein Schrei.

»DER NACHRICHT WAR EIN DOKUMENT MIT DEM TITEL ›MANIFEST DES LEBENS‹ BEIGEFÜGT. DIES BESTÄTIGT DIE VERMUTUNG, DASS SICH HINTER DIESER TAT …«

Ein Schrei. Ich habe einen Schrei gehört, ganz deutlich.

»… die üblichen Verdächtigen verbergen«, ergänzt Rocamora mit bitterem Spott.

»… DIE TERRORGRUPPE PARTEI DES LEBENS VERBIRGT!«

»Halt die Klappe!«

»DERZEIT HALTEN SICH IM PARK MEHRERE TAUSEND PERSONEN AUF! DIE EVAKUIERUNG HAT BEGONNEN, ABER NOCH IMMER BEFINDET SICH

EINE GROSSE ZAHL VON MENSCHEN IN UNMITTELBARER LEBENSGEFAHR!«

»Bitte!« Eine hohe Frauenstimme, gefolgt von einem gebrochenen Schluchzen. »Bit…«

Rocamora fährt auf. »Hast du das gehört?!«

»NACH JÜNGSTEN INFORMATIONEN FORDERT DIE TERRORGRUPPE DIE ABSCHAFFUNG DES GESETZES ÜBER DIE WAHL!«

Ein Stöhnen. Gedämpft, fast wie ein Blöken. Dann lacht jemand.

»Was ist da los?! … Ihr Mörder! Was habt ihr …« Rocamora versucht aufzustehen – und fängt sich sogleich einen Kinnhaken ein.

»Sitzen bleiben, Arschloch! Sitzen bleiben!!!«

Er sackt wieder zu Boden, nun endgültig k.o. Ich lasse ihn liegen, reiße an der Klinke und stoße die Tür auf …

Schwarze Gestalten stehen im Kreis. In ihrer Mitte – das Mädchen, nackt und blass.

Sie kniet vor ihnen, die Arme auf dem Rücken zusammengebunden. Ihr Oberkörper ist nach vorn gebeugt, der Kopf liegt mit der Wange auf dem Boden. Den Pyjama haben sie ihr heruntergerissen und achtlos auf den Boden geworfen, ich erkenne hellrote Flecken darauf. Ihre Zähne beißen auf einen Soldatengürtel, der wie eine Kandare durch ihren offenen Mund geführt ist. Deswegen ist jetzt nur noch ein verzweifeltes Blöken zu hören – was sie sagt, ist nicht zu verstehen.

»DIES SIND BRANDAKTUELLE AUFNAHMEN VOM ORT DES GESCHEHENS! DA NICHT GENÜGEND ZÜGE ZUR EVAKUIERUNG BEREITGESTELLT WERDEN KÖNNEN, KOMMT ES BEREITS ZU TUMULTARTIGEM GEDRÄNGE!«

Eine panische Menschenmenge unter hängenden Bäumen. Für einen Augenblick glaube ich Giulia zu erkennen, doch schon im nächsten Moment wird sie von anderen angstverzerrten Gesichtern weggewischt.

»NOCH IST ES NICHT GELUNGEN, DIE BOMBE ZU FINDEN! UNSER REPORTER VOR ORT RISKIERT IN DIESEM AUGENBLICK SEIN LEBEN! JEDEN MOMENT KANN HIER ALLES IN EINE FURCHTBARE TRAGÖDIE MÜNDEN!«

Der schwarze Kreis pulsiert und schließt sich enger um das Mädchen.

Zwei Gestalten in Kapuzenanzügen hocken nebeneinander vor ihr, halten sie an den Schultern. Offenbar haben sie ihr zusätzlich einen Handschuh in den Mund gestopft. Sie legen sich ihr Gesicht auf die Schenkel und vollführen heftige Handbewegungen im Lendenbereich … Ein Dritter steht zuckend hinter und über ihr, hält ihre verrenkten Arme fest, liegt schon fast auf ihrem nackten Rücken und stößt, nein, hämmert mit brutalen Schlägen in sie hinein. Mit jedem Stoß öffnet sich ihr Mund immer weiter – fast bis zum Zerreißen. Es sieht aus, als ob der Vergewaltiger mit pumpenden Bewegungen etwas Unsichtbares, aber Dreckiges, Ekelerregendes durch ihren Körper hindurchschiebt, und sie es wieder hervorzuwürgen versucht.

Die anderen verfolgen das Geschehen, aber schon wichst ein anderer an sich herum, macht sich bereit, bis er an der Reihe ist.

»So spürt sie doch gar nichts! Mach's ihr noch mal mit der Faust!«

Das Mädchen windet sich wie ein Regenwurm am Angelhaken.

Dem Vergewaltiger ist ihre Reaktion noch nicht genug, er zieht ihre dünnen, verdrehten Arme weiter in die Höhe. Seine rechte Hand glänzt blutrot. Er trägt noch immer die Maske, aber die Kapuze ist ihm im Eifer des Gefechts nach hinten gerutscht. Ich mache einen Schritt nach vorn.

»Schluss damit!«, befehle ich, aber keiner hört mich.

»WER SIND DIESE LEUTE, DIE ES FERTIGBRINGEN, TAUSENDE UNSCHULDIGER AUF DEM ALTAR EINER WAHNSINNIGEN IDEE ZU OPFERN?!«

Noch ein Schritt. Und noch einer.

Die Schläfe. Schwarze, drahtige Locken. Sie schütteln sich im Takt. Darunter – eine blutrote, fleischige Narbe, eine Öffnung, der Rest eines Läppchens … Ihm fehlt ein Ohr.

Ich stürze in diesen offenen Gehörgang wie in ein schwarzes Loch, fliege durch Raum und Zeit …

Am Ende dieser rasanten Fahrt lande ich in einem geschlossenen Ei, einem Videosaal mit Sitzreihen, und wie flüssiger Zement ergießt sich über mich die kalte, erstickende Vorahnung, dass mir im nächsten Augenblick etwas Abscheuliches, Furchtbares, nie wieder Gutzumachendes widerfahren wird.

Ich hatte damals das Glück zu entkommen. Sie dagegen …

Ich blicke ihr in die Augen. Wie sie mich ansieht … Auf manchen Kanälen laufen nur Archivkopien von Naturfilmen. Manche Leute können dabei offenbar gut entspannen. Ich muss an eine Szene denken: Ein Gepard erbeutet eine Antilope. Er wirft sich an ihren Hals, bringt sie zu Fall, biegt ihren Kopf zur Seite und reißt mit seinen Fangzähnen die Arterien auf. Der Kameramann, von Berufs wegen Voyeur, zoomt das sterbende Tier heran, stellt die Augen scharf. Es liegt Demut darin. Ein merkwürdiges Gefühl, diesem Ereignis zuzusehen.

Am Ende erlischt der Blick, die Augen werden starr, wie aus Plastik …

Sie hypnotisiert mich.

Ich kann mich nicht losreißen. Mir wird heiß, riesige japanische Trommeln dröhnen in meinen Ohren, ich will eingreifen, aber ich kann mich einfach nicht rühren. Ein wilder Schrei, ein Brüllen sitzt in meiner Brust und drängt heraus … Längst höre ich nicht mehr die hysterischen Kommentare des Sprechers, achte nicht mehr auf die Projektion …

Für einen Augenblick bleiben ihre Pupillen an mir haften … Nein, Demut ist es nicht. Es ist der Blick einer Märtyrerin. Dann schließt sie die Augen …

»Aufhören! Sofort aufhören!!!«, brülle ich.

»AUCH ICH HABE, WIE WIR ALLE, EINIGE ZEIT GEBRAUCHT, BIS ICH MEINEN PLATZ IN DIESER WELT GEFUNDEN HABE!«, gesteht irgendeine Tussi auf dem Bildschirm. *»MANCHMAL HATTE ICH, WIE WIR ALLE, DAS GEFÜHL, DASS DAS SCHICKSAL GRAUSAM ZU UNS IST! ODER DASS MEINE EXISTENZ KEINEN SINN HAT! ABER JETZT IST DAS VORBEI!«*

Ich erinnere mich. An alles. Wie ich keine Luft mehr bekomme. Wie er mir sein erigiertes Glied gegen den Rücken presst. Wie sich meine Blase entleert.

Plötzlich stehe ich direkt neben ihm, greife in seine lockigen Haare, zerre ihn mit aller Macht zurück und schleudere ihn zur Seite, fort von ihr.

»Du … Du …«

»DENN JETZT HABE ICH ILLUMINAT! ILLUMINAT, DIE ERLEUCHTUNGSTABLETTE. ERHÄLTLICH OHNE REZEPT!«

»Stell endlich einer diesen Scheiß ab!«

Jemand dreht die Lautstärke herunter.

»Was zum Teufel geht hier vor?!« Ich keuche schwer, das ist mir seit Internatszeiten nicht mehr passiert. »Ihr Schweine! Warum …«

»Wieso?!«, fragt das Einohr trotzig und rappelt sich hoch. »Die Schickse wird doch sowieso kaltgestellt! Was spielt das also für eine Rolle?! Tut sie dir etwa leid?! So eine Gelegenheit hat man nicht alle Tage!«

»Keiner wagt es, sie anzufassen!«

»Kümmer du dich lieber um deine Angelegenheiten …«, zischt er mich an, und im nächsten Augenblick packt er die junge Frau am Knöchel, als sie versucht davonzukriechen. »He, wohin so eilig? Wir sind noch nicht fertig mit dir … Warte nur, es wird dir gefallen …«

»Du …«

»Mit dir reden wir später …«, kündigt er großspurig an.

Dieser Wichser.

Ich bekomme keine Luft mehr, mir fehlen die Worte. Ich fühle mich, als hätte mir jemand Tollwut injiziert und mich mit Adrenalin vollgepumpt.

Zzzzzzzzz … Zzzzz …

»Was machst du da?« Der Hüne, meine rechte Hand, ist völlig perplex. »Spinnst du?!«

Dem Wichser den Schocker an den Hals gedrückt, und zwar richtig mit Schmackes und lange, genau das hab ich gemacht. Und jetzt mache ich es gleich noch mal.

Nr. 503 sackt in sich zusammen. Seine Maske ist vollgekotzt, durch die Sehschlitze erkenne ich das Weiße in seinen verdrehten Augen. Zum ersten Mal in all den Jahren blicke ich ihm wieder in die Augen – aber er kann meinen Blick nicht erwidern. Ich trete ihm in den Bauch.

»Ich bin hier der Kommandeur, ist das klar?! Ich bin der Gruppenführer! Und dieser Schweinehund hat meine Anordnung missachtet!«

Mit aller Macht pumpe ich Luft in meine Lungen, wieder und wieder.

Da fällt mir ein, dass Rocamora noch immer mit verrenktem Kiefer da draußen liegt.

»Niemand rührt das Weib an! Ich erledige das selbst … Verstanden?! Ich allein! Gleich …«

Rocamora ist wieder zu sich gekommen und wühlt hektisch in einem Haufen Lumpen unweit der Wohnungstür herum. Die Tatsache, dass ich wieder im Gang erscheine, ignoriert er völlig.

»Was hast du da zu suchen?«

Er zieht die Hand aus dem Haufen – und ich blicke in den Lauf einer Pistole. Na, na, böser Junge. Für einen Juristen gehört sich das aber nicht.

»Was ist mit ihr?!«

»Ganz ruhig … Die Jungs haben ein bisschen über die Stränge geschlagen, aber jetzt ist alles unter Kontrolle.« Ich strecke die Hand aus und nicke in Richtung Pistole. »Die ist doch nicht etwa echt?«

»Halt die Klappe«, flüstert er mir zu. »Wenn du noch ein Wort sagst, ist es aus mit dir.«

Ich tauche unter dem Schaft hindurch, packe sein Handgelenk, verdrehe den Arm – kommt jetzt ein Schuss?! – nein, nichts zu hören, außer einem dumpfen Aufprall: Die Knarre liegt auf dem Boden. Ich stoße Rocamora heftig von mir und hebe die

Pistole auf. Keine Firmenbezeichnung, keine Nummer. Sieht irgendwie klapprig aus, Marke Eigenbau. Dieser Idiot hat nicht einmal entsichert.

»Ein Geschenk für dich«, sagt Rocamora schwer atmend und steht wieder auf. »Das macht es dir einfacher …«

»Was einfacher?«

»Alles. Du musst nur abdrücken … wirklich idiotensicher. Du willst dir doch nicht die Finger schmutzig machen … Geh ein paar Schritte zurück, damit du keine Spritzer abbekommst …«

»Halb so wild …«, sage ich und entsichere die Knarre. »Ich bekomme vielleicht ein paar Flecken, aber dafür wird die Welt sauberer.«

»Sauberer … Das glaubst du doch selbst nicht?«

Er lächelt schief.

»Du bist ein Mörder. Ihr alle seid Mörder. Deine Komplizen haben die Escher-Gärten vermint …«

»Lächerlich! Es gibt überhaupt keine Bombe!« Er winkt ab, als zweifele er an meinem gesunden Menschenverstand. »Obwohl sie natürlich eine finden werden … und sie rechtzeitig entschärfen werden, bevor sie hochgeht.«

»Was?!«

Jetzt lacht er tatsächlich, aber es klingt böse und gezwungen.

»Deine Bosse spielen ein abgekartetes Spiel!«

»Meine Bosse?«

»Begreifst du denn nicht? Das ist alles nur wegen mir.«

»Natürlich!«

»Wenn ihr Unsterblichen mich kaltmacht, wird es einen Skandal geben. Die Journalisten werden den Braten riechen. In den Nachrichten werden sie erst meine Reden und dann meinen Leichensack zeigen. Menschrechtsorganisationen werden euch die Hölle heißmachen, und bei den Wahlen wird eure kleine Partei Probleme bekommen. Vielleicht müsst ihr am Ende sogar das Ministerium abgeben … Schlecht, sehr schlecht. Dagegen muss unbedingt etwas unternommen werden.«

»Richtig«, sage ich und strecke die Hand aus, sodass sich der Lauf der Pistole gegen seine Stirn drückt.

»Und genau da kommt euch die Partei des Lebens zupass! Nur wenige Stunden, bevor ich bei einer Razzia eurem Übereifer zum Opfer falle, verstecken meine Freunde – als hätten sie es gewusst! – eine Bombe in diesem wunderbaren Park. Damit sie auch genau in dieselbe Nachrichtensendung kommen, in der mein zufälliger Tod verkündet wird. Denn so wird es erstens danach aussehen, als hätte ich diese Strafe verdient. Und zweitens wird sich jeder sagen: Diese Schweine haben unser Mitleid nicht verdient! Was sie uns antun, vergelten wir mit gleicher Münze! Nicht wahr?!«

»Verdammter Paranoiker …«

»Paranoia, rief die Marionette, als man ihr vom Puppentheater erzählte!«

Die Tür geht auf, und der Kraftprotz erscheint im Gang.

»Alles in Ordnung? … Oho …«

»Hör mal«, sage ich zu ihm, ohne die Pistole zu senken. »Sag deinen Kollegen, dass die Aktion vorbei ist und sie nach Hause gehen sollen. Ich räume hier auf. Euch geht das nichts an. Ich weiß nicht, was euch Mister Einohr vorhin eingeflüstert hat … Ach ja, nehmt das Aas am besten gleich mit.«

Eine weitere Maske lugt durch die Tür. Der Dicke tritt von einem Bein aufs andere.

»Ich finde, wir sollten doch besser bleiben – zur Absicherung.«

»Macht, dass ihr wegkommt!«, brülle ich. »Und zwar fix! Das ist mein Skalp, verstanden?! Und keiner von euch nimmt ihn mir weg, weder du noch dieser einohrige Scheißer!«

»Was für ein Skalp?«, nörgelt jemand hinter dem Rücken des Muskelmanns. »Ich habe mich für so eine Aktion überhaupt nicht gemeldet.«

»Na schön!« Offenbar ist dem Hünen jetzt auch der Geduldsfaden gerissen. »Fick dich doch, du Psychopath! Wir nehmen Arturo mit und hauen ab! Du kannst diese Suppe hier allein auslöffeln!«

Sie tragen ihren – und meinen – Arturo raus. Wie eine riesige Puppe aus Fleisch und Blut hängt er an ihren Händen, seine Finger schleifen über den Boden. Sein Hosenschlitz steht noch immer offen, ein Speichelfaden hängt zäh an seiner Maske. Saurer Gestank geht von ihm aus.

Rocamora verfolgt schweigend das Geschehen, ohne sich zu rühren. Der Lauf der Pistole klebt noch immer an seiner Stirn.

Die Prozession entfernt sich und verschwindet schließlich hinter einer Ecke.

»Warum?«, fragt Rocamora.

»Ich kann nicht, wenn andere dabei zusehen.«

»Hör mir zu«, sagt er gehetzt. »Wir haben damit wirklich nichts zu tun. Denk doch mal nach: Die Partei des Lebens verübt ein Massaker … Damit würden wir unsere Glaubwürdigkeit doch für immer verlieren. Wie oft habe ich das meinen Leuten gepredigt: Wenn wir erst anfangen zu morden, sind wir keine Partei des Lebens mehr, sondern nur noch … ein wandelndes Oxymoron. Niemals würde ich …«

»Ich scheiß auf deine Partei. Weißt du, wo ich lebe? In einem Kubus, zwei auf zwei Meter. Kapierst du das? Jeden Tag muss ich in dieses Loch zurückkehren … Ich bin kaum in der Lage, einen Aufzug zu benutzen, und muss trotzdem in so einem Loch wohnen. Aber jetzt habe ich diese Chance. Eine Beförderung. Normale Lebensbedingungen.«

Wem stehen wir näher, zu wem sind wir offener und freimütiger: zu jemandem, mit dem wir gerade Sex hatten, oder zu jemandem, den wir im nächsten Augenblick hinrichten werden?

»Du willst es doch gar nicht wirklich tun, oder?«, spricht er hastig auf mich ein. »Du bist doch ein anständiger Kerl! Da, hinter deiner Maske … hast du doch noch ein Gesicht! Hör mir einfach mal zu: Sie planen offenbar etwas. Sie haben die Jagd auf uns eröffnet … Wir waren so viele Jahre aktiv … Natürlich hat man uns gedroht, aber … jetzt wollen sie uns endgültig beseitigen und …«

»Jedes Mal, wenn ich in mein Loch zurückkehre, kann ich ohne Tabletten nicht einschlafen«, falle ich ihm ins Wort. »Ich raste sonst aus. Und dann noch diese Träume … Wenn ich mich nicht vorher ausknocke, kommt alles wieder hoch.«

»Was haben wir euch denn getan? Was? Wir haben Eltern versteckt, die sich nicht von ihren Kindern trennen wollen und Gesetzesbrechern Unterschlupf geboten. Ihr stellt uns dar, als wären wir Terroristen, dabei sind wir die Heilsarmee! Aber das kannst du natürlich nicht verstehen … Es geht gar nicht darum, dass du für dein eigenes Kind deine Jugend opfern musst! Es geht darum, dass du stirbst, bevor es erwachsen ist! Dass du es im Stich lassen musst, ganz allein … Dass du dich von ihm verabschieden musst! Das ist es, wovor die Menschen Angst haben!«

Er hat sich in Fahrt geredet und scheint seine eigene Lage ganz vergessen zu haben.

»Und ihr schützt diese verdammten Feiglinge auch noch! Sterilisiert gehört ihr alle – du genauso wie die anderen! Früher oder später finden wir jeden von euch! Ihr seid ja so edel! Weißt du denn überhaupt, was mit den Kindern passiert, die wir konfiszieren? Für diese Bälger wäre es besser, sie wären gar nicht erst auf die Welt gekommen!«

»Das haben doch nicht wir uns ausgedacht! Das sind eure Gesetze! Was muss man für ein mieses Arschloch sein, um sich eine Regel auszudenken, bei der man zwischen dem eigenen Leben und dem seiner Kinder wählen muss?!«

»Halt's Maul!«

»Deine Bosse sind an allem schuld! *Sie* machen uns zu Krüppeln, *sie* jagen uns um die halbe Welt! Bedank dich bei ihnen! Für deine Kindheit! Dafür, dass du niemals eine Familie haben wirst! Dafür, dass ich jetzt verrecke! Für alles!«

»Was weißt du über meine Kindheit?! Du weißt überhaupt nichts! Nichts!«

»*Ich* weiß nichts?! Ich?!«

»Halt's Maul!!!«

Ich kneife die Augen zusammen.

Und drücke ab.

Das Letzte, was ich sehe, sind seine Augen. Wieder habe ich das Gefühl, dass ich diesem Blick schon einmal begegnet bin … Aber wo? Und wann?

Ein trockenes Klicken. Hat die Knarre einen Schalldämpfer?

Mit einem Schlag fließt alles aus mir heraus – all das, was in mir angeschwollen war, mich unter Druck setzte, mich zu zerreißen drohte. Es ist fast wie ein Orgasmus.

Ich höre keinen Körper fallen.

Habe ich gar nicht geschossen?

Ein Versager? Ein leeres Magazin?

Keine Ahnung. Das spielt jetzt keine Rolle mehr.

Ich habe all meine Wut verbraucht, all meine Kraft, meine Energie, die ich für den Mord aufbringen musste. All das habe ich in diesen Blindschuss hineingelegt.

Ich öffne die Augen.

Rocamora steht noch immer vor mir. Auch er hat die Augen zugekniffen. Auf seiner Hose breitet sich ein dunkler Fleck aus. Wir sind den Tod nicht mehr gewohnt – weder die Opfer noch die Henker.

»Ein Versager. Mach die Augen auf. Und geh einen Schritt zurück.«

Er gehorcht.

»Noch einen.«

»Wozu?«

»Noch einen.«

Er geht langsam rückwärts, ohne die Pistole aus den Augen zu lassen, die noch immer auf die Mitte seiner Stirn zielt.

Ich kann ihn nicht noch einmal umbringen. Dazu reicht es nicht mehr.

»Mach, dass du wegkommst.«

Rocamora fragt nicht nach und bittet um nichts. Er dreht sich auch nicht um. Wahrscheinlich befürchtet er, ich könnte doch genügend Mut aufbringen, ihm in den Rücken zu schießen.

Eine Minute später ist er in der Dunkelheit verschwunden. Es kostet mich einige Mühe, meinen angeschwollenen Arm anzuwinkeln, um das Magazin der Pistole zu kontrollieren. Es ist voll. Ich halte den Lauf an meine Schläfe. Ein seltsames Gefühl. Erschreckend, die Leichtigkeit, mit der man seiner Unsterblichkeit ein Ende setzen kann. Ich spiele mit dem Gedanken und spanne den Zeigefinger an. Ich brauche den Abzug nur um ein paar Millimeter zu bewegen, dann ist alles aus.

Aus der Wohnung dringt ein Schluchzen herüber.

Ich lasse den Arm sinken und gehe schwankend hinein.

Es herrscht furchtbares Chaos. Überall offene Schubladen. Der Boden voll schimmernder Flecken, die allmählich gerinnen. Das Mädchen ist nicht mehr da.

Ich muss ihrer Spur nicht lange folgen. Sie sitzt im Badezimmer, zusammengekauert in der Duschkabine. Sie versucht vor mir fortzukriechen, doch die Kabinenwand hindert sie daran. Überall Blut: auf den Kacheln, in der Wanne, an ihren Händen, in ihren Haaren. Am Boden liegen Handtücher, darauf irgendwelche widerlichen Gewebsfetzen, die alles tiefrot färben …

Ausgeweidet ist sie, so wie ich, wie diese Wohnung. Darin gleichen wir uns in diesem Moment.

»I-ich habe … B-blut … Ich … Ich habe es v-verloren … B-bitte nicht mehr … Bitte …«

»Das war ich nicht …«, versuche ich sie zu beruhigen und komme mir vor wie ein Idiot. »Wirklich, ich war nicht dabei. Ich werde Ihnen nichts tun.«

Für sie sind wir alle gleich, denke ich plötzlich, und fühle mich plötzlich mir selbst entfremdet. Solange wir diese Maske tragen, sind wir alle gleich. Also war ich doch dabei.

Ich setze mich auf den Boden. Ich will das Apollogesicht absetzen, wage es aber nicht.

»W-wolf? Ist er tot?«

Dabei hat eigentlich alles nicht schlecht begonnen. Man hat mich hierhergeschickt, um einen Terroristen sowie die Zeugin der Operation zu beseitigen. Zu diesem Zweck hat man mir den

Befehl über eine Gruppe Unsterblicher erteilt. Was ist dabei herausgekommen? Der Terrorist ein nörgelnder Intellektueller, die Zeugin ein verheultes Elend, die mir anvertraute Truppe eine Bande notgeiler Sadisten und ich selbst ein Waschlappen und Nervenbündel. Der Terrorist ist nach wie vor auf freier Wildbahn, mein Kontrolldouble ist in ein sabberndes Koma gefallen, und die Zeugin hat überhaupt nichts mitgekriegt. Außerdem hatte sie einen Abgang, also gibt es jetzt nicht mal mehr eine Begründung, warum ich ihr eine Spritze geben sollte, geschweige denn sie abknallen. Das ist heute eindeutig nicht mein Tag.

»Nein.«

»Haben d-die ihn mitgenommen?«

»Ich habe ihn gehen lassen.«

»W-wo ist er?«

»Ich weiß nicht. Er ist weg.«

»W-weg?« Sie ist verwirrt. »Und ich? K-kommt er nicht zurück, um m-mich zu holen?«

Ich hebe die Schultern.

Zitternd umschlingt sie ihre Knie. Sie ist ganz nackt, aber sich dessen nicht bewusst. Ihr Haar ist wirr, verklebt, blutrote Eiszapfen hängen daran. Ihre Schultern sind zerkratzt, die Augen gerötet. Annelie. Sie war ein schönes Mädchen, bis sie unter die Dampfwalze kam.

»Sie sollten zum Arzt gehen«, sage ich.

»M-musst du mich etwa … n-nicht mehr …?«

Ich schüttele den Kopf. Annelie nickt.

»Was g-glaubst du«, fragt sie. »H-hat er das ernst gemeint m-mit der … Abtreibung?«

»Keine Ahnung. Das müssen Sie schon selbst herausfinden.«

»Es ist sein Kind«, sagt sie auf einmal. »Es ist von Wolf.«

Ich versuche die blutige Masse auf dem Handtuch nicht anzusehen.

»Er ist ein Terrorist. Er heißt gar nicht Wolf.«

»Er hat mir gesagt, dass er dieses Kind will.«

Ihre Ohrläppchen sind aufgerissen und bluten; wahrscheinlich trug sie Ohrringe. Sie hat kantige Wangenknochen; ohne die hätte ihr Gesicht ideale Proportionen, wie von einem hochpräzisen Molekulardrucker hergestellt. Aber dann wäre es zu ebenmäßig. Diese dünnen, geschwungenen Augenbrauen … Könnte ich sie berühren, mit meinem Finger darüberfahren …

Tränen laufen über braunen Schorf, sie verschmiert sie mit den Fäusten.

»Wie heißt du?«

»Theo«, antworte ich. »Theodor.«

»Kannst du jetzt gehen, Theodor?«

»Du musst zum Arzt.«

»Ich bleibe hier. Er wartet sicher, bis ihr alle weg seid. Er wird mich erst holen, wenn du gegangen bist.«

»Ja … Ja.«

Ich stehe auf, aber dann zögere ich.

»Hör mal … Eigentlich heiße ich Jan.«

»Kannst du jetzt bitte gehen, Jan?«

Im Gang muss ich zum ersten Mal daran denken, was mir der Hüne gesagt hat: Alle Zugänge der Wohnung sind überwacht. In allen möglichen Winkeln sind Kameras montiert. Während ich also mit Rocamora diskutiert habe, ob ich ihm das Hirn auspusten soll oder nicht, hat jemand anders sich diese Reality-Show angesehen und vielleicht sogar noch Popcorn dazu gefuttert.

Mit dem Kinderbuch, in dem man das verirrte Häschen durchs Labyrinth lotsen muss, bin ich damals besser zurechtgekommen. Ich klapperte einfach alle Sackgassen und Winkel ab und brachte den armen Tropf am Ende sicher nach Hause. Die Kleine war jedenfalls total happy. Sie gab mir sogar einen Kuss, aber wegen der Maske spürte ich natürlich nichts. Später kam das Sonderkommando und nahm sie mit.

Wenn hier überall Kameras sind, ist es dann nicht egal, in welche ich blicke?

Ich mache einen Knicks, werfe meine Maske in den Ranzen und gehe.

Macht das Licht aus. Die Vorstellung ist zu Ende.

VII · GEBURTSTAG

Die Sonne ist fast abgekühlt: Man kann sie berühren, ohne Angst haben zu müssen, dass man sich verbrennt. Der Wind ist nicht zu spüren, aber er ist doch da: Er schwingt die Kokons der Hängesitze sanft hin und her, als betrachte er sie nachdenklich.

Warme Luft fließt um mein Gesicht.

Das Haus mit seinen riesigen, offen stehenden Fenstern, in denen Gardinen wehen, und mit der vanillefarbenen Fassade, die beinahe mit dem Himmel verschmilzt – dieses Haus atmet, es lebt. Auf den dunkel gebeizten Dielen der Veranda wärmt sich die Katze. Die Umgebung, sowohl die gewölbten Hügel mit den kleinen Kapellen darauf – wie Brüste mit gepiercten Nippeln – als auch die dunklen Niederungen und die erigierten Säulen der Zypressen, all das versinkt nun langsam im Blau der Nacht.

Die Gestalt, die sich in einen der beiden Kokons schmiegt, hat kaum Gewicht; dem Wind fällt es nicht schwer, sie zu schaukeln. Obwohl der zweite Sitz leer ist, schwingen beide mit der gleichen Amplitude. Es ist eine junge Frau. Mit verträumtem Blick liest die Schöne ein Buch. Sie hat die Beine angezogen und sich behaglich in eine Geschichte eingehüllt. Ihre Lippen deuten ein Lächeln an, gleichsam das Spiegelbild eines Lächelns in leicht schwankendem Wasser.

Ich erkenne sie.

Das dunkelblonde, schulterlange Haar, der schräg geschnittene Pony, die schmalen Handgelenke, so schmal, dass es für diese Größe kaum Handschellen geben könnte.

Annelie.

Jetzt, so frisch und unversehrt, ist sie einfach hinreißend.

Und sie ist mein. Mein nach Recht und Gesetz.

Bevor ich mich ihr nähere, mache ich einen Rundgang um das Haus. An der Vortreppe lehnt das kleine Fahrrad mit dem Chromlenker und der glänzenden Klingel. Die Eingangstür ist nicht abgeschlossen. Ich steige die Treppe hinauf und trete ein.

Der Boden ist aus dunklen Keramogranit-Platten, an den schokoladefarben gestrichenen Wänden hängen abstrakt meditative Bilder, die Möbel sind einfach und elegant, jedes Teil gleichsam mit einer einzigen Linie gezeichnet.

Nur von außen scheint das Haus aus rechten Winkeln zu bestehen; im Inneren fehlen die Ecken völlig. Eine flache Liege – rund, mit dunklem senffarbenem Filz bezogen – lädt ein, sich darauf niederzulassen. Dazu ein runder Esstisch aus schwarzem Spiegelglas sowie drei Holzstühle mit Ledersitzen. Grüner Tee in einer kleinen durchsichtigen Kanne. Eine getrocknete exotische Blüte hat sich in dem Aufguss entfaltet.

Etwas reizt meine Netzhaut. Ich bleibe stehen und kehre zurück zu …

Einem Kruzifix an der Wand. Das Kreuz ist höchstens handtellergroß, aus irgendeinem dunklen Material, und keinesfalls vollkommen: Alles daran wirkt irgendwie schief, das Kreuz und die daran genagelte Gestalt fühlen sich nicht glatt an, sondern scheinen aus Tausenden winziger Kanten zu bestehen. Als wären sie nicht aus einzelnen Kompositmolekülen zusammengesetzt, sondern – wie in alten Zeiten – mit einem Messer geschnitzt. Ist das etwa … Holz? Auf der Stirn trägt die Gestalt einen Kranz, wie ein Stück Stacheldraht, aber vergoldet. Geschmacklos, das Ganze.

Und doch kann ich den Blick nicht abwenden; wie verzaubert betrachte ich diese Figur, bis ich auf einmal einen Stupser an meinem Bein spüre.

Es ist ein Spielzeugroboter, der auf dem Fußboden herumkurvt und dabei einen ziemlich dümmlichen Singsang von sich gibt. Sein Robotergesicht ist mit einer Folie überklebt, auf die jemand eine fröhliche Miene gemalt hat. Während der Roboter weiterrollt, stößt er noch gegen ein halb zusammengebautes Modell eines intergalaktischen Albatros und stolpert über einige auf dem Boden herumliegende Teile.

Wer hat ihn eingeschaltet? Und wer hat dieses Sternenflieger-Modell nicht zu Ende gebaut?

In einer Ecke führt eine Treppe ins obere Stockwerk: Die Stufen sind nur auf einer Seite an der Wand befestigt – blickt man von der Seite darauf, so scheinen sie in der Luft zu hängen. Von oben dringt irgendwelches Geklapper herab. »Peng-peng«-Rufe mischen sich mit hohem, kindlichem Gelächter.

Ich blicke nach oben und lausche den Stimmen. Am liebsten würde ich die Treppe hinaufgehen, um demjenigen zu begegnen, der dort oben spielt … Aber ich weiß, dass ich das nicht darf.

Ich durchquere den Flur und trete ans Fenster.

Die Stirn gegen die Scheibe gelehnt, betrachte ich die Frauengestalt, die im Wind hin- und herschwingt wie ein Pendel.

Ich lächle.

Mein Lächeln ist eine Spiegelung ihres gespiegelten Lächelns in einem schwarzen Spiegel.

Sie sieht mich nicht, zu sehr ist sie in diese Geschichte vertieft, die sich ein Fremder ausgedacht hat. Die Buchstabenkringel fallen von oben nach unten über den Bildschirm ihres Readers wie winzige Kristalle durch den Glaskolben einer Sanduhr. Sie kommen aus dem Nichts und fallen ins Nichts hinab, und sie wandert ziellos durch diesen Treibsand, als gäbe es für sie nichts anderes auf dieser Welt.

Annelie sieht mich nicht – und auch sonst niemanden. Niemanden von denen, die sie gerade im Verborgenen beobachten.

Ich drücke die Tür auf, die zur Veranda hinausführt.

Wie absichtlich lässt sie der Wind besonders laut zufallen, und erst jetzt bemerkt sie mich. Sie setzt sich auf und lässt die Beine auf den Boden herab.

»Annelie?«, rufe ich ihr zu.

Sie umfasst mit beiden Armen ihren Körper.

»Wer sind Sie?«, fragt sie mit zitternder Stimme. »Kenne ich Sie?«

»Wir haben uns einmal getroffen.« Ich gehe ohne Hast auf sie zu. »Seit damals gehen Sie mir nicht mehr aus dem Kopf.«

»Ich erinnere mich aber nicht an Sie.« Sie steigt aus dem Sessel wie ein Kind von einer Schaukel.

»Vielleicht weil ich damals eine Maske trug?«, sage ich.

»Sie tragen auch jetzt eine Maske.« Annelie macht einen Schritt zurück, aber hinter ihr ist eine Brüstung.

»Was wollen Sie hier? Weshalb sind Sie gekommen?«

»Ich habe mich nach Ihnen gesehnt.«

Sie trägt ein bequemes, hübsches Kleid – eine Art Negligé, aber ganz schlicht –, das ihr bis zu den Knien reicht, die Ärmel gehen bis zu den Ellenbogen. Es lässt nichts erkennen, aber das ist auch nicht nötig: Für diese Knie würde ich alles in der Welt geben. Ihr schlanker, beinahe kindlicher Hals … Eine Arterie zeichnet sich ab, wie ein dünner Zweig.

»Sie machen mir Angst.«

»Das muss nicht sein«, entgegne ich, noch immer lächelnd.

»Wo ist Nathaniel?«

»Wer?«

»Nathaniel. Mein Sohn.«

»Ihr Sohn?«

Ihre Pupillen beben panisch. Begreift sie es wirklich nicht?

Annelies Blick ist über meine Schulter auf das Haus gerichtet. Ich drehe mich um. Es wird bereits dunkel, aber in den Fenstern des oberen Stockwerks ist kein Licht zu sehen. Das »Peng-peng« ist verstummt, auch das lachende Echo ist nicht mehr zu hören. Das obere Stockwerk ist leer.

»Er ist nicht da.«

Sie bleibt stehen. »Was … Was ist passiert?!«

»Er …« Ich zögere, weiß nicht, wie ich es ihr erklären soll.

»Reden Sie schon!« Sie ballt die Fäuste. »Ich fordere eine Erklärung?! Was ist mit ihm passiert?!«

»Er wurde nie geboren.«

»Sie … Was für ein Unsinn! Wer sind Sie?!«

Ich hebe beschwichtigend die Hände.

»Sie hatten einen Abgang. Im dritten Monat.«

»Einen Abgang? Wie kann das sein? Was reden Sie da?!«

»Es gab einen Zwischenfall. Eine Verletzung. Erinnern Sie sich nicht?«

»Woran soll ich mich erinnern?! Hör sofort auf damit! Nathaniel! Wo bist du?!«

»Beruhige dich, Annelie!«

»Wer bist du, frage ich?! Nathaniel!«

»Schsch …«

»Hör auf! Lass mich los!«

In ihrer wilden Verzweiflung wirkt sie noch verführerischer. Ich packe sie an den Haaren, presse meinen Mund auf ihre Lippen – sie beißt mir auf die Zunge, mein Mund füllt sich mit etwas Heißem und Salzigem, und das macht mich erst recht verrückt nach ihr.

Ich ziehe sie über den Rasen auf das verlassene Haus und die Veranda zu.

Mehrere Augenpaare verfolgen das Geschehen durch die Sehschlitze ihrer Masken, unsichtbar in der Dunkelheit, die nun über uns hereingebrochen ist. Sie verfolgen es unablässig, ihre abwartende Haltung hat etwas Forderndes. Ihre Blicke stacheln mich zusätzlich an. Ich tue, was sie alle tun wollen.

Ich schleppe sie über die Stufen nach oben, auf die Veranda, wie auf einen Opferaltar. Jetzt liegt sie mit dem Rücken auf den Bohlen, und ich wälze mich auf sie, damit sie nicht davonkriecht. Ruckartig breite ich ihre Arme aus, bin kaum noch in der Lage mich zu beherrschen, suche nach einem Reißverschluss, dann halte ich es nicht mehr aus und reiße an ihrem Kleid. Der Stoff gibt nach. Ich bin steinhart, drücke mich gegen sie. Kleine Muskelhöcker unter samtener Haut, ein hervorstehender Nabel, irgendwie hilflos wirkende Brustwarzen.

Sie wehrt sich schweigend, aber mit wildem Zorn.

»Komm schon …«, flüstere ich ihr zu. »Ich liebe dich doch …«

Ihr Baumwollhöschen ist sommerlich leicht. Ich will mit meiner Hand dorthin, doch kaum habe ich meinen Griff um ihr schmales Handgelenk gelöst, als Annelie bereits ihre Fingernägel in meiner Wange vergräbt. Sie windet sich noch mehr, versucht mich abzuschütteln, unter mir hervorzukriechen …

Meine Wange brennt. Ich fasse hin und ertaste meine Bartstoppeln sowie die bereits anschwellende Signatur ihrer Krallen … Ich trage keine Maske! Wo ist sie?

Die, die uns aus der Dunkelheit beobachten, lachen jetzt vermutlich über meine Ungeschicklichkeit.

»So läuft das nicht!«, fauche ich. »Hörst du?! So läuft das nicht!«

Ich müsste sie irgendwie fesseln … sie befestigen … Aber wie?!

Da fällt mir ein, dass in meinem Rucksack einige erstklassige Nägel sowie ein Hammer herumliegen. Das ist die Lösung.

»Hör auf herumzuzappeln! Schluss jetzt! Sonst muss ich …«

Sie hat gar nicht die Absicht, mir zu gehorchen, sondern dreht und windet sich weiter und stößt dabei kaum verständliche, verzweifelt wütende Laute hervor. Ich lasse die Nägel auf die Veranda fallen und klemme einen davon zwischen die Lippen – wie ein Schreiner.

In einem geeigneten Augenblick setze ich die vierkantige Spitze auf ihre schmale Handfläche, hole aus und schlage zu, während ich gleichzeitig versuche in sie einzudringen …

»Gefällt dir das? … Gefällt dir das, du Schlampe?! Na-a-a?!«

»Aah!!!«

Endlich schreit sie – ohrenbetäubend laut. Aber es ist kein hohes Kreischen, sondern ein kehliger Aufschrei – tief, rau und männlich.

Ein furchtbares, satanisches Brüllen, von dem ich schließlich aufwache.

Es ist mein eigenes Schreien.

»Licht! Licht!«

Die Leuchtdecke geht an. Ich setze mich auf.

Ich habe einen Riesenprügel in der Hose, mein Herz klopft wie wild. Das Kissen ist völlig durchnässt. Ich schmecke Salziges im Mund. Ich taste nach meinen Lippen – meine Finger sind rot verschmiert. Doch damit nicht genug: Die Wände meines Kubus beginnen sich aufeinander zuzubewegen, als wollten sie mich zerquetschen.

Auf dem Tischchen liegt das angebrochene Päckchen Schlafmittel. Ich habe es selbst gekauft, das weiß ich noch ganz genau! Also was …

»Diese verdammten Trottel!«

Ich fresse doch nur deshalb diese Scheißtabletten, damit ich wenigstens im Schlaf meine Ruhe habe. Wenn mir das Träumen Spaß machte, könnte ich eine Menge Geld sparen. Aber ich zahle brav, und zwar dafür, dass es dunkel wird, sobald ich die Augen schließe! Haben diese Schweine etwa die Orphinorm-Dosis in meinen Tabletten herabgesetzt? Wozu? Um ein paar Cents zu sparen?

Nur mit Mühe unterdrücke ich meine Wut und beginne die chemische Zusammensetzung auf der alten und der neuen Schlafmittelverpackung zu vergleichen … Alles stimmt überein. Die Dosis ist die gleiche wie immer.

Also ist es nicht ihre Schuld. Es liegt an mir: Meine Dosis genügt mir nicht mehr, ich habe mich an sie gewöhnt. Ab morgen nehme ich zwei Pillen statt einer. Oder drei. Von mir aus auch das ganze Päckchen.

Wozu eigentlich auf morgen verschieben, was ich heute schon besorgen kann?

Ich schlucke zwei Kugeln.

Bevor ich wegnicke, fällt mir auf einmal wieder ein, was ich zu Annelie sagte, bevor ich sie auf der Veranda festnagelte. Zum ersten Mal in meinem Leben habe ich tatsächlich jemandem meine Liebe gestanden.

Der Wecker klingelt. Ich stopfe ihm erst mal das Maul.

Wer beim ersten Strahl der Sonne aufgeknüpft werden soll, steht wahrscheinlich auch nicht gern auf. Zwar ist in Europa die Hinrichtung als Todesursache längst abgeschafft, aber besonders Gutes blüht mir heute trotzdem nicht. Ich denke ernsthaft nach, ob ich nicht noch ein paar Schlafpillen einwerfen soll. So könnte ich ein oder zwei Tage vorspulen, bis mich mein Vaterland wirklich so dringend braucht, dass man mich holen kommt.

Aber dann spüre ich doch Panik, die Müdigkeit verzieht sich und lässt mich allein in meiner engen Koje zurück – verschwitzt und wütend auf mich selbst. Einen Befehl nicht auszuführen kann richtig ungemütlich werden. Ich Idiot habe gestern einen Augenblick lang einfach die Bodenhaftung verloren. Schuld daran waren ein idiotischer Anfall von gerechtem Zorn und Edelmut. Sicher hat das Adrenalin, mit dem ich vollgepumpt war, auch seinen Beitrag dazu geleistet. Kein Wunder, dass mir von dieser dreifachen Überdosis heute der Schädel brummt.

Ich kann es förmlich sehen, wie das goldene Tor zum Reich der Auserwählten direkt vor meiner Nase zufällt. Schon brauen sich über mir Gewitterwolken zusammen, die mir für immer die Sicht auf jene magischen fliegenden Inseln verdecken. Genauso wie mich Schreyer der Vergessenheit entrissen hat, werde ich wieder in ihr versinken.

Doch da fällt mir ein, was ich mit Nr. 503 gemacht habe.

Nein. Das werden sie mir nicht durchgehen lassen. Die Hand gegen einen Bruder zu erheben …

Da spielt es keine Rolle, dass die europäischen Gerichte inzwischen ach so human geworden sind. Die Unsterblichen haben ihre eigene Inquisition, ihre eigenen Tribunale. Die Medien beschweren sich zwar ständig, dass uns niemand für unsere Taten bestraft, aber das ist völliger Quatsch. Was sie als Strafen bezeichnen, fühlt sich für uns an, als ob dir dein Vater mal mit dem Riemen eins überzieht. Auch wenn wir gegen die Gesetze der einfachen Menschen vielleicht geimpft sind – gegen unseren Kodex ist niemand immun.

Und doch … Irgendwie bin ich froh, dass ich sie nicht umbringen musste.

Annelie.

Ein Klimpern auf dem Kommunikator.

Das sind sie.

An der Wand zeigt sich das Bild eines mir unbekannten Schönlings in einem schillernden Anzug. Sein strenger Blick macht mir keine Angst. Der feine Pinkel gehört ganz sicher nicht zu uns – niemand von uns würde sich so schwul anziehen. Vor allen anderen habe ich keine Angst.

»Ich bin Senator Schreyers Assistent«, sagt der Schillernde.

Wie viele solcher Assistenten Schreyer wohl hat? Ich nicke abwartend.

»Herr Schreyer möchte Sie heute Abend zum Essen einladen. Wären Sie verfügbar?«

»Ich gehöre mir nicht«, antworte ich.

»Sie sind also verfügbar«, sagt er zustimmend. »Das Abendessen findet im Turm Zeppelin statt, im Restaurant Das Alte Fachwerkhaus.«

Kein Name, den man sich leicht merkt. Nachdem sich der Geck wieder abgeschaltet hat, muss ich erst mal mein Terminal nach den Namen sämtlicher Restaurants im Zeppelin befragen. Aber ich bin ganz froh darüber. Das lenkt wenigstens ein bisschen ab.

Während ich nachforsche, läuft über den Bildschirm eine Nachrichtenzeile:

Blitzmeldung: Die Sprengkraft der Bombe, die die Polizei heute in den Escher-Gärten entschärfen konnte, hätte ausgereicht, um den ganzen Oktaeder in Schutt und Asche zu legen!

Hallo, Rocamora.

Während ich die Gastronomieseiten durchblättere, denke ich darüber nach, warum mich Schreyer eingeladen hat. Warum diesmal ein öffentlicher Ort, ein Restaurant. Und wer weiß, vielleicht komme ich ja noch vor diesem Abendessen vors Tribunal.

Den Nachmittag verbringe ich im Gymnasium.

Laufen, Boxen, was immer. Hauptsache, mein Kopf bleibt leer. Neben mir eine ganze Armee von Menschen, die ebenfalls die Gedanken aus ihrem Hirn pumpen und durch frisches Blut ersetzen wollen. Zwanzigtausend Laufbänder, drei Hektar Krafttraining, tausend Tennisplätze, fünfzig Fußballfelder, eine Million trainierte Körper. Und das wahrscheinlich in jedem dritten Turm.

Der Impfstoff hat uns ewig jung gemacht, aber Jugend ist nicht gleich Kraft und Schönheit. Kraft erlangt derjenige, der sie aufwendet, Schönheit hingegen ist ein endloser Kampf gegen die eigene Missgestalt, mit der man sich nie auch nur einen Augenblick abfinden darf, denn dies käme einer Niederlage gleich.

Ob Fettleibigkeit oder Magersucht, Haarverlust oder Akne, Buckel oder X-Beine – all das ist widerlich und schändlich. Wer seinen Körper nicht pflegt, wird wie ein Aussätziger behandelt. Ekelhafter und peinlicher ist tatsächlich nur noch – das Alter.

Der Mensch hat sich äußerlich wunderschön und körperlich vollkommen erschaffen. Wir müssen uns schließlich der Ewigkeit würdig erweisen. Einst, so heißt es, war Schönheit die Ausnahme von der Regel und erregte allgemein Aufmerksamkeit. Heute ist sie die Norm. Schlechter ist die Welt deswegen jedenfalls nicht geworden.

Die Gymnasien sind somit nicht nur ein Ort der Ablenkung. Sie helfen uns, Menschen zu bleiben.

Ich gehe an mein Laufband: Nr. 5300. Die Trainingsgeräte stehen zwar in einer Reihe mit dem Gesicht zur Wand, sind aber alle mit Projektionsbrillen und schallschluckenden Kopfhörern ausgestattet. So ist jeder in seiner kleinen Welt, keiner fühlt sich beengt, und obwohl alle nur gegen eine Wand anrennen, befindet sich doch jeder im Land seiner Träume.

Auch ich setze mein Headset auf. Mal sehen, was in den Nachrichten kommt.

Eine Reportage – schon wieder aus Russland. Dort scheint sich ja ganz schön was zusammenzubrauen. Die Kamera hat eine Leiche im Visier. Wie beruhigend: Jemand hatte also einen noch schlechteren Tag als ich. Zuerst will ich nach einem fröhlicheren Programm suchen, doch dann schlägt mich der Tod in seinen Bann. Ich lasse die Nachrichten weiterlaufen, will genau wissen, was dort eigentlich los ist.

Es ist eine von diesen neumodischen Augenzeugen-Reportagen. Der Zuschauer ist sozusagen unmittelbar an den Ereignissen beteiligt. Alles ist so aufgenommen, als wäre ich selbst in dieser Todeszone gelandet. Der bärtige Korrespondent ist mein persönlicher Fremdenführer, der mich wie seinesgleichen über die Lage informiert. Wir sitzen gemeinsam an einem aus groben Brettern zusammengenagelten Tisch in einem winzigen Zimmer, dessen Wände aus einem seltsam braunen, ungleichmäßigen Material bestehen. In einer verbeulten Metallschüssel in der Mitte des Tisches dampft eine giftig aussehende Brühe, in die irgendwelche völlig verwilderten Barbaren ihre Löffel tauchen, und zwar nach einer ganz bestimmten, schwer zu durchschauenden, aber offenbar hierarchischen Reihenfolge. Mich bedenken sie dabei mit schrägen, misstrauischen Blicken, aber den Bericht des Reporters unterbrechen sie nicht.

»Dass die Bevölkerung in Russland nie gegen den Tod geimpft worden ist, weißt du noch, oder? Eigentlich seltsam, wenn man bedenkt, dass der Impfstoff hier erfunden wurde. Daran erinnert man sich heute nur noch selten. Die Russen haben den Impfstoff nach Europa und Panamerika verkauft, ihn aber im eigenen Land aus irgendeinem Grund nie eingeführt. Es hieß damals, dass das Volk noch nicht dazu bereit sei, dass man zu wenig über die Folgen und Nebeneffekte wisse, schließlich habe das ja mit Gentechnik zu tun, und dass man den Stoff erst mal an Freiwilligen testen müsse, und so weiter. Allerdings nahmen sie als Freiwilligen nicht jeden X-Beliebigen. Wer genau die Impfung bekommen hatte, wurde zunächst geheim gehalten. Menschenversuche sind ja ein schwieriges Kapitel – da kommt die Ethik ins Spiel … Anfangs wurde das Ganze noch aufmerksam verfolgt, aber dann verlor die Öffentlichkeit allmählich das Interesse. Offiziell hieß es, das Experiment sei nicht wie gewünscht verlaufen, es sei noch zu früh, den Impfstoff der ganzen Bevölkerung zur Verfügung zu stellen …«

Plötzlich: ein Offiziersgürtel, durch einen weit aufgerissenen Mund gezogen. Blutig gebissene Lippen. Schreckgeweitete Augen. Der Blick einer Antilope – Horror und Demut zugleich. Die Arme auf dem Rücken. Bleiche Hinterbacken, darauf leuchtend rote Streifen von lüsternen Fingern. Ein schwarzer Schatten, wie angewachsen an dem zarten weißen Fleisch, er reißt es mit brutalen Stößen auf, befriedigt sich an ihrem Schmerz und hebt die nach hinten gebeugten Arme immer höher und höher. Hastige, zuckende, tierische Bewegungen. Sie schüttelt sich, ächzend und schreiend.

Ich stelle lauter, um ihr Schreien zu übertönen – genauso wie es gestern derjenige tat, der sie vergewaltigte. Die Stimme, die mir in die Ohren dröhnt, verstopft allmählich meine Gedanken.

»… Damals war Russland bereits ein abgeriegeltes Land, der nationale Rückzug ins Offline – so die offizielle Bezeichnung – war bereits vollzogen, und was die Nachrichten aus dem Westen anging, so hatte man einen sogenannten moralischen Filter eingerichtet. Wenn die Machthaber etwas für amoralisch hielten, so erfuhr in Russland niemand davon. Zum Beispiel, dass man in Europa bereits Menschen gegen das Altern impfte, und dass man damit fantastische Ergebnisse erzielte. Stattdessen ließ man in den Medien verkünden, das russische Experiment habe mit einer Tragödie geendet.«

Draußen rumst etwas, der Tisch springt leicht in die Höhe, und von der niedrigen Zimmerdecke fällt Staub direkt in den Topf mit dem Gebräu. Die Barbaren springen auf, greifen nach rostigen, gezackten Säbeln, einer von ihnen öffnet eine Luke in der Decke, und Licht dringt herein. Stirnrunzelnd krault sich mein Reporter den Bart, fischt aus dem Dickicht etwas Lebendes heraus und zerdrückt es mit dem Fingernagel. Er sieht selbst aus wie einer dieser Wilden. Wirklich sehr realistisch, das Ganze. Diesem Typen bin ich bereit zu glauben.

Einer der Wilden blickt nach draußen, winkt ab und kehrt an den Tisch zurück. Der Bärtige wendet sich mir erneut zu und spricht weiter.

»Das Land exportierte den Impfstoff in rauen Mengen, während die Russen weiter alt wurden und starben. Fast alle. Nach etwa zwanzig Jahren begannen einige zu bemerken, dass die politische und finanzielle Elite Russlands – ein sehr enger Kreis, vielleicht ein paar Tausend Leute – nicht nur nicht starben, sondern keinerlei Anzeichen normaler Alterungsprozesse aufwiesen … Der Präsident, die Regierung, die sogenannten Oligarchen, die obersten Ränge der Armee und der Geheimdienste … Zeitzeugen behaupteten, dass diese Personen sogar immer jünger würden. Das Gerücht machte die Runde, dass die angeblichen Opfer des Impfexperiments, deren Namen nach wie vor streng geheim gehalten wurden, in Wirklichkeit gar keine Opfer waren. Dass die russischen Machthaber diesen Verjüngungsversuch an sich selbst durchgeführt hatten. Die staatlichen Medien dementierten dieses Geschwätz natürlich sofort und präsentierten dem Volk einen gealterten Präsidenten – jedoch nur auf dem Bildschirm. In der Öffentlichkeit wurden er und seine Entourage fortan nicht mehr gesehen. Überhaupt wurden damals direkte Kontakte zur Bevölkerung auf ein Minimum heruntergefahren. Die Herrscher verließen den Kreml – das ist die Festung im Zentrum von Moskau – so gut wie gar nicht mehr. Auch wenn der Präsident formal alleiniges Staatsoberhaupt war, wurde nun in allen Reden an die Nation nur noch die kollektive Form ›wir‹ verwendet, ohne genauer zu erklären, wer eigentlich im Land noch die Entscheidungen traf. Im Volk nannte man diese Gruppierung irgendwann die Große Schlange. Und diese Große Schlange ist hier nun schon seit mehreren Jahrhunderten an der Macht.«

Einer der Barbaren hat wohl ein paar Worte verstanden und hält mir nun den Rest einer Flagge unter die Nase: die symbolische Abbildung eines Drachen, der seinen eigenen Schwanz verschlingt. Offenbar die im Kampf eroberte Standarte des Feindes. Der Bärtige spuckt auf den Drachen, schleudert ihn zu Boden, trampelt darauf herum und stößt in seinem knorrigen

Idiom Flüche aus, die nur aus den Lauten »R«, »Sch« und »Tsch« zu bestehen scheinen. Der Reporter beobachtet den Wilden voll Anteilnahme und lässt ihn aussprechen, bevor er sich erneut der Kamera zuwendet.

»Heute beträgt die durchschnittliche Lebenserwartung in Russland zweiunddreißig Jahre. Aber diese Leute hier sind davon überzeugt, dass das Land noch immer von der gleichen Führung regiert wird wie vor vierhundert Jahren.«

Interessant.

Wirklich interessant. Diese russischen Reportagen haben ein ähnliches Suchtpotenzial wie Vorabendserien. Wenn ich es morgen noch mal ins Fitnessareal schaffe, werde ich mir diesen Trash wieder reinziehen.

Bis zum Ende meines Trainings denke ich nicht mehr an Annelie. Und vor allem denke ich nicht mehr darüber nach, warum ich an sie gedacht habe.

Der Zeppelin-Turm sieht eher aus wie eine alte Fliegerbombe, die sich noch vor der Explosion mit ihrer Spitze in den Boden gebohrt hat. Er ist nicht allzu hoch, höchstens einen Kilometer, aber dafür einfarbig, asketisch, eisern und düster, zudem von einer undurchdringlichen deutschen Ernsthaftigkeit, der Schwerpunkt wenn nicht der ganzen Welt, so doch der näheren Umgebung. Irgendwo hier, heißt es, erstreckte sich einst das alte Berlin, und es sieht so aus, als könnte der Zeppelin es jeden Augenblick in Schutt und Asche verwandeln. Auf einem seiner dekorativen Raketenflügel befindet sich – ganz oben – das Alte Fachwerkhaus.

Der Aufzug hier ist ultramodern und geräumig. Die Kabine hat eine einzige, rundumlaufende Wand als Projektionsfläche. Während ich also mit einer Beschleunigung von 2G nach oben fliege, gaukelt mir der Aufzug vor, dass ich mich in einer weißen Laube aus Gips in einem sommerlichen Park befinde. Sehr nett, vielen Dank.

Direkt am Ausgang empfängt mich eine Hostess in einem bayerischen Rollenspiel-Kleid. Ihr Dekolleté erinnert an ein Tablett, auf dem sich die deutsche Gastfreundschaft in all ihrer Pracht präsentiert. Seine Bestimmung ist es, den Betrachter in Bann zu ziehen.

Ich aber habe stattdessen einen Mann ohne Ohr vor Augen, der schlaff auf den Armen einiger Unsterblicher liegt. Ein dünner Speichelfaden läuft aus seinem offenen Mund … Zum Teufel mit ihm, sage ich mir. Sollen sie mich doch dafür kreuzigen, es war die Sache wert.

Nachdem das Dekolleté meinen Namen auf der Gästeliste gefunden hat (»Wissen Sie, bei uns muss man in der Regel eineinhalb Jahre im Voraus buchen«), segelt es voraus und lockt mich hinter sich her, durch einen Glastunnel, dessen Wände und Decke aus Wolkenwatte gemacht zu sein scheinen, zu einem überkuppelten alten Häuschen im traditionellen deutschen Stil: weißes Mauerwerk, durchkreuzt von dunklen Holzbalken, darüber ein schräges Ziegeldach. Eigentlich wäre an diesem Gemäuer nichts Besonderes, stünde es nicht direkt am Rand eines kilometertiefen Abgrunds.

Im Innern des Fachwerkhauses herrscht ungehemmte Ausgelassenheit. Da grölt einer aus voller Kehle ein Lied und schlägt dazu mit einem Maßkrug auf einen schweren Eichentisch, ein anderer poliert seinem Saufkumpanen am Ausschank die Schnauze. Zwischen langen Sitzbänken und Tischen hindurch balanciert ein Kellner in einer vorsintflutlichen Tracht – geschätzt 20. Jahrhundert – ein gebratenes Ferkel, während ihm ein wohlgenährter Herr auf allen vieren hinterherkriecht. Das Ferkel dürfte so viel kosten wie meine Monatsmiete – sofern es nicht eine am 3-D-Drucker hergestellte Attrappe ist. Ich gehe mal lieber von Letzterem aus, dabei ist mir wohler.

Wozu bin ich hier? Um Herrn Schreyer um Vergebung zu bitten, während er an irgendwelchen Schweinsöhrchen lutscht? Oder um den dressierten Tanzbären an der Kette zu spielen, damit seine gelangweilten Kompagnons etwas zu lachen haben?

Ich denke, ich bin zu allem bereit.

Jedenfalls führt man mich durch das ganze Tohuwabohu hindurch, bis wir die Separees erreichen. Eine Tür schmatzt hinter mir ins Schloss, und ich stehe direkt vor ihm.

Halbdunkel. Ein behagliches Kabinett mit einem kleinen Tisch, Ledersesseln, echten Kerzen. Goldgerahmte Porträts von irgendwelchen aufgedonnerten Lackaffen in Gehröcken. Der mit den dicken Lippen soll wahrscheinlich Bach sein. Die Klassiker also.

Auch die Tapete an drei Wänden hat ein klassisches Muster, die vierte Wand dagegen ist durchsichtig und gibt den Blick in den Saal frei. Erich Schreyer beobachtet das Treiben, als schaue er sich einen Gespensterball an oder ein historisches Video, dessen Protagonisten allesamt längst verstorben sind. Ihm gegenüber sitzt Helen. Keiner der beiden sagt ein Wort. Außer ihnen und mir ist niemand im Raum.

Mir ist das Ganze schon jetzt peinlich.

Schreyer fährt auf, wie aus einer Trance. »Ah, Jan.«

Vorsichtig nehme ich auf der Seite Platz. Helen lächelt mich an, als wäre ich ein alter Bekannter.

Was ist jetzt besser: gleich die Initiative zu ergreifen und mich zu rechtfertigen oder abzuwarten, welche Anschuldigungen er vorbringt?

»Das Fleisch ist hier sehr gut«, sagt Schreyer. »Und das Bier natürlich auch.«

»Das Letzte Abendmahl?« Diese Spitze kann ich mir nicht verkneifen.

Er grinst breit. »Erstaunlich, wie leicht dir dieses christliche Klischee von den Lippen geht. Für einen Mann deines Alters. Fühlst du dich schon zu Gott hingezogen?«

Ich schüttle lächelnd den Kopf. Wenn es mich zu dem alten Mann hinzieht, dann nur, um ihm ordentlich eins zu verpassen. Aber Gott ist ein Hologramm, da landest du nie einen Treffer.

Schreyer heftet seinen Blick wieder auf das Geschehen jenseits der Glaswand. »Früher einmal gab es ein ähnliches Restaurant in Berlin, das hieß Zum Wohl. Beim Hacke'schen Markt. Wir feierten dort immer den Geburtstag meines Vaters. Er bestellte jedes Mal Rinderbraten mit Kartoffelsalat. Immer dasselbe. Er war ein einfacher, wahrhaftiger Mensch. Damals schenkten sie dort selbst gebrautes Bier aus. Keine Ahnung, wann das genau war. Irgendwann Mitte des 20. Jahrhunderts.«

Ich dachte immer, dass ich meine Mimik im Griff habe und mich notfalls immer hinter meinem Lächeln verbarrikadieren kann. Aber Schreyer durchschaut mich sofort.

»Jaja«, sagt er schmunzelnd. »Ich bin schon weit über dreihundert. Ich bin ja auch einer der Pioniere, sozusagen.«

Er streicht über sein Gesicht – das Gesicht eines dreißigjährigen, vor Gesundheit strotzenden Mannes. Und es ist keine Täuschung: Diese Matrjoschka-Puppe ist auf der Außenseite tatsächlich dreißig Jahre alt.

»Sieht man mir nicht an, was?«

Der Kellner kratzt an der Tür. Schreyer bestellt einen Rinderbraten mit Kartoffelsalat. Ich tue es ihm gleich. Helen bestellt sich ein Glas Rotwein und irgendein Dessert.

»Mein Vater leitete damals eines der führenden Labors. Sein Forschungsgebiet waren Verfahren zur Verlängerung des Lebens und zur Überwindung des Todes. Er hat mich mit seiner Leidenschaft angesteckt … Aber für die Wissenschaft fehlte es mir an Sitzfleisch. Business und Politik dagegen – das ist mir schon immer leichtgefallen. Vater bekam damals zu wenig Mittel für seine Forschungen. Viele hielten seine Ideen für verrückt … Ich dagegen investierte in sein Labor alles, was ich hatte.«

Riesige Bierkrüge mit Schaummützen werden hereingetragen, und Helen bekommt ihren Wein kredenzt. Schreyer rührt nichts an.

»Er schwor, er sei nur einen Schritt von der Entdeckung der Formel entfernt, und anfangs glaubten ihm alle. Er war im Fernsehen, man schrieb über ihn, er wurde ein berühmter Mann. Doch die Jahre vergingen, und des Rätsels Lösung wollte sich einfach nicht einstellen. Erst lachte man ihn aus, dann geriet er allmählich in Vergessenheit. Aber Fanatiker wie er arbeiten nicht um des Ruhmes und auch nicht um des Geldes willen. Noch an seinem achtzigsten Geburtstag stopfte er in seinem Lieblingsrestaurant seine Portion Fleisch in sich hinein und machte meine Mutter glauben, es handele sich nur noch um ein paar Jahre, bis er den entscheidenden Durchbruch schaffen würde.«

Helen nippt an ihrem Wein, ohne auf uns zu warten. Schreyer achtet gar nicht darauf. Der Schaum in seinem Krug beginnt bereits zusammenzufallen.

»Ein Jahr später starb meine Mutter. Und ich hörte auf, ihm Geld zu überweisen.«

Ich rutsche auf dem Stuhl herum. Nicht, dass ich es nicht gewohnt wäre, Menschen die Beichte abzunehmen. Wenn du einen Injektor in Händen hast, schüttet dir so mancher gern sein Herz aus. Aber wenn ein Demiurg wie Schreyer dir sein Innerstes offenbart, macht einen das doch ein wenig verlegen.

»Er nahm meine Entscheidung sehr gefasst zur Kenntnis. Er bettelte nicht, verfluchte mich nicht und brach auch nicht den Kontakt ab. Nein, er dankte mir einfach für all die Jahre der Unterstützung, schloss sein Labor und entließ seine Angestellten. Dann schleppte er die nötigsten Gerätschaften in seine leere Wohnung und setzte dort seine Arbeit fort. Es war sein persönlicher Kreuzzug. Er versuchte seinem eigenen Tod zuvorzukommen. Seine Hände gehorchten ihm nicht mehr, sein Kopf funktionierte immer schlechter, in den letzten Jahren war er zudem an einen Rollstuhl gefesselt. Ein paarmal ließ ich meine Wut an ihm aus, schrie ihn an, er habe sich selbst und meiner Mutter das Leben zur Hölle gemacht. Aber wenn mich mein Gedächtnis nicht täuscht, habe ich ihm zumindest nie vorgehalten, er habe mein Geld zum Fenster hinausgeworfen. Aber ich bin natürlich auch schon über dreihundert Jahre alt, und die Erinnerung tendiert nicht selten dazu, das eigene Gewissen zu beschwichtigen.«

Nun werden auch der Braten und der Kartoffelsalat hereingetragen. Er rührt noch immer nichts davon an, das gute Stück Fleisch dampft vor sich hin und wird allmählich kalt. Schreyers Blick lässt mich vermuten, dass er in dem großen Saal tatsächlich Gespenster sieht. Er trommelt mit den Fingern auf den Tisch.

»Ich hatte damals einen triftigen Grund: Unser Unternehmen war gerade dabei, einen alten Konkurrenten aufzukaufen, also konnten wir jeden Heller brauchen. Schon damals fragte ich mich: Was hindert dich daran, ihm trotzdem weiterhin zu vertrauen? Einfach all die Rechnungen seines Labors weiter zu bezahlen? Vielleicht gelingt es ihm ja doch, diesen letzten Quantensprung zu machen und … und nicht zu sterben? Sich selbst unsterblich zu machen – und uns alle dazu? Aber damals glaubte ich schon nicht mehr an ihn. Ich hätte es wirklich gewollt – doch ich konnte mich nicht dazu durchringen.«

Schreyer seufzt. Aus dem Saal dringt lautes Gelächter herüber. Das Gebell einer Meute Rottweiler.

»Er starb mit sechsundachtzig Jahren. Noch am Tag seines Todes rief er mich an und schwor heilige Eide, er sei nur einen Schritt von der Entdeckung entfernt. Zwei Jahre später erhielten die Russen den Nobelpreis für ihre Experimente. Ihre Lösung des Problems hatte mit der meines Vaters überhaupt nichts gemein. Daraufhin ließ ich ein Gutachten über seine Arbeiten erstellen. Man teilte mir mit, er habe sich seinerzeit in eine Sackgasse manövriert. Also hatte ich letztlich doch recht, ihm die weitere Finanzierung zu verweigern. Vater hätte es ohnehin nicht geschafft … Er hätte es nicht gekonnt.«

Er lächelt und erwacht aus seiner Erstarrung. Endlich hebt er seinen Bierkrug, in dem sich der Schaum längst aufgelöst hat.

»Heute ist sein Geburtstag. Ich hoffe, du hast nichts dagegen, wenn ich auf sein Wohl trinke?«

Ich zucke mit den Achseln, und wir stoßen an. Ich nehme einen Schluck. Was für ein saures Zeug.

»Es schmeckt fast so wie damals …«, sagt Schreyer mit geschlossenen Augen. »Nicht ganz, und doch …«

Helen bittet den herbeigeeilten Kellner, ihr noch ein Glas zu bringen. Schreyer trinkt sein Bier mit kleinen Schlucken – langsam, ohne innezuhalten, leert er nach und nach den riesigen Krug. Sein Gesichtsausdruck ist merkwürdig, als ob er dabei überhaupt keinen Genuss empfindet, als ob er alles austrinken muss, koste es, was es wolle. Das letzte Viertel fällt ihm sichtbar schwer, aber er setzt den Krug erst ab, als er ihn vollkommen geleert hat. Dann sitzt er eine Weile schweigend da und starrt mit blassem Gesicht auf die Schaumfetzen am Boden des Maßkrugs. Ich werde das Gefühl nicht los, dass ich einem merkwürdigen Ritual beiwohne.

»Von allem, was ich bisher probiert habe, kommt dieses hier dem Original am nächsten. Das ursprüngliche Restaurant Zum Wohl ist vor zweihundert Jahren zusammen mit der Brauerei dem Erdboden gleichgemacht worden. Dort, wo es sich befand, ist heute einer der Pfeiler des Progress-Turms. Und all das hier …« – er streicht über den Eichentisch und berührt eine Kerze – »ist nur eine Fälschung. Kennst du das? Du träumst davon, wie du als Kind warst. Du folgst diesem Traum, packst deine Sachen und fährst los. Kehrst als erwachsener Mann zum Haus deiner Kindheit zurück, doch dort leben längst wildfremde Menschen. Sie haben alles nach eigenem Gutdünken eingerichtet, die Wände neu gestrichen und leben ihr eigenes Leben. Es ist unmöglich, in ein und dasselbe Haus zurückzukehren. Verstehst du?«

»Nein«, antworte ich lächelnd und schlucke mühsam den Kloß hinunter, der mir im Hals steckt.

Um ihn weiterzubefördern, schneide ich mir ein Stück Fleisch ab. Es ist inzwischen kalt geworden. Außerdem für meinen Geschmack viel zu zäh und ziemlich trocken. Wenn ich manchmal

Rindfleisch esse, zergeht es förmlich auf der Zunge. Dieses Kotelett muss man dagegen kauen, als wäre es tatsächlich einmal ein Stück vom Muskel eines Tieres gewesen. Sollte es am Ende sogar echt sein?

»Ach so … Nun ja, entschuldige bitte. Jedenfalls … Jedenfalls sieht hier zwar alles genauso aus wie früher, aber …« Er beginnt mit dem Messer auf seinem kalten Rinderbraten herumzusägen; ich höre Metall auf Porzellan quietschen. Dann führt er das schlaffe Stück Fleisch zum Mund und kaut.

»Nein, es ist nicht dasselbe. Dennoch gefällt es mir hier. Auch wenn es wohl kaum einen absurderen Ort für ein altes Fachwerkhaus gibt als das Dach eines kilometerhohen Turms, nicht wahr? Andererseits … Anderseits ist es doch irgendwie … als ob sich dieser alberne Gasthof mitten im Himmel befindet. Als wäre ich bei meinem Vater zu Gast. Um zu feiern.«

Er schmunzelt selbst über seine Dummheit und nimmt noch einen Schluck aus seinem Bierkrug.

»Ich …«, sage ich gedehnt, ohne den Blick von meinem Teller zu heben. »Ich verstehe nicht ganz, warum … Warum Sie mich … heute …«

»Warum ich einen fremden Menschen zur Geburtstagsfeier meines Vaters eingeladen habe?« Schreyer nickt mir zu, während er mechanisch sein Kotelett zerkleinert.

»Ja.«

Er legt das Besteck ab. Helen beobachtet mich aufmerksam. Auf dem Rand ihres leeren Weinglases erkenne ich den roten Abdruck ihres Lippenstifts.

»Seit ich dieses Lokal gefunden habe, komme ich jedes Jahr hierher. Jedes Jahr bestelle ich dasselbe: Rinderbraten, Kartoffelsalat und Bier. Stimmt's, Helen? Jedes Jahr denke ich daran, dass ich damals den Glauben an meinen Vater verloren habe. Ich rufe mir in Erinnerung, dass ich ihn einen verrückten Sonderling nannte. Das Konzept der ewigen Jugend war für mich nichts als ein Hirngespinst. Über dreihundert Jahre ist er nun schon tot, und ich feiere seinen Geburtstag noch immer. Er gehörte zu der letzten Generation, die alt wurde und sterben musste – ist das nicht verrückt? Wäre er nur zwanzig Jahre später geboren worden, säße er jetzt hier mit uns an diesem Tisch.«

»Ich bin überzeugt, dass …«

»Lass mich ausreden. Es spielt keine Rolle, dass er Fehler im Detail gemacht hat. Auch wenn diese Arbeit, der er sein ganzes kurzes Leben widmete, keinen Heller wert war: Entscheidend ist, dass er daran glaubte. Allen Widrigkeiten zum Trotz. Alles war möglich. Er sah die Zukunft. Er wusste, dass die Menschen unsterblich werden würden. Ich dagegen …«

»Sie dürfen doch nicht sich selbst die Schuld dafür geben …«

»Helen … Könntest du uns für einen Augenblick allein lassen? Ich habe Jan etwas mitzuteilen.«

Sie erhebt sich. Ihr goldenes Kleid fließt dahin, ihre Haare ergießen sich über die nackten Schultern, die grünen Augen sind jetzt dunkel vom Wein. Sie schließt die Tür hinter sich. Schreyer sieht mich nicht an. Er schweigt. Während ich geduldig abwarte, stelle ich im Geist die abwegigsten Theorien auf, was ihn dazu bewegen konnte, mir Einblick in solch intime Details zu gewähren.

»Du bist ein Versager.« In Schreyers Stimme schwingt kaum verhohlener Zorn mit.

»Was?« Ich verschlucke mich an meinem Bier.

»Ein elender Versager. Ich bereue, dass ich dir vertraut habe.«

»Sie meinen den Auftrag? Ich verstehe, dass …«

»Dieser Mensch will uns die Unsterblichkeit nehmen. Hinter welchen Worten auch immer er sich verschanzt, was auch immer er daherlügt, um sich zu rechtfertigen. Er will unseren Tod. Will uns unsere größte wissenschaftliche Errungenschaft nehmen … Oder die Welt in Chaos stürzen. Er hat dir den Kopf verdreht. Und uns belogen.«

»Ich habe versucht ihn …«

»Ich habe die Kameraaufzeichnung gesehen. Du hast ihn einfach laufen lassen. Und du hast die Zeugin zurückgelassen.«

»Ich hatte keine Berechtigung … Sie hatte einen Abgang …«

»Ich habe keine Ahnung, wie lange wir jetzt nach Rocamora suchen müssen. Du hast uns um zehn Jahre zurückgeworfen.«

»Er kann noch nicht weit gekommen sein …«

»Er ist nirgends zu finden! Dieser verdammte Gauner hat nicht einmal versucht, Kontakt zu seiner Freundin aufzunehmen, obwohl sie noch immer in ihrer Wohnung herumsitzt.«

»Mir kam er eher wie ein ziemlicher Nerd vor.«

»Natürlich, er ist ja kein Kämpfer, sondern Ideologe! Er ist der Teufel, der Verführer, verstehst du das nicht? Er hat einfach deinen Willen gebrochen, dich in eine Marionette verwandelt!«

»Meine Leute waren außer Kontrolle geraten!«, entgegne ich, obwohl ich im selben Augenblick begreife, dass das überhaupt nichts zu meiner Rechtfertigung beiträgt. »Sie haben seine Freundin vergewaltigt.«

»Man fordert von mir, dich zu bestrafen.«

»Fordert? Wer?«

»Aber ich will dir noch eine Chance geben. Du musst die Sache zu Ende bringen.«

»Ich soll Rocamora finden?«

»Um den kümmern sich jetzt Profis. Aber du kannst wenigstens … hinter dir aufräumen. Sieh zu, dass du das Mädchen loswirst. Und zwar fix, bevor sie zu sich kommt und mit den Journalisten redet.«

»Ich?«

»Ich wüsste sonst nicht, wie ich unseren Leuten erklären soll, dass du noch immer nicht vor dem Tribunal stehst.«

»Aber …«

»Einige werden sogar noch härtere Maßnahmen fordern.«

»Ich verstehe. Und …«

»Vielleicht habe ich ja einen Fehler gemacht, dir die ganze Angelegenheit anzuvertrauen. Aber meine Aufgabe ist es jetzt, gute Miene zum bösen Spiel zu machen und überall zu behaupten, dass die Waffe versagt hat.«

»So war es auch!«

»Na wunderbar. Keine Sorge, die Rechnung übernehme ich.«

Das Gespräch ist zu Ende. Die toten Männer in den lockigen Perücken blicken angeekelt auf mich herab. Für Schreyer bin ich bereits nicht mehr da. Nachdenklich mustert er seinen Teller: Von seinem Rinderbraten sind nur noch ein paar Sehnen übrig. Es war also doch eine echte Kuh, denke ich dumpf. Was wir üblicherweise Rindfleisch nennen hat keine Sehnen. Wozu etwas produzieren, was am Ende sowieso weggeworfen wird?

»Und wie soll ich sie umbringen?«, frage ich.

Er blickt mich an, als wäre ich ungefragt in seinen glücklichen Traum aus Kindertagen eingedrungen.

»Woher soll ich das wissen?«

Ich lasse meinen halb leeren Bierkrug stehen und verlasse den Raum.

Die Sonne ist hinter den fernen Türmen untergegangen, hat deren Umrisse erst in rotes Neon gefärbt und sich dann ausgeschaltet. Die Plattform, auf der sich das alte Fachwerkhaus befindet, sieht aus wie das Deck eines Flugzeugträgers, den die Sintflut auf den Gipfel des Berges Ararat geworfen hat. Das weiße, zweigeschossige Haus, von einer Koppel brauner Holzbalken umgürtet, sitzt direkt am Rand des Abgrunds. Seine Fenster leuchten gelb wie im Schattentheater. Im Hintergrund sind im graublauen Smog der Abenddämmerung dichte Schatten zu erkennen: die Pfeiler der Welt, mächtige Türme ehemals deutscher Konzerne, die aufgrund all der unzähligen Wechselfälle der Unternehmensgeschichte jedoch längst vergessen haben, welchem Staat sie angehören.

»Jan?«, höre ich plötzlich eine Stimme.

Helen steht am Eingang des Glastunnels, der zu den Aufzügen führt. In einer Hand hält sie eine dünne schwarze Zigarette mit Mundstück. Der Rauch, der davon aufsteigt, ist ebenfalls schwarz. Ein seltsamer Geruch, nicht nach Tabak, sondern süß.

Ein peinlicher Moment, aber an Helen komme ich nicht vorbei. Sie hat den einzigen Fluchtweg verstellt.

»Sie gehen schon?«

»Ich habe noch zu tun.«

»Ich hoffe, Sie konnten sich für den Rinderbraten erwärmen.« Sie inhaliert, dann strömt schwarzer Rauch aus ihren Nasenlöchern. »Ich habe es aufgegeben.«

»Sie sind wie ein feuerspeiender Drache«, sage ich, in Gedanken versunken.

»Haben Sie keine Angst«, antwortet sie. Es ist, als ob sie mich mit einer goldenen Gabel aufspießt und langsam aus meiner Schale zieht, so wie man es mit Weinbergschnecken macht, wenn man sie verspeisen will.

»Edle Ritter in glänzenden Rüstungen haben vielleicht Angst vor Ihnen«, entgegne ich. »Was habe ich schon zu befürchten?«

Sie dreht die Gabel weiter, damit ich nicht herabfalle.

»Sie sind also nicht aus meinem Märchen?«

»Ich bin aus überhaupt keinem Märchen.«

»Klar … Sie arbeiten ja in einer Art Antiutopie, stimmt's?« Helen öffnet die Lippen, und ihr Lächeln stößt Rauch hervor. »Ich würde Sie gern wiedersehen.« Eine schwarze Wolke umhüllt ihre nackten Schultern wie ein Pelzmantel. »Trinken Sie hin und wieder Kaffee?«

»Ihrem Mann wird diese Idee sicher gefallen.«

»Vielleicht. Ich werde ihn fragen.«

Helen streckt die Hand aus und berührt mit ihrem Kommunikator mein Gummiarmband. Ich sehe goldene Spitze und rote Steine. Ein leiser Piepston. Kontakt.

»Ja … dann darf ich Sie also stören?« Plötzlich fällt es mir schwer, an das Gespräch mit Schreyer zu denken.

»Werden Sie eigentlich nie aufhören, um Erlaubnis zu fragen?«

Sie klopft ihr Mundstück aus und geht, ohne sich zu verabschieden.

Der Zigarettenstummel glimmt noch ein wenig vor sich hin. Der schwarze Geist macht sich eilig davon, bevor der letzte Glutrest sein Leben aushaucht.

VIII · NACH PLAN

Ich stecke in einer Zwangsjacke aus Beruhigungsmitteln, als ich erneut mit der Tube in den Turm Hyperborea einfahre. Diesmal habe ich meinen Zug am Gate 71 pünktlich erreicht. Ich fahre mit einem anonymen Ticket, zum zehnfachen Preis, denn ich habe vorsichtshalber meinen Kommunikator zu Hause gelassen.

Die ganze Nacht über habe ich in der Bibliothek die Grundrisse dieses Turms studiert. Jetzt glaube ich den Bereich, den ich brauche, auswendig zu kennen. Mal sehen.

Im letzten Augenblick erreiche ich den richtigen Aufzug – die Türen schließen sich bereits – und betrete als Vierter die Kabine. Ich rücke meine verspiegelte Brille zurecht.

»Dreihunderteinundachtzig«, sage ich.

Alles muss heute nach Plan laufen. Ein Mord ist eine zu ernste Sache, als dass ich mich auf mein Improvisationstalent verlassen könnte. So viel habe ich verstanden. Ein Kinderspiel, einer jungen Frau den Hals umzudrehen, möchte man meinen. Aber nur auf den ersten Blick. Und dabei ist das nicht mal der schwierigste Teil dessen, was mir bevorsteht.

Die anderen drei im Aufzug schweigen. Es sind unangenehme Visagen: die Haut fleckig von irgendwelchen Transplantationen, die Augen glitschig, die Lippen zerkaut. Sie sind ziemlich freizügig gekleidet, fast wie Exhibitionisten, ihre Hände stecken in den Jackentaschen. Nach ein paar Sekunden fängt einer der Männer, ein braungrauer, ungesund aussehender Typ mit eingefallenen Augen, meinen Blick ein, trotz meiner verspiegelten Brille.

»Kann isch dir 'elfen?«, sagt er drohend. Seltsamer Akzent.

»Ich komm schon klar«, antworte ich lächelnd. »Danke.«

Ganz ruhig. Das ist einfach nur Gesindel, eine kleine Erpresserbande vielleicht. Die nehmen sich all die Kleinunternehmer vor, von denen der Hyperborea sicher nur so wimmelt, und saugen sie aus wie Marienkäfer eine Blattlauskolonie. Sie sind nicht unbedingt im Auftrag des Senators hier.

Nicht unbedingt, aber möglicherweise doch.

Als ich Rocamora die Freiheit geschenkt habe, hat er mir dafür Paranoia hinterlassen. Ein ungleicher Tausch, aber sein Geschenk könnte mir jetzt durchaus zupasskommen.

Schreyer hat gesagt, diesmal soll ich alles allein erledigen – um meine Feigheit wiedergutzumachen, mich reinzuwaschen vor einer gewissen mächtigen Instanz, die danach dürstet, mich für die gescheiterte Operation zu bestrafen.

Nun denn, ich habe seine Worte gehört. Aber es gibt da noch eine andere Version, und auch diese hat eine gewisse Existenzberechtigung.

Annelie sitzt noch immer in ihrer von Kameras überwachten Wohnung. Mein Besuch dort wird also nicht unbemerkt bleiben und die Liquidierung in jedem Fall live übertragen. Sobald ich an ihrer Tür klingle, bin ich Schreyer endgültig ausgeliefert, mit Haut und Haar. Er muss nur einen Knopf auf seinem Steuerpult drücken, und das Mädchen wird durch mich ermordet. Und wer weiß, was er da noch für Knöpfe hat?

Vielleicht wird man den Mord an Annelie – und den an Rocamora – genauso auf mich abwälzen, wie den vereitelten Anschlag im Oktaeder auf die Partei des Lebens. Rocamora hatte recht: Es gab keine Explosion, und die Bombe wurde gefunden …

Sicher wäre es höchst unvernünftig, das von Schreyer so geliebte und gehätschelte Unsterblichen-Regiment als Ganzes zu diffamieren. Wozu der Gesellschaft einen weiteren Grund bieten, uns zu hassen? Aber wenn es sich um einen einzelnen Unsterblichen handelte … irgendeinen Asozialen, der ausgerastet ist und den Kodex missachtet hat …

Verflucht seist du, Wolf Zwiebel. Ich hätte nicht auf dich hören sollen. Aber ich habe dir erlaubt zu sprechen, und deine Worte gehen mir nicht mehr aus dem Kopf.

Angenommen, einer der Unsterblichen rastet aus und tötet Rocamora oder dessen Freundin oder beide im Affekt, so muss man diesen wildgewordenen, losgerissenen Kettenhund natürlich gleich an Ort und Stelle niederschießen.

Zum Beispiel könnte die Polizei auf ein Signal der Beobachtungskameras hin eingreifen. Und wenn ich dann Widerstand leiste … Diese Lösung wäre aus mehrfacher Sicht ideal: Das erlegte Monster könnte man gleich der Öffentlichkeit präsentieren, die Unsterblichen bekämen eine Lehre in Sachen Disziplin, und ihre Schutzherren könnten sagen, es habe sich um einen grauenvollen Einzelfall gehandelt, aber jegliche Regelverstöße seitens der Phalanx würden, wie man sieht, auf strengste Weise geahndet.

Warum ausgerechnet die Polizei? Genauso gut könnte man mir auch diese drei zusammengeflickten Typen hinterhergeschickt haben. Oder sonst wen.

Jedenfalls steht noch nicht fest, Annelie, wer heute eigentlich in deiner Wohnung geopfert werden soll.

Und doch habe ich keine andere Wahl, als dich umzubringen. Tut mir leid.

Schon dieser eine Fehltritt war zu viel. Ich bin Teil der Phalanx, die Phalanx ist Teil von mir. Wenn man mir befiehlt, mich in die Schussbahn zu werfen, so muss es eben sein. Die Unsterblichen sind kein Beruf, sondern ein Orden. Unser Tun ist keine Arbeit, sondern ein Dienst. Außerhalb davon gibt es nichts. Ohne meinen Dienst ist mein Leben nur Schall und Rauch. Auf einen Deserteur wartet das Tribunal.

So muss ich denken. So soll ich denken.

Doch während ich in der Bibliothek saß und meine Stirnlappen sich mit dem Studium der Hyperborea-Pläne beschäftigten, hat mein Kleinhirn zusätzliche, alternative Optionen in den Aktionsplan eingezeichnet. Das Kleinhirn ist bei uns allen im Lauf der Zeit hypertrophiert. Manche in der Phalanx haben sogar gelernt, ihre Stirnlappen komplett abzuschalten. So ist es einfacher, und man hat keine Probleme.

Ich muss ins 381. Geschoss, Sektor J, Westkorridor, Apartments LD-12. Und ich muss diese Apartments selbstständig finden. Mein Kommunikator liegt zu Hause ebenso wie jegliche Elektronik, die es ermöglichen würde, meiner Spur zu folgen. Meine Augen sind hinter riesigen Spiegelgläsern verborgen. Selbst wenn die Gesichtserkennung trotzdem anschlägt, könnte man nur schwer beweisen, dass es sich wirklich um meine Visage handelt.

»Dreihunderteinundachtzig«, meldet der Aufzug.

Ich steige aus. Die drei Typen ebenfalls.

So ein Zufall.

Ich hatte also recht: Schreyer ist es einfach nicht gewohnt, anderen Menschen zu vertrauen.

Von den Aufzügen gehen mehrere Gänge unterschiedlicher Breite in alle Richtungen ab, jeder von ihnen mit zahllosen Türen auf beiden Seiten. Es herrscht ein Chaos wie im Irrenhaus, die engen Korridore ähneln mittelalterlichen Gassen und sind erfüllt von fiebrigem, rastlosem Leben.

Wenigstens weiß ich, in welche Richtung ich gehen muss. Die drei anderen treten erst einmal auf der Stelle und stecken ihre Nasen in irgendwelche Karten. Egal, ich habe nicht viel Zeit. In diesen Gängen könnte sich sogar der Teufel verirren. Schade, dass ich diesmal nicht einfach durch irgendwelche Büros stürmen kann und nicht von einer Gruppe Unsterblicher begleitet werde. Ich muss also den langen Weg nehmen.

Es verwundert nicht, dass Rocamora sich gerade hier sein Nest eingerichtet hat. Der Turm ist alt – geplant in einer Zeit, als die Alzheimer-Krankheit noch nicht besiegt war. Ausgerechnet die Architekten des Hyperborea gehörten zu ihren letzten Opfern. Die Gänge sind chaotisch miteinander verwoben, die Ebenen willkürlich aufeinandergestapelt, in den Zeichnungen lässt sich weder ein einheitliches Schema noch überhaupt irgendeine Gesetzmäßigkeit erkennen. Jede Etage ist anders geplant, die Sektorenbezeichnungen scheinen per Zufallsgenerator ausgewählt, zwischen den Wohnebenen gibt es unnummerierte Technikflure, und die Nummernschilder für die Wohnungstüren scheinen im Losverfahren zugeteilt worden zu sein.

Wild durcheinandergewürfelt ziehen vollkommen überfüllte Wohnungen, Büros irgendwelcher geheimnisvoller Organisationen und kleine Läden an mir vorüber, in denen noch immer unvorstellbar sinnloses Zeug feilgeboten wird. In der Luft hängt ein schwerer Duft von aromatischen Ölen. Mitten im Gang unter einem Bogen hat ein muskulöser dunkelhäutiger Osteopath seine Behandlungsliege aufgestellt. Der flach ausgestreckte Kunde stöhnt, während der Osteopath ihm knackend die Gelenke knetet. Dahinter liegt eine Wohnung mit einer Tür, die im Luftstrom auf und zu klappt und durch die immer wieder ungepflegte Greise huschen. Es riecht nach ungewaschenen menschlichen Körpern. Ein Wohnheim? Ich sollte mit meinen Jungs wiederkommen, um hier nach dem Rechten zu sehen. Jetzt nach rechts und dann noch mal nach rechts. Weiter geht es, vorbei an einem Dutzend Läden für traditionelle Medizin. Die Tische in den offenen Türstöcken sind mit Hieroglyphen bemalt, schlitzäugige Scharlatane empfangen hier höchstpersönlich die Notleidenden, die in langen Schlangen warten. An der nächsten Gabelung geht es nach links.

Bevor ich abbiege, sehe ich mich um – ich kann keine der drei Ganovenfressen in der Menge entdecken. Habe ich sie abgehängt? Oder sind sie am Ende doch nicht hinter meiner Seele her?

Weiter.

Ein billiges Bordell unter dem Firmenschild einer Modelagentur. Ein Gastarbeiter-Wohnheim. Eine Kneipe mit lebenden Kakerlaken. Dann, ein halbes Stockwerk weiter unten … Eine kleine Tür ohne Aufschrift.

Hier rein, glaube ich.

Ich befinde mich in jenem dunklen, niedrigen Gang, von wo aus wir in Rocamoras Wohnung eindrangen. Ruhigen Schrittes – um keine Aufmerksamkeit zu erregen – passiere ich einige Dutzend mit Gerümpel vollgestellte Not- und Seitenausgänge, die zu irgendwelchen namenlosen, heruntergekommenen Mikrokosmen führen. Ventilatoren summen. Ratten trippeln. Ich zähle die Türen. Da ist sie, die eine Tür. Die Schaufensterpuppe, der Fahrradrahmen, die Stühle. Wir sind zu Hause angekommen.

Ich klingle.

»Wolf?«

Nackte Füße tappen eilig über den Boden.

Ich schweige, um sie nicht zu erschrecken. Die Tür öffnet sich.

»Guten Tag. Ich komme vom Sozialamt.«

Sie blickt mich verwirrt an. Ihre Wimperntusche ist verlaufen. Wahrscheinlich wollte sie sich schminken, um zu vergessen, aber dann musste sie wieder daran denken. Sie trägt ein zerknittertes Herrenhemd auf dem nackten Körper. Ihre kantigen Schultern zeichnen sich ab, sie steht vor mir auf dürren Beinen, die Arme vor der Brust gekreuzt.

»Darf ich reinkommen?«

»Ich habe das Sozialamt nicht gerufen.«

Wir dürfen nicht lange im Blickfeld der Kameras bleiben. Ich dränge hinein, bevor sie Verdacht schöpfen kann. Im Flur liegt auf dem Boden eine zusammengerollte Bettdecke, gleich daneben eine halb leere Flasche mit irgendeinem Fusel.

An der Projektionswand läuft ein Historiendrama: animierte Hollywood-Schauspieler aus dem 20. Jahrhundert vor computergenerierten Kulissen. Die echten Darsteller haben damals die Entdeckung der Unsterblichkeit nur um ein paar Jahre verpasst. Es kümmert sie also nicht mehr, dass sich ihre Erben nun mit ihren digitalen Repliken eine goldene Nase verdienen.

»Ich habe kein Sozialamt gerufen!«, murmelt Annelie störrisch.

Ich lächle höflich. »Wir haben ein Signal erhalten. Und wir sind verpflichtet, dem nachzugehen.«

Blitzschnell blicke ich mich in der Wohnung um. Gibt es auch hier Kameras? Die Tür zum Schlafzimmer steht leicht offen. Ich gehe hinüber. Der Fenstervorhang ist zurückgezogen, der Blick geht in einen Innenhof. Auf dem Bett erhebt sich ein Hügel aus zusammengerollten, rot getränkten Laken.

»Da ist Blut«, sage ich, als ich zu ihr zurückkehre. »Ist das Ihres?«

Sie schweigt. Blinzelnd versucht sie ihren Blick auf mich zu fokussieren.

»Sie müssen einen Arzt aufsuchen. Packen Sie Ihre Sachen.«

Ich muss sie von hier wegbringen. Weg von hier, bevor die Polizei eintrifft, bevor Schreyers Kontrolltrupp den Weg zur Wohnung findet. Irgendwohin, wo es keine Beobachtungskameras gibt, keine fremden Augen. Wo ich mit ihr allein bin.

»Deine Stimme … Kennen wir uns?«

»Wie bitte?«

»Ich kenne deine Stimme. Wer bist du?«

Ihre Zunge ist schwer, sie hält sich kaum auf den Beinen, aber das kommt mir sogar gelegen. Sicher ist es nicht einfach, eine widerspenstige Betrunkene zu überreden. Aber dafür ist es hinterher leichter. Gut möglich, dass wir auf dem Weg hier raus auf jede Menge unerwünschte Zeugen treffen – es wimmelt hier ja vor lauter Abschaum. Da ist es nur von Vorteil, wenn ich glaubwürdiger rüberkomme als sie.

»Nein, wir kennen uns nicht.«

»Warum trägst du eine Brille? Nimm die Brille ab, ich will dich sehen.«

Was ist jetzt mit den Kameras? Wenn Rocamoras Wohnung auch von innen verwanzt ist, haben sie den unumstößlichen Beweis, dass ich hier war.

»Ich gehe mit dir nirgendwohin. Ich rufe jetzt die Polizei …«

Sie blufft. Wenn sie bis jetzt noch niemanden gerufen hat, wird sie es auch weiterhin nicht tun. Dennoch setze ich die Brille ab. Sie kann mich nicht erkennen, ich habe während der gesamten Operation vorgestern meine Maske getragen, auch wenn meine Seele davon heute noch wund ist.

»Ich erinnere mich nicht an dein Gesicht«, sagt Annelie nachdenklich. »Aber die Stimme … Wie heißt du?«

»Eugène«, antworte ich und denke, dass ich allmählich in die Gänge kommen sollte. »Was ist passiert? Woher kommt das Blut?«

»Raus hier.« Sie stößt mich gegen die Schulter. »Geh!«

In diesem Augenblick dringt durch das Geplapper der animierten Figuren auf dem Bildschirm noch ein anderes Geräusch an mein Ohr. Noch ist es kaum hörbar, doch es wächst beängstigend schnell: Stimmen! Jemand flüstert da draußen in dem verlassenen Seitengang. Wäre ich nicht darauf vorbereitet gewesen, wären mir vorhin im Aufzug nicht zufällig diese drei begegnet, mein Ohr hätte diesen Infraschall niemals wahrgenommen. Aber ich habe es erwartet.

»Still!«, befehle ich Annelie.

Die schleichenden Schritte – weiche Sohlen, Katzenpfoten – halten inne. Dann kriecht eine heisere Stimme durch die Türritze: »Hier müsste es sein.«

Jetzt muss ich mir was einfallen lassen.

Ich schleiche mich zur Tür – die nur noch an einem windigen Scharnier hängt, schließlich haben wir sie selbst erst kürzlich eingebrochen – und luge durch den Spion. Alles schwarz. Ach ja, noch immer zugeklebt. Toll.

»Was ist los?«, fragt Annelie.

»Ganz ruhig«, sage ich – zu mir selbst.

Die Türklingel schnarrt mit hässlicher, altersschwacher Stimme. Es ist ein so unzeitgemäßes Geräusch, dass ich nicht gleich begreife, ob es zu diesem Augenblick gehört, zu dieser Wohnung, zum Hier und Jetzt, oder doch zu dem noch immer im Hintergrund flimmernden Historiendrama aus einer Zeit vor fünfhundert Jahren.

»Kein Wort«, warne ich Annelie.

Unmittelbar nach dem Klingelton donnert eine Faust gegen die Tür. Diesen Schlägen wird sie nicht lang standhalten, und ich habe noch immer nicht die leiseste Idee, was ich tun soll.

»Annelie!«

»Wer ist da?«, ruft sie.

»Machen Sie auf, Annelie«, flüstert die Stimme jenseits der Tür laut. »Wir sind Freunde. Von der Partei.«

Sie richtet sich auf und schlingt erneut die Arme um ihren Brustkorb. »Von was für einer Partei?«

»Der Pa'tei!«, schaltet sich eine zweite Stimme ein. »Jesús 'at uns geschickt … Disch zu 'olen …« Das klingt doch nach dem Blutsauger mit dem verpflanzten Gesicht, der mir im Aufzug »'elfen« wollte.

»Machen Sie nicht auf.« Ich packe ihre Hand. »Auf keinen Fall!«

Annelie windet sich, kommt frei, verliert das Gleichgewicht und fällt beinahe hin.

»Was für ein Jesús?!«, fragt sie mit zitternder Stimme.

Hat Rocamora ihr etwa nicht erzählt, was er macht? Sich als ganz normaler Mensch ausgegeben? So etwas der Frau zu verheimlichen, mit der man lebt … Respekt.

»Hör nicht auf sie. Das sind Killer«, sage ich zu ihr. »Sie wollen dich umbringen.«

»Jesús! Dein Mann!«, insistiert die Stimme hinter der Tür.

»Ich kenne keinen Jesús!«

»Annelie!«, zischt es von der anderen Seite. »Wir müssen dich von hier wegschaffen, bevor man dich beseitigt!«

Da bin ich ja gerade noch rechtzeitig gekommen.

Wenn Schreyer tatsächlich so schlau wäre, wie ich eigentlich dachte, hätte er jemanden geschickt, der mich bei meiner Aktion absichert, damit ich nicht allein gegen die Kämpfer der Partei des Lebens antreten muss. Die Typen im Lift könnten auch Auftragskiller sein, jedenfalls trugen sie unter ihren Mänteln sicher keine Spitzenunterwäsche, da gehe ich jede Wette ein. Anders als im Kino habe ich mit meinem bescheidenen Werkzeug gegen drei schwerbewaffnete Terroristen keine Chance. Also bringe ich das Mädchen am besten gleich um, bevor ihre Retter die Tür einrennen – oder?

»Hör zu!«, sage ich und fasse Annelie an den Schultern. »Ich bin nicht vom Sozialamt. Ich bin es, der dich hier rausbringen soll, nicht die da draußen, verstehst du? Wolf hat mich darum gebeten.«

»Wolf?« Sie versucht sich auf mich zu konzentrieren, darauf, was ich ihr sage.

»Wolfgang Zwiebel. Ich bin sein Freund.«

»Wolf? Er lebt?!«

»Ja. Und er hat mich gebeten …«

»Wo ist er? Warum ruft er nicht an?!«

»Er ist untergetaucht«, sage ich hastig. »Vorgestern waren die Unsterblichen hier, richtig? Wolf musste fliehen …«

Annelie runzelt die Stirn und nickt.

»Du glaubst doch nicht etwa, dass er dich im Stich gelassen hat?«

»He! Was ist das für eine Stimme?«, ruft jemand hinter der Tür.

»Diese Leute …« Ich deute mit dem Kopf auf den Eingang. »Man hat sie hergeschickt, um sämtliche Spuren zu beseitigen. Die Unsterblichen sollten Wolf eliminieren und dich ebenfalls – weil du eine Zeugin bist, verstehst du?«

Sie nickt. Sie erinnert sich an unser erstes Gespräch.

»Irgendwas ist schiefgelaufen«, fahre ich fort. »Jetzt müssen diese Banditen da draußen den Job zu Ende bringen. Das heißt, dich beseitigen.«

Annelie schweigt. Auch hinter der Tür ist es still geworden – offenbar horchen sie.

»Sollen sie es doch tun. Mir ist alles gleich.«

»Was redest du da?!«

»Wieso sorgt sich Wolf auf einmal um mich? Vorgestern hat er mich diesen Tieren überlassen!«

»Er musste einfach!«

»Letzte Warnung …«, knurrt jemand im Gang.

»Haltet die Klappe!«, schreit Annelie zurück. »Haltet die Klappe, oder ich rufe die Polizei!«

»Was bist du denn für eine dumme Gans?!« Da draußen verliert jemand allmählich die Geduld.

»Weg hier! Wenn sie die Tür aufbrechen, sind wir beide erledigt! Hat diese Wohnung noch einen Ausgang?«

»Wer ist da bei dir? Hör nicht auf ihn! Wir zählen bis drei …«

»Wolf … Was hat er gesagt?«

»Dass er dich liebt. Und dass ich dich hier rausholen soll …«

»Eins …«

»Bringst du mich zu ihm?«

Der Türgriff beginnt zu zucken und zu schlagen. Jetzt begreifen sie wahrscheinlich, dass sie die Tür aufbrechen müssen.

»Ja! Ja, ich bringe dich zu ihm!«

Annelie krallt sich in mein Handgelenk, bis das Blut hervortritt, dann klappt ihr Oberkörper nach vorn, und sie erbricht sich auf den Fußboden. Im letzten Moment fange ich sie auf und ziehe sie ins Schlafzimmer.

Krach! Von der Schwelle aus sehe ich, wie das Schloss splitternd aus dem Türrahmen fliegt und die Tür seitlich gegen das Sofa prallt. Eine Hand erscheint in der Türöffnung und tastet umher.

Wir sind bereits im Schlafzimmer, ich verriegele die Tür mit dem lächerlichen Sperrhaken – zum Glück ist das Schloss nicht elektronisch – und stoße Annelie auf den Balkon. Wir stehen in einem steinernen Schlauch, der aussieht wie der Innenschacht eines dreistöckigen Hauses. Die Decke ist hellblau gestrichen, unten im Hof hat jemand etwas Sand aufgeschüttet, ein paar billige Kompositbäume hineingesteckt und eine Schaukel aufgebaut. Drei Balkonreihen, vollgestellt mit irgendwelchem Plunder, die Fenster starren einander direkt an. Perfekt, um hier eine Zigarette zu rauchen und so zu tun, als befände man sich nicht tief im Bauch eines achthundertstöckigen Turms, sondern irgendwo unter freiem Himmel. Wahrscheinlich ist auch Rocamora hier draußen gestanden und hat verträumt in ein gutes Dutzend Spionagekameras geblinzelt.

»Lass mich in Ruhe!«

»Komm zu dir!« Ich schüttele sie.

»Wo sind sie?!«, brüllt jemand in der Wohnung.

Ich hebe sie über die Balkonbrüstung – wir sind auf der dritten Ebene – und halte sie an den Händen, während sie träge, wie eine Gehenkte, mit den Beinen zappelt. Nachdem ich sie ein Stockwerk tiefer abgesetzt habe, schwinge ich mich über das Geländer und springe hinterher.

Wir sind auf einer Loggia gelandet, mit winzigen Tischchen unter romantischen Schirmen. Einer der Tische steht auf dem Kopf, darauf liegt Annelie. Ein leicht heruntergekommenes Pärchen, dessen Mahl sie unterbrochen hat, starrt sie verdattert an. Auf dem Boden zwei umgekippte Teller, die herausgefallenen Spaghetti sehen aus wie Wurmknäuel in Sahnesoße. À la carbonara.

»Schnell!«

Ich helfe ihr auf, entschuldige mich, schleudere die Tischchen beiseite und schleppe Annelie durch den mit Komposit-Efeu berankten Raum eines billigen Cafés im mediterranen Stil. Ausgezehrte Kellner mit dünnen Schnauzbärtchen springen beiseite – einer versucht krampfhaft, seine Algenpizza zu balancieren. Im letzten Augenblick entdecke ich den Ausgang, und wir stehen wieder in einem Korridor.

Hier herrscht das gleiche Chaos wie ein Stockwerk höher, nur mit einer anderen Note. Hier gibt es keine Hieroglyphen, dafür scheint die gesamte Ebene fest in arabischer Hand zu sein. Arabische Reinigungen, arabische Imbissbuden, arabische Proktologen. Nostalgisch sind sie auch noch: Sämtliche Schilder sind in dieser halb toten Sprache verfasst.

Mit dieser Ebene habe ich mich vorher nicht vertraut gemacht, also laufe ich einfach auf gut Glück los. Annelie hängt an meinem Arm, sie scheint nicht besonders wild auf einen Marathonlauf zu sein. Schon höre ich es hinter uns krachen, dann ein heiseres Fluchen, aber ich habe keine Zeit mich umzudrehen. Stattdessen durchpflüge ich die Masse, arbeite mich durch schwerfällige Körper, stoße knurrende Rümpfe beiseite, meine Hand ist schweißnass und glitschig, hoffentlich schlüpft mir Annelie, meine wertvolle Beute, mein Goldfisch, nicht wieder vom Haken. Wenn ich sie jetzt verliere, geht sie in diesem Sumpf zugrunde.

Da, ein Wegweiser: Aufzüge. Wenn wir es dorthin schaffen, sind wir gerettet. Zumindest ich.

Aber …

»He! Lass mich!«

Plötzlich bleibt Annelie wie angewurzelt stehen. Als hätte das Fischlein, das ich gerade aus dem Wasser ziehen will, auf einmal ein Hai verschluckt.

Ich drehe mich um. Sie blickt von mir weg, und die Hand, an der sie reißt, ist nicht meine. Jemand hält sie gefangen, und sie versucht sich aus dieser Klammer zu befreien! Die Menge gibt eine hässliche Fratze frei: Flecken von einer Hauttransplantation. Sie haben uns eingeholt.

»Dumme Gans!«, höre ich. »Er gehört nicht zu uns! Sie haben ihn zu dir geschickt!«

»Hilfe!«, brülle ich aus vollem Hals. »Ein Mordversuch!«

Dann strecke ich den Arm aus und fahre blind mit dem Schocker auf den fleckigen Typen zu. Jemand erzittert und fällt zu Boden – es ist zwar nicht er, aber im nächsten Augenblick setzt ringsum ein ohrenbetäubendes Heulen ein, und es beginnt ein heilloses Gedränge. Ich fasse Annelies Hand noch fester und entreiße sie den Klauen des Fremden.

Die Menge explodiert förmlich. In der Welt unsterblicher Menschen hat selbst ein fiktiver Mord eine Sprengkraft von einer Kilotonne. Die Aufzüge erreichen wir nach einer Minute verzweifelten Kampfes gegen den Strom, dem wir nur mit Glück entkommen; unsere Verfolger hingegen scheint die Menge mitgerissen zu haben – zumindest hindert mich niemand daran, eine Kabine herbeizurufen. Der Lift rast in dem gläsernen Schacht wie im freien Fall auf unsere Köpfe herab, obwohl es mir so vorkommt, als krieche er kaum merklich dahin.

Endlich ist er da, die beiden Türhälften fahren auseinander, die Kabine ist leer.

»Zwanzigstes Geschoss! Zwanzig!«, schreie ich mit überschnappender Stimme, denn schon sehe ich, wie sich aus der mit Tausenden Armen fuchtelnden und schnappenden Menge erst einer, dann ein zweiter geflickter Killer befreit.

Als der Aufzug losfährt, ist der Erste von ihnen nur noch zehn Schritt von uns entfernt.

Wir fallen in den Abgrund.

Annelie atmet schwer, sie ist rot und hellwach vom Laufen. Sie trägt noch immer nichts weiter als das zerknitterte schwarze Hemd von Jesús Rocamora.

»Ich habe Durst. Hast du Wasser?«, fragt sie.

Ja, ich habe Wasser. Aber noch ist keine Zeit dafür, deshalb schüttele ich den Kopf.

Sie richtet sich auf und drückt sich gegen die Wand. »Wohin gehen wir?«

»Zur Tube. Wir müssen raus aus dem Turm. Sonst finden die drei uns.«

Im Aufzug kann ich nichts ausrichten: Auch hier sind sicher Beobachtungskameras installiert. Ich muss sie aus diesem verfluchten Hyperborea fortschaffen, sie vor den Partisanen der Partei des Lebens verbergen, und dann erst … dann …

»Was?«

»Du hast gerade ›und dann‹ gesagt.«

Habe ich das wirklich laut gesagt? Wenn ja, dann wahrscheinlich um etwas anderes zu übertönen, das ich in mir höre. Etwas, das sich ganz am Boden meines Unbewussten hin und her wälzt – wortlos, stöhnend, schwer. Ich blicke an ihr vorbei, und doch spüre ich, wie sich ihre Brust unter dem Hemd dieses anderen Mannes hebt und senkt. Ich sehe sie noch nackt vor mir sitzen. Mir fällt mein Traum ein, dieser verbotene, hellsichtige Traum. Mein Blick fällt auf ihre Knie. Diese ebenmäßigen, anmutigen Knie mit den furchtbaren blauen Flecken, die sie aneinanderpresst, als hätte jemand sie in einen Schraubstock gezwängt. Ich sehe ihre Antilopenaugen vor mir, ihre nach hinten gebogenen Arme, die auf den Boden gepresste Wange. Ich ertappe mich bei meinen Gedanken und wende mich von ihr ab. Gleichzeitig spüre ich, wie – gegen meinen Willen – schweres Quecksilber in meine Lenden strömt. Begehre ich sie?

»Wer sind diese Leute? Warum sagen sie, dass sie mich retten wollen? Warum sagt ihr alle das Gleiche?«

»Hast du sie gesehen? Hast du Wolf jemals in Begleitung solcher Freunde gesehen?«

»Diese Unsterblichen … Einer davon nannte Wolf einen Terroristen … der Partei des Lebens. Er sagte, dass er einen anderen Namen hat.«

Ich zucke mit den Schultern. Sie ist kurz davor, mich zu enttarnen. Eigentlich sollte ich jetzt vorsichtig sein. Stattdessen geilt mich das nur noch mehr auf. Ich will ihre Lippen berühren. Sie öffnen und …

»Ist das wahr? Antworte!«

»Was spielt das für eine Rolle?«

»Ich lebe seit einem halben Jahr mit ihm zusammen. Er hat immer gesagt, er sei Professor.«

»Lass uns erst mal einen ruhigeren Ort aufsuchen, dann erkläre ich …«

»Er sagte, er sei Professor!«, wiederholt sie verzweifelt. »Für mich ist das meine erste echte Beziehung mit einem normalen Menschen!«

Der Aufzug unterbricht sie: Wir sind angekommen.

Wir steigen bei der Tube-Station aus. Ich stütze Annelie am Ellenbogen. Augenblicklich verschwindet die Kabine nach oben, um die nächsten Passagiere zu holen. Und ich weiß nur zu gut, wer das ist.

»Da ist ein Tradeomat … Kaufst du mir etwas Wasser?«, bittet sie. »Ich will diesen ekligen Geschmack loswerden … und mein Komm liegt noch zu Hause …«

»Da sind sie!«, entgegne ich und deute irgendwohin. »Keine Zeit! Schnell …«

»Wo? Wo?«

Bevor sie Verdacht schöpft, ziehe ich sie weiter zum Gate. Dort steht zum Glück schon der nächste Zug, bereit zur Abfahrt, und wir schlüpfen gerade noch hinein.

»Vielleicht waren sie es doch nicht …«, sage ich, nachdem sich die Türen geschlossen haben. »Aber wenigstens können wir uns jetzt ausruhen.«

Sie schweigt und kaut auf ihren Lippen herum.

»Bist du schon lang mit ihm befreundet? Mit Wolf?«

»Einige Zeit.«

»Und du hast von Anfang an … alles über ihn gewusst?«

Ich nicke seufzend. Das Wichtigste beim Lügen ist, es nicht zu übertreiben. Schmückt man seine Geschichten mit zu vielen Details aus, besteht die Gefahr, dass man diese anschließend vergisst oder durcheinanderbringt.

Ein misstrauischer Blick. »Was hat er dir über mich erzählt?«

»Nichts, bis gestern.«

»Und du gehörst auch … zu dieser Untergrundorganisation? Deshalb hat er dich gebeten, ja?«

»Ich … Ja.«

Wir rasen in der Glasröhre durch den Nebel, vorbei an den Klippen der Türme. Diese Tube verläuft nur knapp über dem Grund einer menschengemachten Schlucht. Nicht weit unter uns ist die Erdoberfläche zu erkennen, dicht überwuchert von Dächern kleinerer Gebäude wie von braunem Moos. Über uns verdeckt eine schwere Wolkendecke den Himmel, vollgepumpt mit Giften, zu schwer, um sich auch nur ein wenig zu heben.

»Natürlich … Deswegen weißt du ja auch alles über ihn … Außer der Tatsache, dass er eine Frau hat.«

»Eine Frau?«

»So nennt er mich.«

»Wie altmodisch«, sage ich spöttisch.

»Idiot«, antwortet Annelie.

Ein mir vertrauter Begriff. Ich muss grinsen.

Einige Leute drehen sich nach ihr um, tuscheln miteinander, über ihre Schönheit und ihr ramponiertes Aussehen, deuten mit den Köpfen auf die nackten Beine und die verschmierte Wimperntusche. Dass diese Entführung glatt und ohne Zeugen abläuft, wäre etwas übertrieben. Andererseits: Wer wird nach ihr suchen?

Außer Rocamora.

Nach einigen Minuten des Schweigens fragt sie: »Was hat er angestellt?«

»Wolf?« Ich beiße mir ein dünnes Häutchen von der Unterlippe. »Nichts Besonderes. Er ist kein Kämpfer. Er ist … Ideologe.«

»Ideologe?«

Ich blicke mich um und fahre flüsternd fort:

»Du weißt doch, dass wir gegen das Gesetz über die Wahl kämpfen. Und Wolf … Sein richtiger Name ist Jesús … Er … inspiriert uns. Zum Kampf gegen dieses … unmenschliche Regime … Denn ohne Kinder … sind wir keine Menschen mehr, verstehst du?«

Nur mit Mühe bringe ich diese Worte hervor. Immer wieder schreit man sie mir ins Gesicht, wenn wir irgendwelchen wildfremden Menschen die Altersspritze geben und ihnen ihre Kinder wegnehmen. Jedes dieser Worte fühlt sich dann an wie ein Schlag, oder wie wenn sie einem ins Gesicht spucken. Aber jetzt muss ich diese Bruchstücke zu einem glaubwürdigen, überzeugenden Gesamtbild zusammenpuzzeln. Während ich spreche, beobachte ich Annelies Augen und versuche ihre kleinsten Regungen zu erhaschen. Könnte ich jetzt noch ihren Puls messen …

Sie leistet keinen Widerstand, also nehme ich Fahrt auf. Ich habe mich als Freund von Rocamora ausgegeben. Solange ich diese Rolle spiele, bleibt Annelie bei mir. Ich glaube, ich weiß jetzt, auf welche Knöpfe ich drücken muss.

»Ständig beten sie uns vor, dass wir alle ein Recht auf Unsterblichkeit haben … Dafür haben sie uns etwas viel Wertvolleres weggenommen: das Recht auf Fortpflanzung! Warum müssen wir zwischen unserem eigenen Leben und dem unseres Kindes wählen?! Mit welchem Recht zwingt man uns, dass wir unsere ungeborenen Kinder umbringen, um uns das Leben zu erkaufen?! Unzufriedene gibt es viele, aber es braucht Menschen wie Jesús, damit wir unsere Stimme erheben …«

»Alles Lüge«, stößt sie plötzlich hervor.

»Was?«

»Ich nehme ihm das nicht ab.« Sie ballt ihre kleinen Fäuste, die aus den aufgerollten Ärmeln des schwarzen Hemds hervorlugen.

»Warum?«

»Weil einer, der will, dass andere ihm glauben, einfach nicht ... nicht ... so umgehen kann ... mit seinem eigenen ...«

Die Ereignisse von vorgestern schnüren ihr die Luft ab. Ich lasse sie in Ruhe. Es kommt mir vor, als stünde ich mitten in einem Minenfeld: Ich habe ja nicht die geringste Ahnung, was sie gerade durchmacht. Vielleicht versucht sie sich ja einzureden, dass alles nur ein schlechter Traum ist.

Endlich öffnet sie ihre Lippen wieder: »Hat er dir das auch verschwiegen?«

Ich zucke mit den Schultern.

»Du weißt also nicht, warum die Unsterblichen bei uns waren?«

»Ich habe nicht nachgefragt.«

»Dann musst du es auch nicht wissen.«

Die blutigen Fetzen auf dem Handtuch. Die dunkelrote Pfütze am Boden der Duschkabine. Jemand tritt Annelie mit einem Stiefel in den Bauch. Nr. 503 reißt ihre nackten, weißen Hinterbacken auseinander.

Ich nicke. Was würde ich darum geben, von alldem nichts zu wissen.

»Bienenstock«, verkündet die Tube-Stimme.

Der durchsichtige Tunnel, durch den wir fahren, mündet jetzt in das Innere einer glasartigen Konstruktion aus sechseckigen Waben, die in verschiedenen Farben schimmern.

Wir fahren in einen Hub ein. Drei Etagen voller Bahnsteige, zwanzig Meter hohe Billboards mit Sozialreklame. Auf einem davon der riesige Schriftzug: »ALTERN? DIE WAHL DER SCHWACHEN«, dazu das Bild eines geschlechtslosen, faltigen, weißhaarigen Wracks: tränende Augen, offener Mund, die Hälfte der Zähne fehlt. Die Hässlichkeit in Person. Dass die Hüter des Gemeinwohls ausgerechnet hier so eine Riesenvisage montiert haben, verstößt sicher gegen irgendwelche ethischen Normen. Aber was hilft es: Europa muss überall sparen, Renten und medizinische Versorgung für halb vergammelte Greise sind reinste Verschwendung. Natürlich erhalten sie gewisse Unterhaltsleistungen, aber gleichzeitig wird alles getan, um zu verhindern, dass noch mehr solcher Schmarotzer in die Welt gesetzt werden. Diese klapprigen Arschlöcher sind es ja gerade, die sich unbedingt vermehren mussten! Auf jede Milliarde, die uns die Alten aus der Tasche ziehen, kommt eine weitere Milliarde, die wir in die Bildung ihrer Bälger stecken müssen. Rentner und Minderjährige: nichts als Ausgaben! Eine entartete Minderheit, die längst abgeschrieben gehört.

Minütlich kommen hier Züge an und fahren wieder ab, auf den Bahnsteigen wimmelt es von Menschen. Das Kaleidoskop unseres Wagens wird durchgeschüttelt, schweigend halte ich in dem Gedränge nach weiten Mänteln und geflickten Gesichtern Ausschau. Nichts. Ich kann mein Glück gar nicht fassen.

»Ist es noch weit?«, fragt Annelie, als die Tube wieder anfährt. Sie hält sich an mir fest; eine Berührung, die in meinem Inneren, etwas über dem Sonnengeflecht, eine seltsame Regung hervorruft.

»Noch ein paar Stationen.«

»Und dann?«

»Zu einem bestimmten Ort. Einem Treffpunkt der Gruppe. Dort warten wir auf Wolf.«

Sie lässt mich los und sagt nichts mehr. Sie schweigt, als wir in eine andere Linie umsteigen, bittet mich nur einmal um etwas Wasser, aber ich hetze sie weiter, treibe sie an, gestatte es ihr nicht, ihren Durst zu löschen. Sie schweigt auch, als wir an weiteren Türmen vorbeifliegen, auf Troja zu. Heimlich beobachte ich ihre Gesichtszüge, während sie sich vor der spiegelnden Glaswand die Tuschestreifen aus dem Gesicht wischt, ihre Haare entwirrt und mit den Fingern kämmt. Sie ist jetzt anders als in der Nacht, als wir in Rocamoras Wohnung einbrachen. Anders als in meinem Traum.

Vorgestern haben wir ihr ganzes Leben durch den Fleischwolf gedreht. Es hätte mich nicht gewundert, wenn ich sie heute noch immer als ein Häufchen Elend in der Duschkabine vorgefunden hätte. Doch jetzt, da ich sehe, wie sie sich schön macht, muss ich an das hellgrüne Gras in den Escher-Gärten denken. Gras, das sich nicht niedertrampeln lässt, sich jedes Mal wieder aufrichtet, sobald man den Stiefel hebt.

Bei Troja steigen wir aus. Ich führe Annelie durch dunkle Gänge zu einer Batterie von Lastenaufzügen. Troja ist ein nahezu unbewohnter Turm, der fast ausschließlich aus Produktionshallen, Recyclingzentren und anderen Verwertungsfabriken besteht.

In der zerkratzten Fahrstuhlkabine sagt sie plötzlich mit einem erleichterten Seufzen: »Jetzt bin ich mir endlich sicher, dass du mich nicht beseitigen wirst.«

»Was?« Ich setze wieder mein unverbindliches Lächeln auf.

»Du hast sicher schon tausendmal die Gelegenheit gehabt, es zu tun. Stattdessen schleppst du mich immer noch mit dir herum.«

»Hast du denn an mir gezweifelt?«

»Ich weiß nicht. Du wirkst nervös.«

»Das hier ist ein ganz schön verantwortungsvoller Job.« Das Lächeln verzerrt meine Lippen, ich kann kaum noch sprechen, so sehr schmerzen meine Wangenmuskeln.

Die Aufzugtür schiebt sich mit lang gezogenem Stöhnen zur Seite. Ungesunde Hitze und schwerer, fauler Gestank schlagen uns entgegen. Der Vorplatz sieht aus wie ein Hangar: Die Wände sind mit Bleiplatten verkleidet und mit einheitlichen gelben Ziffern markiert, automatische Müllmaschinen surren auf weichen Raupenketten an uns vorbei. Wir sind da.

»Was ist da, hinter dem Tor? Meine Güte, stinkt das!«

Es ist ein Abfallverwertungszentrum, Annelie.

»Keine Ahnung«, antworte ich. »Da müssen wir aber auch nicht hin. Wir warten hier.«

Ich setze mich einfach auf den Fußboden.

»Mach's dir bequem. Jetzt können wir uns ausruhen.«

»Kommt er hierher? Wann?«

Ich nehme meinen Rucksack ab, hole die Trinkwasserflasche hervor und nehme einen Schluck.

»Gib her!«

Ich halte ihr die Flasche hin, sie stürzt sich gierig darauf und trinkt mit großen Schlucken.

»Zitronenwasser?« Sie wischt sich die Lippen.

Ich nicke.

»Danke.«

»Wo hast du ihn kennengelernt? Ich meine Wolf?«

Ich weiß selbst nicht, warum ich das frage.

»In Barça.«

Barcelona. Das inoperable Geschwür Europas.

Dort hat sich Rocamora also die ganze Zeit versteckt.

In Barcelona haben die Gesetze unserer wunderbaren Utopie kaum noch Wirkung. Heute ähnelt es eher einem dieser selbsternannten Schurkenstaaten in Afrika oder irgendeiner anderen unabhängigen Kolonie der Dritten Welt mit all ihren Kinderkrankheiten und Heimsuchungen.

Das Problem Barcelonas, dieser einstmals großartigen, herrlichen Stadt, ist die Gutmütigkeit der Bewohner von Utopia, ihre übertrieben guten Manieren: Irgendjemand muss ihnen beigebracht haben, dass es nicht anständig ist, wenn andere ein elendes Dasein fristen, während man selbst in Saus und Braus lebt. Also ließen sie all jene zu sich kommen, denen es besonders mies ging, sei es in Afrika, in Lateinamerika oder in Russland, um so die Ungerechtigkeit der Welt ein wenig auszugleichen.

Ein bescheuerter Plan, natürlich. Als ob jemand durch einen zufälligen Blick auf den Boden die Existenz der Insekten für sich entdeckt hätte – und nun will er sie dazu bringen, nach römischem Recht zu leben, füttert sie mit Zuckerwasser und Brötchenkrumen, damit sie aufhören, sich gegenseitig zu fressen. Wo das hinführt, ist weidlich bekannt: Der Zucker lockt so viele Ameisen und Kakerlaken an, dass der gute Mann sie am Ende überhaupt nicht mehr loswird. Wenn er jetzt nicht den Kammerjäger holt, kann er bald die Koffer packen.

Auch Barcelona ist so ein Haus, das schon vor zweihundert Jahren angefangen hat, sich in eine Termitenkolonie zu verwandeln. Man braucht nur seine Hand hineinzustecken, schon ist sie innerhalb weniger Sekunden bis auf die Knochen abgenagt. Früher einmal befand sich hier die europäische Aufnahme- und Integrationszentrale für Flüchtlinge. Das Ergebnis: Auf fünfzig Millionen Einwohner kommen heute fünfzig Millionen Illegale, fünfzig Millionen Banditen, Betrüger, Drogendealer und Prostituierte.

Selbst wenn man alle Polizeikräfte und den gesamten Bestand der Phalanx dort einsetzte, würde es nicht gelingen, dort wieder Ordnung herzustellen. Die einzige Lösung wäre, diese Stadt komplett mit kochender Schwefelsäure oder Napalm zu übergießen, aber im glücklichen Staat Utopia ist das Rezept für Napalm leider längst in Vergessenheit geraten.

»Und wie bist du in diesem Rattenloch gelandet?«

»Ich bin dort geboren.« Sie blickt mich herausfordernd an und spuckt aus – wie ein schwerer Junge.

Ich nicke. Hauptsache, sie fängt jetzt nicht an zu randalieren, bis …

»Verstehe.«

»Du verstehst gar nichts.«

»Aber bist du denn … na ja … bist du legal hier?«

»Was geht dich das an?«

Da hat sie recht, ermahne ich mich. Das geht mich überhaupt nichts an.

»Überhaupt nichts.«

»Wolf hat mich damals mitgenommen«, sagt sie knapp. »Das ist alles, was du zu wissen brauchst. Er hat mich mitgenommen und zu seiner Frau gemacht.«

»Frau, Mann …«, kommentiere ich spitz. »Wie das schon klingt: Mann-n-n-n … Das summt wie ein Stacheldraht, der unter Strom steht.«

Ihre Miene verfinstert sich. »Jetzt lästerst du genau wie alle anderen! Diese Monate mit Wolf waren das Beste, was mir in all den fünfundzwanzig Jahren passiert ist!«

Ich atme tief durch.

»Hat er wirklich nie von mir gesprochen?«

»Warum fragst du?«

»Seltsam … Hätte ich eine Freundin, der ich so sehr vertraue, wie er dir … Ich würde es nicht lange aushalten, so etwas vor ihr zu verheimlichen.«

»Das verstehe ich nicht«, gebe ich zu.

»Armer Kerl«, sagt sie und schenkt mir ein zerstreutes Lächeln.

Ich lächle zurück.

»In all den fünfundzwanzig Jahren?«

»Jaja«, sagt sie müde. »Ich bin fünfundzwanzig, na und?«

Fünfundzwanzig. Fünfundzwanzig Jahre in einer Welt von Dreihundertjährigen, die niemals sterben werden.

Sie gähnt.

Ich berühre sie am Arm. »Und du … Du weißt, wer deine Eltern sind?«

»Nein«, antwortet sie und schüttelt den Kopf. »Ich bin aus einem Internat. Für Mädchen.«

Ihre Bewegungen werden immer schwerfälliger. Ich sehe, wie ihr allmählich die Augen zufallen.

»Kann ich mich hier hinlegen? Auf deinen Rucksack? Ich bin auf einmal furchtbar müde …«

»Warte … Aus einem Internat?«

»Mhm. Bei uns hat sich niemand getraut zu fragen … wer unsere Eltern sind.«

»Aber … Warst du etwa in einem Sonderkommando? An Mädcheninternaten wird man doch auch … für Sonderkommandos ausgebildet, die illegal geborene Kinder beschlagnahmen, oder?«

»Wahrscheinlich. Mich interessierte das alles nicht … Also bin ich abgehauen.«

»Was? Du … bist abgehauen?!«

»Ja … aus dem Internat. Warum bin ich nur so müde … Und wo bleibt eigentlich Wolf …«

Wieder gähnt sie, nimmt, ohne weiter zu fragen, meinen Rucksack, legt sich direkt auf den Boden und bettet ihren Kopf auf das Polster, das wie für sie gemacht scheint.

»Hör mal … Wenn er kommt … Richte ihm aus, dass …«

»Warte! Schlaf nicht ein … Noch nicht!«

Sie hat sich ohnehin schon lang genug gegen die Dreifachdosis Orphinorm gewehrt. Ein letztes Mal öffnet sich ihr Katzenauge, leuchtend wie ein Sonnenuntergang im Abendsmog, dann lallt sie noch:

»Und du … Wie alt bist du?«

Ohne meine Antwort abzuwarten, schläft sie ein.

Ich schüttle sie, schreie sie an – vergeblich, sie reagiert nicht, will nicht meine Scheherazade sein.

Reiß dich zusammen, sage ich zu mir. Du kannst sie nicht retten.

Vorsichtig, fast zärtlich ziehe ich den Rucksack unter ihrem Kopf hervor. Ich fasse sie unter den Achseln und ziehe sie bis vor das Tor der Verwertungsanlage. Die Torflügel öffnen sich, und ich befinde mich in einem weiträumigen Saal mit schwarzen Wänden. Die Luft ist toxisch, voll von Molekülen faulender organischer Stoffe. Es ist auch gar nicht vorgesehen, dass hier jemand atmet, denn hier sind nur Maschinen und Sammelroboter am Werk. Sie surren an uns vorüber und werfen Müll auf verschiedene Haufen. Essensreste auf eine Pyramide, Kompositabfälle auf eine zweite, Naturstoffe auf die weiteren.

In den Wänden sind die Öffnungen riesiger Müllschlucker zu sehen. Stählerne Kiefer, die zermalmen, was immer man ihnen zu fressen gibt. Erst öffnen sich zwei mal drei Meter große Sarkophage und werden von den Sammelrobotern mit Müll beschickt, dann fahren die Wände, an denen Häcksler angebracht sind, aufeinander zu. Sie zerkleinern alles, was sich darin befindet, verwandeln es zu Staub und komprimieren es unter ungeheuerem Druck. Zwölf Kubikmeter Kompositmaterial werden so auf einen einzigen Kubikmeter verdichtet, von organischen Stoffen bleibt fast gar nichts übrig.

Aus dem Komposit werden neue Dinge hergestellt, alles Organische wird als Düngemittel verwendet. Zum Wegwerfen ist kein Platz da, und wir können es uns gar nicht leisten, all diese Stoffe in irgendwelchen Verbrennungsanlagen zu verfeuern. Jedes Atom zählt, kein einziges darf vergeudet werden. Jedes Atom war etwas und wird zu etwas, diese Erkenntnis hat sogar etwas Tröstliches.

Ich hole eine einfache Videokamera aus dem Rucksack, stelle sie auf einen Dreifuß und richte das Objektiv auf den offenen Schlund einer Häckselkammer. Schließlich brauche ich einen Beweis meiner Schuld, und in dieser Halle ist kein Überwachungssystem installiert.

Ich lege Annelie auf einen Haufen aus verfaultem Pseudogemüse, der wiederum auf einer Schicht abgelaufener Heuschrecken liegt. Die Kammer ist bereits fast voll. Sobald in einem der Sarkophage kein Platz mehr ist, schließt sich automatisch der durchsichtige Deckel, und die Häcksler beginnen sich zu drehen. Natürlich gibt es in jeder Kammer Sensoren, die den Vorgang automatisch blockieren, wenn sich im Inneren etwas Lebendiges befindet, das größer als eine Ratte ist. In dieser Halle jedoch sind diese Sensoren außer Betrieb gesetzt. Sie ist für die Unendlichen so etwas wie eine Kultstätte.

Ich lege Annelie so hin, dass sie es auf ihrem weichen Lager aus Überresten bequem hat. Umständlich zupfe ich das schwarze Hemd zurecht, das sie wahrscheinlich trägt, weil es nach Rocamora riecht. Ich sehe sie ein letztes Mal an, um mir ihre Gestalt für mein ganzes unendliches Leben einzuprägen. Die schmalen, zerschrammten Fußsohlen; die mädchenhaften Knöchel, dünn und ebenmäßig; die weichen Knie ohne Muskulatur; den zarten, so furchtbar misshandelten Hals mit dem Hemdkragen; die abgegriffenen Handgelenke, die aus groben Ärmeln herausragen, und die mich wieder glauben lassen, dass kosmische Harmonie möglich ist. Das Kinn ist hochgereckt, die angeschwollenen, zerkauten Lippen leicht geöffnet, der Pony etwas verrutscht. Ihre Brust hebt und senkt sich gleichmäßig. Auch ihre Nippel werde ich in Erinnerung behalten, ebenso wie das unter der samtenen Haut verborgene Geschmeide ihrer Wirbelsäule. Aber das alles will ich mir nicht auch noch ansehen, das käme mir pietätlos vor.

Annelie atmet tief und gleichmäßig, verhext von einer starken Dosis Orphinorm. Sie wird nicht erwachen, wenn die Wände des Sarkophags sich schließen, wird ihren eigenen Tod einfach verschlafen. Und schon im nächsten Augenblick wartet eine neue Bestimmung auf sie. Als Dünger oder Kombifutter.

Wie gebannt starre ich auf ihre Gesichtszüge, lange und intensiv betrachte ich sie – und dann beginne ich auf einmal zu zittern, mein ganzer Körper wird wie von einer Explosion erschüttert, denn ich weiß jetzt endlich, wem sie ähnlich sieht … Es ist … Es ist …

Nein! Bin ich verrückt?! Das kann doch gar nicht sein!

Ein Sammelroboter bringt eine neue Portion Totmaterial. Er übergießt Annelie mit irgendeiner grünen Masse, in der ich plötzlich – eine Blüte entdecke. Eine welke Blüte. Das bedeutet, sie ist echt. Bevor sie starb, hat sie gelebt.

»Danke«, sage ich zu dem Roboter. »Sehr hübsch.«

Er hat Annelie ein grünes Totenkleid angelegt. Nur das Gesicht ist noch an der Oberfläche sichtbar. Ein völlig ausdrucksloses Gesicht. Weder lächelnd noch verängstigt. Als wäre dies für Annelie nur eine Probe des Todes.

Jetzt ist die Kammer endgültig voll.

An einem Steuerpult stelle ich den Timer auf eine Minute. Das ist mehr als genug Zeit, um sich auf die Trennung vorzubereiten.

Ein Warnsignal ertönt, dann schließt sich der durchsichtige Deckel über dem Sarkophag. Ich nehme von Annelie Abschied, jedoch nur in meinem Kopf. Schließlich drehe ich gerade einen Film über ihre Hinrichtung, und mein Part lässt keinen Platz für Sentimentalität.

Aber ich will sie mir gut einprägen, denn in meiner Fantasie werde ich mit ihr über all das reden, was wir zu Lebzeiten nicht mehr geschafft haben. Leider haben wir erst zu spät herausgefunden, dass wir uns so viel zu erzählen hätten.

Ihr Fluchtgeständnis geht mir nicht aus dem Kopf.

Sie hat es also geschafft. Aber Mädcheninternate sehen genauso aus wie die für Jungen. Hermetisch, ohne Ausgang. Wie ist es ihr bloß gelungen?

Mein letzter Gedanke, während Annelie noch wie Annelie aussieht: In all der Zeit, die ich heute mit ihr verbracht habe, hat mich meine Platzangst nicht ein einziges Mal an der Gurgel gepackt.

Ich sollte doch lieber nicht auf Beruhigungsmittel verzichten. Sie wirken!

IX · FLUCHT

Wenn ich nicht von hier abhaue, bin ich geliefert.

Ich weiß, dass es möglich ist. Ich habe das Fenster gesehen. Wir werden abhauen, Nr. 906 und ich. Ich muss ihn nur noch finden, und dann … Ich habe doch irgendwo hier ein Fenster gesehen … Ich suche Nr. 906, damit ich ihm alles erzählen kann, gehe einen unendlichen Gang mit tausend Türen entlang, versuche jede Tür – alle sind verschlossen. Wo bist du?!

»He!« Jemand stößt mich in die Seite.

»Was?!« Ich fahre von meiner Liege hoch, reiße mir die Binde von den Augen.

»Du redest im Schlaf!«

Es ist Nr. 38 – der schöne, mädchenhafte Lockenkopf, der sich vor allem und jedem fürchtet und den Älteren macht, was immer sie von ihm fordern.

Mein Kissen ist schweißnass und kalt.

»Und, was habe ich gesagt?«, frage ich und versuche möglichst gleichgültig zu klingen.

Wenn ich irgendwas ausgeplaudert habe und andere etwas über den Ausgang aus dem Internat erfahren, dann wird er zugemauert, bevor ich es wieder ins Lazarett schaffe.

»Du hast geweint«, flüstert Nr. 38.

»Red keinen Scheiß!«

»Still!« Er macht eine hektische Bewegung. »Die andern schlafen doch!«

Da auch ich keinen besonderen Wert auf eine Fortsetzung dieser Unterhaltung lege, ziehe ich mir die Binde über die Augen und drehe mich zur Wand. Ich versuche einzuschlafen, aber sobald ich die Augen schließe, sehe ich es nur noch deutlicher vor mir: die grenzenlose Stadt hinter der Panoramascheibe, Myriaden flimmernder Lichter, Türme wie Atlanten, umflochten von Hochgeschwindigkeitsstraßen wie von Spinnweben aus Glasfasern, darüber ein von grauroten Wolken überzogener Himmel, aufgespießt von den dünnen Strahlen der untergehenden Sonne.

Ich sehe die Balkontür. Den Hebel und das Schloss.

»Wir kommen hier raus«, verspreche ich Nr. 906. »Ich habe …«

»Sei still! Gleich kommen die Leiter!« Das Flüstern von Nr. 38 ist wie ein Schrei.

Auf einmal muss ich an den OP-Tisch denken. Er deutete mit der Stirnseite auf dieses erstaunliche Fenster, das einzige im ganzen Internat. Der längliche, fest zugezogene Sack darauf hatte genau die richtige Länge und Breite, um den Körper eines kleinen Jungen aufzunehmen. »Zu lange dringelassen.« Erst jetzt fallen mir die Worte des Obersten Leiters wieder ein.

Und da begreife ich, dass Nr. 906, mein einziger Freund, dem ich mich nicht offenbaren konnte, mich nicht traute, ihm meine Freundschaft zu beichten – dass er unserem Internat längst entkommen ist. Er ist deshalb so lange nicht in unseren Schlafsaal und zu unserer Zehnereinheit zurückgekehrt, weil er schon die ganze Zeit daliegt, eingepackt in diesen Sack. Es ist für immer zu spät, um Nr. 906 meine Freundschaft und meine Entdeckung mitzuteilen. Ich werde ihm ewig fremd bleiben.

Die Gruft hat ihn verschlungen. »Zu lange dringelassen.«

Nr. 38 piekst mich mit dem Finger. »Schläfst du?« Wieder hängt sein Gesicht von der oberen Liege herab.

»Ja!«

Er schnaubt kurz, dann fragt er: »Stimmt es, dass 503 dich angemacht hat?«

»Was geht dich das an?!«

»Die Jungs sagen, dass der dich vernaschen wollte, aber du hast ihm das Ohr abgebissen.«

Wieder reiße ich mir die Binde vom Gesicht. »Wer sagt das?«

»Sie sagen, er wird dich umbringen. Er erzählt es überall, dass er dich schon bald drankriegt. In den nächsten Tagen.«

»Soll er es doch versuchen«, antworte ich heiser, während ich spüre, wie mein Herz von einer Woge der Angst gepackt wird und zu rasen beginnt.

Nr. 38 schweigt, bleibt aber über mir hängen und starrt mich mit seinen schönen Augen an. Offenbar trägt er etwas mit sich herum, hat aber Angst, die Katze aus dem Sack zu lassen.

»Willst du wissen, wie ich heiße?«, sagt er schließlich zögernd. »Josef.«

»Bist du bekloppt?!«, zische ich. »Wofür zum Teufel soll ich das wissen?!«

Wir haben keine Namen! Im Internat dürfen wir nur unsere Indentifikationsnummern verwenden. Sogar für Spitznamen gibt es ein Verbot, und wer dagegen verstößt, wird gnadenlos bestraft. Kommst du ins Internat, so wird dir dein Name abgenommen, und du erhältst ihn erst wieder zurück, wenn du entlassen wirst. Er ist dein einziger persönlicher Besitz. Wer namenlos hier ankommt, der erhält irgendeinen Namen vom Obersten Leiter, sobald die Zeit gekommen ist, das Internat zu verlassen. Wenn er es denn so weit schafft.

Die Namen der anderen Jungen aus der Zehnereinheit hört man nur bei einer einzigen Gelegenheit: bei der ersten Prüfung. Da hört man ihn – und vergisst ihn sogleich wieder.

»Wenn uns jetzt jemand belauscht, brechen dir die Leiter sämtliche Rippen!«

Nr. 38 stellt sich taub.

»Du bist echt cool«, seufzt er.

»Wie bitte?« Ich runzle die Stirn. Ein Verehrer hat mir jetzt gerade noch gefehlt.

»Du hast ihm gezeigt, was eine Harke ist. Das finde ich cool.«

»Was blieb mir denn anderes übrig? Hätte ich ihn denn weitermachen lassen sollen? Ausgerechnet 503?!«

Nr. 38 schnieft beleidigt. Meine Worte klingen für ihn wie ein Vorwurf: Du kleiner Cherubim würdest dich in so einem Fall gleich brav hinlegen und stillhalten, stimmt's? Dir tut doch schon lange nichts mehr weh.

»Schon klar. Jedenfalls finde ich dich cool, das wollte ich nur mal sagen«, sagt Nr. 38 kaum hörbar und verschwindet aus meinem Sichtfeld.

Es gibt also doch noch einen wunden Punkt. Mir wird klar, wie lang er wohl dafür gebraucht hat, sich dieses Geständnis abzuringen. Wahrscheinlich hat ihn das mehr Überwindung gekostet, als sich von irgendeinem Tunichtgut der Älteren eine Ohrfeige einzufangen.

»Mir reicht's …«, höre ich ihn schluchzen. »Ich will nicht mehr …«

»Hör mal! 38!«, flüstere ich.

Erst nach einer kleinen Pause reagiert er. »Ja?«

»906 kommt nicht mehr zurück. Er ist tot. Ich habe seine Leiche gesehen.«

»Was?!« Nr. 38 lässt sich nicht blicken; an der Unterseite seiner Koje zeichnet sich ab, wie er sich zusammenrollt und die Knie unters Kinn zieht.

»Sie haben ihn tot aus der Gruft geholt. So einfach.«

»906 war okay.« Ganz schön gewagt, diese Aussage. »Nur ein bisschen seltsam.«

Überrascht stelle ich fest, dass ich diesem bedauernswerten Geschöpf mit der ID-Nummer 38 auf einmal zwei völlig unangebrachte Gefühle entgegenbringe: Dankbarkeit und Respekt. Ich steige aus meinem Bett, klettere nach oben, drücke meinen Mund an sein von Engelslocken umrahmtes Ohr und flüstere:

»Ich heiße Jan.«

Er zuckt zusammen. Auch ich zittere. Und doch musste ich mich ihm jetzt offenbaren, mit ihm diesen Pakt schließen. Nicht dass er wie Nr. 906 schon vorher auf ewig verschwindet. Oder dass man mich vorher abholt.

»Ich habe einen Ausgang gefunden. Ein Fenster. Kommst du mit?«

Natürlich sagt Nr. 38 sofort »Nein!«, aber am nächsten Morgen, noch vor der Dusche, als ich meinen Vorschlag bereits hundertmal bereut habe, kommt er zu mir, drückt mir verzagt die Hand und fragt: »Was muss ich tun?« In der Umkleide herrscht Stille, die Luft dröhnt vor Neugier, wie auf einem mittelalterlichen Marktplatz vor der öffentlichen Hinrichtung. Alle wollen mitbekommen, was wir vorhaben. Wenn ich jetzt etwas sage, wird irgendjemand es hören, und wir werden sofort entlarvt.

Eigentlich müsste Nr. 503 im Lazarett liegen, aber beim Morgenappell steht er mir gegenüber. Er starrt mich die ganze Zeit an, und auch sein fieses Grinsen hat er wieder aufgesetzt. Ich versuche ihn nicht anzusehen, aber die leere Stelle dort, wo eigentlich sein Ohr sein sollte, zieht meinen Blick unwiderstehlich an. Soll er sich doch eine Prothese machen lassen. Von mir bekommt dieses Arschloch sein Ohr jedenfalls nicht wieder: Es liegt in einem sicheren Versteck und beginnt bereits zu müffeln. Brücken kann man hinter sich abreißen. Auf einmal merke ich, dass ich mir die Unterlippe blutig gebissen habe.

Der Oberste Leiter sieht durch mich hindurch, als wäre letzte Nacht überhaupt nichts passiert. Aber natürlich wissen alle längst Bescheid. Ständig weichen sie mir aus, alle halten sich von mir fern, als hätte ich die Pest oder was. Ja, wahrscheinlich kann man meinen baldigen Tod schon riechen, und die anderen haben Angst, sich bei mir anzustecken.

Jetzt habe ich nur noch Nr. 38. Auch er würde sich wohl lieber von mir fernhalten, aber gerade jetzt darf ich auf keinen Fall allein bleiben. Überallhin folgen mir irgendwelche Schatten, im Gang spuckt man mir auf die Kleidung, vor den Hörsälen stößt man mich mit der Schulter. Ich bin vorgemerkt, zur Jagd freigegeben, obwohl ich genau weiß, dass Nr. 503 es selbst erledigen will.

Den ganzen Tag über meide ich notgedrungen den Abort. Die Toilettenkabinen sind der einzige Ort, den das Überwachungssystem nicht erfasst. Genau deshalb sind sie ideal für Abrechnungen und Racheakte.

In der Mensa sitzen Nr. 38 und ich nebeneinander. Sogar die Jungs aus unserer Gruppe halten sich von uns fern: Nr. 310, der so gern in Schablonen denkt, starrt mich vom Nachbartisch aus düster an, dann gibt er seinem Laufburschen, dem stummen

Riesen mit der Nummer 900, einen mürrischen Befehl. Sieht für ihn wohl so aus, dass ich auf die Seite des Bösen gewechselt bin.

Scheiß auf sie alle. Wenigstens können Nr. 38 und ich uns in Ruhe unterhalten. Wenn wir dabei möglichst wenig die Lippen bewegen, besteht bei dem Lärm um uns herum eine gute Chance, dass wir unseren Plan geheim halten können.

Wir vereinbaren, dass Nr. 38 eine Krankheit vortäuschen soll, um so ins Lazarett zu gelangen, wo er auf mich wartet. Ich werde noch in dieser Nacht aus dem Schlafsaal abhauen und mich heimlich zu ihm durchschlagen. Während er den Arzt mit irgendeinem Theater ablenkt, schleiche ich mich in dessen Büro und öffne das Fenster. So weit der Plan. Alles Weitere wird uns schon einfallen. Richtig?

Nr. 38 nickt. Sein Kinn zittert. Er lächelt, aber es ist ein schiefes, gezwungenes Lächeln.

»Bist du dir wirklich sicher?«, frage ich ihn.

In diesem Augenblick treten zwei Typen an unseren Tisch. Zwei Gorillas, beide um die achtzehn Jahre. Wahrscheinlich gibt es im ganzen Internat keine stärkeren, furchteinflößenderen und abstoßenderen Gestalten. Zweimal schon sind sie bei der Abschlussprüfung durchgefallen – und dabei nur noch bösartiger und dümmer geworden. Im ersten Jahr am Internat kursierte unter uns das Schauermärchen, dass man jedes Mal, wenn man die Prüfungen nicht besteht, einen Teil seiner Seele abgeben muss. Jetzt, da ich diese beiden erblicke, wird mir klar, dass das gar kein Märchen ist. Ihre Chancen, jemals hier rauszukommen, werden mit jedem Jahr geringer.

»Was soll das, Zuckerpüppchen?«, sagt der eine fast zärtlich zu Nr. 38. Er hat lange, fettige Haare und unheimliche, fast durchsichtige Augen. Der Nagel am kleinen Finger ist spitz und schmutzig. »Gehst du etwa fremd? Hast du dir einen Jüngeren geangelt?«

Dass Nr. 38 ihr Gespiele ist, höre ich zum ersten Mal.

Der Zweite, ein kahl rasierter Typ mit ausgefranstem Bart und zusammengewachsenen Augenbrauen, lacht lautlos, als wären seine Stimmbänder durchgeschnitten.

»Nein … Ich …« Nr. 38 krümmt sich zusammen wie ein ausgetrocknetes Blatt. »Das ist mein Freund. Einfach nur ein Freund.«

»Ein Freund …« Der Schmierige lässt sich das Wort auf der Zunge zergehen, ohne mich anzusehen. »Ein nettes Freundchen …«

»Lasst ihn in Ruhe!«, fahre ich dazwischen. Was habe ich schon zu verlieren? Morgen bin ich entweder eine Leiche oder ein freier Mensch.

»Sag ihm, er soll sich seinen Heldenmut für heute Nacht aufheben«, sagt der mit den durchsichtigen Augen und grinst fies. Es spricht nicht zu mir, sondern zu Nr. 38, als ob ich gar nicht existiere. »Willst du ihm zum Abschied vielleicht noch was Gutes tun?«

Nr. 38 verzieht den Mund zu einem gequälten Lächeln und nickt. Der Bärtige krault ihn am Ohr und wirft ihm eine Kusshand zu, dann ziehen sie von dannen, umschlungen wie zwei Freundinnen und höhnisch grunzend.

»Jetzt bin ich mir hundertprozentig sicher«, sagt Nr. 38 und schluckt den Rotz hinunter.

Zuerst klappt alles wie am Schnürchen. Nr. 38 bittet jemanden, ihm die Braue blutig zu schlagen. Er wird zur ärztlichen Untersuchung geschickt. Jetzt muss ich es nur noch ins Lazarett schaffen, bevor sie kommen, um mich fertigzumachen.

Gegen Abend hat sich der Druck in meiner Blase jedoch in einen stechenden Schmerz verwandelt. Ich kann kaum noch richtig gehen – geschweige denn laufen. Ich muss das Risiko eingehen.

Unmittelbar vor dem Zapfenstreich stehle ich mich mit schmerzverzerrtem Gesicht, von einem Bein aufs andere hüpfend, aus dem Schlafsaal in den Gang hinaus. Vor dem Aufzug – dem einzigen, der mich auf die zweite Ebene zum Behandlungszimmer des Arztes bringen kann – hängen zwei hoch aufgeschossene Gestalten herum. Ich bilde mir ein, die Blutsauger aus der Zehnereinheit von Nr. 503 erkannt zu haben. Hat jemand ihnen gesteckt, dass ich heute ausbüchsen will? Etwa Nr. 38 selbst?

Hinter mir höre ich Schritte, rase los – gleich platze ich! –, stürze in den Toilettenraum, der zu meinem unfassbaren Glück menschenleer ist, schließe mich ein und öffne mit zitternden Fingern gerade noch im letzten Augenblick meine Hose. Endlich verschaffe ich mir die ersehnte Erleichterung, ein Schauer der Seligkeit rieselt durch meinen Körper, und im selben Augenblick höre ich, wie sich die Tür zu meiner Kabine öffnet. Aber es ist zu spät, ich kann jetzt nicht einfach abbrechen, und obwohl ich es nicht wage mich umzudrehen, steigt in mir die böse Ahnung auf, dass ich jetzt gleich draufgehe, dass ich krepieren werde wie ein Idiot und dass man aus meinem idiotischen Tod eine idiotische Anekdote machen wird, die all den starrköpfigen Idioten späterer Generationen als Mahnung dienen wird.

»Du nimmst mich mit«, höre ich plötzlich. »Verstanden?«

Ich verrenke meinen Hals, dass es knackst, und sehe Nr. 220. Den Denunzianten, der den auf dem Gewissen hat, der mein Freund hätte werden sollen.

»Wie bitte?!«

»Entweder du nimmst mich mit, oder ich bin beim Ältesten, bevor du zu Ende gepisst hast!«

»Mitnehmen – wohin?!«

»Ich habe alles gehört. Was du mit dem Zuckerpüppchen beredet hast.« Er feixt.

»Was hast du gehört? Sag schon?!«

»Alles. Dass ihr abhauen wollt. Jan.«

»Dich mitnehmen?!« Noch immer fließt es aus mir heraus, ich kann mich nicht einmal umdrehen, um ihm in die Augen zu sehen. »Dich alte Petze?! Du bist doch der größte Verräter aller Zeiten! Du hast 906 rangehängt, du Arschloch!«

»Ja, ich hab ihn rangehängt! Na und?! Selber schuld! Er hätte eben das Maul nicht so weit aufreißen dürfen! … Also, was ist: ja oder nein?«

Nr. 220 lauscht, ob ich noch lange brauche. Er weiß: Ich bin stärker als er, und ich bin stinkwütend. Er muss mit mir einen Deal hinbekommen, bevor ich fertig bin – sonst ist er dran. Ich dagegen spiele auf Zeit. Eine absurd komische Situation – aber nicht mehr lange. Egal, wie das hier ausgeht: Danach ist alles anders.

»Ich glaube dir nicht!«

»Komm schon, wenn ich gewollt hätte, hätte ich dich längst verpfiffen! Dann würdest du jetzt Blut pissen!«

»Und was, wenn du mich schon verpfiffen hast?!«

»Hör mal, 717 … Glaubst du vielleicht, mir gefällt es hier? Ich will auch abhauen! Ich krieg hier nämlich auch ganz schön was ab … Und ich bin doch nicht blöd.«

»Du bist eine Ratte, das bist du!«

»Selber Ratte! Jeder lebt, wie er kann! Ich halte wenigstens nicht bei jeder Gelegenheit meinen Arsch hin!«

»Weil sie ihn dir längst abgekauft haben, und deine Eingeweide dazu!«

Ich höre, wie er hochzieht und auf den Boden spuckt. Dann beginnt sich seine Stimme zu entfernen.

»Na gut, wenn du nicht willst, dann eben nicht … Mir doch egal. Die Leiter werden jedenfalls kurzen Prozess mit dir machen. Sie werden dich 503 überlassen. Und der reißt dich in Stücke – als Rache für sein Ohr. Ciao! Im Lazarett brauchst du erst gar nicht aufzutauchen …«

Dem Klang seiner Stimme nach steht er schon draußen im Gang. Einem Denunzianten, der schwört, dich zu verraten, sollte man besser glauben.

»Warte! Bleib stehen!« Hastig knöpfe ich mir die Hose zu. »Na gut, in Ordnung!«

Nr. 220 ist auf der Türschwelle stehen geblieben, jeden Augenblick zur Flucht bereit. Ich könnte ihn jetzt genauso gut an seinem roten Kraushaar packen und ihm mein Knie gegen die kurze Nase rammen.

»Beweise es!«

Er runzelt die Stirn, zieht die Nase hoch und blickt sich nach allen Seiten um.

»Ich bin Vik. Viktor.«

Ich strecke ihm meine ungewaschene Hand entgegen.

»Ich weiß, wie du heißt. Du hast damals die erste Prüfung super bestanden.«

Er mustert mich argwöhnisch, dann wird er rot und nimmt meine Hand. Sofort packe ich zu, Nr. 220 spürt, dass er in der Falle sitzt, will sich losreißen, aber ich halte ihn fest.

»Ich weiß, wo die Bande von 503 auf dich wartet! Ich helfe dir, ihnen auszuweichen! Ich führe dich! Aber versprich mir, dass du mich mitnimmst!«

Ich muss an Nr. 906 denken, daran, wie wir immer gemeinsam unseren Film anschauten. Dann an die Stadt im Fenster, die unermessliche Stadt, die Nr. 906 auch sehen könnte, läge er nicht in einem Leichensack. Ihm kann ich jetzt nicht mehr helfen. Außerdem hätte mich Nr. 220 schon hundertmal an die Leiter ausliefern können, und die hätten mich garantiert längst geschnappt. Und dann brauche ich jetzt wirklich einen Kundschafter, sonst kommen mir Nr. 503 und seine Leute in die Quere, bevor ich mein Glück überhaupt versuchen kann.

»Mach dir nicht in die Hose, Vik«, sage ich augenzwinkernd und lasse seine Hand frei.

Er kichert. Meine Art von Humor scheint ihm zu liegen.

Das sind sie also, meine Komplizen: ein armer kleiner Strichjunge und ein überzeugter Spitzel. Doch seltsamerweise komme ich mit ihnen besser zurecht als mit diesem blöden Nr. 906, der vor aller Welt darauf bestehen musste, dass er sich an seine Mutter erinnert.

Natürlich traue ich keinem der beiden über den Weg. Natürlich rechne ich mit Verrat. Und doch verlasse ich mich auf sie. Vielleicht will ich an diesem letzten Abend einfach nicht allein sein, und da ist mir selbst der schlimmste Judas als Freund willkommen.

»Gibt es da wirklich ein echtes Fenster? Wie in dem Video?«, grunzt mein Mitverschwörer, mein Partner in diesem Toilettenpakt, während wir in Richtung Aufzug laufen.

»So echt, wie du es dir nur vorstellen kannst«, versichere ich. »Wir befinden uns in einem Hochhaus mitten in einer Stadt.«

»Einer großen?«

»Einer superriesigen! Da dreht sich einem der Kopf.«

»Das heißt, wir können uns so verstecken, dass man uns niemals findet!«, flüstert er begeistert. Aber dann bremst er plötzlich. »Warte! Da beim Lift … Siehst du?«

Und ob ich sehe. Ich habe es schon vorhin gesehen, und schon da geahnt. Zwei pickelige fünfzehnjährige Lulatsche – Adjutanten von Nr. 503.

Die Augen meines Begleiters fliegen hin und her. »Egal … Das haben wir gleich … Ich kümmere mich drum. Warte hier.«

Ich weiche zurück, bis ich außer Sichtweite bin, während Nr. 220 schniefend und pfeifend weitergeht. Ich drücke mich gegen die Wand und halte die Luft an. Das Gespräch beim Aufzug ist kaum zu verstehen. Ich bin mir fast sicher, dass mein Komplize gleich eine saftige Abreibung bekommt, doch schon nach einer Minute steht er wieder vor mir – völlig unversehrt.

»Mir nach.«

Ich schaue um die Ecke: Vor dem Aufzug ist niemand mehr.

»Was hast du ihnen erzählt?«

»Betriebsgeheimnis«, entgegnet er grinsend. »Wozu willst du das wissen? Es hat funktioniert, das ist die Hauptsache!«

Die Aufzugtüren fahren zur Seite, zum Glück ist niemand in der Kabine. Obwohl ich das deutliche Gefühl habe, in eine Falle zu treten, gehe ich weiter. Für mich ist das ganze Internat jetzt eine Art Fangeisen, in dem ich festsitze – und bereits die Schritte des Jägers höre.

Wieder gehen die Türen auf. Der Korridor ist leer. Eine düstere Vorahnung ergreift mich, alles in mir verkrampft sich, als ob ich auf einem OP-Tisch liege und mich ein Chirurg mit seinen Gummihandschuhen betastet.

Da ertönt das Signal zum Zapfenstreich. Die Leiter sind jetzt in den Schlafsälen, unterbrechen die abendlichen Unterhaltungen und treiben ihre Herde mit Knüppelschlägen in den Schlaf.

Nr. 220 stößt mich mit dem Ellenbogen an. »Da vorn – das Lazarett.«

»Weiß ich selber!«

Wir hetzen zum Eingang. Er ist unbewacht, niemand stürzt uns entgegen, sogar das allsehende Auge der Überwachungskameras scheint heute in sich gekehrt zu sein.

»Und … was dann?«, fragt er keuchend, noch im Laufen.

»Dann … müssen wir … ins Behandlungszimmer gelangen!« Endlich erreichen wir die Tür. Abgeschlossen.

»Scheiße!«

Wir klopfen, klingeln, kratzen …

»Was soll das?«, zischt Nr. 220 plötzlich. »Hast du das mit Absicht gemacht?«

»Ich dachte, hier ist immer offen!«

Aus dem Inneren des Lazaretts sind gedämpfte Kinderstimmen und hektische Bewegungen zu vernehmen, dann gibt die Tür plötzlich ein melodisches Klimpern von sich und fährt nach oben.

Auf der Schwelle steht Nr. 38 – blass, ängstlich, ein Pflaster über der Braue.

»Danke!« Ich klopfe ihm auf die Schulter. »Du bist echt cool!«

Er zuckt unsicher mit den Achseln und starrt Nr. 220 mit großen Augen an. Er schweigt, denn natürlich fürchtet er sich, in Anwesenheit dieser allseits bekannten Petze auch nur irgendetwas preiszugeben.

»Er gehört zu uns«, beruhige ich ihn. »Wir gehen zu dritt.«

»Du kannst mich Viktor nennen«, sagt Nr. 220 großzügig, als könnte dieses Zugeständnis all seine bisherigen zweifelhaften Verdienste aufwiegen.

Nr. 38 nickt.

»Na dann …«, flüstere ich und mache einen Schritt nach vorn. »Wir haben keine Zeit. Ist der Arzt da?«

Rechts beginnt die lange Reihe der Krankenzimmer. Links liegt der Behandlungsraum. Wenn der Arzt tatsächlich dort ist, müssen wir ihn irgendwie herauslocken, und dann …

Die Tür hinter mir fährt langsam wieder herab und schließt uns im Inneren ein.

»Was stehst du da auf der Schwelle? Komm doch rein, lass uns reden!«

Noch habe ich den Sinn dieser Worte gar nicht begriffen, da stellen sich mir vom Klang der Stimme bereits die Haare im Nacken auf, und meine Knie und Hände fangen an zu zittern.

Aus dem rechten Gang tauchen lautlos, nackt bis zum Gürtel, zwei Fünfzehnjährige auf. Ihre Hemden haben sie in den Händen zu einer Art Strick verdreht. Ich ahne, wozu: zum Fesseln, oder zum Erdrosseln.

Ich weiche zum Ausgang zurück, doch der ist bereits zugemauert, und wie es aussieht, wird er sich für mich nie wieder öffnen. Ich packe Nr. 220 an den Haaren.

»Du Schwein! Du Verräter!«

»Das war ich nicht! Das war ich nicht!«, kreischt er, dann nehmen sie ihn mir weg.

Ich ramme dem, der in meiner Nähe steht, meine Faust in den Bauch, aber dabei verstauche ich mir nur das Handgelenk. Und schon im nächsten Moment sehe ich Sterne – jemand reißt mit Gewalt an meinem gebrochenen Finger.

»Doktor! Doktor!«, brülle ich, solange ich noch kann.

Vor Schmerz knicken meine Beine ein, im nächsten Augenblick legt sich die Schlinge eines schweißgetränkten Hemds um meinen Hals und eine schmierige, säuerlich riechende Hand hält mir den Mund zu.

Nr. 38 schluchzt auf und verschwindet irgendwo im Hintergrund.

Wer von den beiden hat mich verraten?

Die Tür zum Behandlungsraum, noch immer verschlossen, schwimmt in einem Dunst aus Schweiß und Tränen von mir weg. Sie ziehen mich fort, von dem Fenster meiner Träume, von der Freiheit – in exakt die entgegengesetzte Richtung. Zu den Krankenzimmern.

Johlend schleifen sie mich durch den ersten Saal, wo mich die Winzlinge von der untersten Ebene mit ängstlichen, weit aufgerissenen Äuglein anstarren. Keiner von denen, die dort fest eingepackt in ihren Betten liegen, gibt auch nur einen Mucks von sich. Der Jüngste ist vielleicht gerade mal zweieinhalb. Aber auch er zeigt keine Regung, sondern versucht so zu tun, als wäre er gar nicht da – um bloß nicht aufzufallen. Er hat bereits begriffen, worum es hier geht.

Im nächsten Raum werde ich erwartet.

Das ganze Zimmer ist ein einziges Chaos. An den Türen stehen ein paar aus der Clique von Nr. 503 Schmiere. Fast alle Krankenbetten sind an die hintere Wand gerückt worden, auf ihnen haben sich ein paar Zuschauer niedergelassen. Nur ein einziges Bett steht in der Mitte des Raumes, und darauf thront im Schneidersitz Nr. Fünf-Null-Drei höchstpersönlich. Hinter ihm – zwei seiner Knechte.

»Zieht ihn aus!«

Zu den beiden Typen, die mich festhalten, kommen weitere hinzu – Nr. 503 scheint seine gesamte Zehnereinheit ins Lazarett eingewiesen zu haben. Sie ziehen mir Hemd, Hose und Unterhose aus – bis ich nichts mehr am Leib habe.

»Bindet ihn! Fesselt ihn ans Bett!«

Sie zwingen mich auf die Knie und knoten mich mit meinen eigenen Klamotten am Kopfgitter eines Betts fest, das jemand eilfertig herangeschoben hat. Meine Nacktheit macht mir nichts aus, das kenne ich vom Morgenappell. Aber Nr. 503 will mich offenbar nicht nur ermorden, sondern vorher noch erniedrigen, eine Hinrichtung inszenieren – und genau deshalb winde ich mich, versuche mich von ihm wegzudrehen, denn dieses Vergnügen gönne ich ihm nicht.

»Wir sitzen heute zu Gericht.« Nr. 503 betrachtet mich, den Gekreuzigten, und spuckt auf den Boden. »Über Nummer Sieben-Eins-Sieben. Über Jan. Richten müssen wir ihn, weil dieser kleine Schweinehund glaubt, dass ihm hier keiner was sagen kann. Und darauf steht was für eine Strafe?«

»Er hat ausgeschissen!!«, schreit einer der Schergen hinter ihm.

»Genau!«, pflichtet der zweite bei.

»Und ihr, warum sagt ihr nichts?«, wendet sich Nr. 503 an die zufällig aus ihren Betten herbeigetrommelten Zuschauer. »Wisst ihr das etwa nicht?«

Ich blinzle – und erkenne durch den Tränenschleier, dass auch Nr. 38 und Nr. 220 darunter sind. Wer von den beiden war es? Wer?

»Ja …«, blökt ein schwindsüchtiger Typ, dem Nr. 503 offenbar schon die Seele aus dem Leib gesaugt hat.

»G-genau …«, sagt nun auch ein dicker Junge von etwa zehn Jahren mit zitternder Unterlippe.

Nr. 503 deutet auf Nr. 220. »Und was sagst du?«

»Ich?«, schnieft dieser. »Wieso ich?«

»Mich interessiert deine Meinung«, erklärt Nr. 503 in aller Ruhe. »Sollen wir ihn fertigmachen? Hat er es verdient?«

»Ich, also … Eigentlich …« Nr. 220 windet sich, und gleichzeitig nähert sich ihm noch einer der Großen mit einem weiteren Schlauch in den Händen. Nervös blickt Nr. 220 ihn an und sagt dann an mir vorbei zu Nr. 503: »Natürlich hat er es verdient.«

Na also. Ich nicke ihm zu. Das überrascht mich nicht.

Nachdem Nr. 503 den letzten Rest des Gewissens von Nr. 220 verschlungen hat wie ein gekochtes Ei, wendet er sich dem Engelchen zu: »Und du, Drei-Acht?«

Der schweigt, das schweißnasse Gesicht zu einer Grimasse verzogen.

»Hast du deine Zunge verschluckt, oder was?!«, hakt Nr. 503 lauter nach.

Nr. 38 schluchzt, sagt aber kein einziges Wort.

»Tut er dir etwa leid?«, wiehert Nr. 503. »Du solltest dir selbst leidtun, Kleiner. Wenn wir mit dem fertig sind …«

»Lass ihn gehen«, bittet Nr. 38.

»Aber ja, natürlich!«, spottet der andere. »Machen wir gleich. Jetzt sag nur noch, dass du nicht wusstest, dass wir ihn fertigmachen, als du ihn uns ausgeliefert hast …«

»Ich … Ich habe nicht …«

»Schluss jetzt. Was starrst du die ganze Zeit auf den Boden? Benimm dich einmal wie ein richtiger Mann! Oder bist du vielleicht gar keiner?«

Seine ganze Zehnereinheit reagiert mit höhnischem Lachen.

»Ich habe nicht …«, setzt Nr. 38 an, dann heult er plötzlich los.

Selbst ich finde das widerlich.

»Zieh Leine, Rotznase!«, befiehlt Nr. 503. »Dich nehmen wir uns morgen vor.«

Gehorsam schleicht sich Nr. 38 davon, und ich höre noch eine Weile sein untröstliches Schluchzen und Ächzen.

Auf einmal werde ich ganz ruhig, ja fast heiter. Ich bin ein Idiot, ein hoffnungsloser Fall. Wem habe ich mich anvertraut? Worauf habe ich gehofft? Wohin wollte ich fliehen?!

Ich höre auf, mich hin und her zu winden. Jetzt ist es mir völlig gleich, dass mich alle sehen können. Sogar die Tatsache, dass ich an dieses Krankenbett gefesselt bin wie ein Gekreuzigter, erheitert mich fast.

Ich kann mir ein Lächeln nicht verkneifen. Als Nr. 503 das bemerkt, wandern auch seine Mundwinkel nach oben.

»Was grinst du so blöd? Du glaubst wohl, das alles ist nur ein Spaß?«

Meine Wangen sind verkrampft, die Lippen wie festgefroren. Mein Gesicht gehorcht mir nicht mehr.

»Na schön«, sagt Nr. 503. »Lächle ruhig, bist offenbar ein ganz freundliches Kerlchen. Hört zu, ihr Stinkmarder! Mir ist scheißegal, was ihr alle denkt. Denn *ich* treffe hier die Entscheidungen. Für dich ist hier Ende Gelände, 717. Und weißt du, was? Mein Ohr brauchst du mir nicht zurückzugeben. Ich hab ja deine beiden. Los, 144.«

Der Lange, der vorhin so bedrohlich durchs Publikum gestreift ist, grüßt jetzt militärisch und klettert auf das Bett, an dem ich festgebunden bin. Blitzschnell nähert er sich mir von hinten und fädelt seinen Stoffgurt durch die Gitterstäbe. Ich muss noch immer daran denken, was Nr. 503 über meine Ohren gesagt hat, und so wird mir erst zu spät klar, auf welche Weise man mich hinrichten will. Hastig versuche ich das Kinn auf die Brust zu drücken, damit Nr. 144 mir den Fetzen nicht um den Hals legen kann, doch dieser greift mir mit seiner Pranke in die Haare, reißt meinen Kopf nach hinten und beginnt mir mit dem Strick die Kehle zuzuschnüren. Das Krankenbett wird zur Spanischen Winde. Nr. 144 führt die Enden seines Werkzeugs zusammen, verdrillt sie zu einem Knoten und beginnt diesen langsam zu drehen, wodurch er mir allmählich das Blut und die Luft abdrückt. Ich zapple und reiße an dem Strick, das Bett wackelt hin und her. Drei weitere Sklaven von Nr. 503 stürzen sich auf mich, um meinen krampfhaften Zuckungen Einhalt zu gebieten.

Niemand sagt ein Wort. Ich verrecke in absoluter Stille. Ich habe das Gefühl, dass ich versinke, dass ein Krake meine Glieder und meinen Hals mit seinen Tentakeln umschlungen hat.

Die Welt hüpft vor meinen Augen, sie hüpft und verblasst, und wie durch einen Zufall bleibe ich an den grünen Augen meines Feindes hängen, der geradezu gierig meinen Blick zu erhaschen sucht. Ich sehe sein fieses Grinsen – und erstarre: Er ist dabei, sich einen runterzuholen.

»Komm schon«, lese ich an seinen Lippen ab.

In diesem Augenblick ertönt vom Eingang her ein Donnern.

Jemand heult auf, dann höre ich eine Bassstimme:

»Soso … Was ist denn hier los? Ist der Kindergarten mal wieder außer Rand und Band?«

Die Saugnäpfe des Kraken werden auf einmal schwächer. Jemand brüllt, ein Bett stürzt krachend um.

»Spinnst du?!«, schreit Nr. 503. »Seid ihr verrückt geworden?!«

Mit letzter Kraft rudere ich aus dem Nebel des Nahtodbereichs heraus, bekomme wie durch ein Wunder eine Hand frei, versuche die Tentakel von meinem Hals zu entfernen, der Strick fällt von mir ab, ich befreie meine andere Hand, sinke zu Boden, krieche irgendwohin – und atme, atme, atme …

Aus den Augenwinkeln bemerke ich zwei riesige Kreaturen: Sie schleudern die Schakale von Nr. 503 zur Seite. Das eine Monster hat eine lange, fettige Mähne, das zweite ist kahl und bärtig. Auf allen vieren versuche ich Land zu gewinnen, mich so schnell wie möglich davonzumachen. Gleichzeitig wird mir klar, dass es sich um die beiden unheimlichen Beschützer von Nr. 38 handeln muss. Wahrscheinlich hat er sie zu Hilfe gerufen.

»Bleib stehen!«, erreicht mich ein Schrei von hinten. Es ist Nr. 503.

»Nein!«, flüstere ich.

Wenn ich jetzt anhalte, sterbe ich. Also krieche ich weiter, blind, ohne Orientierung, zum Leben.

»Wache! Wache!«, höre ich eine Stimme über mir donnern. »Unruhe im Lazarett!«

Es ist die Stimme eines Erwachsenen.

Ich stoße gegen Beine. Hebe den Kopf, so gut ich kann. Und erblicke einen blauen Arztkittel. Da ist er, dieses Arschloch. Erst jetzt hast du mich gehört?

Der Arzt zieht etwas aus seinem Kittel … Ist das etwa … Er hält eine Pistole in der Hand.

»Hinlegen! Mit dem Gesicht auf den Boden!«, schreit er.

Doch er zielt nicht auf mich, sondern auf Nr. 503. Dieser erstarrt, nur zwei Schritte von ihm entfernt. Jetzt oder nie, sage ich mir. Ich scheine auch wieder genug Luft zu bekommen. Jetzt oder nie.

Ich fahre auf und schlage von unten gegen die Hand des Arztes. Ein leises Ploppen, die Kugel fährt in die Decke, brennt ein verkohltes Loch hinein. Die Waffe ist echt!

Ich vergrabe meine Zähne in die Hand des völlig verblüfften Arztes, entwinde ihm die Pistole und laufe, schlitternd, nackt, in Richtung des Fensters. Nr. 503 hechtet hinter mir her, der Arzt folgt ihm auf dem Fuß.

Der Behandlungstrakt ist offen!

Ich hetze durch das erste Zimmer – leuchtende Hologramme menschlicher Innereien auf kleinen Gestellen, ein gemachtes Bett, Ordnung wie in einem OP-Saal.

Nr. 503 und der Arzt behindern sich gegenseitig in der Tür, was meinen Vorsprung um einen weiteren Sekundenbruchteil erhöht. Gerade genug, um bis zu dem Raum mit dem Fenster zu gelangen. Die Tür … Ich renne aus vollem Lauf dagegen – sie ist abgeschlossen! Abgeschlossen!!!

Wie ein Kreisel drehe ich mich um, gerade noch rechtzeitig, um den Lauf auf den Arzt zu richten – sowie auf Nr. 503, der ihm zähnefletschend folgt.

»Mach auf!«, rufe ich hysterisch.

»Was willst du dort?! Da ist überhaupt nichts!« Der Arzt streckt die Hände besänftigend aus und macht einen kleinen Schritt auf mich zu. »Ganz ruhig. Wir werden dich auch nicht bestrafen …«

Hinter ihm auf dem Schreibtisch flimmert ein Bildschirm. Darin sehe ich das Krankenzimmer, in dem meine Hinrichtung stattgefunden hat. Neben dem Monitor dampft eine Tasse Kaffee. Dieses Schwein hat gar nicht geschlafen, sondern meine Exekution aus seiner bequemen VIP-Lounge mit angesehen. Wahrscheinlich hat er den Nervenkitzel sogar genossen.

»Mach auf, Arschloch!!« Die Waffe zappelt in meiner Hand. »Oder ich …«

»Schon gut, schon gut …« Er blickt zum Eingang. »In Ordnung. Lass mich nur hier vorbeigehen …«

»Du! Zehn Schritte zurück!« Ich richte den Lauf auf Nr. 503, der sicher nur auf einen geeigneten Moment wartet, um anzugreifen.

Er weicht tatsächlich zurück – irgendwie provozierend langsam.

Der Arzt fuhrwerkt an der Tür herum, legt die Hand auf den Scanner und sagt: »Öffnen.«

Die Tür gehorcht.

»Bitte sehr.« Er hebt die Arme. »Und warum willst du dorthin?«

»Weg da!«, entgegne ich. »Hau ab, du perverses Schwein!«

Der Arzt tritt zur Seite, noch immer eine dienstfertige Grimasse auf seinem verbrauchten Gesicht. Und ich sehe … Ich sehe es. Das Fenster. Ich hatte schon Angst, ich hätte es verscheucht, es würde sich als Illusion erweisen, als Traum, der sich nicht in die Wirklichkeit schmuggeln lässt. Aber es ist noch immer an Ort und Stelle.

Auch die Stadt ist noch da. Die Stadt, die all diese Jahre auf mich gewartet hat, beinahe vergebens. Auf der anderen Seite des Fensters ist Nacht. Wie bei uns. Eine weiße Nacht: Angesteckt vom Licht der Türme leuchtet das Himmelsmeer mit weichem Schimmer und verdrängt die Dunkelheit. Ein Meer aus Rauch und Dampf, der Atem der Gigapolis. Schnellbahntunnel strömen flackernd dahin, hundert Milliarden Menschen leben glücklich in ihren Türmen und wissen nicht, dass in einem davon, von außen nicht zu erkennen, ein geheimes Kinder-KZ existiert.

Ich gehe auf das Fenster zu.

Da ist der Griff. Ich muss nur daran ziehen, und das Fenster wird aufschwingen. Dann bin ich frei, kann tun, was immer ich will. Wenn es sein muss, sogar in die Tiefe hinabspringen.

Da erscheint auf einmal Nr. 503 im Zimmer. Jetzt habe ich nur noch eine halbe Sekunde, um alles zu Ende zu bringen.

Ich kann ihm in den grinsenden Mund schießen, um unsere gemeinsame Geschichte endgültig abzuschließen. In diesem Augenblick kommt es mir vor, als wäre es das Einfachste von der Welt.

Doch mein Arm fährt zur Seite, und ich schieße – auf die Scheibe.

Denn das ist mir jetzt wichtiger. Die Schale dieses verfluchten Eises von innen zu zerbrechen, hinauszuschlüpfen, die Lungen mit echter, bitterer Luft zu füllen, nicht mit diesem geschmacklosen Ersatzstoff, mit dem man uns berieselt. Wenigstens einmal – nur ganz kurz! – will ich spüren, wie es ist, kein Dach über dem Kopf zu haben.

»Versager!«, sagt Nr. 503.

Ich weiß nicht, womit die Pistole des Arztes geladen ist, jedenfalls brennt das Geschoss eine enorme Wunde in das Fensterglas. Und vernichtet zugleich die gesamte Stadt.

Die herkulischen Türme, die Tunnelfasern dazwischen, der luminiszierende Himmel – all das ist auf einmal nicht mehr da. Stattdessen sehe ich Funken schlagende Kabel, rauchende Elektronikteile und Schwärze.

Ein Bildschirm.

Der erste 3-D-Panoramasimulator meines Lebens.

Etwas huscht an mir vorüber, die Pistole fällt aus meiner Hand, ich selbst stürze zu Boden und überschlage mich.

»Versager!«, krächzt Nr. 503 über mir. »Versa-a-ager …«

»Sicherheit!«, fährt eine stählerne, unbekannte Stimme dazwischen. »Alle auf den Boden!«

»Ihr kriegt ihn nicht!«, brüllt Nr. 503. »Er gehört mir! Mir allein!«

»Lass ihn los!«, höre ich den Arzt schreien. »Soll sich der Oberste mit ihm befassen! Du bist zu weit gegangen!«

Und tatsächlich merke ich, dass sich Nr. 503 zurückzieht. Dabei keucht er so heftig, als hätte er in jeder Lunge ein Loch.

Jemand zieht mir einen schwarzen Sack über den Kopf. Durch die Dunkelheit vernehme ich ein Kichern, dann spricht eine anonyme Stimme zu mir:

»Du hast doch nicht etwa gedacht, dass ihr euch mitten in einer Stadt befindet? Dass man solchen Abschaum wie euch in der Nähe von normalen Menschen hält? Von wegen! Ringsum ist hier nichts als Wüste, und außerdem seid ihr umgeben von einem dreifachen Bewachungsring! Von hier ist noch niemand abgehauen. Und wird es auch nie. Du Trottel hattest nur eine einzige Option: die Schule abzuschließen und entlassen zu werden … Aber jetzt …«

»Wohin mit ihm?«, fragt eine stählerne Stimme.

Der erste Unbekannte wird auf einmal ernst, als er das Urteil spricht: »In die Gruft.«

Ins Nichts.

X · FETISCH

Das ist kein Traum.

Ich kann nicht schlafen. Ich habe Angst davor. Ich will nicht in mein Loch zurück. Ich schaue auf die Uhr: Fast vierundzwanzig Stunden bin ich jetzt schon auf den Beinen, aber die Müdigkeit will sich einfach nicht einstellen.

Der Kommunikator piepst: Mein Video aus dem Abfallverwertungszentrum ist an Schreyer gesendet worden. Meine Vollzugsmeldung. Viel Spaß beim Anschauen.

Ich musste es tun, sage ich zu Nr. 906.

Ich konnte nicht anders handeln.

Auf einer der Ebenen des Turms, in dem ich wohne, gibt es einen winzigen technischen Balkon. Ein paar Meter lang, knapp einen halben Meter breit. Gerade genug, um sich dort hinzulegen und in den Himmel zu schauen.

Der Balkon schwebt frei. Seine Wände sind durchsichtig und hüfthoch. Auch sein Boden ist komplett aus Glas – wäre da nicht dieser Kratzer, man würde ihn überhaupt nicht sehen. Über mir, eingerahmt von perspektivisch zusammenlaufenden Turmspitzen, fließt der Himmel dahin. Und ich schwebe über einem Abgrund.

Neben meinem Kopf: eine halb leere Tequilaflasche. *Cartel*, natürlich.

Es gibt Erinnerungen, die niemals verblassen, gleich wie viel Zeit vergeht. Jeder von uns hat Ereignisse aus der Vergangenheit, die sich schon beim ersten Wort wieder genauso deutlich und lebendig vor dem inneren Auge abspielen, als hätten sie erst tags zuvor stattgefunden.

Ich drehe den Kopf zur Seite und sehe die Stadt. Wenn ich die Lider etwas zusammenkneife, wird sie unscharf. So ähnelt sie jener Aussicht, die ich damals im einzigen Fenster des Internats erblickte. Doch dann sage ich zu mir: Das, was du jetzt siehst, ist wirklich.

Ich bin ja in Freiheit.

Ich bin frei zu tun, was ich will. Wenn es sein muss, sogar mich in die Tiefe hinabzustürzen!

Um den Zugangscode zu diesem Balkon zu bekommen, musste ich mir eine platte Lüge einfallen lassen und diese dann noch etwas ausschmücken. Aber der Code war es wert. Ich komme immer dann hierher, wenn ich mich davon überzeugen will, dass ich wirklich nicht mehr im Internat bin. Dass ich erwachsen bin, ein Mensch, der auf eigenen Füßen steht. Immer wenn ich mein heutiges Selbst mit dem damaligen vergleichen will, verabrede ich mich mit ihm, und dann trinken wir einen und denken an die alten Zeiten. Und dies ist unser Treffpunkt.

Eigentlich bin ich hier, um mit mir selbst allein zu sein. Aber Annelie hat mich auch hier aufgestobert.

Ich denke an sie. Es geht nicht anders. An ihre zerbissenen Lippen, den Hals mit den fein verästelten Arterien, die geschundenen Knie.

Es passiert selten, dass ich an meinen Taten zweifle oder sie bedaure. Für gewöhnlich befreit mich meine Arbeit von der Notwendigkeit, eine Wahl zu treffen, und wenn du keine

Wahl hast, hast du nichts zu bereuen. Glücklich, wem andere die Entscheidung abnehmen: Er muss niemandem etwas beichten.

Ich denke an den Kristallsarg, in den ich sie gelegt habe. An ihre ausgebreiteten Haare. Die schwarz umrandeten Augen und die Lippen, die sie vor ihrem Spiegelbild schminkte. In dem Zug, der sie zu Rocamora zurückbringen sollte.

Was ist mit mir? Warum lässt sie mich nicht los? Warum lasse ich sie nicht los?

Es ist kein Schuldgefühl, sage ich mir. Keine Reue. Und ganz sicher keine Liebe.

Es ist nur ein Sehnen, ein körperlicher Hunger, ein ungestilltes Verlangen.

Obwohl ich sie umgebracht habe, habe ich nicht aufgehört, sie zu wollen. Im Gegenteil, mich verlangt jetzt noch mehr nach ihr.

Ich muss sie verscheuchen. Diese Besessenheit loswerden. Mich erleichtern.

Es gibt nur einen Tempel, wo ich an der Kommunion teilhaben darf und man mir ehrlich die Beichte abnimmt: das Liebfrauenmünster. Die Kathedrale von Straßburg.

Ich stehe auf.

Das Treffen ist beendet.

Der Aufzug sinkt Richtung Ebene 0. Ich kehre vom Himmel zurück auf die Erde – in der irdischsten Angelegenheit, die es wohl gibt.

Der letzte Abschnitt dauert besonders lang: Unter der zweiten Ebene des Leviathan ist nämlich jenes Gebäude untergebracht, das bis zum 20. Jahrhundert das höchste der Welt war. Aber was bedeutet schon lange in unserer Hochgeschwindigkeits-Welt: ein paar Sekunden.

Ich trete aus einem vierstöckigen steinernen Haus auf holpriges, staubiges Kopfsteinpflaster. Rechter- und linkerhand dieses Gebäudes sind einige kleinere Häuser angewachsen, dann schließen sich – ohne Gassen oder Lücken dazwischen – fünfstöckige Bauten an und immer so weiter, wie eine gezahnte Wand. Auf der anderen Seite ein ähnlicher Anblick: Es ist eine Straße einer mittelalterlichen Stadt. Gebäude in zuckersüßen Farben, lebkuchenartige Fachwerkhäuser, sanft leuchtende Fenster, brennende Straßenlaternen.

Wie im Straßburg des 20. Jahrhunderts.

Über dieses Pflaster sind die Menschen bereits vor fünfhundert Jahren gelaufen. Auch die Häuserfassaden sind dieselben wie damals, als sie noch unter freiem Himmel und echten Wolken standen. Nur dass die Straße sich seinerzeit irgendwo in der Ferne verlor, während sie heute nach ein paar Metern an eine Wand stößt. Es ist eine Sackgasse aus schwarzem Spiegelglas, und auch an ihrem anderen Ende wird die Straße von einer ähnlichen Wand begrenzt. Früher erzeugten hier Bildschirme rund um die Uhr die Illusion einer Perspektive, ließen die Straße genau an der Stelle weiterlaufen, wo man sie kupiert hatte, und bevölkerten sie mit einer regen Menschenmenge. Auch die Fassade des Hauses, aus dem ich eben herausgetreten bin, verschwindet heute in dieser Wand aus schwarzem Glas, die früher einmal abgeschnittene Dächer ergänzte, den Blick auf ferne Stadtviertel freigab und als Himmel diente.

Doch diese Simulation der Wirklichkeit verschlang zu viel Energie. Europa ist an die Grenze seiner Leistungsfähigkeit gestoßen, und jedes Kilowatt, jeder Schluck Wasser und jeder

Kubikmeter Luft werden meistbietend verkauft – an jene, die es sich leisten können. Auf Ebene null aber leben diejenigen, die nicht in der Lage sind, die Rechnung für all diese Illusionen zu begleichen. Folglich sind Himmel und Aussicht hier seit Langem abgeschaltet.

Ein Quadratkilometer des alten Straßburgs ist hier eingeschlossen in einen Kubus aus schwarzem Glas. Wer zum ersten Mal hier eintritt, mag der trügerischen Vorstellung erliegen, dass hier einfach nur Nacht herrscht. Aber dunkel ist die Nacht nirgends. Eine Finsternis wie diese herrscht höchstens im Bauch eines Wals.

Und so birgt der Wanst dieses Leviathans, der sich aus dem elsässischen Boden erhoben hat, unzählige alte Gassen, abgewetztes Kopfsteinpflaster und in der Mitte durchtrennte Ziegelhäuser. Daneben hat er allerdings noch eine weitere Beute verschluckt, die sich als ziemlich unverdaulich erweist.

In der Mitte dieser riesigen Box steht ein hundertvierzig Meter hoher Brocken: das Straßburger Liebfrauenmünster. Für mich ist es wie ein alter Freund, deshalb nenne ich es nur: das Münster.

Seine Errichtung dauerte fünf Jahrhunderte, eine Ewigkeit, wenn man die durchschnittliche Lebensdauer der Menschen von damals bedenkt. Ganze zweihundert Jahre war es das höchste Gebäude der Welt. Damals glaubten die Erbauer sicher, dass es sich gelohnt hatte, so viel Blut, Schweiß und Tränen zu vergießen.

Aber dann lernte die Menschheit, wie man mit Stahl baut, und die aus rosa Sandstein bestehende Kathedrale geriet allmählich aufs Altenteil. Und als schließlich die Ära des Komposits begann, landete der Sakralbau gemeinsam mit all dem anderen ausrangierten Spielzeug in der Rumpelkammer.

In dem roten Licht der Straßenlampen sehen das Münster und die engen Gassen, die aus dem Spiegelland direkt darauf zuführen, wie Bühnendekorationen aus. Und wirklich ist hier alles durch und durch Staffage. Jedes dieser leuchtenden, mit Vorhängen vor fremden Blicken geschützten Fenster ist ein Schattentheater, in dem verbotene Stücke nachgespielt werden. Vereinzelt huschen Silhouetten vorüber, lachende, stöhnende oder weinende Stimmen sind zu hören.

Wie leicht wäre es, der Neugier nachzugeben, stehen zu bleiben und an irgendeine der verschlossenen Türen zu klopfen. Aber ich muss zur Kirche.

Obwohl fast tausend Jahre an dem Münster gebaut wurde, ist man doch nie fertig geworden: Nur einer von zwei geplanten Kirchtürmen wurde errichtet, der andere blieb unvollendet. Dadurch hat die gesamte Anlage bis heute etwas von einem Invaliden, der nur seinen einen, unversehrten Arm zu Gott erhebt. Von dem anderen existiert nur ein Stumpf, der direkt an der Schulter abgerissen ist.

Die Fassade der Kathedrale umgarnt ein feines Gewebe aus rosa Kalkstein; Wasserspeier und Heilige blicken vom Mauerwerk herab. Das Hauptportal: zwei hohe Türflügel aus Holz unter einem gewaltigen, sich pfeilförmig nach oben verjüngenden Bogen, zu beiden Seiten von steinernen Aposteln bewacht. Das mächtige gestufte Gewölbe der Bogenöffnung gräbt sich tief in den massiven Bau, umrahmt von einer ganzen Armee lautenspielender Engel. Darüber thront irgendein namenloser König, noch eine Etage höher sitzt die Gottesmutter mit dem Kind auf den Knien, den Abschluss bildet schließlich das finstere Antlitz eines bärtigen Alten.

Was für ein Zirkus.

Ich steige die Stufen hinauf. Die Engel im Gewölbe schweben über mir vorbei, falten sich wie der Balg einer Ziehharmonika zusammen und bleiben am Eingang zurück. Ihnen ist der Zutritt verwehrt.

Ich drücke gegen die schwere Holztür. Orgelklänge dringen durch den Spalt.

Ein Rezeptionist in einer abgewetzten Livree empfängt mich; die neuen Eigentümer der Kathedrale haben ihre eigene Vorstellung von Ästhetik. Aber wer wollte ihnen das vorwerfen? Das Münster kann von Glück sagen, dass es überhaupt noch in Betrieb ist.

Der Empfangschef verneigt sich höflich. »Willkommen im Club Fetisch. Wie wünschen Sie angesprochen zu werden?«

»Sieben-Eins-Sieben.«

»Pardon?«

»Sieben-Eins-Sieben«, wiederhole ich lächelnd. »Nennen Sie mich so. Sie sind noch nicht lang hier?«

»Verzeihung«, haspelt er nervös. Der Fauxpas ist ihm sichtlich peinlich. »Erst seit zwei Wochen. Sie sind Stammgast? Haben Sie eine Reservierung?«

»Nein. Ich hätte Lust auf etwas Frisches.«

Nicht einmal hier ist es uns erlaubt, dauerhafte Beziehungen aufzubauen.

Von irgendwoher sind Männerstimmen zu hören – tief, und unverständlich verschwimmen sie zu einem einheitlichen Brei, wie das Dröhnen einer Maschine. Seltsam … Normalerweise ist hier keine Menschenseele. Der Empfangschef scheint meine Gedanken zu erraten.

»Heute haben wir volles Haus«, sagt er, sich immer wieder zu mir umdrehend, während er zielstrebig vorangeht. »Offenbar ist im Heimkino eine alte Serie über das Leben Jesu angelaufen. Wir knüpfen große Hoffnungen daran, wissen Sie. In letzter Zeit kommen wir kaum noch über die Runden … Die Chefs sind der Meinung, unser Thema sei inzwischen völlig verbraucht …«

Im Inneren der Kathedrale ist alles unverändert: Aus Neugier habe ich mir mal alte Fotos angesehen – sieht so aus, als sei der alte Kasten seit damals nicht ein einziges Mal renoviert worden. Die gleichen verrußten Gewölbe, die gleichen traurigen, blinden Statuen in den Ecken. Eine Ausnahme sind die Kirchenbänke, auf denen sich früher während der Messe die Kirchgänger drängten: Sie sind abmontiert worden, man brauchte wohl den Platz für Massenveranstaltungen. Derzeit aber läuft das Geschäft nicht besonders, und das Mittelschiff der Kathedrale sieht tatsächlich so aus wie ein Kirchenschiff.

Weit vor uns ist im Halbdunkel der Altar zu erkennen; dort sind irgendwelche Vorbereitungen im Gange. Der Empfangschef führt mich jedoch nach links in ein behagliches Seitenschiff, wo die Decke niedriger ist und sich das vertraute Gefühl der Enge einstellt. In den Nischen entlang der Wand befinden sich die Auslagen.

Diese sind durch schwere Samtvorhänge voneinander getrennt. Sie zeigen biblische Szenen oder freie Motive aus dem Leben der Ordensleute. Das Schöne dabei: Man darf sich jede der alttestamentarischen Protagonistinnen oder Nonnen aussuchen. Von Eva bis zur Königin von Saba. Für jeden Geschmack etwas.

»Das Neue Testament ist im rechten Seitenschiff«, flüstert mir der Empfangschef pietätvoll zu. »Natürlich haben wir auch etwas ohne religiöse Anspielungen. In den Kellergewölben befindet sich eine einfache Stripbar in neutralem Stil.«

»Ich bitte Sie«, antworte ich. »Ich bin schließlich Stammgast. Ohne Anspielungen geht bei mir gar nichts.«

»Ah, ein wahrer Connaisseur.« Sein Gesicht zerfließt in einem Lächeln. »Wie wäre es mit Esther?«

Ich sehe mir Esther an, ein lockiges Mädchen mit großen, glänzenden Augen, auf Seidenteppichen hingestreckt, ihre schweren Schenkel, den goldenen Brokat, der ihren dunklen Körper umfängt, ihre glänzende, ölgetränkte Haut. Brokat und Seide sind erkennbar Imitate aus Komposit. Esther dagegen ist wohl schon immer so gewesen, wie sie jetzt aussieht. Aber nach ihr steht mir heute nicht der Sinn.

Sie würde mir keine Erleichterung verschaffen, mir nicht das Gefühl der Freiheit geben.

Ich schüttele den Kopf.

Esther begreift, dass meine Wahl nicht auf sie gefallen ist, und wendet sich von mir ab – träge, wie eine Löwin im Tierpark.

Dann lasse ich Judith und Rebekka passieren sowie einige Nonnen von unterschiedlicher Zügellosigkeit, eine davon ist sogar schon mit einer Gerte versehen. Ein schönes Exemplar.

»Sarah, Sulamith und Dalila sind momentan leider beschäftigt«, sagt der Empfangschef nach einem Blick auf seinen Kommunikator und breitet bedauernd die Arme aus.

»Zeigen Sie mir das Evangelium«, bitte ich.

Ich werde ins rechte Seitenschiff geführt. Unterwegs bleibe ich bei der zwanzig Meter hohen astronomischen Uhr stehen.

»Unser Stolz«, kommentiert der Empfangschef.

Schon hebt er an, offenbar mit einem Trinkgeld rechnend, mir etwas über die Uhr zu erzählen, doch mit einer Geste bringe ich ihn zum Schweigen: Alles, was ich über diese Uhr wissen muss, ist mir längst bekannt.

Wie oft habe ich sie schon betrachtet – noch nie habe ich es fertiggebracht, einfach so an ihr vorüberzugehen. Über dem gewöhnlichen Zifferblatt der Uhr schwebt noch ein weiteres, riesiges, das anstelle der römischen Zahlen die Tierkreiszeichen zeigt. Zudem hat es nicht zwei, sondern sechs Zeiger mit jeweils einem kleinen vergoldeten Planeten darauf: Merkur, Venus, Erde, Mars, Jupiter und Saturn. Die übrigen Planeten waren zu Beginn des 19. Jahrhunderts, als jener französische Uhrmacher ihre Federn aufzog, noch nicht bekannt.

Ein spitzfindiger Mechanismus schickt all diese Planeten auf ihre exakte Laufbahn und kann die Daten aller Feiertage errechnen. Und dann gibt es noch einen Teil, der die Präzession der Erdachse anzeigt, und das mit absoluter Genauigkeit und geradezu unglaublich langsam: eine Umdrehung in etwas weniger als sechsundzwanzigtausend Jahren.

Wozu der Uhrmacher diesen Teil wohl hinzufügen musste, frage ich mich.

Sein eigenes Leben wird wohl kaum länger gedauert haben als ein Grad auf dieser Anzeige, ein Dreihundertsechzigstel einer Umdrehung. Bis zur Entdeckung der Unsterblichkeit dauerte es noch über zweihundert Jahre, also konnte er damals natürlich nicht hoffen, den Abschluss eines Zyklus je mitzuerleben. Wozu die Kraft winzigster Federn skrupulös berechnen oder den Schritt von Miniaturzahnrädern justieren, wenn du weißt, dass deine gesamte Existenz auf dieser Erde – all die Kindheitserinnerungen, Feindschaft und Liebe, Gebrechlichkeit und Tod – in ein Dreihundertsechzigstel dieses Zifferblatts hineinpassen, dessen Grenzen du selbst bestimmst? Wozu einen Mechanismus entwickeln, der dich an deine eigene Nichtswürdigkeit erinnert und jeden Sterblichen, der darauf blickt, erniedrigen muss? Selbst wenn einer der Zeitgenossen des Uhrmachers zum ersten Mal als kleines Kind vor dieser Uhr gestanden und zum letzten Mal als altersschwaches Wrack daran vorbeigehumpelt wäre, er hätte keinerlei Veränderung an diesem Mechanismus bemerkt. Sein Leben wäre zur Gänze vorbeigehuscht, der Zeiger aber hätte sich gerade mal um ein winziges Grad weiterbewegt.

Wahrscheinlich, denke ich, hat er die ganze Maschine nur deshalb gebaut, um hernach an den Zeigern herumfuhrwerken und die Planeten absichtlich verschieben zu können, ganz wie der alte Mann mit dem Bart an der Kirchenfassade. Mit einer Drehung des Zeigers auf dem Präzessionsteil hätte er dann gleich sechstausend Jahre auf einmal abgespult – und so einen fiktiven Sprung in eine Zukunft gemacht, die er niemals erleben würde …

In der heutigen Zeit würde niemand mehr auch nur daran denken, sich für so etwas jahrzehntelang die Finger mit Maschinenöl schmutzig zu machen und die Augen zu ruinieren.

Über den Planeten und der Präzessionsanzeige befindet sich der Beweis für meine Hypothese. Gekrönt wird die Uhr nämlich von einem Mechanismus, der das einfache Volk unterhalten soll: Dort sind zwei kleine Balkone übereinander angeordnet, und auf beiden zieht jeweils ein Reigen bemalter Figuren vorüber.

In der Mitte des unteren Balkons steht der Tod mit grinsendem Schädel, vor sich zwei Glocken. An ihm vorbei fahren gebückte Gestalten: ein Greis, ein Jüngling, eine Frau … Auf der Ebene darüber empfängt der Heiland die Apostel. Die Figuren kommen aus einer kleinen Tür, paradieren an ihrem Oberkommandierenden vorbei und verschwinden durch eine exakt gleiche Klappe am anderen Ende. Nicht sonderlich komplex, die Metapher: Christus und die Apostel stehen höher als der Tod.

Aber etwas daran stimmt nicht.

Eigentlich müsste doch der Tod neben dem Heiland auf dem oberen Balkönchen zu stehen kommen: Schließlich sind sie seit Jahrhunderten ein bewährtes Tandem. Unter den beiden müssten sich dann, die Häupter ehrfurchtsvoll erhoben, die zum Tode verdammten Menschlein drängen – sowohl die einfachen Leute als auch die Apostel. Hätte ich Christus dargestellt, so hätte ich ihm das Gesicht des langhaarigen Leidensmannes, besonders bekannt in der Che-Guevara-Siebdruckfassung, am Hinterkopf befestigt, während er von der Fassade mit dem nackten, hohläugigen Totenschädel auf seine Schäfchen herabblicken würde. Denn der Heiland und der Tod sind eigentlich gar kein Tandem. Sie sind zwei Gesichter ein und desselben Gottes.

Gäbe es keinen Tod, hätte die Kirche nichts, womit sie spekulieren könnte. Auch Jesus, dieser Handlungsreisende mit seinem Katalog voller leerer Hoffnungen, der Marschall der Toten, wäre erst gar nicht geboren worden.

»Könnte ich einen Blick auf die Jungfrau Maria werfen?«, frage ich den Empfangschef.

»Gotteslästerer! Halunken! Wagt es nicht!«, höre ich auf einmal ein unterdrücktes Schreien.

»Verzeihen Sie bitte«, sagt der Empfangschef. Sein Gesicht ist schlagartig bleich geworden. »Ich bin in einer Sekunde wieder da.«

Er läuft zum Eingang, wo ein paar Rausschmeißer versuchen, ein auf dem Boden liegendes Männchen in schwarzem Gehrock wieder aufzuheben.

Ich folge ihm. Es juckt mich schon in den Fingern.

»Lasst mich los! Loslassen!«, kreischt der Gehrock. »Ihr habt die Kathedrale entweiht! Besudelt habt ihr sie!«

»Polizei?«, fragt einer der Gorillas keuchend.

»Wo denken Sie hin?!« Der Empfangschef winkt heftig ab. »Eine Ambulanz brauchen wir. Sehen Sie nicht: Der Mann ist verrückt!«

Plötzlich spüre ich ein leichtes Vibrieren an meinem Arm. Mein stumm geschalteter Kommunikator meldet einen eingehenden Anruf. Ich sehe nach: Es ist Schreyer. Ich fahre über das Display und stelle mich taub. Ich kann jetzt nicht darüber sprechen.

»Ihr seid Abschaum! Barbaren!«, heult das Männchen im Gehrock weiter.

Während ich mich ihm nähere, betrachte ich ihn. Ich begreife, dass er … altert. Die übliche Höchstgrenze von dreißig hat er bereits deutlich überschritten. Falten, schütteres Haar … eine unansehnliche Gestalt.

»Du auch! Ja, du!« Er hat offenbar bemerkt, dass ich ihn anstarre, droht mir mit seiner kleinen Faust und blitzt mich aus seinen weit aufgerissenen Augen an. »Du bist hergekommen, um im Schmutz zu baden!«

Ich lächle.

»Hören Sie, Verehrtester …« Der Empfangschef versucht den Eindringling mit hypnotischen Armbewegungen zur Räson zu bringen. »Dies ist ein privates Etablissement … Wir haben das Recht, jeden Kunden nach eigenem Ermessen einzulassen oder auch nicht … Und Ihr Verhalten kann ich nur als rufschädigend bezeichnen!« Er dreht sich zu mir um. »Verzeihen Sie bitte, um Himmels willen.«

»Kein Problem«, antworte ich. »Ich habe es gar nicht eilig.«

»Ich komme nicht ran … Er lässt nicht los …«, schnauft einer der Wachleute.

»Sodomiten! Vandalen!!!« Trotz seiner schmächtigen Gestalt schafft es der Gehrock, sich aus den behaarten Pranken der Gorillas herauszuwinden.

»Na gut! Ich mach es selbst!« Der Empfangschef flüstert etwas in seinen Kommunikator. »Senden Sie Ärzte … Ja … Ein Tobsüchtiger … Wir schaffen es nicht allein!«

Endlich haben sie ihn unter Kontrolle. Zwei der Gorillas setzen sich auf ihn, obwohl er sich noch immer aufbäumt, mit den Augen rollt und geifert.

»Also wirklich, ich verstehe nicht, warum Sie hier so einen Lärm veranstalten?« Der Empfangschef klopft sich die Livree ab und holt Luft. »Schauen Sie doch … Hier ist doch alles … in bester Ordnung …«

»Die heilige Kirche! … Hunde! … Ihr gottlosen Hunde!«

»Aber mein Bester, was ist denn das für ein kindisches Betragen? Kann sich die heilige Kirche diese Immobilie denn überhaupt leisten? Schauen Sie doch, so ein riesiges Gebäude! Auch wir kommen nur gerade mal so zurecht, und jetzt versuchen solche Leute wie Sie uns auch noch die letzten Kunden abspenstig zu machen! Bedenken Sie: Andere Kirchen sind schon abgerissen worden … Wir aber stehen noch!«

»Huren …«, krächzt das Männchen, »… in einem Gotteshaus!«

Jetzt platzt mir der Kragen: »Stellt euch doch nicht so an!«

Ich gehe direkt vor dem Irren in die Hocke.

»Hast du dich eigentlich schon mal gefragt, wer daran schuld ist, dass der alte Zottelbart Pleite gegangen ist? Zweitausend Jahre lief sein Seelenkrämerladen doch wunderbar, und auf einmal ging es bergab, einfach so! Die Frage ist doch: Wer braucht eure Seelen, wenn unsere Körper gar nicht mehr verfaulen, hm?«

»Wahnsinniger!«, kreischt der Verrückte.

»Dies ist ein freier Markt. Wer zahlt, sagt an. Und wo ist deine Kirche? Bankrott ist sie! Und wenn das Geschäft nicht läuft, muss man seinen Laden eben zumachen – anstatt die Leute ständig zu verarschen. Es ist doch scheißegal, ob hier eine Schlachterei ist oder ein Puff – so was wird wenigstens immer gebraucht, im Gegensatz zu dir!«

»Äh, dies ist ein geschlossener Herrenclub«, korrigiert mich der Empfangschef vorwurfsvoll.

»Du Dämon!« Sein Körper zuckt wie bei einem Besessenen. »Der Teufel sitzt in dir!«

»Du willst mir doch nur eine Fälschung andrehen. Aber ich kann mit deiner Seele nichts anfangen. Das Paradies interessiert mich nicht die Bohne. Ist sowieso nur ein Bild, das irgendwer mal mit rohen Eiern an eine Decke gemalt hat.« Ich spucke auf den Boden. »Da hast du dein Paradies!«

»Du wirst in der Hölle schmoren!!!« Er hat Schaum vor dem Mund. Ein Epileptiker – dachte ich es mir doch gleich.

Ich lache ihm ins Gesicht. »Und deine Hölle ist auch nur aus Eiweiß! Du bist der Einzige, der noch daran glaubt, du Idiot. Niemand sonst! Und weißt du, warum?!«

»Satan … Du bist der Satan!« Er schlägt jetzt schwächer um sich – seine Kräfte scheinen nachzulassen.

»Weil du alterst! Glaubst du etwa, man sieht das nicht? Du hast dir deine Unsterblichkeit vermasselt, weil irgendeine Fotze von dir schwanger geworden ist. Jaja, ein Sündiger bist du! Dein Körper ist löchrig geworden, und jetzt läuft das Leben aus dir heraus. Und da hast du dich auf einmal daran erinnert, dass es noch eine Seele gibt! Und machst uns jetzt Ärger! Aber wir haben unsere eigenen Gesetze! Alles läuft wunderbar, auch ohne deinen Gott. Mir hat dein Gott gar nichts zu sagen, kapiert?!

Soll er ruhig die Alten herumkommandieren. Ich werde immer jung bleiben!«

»Satan …« Er atmet schwer, wird zusehends schlaffer.

Endlich trifft die Ambulanz ein. Man legt ihm etwas unter die Zunge, bindet ihn an die Bahre, misst Puls und Blutdruck. Sein Blick wandert hin und her.

»Er redet wirres Zeug«, erklärt der Empfangschef den Notärzten. »Dass wir die Kirche schänden und so. Dabei tragen wir doch ganz im Gegenteil dazu bei, dass unser Kulturerbe … Als verantwortungsvolle Eigentümer …«

»Ein seltener Fall.« Der verantwortliche Arzt, ein Mulatte mit akkurat rasiertem Bärtchen, nickt gewichtig. »Wir haben ihn jetzt ein bisschen sediert, das Weitere übernehmen dann die Kollegen der Nervenklinik.«

»Wahrscheinlich wegen der Serie …«

Als der Fanatiker endlich fortgetragen wird, drückt mir einer der Rausschmeißer die Hand. »Super, wie Sie den abserviert haben. Richtig psychologisch!«

»Richtig psychologisch«, wiederhole ich mit schiefem Lächeln. Ich zittere am ganzen Körper.

»Wollten Sie nicht einen Blick auf unsere Jungfrau Maria werfen?«, erinnert mich der Empfangschef freundlich. »Wir haben gerade eine ganz neue da.«

Die Gottesmutter ist wirklich eine Überraschung: eine ungeschminkte Topfschnitt-Blondine in einem einfachen weißen Kleid, nicht unähnlich einem griechischen Chlamys, zusammengehalten von einer Spange über der Schulter. In ihren Armen liegt eine gewickelte Babypuppe.

Ja, sie sieht schon ganz gut aus, aber gegen die vollbusige vergoldete Esther hat sie nichts zu melden, und sogar die etwas püppchenhafte Rebekka ist ein richtiger Star im Vergleich zu dieser eher ländlichen Schönheit. Aber etwas an ihr …

»Ja, das ist sie also … Wir dachten, diesmal vielleicht etwas Ungewöhnliches …«

»Ich nehme sie. Für eine Stunde.«

»Wünschen Sie hierzubleiben, oder …? Wir haben freie Zimmer im Keller.«

Die Weihnachtskrippe ist wirklich eine extrem blöde Kulisse. Aber egal, von mir aus tut es auch ein Stall. Wo ist der Unterschied?

»Hier.«

Er flüstert etwas, und ein roter Vorhang senkt sich nach unten. Nun bin ich allein mit der Heiligen Jungfrau, hinter den Kulissen, abgeschirmt vom Licht und den Geräuschen der Außenwelt. Sie blickt mich prüfend an, ohne die Puppe loszulassen.

Ich deute auf den holden Knaben: »Den kannst du bei Gelegenheit mal weglegen …«

Gehorsam verbirgt sie die Puppe unter einem Tuch.

»Wie heißt du?«

»Maria.«

»Schon klar«, antworte ich grinsend. »Und ich bin Joseph.«

»Hallo, Joseph. Wir haben eine Stunde, ja?«

»Ja, vorerst.«

»Willst du dich vielleicht nur ein wenig unterhalten?«, sagt sie plötzlich. »Ich hatte heute einen ziemlich langen Tag. Normalerweise kommt niemand, aber ausgerechnet heute war einer nach dem anderen da, ich habe es nicht mal geschafft, zwischendurch etwas zu essen. Angeblich ist heute irgendeine Serie angelaufen, und da haben sich auf einmal alle daran erinnert … Willst du einen Kaffee?«

»Nein. Aber … mach dir ruhig einen.«

Von irgendwoher holt sie eine Dose selbstbrühenden Kaffee mit Sahne hervor, streckt die Beine aus, schließt die Augen und trinkt mit kleinen Schlucken. Dann steckt sie sich hastig eine Zigarette an.

Währenddessen studiere ich die Dekoration des Stalls: Plüsch-Schafe hinter einem Plastikzaun, eine künstliche Winde kriecht die weiß getünchten Wände entlang. An einer Seite hängt ein Kruzifix aus farbig lackiertem Kompositguss. Die Raumausstatter müssen Idioten gewesen sein: Vor lauter Übereifer haben sie vergessen, auf die Chronologie zu achten.

Aufgemaltes Blut fließt aus den Wundmalen Christi. Er ist selber schuld. Hat nicht mal versucht, dem Ganzen aus dem Weg zu gehen. Masochist. Hat sich von fremder Hand verstümmeln lassen, um uns allen die Schuld zuschieben zu können. Hat im Voraus für die Sünden bezahlt, die wir noch nicht begangen haben. Hat tausend Generationen gezwungen, in Schuld geboren zu werden, damit sie ihm ein Leben lang diesen unfreiwilligen Kredit zurückzahlen. Toll, danke.

Die Jungfrau Maria löscht ihre Zigarette, dankt mir mit einem Lächeln.

»Soll ich anfangen, oder willst du, dass ich erst dich ausziehe?«

»Nein … Fang du an.«

Maria erhebt sich langsam, ohne mich aus den Augen zu lassen, und entblößt die linke Schulter – schmal, blass und schlicht. Dann greift sie mit der linken Hand hinüber und löst den Stoff auf der anderen Seite. Die Chlamys gleitet hinab, fließt über die Schenkel und landet zu ihren Füßen. Nun steht sie nackt vor mir, nur die Brüste hält sie bedeckt.

Mein Blick gleitet an ihr entlang – und doch sehe ich nichts als blaue Flecken an schmalen Handgelenken, einen schrägen, dunkelblonden Pony und gelbe Augen – wie ein leuchtender Sonnenuntergang. Ich schüttele den Kopf, um diese Bilder loszuwerden, die wie winzige Eissplitter in meinen Nervenzellen sitzen.

Befreie mich, bete ich lautlos zur Jungfrau Maria. Erlöse mich von den Dämonen, von meiner Obsession.

Ich bin eine Schale, bis zum Rand gefüllt mit Pech. Ich stehe still, aus Angst, mich selbst zu verschütten. Schöpfe es ab, all das Pech, sauge das Gift aus mir heraus. Ich bewege mich auf sie zu.

»Sprich weiter«, bittet sie, und alles stürzt in sich zusammen.

Professionelle Hilfe, das ist es, was ich von Maria erwarte; was will ich mit einer Jungfrau?

»Was soll das heißen, weiter? Du bist hier die Nutte, nicht ich! Muss ich dir etwa alles beibringen?«

Jetzt macht sie einen Schritt in meine Richtung. Sinkt auf die Knie. Umfasst meine Beine. Streicht mit den Händen von den Waden über die Kniekehlen bis zu meinen Hinterbacken. Schmiegt ihr Gesicht gegen meinen Unterleib. Ich spüre ihre Finger auf meinem Rücken, jetzt schon unter dem Gürtel, wie sie von beiden Seiten um meine Hüften fahren, bis sie meinen Reißverschluss erreichen.

Ritsch.

Ihre Finger – so weich und warm.

Ich halte mich am Krippenzaun fest, um nicht das Gleichgewicht zu verlieren. Mit dem Blick fixiere ich das Kruzifix mir gegenüber.

»Sieh her«, sage ich zu Christus.

Und Christus schaut auf mich, die Augen unter geschwollenen Lidern, verschleiert von falschen Tränen. Er schweigt, denn er hat nichts zu sagen.

»Lügner«, flüstere ich ihm zu. »Verräter!«

Maria fährt zurück. »Was hast du gesagt?«

Anstatt ihrer sehe ich eine andere Frau.

Kleine, feste Brüste, aufgerichtete Nippel, ein zerbissener Hals, schwarz-grüne Fingerabdrücke auf schmalen Schenkeln, tiefrote Streifen am Bauch und auf dem Rücken.

Dunkelblondes, schulterlanges Haar, Augenbrauen wie die Flügel einer Möwe.

Annelie.

Nein! Verjage sie! Werde sie los!

»Mach weiter! Mach weiter!«

Und jetzt sehe ich ein anderes Kruzifix, aus dunklem Holz geschnitzt, klein und abgewetzt, versehrt mit Kratzern und Kerben im Laufe von Jahrhunderten. Das Gold des Dornenkranzes … Auch er blickt mich an.

Ich falle – mir ist heiß, kalt. Ein Gefühl der Wonne.

»Hure …« Ich beiße mir auf die Lippe, lecke Blut.

»Ist alles in Ordnung?«

»Hör auf damit! Frag mich nicht ständig aus!«

»Entschuldige … Ich dachte einfach …«

»Was einfach?!« Ich stoße sie weg. »Warum machst du das?!«

»Du weinst«, sagt sie leise.

»Red keine Scheiße!«

Sie hockt sich hin wie eine Sklavin, mit den Hinterbacken auf den Fersen, den Rücken aufrecht, die Arme seitlich angelegt. Ich fahre mir mit der Faust über die feuchtkalten Wangen.

»Du weinst«, wiederholt sie störrisch.

»Spiel nicht die Psychologin!«, schreie ich. »Du bist nichts als eine Nutte, also tu deine Arbeit! Los! Mach schon!«

»Bist du müde? Geht's dir nicht gut?«

Ganz vorsichtig das Pech aus mir herauslöffeln und wegschütten, damit ich nicht überlaufe – das hätte sie tun sollen. Stattdessen hat sie mit beiden Armen tief in mich hineingegriffen. Und schon schwappt die zähe schwarze Brühe über den Rand. Und vom Grund steigt etwas herauf … etwas längst Vergessenes, Furchtbares.

Dieses hölzerne Kruzifix, dieser goldene Reif …

»Du Hure … Warum hast du ihm geglaubt?«

Ich schlage ihr mit voller Wucht ins Gesicht, als könnte diese Ohrfeige den Prozess aufhalten, den sie in Gang gesetzt hat. Der Schlag ist so heftig, dass ihr Kopf nach hinten kippt.

Sie schreit auf, fährt zurück, greift sich an die brennende Wange. Ich verkrampfe. Gleich ruft sie die Sicherheit, und die werfen mich raus oder holen die Polizei.

»Agnieszka, alles in Ordnung bei dir?«, erkundigt sich eine besorgte Stimme hinter dem Vorhang.

Sie weint lautlos.

»Agnieszka?«

»Ja!«, antwortet sie wütend. »Alles in Ordnung!«

Ich schäme mich. Meine Wangen glühen, als wäre ich selbst geohrfeigt worden. Ihre Tränen spülen meinen Schmerz fort, meine Angst, meine Zweifel. Alles waschen sie rein.

»Agnieszka«, stoße ich hervor. »Verzeih mir. Ich habe vergessen, dass du nicht die Jungfrau Maria bist. Dass du nichts damit zu tun hast.«

»Warum? Warum bist du so zu mir?«

»Nicht zu dir … Es geht nicht um dich, Agnieszka.«

Sie nickt, obwohl sie noch völlig außer sich ist.

»Entschuldige, dass ich dich geschlagen habe … Verzeih mir bitte. Komm.«

Ich umarme sie, drücke sie an mich.

Sie widersetzt sich zuerst, doch schließlich gibt sie nach.

»Ich … Nicht deswegen … Es gibt viele, die … schlagen.«

»Ich hätte es trotzdem nicht tun sollen … Das hatten wir nicht vereinbart.«

»Nein.« Sie schüttelt den Kopf. »Ich weine, weil ich eine dumme Gans bin. Weil ich mich habe kränken lassen. Ich dachte zuerst, du seist vielleicht ein guter Mensch.«

»Das darfst du nicht …«

»Und dann … Ich spiele diese Rolle erst seit heute. Es gibt einen Zuschlag … für den Fetisch. Früher hab ich nur so … Und da … Na ja, damit ich nicht an diesen ganzen Quatsch mit der Heiligen Jungfrau denken muss … Da hab ich mir einfach vorgestellt, dass du ein sympathischer Junge bist, und dass … wenn ich dich nicht in der Arbeit getroffen hätte und du nicht wüsstest, wer ich bin … dass dann etwas daraus hätte werden können. Aber du hast mir wieder klargemacht, dass … dies meine Arbeit ist. Das war so … wie ein Peitschenhieb, verstehst du?«

»Mit der Hure habe ich nicht dich gemeint.«

»Wen dann?«

»Ach, niemanden.«

Ich kann es nicht erklären. Kann es ihr nicht gestehen. Dieser Scheiß-Märtyrer glotzt immer noch von seinem bemalten Kreuz auf mich herab. In seiner Gegenwart die Prostata zu entleeren ist eine Sache, die eigene Seele hervorzukramen aber etwas ganz anderes.

»Ich merke doch, dass du mit denen noch irgendeine Rechnung offen hast. Würde sonst ein normaler Mensch hierherkommen? Das ist doch wie im Museum ägyptische Mumien vögeln … Bist du alt, ja? Warst du vielleicht schon geboren, als sie noch lebten?«

Wieder reizt mein Komm meine Haut.

Wieder ist es Schreyer.

Ich will nicht mit ihm sprechen! Ich kann jetzt kein Lob brauchen und will auch nicht berichten, wie es gelaufen ist. Erneut weise ich ihn ab.

»Was für einen Unterschied macht es, wie alt ich bin?«

»Überhaupt keinen. Ich will einfach, dass es dir besser geht. Soll ich dir …«

»Nein.« Ich schiebe ihre Hand sanft zurück. »Das braucht es nicht. Mir geht es schon besser.«

»Hab keine Angst …«, sagt sie.

Ich schüttele den Kopf – verzweifelt, wie ein Kind. Ich sehe immer noch das andere Kruzifix vor mir: das Holzkreuz, den goldenen Kranz. Die Treppe ins obere Stockwerk, Peng-peng, das unfertige Modell des Sternenfliegers, die Teeblüte in der durchsichtigen Tasse … Hab keine Angst. Er wird uns beschützen.

»Verräter … Betrüger …«, flüstere ich.

Und dann, aus meinem Traum: die Veranda, die Nägel, der zappelnde Körper. Der durchsichtige Deckel eines Sarkophags senkt sich auf den geschundenen Körper eines fünfundzwanzigjährigen Mädchens herab, das auf einem Haufen Müll liegt. Sie hat sich mir anvertraut. Wie eng es für sie gewesen sein muss … Wie eng …

Gesichter ziehen vorüber, überlappen einander, vereinigen sich. Agnieszka wird zur wahren Jungfrau Maria, dann zu Annelie, Annelies Züge verwandeln sich in die meiner Mutter, an die ich niemals denke und die ich doch nie vergessen habe …

»Ich bin völlig durch den Wind …«

In diesem Augenblick vollführt die Jungfrau Maria eine seltsame, verbotene Geste: Sie drückt mich gegen ihre nackte Brust, verbirgt mein Gesicht darin und streicht mit den Fingern über meine Haare. Es trifft mich wie ein Stromschlag. Tief auf dem Grund meines Inneren, versenkt in schwarzem Pech, liegt etwas Glänzendes. Das Pech verwirbelt sich zu einem zähen Trichter, und einen Augenblick lang ist das Glänzende zu sehen …

»Du weinst«, sagt die Jungfrau Maria.

Diesmal widerspreche ich nicht.

Mein ganzer Körper krümmt sich zusammen, etwas bricht aus mir heraus, irgendwo zwischen einem Krächzen und einem Heulen. Ich vergrabe mich noch tiefer in ihr, ertrinke in heißen Tränen, umschlinge sie so fest, dass sie stöhnt.

»Du Hure …«, flüstere ich. »Wenn du ihm so sehr vertraut hast … Warum hast du dann … Warum?«

»Wem vertraut?«, fragt Agnieszka aus weiter Ferne. »Zu wem sprichst du?«

»Er hat dich verraten, und du mich …«, schluchze ich. »Was bist du nur für eine Hure, Mama …«

Aber sie ist nicht böse auf mich, sondern streicht mir nur über die Haare – und das Gift strömt aus meinen Augen und meinem Mund heraus, und ich werde frei, atme leicht, werde schwerelos, als hätten mich all die Tränen in meinen Lungen am Atmen gehindert und immer tiefer hinabgezogen …

Die vier Gesichter, eben noch vereint, fallen wieder auseinander.

Annelie ist nicht mehr meine Mutter, Agnieszka nicht mehr die Jungfrau Maria.

»Danke«, sage ich zu ihr.

»Verzeih mir«, antwortet sie. »Du … Du bist doch ein guter Mensch. Aber in deinem Kopf ist irgendwas schief.«

Sie küsst mich auf die Stirn. Dort, wo sie mich geküsst hat, geht warm die Sonne auf.

Das Mädchen mit dem schrägen Pony, den geschundenen Handgelenken und dem zerkratzten Rücken lächelt mir unter dem Deckel des Kristallsargs zu.

Alles ist vorbei.

»Ich muss los.« Ich küsse sie auf die Wange, stehe auf und wische mir mit dem Ärmel über die Nase.

»Ich weiß nicht genau, was eben passiert ist. Aber wenn du willst, komm wieder.« Auf ihrem Gesicht glaube ich so etwas wie ein Lächeln zu erahnen.

»Du hast mir gutgetan«, sage ich. »Jetzt bin ich stark genug.«

»Wozu?«

Ich ziehe den Vorhang hinter mir zu und gehe zur Rezeption.

Statt einer bezahle ich zwei Stunden.

Der Empfangschef lächelt wissend. »Die Jungfrau Maria scheint sich besondere Mühe gegeben zu haben?«

Ich erwidere sein Lächeln. »Sie hat ein Wunder bewirkt.«

Ich trete unter den schwarzen verspiegelten Himmel. In früheren Jahrhunderten richteten die Kirchgänger ebenfalls den Blick nach oben, denn sie glaubten, dass ihr Gott irgendwo dort zwischen den Wolken sitzt. Engel und Wasserspeier, Heilige und Ungeheuer, Jesus und die Gottesmutter – sie alle folgen mir mit steinernen Blicken von ihren Plätzen in der Fassade des Fetisch-Clubs, als wollten sie sagen: Vielen Dank für Ihre Spende.

Ich wähle Schreyers Verbindung. Er geht sofort ran.

»Wo warst du?«

»Im Bordell.«

»Ist es schon so schlimm …«, brummt er verärgert. »Ich habe dir doch gesagt, du sollst die Gelassenheitspillen nehmen!«

»Ich denke darüber nach.«

»Na schön … Ich habe das Video bekommen. Eine gute Lösung. Ist das eine von euren Locations?«

Ich zucke mit den Achseln. Wo das ist, brauchst du nicht zu wissen.

»Ich habe noch eine Aufgabe für dich.«

Er erkundigt sich gar nicht, warum ich Annelie aus der Wohnung geschafft habe. Anscheinend weiß er nichts vom Auftauchen der zusammengeflickten Gäste und interessiert sich auch nicht für einen detaillierten Bericht. Ihr zerhäckselter Körper läuft gerade durch irgendwelche Rohrleitungen – also ist alles in Ordnung.

»Ich habe seit vierundzwanzig Stunden nicht geschlafen.«

»Dann ruh dich jetzt aus.« Schreyer ist die Unzufriedenheit anzumerken. »Der nächste Job ist sehr wichtig.«

Die Verbindung bricht ab.

Ich aber schwebe über dem Kopfsteinpflaster dahin, berühre es kaum, fliege an dem Schattentheater der Fenster vorbei, vorbei an den Türen all dieser Bordelle, wo Menschen anderen Menschen dabei helfen, ihre Komplexe zu lindern und ihre alten, schief zusammengewachsenen Brüche zu pflegen. Ich habe bekommen, was ich wollte. Warum sollte ich es ihnen nicht gönnen.

Ich drücke auf den Aufzugknopf und blicke mich ein letztes Mal nach dem Münster um.

Ich bin hierhergekommen, damit die hiesigen Heiler mich von meiner Obsession befreien. Meine Lüsternheit unterdrücken und meine Gedanken läutern.

Mit Annelie konnte ich das nicht tun. Und ich glaubte, sie durch irgendeine sprechende Schaufensterpuppe ersetzen zu können.

Es ist ganz anders gekommen, als ich wollte.

Da ist auch schon der Lift.

Ich habe Angst, dass mein Vorrat an Entschlossenheit versiegt, bevor ich alles erledigt habe. Aber er reicht gerade aus. Ich habe genau die Erleichterung bekommen, die ich gesucht habe. All meine Zweifel, ob ich richtig gehandelt habe, sind verflogen.

Im Abfallentsorgungszentrum ist immer noch alles wie zuvor. Roboter huschen hin und her, Berge von Müll wachsen und schrumpfen, Sarkophage dröhnen, während sie all das Überflüssige, das die Menschheit hinter sich zurücklässt, zermalmen.

Ich nähere mich der Kammer ganz hinten. Der Deckel steht offen.

Ich gehe vor dem Sarkophag in die Knie. Schalte den Timer aus. Etwa eine Stunde hätte ich noch gehabt. So viel Zeit habe ich mir gegeben, um es mir zu überlegen.

Ich habe die Kathedrale – oder zumindest das, was von ihr noch übrig ist – aufgesucht, weil ich um genug Willenskraft beten wollte, um nicht hierher zurückzukehren. Um alles so lassen zu können, wie es ist. Mich von meinem körperlichen Verlangen zu befreien. Es zu überwinden. Zu warten, bis der Timer abläuft und sich alles von selbst regelt.

Aber es geht nicht um meine Begierde. Nicht nur darum.

Ich musste einfach daran denken, wie eng es dort für sie sein würde, unter dem geschlossenen Deckel …

Ich bringe es einfach nicht fertig, ihre Schönheit in einzelne Atome zu zerlegen.

Ich beuge mich zu Annelie herab und küsse sie auf die Lippen.

Das Schlafmittel müsste eigentlich noch für zwei Stunden reichen. Doch auf einmal zuckt sie zusammen und öffnet die Augen.

XI · HELEN – BEATRICE

Haben Sie *Cartel?*«

»Wir führen nur *Golden Idol* und *Francisco de Orellana*«, antwortet der Kellner schmallippig.

Eine Flasche dieser beiden Tequilasorten kostet so viel wie mein Monatslohn.

Ich nicke. »Einen doppelten *Idol.*«

»Und für Sie, Mademoiselle? Passend zu unserem heutigen Tagesthema würde ich Ihnen südafrikanischen Rotwein empfehlen.«

Ein heißer Wind peitscht mir weiße Sandkörner ins Gesicht. Es riecht nach Gewürzen, der Himmel ist in gelbrotes Abendlicht getaucht, schwarz zeichnen sich vor diesem Hintergrund die schwankenden Zweige ausladender Baumkronen ab. Eine Herde gehörnter Antilopen galoppiert vorüber, um sich in die aufziehende Dunkelheit zu stürzen, dabei gibt es gar keinen Grund zur Eile. Das über unseren Köpfen gespannte Segeldach flattert im Luftstrom des Ventilators und schützt uns vor den Strahlen der Sonnenprojektion.

Café Terra, Ebene 1200 des Turms Milchstraße. Wahrscheinlich das teuerste Restaurant, in dem ich je gewesen bin.

Aber es ist ja auch ein besonderer Anlass.

»Für mich ein Glas Leitungswasser«, sagt Helen.

»Selbstverständlich.« Der Kellner verneigt sich und ist im nächsten Augenblick verschwunden.

Helen trägt eine dunkle Fliegerbrille, ihre honigfarbenen Haare fallen vorn in die Stirn und sind hinten zu einem Zopf zusammengebunden. Sie hat sich eine Jacke mit Stehkragen angezogen, eine Hose mit Außentaschen und extra grobe Schnürstiefel. Als hätte sie gewusst, welches Thema heute im Café Terra an der Reihe ist.

»Diese Tiere …« Sie blickt nach rechts in die Savanne, und ich betrachte ihr ideales Profil. »Diese Tiere sind längst nicht mehr da. Kein einziges Exemplar.«

Etwa fünfzig Meter von uns entfernt hat eine Giraffenfamilie Halt gemacht. Während die Elterntiere Akazienzweige zupfen, reibt das Junge seine weichen Hörner an den Beinen der Mutter.

»Nicht einmal diese Savanne existiert noch«, ergänze ich höflich, um das Gespräch am Laufen zu halten. »Man hat sie in der Zwischenzeit entweder ausgegraben oder zugebaut.«

»Eine Liveschaltung aus der Vergangenheit …« Sie dreht ihr kleines Zigarettenetui aus Messing wie einen Kreisel.

»Eher eine Aufzeichnung mithilfe von Panoramakameras.«

Nur so eine Erklärung, für alle Fälle.

»Poetisch veranlagt sind Sie nicht gerade.«

»Da haben Sie absolut recht«, antworte ich lächelnd.

»Haben Sie jemals Einschlüsse von Käfern in Bernstein gesehen?« Helen öffnet ihr Etui und holt eine ihrer schwarzen Zigaretten hervor. »In prähistorischer Zeit wurden sie von frischem Baumharz erfasst, das später aushärtete und … Ich hatte mal so eine Halbkugel aus Bernstein mit einem Schmetterling darin. Früher, als ich noch ein Kind war. Seine Flügel waren zusammengeklebt.«

»Sie meinen, diese Savanne hier ist wie ein riesiges Stück Bernstein, in dem all diese unglücklichen Tiere auf ewig gefangen sind?« Ich deute mit dem Kopf auf das übermütig herumtollende Giraffenjunge, das sich gerade an den Beinen seines Vaters austobt, ohne dass dieser überhaupt davon Notiz nimmt.

»Nein«, sagt sie und zieht an ihrer Zigarette. »Die Tiere befinden sich außerhalb. Wir sind es, die in der Halbkugel sitzen.«

Der Kellner reicht mir den Double und Helen ihr Glas Wasser. Mit einer kleinen Zange wirft sie ein paar Eiswürfel hinein und beobachtet eine Zeit lang, wie diese sich langsam auflösen.

Ich stürze die Hälfte meines *Idol* hinunter. »Haben Sie Angst vor dem Alter?«

Sie trinkt ihr Wasser mit einem Strohhalm und blickt mich an, die Augen noch immer hinter der mädchenhaften Clubbrille verborgen.

»Nein.«

»Wie alt sind Sie?«, frage ich.

Sie zuckt mit den Schultern.

»Wie alt sind Sie, Helen?«

»Zwanzig. Wir sind doch alle zwanzig, oder nicht?«

»Nicht alle«, antworte ich.

»Wollten Sie sich deswegen mit mir treffen?« Gereizt stellt sie das Glas beiseite und macht Anstalten, sich zu erheben.

»Nein.« Ich balle die Fäuste. »Nicht deswegen. Es geht um Ihren Mann.«

Bevor ich zu Erich Schreyer hinauffahre, lutsche ich noch eine Beruhigungstablette.

Noch wirkt sie nicht, weshalb ich versuche mein Zittern mit einem selbst gebastelten Mantra in Griff zu bekommen.

Versager. Versager. Versager. Niete. Niete. Niete.

Erbärmlicher Idiot ohne Rückgrat, sage ich zu mir.

Ich strecke meine Hände nach vorn und atme langsam aus. Sie zittern nicht mehr.

Erst jetzt lasse ich den Aufzug kommen.

Es ist ein ganz gewöhnlicher Wolkenkratzer. Eine Etage höher werden implantierbare Mikrochips produziert, eine Etage tiefer residiert ein Konzern, der mit Algen und Planktonpaste handelt. Schreyers Büro selbst befindet sich inmitten eines Labyrinths von Kanzleien: Anwälte, Buchhalter, Steuerberater, weiß der Teufel. An seiner Tür steht nur »E. Schreyer«. Klingt wie eine Handelsagentur für Nahrungsergänzungsmittel oder ein Notariat.

Das Empfangszimmer: eine ziemlich blasse Sekretärin, Komposit-Chrysanthemen. Dann eine Tür, wie zu einer Toilette. Dahinter fünf Mitarbeiter der Security und ein Scanner. Damit mich das System auf Sprengstoff, Waffen, radioaktive Materialien und Schwermetallsalze abtasten kann, muss ich mich in eine hermetische Zelle einschließen lassen. Der Scanner saugt Luft ein, der Geigerzähler tickt, die Wände drücken schwer auf mich. Ich warte, schweige und schwitze.

Endlich blinkt ein grünes Licht, die Barriere hebt sich, und ich kann weitergehen.

Schreyer erwartet mich.

In dem riesigen Büroraum stehen nur ein Tisch und zwei Stühle von einfachster Bauart, wie man sie genauso gut in jeder Spelunke finden könnte. Doch was hier demonstriert wird, ist nicht Bescheidenheit, sondern eine besonders raffinierte Art von Überfluss: Nur zwei von hundert Quadratmetern zu nutzen und den Rest mit unschätzbarer Leere zu möblieren – ist das nicht der ultimative Luxus?

Von den vier Wänden sind zwei aus Glas. Der Blick öffnet sich auf den großartigen Pantheon-Turm, der komplett der Partei der Unsterblichkeit gehört: eine gigantische Säule aus weißem Marmor, die sich bis auf zweitausend Meter Höhe erhebt und von einer Replik des Parthenons gekrönt ist. Dort finden die jährlichen Parteikongresse statt, haben sämtliche Parteibonzen ihre Befehlszentralen und werden Politiker aller Couleur aus allen Teilen des Kontinents vorstellig. Schreyer jedoch scheint es aus irgendeinem Grund vorzuziehen, das Pantheon von außen zu betrachten.

Die anderen beiden Wände sind Projektionsflächen für Nachrichten, Reportagen und Charts. Über den mittleren Bildschirm stolziert gerade ein gegelter, brünetter Schönling mit gestutztem Schnauzer und telegenen Stirnfältchen.

Auf der Schwelle halte ich inne und versuche mein Herz in den Griff zu bekommen.

Falls der Senator tatsächlich meinen Schritten gefolgt ist, falls er weiß, was ich im Schilde führe, so lässt er es sich zumindest nicht anmerken. Stattdessen deutet er auf einen der Stühle, als wäre nichts gewesen, und sagt: »Nimm Platz!«

Offenbar interessieren ihn im Augenblick mehr die Nachrichten.

»… beginnt nächsten Samstag. Der panamerikanische Präsident Theodor Mendez wird sich mit der Führung des vereinten Europas treffen und vor dem Parlament eine Rede halten. Auf der Tagesordnung des Besuchs stehen vor allem Fragen der Überbevölkerung und des Kampfes gegen die illegale Immigration in den Staaten des globalen Westens. Der

überzeugte Popularlibertarianer Mendez ist vor allem bekannt für seine kritische Haltung gegenüber dem europäischen Gesetz über die Wahl …«

»Jetzt bringen uns noch die Yankees bei, wie wir zu leben haben!« Schreyer schnaubt verächtlich. »Kritische Haltung! Ein Liberalfaschist ist er, weiter nichts. Gerade eben hat er im Kongress ein Gesetz über die Verschärfung der Quotenregelung durchgeboxt. Die Mindestgebote bei den Auktionen sollen um zwanzig Prozent steigen!«

»Wie bekannt unterscheidet sich das in Panamerika geltende System der Unsterblichkeitszuteilung grundsätzlich von dem europäischen. So wurde im Jahr 2350 die allgemeine Alterungsimpfung abgeschafft und die Zahl der Geimpften beim Stand von exakt 1 860 300 148 eingefroren. Jedes Jahr wird durch gewaltsame Tode, Selbstmorde und Unfälle eine bestimmte Zahl von Impfungen frei. Diese sogenannten goldenen Quoten werden bei einer gesonderten staatlichen Auktion versteigert.«

Mich interessiert weder das Geschehen auf dem Bildschirm noch das Konterfei des Sprechers; das panamerikanische System der Popularkontrolle ist mir bestens bekannt. Stattdessen beobachte ich Schreyer.

»Und wer bekommt diese Quoten?« Er schnippt mit den Fingern. »Ganz Panam wird von zwanzigtausend Familien regiert. Die können sich fortpflanzen, so viel sie wollen. Warum sonst setzten sie die Hürde bei den Auktionen so hoch? Damit nicht irgendwelche armen Schlucker ihre Nase da reinstecken – und diesen Geldscheißern die Luft verpesten. Sie hätten sowieso keine Chance, auch nur irgendwas zu gewinnen. Und jetzt frage ich dich: Inwiefern sind sie besser als die Russen, auf denen die Medien ständig herumreiten?«

Erich Schreyers Äußeres hat sich nicht verändert: der Teint gebräunt wie bei einem Model für eine Titelseite, die Stimme warm und vertrauenerweckend (er könnte mindestens genauso gut selbst die Nachrichten lesen), dazu ein heller, makelloser Anzug, in dessen Innentaschen die ganze Welt liegt. Doch heute schimmert hinter all dem Plastikglanz noch etwas anderes … Sein Umgang mit mir scheint weniger förmlich zu sein, und ich frage mich, ob Schreyer nicht doch auch nur ein Mensch ist. Oder bin ich durch den Mord an Annelie so etwas wie sein Seelenverwandter geworden? Sein Komplize? Schließlich ist er überzeugt, dass ich sie umgebracht habe …?

»Dieses System existiert seit hundert Jahren«, sage ich vorsichtig. »Ein alter Hut.«

»Und was will dieser feine Pinkel dann hier?«

»Ted Mendez' Besuch findet im Vorfeld seiner lang erwarteten Rede vor dem Völkerbund statt«, erläutert der Nachrichtensprecher. *»Dort beabsichtigt er seinen Entwurf einer Erklärung des Rechts auf Leben zur Abstimmung zu bringen, in der jegliche Präventivmaßnahmen zur Bevölkerungskontrolle als rechtswidrig gebrandmarkt werden.«*

Der Senator schlägt mit der flachen Hand auf den Tisch. »Hast du das gehört? Da drüben verkaufen sie die Unsterblichkeit nur gegen Platinkarten, aber uns verurteilen sie dafür, dass wir allen die gleichen Rechte einräumen. Von wegen Auktionen! Militärtribunale sind das, nichts anderes. Drei von hundert werden vielleicht begnadigt, der Rest entsorgt. Und so was schimpft sich Menschenliebe! Der Staat wäscht seine Hände in Unschuld und macht dabei den großen Reibach, während sich die Bürger für eine Impfung gegenseitig an die Gurgel gehen. Und vor allem: Der amerikanische Traum funktioniert immer noch. Wenn du hart arbeitest und nicht auf den Kopf gefallen bist, hast du vielleicht irgendwann mal genug Geld angespart, damit du dir die Unsterblichkeit leisten kannst!«

Auf den Bildschirmen erscheint jetzt ein unabhängiger Experte und erinnert daran, mit welch überwältigender Mehrheit der Republikaner Mendez seinerzeit gewählt wurde, dass seine Umfragewerte seither stark gesunken sind, nur noch wenig Zeit bis zu den nächsten Wahlen verbleibt, und dass er seine Chancen mit einer Art Kreuzzug durch Europa verbessern möchte, während seine demokratischen Gegner für soziale Gleichheit nach europäischem Modell agitieren.

Während ich den Lippenbewegungen des Analytikers folge, beobachte ich Schreyer weiter aus dem Augenwinkel. Er runzelt verächtlich die Stirn und pocht mit der Hand auf die Tischplatte.

Warum habe ich das getan? Warum habe ich sie am Leben gelassen? Einen direkten Befehl missachtet? Wieso dieser Kurzschluss, was ist da durchgebrannt? Welcher meiner Prozessoren ist kaputt?

Du hast gehandelt wie ein Versager.

Sie hätten dich nicht aus dem Internat entlassen sollen. Niemals.

Für einen Augenblick wendet sich Schreyer von den Bildschirmen ab und will etwas sagen. Ich erwarte, dass er fragt: »Übrigens, weißt du noch, was mit Basile passiert ist? In deiner Zehnereinheit war doch früher mal einer, der so hieß …«

Wenn er alles über mich weiß, weiß er auch das.

Oder weiß er vielleicht doch nicht alles?

»Jaja. Jedem von Geburt an das Recht auf ewiges Leben einzuräumen ist natürlich barbarisch. Dagegen muss das Todesurteil für alle, deren Jahreseinkommen weniger als eine Million beträgt, wie ein Akt reinster Großherzigkeit anmuten …«

»Theodor Mendez hat die Europäische Partei der Unsterblichkeit bereits mehrfach wegen der harten Maßnahmen zur Bevölkerungskontrolle kritisiert. Seiner Ansicht nach zerstört diese unmenschliche Vorgehensweise die Institution der Familie und untergräbt die Grundfesten der Gesellschaft …«

»Und wie viele Familien gibt es in Panam, in denen der Vater oder die Mutter vor dem Jahr 2350 geboren wurden?«, fährt der Senator dem TV-Experten in die Parade. »Das sind Familien, in denen sich die Eltern immer noch blühender Jugend erfreuen, während ihre Kinder und sogar Enkel alle längst ergraut sind – oder das Zeitliche gesegnet haben. Da sparen sie und sparen ihre ganze Ewigkeit, damit ihre geliebte Urenkelin keine Angst mehr vor dem Tod haben muss – und plötzlich hebt Mister Mendez einfach so das Mindestgebot um zwanzig Prozent an. Also wird das Mädel nun leider doch eine alte Hexe und macht irgendwann den Abgang. Aber vielleicht begeht ja der ewig junge Uropa vor lauter Gram Selbstmord und macht so Platz für jemanden, der sich die Quote leisten kann. Ein wunderbar gerechtes System. Wirklich vorbildlich.«

»Für große Aufmerksamkeit sorgte zudem Mendez' Aussage, die Koalition zwischen Salvador Carvalhos Demokratischer Volkspartei Europas und der Partei der Unsterblichkeit sei die größte Schande der Alten Welt seit der Zeit der gescheiterten Appeasement-Politik in den 1930er-Jahren …«

»Voilà!«, explodiert Schreyer. »Wie immer läuft es am Ende auf Hitler und die Nazis heraus. Was für Idioten! Warum nicht gleich auf Barbarossa?!«

Er dreht die Lautstärke zurück und läuft mit weit ausholenden Schritten noch eine ganze Minute lang durchs Zimmer. Dabei murmelt er wütend vor sich hin. Auf den stummen Bildschirmen ist jetzt Baikostal-City zu erkennen, diese enorme Ein-Gebäude-Stadt, gleichsam von Zyklopen errichtet, die sich von der West- bis zur Ostküste Panamerikas erstreckt. Dann erscheint die berühmte Hundert-Fuß-Mauer, mit der sich Panam von dem ewigen Eitergeschwür des überfüllten, von Bandenkriegen zerrissenen Südamerika zu schützen versucht. Weitere Bilder zeigen Horden von Immigranten, die zum Sturm der Mauer ansetzen. Schließlich sieht man die Verteidiger: vielleicht gerade mal zwanzig Menschen auf der ganzen Länge der Mauer, das Gros der Arbeit erledigen Roboter. Sie warnen, verjagen, fangen, töten, verbrennen und verstreuen die Asche im Wind. Ja, Roboter machen unser Leben wirklich wesentlich bequemer.

Inzwischen sitzt Schreyer wieder am Tisch und trommelt mit den Fingern auf die Platte.

»Natürlich brauchen wir die passenden Hintergrundinformationen für den Besuch seiner Heiligkeit.« Er nickt in Richtung Mendez, dessen Konterfei mit fischartig aufgerissenem Mund soeben wieder auf dem Bildschirm erschienen ist. »Also wirst du jetzt mit höchster Präzision zu Werke gehen müssen.«

Ich nicke. Ja, das muss ich wohl.

Weil ich es ihm und mir selbst schulde.

Ich lächle. Doch er versteht es falsch.

»Jan! Darf ich dich daran erinnern, dass dir eine Beförderung in Aussicht gestellt wurde? Diese war jedoch verbunden mit einem wichtigen Auftrag. Den hast du vermasselt. Okay, du hast versucht, es wiedergutzumachen. Und du hast jetzt sicherlich keine Lust mehr, weiter die rechte Hand des Gruppenführers zu spielen, oder?«

Ich zucke mit den Schultern.

Ich bedaure, was ich getan habe. Und was ich nicht getan habe. Es war ein Augenblick der Schwäche, der niemals wieder vorkommen darf. Warum bin ich gestern nur so schwach gewesen, so ein idiotischer, nichtsnutziger Versager. Ich hätte Annelie umbringen sollen. Ich wünschte, ich könnte das jetzt nachholen.

»Deswegen habe ich dich kommen lassen. Deine Personalakte ist nämlich nicht vernichtet worden, sondern liegt jetzt wieder bei mir.«

»Ich bin bereit.«

»Wir haben ein Untergrund-Labor ausfindig gemacht, in dem ein Medikament entwickelt wurde, das eure Injektionen neutralisiert. Ein illegales Generikum.«

»Wie bitte?!«

»Genau. Irgendwelche Schlauberger haben offenbar herausgefunden, wie sich der Akzelerator blockieren lässt. Solange die Injizierten den Blocker nehmen, werden sie nicht älter. Stell dir so etwas wie die Brüsseler Therapie vor, nur wesentlich wirkungsvoller – und in den Händen von Verbrechern.«

»Aber das sind doch sicher nur die üblichen Scharlatane! Wie viele davon …«

»Dieser Mann ist Nobelpreisträger.«

»Ich dachte, das Ministerium kontrolliert sämtliche Virologen, sobald sie die Schule verlassen …«

»Wir reden jetzt nicht davon, was schiefgelaufen ist, sondern davon, wie wir es wieder hinbiegen können. Du begreifst hoffentlich, welche Folgen das haben könnte, oder?«

»Wenn das Zeug tatsächlich wirkt …«

Eine Katastrophe.

»Sie werden das Präparat auf den Schwarzmarkt bringen. Es gibt Millionen von Injizierten. Jeder wird eine Dosis pro Woche benötigen … vielleicht sogar pro Tag! Das ist schlimmer als Heroin. Die Frage ist: Wie können wir die Injizierten daran hindern, das Präparat zu kaufen?«

»Isolation?«

»Sie in KZs stecken? Bering wird ohnehin schon mit Hitler verglichen, du hast es selbst gehört. Aber anders wird es nicht funktionieren. Es geht hier um Summen, gegen die wir nicht ankommen. Jeder illegale Pharmazeut oder Alchemist, der derzeit im stillen Kämmerlein irgendwelche Placebos kocht, wird Teil des Händlernetzes dieser Drecksäue werden. Die Mafia wird sie beschützen. Und sämtliche Injizierten werden zu hörigen Sklaven, denn sie werden nur von Dosis zu Dosis leben. Was rede ich von der Mafia … Wenn die Partei des Lebens dieses Produkt in die Hände bekommt …«

»Dann werden wir eben neue Akzeleratoren entwickeln!«

»Und für die Unsterblichen beginnt eine gigantische Fahndung – nach Millionen von Menschen, die alle neu injiziert werden müssen«, wendet Schreyer ein. »Du weißt selbst, dass die Phalanx nicht besonders groß ist … Unsere Ressourcen reichen gerade mal aus, um die Suche nach neuen Straffälligen aufrechtzuerhalten. Ein Kollaps, das ist es, Jan, was uns bevorsteht. Der totale Zusammenbruch des Systems. Aber das Schlimmste daran ist, dass …«

»… uns niemand mehr fürchten wird«, ergänze ich.

Er nickt.

»Für viele ist es nur die unausweichliche Bestrafung, die sie vor der Reproduktion zurückschrecken lässt. Sobald die Schwankenden erfahren, dass es ein Mittel gibt …«

Schreyer seufzt tief und drückt sich mit den Zeigefingern gegen die Schläfen. Er scheint zu befürchten, dass sonst sein Gesicht aus dem Leim geht und die Dauermaske wohlwollender Gleichgültigkeit abrutscht.

»Alles wird zusammenbrechen, Jan. Wir werden uns gegenseitig vertilgen. Glaubst du, es schert sich jemand um Europas Energiedefizit oder darum, wie viele Menschen unsere Heuschreckenfarmen noch ernähren können? Wie viel muss ein Algenpäckchen kosten, damit die Leute anfangen auf die Straße zu gehen? Anfang des 21. Jahrhunderts zählte die Menschheit gerade mal sieben Milliarden Menschen, gegen Ende desselben schon vierzig Milliarden, und von da an verdoppelte sich diese Zahl alle dreißig Jahre – bis man die Leute dazu zwang, für jedes neue Leben mit einem anderen zu bezahlen. Wenn wir jetzt auch nur um ein Jota davon abrücken, ist alles aus. Wir brauchen bloß um ein Drittel mehr werden, und wir werden Hunger und Bürgerkriege erleben … Aber das wollen die Menschen nicht begreifen. Wirtschaft und Umweltschutz sind ihnen scheißegal, und zum Nachdenken sind sie zu faul und zu feige. Alles, was sie wollen, ist ewig zu fressen und zu ficken. Dagegen hilft eben nur Abschreckung. Nächtliche Razzien, Unsterbliche in Masken, Zwangsabtreibungen, Spritzen, Alter, Schande und Tod …«

»Internate«, füge ich hinzu.

»Ja, Internate.« Schreyer nickt. »Hör zu. Ich bin ein Romantiker. Oder wäre es zumindest gern. Ich wünschte, wir wären alle Wesen einer höheren Ordnung. Frei von aller irdischen Hast, von Dummheit und niedrigen Instinkten. Ich wünschte, wir könnten uns der Ewigkeit würdig erweisen und eine neue Bewusstseinsstufe erreichen! Wir können schließlich nicht ewig Affen und Schweine bleiben. Ich gebe mir alle Mühe, ich spreche zu den Menschen und behandle sie, als wären wir alle gleich. Aber was soll ich tun, wenn sie sich selbst wie Tiere verhalten?!«

Der Senator öffnet eine kleine Schublade in seinem Tisch, zieht eine glänzende Trinkflasche hervor und setzt sie an. Mir bietet er nichts an.

»Was ist das für ein Labor?«, frage ich.

Er betrachtet mich aufmerksam, dann nickt er.

»Kein besonders günstiger Ort für uns: mitten in einem Reservat. Für den offiziellen Weg bräuchten wir jede Menge Genehmigungen, und dann wäre es nicht zu vermeiden, dass Informationen nach außen dringen. Stell dir vor, die Presse bekommt Wind davon, es wird live übertragen, wie sich die Polizei mit diesen Zombies herumschlägt … Das täte unserem Ruf gar nicht gut. Zumal während Mendez' Staatsbesuch. Auf der anderen Seite können wir auf keinen Fall warten, bis seine Heiligkeit Europa wieder verlässt, denn es geht um jede Stunde. Sobald das Präparat auf den Schwarzmarkt kommt, ist alles vorbei, dann lässt sich der Geist nicht mehr in die Flasche zurückstopfen. Das heißt, wir brauchen eine Blitzaktion. Eine Säuberung. Die Operation einer Einheit von Unsterblichen, ausgeführt mit chirurgischer Präzision. Das Labor muss zerstört werden, einschließlich der gesamten Ausrüstung und aller Versuchsproben. Keine Journalisten, keine Protestaktionen, sie sollen erst gar nicht kapieren, wie ihnen geschieht. Selbst die Unsterblichen dürfen nicht wissen, was sie da tun, keiner außer dir. Die Wissenschaftler bringst du heil und unversehrt zu mir. Sie sollen in Zukunft für uns arbeiten.«

»Sind diese Wissenschaftler denn allein? Vielleicht arbeiten sie längst für die Partei des Lebens?«

Er runzelt die Stirn.

»Darüber ist nichts bekannt. Wir haben erst gestern von der Existenz des Labors erfahren und konnten noch nicht alles überprüfen. Aber selbst wenn die Terroristen noch nicht bis dorthin vorgedrungen sind, ist das nur eine Frage der Zeit. Jedenfalls müssen wir jetzt handeln, ohne zu zögern. Bist du dazu bereit?«

Nach dem, was ich mit Annelie gemacht habe, fühle ich mich wie mit Scheiße beschmiert. Ich stinke und will mich reinigen, ich muss Buße tun für das, was ich getan … noch immer dabei bin zu tun. Und dies ist meine Chance.

»Unter einer Bedingung«, sage ich. »Ich will nicht wieder irgendwelche Psychopathen zur Seite gestellt bekommen. Ich hab auch so schon genug Probleme. Und wie wir seit Neuestem wissen, bin ich nicht besonders stressresistent. Also nehme ich diesmal meine eigenen Leute mit.«

Er lässt die Flasche wieder in der Schublade verschwinden und richtet sich auf. Eine Augenbraue in seinem makellosen Gesicht wandert nach oben.

»Wie du meinst.«

Als ich Schreyer verlassen habe, rufe ich Al an.

»Ich weiß alles«, sagt er tonlos. »Herzlichen Glückwunsch.«

»Wozu?«

»Zur Beförderung. Großartig, wie du mich abgesägt hast.«

»Was? Hör mal, Al, ich habe nicht …«

»Vergiss es«, unterbricht er mich. »Ich muss noch die anderen informieren.«

Al schaltet ab, und auch Schreyer ist nicht mehr zu erreichen. Meine Fragen kann ich mir also sonst wohin stecken.

Egal. Sobald alles erledigt ist, gebe ich Al seine Position zurück. Ich habe nicht darum gebeten. Nicht um so etwas. Nicht so.

Eineinhalb Stunden später treffen wir uns bei der Tube-Station im Turm Alcázar. Ich will Al zum Gruß die Hand geben, doch er tut so, als habe er nichts bemerkt.

»Jungs«, sagt er. »Unser Gruppenführer ist jetzt Jan. Befehl vom Oberkommando. So sieht es nun mal aus. Hier. Jetzt bist du für die Ausgabe zuständig.«

Er reicht mir die flache, verschlossene Box mit dem Injektor. Das Spritzen des Akzelerators ist nur dem Gruppenführer erlaubt.

Jetzt bin ich also wirklich erwachsen.

Die leisen Gespräche brechen ab. Eben noch kam Daniel mit den Worten »Wo warst du, du Flasche?« auf mich zu, wollte mich mit seinen riesigen Greifern packen, aber jetzt bleibt er mitten in der Bewegung stehen. Viktor glotzt mich erstaunt an, und Bernard grinst amüsiert, nach dem Motto: »Wirklich interessant, diese kleine Rochade …«

»Wen ernennst du zu deiner rechten Hand?« Al blickt an mir vorbei, als wäre ihm die Antwort völlig schnurz.

»Dich.«

Er nickt kurz – war sowieso klar.

»Und?« Er zieht eine Grimasse. »Was steht an? Weißt du, mich hat man nämlich seltsamerweise nicht in Kenntnis gesetzt.«

Ich trete nach vorn.

»Heute geht es um ein paar alte Knacker«, erkläre ich den anderen. »In diesem Turm befindet sich ein riesiges Reservat, insgesamt fünfzig Stockwerke. Auf Ebene 411 gibt es eine Fabrik für …« – ich werfe einen Blick auf den Kommunikator – »für handgefertigten Christbaumschmuck. Eine Wohltätigkeitsorganisation.«

Bernard wiehert los.

»Dort befindet sich unser Ziel. Ein illegales Labor. Unsere Aufgabe: Alles kurz und klein hauen und sämtliche Eierköpfe, die sich dort verschanzt halten, festnehmen.«

Viktor streckt den Daumen nach oben. »Cool! Endlich mal was anderes, als immer nur irgendwelchen Weibern Spritzen zu setzen.«

»Was ist das für ein Labor?«, erkundigt sich Al.

»Ein biologisches. Irgendwas mit Viren.«

»Moment mal! Und Schutzanzüge kriegen wir keine? Oder wenigstens Atemmasken?«

»Nein. Es wird keine Probleme geben.«

Mir doch egal, dass Schreyer mir keine Scheißanzüge angeboten hat. Ich will, dass es gefährlich wird.

»Du hättest Schutzmaßnahmen anfordern sollen«, hakt Al nach. »Wer immer dich beauftragt, dieses Ding hier durchzuziehen – das Leben der Jungs ist in jedem Fall wichtiger.«

Daniel verschränkt die Arme vor seiner tonnenförmigen Brust und schnalzt mit der Zunge. Alex zuckt ein-, zweimal zustimmend mit dem Kopf. Anton und Benedikt hören schweigend zu.

»Ich sage dir, alles ist im grünen Bereich.«

»Wer war es?«

»Was?«

»Von wem kommt der Auftrag?«

Jetzt hören sogar Viktor und Bernard mit ihren Witzchen auf und spitzen die Ohren, wenn auch immer noch grinsend.

»Hör zu, Al … Was kümmert dich das?«

»Mich kümmert das, weil unser Aufgabengebiet Bevölkerungskontrolle ist. Punkt. Für alles andere ist die Polizei zuständig oder die Geheimdienste. Und wenn hier jemand versucht, mich außerhalb meines Zuständigkeitsbereichs einzusetzen, würde ich doch gern wissen, warum ausgerechnet ich das tun muss? Und für wen? Für den Staat etwa? Seit wann haben wir Unsterblichen was mit Untergrundlabors zu schaffen?«

Die Jungs winden sich, keiner fährt dazwischen, niemand setzt sich für mich ein. Daniel setzt ein finsteres Gesicht auf, Bernard fährt konzentriert mit seiner Zunge im Mund herum. Und Al wartet auf eine Antwort.

»Schon immer«, antworte ich lächelnd. »Man hat dir diese Information bisher einfach vorenthalten. Wahrscheinlich wussten sie, dass du dann schlecht schlafen würdest.«

»Geh doch zum …!«

Viktor wendet sich kichernd ab. Bernard verzieht das Gesicht zu einem breiten Grinsen.

»Genug geredet«, sage ich. »Der Aufzug ist da.«

Als ich auf dem Tableau die Nummer 411 eingebe, warnt mich der Aufzug: *»Sie begeben sich nun in eine Sonderzone für Personen vorgerückten Alters. Bitte bestätigen Sie Ihre Auswahl.«*

»Die Masken setzen wir erst direkt vor dem Sturm auf«, schärfe ich meinen Leuten ein. »Jede Menge von denen haben die Spritze bekommen, also dürften sie uns nicht allzu gern sehen.«

»Danke.« Al verneigt sich spöttisch. »Wieder was gelernt.«

Und ich verneige mich vor Senator Schreyer. Das hat er ja ganz wunderbar arrangiert.

Die Kabine kriecht ewig langsam hinab, wie ein hastig gekauter, vorzeitig geschluckter Brocken in der schlaffen, trockenen Speiseröhre eines alten Knackers.

Dann öffnen sich die Türen – und wir betreten den letzten Kreis der Hölle, wie ihn Hieronymus Bosch nicht besser hätte malen können.

Auf Ebene 411 wimmelt es von langsamen, faltigen und gebückten Wesen voller Muttermale, mit schütterem, farblosem Haar, das Fleisch hängt von den Knochen und die Haut vom Fleisch herab. Mit unglaublicher Mühe schleppen sie sich auf ihren geschwollenen Beinen dem Tod entgegen oder sind schon so altersschwach, dass sie auf ihren eigenen elektrischen Leichenwagen durch die Gegend fahren …

»Jippie!«, kommentiert Bernard.

Ein furchtbarer Gestank schlägt uns entgegen. Es riecht nach Alter, nach baldigem Tod.

Es ist ein starker Geruch, und Menschen nehmen ihn wahr wie Haie einen Tropfen Blut im Ozean. Sie spüren und fürchten ihn – und versuchen krampfhaft, ihn zu unterdrücken. Schon der Anblick eines alten Menschen bewirkt, dass du selbst nach Tod zu stinken beginnst.

Ich weiß nicht, wer die Idee hatte, all die alten Leute in Reservate zu stecken. Wahrscheinlich ist es uns einfach peinlich zuzugeben, dass wir der gleichen biologischen Art angehören wie sie, und ihnen wiederum ist es peinlich, dass wir so denken. Also haben sie wohl irgendwann einmal von selbst angefangen, sich vor uns zu verbergen. So fühlen sie sich wohler, unter ihresgleichen. Wenn sie die Falten anderer sehen, ist es, als blickten sie in einen Spiegel, und schon kommen sie sich nicht mehr so pervers, so abnorm, so todessüchtig vor. Im Gegenteil, sie sagen sich: Ich bin ja genauso wie alle anderen. Ich habe alles richtig gemacht.

Und wir versuchen so zu tun, als ob diese Gettos überhaupt nicht existieren.

Natürlich können sich alte Menschen auch außerhalb der Reservate aufhalten, niemand wird sie nur wegen ihres widerlichen Aussehens schlagen oder öffentlich erniedrigen. Aber selbst im dichtesten Gedränge ist rund um einen alten Mann immer ein großer leerer Raum. Jeder schreckt vor ihnen zurück, hin und wieder gibt ihnen einer – wahrscheinlich weil seine Eltern ebenfalls an Alter gestorben sind – ein Almosen. Natürlich ohne sie zu berühren.

Ich selbst finde nicht, dass man ihnen den Aufenthalt an öffentlichen Plätzen verbieten sollte. Immerhin sind wir hier in Europa, und sie sind genauso Bürger dieser Gesellschaft wie wir. Aber wenn es nach mir ginge, sollte man ein Gesetz einführen, das sie verpflichtet ein Gerät zu tragen, das eine Art Warnsignal von sich gibt. Damit ihnen normale Menschen mit einer Allergie gegen Alte rechtzeitig aus dem Weg gehen können und sich nicht den Tag ruinieren.

Hier, im Getto, versuchen die Alten sich ein einigermaßen funktionierendes Alltagsleben einzurichten. Sie tun gerade so, als müssten sie gar nicht so bald sterben. Da gibt es Geschäfte, Arztpraxen, Schlafblöcke, Kinos und Fußwege mit immergrünen, staubigen Kompositpflanzen. Trotzdem sind unter den unzähligen Aushängen von Rheumatologen, Gerontologen, Kardiologen, Onkologen und Zahnprothetikern vereinzelt auch die schwarzen Schilder von Trauerhilfebüros zu sehen. Ich selbst habe in meinem ganzen Leben noch keinen einzigen Kardiologen zu Gesicht bekommen. Krebs ist seit hundert Jahren so gut wie besiegt, auch wenn die Alten hier ständig Probleme damit haben. Und ein Bestatter hat außerhalb der Reservate natürlich nichts zu suchen.

Vik stößt Bernard mit dem Ellenbogen an. »Sieht aus wie eine Zombie-Stadt, was?«

Ja, sieht ganz so aus.

Nur dass sich diese Zombies für uns, die wir nicht mit Alter infiziert sind und folglich nicht bei lebendigem Leib verrotten, überhaupt nicht interessieren. Sie sind viel zu beschäftigt damit, nicht zu Staub zu zerfallen, als dass sie sich mit diesen zehn Jünglingen hier befassen wollten. So schlurfen sie weiter ziellos dahin, mit tränenden Augen und sabbernden Mündern. Ungepflegt, bekleckert mit Essensresten, nicht selten völlig verwirrt. Bei vielen lässt in den letzten Lebensjahren das Gedächtnis nach, und auch der Verstand setzt allmählich aus. Um diese kümmert man sich halbwegs, soweit die Kräfte reichen, denn auch die Sozialdienste rekrutieren sich aus den Bewohnern des Reservats – jenen, die noch in etwas besserer Verfassung sind. Todgeweihte verstehen die Probleme ihrer Schicksalsgenossen nun einmal besser.

»Schau doch, was für eine Schönheit.« Bernard zeigt mit dem Finger auf eine zerzauste grauhaarige Greisin mit riesigem Hängebusen und zwinkert dem segelohrigen Benedikt zu. »Ich wette, im Internat wärst du auf die geflogen!«

»Warum sind hier keine Kinder?«, fragt mich der Neue im Team – der freche Grünschnabel. »Ich dachte, die sind alle zusammen … Eltern und Kinder.«

»Die Familien sind separat, auf einer anderen Ebene«, erkläre ich unwillig; der Typ regt mich noch immer auf. »Das hier sind die Terminalen, die braucht keiner mehr … Wie heißt du eigentlich?«

»Scheiße!« Er zuckt zusammen, als ihn plötzlich irgendein debiler Sabbergreis am Ärmel packt.

Warum musste ausgerechnet dieser kleine Pisser Basiles Platz einnehmen? Wie konnten sie ihn überhaupt auswechseln?! Ich muss mich beherrschen, um dem Rotzbengel nicht eins auf die Ohren zu geben.

Ein Elektromobil mit Blaulicht fährt an uns vorbei, ein rotes Kreuz auf der Karosserie und zwei schwarze Säcke auf der Ladefläche. Der Wagen bremst, aufgehalten von der Menge. Die Umstehenden beginnen zu zetern, zu stöhnen und sich zu bekreuzigen. Der Grünschnabel nennt irgendeinen Namen, aber das Spektakel ringsum übertönt alles.

Ich spucke auf den Boden. Das hier ist ein Fest für alle Seelenkrämer.

Alex, die nervöse Bohnenstange, murmelt plötzlich: »Und ich dachte immer, die zehn Jahre gehen wie im Flug vorüber.«

Zehn Jahre, das ist die Zeit, die ihnen nach einer Injektion offiziell zum Leben bleibt. Aber das ist nur ein Mittelwert. Manche rafft der Altersakzelerator schon früher dahin, andere können sich länger widersetzen. Das Ergebnis ist immer dasselbe: beschleunigter körperlicher und geistiger Verfall, Inkontinenz, Vergesslichkeit und schließlich – Tod.

Die Gesellschaft kann nun einmal nicht darauf warten, bis einer, der die falsche Wahl getroffen hat, eines natürlichen Todes stirbt; zumal dieser, wenn man ihm nur die Unsterblichkeit entzieht, innerhalb der ihm verbleibenden Jahrzehnte vermutlich noch so viele Bälger in die Welt setzt, dass der ganze Aufwand für die Katz wäre. Deshalb spritzen wir kein antivirales Präparat, sondern einen anderen Virus – den Akzelerator oder Ax, wie wir Unsterblichen sagen. Dieser führt zu Unfruchtbarkeit und meißelt innerhalb von wenigen Jahren sämtliche DNA-Telomere nieder. In der Folge zerfrisst das Alter den Injizierten schnell, grausam und weithin sichtbar – eine Lehre für alle anderen.

Ebene 411 sieht aus wie die unwirkliche Studiokulisse eines idyllischen Stadtviertels. Nur dass die einst bunten Fassaden dieser dreistöckigen Häuser längst verblasst sind. Außerdem stoßen sie am oberen Ende gegen eine graue Decke; anstelle von Azurblau und weißen Wölkchen erblickt man dort ein Gewirr aus Lüftungs- und Abflussrohren. Wahrscheinlich hat jemand dieses Reservat vor langer Zeit mal als bemüht fröhliches Altersheim konzipiert, damit sich die Kinder nicht schämen müssen, wenn sie ihre Eltern dort abgeben. Aber irgendwann haben die Organisatoren dieser gemütlichen Seniorenstadt wohl begriffen, dass sie ihre Dienste gar nicht »vermarkten« müssen: Es gibt ohnehin keine Alternativen, wo man seine Eltern unterbringen könnte. Außerdem hält sich ja keiner der Bewohner so lang dort auf, dass sich eine Renovierung wirklich lohnen würde.

Plötzlich diese Szene: Ein junger, schlanker Typ in einem teuren Anzug, der aussieht, als wäre er aus Versehen hier hineingeraten, versucht ein graues Weib mit tief eingesunkenen Augen abzuschütteln, das sich an seinem Ärmel festklammert.

»Du kommst so selten her«, bettelt sie. »Komm, ich stelle dir meine Freundinnen vor!«

Der junge Mann blickt sich gehetzt nach allen Seiten um. Offenbar bereut er schon, dass er in einem schwachen Moment hierhergekommen ist. Schließlich murmelt er der Mutter einige unbeholfene Worte zu und läuft davon. Den Weg hierher hätte er sich sparen können: Es ist besser, nach der Einlieferung ein für alle Mal mit ihnen abzuschließen. Wozu sich noch zehn Jahre lang auf so peinliche Weise verbiegen?

Andere Idioten dieser Art begegnen uns unterwegs nicht mehr.

Geleitet von meinem Kommunikator, betreten wir eine Häuserattrappe.

Ein langer, endloser Gang mit niedriger Decke, irgendwo in der Ferne leuchtet eine einsame LED-Lampe. Die Lüftung funktioniert mehr schlecht als recht, der Luftstrom, der durch die Gitter der Klimaanlage dringt, ist schwach, heiß und muffig – wie die letzten Atemzüge eines Lungenkranken. Eine höllische Schwüle herrscht hier. Entlang des Korridors sitzen in abgenutzten Sesseln irgendwelche Schatten. Sie fahren hinter ihren Plastikfächern hoch, nur um sich gleich ans Herz zu fassen. Sie schwimmen in ihrem sauren Schweiß, zu schwach, um sich umzusehen, sodass wir unerkannt an ihnen vorübermarschieren.

Doch plötzlich hören wir von irgendwo Flüstern. »Wer ist das? Siehst du das, Giacomo? Wer geht da?«

Dann eine zweite Stimme – verzögert, als sprächen die beiden nicht in einem Raum miteinander, sondern von unterschiedlichen Kontinenten aus, über ein kupfernes Telegrafenkabel, das vor tausend Jahren auf dem Grund des Ozeans verlegt wurde.

»Hm? Wo? Wo?«

»Da kommen sie, siehst du … Schau, wie sie gehen, Giacomo! Das sind keine Alten wie wir … Das sind junge Menschen.«

»Das sind keine Menschen, Manuela. Das sind die Engel des Todes, die dich holen wollen.«

»Du alter Kretin! Das sind Menschen, lauter junge Männer!«

»Schweig, du Hexe! Sei still, sonst hören sie dich noch und nehmen dich mit …«

»Die gehören nicht hierher, Giacomo … Was wollen die hier?«

»Ich sehe sie auch, Giacomo! Das sind keine Engel!«

»Aber da ist doch dieser Schein! Sie leuchten!«

»Das ist dein Star, du Dummkopf! Es sind ganz normale Menschen! Wohin wollen die?«

»Siehst du sie auch, Richard? Die gehören doch nicht hierher, nicht zu uns, oder?«

»Was, wenn sie zu Beatrice wollen? Vielleicht hat sie jemand zu Beatrice geschickt?«

»Wir müssen sie warnen! Wir müssen …«

»Ja, wir sollen doch den Eingang bewachen … Vergesst das nicht … Wir müssen Alarm schlagen!«

»Wen schlagen? Was sagst du?«

»Hör nicht auf ihn, ruf schon an!«

»Hallo … Beatrice? Wo ist Beatrice?«

»Was für eine Beatrice?« Al steht plötzlich neben mir und weckt mich aus einem fremden Traum. »Die ist doch hoffentlich nicht eine von unseren Zielpersonen, oder?«

»Stopft ihnen das Maul!«, brülle ich. »Vik, Al!«

»Alles klar!«

»Beatrice … Jemand will zu dir …«, flüstert jemand gerade noch, dann folgt ein Scheppern und ein Stöhnen. Ich kann nichts erkennen – und habe jetzt keine Zeit nachzusehen.

»Vorwärts! Im Laufschritt, verdammt! Sie ist gewarnt!«

Taschenlampen, jede eine Million Candela stark, flammen auf. In ihren grellweißen Strahlen winden sich irgendwelche lebenden Lumpenhaufen und zischen uns wütend und hilflos an.

»Im Laufschritt!!!«, gibt Al, meine rechte Hand, an die anderen weiter.

Unsere Stiefel donnern über den Kachelboden. Der Auftrag schweißt uns zusammen, wir sind wieder eine Einheit. Keine Individuen, sondern eine einzige Stoßwaffe, eine Ramme mit mir als eisenbeschlagener Spitze.

Türen, die sich uns in den Weg schwingen, fliegen aus den Angeln, halb – oder schon gänzlich? – verblichene Greise kippen aus ihren Rollstühlen, und ein ängstliches Wispern fliegt uns voraus, entlang einer lebenden Kette, die nur an manchen Stellen unterbrochen ist, wo Parkinson oder Alzheimer eines ihrer Glieder haben »verrosten« lassen.

Schon erreichen wir unser Ziel: diese beschissene Farce mit Namen »Fabrik für Christbaumschmuck«.

Über dem Eingang hängt ein Transparent: »Der Geist von Weihnachten«. Das Bild zeigt alte und junge Menschen mit Kindern auf einem Sofa in trauter Umarmung, im Hintergrund ein Christbaum mit Kugeln und Lametta. Was für ein widernatürlicher Unsinn. Sicher steckt da die Propaganda der Partei des Lebens dahinter, die versucht, die Schlussverkaufswoche für ihre schmutzigen Zwecke zu missbrauchen.

Die Eingangstüren sind nicht mal abgeschlossen.

In den Produktionshallen kramen gebückte Gestalten lustlos herum und erwecken den Anschein von Arbeit. Irgendwo blubbert etwas, ein Fließband läuft klappernd ins Dunkel, während missgelaunte, unterernährte Morlocks unter Stöhnen und Ächzen Kisten mit völlig unnützen Produkten herumschleppen.

»Wo ist sie?!«

Der ganze Saal hält plötzlich inne, als hätten meine Worte bei allen eine spontane Lähmung hervorgerufen.

»Wo ist Beatrice?!«

»Beatrice … Beatrice … Beatrice …«, wispert es in den Ecken.

»Wer?!«, fragt jemand mit weinerlicher Stimme.

»Alle zur Wand!«, kommandiert Al.

»Hören Sie, seien Sie bitte vorsichtig hier, ja?« Ein Gnom mit fleckiger Glatze tritt hinter einem Stapel Kisten hervor und fährt mit seiner schnarrenden Stimme fort: »Unsere Erzeugnisse sind von einzigartiger Qualität! Echtes Glasspielzeug, verstehen Sie? Nicht dieses furchtbare Komposit, sondern Glas wie vor siebenhundert Jahren! Dass Sie mir also mit Ihrem Herumgerenne nicht …«

Ich blicke mich nervös um. Ist das am Ende ein Hinterhalt? Oder haben wir Glück gehabt und sind früher eingetroffen als die Kämpfer der Partei des Lebens? Ich muss an die zusammengeflickten Gesichter denken: Ein Zusammenstoß mit ihnen wäre sicherlich etwas anders, als einfach nur ein paar lästige Tattergreise beiseitezuschieben. Soll ich meinen Leuten sagen, was sie hier wirklich erwartet? Oder habe ich kein Recht dazu?

»Nur die Ruhe!« Bernard wickelt sich den Bart des Gnoms um die Faust. »Besten Dank für die Erläuterungen. Aber wir machen hier alles zu Kleinholz, wenn du nicht …«

Plötzlich – ein Scheppern und Dröhnen.

»Hierher!«, ruft Viktor triumphierend.

Hinter einem durchsichtigen Spaghettivorhang aus Plastik geht es in eine weitere Halle. Und hier stoßen wir auf eine zweite Tür, schwer und eigentlich hermetisch, jedoch bereits rheumatisch verklemmt. Diejenigen, die sich dahinter verstecken und es offenbar nicht mehr geschafft haben sie zu schließen, stehen einfach reglos da, wohl in der Hoffnung, dass wir sie nicht entdecken. Aber wir entdecken immer alle.

»Masken!«, befehle ich. »Vergiss den Tod!«

»Vergiss den Tod!«, antworten mir neun Kehlen im Chor.

In den nächsten Raum fliegen wir bereits als ebenjene Engel, als die uns der alte Giacomo mit seinen starblinden und doch so hellsichtigen Augen erkannt hat.

»Licht!«

Tische, Druckbehälter, Molekulardrucker, Prozessoren, Systemeinheiten, Regale mit verplombten Kolben und Reagenzgläsern – alles sichtbar gebraucht, schmuddelig und alt. Am anderen Ende des Raumes geht es in einen durchsichtigen Würfel mit einer Tür – offensichtlich eine hermetische Kammer für Versuche mit gefährlichen Viren.

Mitten in diesem Museum stehen seine Kustoden: ein gruseliges und zugleich überaus jämmerliches Dreigespann.

In einem Rollstuhl sitzt ein sterbender Greis, umflochten von Kathetern, als hätte sich sein Gefäßsystem nach außen verlagert. Seine Beine sind vertrocknet, die Hände hängen wie die Riemen einer Peitsche herab, der große Kopf – eine Glatze mit ein paar spärlichen silbernen Locken – hängt schlaff zur Seite, gestützt von einem Kissen. Seine Augen sind halb geschlossen. Seine Lider sind offenbar schon zu schwer, um sie richtig offen zu halten.

Neben ihm steht, auf einen Stock gestützt, ein schiefer Opa mit blond gefärbten Haaren. Er ist rasiert und macht einen sauberen, ja fast gelackten Eindruck, doch seine Knie zittern, ebenso die Hand, mit der er den Stock hält.

Vor den beiden, wie um sie abzuschirmen, steht, die Hände in die Taschen ihres Arbeitskittels vergraben, eine hochgewachsene, aufrechte alte Dame. Die leicht nach außen schielenden Augen sind geschminkt, die Schläfen ausrasiert, die langen grauen Haare zurückgekämmt.

Das ist also die ganze Verteidigung. Keine Typen in Mänteln, deren Gesichter noch toter sind als unsere Masken. Kein Rocamora samt Helfershelfern. Nur diese drei. Eine leichte Beute.

Die Unsterblichen kreisen sie bereits von beiden Seiten ein.

»Beatrice Fukuyama 1E?«, frage ich die Schielende, obwohl ich die Antwort bereits kenne.

»Raus hier!«, antwortet sie. »Verschwinden Sie!«

»Sie kommen mit uns. Diese beiden … sind Ihre Kollegen?«

»Niemand geht hier irgendwohin!«, mischt sich der gelackte Alte ein. »Rühren Sie sie nicht an!«

»Die beiden nehmen wir auch mit«, sage ich. »Schlagt alles kurz und klein!«

Ich gehe mit gutem Beispiel voran: Ein Molekulardrucker fliegt vom Tisch, und ich ramme meine Stiefel hinein, dass er in der Mitte auseinanderbricht.

Aus meinem Rucksack schüttle ich zehn Spraydosen mit Farbe heraus. Zusammen mit einem Feuerzeug ergeben sie wunderbare kleine Feuerwerfer.

»Was machen Sie da?!«, ruft der Alte mit dünner Stimme.

»Alles abfackeln!« Ich drücke auf den Knopf, und der schwarze Farbstrahl verwandelt sich in eine orangene Flammensäule. *Magic.*

»Wagen Sie es nicht!«, heult der Geschniegelte auf, als Viktor einen Rechner gegen die Wand schleudert.

»Warum?«, empört er sich heiser. »Warum machen Sie das?! Barbaren! Nichtsnutze!«

Daniel hält ihm den Mund zu. Die anderen packen nun auch ihre Dosen aus.

»Zerschlagt die Reagenzgläser!«, befehle ich.

Auf einmal höre ich die scharfe Stimme der Alten: »Hört mir zu, ihr Idioten!«

Keiner hört hin.

»In diesen Behältern befinden sich Viren! Tödliche Viren!« Jetzt horchen wir doch auf. »Wenn ihr sie anrührt, sterben wir alle! Alle!«

»Los, drauf auf die verschissenen Gläser!«, wiederhole ich.

»Stopp!«, unterbricht mich eine Maske mit Als Stimme. »Warte! Was für Viren?«

»Vogelgrippe! Ein mutierter Stamm!« Die Frau blickt Al ohne zu blinzeln direkt ins Gesicht. »Sobald der mit der Außenluft in Kontakt kommt, habt ihr noch eine halbe Stunde zu leben!«

»Was ist das für ein Labor?!«, wendet sich Al an mich.

»Ich sage doch, wir befassen uns mit besonders gefährlichen Erkrankungen!«, antwortet Beatrice Fukuyama an meiner Statt.

»Sie lügt! Warum zum Teufel hast du sie …«

»Versucht es doch! Los, versucht es!«

Die Jungs rühren sich nicht vom Fleck. Durch die Schlitze in den Masken quillt ein öliges Gemisch aus Angst und Zweifel hervor, während acht Paar Augen mich, Al und die wahnsinnige Alte fixieren.

»Es handelt sich um die Stämme Xi-o und Xi-f des Vogelgrippe-Virus«, rattert Beatrice herunter. »Die Folgen sind ein plötzlicher Fieberschub bis auf zweiundvierzig Grad Celsius, Lungenödeme und schließlich Herzstillstand. Das Ganze dauert nicht länger als eine halbe Stunde. Derzeit gibt es noch kein Gegenmittel dafür.«

»Stimmt das, 717?«, fragt mich die Maske mit Alex' Stimme.

»Nein!«

»Woher wollen Sie das wissen?« Beatrice macht einen Schritt in meine Richtung. »Was haben Ihnen Ihre Auftraggeber gesagt?«

»Das geht dich nichts an, alte Hexe!«

Instinktiv ziehe ich meinen Schocker und halte ihn vor mich. Beatrice ist einen Kopf kürzer als ich und wiegt wahrscheinlich nur halb so viel, und doch geht sie so selbstbewusst auf mich zu, dass ich unwillkürlich die Beine breiter stelle, um einen möglichen Aufprall abzufangen.

»Untersteh dich, so mit ihr zu reden!« Die Worte des Gelackten sollen entschlossen und bedrohlich klingen, doch seine hohe, brüchige Stimme macht den Effekt zunichte.

»Aber uns geht es etwas an!«, fährt erneut Al dazwischen. »Was läuft hier ab, Jan?«

»Halt die Klappe«, warne ich ihn.

»Jungs, wir brechen ab!«, verkündet er auf einmal. »Solange ich nicht selbst eine Bestätigung des Auftrags erhalte …«

»Mit Grippe hat das hier überhaupt nichts zu tun!«, brülle ich. »Diese Leute haben ein Gegenmittel gegen Ax gefunden!«

»Was für ein Blödsinn«, entgegnet sie ruhig. »Sie wissen ganz genau, dass das in einem Labor wie diesem überhaupt nicht möglich ist. Geben Sie mir Ihren …«

Zzz …

Beatrice kippt um und bleibt zuckend auf dem Boden liegen.

»Nein! Nein!« Der klapprige Stutzer hinkt auf sie zu, die Arme ausgestreckt, die Finger gespreizt. »Nein, nein, nein! Geliebte, was haben sie mit dir …«

»Ge-lieb-te?!«, wiederholt Bernards Stimme höhnisch. »Alter, ist das nicht ein bisschen zu heftig für dich?!«

»Packt sie ein!«, befehle ich, aber keiner meiner Leute hört auf mich. Stattdessen stehen sie noch immer unbeweglich da und starren Al an.

In diesem Augenblick hebt sich der Spaghettivorhang, und der besserwisserische Gnom von vorhin schlurft herein.

»Alles in Ordnung, Beatrice?«, knarzt er. »Wir sind hier, falls irgendwas sein sollte … Beatrice?!«

»Schafft ihn raus!«

»Sie haben sie umgebracht!«, heult der kleine Glatzkopf los. »Sie haben Beatrice umgebracht!«

Hinter dem Gummivorhang setzen sich auf einmal träge Schatten in Bewegung – ein Aufstand auf dem Friedhof. Gichtgeplagte Finger strecken sich vor, dann folgen zitternde Knie, schlurfende Sohlen, blaue Venen und schlotternde Kinnfalten … Beatrice Fukuyama könnte keine jämmerlicheren und nutzloseren Beschützer haben.

Doch meine Truppe steht noch immer reglos da, als hätte der Bluff der alten Hexe sie in Salzsäulen verwandelt. Höchste Zeit, dass ich einen Gegenzauber finde.

Mit einem Satz stehe ich vor einem Regal, in dem irgendwelche Kolben stehen. Eine Armbewegung, und der gesamte Inhalt setzt sich in Bewegung. Wie Dominosteine kippen die Präparate um, eins nach dem anderen, fliegen heraus und zerbersten am Boden in tausend winzige Kristalle, wie wenn man Eisstücke auf einen Stein fallen lässt.

»Nicht … Nicht …« Der geschminkte Hexenkavalier reißt die Augen auf und schüttelt ungläubig den Kopf. »Ich flehe Sie an, bitte …«

»Ich habe euch doch gesagt, es ist ungefährlich!«, fauche ich meine Leute an. »Haltet euch an eure Befehle, verdammt!!«

Ich sehe, dass der Alte sich den Hemdkragen aufzuknöpfen beginnt, doch dann lässt er davon ab, greift sich stattdessen ans Herz und sinkt ächzend zu Boden.

»Was haben die da kaputt gemacht?«, fragt der Gnom. »Edward, was ist mit dir?! Edward geht es schlecht!«

Al steht noch immer unbeweglich und blickt auf die zerschmetterten Gefäße und die farblose Flüssigkeit, die daraus hervortritt. Die anderen hängen an seinen Lippen; sie sind offenbar noch immer gewohnt, von ihm die Befehle zu erhalten. Doch damit ist jetzt Schluss.

»Vik! Viktor! Nr. 220! Ab jetzt bist du meine rechte Hand! Al, du trittst zurück ins Glied!«

»Du Schwein«, antwortet dieser. »So läuft das also? Die einen versehen ihren Dienst nach Treu und Glauben, riskieren ihre eigene Haut und stehen am Ende dumm da, während andere nichts als Scheiße zustandebringen, aber auf einmal zum Gruppenführer ernannt werden?! Du hast doch gar nicht das Zeug dazu!«

»Verräter!«, schreie ich zurück. »Auf dich wartet das Tribunal!«

Erschüttert vernimmt Al meine Worte. Die anderen rühren sich nicht. Ich lasse meinen Blick verzweifelt über die dunklen Augenhöhlen schweifen. Wo seid ihr alle?!

Komm schon, 220! Wir sind doch aus dem gleichen Holz geschnitzt! Du hast mich erschaffen, und ich dich!, rufe ich ihm schweigend zu. Und Nr. 220 vernimmt meinen Ruf.

Einer der Apollos salutiert, wenn auch zögerlich und unsicher.

Dann schleudert er ein ganzes Gestell voller Reagenzgläser zu Boden, und als er merkt, dass nicht alle gleich zerbrechen, beginnt er sie einzeln mit seinem Absatz zu zertreten. Auch die anderen erwachen nun wie aus einer Trance und beginnen sich zu bewegen. Drucker zersplittern, Computer sprühen Funken, Kolben und Behälter aller Art zerplatzen.

Immer mehr zittrige Arbeiter aus der Spielzeugfabrik drängen nun herein – sie scheinen sich keiner Vogelgrippegefahr bewusst zu sein, was natürlich noch nicht heißt, dass Beatrice gelogen hat. Schließlich ist das Alter eine noch viel qualvollere Krankheit. Vielleicht hoffen sie ja auf eine schnelle Erlösung?

»Beatrice! Beatrice! Sie sind wegen Beatrice hier!«

»Schafft das alte Gesocks fort! Schmeißt sie raus! Und dann weiter hier!«

Endlich nimmt das Pogrom an Fahrt auf. Die wandelnden Leichen werden mit Schockern behandelt, an den Beinen über den Boden geschleift, dass ihre Köpfe hin und her baumeln, und schließlich landen sie draußen. Keine Ahnung, ob sie die Stromschläge überleben werden; ihre Herzen dürften nicht mehr allzu belastbar sein. Aber jetzt ist es zu spät, die Partie abzupfeifen.

Die Beine des geschminkten Alten zappeln noch kurze Zeit über den Boden, dann liegt er still. Als ich mich zu ihm hinabbeuge, hat er bereits aufgehört zu atmen. Ich greife ihm ans Handgelenk in der Hoffnung, unter der Schildkrötenhaut und dem kalten Fleisch noch ein pulsierendes Äderchen zu finden. Ich ohrfeige ihn – vergebens. Er ist tot und beginnt bereits blau anzulaufen. Wahrscheinlich das Herz.

Was tun? Er hätte nicht sterben dürfen.

»Steh auf! Steh auf, alter Sack!«

Doch mit ihm ist es aus – und wenn es darum geht, Tote wiederzuerwecken, bin ich ein Versager. Schon Fred mit seinem bunten Sack hat mir das zu verklickern versucht, aber ich scheine es einfach nicht glauben zu wollen.

»Schwein! Einfach so zu krepieren!«

Mitten in all dem Chaos erwacht Beatrice und setzt sich blinzelnd auf. Dann fängt sie an fortzukriechen, stur wie sie ist. Vorbei an den tobenden Masken, an dem lethargischen, von Kathetern und Leitungen umwundenen Paralytiker – wohin? Ich habe jetzt keine Zeit, mich mit ihr zu befassen. Weit kommt sie nach dem Stromschlag sowieso nicht.

Während wir weiter den ganzen Plunder hier zertrümmern, arbeitet sie sich vor bis zu der verglasten Kammer im hinteren Teil des Raumes, zieht die Tür zu, verriegelt sie mit irgendeiner geflüsterten Parole – und während sie allmählich wieder zu sich kommt, beobachtet sie uns von dort unentwegt … ohne Tränen, ohne Schreien, wie versteinert.

Viktor entfacht seinen Feuerwerfer und beginnt damit die zerbrochenen Apparaturen und alles weitere Equipment zu zerschmelzen. Die anderen, trunken von Adrenalin und animalischer Zerstörungswut, folgen seinem Beispiel.

»Kommen Sie da raus!«

Ich schlage gegen das Glas des Aquariums, in dem Beatrice Fukuyama sitzt.

Sie schüttelt den Kopf.

»Sie werden bei lebendigem Leib verbrennen!«

»Was ist mit Edward?«

Sie blickt an mir vorbei, um zu erkennen, wie es dem blau angelaufenen Alten geht.

Ich höre ihre Stimme deutlich. Offenbar sind im Inneren des Kubus Mikrofone installiert.

»Ich weiß nicht. Kommen Sie heraus, jemand muss ihn untersuchen.«

»Sie lügen. Er ist tot.«

Ich brauche sie lebend. Beatrice Fukuyama 1E, Leiterin der Gruppe, Nobelpreisträgerin und Verbrecherin. Sie unversehrt auszuliefern ist genau die eine Hälfte meines Auftrags – eines Auftrags, dessen Richtigkeit und Sinnhaltigkeit ich diesmal in keinster Weise anzweifle.

»Ich warte. Ich warte genau eine halbe Stunde, bis das Virus wirkt.«

»Jetzt sind wir quitt«, entgegne ich. »Eine Lüge für eine andere. In diesen Reagenzgläsern war überhaupt kein Grippevirus, stimmt's?«

Beatrice schweigt. Das Feuer kriecht über den Trümmerhaufen, steigt vom Rand her immer höher hinauf, hüllt ihn langsam ein, um schließlich alles zu verschlingen. Ich fürchte es nicht: Es ist ein reinigendes Feuer.

»Yeah!« Viktor schlägt mir auf die Schulter. »Wir haben den Feueralarm ausgeschaltet. Nichts wie weg hier!«

Neben ihm hängt dieser ausgezehrte Lümmel herum, der miese Ersatz für meinen Basile.

»Ich kann nicht. Ich habe Anordnung, sie lebend festzunehmen.«

»Mann, es ist höchste Eisenbahn!«, drängt er. »Das Feuer hat schon auf das ganze beschissene Spielzeug übergegriffen … Hier brennt gleich das ganze Viertel!«

Beatrice wendet sich ab und setzt sich auf den Boden, als ginge sie das alles gar nichts an.

»Geht schon mal vor«, sage ich schließlich. »Nehmt den Typen im Rollstuhl, und macht, dass ihr wegkommt. Du übernimmst das Kommando, Vik. Ich bringe sie hier raus und stoße später zu euch. Dieses Teil muss sich irgendwie öffnen lassen …«

»Lass sie doch hier!« Viktor zieht seine Kapuze tiefer und hustet.

»Kein Wort mehr. Los jetzt!«

»Spinnst du, 717?! Ich habe doch nicht meine Haut dafür riskiert, dass du jetzt …«

Doch dann wendet er sich ab und verschwindet.

Möbel, Geräte, künstliche Pflanzen – alles steht inzwischen in Flammen. Beißender Rauch behindert meine Sicht.

»Ich komme nach!«, schreie ich den anderen zu. »Haut ab! Was wartet ihr noch?! Das ist ein Befehl!«

Langsam ziehen sie sich rückwärts zurück. Sie ziehen die Leiche des klapprigen Stutzers mit der Brille hinter sich her und rollen den Paralytiker hinaus – auch bei ihm lässt sich keineswegs genau sagen, ob er noch lebt.

Nur der junge Rotzbengel steht immer noch wie am Boden angeklebt vor mir und starrt mich an, als wäre er taub.

Ich stoße ihn gegen die Schulter. »Du auch! Los jetzt!«

»Ich kann Sie nicht hierlassen!«, stößt er hervor. »Man muss immer bei seinem Gruppenführer bleiben.« Trotz eines krampfhaften Hustenanfalls widersetzt er sich, als wäre er mitten in dieser Hölle plötzlich festgewachsen.

»Mach schon!!« Ich versetze ihm einen stärkeren Schlag. »Zieh Leine!«

Wieder schüttelt er den Kopf, also bekommt sein blasses Jochbein meine Faust zu spüren. Gleichzeitig frage ich mich plötzlich, warum ich ihn eigentlich so hasse. All die anderen, die ich seit fünfundzwanzig Jahren kenne, sind längst verduftet, er aber steht immer noch da.

Als er wieder aufsteht, murmelt er etwas vor sich hin, aber ich ramme ihm gleich noch meinen Stiefel in den knochigen Hintern, worauf er sich schließlich doch trollt.

Soll er ruhig weiterleben. Schließlich ist nicht er daran schuld, dass er Basile ersetzt. Sondern ich.

Jetzt sind nur noch Beatrice und ich da.

»Sie haben nichts zu befürchten! Wir bringen Sie nur ins Ministerium! Hören Sie mich? Sie brauchen keine Angst zu haben!«

Sie tut, als ob sie mich nicht hört.

»Ich schwöre Ihnen, Ihr Leben ist nicht in Gefahr! Ich bin hier auf besonderen Befehl …«

Meine Befehle sind ihr völlig egal. Sie sitzt immer noch mit dem Rücken zu mir und rührt sich nicht. Das heiße Komposit verströmt ätzenden blauen Rauch, der mir das Rufen erschwert. Meine Kehle brennt, und mir dreht sich bereits der Kopf.

»Bitte!«, flehe ich. »Was Sie da tun, ist völlig sinnlos! Ich werde nicht gehen! Ich lasse Sie hier nicht zurück!«

Von all dem blauen Rauch stockt mir der Atem. Meine Stimme versagt, und erneut packt mich ein heftiger Hustenanfall.

Auf der Schwelle erscheint eine Gestalt. Wahrscheinlich will mich jemand hier rausholen … Vik? Ich versuche die Gestalt zu erkennen, aber ihre Silhouette verschwimmt im Rauch. Mir ist schlecht, mein Bewusstsein beginnt sich zu trüben. Ich wende mich wieder der Alten zu. Mit offener Hand schlage ich jetzt gegen das Glas; sie dreht sich um.

»Glaubst du, du kannst von hier fliehen?! Glaubst du, du kannst dich noch irgendwo verstecken? Mit dem, was du vorhast? Diese Seuche verkaufen! Ich weiß, warum du dich ausgerechnet in dieses verdammte Loch hier zurückgezogen hast! Damit du so nah wie möglich bei deinen Kunden bist! Den Gespritzten! Ihr wolltet hier einen kleinen Laden aufmachen und den Zombies euren illegalen Impfstoff vertickern, was?! Und nach euch die Sintflut!«

In dem Aquarium, in dem Beatrice sitzt, ist die Luft noch durchsichtig. Was soll das?

Ich hebe ein Tischbein vom Boden auf – schwer und kantig – und schlage damit aus voller Kraft auf die Kompositwand ein. Das durchsichtige Material fängt den Stoß auf, nur ein kleines Zittern ist zu bemerken. Ich weiß sofort, dass ich es nie einschlagen werde, und doch hämmere ich wie besessen darauf ein.

»Hörst du mich?! Hörst du?! Du schweigst? Ja, schweig nur, Hexe! Wir kriegen euch sowieso, alle miteinander! Wir lassen es nicht zu, dass ihr unser Europa kaputt macht! Kapiert?! Ihr wollt euch die Taschen vollstopfen, und wir sollen am Hungertuch nagen?! Zurück in die Steinzeit wollt ihr uns schicken! Aber da wird nichts draus … Wir kriegen euch, jeden Einzelnen! Jeden von euch käuflichen Bastarden!«

Hinter mir flammt etwas auf, atmet mir heiß in den Nacken, versetzt mir einen Stoß, dass ich fast in die Knie sinke, aber noch gebe ich nicht auf – und bleibe stehen.

Ich stehe, wenn auch gebückt und von Hustenanfällen geschüttelt.

Plötzlich vollführt die Decke eine unglaubliche Finte: Sie klappt direkt vor mir herunter, und der Glaskasten, in dem Beatrice Fukuyama sitzt, verschwindet aus meinem Blickfeld. Ich versuche mich zu erheben, aber mir wird allmählich dunkel vor Augen, meine Hände gehorchen mir nicht mehr, und …

»Du glaubst wohl, ich bin ein Schwächling?«, murmele ich. »Glaubst, ich halte das hier nicht aus und verdrücke mich?! Da verrecke ich doch lieber! Und wenn ich dabei draufgehe: Dich lasse ich nicht entkommen!«

Tatsächlich kann ich mich nicht mehr vom Fleck rühren. Wo sind sie? Wo ist meine Zehnereinheit, wo meine treuen Freunde, meine Arme und Beine, meine Augen und Ohren? Warum kommen sie nicht und zwingen mich aufzugeben, bringen mich mit Gewalt von hier weg? Begreifen sie denn nicht, dass ich meinen Posten nicht aufgeben kann?! Wo ist Vik? Wo ist Daniel? Al?!

Meine Augen gehorchen mir kaum noch, und nur schemenhaft erblicke ich durch den Schleier heißer Tränen und die giftige Rauchwolke die Gestalt eines Menschen, dann noch eines weiteren, die langsam auf mich zukommen.

»Vik!«, krächze ich ihnen entgegen. »Al!«

Nein ... Diese da sind nicht maskiert, und sie bewegen sich langsam und gebückt, als trügen sie steinerne Obelisken auf ihren Schultern. Es sind alte Leute. Wie sturköpfige, hirnlose Insekten krabbeln sie ins Feuer, um ihre Königin zu holen, Königin Beatrice.

Ich sehe genauer hin: Sie sind kopflos, die Körper gekrümmt, und sie tasten sich voran, denn sie sind blind. Da begreife ich, dass dies die wahren Todesengel sind, nicht solche Imitate wie wir.

Sie kommen, um mich zu holen.

Ich sterbe.

XII · BEATRICE – HELEN

Junge … Hörst du mich, Junge?«

Sie schwebt direkt über mir: enge asiatische Augen, tuscheverklebte Wimpern, ausrasierte Schläfen … Beatrice ist also doch herausgekommen, zu mir.

Ich stoße sie weg, will mich aufsetzen – und kippe sofort wieder um. Mir ist speiübel. Ich muss sie festsetzen, bevor sie wegläuft, aber meine Übelkeit hält mich gefangen.

Ich sehe Feuer ringsum, aber die Luft ist sauber. Man kann sie atmen, und ich atme, so viel ich kann. Dann ziehe ich mich zusammen, krümme mich und erbreche mich in eine Ecke, verschämt, wie ein großes Tier. Ich atme tief, wische mir den Mund ab …

Beatrice sitzt mir gegenüber – höchstens einen halben Meter entfernt.

Zwischen uns liegt meine Maske.

Ich befühle mein Gesicht: Ist sie mir einfach so heruntergefallen? Schlagartig wird mir klar, dass Beatrice jetzt nicht Apollo sieht, sondern mich selbst. Ich fühle mich nackt, ihr ausgeliefert. Ich will mich irgendwo verstecken, aber die Leere ringsum lässt es nicht zu – und diese Leere besteht aus durchsichtigem Komposit. Ich bin in der Zelle. In Beatrice' Aquarium.

Nicht sie ist zu mir herausgekommen, sondern ich bin plötzlich hier drin. Wie konnte das passieren?!

Instinktiv greife ich zuerst nach Apollo, ziehe ihn mit zitternden Fingern über mein Gesicht, drücke ihn wie eine heilsame Kompresse auf meine heiße, ausgetrocknete Haut. Schon im nächsten Augenblick wächst das Gesicht ein, gibt mir meine Freiheit wieder, meine Frechheit. Jetzt bin ich wieder ich selbst.

»Was soll das?«, frage ich undeutlich. Meine Zunge fühlt sich rau und irgendwie fremd an. »Warum hast du mich hier reingezogen?«

Beatrice seufzt.

»Ich wollte dich einfach mal ohne deine idiotische Maske betrachten.«

»Glaub bloß nicht, dass ich jetzt … Dass ich dir was schulde … Ich nehme dich trotzdem mit.«

»Ich wollte einfach das Gesicht dieses Menschen sehen, der mit solcher Überzeugung solch himmelschreienden Unsinn von sich gibt.«

»Unsinn?!«

»Ich dachte mir gleich, dass du ein kleiner Junge bist.«

»Halt die Klappe! Woher willst du wissen, wie alt ich bin?!«

Sie hebt die Schultern.

Außerhalb des gläsernen Würfels wüten immer noch die Flammen. Die teuflischen Apparate brennen lichterloh, und das Feuer macht keine Anstalten sich zu legen. Hin und wieder ist durch die wallende Luft, wie durch einen Wasserfall, der Durchgang zur Produktionshalle zu sehen, in der diese erbärmlichen Geschöpfe ihren Christbaumschmuck gefertigt haben. Auch dort brennt und schmilzt alles, nichts bleibt zurück.

Beatrice blickt beinahe wie verzaubert in die Flammen, als wäre es einfach nur irgendein Feuer. Auf der anderen Seite der

Scheibe lodert ihr Labor, ihr Lebenswerk wird gerade vernichtet, aber ihr Gesicht zeigt überhaupt keine Regung.

Doch auf einmal erwacht sie aus ihrer Trance. Durch den Feuerschleier sehe ich, wie Menschen näher zu kommen versuchen. Es sind jene, von denen ich vorhin dachte, sie kämen, um meine Seele zu holen. Es sind alte Greise, eingehüllt in irgendwelche Lappen. Sie gehen, bewegen ihre steifen Glieder, die offenbar nicht mal mehr ein tausend Grad heißes Feuer spüren, machen einen Schritt nach dem anderen und versuchen mit ihren zittrigen Händen den Rauch zu vertreiben. Sie fallen, richten sich wieder auf und gehen weiter.

»Beatrice …«, ruft einer schwach durch das Feuer.

Warum sind sie bereit, für sie zu sterben? Warum schonen sie sich nicht? Und warum haben mich meine Freunde zurückgelassen? Natürlich, ich habe es ihnen selbst befohlen, aber sind meine Befehle unumstößlich? Warum kämpft sich keiner der Unsterblichen durch diese Hölle, um einen der ihren herauszuholen, dafür aber irgendwelche lächerlichen, halb toten Tattergreise?

»Womit hast du sie verzaubert?«, frage ich Beatrice. »Du Hexe!«

Unterdessen beobachtet sie besorgt das störrische Himmelfahrtskommando. Sie erhebt sich, winkt ihnen zu, sie sollen wieder umkehren.

Mich überkommt eine böse Vorahnung.

»Hängen die etwa schon an deiner Nadel? Dieses Präparat … Ihr habt es also schon entwickelt. Und diese Leute da draußen sind eure Versuchskaninchen! Ihr habt sie abhängig gemacht, und jetzt sind sie deine Sklaven …«

Ich raffe mich auf, schleppe mich zu ihr und packe sie am Kragen.

»Habt ihr es schon in Umlauf gebracht? An irgendwelche Schmuggler verhökert? Ist es bereits auf dem Schwarzmarkt gelandet?! Rede!«

»Lass mich los«, sagt sie ruhig, fast majestätisch. »Lass los, Junge. Begreifst du nicht, was hier vor sich geht?«

»Ich begreife es nur zu gut! Die wollen sich ihre Dosis abholen! Ihr braut hier irgendeinen Scheißstoff, macht den großen Reibach mit diesen Zombies – und steckt wahrscheinlich noch mit der Partei des Lebens unter einer Decke!«

»Geht weg!«, ruft sie ihren treuen Mitarbeitern zu. »Bitte, geht! Mir geht es gut!«

»Egal!«, unterbreche ich sie. »Zum Glück haben wir hier jetzt aufgeräumt. Deine Fabrik ist den Bach runtergegangen. Sollen sie doch kommen … Hier brennt sowieso alles …«

»Beatrice!«, ertönt eine kaum hörbare Stimme aus der Mitte des Schmelztiegels. Erneut fällt jemand zu Boden.

Sofort erfasst das Feuer die Gestalt mit seinen schaurigen Liebkosungen, worauf sich diese krümmt, über den Boden rollt und grauenvoll zu schreien beginnt. Ich sehe Beatrice: Sie weint nicht. Mir laufen die Tränen übers Gesicht, wenn auch vor Hitze, aber ihre Augen bleiben trocken.

»Du Ungeheuer«, sagt sie. »Jetzt hast du noch einen weiteren Menschen auf dem Gewissen. Das sind schon zwei für heute.«

»Wenn du den Lackaffen meinst, der ist von selbst draufgegangen. Wahrscheinlich ein Infarkt, ganz normale Altersschwäche also, damit habe ich nichts zu tun. Versuch nicht, mir jeden kleinen Köter anzuhängen!«

»Dieser Lackaffe hat übrigens einen Namen! Aber wie der Mensch hieß, den du auf dem Gewissen hast, scheint dich nicht zu interessieren!«

»Warum sollte es das?«

»Er hieß Edward. Vielleicht merkst du dir seinen Namen ja. Er hat mich immer sein Mädchen genannt …«

»Heb dir dein Geflenne für jemand anderen auf!«

»Er sagte, er würde mich irgendwann heiraten. Was für ein dummer Junge.«

»Eure nekrophilen Anwandlungen interessieren mich nicht, kapiert? Sehe ich etwa aus wie ein Perverser?!«

Beatrice zuckt keuchend zusammen, als hätte ich ihr einen Schlag ins Sonnengeflecht versetzt.

»Du hattest recht. Ich hätte dich dem Feuer überlassen sollen …«

Voller Verachtung spucke ich auf den Boden. Mehr habe ich dazu nicht zu sagen. Dass sie mich in einem Anfall von Schwäche gerettet hat, ist ihr Problem.

»Hoffentlich wird Maurice nicht so ein Ungeheuer wie du«, sagt sie auf einmal.

»Wer?«

»So ein Ungeheuer und so ein Idiot … So ein abgrundtiefer, lächerlicher Idiot … Wie kannst du nur glauben, dass wir mit dem Medikament handeln? Dass wir auch nur eine Sekunde lang daran gedacht haben, es auf den Markt zu bringen?!«

»Es gibt also doch kein Grippevirus!«, rufe ich triumphierend. »Du hast geblufft! Ihr habt dieses verdammte Präparat entwickelt! Wir hatten recht! Wir haben alles richtig gemacht!«

»Ihre Dosis abholen …« Ihr Blick folgt gebannt dem lodernden Körper, der sich in letzten Zuckungen windet. »Glaubst du wirklich, dass wir das Mittel dosiert verkaufen wollten? Um uns damit eine goldene Nase zu verdienen? Und dass sich diese Leute ins Feuer werfen, nur weil sie an ihre Droge kommen wollen?«

»Ja!«

Urplötzlich schlägt sie mir mit der offenen Hand ins Gesicht, doch meine Wange ist von einem Kompositpanzer geschützt, einer zweiten, marmorweißen Haut, also spüre ich so gut wie nichts. Ich packe ihren dürren Arm und verdrehe routinemäßig ihr Handgelenk. Ihre grauen Haare geraten durcheinander, fallen wirr herab.

»Sie versuchen mich zu retten! Nicht sich selbst! Und auch nicht das Gegenmittel!«

»Sollen sie es doch versuchen! Erbärmliche Knacker …«

»Erbärmlich?!« Beatrice entreißt mir ihren Arm. »Wie kommst du dazu, diese Leute erbärmlich zu nennen?! Ausgerechnet du, ein Landstreicher, Meuchelmörder und maskierter Feigling – die Erbärmlichkeit in Person!«

Wir stehen einander genau gegenüber. Der Widerschein der Flammen spielt auf ihrem Gesicht und lässt ihre Haut schon fast jugendlich erscheinen. Ihre silberne Mähne ist aufgewühlt, mit den ausrasierten Schläfen sieht sie fast so aus wie eine Irokesin. Laut Personalakte ist sie einundachtzig Jahre alt. Der Akzelerator hat sie wohl schon auf ihr biologisches Alter zurechtgestutzt, doch das Anabolikum der Wut macht das in diesem Augenblick vergessen.

»Diese Menschen gehören zu den mutigsten, die ich je kennengelernt habe!«, bellt sie mich an. »Und den stärksten! Bei lebendigem Leibe zu verfaulen! Mensch zu sein und dafür von seinem eigenen Staat – einer obszönen, sadistischen Organisation – zum Tode verurteilt zu werden!«

»Alles Lüge! Jeder hat die freie Wahl! Europa gibt ihnen die Möglichkeit dazu …«

»Europa! Die humanste und gerechteste Gesellschaft, die man sich denken kann, richtig?! Dabei trägt diese Gesellschaft genauso wie du eine Maske, hinter der sich die gleiche hässliche Fratze verbirgt!«

»Hör auf, uns die Schuld in die Schuhe zu schieben! In Europa wird jeder unsterblich geboren. Aber wenn ihr das Gesetz nicht befolgen wollt, müssen wir für Vollzug sorgen!«

»Wer hat sich dieses satanische Gesetz denn überhaupt ausgedacht? Wer ist auf diesen wahnsinnigen Gedanken gekommen, die Menschen vor so eine grausame Wahl zu stellen? Wenn schon, dann sollte man uns wenigstens gleich hinrichten – aber das wäre ja unmenschlich, nicht wahr?! Stattdessen schiebt man es lieber auf und lässt uns langsam und qualvoll verrecken … Hast du überhaupt eine Ahnung, was es bedeutet zu altern? Wie es ist, aufzuwachen und zu spüren, dass dir schon wieder ein Zahn ausgefallen ist? Die Haare zu verlieren?«

»Interessiert mich nicht!«, wiederhole ich starrsinnig.

»Erst die Dinge in der Ferne nicht mehr zu erkennen, dann die Dinge in der Nähe – und schließlich ganz zu erblinden? Zu vergessen, wie Essen schmeckt? Zu merken, wie deine Hände an Kraft verlieren? Wie es sich anfühlt, wenn jeder Schritt schmerzt? Sich vorzukommen wie ein löchriger Sack, gefüllt mit verfaulenden Innereien? Was verziehst du das Gesicht? Graut es dir schon? Vor dem Alter?!«

»Halt die Klappe!«

»Es frisst dich auf … Dein Gesicht verwandelt sich in eine böse Karikatur deiner selbst, dein Gehirn in einen harten, vertrockneten Schwamm …«

»Dein Alter geht mich nichts an, kapiert?!«

»Mein Alter?«

Beatrice fasst den Zipper am Reißverschluss ihres Laborkittels und reißt ihn nach unten. Dann zieht sie sich ungeschickt den Pullover über den Kopf und steht auf einmal nur im BH vor mir: weißer Stoff auf geräucherter, ledriger Haut. Diese hängt schlaff herab, der Nabel wölbt sich hervor. Während sich Beatrice vor mir entblößt, sinkt sie immer mehr in sich zusammen, als hätte ihr nur der Kittel die stolze Körperhaltung verliehen. Als wäre sie gar kein Mensch, sondern ein Insekt, und der Kittel ihr Panzer, und darunter nichts als altes, weiches Fleisch.

Während ich ihr wie gebannt zusehe, sträuben sich mir die Haare vor Grausen.

Dann zieht sie sich den BH vom Leib, und zwei formlose Brüste fallen heraus. Braune, unförmige Nippel hängen herab.

»Was machst du da?«

»Schau, was von mir geblieben ist! Du und deinesgleichen, ihr habt mir meine Jugend genommen! Meine Schönheit! Und du behauptest, dass dich das nichts angeht?!«

Beatrice macht einen Schritt auf mich zu – entsetzt drücke ich mich gegen die Wand.

»Du bist es, der mich ständig kontrolliert! Der verhindert, dass ich geheilt werde! Der meinen Tod will! Warum soll dich das auf einmal nichts mehr angehen?! Dieses Altern gehört nicht mir, sondern dir!«

»Hör auf«, sage ich, schon fast bittend.

»Berühre sie.« Unaufhaltsam nähert sie sich mir – eine indianische Schamanin.

»Nein!«

»Findest du sie widerlich? Weißt du, wie herrlich sie früher waren – noch vor sieben Jahren? Wie ich damals aussah? Und wie schön diese Hände waren?« Sie streckt ihre Finger nach mir aus, deren Haut alt und rissig ist wie Pergament. »Dass die Männer meine Beine früher besungen haben?« Sie streicht sich über die schlaffen Schenkel. »Und jetzt? Das Alter frisst mich auf, Tag für Tag nagt es an mir! Nichts hilft dagegen: weder Cremes noch Sport noch Diäten. All das ist natürlich legal – weil es überhaupt nichts bewirkt!«

»Du hattest die Wahl!«

»Wie bitte? Eines Nachts brachen irgendwelche Leute bei mir ein, verdrehten mir den Arm und spritzten mir den Akzelerator – das war meine ganze Wahl!«

»Das kann nicht sein …«, entgegne ich unsicher. »Eine völlig unzulässige Vorgehensweise … Sie hätten …«

»Sie haben mir meine Jugend und meine Schönheit geraubt, ohne mir etwas dafür zurückzulassen. Und das Schlimmste dabei … Sogar mein Kind haben sie mir genommen.«

»Dein Kind? …«

Noch immer steht sie völlig nackt vor mir. Ihre trüben Augen hat sie in die Vergangenheit gerichtet. Ich spüre im Rücken, dass die Wände der Zelle immer heißer werden. Wie lange werden sie noch standhalten? Auch die Atemluft neigt sich allmählich dem Ende. Auf Beatrice' Hals und Brust treten Schweißtropfen hervor, nur ihr gepudertes Gesicht atmet nicht, es ist frisch wie meine Maske.

»Sie betäubten mich und ließen mich liegen. Ich dachte erst, es wäre ein Albtraum – in dem ich mein Kind weinen höre und es einfach nicht finden kann. Ich will aufwachen, um ihm zu helfen, aber ich kann nicht. Und als ich dann aufwachte …«

»Du hattest ein Kind?!«

»… begriff ich, dass es kein Traum war. Er war weg. Maurice, mein Sohn. Ich konnte es nicht glauben. Anfangs hoffte ich noch, es wäre tatsächlich ein Albtraum gewesen. Also ging ich zu den Nachbarn, um zu fragen, ob Maurice bei ihnen sei …«

»Du hast illegal Nachwuchs bekommen? Ohne die Schwangerschaft zu melden?«

Jetzt wird mir alles klar.

»Er war zwei Monate alt. Er schrie tatsächlich, wollte, dass ich ihn finde und zurückbringe … Ich aber schlief die ganze Zeit. Sie … Ihr habt ihn mir weggenommen! Alles habt ihr mir genommen: meine Jugend, meine Schönheit und mein Kind!«

»Das ist es also …«

Ich richte mich auf. In meinen Ohren dröhnt es, meine Arme fühlen sich an wie elektrisch geladen, und mein Herz rast vor Wut und Abscheu.

»Und jetzt machen sie aus ihm einen Killer – so einen kastrierten Bastard wie dich. Einen Kettenhund …«

»Du wusstest es? …«

»Sie machen aus ihm ein Monster«, fährt sie fort, völlig außer sich. »Aus meinem Jungen …«

»Du wusstest es doch?! … Sag schon, du Schlampe! Du wusstest doch Bescheid, was passiert, wenn sie dich mit einem illegal geborenen Kind erwischen. Du wusstest, dass er in ein Internat kommt. Dass alle illegal Geborenen in Internate kommen! Das wusstest du ganz genau, stimmt's?! Dass man aus ihm einen Unsterblichen machen wird!«

Am liebsten würde ich auf sie einprügeln – ohne Rücksicht, wie auf einen Mann, direkt ins Gesicht, ihre Nase eindrücken, ihr in die Rippen treten.

»Du wusstest, was ihn im Internat erwartet, nicht wahr?! Und trotzdem hast du die Schwangerschaft nicht gemeldet! Du hast deinen Maurice ins Verderben geschickt, und zwar sehenden Auges!«

Fröstelnd hüllt sich Beatrice wieder ein, verbirgt vor mir ihre hässlichen Brüste und fällt in sich zusammen – wie auch die Flammen außerhalb des Würfels. Es ist, als hätte sich das Feuer aus ihrer Wut genährt, jetzt war sie ausgebrannt, genauso wie das Labor.

»Warum?! Warum hast du ihn illegal geboren? Warum hast du nicht die Wahl getroffen, als du noch schwanger warst?!«

»Was geht dich das an?«

»Ihr hättet zusammenbleiben können! Hättest du deine Schwangerschaft rechtzeitig gemeldet, hätte einer von euch – du oder Maurice' Vater – noch ganze zehn Jahre bei ihm bleiben können, und der zweite sogar für immer! Du bist selbst an allem schuld! Warum?!«

»Er ist weggegangen! Er hat mich verlassen, als er erfuhr, dass ich schwanger bin! Er ist einfach verschwunden!«

»Du hättest sofort abtreiben müssen!«

»Ich wollte nicht. Ich konnte nicht. Ich konnte dieses Kind nicht töten. Ich hoffte darauf, dass er wieder zurückkommt …«

»Idiotin!«

»Sei still! Ich habe ihn geliebt. Zum ersten Mal in siebzig Jahren habe ich einen Mann wirklich geliebt. Du hast kein Recht, mir das vorzuwerfen! Woher willst du wissen, was Liebe ist?! Ihr seid doch alle kastriert!«

»Ja, das sind wir. Dafür bist du nichts weiter als eine Schlampe. Eine nichtsnutzige, hässliche Schlampe. Du hast deinen Sohn auf dem Gewissen. Liebe! Steck dir deine Liebe doch in deine runzlige, trockene …«

»Ich dachte, er kommt zurück«, flüstert sie. »Weil er seinen Sohn sehen will …«

»Und jetzt hat dein geschniegelter Held vor deinen Augen einen Abgang gemacht?«

»Ed? … Nein … Ihn habe ich erst hier kennengelernt … Vor einem Jahr … Er hat damit nichts zu tun …«

»Du konntest wohl nicht genug kriegen«, zische ich.

Sie wehrt sich nicht. Offenbar habe ich sie an einem wunden Punkt getroffen, habe ihr einen richtigen Magenschwinger versetzt, und jetzt sieht sie Sterne. Dieses alte Flittchen weiß genau, dass sie selbst schuld ist. Sie weiß es, und deshalb kapituliert sie. Ich könnte sie jetzt bei lebendigem Leibe zerreißen, sie würde nicht mal ihren Kopf heben. Sie will nur eines wissen.

»Ihr seid … unterschiedlichen Alters, nicht wahr? Aber vielleicht hast du ihn ja dort gesehen? Du bist doch noch ganz jung, oder? Vielleicht wart ihr ja im selben Internat? Ein achtjähriger Junge namens Maurice, er schielt ein wenig?«

Inzwischen ist das Glas der Zelle von außen komplett verrußt, sodass ich auf der schwarzen Fläche mein Spiegelbild sehe. Marmorne Locken, schwarze Augenschlitze, eine edle griechische Nase. Mir geht ein Licht auf.

»Deswegen hast du mich also aus dem Feuer gezogen.«

Ich nehme die Apollomaske ab, diesmal freiwillig, und lächle. Ich lächle Beatrice Fukuyama so breit an, wie es mir die schmerzenden Gesichtsmuskeln erlauben, und so weit sich meine aufgeplatzten Lippen dehnen lassen.

»Hier«, sage ich zu hier. »Schau mich an. Willst du ihn noch einmal sehen, bevor du ins Gras beißt? Dann schau mich genau an. Wenn er erwachsen ist, wird er so sein wie ich. Denn wir sind alle gleich.«

Sie sieht mich an. Ihr Kinn zittert. Das ganze Feuer, all ihre Wut ist verschwunden, nichts mehr davon ist übrig.

»Wenn er das Internat verlässt, bist du längst tot. Ihr werdet euch nicht mehr begegnen. Aber egal. Das Recht auf einen Anruf? Das hat jeder. Aber das brauchst du jetzt nicht mehr. Schließlich hast du mich gesehen, und deinem Maurice ist es scheißegal – er erinnert sich ja sowieso nicht an dich. Mit zwei Monaten sind wir ja nur ein Stück Fleisch.«

Endlich habe ich sie so weit, dass ihr die Tränen kommen.

»Heul nur!«, sage ich zu ihr. »Heul, so viel du willst! Und ruhig etwas lauter, sonst erzähle ich dir noch, wie sie uns dort behandeln. Wie wir, eure Kinder, bestraft werden für eure Geilheit, oder wie ihr es gerne nennt: eure ›Liebe‹!«

Und tatsächlich sinkt sie jetzt kraftlos zu Boden und weint hemmungslos, während der Brand in ihrem Labor allmählich erlischt.

»Verzeih mir …«, schluchzt sie. »Du hast recht: Ich habe es nicht anders verdient. Edward ist tot, meine Arbeit vernichtet … Das ist meine gerechte Strafe.«

»Ach, zum Teufel …!«

Doch jetzt, da sie erlischt, fühle auch ich mich leer. Ich habe ihr alles gesagt, habe sie selbst ebenso niedergebrannt wie ihr Labor – und dabei mein eigenes Feuer verbraucht. Und was ich jetzt empfinde, kommt mir in meinem Verhältnis zu Beatrice völlig unangebracht vor: Schuld.

Sie ist doch nicht meine Mutter, sondern nur irgendeine unglückliche Alte. Ich reiche ihr meine Hand.

»Zieh dich wieder an. Wir gehen.«

»Wie heißt du?«, fragt sie mit schwacher Stimme.

Ich zögere, dann antworte ich: »Jacob.«

Sie steht auf, knöpft langsam ihren Kittel zu. Sie wirkt völlig erschöpft.

»Die halbe Stunde ist längst vorbei, und ich lebe immer noch«, bemerke ich. »Wo ist deine Vogelgrippe?«

»Es gibt keine Grippe«, antwortet Beatrice dumpf. »Ich wollte euch nur aufhalten.«

»Natürlich. Man hätte uns sonst den Auftrag niemals erteilt. Aber das Präparat hattet ihr, nicht wahr? Eine tägliche Dosis Leben, um einer ganzen Armee lebender Toter das letzte Geld abzupressen?«

»Wir hatten nie vor, es zu verkaufen, Jacob. Wir hatten kein Recht, damit Handel zu treiben.«

»Das stimmt.«

»Wir hatten kein Recht, die Rettung in kleinen Dosen zu verteilen. Unser Gegenmittel war dazu gedacht, es nur ein einziges Mal einzunehmen. Wir wollten etwas entwickeln, das leicht anzuwenden … und einfach zu produzieren war. Damit später niemand von uns davon abhängen würde. Ein kleines Labor mit drei Personen – wir wussten, dass wir verwundbar sind.«

»Habt ihr noch andere ausgebildet? Habt ihr schon Präparate ausgeliefert? Ist die Formel noch irgendwo vorhanden? Mach auf, wir gehen.«

Beatrice gibt einen Befehl, und die Tür fährt nach oben. Hitze schlägt mir ins Gesicht, stickiger Brandgeruch, in der Luft schweben dicke Ascheflocken wie schwarze Daunen.

»Wir waren noch nicht so weit. Es gibt kein Medikament, Jacob.«

»Unmöglich!«

»Wir hätten noch einige Jahre gebraucht …«

»Du lügst.«

Ein zusammengeschmolzener Klumpen liegt uns im Weg. Nichts Menschliches ist mehr daran, obwohl er noch vor einer halben Stunde »Beatrice!« gerufen hat. Ich mache einen weiten Bogen um ihn.

»Was wollten die Alten dann von dir? Wenn es gar kein Gegenmittel gibt, und es sowieso noch einige Jahre gedauert hätte … Sie wären bis dahin doch längst alle gestorben! Warum plötzlich die Eile?! Oder hast du sie auch belogen? Hast ihnen versprochen, du würdest sie retten, wenn sie dich retten?!«

»Begreifst du das wirklich nicht?«

»Nein, verdammt!«

»Sie wussten ganz genau, dass für sie jede Hilfe zu spät kommen würde. Edward wusste es, und Greg, der Mann im Rollstuhl, sowieso. Ich aber hätte vielleicht durchgehalten, bis ich die Formel gefunden hätte … Diese armen Alten« – sie blickt sich nach einem zweiten unförmigen Haufen um, der nach verbranntem Fleisch riecht – »haben sich geopfert, weil sie wollten, dass ihresgleichen irgendwann einmal eine Chance bekommen.«

Wir betreten die völlig ausgebrannte, rußgeschwärzte Spielzeugfabrik. Meine Stiefel rutschen über geschmolzenes, allmählich wieder erkaltendes Glas: Der ganze Christbaumschmuck hat sich in das verwandelt, was er von Anfang an hätte bleiben sollen. Beatrice schreit auf, die Hitze verbrennt ihre Füße. Ich nehme sie auf die Arme und trage sie über die dampfende Schmelze hinweg.

»Dir wird nichts geschehen. Meine Auftraggeber … wollen nur, dass du für sie arbeitest.«

Warum sage ich das? Sie würde sich jedes Mitleid verbitten, aber genau das ist es, was ich jetzt empfinde. Diese Geschichte von den beiden törichten Greisen, die versuchen, dem Tod zuvorzukommen, obwohl sie wissen, dass sie gar keine Chance haben … Und dann erscheine ich auf der Bildfläche und werfe sie aus dem Rennen.

Sie hatten noch nichts erreicht. Und jetzt werden sie es auch nie. Wenn sie die Wahrheit sagt … Einer ihrer Kompagnons ist wahrscheinlich schon steif, der andere liegt im Koma, ihr selbst bleiben vielleicht noch zwei, drei Jahre. Wenn ich sie jetzt laufen lasse, verbringt sie die restliche Zeit noch in dieser Welt. Sie wird niemandem Schaden zufügen können. Ich vertreibe diesen Gedanken sofort, doch wie eine aufdringliche Fliege kehrt er immer wieder zu mir zurück.

Ich nehme Beatrice an der Hand.

»Aber wenn ihr es nicht verkaufen wolltet … Was hattet ihr dann mit dem Präparat vor? Es für die Partei des Lebens herstellen?«

»Wir wollten es überhaupt nicht herstellen.«

Ich muss an meine letzte Begegnung mit Schreyer denken. Die Aussage dieser psychisch gebrochenen Alten gegen die Worte des Herrn Senators. Wem soll ich glauben? Ob er imstande wäre, mich zu belügen? Die Gefahr zu übertreiben, um zu verhindern, dass ich am Sinn meines Auftrags zu zweifeln beginne? Durchaus möglich. Wäre ich ihm in diesem Fall noch zu etwas verpflichtet?

Ja, das wäre ich. Aber …

»Wir hätten die Formel ins Netz gestellt. Zugänglich für jedermann.«

»Wie bitte?!«

»Damit sie sich jeder auf seinen Molekulardrucker holen kann. Die Idee war, dass niemand etwas daran verdient. Dass keiner auf das Präparat warten muss oder vorher stirbt …«

Für einen Augenblick wird mir schwarz vor Augen.

Sie wollte das Rezept gar nicht geheim halten. Sie wollte weder Geld noch Sklaven. Sie wollte es allen zur Verfügung stellen. Damit hätte sie mit einem Schlag jenen ausgeklügelten Mechanismus ausgehebelt, mit dem wir unsere Instinkte steuern, und der dafür sorgt, dass wir Menschen bleiben. Ihr Plan war es, alle zu retten – und so alles zu zerstören.

Beatrice Fukuyama ist noch viel gefährlicher, als Erich Schreyer vermutet. Sie ist keine Terroristin, keine Hehlerin – sondern eine verdammte Idealistin.

Ich setze mein Visier wieder auf, greife ihre Hand fester, mit voller Kraft, dass es wehtut, und ziehe sie hinter mir her wie die alten Nomaden ihre Gefangenen mit sich schleppten, angebunden an die Sättel ihrer Pferde, um sie dann als Sklaven zu verkaufen oder als Opfer darzubringen.

Vor dem Eingangstor empfängt uns eine Menge schmutziger Tattergreise. Auch meine Zehnereinheit wartet dort. Die Alten verfluchen mich, greifen nach mir, um mir ihre Königin zu entreißen, aber die Unsterblichen halten ihrem schwächlichen Ansturm ohne Mühe stand.

Wir verschwinden, noch ehe die Feuerwehr eintrifft. Niemand hindert uns daran, unsere Gefangenen und Skalps mitzunehmen. Beatrice sträubt sich zunächst, doch Vik macht ihr mit einem kurzen Stromschlag Beine.

Jenseits der Luftschleuse wartet ein Turbokopter der Polizei auf uns. Während ich Beatrice in den Bauch der Maschine führe, murmelt sie unzusammenhängende Sätze vor sich hin. Kein Wunder: Zwei Schocker-Packungen innerhalb so kurzer Zeit steckt niemand so leicht weg.

»Die Efuni-Variable … Erinnerst du dich? Das war im 20. Jahrhundert … Sie dachten, sie hätten das Genom entziffert … Sie sahen alle Buchstaben, aber die Wörter konnten sie nicht lesen … Dann lernten sie, einzelne Wörter zu lesen, und dachten, sie hätten ihren Sinn begriffen … Aber dann stellte sich heraus, dass jede Silbe einen eigenen Sinn hat, und nicht nur einen … Und dass die Wörter mehrdeutig sind … Dass dich ein und dasselbe Gen kurzbeinig und glücklich macht, ein anderes gleichzeitig deine Potenz und deine Augenfarbe beeinflusst, und so weiter. Wir haben noch immer nicht alles entschlüsselt, noch nicht alle Bedeutungen begriffen … Wir sind mit dem Skalpell rangegangen, haben zerschnippelt und wieder angenäht … Dabei hätten wir erst mal richtig lesen lernen sollen … Und diese Teile des Genoms, die wir verändert haben … Um nicht mehr zu altern … Das Programm abzuschalten … Eugene Efuni … ein Biologe. Er nahm an, dass dieser Abschnitt andere Funktionen hat, dass man nicht gleich alles … Aber wer hat ihm geglaubt? Niemand hat ihm geglaubt, Maurice … Hörst du mich, Maurice?«

Sie blickt mir forschend in die Augen.

»Nein.«

Ich öffne den Hahn und lasse Wasser in einen Becher laufen.

Mein Hals ist trocken. Bei dem verdammten Brand ist alle Flüssigkeit meines Körpers verdunstet. Das Wasser schmeckt süß, obwohl es ganz gewöhnliches Wasser ist – das kommt von meinem ungeheueren Durst. Ich stürze den Becher in einem Zug hinunter, fülle ihn wieder auf und leere ihn gleich darauf erneut. Noch einmal. Ich trinke hastig, verschütte die Hälfte, meine Finger rutschen über das Komposit. Wäre der Becher aus Glas, würde er wahrscheinlich in meiner Hand zerbrechen.

Ich fülle ihn ein viertes Mal und gieße erneut alles in mich hinein. Inzwischen schmeckt das Wasser wieder wie immer: muffig, ein wenig nach Metall. Jetzt ist mein Durst gelöscht, aber trotzdem lasse ich den Becher noch einmal volllaufen.

Schwer falle ich auf meine Koje und schalte den Bildschirm ein.

Ich stoße auf einen Wohltätigkeitssender, der mit ständigen Berichten über Altersreservate versucht, bei den Zuschauern auf die Tränendrüsen und Brieftaschen zu drücken. Gerade läuft etwas über eines der etwas anständigeren Hospize: Kinder springen gemeinsam mit ihren bereits gebrechlichen Eltern auf einer synthetischen Wiese herum und imitieren ein Familienglück, als müsste hier keiner von ihnen in den nächsten Jahren das Zeitliche segnen.

Ich zwinge mich, einen Schluck aus dem fünften Becher zu nehmen.

»Ohne die Hilfe von Generations kämen wir kaum zurecht«, bekennt ein würdiger Greis und umarmt seine kleine Tochter. *»Aber dank Ihnen können wir ein vollwertiges Leben führen. Ganz so wie Sie …«*

An dieser Stelle schwingen sich die Streicher im Hintergrund zu einem ganz besonderen Akkord auf, der dem Publikum einen wohligen Schauer über den Rücken jagt. Dem unbedarften Zuschauer kommt es dabei so vor, als sei es die Rede des Alten, die ihn so emotional berührt.

»Die Stiftung Generations kümmert sich um drei Millionen ältere Bürger in ganz Europa«, resümiert eine angenehme Bassstimme, während auf dem Bildschirm das Logo der Organisation erscheint. *»Helfen Sie uns, diesen Menschen ein Leben in Würde zu ermöglichen …«*

»Fuck off«, sage ich und nehme einen weiteren Schluck.

Im Mittelalter gab es eine Folter, bei der dem Opfer ein Lederschlauch in den Mund gesteckt und so lange Wasser eingefüllt wurde, bis ihm der Magen platzte. Was gäbe ich jetzt für so einen Schlauch.

Dieser Kanal ist genauso leprös wie die Altenreservate, aber die anderen Sender sind auch nicht viel besser. Immer wieder läuft diese Werbekampagne mit dem Titel »Wahl der Schwachen«, bei der irgendwelche verwirrten alten Frauen mit faulen Zähnen und Haarausfall in Nahaufnahme gezeigt werden.

Davon kann einem richtig schlecht werden, und genau das ist beabsichtigt. Europa braucht keine alten Leute, denn sie müssen finanziert, medizinisch versorgt und ernährt werden. Sie produzieren nichts außer Scheiße und Christbaumschmuck, verbrauchen aber jede Menge Luft, Wasser und Platz. Und es geht hier nicht um Gewinnmaximierung: Schon jetzt steht für jeden und jede nur so viel zur Verfügung, wie er oder sie zum Überleben braucht. Europa befindet sich am Rand des Kollapses, und wir müssen dafür sorgen, dass wir dem Kontinent nicht noch mehr aufbürden.

Doch das Altwerden und der Tod sind als Grundrechte in unserer Verfassung verankert, und diese sind ebenso unveräußerbar wie das Recht, ewig jung zu bleiben. Alles, was wir tun können, ist, den Menschen davon abzuraten. Und das tun wir, mit allen uns zur Verfügung stehenden Mitteln.

Wer den Weg der Vermehrung wählt, also lieber ein Tier bleiben will, trägt am Ende selbst die Verantwortung. Die Evolution schreitet voran, und wer sich nicht anpassen kann, stirbt irgendwann aus. Wer also unbedingt seinen festgefahrenen Prinzipien treu bleiben will, wird es irgendwann einmal nicht mehr schaffen, auf den fahrenden Zug aufzuspringen.

»Selber schuld«, murmele ich und trinke noch einen Schluck. »Fahrt doch alle zur Hölle.«

Ich blicke auf die Uhr: Berings Pressekonferenz beginnt in einer Minute. Auf dem Bildschirm meines Kommunikators blinkt noch immer Schreyers Nachricht: *»Kanal 100, sieben Uhr abends. Wird dir gefallen.«*

Ich schalte um.

Paul Bering, Innenminister und Mitglied des Zentralrats der Partei der Unsterblichkeit, tritt an ein kleines Rednerpult. Mit verhaltener Freundlichkeit winkt er einigen vertrauten Gesichtern unter den Journalisten zu. Hinter ihm prangt das europäische Banner mit den goldenen Sternen auf blauem Grund, vorn am Rednerpult prangt das Wappen des Ministeriums mit dem Motto »Im Dienst der Gesellschaft«. Am Revers von Berings Anzug jedoch ist deutlich ein Abzeichen in Form eines Apollokopfs zu erkennen. Brünett und sportlich schlank, erinnert der Minister mit seiner jovialen Art und seinen jugendlichen Gesichtszügen eher an einen Studenten einer Eliteuniversität in Panam. Die ideale Besetzung für den Posten des Sicherheitschefs in Utopia – diesem Märchenland, dessen Bürger keine größeren Sorgen haben als das schlechte Wetter. Bering hat leicht verstrubbeltes Haar, ist geradezu unanständig braun gebrannt und lächelt schüchtern, obwohl er seine strahlenden Zähne ruhig häufiger zeigen könnte. Die Kamera liebt ihn. Carvalho liebt ihn. Alle lieben ihn. Ich liebe ihn.

»Danke, dass Sie gekommen sind«, sagt Bering. *»Es geht tatsächlich um eine sehr wichtige Angelegenheit. Heute ist es uns gelungen, eine Verbrecherbande dingfest zu machen, die ein illegales Generikum des Impfstoffs gegen Sterblichkeit entwickelt hat: ein Präparat, das ewige Jugend verleiht.«*

Unter den Journalisten erhebt sich aufgeregtes Raunen. Bering nickt der Versammlung ernst zu und legt eine Pause ein, bis jeder über seinen Kommunikator eine entsprechende Blitzmeldung abgegeben hat. Ich schalte den Apparat lauter und stelle das halb leere Glas beiseite.

»Es ist genau das eingetreten, was wir immer befürchtet haben. Doch wir waren darauf vorbereitet. Meine Damen und Herren, heute ist es uns gelungen, eine echte Katastrophe abzuwenden.«

Minister Berings Wangen sind jetzt leicht gerötet. Er schenkt sich ebenfalls ein Glas Wasser ein und besänftigt damit seine Erregung. Die Presse applaudiert.

»Eine Katastrophe weltweiten Ausmaßes – und das sage ich ganz bewusst. Zu den Plänen der von uns ausgehobenen Organisation gehörte es, das Generikum nach Panamerika zu schmuggeln, wo Drogenkartelle dessen weitere illegale Verbreitung übernehmen sollten. Die Erlöse aus dem Verkauf des Mittels sollten zur Finanzierung der Partei des Lebens dienen.«

Ach was. Interessant.

»Beweise!«, fordert ein Reporter mit erkennbar panamerikanischem Akzent.

»Aber natürlich.« Bering nickt ihm zu. *»Jetzt die Live-Schaltung, bitte.«*

Auf dem Bildschirm erscheint Beatrice Fukuyama.

Sie sieht wesentlich besser aus als bei unserer letzten Begegnung. Frisiert, gewaschen, die Haare frisch gelegt. Keine Spuren von Schlägen oder Folter – so etwas ist in Utopia vollkommen ausgeschlossen.

»Dies ist Beatrice Fukuyama 1E«, sagt Bering. *»Mikrobiologin und Nobelpreisträgerin für Medizin und Physiologie des Jahres 2418. Ich grüße Sie, Beatrice.«*

»Guten Abend«, antwortet sie und nickt ihm würdevoll zu.

Bering macht eine einladende Geste. *»Werte Kollegen, Beatrice Fukuyama steht Ihnen nun für Ihre Fragen zur Verfügung.«*

Ich trete näher an den Bildschirm heran und mustere sie misstrauisch. Die Journalisten stürzen sich auf Beatrice, als wären sie auf einem Marktplatz in Galiläa, wo sie eben die Erlaubnis erhalten hätten, sie zu steinigen.

Sie hält dem Ansturm stand und geht auf alle Fragen ein, ohne die Ruhe zu verlieren: Ja, ich habe es entwickelt. Nein, über den Verkauf ist mir nichts bekannt. Darum sollten sich die Aktivisten der Partei des Lebens kümmern. Wagen Sie es nicht, sie Terroristen zu nennen, denn sie versuchen uns zu retten. Nein, ich werde keine Namen nennen. Nein, ich bedaure nichts.

Die ganze Zeit über spielt ein Lächeln um ihre trockenen Lippen. Sie blickt fest in die Kamera, ihre Stimme zittert kein einziges Mal, und kein einziges Mal verrät sie mit irgendeiner Geste, dass sie eine Geisel ist und dass man nichts von dem, was sie jetzt sagt, glauben darf.

Als das Verhör zu Ende ist, hebt Bering den Zeigefinger.

»Eines möchte ich noch hinzufügen. Die heutige Operation wurde von einer Einheit der Unsterblichen durchgeführt. Es ging um jede Minute, jemand hatte die Bande gewarnt, sie hatten ihr Labor bereits zerstört und waren gerade dabei, ihre Flucht vorzubereiten. Die Polizei wäre so gut wie sicher zu spät gekommen. Glücklicherweise befand sich diese Einheit der Phalanx gerade in der Nähe.«

»Herr Minister!« Eine Hand hebt sich aus der Menge. *»Der panamerikanische Präsident Ted Mendez ist bekannt für seine Kritik an der Partei der Unsterblichkeit und ihrer Sturmtruppen. Wäre diese Operation aus Ihrer Sicht nicht geeignet, Ihr Verhältnis zu ihm zu verbessern?«*

Bering breitet die Arme aus.

»Sturmtruppen? Gehört dieser Begriff nicht in die Geschichte des 20. Jahrhunderts? Ich weiß gar nicht, wovon Sie sprechen. Und mein

Verhältnis zu Herrn Mendez ist rein sachlicher Natur. Das wäre es dann, werte Kollegen, vielen Dank!«

Vorhang.

Der Kommunikator piepst: eine Nachricht von Schreyer.

»Und?«

Ich schmecke etwas Salziges im Mund. Ich habe meine Lippe blutig gebissen.

Das war nicht Beatrice, sondern eine Puppe. Ich kann einfach nicht glauben, dass sie imstande wäre, so etwas zu sagen. Und dabei auch noch zu lächeln. Was diese Beatrice-Puppe soeben gesagt hat, kann einfach nicht wahr sein, weil das, was ich von der echten Beatrice in jener gläsernen Zelle erfahren habe, keine Lüge sein kann.

Ist doch egal, wie sie das gedreht haben. Meine Wahrheit schmeckt auch nicht besser als der falsche Zucker, den sie soeben an all die Maulaffen dieser Welt verfüttert haben. Beatrice ist weitaus gefährlicher, als es in der Pressekonferenz dargestellt wurde. Nicht für Panam, sondern für Europa. Und vor allem für die Partei der Unsterblichkeit.

Du hast alles richtig gemacht, sage ich mir. Alles! Richtig!

Du hast diese Wahnsinnigen gestoppt, die versucht haben, dein Leben und das von hundertzwanzig Milliarden anderen Menschen zu zerstören. Du hast Recht und Gesetz verteidigt und die Phalanx aus der Schusslinie gebracht. Du hast mit dieser Tat eine andere wiedergutgemacht, einen Fleck von deiner Weste getilgt. Du hast deine Beförderung erreicht und das Vertrauen deiner Vorgesetzten gerechtfertigt.

All das ist wahr. Aber warum kommt mir dann diese geläuterte, lächelnde Beatrice Fukuyama so viel schlimmer vor als jene Hexe, die mir ihren alternden Körper offen zur Schau stellte?

Warum haben die Worte, die ich damals von ihr vernommen habe, für mich viel größere Bedeutung als das, was die ganze Welt soeben gehört hat?

»Na, wie fühlst du dich?«

Wie ein benutztes Präservativ, Herr Senator. Stets zu Diensten. Danke, dass Sie unsere Marke gewählt haben.

Ich habe alles richtig gemacht. Ich bin ein guter Junge. Ich weiß jetzt, wie ein Mensch riecht, der bei lebendigem Leib verbrennt.

Aber dieser Geruch kann nichts gegen die Tatsache ausrichten, dass Schreyer recht hat. Er hat mir eine geeignete Aufgabe zugewiesen und sie mir so erklärt, dass ich sie erledigen konnte. Er hat sich dafür eigens Zeit genommen. Schließlich hätte er mir – oder auch irgendeinem anderen – einfach nur einen Befehl erteilen können.

Ich starre die Nachricht an und weiß nicht, was ich antworten soll. Schließlich gebe ich ein: »Warum ich?«

Erich Schreyers Antwort lässt nicht lange auf sich warten: *»Idiotische Frage. Ich würde eher sagen: Wer, wenn nicht du?«*

Nach einer Minute schiebt er nach: *»Ruh dich aus, Jan. Du hast es dir verdient!«*

Und so sitze ich jetzt seiner prachtvollen Ehefrau im Café Terra gegenüber, ringsum die Savanne in einem Abendlicht, das niemals zur Nacht wird. Die Gäste mögen die untergehende afrikanische Sonne – Dunkelheit können sie an jedem anderen Ort sehen. Die Giraffen – zwei Elterntiere und ein ungeschicktes Junges auf staksigen Beinen – wandern unermüdlich im Kreis, ohne sich jemals schlafen zu legen. Es macht ihnen nichts aus, denn sie sind längst tot.

»Schau doch, wie süß!«, zwitschert eine junge Frau am Nebentisch ihrem Kavalier zu und deutet auf den Kleinen.

»Wohin wollen Sie?«, frage ich Helen Schreyer, die sich bereits erhoben hat und gehen will.

Ich habe es heute überhaupt nicht eilig.

»Was ist mit meinem Mann?«, sagt Helen mit zusammengepressten Lippen. In ihrer Fliegerbrille kann ich nur mein Spiegelbild erkennen.

»Ihr Mann hatte vollkommen recht.« Ich kippe den Rest meines *Golden Idol* hinunter und spüre überhaupt nichts.

»Er ist ein wunderbarer Mensch. Ich muss gehen. Begleiten Sie mich noch?«

»Wollen Sie Ihr Wasser nicht austrinken?«

»Darf ich die Rechnung übernehmen? Ich weiß, dieses Café ist nicht gerade billig ... Ich will mich jetzt nicht zum Trinken zwingen, nur weil es Ihnen zu schade ist, ein halbes Glas Leitungswasser stehen zu lassen.«

Am liebsten würde ich ihr jetzt sagen: Diese Rechnung hat Beatrice schon bezahlt. Es gibt nämlich noch Menschen, die nicht ewig so aussehen, als wären sie zwanzig Jahre alt. Sie sagen, Sie haben keine Angst vor dem Alter? Ich kenne da jemanden, Helen, der liebend gern mit Ihnen tauschen würde: Ihre aufgesetzte Ewigkeitsmüdigkeit gegen graue Strähnen, Pigmentflecken und schlaffe Brüste. Wären Sie dazu bereit?

Ich betrachte ihr Glas: Es ist halb leer.

Ganz gewöhnliches Wasser, wie es in jedem Haushalt aus dem Hahn fließt. Zwei Atome Wasserstoff, eines Sauerstoff, ein paar zufällige Beimengungen – und dazu eine anständige Konzentration jenes Retrovirus, der Tag und Nacht das Genom der Menschen modifiziert, seine eigenen Proteine in die DNA einschreibt, sämtliche Abschnitte beseitigt, die für Alterungsprozesse und Tod verantwortlich sind, und stattdessen seine eigenen einsetzt, die uns ewige Jugend schenken. Das ist sie, die sogenannte Alterungsimpfung. Rein formal gesehen, ist unsere Unsterblichkeit also eine Krankheit, gegen die unsere Immunabwehr wie ein Neandertaler mit einem Knüppel anzukämpfen versucht. Deshalb infizieren wir uns jeden Tag neu, indem wir uns ein Glas Leitungswasser einschenken. Welche einfachere Impfmethode gegen die Sterblichkeit ließe sich denken?

»Leider ist die Rechnung bereits beglichen«, sage ich und erhebe mich ebenfalls. »Und ich begleite Sie gern noch ein wenig.«

Kurz vor der Rezeption kommen wir an einer Reihe von Toilettenräumen vorbei. An der gegenüberliegenden Wand des Korridors rauscht ein künstlicher Wasserfall, der Boden ist aus Ebenholz, das Licht ist trüb, die Lampen in Bullaugen versteckt.

Ich stoße eine der schwarzen Türen auf und ziehe Helen in die Toilette. Sie wehrt sich, doch ich drücke ihr meine Finger auf die Lippen. Ich packe ihren jungfräulichen Pferdeschwanz, strecke ihren Kopf nach hinten und mit einem Tritt gegen ihre hippen Schnürschuhe mache ich ihre Beine breit – wie für eine Leibesvisitation. Sie stöhnt irgendetwas, und ich schiebe ihr meine Finger in den Mund. Mit der freien Hand ertaste ich ihren Gürtel, Knöpfe, einen Reißverschluss, fummle fieberhaft herum, ziehe ihr die aufreizende Hose mit den Außentaschen bis zu den Knien herunter und fahre mit der Hand in ihren Slip. Helen versucht mich von der Seite zu treffen, sie beißt zu, aber ich lasse nicht los, beharre darauf, dass sie sich mir unterwirft – und schon nach wenigen Sekunden spüre ich, wie ihre Zunge meine blutenden Finger umspielt und der Schmerz nachlässt. Ohne ihren Biss zu lockern, leckt sie mich, fügt sich, kommt mir entgegen, hebt sich, öffnet sich, nass, schon tastet sie blind in meiner Lendengegend, sucht nach einem Reißverschluss, nuschelt irgendetwas, rutscht ungeduldig hin und her, bittet, stöhnt, beugt sich von selbst nach vorn, stellt willig ein Bein auf und lässt mich mit ihr tun, was immer ich will. Ihre Brille fällt auf den Boden, die Jacke rutscht ihr von der Schulter und legt eine nackte Brust frei, ihre Augen sind geschlossen, und ihre Zunge fährt über den Spiegel, gegen den ihr Gesicht gepresst ist …

Ich spüre Wut und gleichzeitig Genugtuung, dass ich sie endlich an den Haaren von ihrem Olymp herabgezogen habe, dass ich dieser hochmütigen Göttin das Blattgold abkratze, dass sie mit jedem ihrer spitzen Schreie mehr und mehr zum Menschen wird, bis ich mit ihr auf Augenhöhe bin.

Und dann stoße ich in sie hinein, immer wieder, bis ich mich verliere, mich in ihr auflöse, und schon sind wir beide keine Menschen mehr, sondern zwei sich paarende Tiere, und nur so wollen wir es tun.

XIII · GLÜCK

Gefällt dir meine Frisur? Ich wollte unbedingt, dass sie dir gefällt … Sag, Wolf?«

Natürlich antwortet ihr niemand. In dem Kubus ist es fast völlig dunkel. Auch das Fenster zur Toskana – mein ständiger Bildschirmschoner – leuchtet kaum, die Helligkeit ist fast auf null zurückgedreht. Ich stehe im Türrahmen und lausche Annelies schmeichelnden Worten. Sie ist hier bei mir und spricht im Schlaf.

Ich schließe die Tür und setze mich auf den Bettrand. Es ist, als ob ich einen verletzten Kameraden auf der Krankenstation besuchte. Halbdunkel, um die Augen zu schonen, sowie absolute Stille, denn jedes Geräusch wäre, als würde ich mit dem Messer über eine Glasscheibe fahren. Noch immer glaube ich all die dramatischen Ereignisse während des Überfalls der Unsterblichen in der Luft zu spüren, und Annelies Worte klingen wie Fieberwahn. Sie muss das Geschehene erst einmal verarbeiten und die Kraft finden weiterzuleben. Vorsichtig berühre ich ihre Schulter.

»Annelie … Wach auf. Ich habe dir etwas zu essen gebracht. Und ein paar Klamotten …«

Sie wälzt sich herum und stöhnt leise. Es fällt ihr sichtlich schwer, sich von Rocamora zu trennen. Sie will sich die Augen reiben, doch als ihre Hände gegen Glas stoßen, zuckt sie zusammen, als hätte jemand sie mit einem Schocker berührt. Sie setzt sich im Bett auf, zieht die Knie an und umschlingt sie mit beiden Armen. Als sie mich bemerkt, schüttelt es sie.

»Ich will nicht.«

»Du musst etwas essen.«

»Wann holt Wolf mich ab?«

»Ich habe Heuschrecken mit Kartoffelgeschmack und mit Salami …«

»Ich habe doch schon gesagt, dass ich keinen Hunger habe. Kann ich jetzt endlich diese Brille absetzen?«

»Nein. Das System zur Gesichtserkennung läuft ununterbrochen. Wenn es dich erkennt, sind die Unsterblichen in fünfzehn Minuten hier.«

»Wie kann es mich hier entdecken? Das ist doch deine Wohnung! Oder gehört dieser Kubus gar nicht dir?«

»Woher soll ich wissen, ob hier Kameras installiert sind oder nicht?«

Sie sitzt zusammengekrümmt, die Arme um die Knie geschlungen. Annelie trägt noch immer das schwarze Hemd, das nach Rocamora stinkt, und meine Spiegelbrille. Darin sehe ich nur mich, eine schwarze Silhouette, die den Eingang versperrt, mal zwei.

»Hier habe ich ein paar Klamotten … Damit du dir was Sauberes anziehen kannst.«

»Ich will Wolf anrufen.«

»Du hast zwei Tage nichts gegessen, fast nichts getrunken … So hältst du nicht lange durch!«

»Warum darf ich nicht Kontakt mit Wolf aufnehmen? Dein Bildschirm ist passwortgeschützt … Gib mir deinen Kommunikator, damit ich ihm wenigstens eine Nachricht schicken kann. Damit er weiß, dass es mir gut geht.«

»Ich habe dir doch schon erklärt, dass das nicht geht. Sobald du eine Nachricht an ihn abschickst, ist nichts mehr in Ordnung. Versteh doch: Sie wussten, wo ihr wohnt. Also haben sie euch beobachtet, eure Gespräche und eure Korrespondenz abgefangen. Die warten doch nur darauf, wer von euch als Erster die Geduld verliert. Und dann haben sie uns innerhalb weniger Sekunden entdeckt.«

Sie legt sich zurück und dreht sich zur Wand.

»Annelie?«

Annelie schweigt.

»Ich habe Wasser vergessen. Bin gleich wieder da, in Ordnung?«

Sie rührt sich nicht.

Ich lege die Packung Heuschrecken auf den Klapptisch und gehe.

In der Schlange vor dem Tradeomaten werde ich ständig geschubst und angeschnauzt. Ich bekomme es einfach nicht mit, wenn sich die Reihe der Kaufwilligen Schritt für Schritt vorwärtsbewegt. Was immer ich Annelie kaufe – Heuschrecken, Planktonpaste, Fleisch, Gemüse –, sie rührt nichts davon an. Vielleicht spürt sie etwas, begreift, dass sie nicht frei ist.

Aber laufen lassen kann ich sie nicht. Ich habe Schreyer gemeldet, dass ich sie liquidiert habe. Er hat mir dafür auf die Schulter geklopft. Keine Ahnung, ob er mir glaubt. Keine Ahnung, ob er ihren Namen nicht doch in die Fahndungsdatenbank eingegeben hat. Ob die Typen mit den vernähten Gesichtern nicht doch von ihm beauftragte Ersatzspieler waren. Ob nicht schon in ganz Europa nach Annelie gesucht wird. Wer weiß, vielleicht wissen sie ja längst, wo sie sich befindet.

Wenn Schreyers Leute sie auf einmal gesund und munter auffinden, wird das den Herrn Senator gar nicht freuen. Besonders, wenn man sie in meinem Wohnzimmer entdeckt.

Vielleicht soll ich ihr einfach erlauben, zu Rocamora zurückzukehren?

Die Partei des Lebens ist eine echte Untergrundorganisation, mächtig und weitverzweigt. Es hat Jahrzehnte gedauert, bis Rocamora endlich eingekreist werden konnte, obwohl man eigentlich dachte, dass es in Europa keine Verstecke mehr gibt. Wenn ich Annelie zu ihm zurückbringe, wird er dafür sorgen, dass Schreyer sie nie wieder in die Finger bekommt. Dann wäre ich die gute Fee, die Liebe würde obsiegen, und trotzdem würde der Karriereaufzug, den mir mein großzügiger Gönner auf diese sündige Erde herabgesandt hat, seine Türen nicht vor meiner Nase verschließen.

Das wäre eine Lösung. Ich müsste sie nicht mehr an die Kette legen, sie nicht mit Schlafmittel vollpumpen, ihr nicht die Hucke volllügen – sondern sie einfach nur zu Rocamora zurückbringen. Er wüsste etwas mit ihr anzufangen. Ich dagegen habe nicht die leiseste Ahnung.

Soll er Annelie doch küssen, mit ihr schlafen, sie ganz in Besitz nehmen. Soll diese verlogene Brillenschlange, dieser miese Versager, dieser Schwätzer sie ruhig bekommen. Sie träumt ja sowieso die ganze Zeit von ihm, säuselt mir ständig die Ohren über ihn voll, will nichts essen, und ich darf mich noch bedanken, wenn es mir hin und wieder gelingt, ihr etwas Wasser einzuflößen.

»Hallöchen!«, lächelt mich ein Mädchen mit Ponyfrisur an. »Da sind Sie ja wieder! Haben wir was vergessen?«

»Ja. Wasser. Ohne Kohlensäure. Eine Flasche.«

»Aber gern. Darf's sonst noch etwas sein? Habe ich Ihnen eigentlich schon unsere neuen Glückstabletten angeboten?«

»Ja, das hast du. Du bietest sie mir jedes Mal an.«

»Oh, Verzeihung, ist mir entfallen. Gut, das wär's also.«

»Warte … Wie sind sie denn?«

»Oh, einfach wunderbar! Alle sind sehr zufrieden. Übrigens, für Erstkäufer gibt es heute zwei Packungen zum Preis von einer. Das trifft doch auf Sie zu, oder?«

»Du weißt ganz genau, was ich bisher gekauft oder nicht gekauft habe.«

»Natürlich, entschuldigen Sie. Welchen Geschmack bevorzugen Sie? Es gibt Erdbeere, Minze, Schokolade, Mango-Zitrone …«

»Gibt es auch welche ohne Geschmack? Zum Auflösen?«

»Natürlich.«

»Die nehme ich. Das zweite Päckchen auch. Du siehst heute übrigens ganz wunderbar aus.«

Zwei Tabletten fallen zischend in die Flasche. Ich denke einen Augenblick nach, dann werfe ich noch zwei hinein. Soll einer noch mal behaupten, dass ich nicht weiß, wie man Frauen glücklich macht.

Als ich zu Hause ankomme, liegt Annelie noch immer in der gleichen Haltung da. Sie schläft nicht, sondern starrt einfach durch die dunklen Brillengläser gegen die Wand. Ich nehme ein Glas, öffne mit gespielter Mühe die bereits geöffnete Flasche und schenke ihr ein.

»Hier ist dein Wasser. Trink.«

»Ich will nicht.«

»Hör zu. Ich bin für dich verantwortlich, verstanden? Ich kriege einen Riesenärger mit Wolf, wenn du mir hier schlappmachst!

Also trink … bitte. Ich muss gleich wieder los, und ich will, dass du jetzt vor meinen Augen etwas isst und trinkst …«

»Ich werde hier nicht länger herumhängen.«

»Du darfst nicht …«

Annelie setzt sich mit einer heftigen Bewegung auf und ballt die Fäuste.

»Du kannst mich hier nicht mit Gewalt festhalten!«

»Natürlich nicht.«

»Warum erinnere ich mich nicht daran, wie ich hierhergekommen bin?«

»Erinnerst du dich überhaupt an irgendwas? Du warst schon ziemlich dicht, als ich bei dir ankam!«

»Ich war betrunken, das ja, aber doch nicht so, dass mir gleich ein ganzer Tag fehlt!«

»Du hattest anscheinend irgendein Gift geschluckt, jedenfalls musste ich dich tragen und dir den Kopf halten. Und das ist der Dank …«

»Warum kommt er nicht, mich abzuholen?!«

»Was?«

»Ach, nichts!«

»Beruhige dich doch. Und bitte iss etwas … Soll ich dir etwas anderes bringen? Sag es einfach, ich treibe es auf …«

»Ich will hier raus. Frische Luft schnappen. Wie heißt du?«

Wie heiße ich? Patrick? Nicolas? Theodor? Wie heißt diese Version meiner selbst, die seit Langem mit Jesús Rocamora befreundet ist, Aktivist der Partei des Lebens und selbstloser Retter edler Damen? Die Frage trifft mich so unvorbereitet, dass ich mich ihr beinahe verrate, ihr fast meinen wahren Namen nenne – den Namen des Versagers, des überforderten Idioten, des treubrüchigen Verräters, der sich selbst in diese Klemme gebracht hat. Den habe ich ihr schon einmal genannt, und wenn sie sich an meine Stimme erinnert, hat sie sich vielleicht auch meinen Namen gemerkt.

»Eugène«, fällt mir in letzter Sekunde wieder ein. »Hab ich dir schon gesagt.«

»Ich kann hier einfach nicht mehr herumsitzen, Eugène. Mir fällt die Decke auf den Kopf, verstehst du?«

Ja, das verstehe ich nur zu gut.

»In Ordnung. Also Folgendes: Du isst jetzt diese Heuschrecken und trinkst etwas Wasser, dann gehen wir spazieren. Abgemacht?«

Sie reißt ein Päckchen Heuschrecken auf und stopft sie sich in den Mund, kaut knisternd darauf herum, spült sie mit einem halben Glas hinunter und wiederholt das Ganze mit einer weiteren Portion. Ohne Appetit, einfach nur, um ihren Teil der Vereinbarung zu erfüllen. Nach einer Minute ist die Flasche leer, und von zweihundert Gramm Heuschrecken sind nur noch die ungenießbaren Flügel übrig.

»Wohin gehen wir?«, fragt sie.

»Wir könnten einmal um den Block spazieren …«

»Nein. Ich will richtig ausgehen. Ich habe all deine Brüder im Geiste aufgefuttert, also habe ich mir einen richtigen Ausflug verdient.«

»Das ist zu gefährlich! Ich habe dir doch erklärt, dass …«

Auf einmal setzt sie mit flinker Bewegung die Brille ab, schleudert sie zu Boden und tritt darauf rum, dass das Glas zersplittert und sich das Gestell verbiegt.

»Hoppla! Jetzt dürfte es wohl noch gefährlicher sein, hier zu Hause herumzusitzen, oder?«

»Warum hast du das getan?!«

»Ich will da hin!« Sie zeigt auf meinen Bildschirm, die toskanischen Hügel unter dem blauen Himmel. »Zwei Tage starre ich jetzt schon auf deinen blöden Bildschirmschoner und wünsche mir nichts anderes, als aus diesem Käfig auszubrechen. Dorthin!«

»Dieser Ort existiert längst nicht mehr!«

»Hast du das überprüft?«

»Nein, aber …«

»Los, wir fragen nach! Heb die Blockierung auf. Wie lautet das Passwort?«

Ihre Stimme ist jetzt laut und schneidend. Weiß der Teufel, wie die vierfache Dosis Antidepressiva auf sie wirkt. Meine Idee kommt mir auf einmal gar nicht mehr so toll vor. Widerstrebend gebe ich den Bildschirm frei.

»Identifiziere Koordinaten dieses Bildschirmschoners«, befiehlt sie so selbstverständlich, als käme das nicht der Aufforderung gleich, den Heiligen Gral oder die Stadt Atlantis zu finden.

»Ich sage dir doch, es gibt ihn nicht! Dieser Ort existiert nicht!«

»Datenabgleich beendet. Identifizierung erfolgreich«, lautet der Bericht des Bildschirms. *»Reisedauer: drei Stunden. Notieren Sie sich folgende Koordinaten.«*

»Und was sind das für Fetzen, die du mir mitgebracht hast?«, erkundigt sich Annelie neugierig. »Zeig mal her … Brrr … Na gut, für den Zweck reicht's. Los, wegschauen, ich will mich umziehen.«

»Was? Halt, warte, wir können da nicht …«

Aber sie hat schon begonnen, Rocamoras Hemd aufzuknöpfen.

Ich weiß nur eines: Hier können wir nicht mehr bleiben. Es war schon ein enormes Risiko, sie in meinen Wohnkubus zu bringen, aber ich hatte keine andere Wahl: Dies ist der einzige geschützte Ort, über den ich verfüge. Allerdings werden wir uns nach ihrem letzten Schachzug woanders verbergen müssen. Sonst finde ich nie heraus, ob ich nur ein Paranoiker bin oder nicht. Aber natürlich nicht in der Toskana …

Während sie noch mit sich selbst beschäftigt ist, öffne ich sachte die Tür meines Schranks. Ich werde einen Schocker und eine Uniform benötigen. Verstohlen stopfe ich meine Maske, den schwarzen Kapuzenumhang, meinen Schocker und den Spritzenkoffer in den Rucksack …

»Sieh einer an … Keine schlechte Maske!«

Sie steht auf einmal direkt hinter mir – das T-Shirt ist ihr viel zu groß, die Hose zu kurz, die Haare sind verstrubbelt, und ihre Augen blitzen. Ihr Blick deutet an meiner akkurat zusammengelegten Uniform vorbei auf die Mickymaus-Maske, die jetzt in meinem Schrank am Haken hängt.

Die Maske ist alt, aus irgendeinem vorsintflutlichen Kunststoff gegossen, die Farben dunkel und rissig – wie Gesichtsfalten. Eine gelbe Pergamenthaut umspannt Mickys Gesicht und verrät deutlich sein Alter. Kaum ein Kind würde heute so eine Maske überziehen, aber das verlangt ja auch keiner.

Ich versuche mich daran zu erinnern, wie ich früher, als ganz kleiner Junge, Mickymaus-Filme guckte. Als ich noch auf der ersten von drei Internatsebenen wohnte. In diesen Animationsfilmen lächelte die Maus die ganze Zeit, und ich tat es ihr gleich. Ich wollte begreifen, warum Micky so fröhlich war, worüber sie sich freute. Ich versuchte nachzuspüren, was dieser komische Nager empfand, und konnte es nicht. Trotzdem glaube ich noch heute, dass Mickymaus das Geheimnis kindlichen Glücks kennt. Sie hat es gut zu verkaufen gewusst, dieses Geheimnis, und seinerzeit ein milliardenschweres Imperium darauf aufgebaut. Vor dreihundert Jahren schossen die Themenparks wie Pilze aus dem Boden und hatten bald mehr Besucher als die Filialen des Vatikan. Aber wenig später verloren sowohl Micky als auch der Vatikan ihre Kundschaft: Die Gläubigen wurden vernünftig, und die Kinder starben aus. Kirchen, Moscheen und Freizeitparks verkümmerten zusehends, und ihre Handelsflächen gingen an trendigere Unternehmen.

»Ist ja zum Gruseln. Woher hast du das Teil?«

»Vom Flohmarkt.«

Das Imperium ging unter, und von seinem Herrscher blieb nichts als diese Totenmaske, die ich zu einem Spottpreis bei einem schwarzen Trödler in den Himmlischen Docks, einem Basar in den Wolken über dem Hamburger Hafen, erstanden habe. Ich beschloss, die fröhliche Maus vor dem endgültigen Untergang zu retten, weil auch sie mich seinerzeit davor bewahrt hatte. Jetzt ist sie mein einziger persönlicher Besitz neben drei Uniformen, ein paar Wechselsachen und meinem Rucksack.

»Gib das her!«, fordert sie.

»Warum?«

Aber da hat Annelie schon über mich hinweggegriffen, reißt die Maske vom Haken und zieht sie sich über.

»Ganz einfach: Wir werden doch ständig beobachtet, nicht wahr? Oder ist er hier auch auf der Fahndungsliste?« Annelie fährt mit der Hand über die breit lächelnden Mäuselippen. »Brrr … Fühlt sich irgendwie schmierig an …«

»Vorsichtig! Das ist ein wertvolles Sammlerstück, gut und gern zweihundert Jahre alt …«

»Ich mag so alte Sachen nicht«, sagt sie. »Da hängen die Seelen fremder Menschen dran.«

»Aber das hier ist doch eine fröhliche Maske. Es ist Mickymaus.«

»Ich will mir lieber nicht vorstellen, für welche Sachen du sie anziehst.«

»Es ist nur ein Andenken …«

»Sollten wir nicht langsam los? Vor zehn Minuten sagtest du, dass sie in einer Viertelstunde hier sein würden.«

»Tür öffnen …«, befehle ich widerstrebend.

Im nächsten Augenblick ist Annelie nach draußen geschlüpft.

»Nicht so schnell … Warte!« Doch sie sprintet schon die Galerie entlang, und ich muss ihr im Laufen hinterherschreien. »Nein! Ich will da nicht hin!«

»Warum nicht?«

Mickymaus blickt sich über die Schulter nach mir um, ohne ihren Schritt zu verlangsamen.

Weil mir der Zugang zu diesem Wunderland verwehrt ist, Annelie. Selbst wenn wir dorthin fahren, werden wir die smaragdenen Hügel nie erreichen. Vielleicht stoßen wir dort auf irgendwelche Ruinen oder mit Beton vergossene Baugruben, oder einen Wolkenkratzer mit tausend Stockwerken. Aber es geht nicht nur darum …

»Ich habe keine Lust! Das ist doch nur ein blödes Foto, ein Bildschirmschoner! Da könnte doch alles drauf sein, irgendein x-beliebiger Ort!«

Annelie erreicht den Rand der Galerie, packt das Geländer und läuft die Treppe hinab. Zwei Ebenen weiter unten bleibt sie einen Augenblick lang stehen, klappt die Mauseschnauze nach oben und ruft mir zu:

»Wenn wir schon fliehen müssen, ist uns irgendein x-beliebiger Ort doch gerade recht, oder nicht?«

Es ist zwölf Uhr nachts; die dritte Schicht des Lebens hat gerade begonnen. Schon stecken einige Schlafwandler, soeben erst aus ihrem sedierten Dämmerzustand erwacht, die Köpfe aus ihren Wohnwürfeln und beobachten mit großen Augen unsere Verfolgungsjagd. Das Niveau meines Blocks ist eher durchschnittlich: Typ Sachbearbeiter, ein Völkchen, das nach der Stechuhr lebt und keine Tumulte gewohnt ist. Annelie hat es gut: Sie hüpft hier nur einmal kurz vorbei, ehe sie wieder von der Bildfläche verschwindet. Ich dagegen werde früher oder später wieder hier aufschlagen, also behalte ich meine besonderen Fähigkeiten lieber für mich, versuche möglichst wenig Aufmerksamkeit zu erregen und tue so, als hätte ich es gar nicht eilig. So gelingt es ihr, ungehindert bis zum Blockausgang zu laufen und sich von der trägen Masse hinaustreiben zu lassen. Erst am Hub hole ich sie ein, denn sie beginnt zu hinken. Doch als ich sie an der Schulter packe, lacht Annelie auf.

»Du kriechst ja wie eine Schnecke!«, keucht sie begeistert. »Los, Schnecke, gib die Koordinaten ein! Welche Tube brauchen wir?«

Schon saugt uns der Trichter des Hubs ein, und mit uns eine Million Menschen, alle glotzen sie das Mädchen mit der uralten Maske an, richten ihre Lauscher nach uns aus, nicht mal das kleinste Flüstern bleibt unbemerkt. Wohl kaum der geeignete Moment, einen Streit vom Zaun zu brechen, nicht vor so einer Unmenge von Zeugen. Also nehme ich Annelie einfach an der Hand und diktiere folgsam dem Kommunikator die Koordinaten, die sie auswendig gelernt hat.

Sie zieht mich zu einem Gate auf einer tieferen Ebene, von der aus die Fernzüge abfahren. Der Express »Römischer Adler« fährt alle zwanzig Minuten und legt tausend Kilometer pro Stunde zurück. In Rom werden wir umsteigen müssen.

Der Zug wartet bereits am Bahnsteig, es sind nur noch Sekunden bis zur Abfahrt. Er ist quecksilberfarben, doppelt so breit und hoch wie die normalen Tubes und so lang, dass die Perspektive das Kopfende fast zu einem Punkt zusammenschrumpfen lässt. Die letzten Passagiere rauchen noch zu Ende, dann verschwinden auch sie in seinem Leib.

»Jetzt warte doch! Wir können da nicht hinfahren … Du darfst nicht!«

»Warum nicht?!«

»Weil …« Irgendwie muss ich sie von diesem irrwitzigen Vorhaben abbringen, egal wie! »Weil du erst zum Arzt musst … Dein Bett war voller Blut … Was haben sie mit dir gemacht? Die Unsterblichen?«

Mickymaus sieht mich fröhlich an, das Grinsen geht vom einen Ohr zum andern.

»Nichts. Nichts Besonderes. Und außerdem will ich nicht darüber reden. Können wir jetzt?«

»Aber …«

»Du checkst es nicht, was? Na gut. Spielen wir ein Spiel: Ich bin jetzt einfach nicht mehr Annelie, sondern jemand anders.« Sie klopft mit dem Finger auf ihre schwarze Knubbelnase. »Wenn der Mann, mit dem ich ein halbes Jahr zusammengelebt habe, auf einmal nicht mehr Wolf Zwiebel ist, sondern irgendein Terrorist, warum muss ich dann unbedingt ich selbst bleiben?«

»Annelie …«

»Ich habe überhaupt keine Ahnung, was mit deiner Annelie passiert ist. Und du bist jetzt auch jemand anders, nicht mehr Eugène, sondern irgendwer, der du sein willst. Annelie bleibt jedenfalls hier, und ich fahre jetzt!«

Sie reißt sich los und winkt mir zu.

»Warte! Ich weiß ja gar nicht, wie ich für dich ein Ticket kaufen soll … ohne dass wir auffallen. Lass uns erst mal auf den nächsten Zug warten!«

»Es gibt keinen nächsten! Es gibt nur diesen!« Sie tritt rasch vor die nächstgelegene Tür, hängt sich ohne zu fragen an einen Dystrophiker mit Designerbrille und schlüpft zusammen mit ihm durch das Drehkreuz. Ich schaffe es gerade noch, aufs Trittbrett zu springen – die sich schließende Tür gibt ein verärgertes Piepsen von sich und klemmt mich beinahe ein. Im Gang dankt Annelie überschwänglich dem errötenden Brillenträger und gibt ihm mit der Maske einen Schmatz auf die Wange. Ich stoße den Nerd mit der Schulter beiseite, schnappe mir Annelie und führe sie ins Wageninnere.

»Bist du völlig verrückt geworden?! Was, wenn wir kontrolliert werden? In den Fernzügen passiert das oft! Man könnte dich erkennen …«

Der Boden leuchtet sanft, die Wände sind kirschrot. Zu beiden Seiten des Ganges befinden sich hinter riesigen ovalen Fenstern Abteile mit Sitzbänken aus weißem Leder und flauschigen Wollteppichen. Die Außenwand der Kabinen ist von außen undurchsichtig, von innen jedoch transparent.

»Dann lassen wir uns eben etwas einfallen. Sieh mal, ein freies Abteil!«

»Das ist die erste Klasse! Gehen wir wenigstens in einen anderen Wagen!«

»Wo ist der Unterschied? Ich habe sowieso kein Ticket. Ist doch egal, ob ich für die zweite Klasse keins habe oder für die erste!«

Mit entschlossener Geste schiebt sie die Tür beiseite. Eine Fahrt erster Klasse bis Rom kostet normalerweise ein Vermögen, ist also nur etwas für gut betuchte, seriöse Personen. Von solchen Fahrgästen am Eingang einen Fahrschein zu verlangen käme einer Beleidigung gleich. Hier genügt in der Regel das Ehrenwort.

Als Erstes zieht Annelie ihre Chucks aus und versenkt ihre bloßen Füße im Teppichflor.

»Super!«

Dann erst schließt sie die Tür, verdunkelt per Sprachbefehl das Gangfenster und nimmt die Maske ab. Unter der Pergamenthaut der alten Maus steckt tatsächlich immer noch Annelie: jung, das Gesicht gerötet, auf fiebrige Art überdreht.

»Hier gibt es ja wohl keine Kameras.«

»Hoffen wir mal.«

»Hör schon auf mit deiner Paranoia, allmählich wird das langweilig. Hast du noch ein paar von deinen Grashüpfern übrig?«

Ich hole meine zweite Packung hervor.

Ungeduldig reißt sie diese mit den Zähnen auf, schüttet den Inhalt auf den gewundenen, mit russischem Holz furnierten Tisch und teilt den Haufen mit der Handkante in zwei Hälften. Zumindest ungefähr – für sich lässt sie etwas mehr.

»Ich hab einen Bärenhunger!«, sagt sie. »Hau rein!«

Ich nehme mir eine Heuschrecke, trenne die Flügel ab.

»Mmm!«, lobt Annelie die Hüpfer; mit vollem Mund knuspert sie vor sich hin – offenbar hat sie vergessen, dass die Flügel eigentlich ungenießbar sind. »Na dann, leg los: Was hat es mit deinem Bildschirmschoner auf sich? Warum bedeutet er dir so viel?«

Das Kauen kostet mich Überwindung: Mein Mund ist trocken, ich kann kaum schlucken.

Ich bin dem weißen Kaninchen gefolgt und habe mich in das schwarze Loch gezwängt. Ein Loch, in das sich kein Erwachsener wagen würde. Für ein Kind beginnt hier eine magische Reise ins Land der Fantasie, ein Erwachsener dagegen bleibt darin stecken und stirbt unter dem einstürzenden Karstgestein.

Es ist der Blick aus einem Bauklötzchenhaus, Annelie. Als ich klein war, habe ich mir vorgestellt, dass dies mein Zuhause ist. Und dieses ideale Ehepaar in Sommerkleidern, das auf der Wiese in kokonartigen Sesseln schaukelt, sollten meine Eltern sein.

Meine Adoptiveltern waren dagegen zweitrangige Schauspieler und sind längst tot. Zwischen ihnen war nichts, bestenfalls hin und wieder flüchtiger Sex in den Pausen zwischen den Dreharbeiten. Mein Zuhause ist nichts als ein Szenenbild, das man in einer großen Studiohalle aufgebaut hat. Und diese grünen Hügel, die Kapellen, die Weinberge, all das …

»Na schön«, unterbricht Annelie meine Gedanken. »Ich habe mit dir sowieso etwas Ernstes zu besprechen.«

Innerlich straffe ich mich, bereit zu lügen.

»Ja?«

»Du scheinst keinen großen Appetit zu haben. Kann ich deine Grashüpfer haben?«

Ohne meine Antwort abzuwarten, schiebt sie mein Häuflein auf ihre Seite.

»Natürlich, bedien dich«, antworte ich zerstreut. »Worum geht's denn?«

»Nichts, das war's schon.« Eine weitere Portion, diesmal von meinem Haufen, landet in ihrem Mund. »Oder hast du vielleicht gedacht, dass ich mit dir jetzt über den Sinn des Lebens diskutiere?«

Ich sollte diese Tabletten wirklich mal probieren. Bei Annelie haben sie offenbar ein Wunder bewirkt – mir würde schon ein kleiner Zaubertrick reichen.

»Was schaust du so sauertöpfisch?« Annelie rekelt sich auf der Sitzbank. »Fährst du etwa jeden Tag erster Klasse quer durch Europa? Im Vergleich zu deiner Bude ist das hier ein richtiges Penthouse! Schade, dass wir nur eineinhalb Stunden fahren!«

»Nein.«

»Nein, das bedauerst du nicht?«

Nein, im Erster-Klasse-Wagen war ich bisher nur ein einziges Mal: als ich ein Pärchen festnehmen musste, das auf ganz ähnliche Weise vor irgendwelchen Problemen fliehen wollte. Und nein, ich fahre so gut wie nie quer durch Europa: Für gewöhnlich halte ich mich an die Zuständigkeitsgrenzen unserer Einheit.

»Doch, ich bedaure schon etwas. Dass ich mich habe überreden lassen mitzufahren.«

»Hallo!« Sie klopft mir mit dem Finger gegen die Stirn. »Gibt es hier noch andere Sender? Ich würde an deiner Stelle mal umschalten.«

»Wo?«

»Bei dir im Kopf. Du wiederholst dich ständig. Die eine Sendung heißt: ›Annelie in Gefahr!‹, und die zweite: ›Eugène will nicht in die Toskana fahren!‹ Zum Einschlafen …«

»Tut mir leid, aber ich muss nun mal die ganze Zeit daran denken, dass wir jeden Augenblick geschnappt werden könnten …«

»Wie kommst du darauf? Wenn, dann werden nicht wir geschnappt, sondern Eugène und Annelie, wir dagegen kennen die beiden nicht mal. Also entspann dich.«

»Unsinn!«

Sie lacht laut. »Sag mal, Fantasie ist nicht gerade deine stärkste Seite, was?«

Ich stehe auf und trete an die Fensterwand. Die doppelte Magnetspur, auf der unser Zug von einem Turm zum anderen gleitet, mündet weiter vorn in eine steile Kurve, hebt sich über den von Leuchtreklamen bunt gefärbten Smog hinweg und richtet sich nach Südwesten aus. In der Ferne kommt uns auf derselben Strecke ein nicht minder mächtiger Quecksilberstrahl entgegen. Der Gegenzug. Eine Rückkehr ist also möglich. Das hier ist nur ein kleiner Ausflug.

»Na schön. Du bist also nicht Annelie«, lenke ich ein. »Wer dann?«

»Liz. Liz Pederssen. 19A. Aus Stockholm.«

»Und was machst du in der ersten Klasse des Rom-Express, Liz?«

Sie zieht ihre Beine an und zwinkert mir zu.

»Ich bin von zu Hause abgehauen.«

»Warum?«

»Ich habe mich in einen gut aussehenden Italiener verliebt, der mit illegalen Neurostimulator-Elektroden handelt. Als ich Papa sagte, dass ich mit ihm zusammen sein will, sagte er: ›Nur über meine Leiche.‹«

»Also hast du deinen Vater beseitigt?«

»Was blieb mir anderes übrig?«, antwortet sie lachend. »Der Italiener war es wert. Was der bei dir stimulieren kann – einfach meisterhaft.«

»Beneidenswert. Und du triffst ihn in Rom?«

»Ja. Aber bis dahin ist es ja noch eine ganze Stunde! Da kann uns beiden noch so viel passieren. Erzähl mir erst mal etwas von dir.«

»Ich heiße Patrick.«

»Und mit Nachnamen?«

»Dubois.«

»Ein schöner Name. In Paris heißt jeder zweite so.«

»Patrick Dubois 25E«, präzisiere ich – und gerate ins Stocken.

»Na, du bist ja ein Redner vor dem Herrn, Patrick! Ich wette, so kriegst du jede Menge Frauen rum.«

Ich kaue auf meiner Backe und versuche nicht ihre fettverschmierten Lippen anzusehen, ihre schmalen Knie, ihren dünnen Hals, der aus dem runden Ausschnitt des T-Shirts herausragt.

»Mir scheint, ich werde dich ein wenig foltern müssen, Patrick. Was machst du denn so?«

»Ich ... bin Arzt. Gerontologe. Mein Spezialgebiet sind die Probleme des Alterns.«

»Oho! Und was machst du dann in der ersten Klasse? Das möchte ich doch mal wissen! Deine Kunden kann man an den Fingern abzählen, und außerdem leben sie allesamt von Sozialhilfe. Mit so einem Job kannst du dir doch gerade mal die Grashüpfer und das Wasser leisten. Obwohl ...« Sie dreht die leere Packung um und schüttelt die letzten Krümel heraus. »Würde mich nicht wundern, wenn das tatsächlich deine eigene Geschichte ist. Aber du hast dir das doch hoffentlich ausgedacht? Sonst wäre das nämlich gegen die Regeln!«

Was, wenn ich ihr jetzt ein anderes Ich vorstelle? Zum Beispiel einen gewissen Jan Nachtigall 2T, verwaist und ledig, Unsterblicher. Welches Spiel würde sie dann mit mir spielen?

»Irgendwie gefällt mir das sogar«, sagt sie und lacht. »Ein armer Wissenschaftler, der sich mit irgendeinem völlig veralteten Thema befasst. Also doch ein Romantiker. Wie alt bist du eigentlich?«

»Dreihundert«, antworte ich. »Als ich damit angefangen habe, war das Thema noch nicht aus der Mode. Damals war die Gerontologie der wichtigste Zweig der Wissenschaft.«

»Respekt, du lässt nicht locker!«, lobt sie mich. »Und siehst übrigens gar nicht schlecht aus für dein Alter. Na, wer wird denn da gleich rot anlaufen?«

»Und wie alt bist du … Liz?«

Mit einer unglaublich lässigen Bewegung winkt sie ab.

»Was sind denn das für Fragen? Es kommt doch nur darauf an, wie alt ich aussehe, oder? Na gut, sagen wir fünfzig. Aber so viel würdest du mir doch nicht geben, oder?«

Ihre Augen schimmern glänzend, die Wangen sind gerötet.

»Erinnerst du dich noch an deine Mutter?«

»Wie bitte?«

»Du sagst, du bist fünfzig Jahre alt, und du hast einen Vater. Also hat deine Mutter die Wahl getroffen, richtig? Denn vor fünfzig Jahren war das Gesetz über die Wahl bereits in Kraft. Wenn also dein Vater sich um dich kümmern wollte, hat deine Mutter die Spritze bekommen und ist vor etwa vierzig Jahren gestorben, richtig? Damals warst du zehn. Deshalb frage ich dich: Erinnerst du dich noch an sie?«

»Und du, wie ist es bei dir?«

»Ich, Patrick Dubois 25E, erinnere mich bestens, wie meine Mutter aussieht. Sie lebt noch, hat eine nette Wohnung über den Dächern von Hamburg mit Blick auf eine Fischfabrik. Ich besuche sie an den Wochenenden. Sie sieht übrigens nicht viel schlechter aus als du. Wegen der blöden Fabrik hängt bei ihr natürlich ständig dieser Gestank in der Luft, dass einem ganz anders wird – aber sie selbst bemerkt ihn gar nicht mehr. Dafür fühle ich mich jetzt überall, wo es nach Fisch riecht, wie zu Hause.«

»Na, geht doch!«, lobt Annelie erneut. »Deine Vorstellungskraft ist ja richtig auf Touren gekommen!«

Sie fährt sich mit dem Handrücken über die Stirn, schiebt ihre Haare auf die Seite und verschränkt die Arme vor dem Bauch. Sie atmet tief ein und hält die Luft lange an, bekommt glasige Augen.

»Alles in Ordnung?«, frage ich.

»Kaffee … Sandwichs … warmer Imbiss …« Eine Stimme im Gang.

»Alles bestens!«, lächelt Annelie. »Mir ist nur etwas flau im Magen. Wahrscheinlich vor Hunger.« Sie wirft einen Blick in den Gang hinaus und juchzt erfreut. »Ahoi! Da kommt ein Fressalienroboter!«

»Du bist an der Reihe«, erinnere ich sie.

»Immer noch keine Lust auf einen Happen?«

»Was ist mit deiner Mutter, Liz?«

Sie zuckt mit den Achseln. »Keine Ahnung! Denn ich bin gar nicht mehr Liz. Ich bin jetzt Susan Strom 13B. Auch bekannt als Suzie Storm, Räuberbraut und Schrecken der Eisenbahn!«

Sie stülpt sich die Mickymaus-Maske übers Gesicht, formt die Finger einer Hand zu einer Pistole und läuft barfuß aus dem Abteil.

»Stehen bleiben! Dies ist ein Überfall!«, höre ich ihre schneidende Stimme auf dem Gang.

Ich stürze ihr hinterher, doch zu spät: Suzie Storm jongliert bereits eine heiße Essenspackung auf ihren Händen und bläst sich dabei auf ihre verbrannten Finger, und während der Roboter noch verwirrt und etwas bestürzt an ihre Vernunft appelliert, lacht Mickymaus aus vollem Hals, glücklich über den gelungenen Coup.

Ich bezahle den Roboter, trotz ihrer Proteste. Sie beauftragt mich, ihre Beute zu bewachen (»Ein Teil davon gehört dir,

Patrick!«) und macht sich auf Richtung Toilette. Ich bleibe allein zurück und horche in mich hinein. Ein leises Klicken: tick, tick, tick. Als ob in mir ein Ei liegt, und etwas von innen gegen die Schale klopft.

Die vielen Hundert Türme jenseits der Fensterwand verschwimmen bei dieser Geschwindigkeit zu einem einzigen, unermesslichen dunklen Turm, die riesigen Werbebildschirme mit Tausenden von Waren, ohne die menschliches Glück gar nicht denkbar wäre, vereinigen sich zu einem schnell dahinfließenden regenbogenfarbigen Strom, einem großen Fluss flackernder Lichter, einem Amazonas verpixelter Fantasien – denn nichts anderes ist dieses fiktionale Glück. Wie verzaubert betrete ich den Fluss, schwimme darin, ohne darüber nachzudenken, dass dieser Fluss, sobald der Zug anhält, wieder austrocknet und sich in einzelne Super-Billboards verwandelt, auf denen Tabletten, Kleider, Wohnungen oder Urlaubsreisen zu anderen Wolkenkratzern beworben werden.

Man darf nie daran denken, was passiert, wenn der Zug stehen bleibt.

»Verehrte Passagiere! Halten Sie bitte Ihre Fahrscheine sowie Ihre persönlichen Dokumente zur Kontrolle bereit«, ertönt im Gang eine melodische Frauenstimme.

Im nächsten Augenblick liegt der Rucksack neben mir, und mein Schocker ist wie gewohnt in meiner Hand: Mein Körper denkt für mich, er weiß von selbst, wie es weitergeht. Allerdings: Einen Schocker gegen einen Schaffner einzusetzen … Außerdem ist sicher auch Polizei an Bord, in Fernverkehrszügen wird häufig patrouilliert … Wo ist Annelie? Das Wichtigste ist jetzt, dass wir nicht getrennt werden … Ich drehe mich zur Sitzbank um, sehe ihren Platz …

»Achtung: Personen ohne gültigen Fahrschein werden aus dem Zug entfernt und grausam bestraft!« Immer noch dieselbe Stimme, diesmal schon ganz nah.

Blitzschnell, wie bei einem Schusswechsel, luge ich in den Gang hinaus. Und ich erblicke – Annelie, sie steht gleich neben der Tür, gegen die Wand gedrückt, damit ich sie nicht entdecke. Sonst ist weit und breit niemand zu sehen.

Sie grinst. »Und, reingefallen?«

»Natürlich nicht!«

Dann löffeln wir ihre warme Mahlzeit aus Meeresfrüchten, japanischem Algensalat und mariniertem Zuckertang. Dabei sitzen wir einander schweigend gegenüber und schauen aus dem Fenster. Auf einmal habe ich auch Hunger. Ich lasse mich offenbar die ganze Zeit von ihr anstecken.

Die Landschaft verändert sich nicht: In einem Nebel aus Schwärze und Neon fliegen Gebäude im Vordergrund vorbei, dazwischen flackern immer wieder Silhouetten von weiter hinten stehenden Kolossen auf, und nur in ganz seltenen Augenblicken öffnet sich dem Auge ein Blick auf die Türme am Horizont. Ganz Europa sieht gleich aus – betoniert und verbaut. Doch dass das Ziel unserer Reise so ähnlich aussehen wird wie der Ausgangspunkt, kümmert mich immer weniger. Ich beginne zu vergessen, wohin wir fahren und zu welchem Zweck. Am liebsten wäre es mir, wir wären auf einer Rundreise unterwegs: einmal um die ganze Welt. Und sie würde niemals enden.

Der einzige Zwischenhalt vor Rom ist Mailand. Als wir in Milano Centrale einfahren, bremst der Zug, Annelie wird gegen die Wand gedrückt und ich falle beinahe gegen sie.

»Irgendeine unbekannte Kraft zieht mich zu dir«, scherze ich.

»Das habe ich gemerkt«, entgegnet sie. »Hättest du in der Schule aufgepasst, wüsstest du, wie diese Kraft heißt.«

»Aber ich …«

»Kontrolleure!«

»Was?«

»Kontrolleure! Da, auf dem Bahnsteig! Scheiße, das ist ja eine ganze Armee!«

»Ach, hör schon auf, ich falle doch nicht …«

Doch da sehe ich sie: zwar keine Armee, aber mindestens eine Kompanie. In unauffälligen grauen Anzügen und Mützen, stehen sie in einer langen Reihe auf dem Bahnsteig, exakt im gleichen Abstand voneinander, sodass jeder genau vor einer der Zugtüren zu stehen kommt und sämtliche Ausgänge bewacht sind.

»Ich hab's dir doch gesagt …«

»Keine Panik!« Annelie zieht wieder die Mickymaus-Maske über. »Wir sind doch eine Keimzelle des Widerstands, nicht wahr? So einfach soll uns das blutige Regime nicht in die Finger bekommen!«

Sie schlüpft in ihre Chucks, nimmt mich an der Hand, und wir laufen Richtung Ausgang. Doch da öffnen sich die Türen – und schon versperrt uns ein dunkler Dickwanst mit schwarzem Oberlippenschnauzer den Weg.

»Die Fahrscheine bitte!«

»Die Fahrscheine bitte!«, höre ich von der anderen Seite.

»Wir sind umzingelt«, flüstert mir Annelie zu. »Aber lebend sollen sie uns nicht bekommen! Wir geben jetzt doch nicht auf, oder?«

Ich muss einen von ihnen in ein leeres Abteil locken, ihn dort außer Gefecht setzen und bei verdunkeltem Fenster zurücklassen. So gewinnen wir Zeit, und noch bevor die anderen etwas merken, können wir den Zug verlassen.

Dafür könnte ich Annelies Hilfe gebrauchen – aber sie spielt schon wieder ihr eigenes Spiel, öffnet alle Abteiltüren, begrüßt die erschrockenen Fahrgäste und geht weiter. Währenddessen blickt sie sich immer wieder nach dem näher kommenden Schaffner um. Dem dicken Schnauzbart sind ihre Manöver nicht entgangen, aber er muss zuerst die anderen Abteile kontrollieren.

»Was zum Teufel machst du da?«, zische ich, aber Annelie nimmt mich gar nicht zur Kenntnis.

Plötzlich verschwindet sie. Ich klappere ein Abteil nach dem anderen ab und finde sie erst im fünften oder sechsten. Ich begreife gar nichts mehr: Mickymaus sitzt jetzt auf einmal am Fenster, und Annelie steht in der Mitte zwischen den Sitzbänken, fröhlich, mit rotem Kopf.

»Sag hallo zu Patrick, Enrique!« Sie klopft dem Mann mit der Maske auf die Schulter.

Micky winkt mir gehorsam zu. Annelie haucht ihm einen Kuss durch die Luft zu und tippt sich mit dem rechten Zeigefinger auf ihr linkes Handgelenk, wo heutzutage jeder normale Mensch einen Kommunikator trägt: Ruf mich an.

»Alles in Butter …« Sie führt mich gesittet am Ellenbogen in den Gang hinaus – und zieht mich sodann in das benachbarte Abteil, das zum Glück menschenleer ist.

»Wer war das? Wem hast du meine Maske gegeben?«

»Pssst …« Sie legt einen Finger auf ihre Lippen. »Deine Maus hat sich für unsere Rettung geopfert. Du wirst bestimmt noch was Passenderes für deine Rollenspiele finden.«

»Verehrte Fahrgäste!«, ertönt auf einmal die angenehme Baritonstimme des Chefstewards. *»Abfahrt des ›Rom-Express‹ in einer Minute. Unser nächster Halt: Rom.«*

»Wenn wir jetzt nicht aussteigen, stecken wir in der Falle!«

Ich ziehe meinen Schocker und mache einen Schritt in den Gang hinaus – aber Annelie zieht mich wieder zurück.

»Warum nimmst du nicht gleich 'ne Knarre?! Jetzt warte doch erst mal ab!«

»Ich wusste es doch!«, triumphiert jemand im Nachbarabteil. »Sie dachten wohl, Sie könnten sich vor uns verstecken? Los, runter mit der Maske!«

»Auf keinen Fall! Einen Fahrschein habe ich nicht, zugegeben, aber was hat das mit der Maske zu tun?«

»Setzten Sie sofort dieses scheußliche Ding ab, sonst hole ich die Polizei! Das ist illegal!«

»Ich protestiere! Ich kann mich verkleiden, wie ich will, das ist mein verfassungsmäßiges Recht! Ich bin es, der hier gleich die Polizei holt!«

»Los!« Annelie treibt mich an, und wir huschen an dem Abteil vorbei, in dem sich ein hagerer Mausmensch verzweifelt gegen einen dicken Kontrolleur zur Wehr setzt. Und in der allerletzten Sekunde, bevor der Zug nach Rom abfährt, springen wir auf den Bahnsteig hinaus.

»Wer war das?«, frage ich sie, während wir uns unter die Menge mischen. »Wie hast du ihn rumgekriegt?«

»Der Typ mit der Brille, mit dem ich in den Zug geschlüpft bin«, berichtet sie lachend. »Ein feiner Kerl, nein: ein edler Ritter.«

»Aber wie hast du … Du hast ihm doch nicht etwa deine ID genannt?«

»Mja.«

»Jetzt kann er uns bei der Polizei anschwärzen!«

Dabei denke ich an etwas ganz anderes: Wie kommt sie dazu, ihre ID einfach wildfremden Leuten mitzuteilen?

Annelie klopft mir auf die Schulter. »Ich dachte mir gleich, dass du eifersüchtig sein würdest, wenn ich ihm die ID von Susan Strom gebe.«

Im ersten Moment will ich dagegenhalten: Ach was, eifersüchtig? Nicht die Bohne! Aber dann merke ich, dass es mir irgendwie gefällt, wenn sie das sagt, es gefällt mir auf eine so dumme, weiche Art, dass ich meinen Einwand sofort vergesse.

»Oh! Du willst doch nicht am Ende ausprobieren, wie man lächelt?«

»Ich weiß, wie man lächelt«, antworte ich würdevoll. »Ich kann ganz normal lächeln.«

»Hast du dich schon mal im Spiegel gesehen?«

»Genau davor hab ich es ja geübt!«

»He! Du kannst ja sogar scherzen!«

»Ach, geh doch zum …!«

Sie zeigt mir ihren Mittelfinger, und ich antworte ihr mit derselben Geste.

»Du benimmst dich nicht gerade, als wärst du dreihundert Jahre alt.« Sie lacht. »Hast wohl ein bisschen was draufgelegt, damit du seriöser rüberkommst, was?«

Auf die Tube nach Florenz müssen wir noch warten, also vertreiben wir uns die Zeit in einem Bahnhofscafé, in dem es nichts gibt außer Kaffee und Eis. Annelie verdrückt, hinter einer Zeitschrift versteckt, ein Gelato, während ich im Tradeomaten nach einer möglichst großen Sonnenbrille suche. Ich muss sie unbedingt vor den Überwachungssystemen schützen. Zum Glück kann man für Regionalverbindungen auch anonyme Fahrscheine lösen.

Im florentinischen Hub müssen wir noch einmal umsteigen – und erneut warten: Irgendwo auf der Strecke scheint es

Probleme zu geben. Schließlich trifft doch noch ein Zug ein: ein kleiner, abgenutzter, mit der Aufschrift »Reservezug« an der verchromten Außenwand. Die Sitze sind rund und weich, mit rotem Plüsch bezogen, die Handgriffe aus zerkratztem Metall, die Fenster rund und schon etwas trüb, und die Hälfte der Lampen funktioniert nicht. Diesen Winzling müssen sie irgendwo aus der Vergangenheit geholt haben, um ihn mir und Annelie bereitzustellen, denn dort, wo wir hinwollen, verkehren keine Hochgeschwindigkeitstubes aus Glasfaserkomposit.

»Eine Trambahn!«, sagt Annelie bestimmt, obwohl das natürlich überhaupt nicht sein kann.

Und so sitzen wir in diesem ratternden, quietschenden Zug, der einer unbekannten Route folgt und den Geist fremder Seelen atmet, doch Annelie spürt dies alles nicht, denn sie schläft an meine Schulter gelehnt, und irgendwie kann ich diese Atmosphäre sogar genießen: Ich fühle mich von ihr gewärmt. Unvermittelt, ohne es selbst zu merken, beginne ich zu glauben, dass unsere »Trambahn« es tatsächlich schaffen könnte, diesen himmelhohen Pfahlzaun aus Türmen zu überwinden und einen geheimen Pfad zu finden, der aus dieser Gigapolis herausführt, dorthin, wo es einen Horizont gibt, wo sanftgrüne Hügel zu sehen sind, ziegelfarbene Gebäude von Weingütern und Kapellen sowie ein Himmel, der das ganze Farbspektrum von Tiefblau bis Ockergelb abdeckt. Wahrscheinlich wird er genau neben meinem Bauklötzchenhaus anhalten, uns dort absetzen und dampfend in der Ferne verschwinden.

Ich schlafe beinahe ein, eingelullt von Annelies gleichmäßigem Atmen, doch dann signalisiert mir mein Kommunikator, dass wir unser Ziel erreicht haben – und ich blicke durch das Bullauge hinaus. Ich will mich endgültig davon überzeugen, dass uns der Reservezug in eine andere Dimension überführt hat, wo alles unberührt geblieben ist seit jenem Tag, an dem ich das Haus meines Vaters verließ.

Doch genau an der Stelle, wo sich nach unseren Berechnungen das Haus mit den wehenden Vorhängen und die seidige Wiese mit den kokonartigen Sesseln befinden sollten, von wo aus Hügelketten mit kleinen Kapellen im Nebelschleier der Nacht verschwinden müssten, hat sich der wohl größte und hässlichste Turm aller Zeiten hingepflanzt und alles unter seinem eisernen Hintern begraben. Er ist so gewaltig, dass er die ganze Gegend mit seiner Masse erdrückt – und augenblicklich gebe ich jegliche Hoffnung auf, irgendwo hier selbst mit Handschaufel und Archäologenpinsel auch nur einen Splitter meiner Erinnerungen und Träume auszugraben.

»La Bellezza«, krächzt der Zugführer aus dem Lautsprecher. »Endstation.«

XIV · PARADIES

Nichts! Ich habe es doch gleich gesagt: Nichts mehr ist übrig. Komm, fahren wir wieder zurück!«

Die Station La Bellezza jenseits des Fensters wirkt ziemlich pathetisch: schwarzer Granit, goldene Buchstaben in einer uralten Schrift, riesige Porträts längst vergessener Filmstars. Wie haitianische Zombies, von ihren Nachfahren aus den Gräbern geholt, um sie an irgendwelche Filmstudios zu vermieten.

»Vergiss es!« Annelie springt von ihrem Sitz auf und läuft nach draußen. »Wir sind doch nicht zweitausend Kilometer gefahren, um jetzt einfach wieder abzuhauen!«

»Was hast du vor?«

Eine hypermoderne Tube fährt am gegenüberliegenden Bahnsteig ein. Heraus strömen Menschen in so bunten Anzügen, dass es mir vor den Augen flimmert. Geschickt laviert sich Annelie zwischen diesen vielfarbigen Schachfiguren hindurch. Ich will sie aufhalten, doch statt ihrer bekomme ich lauter fremde Personen zu fassen: Brünette mit glänzenden, zu modischen Pferdeschwänzen zusammengebundenen Haaren, die Augen hinter tropfenartigen Sonnenbrillen verborgen, drahtige Südländerinnen in Kapuzen-T-Shirts … Erst bei den Aufzügen hole ich Annelie endlich ein.

»Da!«, ruft sie triumphierend und deutet mit dem Finger nach oben. »Hab ich's dir nicht gesagt?«

Ich hebe den Kopf – und sehe ein enormes, drei Mann hohes Werbebanner: »Denkmalschutzpark Fiorentina, La Bellezza, Ebene 0«. Darunter ein Einzeiler: »Hier entstanden Filme, die Legenden wurden.«

»Jetzt hör mir doch mal …«

»Komm mit!«

Ich will nicht in diesen Park. Ich darf da nicht rein. Warte doch …

Aber da ist schon der Aufzug, ein großes, auf Vintage getrimmtes Gefährt mit runden Leuchtknöpfen für jedes der fünfhundert Stockwerke und mit altersblinden Spiegeln an den Wänden. Neben dem Knopf für Ebene 0 ist tatsächlich ein kleines Messingschild angebracht, auf dem »Park Fiorentina« steht. Ein rauschender, ziemlich betagter Lautsprecher beschallt uns mit schrägen, uralten Blues-Stücken. In der Ecke küssen sich zwei junge Frauen: die eine blond mit Frack und Kanonenstiefeln, die andere mit Bubikopf, Ballkleid und einer Magnum-Champagnerflasche.

Annelie drückt auf »0«, der Knopf reagiert, doch der Aufzug bewegt sich nicht von der Stelle.

»Warum fährt er nicht zum Park?«, fragt Annelie laut und unterbricht damit die Idylle der beiden Frauen.

Die im Frack reißt sich von ihrer errötenden Freundin los, mustert Annelie und erklärt: »Geschlossen. Über Nacht.«

»Und warum?«

»Eigentum der Mediengruppe. Alle unteren Etagen sind Aufnahmestudios. Aber der Park ist ja belebt, und die wollen auch mal schlafen.«

»Was lebt, will schlafen!«, ergänzt das Mädchen im Ballkleid und lacht betrunken. »Ich bin auch ganz scharf darauf ... Champagner gefällig?«

»Natürlich, gern!«, antwortet Annelie.

»Nein!«, fahre ich dazwischen. »Wir wissen jetzt Bescheid. Der Park ist geschlossen. Fahren wir nach Hause!«

»Na ja ...«, sagt die Blonde gedehnt und wickelt eine Locke um ihren Finger. »Wir wüssten da schon ein paar Geheimpfade. Wollt ihr denn unbedingt hinein?«

»Unbedingt!«, versichert Annelie.

»Sieht so aus, als wärst nicht nur du scharf drauf, Sylvie«, sagt sie lachend zu ihrer Partnerin. »Dieser Park ... ist einfach wahnsinnig romantisch. Ihr müsst in der zweiten Ebene aussteigen, dann geht ihr weiter über die Feuertreppe. Der Zugangscode sind vier Nullen. Auch für die Klimaanlage und die Beleuchtung.«

Schon fährt der Aufzug hinab.

»Sie sind unsere gute Fee!« Annelie küsst der Blonden die Hand. »Ich komme mir vor wie Aschenputtel ...«

»Wenn du wüsstest, wie sich all die Aschenputtel meiner Süßen hier fühlen ...«, kommentiert die im Ballkleid kichernd.

»Die Prinzen sind leider ausgestorben«, sagt die Fee im Frack bedauernd und wirft mir einen skeptischen Blick zu. »Wenn ich dir einen Tipp geben darf: Steig auf Prinzessinnen um.«

Ebene 2.

Die Blonde drückt auf den obersten Knopf, dann presst sie ihr Knie mit dem Lackstiefel zwischen die Beine ihrer androgynen Freundin, und schon fahren die beiden wieder hinauf, während wir allein zurückbleiben.

Ich bemerke, dass Annelie eine Trophäe in Händen hält: die Champagnerflasche.

»Du hast sie ihnen einfach geklaut?«

»Denen geht's doch auch so bestens!«, erklärt sie. »Nimm mal, die ist ganz schön schwer!«

»Ich trinke eigentlich nie Champagner …«

»Da ist die Feuertreppe! Wer als Erster dort ist …«

Wieder spurtet sie los – und ist mühelos vor mir am Ziel. Auch auf der Treppe kann ich, noch dazu mit der Riesenflasche in den Händen, kaum mit ihr mithalten. Ich zähle die Treppenabsätze: fünf, zehn, zwanzig, fünfundzwanzig … Zwischen Ebene 2 und 0 liegen gut hundert Meter. Ich komme bereits aus der Puste, aber Annelie, die offenbar noch immer von einem fröhlichen Dämon besessen ist, spürt überhaupt keine Müdigkeit.

Endlich stehen wir vor der ersehnten Tür; es ist alles genauso, wie es uns die gute Fee geschildert hat. Vier Nullen öffnen den Eingang.

Wir betreten das Innere eines Hauses. An den verputzten Wänden hängen rätselhafte Werkzeuge, alle eindeutig musealen Charakters. Ich glaube einen Rechen und eine Spitzhacke zu erkennen. Ein großer, grob gezimmerter Holztisch. Ich berühre die Tischplatte, auf der naiv bemalte Teller und Krüge stehen … Eine verstaubte Rotweinflasche. Rote Äpfel in einem Flechtkorb. Eine kleine Lampe flackert vor sich hin. Alles ist gedeckt für das Abendessen im Wachsfigurenkabinett, leider scheinen die Herrschaften nicht zu Hause zu sein.

»Schau mal, wie im Kino!« Annelie greift nach einem Apfel.

»Lass das liegen.«

»Aber wir brauchen doch was zum Beißen, für den Champagner!«

Mit einer geschickten Bewegung schnappt sie sich doch noch einen Apfel, und ehe ich sie durch die blau gestrichene Tür aus dem Haus ziehe, schafft sie es sogar, noch ein Tischtuch mitgehen zu lassen.

»Für unser Picknick«, erklärt sie. »Wo sind hier eigentlich alle?«

Als wir hinaustreten, wölbt sich über uns ein schwarzer Sternenhimmel, und es ist tiefe, geräuschlose Nacht. Die Blonde hatte recht: Hier schläft alles. Der Planet der Menschen lebt heutzutage in drei Schichten. Wir hätten auch überhaupt keinen Platz, wenn wir alle gleichzeitig abends einschlafen und morgens aufstehen würden. Daher lebt ein Drittel von uns morgens, ein Drittel tagsüber, und ein weiteres Drittel nachts. Europa schließt seine Augen nie. In diesem Park jedoch scheint ein künstlicher Rhythmus zu herrschen. Auf meinem Kommunikator ist es drei Uhr nachts.

»Zugangscode null-null-null-null!«, ruft Annelie. »Licht! Morgenstimmung!«

Gehorsam folgt der Himmel ihrer Anweisung und rötet sich vorzeitig, die Sterne verblassen, und ein goldener Schein lässt die Grenze zwischen Himmel und Erde zunächst immer deutlicher hervortreten, bis sich schließlich das Himmelsgestirn selbst langsam über den Rand schiebt.

Ich sehe mich um – und erkenne nichts. Wo ist meine Kindheit?

Meine Kindheit, und die von Nr. 906, meinem Bruder im Geiste.

Weder smaragdene Hügel noch Kapellen oder Weinberge. Vor mir liegt ein weites Tal ausgebreitet, kariert in rechteckige und trapezförmige Ländereien. In der Mitte schlängelt sich ein grünes Flüsschen entlang. Unter meinen Stiefeln spüre ich kein Gras, sondern einen sandigen Untergrund.

»Super!« Annelie reibt sich die Hände. »Ich finde, du hast gar keinen schlechten Geschmack. Wo lassen wir uns nieder?«

Ich reagiere nicht.

Man hat mich in meine Kindheit gelockt, und ich habe geglaubt, dass ich als Tourist dorthin zurückkehren kann. Dies alles hier sieht zwar so ähnlich aus, aber … es ist nicht meins. In meinem Kopf dröhnt es, in meiner Brust herrscht vollkommene Leere. Ich fühle mich betrogen, und ich will wissen, warum.

»Also?« Annelie knufft mich in die Seite. »Sag schon! Es ist dein Bildschirmschoner, du darfst bestimmen!«

Mein Bildschirmschoner. Dieser geschützte Ort, den ich so viele Jahre lang nicht aufsuchen konnte. Ich sehe mich um, betrachte all das, was ich nicht will und was mir nicht gefällt …

»Mir egal.«

»Na gut, dann dort drüben!« Sie deutet auf einen Platz unter einem ausladenden Baum mit silbrigen Blättern.

Auf einem Stückchen Rasen breitet sie das Tischtuch aus und lässt sich im Schneidersitz darauf nieder.

»Her mit dem Champagner!«

Mechanisch reiche ich ihr die Flasche. Sie nimmt sie in ihre Arme, hält sie wie ein Baby und drückt sie gegen ihre Brust.

»Schlaf, mein Kindchen, schlaf ein …«, singt sie, wiegt die Flasche hin und her und prustet vor Lachen.

Hinter all ihrer Fröhlichkeit scheint sich etwas Furchtbares zu verbergen.

»Warum machst du das, Annelie, hör auf …«

Die Sonne steht jetzt ganz am Himmel. In treuem Glauben öffnen sich ringsum Blüten, Vögel fangen an zu singen. Die Erde hier ist tatsächlich lebendig, und auch alles, was sich darauf befindet, lebt.

»Mir scheint, wir haben eine ganze Welt aus dem Schlaf gerissen«, sage ich zerstreut.

»Trotzdem gehört der Park noch vier Stunden lang uns ganz allein! Hilf mir mal, der Korken sitzt zu fest …«

Ich öffne die Magnum, nehme einen Schluck und gebe ihr die Flasche. Sie säuft, als hätte sie drei Tage nichts zu trinken bekommen. Dann holt sie den geklauten Apfel hervor, reibt ihn an ihrem T-Shirt sauber und reicht ihn mir.

»Beiß ab, dann wird's gleich lustiger!«

Ich nehme den Apfel, wiege ihn in der Hand und beiße zu …

»Das ist eine Nachbildung, Annelie. Aus Komposit. Ungenießbar.«

»Wirklich? Teufel auch! Dann müssen wir also ohne Häppchen auskommen!« Sie nimmt erneut einen Schluck.

Die Sonne brennt immer stärker. Ich spüre bereits die Hitze auf dem Scheitel.

»Du hast doch nichts dagegen, wenn ich bei der Gelegenheit ein Sonnenbad nehme, oder?« Annelie fasst ihr T-Shirt mit überkreuzten Armen und zieht es sich über den Kopf.

Für einen Augenblick sehe ich ihre kleinen, festen Brüste mit den spitzen Nippeln … Dann legt sie sich auf den Bauch und präsentiert ihren Rücken der künstlichen Sonne. Ihr Gesicht ist mir zugewandt, die Mundwinkel lächeln. Auf ihrem Rücken sind noch immer furchtbare Striemen zu sehen, als hätte jemand seine Hunde auf sie losgelassen; sie selbst aber scheint sich an all das nicht mehr zu erinnern.

Ein sanfter Wind streicht durch mein Haar.

Plötzlich befällt mich eine unglaubliche Müdigkeit. Endlich spüre ich, dass ich im Grunde schon seit mehreren Tagen auf den Beinen bin. Mein Feldzug gegen die alten Leute und die Vernichtung ihrer Geheimwaffe, mein hasserfüllter Liebesakt mit Helen, bei dem ich nicht eine Sekunde lang aufgehört habe, an Annelie zu denken, die missglückte Hinrichtung Rocamoras und die Tausenden von Razzien, bei denen ich alles so gemacht habe, wie es sich gehört, mein ganzes Leben – all das spüre ich jetzt schwer auf mir.

Endlich kann ich mich ausruhen – ich habe es verdient.

Ein Schmetterling mit zitronengelben Flügeln setzt sich auf eine geöffnete Löwenzahnblüte direkt vor mir. Ich beobachte ihn wie verzaubert. Er winkt mit seinen Flügeln und streut mir Schlafpollen in die Augen, alles verschwimmt, die Geräusche werden immer schwächer. Dann flattert der Schmetterling von Blüte zu Blüte und landet schließlich auf meiner Hand.

In diesem Augenblick wird alles dunkel. Ich schlafe ein.

Mein erster Gedanke: Ich bin blind!

Das ist also die Strafe für meine Tat. Eine Strafe, wie es sie noch nie zuvor gegeben hat: Während ich bewusstlos war, hat man mir die Augen ausgebrannt. Den Rest meines Lebens werde ich in Dunkelheit verbringen.

Diese Gedanken jagen mir jetzt durch den Kopf, denn in all den Jahren im Internat habe ich noch nie Dunkelheit gesehen. Normalerweise gehen die Lampen hier niemals aus. Ihr grelles weißes Licht dringt leicht durch dünne Kinderlider, durch die Augenbinden, die man uns vor dem Zubettgehen austeilt, und sogar durch unsere Finger. In der Dunkelheit wären wir ja allein mit uns selbst, doch wir müssen immer zusammenbleiben. Damit sie uns – und wir einander – besser überwachen können.

Jetzt aber sehe ich gar nichts. Um mich ist nichts als absolute Dunkelheit. Ich öffne die Augen – nichts. Ich schließe sie – immer noch nichts. Früher habe ich davon geträumt, dass das Licht endlich schwächer wird, dass es weggeht. Aber jetzt, da es ganz verschwunden ist, habe ich Angst.

Ich fahre auf, aber im nächsten Augenblick stößt meine Stirn gegen Metall. Ich will mir die Beule reiben – und kann meine Arme nicht heben. Nicht einmal die Beine kann ich anziehen! Überall stoße ich gegen ein festes, unüberwindliches Hindernis.

Weg, weg damit! Meine Fingernägel kratzen über glattes Eisen, ein widerliches Geräusch – doch es ändert sich nichts.

Die Zimmerdecke scheint sich gesenkt zu haben. Sie hängt jetzt nur ein paar Zentimeter über meinen Augen und meiner Brust und berührt fast meine Zehen.

Schnell, seitlich wegkriechen! Aber auch rechts und links stoße ich sofort gegen Wände, vielleicht einen Fingerbreit von meinem Körper entfernt. Wären meine Schultern nur ein wenig breiter, ich säße fest wie in einem Schraubstock. Doch auch so kann ich nur ganz wenig hin und her rutschen.

Die Decke ist vollkommen unbeweglich, sie lässt sich weder anheben noch aufklappen, egal wie stark ich dagegendrücke, sie sitzt fest, ebenso wie die Wände. Natürlich begreife ich das nicht gleich: Anfangs versuche ich mehrfach hochzukommen, schlage um mich, winde mich, stoße wieder und wieder mit der Stirn an, bis mir etwas heiß in die Augen fließt und all meine Fingernägel abgebrochen oder eingerissen sind. Ich höre erst auf, als die Luft knapp wird – und zwar schon nach ein paar Minuten.

»Lasst mich raus!«

Ich liege also in einer engen Eisenkiste, die exakt genauso lang und breit ist wie ich selbst und so hoch, dass ich nicht einmal den Kopf anheben kann. War die Luft hier drin schon von Anfang an stickig, so kann ich jetzt kaum noch atmen.

Hitze und Grauen treiben mir das Wasser aus den Poren, mein Herz beginnt schnell und flach zu schlagen, die Lungen ziehen sich zusammen, immer schneller und schneller versuchen sie aus der dicken Luft wenigstens ein bisschen Sauerstoff herauszufiltern.

Erneut kratze ich an dem Deckel – doch meine Finger rutschen ab. Ich bin völlig schweißgebadet.

»Lasst mich raus!«

Mein Schreien dröhnt mir in den Ohren: Die Eisenwände reflektieren das Geräusch sofort, und so schlägt es mir unerbittlich aufs Trommelfell. Halb taub schreie ich erneut, und dann wieder und wieder, bis alle Luft verbraucht ist. Die Dunkelheit verschlingt mich, und eine Zeit lang – vielleicht eine Minute, vielleicht einen ganzen Tag – hänge ich blind im Gedärm irgendeines stockfinsteren Albtraums. Mit Müh und Not entdecke ich schließlich einen Ausgang – und falle im nächsten Augenblick in den Eisenkasten zurück.

»Lasst mich raus! Lasst mich raus, ihr Ungeheuer!«

Ich habe Durst.

Die Luft ist noch genauso knapp wie vorher, aber ich bin noch nicht tot. Erst als ich vollkommen stillhalte, bemerke ich den Grund: Direkt über meinem Kopf gibt es ein winziges Loch, dünn wie die Kanüle einer Spritze. Durch dieses Loch strömt nach und nach warme Luft ins Innere. Eine weitere Stunde lang versuche ich mich so zu drehen, dass der Luftstrahl mir direkt in den Mund fließt, doch irgendwann gebe ich dieses aussichtslose Vorhaben auf. Schließlich begreife ich: Das Beste, was ich in dieser Lage tun kann, ist, mich nicht zu bewegen. Ich bekomme gerade genug Luft, um zu denken. Also bleibe ich reglos liegen und denke nach, denke, denkedenkedenke …

Sie wollen mich nur einschüchtern. Sicher hören sie meine Schreie, so laut, wie ich hier brülle. Sie warten, bis ich um Vergebung bitte, bis ich aufgebe. Damit wollen sie mich erniedrigen, damit sie mir anschließend großmütig meine Sünden vergeben können. Sie warten darauf, dass die Umerziehungsmaßnahme wirkt, dass ich sanft werde wie Nr. 38, gewissenlos wie Nr. 220, oder, wie Nr. 310, nie wieder an irgendetwas zweifle. Das ist es, was sie von mir wollen.

Das könnt ihr vergessen! Hört ihr?!

»Das könnt ihr vergessen!«

Ich werde nicht weinen, sie nicht anflehen, mich rauszulassen. Nie wieder werde ich mich vor ihnen erniedrigen. Und wenn ich dabei verrecke! Ich bin schon einmal fast gestorben, als mich die Handlanger von Nr. 503 erwürgen wollten. Der Tod ist gar nicht so schlimm.

Das ist sie also, eure tolle Gruft. Wisst ihr was? Ihr könnt mich mal!

Und ihr anderen, die ihr zu viel Schiss habt, daran zu denken – ihr könnt mich genauso!

Nr. 906, meinen Freund, haben sie nicht brechen können. Er hat nie aufgegeben, bis zum bitteren Ende! Auch mich werdet ihr nicht besiegen. Ich bin bereit. Und wisst ihr, was?

»Danke, dass ihr mich hier eingesperrt habt! Das Schlimmste, was ihr mir antun konntet, habt ihr jetzt getan! Und?! Ja, ich bin in dieser blöden Kiste hier, aber dafür bin ich frei! Denn ich kann jetzt alles denken, was ich will! Genau!«

Mein Magen meldet sich: Zeit zum Frühstücken. Im Internat ist die Nahrungsaufnahme streng geregelt, und in den neun Jahren, die ich hier verbracht habe, ist mein Verdauungssystem eisern dressiert worden. Also produziert mein Magen jetzt wie gewohnt seine Säfte und fordert Nachschub. Acht Uhr Frühstück, zwei Uhr Mittagessen, sieben Uhr Abendessen – so ist die Welt seit Urzeiten eingerichtet, und so wird es immer bleiben. Und nun, da man meinem Magen sein Gnadenbrot vorenthält, beginnt er mich von innen zu verdauen.

Hunger kann ich ertragen – ich bin ja nicht nur mein Körper. Ich werde mich ablenken. Zumindest kann ich es versuchen.

Nr. 906 haben sie verrecken lassen, weil er nicht wahrhaben wollte, dass seine Eltern Verbrecher sind. Mehr brauchen wir ja nicht über sie zu wissen, sagen uns die Gruppenführer. Ihre Schuld liegt uns im Blut; wir sind von Geburt an für die Taten unserer Eltern verantwortlich. Eigentlich dürften wir gar nicht auf der Welt sein, aber Europa schenkt uns die Chance, das Verbrechen unserer Mütter und Väter zu sühnen und uns zu bessern.

Damit dies geschieht, musst du gehorsam sein. Du darfst von nichts anderem träumen, als der Gesellschaft zu dienen. Denk immer daran: Deine Eltern zu rechtfertigen ist ein Verbrechen. Deine Eltern zu lieben ist ein Verbrechen. An sie zu denken ist ein Verbrechen.

Halte dich an diese Gebote, dann wird dich das Internat eines Tages, wenn du alle Tests bestehst und sämtliche Prüfungen erfolgreich ablegst, vielleicht entlassen.

Ich habe mich immer an die Regeln gehalten, so gut ich konnte. Aber es gibt bestimmte Dinge, die ich nicht ertragen kann.

Ich bin mir treu geblieben, aber jetzt liege ich in dieser Gruft.

Auf einmal ist alles verloren – und alles erlaubt.

Eine härtere Bestrafung gibt es nicht. Also kann ich mir jetzt das schlimmste aller Vergehen leisten. Dasselbe tun, was Nr. 906 getan hat. Mich an meine Eltern erinnern … Ihrer gedenken.

Aus der vollkommenen Finsternis beginnen sich winzige Teilchen undeutlicher, verbotener Eindrücke herauszuschälen. Wie zerrissene, heimlich irgendwo versteckte und längst ausgebleichte Bonbonpapiere hole ich nun Bilder, Stimmen und Szenen hervor. Eine mühevolle Arbeit: So oft habe ich vor allen beteuert, dass ich mich an nichts mehr erinnere, was vor dem Internat war, dass ich irgendwann begonnen habe, selbst an diese Schwüre zu glauben.

Viel finde ich nicht: ein Haus mit schokoladefarbenen Wänden, eine Blüte grüner Tee in einer durchsichtigen Kanne, eine Treppe ins Obergeschoss … und ein kleines Kruzifix, aus Ebenholz geschnitzt und an sichtbarster Stelle befestigt. Ein vergoldeter Dornenkranz. Die schwimmende Blüte bricht sich in dem grünen Wasser und in meiner Erinnerung, den gekreuzigten Christus jedoch sehe ich in allen Facetten vor mir: Wahrscheinlich habe ich ihn mir damals oft und lange angesehen.

Hab keine Angst, mein Kleiner. Der liebe Gott ist gütig, er behütet uns und wird dafür sorgen, dass uns beiden nichts passiert.

Mama?

»Verboten!«, schreit mich plötzlich jemand an.

Ich begreife, dass das meine eigene Stimme war, und mir wird heiß vor Scham.

»Verräter! Mistkerl! Missgeburt!«, brülle ich mich an, aus voller Kraft, durch das Megafon der Eisenkiste.

Ich schäme mich dafür, dass ich meine Mutter sehen will.

Und ich bin nicht imstande, meine Scham zu überwinden. Ich ziehe mich zurück, versuche an etwas anderes zu denken.

Meine Gedanken kreisen um Nr. 38 – hat er mich verraten oder gerettet? –, dann um Nr. 220, dieses miese Schwein, und wieder und wieder um Nr. 503. Ich kehre zurück zur Krankenstation, spiele alles noch einmal durch, doch diesmal setze ich die Pistole anders ein: Ich zwinge Nr. 503, mich um Vergebung zu bitten, dann spucke ich ihm ins Gesicht und töte ihn trotzdem. Ich erinnere mich, wie es wirklich war und schwöre meinem zukünftigen, erwachsenen Ich, dass ich mich rächen werde, koste es, was es wolle, an Nr. 503 und seinen Schergen, ich plane genau, wen ich noch dazu anstifte, wie ich ihm auflauern werde, spiele in allen Einzelheiten durch, wie ich ihn erniedrige, stelle mir genüsslich drei, fünf, zehn Varianten seines Todes vor. Doch allzu lange hält dieses Vergnügen nicht an: Wut und Raserei verbrauchen zu viel Atemluft. Keuchend lasse ich von Nr. 503 ab.

Im nächsten Augenblick begreife ich, dass die Gedanken an meine Mutter nirgendwohin verschwunden sind, sondern nur vom Rauch und Getöse meiner ohnehin zum Scheitern verurteilten, blutigen Fantasien verdrängt wurden. Kaum hat sich Nr. 503 wieder aufgelöst, tritt sie erneut aus dem Hintergrund hervor: meine Mutter.

Ich beiße mir auf die Lippe.

Hohe Wangenknochen, geschwungene Brauen über hellbraunen Augen, ein Lächeln auf ihren weichen Lippen, samtene Haut … Dunkelblonde Haare, nach hinten gekämmt … Ein dunkelblaues Kleid, zwei kleine Hügel …

Anfangs fällt es schwer, doch als ich ihr Phantombild endlich fertiggestellt habe, gelingt es mir ohne Mühe, sie vor meinem geistigen Auge zu halten.

Sie lächelt mich an.

Wir beide werden immer zusammen sein. Jesus hat mir dich geschenkt, du bist mein Wunder. Ich habe ihm versprochen, auf dich aufzupassen, und er wird uns behüten … Für immer …

Das Modell einer Albatros-Raumfähre. Seltsam, ich weiß noch immer genau, dass es sich um einen Albatros handelt. Auf dem Boden fährt der Spielzeugroboter umher … und stößt gegen meinen Fuß, der in einer weißen Kindersandale steckt.

Für immer.

So ist das also.

Dies ist also mein wahres Zuhause, mein Ursprung, dies – und nicht das Bauklötzchenhaus aus dem Film. Nicht die Sitzkokons im Wind. Nicht das hingeworfene Fahrrad. Nicht der weiße Teddybär. Nicht die fremde Frau mit dem Hut, nicht der Mann im Leinenhemd. Endlich darf ich haben, was mir gehört.

Ein heißer Schmerz durchfährt mich, wie Stacheldraht, der durch meine Augäpfel gezogen wird, ein volles Bund Stacheldraht liegt da in meinem Kopf herum, und ich muss es zur Gänze abwickeln.

Komm raus, Ma. Jetzt ist es in Ordnung.

Etwas löst sich in mir.

Aber mit diesem Bonbonpapier ziehe ich noch ein weiteres hervor – sie kleben aneinander fest, und ich bekomme sie nicht los.

Leise-leise … Leise, mein Kleiner … Weine nicht, beruhige dich doch, bitte, hör doch auf zu weinen. Ist ja gut. Ich habe dir doch gesagt, der liebe Gott wird uns behüten. Beruhige dich, ganz ruhig … Ja-ja, ja-ja … Er wird uns vor den bösen Menschen beschützen … Hör auf zu weinen, hörst du? Genug jetzt! Bitte, hör auf! Jan! Jan! Hör jetzt auf!

Das Kruzifix an der Wand. Geschwollene Lider. Er blickt nach unten, an mir vorbei. Was gibt es dort unten zu sehen? Die Teeblüte regt sich … Das Glasgeschirr wackelt … Trampeln, Poltern, barsche Stimmen …

Alles in mir verkrampft sich.

Lass uns weglaufen!, flehe ich Mutter an. *Ich habe Angst!*

Nein! Nein. Alles wird gut. Sie werden uns nicht finden. Aber bitte hör auf zu weinen, ja?!

Ich habe Angst!

Leise! Leise!

Hilf mir, flüstere ich zu ihm da oben. *Versteck uns!*

Doch er, wie immer, wendet den Blick ab.

Ich will nicht wissen, was weiter passiert.

Im Geiste fange ich an zu zählen: eins, zwei, drei … hundertvierzig … siebenhundert, bis zum Gehtnichtmehr hämmere ich mir Zahlen in den Kopf, um meine Mutter, die immer noch irgendwo hier ist, nicht hineinzulassen. Ich zähle laut weiter, bei zweieinhalbtausend gerate ich durcheinander und lasse es sein. Der Hunger macht sich wieder bemerkbar, schneidend, ja krampfhaft. Zeit zum Abendessen. Aber da ist noch etwas viel Schlimmeres als Hunger.

Durst. Immer stärker und stärker.

Mein Mund ist trocken, die Lippen fangen an zu brennen. Ein Glas Wasser. Oder sich einfach in der Toilette an den Wasserhahn hängen. Ja, das wäre besser. Ein Glas würde nicht reichen.

Aber egal, ich werde es schon aushalten.

Mich an den Wasserhahn hängen und kaltes Wasser schlürfen. Dann etwas in die Hände laufen lassen, mich waschen und weitertrinken. Kaltes Wasser, auf jeden Fall kaltes.

»Gebt mir was zu trinken!«

Sie hören mich nicht. Weiß der Teufel, wo ich bin, vielleicht haben sie mich eingegraben, einbetoniert und alleingelassen. Und dieser winzige Luftstrom, dieses einzige kleine Fädchen, an dem ich mich festhalte, ist nicht Absicht, sondern ein Versehen. Sie wollen nicht, dass ich lebe. Denn sollte ich hier jemals wieder rauskommen, könnte mich niemand mehr zwingen zu schweigen.

»Gebt mir was zu trinken, ihr Arschlöcher!«

Sie hören mich nicht.

Ich beginne wegzudämmern – doch dann tauchen in der Dunkelheit weiße Flecken auf. Sie kommen näher und näher, umringen mich … Masken. Schwarze Löcher statt Augen, statt Haaren schwarze Kapuzen. Sie haben uns gefunden. Mich gefunden. Niemand hat uns geholfen.

Da sind Sie ja. Kommen Sie heraus.

Nein! Gehen Sie! Raus hier! Sie haben kein Recht …

Keine Angst, wir tun Ihnen nichts.

Geht weg! Lasst Mama in Ruhe!

Nur eine Überprüfung. Geben Sie mir Ihren Arm.

Nein! Nein! Ich werde mich beschweren! Sie wissen nicht …

Geben Sie das Kind her. Geben Sie das Kind her!

Mutter hält mich verzweifelt fest, doch sie ist zu schwach, und eine um ein Vielfaches stärkere Kraft nimmt mich ihr weg, hebt mich hoch bis unter die Decke … Ich blicke in schwarze Löcher.

Es gibt nichts Furchtbareres als diese Maske. Mir kommt es vor, als wäre dahinter nichts als Leere, als könnte sie mich durch diese Löcher ins Innere hineinziehen, und dann verlöre ich mich darin und fände nie wieder zu meiner Mutter zurück.

Dann gerät alles durcheinander, Worte, die ich nicht kenne, werden ersetzt durch Worte, die keinen Sinn ergeben: Gefängnis, Geburtstag, rechts und links …

Ich verfolge das Gespräch von fremden Armen aus, es tut mir weh, wie sie mich drücken, und ich hasse diese Ankömmlinge mit ihren Masken so glühend, wie dies nur ein vierjähriger Junge tun kann.

Mein Bauch schmerzt dumpf, mein Magen nagt an meinem eigenen Körper, doch ich spüre kaum noch etwas davon.

Wer ist der Vater des Jungen?

Das geht Sie nichts an!

Dann müssen wir …

Vielleicht ist es auch ganz anders. Vielleicht habe ich etwas ausgelassen, oder etwas ist gelöscht worden, oder ich habe es selbst gelöscht. Dieser Teil des Gesprächs verdorrt und zerfällt, als hätte ihn nur Spucke zusammengehalten. Ich versuche zu schlucken, aber mein Mund ist zu trocken.

»Bitte! Bitte, gebt mir etwas zu trinken!«

Stille. Totenstille.

Die Temponadel fällt auf null. Ich wache mit geschlossenen Augen und schlafe mit offenen. Ich denke, dass es nicht mehr schlimmer werden kann – bis ich auf einmal einen gewissen Drang verspüre.

Eine Zeit lang halte ich es aus. Wie peinlich wäre mir das, wenn sie mich jetzt doch rauslassen würden. Die Gruppenführer würden allen erzählen, dass ich vor Angst in die Hosen gemacht habe. Wahrscheinlich würde es der Oberste gleich beim Morgenappell verkünden und mich allen vorführen … Mit diesem Gedanken beherrsche ich mich noch einige Stunden, obwohl, woher soll ich in diesem Eisenkasten wissen, was eine Stunde ist?

Doch dann kann ich es nicht mehr halten, unter Tränen rufe ich: »Nein, nein, nein«, aber es nützt alles nichts, und ich spüre, wie meine scharf riechende Scheiße sich krampfhaft aus mir herausschiebt. Mir bleibt nichts weiter als angeekelt die Arme zu heben, damit wenigstens sie sauber bleiben, und stillzuliegen, um es nicht überall zu verschmieren. Ich rede mir gut zu: Es ist nichts dabei, vorher war das alles in dir, und jetzt schwimmst eben du darin. Es dauert gar nicht lang – vielleicht ein paar Stunden –, bis ich aufhöre, den Gestank wahrzunehmen. Die Scheiße fängt an zu trocknen.

Ich versinke wieder – und tauche wieder auf.

»Wasser! Bitte! Trinken!«

Ich bin überzeugt, wenn ich nicht wenigstens einen Schluck zu trinken bekomme – von irgendetwas, nur einen Schluck –, dann gehe ich jetzt zugrunde.

Falsch gedacht.

»Wenigstens einen Schluck! Ihr Schweine! Einen Schluck! Gönnt ihr mir das nicht?!«

Und wieder geht mir die Luft aus, und ich muss weinen. Eigentlich sollte ich mir diese letzten Tropfen aufheben, doch nun fließen sie mir ungehemmt aus den Augen. Bis schließlich auch diese austrocknen.

Ich verfluche mich, dass ich einfach so in die Hose gepinkelt habe. Ich hätte wenigstens versuchen sollen, meinen Urin mit der Hand aufzufangen – vielleicht hätte ich ihn ja doch irgendwie zum Mund führen können. Ich verfluche mich, dass ich so viel Flüssigkeit verschenkt habe, als ich auf der Toilette meinen Pakt mit Nr. 220 schloss. Ich stelle mir vor, dass sie noch immer da ist – salzig, heiß, egal wie –, doch als ich nachfühle, ist dort inzwischen auch alles getrocknet.

Ich ramme meinen Kopf gegen den Deckel, immer wieder. Endlich erreiche ich den gewünschten Effekt und verliere das Bewusstsein. Dann wächst aus der Bewusstlosigkeit ein Traum, und dieser Traum handelt von Wasser. Ich bin auf der Toilette am Tag vor meiner Flucht, und ich trinke, trinke, trinke aus dem Wasserhahn – irgendetwas Heißes. Es ist dunkel, also sehe ich nichts. Vielleicht ist es Urin, vielleicht Blut, vielleicht aber auch Tee.

Als ich aufwache, habe ich Fieber.

Eine riesige Teeblüte schwebt durch die Luft. Ich steige eine Leiter hinauf, die zu dem stolzen intergalaktischen Raumgleiter Albatros führt …

Er wird uns behüten. Geben Sie das Kind her. Ich habe dich ihm versprochen. Wer ist sein Vater? Er wird uns vor den bösen Menschen beschützen. Wir müssen. Hab keine Angst! Komm her! Wagen Sie es nicht! Ich will nicht! Hilf uns! Weine nicht! Verstecke uns! Leise! Schweig! Nein!

Er hört mich nicht! Er hört mich nicht, Mama!

Du hast es versprochen, Mama, er hat es versprochen, alle haben es versprochen, und alle lügen sie! Er schläft oder ist verreckt, oder wir beide sind ihm scheißegal, er will sich gar nicht einmischen, oder er ist ein Feigling und ein Versager! Er hört mich nicht – oder er tut nur so, als ob er mich nicht hört, damit er nicht eingreifen muss! Sie dagegen hören alles, sie haben uns gefunden, weder du konntest uns verstecken noch er.

Geben Sie das Kind her. Geben Sie her.

Wer ist sein Vater? Das geht Sie nichts an.

Wer ist mein Vater? Wer ist mein Vater?! Wo war mein Vater, als man mich abholte?! Hatte ich überhaupt einen?!

Hab keine Angst. Weine nicht. Hab keine Angst. Weine nicht.

Er wird dich beschützen. Er wird uns behüten. Er hat uns verraten. Er hat sich die Ohren zugehalten. Er hat die Augen verdeckt. Er hat es zugelassen, dass man mich abholt. Er hat mich ihnen ausgeliefert. Er hat dich ins Verderben gestürzt.

Und weißt du was? Weißt du was, Mama?!

Recht geschieht es dir, dumme Kuh! Wie konntest du ihm nur glauben, dem da am Kreuz?! Er hätte die Leute mit den Masken doch an uns vorbeiführen, uns irgendwie vor ihnen verbergen können – hat er aber nicht! Was ist das für ein Gott? Was für ein wertloser, leerer, feiger Gott?! Ich scheiß auf diesen Märtyrer!

Jesus hat gelitten, also müssen auch wir leiden, hast du immer gesagt. Für wen leidest du? Für wen leide ich? Wer ist er?!

Das geht Sie nichts an. Das geht mich nichts an?!

Du hättest es doch zugeben können, dass du gar nicht weißt, von wem ich bin! Dass ich keinen Vater habe! Dass du sie nicht gezählt hast, deine Männer! Dass du es mit allen nacheinander getrieben hast und deshalb nicht sagen kannst, wer daran schuld ist! Geschieht dir recht, du Hure!

Aber was kann ich denn dafür?! Warum muss ich jetzt leiden?!

Ich winde mich, verschmiere mein Exkrement und heule, schreie – aber vielleicht gebe ich auch gar keinen Laut von mir. Dann falle ich wieder in die schwarze Leere zurück, hänge irgendwo im Nichts, ringe mit Nr. 503, laufe vor Masken davon, werde beim Morgenappell öffentlich vergewaltigt, steige die Leiter zu dem Albatros hinauf, der noch immer nicht fertig gebaut ist und niemals losfliegen wird, werde im Besprechungszimmer geschlagen, bin eingeschlossen in dem Haus mit dem Kruzifix, und jemand klopft an der Tür, und ich laufe ins Obergeschoss, um mich dort im Wandschrank zu verstecken, doch die Treppe hört nicht auf, sie hat eine Million Stufen, und ich laufe und laufe und laufe und schaffe es doch nicht und falle hinab, und ein Mann mit einer Maske fängt mich auf …

Warum ich?! Warum muss ich bezahlen?! Was habe ich getan?!

Warum nehmen sie mich mit?! Warum sperrt man mich in ein Internat ein?! Das ist so ungerecht! Soll sie doch selbst für ihre Fehler bezahlen! Soll mein blöder Vater doch endlich auftauchen und dafür bezahlen! Warum ich?! Warum treiben sie es, mit wem sie wollen, und ich werde dafür bestraft?!

Warum hast du mich überhaupt auf die Welt gebracht, Mama? Warum hast du mich geboren? Du hättest abtreiben sollen, hättest gleich eine Tablette nehmen und mich mit deinem Blut ins Nichts befördern sollen, solange ich noch ein hirnloses Zellhäuflein war. Wenn du es erst später kapiert hättest, hättest du mich mit einem Esslöffel stückchenweise herauskratzen und in einer Einkaufstüte in den Müll werfen sollen! Wozu hast du mich leben lassen? Du wusstest doch, was mich erwartet, was man mit solchen wie mir macht! Du wusstest doch, dass ich deine Sünden würde büßen müssen!

»Lasst mich raus! Lasst mich raus! Lasst mich hier raus!«

Nr. 906 hat sicher nicht um Gnade gefleht – und ist verreckt, der Idiot. Oder er hat es getan und ist trotzdem verreckt. Scheiß auf dieses überhebliche Arschloch! Ich will hier raus! Ich muss aus diesem Kasten raus!

»Ich flehe euch an, lasst mich frei! Bitte! Bitte …«

Wieder ein Traum, und wieder dieses Haus: der Esstisch, die Teeblüte, die schokoladenfarbenen Wände, der traurige Jesus, der fröhliche Roboter, das Raumgleiter-Modell, das heraufziehende Unheil, Fäuste hämmern gegen die Tür. Ich weiß, was jetzt kommt, ich will durchs Fenster entkommen – da draußen ist eine fein gemähte Wiese, Sitzkokons, Hügel – ich springe, stoße gegen die Scheibe, schneide mich an Splittern … Doch es ist nur ein Bildschirm, dahinter sind keine Hügel, keine Wiese und keine wirklichen Eltern, die mir diese Schlampe und diesen geilen Bock, diesen Drecksack, diesen Verräter ersetzen könnten. Und da sitze ich nun vor dem brennenden, Funken sprühenden Bildschirm, und Menschen in schwarzen Mänteln und weißen Masken kommen näher, immer näher …

»Lasst mich raus!«

Mir ist eng, mir ist eng, mir ist heiß, heiß, heiß!

Meine Stimme bricht, ich weine trockene Tränen, winde mich im Sarg. Drei Tage sind vergangen oder vier oder fünf – wie soll ich in diesem dunklen Eisenkasten die Tage zählen?

Nur ganz kurz denke ich an Nr. 906: Wie ist er gestorben? Wovon handelten seine Fieberträume? Welches waren seine letzten Worte?

Und wieder dieses Haus, wieder dieses Haus, und ich kann nicht fliehen, und dieser hochmütige Scheißkerl am Kreuz will mir nicht helfen, wieder hat er meiner idiotischen Mutter die Hucke vollgelogen, und wieder hat sie es geglaubt, und wieder wird man mich mitnehmen, wird versuchen mich zu erwürgen, und wieder werde ich in diesem Eisenkasten landen …

Wahrscheinlich begreife ich erst beim tausendsten Mal, wie ich aus diesem Albtraum herauskomme: Wenn die Maskierten das nächste Mal kommen, höre ich einfach auf zu kämpfen, zu beißen, zu fordern, dass man uns freilässt. Ich beruhige mich, füge mich, gebe auf – und in dem Augenblick, da mich jene ungeheure, unüberwindliche Kraft aufhebt und auf die schwarzen Löcher zubewegt, löse ich mich von meiner Mutter, wirble auf die leeren Augenhöhlen zu, schlüpfe in sie hinein und sterbe – und erwache auf der anderen Seite der Maske erneut zum Leben, und blicke mit dem Blick eines Fremden auf den verängstigten kleinen Jungen und seine dunkelblonde Mutter in ihrer dunkelblauen Chlamys.

Nein, nicht mit dem Blick eines Fremden.

Ich selbst bin es, der den verheulten, rotznasigen Bengel seiner hysterischen Mutter wegnimmt.

Ich bin jetzt der Maskierte, und wer dieser Kleine da ist, kümmert mich nicht. Ich bin der Maskierte, und endlich schaffe ich es, diesem verhexten Haus zu entkommen.

»Ich hasse dich, du Schlampe!«, rufe ich und schlage der Frau mit dem blauen Kleid mit voller Wucht ins Gesicht.

Ich reiße das Kruzifix von der Wand und schleudere es zu Boden. Ich halte dem aufheulenden Bengel den Mund zu.

»Du kommst mit uns!«

Und dann verlasse ich dieses verfluchte Haus – und bin frei.

Ich weiß nicht, wie viele Stunden noch vergehen, eine oder hundert, bevor sie mich aus der Gruft herausholen. Ich bekomme das gar nicht richtig mit, denn meine vertrockneten Augen sehen kein Licht, mein verschrumpelter Verstand begreift nicht, dass ich gerettet bin, und meine dehydrierte Seele ist nicht imstande, sich zu freuen.

Erst als sie mich mit Wasser und frischem Blut vollpumpen, kehren meine Sinne allmählich zu mir zurück. Mein erster Gedanke: Im Unterschied zu Nr. 906 bin ich da drin nicht abgekratzt. Ich habe es durchgestanden!

Ich habe die Gruft überlebt, jetzt kann mich nichts mehr besiegen. Ich werde wieder lernen zu gehen, zu boxen und zu sprechen. Ich werde der Beste sein von allen. Ich werde so eifrig lernen, wie ich nur kann. Werde alles tun, was man von mir verlangt. Werde mich nie wieder an den Roboter, die Blüte, die Treppe, die hellbraunen Augen, das sanfte Lächeln, die geschwungenen Brauen und das blaue Kleid erinnern. Ich werde ein Unsterblicher werden – und das Internat nie wiedersehen.

Im Lazarett lässt man mich in Ruhe, alle starren mich ehrfürchtig an. Manchmal, nach dem Zapfenstreich, fragt mich einer flüsternd, was denn dort, in der Gruft, so schlimm war – aber ich bekomme Atemnot, sobald ich dieses Wort nur höre.

Wie soll ich ihnen auch erklären, was dort so schlimm war? Dort war ich.

Also schweige ich und antworte niemandem.

Ich bin wie mein eigener Schatten, meine Arme und Beine gehorchen mir nicht. Ich bekomme passierte Kost, bin vom Unterricht befreit. Nach zwei Tagen kann ich mich im Bett aufsetzen. Zwei Tage lang statten mir alle Jungs nacheinander ihren Ehrenbesuch ab, sogar unsere Leiter, und wenn mich der gute Doktor untersucht, setzt er sein freundlichstes Lächeln auf – als hätte es mir nicht die Sprache verschlagen, sondern das Gedächtnis, als hätte er nicht kaffeeschlürfend zugesehen, wie ich beinahe erdrosselt worden wäre.

Doch am dritten Tag interessiert sich plötzlich keiner mehr für mich.

Alle meine staunenden Verehrer sind auf einmal wie weggeblasen, ich sehe sie scharenweise aufgeregt flüsternd in ein anderes Krankenzimmer laufen, offenbar ist dort gerade jemand eingetroffen, der noch interessanter ist als ich. Ich will fragen, was es dort so Unglaubliches zu sehen gibt, aber meine Stimme ist noch nicht stark genug, und niemand hört mich. Also hebe ich mich vorsichtig aus dem Bett, stelle meine strohhalmdünnen Beinchen eins vor das andere, will nachsehen, was dort für ein Wunder geschehen ist …

Doch in diesem Augenblick bringen sie ihn schon in unser Krankenzimmer.

Der Arzt, der seinen Rollstuhl schiebt, ist grob zu ihm. Die Meute von Rabauken, die sich um den Neuen drängt, um ihn zu begaffen, scheucht er mit Stößen und Ohrfeigen in ihre Betten zurück.

Wenn ich mein Schatten bin, so ist er der Schatten seines Schattens. Völlig verdreckt und verschorft, die Haare verfilzt und verklebt. Von seinem Körper ist so wenig übrig, dass man gar nicht recht weiß, wie das Leben darin noch Platz findet. Von dem einst quicklebendigen, aufgedrehten Jungen ist nichts übrig als ein Paar Augen. Doch diese beiden Augen brennen – vor Starrsinn. Er kann weder sprechen noch sich bewegen, der Kasten hat jegliche Kraft aus ihm herausgepresst, aber seine Augen sind weder vernebelt noch getrübt. Er ist bei vollkommenem Bewusstsein.

Ich benötige einige lange Sekunden, um ihn wiederzuerkennen, und einige Minuten, bis ich glaube, was ich sehe.

Es ist Nr. 906.

Er lebt.

In dem Sack, das war nicht er. Vielleicht war da gar niemand drin.

Ich sollte mich freuen, ihn zu sehen.

Sie stellen ihn neben mir ab. Jetzt könnte ich nachholen, was ich damals verpasst habe: mich ihm zu erkennen geben, ihm meine Hand reichen, sein Freund werden. Was gäbe es Natürlicheres – jetzt, da wir dasselbe durchgemacht haben, da wir alles über unsere Vergangenheit und unsere Dummheit begriffen haben –, als endlich Freunde und Verbündete zu werden?

Er dreht mir seinen Kopf zu. Dieser ist geradezu lächerlich groß im Vergleich zu seinem winzigen, ausgezehrten Körper. Und dann …

Lächelt er. Sein Zahnfleisch ist blutig, die Zähne sind gelb.

Sein Lächeln trifft mich wie eine eiskalte Dusche, wie ein Stromschlag. Alles, was in mir hätte lächeln können, ist mit meinem Schweiß, meinen Tränen, meinem Blut und meinem Kot aus mir herausgeflossen. Übrig geblieben ist nur ein trockenes Konzentrat; nichts Überflüssiges mehr. Warum kann Nr. 906 das noch?

Dann sagt er etwas – tonlos.

»Was?!«, frage ich, vielleicht etwas zu laut, alle können es hören.

Aber er gibt nicht auf. Wieder zieht er die verklebten Lippen auseinander und wispert mit aller Kraft, als müsse er mir etwas äußerst Wichtiges mitteilen.

»Ich verstehe dich nicht!«

Er fährt mit der Zunge über die Lippen, doch diese bleiben trocken. Erneut wiederholt er es, wiederholt es immer wieder in derselben Tonhöhe, die mein Ohr einfach nicht wahrzunehmen vermag, bis es mir schließlich gelingt, ihm die Worte an den Lippen abzulesen:

»Sogar die Tauben werden hören.«

Der Film. Dieser Film, dessen Anfang wir uns so oft gemeinsam, schweigend angesehen haben. Die imaginierte Familie mit dem fehlenden Kind. Unser geheimer Traum, einer für beide. Unsere Verschwörung.

Ich weiß jetzt, warum ich mich nicht darüber freue, dass Nr. 906 lebt, und warum mir sein Lächeln Angst macht. Ich habe es gleich gespürt, als sie ihn hereinrollten.

Er will sagen: Komm, wir gehen in den Vorführraum, den Film ansehen, aber dieser Satz ist ihm zu lang und zu schwer. Deshalb wiederholt er stur den Titel, damit ich endlich kapiere, was er meint.

Ich nicke.

Nr. 906 träumt noch immer von der gleichen Sache. Sie haben ihn lange vor mir in den Kasten eingeschraubt und erst zwei Tage später herausgelassen, und doch singt er immer noch das alte Lied.

Mir genügte meine Haft, um mich von beidem loszusagen: meinen echten und meinen fiktiven Eltern. Nr. 906 dagegen will immer noch in das Bauklötzchenhaus zurückkehren, denn er weiß nicht, dass ich es verbrannt und das ganze Gras drumherum zertrampelt habe.

Er spannt sich an, bäumt sich auf und bringt schließlich mit letzter Kraft den heiseren Satz hervor: »Sie ist ein guter Mensch. Keine Verbrecherin. Meine Mutter.« Das ganze Zimmer erstickt geradezu an wildem Geflüster, während Nr. 906 triumphierend die Zähne bleckt und seinen Kopf auf ein Kissen fallen lässt.

Wir werden nie Freunde sein. Und wir werden uns nie mehr zusammen den Film ansehen.

Ich hasse ihn.

»He! Bist du etwa eingepennt?!«

Ein Grashalm kitzelt mich an der Wange.

»Ich? Nein!«

»Lüg doch nicht, klar hast du geschlafen! Sag schnell, was hast du geträumt?« Annelie kriecht mit dem Halm in eines meiner Nasenlöcher.

»Lass das! Wozu willst du das wissen?«

»Du hast gelächelt. Ich will wissen, was du Schönes geträumt hast.«

»Von meinem Bruder.« Ich setze mich auf und reibe die Augen. »Wie lange habe ich geschlafen?«

»Eine Minute. Entschuldige, aber es war langweilig, hier allein rumzuhängen. Du hast einen Bruder? Wie heißt er?«

»Basile.« Zum ersten Mal seit langer Zeit spreche ich den Namen laut.

»Wohnt er weit weg? Wenn er so ein toller Typ ist, können wir ihn vielleicht dazuholen.«

»Er würde nicht kommen.«

»Warum?«

»Willst du noch Champagner?«

Ich richte mich auf, greife nach der Flasche – und es durchfährt mich wie ein Blitz.

Jetzt begreife ich, warum ich meine Toskana, nach der ich mich so lange gesehnt und die ich endlich erreicht habe, zuerst nicht wiedererkannt habe.

Wir befinden uns auf der anderen Seite. Der mit Terrakotta verputzte Schuppen, aus dem wir herausgekommen sind, steht auf einem der Weinberge, die auf meinem Bildschirmschoner zu sehen sind. Die Feuertreppe führt also nicht ins Bauklötzchenhaus, sondern auf diesen fernen, illusionären Hügel.

Und dort stehe ich jetzt.

Auf dem Bildschirmfenster in meiner Würfelzelle habe ich also nie meine Vergangenheit betrachtet, sondern immer schon die Zukunft, mich selbst und Annelie auf einem Hügel unter den Blättern eines biegsamen, namenlosen Bäumchens.

Ich bin im Land hinter dem Bildschirm.

Theoretisch könnte ich von hier aus mir selbst zuwinken, meinem ewig angetrunkenen, mit Schlafmittel vollgepumpten Ich, das tagaus, tagein in seinem Kubus der Größe zwei mal zwei mal zwei herumhockt.

Wir haben also längst das Ziel meiner Träume erreicht, jenen Ort, an den ich unbedingt fliehen wollte, damals im Internat, als ich noch klein war. Ich und Nr. 906, eines Tages, gemeinsam. Mein Traum ist in Erfüllung gegangen, endlich bin ich in jener ersehnten, unerfüllten Kindheit angekommen, bin ins Paradies eingedrungen – und begreife überhaupt nichts.

Ich sitze auf ebenjenem Hügel, der von den Sitzkokons aus zu sehen ist. Das Bauklötzchenhaus, die Wiese, das Fahrrad und die Veranda – all das muss folglich auf der anderen Seite liegen, irgendwo da unten, in dem Tal vor mir. Ich halte Ausschau …

Ich sehe es! Dort!

»Komm!«, rufe ich Annelie zu. »Komm, schnell!«

Ich nehme die Champagnerflasche in die eine Hand, packe das lachende Mädchen mit der anderen – und wir beide laufen Hals über Kopf den Abhang hinunter.

Am Flussufer ziehen wir unsere Schuhe aus und waten durch das Wasser. Es ist warm, um unsere Füße flitzen kleine Fische, Annelie will baden, aber ich überrede sie, sich noch etwas zu gedulden. Es ist nicht mehr weit.

Sie schämt sich ihrer Nacktheit überhaupt nicht.

Annelie schützt ihre Augen mit einer Hand und blickt nach vorn. »Was hast du da drüben entdeckt?«

»Wir sind gleich da … Siehst du die Häuser dort? In der ersten Reihe – das rechteckige, siehst du es? Wer als Erster dort ist!«

»Na gut, aber ich habe eine Idee«, entgegnet Annelie und lächelt verschmitzt. »Wer das Haus zuerst betritt, darf sich was wünschen!«

»Abgemacht!«

Und dann laufen wir, aus Leibeskräften laufen wir auf das Gebäude zu, das etwas abseits von den anderen Villen steht. Es ist exakt genauso wie im Film: mit offenen Fenstern und wehenden, durchsichtigen Vorhängen …

Hörst du, Basile, ich bin doch zurückgekehrt!

Ich bin wieder da, Basile! Bist du zu Hause? Ich will dir meine Freundin vorstellen, sie heißt Annelie. Du hast doch nichts dagegen, wenn wir eine Zeit lang hier wohnen, oder? Ich würde dann etwas Urlaub nehmen … Was glaubst du, vielleicht kann dieses Studio ja noch Mitarbeiter brauchen? Wir könnten als Parkwächter arbeiten und würden direkt in unserem Haus hier wohnen …

Sogar die Sessel sind an Ort und Stelle. Sie sind leer, frei für mich und für sie. Eine letzte Anstrengung … noch dreißig Meter vielleicht …

»Eugène! Warte!«

Ich sehe mich nach ihr um, ohne stehen zu bleiben – und im nächsten Augenblick donnere ich gegen ein Hindernis. Ich falle zu Boden, betäubt, mein Kopf droht zu zerspringen, mein Nacken schmerzt heftig, ein Arm ist verrenkt, meine Knie aufgeschürft. Ich stehe auf dem Schlauch: Was ist passiert? Ich setze mich auf und schüttle den Kopf, als käme ich gerade aus einem Schwimmbecken.

»Das ist doch ein Bildschirm!«, ruft sie lachend. »Wusstest du das nicht?«

»Was? …«

Auf allen vieren strecke ich die Hand aus. Eine Wand.

Eine Wand, auf die die gesamte Perspektive projiziert ist: der Rest des Tals, die Villengrundstücke, Platanenhaine, Straßen und Wege, das Bauklötzchenhaus und die Wiese mit den Sesseln. Ein großartiger Bildschirm: Die Grenze zur Wirklichkeit – das Ende der Welt – ist kaum zu erkennen.

Auch wenn der Turm La Bellezza vielleicht der größte ist, den ich je gesehen habe – die ganze Welt passt doch nicht in ihn hinein. Beinahe hätte das Haus meiner Adoptiveltern in diesem Museum Platz gefunden, wäre gerettet worden – nur dreißig Meter haben gefehlt. Jetzt existieren von ihm nur noch Fotografien.

Ich traue meinen Augen nicht. Wieder berühre ich den Bildschirm.

»Das ist unfair!«, ruft Annelie, als sie mich erreicht. »Man kommt ja gar nicht rein! Jetzt darf sich keiner von uns was wünschen! Du hast mich reingelegt!«

Ich werde nie an die Tür klopfen können, um zu erfahren, ob jemand zu Hause ist. Ich werde niemandem vorlügen können, dass ich einmal, vor langer Zeit, hier gelebt habe. Keine Chance, mich den Bewohnern aufzudrängen oder durchs Fenster hineinzuklettern.

Keiner darf sich etwas wünschen.

Ich setze mich ins Gras und lehne mich gegen die Wand, wo die Erde aufhört. Das Panorama dürfte von hier aus fast das gleiche sein wie auf der Wiese vor dem Haus. Ich hab's also doch geschafft, Basile. Ich schaue für uns beide auf diese Hügel.

»Hör auf zu lachen!« Sie piekst mir mit dem Finger in die Seite. »Ich finde das überhaupt nicht lustig!«

Doch ich kann mich nicht zurückhalten. Das Gelächter bricht aus mir heraus wie ein Hustenanfall aus einem Tuberkulosekranken – unaufhaltsam zerreißt es meine Kehle und meine Bronchien. Ich ersticke vor Lachen, mein Magen schmerzt, die Wangen sind steif, die Augen tränen. Ich will aufhören, aber mein Sonnengeflecht krampft sich wieder und wieder zusammen, und ich krümme mich weiter vor Lachen. Annelie sieht eine Weile zu, dann prustet auch sie los.

»Was … Was ist denn jetzt … s-so lustig?«, versucht sie zu sagen.

»Dieses Haus … e-existiert gar nicht … Ich hab's dir doch gesagt … So b-blöd …«

»Und … w-was … ist … ist das für ein … Haus?«

»Das … das … Als ich klein war … Ich dachte, es … ist mein Haus … Dass da … meine Eltern wohnen … H-ha …«

»Ha-hahaa!«

»Das ist so komisch … w… weil … w-weil ich gar keine Eltern hab … v-verstehst du? Ich bin-n Internatskind!«

»Ja? Haaaha! Ich auch!«

»Ich h-hab n-niemand … k-kapierst du? D-deswegen ist das so komisch!«

»U-und … d-dein Bruder?«

»Der ist tot! Tot! Auch weg, hhh-haaa …«

»A-haa … Und jetzt … jetzt ist also auch das Haus weg s-sozusagen, ja? Hhha!«

»Genau! Ist d-das nicht s-super?«

Sie nickt nur krampfhaft – so komisch ist das alles. Sie winkt ab, versucht sich zu beruhigen und wischt sich die Tränen ab. Dann fährt sie fort, immer noch ein Micky-Maus-Grinsen auf dem Gesicht:

»Und mich h-haben die Unsterblichen v-vergewaltigt! Z-zu fünft! S-stell dir vor?«

»Oho! … N-nicht schlecht … Ha-ha-ha!«

»Ich w-war sogar sch-sch…« Sie kugelt über den Boden. »Mann, ich kann n-nicht mehr! Ich war sogar sch-schwanger! Und da h-hab ich es verloren!«

»N-nee, echt?!«

»Ja! Hhha … Und m-mein … M-m… m-mein M-mmann … ist einfach … einfach abgeh-hauen … und hat mich … mich ihnen überlassen! Checkst du's?«

»Super!«, keuche ich erstickt. »S-super!«

»Und das Ganze macht mir … ich weiß nicht, warum … All das … m-macht mir gar nichts … O Mann, echt zum Totlachen …«

»Und mein B… B-bruder … Er ist … w-wegen mir … gest… gest… Ich hab ihn … ver… verraten …«

»Gut gemacht! Haahaa! … Und mein … Wolf … ruft gar nicht an … Verstehst du? Ha-ha, was bin ich für eine … dumme Kuh! Als ob ich … ihm v-völlig f-fremd bin!«

»Und ich … Weißt du, was? Ich dachte … Ich hab mir vorgestellt … dass wir … wir beide … du und ich … hier leben könnten … In diesem Park … Idiotisch, was? Haha!«

»Idiotisch, echt! … Au! Au, ich kann nicht mehr! Aufhören!«

»Ahhha … Ahhhahaa …«

»Okay. Jetzt ist's aber gut … Hhha … Schluss! Ich weiß gar nicht … was das eben war …«

Ich nicke unbestimmt. Aus meiner Brust kommt noch immer ein »hhhihi … hihihi«, aber schon schwächer. Ich hole tief Luft und kriege mich schließlich wieder ein.

Annelie legt sich zurück ins Gras und blickt in den Himmel. Über ihren flachen Bauch, ihre matte, leicht fröstelnde Haut, wogen die letzten Böen des sich legenden Sturms. Ihr Gesicht ist mir halb zugewandt, und ihre Augen glänzen verführerisch.

»Hey …«, sagt sie leise. »Was schaust du mich so an?«

»Ich … Ich schau doch gar nicht.«

»Gefalle ich dir?«

»Na ja … schon.«

»Willst du mich? Sag ehrlich.«

»Hör auf. Hör auf, Annelie. Nicht so …«

»Warum nicht?«

»Das wäre nicht richtig.«

»Wegen Wolf, ja? Oder wie heißt er noch mal … Du bist doch sein Freund, oder?«

»Nein. Das heißt, ja, aber …«

»Komm her. Komm zu mir. Zieh mir diese furchtbare Hose aus, die er mir gekauft hat …«

»Warte. Wirklich, ich … Du verstehst nicht, ich muss dir …«

»Er hat mich ihnen überlassen. Und als sie ihn laufen ließen, ist er einfach weggegangen. Ihm war es egal, was sie mit mir machen! Kapiert?! Scheißegal waren wir ihm, ich und unser Kind!«

»Annelie …«

»Komm her! Willst du mich oder nicht?! Ich brauch es jetzt, verstehst du?! Ich will es!«

»Bitte …«

Sie reißt mir das Hemd vom Leib und beginnt meine Hose aufzuknöpfen.

»Ich will dich in mir spüren.«

»Ich habe dich mit Glückspillen abgefüllt!«

»Egal!«

»Du bist doch hysterisch!«

»Zieh diese Scheißhose aus, hörst du?! Mach schnell!«

»Ich mag dich! Wirklich, sehr! Ehrenwort! Aber du stehst unter Tabletten, Annelie! Ich will nicht, dass wir beide so …«

»Halt die Klappe!«, flüstert sie. »Komm her …«

Sie zieht die Knie ans Kinn, zieht sich den Slip aus, liegt nackt auf dem Gras. Dann hebt sie ihr Becken, streckt sich mir entgegen … Mein Kopf dreht sich; die Sonne steht im Zenit. Annelie zerrt an meiner Unterhose. Wir beide sind jetzt nackt und weiß. Sie umfasst meinen Hintern und weist mir die Richtung …

»Siehst du … Und du sagst, dass du nicht willst … Na also …«

»Aber … warum … Nein, nicht …«

Auf einem der Hügel erscheinen plötzlich menschliche Gestalten: eine Exkursion. Wahrscheinlich ist der Park bereits offen. Sie bemerken uns, deuten auf uns, winken uns zu.

»Da …«, sage ich zu Annelie. »Die können uns sehen …«

Doch meine Hand findet sie von selbst. Ich lecke mir über zwei Finger, um …

Schlagartig werde ich wieder nüchtern.

»Du blutest, Annelie. Du blutest da unten.«

»Was?«

»Du musst zum Arzt. Steh auf. Wir müssen zum Arzt! Was haben diese Schweine mit dir gemacht?!«

»Warte … Umarme mich wenigstens. Bitte. Halt mich einfach … Und dann gehen wir … Wohin du willst …«

Schon höre ich jemanden mit ausladenden Schritten, offenbar empört, auf uns zukommen, in der festen Absicht, diesem Tollhaus ein Ende zu bereiten. Zum Teufel mit ihm! Ich schulde diesem Mädchen zu viel.

Also lege ich mich neben Annelie und umarme sie – vorsichtig, als wäre sie aus Papier. Sie drückt sich gegen mich mit ihrem ganzen Körper – sie zittert, es schüttelt sie, als wäre dies ihr Todeskampf. Ich halte sie, drücke sie an mich, Brust an Brust, Bauch an Bauch, Schenkel an Schenkel.

Endlich weint sie.

Schreiend verlässt sie der Dämon des Glücks, und gemeinsam mit ihren Tränen fließt endlich auch jener fremde, ungebetene Samen aus ihr heraus. Übrig bleibt nichts.

»Danke«, flüstert sie mir fast unhörbar zu. »Danke.«

»Unerhört!«, schreit jemand über unseren Köpfen. »Das hier ist Privatbesitz! Verlassen Sie sofort diesen Park!«

Erschüttert sammeln wir hastig unsere Sachen zusammen, nehmen uns an den Händen und klettern den Hügel hinauf zum Eingangstor. Die aufgeheizten Exkursionsteilnehmer strecken uns ihre erhobenen Daumen entgegen und begleiten uns mit schlüpfrigen Witzchen nach draußen.

Bevor wir das Paradies verlassen, lasse ich noch einmal den Blick schweifen.

Als ich das Bauklötzchenhaus erblicke, muss ich an das Mädchen denken, wie es ausgestreckt auf dem Gras liegt, an ihre Augen, ihre Brustwarzen, ihre Knie … Sie hat die Geister meiner fiktiven Eltern und meines ersehnten Blutsbruders aus der Toskana vertrieben.

Von jetzt an herrscht hier nur sie allein: Annelie.

XV · HÖLLE

»Du hast mir dein Elternhaus gezeigt. Jetzt will ich dir meins zeigen.«

Annelie scherzt nicht. Ihr Wahnzustand ist vorüber, sie ist wieder sie selbst. Und doch ist das, was sie vorschlägt, reiner Wahnsinn.

»Wir fahren nicht nach Barcelona.«

»Warum heißt es in den Nachrichten immer, dass Barça die Hölle auf Erden ist?«

»Weil wir da nichts zu suchen haben! Weil du schleunigst einen Arzt brauchst!«

»Dort gibt es Ärzte!«

»In Barcelona? Du meinst vielleicht Schamanen. Oder irgendwelche Scharlatane, die dich zur Ader lassen! Was du jetzt brauchst, ist ein guter Facharzt, der …«

»Eure Ärzte wissen doch gar nichts mehr über Krankheiten, weil ihr nie krank seid! Gute Fachärzte gibt es in Barça, weil die Menschen in Barça noch wirklich leben!«

Da hat sie recht: Die Bewohner unserer wunderbaren Utopie werden so gut wie nie krank. Infektionen sind besiegt, Erbkrankheiten aus unserem Genom ausradiert, und alle anderen Gebrechen waren altersbedingt. Sogar Verletzungen sind auf ein Minimum reduziert: Privater Straßenverkehr ist verboten, und an dem weichen Komposit, das jetzt überall verwendet wird, kann man sich nicht wirklich wehtun. In den Altersreservaten dagegen sieht die Situation natürlich anders aus, aber das ist ja nicht unser Bier.

»In jeder beliebigen großen Klinik können sie dir …«

»Ich soll also einfach in irgendeine Klinik gehen und sagen: Ich war illegal schwanger, dann haben sich mich zu mehreren vergewaltigt, und ich habe mein Kind verloren? Nein, in Barça gibt es hervorragende Ärzte, und ich fahre da jetzt hin! Du musst ja nicht mitkommen!«

Die Ärzte sind allerdings nicht unbedingt das, wofür Barcelona berühmt ist. Weitaus bekannter ist es als Kloake des Teufels. Als Zitadelle des Betrugs und Drogenhandels. Die Polizei wagt sich dort nicht hinein und tut einfach so, als wäre sie für das, was in Barcelona passiert, gar nicht zuständig. Gesetze haben dort keine Wirkung, und das gilt vor allem für das Gesetz über die Wahl. Wann immer die Phalanx versuchte, dort Razzien durchzuführen, nahmen die Aktionen ein übles Ende. Waren die Unsterblichen in Barcelona nicht in voller Gruppenstärke unterwegs, so überwältigte man sie einfach und knüpfte sie an einer weithin sichtbaren Stelle auf. Und für Unsterbliche gehört es sich nicht zu sterben.

Ich trage einen Rucksack mit mir, der eine schwarze Uniform, eine Apollomaske, einen Personenscanner, einen einheitsüblichen Schocker und einen Injektor enthält. Nichts davon darf ich wegwerfen oder irgendwo verstecken. Ich muss es immer bei mir tragen, für den Fall eines dringenden Einsatzes. Aber wenn ich weiterleben will, darf ich mich mit meinem Gepäck in Barcelona nicht mal von Weitem blicken lassen. Das sind triftige Argumente. Schade, dass ich sie jetzt nicht laut vorbringen darf.

Natürlich bin ich nicht verpflichtet, Annelie zu folgen. Sie hat es mir selbst gesagt: Du musst nicht. Wenn du willst, geh deines Weges; ich habe einen Mann, der eigentlich jetzt hier bei mir sein sollte – er, nicht du.

Logisch. Jetzt wäre der ideale Augenblick, aus dem Zug auszusteigen und nach Hause zurückzukehren. Aber …

Auf einem Naturfilmkanal lief mal eine interessante Sendung … Irgendwo, ich weiß nicht mehr genau wo, gibt es eine bestimmte Fliegenart, die ihre Eier in lebende Bienen hineinlegt. Das Ei wächst, verwandelt sich in eine Larve, wird immer größer und ernährt sich von der Biene, mehr noch, die Larve ergreift allmählich Besitz von ihr. Normalerweise sind Bienen äußerst diszipliniert: Wie Roboter in einer japanischen Fabrik leben und arbeiten sie genau nach Plan, und ihr Instinkt sorgt dafür, dass sie nach Sonnenuntergang in ihre Waben zurückkehren. Eine von dem Parasit befallene Biene jedoch beginnt sich seltsam zu verhalten. Sie wacht nachts auf, verlässt den Bienenstock, fliegt irgendwohin und verschwindet spurlos. Manchmal sieht man, wie sie rasend gegen irgendwelche Lampen anfliegt, als wäre sie keine Biene, sondern eine Motte oder Schnake. Zu guter Letzt endet dieser Irrsinn immer auf die gleiche Weise: Der Parasit wächst aus seinem Wirt heraus, aus dem vollkommen ausgehöhlten Körper der Biene schlüpft eine Fliege.

Ob die Biene begreift, wie ihr geschieht? Ob sie versucht, dieses fremde Wesen zu bekämpfen, das dabei ist, die Kontrolle über ihren Körper zu übernehmen? Oder glaubt sie immer noch, dass sie selbst es ist, die nachts nicht schlafen kann und aus der Kaserne fliehen muss, um zum Licht zu gelangen – oder ans Ende der Welt?

Ich kann es nicht sagen. Ich bin selbst so eine Biene, aber ich habe keine Antwort darauf.

Die Fliegenlarve in mir regt sich bereits, erteilt mir vage, vollkommen aberwitzige Befehle, und ich kann nicht anders, als diesen hartnäckigen Regungen Folge zu leisten. Ich habe meinen Bienenstock verlassen, obwohl ich hätte schlafen sollen, und nun rase ich in einer trunkenen Spirale hinab und werde bald am Boden aufprallen. Mein Geist ist benebelt, und meine Armaturen spielen verrückt. Ich bin nichts als die Hülle eines unbegreiflichen, unbekannten Wesens, das in mir wächst und stärker wird und danach verlangt, bei Annelie zu sein, sie zu beschützen und ihr zu helfen.

Sie zieht mich, lockt wie eine Laterne in der Nacht, wie offenes Feuer.

Aber ich will verbrennen, will mich verlieren.

Und so sind wir auf einmal im Zug nach Barcelona. Meinen Bienenrucksack habe ich dabei und hoffe, dass niemand hineinsehen wird. Die Fahrt dauert lang, wir nehmen Regionaltubes, steigen in irgendwelchen Türmen um, die als Kurorte konzipiert sind, arbeiten uns durch Massen von Touristen in Schlappen und Handtüchern, die sich gegenseitig vor projizierten Palmen und einem aufgemalten Ozean fotografieren.

»Wie geht es dir?«, frage ich und nehme ihre Hand.

Annelie lächelt blass. »Geht schon.«

Kurz vor Barcelona ändert sich der Menschenschlag: Anstelle braun gebrannter Reisender in Flipflops fahren jetzt verschiedenste Typen in weiten Klamotten mit uns. Manche haben flinke, ständig umherschweifende Augen, andere starren unbeweglich vor sich hin; und wieder andere sitzen in Gruppen herum, kauen schmatzend irgendein Kraut und drangsalieren andere Fahrgäste. Als es zu einem Handgemenge kommt, lege ich meinen Arm um Annelies Schulter und halte mit der anderen meinen Rucksack fest, in dem der Schocker liegt. Obwohl der mir hier auch nicht viel nützen würde.

Eine Sitzreihe weiter starrt mich ein bronzefarbener Araber mit ausrasiertem Nacken an. Er mahlt langsam auf seinem Kaugummi herum. Von Zeit zu Zeit spuckt er zähen grünen Schleim auf den Boden.

»Sieh nicht hin, das provoziert sie nur«, rät Annelie. »Schau aus dem Fenster. Da ist es!«

Die Stadt Barcelona ist zur Gänze mit knapp sechshundert identisch aussehenden, zylindrischen, in grellen Neonfarben gehaltenen Türmen überbaut. Deren Basis bildet eine gigantische silberne Plattform, die das alte Barcelona mit seinen herrlichen Boulevards und Prachtstraßen, den verschnörkelten Gebäuden und Kathedralen – oder zumindest das, was davon übrig ist –, überdacht. Dort, unter dieser Hightech-Grabplatte, befindet sich der übelste Slum in ganz Europa.

Die Türme stehen in gleichmäßigem Abstand und bilden ein Quadrat – vierundzwanzig Wolkenkratzer lang, vierundzwanzig breit. Jeder davon ist mit zwei riesigen griechischen Buchstaben gekennzeichnet und heißt folglich Alpha-Alpha, Sigma-Beta oder Theta-Omega. Das Ensemble ähnelt der Säulenhalle eines antiken Tempels, der mit der Zeit zerfiel und von einfallsreichen Restauratoren in eine Art Vergnügungspark für Kinder verwandelt wurde.

Dort, wo Barcelona nicht direkt ans Meer grenzt, ist es von einer zweihundert Meter hohen durchsichtigen Mauer umgeben, die hier allenthalben als gläsern bezeichnet wird. Angeblich reicht sie ebenso tief in die Erde hinab – für den Fall, dass irgendwelche schlauen Füchse versuchen sollten, einen Tunnel nach Europa zu graben.

In dieser glatten, vollkommen hermetischen Wand, die natürlich nicht aus Glas besteht, sondern aus bombensicherem Komposit, gibt es nur eine Öffnung: das Tor nach Barcelona, der einzige Ein- und Ausgang, in exakt hundert Metern Höhe. Direkt aus dem Himmel führen einige Magistralen auf das Tor zu und bringen – eher selten – Züge heran. Einen anderen Weg nach Europa gibt es für die Einwohner Barcelonas nicht. Sollte es nötig sein, lässt sich dieser Flaschenhals auch leicht verschließen.

Eine filigrane Brücke durchsticht die himmelhohe Glaswand in luftiger Höhe, ragt über die Erde hinaus, stößt wie ein Pfeil zwischen den bunten Zylindern hindurch, bis sie in einem davon endet. Dieser schneeweiße Turm ist der Verkehrsknotenpunkt Barcelonas, dieser wunderschönen, ausgelassenen Stadt.

Die Idee bestand darin, dieses verfluchte Getto so zu gestalten, dass es nicht mehr wie ein Getto aussieht: durch originelle Architektur in lebensbejahenden Farben. Schließlich ist Barcelona das Tor nach Europa, hier sollte für Millionen von Flüchtlingen das herrliche Leben beginnen. Durch visuelle Effekte wollte man eine psychische Umformatierung dieser Menschen erreichen, weshalb man ihnen bunte Häuser baute. Idiotisch: Viel sinnvoller wäre es gewesen, ihnen das Arbeiten beizubringen.

Früher drängten noch viel mehr Afrikaner, Araber, Inder und Russen hierher: In ihren Heimatländern wurde und wird heute noch milliardenfach gestorben, während bei uns aus jedem Wasserhahn ewige Jugend zu haben ist. Für sie rechnet sich das

Risiko: Selbst wenn einer nach zehn Jahren eines ordentlich abgewickelten Asylverfahrens unter vielen Entschuldigungen nach Hause abgeschoben wird, ist er bis dahin längst immun gegen das Alter.

Doch als Bering Minister wurde, ließ er Barcelona als Erstes gründlich abriegeln. Für alle, die hofften, auf diesem Weg nach Europa einzureisen, ist hier jetzt Endstation.

Als Nächstes drehte er ihnen den Wasserhahn ab. Er ließ Entsalzungsanlagen bauen – Meerwasser ist ja in rauen Mengen vorhanden – und sorgte dafür, dass aus unseren Leitungen kein Tropfen Wasser mehr in die Stadt gelangte. Eine höchst effektive Maßnahme: Kaum hatte man damit aufgehört, die Illegalen kostenlos mit Unsterblichkeit zu versorgen – wie wenn man Obdachlosen einen Teller Suppe spendiert –, schon sank die Zahl der Neueinwanderer auf ein Drittel. Bei den nächsten Wahlen errang die Partei doppelt so viele Sitze im Parlament wie zuvor. Bering wusste genau, was er tat.

Annelie hat recht: In Barcelona gibt es immer weniger Unsterbliche und dafür immer mehr Lebende.

Tja, reingefallen, ihr Parasiten.

In dem Moment, da die Tube durch das meterdicke Kompositglas stößt, taucht sie in eine andere Dimension ein. Eine Parallelwelt, wo der Tod noch auf seinem Recht beharrt.

»Verehrte Fahrgäste! Unser Zug erreicht nun Barcelona. Bitte beachten Sie: Der Import jeglicher Flüssigkeiten, insbesondere von Trinkwasser, in das Hoheitsgebiet der Stadt Barcelona ist strengstens verboten und wird mit Freiheitsentzug bis zu fünf Jahren bestraft!«

Wir rollen in den Bahnhof ein. Sämtliche Wände sind mit revolutionären Sprüchen und männlichen Gemächten bekritzelt. Die Türen öffnen sich. Sogleich schlägt einem der Duft des

Protests gegen die Ungerechtigkeit der Welt in die Nase: Es stinkt nach abgestandenem Urin. Zu beiden Seiten des Bahnsteigs befinden sich breite Pufferzonen. Polizeisondereinheiten in dunkelblauen Kunststoffanzügen durchsuchen die Neuankömmlinge, schütteln alles aus den weiten Mänteln heraus und durchleuchten sie mit Spezialdetektoren.

»Wenigstens wollen sie keine Papiere sehen«, sage ich zu Annelie.

»Da mach dir mal keine Sorge. Spätestens wenn du hier wieder rauswillst, werden sie deine Papiere sehen wollen.«

Stimmt. Daran habe ich nicht gedacht. Die ganze Fahrt über war ich damit beschäftigt, die Ereignisse in der Toskana zu verarbeiten.

»Warum hast du mich dann überhaupt mitgeschleift?«

»Ich kann einfach nicht mehr. Ich bin es leid, immer nur wegzulaufen. Ich will endlich irgendwo ankommen. Hier wird uns niemand etwas zuleide tun. Nicht einmal suchen werden sie hier nach uns. Und eine Videoüberwachung gibt es hier ganz sicher nicht.«

Jetzt sind wir an der Reihe. Ein Leutnant mit Drei-Tage-Bart und riesiger Nase lässt seinen Detektor über meinen Rucksack gleiten. Über dem einen Auge trägt er eine Sichtbrille, auf die das Kamerabild sowie jede Menge anderer nützlicher Informationen projiziert werden. Sein freies Auge schaut zunächst stechend, misstrauisch, dann wendet sich der Blick nach innen – als ob es ihn auf einmal persönlich interessierte, was ich da in meinem Rucksack habe.

»Mitkommen«, sagt der Leutnant zu mir. »Überprüfung der Personalien.«

»Warte auf mich!«, rufe ich Annelie zu.

»Was zum Geier suchst du hier?«, flüstert mir der Polizist zu, als wir eine aufklappbare Kabine mit Stellwänden betreten.

»Geht dich nichts an«, antworte ich.

»Alles in Ordnung, Javi?«, fragt jemand aus einer Kabine nebenan.

»Wen hast du gerade?«, fragt mein Leutnant zurück.

»Ach, nur maghrebinisches Gesocks.«

»Gib ihm mal was auf den Pelz, ich muss hier mit jemandem reden.«

»Alles klar. Du, komm mal her …«

»He … Halt! Was machst du, Bruder?! Aah! Ich bin noch minderjährig! A-a-a-aaah!«

Nach wenigen Sekunden ertönt ein ohrenbetäubendes Heulen aus der Kabine nebenan.

»Du glaubst nicht, wie viele von diesen Typen dieses Scheißwasser reinschmuggeln wollen«, kommentiert mein Leutnant kopfschüttelnd, während die Beschallung hinter der Wand weitergeht. »Ich rate dir dringend, kehr um, solange es noch nicht zu spät ist. Weißt du denn nicht, was die mit euresgleichen machen? Wir können dich da nicht mehr rausholen – denn wir werden dich gar nicht finden!«

»Danke«, entgegne ich lächelnd. »Bist du gewarnt, bist du gewappnet, wie man so schön sagt.«

Er schüttelt den Kopf. Hinter der Stellwand kreischt noch immer der junge Araber, sodass wir ungestört reden können. Schließlich findet der Rechenprozess im Kopf des Leutnants ein Ende.

»Na gut«, sagt er und zieht geräuschvoll die Nase hoch. »Dann kriegst du eben eins vor den Latz. Irgendjemand muss euch ja mal zur Vernunft bringen.«

Ich deute eine Verbeugung an, er spuckt aus, und unser Gespräch ist zu Ende. Annelie ist noch da. Sie steht bereits hinter der Absperrung und hält nach mir Ausschau.

»Steck deinen Komm weg, sonst holt sich den jemand anders, so schnell kannst du gar nicht schauen«, rät sie mir. »Und es soll besonders Geschickte geben, die deinen Arm auch gleich noch mitgehen lassen. Also los. Ich kenne einen guten Arzt, nur zehn Minuten von hier.«

Alle Türme sind miteinander durch sogenannte Travelator-Galerien verbunden, die so breit sind wie eine Prachtstraße. Im Prinzip sollte sich hier der gesamte Bodenbelag wie ein Laufband vorwärtsbewegen, und zwar mit ordentlicher Geschwindigkeit, um erstens die Immigranten mit dieser Zukunftstechnologie zu beeindrucken und sie zweitens natürlich so schnell wie möglich, sagen wir, vom Büro für unverzügliche Arbeitsbeschaffung zum Zentrum für europäische Wertevermittlung zu transportieren.

Aber was tun Kakerlaken, wenn sie ein quietschbuntes Puppenhäuschen betreten? Sie scheißen hinein. Zuerst scheint das Immigrantenvolk sämtliche Büros und Zentren demoliert und sich dann auch noch die Travelatoren vorgenommen zu haben. Jedenfalls stehen diese schönen Flanierbänder jetzt still, folglich muss man die eigenen Füße bemühen, um von A nach B zu kommen. Außerdem ist die ursprünglich wohl durchsichtige runde Überdachung der Travelatoren restlos mit Graffiti vollgeschmiert. Natürlich funktioniert auch die Beleuchtung hier nicht – alle Lampen sind längst herausgeschraubt –, sodass man de facto durch einen dunklen Tunnel kriecht, und das auch noch in Begleitung einer leicht müffelnden Menschenmenge. Vorsorglich habe ich mir meinen Rucksack vor den Bauch gehängt und zur Sicherheit noch eine Hand daraufgelegt, während ich mit der anderen Annelie festhalte.

Sämtliche Klimaanlagen sind sicher schon vor hundert Jahren geklaut worden, deshalb hat man zur Belüftung, wo immer man konnte, Löcher in das Komposit gebrannt oder geschlagen, durch die die Smogluft der Stadt hereindringt. Dafür ist hier überall Musik zu hören – mal harte Remixe irgendwelcher afrikanischer Stammesgesänge, mal Muslim Rock, Asian Pulse oder russischer Revolution Techno. Das Gemisch daraus bildet eine furchtbare Kakofonie, ein unaufhörliches Rezitativ, über das sich wie eine Art Kleister der Lärm der Menge legt: eine wahre Hymne des Chaos.

Den gesuchten Turm erreichen wir lebend, was mir wie ein Wunder vorkommt.

Nicht einmal die Aufzüge sind hier in Betrieb, und wir können von Glück reden, dass wir nur ein paar Ebenen hinaufsteigen müssen. Dann gilt es, sich durch halb dunkle Korridore vorzuarbeiten, in denen Menschen schlafen und direkt auf dem Boden essen, um als Krönung all dessen schließlich an das Ende einer Warteschlange aus ungefähr zwanzig Personen zu gelangen, die sich in einem drei mal drei Meter großen Raum zusammendrängt.

Hier riecht es nach Alkohol, Chlor und noch irgendeinem uralten Mittel, nach bitteren Arzneien, Muttermilch und milchigem Babystuhl. Männer sind hier keine zu sehen, dafür aber von gelb-roten Turbanen umhüllte Afrikanerinnen, Araberinnen in Pumphosen, Inderinnen in modernen Saris …

Und Kinder.

Säuglinge, die an leeren, schlaffen Brüsten hängen; wackelige Einjährige, die sich an den Fingern ihrer Mütter festhalten; zappelige Bengel im Alter von drei Jahren. Mir genügt ein Blick, um sie alle korrekt einzustufen. Das macht die Übung.

Das braune Mädchen mit dem langem schwarzen Zopf, dem Annelie gerade über die Wange streicht, dürfte vielleicht zweieinhalb sein. Sie blickt mich ernst, ja fast finster an. Ihre indische Mutter ist eine für diesen Ort eher unpassende, geradezu edle Erscheinung, feingliedrig, mit strengem Profil. Wäre da nicht dieser abgeschmackte Aufkleber auf ihrer Stirn – das dritte Auge –, man könnte sie für eine exilierte Fürstin halten. Gurrend unterhält sie sich mit ihrer Tochter, wobei immer wieder das Wort »Europa« zu hören ist.

Ich lege meine Hand ins Feuer, dass die Kinder hier alle illegal sind. Würde ich mir irgendeines herauspicken, mein Scanner würde es wahrscheinlich nicht mal identifizieren können. Keiner von denen hier ist irgendwo gemeldet. Nichtsdestotrotz erfreuen sich ihre Mütter bester Gesundheit und hängen im Wartezimmer dieses Gynäkologen doch nur deswegen herum, weil sie wissen wollen, wie sich in ihren riesigen braunen Bäuchen ihr drittes oder viertes Balg entwickelt. Oder um sich beraten zu lassen, wie sie möglichst schnell einen neuen Braten in die Röhre schieben können.

Das Blut pocht in meinen Ohren.

Meine Hände ballen sich zu Fäusten.

Die Neuankömmlinge nehmen uns Luft und Wasser. Wir verzichten freiwillig auf unsere Fortpflanzung – und wozu? Damit anstatt unserer ungeborenen Kinder hier irgendwelche ungewaschenen Bettler herumlaufen und genau die Infektionen neu verbreiten, die Europa vor dreihundert Jahren besiegt hat. Sie lassen sich auf unsere Kosten behandeln, jedes Mittel ist ihnen recht, um sich ihre Alterungsimpfung zu beschaffen und so ewig von uns parasitieren zu können. Wenn wir dem nicht unverzüglich, hier und jetzt, ein Ende bereiten, wird Europa unter dieser Last zusammenbrechen.

Ich habe noch immer meinen Rucksack bei mir, mit meiner Uniform und der Apollomaske, dem Personenscanner und den Akzeleratorspritzen. Vergiss den Tod. Vergiss den Tod. Vergiss den Tod.

»Hey!«

»Was?!«

Es ist Annelie. »Du schwitzt ja total. Ist es dir hier zu voll?«

»Nein … Äh, doch … Wohl ein kleiner Anfall … Entschuldige …«

Eine Afrikanerin mit Löckchen schaukelt einen kleinen Jungen mit dicken Lippen und platter Nase auf ihren Knien. Dieser starrt mich mit weit aufgerissenen, schneeweißen Augen an und bleckt seine Zähne. Wären jetzt meine Kameraden hier, du würdest ganz schnell ins Internat wandern, Freundchen, da könntest du dann deine Zähne zeigen, so viel du willst. Dort würde man aus dir einen Mann machen, und deiner Mama hätten wir längst den Akzelerator gespritzt. Mit viel Glück würdest du das Internat absolvieren und ein idealer Rattenfänger werden. Du hast ja einen Riecher für deine Leute, also würde die Phalanx dich als Spürhund einsetzen, dich in die engsten Rattenhöhlen schicken, durch die sich niemand sonst hindurchzwängen könnte, und dann würdest du all die kreischenden braunen Rotznasen am Schlafittchen herausholen, und aus denen würden wir dann auch die Erinnerung rausprügeln, ihnen den Hochmut austreiben und beibringen, wie man seinesgleichen jagt – und so immer weiter, bis wir eines Tages endlich all diese Bastarde legalisiert und ihre Eltern ausgerottet hätten, und dann wäre Europa endlich frei von …

»Wer ist hier Annelie?«, ruft eine schwarze Krankenschwester in schmutzigem Kittel, die eben aus dem Untersuchungszimmer herausgetreten ist. »Der Herr Doktor meinte, bei Ihnen sei es dringend, also müssen Sie nicht warten.«

Man trennt Annelie von mir – und auf einmal habe ich niemanden mehr, an dem ich mich festhalten könnte.

»Bekommt ihr bald Nachwuchs?«, flüstert mir die Inderin im Sari lächelnd zu.

»Ich weiß nicht«, antworte ich.

»Sie sind wohl aufgeregt? Das sehe ich doch! Keine Sorge, alles wird gut.«

Sie redet und redet und streicht dabei ihrer Tochter über die Haare. Die Augen des Mädchens sind hellgrau, die Haare fallen, steif wie Nanofaser, in zwei riesigen schwarzen Zöpfen herab. Jetzt begreife ich, dass Europa ihr Name ist.

»Als ich mit Europa schwanger war, hatte ich große Angst, denn ich verlor mehrmals Blut«, erzählt mir die Inderin. »Die Arbeit meines Mannes ist sehr gefährlich, ich weiß nie, ob er überhaupt wieder nach Hause kommt. Das ganze Warten zehrt natürlich sehr an den Nerven. Einmal trugen sie ihn bis vor unsere Haustür und ließen ihn dort einfach liegen – mit einem faustgroßen Loch im Bauch. Da war ich gerade im sechsten Monat. Ich habe dann gleich meine Schwester geholt, wir haben ihn an Armen und Beinen aufgehoben und zum Arzt geschleppt. Die Praxis befand sich zwanzig Etagen über uns. Als wir endlich ankamen, dachte ich, ich hätte das Kind verloren. Meine Beine waren voller Blut. Aber sie war stark und hat durchgehalten! Kinder wollen leben, ja, Señor, so einfach bringt man die nicht unter die Erde.«

»Danke«, sage ich, doch eigentlich meine ich: Halt's Maul.

»Wie nett, dass du deine Frau hierherbegleitet hast. Sie ist wunderschön. Liebst du sie?«

»Ich?«

»Wenn du dich so um sie kümmerst, musst du sie lieben!«, stellt die Inderin überzeugt fest. »Ihr werdet sicher schöne Kinder haben.«

»Wie bitte? Warum?«

»Wer sich liebt, bekommt schöne Kinder.« Sie lächelt.

In diesem Augenblick erscheint die Krankenschwester wieder. »Sonja, bitte zur Untersuchung!«

Die Inderin erhebt sich. »Würden Sie wohl bei Europa sitzen bleiben? Sie hat offenbar keine Angst vor Ihnen.«

»Warum sollte sie auch? Aber …«

Noch ehe ich Nein sagen kann, ist die junge Mutter in einem der Untersuchungszimmer verschwunden. Ohne zu fragen, klettert Europa auf meinen Schoß. Schweiß fließt mir über die Schläfen. Mein Oberschenkel juckt und schmerzt, als säße darauf nicht ein kleiner Mensch, sondern ein indischer Dämon.

»Wie heißt du?«, fragt der Dämon, ohne mich anzusehen.

»Eugène«, antworte ich.

»Schaukel mich, Eugène. So wie bei dem da!« Europa deutet mit dem Finger auf den kleinen Afrikaner. »Bittebitte!«

Sie wiegt vielleicht zehn Kilo – aber es fühlt sich an wie eine Tonne. Gleich fällt mir das Bein ab. Was mache ich jetzt? Wie bin ich da nur hineingeraten? Schließlich hebe ich mein Knie an und lasse es wieder sinken.

»Du schaukelst schlecht«, sagt der Dämon enttäuscht.

Das Afrikanerkind zeigt Europa seine lila Zunge. Irgendein anderes Balg beginnt zu weinen, kommt richtig in Fahrt und beschallt uns am Ende mit ohrenbetäubendem Kreischen. Die

Mutter ist außerstande, es zu beruhigen – also lässt sie es nach ein paar Minuten einfach sein. Jetzt ist es ein dünnes Jaulen, als wolle mir jemand mit einer Bohrmaschine den Schädel aufbohren und habe sich als weichste Stelle genau das Ohr ausgesucht.

»Geht's dir nicht gut?«, fragt Europa mit ihrem kindlichen Akzent.

»Es ist die Hölle«, antworte ich aufrichtig.

»Was ist das?«

Ich bin hier wegen Annelie. Weil ich nicht weiß, wie ich sie verlassen soll.

»Werd bitte nicht krank«, sagt das Mädchen und streckt ihre Hand aus, um mir über den Kopf zu streicheln.

Ihre Finger sind glühend heiß. Als sie mein Haar berührt, steckt sie es in Flammen. Ich will, dass sie von meinem Schoß verschwindet. Mein Rücken ist patschnass.

Der kleine Pavian mit der lila Zunge bemerkt meine panische Lähmung, steigt von seiner Mutter herunter, klettert hinter mir auf die Sitzbank und beginnt meinen Rucksack aufzumachen. Ich packe ihn am Arm, befördere ihn unsanft von der Bank herunter und schiebe ihn zu seiner dusseligen Mama zurück.

»Behalten Sie den mal bei sich, ja? Er wollte mich beklauen! Schon von klein auf erziehen Sie …«

»Eugène.«

Annelie steht neben mir – bleich und ernst. Sie schwankt.

»Alles in Ordnung?«

»Nein. Nichts ist in Ordnung.« Sie beißt sich auf die Lippe. »Kannst du für mich bezahlen? Ich habe keinen Kommunikator …«

»Äh … natürlich. Bist du jetzt …«

Sie blickt zerstreut auf meine Lippen, als hätte sie einen Schlag vor den Kopf bekommen und könnte meine Stimme nicht mehr hören.

»Der Arzt sagt, dass ich keine Kinder mehr bekommen kann.«

»… entlassen, oder müssen wir noch …«, will ich fortfahren.

»Nie mehr.«

Die Warteschlange macht eine augenblickliche Wandlung durch: von einer Ansammlung von Einzellern zu einem Gesamtorganismus, der nur aus Ohren und Augen besteht. Synchron richtet er all seine Fühler und sonstigen Sensoren auf uns. In völliger Stille saugt er zunächst das Gehörte auf, dann beginnt er es knurrend zu verdauen. Dass Annelie nie mehr schwanger werden kann, scheint auf einmal alle etwas anzugehen.

»Ach so … na ja. Bin gleich wieder da. Runter mit dir!«

Ich stelle Europa auf den Boden und gehe, um für die Untersuchung zu bezahlen.

Annelies Leben ist außer Gefahr; ich fürchtete schon, diese Schweine hätten ihr noch Schlimmeres angetan. Das mit dem Kinderkriegen … Heutzutage lassen sich doch jede Menge Leute freiwillig sterilisieren, um kein Risiko einzugehen. Wenigstens kann jetzt nie wieder so ein Arschloch wie Rocamora mit ihr so eine dreckige Nummer durchziehen; und auch die Unsterblichen können ihr nichts mehr anhaben. Unfruchtbar, das heißt ewig jung, ewig schön, ewig gesund. Sicher, alles hat seinen Preis. Aber kann Unsterblichkeit denn noch billiger zu haben sein?

»Sie sind Ihr Verlobter?«, seufzt die Krankenschwester, als sie meine Zahlung entgegennimmt. »Tut mir aufrichtig leid.«

»Leid?«

»Hat sie es Ihnen denn nicht gesagt?« Sie hält sich ihre gelbe Hand vor den großen Mund. »Sie hat dort … Wir haben getan, was wir konnten, aber …«

»Sie sprechen von ihrer Unfruchtbarkeit?«

»Wir sind natürlich nur eine gynäkologische Praxis, aber Sie werden überall die gleiche Diagnose bekommen. Was ist denn eigentlich passiert? Das Mädchen ist ja so zu bedauern … Selbstverständlich können Sie sich bei einem Professor noch eine zweite Meinung einholen, wenn Sie einen finden … Aber der Herr Doktor sagt, dass die Chancen gleich null sind …«

Ich zucke die Schultern. »Nein heißt nein. Jetzt brauchen wir wenigstens nicht mehr zu verhüten.«

Statt einer Antwort bläht die Krankenschwester nur ihre breiten Nüstern und wendet sich ihrem vorsintflutlichen Computer zu, ohne mich weiter zur Kenntnis zu nehmen.

Ich kehre zu Annelie zurück. Ihr Blick fixiert einen Punkt auf den Schaubildern, die an den Wänden hängen.

»Ich bin fertig. Gehen wir?«

Es würde mich schon interessieren, wohin wir jetzt gehen.

Aber wir gehen nirgendwohin. Annelie kann sich von diesem einen Schaubild einfach nicht losreißen. Es zeigt die Entwicklungsphasen eines Embryos. Wie interessant.

»Annelie?«

»Ja. Ist gut«, antwortet sie – und rührt sich nicht.

Die kleine Europa ist mir jetzt egal. Ich hake mich bei Annelie unter und schiebe sie zum Ausgang. Die Warteschlange kann ihre Fühleraugen noch immer nicht von uns lösen. Leute, solltet ihr wirklich Mitleid mit ihr haben, könnt ihr euch das sonst wo hinstecken.

Ich knalle die Tür zu.

Wir kommen nur langsam vorwärts, Annelie scheint ihre Beine nicht mehr unter Kontrolle zu haben. Nach einigen Metern sinkt sie in die Knie und setzt sich auf den Boden.

»Fühlst du dich schlecht?«

»Er hat ›niemals‹ gesagt, oder?«

»Wer? Von wem sprichst du?«

»Er hat gesagt, dass ich niemals Kinder haben kann.«

»Weil du jetzt unfruchtbar bist? Ist doch egal …«

»Ich wollte es eigentlich gar nicht. Eigentlich wollte ich überhaupt keines …« Sie murmelt so undeutlich, dass ich neben ihr in die Hocke gehen muss, um etwas zu verstehen. »Kinder, wer braucht die schon …«

»Eben. Ist doch alles Quatsch!«

»Es war reiner Zufall. Ich hatte vergessen, die Tablette zu nehmen … Ich hatte sogar Angst, es Wolf zu sagen … Damals wollte ich es selbst nicht, aber jetzt … Jetzt hat jemand anders für mich entschieden. Jemand hat beschlossen, dass ich niemals Kinder bekommen kann. Komisch.«

Der Ort, wo wir uns hingesetzt haben, ist nicht gerade ideal. Ein dunkler Gang, es riecht nach Kot. Zu beiden Seiten führen offene Türen in irgendwelche Höhlen, aus denen ekelhafter süßlicher Rauch dringt. Mehrmals lugt aus einem der Eingänge eine abstoßende Visage hervor, deren hungrige Neugier nichts Gutes verheißt.

»Steh auf«, sage ich. »Wir müssen weg hier.«

»Als hätte mich jemand verurteilt. Selbst wenn ich irgendwann mal wollte, ich könnte gar nicht … Wie kann man so was für jemand anderen entscheiden?«

Einer nach dem anderen kommen die Schakale jetzt aus ihrem Lager heraus. Sie sind blass von der ewigen Dunkelheit – die Sonne und den Himmel haben diese Idioten ja mit Graffiti zugeschmiert. Die Arme reichen ihnen bis auf die Knie, ihre Rücken sind krumm vom ständig gebückten Gehen. Mit schmalen Augen mustern sie mich und Annelie. Es sieht aus, als überlegten sie, wann sie sich auf uns stürzen und an welcher Stelle sie ihre Zähne in uns schlagen sollen.

»Annelie!«

»Nie mehr«, wiederholt sie. »Warum?«

Drei, vier, fünf … Inder. Natürlich, wenn ihre Weiber jedes Jahr neue Bälger produzieren, müssen sie die hungrige Meute ja irgendwie ernähren. Deshalb werden sie mir den Kommunikator abnehmen, und von dem Erlös kann die kleine Europa einen ganzen Monat lang fröhlich Plankton mampfen. Bis sie jemand anderen ausrauben.

»Steh auf! Hör zu … Die Krankenschwester hat gesagt, dass wir uns noch eine zweite Meinung holen können. Bei irgendeinem Professor …«

»He, Tourist! Hast du dich verlaufen?«, spricht mich der Typ an, der mir am nächsten steht. Sein verschwitzter Bart besteht nur aus ein paar dünnen, schwarzen Locken. »Brauchst du vielleicht einen Führer?«

Annelie spricht einfach weiter: »Ob es wohl ein Junge geworden wäre oder ein Mädchen?«

»Entspann dich doch«, sage ich zu dem Inder. »Wir gehen gleich.«

»Wohl eher nicht«, sagt ein anderer mit einem grünen Turban, kratzt sich zwischen den Beinen und nähert sich mir mit hastigen Schritten.

Ich nehme meinen Rucksack ab. Sie sind zu fünft. Zwei schaffe ich auf jeden Fall, ich fange einfach mit dem Nächststehenden an. Wo ist bloß mein Schocker …

Plötzlich spritzt mir der mit dem Turban irgendein ätzendes Zeug in die Augen. Es brennt wie Säure, mein Schädel droht zu platzen. Während ich zu Boden stürze, entreißen sie mir den Rucksack.

»Schweine!«, heule ich.

Ich versuche aufzustehen, reibe mir die heftig tränenden Augen und schnappe nach Luft. Mir ist schwindlig, keine Ahnung, wo oben und unten ist. Blind stürze ich mich in die Richtung, aus der ich eine Stimme und schweres Atmen höre – und fasse ins Leere.

»Was ist denn da in der Tasche?«

»Lass die Finger davon! Gib her, du Arschloch!«

Wenn sie meinen Rucksack aufmachen … Wenn sie ihn aufmachen …

Ich erinnere mich an die Erhängten von Pedros Zehnereinheit: geblähte Bäuche, blaue, angeschwollene Genitalien. Vor der Hinrichtung hatte man sie entkleidet, nur die Apollomasken trugen sie noch. Auf ihre Körper hatte man mit Marker geschrieben: »Ich bin ein Unsterblicher.« Um die Leichen zu bergen, musste eine Sondereinheit die Slums stürmen. Was für eine Schande.

»Lasst ihn in Ruhe!« Das ist Annelies Stimme.

»Annelie! Hau ab! Lauf weg, hörst du?!«

»Komm her, Süße … Dich nehmen wir uns heute noch vor … Dein Freier steht dann ja nicht mehr zur Verfügung …«

»Oho! Das ist ja …«

»Annelie!!«

»Schau, was er …«

Mich wird der Mob einfach irgendwo aufknüpfen. Aber was werden sie mit ihr machen, mit Annelie? Ich rase hin und her, die Arme ausgestreckt, plötzlich bekommen meine Finger durch Zufall feuchte Locken zu fassen. Sofort packe ich zu, ramme das fremde Gesicht gegen mein Knie, dass es laut knackst, dann ertönt ein Schrei, jemand schleudert mich zu Boden, ein Stiefel tritt mir gegen Stirn und Wange, ich versuche mich zu decken, so gut ich kann, meine Rippen brennen, die Tränen strömen noch immer ungehemmt …

»Annelie?!! …«

»Raj! Raj! Tu was!«, kreischt plötzlich irgendeine Frauenstimme.

Ein Schuss. Dann noch einer. Und noch einer.

»Moammad! Moammad hat's erwischt!«

»Das ist ein Hindi! Ein Hindi! Ruf unsere Leute!«

»He, Blonder! Kannst du laufen?« Ein Mann packt mich am Arm und hebt mich vom Boden auf.

Meine Knochen sind wie Bambus, ich wiege hundert Kilo, und Bambus ist nur hohles Gras, meine Knochen wollen mich nicht tragen, trotzdem muss ich jetzt stehen. Und laufen. Ich nicke, immer noch blinzelnd.

Die Welt blitzt kurz auf. Dann noch einmal.

»Nimm ihn an der Hand!«, bellt dieselbe Stimme. »Wir ziehen ab!«

Jemandes dünne Finger greifen nach meinen. Annelies.

»Mein Rucksack! Sie haben meinen Rucksack!«

»Vergiss ihn, wir müssen sehen, dass wir weiterkommen!«

»Nein! Nein! Mein Rucksack!«

»Du kapierst das nicht, Fremder! Du hast keine Ahnung, wer …«

Noch ein Schuss. Ich höre Würgen, Husten und Krächzen, dann kracht es erneut.

»Da!« Jemand schleudert mir meinen Rucksack ins Gesicht. »Jetzt aber nichts wie weg! Da sind noch mehr von denen …«

Ich folge dem Anführer ins Nichts, im Laufen betaste ich den Rucksack – ja, die Maske ist noch da, der flache Behälter und mein Schocker auch. Ich bin gerettet! Ich bewege meine Beine so schnell es geht, geführt von Annelie. Die ganze Zeit über höre ich neben uns die Stimme der Frau, die vorhin diesen Raj gerufen hat, und das heisere Fluchen jenes Mannes, der mir zuerst aufgeholfen und dann geschossen hat. Außerdem vernehme ich noch schnelle, ganz leichte Schritte. Wer ist das? Wer sind diese Leute?

»Bis zum Travelator, dann haben wir's geschafft!«, versichert mir der Mann. »Ein paar Blöcke weiter ist unser Turm. Da trauen die sich nicht hin.«

Hinter uns höre ich Geschrei und das Knallen von selbst gebauten Pistolen – offenbar verfolgt man uns.

Ich stolpere und fange mich wieder. Jetzt bloß nicht hinfallen, denn wenn sie uns einholen, reißen sie uns in Stücke.

»Da! Das sind unsere! Somnath! Somna-ath! Die Pakis kommen! Die Pakis!«

»Das sind sie!«, höre ich vor uns. »Raj und seine …«

Ich höre das Trappeln von Schuhen, ein Heulen aus zehn, zwanzig Kehlen kommt uns entgegen. Obwohl ich blind bin, spüre ich mit meiner Haut, dass dieser Menge, die uns jetzt zu Hilfe kommt, eine Welle hasserfüllten Zorns vorauseilt.

»Somna-ath! SOMNAAAATH!!«

Unsichtbare Dämonen fliegen auf uns zu, eine Woge aus heißer Luft und herbem Schweiß bricht über uns herein, sie stoßen uns mit den Schultern, betäuben uns mit ihrem Kriegsgeschrei – und sind an uns vorbei. Im nächsten Augenblick verbergen wir uns in einem sicheren Versteck, während hinter uns zwei menschliche Wellenbrecher aufeinandertreffen und ein grimmiger, vorzeitlicher und erbitterter Kampf entbrennt, bei dem sicher jemand getötet wird. Aber nicht Annelie – und nicht ich.

»Wie geht es deinen Augen? Besser?«

»Ja. Ich kann wieder sehen.«

»Willst du etwas essen? Wir haben Reis mit Eiweiß und Curry.«

»Danke, Sonja.«

Nach Curry riecht hier alles: alle fünf Zimmer dieser alten Wohnung mit den himmelhohen Decken, dem rissigen Stuck, der zerrupften Tapete mit den verblassten Schriftzeichen darauf. Die Atemluft scheint zu einem hohen Prozentsatz aus Curry zu bestehen, und auch die geschätzt zweihundert Menschen, die sich diese Wohnung teilen, sind ganz und gar mit Curry mariniert.

In jeder Ecke trifft man hier auf Hologramme eines alten Tempels oder Märchenschlosses mit dunkelgelben Mauern, flachen, fein gezahnten Kuppeln und einem dicken, oben abgerundeten Hauptturm. Das ganze Ensemble sieht wie eine Sandburg am Meeresstrand aus – zumal das Meer tatsächlich unmittelbar hinter seinen Mauern beginnt. Auf der Turmspitze weht ein riesiges dreieckiges Banner. Von diesem Tempelschloss gibt es hier Tausende von Ansichten – mal nachts im Licht der Deckenleuchten, mal an trüben Tagen, wenn das Meer stahlgrau ist, im frühmorgendlichen Rot der ersten durch den Sandstein stechenden Sonnenstrahlen, auf alten Postkarten, auf vergilbten politischen Plakaten mit Schriftzügen in einer unbekannten Sprache, auf Fotografien oder wackeligen Kinderzeichnungen, auf Küchenmagneten oder animierten 3-D-Hologrammen. Und stets weht das dreieckige Banner im Wind.

Der gesamte Raum dieser Fünfzimmerwohnung ist streng parzelliert: Aus Bewehrungsstahl und anderen Eisenstäben hat man unzählige Käfige zusammengeschweißt, jeder ein paar Meter lang und etwa eineinhalb Meter hoch. In dieser Konstruktion, die vom Boden bis unter die Decke reicht, gibt es keine Türen, die Zellen lassen sich nicht verschließen, und die Gitterwände dazwischen sind nur dazu da, um den Platz abzugrenzen. Jeder Zentimeter dieser Wohnung wird genutzt, und all ihre Bewohner müssen sich dieselbe Luft teilen. Kinder klettern, geschickt wie Makaken, unter lautem Gelächter die Gitterwände hinauf und hinunter, spielen Fangen, besuchen ihre Freunde ebenso wie wildfremde Menschen, lassen sich kopfüber von den Eisenstäben hängen. Von oben blicken neugierige Mädchenaugen auf mich herab, unten spielen alte Frauen, kleine Rotznasen jagen ihren Würfeln hinterher. In einer der Zellen liegt ein Pärchen eng umschlungen, die beiden küssen sich, begleitet von einem Chor aus Kinderstimmen, der begeistert irgendwelche dummen Spottverse intoniert – wahrscheinlich irgendwas über die Braut und den Bräutigam. Sie alle haben braune Haut, dunkle Augen und schwarze Haare.

Strom gibt es hier keinen. An der völlig verrußten Decke hängen Petroleumlampen, gekocht wird auf offenem Feuer. In der kleinen, speckigen Küche stehen Eimer mit veralgtem Wasser sowie ein Fass Petroleum.

Ich sitze im Wohnzimmer an einem großen Tisch aus weißem Kunststoff. In der Mitte steht die Skulptur eines seltsamen Wesens mit menschlichem Körper und Elefantenkopf.

Neben mir sitzen Annelie, die grauäugige Europa sowie ihre Mutter Sonja, die uns beiden ein schönes Kind geweissagt hat. Uns gegenüber hat eine Blondine Platz genommen, die umwerfend gut aussähe, wäre sie nicht so ordinär geschminkt. Offenbar trägt sie die letzten Tage ihrer Schwangerschaft aus – ihr Bauch ist so riesig, dass sie in einem ziemlichen Abstand vom Tisch sitzen muss. Außerdem teilen noch gut fünfzehn Menschen mit uns die Tafel, darunter ein graubärtiger Greis mit schwarzen Brauen, seine stolze, aufrechte Ehefrau, faltig, hakennasig, die Haare zu einem Knoten hochgesteckt, sowie Menschen aller Altersgruppen. Sie lärmen, essen mit den Händen aus einer gemeinsamen Reisschüssel, lachen und fluchen zugleich.

Sie alle sehen sich irgendwie ähnlich, was mich verblüfft. Insgeheim vergleiche ich sie miteinander, messe sie aus, entdecke immer neue Gemeinsamkeiten – Augen, Nasen, Ohren –, bis es mir endlich dämmert: Es ist ein Clan. Eine Familie. Drei, vier Generationen leben hier zusammen wie in der Steinzeit, wie Höhlenmenschen. Diese Wohnung, die sie wer weiß wie und wann in Besitz genommen haben, ist ihre Höhle – mit dem einen Unterschied, dass sich hier anstelle von Felsenzeichnungen überall Bilder dieses Tempels befinden. Kinder, Eltern, Großeltern: Alle leben sie auf einem Haufen wie Wilde!

Jemand berührt mich am Arm – ich zucke zusammen, als hätte mich etwas gestochen.

»Immer locker bleiben, Bruder. Entspann dich, hier bist du in Sicherheit.«

Der Mann, der mich anlächelt, ist Raj. Er ist es, der auf diese durchgeknallten Paviane geschossen hat, um mich zu retten. Der meinen Kopf aus der Schlinge gezogen hat. Und dem ich eigentlich nichts bedeute. Ein kräftiger Typ, kahl geschoren, den Bart zu einem Zopf geflochten. In seinem Schulterhalfter erkenne ich einen vernickelten Griff mit schwarzen Schalen.

»Danke.« Meine Zunge will mir nicht gehorchen, aber ich zwinge sie, diese Worte zu sagen. »Wenn du nicht gewesen wärst, hätte es mich erwischt.«

»Die Pakis sind ziemlich dreist geworden.« Raj schüttelt den Kopf und nimmt sich eine weitere Portion gelben Duftreis. »Wäre ich nicht da gewesen, um Sonja abzuholen, hätte es sie auch erwischen können …«

»Und wie geht es dir?«, fragt Sonja Annelie und legt ihr einen Arm um die Schulter.

»Ich weiß nicht.«

»Mach dir nicht zu viele Gedanken. Ein Arzt sagt dies, ein anderer das. Sollen wir vielleicht noch jemanden bitten, dich zu untersuchen?«

Annelie schweigt.

»Iss, junger Mann!«, ruft mir der Alte vom anderen Ende des Tisches zu. »Was sollen denn die Leute sagen? Dass Devendra seine Gäste nicht gut bewirtet?! Wir sind doch keine Pakistaner! Greif zu, mach mir keine Schande!«

Alle drei Worte muss der Alte eine Pause machen und tief Luft holen. Das rasselnde Geräusch seines Atems verrät: Seine Lungen sind löchrig wie ein Nudelsieb.

»Bedien dich ruhig.« Ein junger Mann mit Brille lächelt breit und zwinkert mir zu, Typ Streber und künftiger Anwalt. »Wie heißt du, Freund?«

»Ich …«

»Eugène!«, antwortet Europa für mich. »Er heißt Eugène!«

Wie praktisch: So bin ich nicht gezwungen, selbst zu lügen.

»Was machst du so, Eugène?«

»Ich bin arbeitslos.«

Das sind doch hier alle. Ich will einfach nur so sein wie sie.

»Ich bin Pornobaron«, verrät mein Gegenüber stolz und rückt sein Gestell zurecht. »Das ist meine Frau Bimbi«, sagt er dann und streichelt der Schönheit neben sich über den enormen Bauch. »Und hier wächst gerade mein Nachfolger heran!«

Ich schaufele mir mit den ungewaschenen Fingern etwas Reis aus dem gemeinsamen Trog, wie alle hier, und schiebe ihn mir in den Mund. Ein gelbe Paste hält die Reiskörner zusammen – ich will gar nicht wissen, was da alles drin ist. Das Eiweiß stammt jedenfalls mit Sicherheit nicht aus Eiern, das könnten sie sich hier gar nicht leisten …

Es schmeckt gut, also nehme ich mir noch einmal, diesmal eine größere Portion.

»Probier mal!«, sage ich mit vollem Mund zu Annelie, doch sie rührt sich nicht.

»Bitte«, sagt nun auch Sonja. »Tu's dem Alten zuliebe.«

Da blinzelt Annelie, als ob sie aus einer Trance erwacht – und schiebt sich ebenfalls einen Reisklumpen in den Mund.

Wir haben ja den ganzen Tag nichts gegessen außer Heuschrecken, Eis und einem künstlichen Apfel. Ich kaue gierig, kann gar nicht genug davon bekommen. Da sind irgendwelche Kräuter drin, und auch etwas aus dem Meer … Wie die das wohl … Ich greife wieder zu.

»Na also!« Der Graubart stößt ein angestrengtes Lachen hervor. »So ist es besser! Woher kommt ihr, Kinder?«

»Ich bin von hier, aus Eixample«, antwortet Annelie. »Aus dem libanesischen Viertel.«

»Ganz in der Nähe«, bemerkt der alte Devendra hustend.

Rajs Miene verdüstert sich. »Die Araber mögen uns nicht, weil sie zu den Pakis halten. Ein Muslim für den anderen ...«

In dem dunklen Gang habe ich die Pakistaner für Inder gehalten. Dabei haben uns Inder vor ihnen gerettet: Raj und seine Frau Sonja, Europa und all die anderen hier.

Kein Wunder, dass ich sie verwechselt habe: Äußerlich sind sie schwer zu unterscheiden, und doch gibt es kaum unversöhnlichere Feinde. Inder und Pakistaner bekriegen sich nun schon drei Jahrhunderte. Längst sind beide Länder in Staub und Asche versunken, doch ihr Krieg hat seither nicht eine Minute aufgehört. Staaten und Regierungen gibt es nicht mehr, waffenstrotzende Armeen sind mit Mann und Maus vernichtet, Städte zerschmolzen, all ihre Bewohner bei lebendigem Leib verbrannt. Die radioaktive Wüste, die einst das große Indien war, wird heute nach und nach von den fleißigen Chinesen in Besitz genommen. Von Pakistanern und Indern hingegen, die einst viele Milliarden Menschen zählten, sind nur noch ein paar lächerliche Flüchtlingshäuflein übrig, verstreut über die ganze Welt. Aber kaum treffen sie irgendwo aufeinander, schon beginnen sie sich erneut erbittert zu bekämpfen. Wir glauben immer noch, dass Barcelona ein Teil von Europa ist. Aber in Wahrheit verläuft irgendwo hier, auf diesen Straßen, diesen vertrockneten Bürgersteigen, diesen stillgelegten Laufbändern, diesen Treppen eine unsichtbare Grenze zwischen dem untergegangenen Indien und dem Gespenst Pakistans.

Mit einem Wort: der helle Wahnsinn.

Sonja berührt ihren Mann leicht am Arm. »Raj, sie sieht doch gar nicht aus wie eine Araberin.«

»Bin ich auch nicht«, sagt Annelie und hebt die Augen. »Meine Mutter arbeitet dort in einer Mission. Beim Roten Kreuz. Sie ist Ärztin.«

»Und du, junger Mann, woher kommst du?« Der Alte hält eine Hand hinter sein haariges Ohr.

Annelie hat eine Mutter.

Ihre Mutter arbeitet beim Roten Kreuz. Sie behandelt Illegale, völlig umsonst. Nur wenige Blocks von hier. Sie lebt. Annelie war im Internat, aber sie weiß, wer ihre Mutter ist und wo sie wohnt. Ihre Mutter ist nicht tot. Sie ist hier zu Hause.

Knirschend hält die Erde inne, hört auf sich zu drehen, als hätte man vergessen, ihre Achse zu ölen. Die Ozeane schwappen über die Ufer, Kontinente falten sich zusammen, Menschen purzeln durch die Gegend. Ich fange an zu zittern.

»Sag die Wahrheit!«, belle ich sie an. »Ich warne dich!«

»Ich lüge nicht«, entgegnet Annelie ruhig.

»He, Junge! Bist du taub? Sonja, gib dem Jungen meinen Hörapparat …«

Annelie sieht mir direkt in die Augen. »Jetzt sag aber auch du die Wahrheit.«

»Ich bin nicht von hier!«, sage ich laut, damit es der Alte mit seinen haarigen Ohren versteht. »Sondern aus Europa! Dem wahren Europa!«

»Tatsächlich?«, erkundigt sich der Alte. »Und was hast du dann in diesem Teufelsloch zu suchen?«

»Ich konnte Annelie nicht allein lassen«, antworte ich, ohne ihrem Blick auszuweichen.

»Braut und Bräutigam! Braut und Bräutigam!«, ertönt ein leiser Singsang unter dem Tisch.

»Und was ist sie für eine Ärztin, deine Mama?«, herrsche ich sie an. »Los, lass dir was einfallen!«

»Reproduktionsmedizin.«

»Was für ein Zufall! Und warum haben wir sie dann nicht gleich aufgesucht? Es gibt in so einem Fall doch gar nichts Besseres, als sich seiner lieben Mutti anzuvertrauen, oder?!«

Ich höre gar nicht, was ich da sage. Doch dafür starrt uns inzwischen der ganze Tisch an.

Mit einer schnellen, heftigen Bewegung schlägt sie mir mit dem Handrücken auf Lippen und Zähne. So unvermittelt und so schmerzhaft, dass mir die Tränen kommen.

»Hättest du deiner Mutter so etwas anvertraut?!«, sagt sie mit unterdrückter Wut.

»Meine Mutter ist krepiert! Und das geschah ihr recht!«

Mit einem Mal herrscht in dem Raum Totenstille. Als hätte jemand das Audiokabel gezogen. Der alte Devendra runzelt die Stirn, Raj erhebt sich von seinem Sitz, Sonja schüttelt besorgt den Kopf, die Kinder unter dem Tisch erstarren, und auch das Würfelspiel der alten Frauen kommt zum Erliegen.

»Wie kannst du nur so über deine Eltern sprechen?« Die Verwunderung ist Raj deutlich anzuhören.

»Das geht dich gar nichts an, klar?!« Auch ich stehe jetzt auf. »Sie hat mich verlassen, damit ich verrecke.«

»Du blutest.« Sonja reicht mir eine Serviette. »Drück das drauf.«

»Kein Bedarf.« Ich schiebe ihre Hand zurück. »Wir müssen los.«

»Das ist unser Haus!« Raj packt mein Handgelenk. Sein Griff ist eisern, und seine Stimme bebt gefährlich. »Du bist hier zu Gast. Also benimm dich entsprechend.«

»Warum zum Teufel …«

Warum zum Teufel musstet ihr mich auch retten. Mich hierherbringen. Mir zu essen geben. Und jetzt soll ich auch noch die ganze Zeit mit dem Schwanz wedeln?

»Immer sachte, mein Junge!«, krächzt der Graubart. »Warum gleich so aufbrausend? Komm doch mal her zu mir. Wir haben so selten Gäste. Erzähle einem altem Mann, wie es bei euch in Europa aussieht … Du musst wissen, ich werde bald sterben und habe es mein ganzes Leben nie dorthin geschafft!«

»Hör auf, solchen Unsinn zu reden, Dada!«, empört sich Raj. »Als ob wir dich sterben lassen würden!«

Doch der Alte lässt nur ein tonloses Lachen vernehmen.

»Wie oft habe ich es dir gesagt, Kleiner: Ich will nicht ewig leben! Die Ewigkeit ist zum Kotzen!«

»Hör nicht auf den Alten!«, fährt Devendras faltiges Eheweib dazwischen und winkt ab. »Er kokettiert doch nur! Wer von uns hängt nicht am Leben?!«

Annelie starrt auf ihre Hand: Sie hat sich an meinen Zähnen geschnitten.

Ich gehe zu Devendra hinüber.

»Mach Platz!«, sagt er zu einem ziemlich schlitzohrig aussehenden Bengel mit schiefer Nase, der auf dem Stuhl neben ihm sitzt.

Der Junge schnaubt widerwillig, doch als der Alte ihm einen Klaps ins Genick verpasst, räumt er flink seinen Platz.

»Setz dich.«

Der freigewordene Stuhl ist aus schmutzig weißem Komposit. Devendras alter Sitz hingegen ist aus ziemlich wertlosem Metall, voller brauner Flecken, zerkratzt und wackelig, doch der alte Inder scheint darauf zu thronen. Der feuchte Glanz deutet wohl darauf hin, dass Devendra beim Einschenken Wasser vergossen hat, und plötzlich nehme ich einen seltsam bekannten Geruch wahr. Rost, erinnere ich mich. So riecht Rost.

Erneut lacht Devendra mit seinen schütteren Lungen. »Dass du dich mit deiner Freundin streitest, ist halb so wild. Es freut mich zu wissen, dass ihr dort, hinter der durchsichtigen Mauer, genauso Menschen seid wie wir. Trinkst du etwas mit mir?«

Auf einmal hält er eine kleine, seltsam geformte Flasche in der Hand. Ohne auf meine Antwort zu warten, gießt Devendra eine trübe Flüssigkeit in einen leeren Becher, schiebt ihn zu mir und schenkt dann sich selbst ein.

»Na, na, alter Mann«, mahnt seine hakennasige Gattin. »Was hat dir der Arzt gesagt?!«

»Dies darf man nicht, und jenes auch nicht … Wozu lebe ich überhaupt noch? Und dann wollen sie auch noch, dass ich ewig so weiter auf dem Zahnfleisch krieche!« Er macht eine Kopfbewegung in Rajs Richtung, prostet mir zu und stürzt den Inhalt seines halb gefüllten Glases in einem Zug hinunter.

»Zum Wohl!«

Das Zeug riecht furchtbar. Doch als sich der Alte die kirschroten Lippen wischt, blickt er mich so spöttisch an, dass ich den Atem anhalte und mein Glas mit einem Zug leere. Meine aufgeplatzte Lippe brennt.

Es ist, als hätte ich kochendes Wasser geschluckt. Ich spüre förmlich, wie dieses Gift auf seinem Weg durch meine Speiseröhre sämtliche Proteine gerinnen lässt und eine Epithelzelle nach der anderen killt.

»Siebzig Prozent!«, kommentiert der Alte stolz. »*Eau de vie*, Lebenswasser!«

»Quatsch, das ist doch nur Selbstgebrannter!«, ruft Raj dazwischen. »Lebenswasser ist das, was die Bürgerlichen in Europa haben!«

»Das sollen sie ruhig selber saufen!«, schreit Devendra zurück. »Komm her, mein Enkel!«

Raj trottet zu uns herüber, ohne mich eines Blickes zu würdigen.

»Trink!« Der Alte schenkt ihm einen halben Becher ein. »Sag, worauf sitze ich?«

»Auf einem Eisenstuhl, Dada«, antwortet Raj gelangweilt, als habe er dieses Gespräch schon hundertmal geführt. Er hält den Becher in der linken Hand.

»Genau«, bemerkt Devendra und wendet sich erneut mir zu. »Weißt du, warum ich auf diesem Stuhl sitze? Er wackelt und knirscht, wie meine Frau mit ihren Zähnen, er ist komplett verrostet und fällt allmählich auseinander, aber trotzdem sitze ich darauf.«

Ich zucke mit den Schultern. Das Lebenswasser vermischt sich mit meinen Säften, und allmählich steigen mir seine betörenden Dämpfe zu Kopf.

Annelie sitzt bei Sonja, diese streichelt ihr über die Hand. Annelie nickt ihr zu. Ich bin sicher, sie spürt meinen Blick, will ihn aber nicht entgegnen.

»Ich mag Komposit nicht!«, erklärt der Alte. »Komposit rostet nicht. Noch in hunderttausend Jahren werden eure Stühle genauso aussehen wie heute. Imperien werden untergehen, die Menschheit wird aussterben, und was bleibt am Ende in all der Ödnis übrig? So ein Scheißstuhl!« Er schüttelt den Kopf auf typisch indische Weise: Das Kinn wandert von links nach rechts, aber der Scheitel bleibt an Ort und Stelle. »Komm, noch eine Runde.«

»Du hast genug!«, knarzt die Hakennase erneut, aber Devendra wirft seiner Gemahlin nur eine Kusshand zu. Dann schenkt er mir und Raj ein und füllt zuletzt seinen eigenen Becher nach.

»Das sind Stühle für Götter, nicht für Menschen«, urteilt er. »Zum Wohl!«

Raj trinkt, doch sein Blick verrät tiefe Besorgnis um seinen Großvater. Mir dagegen ist inzwischen so ziemlich alles egal.

»Wir sind keine Götter, Junge!«, krächzt der Alte zufrieden und runzelt die Stirn. »Egal wie viel wir an unseren Eingeweiden herumexperimentieren, es ist doch alles nur Gaunerei. Unzerstörbare Plastikstühle sind nichts für unsere Ärsche. Wir brauchen Sitze, die uns an etwas ganz Bestimmtes erinnern … Und dafür ist rostiges Eisen genau das Richtige!«

»Wir werden dir trotzdem dieses Wasser beschaffen, Dada!«, widerspricht Raj starrsinnig. »Dann verdünne ich dir damit dein Gesöff, und du wirst gleich um zehn Jahre jünger. Und dann kannst du meinetwegen weiter vor dich hinfantasieren, wie schön es ist zu sterben.«

»Du bist es doch, der unbedingt ewig leben will!«, erwidert Devendra lachend. »Dabei bist du noch jung, trotzdem kannst du den Hals nicht vollkriegen!«

»Ja, ich will es haben! Warum soll dieses Recht den Bürgerlichen vorbehalten sein? Das ist ungerecht! Schau ihn dir doch an!« Raj stößt mir in die Seite, was mir jetzt aber überhaupt nichts mehr ausmacht. »Vielleicht ist er doppelt so alt wie du, aber du nennst ihn die ganze Zeit ›Junge‹!«

»Der da? Glaubst du, ich kann keinen Grünschnabel von einem Alten unterscheiden? Nein, mein Enkel, nicht äußerlich altert ein Mensch, sondern innen drin! Und diesen kleinen

Jungen hier« – Devendra krault mir den Kopf – »hab ich längst durchschaut!«

Normalerweise würden sich bei mir jetzt sämtliche Nackenhaare aufstellen, aber dieses indische Gebräu hat meine grauen Zellen verdampfen lassen und mein Blut verdünnt. Ich bin außerstande, mich aufzuregen.

»Na gut, wetten wir!«, ruft Raj erregt. »Wie alt bist du, Freund?«

»Ich bin kein kleiner Junge«, sage ich.

»Wie alt?«, unterbricht der Alte. »Dreiundzwanzig? Sechsundzwanzig?«

»Neunundzwanzig.«

»Neunundzwanzig! Ein Rotzbengel!«, lacht Devendra.

»Freund!«, höre ich plötzlich eine andere Stimme. »Bist du wirklich von dort? Aus dem großen Europa?«

Der bebrillte Student hat seiner Gattin den Stuhl näher herangerückt. Diese sitzt da, die klappernden Wimpern so groß wie Schmetterlingsflügel, und blickt kokett, als trüge sie nicht deutlich sichtbar ihren schwangeren Bauch vor sich her.

»Ja, das stimmt«, antworte ich mit unsicherer Stimme.

»Ist ja klasse!«, sagt der Student und reibt sich die Hände. »Hör mal, wie wär's mit einem Deal? Ich könnte nämlich dort, bei euch, einen Partner gebrauchen.«

»Um Drogen über die Grenze zu schmuggeln?«, scherze ich.

»Nein, dafür ist Raj zuständig. Er stellt Sternenstaub her. Ich dagegen mache Filme. Er ist bei uns der Geschäftsmann, ich eher der Künstler.«

»Eigentlich will ich mehr in Richtung Wasserschmuggel gehen«, rechtfertigt sich Raj. »Aber den kontrollieren die Araber, und die machen gemeinsame Sache mit den Pakis, da kommen wir nicht rein … Sie lassen es uns ja nicht mal kaufen.«

»Lass mich mal ausreden, Bruder!« Der Student stößt ihn gegen die Schulter. »Also: Bei euch in Europa steht er den Männern nicht mehr, stimmt's? Also, ich mein, was die Libido betrifft …«

»Wieso das denn?«, frage ich beleidigt.

»Na, weil es euch zu gut geht! Jedenfalls geht all das, was wir hier drehen, zu euch rüber! Mit einem Wort: geile Aussichten. Und damit du auch weißt, mit wem du es zu tun hast …«

Er kramt in der Innentasche seines Clubjacketts, das er zu einer schlabbrigen Trainingshose trägt, und zieht schließlich eine Visitenkarte hervor. Tatsächlich: ein echtes Kärtchen, gedruckt in goldenen Lettern auf dünnem, ziemlich abgenutztem Papier. Stolz überreicht er es mir – ich lese »Hemu Tirak« und »Pornobaron«. Respektvoll verstaue ich die Karte in meiner Brusttasche.

»Gieß mir auch was ein, Dada!«, bittet Hemu, der Pornostreber.

»Hat deine Frau denn nichts dagegen?«, stichelt Devendra. »Meine wird nämlich immer ganz unerträglich, wenn ich es mal so richtig krachen lasse!«

»Ja, weil von deiner Bauchspeicheldrüse sowieso nur noch ein Viertel übrig ist, und das willst du jetzt auch noch in Alkohol marinieren!«, schimpft die Alte.

»Halt den Schnabel!« Devendras buschige Augenbrauen ziehen sich wieder zusammen. »Als Familienoberhaupt werde ich mir das ja wohl noch leisten dürfen!«

»Bei mir zum Beispiel funktioniert noch alles bestens«, sage ich. Durch meinen Kopf zieht ein warmes Meeresrauschen.

»Ich sag's doch: Er ist ein Rotzbengel!«, fällt Devendra ein.

»Bravo, was soll ich da sagen?« Die Brillenschlange klopft mir auf die Schulter. »Weiter so! Und trotzdem: Aus irgendeinem

Grund wollen eure Leute ständig sehen, wie wir es treiben. Vielleicht, weil sie wissen: Wenn bei uns eine Tussi wie siebzehn aussieht, ist sie auch siebzehn, und kein Jährchen älter. Vielleicht auch, weil wir es noch mit einem gewissen Feuer machen, so als wäre es das letzte Mal …«

Annelie hat mir den Rücken zugedreht und sitzt gebückt. Sie ist mit irgendetwas beschäftigt. Ich will zu ihr gehen. Ihr den Rücken streicheln. Ihre Hand nehmen. Warum habe ich sie vorhin so angebrüllt?

»Unser Onkel Ganesha hatte einen Tumor«, sagt Raj auf einmal. »Bauchspeicheldrüsenkrebs.«

»Das ist mein Bruder«, erklärt Devendra. »Er war ein guter Mann. Wir alle haben Probleme mit den Verdauungsorganen.«

»Zwei Jahre lang hat er mit dem Tod gerungen«, fährt Raj fort. »Er war siebzig. Die Ärzte gaben ihm noch zwei Monate, aber am Ende hat er zwei Jahre lang durchgehalten. Und jede Nacht hatte er Sex mit seiner Frau, Tante Aayushi. Sie war übrigens genauso alt wie er. Richtigen Sex, verstehst du? Ein Berserker war der Mann. Tante Aayushi sagte, sie hätte jedes Mal Angst gehabt, dass er direkt auf ihr den Löffel abgibt. Aber sie hat sich trotzdem nicht getraut, Nein zu sagen.«

»Nicht getraut?«, donnert Devendra. »Nicht gewollt hat sie! So ein Mann war das!« Er zeigt mir den nach oben gestreckten Daumen.

»Könntest dir ja mal ein Beispiel an ihm nehmen!«, bemerkt seine Gattin und stupst dem Alten mit ihrem knotigen Finger auf die Nase.

»Tu ich doch!«, entgegnet dieser und stürzt einen weiteren Becher hinunter.

»Jedenfalls liegt es uns im Blut.« Hemu hält ihm seine Teetasse entgegen. »Ich meine die Leidenschaft.«

»Kein Wunder bei so einer Schönheit!« Devendra rammt seiner Alten den Ellenbogen in die Seite und deutet mit dem Gesicht auf die schwangere Blondine. »Du warst aber damals auch gar nicht schlecht …«

Die Alte nickt. »Böte man mir eines von euren Wässerchen an, ich würde nicht Nein sagen.«

»Auch für dich besorgen wir welches, Großmutter Chahna!«, versichert Raj.

Devendra sagt lächelnd: »Ich trinke darauf, Hemu, dass deine Bimbi dir einen kräftigen Pausback zur Welt bringt!«

»Da schließe ich mich an!« Raj hält seinen Becher hin. »Auf deinen Sohn, Bruder! Und auf dich, Bimbi! Wir brauchen junge Männer. Für unsere Familie und unser Volk …«

Alle trinken auf die geschminkte Bimbi. Diese kichert, aber vorsichtig, um nicht aus Versehen schon hier und jetzt niederzukommen.

»Ich gehe mal frische Luft schnappen!« Devendra erhebt sich von seinem wackeligen Stuhl. »Na, Alte, kommst du mit?«

»Also, Freund!« Hemu zupft mich am Ärmel. »Was unser Geschäft betrifft … Es heißt, dass die Leute bei euch von all den virtuellen Simulationen schon völlig blöd im Kopf sind … Aber ich hätte da eine coole Idee: Wir engagieren ein paar knackige Jungfrauen, setzen sie vor die Kamera, und dann … Verstehst du?«

»Warte mal. Bin gleich wieder da …«

Ich schüttle ihn ab, erhebe mich und stakse auf unsicheren Beinen zu Annelie hinüber. Ich muss ihr erklären, warum ich das gesagt habe. Ich sehe sie noch vor mir – nackt, überdreht, auf dem satten, weichen Gras … Und dann in dieser verdammten Praxis, wo man ihr verkündete, dass …

»Hör mal …« Ich berühre sie an der Schulter. »Entschuldige bitte, ich …«

Sie zuckt zusammen, als hätte ich sie gestochen, und richtet sich auf. Sie hat einen Kommunikator in der Hand.

»Der ist von Sonja. Ich habe ihn angerufen. Wolf.«

»Was?«

»Er geht nicht ran. Ich habe es schon fünfmal versucht, ohne Ergebnis. Ich habe ihm geschrieben und ihm diese Adresse mitgeteilt.«

»Wozu?!«

»Er soll wissen, wo ich bin. Er soll mich abholen. Hier kommen die Unsterblichen nicht an uns ran.«

»Aber wenn …«

»Ich will nicht mehr warten«, sagt Annelie. »Ich will, dass er mich endlich abholt. Verstehst du?«

»Ja … Ich verstehe.«

»Entschuldige, dass ich dich geschlagen habe. Du blutest noch immer.«

Ich wische mir über den Mund. Auf meiner Hand ist ein roter Streifen.

»Halb so schlimm«, sage ich und lächle. »Ich habe es desinfiziert.«

Der Geschmack von Selbstgebranntem verschwindet langsam, und der Geschmack von Blut bleibt zurück. Ich schlucke dicken Schleim und atme durch die Nase aus.

Mein Blut riecht nach rostigem Eisen.

XVI · WIEDERGEBURT

Wir sitzen auf dem Balkon, Annelie und ich.

Unter uns die Ramblas, die Boulevards des alten Barcelona, voll von Menschen. Millionen von Lichtern flackern auf dem Grund dieser Welt, als wären die Menschen leuchtendes Plankton. Die Sonne dringt nicht bis hierher, denn die schmutzige Hallendecke schneidet die alten Häuser im sechsten Obergeschoss einfach ab. Auch die Straßenlampen funktionieren hier nicht, weshalb sich jeder selbst den Weg leuchtet – mit einem Kommunikator, einer Taschendiode, was man eben gerade dabeihat.

»Es sieht schön aus«, flüstert Annelie und reicht mir ihre Selbstgedrehte. »Als wären die Seelen dieser Menschen sichtbar geworden. Willst du?«

Ich ziehe an dem Joint – und antworte hustend: »Es gibt keine Seele.«

»Das willst du einfach so für uns alle behaupten?«

Unten wird in riesigen Kesseln Fleisch gekocht, auf großen Pfannen rauchen Nüsse und irgendwelche Knollen, die ich nicht kenne. Aus den schier unendlichen Warteschlangen ertönt Lachen und Schwatzen. Grilldunst und ein vielschichtiges Gemisch von Essensgerüchen aus aller Welt steigt zu uns herauf. Wir sitzen und warten darauf, dass Annelies Ritter auf seinem weißen Pferd heranreitet, sie zu sich auf den Sattel zieht, sanft und herrisch den Arm um sie legt und mit ihr in die Ferne davonsprengt. Das Warten ist eine Qual. Um die Zeit zu verkürzen, konsumieren wir eines von Rajs magischen Kräutern.

Annelie stößt eine Rauchwolke aus und sagt anerkennend: »In diesem Fall hat sich die genetische Modifikation ausnahmsweise mal richtig gelohnt.«

Sie wartet also auf ihren blöden Retter, während ich versuche den Moment, in dem ich sie endgültig gehen lassen muss, so lang wie möglich hinauszuzögern. Ich habe schon fast vergessen, dass ich Annelie ja eigentlich kontrollieren will. Mir kommt es eher so vor, dass wir einfach zusammen sind. Aber sie hat ein weitaus besseres Gedächtnis als ich.

»Eugène?«

Rocamora ist viel zu schlau, um Annelie allein abzuholen. Sicher vermutet er eine Falle und kommt in Begleitung. Die Jungs mit den Flickengesichtern werden mir meine gute Maske herunterreißen und mich dem Mob ausliefern. Eigentlich sollte ich aufstehen, so tun, als müsste ich mal für kleine Jungs, und mich aus Annelies Leben verdrücken. Stattdessen hänge ich hier auf diesem Balkon herum und rauche fremder Leute Gras. Ich kann einfach nicht. Ich will mich so lang wie möglich an Annelie sattsehen – zur Erinnerung.

»Eugène!«

Sie ruft mich. Das ist mein Name. Ich habe ihn mir selbst ausgedacht, also muss ich wohl antworten.

»Entschuldige … was?«

»Wie bist du abgehauen? Aus dem Internat?«

»Durchs Fenster. Es gab dort ein Fenster, ich habe einem Arzt die Pistole abgenommen und es kaputt geschossen.«

Als Eugène aus dem Internat abgehauen ist, wurde er zum Handlanger der Partei des Lebens. Es gibt in seinem Leben viele Parallelen zu Annelies Schicksal. Sie hätten Freunde sein können, oder sogar …

Es ist höchste Zeit, dass ich verschwinde. Trotzdem höre ich nicht auf, Annelie anzulügen.

Ich will überhaupt nichts von ihr. Ich bin nur dazu da, ihr die Zeit zu verkürzen und auf sie aufzupassen, bis ihr wahrer Mann kommt, um sie abzuholen, sich träge die Eier kratzt und sein Besitzrecht an ihr geltend macht. Und doch lüge ich sie weiter an, denn die Wahrheit würde bereits hier und jetzt dem Ganzen ein Ende setzen.

Wer hat das Märchen in die Welt gesetzt, dass es leicht sei, die Wahrheit zu sagen? Das ist ja wohl die größte Lüge von allen.

Das einzige Problem beim Lügen ist, dass man dazu ein gutes Gedächtnis braucht. Es ist, als ob man ein Kartenhaus baut: Jede neue Karte muss man mit noch größerer Vorsicht aufstellen, und man darf dabei nie das wackelige Gesamtkonstrukt aus den Augen verlieren. Sobald man auch nur ein einziges, winziges Detail seines Lügengebildes außer Acht lässt, stürzt alles ein. Und noch eins: Man benötigt stets mehr als nur eine Karte.

Die Wahrheit hätte es uns unmöglich gemacht, auch nur eine Sekunde zusammen zu sein.

Mit meiner Lüge habe ich ihr Leben erkauft. Und mir selbst eine romantische Reise.

Warum bin ich nur dieser Jan? Jan darf sich nie mehr als einmal mit einer Frau treffen. Jan hat ein Ehelosigkeitsgelübde abgelegt, dessen Verletzung ihn vors Tribunal bringen würde. Jan hat eine Brigade von Vergewaltigern befehligt. Jan ist schuld daran, dass Annelie von ihrem Geliebten getrennt wurde.

Mein wahrer Name ist kürzer als mein erfundener. Er wäre besser geeignet, von Annelie hundertmal am Tag ausgesprochen zu werden, und das für alle Zeiten – wenn ich mit ihr leben könnte. Für eine Kurzzeitbeziehung dagegen ist ein Einmalname die richtige Wahl, genau wie ein Kondom: Es ist einfach hygienischer.

Andererseits: Rocamora hat es problemlos hingekriegt, mit ihr zu leben und sie tagtäglich zu belügen. Was für eine Begabung. Eigentlich war es nicht er selbst, sondern eine seiner vielen konspirativen Legenden, die mit Annelie gelebt hat. Und das genügte ihr vollauf …

»Und du? Wie bist du weggelaufen?«

Annelie inhaliert tief und gibt mir den Joint zurück. Statt einer Antwort höre ich:

»Hast du danach gleich angefangen, sie zu suchen?«

»Wen?«, frage ich verständnislos.

»Deine Eltern. Du weißt ja, dass sie tot sind. Also musst du sie damals gesucht haben.«

Ich fülle meine Lungen mit Rauch. Würde ich normale Luft atmen, könnten meine Stimmbänder die Worte, die ich jetzt sagen muss, nicht hervorbringen. Rauch ist leichter als Luft. Rauch lässt mich über der Erde schweben.

»Meinen Vater kenne ich nicht. Nur meine Mutter war bei mir, als die Unsterblichen kamen. Sie haben ihr den Akzelerator gespritzt.«

»Du hast es mit eigenen Augen gesehen?«

Ob ich es gesehen habe? Ich bin sicher, dass es so war, denn ich habe es selbst tausendmal bei anderen Frauen und ihren Kindern gemacht. Eugène weiß das nicht, aber ich kann nicht ständig Eugène sein.

»Nein.«

»Ich wollte sie gar nicht suchen«, sagt Annelie. »Meine Mutter. Wozu? Um ihr ins Gesicht zu spucken? Ich wusste ja, dass sie am Leben war. Papa hatte damals gesagt, er würde die Spritze auf sich nehmen. Ich weiß es noch genau: Meine Mutter hielt mich im Arm, er hatte sich schützend vor uns gestellt, und dann krempelte er den Ärmel hoch. Als sie ihm die Spritze gegeben hatten, spuckte er ihnen vor die Füße. Papa war damals ganz ruhig. Er wusste nicht, dass sie mich ihm trotzdem wegnehmen würden. Meine Mutter dagegen kreischte die ganze Zeit wie am Spieß, obwohl sie niemand anrührte. Sie schrie und schrie, mir direkt ins Ohr.«

»Meine wusste nicht mal, von wem sie mich bekommen hatte, also gab es gar keine Alternative. Sie hat ganz sicher die Spritze bekommen.«

Ich kann nicht ständig Eugène sein.

»Hast du nicht versucht, in der DNA-Datenbank nachzusehen?«

Ich schüttele den Kopf.

Sogar nach der Entlassung aus dem Internat ist es uns verboten, unsere Verwandten ausfindig zu machen – so steht es im Kodex der Unsterblichen. Und selbst wenn es das Verbot nicht gäbe, hätte ich niemals in der Datenbank nachgeforscht.

»Mir doch scheißegal, wer's mit meiner Mutter getrieben hat.«

»Ich habe die ganze Zeit darauf gewartet, dass er anruft. Du weißt schon. Im Internat.«

»Schon klar. Und … Hat er nicht angerufen?«

»Doch. Ich war vierzehn. Er war schon ganz grau und saß im Rollstuhl. Ich sagte ihm, dass ich ihn liebe, und dass wir uns auf jeden Fall wiedersehen würden, dass ich zu ihm zurückkehren und ihn heilen würde, und dass wir dann zusammenleben würden wie eine richtige Familie. Das alles sagte ich ihm innerhalb von zehn Sekunden, dann unterbrachen sie die Verbindung.«

»Du … Du hast den Test nicht bestanden?«

»Was schaust du so entsetzt? Diese Tests waren mir so was von scheißegal!«

»Aber haben sie dich nicht …«

»Ich habe damals nicht lang herumdiskutiert und bin abgehauen. Als ich meinen Vater sah, begriff ich, dass ich nicht länger warten durfte, bis er stirbt. Ich begriff, dass mir diese zehn Sekunden mit ihm nicht ausreichten. Ich hatte mich lange darauf vorbereitet, aber die Entscheidung fiel erst nach dem Anruf. Ich hatte nichts mehr zu verlieren.«

Sie lächelt mich schief an, zieht ein letztes Mal an der bereits verglühenden Kippe. Als sie merkt, dass sie sich dabei die Finger verbrennt, runzelt sie die Stirn, inhaliert aber weiter.

Jetzt will ich ihr die ganze Geschichte aus der Nase ziehen. »Wie hast du es rausgeschafft?«

»Ich hatte Glück.«

Punkt. Auf eine Fortsetzung warte ich vergebens.

»Und …« Die nächste Frage will mir seltsamerweise nicht über die Lippen kommen. »Was war mit deinem Vater? Hast du ihn noch mal gesehen?«

»Nein. Mama dagegen war fit wie ein Turnschuh.«

»Wie hast du sie gefunden? Hast du mit ihr gesprochen?«

»Das war leicht: Ich ließ mein Blut auf Genmarker untersuchen, gab die in die Datenbank ein – schon hatte ich sie.«

Endlich verreibt Annelie das glühende Kohlestückchen zwischen ihren Fingern.

»Mein Vater hatte einen Infarkt. Gleich nach unserem Gespräch. Ich bin also umsonst ausgerissen.«

Ich nicke, stelle mir vor, was ich an ihrer Stelle getan hätte.

»Und, wie geht es deiner Mutter?«

»Danke, bestens. Sie sieht noch genauso aus wie an dem Tag, als sie mich ihr wegnahmen. Keine Minute älter. Sogar jünger als ich jetzt.«

»Du hast sie also gefunden«, sage ich vor mich hin. »Wie war das? War sie … überrascht?«

Annelie spuckt vom Balkon hinunter. Unten greift sich jemand an die Glatze und schimpft los, irgendwas über dieses »dreckige indische Pack«. Annelie lacht.

»Sie sagte, der Tag, als sie mich verlor, sei ein Wendepunkt in ihrem Leben gewesen. Ja, so nannte sie es: Wendepunkt. Sie beschloss, von nun an anderen Menschen beim Kinderkriegen zu helfen. Um dieses unmenschliche System zu bekämpfen, das ihr ihren Mann und ihr Kind geraubt hatte. Sie sagte, sie arbeite ohne Bezahlung, in diesem Jahr habe sie bereits fünfhundert Frauen geholfen, Kinder zu bekommen. Sie sei froh, mich zu sehen, aber nicht sicher, ob meine Flucht aus dem Internat richtig gewesen sei.«

Ich würde dir auch gern vieles erzählen, Annelie. Darüber was für eine heuchlerische und bigotte Schlampe meine Mutter war. Und was für ein hirn- und herzloser Hurenbock mein Vater gewesen sein muss. Wie man mich ins Internat steckte und niemand sich jemals nach mir erkundigte. Warum sollte ich sie suchen?! Sollte ich das etwa nötiger haben als sie selbst?! Das alles will ich dir sagen, Annelie, weil ich es leid bin, mich deswegen bei irgendwelchen Prostituierten auszuweinen.

Ganz am Ende des Boulevards, inmitten all der elektronischen Glühwürmchen, dieser nach außen gestülpten Seelen, flammen plötzlich orangene Fackeln auf und erheben sich über der Menge – zuerst eine, dann zwei, dann zehn.

»Irgendeine Prozession …«

»Fünfhundert Frauen im Jahr«, antwortet Annelie. »Anderthalb Kinder pro Tag, sagt sie. Ja, du hast schon recht, meine Mutter ist wirklich eine Spezialistin auf ihrem Gebiet. Wir hätten gleich zu ihr gehen sollen.«

»Hör zu … Ich wusste doch nicht …«

»Sie haben sich scheiden lassen. Gut fünf Jahre, nachdem er die Spritze bekommen hatte. Er sagte ihr, er wolle ihr nicht zur Last fallen. Sie hat sich dem nicht widersetzt. Es sei seine Entscheidung gewesen, erklärte sie mir. Er sei schließlich ein erwachsener Mensch.«

»Das sind aber viele …« Ich rede einfach weiter, weil ich nicht weiß, was ich sonst tun soll. »Irgendwelche Fahnen … Wahrscheinlich eine Parade.«

»Und da sagte ich zu ihr: Eigentlich hättest *du* abkratzen sollen, Ma. Nicht Papa. All diese fremden Kinder in fremden Weibern, all deine heldenhaften Forschungen an irgendwelchen Gebärmüttern – das alles hat mit mir überhaupt nichts zu tun. Und auch mit Papa nicht. Mach ruhig weiter so, Ma, aber mir wäre es lieber, *du* hättest damals den Unterarm freigemacht. Dann wäre ich heute bei ihm und nicht bei dir.«

Annelie sagt das alles ganz einfach, als wäre es das tausendste Mal. Als schmerzte es sie nicht, diese harten, kantigen Worte hervorzustoßen.

Ich dagegen spüre einen Stich im Herzen: Ich beneide sie, auch ich will mir alles von der Seele reden, will den Schorf aufbrechen und allen Eiter ausdrücken. Dieser Eugène wird mir zu eng, ich will mit Annelie ich selbst sein – wenigstens jetzt, zum Schluss. Und trotzdem bringe ich diese Worte einfach nicht über die Lippen.

»Ich … In Wirklichkeit habe ich gar nicht … Ich bin nicht …«

»Egal. Tut mir leid, dass ich dich so zugetextet habe.« Sie erhebt sich. »Ich gehe zu Sonja, vielleicht hat sich Wolf inzwischen gemeldet.«

Ich soll meine Geständnisse wohl für mich behalten.

Als sie sich an dem Kleiderschrank vorbeizwängt, der auf dem Balkon steht, berührt sie mich kurz mit ihren Schenkeln. Mein Herz klopft schneller, dann verschwindet sie im Inneren des Hauses. Der Fackelzug nähert sich. Ich erkenne grüne Banner, die über den Köpfen der Marschierenden flattern. Wahrscheinlich irgendein Fest, das hier um diese Zeit gefeiert wird.

Ich denke über Annelie nach. Darüber, dass sie die Prüfung nicht bestanden hat. Ich frage mich, wie sie es geschafft hat, aus dem Internat zu entkommen. Wie sie ihre Mutter ausfindig gemacht hat. Wie sie sich überhaupt dazu durchringen konnte. Wie sie die richtigen Worte gefunden hat. Wie sie es angestellt hat, in Freiheit zu bleiben. Ich will begreifen, warum es ihr gelungen ist, all das zu werden, was ich nicht geworden bin.

Ich kann mich für Eugène ausgeben, so oft ich will, es ist ihr egal. Sie sehnt sich einfach nach ihrem Wolf zurück, mehr nicht. Für sie ist es nichts Besonderes, ihn bei der erstbesten Gelegenheit herbeizurufen – und mich damit zu betrügen. Ich bin kein Ersatz für Rocamora, kein Rivale, denn Annelie hat meine Falschheit erkannt. Sie spürt, dass ich im Innersten hohl bin.

Wäre ich Nr. 906 … Ja, dann sähe alles anders aus. Dann würde sie mir glauben und ihren Rocamora vergessen. Basile hätte ihr sicher gefallen. Vielleicht hätte sich Annelie sogar in ihn verliebt.

Es hat ja einmal eine Frau gegeben, die ihn liebte. Und Basile liebte sie.

Und er hat dafür bezahlt.

»Tod! Tod! Tod!«, höre ich von unten eine Stimme durch ein Megafon schreien.

»Tod! Tod! Tod!«, antwortet ihr die Menge.

Hundert lodernde Fackeln direkt unter mir.

»Tod den Hindis!«, brüllt das Megafon wieder.

»TOD DEN HINDIS!«, donnert die Menge – und endlich verstehe ich.

»Hey!« Ich laufe hinein und rufe die Hausherren. »Da draußen sind diese Teufel … die Pakis! Eine Unmenge von ihnen, mit Fackeln!«

Raj hält seine vernickelte Gangsterwumme bereits in der linken Hand und wirft einen vorsichtigen Blick vom Balkon. Das Leuchten der Fackeln spiegelt sich bereits in den Fenstern wieder, und die Scheiben zittern vom Geheul des Mobs.

»Ruft unsere Leute zusammen!«, ruft Raj hinter sich ins Zimmer. »Es sind mindestens hundert! Und verbarrikadiert den Eingang! … Hemu, Falak, Tamal! Nehmt eure Knarren, und besetzt die Balkone! Tapendra! Bring die Alten weg! Wo ist Dada?«

»Er ist noch draußen …«, näselt der Angesprochene, ein hagerer langhaariger Typ. »Auf der Straße.«

»Hört zu, ihr räudigen Hunde!«, quäkt es aus dem Lautsprecher unten am Haus. »Wir wollen denjenigen, der vier der unseren in Gamma-Kappa abgeknallt hat! So ein Glatzkopf mit Bart! Liefert ihn aus, oder wir brennen euer Haus nieder, dass ihr alle zum Schaitan fahrt!«

»TOD DEN HINDIS! TOD! TOD! TOD!«

Sie wollen Raj. Neulich, in dem Korridor, als ich im Dunkeln tappte und die Dämonen miteinander kämpften, ist nichts entschieden, nichts beendet worden. Er hat sich für mich und Annelie eingesetzt, und jetzt wollen die Pakis seinen Kopf.

»Was kann ich tun?«, frage ich ihn.

»Nimm dein Mädchen, und lauf. Auf dem Speicher gibt es einen Hinterausgang …«

»Nein«, entgegne ich.

»Mit euch hat das nichts zu tun. Das geht nur uns und die Pakis etwas an, also macht die Fliege!« Im nächsten Augenblick hat er mich vergessen. »Ist Dada wirklich noch da draußen? Falak, sieh nach …«

Mit mir hat das alles nichts zu tun. Schwarze Ameisen kämpfen hier gegen rote Ameisen. Ihre Insektenkriege haben vor tausend Jahren begonnen und werden noch einmal tausend Jahre dauern, da ist es zwecklos, sich als einzelner Mensch einzumischen. Hätte Raj die Affen nicht wegen Annelie erschossen, hätte er eine Woche später einen anderen Anlass gefunden, um vier von seinen Feinden kaltzumachen. Theoretisch könnten wir uns reinen Gewissens vom Acker machen.

Annelie hält die kleine Europa an der Hand, während Sonja die Fensterläden zuwirft und sie fest verriegelt. Unsere Blicke kreuzen sich.

»Raj hat recht. Wir müssen weg hier.«

Europa krallt sich an Annelies Hand fest, dass ihre Finger weiß werden, aber das Mädchen weint nicht. Annelie streichelt ihr über den Kopf.

»Sieh mal einer an«, tönt es von der Straße. »Wen haben wir denn hier?!«

»Sie haben ihn. Sie haben Devendra!« Der dicke Falak mit dem Schnauzer jagt gerade einen Satz Patronen in das Magazin seines Karabiners.

»Annelie?«

»Werft den Köter aus dem Fenster!«, johlt es aus dem Megafon. »Oder wir sägen eurem Alten die Birne ab!«

»Dada!« Raj geht auf den Balkon hinaus. »Dada, bleib ganz ruhig! Wir holen dich ...«

Auf der Straße knallt ein Schuss, von der Decke rieselt der Putz. Raj kann sich gerade noch rechtzeitig wegducken.

»Los, sägt doch, ihr Schakale«, höre ich Devendra heiser schreien, unterbrochen von heftigem Husten. »Mein Kopf ist nichts wert! Ich bin sowieso bald tot! Ihr macht mir keine Angst mehr!«

»TOD DEN HINDIS! TOD! TOD! TOD!«

»Rührt ihn nicht an, verstanden?!« Raj sieht noch einmal aus dem Fenster, und schon knallt es wieder.

»Wenn diese faule Birne nichts wert ist, kommen wir danach eben hoch zu euch!«, kreischt jemand aus der Menge. »Es ist sowieso höchste Zeit, dass wir dieses Wespennest ausräuchern!«

»In der Küche steht doch das Fass mit dem Petroleum«, flüstert Hemu. »Wenn sie stürmen ... auf den Balkon und ... die Fackeln ...«

»Da unten ist Dada, du Idiot!«, bellt ihn Raj an. »Wir müssen ihn da rausholen!«

»Wie?!«

»Wir warten, bis unsere Leute da sind! Tamal, hast du Tapendra erreicht? Was hat er gesagt?«

»Dass sie noch etwa zwanzig Minuten brauchen, bis alle da sind ...«

»Auf die Knie mit ihm!«, heult eine Stimme von draußen. »Ali, nimm die Säge! Die glauben uns nicht!«

»Nein! Nein! Ich komme! Ich gehe jetzt runter!« Raj stößt Sonja weg und reißt die Tür auf. »Lasst ihn frei, ich komme raus!«

Ameisenkriege, sage ich zu mir. Es geht dich überhaupt nichts an, was aus dem Alten wird, aus dem Typen mit dem Ziegenbart, aus all den schwangeren Frauen, den Kindern und den Enkeln. Du bist hier fremd. Dass du hier bist, ist sowieso Zufall. Eigentlich hast du in Barcelona überhaupt nichts zu suchen. Also geh, und nimm sie mit. Geh schon.

Eine Furie mit grauen, losen Haaren hält einem fremden Säugling die ausgetrocknete Brust hin, damit er aufhört zu schreien. Ein fünfjähriger Junge mit schiefer Nase schwingt seine Fäuste durch die Luft und ruft, er werde es den Pakis schon zeigen – bis ihm sein Vater den Mund zuhält.

»Wir können jetzt nicht gehen«, sagt Annelie zu mir.

»Untersteh dich, das Haus zu verlassen, du Idiot!«, brüllt Devendra. »Mach bloß nicht auf! Sie werden dich aufknüpfen! Euch alle! Macht nicht auf!«

Doch Raj fliegt bereits die Treppe hinab.

»Schakale!«, krächzt der Alte, rasend vor Wut. »Ihr werdet in der Hölle schmoren! So oft habt ihr den heiligen Tempel Somnath zerstört, und trotzdem steht er noch! In meinem Herzen! In unseren Herzen! Und dort wird er ewig stehen! Solange meine Kinder leben! Und meine Enkel!«

»TOD! TOD! TOD! TOD!«, skandiert die Menge.

»Dreckiger Köter!«, kreischt eine hysterische Stimme. »Mach ihn fertig! Töte diesen räudigen Hund!«

Warum macht er das? Warum provoziert er sie? Sie bringen ihn doch um!

Auf einmal habe ich das Gefühl, dass rostiges Blut in meinen makellosen Kompositkopf strömt, aber alle Abflüsse sind verstopft. Der Druck in meinem Schädel wird unerträglich, jeden Moment kann Rost aus meinen Augen und Ohren herausspritzen …

»Eines Tages werden wir zurückkehren und unseren Tempel wieder aufbauen! Ihr dagegen werdet alle in der Fremde krepieren! Ihr seid kein Volk, ihr seid Abschaum, Ratten, Tiere! Wir werden nach Indien, in unsere große Heimat zurückkehren, euer verfluchtes Land aber wird es nie wieder geben!«

»Nicht, Dada!«, ruft Hemu, doch vergebens.

Kugeln zersieben die Decke, nagen an den verschlossenen Fensterläden, die Scheiben zerbersten klirrend. Babys fangen an zu schreien, denn sie spüren das nahende Unheil.

»Nein.« Ich nehme Annelies Hand. »Wir können jetzt nicht gehen.«

»Staub und Asche!«, ruft der alte Devendra mit sich überschlagender Stimme. »Nicht mal die Knochen eurer Väter sind übrig geblieben! Pakistan existiert nicht mehr! Es hätte niemals existieren dürfen und wird es auch nie wieder! Der große Somnath wird jedoch auf ewig dort stehen, wo er schon immer stand!«

Aus Hunderten von Kehlen brüllt es: »Töte ihn! Worauf wartest du noch! Gib sie mir! Fang an! Bring das Schwein um!«

Wie im Traum krieche ich auf den Balkon hinaus. Sie haben den Alten in die Knie gezwungen. Drei halten ihn, drücken seinen Kopf nach unten, aus seinem gelben, faltigen Genick haben sie die grauen Haare entfernt. Einer steht daneben, eingehüllt in einen schwarzen Schal bis auf die Augen, und hält einen grobzahnigen Fuchsschwanz bereit, um damit Devendra den Kopf abzusägen.

»Wenn ihr nicht sofort …«, brüllt ein Mann mit Turban in ein Megafon.

»Ihr werdet brennen! Alle!!!«, stößt Devendra mit furchtbarer Stimme hervor, heiser und rasend zugleich, während er vergeblich versucht, seinen Kopf zu heben.

»TÖTET SIE! TO-O-OD!!!«

»Nein! Ich mache auf!«, ertönt ein verzweifelter Schrei am unteren Ende der Treppe.

»Hunde! Hunde! Tod allen Hunden!!!«, kreischt der schwarze Henker, ergreift mit seiner Pranke den schütteren Haarschopf des Alten und reißt an der Säge, deren Zähne sich in den dürren Hals fressen.

Ich wende mich ab und krieche zurück.

»Somnath! Somna-a-a-a …«, krächzt der Alte hustend und glucksend. »A-a-a-a …«

»Somna-a-ath!«, schreien die Kinder, Mütter und alten Frauen in unserer Wohnung.

»Somna-a-a-ath!!!«, fallen die Nachbarn ein.

»Er ist tot!« Meine Worte donnern durch das ganze Haus. »Sie haben ihn umgebracht! Lasst die Türen zu! Macht nicht auf! Sie haben ihn getötet!«

»Da! Fangt!«

Etwas Rundes, Schweres fliegt kreiselnd durch die Luft. Das Ziel ist unser Balkon, doch der Wurf geht fehl, und der graubärtige Kopf fällt zurück in die Menge.

»Dada! Dada!«, ruft der dicke Falak verzweifelt. »Schweine! Huren!«

»Brecht die Türen auf!«, befiehlt das Megafon.

»Mama, ich muss pinkeln …«, höre ich plötzlich eine piepsige Stimme neben mir.

»Warte noch ein bisschen …«, flüstert eine Frau.

»Bit-te!«, flüstert das Kind zurück.

Ich höre, wie die Kompositbretter von den vernagelten Fenstern im Erdgeschoss gerissen werden. Wie viel Zeit bleibt uns noch?

»Du …« Es ist Hemu, das Gesicht aschfahl, der mich am Kragen gepackt hat. »Das Fass … Ich schaffe es nicht allein …«

Der Alte.

Es ist ihr Reis. Ihr Selbstgebrannter. Ihr Gras.

Sie haben mich aufgenommen, samt meinem Rucksack, ohne zu fragen, was darin ist.

Der rostige Stuhl.

Wie alt bist du, Junge?

Annelie, wie sie der blauäugigen Europa übers Haar streicht.

Alle zusammen.

Durch den roten Nebel und das Trommelfeuer folge ich Hemu in die Küche. Es ist ein weißes Plastikfass, etwa halb voll, vielleicht hundert Liter. Er nimmt den Griff auf der einen Seite, ich auf der anderen, dann schleppen wir es Richtung Wohnzimmer, dort kommt uns der langhaarige Tamal zu Hilfe und packt am Boden des Fasses mit an. Deutlich zu vernehmen sind jetzt gewaltige Stiefeltritte gegen die verbarrikadierte Eingangstür, die offenbar nicht einmal Raj aufbekommen hat.

Wir reißen die Läden der Balkontür auf und brechen die Türflügel heraus. Tschick, tschick, tschick schlagen Kugeln ein. Hemu hebt den Deckel vom Fass und dreht sich zu mir.

»Wenn sie das Fass treffen, sind wir im Arsch. Also schnell.«

Ich nicke. »Schnell.«

»Eins … zwei …«

Bei drei wanken wir auf den Balkon hinaus; die Menge unter uns ist inzwischen auf gut zweihundert Mann angeschwollen. Dutzende Feuerbälle schweben über unzähligen schwarzen Köpfen. Gewehrmündungen. Funkende Salven, ein einziges Donnern und Schreien. Tamal stolpert und lässt das Fass los, jetzt liegt das ganze Gewicht auf Hemu und mir. Blitzschnell eilt jemand anders herzu und packt unten an …

»Jetzt! Rüber damit!«

Eine schillernde Flüssigkeit schwappt heraus und stürzt hinab.

»Wirf es runter! Los!«

Hunderte offener Münder.

»LAUFT!!!«

Zu spät.

Der Alkohol ergießt sich über sie, das Teufelswasser, Devendras Fluch. Es benetzt die ganze Menge. Durchnässt ihre Haare. Spritzt in ihre Augen. Trifft auf die Flammen ihrer Fackeln, mit denen sie unsere Häuser anzünden wollen. Und auf einmal wird dort, wo Finsternis herrschte, Licht.

Eine Wolke auf der Erde – orange und schwarz. Ein Schreien, dass die Erde zu zerbersten droht. Schwarzer Rauch. Donner. Mit tiefem Dröhnen breitet sich ein Feuersee aus, in dem alle ertrinken, die gekommen sind, uns, unsere Alten und unsere Kinder zu töten. Sie verbrennen bei lebendigem Leib und werden zu Teer.

In diesem ewig dunklen Keller, den eingemauerten Ramblas, wird es zum ersten Mal seit zweihundert Jahren wieder taghell. Wie im Fegefeuer.

Es ist furchtbar und wunderschön zugleich.

Und es ist gerecht.

Sieh, Devendra. Jetzt bist du nicht allein.

Dann höre ich, wie sich über die Boulevards, über die ganze gigantische Halle ein Kreischen und Brüllen ausbreitet, ein Geräusch, zugleich extrem hoch und extrem tief, rasend und unmenschlich. Vom Balkon aus sehe ich schwarze Vogelscheuchen, eingehüllt in Flammen, wie sie heulend vorbeilaufen, sich die brennenden Haare raufen, zusammenstoßen, fallen, über den Boden kugeln und nicht aufhören zu zappeln.

»Ein Zirkus! Ein Zirkus!!!«

Es ist meine Stimme. Mein Lachen. Ich atme Ruß und fette Asche – und ich atme ihr Schreien.

Ich übergebe mich.

Sie ziehen mich ins Innere, lassen mich auf dem Boden weiterkeuchen, -lachen und -würgen. Annelie beugt sich über mich und streichelt mein Gesicht.

»Alles ist gut«, sagt sie. »Alles ist gut.«

Alles ist gut. Alles ist gut.

Ich stecke mir die schmutzigen Finger in die Ohren und drücke, so fest ich kann. Seid endlich still, ihr da unten! Aber die Ohrmuscheln sind nicht nur ein Eingang, sondern auch ein Ausgang … Und all diese Stimmen sind jetzt in meinem Kopf eingesperrt …

Ich trage das Feuer mit mir. Menschen brennen, wo immer ich hinkomme.

Ich war es, den du gerufen hast, Devendra. Du hast mich gerufen, und ich habe deinen Ruf gehört.

Ich schreie, zerreiße mir die Kehle, um ihre Stimmen zu übertönen.

Ein paar Minuten vergehen noch, bis es auf der Straße endlich ruhiger wird. Und schließlich hört auch das Echo in meinem Schädel auf zu lärmen.

Alle, die noch zu retten waren, haben die Pakis weggetragen. Die anderen liegen noch immer dort unten und brennen. Es ist vorbei. Ätzende Rauchschwaden drängen gegen die Fenster. Vielleicht hast du recht, Annelie. Vielleicht haben hier unten, ganz am Boden, die Menschen tatsächlich so etwas wie eine Seele. Und da sind sie, ihre Seelen, sie streben zum Himmel – und machen am Ende nur die Decke schmutzig.

Aus einem der Zimmer mit den vielen Zellen ist ein lang gezogenes, tiefes Stöhnen zu vernehmen. Ich drehe mich auf den Bauch, ziehe meine Beine an und stehe auf. Der Kampf ist noch nicht zu Ende: Jemand scheint verwundet zu sein oder stirbt gerade.

Wo ist mein Rucksack? Mein Schocker? Gebt mir wenigstens eine Pistole, ich weiß, wie man damit umgeht …

»Wo sind die Pakis? Wo?!« Ich schüttele Hemu, blicke ihm in die glasigen Augen. »Wer ist verletzt?!«

»Es ist meine Frau!«, bricht es aus ihm heraus. »Bimbi! Sie kommt nieder!«

Annelie blinzelt, richtet sich auf – und geht mit zaghaften Schritten den Schreien entgegen, als folge sie einem Ruf. Ich gehe ihr hinterher, als hinge ich an einer Leine.

Bimbi sitzt ganz hinten in einer Ecke, die Beine auf den Boden gestemmt, mit hohlem Rücken, die Scham bedeckt von einem schmutzigen Betttuch, das jemand über die gespreizten Knie gelegt hat. Irgendeine Großmutter oder Tante hat ihren Kopf darunter gesteckt – als ob sie mit einem Kind Zelt spielen wollte.

»Komm! Weiter, mein Kind!«, treibt die selbsternannte Hebamme Bimbi an, die vor Schreck und Anstrengung völlig durchnässt ist. Die gefärbten Haare sind verklebt, das Make-up verwischt von Tränen und Schweiß.

Annelie bleibt direkt neben ihr stehen und starrt sie wie verzaubert an.

»Wasser!«, schreit die Hebamme. »Bring Wasser! Abgekochtes!«

Annelie geht Wasser holen.

»Das Köpfchen ist schon zu sehen!«, verkündet die Alte. »Wo bleibt das Wasser?!«

»Das Köpfchen!« Hemu schlägt mir auf die Schulter. »Freund, ich kotze gleich vor Aufregung …« Plötzlich stutzt er. »Warum ist da so viel Blut? Warum so viel Blut?!«

»Anstatt zu schwätzen, solltest du dich lieber um das Wasser kümmern!«, faucht ihn die Hebamme an. »Los! Komm, Mädchen, komm!«

Bimbi brüllt, und die Alte verschwindet wieder in ihrem Zelt. Annelie schleppt einen vollen Teekocher heran, die grauhaarige Furie reicht saubere Tücher, Hemu murmelt weiter irgendwas vor sich hin. Hinter mir steht auf einmal Raj, rußverschmiert, zuerst mit erloschenen Augen, doch dann flackert darin erneut ein winziges Feuer auf – ein anderes Feuer, das Feuer des Lebens.

»Da ist er! Und was für einer!«

Die Hebamme zieht aus Bimbis Schoß ein knochiges, faltiges Püppchen hervor, voll Blut und durchsichtigem Schleim, klatscht ihm auf den roten Hintern, und das Püppchen gibt ein dünnes Quäken von sich.

»Ein Hüne!«

»Was? Ein Junge?«, fragt Hemu ungläubig.

»Ein wahrer Bengel!«, bestätigt die Alte und schnaubt durch die schiefe Nase.

»Ich …«, stottert Hemu. »Ich will, dass er … Er soll Devendra heißen! Devendra!«

»Ja, Devendra«, stimmt Raj zu.

Seine Augen glänzen wie der Schleim aus Bimbis Leib. Vielleicht sind es auch die Tränen von Raj und Hemu, die Tränen des Urgroßvaters, aus denen der kleine Devendra geboren wurde.

»Halt mal …« Die Hebamme hält Annelie den Kleinen hin, der ungelenk seine Gliedmaßen krümmt. »Ich muss die Nabelschnur durchscheiden.«

Annelie schwankt, sie weiß nicht, wie sie das Kind richtig nehmen soll.

»Ich habe Angst!«, ruft Hemu und schüttelt den Kopf. »Am Ende fällt er mir noch runter! Oder sein Kopf fällt ab!«

Also nehme ich ihn. Ich bin darin geübt.

Es kräht weiter vor sich hin, dieses blinde Kätzchen, über und über beschmiert mit irgendeiner Soße; sein Kopf ist kleiner als meine Faust.

Devendra.

»Er sieht wirklich wie Dada aus«, schluchzt Hemu. »Findest du nicht, Raj?«

Jetzt nimmt man ihn mir wieder ab, wäscht ihn und übergibt ihn schließlich seiner erschöpften Mutter. Hemu küsst Bimbi auf den Scheitel, und dann berührt er vorsichtig zum ersten Mal seinen Sohn …

So vermehren sie sich also, sage ich mir. Und das direkt vor meiner Nase.

Hasst du sie deswegen? Bedauerst du, dass du jetzt nicht einfach deinen Scanner aus dem Rucksack ziehen und sie alle überprüfen kannst: die Tanten, die Mädchen, das ganze Kroppzeug, die bärtigen Banditen, alle miteinander? Dass du ihnen nicht einfach so den Tod aus der Spritze verabreichen kannst?

Seltsamerweise verspüre ich keinen Hass, sondern Neid. Ich beneide dich, kleiner Devendra: Deine Eltern werden dich nie in ein Internat geben. Und sollten eines Tages die Unsterblichen kommen, um dich abzuholen, werden diese bärtigen Männer aus allen Fenstern feuern und sie mit brennendem Petroleum übergießen. Natürlich wirst du nicht ewig leben, Devendra, aber das wirst du erst viel später begreifen.

Und dann begreife ich noch etwas: Es scheint, als habe der heutige Tag länger gedauert als mein ganzes bisheriges erwachsenes Leben. Vielleicht brauchst du unsere Unsterblichkeit gar nicht, Devendra.

Ich umarme Annelie. Ihr Körper verkrampft sich – aber sie macht keine Anstalten, sich aus meinen Armen zu befreien.

»Hast du gesehen, wie winzig er ist?«, haucht sie. »So unglaublich winzig …«

Erst jetzt treffen die angekündigten Helfer ein – zu spät. Sie umringen das Haus, kommen herauf, bekunden ihr Beileid und gratulieren. Frauen decken den Tisch, finstere Typen in Turbanen füllen die Zimmer, rauchen auf der Treppe, umarmen die stumme, starr blickende Chahna, die vor zwei Stunden noch einen Ehemann hatte. Jetzt ist er dort unten, untrennbar mit seinen Feinden verschmolzen.

»Schau doch! Er hat schon die Augen offen! Ist das denn die Möglichkeit, Janaki? So früh!«

Bimbi wiegt den Säugling, drückt ihn gegen die leere Brust. Die Alten flüstern untereinander, noch hat sie keine Milch. Die Männer geben Plastikbecher mit einem trüben Gebräu herum, das noch grässlicher und schärfer ist als der Selbstgebrannte, mit dem mich der Alte bewirtet hat.

Aus allen Betten und Zellen kommen Kinder, Jugendliche und alte Leute hervor. Der saure Geruch der Angst verweht; an seine Stelle tritt der ranzige Geschmack des Sieges.

»Auf Devendra! Auf euren Großvater!«, donnert ein breitschultriger Hüne mit zusammengewachsenen Augenbrauen. »Verzeiht, dass wir es nicht mehr rechtzeitig geschafft haben.«

»Er ist wie ein Held gestorben, wie ein Mann«, entgegnet ein grau melierter Kämpfer, dessen längliche weiße Narben an einen Tiger erinnern. »Für Somnath ist er gestorben. Trinken wir auf Devendra.«

»In Wirklichkeit wollte er noch gar nicht sterben!«, heult die alte Chahna. »Er hat nur so getan! Ich hab ihm immer gesagt: Sei still, sonst zürnen dir die Götter! Aber er hat immer weitergemacht, ständig hat er den Tod herbeigesehnt …«

Die Tiger hören nicht auf sie.

»Dort ist unser Land! Seit ewigen Zeiten gehört es uns! Nicht den stinkenden Pakis, und auch nicht den Schlitzaugen, die es sich jetzt unter den Nagel gerissen haben! Es gibt kein Indochina und wird es auch nie geben! Auf das große Indien! Wir werden zurückkehren!«

»Auf Indien! Auf Somnath!«, donnern die Stimmen.

»Warum hat er das getan, Dadi?!«, fragt Raj. »Er hätte doch noch leben können! Wir hätten ihm Wasser besorgt, ich hatte schon fast eine Vereinbarung …«

»Warum …« Großmutter Chahna sieht ihn an, dann schüttelt sie den Kopf auf ihre unverwechselbare Weise. »Kinder sollten nicht vor ihren Eltern sterben, Raj. Sie hätten dich umgebracht … Deswegen hat er sie absichtlich gegen sich aufgehetzt.«

»Ich will das nicht!« Raj ballt die Fäuste. »Ich will nicht, dass Dada mit seinem Leben für meines bezahlt! Wir hatten schon jemanden gefunden! Wir hätten ihm Wasser besorgen können! Ihm und dir!«

»Ich … Ich will das nicht mehr …«, entgegnet Chahna dumpf. »Was soll ich jetzt ohne ihn …«

»Unsinn, Dadi!« Sonja wirft die Arme in die Luft. »Was sagst du da!«

Hemu seufzt. »Er wusste, wenn Raj die Tür öffnet, ist das unser aller Ende. Also hat er die Pakis provoziert. Mit Absicht. Damit Raj sie nicht ins Haus lässt.«

»Wer hat seine Worte gehört?«, stößt Raj hervor. »Was hat er zu ihnen gesagt?«

Da ergreife ich das Wort. »Devendra sagte: Solange der heilige Tempel Somnath in den Herzen seiner Kinder stehen wird, wird er auch in Indien stehen.«

»Wer ist das?«, murmeln die Bärtigen und unterbrechen ihre Diskussion über den nun unvermeidlich bevorstehenden großen Krieg.

»Dies ist unser Bruder und Freund!«, verkündet Hemu bestimmt. »Er hat mir geholfen, das Petroleumfass zu tragen. Für uns hat er sich in den Kugelhagel hinausgewagt.«

»Wie heißt du?«, fragt ein gebückter, stirnrunzelnder Alter mit struppiger schwarzer Mähne.

»Jan.«

»Danke, dass du unseren Leuten geholfen hast. Wir konnten es nicht, aber du konntest es.«

Ich nicke ihm zu. Wenn du wüsstest, Bruder. Wäre ich nicht gewesen, wäre der Alte noch am Leben. Frag Raj. Er weiß, wie alles angefangen hat, und doch trinkt er wie alle anderen auf meine Gesundheit. Aber wenn er mir verziehen hat, wenn alle hier so großherzig sind, dann …

In diesem Augenblick läuft es mir kalt über den Rücken. Ich begreife, dass ich ihm meinen wahren Namen genannt habe.

Hast du gehört, Annelie?

Aber Annelie sitzt schon wieder über Sonjas Kommunikator gebeugt und kaut auf ihrer Lippe.

»Du bist jetzt einer von uns.« Hemu klopft mir auf die Schulter. »Du sollst wissen, dass du hier immer ein Zuhause haben wirst.«

Ich hebe mein Glas. Am besten, ich lasse mich volllaufen. Dann vergesse ich alles, was ich gesagt habe, und die anderen vergessen vielleicht, dass sie es gehört haben.

»Danke.«

»Brüder.« Raj hebt einen Arm. »Dada sagte immer, dass wir in einer miesen Zeit und an einem miesen Ort leben. Warum sollten wir Angst vor dem Tod haben, wenn das nächste Leben hundertmal schöner sein könnte? ›Wenn ich das nächste Mal auf die Welt komme, wird unser Volk glücklich sein.‹ Das hat er immer gesagt.«

Chahna schluchzt laut auf.

»Hört zu: Hemus Sohn ist genau in dem Augenblick geboren worden, als diese Schweine unseren Großvater töteten. Er war ein rechtschaffener Mann, unser Dada, anders als wir. Ich denke, er hat es verdient, sogleich wiedergeboren zu werden, und zwar als Mensch. Und ich denke, es ist kein Zufall, dass mein Bruder seinen Sohn Devendra genannt hat.«

Die bärtigen Männer lauschen diesem sinnlosen Geschwätz und nicken billigend. Ich kann nicht umhin, einen Blick auf den winzigen, krebsroten Säugling zu werfen. Der kleine Devendra liegt in den Armen seiner Mutter, die auf einmal ganz ernst geworden ist. Sein Blick geht ins Leere, wie der Blick eines alten Mannes, der trübe Blick eines Sterbenden. Mir läuft ein Schauer über den Rücken.

»Er ist hier, Devendra ist bei uns.« Rajs Stimme zittert. »Sein Blut ist in diesem Jungen, vielleicht ist er selbst in ihm. Er hätte sicher nicht weit von uns gehen wollen, von seiner Familie … Wenn dies so ist, wenn er hier ist … dann wird dieses Hundeleben bald ein Ende haben. Dann ist die Befreiung nah. Denn Dada sagte immer, dass er erst wiedergeboren wird, wenn unser Volk sein Glück findet.«

»Auf Devendra!«, rufen die Männer im Chor. »Auf deinen Sohn, Hemu!«

Ich trinke auf Devendra. Auch Annelie trinkt.

Vielleicht, lüge ich mich an, werde ich einmal hierher zurückkehren – vielleicht mit ihr? –, hierher, in diese seltsame Wohnung mit ihren fremden Gerüchen und den fremden Tempeln an den Wänden. Vielleicht wird einer dieser Käfige einmal unser Käfig sein. Dies ist der einzige Ort, wo man mir zu leben gestattete, mir das Gefühl gab dazuzugehören, mich Freund und Bruder nannte – auch wenn das alles nur Teil eines Rituals ist.

Vielleicht im nächsten Leben.

»Wie geht es dir?« Ich lege ihr die Hand auf die Schulter.

»Wolf antwortet nicht.«

»Vielleicht hat er einfach …«

»Er antwortet nicht. So viele Dinge passieren mir hier, und er ist nicht da. Du bist hier, ein fremder Mensch, rein zufällig! Warum du? Warum nicht Wolf?!«

Sie schluchzt heftig.

Ich dagegen lächle. Ich lächle immer, wenn es wehtut. Was soll ich sonst tun?

»Auf den kleinen Devendra!«, rufen die Frauen.

»Ich habe eine Entscheidung getroffen.« Annelie wischt sich die Tränen aus dem Gesicht. »Dieser Arzt kann seine Diagnose vergessen. Dass ich keine Kinder mehr bekomme, ist völlig ausgeschlossen. Ich gehe zu meiner Mutter. Wenn sie tatsächlich solche Wunder bewirken kann, kann sie mir auch helfen. Diese alte Schlampe soll ruhig mal was für ihre Tochter tun. Niemand bestimmt über mein Leben, kapiert?!«

»Ja.«

»Kommst du mit?« Annelie stellt ihren Becher ab. »Jetzt gleich?«

»Aber wir warten doch auf deinen … auf Wolf.«

Mit einer Kopfbewegung wirft sie sich die Haare aus der Stirn. »Du bist doch sein Freund, oder? Warum nimmst du ihn ständig in Schutz? Er ist dies, er ist das, er wird verfolgt, er ist in Gefahr! Was ist das für ein Mensch, der seine Frau einfach irgendwelchen Vergewaltigern überlässt?! Hm?! Was ist das für ein Mensch?!«

»Ich bin … Ich bin nicht sein Freund.«

»Warum läufst du mir dann ständig hinterher?!«

Eben noch war ich voller Energie und Tatendrang, überzeugt, sie immer weiter belügen zu können. Aber jetzt wünschte ich, ich könnte meinen Kopf in ihren Schoß legen, damit sie mir die Haare streichelt. Damit sich in mir endlich alles löst und mich wärmt.

»Sag mal, wer bist du eigentlich?! Wer bist du, Eugène?!«

»Ich bin Jan. Ich heiße Jan.«

»Und was soll das …«

Sie bricht ihren Satz mitten an der Perforationslinie der drei Punkte ab. Ihre Augen werden erst schmal, dann reißen sie plötzlich auf, und ihre Pupillen fangen an zu zittern.

»Ich habe mich also doch nicht getäuscht. Deine Stimme …«

Ich bringe kein Wort hervor. Ich kann es weder bestätigen noch abstreiten. Meinen ganzen Mut habe ich aufgebracht, um ihr meinen richtigen Namen zu nennen. Doch jetzt stehe ich da, zitternd, furchtsam und taub.

»Ich weiß, wer du bist.«

Annelie sieht sich nach unseren Gastgebern um.

Die Männer sind in tiefe Diskussionen verstrickt. Es geht noch immer um den möglicherweise bevorstehenden Krieg sowie um das Gerücht, dass Ted Mendez, der Präsident von Panam, Barcelona besuchen wird. Die Frauen überschlagen sich währenddessen mit Ratschlägen, wie Bimbi am besten Milch bekommt.

Ich habe meinen Rucksack bei mir, den Beweis meiner Schuld. Noch vor wenigen Sekunden war ich der Freund und Bruder dieser Menschen, aber wenn sie jetzt meine Maske und meinen Injektor sehen, lynchen sie mich an Ort und Stelle. Mein Schicksal hängt jetzt von Annelie ab.

Ich bin ein Idiot.

Ein müder, armseliger Trottel.

»Du warst es, der Wolf hat laufen lassen? Und du …«

Ich nicke.

Ich bin ein Versager.

Ihre hellgelben Augen werden trübe; Ohren und Wangen färben sich tiefrot. Ich kann förmlich spüren, wie sich ihr die Haare im Nacken aufstellen. Eine Art elektrisches Feld umgibt sie jetzt – keine Chance, mich ihr zu nähern.

»Das heißt … Du bist nicht zufällig hier.«

»Ich …«

»Das alles ist eine Falle, ja?! Du lauerst Wolf auf!«

»Ich habe ihn schon einmal gehen lassen. Darum geht es nicht …«

Ich strecke meine Hand aus – sie weicht vor mir zurück.

»Hier kannst du mir nichts tun!«

»Nicht nur hier«, sage ich und versuche sie anzulächeln. »Nirgends. Ich könnte es gar nicht.«

Meine Wangen schmerzen von diesem Lächeln. Und meine Lippen auch.

Annelie blinzelt heftig. Sie scheint sich an etwas zu erinnern … Dann hört es plötzlich auf.

»Du bist aus deinem Internat gar nicht abgehauen«, sagt sie langsam und mustert mich erneut.

»Ich habe es versucht«, antworte ich. »Aber es hat nicht geklappt.«

Sie kaut auf ihren Nägeln. Die Inder unterhalten sich noch immer über den unfähigen panamerikanischen Präsidenten, während ihre Frauen das friedliche Kind in höchsten Tönen loben. So entscheidet sich mein Schicksal.

»Warum folgst du mir die ganze Zeit?«, fragt Annelie noch einmal, diesmal jedoch mit ganz veränderter Stimme. Sie flüstert fast, als wäre dies jetzt unser beider Geheimnis.

Ich hebe die Schultern und merke, dass eines meiner Lider nervös zuckt. So etwas kenne ich von mir überhaupt nicht.

»Ich kann nicht … Ich kann dich nicht loslassen …«

Vielleicht eine Minute vergeht. Annelies Blick ist wie ein Stock mit Halsband, den man zur Dressur wilder Tiere verwendet. Jetzt hat sie mich damit an der Gurgel gepackt und hält mich auf Abstand.

»Na gut«, sagt sie schließlich. »Wenn du mich nicht loslassen kannst … kommst du dann mit – dorthin? Machst du das … Jan? Wenn du wirklich nicht wegen Wolf hier bist …«

»Ja.«

Ich werde mit ihr gehen. Nicht weil sie mich sonst unseren Gastgebern zum Fraß vorwerfen würde, das spielt jetzt keine Rolle mehr, sondern weil sie mich zum zweiten Mal darum bittet, diesmal aber mit meinem richtigen Namen.

»Also gehen wir.«

Wir küssen Sonja zum Abschied, danken Raj, versprechen Hemu, dass wir uns mit ihm in Verbindung setzen werden, um den Deal seiner Träume gemeinsam in Gang zu bringen, wünschen Devendra junior Glück und Gesundheit. Das Mädchen Europa kommt mir jetzt nicht mehr wie eine Dämonin vor: Als ich ihr die Haare streichle, spüre ich nichts Böses.

Die Witwe Chahna steht auf dem Balkon, blickt auf das Aschefeld hinab und flüstert irgendetwas vor sich hin.

Ich könnte mich auch von dem alten Devendra verabschieden, von ihm und den vielleicht hundert Menschen, die ich zu töten geholfen habe, aber ich habe Angst, dass ich mich übergeben muss, wenn ich erneut das verbrannte Fleisch sehe. Ich will diesen sauren Geschmack einfach nicht mehr im Mund haben.

Und so gehen wir fort.

Über eine Wendeltreppe klettern wir in den Speicher hinauf zum Hinterausgang. Annelie geht schweigend voraus, ohne sich umzusehen – doch mit einem Mal bleibt sie stehen.

»Zeig es mir. Zeig mir, was du im Rucksack hast.«

Sie glaubt es noch immer nicht. Aber jetzt wäre es idiotisch, das Ganze überspielen zu wollen. Ich habe mich lange gegen die Wahrheit gewehrt, aber jetzt, da alles offenliegt, fühle ich mich leicht, als hätte ich eine Glückspille genommen. Also nehme ich den Rucksack von der Schulter, öffne ihn und zeige ihr das Gorgonenhaupt.

Annelie erstarrt zu Stein – doch nur einen Augenblick lang.

»Dein Komm blinkt. Du hast eine Nachricht.«

Dann klettert sie weiter, als wäre nichts gewesen.

Ich berühre das Display meines Kommunikators.

Tatsächlich: eine Nachricht.

Absender: Helen Schreyer.

»Ich will mehr.«

XVII · ANRUFE

Anruf.

Ein ganz gewöhnliches Wort, aber im Internat haben gewöhnliche Wörter oft einen anderen, ungewöhnlichen Sinn.

Besprechungszimmer. Lazarett. Test.

Den Anruf muss jeder absolvieren, und wir wissen alle schon lange im Voraus, was von uns gefordert wird. Wer diese Prüfung bestanden hat, schreitet stolz erhobenen Hauptes zurück zu seiner Zehnereinheit und berichtet mit gönnerhafter Miene, wie es war und was er dabei empfunden hat. Nämlich rein gar nichts, das kann er natürlich beschwören.

In jeder Zehnergruppe gibt es den einen oder anderen, der den Anruf schon sehr früh bekommt, wenn er noch ziemlich klein ist. Diesen Jungen fällt der Test schwerer als den anderen, dafür härtet er sie früh ab, und alles, was danach kommt, bereitet ihnen kaum noch Probleme. Aber diejenigen, die sich der Prüfung erst in späteren Internatsjahren stellen müssen, sind in der Regel reifer: Der Anruf fällt ihnen leichter, zumal sie schon lange darauf warten. Mit jedem Jahr verfolgt einen der Gedanke an den Anruf immer hartnäckiger, sodass man schließlich einfach nur froh ist, wenn es endlich passiert. Wenn man endlich alles sagen kann, neues Selbstbewusstsein tankt und diese Last endlich von den Schultern wirft.

Den Anruf bekommt jeder nur ein einziges Mal. Eine zweite Chance gibt es nicht. Wer bei diesem Test durchfällt, verschwindet für immer aus dem Internat. Es ist verboten, darüber zu sprechen, was mit denen geschieht, die scheitern. Allerdings kommt es nur selten vor, dass einer nicht besteht.

Der Erste aus unserer Gruppe war Nr. 155. Wir alle waren damals erst sieben Jahre alt, und über den Anruf hatten wir damals nur gruselige Gutenachtgeschichten oder völlig abwegige Lügenmärchen anderer Jungs gehört. Doch eines Tages holte man uns alle zehn aus dem Geschichtsunterricht. Wir sollten uns beim Obersten Leiter melden.

»Es ist dein Anruf«, teilte man Nr. 155 auf dem Gang mit. »Du weißt, was du zu tun hast?«

Nr. 155 setzte ein selbstbewusstes Lächeln auf – oder vielleicht lächelte er auch wirklich. Er war ein notorischer Lügner, sodass man ihm selbst dann keinen Glauben schenkte, wenn er einmal zufällig oder aus Versehen die Wahrheit sagte. Ich zweifelte nicht, dass er mit dem Anruf bestens zurechtkommen würde.

Im Gänsemarsch wurden wir durch die leeren weißen Korridore geführt, fuhren in dem Aufzug mit den drei Knöpfen nach oben und drängten uns schließlich in das sterile Empfangszimmer des Obersten Leiters: ein Bildschirm an der Wand, Abflussrinnen im Boden, sonst nichts Bemerkenswertes.

Vor dem Bildschirm, der zu diesem Zeitpunkt noch schwarz und leer war, ließ man uns in einer Reihe antreten, dann verschloss man die Tür. Den Obersten bekamen wir gar nicht zu Gesicht, aber wir wussten natürlich, dass er uns in diesem Moment genau beobachtete. Solange man das nur nicht vergaß, würde alles gut gehen.

Nr. 155 hielt sich wacker. Er grinste, machte einen Witz auf Kosten von Nr. 38 und tuschelte mit Nr. 220. Dann ertönte plötzlich das Läuten.

Zuerst hörten wir nur eine Stimme – die Bildübertragung ließ noch auf sich warten.

»Bernard?«

Es war eine weibliche Stimme, jung und irgendwie … überfüllt. Kann man das so sagen? Vielleicht besser so: Einfach alles darin war zu viel. Hinter jedem einzelnen Wort verbarg sich, in Frequenzen, die für das menschliche Ohr nicht wahrnehmbar sind, hundertmal mehr, als sie eigentlich sagte. Hören im eigentlichen Sinne konnten wir es nicht, doch wie eine mächtige Infraschallwelle riss es uns alle im gleichen Augenblick aus unserer überdrehten Stimmung. Nr. 220 verstummte schlagartig, Nr. 310 runzelte die Stirn, und Nr. 7 begann sogar zu zittern.

»Bernard?«

Der Bildschirm flackerte kurz – wahrscheinlich erfolgte die Übertragung von Ton und Bild stets mit einer gewissen Verzögerung, um böse Überraschungen zu vermeiden. Doch dann blickte uns, oder besser gesagt Nr. 155, auf einmal eine Frau an. Sie schien nicht sehr gealtert zu sein, obwohl bereits erste Falten ihr Gesicht durchzogen und die Haut an einigen Stellen etwas schlaff herabhing. Gleichzeitig machte sie einen ungewohnt lebendigen Eindruck, für unsere Verhältnisse geradezu übertrieben herzlich.

»Bernard, siehst du mich?«

Nr. 155 blickte sie schweigend an.

»Mein Gott, wie groß du bist! Bernard, mein liebes Kind … Weißt du … Diese Herren erlauben uns nur einen einzigen Anruf … Nur einen einzigen … Wie geht es dir, mein Kleiner?«

Ich sog alles in mich auf. Da ich direkt neben ihm stand, konnte ich seine rosarot angelaufenen Ohren sehen. Die Kamera war jedoch offenbar so eingestellt, dass die Frau nur ihren Bernard sah; wir anderen blieben außerhalb des Bildausschnitts.

»Warum sagst du nichts? Ist alles in Ordnung? Was bekommst du zu essen, Bernard? Lassen dich die älteren Jungs auch in Ruhe? Ich wollte eine Anfrage stellen … über das Ministerium … Aber man sagte mir, nur ein Anruf, Madame. Sie dürfen selbst wählen, wann … Kannst du mich hören? Nicke doch wenigstens, ob du mich hören kannst …«

Nr. 155 nickte langsam. Er war damals erst sieben.

»Gott sei Dank, du kannst mich hören … Darfst du nicht mit mir reden? Papa und ich vermissen dich sehr! Ich habe drei Jahre durchgehalten … Die sagen einem immer, lassen Sie sich Zeit, Madame, wir können Ihnen danach keine weitere Möglichkeit mehr einräumen … Aber ich habe es einfach nicht mehr ausgehalten … Ich muss wissen, ob alles in Ordnung ist. Geht es dir gut, Bernard? … Wie du gewachsen bist … Und so gut siehst du aus … Wir haben all deine Sachen aufgehoben! Deine Rasseln, den kleinen Turbokopter, den Märchenkater … Erinnerst du dich noch an ihn?«

Ich blickte nur kurz zu Nr. 155 hinüber, denn die Frau auf dem Bildschirm zog meine Aufmerksamkeit magisch an. Wir alle standen stumm da.

Das war er also, der Anruf. Keiner kann sich diesem Bann entziehen, den eine Mutter auf ihre Kinder ausübt. Hätten wir es nicht an Nr. 155 erlebt, woher hätten wir das wissen sollen …

»Kannst du mir denn wirklich gar nichts sagen? Bernard … Ich würde dich so gern noch einmal anrufen, um dich wiederzusehen … Aber … sie gestatten es nicht. Ich weiß, es war dumm von mir, so ungeduldig zu sein … Aber heute ist es genau drei Jahre her, dass sie dich … Dass du umgezogen bist, und … Deinem Vater geht es gut. Drei Jahre. Sag doch irgendwas zu mir, Bernard! Bitte, die Zeit ist bald um, und du hast noch immer nichts gesagt.«

Die Zeit ist bald um, 155. Wach auf!

Da ging auf einmal ein Ruck durch seinen Körper, er wischte sich mit dem Handrücken die Nase. »Du bist dumm und eine Verbrecherin«, sagte er. »Ich werde dich nie wiedersehen, und ich will es auch gar nicht. Wenn ich groß bin, werde ich ein Unsterblicher sein. Und dann werde ich solche wie dich beseitigen. Genau. Außerdem kriege ich einen neuen Nachnamen. Deinen will ich nämlich nicht mehr tragen.«

»Was sagst du da?«, entgegnete sie deprimiert. »Du kannst doch nicht … Sie zwingen dich dazu, ja? Das tun sie doch?! Papa und ich, wir lieben dich doch … Wir … Papa wird auf jeden Fall auf dich warten, und …«

»Ich will euch nie wiedersehen. Ihr seid beide Verbrecher. Tschüss!«

»Was, die Zeit ist schon um? Warten Sie! Das ist doch meine einzige … Sie haben es selbst gesagt! Ich werde ihn nie wieder … Sie haben kein Recht!«

Ihre letzten Worte galten nicht mehr uns. Die Stimme brach ab, der Bildschirm wurde schwarz. Aus. Nr. 155 spuckte auf den Boden und verrieb es mit dem Fuß.

Die Tür öffnete sich, und der Oberste Leiter trat ein, gefolgt von unserem Arzt mit seinen Geräten. Er nahm Nr. 155 den Puls, maß Körpertemperatur und Schweißabsonderung. Dann nickte er dem Obersten zu.

»Bestanden.« Zeus fuhr Nr. 155 über den gestriegelten Schopf. »Du bist ein Held.«

Das war's. Von da an genoss der Junge allgemeine Hochachtung: Er hatte den Test mit sieben Jahren bestanden!

»Kinkerlitzchen!«, sollte er fortan zu jedem sagen, der ihn darauf ansprach.

Den Anruf kann nur derjenige Elternteil machen, der die Verantwortung für die Geburt des Kindes übernommen hat. Also derjenige, der nach der Konfiszierung noch knapp zehn Jahre zu leben hat. Sie sollten sich dafür bedanken, erklären uns unsere Leiter, schließlich bekommen sie diese Möglichkeit nur, weil Europa ein Bollwerk des Humanismus ist. In China beispielsweise springt man mit solchen Kriminellen weitaus weniger zimperlich um.

Den Tag, an dem dieser einzige Anruf erfolgen soll, kann der jeweilige Elternteil frei bestimmen. Viele warten natürlich, so lang sie können, um zu sehen, wie ihr Sohn aussieht, wenn er groß ist. Aber damit tun sie sich keinen Gefallen.

Als Nr. 584 seinen Anruf bekommt, sind wir neun. Auf dem Bildschirm sehen wir einen Mann mit hohlen Augen, schwarzen Tränensäcken, brüchigem Haar und genauso dumm abstehenden Ohren.

»Mein Sohn«, sagt er und fährt sich mit der Zunge über die Lippen. »Teufel ... Was bist du für ein Brocken geworden! Ein echter Kerl! Bist richtig in die Höhe geschossen.«

Nr. 584, dieses spillerige Kerlchen, das auch ohne seine künftigen Pickel ziemlich lächerlich aussieht und später wegen seines ständigen Onanierens zum Gespött der anderen werden wird, blickt schniefend zu Boden.

»Ach nee, ein Kerl!« Nr. 155 verkneift sich das Lachen. »Ein richtiger Brocken!«

Nr. 584 versucht den Kopf mit den großen Ohren so weit wie es geht einzuziehen, doch der Hals ist einfach zu lang.

»Du bist nicht allein? Man hört uns zu, nicht wahr?« Der Mann versucht sein Ortungsgerät so einzustellen, dass er uns andere auch zu Gesicht bekommt – aber das funktioniert natürlich nicht. »Achte nicht darauf, mein Sohn. Wir haben nur wenig Zeit. Also merk dir eins: Ich war ein guter Mensch. Ich habe dich geliebt. Wir hofften einfach, es würde gut gehen, und … Für mich wirst du immer der kleine Matz sein, der …«

»Der kleine Matz …« Nr. 155 kann kaum noch an sich halten.

»Du … du bist gar kein Vater für mich!«, schreit da auf einmal Nr. 584 mit dünner Stimme. »Du bist ein Krimineller! Wegen dir! Wegen solchen wie du, verstehst du?! Geh weg! Ich will nicht mit dir reden! Und ich will einen anderen Nachnamen! Nicht deinen! Und ich werde ein Unsterblicher! Geh! Geh weg!«

Sein Vater reißt den Mund auf wie ein Fisch auf dem Trockenen. Nr. 584 besteht den Test.

Ich fürchte mich vor meinem Anruf und träume davon; im Traum erlebe ich ihn so hautnah, dass ich, als ich erwache, erst nicht glauben kann, dass mir die Begegnung noch bevorsteht. Zum Glück, denn ich habe keine Ahnung, was ich meiner Mutter sagen soll. Die Worte kenne ich alle, man hat sie uns ausgeteilt, aber wie soll ich es ihr sagen? Im Traum gehe ich es wieder und wieder durch: »Ich vermisse dich überhaupt nicht! Mir geht es hier gut! Besser als zu Hause! Ich werde selber ein Unsterblicher werden, und dann werde ich solche Leute wie dich jagen!« Aber sie antwortet nur: »Gehen wir nach Hause?« Und nimmt mich mit aus dem Internat.

So geht es mir mit sieben, mit acht und mit neun Jahren.

Dann kommt der Anruf für Nr. 310. Es ist sein Vater, ein strenger, kahlköpfiger Mann mit rotem Gesicht und von riesiger Statur. Er spricht nur mit einer Körperhälfte; die andere ist bereits tot.

»I-i-ich h-hat-te ei-inen Sch-schlaganf-fall«, lallt er, dass es kaum zu verstehen ist. »Ich w-wei-iß n-nicht … A… Al… w-wie l-l-lang ich n-noch l-lebe. A-also w-wollte i-ich j-jetzt … d-damit … i-ich n-n-nicht … v-vorher …«

»Vater!«, unterbricht ihn Nr. 310, der Zehnjährige, mit fester Stimme. »Du hast ein Verbrechen begangen, und ich muss es jetzt sühnen. Ich werde ein Unsterblicher sein. Ich sage mich von deinem Namen los. Leb wohl.«

Der Arzt fasst dem Jungen ans Handgelenk und hebt den Daumen. Nr. 310 hat einen Puls wie ein Astronaut. Für ihn ist dieser halbseitig gelähmte Verbrecher offenbar tatsächlich nichts anderes als ein halbseitig gelähmter Verbrecher.

Wir sind elf, als der Anruf für Nr. 220 eintrifft. Es ist seine Mutter – eine alte Schachtel mit grauen Zotteln. Nr. 220 wurde schon als ganz kleines Kind abgeholt, und für seine Mutter sind die zehn Jahre anscheinend schneller vorübergegangen als üblich. Sie steht sichtlich vor dem Ende und hat den Anruf offenbar bis zuletzt hinausgezögert.

Ihre Lippen bewegen sich schmatzend, ihre Augen wandern aufgeregt hin und her. Sie erkennt ihn nicht, und er sie noch weniger. Nr. 220 ist hier, seit er zwei ist. Alles, was er je gelernt hat – zu denunzieren, zu lavieren, zu tricksen –, hat ihm das Internat beigebracht. An eine Mutter erinnert er sich nicht – und natürlich erst recht nicht an dieses Weib, das jetzt auf dem Bildschirm vor sich hinsabbert.

»Bist du das, Viktor? Bist du es? Bist du es?«, wiederholt die Alte. »Das ist er nicht! Das ist nicht mein Söhnchen!«

»Du bist nicht meine Mutter!«, haspelt Nr. 220 schnell. »Ich brauche deinen Namen nicht, ich werde einen neuen bekommen, und wenn ich hier rauskomme, bin ich ein Unsterblicher. Ich will dich nicht mehr sehen, und Vater auch nicht, ihr seid nämlich Kriminelle, verstanden?«

Zu hastig, denke ich. Hat er etwa Herzklopfen bekommen? Aber nein, nicht Nr. 220. Wahrscheinlich ekelt ihn der Anblick dieses Wracks einfach nur – deshalb will er es so schnell wie möglich hinter sich bringen.

Ordnung muss sein. Die Form steht jedem frei, der Inhalt jedoch muss immer der Gleiche sein: Sag deinen Eltern, dass du aus freien Stücken ihren Nachnamen ablegst, verbiete ihnen, dich nach deiner Entlassung zu suchen, sag ihnen, dass du sie für Verbrecher hältst und dass du beabsichtigst, dich den Unsterblichen anzuschließen. Entscheidend dabei ist natürlich, dass du ehrlich bist. Das misst der Arzt anschließend mit seinen Geräten, berechnet deine Aufrichtigkeit nach einer speziellen Formel – Schweißabsonderung, Puls und Pupillenbewegung multipliziert mit … Wir schnorren Spickzettel bei denen, die den Anruf schon hinter sich haben, diese erklären uns bereitwillig, wie man es am besten schafft – und trotzdem sind alle nervös.

Unsere Zehnergruppe beginnt sich zu teilen: Diejenigen, die es bereits geschafft haben, bilden eine Art Geheimgesellschaft. Uns andere verachten sie, wir haben ja noch kein Pulver gerochen. Auch ich will zu ihnen gehören, zu den coolen Jungs. Aber mich ruft keiner an.

Ich trainiere weiter. Die Wörter habe ich gelernt: »Verbrecherin«, »sich lossagen«, »Unsterblicher«. Deutlich, getrennt, mit fetten Druckbuchstaben.

Aber sie stehen nur auf der einen Seite des Blatts. Auch auf der anderen stehen Wörter, sie sind schlecht zu sehen, mit einiger Mühe lassen sie sich im Gegenlicht gerade noch erkennen. Ich kann sie nicht lesen – irgendetwas Konfuses, Beleidigtes, Mitleid heischendes. Mir fährt ein Schrecken in die Glieder, und ich höre sofort auf, mich im Gegenlicht zu betrachten.

Wir sind alle zwölf, als Nr. 906 plötzlich erklärt, dass er seine Mutter nicht für eine Verbrecherin hält. Ich versuche ihm die Flausen auszutreiben, aber da hat ihn Nr. 220 bereits verpetzt: Nr. 906 kommt in die Gruft, und ich ergreife die Flucht – durch einen Bildschirm. Das ist meine Rettung: Dem Internat entkomme ich zwar nicht, aber dafür heilt mich die Kiste augenblicklich von aller Dummheit. Als sie mich wieder rausholen, weiß ich genau, was ich ihr zu sagen habe, und wie. Ruf mich an! Ruf mich an, Schlampe!

Den nächsten Anruf erhält Nr. 38. Es ist ein gut aussehender älterer Herr mit einer von grauen Locken umrahmten Glatze. Auch Nr. 38 könnte eines Tages so aussehen, wenn er nicht beschlossen hätte, Unsterblicher zu werden. Doch genau so lautet sein Beschluss.

»Du bist ja schon ein richtiger Mann geworden.« Der Vater lächelt sanft, seine Augen glänzen. Er schweigt, verliert wertvolle Sekunden, doch dann lässt er alles auf einmal los: »Verzeih, dass ich nicht früher angerufen habe. Tausendmal wollte ich es schon tun. Aber … Weißt du, ich wollte unbedingt noch sehen, wie du allmählich erwachsen wirst. Um mir vorstellen zu können … wie du sein wirst. Später. Wenn … Na ja, später eben.

Du weißt ja sicher, dass sie dich nicht rauslassen, solange ich … solange ich lebe.«

»Ein richtiger Mann!«, kichert Nr. 155 im Hintergrund. »Sollen wir deinem Papi vielleicht verraten, an wen du von Zeit zu Zeit deinen schönen Hintern verkaufst?«

Nr. 38 stemmt seine Beine auf Schulterbreite in den Boden und spricht, ohne ein einziges Mal den Blick vom Bildschirm abzuwenden:

»Ich bin kein Mann geworden. Ich werde hier als Strichjunge missbraucht. Verstehst du das? Daran bist du schuld. So etwas hat niemand verdient. Deshalb: Sobald ich hier rauskomme, werde ich mich der Phalanx anschließen. Ich werde einen neuen Nachnamen tragen und ein neues Leben beginnen. Und wenn mich noch mal irgendein Arschloch daran erinnert …«

Er reißt sich vom Bild seines Vaters los und fixiert Nr. 155 mit einem Blick, dass dieser es nie wieder wagen wird, sich über ihn lustig zu machen.

Warum ruft mich niemand an?! Warum haben sie es so leicht – und ich muss warten?!

Wir werden dreizehn.

Der langsame, mürrische Nr. 900 ist an der Reihe. Seine Mutter heult Rotz und Wasser, doch Nr. 900 verfolgt ihren hysterischen Anfall unverwandt finsteren Blickes.

»Ich erinnere mich nicht an dich«, sagt er ihr schließlich. »Kein bisschen.«

Umso leichter fällt es ihm, die richtigen Worte zu sagen.

Als Nr. 163, der hyperaktive, durchgeknallte Raufbold, seinen krebsgezeichneten, mit Kabeln umwickelten Vater sieht und hört, wie dieser mit letzter Kraft eine Litanei des Bedauerns faselt, brüllt er ihn an und belegt ihn mit schlimmsten Flüchen.

»Krepier doch! Verrecke, du Sau!«, schreit er, zieht sich die Hose runter und zeigt dem Todkranken seinen blanken Hintern.

Auch er besteht die Prüfung. Abgehakt.

Was soll das? Sie hat doch nicht etwa vor, mich als Allerletzten anzurufen?!

Zum tausendsten Mal rechne ich nach: Ich bin mit vier hier gelandet. Nur wenige überleben die Spritze länger als zehn Jahre. Es gibt natürlich Ausnahmen … Aber so, wie es aussieht, hat sie nur noch ein Jahr, um den Anruf zu machen, damit ich hier rauskomme! Ich will ihr alles ins Gesicht sagen, will diese klapprige alte Schachtel endlich sehen, vor Ungeduld bin ich schon ganz kribbelig … Warum ruft sie nicht an?!

Mit fünfzehn sind nur noch drei von uns übrig: der unerschütterliche Nr. 906, längst wieder aufgepäppelt und die Knochen wieder zurechtgebogen, der weinerliche Tollpatsch Nr. 7 – und ich.

Dann ist Nr. 7 an der Reihe.

Er ist in den letzten Jahren in die Höhe geschossen, die Hamsterbacken sind verschwunden, er heult nicht mehr gleich los, wenn man ihn schlägt, und winselt auch nicht mehr im Schlaf. Aber als er seine Mutter erblickt, die man auf irgendwelche Kissen gebettet hat, bringt er es nicht fertig, zu ihr zu sprechen. Nr. 7 ist erst mit fünf ins Internat gekommen; er müsste sich noch gut an sie erinnern, als sie noch jung, glücklich und voller Energie war.

»Gerhard«, sagt die gebrechliche, hässliche Alte von ihrem Kissenlager aus. Ihre Haut ist dünn und gelb wie Pergament, das Gesicht voller Flecken. Das Schlimmste aber: Sie bekommt allmählich eine Glatze. »Gerhard. Mein Kleiner. Du hast dich nicht verändert.«

»Du auch nicht, Mama«, sagt Nr. 7 plötzlich.

Sie lächelt angestrengt. Es kostet sie sichtlich Mühe, die Lippen auseinanderzuziehen.

»Ich sterbe bald«, fährt sie fort. »Nur noch ein paar Wochen. Ich habe gewartet, solange ich konnte.«

Nr. 7 schweigt, seine dicke Lippe hängt herab. Er holt tief Luft, jetzt muss er den Satz mit den Unsterblichen, dem Namen und der Verbrecherin sagen – aber er kann sich nicht überwinden.

»Gut, dass ich dich noch einmal sehe. Jetzt habe ich nicht mehr so viel Angst.«

»Und … was ist mit Vater?«, fragt Nr. 7 mit fremder, fast piepsiger Stimme.

»Das weiß ich nicht.« Seine Mutter dreht langsam den schweren, gelben Kopf hin und her. »Wir haben uns vor langer Zeit getrennt. Er lebt sein eigenes Leben.«

»Hör zu, Mama. Ich gehe zu den Unsterblichen«, bringt er endlich hervor.

»Gut«, sagt die Alte und nickt. »Handle nur, wie es für dich am besten ist, mein Söhnchen. Du tust sicher das Richtige. Eines nur … Ich bitte dich, vergib mir. Lass mich diese Last nicht mit ins Jenseits nehmen …«

Nr. 7 stockt, sein Kehlkopf geht heftig auf und ab. Die Gruppe schweigt, selbst Nr. 155 hält sich jetzt raus. Nr. 220 verharrt in Lauerstellung. Mich fröstelt.

»Ich verzeihe dir, Mama«, sagt Nr. 7. »Ich verzeihe dir.«

»Idiot!«, flüstere ich.

Die Alte lächelt dankbar und sinkt zurück in ihre Kissen. Im selben Augenblick bricht die Verbindung ab. Einige lange Minuten tut sich nichts. Dann öffnet sich die Tür, der Arzt erscheint auf der Schwelle und winkt Nr. 7 zu sich.

»Komm doch mal mit, mein Freund. Wir machen noch ein paar Tests. Mir scheint, du warst heute etwas nervös.«

Wir alle, Nr. 7 eingeschlossen, wissen, was das bedeutet. Aber er hat keine Kraft, sich zu widersetzen. Seinen ganzen Vorrat an Ungehorsam, der sich im Laufe dieser zehn Jahre in ihm angestaut hat, hat er mit diesem einen Gespräch komplett aufgebraucht.

»Ciao, Jungs«, murmelt er uns zu.

»Mach's gut«, antwortet ihm Nr. 906.

Wir sehen ihn nie wieder, und sein Platz bleibt bis zum letzten Jahr, dem Abschlussjahr, leer.

Ich bekomme Angst: Werde ich es schaffen?

Was wird passieren, wenn sie mich anruft? Werde ich ihr Gesicht auf dem Bildschirm anspucken, ihre Tränen übersehen, ihre Stimme überhören, sie nicht erkennen?

Aber sie ruft einfach nicht an.

Entweder ist sie gestorben, als ich noch ganz klein war, oder sie will gar nicht mit mir reden. Vielleicht hat sie mich einfach vergessen. Hat mich zu zwölf Jahren verschärfter Lagerhaft verdonnert und lässt mich jetzt hier verrotten, damit sie ihr restliches Leben ungetrübt genießen kann. Am Ende hat sie wahrscheinlich einfach die Hände auf dem Bauch zusammengefaltet und friedlich ihr Leben ausgehaucht, ohne sich daran zu erinnern, dass aus diesem Bauch einmal etwas herausgekrochen ist.

Ich hoffe sehr, dass sie eine eiserne Konstitution und geradezu übermenschliche Immunabwehr besitzt. Dann liegt sie vielleicht noch ein weiteres Jahr in irgendeinem Krankenhausbett und weigert sich zu krepieren. Und wenn sie mich dann doch noch anruft, im letzten Jahr, werde ich sie an alles erinnern: an das Kruzifix, ihre Versprechungen, ihre blöden Märchen, ihre falschen Beruhigungen, und dann werde ich sie verfluchen, damit sie mich endlich loslässt!

Wie soll ich sonst hier rauskommen?!

Der Nächste ist Nr. 906.

Es ist seine Mutter. Dieselbe, die er nicht einmal nach seinem Aufenthalt in der Gruft als Verbrecherin bezeichnen wollte. Sie atmet kaum, ihr Kinn zittert, und ihr Mund scheint sich nicht öffnen zu wollen. Wir alle, in Reih und Glied, starren sie an, ohne zu feixen – aus Respekt vor Nr. 906. Ich lasse ihn nicht aus den Augen, als wäre dies nicht seine, sondern meine Mutter. Wird er es schaffen? Insgeheim fürchte ich, er könnte zerfließen wie Nr. 7, oder den Prinzipienreiter raushängen lassen, weil er sich an die Zeit in der Gruft erinnert … Der Anruf ist ja eine Kleinigkeit dagegen.

»L-lieb … Li…«, lallt die alte Frau tonlos.

Sie ist vollkommen verwelkt, die vielen Schläuche haben ihr alles Blut ausgesaugt, doch ihre Augen sind nicht verblasst. Nahaufnahme. Es sind die gleichen Augen wie die von Nr. 906 – dunkelbraun, die Winkel leicht nach unten gezogen. Es ist, als blicke er in einen Spiegel.

»Du bist eine Verbrecherin. Ich lege hiermit deinen Familiennamen ab. Nach meiner Entlassung aus dem Internat werde ich mich den Unsterblichen anschließen. Leb wohl.«

Es ist genau dieser Augenblick, da schlagartig alle Farbe aus ihren Augen verschwindet. Mit verzweifelter Anstrengung versucht sie irgendetwas zu lispeln, doch ohne Erfolg. Nr. 906 lächelt sie an.

Ihr Bild verschwindet, und vielleicht wird man jetzt auch all die piepsenden Apparate ausschalten, an denen sie hängt. Die Frau hat ihre Funktion erfüllt, höchste Zeit, ans Stromsparen zu denken.

In diesem Moment verzeihe ich Nr. 906, dass er besser war als ich. Mutiger, ausdauernder, härter. Denn nun hat er sich endlich von sich selbst losgesagt, so wie ich es tat, als ich in dieser verfluchten Kiste lag. Er ist ein neuer Mensch geworden – wie ich. Nun können wir doch noch Brüder werden!

Der Arzt überprüft seine Kennwerte – alles in Ordnung, die Prüfung ist bestanden.

Als ich später mit Nr. 906 allein bin, verpasse ich ihm vor lauter Begeisterung eins hinter die Löffel.

»Wie hast du das gemacht?!«

»Einfach so.« Er zuckt die Schultern. »Ich hab's einfach gesagt. Sie weiß, dass es nicht die Wahrheit ist.«

»Was?!«

»Sie wusste es die ganze Zeit«, sagt er überzeugt.

»Du … du hast schon wieder geblufft?!«

Er sieht mich an wie den letzten Idioten.

»Wenn du deiner Mutter sagst, dass sie eine Verbrecherin ist, meinst du das etwa ernst?«

»Aber sie messen doch unsere Werte!«

»Pillepalle«, flüstert er mir zu. »Es gibt Wege, die Technik zu überlisten. Puls, Schweiß … völlig egal.«

Er hat sie ausgetrickst. Er hat uns alle ausgetrickst.

»Ich hab das schon damals in der Kiste begriffen«, sagt er. »In der Gruft. Sie wollen dich brechen. Aber was, wenn du aus Gummi bist? Du nimmst einfach dein wahres Ich und versteckst es in dem Ich mit der Nummer. Hauptsache, du versteckst es so, dass es bei einer Durchsuchung nicht gefunden werden kann, verstehst du? Nicht einmal, wenn sie dir mit der Taschenlampe bis in den Dünndarm leuchten. Du bist du! Sie wollen dich unbedingt ändern, also lass sie doch glauben, dass sie es geschafft haben. Und irgendwann trägst du dein wahres Ich zusammen mit deinem angeblichen Ich hier raus. Wenn sie wollen, dass du schwörst, dann schwörst du eben. Es sind ja nur Worte, die nichts bedeuten.«

»Du … Du hast ihr verziehen?«, sage ich so leise, dass nicht einmal ihre hochsensiblen Mikrofone es registrieren könnten.

Nr. 906 nickt.

»Sie hat immer zu mir gesagt: ›Ich bin auch nur ein Mensch, Basile. Erwarte nicht zu viel von mir.‹ Das habe ich mir gemerkt. Ich bin ja auch nur ein Mensch. Und ich denke, sie weiß das.«

Ich beiße mir auf die Unterlippe und reiße ein dünnes Häutchen ab – damit es wehtut.

»Na gut. Lass uns gehen, sonst hören sie uns noch.«

Seine Methode wäre nichts für mich gewesen. Hätte meine Mutter mich angerufen, ich hätte mich nach den Regeln verhalten. Aber dazu kam es nicht.

Irgendwann hielt ich es nicht mehr aus und ging von selbst zum Obersten Leiter. Ich verlangte, meine Mutter selbst anrufen zu dürfen, um so den Test zu absolvieren. Worauf er antwortete, es sei Zöglingen nicht gestattet, Anrufe aus dem Internat zu tätigen.

Zwei Wochen später teilte man mir mit, ich sei vom Anruf befreit worden.

Also habe ich nie Gelegenheit zu tun, was Annelie getan hat.

XVIII · MA

Bis Eixample ist es nicht weit. Obwohl wir uns durch die alte Stadt, durch Rauchschwaden und Chaos schlagen müssen, wobei man zweimal versucht uns auszurauben, gelangen wir ohne nennenswerte Verluste zur Mission. An dem etwas wunderlichen, stark vernachlässigten Gebäude nagt der Zahn der Zeit, aus den zerschlagenen Fenstern hängt ein graues Tuch mit einem roten Kreuz und einem roten Halbmond darauf. Die Farbe ist längst verblichen, erinnert eher an Braun, wie Blut, das vor langer Zeit vergossen wurde.

Helens Nachricht ignoriere ich. In mir ist jetzt kein Platz für sie, denn Annelie füllt alles aus.

Bis zur Eingangstür ist sie beharrlich mitmarschiert, ohne ein einziges weiteres Wort zu sagen. Doch nun, an der Schwelle zur Mission, bleibt sie plötzlich stehen, blickt sich zu mir um und fasst sich an den Bauch. Das Weinen eines Kindes ertönt aus dem Inneren des Hauses. Annelie streicht sich aus irgendeinem Grund die Haare zurecht, dann drückt sie die Tür auf.

Ein langer Korridor, die Aufnahme, wie in einem Militärlazarett in alten Filmen. Nur dass hier anstelle von Verletzten zu beiden Seiten Schwangere sitzen und liegen – gequält, schwitzend, mit trüben Augen. Angestrengt ratternde Ventilatoren drehen sich nervös auf irgendwelchen Podesten und blasen doch nur kohlensäurehaltige Luft von einer Ecke in die andere, ohne die furchtbare Schwüle zu vertreiben. Die Rotorblätter drehen sich in ihren Gittern, an denen flatternde Papierstreifen befestigt sind, um wenigstens irgendwie die Horden von Fliegen zu vertreiben, die sich ständig auf Wangen und Brüsten der Wartenden niederlassen wollen. Ich rieche Urin. Offenbar trauen sich die Frauen nicht, ihren Platz in der Schlange zu verlassen.

Zu beiden Seiten des Gangs befinden sich Zimmer. Aus einem davon ist erst das Quäken eines Säuglings zu vernehmen, dann fällt ein weiterer ein, und schließlich ist es ein ganzer Chor. Aus einem anderen Saal ertönt Stöhnen und Fluchen – offenbar kommt dort gerade jemand nieder. Wir schreiten über bewusstlose, dicke Afrikanerinnen hinweg, über erschöpfte rothaarige Weiber mit glasigen Augen, verfolgt von keifendem Schimpfen in irgendeiner toten Sprache, wahrscheinlich weil wir uns einfach so vordrängeln.

Dass der kleine Devendra auf die Welt kommen musste, kann ich noch akzeptieren. Sein Volk ist klein, da ist jeder neue Krieger willkommen. Aber die anderen, warum müssen die auch alle werfen?

»Ich will zu meiner Mutter!«, rechtfertigt sich Annelie. »Meine Mutter ist Ärztin!«

Das wirkt. Auf einmal ziehen sie ihre Beine an, mit denen sie uns zuvor den Weg versperrt haben, und auf die Beschimpfungen folgt ein ehrfurchtsvolles Flüstern. Man lässt uns ohne Widerrede passieren, will es uns recht machen. Jemand steckt uns zerknitterte Geldscheine in einer längst nicht mehr existierenden Währung zu, als wären wir Priester auf dem Weg in den Tempel einer Göttin, weshalb man unsere Gunst gewinnen müsse.

Da ist er: der Behandlungsraum.

Annelie klopft nicht, sondern drückt einfach auf die Klinke, und prompt platzen wir mitten in eine gynäkologische Untersuchung. Eine Frau mit chirurgischem Mundschutz, die eben zwischen zwei fetten, faltigen Schokoladenbeinen mit gelben Flecken eingeklemmt ist, dreht sich abrupt zu uns um.

»Raus …«

»Hallo, Ma.«

Die Dunkelhäutige auf der Liege veranstaltet einen Riesenterz, aber Annelie verschränkt die Arme, kaut auf ihrer Lippe und weigert sich zu gehen, während ihre Mutter die Untersuchung zu Ende bringt. Ich bleibe bei Annelie, obwohl ich mich dabei wie ein Idiot fühle. Krampfhaft versuche ich woanders hinzusehen, um der berüchtigten Anziehungskraft schwarzer Löcher zu widerstehen …

Dann ist alles vorbei, und die Dicke wankt aus dem Behandlungszimmer, jedoch nicht ohne eine heftige Tirade aus Speichel und wüsten Beschimpfungen loszuwerden. Annelies Mutter bittet eine hagere Mulattin, sie abzulösen, und nimmt endlich den Mundschutz ab.

Mutter und Tochter sind sich überhaupt nicht ähnlich.

Diese blasse, brünette Frau ist kleiner und eleganter als ihre Tochter, obwohl ihre Hände hart sind und man den Fingern ihre Kraft anmerkt. Von selbst würde man nicht auf den Gedanken kommen, dass sie schon einmal geboren hat: Ihre Hüften sind eng, sie steht kerzengerade und hat kein Gramm überflüssiges Fett an sich. Diese besondere Form der Augen, die mich bei Annelie so fasziniert, fehlt ihr, ebenso die scharf geschnittenen, hohen Wangenknochen. Dennoch ist sie eine wahre Schönheit und wirkt – trotz aller Müdigkeit – noch sehr jung. Die meisten von uns hält der Impfstoff auf einem Niveau, das einem Alter von etwa dreißig Jahren entspricht, Annelies Mutter aber würde ich nicht älter als zweiundzwanzig schätzen.

Ein Fehler?

»Wer ist das?« Sie deutet mit dem Kopf in meine Richtung.

»Jan. Er ist mein Freund.«

»Margo«, sagt sie zu mir gewandt. Sie schiebt sich ein Bonbon in den Mund. »Fesch, der Junge. Dein Neuer?«

»Deine Meinung interessiert mich nicht.«

»Ich dachte, du wolltest ihn deinen Eltern vorstellen.«

»Welchen Eltern?«

»Du bist wieder mal schlecht drauf. Da, nimm dir ein Pfefferminzbonbon.«

»Letztes Mal hast du mir Zigaretten angeboten. Hast du etwa aufgehört?«

»Die Patienten haben sich beschwert.«

»Vielleicht solltest du eher mit denen Schluss machen.«

»Ich versuche allen zu helfen.«

»Und, läuft es? Immer noch anderthalb Kinder pro Tag?«

»Zweieinhalb inzwischen. Tendenz steigend.«

»Ich wollte schon immer mal wissen, was ihr mit den halben Kindern macht.«

»Liebes, da draußen warten ein paar Leute. Bist du geschäftlich hier oder nur auf einen Schwatz? Ihr könntet heute Abend bei uns vorbeikommen, James und ich …«

»Geschäftlich, Ma. Ich will was zu deiner Statistik beitragen.«

»Wie bitte?«

Annelie blickt ihr direkt ins Gesicht. Ihre angenagte Lippe blutet.

»Du meinst …?«, setzt Margo an. »Du selbst?«

»Ich weiß es nicht. Das sollst du mir sagen.«

»Jetzt? Ich?«

»Ja, jetzt gleich. Bevor ich es mir anders überlege.«

Margo macht Anstalten, sich zu erheben. »Wenn du willst, kann dich Françoise untersuchen, sie ist auch …«

»Nein … Jan, warte bitte draußen. Wir spielen hier mal kurz Mama und Kind.«

Also warte ich im Gang: erneut allein unter lauter Schwangeren. Eine Fliege landet auf meinem Arm, ich hebe die andere Hand, um sie zu zerdrücken, doch dann vergesse ich auf einmal, was ich vorhabe. Die Fliege reibt ihre Vorderbeine aneinander, zwei verschleierte Araberinnen unterhalten sich mit tiefen, fast männlichen Stimmen in einer Sprache, die fast ausschließlich aus Vokalen besteht. Einmal pro Minute atmet ein drei Meter entfernt stehender Ventilator mich heiß an, dann wendet er sich wieder ab. Von draußen dringt ein wehmütiges Singen an mein Ohr, in der Ferne höre ich Tamtams, rothaarige Köpfe glänzen vor Schweiß. Ich bemerke, dass einer der rothaarigen Frauen eine Hand fehlt.

Ich bin nicht hier. Ich bin dort, bei Annelie.

Diese blasse Zicke soll ihr gefälligst sagen, dass alles gut wird. Ich weiß nicht, warum mir das auf einmal so wichtig ist; es geht mir nicht darum, dass noch so ein brüllender Hosenscheißer auf die Welt kommt, und erst recht nicht der von Rocamora. Annelie soll einfach bekommen, was sie will – wenigstens dieses eine Mal. Das Mädchen hat schon viel zu viel aushalten müssen. Wenn es ihr so wichtig ist, schwanger zu werden, dann soll sie es auch können.

Eine zweite Fliege setzt sich auf meinen Arm, noch dicker als die erste. Es kitzelt eklig, als sie auf ihre Artgenossin zukrabbelt. Meine Hand schwebt immer noch über den beiden in der Luft.

Außerdem hat Annelie mich nicht verstoßen, hat mein Geheimnis unseren neuen Blutsbrüdern nicht verraten. Vielleicht ist es noch zu früh, mich loszuwerden, vielleicht kann sie mich noch für etwas gebrauchen. Oder sieht sie in mir vielleicht doch nicht nur den Kampfsoldaten, nicht nur den brutalen Schläger, nicht nur den Leibwächter? Weil …

Die fettere Mücke klettert von hinten auf die andere. Diese tut so, als wolle sie sie abschütteln, doch dann beginnen beide leidenschaftlich zu summen, bewegen die Flügel, um aufzufliegen, doch die Liebe hält beide am Boden. Jetzt könnte ich beide mit einem Schlag killen, aber irgendetwas hindert mich daran. Irgendetwas. Ich zucke mit dem Arm – sie jagen durch die Luft, verfolgen einander und kopulieren direkt im Flug.

Die Tür öffnet sich, Margo mit Mundschutz, jetzt noch blasser als vorher, ruft eine Schwester, sie braucht irgendwelche Analysen. Eine stämmige Asiatin im weißen Kittel fährt ein vorsintflutliches Gerät mit Fühlern und Monitoren klappernd über den schartigen Boden ins Behandlungszimmer. Die Frau ohne Hand folgt dem Apparat respektvoll mit ihrem Stumpf. Als sie meinen Blick auffängt, spricht sie mich vertrauensvoll an.

»Was für eine Technik!« Ihr Akzent klingt, als ob sie die Worte mit einem Beil abhackt.

»Erste Sahne«, antworte ich, und das macht ihr Mut fortzufahren. Etwas Small Talk ist hier sicherlich eine willkommene Abwechslung.

»Bei uns hatten wir nur einen Doktor für den ganzen Bezirk. Er war gut, hatte aber keine Medikamente. Und seine ganze

Technik war ein silbernes Röhrchen. Das hatte er noch von seinem Vater bekommen.«

Ich horche auf. »Was für ein Röhrchen?«

»Ein silbernes. Gegen Diphtherie.«

»Diphthe… Wie bitte?«

»Diphtherie«, erklärt die Handlose bereitwillig. »Das ist eine Krankheit, bei der sich im Hals so ein Film bildet. Man kann daran ersticken. Bei uns haben das viele.«

»Und wozu das Röhrchen?«

»Man steckt es dem Patienten in den Hals und sticht damit durch den Belag. Der Patient atmet durch das Röhrchen, bis die Krankheit vorbei ist. Und das Silber hält den Belag auf.«

»Das ist doch reiner Aberglauben«, behaupte ich forsch. »So eine Krankheit gibt es gar nicht.«

Sie schnalzt mit der Zunge. »Und woran ist dann mein kleiner Bruder gestorben?«

»Warum hat ihn euer Doktor nicht mit seinem Röhrchen geheilt?«

»Er konnte nicht. Die Eintreiber hatten es ihm abgenommen. Es war doch aus Silber.«

»Aber wo kommt so was heute noch vor?«

Die Einhändige lächelt. »Wir sind aus Russland.«

»Ach so. Ich weiß, bei euch …«

Doch in diesem Augenblick fasst sich die zweite Rothaarige an ihren aufgeblähten Bauch, und unsere Plauderei findet ein jähes Ende. Die beiden fangen an, in ihrer Holzfällersprache zu plappern, die asiatische Schwester eilt mit völlig unbeteiligter Miene aus dem Behandlungszimmer herbei und zieht die Zweihändige hinter sich in ihre Geburtswerkstatt – oder wie das auch immer heißt. Die Einhändige schlurft eilig hinterdrein und spricht der anderen gut zu.

Die Tür zu Margos Behandlungszimmer steht noch immer offen. Von dort dringen Stimmen an mein Ohr. Niemand hat mich gerufen, aber ich muss jetzt einfach Bescheid wissen. Also schleiche ich mich näher und horche.

»Wer hat dir das angetan?«, fragt die Mutter leise. »Was ist passiert?«

»Was kümmert dich das? Sag einfach, was mit mir los ist.«

»Wir müssen noch die Blutwerte abwarten, aber … Was ich auf dem Scanner erkennen konnte …«

»Spann mich nicht auf die Folter! Kannst du nicht einfach …«

»Du hast jede Menge Wunden, Annelie. Das ist alles in einem furchtbaren Zustand. Die Gebärmutter … Wie um Gottes willen haben die …?«

Ich weiß es, ich könnte es berichten. Annelie, denk lieber nicht daran zurück.

»Mit der Faust«, antwortet sie, und ihre Stimme klingt, als wäre es das Alltäglichste von der Welt. »Er hatte irgendwas an der Hand. Ringe. Ein Armband. Und dann natürlich mit all dem anderen.«

Einige Sekunden lang vergehen, in denen ihre Mutter wahrscheinlich versucht, Mitleid vorzutäuschen. Die Stimme, mit der sie dann fortsetzt, ist jedoch kühl und sachlich.

»Es gibt einen Infektionsherd, den wir entfernen müssen, Annelie … Es ist besser zu sterilisieren …«

»Was heißt das, zu sterilisieren? Was heißt das?!«

»Hör zu … Dass, was du da hast … Ich glaube, du … Ich glaube nicht, dass du irgendwann …«

»Glaubst du oder glaubst du nicht?! Rede normal mit mir, deswegen bin ich hier! Von meiner eigenen Mutter werde ich ja wohl noch eine konkrete Auskunft erwarten können! Weil sie mir nämlich keine falschen Hoffnungen machen wird, oder? Raus damit!«

»Ich befürchte …« Bonbonpapier raschelt. »Ach, zum Teufel: So zerfetzt, wie das alles bei dir aussieht, kannst du nicht schwanger werden … Mehr kann ich dazu nicht sagen.«

»Und? Soll das etwa heißen, dass nicht einmal du etwas ausrichten kannst? Du, die Heilige, die Wundertäterin? Mit deiner Warteliste von hundert Jahren?! Warum stehen diese Leute eigentlich bei dir Schlange, wenn du nicht einmal deiner eigenen Tochter helfen kannst?!«

»Annelie … Du kannst dir nicht vorstellen, wie leid mir das tut …«

»Das hoffe ich doch, dass es dir leidtut. Es ist nämlich auch deine Linie, die damit abbricht! Ich weiß natürlich nicht, ob du dich um deine Enkel überhaupt hättest kümmern wollen, aber da wird jetzt wohl sowieso nichts draus, sorry …«

»Mein Gott …« Margo verstummt für einen Augenblick. »Wie lebst du nur? Wie konnte dir so etwas überhaupt passieren? Ich dachte, in Europa wärst du sicher …«

»Ich kann dir sagen, wie. Ich bin von meinem Mann schwanger geworden, also standen eines Tages die Unsterblichen vor der Tür. Kommt dir bekannt vor, die Geschichte, oder? Nur dass sie die Sache diesmal eben nicht mit der Spritze, sondern mit der Faust geregelt haben.«

»Mein armes Kind …«

»Hast du Zigaretten?«

»Ich rauche nicht mehr. Wirklich, ich habe sie alle weggeworfen. Willst du ein Bonbon?«

»Deine Bonbons sind zum Kotzen! Wie können die mir jetzt helfen?!«

Gleich gehe ich rein, packe diese käsige Schlampe am Hals und stopfe ihr ihre Scheißbonbons in den Mund, bis sie nicht mehr atmen kann.

»Die Unsterblichen … Furchtbar … Du hättest nie von hier weggehen sollen … Hier lassen sie sich nicht blicken … Du hättest …«

Inzwischen weißt du also, wo man sich vor ihnen verstecken kann, was? Jetzt, wo dein Mann im Grab ist und deine Tochter im Internat war, ist dir ein Licht aufgegangen! Warum hast du überhaupt zugelassen, dass Annelie nach Europa geht, in unser ach so glückliches Land?! Und du wagst es, ihr eine Moralpredigt zu halten?!

»Ich will von dir nicht wissen, was ich hätte tun sollen, Ma! Ich kann mir mein glückliches Leben selbst ausmalen – mit der Fantasie ist bei mir alles in Ordnung. Mein Problem ist meine Gebärmutter! Du kannst also gar nichts ausrichten, ja? Nicht einmal versuchen willst du es?! Natürlich, für deine Statistik ist das nicht gerade ideal, aber trotzdem! Gibst du mir denn wirklich keine Chance?!«

Ich höre einen Klingelton.

»Warte, das sind die Ergebnisse. Hormonspiegel und …« Margo klappert auf irgendwelchen Tasten herum. »… bakterieller Befund … Blutwerte …«

»Geht das nicht etwas schneller? Sag schon, was ist es?!«

»Ich verschreibe dir Antibiotika … damit es nicht zu einer Blutvergiftung kommt … Und hier noch ein Schmerzmittel.«

»Und was heißt das? Was passiert mit mir jetzt?«

»Dennoch empfehle ich eine Operation. Eine Entfernung …«

»Nein!«

»Du wirst sowieso keine Kinder kriegen können, Annelie! Wir müssen das Risiko minimieren …«

»Gib mir die verfluchten Tabletten! Wo sind sie?!«

»Hör mir doch zu …«

»Du hast das nicht zu entscheiden. Es ist mein Leben, du hast darin nie eine Rolle gespielt, also wirst du auch in Zukunft nicht entscheiden, was mit mir passiert und was nicht. Gib mir die Tabletten. Ich gehe jetzt.«

»Es tut mir wirklich leid! Da, nimm. Und diese … zweimal täglich. Warte … Willst du nicht … Wollt ihr heute vielleicht bei James und mir vorbeischauen? Wir sind zusammengezogen. Wir leben jetzt direkt hier über der Mission …«

»Gib mir deinen Kommunikator.«

»Was?«

»Gib mir deinen Kommunikator.«

Es geht doch wieder nur um sie selbst. Ich höre, wie Margo ihr Armband löst, und wie Annelie störrisch vor sich hin atmet, während sie ihre Post kontrolliert.

»Danke. Danke für alles, Ma.«

»Also, kommt ihr vorbei? Ich bin um zehn hier fertig …«

Mit fliegenden Schritten erscheint Annelie im Gang und knallt die Tür zu, dass der Putz zu bröckeln beginnt. Wir verlassen das Gebäude, sie reißt mit zitternden Fingern die Tablettenpackung auf, leckt sie mit trockener Zunge aus der Hand und würgt sie hinunter. Wahrscheinlich hat sie keine Ahnung, was sie jetzt tun soll.

Ich berühre ihren Ellenbogen leicht. »Wohin gehen wir jetzt?«

»Ich gehe nirgendwohin. Du – wohin du willst.«

Gegenüber sehe ich einen Laden, der libanesisches Schawarma verkauft.

»Warte hier auf mich.«

Ich komme mit Tee und zwei dampfenden Teigtaschen zurück. Im Stockwerk direkt über der Imbissbude befindet sich ein ziemlich versifftes, sündhaft teures Sex-Motel, das Doppelbettzimmer hat. Wenigstens eines ist in diesem höllischen Gewühl von Menschen möglich: sich ungestört eine Dosis Liebe reinzuziehen.

»Lass uns einfach ausruhen, ja?«

Ihr ist es egal. Einen Concierge gibt es nicht, die Bezahlung erfolgt automatisch. Die dünnen Wände sind beklebt mit Postern von Frauen, die ihre Schenkel spreizen, offenbar soll das die Leute in Stimmung bringen. Das Zimmer ist etwa so groß wie mein Schrank – es besteht im Wesentlichen aus einem Bett. Dafür gibt es ein erstaunlich großes Fenster, von dem aus man direkt auf den Eingang der Mission blickt. Sofort zieht Annelie die Vorhänge zu.

Ich halte ihr ein Schawarma unter die Nase.

»Hoffentlich kein Menschenfleisch«, versuche ich zu scherzen.

Sie beißt ab und beginnt zu kauen – vergisst aber zu schlucken.

»Ich wünschte, sie wäre gestorben«, sagt Annelie. »So wie deine. Jedes Mal, wenn ich sie sehe, denke ich, es war ein Fehler, dass Papa die Injektion auf sich genommen hat. ›Wollt ihr bei mir und James vorbeischauen?‹ …«

»Hattest du zu ihm …« Es ist mir unangenehm, ihr diese Frage zu stellen. »Hast du ihn geliebt?«

»Sie wollte mich eigentlich gar nicht. Aber mein Vater hat darauf bestanden. Sie lebten damals in Stockholm. Als sie schwanger wurde, wollte sie abtreiben. Vater sagte, nein, wir fliehen nach Barcelona, egal wohin, damit wir leben können, wie die Menschen früher gelebt haben: als Familie. Aber meine Mutter hatte damals eine Stelle in Aussicht. In einer Klinik für plastische Chirurgie. Einer großen, teuren Klinik. Sie hatte mehrere Jahre darauf gewartet, und deshalb weigerte sie sich, nach Barcelona zu fahren. Doch Vater bestand so lange auf dem Kind, bis sie nachgab. So hat sie es mir jedenfalls erzählt. Ganz schön ehrlich, was? Aber aus Stockholm wollte sie nicht weg. Als sie im letzten Monat schwanger war, wurde die Stelle in der Klinik frei. Man sagte ihr, man könne nicht warten. Sie fand ein illegales Geburtshaus und ließ einen Kaiserschnitt machen. Drei Tage später ging sie zur Arbeit.«

»Du bist ihr überhaupt nicht ähnlich«, sage ich.

»Warum sollte ich?« Annelie lacht verächtlich. »Wann hat sie mich je gesehen? Sie ging Geld verdienen, während sich mein Vater um mich kümmerte. Er wickelte mich, wusch mich, gab mir die Flasche, brachte mir Krabbeln, Sitzen, Stehen und Laufen bei, Aufs-Töpfchen-Gehen, Händewaschen, Sprechen, Lesen, Singen und Malen. Abends legte er mich schlafen und erzählte mir Gutenachtgeschichten.«

Ich schlinge das kalte Fleisch hinunter. Mein ganzer Körper juckt, und das Augenlid fängt wieder an zu flattern.

»Eine davon mochte ich besonders gern: die von dem Mädchen Annelie. Von diesem Mädchen erzählte er mir viele Geschichten, und eine handelte davon, wie Annelie herausfand, dass sie in Wirklichkeit eine Prinzessin war und ihre Eltern König und Königin. Damals wurde ich richtig wütend und sagte, ich wolle keinen König, denn ich sei mit meinem Vater sehr glücklich. Und ich begann die Geschichte selbst weiterzuerzählen.

Später dachten wir uns abwechselnd aus, wie sie weitergehen könnte. Das war sehr lustig, und am Ende war die Geschichte interessanter als alle anderen. Leider habe ich das Ende irgendwann vergessen. Ich dachte immer, wenn ich aus dem Internat abhaue, werde ich ihn fragen.«

Ich lege das Schawarma beiseite. Es schmeckt nicht mehr. Auch der Tee ist inzwischen kalt geworden.

»Als ich meine Mutter ausfindig gemacht hatte, fragte ich sie danach. Aber sie schüttelte nur den Kopf, sie sei nie vor elf aus der Arbeit gekommen, und ich hätte immer schon geschlafen. Irgendjemand habe ja das Geld in der Familie verdienen müssen, während der, der nichts konnte außer reden, dann eben zu Hause herumgesessen und Geschichten erzählt habe. Ich bin eine Kopie meines Vaters. Wie sollte ich da meiner Mutter ähnlich sein?«

»Du hast Glück gehabt.«

»Was?«

»Jetzt kannst du ihr wenigstens eine reinhauen.«

»Das würde ich nicht fertigbringen. Obwohl ich vorhin fast so weit war. Als sie sagte, ich solle dich ›meinen Eltern‹ vorstellen …«

Ich trinke einen Schluck Tee.

»Deinen Vater hätte ich gern kennengelernt.«

Annelie lächelt schief.

»Deinen eigenen nicht?«

»Wozu? Ich wüsste nicht, was ich ihn fragen sollte. Außer vielleicht, warum ich so einen Schnabel habe.«

Sie lässt sich aufs Bett fallen und blickt an die Decke. Sie ist niedrig, mit verschwommenen, gelben Flecken – wahrscheinlich von einem Wasserschaden in der Wohnung darüber.

»Eigentlich dürftest du jetzt gar nicht hier sein, stimmt's?«, fragt sie. »Das verstößt doch sicher gegen irgendwelche Regeln.«

»Den Kodex.«

»Wird man dich nicht ausfragen, was du in Barça mit der Freundin eines Terroristen zu schaffen hattest?«

»Darüber denke ich nicht nach.«

»Gut. Es gibt Dinge, über die man besser überhaupt nicht nachdenken sollte.«

Annelie seufzt und dreht sich auf den Bauch.

»Du hast eine ganz normale Nase.« Sie berührt eine Stelle auf meinem Nasenrücken. »War das ein Bruch?«

»Ja.« Ich ziehe den Kopf zurück. »Bei der Arbeit …«

»Bei der Arbeit.« Sie zieht ihre Hand zurück. »An deine Mutter dürftest du aber jede Menge Fragen haben, oder?«

Ich will ihr nicht mein Herz ausschütten. Aber irgendwie hat sie es geschafft, ein kleines Loch in meinen Panzer zu bohren. Diese dumme Geschichte von dem Märchen mit dem vergessenen Ende … Durch dieses Loch blickt Nr. 717 heraus. Er hat keine Lust mehr, sich bei mir zu beschweren, schließlich kennt er all meine Antworten.

»Warum hat sie die Schwangerschaft nicht gemeldet?«, fragt Annelie und lockt ihn damit noch ein wenig weiter heraus. »Warum hat sie dich den Unsterblichen ausgeliefert?«

Nr. 717 lächelt sie an. »Zuallererst: Warum hat sie es mit irgendwelchen Kerls getrieben, ohne zu verhüten?«

Sie nickt.

»Warum hat sie keine Tablette genommen, als ich noch ein winziger Zellhaufen war und es mir nicht wehtat?«

Annelie unterbricht Nr. 717 nicht, und das ermutigt ihn.

»Warum hat sie mich nicht ausschaben lassen, als ich noch keinen Mund hatte? Ich hätte nichts dagegen sagen können. Und ja, warum musste sie mich zu Hause gebären und vor allen verbergen? Warum musste sie unbedingt warten, bis mich die Unsterblichen abholten und ins Internat steckten?«

Annelie will etwas sagen, aber jetzt ist er in Fahrt geraten. Meine Finger krümmen sich, ich drücke das Schawarma zusammen, als wäre es der Hals einer Frau, die weiße Soße rinnt über meine Hände, Fleisch und Teigfetzen fallen herab.

»Damit sie mir die Finger brechen und ihren Schwanz gegen mich drücken? Damit sie mich in die Kiste sperren?! Damit ich eine Woche in meiner eigenen Scheiße liege?! Damit ich so werde wie alle?! Warum hat sie mich nicht einfach ganz normal angemeldet, dann hätte ich wenigstens zehn Jahre mit ihr leben können?! Wenigstens zehn miese, legale Jahre!«

Ich schleudere den Rest Schawarma gegen die Wand, die weiße Soße fließt über das Gesicht eines Models. Idiotisch und geschmacklos, das Ganze. Langsam komme ich wieder zur Besinnung: Diese Beichte war eine dämliche Blamage. Als hätte Annelie nicht auch ohne mich genug zu trauern. So was von peinlich. Ich trete ans Fenster und starre hinaus auf die dunstige Straße.

»Sie haben dich in die Kiste gesteckt?«, fragt sie. »In die Gruft?«

»Ja.«

»Weswegen?«

»Weil ich versucht habe abzuhauen. Das sagte ich schon …«

»Was hattest du für eine Nummer?«

Ich öffne den Mund – und bringe es nicht heraus. Meinen eigenen Namen kann ich leichter sagen als diese Nummer. Das war einmal anders. Endlich überwinde ich mich und sage gepresst:

»Sieben. Eins. Sieben.«

»Ich war Nr. 1. Toll, was?«

»Sehr schön.«

»Die Nr. 1 vor mir hatte die Anrufprüfung vergeigt, also kam sie in die Leiterinnen-Schule. Die Nummer wurde frei, aber da waren ja noch ihre Freundinnen. Was für Zicken. ›Du bist nicht die echte Nr. 1, kapiert?‹, fauchten sie mich an. Oft lauerten sie mir auf der Toilette auf und zogen mich an den Haaren über den Boden. Ich wusste genau, was mir bevorstand, wenn ich dort noch länger bleiben würde.«

»Wer hat dir das mit der Leiterinnen-Schule gesagt? Was mit denen passiert, die den Test nicht bestehen?«

»Unsere Ärztin.« Annelie verzieht ihren Mund zu einem Lächeln. »Sie unterhielt sich gern mit mir. Das waren aber nur Gerüchte. Wenn du den Test vermasselst, bleibst du für immer im Internat. Leiterin ist man ein Leben lang.«

»Bei uns gab es einen … Der war drei Jahre älter als ich. Nr. 503. Der hat sich die ganze Zeit an mich rangemacht. Wäre er nicht gewesen, hätte ich mich wahrscheinlich nie getraut wegzulaufen. Ich hab ihm das Ohr abgebissen.«

»Das Ohr?!« Sie lacht.

»Nun ja. Ich hab es abgebissen und versteckt. Und es vergammeln lassen.«

Plötzlich kommt mir auch das lächerlich vor – idiotisch und lächerlich. Ich habe meinem Quälgeist das Ohr abgebissen und bin mit dem Ohr im Mund weggelaufen. So was bekommst du im Film nicht zu sehen. Aber dann fällt mir ein, dass Annelie ebenfalls mit Nr. 503 Bekanntschaft gemacht hat.

»Und das mit der Pistole … Stimmt das? Dass du ein Fenster gefunden und ein Loch hineingeschossen hast?«

»Du hat mir also doch zugehört? Ich dachte, du denkst die ganze Zeit nur an Wolf …«

»Ich habe dir zugehört.«

»Ja. Das mit der Pistole stimmt. Aber es war kein Fenster, sondern ein Bildschirm. Also kam ich nicht weit.«

Ich ziehe die Vorhänge zurück und öffne die Fensterläden. Dann setze ich mich auf die Fensterbank.

»Du scheinst die Wirklichkeit überhaupt gern mit Bildern zu verwechseln.« Annelie lächelt mich an. »In dem toskanischen Paradiesgarten bist du auch gegen einen Bildschirm gerannt …«

»Kommt schon mal vor.«

»Ich finde es trotzdem toll«, sagt sie und balanciert über die durchgelegene Matratze auf mich zu. »Das mit der Pistole und dem Fenster. Du bist ein Held.«

»Ein Idiot bin ich.«

Sie klettert ebenfalls aufs Fensterbrett, zieht die Beine an und lehnt sich gegen die Laibung.

»Nein, ein Held. Bei mir war alles einfacher. Unsere Ärztin mochte mich, ungefähr so wie dich dein Nr. 503. Ein Jahr lang machte sie ständig Andeutungen. Verschrieb mir Lazarettaufenthalte, rief mich zu Untersuchungen, behandelte mich wegen irgendwelcher erfundenen Krankheiten. Dabei suchte sie so oft wie möglich einen Vorwand, mich nackt zu sehen. Einmal fragte sie mich dann, ob sie mich lecken darf. Sie war nicht gemein und hat mich nie zu etwas gezwungen. Zuerst weigerte ich mich, aber nach dem Anruf meines Vaters ließ ich es zu. Und wir trafen eine Vereinbarung.«

Nein, Annelie. Nicht so! Du hast ein Schlupfloch gefunden, bist an den Wachen vorbeigeschlichen, hast die Alarmanlage ausgestellt … Du hast einen Ausgang gefunden, bist geflohen, dir ist gelungen, was weder ich noch Nr. 906 geschafft haben … Du warst besser als er, mutiger, du hast deinem Vater gesagt, was du sagen wolltest – nicht, was die Leiter von dir forderten …

»Du hast dich ihr hingegeben … Und sie hat dich dafür rausgelassen?«

»Nein.«

Im ersten Stock des Hauses gegenüber gehen die Lichter an. Direkt über der Mission. Ein schlanker Mann mit Backenbart und gepflegtem Schnauzer deckt den Tisch.

»Wenn ich es ihr einfach nur besorgt hätte, hätte sie mich gefickt, und damit wäre unsere Vereinbarung zu Ende gewesen. Die Leute dort verdienen gut und haben Verträge über zwanzig Jahre, wozu hätte sie das riskieren sollen? Also habe ich angefangen, mit ihr zu spielen. Nach dem Anruf sollte ich in die Leiterinnen-Schule geschickt werden, aber sie ließ mich wieder ins Lazarett einweisen. Da ich es zuließ, dachte sie wohl, wir hätten eine verbotene Liebesbeziehung. Wenn sie mit ihrer Zunge nach den Spalten in meinem Körper suchte, suchte ich nach den Spalten in ihrer Seele.« Auf einmal grinst sie verschmitzt. »Du hättest das nicht gekonnt. Du glaubst ja nicht an die Seele.«

»Bei uns hieß das anders.«

»Siehst du, sogar der Gedanke daran widert dich an. Jedenfalls dachte sie sich eine lange, schwere Krankheit aus, die ich angeblich hatte. Trotz ihrer Therapie wurde ich von Tag zu Tag schwächer, die Situation geriet außer Kontrolle, und am Ende starb ich eines qualvollen Todes. Ich armes Kind. Sie ließ meine Leiche nach draußen schaffen, angeblich für eine unabhängige Autopsie, und brachte mich dann sofort nach Barça. Hier machten wir es zum letzten Mal. Sie schmiedete noch Pläne, wie wir uns weiter treffen könnten, sobald Gras über die Sache gewachsen sei, und flehte mich an, ihr Briefe mit gefälschtem Absender zu schicken. Natürlich habe ich ihr nie geschrieben. Mir genügte, dass sie mich ein ganzes Jahr lang missbraucht hatte. Aber ich musste ja irgendwie freikommen, um meinen Vater noch rechtzeitig zu finden.«

Der Mann mit dem Schnauzer im Fenster gegenüber stellt Kerzenständer auf und hält ein brennendes Feuerzeug an die Dochte. Dann macht er ein paar Handbewegungen, und es ertönt Musik. Annelie und ich beobachten ihn durch unsere transparenten Vorhänge. Wir sehen, wie sich die Wohnungstür öffnet und Annelies Mutter erscheint. Sie schwankt vor Müdigkeit und zwingt sich zu einem schwachen Lächeln. Er hält ihr ein Glas Wasser hin und hilft ihr beim Ausziehen.

In unserem Bordellzimmer brennt nur eine winzige Nachtlampe. Margo und ihr Freund können uns nicht bemerken.

»Manchmal träume ich, dass er am Fuß meines Betts sitzt und mir wieder dieses Märchen erzählt. Im Traum erinnere ich mich auch an das Ende. Aber sobald ich die Augen öffne, ist er verschwunden. Manchmal rufe ich ihn, obwohl ich genau weiß, dass es ein Traum war. Warum tue ich das? Ich weiß doch, was danach kam: Vater hatte einen Schlaganfall, es war niemand in der Nähe, der ihm hätte helfen können. Mutter hatte ja in der Zwischenzeit einen Neuen gefunden, diesen tollen James, der offenbar besser kocht und fickt als mein Vater.«

»Sollen wir rübergehen?«, frage ich. »Sag es ihr doch. Sie lebt ja. Du kannst ihr alles sagen.«

»Wozu? Um den beiden Täubchen da drüben den Abend zu verderben?«

Wie soll ich ihr das erklären?

»Es ist viel wert, wenn jemand da ist, dem du einfach so alles sagen kannst. Wenn es jemanden gibt, der lebt und dir antworten kann. Wenn du keine Selbstgespräche führen musst.«

Annelie runzelt die Stirn.

»Und was, wenn deine Mutter auch noch am Leben ist?«

»Was? Wie denn?!«

»Wie alt warst du? Zwei?«

»Vier.«

Margo verschwindet für ein paar Minuten, während James in der Küche herumfuhrwerkt. Dann kommt sie zurück, im Bademantel und mit einem als Turban um den Kopf gewickelten Handtuch. Annelie schweigt, unfähig, ihren Blick von ihr loszureißen. Was gäbe ich darum, jetzt von irgendeinem Fenster aus unsichtbar meine Mutter beobachten zu können …

»Und wenn du etwas Wichtiges übersehen hast?«, sagt Annelie dann. »Ich wusste zum Beispiel gar nicht mehr, dass meine Mutter mich auf dem Arm trug, als die Unsterblichen kamen. Ich wusste nicht, dass sie zwei Jahre auf die Stelle in der Klinik gewartet hatte. Und mir kam nicht in den Sinn, dass sie ja eine Abtreibung hätte machen können, wenn sie mich wirklich gar nicht hätte haben wollen.«

Habe ich nichts vergessen?

So sieht dieser Comic aus: Eine Teeblüte, ein Roboter, ein Kruzifix, eine Tür. Bumm-bumm-bumm, ein weibliches Gesicht, keine Angst, bla-bla-bla, ein Wirbel, der Sturm, Masken, »Wer ist der Vater?«, »Das geht Sie nichts an!«, »Du kommst mit uns!«, aber nirgends ein Bild, auf dem jemand meine Mutter am Arm packt, ihr einen Injektor gegen das Handgelenk drückt und den Akzelerator verabreicht.

Das geht Sie nichts an!, bedeutet nicht unbedingt: *Ich weiß nicht!*

Vielleicht wusste sie es? Vielleicht hat sie ihnen ja doch gesagt, wo er war?

Vielleicht sollte gar nicht sie mich im Internat anrufen, sondern mein Vater?

Der Schnauzbart James rückt den Stuhl nach hinten und lässt Margo Platz nehmen, beugt sich über sie und umarmt sie von hinten. Er flüstert ihr etwas ins Ohr, sie lacht und stößt ihn weg.

»Gehen wir rüber?«, sagt Annelie plötzlich.

»In Ordnung.«

Wir schließen das Zimmer ab, überqueren die Straße, steigen die baufällige Treppe hinauf und klingeln. Der Schnauzbart öffnet, eine Hand hinter dem Rücken. Dann erscheint Margo und beruhigt ihn. Der Tisch ist für zwei gedeckt, aber James legt sogleich Teller und Besteck für uns hinzu. Er freut sich, Margos Tochter kennenzulernen, von der er schon so viel gehört hat. Sie beide bewohnen dieses separate Zimmer mit Toilette, aber das Haus gehört natürlich der Mission, sie selbst könnten sich das niemals leisten. Er arbeitet ebenfalls beim Roten Kreuz, und das Gehalt reicht gerade mal für Essen und Kleidung. Tief über dem Tisch hängt eine große Lampe mit terrakottafarbenem Stoffschirm, die Wände sind dunkelblau angestrichen, außerdem steht da noch ein Bett für eineinhalb Personen. Annelie blickt ihn finster an, während er ihre Frisur lobt. Sie bittet ihre Mutter um den Kommunikator, aber es ist immer noch keine Nachricht angekommen. Zum Abendessen gibt es Krabben mit Algen, aber unsere Bäuche sind schon voll mit kaltem Menschenfleisch-Schawarma. James scheint kein schlechter Kerl zu sein, aber das tut nichts zur Sache. Annelie antwortet nicht auf seine Fragen, lacht nicht über seine freundlichen Witze. Margo schweigt und wirft ihrem Freund schuldvolle Blicke zu. Sie hat ein

Monster zum Essen eingeladen, wie peinlich. Um die Situation zu entspannen, holt er von irgendwo eine Flasche Wein, die mit Sicherheit für einen festlicheren Anlass gedacht war.

Da passiert es.

Er schenkt uns und sich selbst ein, lässt Margos Glas aber aus.

Annelie streckt das Kinn vor. »Du trinkst nichts?«

»Du hast es ihr nicht gesagt?«, fragt James erstaunt.

Margo schüttelt kaum merklich den Kopf und beginnt sich eine Paste auf ihren Zwieback zu schmieren. Jetzt geht sogar mir ein Licht auf, aber Annelie hat es längst begriffen.

»Was nicht gesagt?«

James murmelt verwirrt etwas Unverständliches.

»Was nicht gesagt? Also deswegen rauchst du nicht, ja?«

»Ich hätte es dir natürlich früher erzählt, aber in deiner Lage …«, entgegnet Margo trocken.

»Du bist schwanger! Von ihm!« Annelie zeigt mit dem Finger auf James. »Von dem da!«

»Ich wusste, dass du dich aufregen würdest. Deshalb …«

»Jedenfalls werde ich dir nicht dazu gratulieren!«

»Annelie … Beruhige dich bitte.«

Von wegen.

»Du bist schwanger, und du wirst ein Kind haben! Für mich kannst du nichts tun, aber selber …«

»Was hat das eine mit dem anderen zu tun?!«

»Du! Wozu brauchst du unbedingt noch eins?!«

»Deine Mutter und ich wollten schon lange …«

»Meine Mutter und du! Sie ist eine schwarze Witwe! Sobald du sie befruchtest, frisst sie dich auf!«

»Hör sofort auf! So kannst du nicht mit mir reden!«

»Du bist hier zu Gast, Annelie, also …«

»Zu Gast! Das ist unfair, kapiert?! Einfach unfair!«

»Wir werden das nicht in Gegenwart fremder Leute besprechen …«

»Sie darf wieder Kinder kriegen, während ich die Innereien ausgeschabt bekomme, ja?«

»Was willst du von mir?!«

»Wozu brauchst du noch ein zweites Kind, wenn du schon mit deinem ersten nicht zurechtgekommen bist?!«

»Es ist nicht meine Schuld, dass du so aufgewachsen bist …«

»Nicht deine Schuld?! Und wessen dann: meine?! Meine Schuld, dass ich die ersten drei Jahre meines Lebens zu Hause rumhing? Und dass ich dann in einem Internat gelandet bin? Weißt du, wie lustig es dort ist? Ich wollte ja unbedingt dort hin, nicht wahr?!«

»Wie dein Vater …«

»Mein Vater ist tot, Ma! Tot! Du hast ihn auf die Müllkippe gebracht, und da ist er dann auch verreckt! Und mach dir keine falschen Hoffnungen, James: Dich wird sie genauso dort abliefern! Denn sollten euch die Unsterblichen jemals finden, wird sie sich hinter deinem Rücken verstecken! Sie liebt dich nicht! Sie ist dazu gar nicht imstande!«

»Das ist eine Lüge! Du lügst, du kleine Hexe!«

»Ich lüge? Und wo ist er dann? Wo ist Papa?!«

»Du hast ihn nicht gekannt! ›Ich will dir nicht zur Last fallen‹, hat er gesagt. ›Ich gehe lieber, um dir das Leben nicht zur Hölle zu machen!‹ Ich konnte ihn einfach nicht umstimmen! Es lief immer alles, wie er wollte, sosehr ich mich ihm auch widersetzte! Und ständig hieß es: ›Ich will ein Kind!‹ Ich hatte meinen Traumjob in Aussicht, ich wollte Karriere machen! Ich wollte ein großes Haus! In einer normalen Gesellschaft leben!

Aber er kam immer mit seinem Barcelona an. Mit wohltätigem Engagement! Sozialer Verantwortung! Und?! Neun Monate lebte ich in einem Zimmer, damit keiner meinen Bauch zu sehen bekam! Bei der Arbeit war wie durch ein Wunder eine Stelle frei geworden. Ich zitterte vor Angst, dass jemand dahinterkommt, aber er redete die ganze Zeit von nichts anderem als Barcelona. Er hat sich damals selbst vorgedrängt, damit sie ihm die Spritze geben! Und jetzt soll ich schuld sein?! Ich habe immer nur getan, was er sagte! Und ich soll ihn nicht geliebt haben?! Wozu dann überhaupt das Ganze?!«

Sie stehen einander gegenüber. Margos Gesicht ist voller Flecken, sie kommt mir jetzt größer vor, ihre schöne, saubere Haut hat Risse bekommen. Annelie zittert.

»Hör doch auf! Als er weggegangen ist, warst du doch froh darüber! Du hast ihn nicht aufgehalten! Und darüber, dass sie mich mitgenommen haben, warst du auch glücklich! Endlich konntest du so leben, wie du immer wolltest!«

»Sieh dich doch um: Wo bin ich jetzt?! Wo?! Wo ist meine gute Gesellschaft?! Wo mein großes Haus?! Mein Mann?! Mein Leben?! Es ist gar nicht *mein* Leben, das ich lebe, sondern immer noch seines!«

James sitzt bleich am Tisch.

»Glaubst du, es geht ihm deswegen besser?!«

»Was soll ich denn tun? Was soll ich denn noch tun?! Sechzehn Jahre sind vergangen! Sechzehn! Ich hänge in diesem Loch herum, ich helfe Menschen, ich tue genau das, was er wollte! Immer nur das, was er wollte! Tausend Frauen im Jahr, tausend Kinder! Was willst du noch von mir?!«

»Liebste, du darfst dich nicht so aufregen …«, murmelt James. »Es ist jetzt Zeit, dass ihr geht.«

»Für mich bist du ein Niemand, verstanden?«, fährt ihn Annelie an. »Wage es bloß nicht, mir Befehle zu geben.«

»Was willst du von mir?!« Margos Stimme überschlägt sich, die Augen schimmern feucht. »Was?! Hättest du es lieber gehabt, wenn ich damals den Ärmel hochgekrempelt hätte?!«

»Ja!«

»Glaubst du etwa, dass ich nicht daran denke?! Ich bedaure, dass ich es damals nicht getan habe! Ja, ich bedaure es! Aber man kann die Vergangenheit nun mal nicht zurückholen. Begreifst du nicht? Was passiert ist, ist passiert! Er hat seine Wahl getroffen und ich meine. Aber ich bin es, die jetzt damit leben muss!«

»Du lügst. Du lügst.«

»Es tut mir leid!«

»Es tut dir leid? Warum machst du dann jetzt alles noch mal?! Habt ihr die Schwangerschaft gemeldet?«

Margo verstummt; James hüstelt, fährt sich über den Bart und steht auf.

»Wir wollten uns damit Zeit lassen. Hier kommen die Unsterblichen ja nicht her, also …«

»Warum habe ich kein Recht auf eine zweite Chance?«, bricht es aus Margo heraus. »Warum darf ich nicht versuchen, diesmal alles richtig zu machen? Ich habe sechzehn Jahre lang nicht gelebt. Jetzt will ich ein Kind – *ich* will es, nicht er. Verstehst du? Ich will mich wie eine Frau fühlen! Ich will spüren, dass ich lebe!«

Annelie nickt. Sie nickt. Und verzieht das Gesicht zu einer Grimasse.

»Dann mach diesmal alles richtig! Übernimm Verantwortung, und melde das Kind an! Damit es nicht ins Internat kommt! Und zwar unter deinem eigenen Namen! Hör endlich auf,

Männer zu morden! Zahle einmal im Leben selbst den Preis dafür!«

»Ich würde es ja tun! Aber dies ist Barcelona, und …«

»Und die Unsterblichen kommen hier nicht her, stimmt's? Das heißt, du bist wieder mal fein raus, nicht wahr?!«

Margo schluchzt auf, ihre Stimme ist rau, als sie sagt: »Sie müssten mir die Spritze geben … Sollen sie es doch tun, von mir aus …«

»Weißt du was, Ma? Heute bekommst du deine zweite Chance. Ich habe einen Unsterblichen mitgebracht. Extra für dich. Wie du es wolltest. Jan, du hast das Zeug doch dabei, oder?«

Der Rucksack liegt zu meinen Füßen. Scanner, Schocker, der Behälter mit dem Injektor … Unser ganzes Spielzeug.

»Annelie …«, sage ich.

»Was soll das?!« James springt auf. »Das ist … Hilfe! Hier …«

Das ist genau der Bereich, für den ich zuständig bin. Meine Muskeln arbeiten wie von allein. In den Rucksack greifen, Schocker einschalten, ihm den Mund zuhalten – der Schnauzer kitzelt etwas –, dann die Kontakte gegen den Hals drücken. Zzz. Er sackt zu Boden. Ich ziehe die Vorhänge zu. Ein seltsames Gefühl der Vorfreude erfasst mich, ich bin aufgeregt und fühle mich gleichzeitig mies. Vielleicht habe ich meine Arbeit schon vermisst.

»Annelie«, sagt Margo tonlos. »Kind.«

»Was ist? Was willst du?!«, schreit Annelie. »Was, Ma?! … Du brauchst nicht zu warten, Jan. Meine Mutter will endlich alles richtig machen!«

Ich hole Scanner, Behälter und Maske aus dem Rucksack und lege alles auf den Tisch. Dann öffne ich den Kasten – der Injektor ist an Ort und Stelle, Füllstand hundert Prozent.

Vor meinen Augen bewegt sich alles wie unter Wasser. Meine Arme arbeiten gegen einen zähen Widerstand.

Was ist los mit mir? Dies ist ein Fall wie alle anderen. Eine Selbstanzeige. Erklärung der Schwangerschaft. Eintragung in die Datenbank. Injektion. Die beste Rechtfertigung für meinen Aufenthalt hier in Barcelona. Ein Punkt in Annelies und Margos gemeinsamer Biografie. Alles im grünen Bereich. Es ist ihre Mutter, nicht meine.

»Du hast einen Henker zu mir geführt? Hierher?«

Margos Gesicht und Hände sind aschfahl, sie macht einen völlig entkräfteten Eindruck.

»Er heißt Jan, Ma. Er ist mein Freund.«

Margo sinkt auf ihren Stuhl zurück.

»Gut«, sagt sie. »Tu es.«

Ich setze mich neben sie.

»Machen Sie ein Handgelenk frei.«

Ich drücke ihr den Scanner auf die Haut: Klingeling!

»Margo Wallin 14O. Kinder: Annelie Wallin 21P. Keine weiteren Schwangerschaften gemeldet.«

Margo sieht mich und meine Instrumente nicht an. Für sie bin ich nur eine Erweiterung ihrer Tochter, das Ende jener Geschichte vor fünfundzwanzig Jahren. Doch ich zögere. Wenn ich jetzt die Hormonanalyse anlaufen lasse, steht ihre Schwangerschaft in der Datenbank. Und dann ist es nicht mehr Annelies Entscheidung, ob ihre Mutter bestraft wird oder nicht.

»Tu es«, wiederholt Margo. »Es ist richtig so. Ich will es wirklich. Du hattest damals recht. Als du mich zum ersten Mal gefunden hast. Die Kinder anderer Frauen haben nichts mit dir und deinem Vater zu tun. Das hilft dir nicht.«

»Nichts hilft, Ma.«

»Also gebt mir die Spritze. Vielleicht werde ich das alles dann los. Ich will es vergessen und wenigstens zehn Jahre so leben, als hätte beim ersten Mal alles geklappt.«

»Das bringt doch nichts. Er ist nicht mein Vater.«

»Ich weiß. Und das Kind wird nicht so sein wie du. Ich werde versuchen, diesmal alles anders zu machen. Damit es anders aufwächst. Nicht so wie du. Du hast recht: Wenn man will, dass alles richtig wird, muss man von Anfang an richtig handeln. Ich muss das tun. Ich selbst.«

Ich warte auf Annelies Kommando. Hätte ich meine Mutter gefunden, ich würde mir wünschen, mit ihr in Ruhe reden zu können, bevor sie zum Tode verurteilt wird. Gleichzeitig halte ich ihren Arm fest, als hinge ich an einer Klippe.

»Warum habt ihr mich damals nicht gemeldet?«

»Wir hatten Angst.« Margo blickt ihr direkt ins Gesicht. »Zu entscheiden, wer von uns in zehn Jahren sterben muss, ist eine furchtbare Sache. Es wäre besser gewesen, wenn jemand das für uns hätte bestimmen können. Am Ende traf der Zufall die Entscheidung. Ich trug dich im Arm, und Vater machte den Schritt nach vorn.«

»Warum trugst du mich im Arm?«, fragt Annelie leise.

»Ich weiß nicht.« Margo hebt die Schultern. »Du wolltest einfach zu mir, also habe ich dich genommen.«

Annelie wendet sich ab.

»Es war am Abend, nicht wahr? Ich habe damals auf dich gewartet. Papa sagte, ich dürfe noch aufbleiben, bis du kommst. Ich habe an der Tür gestanden und aufgepasst. Ja, jetzt fällt es mir wieder ein: Ich wollte es selbst. Aber dann klingelte es noch mal an der Tür.«

»Es war zehn Uhr abends. Ein Freitag.«

James stöhnt leise, seine Beine zucken. Der Esstisch ist gedeckt mit einer Spritze und einer Maske, den Insignien schnellen Alters und ewiger Jugend. Ich warte geduldig auf das Urteil.

Annelie atmet zitternd aus. »Ich will nicht, dass du wieder von vorn beginnst. Ich will nicht, dass du alt wirst, Ma. Ich will nicht, dass du stirbst. Ich will das nicht.«

Margo antwortet nicht. Tränen strömen aus ihren Augen, die in diesem Moment nicht mehr zweiundzwanzig Jahre alt sind, sondern genauso alt wie sie selbst. Noch immer hält sie mir demütig ihren Arm hin.

»Gehen wir, Jan. Es ist vorbei.«

Ich löse den Griff meiner tauben Finger und hinterlasse Margo einen blauen Armreif. Dann schließe ich den Behälter und packe ihn samt Maske und Scanner in den Rucksack ein.

»Auf Wiedersehen.«

»Verzeih mir, Annelie. Bitte verzeih mir. Annelie?«

»Mach's gut, Ma.«

Wir schließen die Tür, gehen nach unten und tauchen ein in die Menge.

»Ich will mich betrinken«, sagt Annelie bestimmt.

Wir kaufen für jeden eine Plastikflasche mit irgendeinem Gesöff und trinken es mit Strohhalmen an Ort und Stelle, mitten im Gewühl, dicht an dicht mit anderen Müßiggängern, und starren in die Gegend. Die Menschenmenge presst mich und Annelie gegeneinander, aber wir halten uns ohnehin aneinander fest.

»Es war gut, dass wir ihr nicht die Spritze gegeben haben.«

»Ja. Trotzdem fühle ich mich schmutzig. Kaufst du mir noch eine Flasche?«

Wir saugen dieses Zeug und gehen weiter, Hand in Hand, damit wir uns nicht verlieren. Räucheröfen stoßen dicken Qualm aus, Fakire jonglieren mit Messern, schnauzbärtige Frauen verkaufen in Kunstfett frittierte Kakerlaken, es riecht nach verbranntem Öl und Fisch und übertrieben dick aufgetragenem orientalischem Parfum, Straßentänzerinnen in Keuschheitsschleiern schwingen ihre fetten Hüften und nackten braunen Hintern, Prediger und Mullahs sind eifrig auf Seelenfang, Funktionäre der Partei des Lebens brüllen Phrasen über Gerechtigkeit durchs Megafon, schmutzige Kinder ziehen Zigarette rauchende Großväter am Finger hinter sich her, damit diese ihnen irgendwelche Süßigkeiten kaufen, Musiker schrammeln auf Mandolinen herum, bunte Lämpchen blinken, junge Pärchen küssen sich leidenschaftlich und ignorieren völlig, dass sie allen anderen im Weg stehen.

»Warum hältst du mich ständig fest?«, sagt sie und drückt meine Finger. »Warum lässt du mich nicht los?«

Ich lächle und zucke mit den Schultern, gehe einfach weiter und blicke mich nach allen Seiten um. Ich fühle mich erstaunlich ruhig und friedlich. Es macht mir nichts aus, dass mir all die armen Leute hier auf die Füße treten, und der Gestank aus Tausenden von rauchenden Pfannen raubt mir nicht den Atem.

Die Beschilderung ändert sich: Verschlungene arabische Wörter weichen chinesischen Schriftzeichen, kyrillische Buchstaben schleichen sich zwischen lateinische, denen plötzlich irgendwelche Schwänzchen und Pünktchen wachsen. Aus den Fenstern hängen Flaggen von Staaten heraus, die sich auf der anderen Seite der Erdkugel befinden oder längst untergegangen sind – oder nie existiert haben.

»Da rein«, sagt Annelie. »Sonst gibt es hier nichts.«

Ich hebe den Blick: ein Badehaus. Das Portal könnte man mit etwas gutem Willen als japanisch bezeichnen, doch im Inneren ist davon nichts mehr zu spüren. Eine Unmenge Menschen hält sich hier auf, Männer und Frauen, Alte und Kinder, alle durcheinander. Die Schlange ist ewig lang, bewegt sich aber zügig vorwärts. Annelie sieht mich nicht an, und ich habe keine Ahnung, was sie hier mit mir vorhat.

Um zu den Bädern zu gelangen, muss man zunächst eine Eintrittskarte auf einer durchsichtigen Folie lösen. Annelie nimmt außerdem noch Schwamm, Seife und Rasierer dazu. Die Umkleiden sind gemischt. Hier am Grund der Gesellschaft hat man sich das Genieren abgewöhnt. Schnell und ohne Umstände zieht Annelie die dummen Fetzen aus, die ich ihr im Tradeomat gekauft habe. Nicht für mich entblößt sie sich, sondern um der Sache willen, konzentriert und beflissen. Auch sie geniert sich kein bisschen. Um uns herum wimmelt es von nackten Körpern: vollbusige Weiber, graue Männer mit geschwollenen Bäuchen, heulende Kinder, alte Knacker mit hängenden Ärschen. Gut, dass es hier Umkleideschränke gibt, so kann ich meinen Rucksack beruhigt zurücklassen. Ich ziehe mir das klebrige Hemd vom Leib, ziehe meine Stiefel aus und dann auch alles andere.

Annelie geht weiter, ich hinterher. Die Hämatome an ihren Schulterblättern und Schenkeln werden allmählich gelb, der Schorf ist von den Narben abgefallen und hat weiße Streifen zurückgelassen, sogar ihre Haare scheinen gewachsen zu sein – sie fallen ihr bis auf die Schultern. Ob es an meinem Blick liegt oder an dem der anderen: Sie hat Gänsehaut auf dem Rücken. Die Grübchen an ihrem festen Hintern ähneln denen, die Kinder auf den Wangen haben. Noch etwas weiter unten … ist es dunkel.

Das Innere des Badehauses: gekachelte Wände und Betonböden, dichter Dampf lässt das Bild verschwimmen. Tausend Duschen in einem einzigen, riesigen Saal, getrennt durch Zwischenwände. Keinesfalls kommt das hier auch nur annähernd an unsere herrlichen Bäder heran. Schon eher an eine Parodie der als Desinfektionsblöcke getarnten Gaskammern in den NS-Konzentrationslagern.

Das Rauschen von Wasser, das Scheppern von Wannen und der Lärm vieler Stimmen brechen sich an Tausenden von kleinen und großen Wänden sowie an der niedrigen, feucht glänzenden Decke, von der kaltes Kondensat tropft. In der Mitte dieses enormen Nebelraums befinden sich Betonbänke mit Waschzubern darauf. Dort planschen Kinder in schaumigem Wasser, darüber baumeln die Brüste ihrer Mütter, mal schwer, mal plattgedrückt. Ein wahres Sodom, jedoch nicht künstlich und stilisiert wie bei uns, sondern alltäglich, aus der Not geboren. Niemand beglückt hier die anderen mit seiner Nacktheit, sondern man schleppt sie mit sich rum und lässt sie gleichgültig heraushängen: wohin sonst damit?

Annelie betritt eine der Duschkabinen, ich gehe in eine daneben – jetzt sehe ich sie nicht mehr. Ich drehe die Ventile auf und stelle mich unter den Strahl. Das Wasser ist hart, riecht merkwürdig und peitscht gnadenlos auf meine Schultern. Auch ich brauche das jetzt: eine Körperreinigung. Am besten wäre es, wenn ich zudem meinen Bauch öffnen, meine inneren Organe eines nach dem anderen herausholen, sie gründlich mit dieser grauen, stechenden Seife waschen und dann wieder zurückstopfen könnte.

»Jan. Kommst du mal?«

Ich blicke um die Ecke.

Annelie steht da, die Haare voller Schaum, die Tusche abgewaschen, die Augen rein. Ohne Make-up sieht sie anders aus, frischer und jugendlicher, irgendwie einfacher, aber auch echter.

»Komm rein.«

Ich mache einen Schritt. Jetzt müsste ich mich nur vorbeugen, und ich könnte sie berühren. Ohne Schuhe ist sie so klein. Wenn ich sie jetzt umarme, passt ihr Scheitel wahrscheinlich genau unter mein Kinn. Und ihre Brust genau in meine Hand. Ihre Nippel sind steif und faltig von der Feuchtigkeit. Der Bauch ist nicht so hart und muskulös gebaut, wie er mir im Traum vorgekommen ist: Unter dem gewölbten Rippenbogen geht es in eine schattige Senke, alles dort ist weich und verletzlich. Ihr Nabel ist flach, jungfräulich. Meine Augen noch tiefer gleiten zu lassen traue ich mich nicht. Auch so sammelt sich bereits jede Menge Blut in meiner Lendengegend.

»Hilfst du mir?«

Sie reicht mir ihr Instrument.

»Ich will mich rasieren.«

Mein Blick wandert reflexartig nach unten.

»Idiot«, sagt sie und dabei lächelt sie mich beinahe zärtlich an.

Dann beugt sie ihren Kopf nach unten, der voller weißem Schaum ist.

»Wie?«

»Ganz.«

»Ich soll dich kahl rasieren?«, frage ich ungläubig. »Aber deine Haare sind doch schön so … Wozu?«

»Ich will nicht mehr so sein.«

»Wie?«

»So, wie er mich haben wollte. Ich will das nicht. Diese Frisur, seine Kleider … Das alles bin ich nicht. Ich will nicht mehr.«

Mir fällt ihr Traum ein, die Worte, die sie murmelte, als sie in meinem Wohnblock eingesperrt schlief.

Und da lege ich Annelies Kopf in meine linke Hand, streiche ihr die Strähnen aus der Stirn und fahre mit dem Rasierer über ihre Haarwurzeln. Büschel um Büschel fällt in den Abfluss – nasse, elende Wolle. Der schiefe, aufmüpfige Pony, ihr Markenzeichen, wird von seifigen Strömen fortgespült. Annelie kneift die Augen zusammen, damit keine Seife hineinkommt, und schnaubt, wenn ihr Wasser in die Nase fließt.

Hin und wieder muss ich ihren Kopf drehen – und es dauert etwas, bis sich ihre verkrampften Muskeln entspannen und mir folgen. Doch dann beginnt sie sensibler auf meine Bewegungen zu achten, ich zerknete ihr Misstrauen wie Plastilin, und in der Art, wie ihr Hals auf die Befehle meiner Finger reagiert, liegt mehr Sex als in irgendeinem Akt, der für Geld zu haben ist.

Hinter uns spaziert eine Unmenge Menschen vorbei, alte und junge, Männer und Frauen, mit wackelnden Brüsten und Gehängen, reiben sich uralten Schmutz von der Haut, bleiben stehen, kratzen sich am Kopf, betrachten uns durch die Dampfschwaden, schmunzeln und gehen platschend weiter. Egal: Die Welt ist so überfüllt mit Menschen, dass wir niemals irgendwo nur zu zweit sein könnten. Und doch erlebe ich ausgerechnet hier, unter all diesen fremden Blicken, die größte Nähe zu einer Frau in meinem ganzen bisherigen Leben.

Anfangs sieht das, was ich da fabriziere, furchtbar aus: Die rasierten Schneisen erinnern an Glatzflechte, einzelne Haarbüschel hängen herab wie bei einem räudigen Hund, doch Annelie erträgt klaglos meine peinliche Ungeschicklichkeit, und allmählich entsteht aus einem hässlichen, sich mausernden Wesen ein Geschöpf von antiker Grazie, eine unverfälschte, ursprüngliche Schönheit, wie sie der Mensch nicht besser erschaffen könnte.

Immer wieder fahre ich mit dem Rasierer die Linien ihres Schädels nach, und so gebiert der Schaum eine neue Annelie, frei von allem Überflüssigen, Fremden, die wahre Annelie, vollkommen biegsam und meinen Händen gehorchend.

Ich drehe sie mit dem Rücken zu mir und seife ihr den Kopf erneut ein. Sie verliert das Gleichgewicht, berührt mich für einen Augenblick mir all ihren Rundungen, woraufhin meine Hand abrutscht, und ich sie schneide. Doch selbst jetzt lässt mich Annelie gewähren und flüstert nur:

»Sei sanft zu mir.«

Fertig. Nun ist sie vollkommen.

»Gib mir den Rasierer. Und jetzt geh.«

Ich gehorche und ziehe mich in meine Kabine zurück. All die Gaffer, die beim Anblick meiner Aphrodite stehen bleiben, starre ich böse an.

»Ich werde nicht mehr auf dich warten«, höre ich sie ins Leere sagen. »Ich werde auf nichts mehr warten.«

Dann führt sie mich durch die Umkleide nach oben. Dort gibt es Ruheräume, die man minutenweise bezahlt. Natürlich ist dort alles asketisch wie in einem Bordell. Aber wir haben eine Flasche Absinth dabei, den wir mit Mineralwasser verdünnen, und so verschafft uns dieses Zimmer genau das, was wir jetzt brauchen: Zweisamkeit.

Ohne Umschweife schält sie sich aus ihren Kleidern, dann zieht sie mich aus. Wir sitzen auf der Bettdecke einander gegenüber, sie mustert mich schamlos, aufmerksam, und jetzt wage auch ich, sie zu betrachten.

»Wir dürfen nicht. Du darfst nicht.«

Doch dann streckt Annelie ihre Hand aus, umfasst mein Genick, zieht mich schweigend zu sich und führt mich nach unten, zwischen ihre Beine. Auch dort ist sie nackt, glatt und sauber. Ich dringe in sie ein, schmecke ihren Saft, küsse ihr weiches Fleisch; sie beginnt immer heftiger zu atmen. Annelie schmeckt säuerlich, wie ein Batteriekontakt, und von diesem schwachen Strom beginnt mein Verstand zu brennen, bis meine Nerven schmoren.

»Ja, jetzt … jetzt …«

Als sie kommt, stößt sie mein Gesicht weg, sucht mit ihren Lippen nach meinen, krallt ihre Fingernägel in meinen Hintern, und zieht mich auf ihre wärmste Stelle zu, bietet sich mir an, fleht, und ohne darauf zu warten, dass ich sie finde, umfasst sie mich mit kalten Fingern, führt mich in sich ein und gibt selbst den Takt vor: »Komm, ja, fester, fester, fester, ja, ja, schneller, schneller, schneller, schneller, härter, schon mich nicht, stoss zu, noch mal, noch mal, ich brauch deine verdammte Zärtlichkeit nicht, nimm mich härter, komm schon, los, komm, das wolltest du doch, schon damals, mit all den anderen, genauso wie sie, komm, komm, nimm's dir, du Schwein, du Arschloch, da, da, da!!!«

Ich will mich losreißen, aber sie lässt mich nicht, und ich weiß nicht, ob sie weint oder stöhnt, und ob sie vor Glück stöhnt oder vor Schmerz, ob ich sie zerreiße oder sie mich auffrisst, ob wir ineinander verschmelzen oder miteinander ringen. Ihre Tränen, ihr Blut, ihr Schweiß und ihr Saft – alles schmeckt salzig und sauer. Sie hält sich an mir fest und gleitet auf mir herum, rammt ihre Knochen gegen meine, wieder und wieder und wieder, würgt mich, steckt mir ihre Finger in den Mund, packt meine Haare, verflucht mich, leckt meine Stirn, meine geschlossenen Augen, schreit, bis ich endgültig in ihr versinke, explodiere und mich auflöse.

Ich komme vor ihr, also setzt sie sich auf mein Gesicht, mitsamt meinem und ihrem Schleim, zerfließt darauf, zuckt hin und her, schnürt mir die Luft ab, bis ich schließlich auch sie erlöse. Und nur so kehrt zwischen uns wieder Frieden ein, so dünn, wie ein Härchen auf ihrem Arm.

XIX · BASILE

Was ist das hier?« Ich blicke mich vorsichtig nach allen Seiten um. »Warum musste ich meinen Komm abschalten? Die werden uns doch suchen!«

»Der Filmpalast!« Basile ergreift den Saum eines Vorhangs, der bis unter die hohe Decke reicht, und zieht daran. »Das größte Kino Berlins!«

Der Vorhang widersetzt sich, von oben ertönt ein bedrohliches Knacken, und mindestens ein Kilo Staub rieselt auf unsere Köpfe herab. Basile zieht den Saum mit aller Kraft fast bis an den seitlichen Bühnenrand, und plötzlich gibt oben etwas nach, und die Stoffbahn fährt quietschend zur Seite. Dahinter wird die Hälfte einer schmutzig weißen Leinwand sichtbar.

»Das dürfte genügen!«, schreit Basile mir zu.

»Wozu?«

»Wir müssen reden!«

Allerdings, das müssen wir.

Der Palast ist eine Ruine, die Sessel vor langer Zeit herausgebrochen und fortgeschafft, das Parkett zerkratzt, enorme Risse haben ihre verzweigten Wurzeln in die dunkelblauen Wände getrieben, und in der Mitte des riesigen Saals liegt ein herabgestürzter Leuchter aus Bronze – ein einsames Ungetüm auf einem Teppich aus Kristallsplittern.

Hinter den Wänden ist ein tiefes Dröhnen zu hören, gleichmäßig donnernde Schläge scheinen die ganze Welt ins Wanken zu bringen. Es klingt, als wollte jemand den ganzen Erdball durchbohren und einen Nagel einschlagen, der so breit ist wie der Mond. Um den Abriss des alten Gemäuers wird man sich jedenfalls nicht eigens kümmern müssen, denn es droht sowieso jeden Moment auseinanderzufallen, erschüttert von mächtigen Vibrationen.

»Was haben wir hier verloren?«, schreie ich zurück. »Das ist eine Baustelle! Betreten verboten!«

»Aber wir sind trotzdem reingekommen, oder?« Lächelnd geht er auf mich zu. »In einem Monat wird sich hier das Fundament des Turms New Everest befinden, und dann ist hier wirklich alles dicht. Aber noch …«

Basile macht eine einladende Handbewegung wie ein großzügiger Hausherr.

»Hör zu! Du hättest mit unseren Jungs nicht so umgehen sollen«, sage ich und kehre damit zu dem Gespräch zurück, das wir vorhin unterbrochen haben. »Wir sind doch ein Team. Und wenn wir alle zusammen losziehen, um uns nach der Arbeit zu entspannen, den Kopf freizukriegen, kannst du doch nicht einfach …«

Er zieht eine Grimasse. »Das klingt jetzt vielleicht komisch … aber ich habe keine Lust mit anzusehen, wie 310 es mit diesen groben Nutten treibt, die man eigens für uns abgestellt hat. Es ist einfach unerträglich. Er will uns doch nur beweisen, dass mit seinem Sexleben alles in Ordnung ist. Und alle anderen stehen im Kreis um ihn herum und feuern den Chef an.«

»Aber dich zwingt doch keiner, bei den anderen dabei zu sein. Such dir selber eine aus! Agnia zum Beispiel, die Akrobatin.

Oder Jane, mit den großen, festen Möpsen, die ist auch nicht schlecht.«

Basile zeigt mir den Stinkefinger. »Du kennst dich ja bestens aus. Ich bin schon ganz heiß …«

Ich schiebe seine Hand beiseite. »Begreifst du nicht, dass du dich mit deinem Verhalten verdächtig machst? Sie fragen mich schon ständig nach dir. Wir sind doch ein Team! Wir sollten nichts voreinander zu verbergen haben!«

»Ich schon. Ich habe einen kleinen Pimmel, und ich schäme mich dafür. Wenn 163 wieder mal irgendeiner Schlampe mit zugepinselten blauen Flecken die Arme verdreht, verderbe ich ihm mit meinem Anblick nur den Spaß.«

»Hör schon auf! Mir wird gleich schlecht …«

»Nein, wirklich, was soll das, in Reih und Glied zu den Huren zu marschieren, und dann im Gleichschritt rumzuvögeln, als hätte man uns zur Strafe Liegestütze aufgebrummt? Denk doch mal nach! Wo steht bitte in unserem Kodex, dass jeder meiner Orgasmen vom Gruppenführer protokolliert werden muss?«

»Sie behaupten, dass du eine Geschichte am Laufen hast.«

»Eine Geschichte?«

»Dass man dich mit einer Frau gesehen hat.«

»Dann sag ihnen, dass ich Gelassenheitspillen lutsche wie Hustenbonbons. Ist gut für die Figur und ganz im Sinne unserer Ständeordnung. Und jetzt hör auf rumzunörgeln und schau dir lieber an, was ich ausgegraben habe!«

Er montiert einen kleinen Apparat auf ein dreibeiniges Stativ, richtet ihn aus und gibt etwas in seinen Kommunikator ein …

»Allez-hopp!«

Ein weißer Kegel fängt den Staub in der Luft ein, und auf der schmutzigen Leinwand erscheint plötzlich ein Farbfenster. Noch läuft das Intro, aber ich weiß sofort Bescheid – denn ich kenne jedes einzelne Bild auswendig.

»Woher hast du das?«

Die Situation wird mir immer unangenehmer. Ich fühle mich ohnehin schon schuldig, weil ich ihm hierhergefolgt bin – aber wozu jetzt auch noch unser Film? Heute? Hier? Mit mir? Muss er mich unbedingt an all das erinnern? Will er mich damit etwa demütigen?

Trotzdem rühre ich mich nicht von der Stelle. Ich warte ab.

Ohne zu antworten, setzt sich Basile im Schneidersitz auf den Boden. Aufmerksam verfolgt er den Vorspann, dann lächelt er mir zu und klopft neben sich auf das staubige Parkett.

»Setz dich schon! Wir sind im Kino! Und dies ist die komplette Fassung!«

Und da, tatsächlich … das Haus, die Wiese, die Kokonsessel, der Teddybär, das Fahrrad, das ideale Elternpaar. Wie lange habe ich sie nicht mehr gesehen? Seit damals, als …

»Papa! Pa-pa! Fahren wir mit den Rädern zum Bahnhof?«

Ein fünfjähriges Streberkind in Shorts und Polohemd hüpft über die Leinwand, modischer Igelschnitt, gepflegte Hände mit geschnittenen und sauberen Fingernägeln packen das Lenkrad. Ich zucke zusammen.

»Was ist denn das für ein verwöhntes Jüngelchen?«

»Du hast ihn dir auch anders vorgestellt, nicht wahr?« Basile räuspert sich. »Keine Sorge, in wenigen Minuten wird er abgeknallt.«

»Und deswegen sind wir hier, auf dieser Baustelle?«

Basile antwortet nicht gleich.

»Na gut. Irgendwie tut er mir ja auch leid, das Jüngelchen.«

Er stellt das Video auf Pause: Es ist der Blick aus dem Fenster, die gestriegelte Hügellandschaft, die Kapellen, die Weinberge, der hohe Himmel, die Federwolken.

Irgendwo da draußen beginnt sich gerade ein Bohrer zu drehen, der wahrscheinlich so lang ist wie die Erdachse. Er gräbt sich in den lockeren Grund, auf dem der alte Palast steht, dass die Mauern heftig zu zucken beginnen. Betonteile fallen von der Decke, überall beginnt der Putz abzubröckeln.

»Hier stürzt gleich alles ein!«, schreie ich Basile zu.

»Behalt die Nerven!«, befiehlt er. »Da, nimm einen Schluck, das macht Mut!«

Mit diesen Worten hält er mir eine Flasche aus weichem, schwarzem Komposit hin. Auf dem Etikett steht in weißen Buchstaben: *Cartel.*

»Was ist das für ein Zeug?!«

»Tequila!«

»Tequila? Um zwei Uhr nachmittags?!«

»Ja, Tequila, Mann! Tequila um zwei Uhr nachmittags!«

Er setzt die Flasche an, nimmt einen großen Schluck und reicht sie mir. Ich betrachte sie misstrauisch: Cocktails mit Sprudelwasser, Reisbier, das lasse ich mir noch gefallen. Aber Tequila?

Ich probiere vorsichtig. Eine saure Plörre, die an Zunge und Kehle reibt und mit ranzigem Beigeschmack meine Rezeptoren ätzt. Der Tequila färbt die Luft, die ich atme, versetzt mir einen kurzen, boshaften Schlag in die Magengrube und gleich darauf noch mit heftigem Schwung einen ins Genick.

»Und?«

»Scheußlich.«

»Schlappschwanz!« Er nimmt mir die Flasche ab, trinkt noch einmal daraus und gibt sie mir wieder zurück. »Los, noch einen! Wie willst du sonst spüren, dass du am Leben bist?«

Ich trinke wieder – auch diesmal ist es keinen Deut besser: das gleiche billige Gesöff aus dem Tradeomat, für Leute, denen Reisbier zu langsam wirkt.

Nr. 906 stellt die Flasche auf den Boden, geht in die Knie und spricht zu ihr wie zu einem Götzenbild.

»Wir leben in Aquarien und fressen Plankton«, deklamiert er. »In unseren Venen fließt schwarzes Fischblut! Wir sind längst kalt geworden. Ohne dich ist unser Leben verloren. Damit mein Blut sich wieder erwärmt, bedarf es einer Transfusion. Also flöße ich mir Tequila ein.«

Dann verbeugt er sich bis zum Boden vor der schwarzen Flasche, die in diesem Moment tatsächlich so aussieht wie eine grob geschnitzte Götzenstatue aus der Steinzeit.

»O Tequila! Fahre mir wie Schmirgelpapier über die Kehle! Du geschmolzener Bernstein! Du saures, gelbes Feuer! Du hast mein Gebet erhört. Ich war ein toter Fisch, doch dank dir bin ich wieder Mensch geworden!«

»Was laberst du?«, schnaube ich. »Lass mich noch mal.«

Jetzt will ich selbst mehr von diesem Zeug, will mit Nr. 906 die Flasche teilen, mit ihm auf einen gemeinsamen Nenner kommen, damit ich ihn verstehe. Oder es zumindest versuchen kann.

»Das ist Dichtung!«, entgegnet Basile beleidigt. »Meine Liebeserklärung. Tequila zu lieben kann mir niemand verbieten.«

»Du Clown. Dein Gedicht hat weder Reim noch Metrum!«

»Clowns haben das Recht, Clowninnen zu lieben. Und wenn einer besonders verzweifelt ist, nimmt er sogar eine Luftakrobatin. Ich wäre gern ein Clown.«

»Wollen darfst du, was du willst. Aber halt gefälligst die Klappe, wenn 310 oder 900 dabei sind …«

Oder Nr. 7, oder Nr. 220, oder Nr. 999. Am besten, Mann, du redest darüber nur mit dir selbst. Nur nicht laut, denn wer weiß schon …

Ich warte nicht, bis er mit seinem Gefasel fertig ist, klaue die Flasche von ihrem staubigen Podest und trinke.

Dann setzt sich Basile im Schneidersitz direkt vor das toskanische Fenster.

»Erinnerst du dich an den Tag, als wir aus dem Internat entlassen wurden? Den ersten Tag? Ich war mir sicher, dass ich sofort dorthin fahren würde. Um mir anzusehen, wie es dort in Wirklichkeit ist. Die Hügel, den Himmel …«

Ich erinnere mich.

»Ich habe dir damals vorgeschlagen, gemeinsam hinzufahren«, sagt Basile. »Erinnerst du dich?«

Natürlich.

»Nein.«

»Aber du sagtest: ›Ich kann jetzt nicht, ich muss mir erst mal einen normalen Kubus organisieren, bevor sich die anderen all die anständigen Behausungen unter den Nagel reißen. Für deine Toskana haben wir später noch massenhaft Zeit.‹«

So war es auch. Mein erster Tag in Freiheit.

»Na und? Dafür liegt mein Kubus in einer normalen Gegend, zwei Schritte vom zentralen Knotenpunkt entfernt, und nicht am Arsch der Welt, wie bei gewissen Leuten. Wenn ich will, bin ich bei jedem Einsatz als Erster vor Ort!«

»Glückwunsch! Aber warst du denn inzwischen wenigstens einmal in der Toskana? In unserer, meine ich?«

»Die existiert wahrscheinlich längst nicht mehr!«

»Hast du nachgesehen?«

»Du etwa?«

Ich bin wütend auf ihn. Der Tequila ist wütend.

»Nein.« Basile schüttelt den Kopf. »Wie wär's, wenn wir zusammen hinfahren? Jetzt gleich?«

»Bist du verrückt? Morgen haben wir Dienst! Und wie sollen wir diesen Ort überhaupt finden? Vielleicht haben sie den Film ja irgendwo in Kanada gedreht! Also, ich bin nicht grundsätzlich dagegen, aber … Vielleicht doch besser ein anderes Mal, wenn wir mehr Zeit haben …«

»Es wird kein anderes Mal geben«, sagt Basile.

»Und warum?«

Er mustert mich aufmerksam.

»Ich gehe weg.«

Es kann nichts Sinnloseres geben als diese Worte. Natürlich macht er sich einen Scherz, will sehen, wie ich reagiere.

»Wohin?«

»Ich wandere aus. Erst mal nach Panam.«

»Was?!«

Uns Unsterblichen ist es verboten, die Grenzen Europas zu überqueren. Wir besitzen nicht mal Reisepässe.

»Ich darf nicht länger hierbleiben, 717. Wir dürfen es nicht. Gib her, ich brauch noch einen Schluck.«

»Wer ist ›wir‹?«

»Sie wissen es doch längst. Al und die anderen. Sie haben dich eigens zu mir geschickt. Du bist mein schwarzer Punkt, Jan.«

»Hör auf damit!«

»Du hast vorhin von einer Geschichte gesprochen. Ja, es gibt eine Geschichte.«

»Was für eine Geschichte?« Mir schwindelt, ich strecke die Arme zur Seite wie ein Seiltänzer.

»Mit einer Nachrichtenkorrespondentin.«

»Was soll der Scheiß? Gib die Flasche her.«

»Sie arbeitet in einer Nachrichtenredaktion«, erzählt Basile. »Sie heißt Chiara. Auf italienisch bedeutet das hell.«

»Augenblick!« Mit Mühe strecke ich den Zeigefinger in seine Richtung. »Du willst doch nicht sagen, dass du dir wirklich eine Tussi zugelegt hast?! Eine richtige Freundin?!«

»Genauer gesagt: Sie *war* mal Reporterin. Man hat sie gefeuert. Angeblich, weil sie es nicht mehr bringt. Falten, erschöpftes Aussehen … Und ihr Busen passt ihnen auch nicht mehr.«

»Sie ist keine Hure?! Du gehst mit einer ganz normalen Frau?! Du Idiot! Wahnsinniger!«

»Ich sage ihr immer wieder: Es gibt keine schöneren Falten auf dieser Welt. Ich liebe deine Falten. Jede einzelne. Vor allem die um die Augen. Und lass mich meinen dummen Kopf in dieses Tal zwischen deinen Brüsten legen, das wie für ihn geschaffen ist, denn die Liebe ist wie eine Guillotine. Gern will ich dann das Schwert erwarten, solange ich dich nur berühren kann. Denn wenn ich dann sterbe, weiß ich, dass ich gelebt habe.«

»Basile! Bist du von Sinnen?! Basile!«

»Aber sie sagt immer nur: ›Was bist du nur für ein dummer Junge.‹ Das ist die ganze Geschichte.«

»Halt die Klappe, verstanden? Ich will nichts davon wissen! Damit kommst du vors Tribunal! Und wenn ich dich nicht verpfeife, droht mir dasselbe! Das geht doch nur dich und diese … Warum erzählst du mir das alles?«

»Wem sollte ich es sonst erzählen? Etwa Al?«

Ich atme schwer, beiße mir auf die Wange, um nüchtern zu werden, aber sämtliche Zellen meines Körpers scheinen inzwischen mit Tequila getränkt zu sein.

»Du sagst, sie hat Falten. Warum?«

»Sie hat Falten – und ein bezauberndes Söhnchen im Alter von drei Jahren. Sein Name ist Cesare. Ich habe ihm beigebracht, mich ›Onkel Basile‹ zu nennen, aber ein paarmal hat er aus Versehen Papa zu mir gesagt. Das war mir schon ein wenig peinlich.«

»Du schläfst mit einer Gespritzten?« Vor Entsetzen wird mir übel. Es ist, als habe er mir eben gestanden, dass er Krebs im letzten Stadium hat.

»Sie heißt Chiara, und ich liebe sie. Du hältst doch dicht, oder?«

»Natürlich! Aber … Ich will das alles gar nicht wissen!«

»Tut mir leid, aber du musst, 717.«

»Wozu?!«

»Ohne dich kommen wir hier nicht weg. Ich brauche deine Unterstützung.«

»Du bist völlig irre«, wiederhole ich. »Wohin willst du fliehen?! Denen entkommst du sowieso nicht! Denk nicht einmal daran!«

»Was bleibt mir übrig? Soll ich etwa zusehen, wie sie verwelkt? Wie sie immer älter wird? Sie in ein Reservat geben? Angeblich kann man sich in Panam Unsterblichkeit kaufen … Dort werden alte Leute wenigstens nicht behandelt wie Aussätzige …«

»Mach Schluss mit ihr! Mach Schluss, dann wird vielleicht auch Al die Sache vergessen! Ich rede mit ihm! Ich bin seine rechte Hand! Sag ihr, dass du sie nie wiedersehen wirst! Besorg dir eine neue ID!«

»Ich kann nicht.« Basile schüttelt den Kopf. »Ich kann einfach nicht.«

»Versager!«

»Stimmt.« Er zuckt nur mit den Schultern. »Ich bin kein Superman. Sondern einfach nur ein Mensch aus Fleisch und Blut. Ich lebe, also darf ich auch ein paar Schwächen haben, oder?«

»Halt die Klappe!«

Ich fürchte um ihn, wie ich mich seit Internatszeiten nicht mehr gefürchtet habe – seit jenem Tag, an dem er sich mit dem Denunzianten Nr. 220 stritt, sich weigerte, seine Mutter zu verleugnen, und sie ihn dann in die Gruft steckten.

»Haben Sie dir denn wirklich gar nichts beigebracht?! Du wirst ihnen nicht entkommen, 906! Nirgends! Du hast doch nicht mal einen Reisepass! Sie werden dich an der Grenze abfangen, und dann ist Ende Gelände! Das weißt du genau! Erst wirst du kastriert und dann geht's ab in den Häcksler! Und wer wird das erledigen müssen? Wir!«

Basile lächelt mich an.

»Du musst es ja nicht unbedingt selbst tun. Hör zu, ich habe mir alles genau überlegt.«

»Ich will nichts hören!«

»In Hamburg gibt es Leute, die uns rausbringen können. In den Himmlischen Docks, Chiara kennt sie. Es sind natürlich etwas zwielichtige Typen, sie schleusen Illegale aus Russland ein, aber es ist die einzige Möglichkeit. Es gibt nur ein Problem …«

»Halt die Klappe!«

»Man wird mich natürlich beobachten, so wie sie es bereits jetzt tun. Alle meine Bewegungen werden ständig registriert. Deswegen habe ich dich vorhin gebeten, deinen Komm auszuschalten. Wenn sie mitbekommen, dass ich mit Chiara und

Cesare nach Hamburg fahre … besteht das Risiko, dass wir es nicht schaffen. Deshalb musst du mit ihnen vorausfahren.«

»Ich?!«

»Wenn etwas passiert … Unterwegs oder in den Docks … Was kann sie dann tun? Jemand muss sie beschützen. Vielleicht wird Al versuchen … Ihr fahrt mit dem ersten Boot. Sobald ihr die Grenze überquert habt, wird Chiara mir ein Signal geben. In den Docks herrscht ständig Chaos, und im Gegensatz zu mir stehst du nicht unter Beobachtung, also werdet ihr mit großer Wahrscheinlichkeit durchkommen. Ich will einfach wissen, dass sie sich in Sicherheit befindet, bevor ich mich in Bewegung setze. Ich hole euch dann innerhalb eines Tages ein.«

»Euch? Was meinst du mit ›euch‹?«

Basile hält mir die fast leere Flasche hin.

»Lass uns zusammen fortgehen, Jan. Komm mit.«

… Das Dröhnen des Bohrers, der den Berliner Filmpalast Stück für Stück auseinandernimmt. In wenigen Tagen wird hier eine gigantische Baugrube sein, in die man die Pfeiler des Neuen Everest hineinstellen und mit einem See aus elastischem Zement befestigen wird. Aber noch sind hier ein zur Hälfte entblößter Fetzen Leinwand, ein müder Bronzelüster, Kristallsplitter auf verzogenem Parkett, ein Toskana-Standbild und eine Flasche *Cartel* für uns beide.

Ich schüttle den Kopf.

»Sie werden dich finden. Es wird ein Tribunal geben. Du kannst ihnen nicht entkommen, Basile. Sie werden dich nicht fortlassen. Diese Frau … Darüber könnten sie noch hinwegsehen. Das passiert schon mal … Aber Fahnenflucht …«

»Langweiler«, entgegnet er. »Komm, wir trinken die Flasche aus – ist sowieso kaum noch was drin.«

Wir leeren die schwarze Flasche. Inzwischen schmecke ich überhaupt nichts mehr.

»Im Kodex steht, dass der Dienst in der Phalanx freiwillig ist. Jeder hat das Recht …«

»Die Mitgliedschaft in der Yakuza ist angeblich auch freiwillig! Hast du jemals gehört, dass irgendwer von selbst aus dem Dienst ausgeschieden ist?! Nein, ich fahre nicht mit. Niemals.«

Basile seufzt betrunken.

»Dann muss ich es wohl allein versuchen. Wenn du Schiss hast.«

»Wieso Schiss?! Was hat das damit zu tun?! Was soll ich denn da, in deinem Panam?! Hier hab ich eine Arbeit, etwas zu tun, einen Sinn im Leben! Eine Karriere!«

»Karriere!«, schnaubt er.

»Ja, Karriere! Ich bin jetzt immerhin stellvertretender Gruppenführer!«

»Ja, und du brauchst nur noch hundert Jahre zu warten, bis du vielleicht befördert wirst! Und anstatt eines Kubus zwei mal zwei mal zwei hast du dann einen drei mal drei mal drei!«

»Warum erst in hundert Jahren?!«

»Hör mal … Ich glaube, du nimmst das alles viel zu ernst. Du glaubst einfach zu sehr daran.«

»Woran?!«

»All das! Die Unsterblichen, die Phalanx, die Partei …« Er rülpst, laut und ungehemmt.

Ich fühle mich gekränkt.

»Gäbe es die Partei nicht, wäre die Überbevölkerung längst … Die Phalanx ist ihr einziges Bollwerk. Die Gesellschaft, die ganze Idee von der ewigen Jugend …«

Weißes Rauschen übertönt meine Gedanken.

»Ich sage doch, du sollst das alles nicht so ernst nehmen! Ewige Jugend, Überbevölkerung, den ganzen Kram. Weißt du, ein System ist nur so lange stabil, solange alle daran glauben. Deshalb fürchten sie ja am meisten, dass die Leute irgendwann anfangen, darüber nachzudenken.«

»Es gibt überhaupt nichts nachzudenken! Zum ersten Mal in der Geschichte … der Menschheit … haben wir ewige Jugend!«

»Und wofür zum Henker brauchst du sie, diese ewige Jugend?«

»Das ist ein hohes Gut!«

»Ein hohes Geseier ist das. Willst du wirklich ein ganzes Leben als Geburtshelfer arbeiten? Was für eine tolle Arbeit für einen Mann: wildfremden Weibern eine Abtreibung zu besorgen. Ein Traumjob!«

»Das ist keine Arbeit, sondern ein Dienst. Wir dienen der Gesellschaft. Wir die-nen!«

»Die ganze Welt bereisen. Für die lateinamerikanischen Aufständischen kämpfen, ein einmotoriges, mit Waffen beladenes Wasserflugzeug entführen, und zwar gemeinsam mit der einzigen Tochter irgendeines Diktators, mich in sie verlieben, alles stehen und liegen lassen und auf einer Insel im Pazifik leben, wo man noch nie was von Überbevölkerung gehört hat. Oder gemeinsam mit chinesischen Säuberungstrupps die radioaktiven Dschungel Indiens erschließen, Säbelzahntiger abknallen und dann meinen gesamten Wahnsinns-Sold einem einfachen Mädchen in Macao vermachen und ihr vorgaukeln, ich sei ein fremder Prinz! Oder …«

»Was zum Teufel redest du da?«

»Ich habe noch dreißig weitere solcher Szenarien, wie wir unsere Jugend verbringen könnten. Mann, Geburtshelfer sind wir jetzt doch lang genug gewesen, vielleicht reicht es allmählich? Oder macht dir das etwa wirklich Spaß? Wie den anderen Jungs?«

»Was hat das damit zu tun? Wir haben eine Mission!«

»Und die wäre?«

»Wir schützen das Recht der Menschen auf ewiges Leben!«

»Ach ja, stimmt. Vergesse ich immer wieder. Tolle Mission, wirklich.«

Er schleudert die Flasche in die Tiefe des Saals. Fast trifft sie den gefallenen Lüster.

»Ich verstehe das nicht«, sage ich und spucke auf den Boden. »Warum riskierst du alles?! Um ein anderes Leben zu führen?! Wegen irgendeiner Frau? Einer Clownin? Einer Luftakrobatin?!«

»Weil Luftakrobatinnen das Einzige sind, was unserem Leben noch Sinn verleiht! Was ist das Leben ohne sie? Ein einziges Dahinvegetieren. Wie ein Pilz oder ein Pantoffeltierchen. Alle anderen Tiere, egal ob Fliege oder Wal, leben nur von Liebe. Von der Suche und dem Kampf.«

»Dem Kampf?«

»Liebe, Mann, ist ein Kampf. Ein Kampf zweier Wesen, die eins werden wollen!«

»Du bist betrunken.«

»Du bist betrunken. Ich bin stocknüchtern.«

»Ich will nicht kämpfen. Ich habe keine Lust, eins zu werden mit einem anderen Geschöpf. Und deswegen meinen Kopf zu riskieren. Vergiss es!«

Basile sieht mich mitleidig an, klopft mir leicht auf die Schulter – und stellt seine Diagnose:

»Das heißt, du bist ein Pilz, mein Freund.«

Ein Pilz. Das bin ich also.

Jetzt bin ich wirklich beleidigt.

Wir schweigen eine Zeit lang, dann frage ich endlich:

»Wo hast du sie überhaupt aufgetrieben?«

»Wir haben uns im Badehaus kennengelernt.«

»Das ist uns doch verboten!«

Er nickt. »Na und?«

»Und … Und wie war's?«

»Schon allein der neugierige Blick dieser wunderschönen jungen Frau lohnt eine Abmahnung in der Personalakte. Eine geheime Berührung in einer Schale mit brodelndem Wasser ist mehr wert als alle Geldstrafen dieser Welt. Und für einen Kuss von ihr könnt ihr mir ruhig all meine Abzeichen von der Uniform reißen. Vors Tribunal mit mir, diesem Halunken. Nur eins bedaure ich: nicht genug gesündigt zu haben, um eine Erschießung zu verdienen.«

Ich schniefe hoch.

»Und diese … deine Chiara. Ist sie wirklich … so besonders?«

Nr. 906 lächelt.

»Chiara liebt lange, lose Kleider. Es ist ihr peinlich, dass sie zunimmt. Dabei wird mir von ihrem Bauch und ihren Schenkeln immer ganz schwindlig. Und von ihren Geschichten – aus Indochina, aus Panam, aus Afrika … Stundenlang kann ich ihr zuhören. Was soll ich dir noch sagen? Willst du sie nicht selbst kennenlernen? Sie hat auch ein paar Freundinnen. Ich sage dir, bei den Nachrichten gibt es die tollsten Weiber.«

»Weiche, Satan«, entgegne ich.

»Selber Satan!«

»Das hier ist ernst, Basile! Es ist die Wirklichkeit! Wach endlich auf! Es geht um dein Leben!«

»Genau! Mein Leben! Mein *Leben*, verstehst du? Nicht irgendein Dahinvegetieren. Lieber flamme ich kurz auf und verbrenne dann, aber dafür spüre ich wenigstens etwas! Also, zum letzten Mal: Bist du dabei?!«

Ich richte meinen Blick auf die Toskanalandschaft und begreife: Das ist sie. Meine zweite Chance.

All das, was ich ihm damals sagen wollte, als wir beide zwölf waren, sagt er mir jetzt: *Komm, wir hauen ab! Du und ich – zusammen schaffen wir es!*

»Ich weiß nicht«, murmele ich. »Ich bin mir nicht sicher. Gib mir noch etwas Zeit. Lass uns nächste Woche irgendwohin rausfahren … Bring deinen Tequila mit … Von mir aus können wir auch diese Hügel suchen gehen … Dann machen wir ein Picknick, und sprechen noch mal in aller Ruhe drüber, ja? Ich kann so nicht. Nicht so plötzlich.«

»Aber ich kann jetzt nicht auf dich warten. Ich muss wirklich jeden Augenblick damit rechnen, dass sie zuschlagen. Deshalb muss es jetzt sein. Wenn du mir nicht dabei hilfst, Chiara rauszubringen, muss ich es eben selbst versuchen. Allein lasse ich sie nicht gehen.«

»Was für ein idiotischer Plan!«

»Tut mir leid, aber ich hatte keine Zeit, mir was Besseres einfallen zu lassen. Wir können von Glück sagen, dass wir diese Typen in den Docks gefunden haben …«

»Du kannst nicht einfach so fliehen. Ihr werdet scheitern, du wirst sehen.«

»Mit dir …«

»Nein. Nein. Ich werde mit Al sprechen. Sie werden dir verzeihen, Basile. Man wird dir nichts tun. Schick dein Mädel allein los. Soll sie in ihr gelobtes Panam fahren. Aber bleib bei uns. Tu es nicht.«

»Ich kann nicht«, sagt er. »Ich habe keine Wahl. Ohne sie kann ich nicht leben. Verrate uns wenigstens nicht, in Ordnung?«

»Na gut.«

Das Donnern und Heulen von außen lässt auf einmal nach. Als wollte man den Filmpalast nun doch nicht mehr abreißen.

»Ist schade um ihn«, sage ich. »Um den Palast. Es wird nichts von ihm übrig bleiben. Ein Ort ohne Wiederkehr.«

»Er macht Platz für einen wunderbaren Turm mit tausend Ebenen«, entgegnet Basile. »Und außerdem haben wir ihn ja gerade verewigt. Wir werden uns doch immer daran erinnern, nicht wahr? Und wir sind ja unsterblich!«

Hätte ich ihm damals geholfen zu fliehen, wäre er jetzt vielleicht am Leben. Würde mit seiner Chiara im Pazifik baden, mit ihrem Sohn Fußball spielen oder mit ihm in einem Cabrio durch Baikostal-City kurven. Vielleicht hätte er sich auch von ihr getrennt und wäre nach Südamerika gefahren, um sich irgendwelchen Aufständischen anzuschließen, weil er sich in die schöne Tochter des dortigen Revolutionsführers verliebt hätte.

Nein, nichts dergleichen. Nichts! Nichts davon ist möglich!

Er wäre nirgendwohin geflohen.

Niemand kann vor ihnen fliehen.

Es hat so geendet, wie es enden musste.

Im Häcksler.

Wenigstens hat Al mich damals nicht gezwungen, an der Hinrichtung teilzunehmen.

XX · MEER

Ich weiß nicht, ob es Morgen oder Abend ist. Die Vorhänge sind zugezogen, doch dahinter befindet sich sowieso nur eine Wand mit einer billigen Tapete. In der Dunkelheit leuchten die roten Ziffern des Minutenzählers. Gerade zeigt er 1276 an (Stunden scheint er nicht zu kennen), und in diesem Moment schaltet die letzte Stelle mit einem leisen Klicken auf sieben um. Eintausendzweihundertsiebenundsiebzig Minuten mit Annelie in diesem Hotelzimmer, so viel schulde ich jetzt Barcelona. Wie viel ist das? Wohl bald ein ganzer Tag.

Ich werfe ein Kissen auf den Zähler. Es verdeckt die roten Ziffern und dämpft das aufdringliche Ticken. Gut so.

Es wird dunkel und still. Die benachbarten Kammern sind nicht belegt, die Preise sind hier wie in Europa, deshalb können sich Pärchen von hier solche Liebe nicht leisten. Ich dagegen kann mir keine bessere Art vorstellen, meinen Sold zu verprassen.

»Wir können nicht ewig hierbleiben«, sagt Annelie. »Warum hörst du nicht auf mich?«

»Komm her«, antworte ich.

Annelie fühlt sich erst angespannt an, ihr Körper widersetzt sich, doch als ich sie mit meinen Lippen bedecke, wird sie allmählich weich und vergisst, dass sie eigentlich fest entschlossen war aufzustehen, zu packen und irgendwohin zu gehen – wohin, wozu? Meine Berührungen lösen ihre Verkrampfung, ihre Unruhe schwindet, und nun beginnt auch sie zu wollen, was ich will. Biologisch lässt sich das alles nicht erklären; wahrscheinlich geht es hier eher um Physik: Mikrogravitation, Magnetismus oder statische Elektrik – irgendetwas bewirkt jedenfalls, dass meine Knie zu ihren Knien hingezogen werden, mein Schoß zu ihrem Schoß, meine Hände zu ihren Händen. Wir können gar nicht anders, als uns mit all unseren Körperteilen zu berühren, und es tut jedes Mal weh, wenn wir uns wieder trennen müssen. Die Physik lehrt: Wenn man die Atome zweier Körper einander nah genug bringt, können sie miteinander interagieren, und die beiden Körper werden zu einem. Ich lege mich auf Annelie, Lippen auf Lippen, Schenkel auf Schenkel, Brust auf Brust, bereit, in sie einzudringen.

Sie öffnet sich mir sofort oben und unten, wir verhaken uns ineinander und werden unendlich. Wieder ist alles anders: nicht wie beim stürmischen ersten Mal, nicht wie beim ewig andauernden, schweißtreibenden zweiten und auch nicht wie beim langsamen, vorsichtigen dritten Mal. Jetzt vereinigen wir uns, fließen ineinander. Im Dunkeln gibt es keine Umrisse, uns bleiben nur Berührungen, Bewegungen, Reize, Liebkosungen, die allmählich zunehmende Gier, blindes Lecken, Kratzen und Beißen, Reiben und willkommener Schmerz. Ein fieberhaftes Flüstern, flehend, klagend, fordernd. Weder sie noch ich existieren jetzt; wir schreien zugleich, atmen zugleich, unser Puls schlägt im gleichen Rhythmus. Wenn ich eine ungeschickte Bewegung mache und wir auseinanderfallen, ruft Annelie panisch: »Nein, nein!«, und hilft mir, schnell wieder in sie zurückzufinden. Ihre Finger umfassen meine Hinterbacken, stoßen mich so tief es geht in sie hinein, halten mich dort – »Bleib so!« –, und ich harre reglos aus, während sie sich flach macht, sich an mir reibt, sich mir auf ihre weibliche, ungeschickte Art hingibt. Wahrscheinlich will sie mir so noch näher kommen. Doch dann genügt ihr auch dies nicht mehr, sie will es noch heftiger, noch fester und wilder; also sucht sie nach einem besseren Halt, ihr Finger ertastet die schweißnasse Rinne zwischen meinen beiden Hälften, streichelt sie zunächst – und fährt auf einmal tief in mich hinein. Ich zucke zusammen, wie ein Fisch am Haken, doch schon hat mich Annelie mit der anderen Hand im Nacken gepackt, drückt mit unerwarteter Kraft mein Gesicht gegen das ihre und lacht stöhnend. Zur Strafe mache ich mit ihr das Gleiche, dafür aber heftiger, aufdringlicher. Ein lautloser Schrei entfährt ihr, ich umschlinge ihren rasierten Kopf und stecke ihr meine Finger in den Mund. Und so, ineinander verwurzelt, jeglicher Bewegungsfreiheit beraubt, fahren wir hin und her, stoßen gegeneinander, reizen einander immer mehr. Annelie kommt als Erste, danach ist ihr Verlangen gestillt, der Liebeskitzel lässt nach, jetzt spürt sie alles doppelt so stark, doch ich gebe sie nicht frei, denn noch habe ich meinen Höhepunkt nicht erreicht, quäle sie immer weiter, bis ihr Schmerz schließlich auch mich verbrennt.

Wir liegen, erschüttert, erschlagen, unsere abgerissenen Gliedmaßen auf dem schwarzen Feld verstreut, die Nacht ist unsere Decke. Die Klimaanlage rauscht, der Schweiß kühlt die papierdünne Haut, unter dem Seidenkissen des Bordells ist das Klicken der bezahlten Minuten meines Lebens nicht zu hören, und ich begreife, dass ich die Zeit angehalten habe.

Dann ergreift Annelie meine Hand, und wir schlafen ein. In unserem Traum schlafen wir immer wieder miteinander, versuchen hartnäckig, aber vergeblich, eins zu werden.

Ich erwache vom Puls des Zählers. Schon durch die geschlossenen Lider sehe ich das Leuchten der Ziffern. Gegen meinen Willen öffne ich die Augen. Annelie sitzt auf dem Bett, blickt mich an. Ihre Umrisse zeichnen sich rot ab. Wieder sind wer weiß wie viele Minuten vergangen.

»Mein Magen knurrt wie verrückt«, sagt sie.

»Na gut«, sage ich und füge mich in mein Schicksal. »Gehen wir spazieren.«

Ich bezahle die Rechnung; mir ist gleich, wie viel es kostet. Eilig treten wir nach draußen.

Und wieder gehen wir Hand in Hand, lavieren uns zwischen weißen, gelben, schwarzen, halb nackten oder in irgendwelche Fetzen gekleideten Körpern hindurch.

In den ersten Stunden in Barcelona verfolgte mich der Gestank ungewaschener, verschwitzter Menschen überallhin. Jetzt ist er verschwunden. Ich habe begriffen, dass die Menge ihr eigenes Aroma verströmt, einen Sud aus Gewürzen, Ölen und menschlichen Ausdünstungen. Er ist herb und stark, scharf und ungewohnt – in Europa sind Körpergerüche verpönt –, aber dieses Flair als unangenehm oder übel zu bezeichnen wäre falsch. Es ist natürlich, also gewöhnt man sich irgendwann daran. Bei mir hat es offenbar gar nicht lang gedauert.

Zum Abendessen gibt es ein kleines Plastikeimerchen voller gegrillter Garnelen mit Algenbier.

»In Europa würden solche Garnelen ein Vermögen kosten!« Annelie schmatzt unfein, wischt sich das tropfende Fett mit dem Handrücken ab und lächelt. »Hier sind sie spottbillig! Für eure Verhältnisse zumindest ...«

»Bei euch ist alles so billig, weil es geklaut ist«, versuche ich vorsichtig zu erklären. »Die Leute hier leben von unserem Geld, und dann schmuggeln sie noch alles ein, was sie kriegen können!«

»Geschieht euch bürgerlichen Ausbeutern nur recht! Erst verheißt ihr den Menschen ein schönes Leben, und dann lasst ihr sie auf dieser Müllhalde verrotten!«

»Wir haben niemandem irgendwas versprochen.«

»Natürlich! Es heißt doch ständig: Wir sind der humanste Staat, die gerechteste Gesellschaft, Unsterblichkeit für alle, Glück auf Bestellung! Also wundert euch nicht, wenn die Menschen aus aller Welt vor eurer Tür Schlange stehen! Würdet ihr sie nicht anlügen, säßen sie alle brav zu Hause!«

»Ist ja gut! Wo hast du den Eimer? Ich will auch noch mal!«

Durch das unvorstellbare Gedränge zwängt sich ein chinesischer Karnevalszug: Ein riesiger Kompositdrache schwimmt über den Menschen dahin, schlängelt langsam seinen bunt bemalten Kopf mit den blinkenden Augen von einer Seite zur anderen, begleitet von in Lumpen gekleideten Menschen, die Gongs und Pauken schlagen. Dem Karnevalszug entgegen drängt eine Trauerprozession: Ein Toter, in ein weißes Tuch gehüllt, wird auf einer Bahre getragen, dahinter zunächst ein Mullah, der eine trostlose, furchtbar anzuhörende Litanei von sich gibt, dann ein Gefolge weinender Frauen in Burkas sowie Bartträger in langen Gewändern, die stumm und finster um sich blicken.

Die beiden Kolonnen gehen direkt aufeinander zu. Jeden Augenblick werden sie sich gegenseitig vernichten – überhaupt scheint es ein Wunder, dass sie in derselben Dimension existieren. Die Pauken trommeln auf den Mullah und die Klagerufe der Weiber ein, das Drachenmaul kriecht auf die verhüllte Leiche zu und wird sie, so fürchte ich, jeden Augenblick verschlingen, und dann werden sich die Trauernden mit Fäusten auf die Feiernden stürzen … Doch nein, sie gehen friedlich wieder auseinander, der Drache hat den Toten nicht angerührt, die Gongs arrangieren sich mit dem Gesang des Mullahs, die Chinesen verneigen sich vor den Arabern, und die beiden Prozessionen entfernen sich allmählich voneinander, bohren sich den Weg durch die Menge, wärmen einerseits jenen die Seele, deren Befindlichkeit aufgrund des Todesfalls kalt und bitter ist, und erinnern andererseits die fröhlich Feiernden daran, womit ihr Leben unausweichlich enden wird.

»Gehen wir ans Meer!«, ruft Annelie.

»Ans Meer?«

»Natürlich! Hier gibt es einen riesigen Hafen und eine fantastische Strandpromenade!«

Wir verlassen die Halle und steigen atemlos über die zwanzigste Ebene hinaus. Das wahre, alte Barcelona ist von hier aus nicht zu sehen – hermetisch verpackt in einen gigantischen Metallkasten. Hier beherrschen die bunten zylindrischen Säulen die Szene, das ach so ungetrübte Glück Europas, der Leuchtturm, auf den die Schiffbrüchigen sämtlicher Weltmeere zusteuern.

Der Weg bis zum Hafen ist weit, doch haben wir Glück: Diesmal lässt man uns in Ruhe.

»Wir sollten uns von den Türmen fernhalten«, instruiert mich Annelie. »Überhaupt ist es immer gut zu wissen, wer in welchem Stadtteil gerade das Sagen hat: Pakis, Inder, Russen, Chinesen oder Senegalesen … Am besten ist es, wenn man ihre Bosse mit Namen kennt. Dann kann man immer verhandeln. Es sind schließlich Menschen, die hier leben, nicht irgendwelche Barbaren.«

»Mir scheint, bei euch ist alles noch tausendmal politischer als bei uns«, sage ich zu ihr. »Auf jedem Quadratmeter ein neuer internationaler Konflikt. Ein wahres Babylon!«

»Ja, man kann sich das kaum vorstellen«, bestätigt sie. »Chinesen und Inder, das geht ja noch, aber hier gibt es Viertel, da kommt man aus dem Staunen gar nicht mehr heraus … In dem Turm da drüben hat man ein unabhängiges Palästina ausgerufen, und in dem da, dem blauen, gibt es ein assyrisches Viertel. Schon mal was von Assyrien gehört? Ich hatte keine Ahnung davon, dass es so etwas gibt, bis ich eines Tages zufällig hineinspazierte. Ein Land, das vor vielen Tausend Jahren von der Weltkarte verschwand – aber hier, in Barça, existiert es. Direkt unter der Sowjetunion und über dem Russischen Zarenreich. So gut wie jedes Stockwerk beherbergt dort eine andere exilierte Regierung. Ein Bekannter wollte mir weismachen, er habe die Botschaft von Atlantis gesehen. Er sei sogar drin gewesen, habe ein Visum bekommen und echtes Geld gegen irgendwelche wertlosen Scheine eingetauscht!«

Gerade als uns die Garnelen ausgehen, erreichen wir den Hafen. Wir umrunden einen knallgelben Turm, dann schwappt es uns plötzlich entgegen – und reicht bis an den Horizont. Die Uferpromenade mit Myriaden von Ständen, an denen Kokain, Sonnenblumenkerne, transsexuelle Prostituierte, Grillspieße, Nationaltrachten und Feuerwaffen verkauft werden, steigt bis auf einhundert Meter über dem Meeresspiegel an. Dahinter ragen die Kompositklippen der Gigapolis auf – eine Steilwand, die bis in den Himmel reicht.

Schon komisch zu sehen, dass das Land hier aufhört.

Ich war schon früher am Meer. Meist sieht es so aus wie Reisfelder oder venezianische Kanäle, denn es ist lückenlos mit landwirtschaftlichen Plattformen zugestellt. Der Ozean ist zum Zuchtteich mutiert, in dem sich die Menschheit allerlei Nutztiere hält: hier Lachse, dort Mollusken, wieder anderswo Plankton.

Hier jedoch öffnet sich vor meinen Augen eine enorme Weite. Niemand wird hier jemals Meeresplattformen errichten, denn die hiesigen Banden würden jede Zuchtfarm schon am ersten Tag ausrauben. In Küstennähe wuseln einige Fangschiffe und Fischerboote umher, aber der Horizont ist frei.

Und die Luft ist hier ganz anders.

Als wäre es keine Luft, sondern reines Helium. Man muss nur zweimal atmen, und schon hebt man ab.

Wir verscheuchen ein paar minderjährige Bengel von einer durchgebogenen Bank, setzen uns und schauen auf das ewige Blau. Die Brise streicht über unsere Gesichter. Die Sonne brennt herab auf die fünfhundertsechsundsiebzig einheitlichen Komposittürme der neuen City. Doch irgendwo im Untergrund lebt die alte Stadt, die …

»Und, wie gefällt dir Barça?«, fragt Annelie und blinzelt in die Sonne. »Die reinste Hölle, was?«

So kahl geschoren kommt sie mir ungewöhnlich zart und zerbrechlich vor – sie ist mein, denn ich habe sie so gemacht.

… die meine Stadt werden könnte. Unsere Stadt.

Nein, meine Idee, im Fiorentina-Park eine Stelle anzunehmen, zum Wächter der eigenen Kindheitserinnerungen zu werden und dann auch noch Annelie in dieses Herbarium zu locken, um mit ihr in meiner Freizeit Adam und Eva zu spielen – all das ist nur der Traum eines Idioten. Ich bräuchte nur meinen ersten Einsatz zu verpassen, und schon am nächsten Tag würden sie vor der Tür stehen und mich vors Tribunal der Phalanx zerren, und dann …

Ein schwarzer Saal, ein Kreis von Masken, erst kastrieren und dann ab in den Häcksler; ich werde zu Kompost, und meinen Platz in der Gruppe nimmt, nach einer kurzen Einweisung, irgendein Praktikant ein.

Barcelona dagegen …

Hierher reicht der Arm der Unsterblichen nicht. Hier könnten wir untertauchen, und man würde uns niemals finden. Ich habe in Europa gelebt, bin gegen Alterung geimpft, Annelie genauso. Uns drohen weder Zerfall noch Tod. In der ersten Zeit könnten wir bei Raj wohnen … Und wer weiß, vielleicht hätten wir eines Tages ein echtes, eigenes Zuhause und ein wirkliches Leben?

Barcelona. Kloake. Karneval. Tumult. Gefahr. Leben.

Alles, was ich tun muss, ist, hier und jetzt meinen Rucksack mitsamt der Henkersausrüstung ins Meer zu schleudern. Innerhalb weniger Sekunden würde er im Wasser landen, die Geräte schlössen sich kurz – und ich wäre nicht mehr Nr. 717. Ich könnte Eugène werden oder Jan bleiben.

»Barça?« Ich probiere den Geschmack des Namens auf meiner Zunge. Den Geschmack unseres Zuhauses.

»Barça!« Annelie wirft mir einen schelmischen Blick zu. »Was meinst du?«

Ihr weites T-Shirt flattert im Wind, mal haftet es an ihren Linien, zeichnet sie nach, mal beult es sich aus und verhüllt sie wieder. Annelie sieht missgelaunt auf ihre fettigen Hände.

»Hör mal, du hast doch deine schwarze Uniform dabei, oder? Kann ich mir vielleicht meine Hände daran abwischen? Nur einmal, ganz kurz, man sieht es ja nicht!«

Sie greift nach meinem Rucksack, doch ich fange ihr Handgelenk ab und schüttle den Kopf. Schnaubend wendet sie sich ab. Die Sonne verschwindet hinter einer Wolke. Mir ist das Ganze unangenehm. Barcelona – das bist du, Annelie.

»In Russland herrscht eine furchtbare Epidemie. Dabei breitet sich eine Art Film im ganzen Rachen aus, und der Kranke erstickt daran. Man bekommt immer weniger Luft, bis man stirbt.«

»Lenk nicht ab!«, sagt sie streng.

»Man behandelt es mit so einem seltsamen Teil«, fahre ich fort. »Einem silbernen Röhrchen. Der Belag fürchtet das Silber. Der Behandelnde steckt dem Patienten ein kleines silbernes Röhrchen in den Hals, durch das dieser atmen kann, bis er die Krankheit selbst überwindet.«

Annelie unterbricht mich nicht.

»Du bist mein silbernes Röhrchen. Mit dir habe ich angefangen zu atmen.«

Sie lächelt mich von der Seite an, dann beugt sie sich zu mir und küsst mich auf den Mund.

Und wischt ihre Hände an meiner Hose ab.

»Du bist ja ein richtiger Poet.«

»Verzeih mir. Ich rede lauter Unsinn. Idio…«

Schon küsst sie mich wieder.

»Werde gesund. Ich will nicht, dass du erstickst.«

»Was glaubst du, könnten wir bei Raj leben?«

Ich sage es ins Nichts, dem Meer zugewandt.

»Du hast doch nicht etwa vor zu desertieren?«

Ich zucke mit den Achseln.

»Das kannst du nicht!«, verkündet sie überzeugt.

»Warum nicht?«

Annelie schnalzt mit der Zunge. »Weil du sogar Angst hast, deine Uniform dreckig zu machen! Glaubst du, ich bin doof?

Kaum hast du etwas Urlaub bekommen, fängst du das Träumen an. Aber wenn sie dich zum Dienst rufen, wirst du stramm stehen und salutieren. Oder nicht?«

Ich weiß nicht. Vielleicht ja, vielleicht auch nein.

»Ich will bei dir sein.«

»Sei nicht kindisch«, entgegnet sie und klopft mir auf die Schulter.

»Wieso?«

»Seltsam, du bist ganz schön schwer von Begriff.«

Ich fasse in den Rucksack und ziehe meinen Kapuzenanzug heraus.

»Da«, sage ich zu ihr. »Wisch dir die Hände ab. Bitte.«

Sie schmunzelt. »Ich will keine Opfer. Steck das lieber wieder weg, bevor man dir die Fresse poliert. Hier reagieren die Leute allergisch auf eure Uniformen.«

»Ich will bleiben. In Barcelona. Bei dir.«

»Das ist jetzt aber wirklich dummes Zeug!«

»Wir könnten eine Zeit lang bei Raj wohnen«, wiederhole ich stur. »Oder uns eine Wohnung mieten … Einen kleinen Winkel … Vielleicht nicht weit von deiner Mutter … Ich würde irgendeine Arbeit finden. Als Türsteher oder … Na ja … Vielleicht findet ja Raj etwas Passendes für mich, oder diese Idee von Hemu … Egal. Ich will einfach nicht mehr zurück. Ich brauche dich …«

Ich verdecke meine Augen mit einer Hand, mir ist heiß, ich schäme mich, aber ich kann nicht aufhören zu reden.

Sie füllt ihre Lungen mit dem Helium. Kneift die Augen zusammen. Und unterbricht mein Gestammel.

»Wie heißt du mit vollem Namen?«

»Jan.«

»Nein, dein voller Name. Mit ID-Code.«

Es fällt mir schwer. Damals, im Gemeinschaftsbad unseres Kinder-KZs, habe ich mich weniger nackt gefühlt als jetzt, da ich zum ersten Mal seit langer Zeit meinen Namen laut und vollständig nennen soll. Aber ich muss mich ganz vor ihr entblößen, sonst glaubt sie mir nicht – und nicht an mich. Es ist ein Test.

»Jan. Nachtigall. 2T.«

»Nach-te-gal?«

»Nein, Nachtigall mit ›i‹. Wie der Vogel. Außerdem hieß so ein SS-Bataillon. Der Name wurde mir zugeteilt, als ich entlassen wurde.«

»Wunderbar! Er passt zu dir!« Annelie springt auf, steckt die Hände in die Taschen und geht zielstrebig los.

Ich laufe ihr nach. »Wohin willst du?«

»Ich bin dir was schuldig«, antwortet sie.

Als ich sie einhole, steht sie vor einem dicken, grellgrünen, vandalensicheren Kasten: einem Kommunikationsterminal. Die europäischen Behörden haben sie hier überall in hübschen Puppenhäuschen aufgestellt, um die etwas intelligenteren Wilden am gemeinsamen Informationsraum und dadurch am Schönen und Edlen dieser Welt teilhaben zu lassen. Ein Komm, wie ihn unsereiner trägt, ist hier reinster Luxus …

»Suchanfrage Familienmitglieder«, spricht Annelie.

»Was machst du da?«

»Identifizieren Sie sich«, fordert das Terminal.

»Annelie Wallin 21P«, sagt sie laut und deutlich, bevor ich begreife, was sie vorhat.

»Angenommen. Auf welchen Namen lautet die Anfrage?«

»Jan Nachtigall 2T. Suche Eltern.«

»Was soll das? Wozu machst du das?!« Ich packe ihren Arm und ziehe sie vom Terminal weg. Ein kalter Schauer läuft mir durch den Körper, mir wird schwarz vor Augen, und mein Herz beginnt zu rasen. »Wozu?! Ich habe dich nicht darum gebeten! Warum hast du deinen Namen genannt?!«

»Anfrage wird bearbeitet.«

»In deinem Namen kannst du doch nicht suchen. Dir hat man verboten herauszufinden, wie es deinen Eltern geht. Also helfe ich dir.«

»Wozu?! Ich will nicht wissen, was mit ihnen ist! Für mich existieren sie nicht! Warum mischst du dich da ein?! Auf diese Weise fliegt doch nur auf, dass du noch lebst!«

»Dies ist Barcelona!«, widerspricht Annelie und zieht eine Grimasse. »Die sollen erst mal versuchen, mich hier rauszuholen!«

»Jan Nachtigall 2T«, verkündet das Terminal. *»Suchergebnisse. Vater: nicht identifizierbar. Mutter: Anna …«*

Eigentlich sollte ich jetzt »Abbruch!« rufen, aber meine Zunge ist an der Kehle festgetrocknet. Dieser verfluchte grüne Kasten, diese klobige Stele, hat sich auf einmal in ein Orakel verwandelt. Der Herrgott spricht zu mir aus einem Häufchen Komposit.

»Fehler.«

Der Bildschirm blinkt, dann erlischt er, und das Terminal bootet neu. Meine Nervenzellen sind jetzt mit seinen Schaltkreisen verwachsen, also fahre auch ich erst mal runter und schnappe nach Luft, als ob ich aus einer Lähmung erwache.

»Gib es noch mal ein. Es hat schon angefangen zu sprechen!«

»Annelie Wallin 21P. Suchanfrage Familienmitglieder. Jan Nachtigall 2T.«

»Anfrage wird bearbeitet ... Jan Nachtigall 2T. Suchergebnisse. Vater: nicht identifizierbar. Mutter: Anna ... Fehler.«

Und wieder bricht es zusammen, blinzelt hilflos, setzt sich zurück – und alles ist dahin.

»Das verstehe ich nicht. Ich verstehe das einfach nicht!« Ich hämmere mit der Faust gegen den Bildschirm, aber genau für solche wie mich ist das Terminal ja gemacht.

»Lass es uns noch mal versuchen ...«

»Sei ruhig!«

Sie schweigt. Plötzlich höre ich ein Summen. Eine Vibration. In meinem Rucksack. Ein Anruf.

Ein Anruf. Wer auch immer es ist, zum Teufel mit ihm! Fahrt zur Hölle, alle miteinander!

Ich kontrolliere mein Display.

Erich Schreyer. Persönlich. Ich schleudere den Komm zurück in den Rucksack. Stocksteif stehe ich vor dem stummen grünen Kasten, mein Hals ist verstopft, mein Kopf platzt gleich, die Fäuste verkrampft, die Fingerknöchel zerschrammt, bumm-bumm-bumm ...

»Jan?«

»Gehen wir!« Zum Abschied versetze ich dem Terminal einen Stiefeltritt, aber es reagiert ungerührt, wie ein Steingötze auf der Osterinsel.

Während wir gehen, meldet sich mein Komm unaufhörlich, summt und vibriert in meinem Rucksack, reibt sich an mir, kitzelt wie ein Insekt, geht mir auf die Nerven. Nein, Herr Senator, mit Verlaub. Was immer Sie diesmal von mir wollen ...

Was wohl?

Oder hat man Ihnen etwa bereits mitgeteilt, dass Rocamoras Freundin, die ich ermordet und in den Häcksler gegeben habe, aus Barcelona Anfragen an die Datenbank schickt? Aber wer ist sie schon? Nur ein ärgerlicher Splitter an einem der Millionen Teile, aus denen Ihr makelloser Mechanismus besteht. Nur ich mit meiner ewigen Paranoia bin imstande zu glauben, dass noch jemand anders außer mir Annelie braucht …

Mein Komm summt immer weiter. Aufdringliches Scheißteil.

»Schau!« Annelie schützt ihre Augen vor der Sonne und deutet nach oben. »Nicht da! Dort, hinter den Türmen! Höher!«

Ein fetter schwarzer Punkt. Noch einer. Und noch einer. Ein fernes, tiefes Heulen.

»Was ist das?«

»Turbokopter. Transportmaschinen.«

Dicke Zigarren mit winzigen Flügelchen. Über der Stadt lassen sie sich nur selten blicken. Nicht schwarz, sondern dunkelblau, mit weißen Ziffern auf der Bordwand. Eine mir vertraute Farbkombination.

»Von hier aus ist nichts zu sehen. Sollen wir näher rangehen?«

Sie sinken herab, einer nach dem anderen, zehn, zwanzig Stück, und landen irgendwo zwischen den metallisch glänzenden Türmen, dicke, schwere Maschinen mit kleinen Flügeln, augenlos und dickhäutig. Ich erkenne sie. Sturmeinheiten der Polizei. Die Menge stiebt auseinander.

»Stopp. Weiter gehen wir nicht.«

»Was haben die hier verloren?«

Mein stimmloser Kommunikator dreht und wendet sich immer noch auf dem Grund des Rucksacks, will einfach nicht zur Ruhe kommen. Kaum spürbar dringen die Vibrationen durch das Gewebe in meinen Körper.

Ausstiegsluken fallen herab, die fliegenden Kreaturen kreißen, sie gebären blaue, glänzende Larven, die von hier aus winzig anmuten. Sie bilden erst eine Kette, dann formen sie einen Kreis, der sich sogleich verdoppelt. Es sind Hunderte, vielleicht sogar tausend.

Die Menschenmenge lädt sich auf mit Angst und Neugier, erst fließt sie auseinander, doch dann stabilisiert sie sich und beginnt sich zu verdichten. Das Echo rollt vom Epizentrum zu den Rändern, und schon nach einer Minute erreicht es uns:

»Polizei. Polizei. Polizei. Polizei.«

»Was ist passiert?«, frage ich es. »Was ist das für eine Operation?«

Das Echo wiederholt meine Frage, trägt sie fort, von Mundart zu Mundart springend, mitten hinein ins Menschengewühl, und kehrt nach einiger Zeit mit der Antwort zurück:

»Angeblich der Präsident von Panam, der uns besuchen kommt. Mendez. Zusammen mit unserem, dem europäischen.«

»Was? Wozu?«

»Schau mal in die Nachrichten«, sagt Annelie.

Also nehme ich doch meinen Kommunikator in die Hand und weise Schreyers Anruf zurück, um die jüngsten Meldungen zu hören.

»Den Wunsch, das Stadtgebiet von Barcelona zu besuchen, äußerte Mendez im Laufe der Verhandlungen mit dem Präsidenten des Einigen Europas, Salvador Carvalho. Angeblich ist diese Bitte die diplomatische Antwort auf eine Bemerkung Carvalhos, mit der dieser die Grenzschutzmaßnahmen entlang der sogenannten Hundert-Fuß-Mauer kritisierte, welche Panamerika vom südamerikanischen Kontinent trennt …«

»Was sagen die?« Ein verrauchter Tuareg mit grauem Lockenbart blickt mich an.

»Er will uns mit dem Gesicht in unsere eigene Scheiße drücken«, erkläre ich. »Ein Freundschaftsbesuch. Carvalho wirft ihm

Massaker an der Mauer vor, also sagt Mendez: Dann zeig mir doch mal euer Barcelona, mein Freund, damit wir sehen, was vor eurer Haustür abläuft.«

»So was!« Der Tuareg hat sich bereits zu den Nächststehenden umgedreht. »Mendez macht unserem Boss die Hölle heiß!«

»Das ist eine Chance!« Annelie scheint sich zu freuen.

»Eine Chance?«

»Was siehst du normalerweise in den Nachrichten, wenn es um Barça geht? Bandenkriege, Zauberpilz-Plantagen und Tunnel von Wasserschmugglern! Als gäbe es hier nichts anderes! Dabei leben wir doch im Land des allgemeinen Glücks!«

»Und du glaubst, dass alle Kanäle eure gesegnete Oase nur für Mendez in höchsten Tönen loben werden? Lächerlich!«

»Wenn er wollte, könnte er innerhalb eines Tages verändern, wovor die europäischen Sesselfurzer schon seit hundert Jahren die Augen verschließen! Dass es gar kein Einiges Europa gibt! Dass es euren beschissenen Olymp gibt – und einen Knast für die Verurteilten. Dass diese verschrumpelte Gleichheit, mit der sie ständig vor allen Kameras herumfuchteln, absoluter Schwachsinn ist! Das ist doch das eigentliche Problem, und nicht, dass hier irgendwer bei Rot über die Straße geht!«

»Nichts dergleichen wird passieren«, sage ich bestimmt. »Man wird ihn nicht einen Schritt zur Seite machen lassen. Schau dir doch das Polizeiaufgebot an.«

Wir steigen zu einem Travelator hinauf, der über die Menge führt, und drängeln uns durch eine Gruppe pakistanischer Straßenhändler. Wir sind jetzt wie Tiere am Wasserloch: Dies ist nicht der Augenblick, an unseren Krieg zu denken.

Vom Travelator aus haben wir einen besseren Blick auf den Platz der fünfhundert Türme. Der blaue Polizeiring dehnt sich nach allen Seiten aus, trifft auf das Menschengewühl und drückt es mit Leichtigkeit fort. Auf der leeren Fläche, die sich in der Mitte gebildet hat, landen neue Maschinen, weitere Plastiksoldaten stürzen heraus, bilden Gruppen, schließen zur Kette auf, integrieren sich als deren neue Glieder, sodass sie sich immer weiter ausdehnt.

»Das genügt noch lange nicht, um ganz Barça in die Knie zu zwingen«, sagt Annelie störrisch.

»Du kennst Bering nicht.«

Ein weiteres Dutzend Turbokopter hängt im Himmel über Barcelona. Lautsprecher ermahnen die Bürger, in ihren Häusern zu bleiben.

»Das hier ist unser Zuhause!«, schreit einer aus der Menge. »Haut ab!«

Der Lärm der Turbinen ergießt sich über die Stadt der Träume, durchflutet sie, und aus unzähligen Spalten drängen jetzt finsteren Blickes die Bewohner der schmucken Wolkenkratzer hervor, die wie Puppenhäuser wirken. Schmutzige Rinnsale nähren dieses unruhige braune Meer, in deren Mitte sich ein blau eingefasster Fetzen Festland befindet.

Aber die Bewohner der Slums sind nicht hierhergekommen, um sich mit der Polizei anzulegen; der Mann, der eben geschrien hat, ist allein auf weiter Flur. Sie treten den schweigenden Polizisten in den Plastikrüstungen genauso neugierig entgegen wie einst die Indios den geharnischten Konquistadoren, als diese von ihren Galeonen mit den weißen Segeln an Land kamen.

Über der Menge schweben TV-Drohnen, innerhalb des doppelten Schutzrings wuseln Reporter umher. Sie wagen sich nicht zwischen die Leute, filmen lieber im sicheren Schutz breiter blauer Rücken und runder, matt glänzender Helme.

»Da! Da kommt er!«, rauscht das Meer, und eine Welle von Armen erhebt sich.

Zwischen den strahlenden Türmen nähert sich ein majestätisch weißes Luftschiff, eskortiert von einer Schar kleiner, wendiger Turbokopter.

»Wahnsinn!«, flüstern die Menschen begeistert in dreihundert verschiedenen Sprachen.

Kein Wunder. So große Vögel haben sie hier noch nie gesehen.

Einen Augenblick hält das weiße Luftschiff am Himmel inne, dann senkt es sich ohne Hast herab und landet exakt in der Mitte des dafür vorbereiteten Platzes. Eine Tür öffnet sich, eine Treppe fährt aus, und ein winziger Präsident winkt mit seinem streichholzgroßen Arm dem braunen, misstrauischen Meer zu. Nicht einmal Bodyguards sind zu sehen – nur Journalisten, Journalisten und nochmals Journalisten.

Dann erscheint auf der Treppe eine weitere Gestalt: wahrscheinlich Carvalho.

Am Boden hasten Assistenten umher, die Kamera holt Mendez heran – und plötzlich erscheint über dem von der Polizei abgesperrten Platz seine Projektion, eine Gewebe aus Luft und Laserstrahlen, eine riesige 3-D-Büste, Kopf und Schultern. Mendez zeigt ein strahlend weißes Lächeln, dann donnert seine Stimme aus den Lautsprechern, die über der Menge hängen:

»Freunde! Danke, dass ich euch heute diesen kurzen Besuch abstatten darf!«

Die Pakis blicken sich an, kratzen sich die unrasierten Kinne und rücken die Krummdolche zurecht, die sie an ihren Gürteln tragen.

»Für gewöhnlich sehe ich, wenn ich von meinen europäischen Freunden eingeladen werde, nur London oder Paris. Aber ich bin ein neugieriger und rastloser Mensch. Lasst mich doch mal etwas anderes sehen, habe ich sie gebeten. Schauen wir uns doch Barcelona an! Mein Freund Salvador hat mir davon abgeraten. In Barcelona gebe es nichts zu tun, sagte er. Seid ihr etwa auch dieser Meinung?«

»Schon ein gerissener Hund, dieser Carvalho!«, murmelt einer mit Turban.

»Aber ich wollte unbedingt hierherkommen. Um Sie kennenzulernen. Und wenn Sie glauben, dass ich nur so auf dieser Treppe herumstehen werde, kennen Sie mich schlecht!«

Mendez beginnt die Stufen hinabzusteigen.

»Der traut sich was, Wahnsinn«, sagt ein einäugiger Pakistani mit ausgebeulter Hosentasche und rotzt auf den Boden.

Die zweite Gestalt verharrt reglos oben auf der Treppe: Carvalho hat keine Eile, sich zu den Tigern im Käfig zu gesellen.

Die Kameras schalten um und zeigen jetzt, wie der Präsident auf die Menschen zugeht. Was für ein Schauspiel: Tatsächlich nähert sich Mendez, kaum dass er festen Boden unter den Füßen hat, entschlossen dem Verteidigungsring der Polizei. Hünenhafte Schwarze in schwarzen Anzügen und Sonnenbrillen bilden einen Kreis um ihn – und durchbrechen gemeinsam mit ihm die Kette. Die Journalisten zögern, überwinden ihre Angst und folgen ihm schließlich. Da geschieht ein Wunder: Das Menschenmeer weicht vor diesem furchtlosen Draufgänger zurück, und er schreitet wie Moses trockenen Fußes durch die Wogen.

»Sie wissen vielleicht, dass mein Freund Salvador und ich in der Frage des Umgangs mit der Unsterblichkeit unterschiedlicher Meinung

sind. Ich bin Republikaner, vertrete daher schon immer konservative Werte. Sie wollen wissen, was ich von der Unsterblichkeit halte? Eine wunderbare Sache! Aber gibt es denn Wichtigeres als die Familie? Die Liebe zu den eigenen Kindern? Die Möglichkeit, sie selbst großzuziehen, ihnen alles beizubringen, sie auf den Schoß zu nehmen? Den Respekt vor den eigenen Eltern, die einen auf diese Welt gebracht haben?«

Ein unverständliches Raunen erhebt sich in der Menge, aber ich höre Mendez nur mit halbem Ohr zu: Mein Kopf ist voll von anderen Gedanken. Ich muss irgendwo noch so ein Infoterminal finden. Um noch eine Anfrage abzuschicken nach dem Schicksal und dem Aufenthaltsort meiner Mutter Anna. Wenn es nötig ist, werde ich hunderttausend dieser grünen Terminals abklappern, bis ich ein funktionierendes finde.

Anna?

Ich erinnere mich nicht. Wie sollte ich auch. Für mich ist sie einfach Mama.

»Der Mensch ist einsam!«, fährt Mendez fort. *»Und es gibt nichts Schlimmeres als Einsamkeit, zumindest ist das unsere Überzeugung in Panamerika. Und wer steht uns näher als unsere Eltern und Kinder sowie unsere Geschwister? Nur mit ihnen geht es uns wirklich gut. Mit ihnen und unseren geliebten Ehefrauen und Ehemännern. Nun, es heißt immer, dass Politiker den einfachen Menschen etwas vormachen wollen – aber ich bin selbst ein einfacher Mann und, ja, ich glaube an einfache Dinge. Denn das erleichtert mein Leben. Aber Panamerika ist ein Land der Meinungsvielfalt. Wir sind freie Menschen, und wir lernen von klein auf, Andersdenkende zu respektieren!«*

Die Nachricht von Mendez' Ankunft dürfte inzwischen auch die entferntesten Winkel beider Barcelonas, des äußeren wie des inneren, erreicht haben. Der Andrang ist unglaublich, das Ende der Menge nicht zu erkennen. Schweigend lauschen die Menschen der Rede des Präsidenten.

»Ja, bei uns kostet die Unsterblichkeit Geld. Ja, nicht alle können sie sich leisten. Das stimmt. Auch Panamerika ist überbevölkert. Aber unser Land ist kein Land allgemeiner Gleichheit, sondern ein Land gleicher Möglichkeiten. Jeder kann sich bei uns seine Quote verdienen.«

Für einen kurzen Augenblick flackert die gigantische 3-D-Replik des Präsidenten auf, und es ist etwas anderes zu sehen – doch dann kehrt Mendez' Konterfei sofort wieder zurück. Der Redner selbst scheint davon nichts mitbekommen zu haben.

»Hier aber, in Europa, bezeichnet man unser System als räuberisch. Ja, sogar mein Freund Salvador sagt das! Und ich respektiere seine Meinung, denn das hat man uns so beigebracht. Salvador sagt, das europäische System sei viel gerechter, denn es basiere auf tatsächlicher Gleichheit. Hier, sagt mein Freund Salvador, sind alle gleich und jeder besitzt von Geburt an das Recht auf Unsterblichkeit!«

Annelie rutscht auf ihrem Platz herum. Das Volk wird unruhig, das Durcheinander der Stimmen schwillt zu einem Getöse an. Mendez' Worte werden in dreihundert verschiedene Sprachen übersetzt, jeder erklärt sie seinem Nebenmann, und die Luft wird schwül wie vor einem Gewitter. Auf meiner Haut spüre ich förmlich, wie sich die Atmosphäre elektrisiert, und ahne baldige Entladungen voraus. Der Sturmvogel Mendez jedoch steuert genau darauf zu.

»Hier in Barcelona leben einfache Menschen. Solche wie ich! Menschen, die an einfache, verständliche Dinge glauben. Ich respektiere sie. Sie wählen die wahre Gleichheit. Sie wählen die Unsterblichkeit. Europa

gibt sie ihnen. Sie besitzen dieses Recht, und deshalb sind sie glückliche Menschen! Nicht wahr, Salvador?«

Endlich begreife ich, was er vorhat. Kein Wunder, dass Schreyer ihn für einen gefährlichen Mann hält.

Die Kameras schalten auf Präsident Carvalho um. Dem ist die Wut in das schwitzende, rot angelaufene Gesicht geschrieben.

»Ich …«, beginnt Carvalho, doch da reißt die Übertragung wieder ab.

Carvalho löst sich auf, und statt seiner erscheint über der Menschenmenge das Bild eines Mannes vor einer funkelnden gelben Mauer. Irgendwoher kenne ich sein Gesicht, aber dann auch wieder nicht. Doch Annelie erkennt ihn – und hält sich die Hand vor den offenen Mund.

»Ich habe ein Mädchen geliebt«, sagt dieser Mann mit schwerer Stimme. *»Und sie hat mich geliebt. Ich habe sie meine Frau genannt, und sie mich ihren Mann. Das ist eine einfache und verständliche Sache, Señor Mendez. So, wie Sie es mögen.«*

»Wer ist das? Was macht er da?«, lärmt die Menge.

»Meine Freundin wurde schwanger. Was ist daran nicht zu verstehen? Aber sie schaffte es nicht, es mir selbst zu sagen. Unser Kind war erst einige Wochen alt, als ein paar Banditen bei uns einbrachen. Sie haben von ihnen gehört. In Europa werden diese Banditen vom Staat geschützt. Hier nennt man sie die Unsterblichen.«

Die Menge schaukelt sich hoch zu einem einzigen, vielsprachigen Gebrüll. Ich sehe mich nach Annelie um – und greife nach ihrer Hand.

»Annelie! Hör zu …«

»Diese Banditen drangen eines Nachts in unsere Wohnung ein. Sie sagten uns, wir hätten gegen das Gesetz über die Wahl verstoßen. Ein

Gesetz, das Eltern zwingt, entweder das ungeborene Kind umzubringen – oder sich selbst.«

»Er muss hier irgendwo sein«, krächzt der Pakistani im Turban verblüfft. »Das ist doch Omega-Theta, der gelbe Turm!«

Mendez' Assistenten, die den Projektor aufgestellt haben, schaffen es endlich, das Bild abzuschalten, aber Rocamoras Stimme tönt weiter aus jenem Dutzend Turbokopter, die das schmutzige Meer der Köpfe von oben beschallen. Das Geräusch brandet von überallher und nirgendwo heran, als spräche der Himmel selbst zu den kleinen Menschlein da unten.

»Laut Gesetz sollten sie sie zu einer Abtreibung zwingen oder ihr eine Spritze geben, die sie in eine alte Frau verwandeln und letztlich umbringen würde. Es sind Menschenfresser, die dieses Gesetz verfasst haben. Sadisten und Menschenfresser. Aber für die Unsterblichen war dieses Gesetzt nicht hart genug. Also haben sie den Auftrag auf ihre Art erledigt. Sie haben meine Frau vergewaltigt und ermordet. Ich konnte mich nur durch ein Wunder retten.«

»Nieder!«, kreischt irgendein Weib, und gleich darauf erwidert ein schallender Bass: »Nieder! Nieder mit Carvalho!«

»Annelie?! Annelie!«

»Durch ein Wunder, sage ich. Ein Wunder!« Ein Lautsprecher nach dem anderen wird jetzt ausgeschaltet, und doch gelingt es ihnen nicht, Rocamora vollkommen zum Schweigen zu bringen. *»Und ich verfluche mich dafür, dass ich am Leben geblieben bin! Ich bin es, der dort hätte sterben sollen. Damit meine Annelie unversehrt bleibt. Aber ich habe versagt. Ich habe versucht, mit diesen Mördern zu verhandeln, sie zu überzeugen. Wir leben doch in Europa! Einem Rechtsstaat!«*

Was Mendez darauf zu sagen hat, oder was Carvalho entgegnet, können die Menschen nicht hören, die Ingenieure sind machtlos, denn Rocamora kontrolliert ihre Technik, er hat sich in ihre Systeme gehackt und sie sich gefügig gemacht.

»*Verzeih*«, knistert es jetzt, kaum noch hörbar.

Ihre Hand entgleitet mir.

»Annelie! Glaub ihm nicht!«

Und dann verschwindet sie in der Menge wie Wasser im Sand.

»Nieder mit Carvalho! Nie-der! Nie-der!«

»Und noch eins: Es gibt keine Gleichheit, Señor Mendez. Sie ist ein Mythos. Propaganda. Barcelona ist schon vor vielen Jahren von der europäischen Wasserversorgung abgetrennt worden. Wer hier lebt, kann nicht in das wahre Europa gelangen, obwohl man allen hier Asyl versprochen hat.«

»Nieder mit Bering!«

»NIEDER MIT DER PARTEI DER UNSTERBLICHKEIT!«

»Annelie! Annelie, komm zurück! Ich flehe dich an! Bitte! Wo bist du?!«

Alle Lautsprecher sind jetzt stumm bis auf einen. Der letzte Turbokopter, dessen Besatzung offenbar die beschädigte Software nicht in Griff bekommt, entfernt sich, doch das Echo trägt Rocamoras Worte zu der versammelten Menschenmenge.

»Diese Mythen sind notwendig, um ein kannibalistisches System aufrechtzuerhalten, Señor Mendez. Ich habe lange dagegen angekämpft, bis … Mein Name ist Rocamora, die Menschen kennen mich! Ich habe mein ganzes Leben diesem Kampf geopfert. Ich habe ihr nicht gesagt, wer ich bin. Ich wollte sie schützen. Dennoch haben sie meine Annelie bestraft – für mich. Und jetzt … Könnte ich sie doch zurückbringen … ich würde auf alles verzichten. Aber sie haben sie umgebracht.

Sie haben mein Leben zerstört. Nieder mit der Partei der Unsterblichkeit! Nieder mit diesen Lügnern!«

»NIEDER MIT DER PARTEI DER UNSTERBLICHKEIT! NIEDER MIT CARVALHO! NIEDER!«

»Annelie?! Annelie!«

Angst stürzt über mich herein – niemals werde ich sie wiederfinden in diesem Gedränge, dieser Stadt, diesem Leben. Mir ist heiß und kalt zugleich, meine Stirn wird feucht, Säure fließt mir in die Augen. Sie haben mir mein silbernes Röhrchen weggenommen, der schmutzige Film wächst allmählich wieder zusammen und verstopft meine Kehle. Ich dachte, ich sei geheilt, aber offenbar habe ich nur durch sie geatmet, durch meine Annelie.

Und dann passiert auf einmal eine Kettenreaktion.

Eine Million, zwei Millionen, drei Millionen Stimmen skandieren unisono die gleichen Worte und wissen nicht mehr, wohin mit ihrem Hass. Die Menge erhitzt sich, wallt auf, schwappt über, und dann verschluckt sie mit unvorstellbarer Leichtigkeit Mendez mitsamt seinen Bodyguards: Wie eine Seifenblase platzt die doppelte Polizeikette, und ein Tsunami erfasst die Turbokopter, die sich allzu selbstgewiss auf diesem fremden Boden niedergelassen haben, überspült, zermalmt und verstümmelt sie. Wie blaue Schwimmer sind in den schmutzigen Fluten zu Beginn noch die Polizeihelme zu erkennen, doch dann werden sie davongetragen, hinweggezerrt und versinken schließlich.

In der letzten Sekunde, bevor es zu spät ist, hebt das stolze weiße Luftschiff hektisch vom Boden ab, gerät in Schräglage, richtet sich mit Mühe wieder auf, während die aufgeschreckten Turbokopter die Menge umkreisen und mit Tränengas besprühen, aber dieses Volk hat schon so viele Tränen vergossen, dass die Maßnahme keinerlei Wirkung hat.

In diesem Chaos ist niemand mehr zu finden.

»Annelie!«, brülle ich mir die Kehle aus dem Leib.

»Annelie!«, ruft Rocamora vom Turbokopter herab, bevor man ihm endgültig das Maul stopft.

XXI · PURGATORIUM

Annelie!«

Weiter vorn habe ich einen rasierten Frauenkopf entdeckt. Verzweifelt werfe ich mich in die Menge, dränge Körper auseinander, trete Beine beiseite, trample über hingestürzte Menschen. Jemand packt mich von hinten an meiner Hose, an den Stiefeln. Ich stolpere und versinke beinahe im Gewühl.

Dies ist kein Menschenmeer, dies ist Lava. Barcelona ist erwacht und ausgebrochen, es platzt auf, aus den Spalten strömt rotglühender Hass hervor, so heiß, dass er sich durch die Erde frisst und unseren Staat, der nur aus Komposit besteht, zu zerschmelzen droht.

Ich rudere durch kochenden Fels, mit stählerner Klaue würgt mich das Grauen. Ich muss sie einholen, da vorn ist sie, nur wenige Schritte entfernt! Ein Fettsack weicht nicht zur Seite, schirmt Annelie vor mir ab – ich versetze ihm einen Magenschwinger; stoße eine alte Frau weg, marschiere über einen am Boden liegenden Menschen, der noch im Sterben »Nieder!« brüllt.

Jetzt sind hier draußen nicht mehr drei Millionen, und auch nicht mehr fünf. Sämtliche Bewohner Barcelonas drängen aus ihren Höhlen, ihren Stahlkäfigen hervor, denn plötzlich begreifen sie, dass ihre Käfige nicht verschlossen sind. Ihr Verstand ist benebelt, ein wilder Rausch hat sie gepackt, sie vereinigen sich zu einem riesigen Ungeheuer, nähren es mit ihren Körpern und Seelen, und es erhebt sich, schwillt an, ruft immer mehr Menschen aus sämtlichen Spalten hervor, wächst, bis die ganze Welt erzittert.

»NIEDER!«

»Annelie!«

Ein wutverzerrtes, fremdes Gesicht. Der rasierte Kopf gehört gar nicht einer Frau, sondern einem schmächtigen Typen mit ausgezupften Augenbrauen. Doch das Ungeheuer hat den Schwulen bereits aus seiner schmächtigen brauenlosen Körperhülle verdrängt, sich seiner bemächtigt. Er ist jetzt Teil eines gigantischen Organismus und brüllt mit entstellter, tiefer Stimme, zu der er selbst gar nicht fähig wäre:

»Nieder!«

Ich verpasse ihm eine schallende Ohrfeige – für mehr ist hier leider kein Platz. Doch er spürt nichts, begreift nichts. Ich drehe meinen Kopf hin und her, krieche aufs Geratewohl weiter, kämpfe gegen das Ungeheuer, allein gegen zehn Millionen zähnefletschende Köpfe. Da ist sie wieder, meine erstickende Angst vor der Masse. Am liebsten würde ich jetzt meinen Kopf zwischen die Knie klemmen, mich zusammenrollen und losheulen, aber stattdessen rase ich umher, bleibe zwischen Schultern, Bäuchen und wilden Blicken hängen – und kämpfe mich verzweifelt weiter durch dieses Meer von Gesichtern.

Sie alle brüllen, skandieren, trampeln, schlagen auf Töpfe und blasen in Trillerpfeifen. Mein Kopf fühlt sich an wie ein Schnellkocher, den man auf der Platte vergessen hat. Vor meinen Augen flimmert ein wildes Mosaik, mischt sich unablässig wieder neu. Ich suche ein einziges Steinchen darin. Meine Chancen stehen eins zu fünfzig Millionen.

»Annelie!«

Die Menge spuckt mich aus, und ich lande auf einem winzigen freien Platz. Hier werden die gefangen genommenen Polizisten gelyncht.

Noch lebend und weich holt man sie aus ihrer blauen Schale und zerfetzt sie, dass es knallt und kracht, sie heulen vor Entsetzen und vor unerträglichem Schmerz. Ich wende mich ab, laufe weiter – und bewege mich kaum von der Stelle. Auf den Schultern trage ich ständig meinen eigenen Tod: ein gleichgültiges Apollogesicht mit Löchern anstelle von Augen. Sollte jemandem mein Rucksack plötzlich verdächtig vorkommen, wird mich das Ungeheuer im Nu verschlingen, genauso wie es eintausend Polizisten verschlang und jenen Hochglanzpräsidenten, der es selbst heraufbeschwor.

Aber das kümmert mich nicht.

Ich muss dich finden, Annelie.

Warum hast du mich verlassen, bist fortgegangen, als gäbe es nichts Leichteres?! Um deinetwillen habe ich Schreyer zuwidergehandelt, habe Befehle missachtet, habe auf unseren heiligen Kodex gepinkelt, habe dein Leben verschont, dich bei mir zu Hause versteckt, den Kopf verloren, dich in allen meinen Träumen gesehen, habe nicht mit dir geschlafen, als du dich mir im Rausch hingeben wolltest, ich wollte nicht mit dir schlafen, sondern dich lieben. Gegen alle Verbote habe ich dich ein zweites und ein drittes Mal getroffen, habe gewagt davon zu träumen, mit dir zu leben, obwohl ich wusste, dass ich dafür am Ende im Häcksler landen werde! Wie konntest du fortgehen, ohne ein Wort zu sagen? Ich kann ohne dich nicht mehr leben! Hörst du?!

Die Menge trägt mich jetzt irgendwohin. Ich habe mich darin verloren.

Ich stolpere in einen Eingang, stehe plötzlich in irgendwelchen Korridoren, Behausungen, Höhlen. Schmutzige, fettige Finger richten sich auf mich, ergraute Menschen, zerfledderte, glatzköpfige, schlitzäugige, schwarze, rote Menschen schreien etwas in einer fremden Sprache, ich schreie zurück, stoße sie weg, laufe davon – und kehre wieder dorthin zurück, von wo ich losgelaufen bin. Ich brauche Luft.

Halt. Ich täusche mich. Es ist ganz anders.

Es ist nicht deine Schuld.

Es ist nicht ihre Schuld.

Rocamora ist an allem schuld. Dieser Lügner, dieser Manipulator, dieser Feigling.

Ich muss Annelie finden und ihr die ganze Wahrheit über diesen Dreckskerl sagen. Ihr erzählen, wie er seine eigene Haut rettete und sie den Unsterblichen überließ, damit sie sich mit ihr amüsieren konnten. Dass er den Moment nutzte, als Nr. 503 sie mit seiner Faust traktierte, und ich durch ihre Schreie abgelenkt wurde, um seine läppische Knarre hervorzukramen. Dieses Schwein hat nicht eine Sekunde gezögert, uns sein eigenes Kind auszuliefern, dem er jetzt angeblich so sehr nachtrauert. Und selbst als er eine Waffe hatte, dachte er gar nicht daran, Annelie zu befreien. Er lügt, Annelie, er bereut nichts, er ist durch und durch verfault, er ist gar nicht imstande, irgendetwas zu bereuen!

Ich werde dich finden und werde es dir erzählen, und du wirst es verstehen und mich erhören.

Du wirst mich erhören. Mich erhören.

Ich scanne fremde Visagen: zerfurchte, geschminkte, schiefzähnige, schnauzbärtige, mit hängenden Mundwinkeln, tief liegenden Augen, Dreifachkinn, vorgestülpten afrikanischen Lippen – unter all diesen Gesichtern suche ich das eine, das meine Rettung ist.

In meinem Kopf ist trüber Schlamm. Ich muss in einen der bunten Türme – wenn ich von oben nach Annelie Ausschau halte, finde ich sie sicher! Also klettere ich schweißgebadet eine Wendeltreppe hinauf, Ebene um Ebene, bis meine Beine anfangen zu brennen. Als meine Kraft erschöpft ist, lehne ich mich an die durchsichtige Wand. Meine Lungen platzen gleich, das Hemd klebt mir am Leib. Blinzelnd kralle ich mich am Geländer fest, um nicht in die Tiefe zu stürzen.

Ich blicke nach unten.

Vom Mittelmeer bis zur Glasmauer ist kein freies Fleckchen Erde mehr zu sehen, überall wogen Menschen. Darüber flattern blutrote Flaggen – Banner der Partei des Lebens. Außerdem erkenne ich hastig gemalte Transparente, auf denen die Menschen Gerechtigkeit, Unsterblichkeit für alle fordern. Wie Stachel ragen Gewehrläufe, Schläger und Prügel aller Art aus der Menge hervor. Nein, die Leute hier sind weder Kakerlaken noch Ameisen, sondern giftige Wespen, in deren Nest Mendez und Rocamora einen Stock gestoßen haben.

Ich dachte immer: Die Einwohner Barcelonas haben sich mit dem Tod abgefunden, haben keine Lust auf unseren beschissenen Olymp, fressen schweigend ihr Schicksal in sich hinein, ihr Leben als Eintagsfliege hat sie gelehrt, jede Minute zu genießen. Dass sich manche von ihnen illegal Unsterblichkeit kaufen oder damit auf dem Schwarzmarkt handeln, geht mir noch in den Kopf – aber dass sie dafür zu kämpfen bereit sind, hätte ich nie gedacht.

Die Sache ist anders.

Bisher pflegte jeder von ihnen seinen eigenen, ganz persönlichen Hass auf uns. Wir spürten diesen Hass – manchmal wärmte er uns, manchmal brannte er, aber immer gleichmäßig verteilt, wie die Mittagssonne. Mendez jedoch hat mit seiner Rede Millionen von Strahlen zu einem einzigen gebündelt, und jetzt hat ihm Rocamora die Linse aus der Hand gerissen und will damit die Welt in Brand setzen.

In meinem Rucksack zirpt etwas.

Wie ist das möglich? Ich dachte, ich hätte den Ton ausgestellt.

Ich wende mich von der Treppe und den Fenstern ab und ziehe den Kommunikator heraus: Tatsächlich: Der Bildschirm pulsiert in hellem Rot. Höchste Alarmstufe.

Niemand sieht mich hier. Der Turm ist leer, die letzten Bewohner sind schreiend, mehrere Stufen überspringend, nach unten gerannt. Ich starre auf die blinkende Nachricht auf dem Komm:

»ALLGEMEINE MOBILMACHUNG«

Soweit ich mich erinnere, hat es das noch nie gegeben. Ich öffne die Nachricht und lese: Alle Unsterblichen haben sich unverzüglich an der Grenze des Stadtgebiets von Barcelona zu versammeln. Unterschrift: Bering.

Alle. Also auch ich. Zuerst begreife ich gar nicht, was das bedeutet. Dumpf lese ich die Nachricht noch einmal.

Die Phalanx besteht aus fünftausend Zehnereinheiten. Also fünfhundert Hundertschaften. Fünfzigtausend Mann.

Einen gemeinsamen Einsatz aller Unsterblichen hat es noch nie zuvor gegeben. Was bedeutet das? Plant Bering einen Kreuzzug gegen die Aufständischen?

Ich will zu den Nachrichten wechseln, doch plötzlich hat mein Kommunikator keinen Empfang mehr, und die Verbindung bricht ab.

Von draußen ertönt ein gewaltiger Knall. Eine Explosion?!

Nein. Noch nicht.

Es sind drei Jagdflugzeuge der Armee – schwarz, die Unterseite himmelblau –, die haarscharf über die Türme hinwegdonnern. Dann drehen sie über dem Meer ab und fliegen zurück Richtung Europa. Vom Festland kommt ihnen eine weitere Dreierkette entgegen. Das Donnern kommt daher, dass die Jäger in minimaler Höhe die Schallmauer durchbrechen. Jetzt kann ich verschiedene Gesichter in der Masse erkennen, denn die Barbaren haben ihre Köpfe erhoben und sind für einen Augenblick still. Aufklärer? Wohl kaum: Die Satellitenkameras ermöglichen auch so eine lückenlose Beobachtung.

Vergeblich versuche ich, wieder ein Netz zu bekommen. Es sieht aus, als hätte man sämtliche Funkverbindungen unterbrochen.

Auch die Infoterminals in den leergefegten Stockwerken scheinen in eine Art Koma gefallen zu sein. Wenn ich ihre Bildschirme berühre, erscheint ein psychedelisch buntes Bild. Wäre ich Epileptiker, würde es mich locker außer Gefecht setzen.

Ich durchsuche die Kompositbehausungen des Turms, deren Wände und Decken mit einer Art Höhlenmalerei verziert sind. Vielleicht treffe ich jemanden, der einen Komm eines anderen Mobilfunkanbieters besitzt.

Vergebens: Sämtliche Räume sind verlassen.

Ein paar Minuten später fällt im gesamten Turm der Strom aus. Wahrscheinlich auch in allen anderen.

Barcelona wird von der Welt abgeschnitten.

Ich begreife: Sie werden die Stadt stürmen.

Ich muss Annelie finden, bevor fünfzigtausend Unsterbliche in Barcelona einmarschieren. Jeden Augenblick kann hier ein Blutbad beginnen, wie Europa es seit den Kriegen der Verdammten nicht mehr gesehen hat. Ich muss sie aus diesem Mahlwerk herausholen, sie wiedersehen, oder wenigstens mit ihr sprechen!

Es kann nur noch wenige Minuten dauern.

Wenn ich Annelie jetzt nicht finde, verliere ich sie womöglich für immer.

Annelie, Annelie, Annelie. Ich habe dir doch gesagt, dass ich mit dir sein will, habe dir meinen wahren Namen genannt und bin aus meinen Träumen desertiert. Ich war fast schon so weit, zu tun, was ich Nr. 906 damals verbot. Warum hast du mir nicht geglaubt? Warum hast du einem Terroristen geglaubt, einem Hochstapler, einem Clown – und nicht mir?

Womit hat dieser Halunke dich rumgekriegt?!

Was macht er besser als ich?! Ficken?! Sich um dich kümmern? Dich beschützen?!

Du hast ihm doch geschrieben, Annelie! Du hast versucht, ihn anzurufen! Er sagt, dass er dich begraben und deinen Tod beweint hat – dabei wimmelt sein Komm von deinen Mitteilungen! Er wusste, dass du lebst und auf ihn wartest, dass du ihn rufst, dich mit ihm treffen willst! Aber er hat nichts Besseres zu tun, als diese Scheißshow zu organisieren, dir vor dem gesamten Volk seine Liebe zu erklären – und sofort zerfließt du und läufst diesem Mistkerl in die Arme!

Wo war er denn die ganze Zeit? Wo?!

Warum hat er nicht geantwortet? Warum hat er nur seine Typen mit den verpflanzten Gesichtern zu dir geschickt, damit sie dich vor mir retten?! Worauf hat er gewartet?!

Weil er dich nicht mehr braucht, Annelie. Nicht lebendig.

Sieh doch, was für eine Tragödie er inszeniert hat. Wie er sich fünfzig Millionen Messer besorgt hat mit einer einzigen Geschichte, der Geschichte von deiner Vergewaltigung und deinem Tod. Er hat dich verkauft! Das ist der Traum eines jeden Zuhälters!

Den Teufel, so hat Erich Schreyer Rocamora genannt. Den Teufel. Damals dachte ich, er übertreibt. Jetzt glaube ich das nicht mehr. Welche Macht muss man über einen Menschen haben, dass er einfach so auf ein Fingerschnippen zu einem gelaufen kommt, nachdem man ihn verraten und verhöhnt hat?

Auf einmal habe ich Angst um sie.

Was wird aus Annelie, wenn sie tatsächlich zu ihm zurückkehrt?

Rocamora hat schließlich der Stadt und der gesamten Welt die Geschichte von ihrem traurigen Ende erzählt. Annelie ist eine Märtyrerin, und auch Rocamora selbst ist einer. In ihrem Leid haben sich die Einwohner Barcelonas selbst erkannt. Ihr Aufstand beginnt genau dort, wo Annelies Leben aufhört.

Ich sehe hinab auf die purpurnen Banner über Millionen von Köpfen.

Dieses Ende ist Rocamoras Anfang.

Wenn Annelie ihn findet, wird Rocamora sie küssen, und dann wird einer von seinen Jungs mit der falschen Haut ihr die Arme verdrehen und ein anderer ihr einen Plastikbeutel über den Kopf ziehen und sich ihr auf die Beine setzen, damit sie nicht zu wild strampelt. Das Ganze wird ein paar Minuten dauern. Wahrscheinlich wird sich Rocamora abwenden. Er ist ja so sensibel.

Ich laufe erneut los, schlittere die Treppe hinab, taste mich bis zum Ausgang und tauche wieder in die kochende Lava ein. Ich presse die Hände erneut gegen meinen Kopf, denn er dreht sich so heftig, dass ich Angst habe, ihn zu verlieren.

Rocamora hat Annelie eine Falle gestellt.

Sie ist in Gefahr. Meine Annelie ist in Gefahr.

Ich haste weiter, durchstreife die Menge, packe Menschen, lasse sie wieder fallen, falle selbst und erhebe mich wieder …

Solange ich bei Annelie war, glaubte ich Barcelona zu verstehen, ich begann es sogar zu spüren. Nun aber starren mich die Leute wieder an wie einen Fremden, denn ich verlaufe mich, weiß nicht mehr, wo ich bin und wo ich gerade war – und beginne erneut die ganze Gegend zu durchkämmen. Was sie rufen, verstehe ich nicht, und die Schriftzüge auf den Plakaten kann ich nicht lesen. Annelie hat sich von mir abgewendet – und nun tut Barcelona das Gleiche.

»Annelie!!!«

Beruhige dich. Du musst dich beruhigen. Hol erst mal tief Luft.

Verstecke dich vor allen anderen, und komm wieder zu dir.

Ich stoße auf einen verlassenen Sprudelwasser-Kiosk, sperre mich darin ein und setze mich auf den Boden. Es ist nicht lange her, da haben wir dieses Wasser mit Absinth gemischt. Der Kiosk wankt in der Brandung der wogenden Menschenmasse, nicht mehr lange, und er wird wie eine Nussschale zerbrechen. Ich kneife die Augen zusammen, vor mir flackern unzählige Gesichter auf – fremde Gesichter. Salziger Speichel füllt meinen Mund. Ich halte es nicht mehr aus und entleere meinen Mageninhalt in eine Ecke.

Endlich gestehe ich mir ein: Ich werde sie nicht finden. Ich würde hundert Jahre brauchen, um jeden einzelnen Bewohner dieser verfluchten Stadt zu überprüfen, und wenn ich dann endlich auf Annelie stieße, würde ich sie nicht mehr erkennen, denn all die fremden Gesichter hätten längst meine Netzhaut verätzt, und ich wäre blind.

Ich sitze neben meiner Kotze auf dem Boden, die Knie umschlungen, und starre auf das Etikett einer Wasserflasche. Wie komisch Annelie ihr Gesicht verzog, als sie den verdünnten Absinth mit dem Strohhalm trank. Ich weiß nicht, wie viel Zeit vergeht. Die Brandung der Menge lullt mich ein, und ich schlafe mit offenen Augen.

Triumphgeheul reißt mich aus meiner Trance.

»Ro-ca-mo-ra!«, höre ich irgendwo.

»Ro-ca-mo-ra!«, antwortet es aus einer anderen Richtung.

»RO-CA-MO-RA!«

Mit zitternden Fingern schiebe ich den Türriegel zurück.

Augenblicklich sehe ich ihn – besser gesagt: seine Projektion – in der Ferne. Rocamora, umgeben von grimmigen Bartträgern mit eingedrückten Nasen, behängt mit MG-Patronengurten. Vor ihm steht Mendez. Kreidebleich, aber lebend.

Wie durch ein Wunder ist es offenbar gelungen, ihn unter all den Schuhsohlen und Absätzen herauszuziehen, ihn einigermaßen abzuklopfen und ihn vor die Kamera zu zerren – aber dieses Bild ist nicht für die Aufständischen bestimmt, sondern für die fünfzigtausend Unsterblichen und deren Befehlshaber.

Offenbar ist der Projektor, den Mendez' Leute erst vor ein paar Stunden hier aufgestellt haben, an eine autonome Stromquelle angeschlossen, denn die Stadt ist noch immer tot. Die Sonne geht langsam unter, bald wird hier totale Finsternis herrschen.

»Ro-ca-mo-ra! Ro-ca-mo-ra! Ro-ca-mo-ra!«

»Wir fordern Verhandlungen!«, sagt Rocamora und blickt mir direkt in die Augen. *»Kein Blutvergießen mehr! Hier leben Menschen! Alles, worum wir bitten, ist, dass man uns auch so behandelt!«*

»RO-CA-MO-RA!«

»Wir haben es verdient zu leben! Wir wollen unsere eigenen Kinder großziehen!«

»RO-CA-MOOORAAAAAA!«, übertönt die Menge seine Worte.

»Wir wollen Menschen bleiben – und wir wollen leben!«

»TOD EUROPA!!!«

Wenn er glaubt, dass er die Masse steuern kann, irrt er sich. Sein Kopf ist jetzt nur der fünfzigmillionste Teil eines gigantischen Ungeheuers, mehr nicht.

Auf einmal durchfährt es mich: Er ist irgendwo hier. Er muss hier sein. Zumindest nicht weit von hier. Alle Einwohner wissen, wo er ist, Annelie eingeschlossen. Sie würde ich niemals finden, aber Rocamora kann ich aufspüren. Und so komme ich auch an sie heran …

Ich verlasse meine Miniloge und tauche in die Menge ein.

Ich lausche dem verstreuten Echo der Stimmen. Es verrät mir:

Auf dem Meer nähern sich riesige Schiffe der Stadt, wie sie hier noch nie zuvor gesichtet wurden. Der ganze Horizont ist schwarz von ihnen. Alle erwarten die Erstürmung der Stadt, erwarten sie und sind bereit, bis zum letzten Mann zu kämpfen. Rocamora hat sich mit den Geiseln in den Untergrund zurückgezogen, irgendwo unter die Plattform, in irgendeine Zitadelle der Drogenbarone auf der Plaça de Catalunya, also irgendwo unterhalb von Omega-Omega oder so. Angeblich wird er von Tausenden von Kämpfern geschützt, die eine Hälfte fundamentalistische Pakis, die andere Sikhs. Sie haben sämtliche Zugänge verbarrikadiert, sodass niemand dort reinkommt. Außerdem soll der verfluchte Bering eine halbe Million bewaffneter Unsterblicher hierher abkommandiert haben, es geht um einen

Vernichtungsschlag, womöglich wird Barcelona sogar mit Napalm bombardiert – aber niemand fürchtet sich, ganz gleich, wen man fragt, alle sind bereit zu sterben. Tatsächlich donnern immer wieder die Schatten von Jagdflugzeugen über den Abendhimmel, so laut, dass einem das Trommelfell zu platzen droht. Wie es aussieht, bereiten sie sich schon auf die Bombardierung vor. Wäre ja nur gerecht, wenn ich durch Napalm zu Tode komme. Erst gestern habe ich zweihundert Menschen bei lebendigem Leibe verbrannt, also bin heute ich an der Reihe – auf die gleiche Weise, mit einem Schlag, ohne Ansehen der Person. Es wäre nur gerecht, doch mir graut davor. Ich will nicht als öliger Klumpen mit irgendwelchen anderen Menschen zusammenbacken. Nicht mit diesen Leuten, nicht hier.

Und noch während ich mir dies eingestehe, fällt mir etwas anderes auf:

Ich rieche wie ein Fremder. Selbst wenn ich nicht nur ein paar Tage, sondern Jahre hier verbrächte, würde ich doch nie einer von ihnen werden. Ich bin Barcelona fremd, und ich bin Annelie fremd. Sie hat es gespürt. Sie wusste es, sie wusste die ganze Zeit, wer ich bin.

»Annelie …«, flüstere ich. »Annelie … Wo bist du?«

»Weil wir … Menschen sind!«, ruft Rocamora und schüttelt die Faust.

»Rocamora!«, skandieren diejenigen, die ihn umringen.

»ROCAMORA!«, antwortet der ganze Platz.

Als hätte meine Beschwörung gewirkt, springt die Kamera (vielleicht hat jemand dem Kameramann gegen den Ellenbogen gestoßen), die Menge ächzt, und ich sehe … rosa Marmor. Und dann: eine deutliche Kontur, die ich erst vor Kurzem selbst aus Seifenschaum herausgeschnitten habe. Augen … meine Augen.

Ein verliebter Blick, gebannt auf diesen jämmerlichen Demagogen gerichtet. Sie lebt. Sie hat ihn also schon gefunden.

Man hat ihr keine Tüte über den Kopf gezogen, sie ist nicht blau angelaufen, hat nicht ihre Blase entleert, nicht mit den Beinen gezappelt. Sie steht neben ihm, hilft ihm, diese Idioten zu betrügen.

»Sie lebt«, sage ich laut, und dann schreie ich es heraus: »Sie lebt! Es ist eine Lüge! Sie ist gar nicht gestorben, seht ihr?! Er lügt euch an!«

»Halt die Klappe!«, zischt jemand. »Stör uns nicht beim Zuhören!«

Sie hat mich aus meiner Hundehütte herausgelockt, mir mein enges, unbequemes Halsband abgenommen, mich hinterm Ohr gekrault und mich Gassi geführt. Ich dachte, ich hätte ein neues Frauchen – und was für eines! –, aber als sie keine Lust mehr hatte, mit mir zu spielen, hat sie mich einfach im Park zurückgelassen. Und ist zu ihrem mickrigen Pudel zurückgekehrt. Was soll ich jetzt tun? Was?! Ich bin kein Eco-Pet, kein elektronisches Modell eines dressierten Schoßhündchens, das man einfach ausschaltet und auf den Speicher wirft, wenn es einmal zu leidenschaftlich dein Bein angegriffen und deine Hose schmutzig gemacht hat!

Ich lebe, verstanden?!

»Dieser mickrige Pudel …«, höre ich mich murmeln.

Bilder flackern an mir vorüber: Ich marschiere, ohne zu wissen, wohin. Wie von selbst kommt der Turm mit dem Bahnhof näher, wo ich erst vor Kurzem mit dem Zug eingefahren bin.

Von hier führt der Tunnel durch die Glaswand nach Europa. Hier Barcelona, dort unsere Leute.

Ich steige eine leere Treppe hinauf. Meine Beine wiegen nichts, auch mein Schädel ist leer. Weiter, durch denselben dunklen Korridor, hier sind Annelie und ich stecken geblieben, hier haben sie mir den Rucksack weggenommen. Im Gleichschritt – links, links, eins, zwei! – vorbei an diesen Teufeln, die noch immer in ihrem betäubenden Rauch vor sich hin dämmern. Doch diesmal sende ich andere Wellen aus, und sie wagen es nicht, mich anzusprechen.

Die Wegweiser sind erloschen, was die Suche nach dem Bahnhof erschwert, aber ich bin wie ein metallisches Körnchen, das von einem Elektromagneten angezogen wird. Dort, jenseits des Hubs, jenseits der Brücke, deren durchbrochene Pfeiler durch die Wolken stoßen, versammeln sich jetzt fünfzigtausend Unsterbliche, nimmt die gesamte Phalanx Aufstellung, und ich will bei ihnen sein, Teil ihrer Formation werden.

Wie werden sie Barcelona einnehmen? Die Glaswand mit dem einzigen Tor auf Höhe des dreißigsten Stockwerks schottet Europa vor den Illegalen ab, verwandelt aber zugleich diese Stadt in eine Festung, deren Belagerung Monate, ja sogar Jahre dauern könnte.

Begreift Bering, was er von seinen Kämpfern verlangt? In Barcelona besitzt jeder Mann eine Waffe, und viele sind bereit, für die Unsterblichkeit ihr Leben zu geben. Was können fünfzigtausend Elektroschocker gegen zig Millionen bewaffnete Barbaren ausrichten? Warum schickt er nicht zuerst eine Sondereinheit der Armee?

Ich weiß es nicht. Wahrscheinlich soll ich es auch nicht wissen.

Endlich erreiche ich den Bahnhof: Alles ist dunkel. Beim Eingang liegt, flach wie eine Matratze, ein Polizist in blauer Uniform auf der Erde. Die Arme sind ausgebreitet, der Helm ist verschwunden, der Kopf zermalmt, das Gesicht liegt in einer schwarzen Pfütze. Man könnte fast denken, er wäre herbeigekrochen, um sie aufzulecken.

Vor mir raschelt etwas. Ich ziehe den Kommunikator heraus – er hat eine integrierte Lampe – und halte meinen Schocker bereit, um mich nötigenfalls gegen die neuen Hausherren zu verteidigen. Der Schein der Taschenlampe springt unruhig hin und her, ich höre arabische Worte, jemand schimpft, es klingt, als ob irgendein Bettler seine Eingeweide rauskotzt.

Der Komm piepst leise: Offenbar versucht er ein schwaches Empfangssignal zu erhaschen. Jetzt hat er es, und schon quillt er förmlich über vor Nachrichten. Ich blättere sie durch: alle verschlüsselt. Der Angriff der Unsterblichen wird vom Bahnhof aus starten – also von hier. Bis zum Beginn der Operation sind es nur wenige Minuten.

Ich leuchte mir den Weg und schleiche mich durch die schwarze Halle. Ich stolpere über weitere Leichen, manche in blauen, andere in braunen Anzügen. Schwach glänzen die gekachelten Wände, die vollgekritzelt sind mit Forderungen nach Gleichheit und mit Verwünschungen gegen die Partei. Ein Geruch von Asche und Sternenstaub liegt in der Luft.

Der blendende Lichtstrahl trifft mich genau in die Augen. Ich hebe die Hände. Meine Befürchtung, hier auf eine ganze Garnison zu treffen – man erwartet ja eine Erstürmung der Stadt –, sind unbegründet: Die Polizisten haben ihre Haut teuer verkauft. Die Barrikade vor mir wird von gerade mal fünf Mann verteidigt.

»Bist … du es?«, fragt eine Stimme unsicher und quälend langsam. Offensichtlich hat sich da jemand zugedröhnt.

»Ja! Ich bin's!«

»Wo … sind die anderen?«, fragt der Mann gedehnt und vergisst dabei, dass er mir mit seiner Scheißlampe noch immer die Augen versengt. »Du solltest doch Verstärkung holen. Hier kann jeden Moment die Hölle losbrechen!«

»Sind schon unterwegs … keine Panik!« Ich versuche mich seiner Aussprache anzupassen.

Wahrscheinlich ist tatsächlich Verstärkung im Anzug. Aber noch sind sie nur zu fünft.

»Und was ist mit dem Plastik? Die lassen sich ganz schön Zeit! Hast du sie gesehen?«

»Keine Ahnung, wo die bleiben«, antworte ich schniefend und zucke mit den Schultern. »Hast du was für mich? Mir geht echt der Arsch auf Grundeis.«

»Mach dir nicht in die Hose!« Endlich gleitet der Lichtstrahl zur Seite. »Wenn wir das Zeug erst mal an die Brücke geklebt haben, sollen die Wichser nur rüberkommen. Dann macht es nämlich Bumm!«

Plastik. Er meint Plastit. Sie sind also gerade dabei, Sprengstoff herbeizuschaffen, um den einzigen Zugang zur Stadt – die Brücke – zu verminen. Wie viele von unseren Leuten werden in den Abgrund stürzen, wenn sie hochgeht?

»Klar habe ich eine Ladung Staub für dich, Bruder«, sagt der Araber und spuckt einen schleimigen Batzen auf den Boden. »Komm, zieh dir was rein. Für unsere gemeinsame Sache – die Gerechtigkeit!«

Das Tor, das die Einfahrt zum Bahnhof versperrt, ist fest verriegelt. Ein mächtiges Tor, dazu gedacht, einen möglichen Ansturm der Vandalen auf das zivilisierte Europa aufzuhalten. Die Verteidiger Barcelonas haben die blauen Leichen zu Brustwehren aufgetürmt, lauter tote, fremde Körper, hinter denen sie sich verschanzen und auf die sie die Läufe ihrer Gewehre stützen. Es ist ein internationales Häuflein: Ein zugedröhnter Araber ist gerade dabei, matt glänzende Rundkopfpatronen in einen selbst gebauten Revolver zu laden, ein Schwarzer mit Dreadlocks bis zum Gürtel hat eine breitläufige Schrotflinte auf dem Schoß, zwei grobschlächtige Typen mit Schnauzbärten zielen mit ihren Gewehren auf das Tor, während ein Schlitzäugiger aus einem Kanister Petroleum in Flaschen gießt, diese mit Stofflunten verstopft und so eine ganze Reihe hervorragender Molotowcocktails herstellt.

»Das dauert ganz schön lange …«, sagt der Chinese schniefend. »Die wollten in einer halben Stunde wieder da sein!«

Plötzlich beginnt der Komm in meinem Rucksack zu klingeln.

»Was war das?«, erkundigt sich der Araber.

»Lass mich mal ziehen!«, sage ich.

»Hey! Ihr da, auf der Barrikade!«, ertönt eine Stimme aus der Dunkelheit. »Helft uns mal! Wir sind völlig fertig von der Schlepperei! Das sind locker sechzig Kilo, verdammt!«

»Das macht nicht nur die Brücke platt, sondern auch alles rundherum«, kichert ein anderer.

Die beiden tauben Nüsse verlassen die blaue Brustwehr und trotten brav in die Richtung, aus der die Stimmen kommen.

Das war's. Noch fünfzehn Minuten, dann haben sie den Bahnhof in einen Sprengkopf und den Turm in eine verdammte Rakete verwandelt. Sechzig Kilogramm Plastit … Wieder klingelt mein Komm, diesmal noch aufdringlicher. Der Araber verströmt eine Wolke herb duftenden Rauchs, der die Luft in Wasser verwandelt, dann reicht er mir seine wunderlich geschnitzte Pfeife:

Der Kopf stellt einen hockenden, dickbauchigen Zwerg dar, der dem Raucher mit seinen geschnitzten Äuglein direkt ins Gesicht starrt. Das Mundstück ist sein riesiges, krummes Glied.

»Bedien dich.«

Ich drücke ihm den Schocker gegen den Hals. Zzzz. Gleich darauf bekommt der schiefmäulige Chinese, der schon ausgeholt hat, um eine seiner Flaschen auf mich zu werfen, eins auf die Wange: Zzzzz! Der Schwarze blinzelt verblüfft, steht auf, zieht aber den Lauf seiner Schrotflinte so langsam in meine Richtung, als wäre es das hundert Tonnen schwere Geschütz eines alten Schlachtschiffs. Ich schlage ihm mit der Handkante gegen den Hals, er würgt und hustet, drückt ab, doch die Flinte ist noch gesichert, also habe ich kein Problem, ihn mit dem Schocker abzufertigen.

Plötzlich ertönt ein Alarmsignal: Jemand stößt mit einer Ramme gegen das Tor. Bumm! Bumm! Bumm!

Der Angriff hat also bereits begonnen. Sie haben bis zum Abend gewartet und im Schutz der Dunkelheit die Brücke überquert … Sicher ist der ganze Tunnel auf der anderen Seite bereits voll von unseren Leuten.

»Was ist da los?!«, brüllen die mit dem Plastit.

»Alles im Lot!«, brülle ich zurück.

BUMM! BUMM!, dröhnen die Schläge, aber das Tor wiegt wahrscheinlich gut zehn Tonnen. Wie lange brauchen sie noch?!

»Hilfe gefällig?!«, sage ich und laufe den vier Typen entgegen, die mit Mühe zwei riesige Rucksäcke schleppen und sich mit schwachen Dioden den Weg leuchten.

BUMM! Auf der anderen Seite hat man offenbar begriffen, dass eine Ramme allein dieses Tor nicht knacken wird. Schon dringt die grelle Flamme eines Laserschneiders durch die Kompositmasse, macht sich auf einen langen Weg und hinterlässt dabei nur Leere und eine Schmelzspur, als würde sich jemand mit einem heißen Löffel durch eine Tafel Schokolade bohren.

Wenn nicht ich, wer dann, hat Erich Schreyer gesagt.

Ich stelle mich hinten an, packe mit einer Hand den Rucksack und ramme mit der anderen einem der beiden hünenhaften Träger den Schocker ins Ohr. Im nächsten Augenblick stürze ich mich auf einen weiteren Typen, sein Gesicht kann ich nicht genau sehen. Der Funke springt über und dringt irgendwo ein. Der zweite Hüne hat inzwischen seine Last, den Zorn Gottes, abgeworfen, holt aus und ritzt mir mit einem langen Messer in die Schulter. Der Rucksack fällt zu Boden, und ein buckliger Kerl, der ihn ebenfalls mitgeschleppt hat, keucht heiser. Eine Millisekunde vergeht – und wir sind noch immer alle da. Noch einmal zischt das Messer an mir vorbei, der Bucklige reißt sich zusammen, hievt sich dreißig Kilo Armageddon auf seine müden Schultern – und läuft schweren Schrittes auf das Tor zu.

BU-UMMM!

»Halt! Noch nicht!!!«

Ich weiche aufs Geratewohl der unsichtbaren Klinge aus und laufe dem Buckligen hinterher. Dieser bleibt wenige Schritte vor den zitternden Torflügeln stehen, wirft seine Last ab, beginnt im Rucksack herumzukramen, um uns alle hochzujagen. Im letzten Augenblick bin ich bei ihm, reiße ihn an den Haaren, weg vom Zünder, und ramme ihm meinen Schocker direkt in den aufgerissenen Mund – da, krepiere!!! Schon kommt der zweite Typ angetrabt, ich bemerke seine Ausholbewegung im Schein der reglos daliegenden Leuchtdiode. Ich fange das Messer an der Klinge ab, mit der bloßen Hand, denke noch: gleich fliegen hier meine Fingerglieder durch die Gegend, aber der

Dummbeutel ist so baff, dass ich die Gelegenheit nutze und das Messer loslasse, ihm mit meiner blutigen Pranke durchs Gesicht wische und mich auf ihn werfe. Ich bin schwerer als er, bewege die Klinge allmählich auf ihn zu und nutze schließlich – zzzz! – den richtigen Moment.

So … Gleich …

Wo ist mein Rucksack?! Meine Maske?! Ich bin wie berauscht. Ein Echo dringt durch die Höhle, ferne Stimmen, wahrscheinlich die Verstärkung. Ach ja, hier ist sie – auf meinem Rücken. Im Rucksack. Hastig ziehe ich sie mir über, wanke auf das Tor zu, finde die Riegel …

Kümmert es mich in diesem Augenblick, was aus Raj wird, aus dem kleinen Devendra, aus Sonja, aus Falak, aus Margo und James? Nein. Stattdessen denke ich an den Moment, als all die Polizisten aus dem riesigen Kunststoffpanzer schlüpften, um diesen gelackten Idioten aus Panam zu schützen. Ich denke daran, dass Annelie mir nicht glauben wollte. Dass sie zu ihrem verlogenen Pudel, diesem Liebling der TV-Kameras, zurückgekehrt ist. Ich denke an die aufgedunsenen Erhängten aus Pedros Zehnereinheit, die seinerzeit auf allen Sendern gezeigt wurden. Ich denke daran, dass die Phalanx – wir alle – das damals schlucken mussten.

»Ich bin einer von euch! Einer von euch!«

Dann lasse ich die Unsterblichen nach Barcelona ein. Ich öffne das Tor – und sinke zu Boden. Auch wenn es hinter meiner schiefen Apollomaske nicht zu sehen ist: Ich lächle.

Schreyer hat mir Urlaub gegeben. Ich hatte ihn mir verdient, weil ich Beatrice, ihren alten Säcken, ihrem Zaubermittelchen und ihrem satanischen Projekt den Garaus gemacht habe. Aber jetzt ist Schluss mit lustig, die Arbeit ruft.

Vertraute Masken umgeben mich, ich krempele den Ärmel hoch: Identifiziert mich, ich bin einer von euch! So wie ihr! Klingeling – schon strecken sich helfende Hände nach mir aus.

»Jan. Jan Nachtigall 2T«, melde ich.

»Was zum Teufel hast du hier verloren?!«

»Ich war … schon vorher da … Bevor sie das Tor zugemacht haben … Vorsicht, das da drüben ist Plastit … Außerdem kann jeden Augenblick die Verstärkung eintreffen … bewaffnet … Hört ihr?!«

»Zurück nach Europa mit ihm!«, befiehlt einer. »Er hat genug gekämpft. Er ist bereits ein Held.«

»Sie … haben Waffen«, murmele ich. »Alle sind sie bewaffnet hier … Warum schickt keiner die Armee? Auf jeden von uns kommen tausend von denen!«

»Die Armee wird ihren Job schon erledigen«, antwortet mir einer. »Gebt ihm eine Gasmaske!«

»Was? …«

Inzwischen ist der ganze Bahnhof voller Unsterblicher. Tausende von Stablampen erleuchten die Halle taghell.

»Achtung!«, ertönt eine Stimme. »Noch drei Minuten!«

Wie auf ein Kommando fallen die blassen Apollogesichter herab. Für einen kurzen Augenblick sehe ich vor mir kein antikes Heer, keine Reinkarnation von Alexanders Phalanx, sondern eine genauso verschiedenartige und aufgeregte Menschenmenge wie die, die irgendwo unter uns brodelt. Doch schon im nächsten Moment ziehen alle gleichzeitig, nein, nicht ihre entfremdeten, wunderschönen Marmorantlitze, sondern andere Masken, schwarz, mit spiegelnden Sichtfenstern und Filterdosen anstelle von Mündern über ihre Gesichter. Das Aufflackern der

Menschen ist vorbei, nun ist es wieder ein Maskenball, und zwar einer voller Dämonen.

Ich habe keines dieser Gesichter erkannt. Kein Wunder: Es sind fünfzigtausend.

Halt. Eines doch.

Auf einem der Köpfe, die eben unter schwarzem Gummi verschwinden, dort, ganz am Rand meines Gesichtsfelds, wachsen kurze, drahtige Locken. Ich zucke zusammen. Erstaunlich, dass er mir überhaupt aufgefallen ist, denn der Mann steht nicht mit dem Gesicht zu mir, sondern blickt in eine andere Richtung.

Dort, wo sein Ohr sein sollte, habe ich einen verschrumpelten roten Hautfetzen mit einem Loch erkannt.

Wo das Ohr sein sollte, das ich ihm abgebissen habe.

»Bringt ihn hier raus!«, verfügt einer.

Es ist wie damals: Wieder stehen lauter gleiche Masken um mich, diesmal jedoch mit dem Konterfei einer anderen Gottheit, und wieder wird Nr. 503 für mich erledigen, wozu ich nicht imstande bin.

»Nein! Nein! Ich gehe mit!«, rufe ich, winde mich, und sogar der brennende Schmerz in meinen blutigen Fingern hat schlagartig nachgelassen. »Ich weiß, wo Rocamora ist! Und Mendez! Ich führe euch hin!«

»Na gut, wenn du unbedingt willst … Zieht ihm die Maske über! Warum ist er immer noch …«

Ich entblöße mein Gesicht für einen kurzen Augenblick und beobachte nervös den Mann ohne Ohr: Hat er mich erkannt? Doch jetzt haben wir alle unsere Ohren und Augen verloren …

»Zwei Minuten!«

Plötzlich sagt jemand:

»Bering hält eine Rede! Er spricht zu uns!«

Jeder von uns hat Bering an seinem linken Handgelenk: Er befindet sich in unseren Kommunikatoren, sitzt genau an der Stelle, wo die Injektion verabreicht wird, fühlt unseren Puls – gibt seinen Rhythmus vor. Jeder stellt seinen Kommunikator lauter, und da hören wir ihn.

»Wir waren tolerant zu ihnen! Aber sie halten unsere Toleranz für Feigheit! Wir waren gut zu ihnen! Aber sie halten unsere Güte für Schwäche! Wir haben sie vor Kriegen geschützt! Haben ihnen unser Brot, unser Obdach, unser Wasser und unsere Luft gegeben! Wir haben darauf verzichtet, Nachkommen zu zeugen – sie dagegen vermehren sich wie die Kakerlaken! Wir haben ihnen ein neues Zuhause geschenkt, aber sie haben es verdreckt – und jetzt drängen sie zu uns herüber!«

Ich blicke mich um, versuche Nr. 503 ausfindig zu machen – vergeblich. Alle hier sind gleich, jeder eine Kopie des anderen, und alle hängen an Berings Worten wie ein Säugling an der Brust der Mutter.

»Eintausend unserer Kollegen von der Polizei sind heute ums Leben gekommen. Kaltblütig wurden sie ermordet! Abgeschlachtet wie Vieh! Unsere Jungs! Meine Jungs! Wir haben zu lang gewartet … Während sie Europa mit Drogen vollpumpten, uns bestahlen, uns mit Syphilis und Cholera ansteckten – wir haben viel zu lange gewartet. Jetzt wollen sie uns abstechen! Sie haben den Präsidenten von Panam als Geisel genommen und fordern, dass wir ihnen Unsterblichkeit geben! Wenn wir das tolerieren, ist unser Europa am Ende! Wir oder sie!«

Es ist Berings Stimme, kein Zweifel; doch jetzt klingt sie überhaupt nicht mehr manieriert. Er bellt seine kurzen Sätze heraus, als wäre er ein wütender Gruppenführer, und die gesamte Phalanx lauscht schweigend und gebannt jedem seiner Worte.

»Fünfzig Millionen undankbare, unersättliche Kreaturen! Wir könnten die Armee auf sie hetzen, sie vernichten und den verfluchten Ort bis auf die Grundmauern niederbrennen! Aber wir werden uns nicht auf das Niveau dieser Tiere begeben! Europa lässt sich nicht herab auf solche niederen Instinkte! Man will uns herausfordern, aber wir werden beweisen, dass wir uns nicht von unseren Prinzipien abbringen lassen! Humanität! Moral! Gesetz! Das sind die Pfeiler, auf denen unser großer Staat ruht. Brüder! Die ganze Welt blickt jetzt auf euch! Es ist an euch, Barcelona als Erste einzunehmen! Zeigt der Welt, was Unsterblichkeit bedeutet! Heute werdet ihr zu Ruhm und Ehren gelangen!«

Ich sehe, wie sich ihre Rücken durchstrecken und die schwarzen Figuren Haltung annehmen. Und Bering macht den Sack zu:

»Wir werden ihr dreckiges Blut nicht vergießen! Aber sie werden nie wieder einen Fuß in unser Land setzen! Die gesamte Bevölkerung dieser Stadt wird unverzüglich ausgewiesen! Es sind viele darunter, die sich unsere Unsterblichkeit erschlichen haben! Wenn wir jetzt keine Maßnahmen ergreifen, werden sie zurückkehren! Wie Kakerlaken, wie Ratten! Deshalb werden wir – bevor wir diese Tiere zurück in den Dschungel schicken – jedem eine Akzelerator-Injektion setzen! Ab jetzt null Toleranz!«

»Ab jetzt null Toleranz!«, murmeln alle ringsum.

»Vergiss den Tod!«, ruft Bering triumphierend.

»Vergiss den Tod!«, brüllt die Phalanx.

»Marsch!!«, donnern die Megafone.

Und dann sitze ich auf einmal an der Spitze der Lanze, befinde mich direkt vor der Lawine.

Ich werde dich finden, Rocamora. Dich und deine Annelie. Du hältst dich im Untergrund versteckt, in deiner Höhle, hast jede Menge Killer mit Schnellfeuergewehren um dich geschart. Du glaubst wohl, dass ich nicht an dich rankomme, dass ich mich zurückziehe und euch in Ruhe leben lasse?!

Uns ist es egal, dass ihr tausendmal mehr seid als wir. Egal, dass ihr bewaffnet seid.

Wir marschieren.

Ich werde aus dem Bahnhof hinausgetragen, und wir stürmen von oben auf Barcelona herab. Ich blicke geradeaus, aber im Rücken vernehme ich ein seltsames Kribbeln. Nr. 503 muss irgendwo hier sein, ganz in der Nähe. Ich spüre den Blick seiner brennenden Augen.

Auf dem Platz stehen sie noch immer. Jetzt, da es dunkel geworden ist, haben die Aufständischen Fackeln und Lampen entzündet. Nun sieht das Ganze tatsächlich aus, als drohe die rissige Erdkruste unter dem Druck der glühenden Lava aufzuplatzen.

Durch die Panoramafenster, die bis zur Geschossdecke reichen, sind mehrere Flugstaffeln der Armee zu erkennen, die wie Wucherungen der Finsternis durch den dunkelblauen Sommerhimmel schneiden. Die Luftflotte fliegt vom Kontinent her auf die meuternde Stadt zu, während das Meer bis zum Horizont mit unzähligen Schiffen übersät ist, die sich langsam nähern. Der Zangengriff schließt sich, doch Barcelona ist unbeeindruckt: Die vom Platz der fünfhundert Türme zu uns heraufdringenden Sprechchöre schwellen eher noch an:

»NIE-DER! NIE-DER! NIE-DER!«

Und dann:

»RO-CA-MO-RA!«

Ich hielt dieses Babylon schon für mein eigen, doch jetzt hat es mich mit Rocamora betrogen – genau wie Annelie. Eine

Hurenstadt, eine Verräterstadt. Eine stolze Hure und ein schamloser Verräter, und doch hasse ich diese Stadt jetzt umso mehr, da ich mich von ihr habe täuschen lassen.

Uns steht ein großer Sturm, ein großer Kampf bevor. Ich spüre nicht, wie mein Blut aus den zerschnittenen Fingern und der aufgeschlitzten Schulter rinnt. Ich kenne keinen Schmerz.

»Vergiss den Tod!«, schreie ich.

Und tausend Kehlen nehmen donnernd meinen Kriegsruf auf.

Meinen Schocker in lebendes Fleisch stoßen, bis er vollkommen entladen ist, und dann schlagen, bis die Knöchel wund sind, beißen und kratzen, bis die Nägel brechen. Von mir aus sollen sie mich doch prügeln und treten, mir die Knochen brechen, mir all meine Dummheit austreiben, auf dass ich rein und leer, ohne Sünde ins Gras beiße. Hier, mit meinen Kameraden, fürchte ich mich nicht zu sterben.

Im Kampf will ich sterben, will kochenden Schwefel auf Barcelona kippen, Feuersäulen hinabschleudern, jede einzelne Seele vernichten, die ich hier je geliebt habe, und die mich nun hintergangen hat.

Aber ich bin kein Gott. Ich bin nur ein Metallkörnchen, und der Himmel ist wolkenlos und voller Sterne.

»Annelie«, blöke ich in den Filter der Gasmaske.

Nichts dringt nach außen: Die Filter halten jeglichen Schmutz zurück.

Doch dann verdunkeln die breiten Flügel der Bomber das Licht der Sterne, sie jagen dahin wie schwerttragende Erzengel, und wohin ihr Schatten fällt, breitet sich Stille aus. Bomben trennen sich von ihren Rümpfen und fallen herab, sie platzen noch über den Köpfen der Menge und verströmen Gas. Die Menschen ducken sich, stürzen übereinander, umarmen sich panisch, bereit im Feuer zu sterben – doch als sie das unsichtbare, geschmacklose Gas einatmen, sinken sie kraftlos zu Boden.

Als wir den Platz betreten, liegen vor uns Millionen unbeweglicher Körper. Aber keiner von ihnen ist tot: Im Wunderland Utopia steht nichts über dem Gesetz und der Moral.

»Schlafgas!«, erklärt mir eines der schwarzen Gesichter und blickt mich mit seinen undurchdringlichen Fliegenaugen an.

Wie praktisch. Sie schlafen nur – bis wir sie wieder aufwecken.

Ein verdammtes Zaubermärchen ist das hier.

Auf dem Platz der fünfhundert Türme gibt es keinen einzigen freien Fleck mehr, alles ist mit Körpern übersät. Also gehen wir auf diesen Körpern – anfangs vorsichtig, dann forscher. Sie sind weich und nachgiebig, es ist gar nicht so leicht, sich auf ihnen fortzubewegen. Wahrscheinlich hat es sich so angefühlt, wenn man früher durch Morast oder über Sand ging, bevor wir alle Wüsten und Sümpfe mit elastischem Zement zupflasterten, so wie wir es mit jedem Zentimeter dieser Welt gemacht haben. Die Erde ist nun mal einfach nicht stabil genug für unsere Wolkenkratzer.

»Wohin jetzt?«, fragt mich einer. »Bring uns zu Rocamora!«

Über dem schlafenden Königreich kreisen Turbokopter wie ein Krähenschwarm über dem Schlachtfeld und stoßen ihre dicken Projektorstrahlen in die Masse der Körper. Bewegt sich da jemand? Nein, alle liegen ruhig da.

Die Scheinwerfer streifen über die Türme, und mit ihnen erblicke ich, was mir vorher verborgen geblieben ist: den griechischen Buchstaben Omega, zweimal hintereinander. Der Turm, von dem die Leute sprachen. Jener Obelisk, der der alten Plaça de Catalunya schwer auf der Brust liegt. Irgendwo dort muss es sein.

Ich deute auf den Obelisken. »Darunter ist er!«

Mein Kommunikator lebt wieder und überflutet mich mit Informationen über den Verlauf der Operation: Im Hafen von Barcelona sind leere Megatanker angekommen. Wahrscheinlich genau die, die ich am Horizont gesehen habe.

Hier gibt es einen riesigen Hafen und eine fantastische Strandpromenade.

Ihre Stimme. Ich schüttle den Kopf: Verschwinde!

»Tempo, Tempo!«, befehle ich meinen Kommandeuren. »Solange das Gas noch wirkt! Sie haben Mendez, wir müssen ihn da rausholen!«

Sie haben Annelie, meine ich eigentlich. Wir müssen sie … Wir müssen … Weiß der Teufel.

Und so laufen wir über Rücken und Bäuche, über Beine und Köpfe, auf Omega-Omega zu. Schneller, solange es noch nicht zu spät ist! Und noch immer ist da dieses Kribbeln in meinem Rücken, dieser brennende Druck. Wer weiß, vielleicht ist er, Nr. 503, auch in dieser Vorhut, und vielleicht führe ich ihn jetzt wieder zu Annelie – ausgerechnet ich …

Endlich sind wir bei Omega-Omega angelangt: der Eingang, die Treppe. Die Giftwolke hat sich auf die Erde gesenkt, ist in ihre Spalten eingedrungen, wo die Kakerlaken sitzen, hat sich vorgetastet, sämtliche Parasiten aufgespürt und erstickt.

Wir gehen die Stufen hinab. Überall liegen gefallene Kämpfer, die Köpfe umwickelt mit Palästinensertüchern, über und über behängt mit Patronengurten. Niemand leistet Widerstand. Auch früher schon hatte der Tod immer ein leichtes Spiel mit den Menschen.

Ein Traum, dieser Job – auch wenn es mich in den Fingern juckt, und mein Innerstes sich nach einem richtigen Kampf sehnt.

Steht auf! Kämpft! Was liegt ihr so faul da?!

Ich trete einem bärtigen Mudschahedin gegen das Jochbein, dass sein Kopf zur Seite kippt und wieder zurückfedert. Los, kämpfe mit mir! Mach schon, Arschloch!

Man zieht mich von ihm weg, holt mich wieder runter von meinem Trip, setzt mich wieder auf die alte Fährte: Such!

Wir setzen den Abstieg fort.

Die Plaça de Catalunya sieht aus wie ein mittelalterlicher Basar, auf dem die Pest gewütet hat. Der von sechsstöckigen Prachtbauten aus verrußtem, bröckeligem Gestein eingerahmte Platz mutet an wie ein Pferch, in dem alle Tiere ihren letzten Atemzug getan haben. Die Schlafenden liegen chaotisch verstreut herum, wo das Gift sie eben gerade erwischte. Auf großen Grillfeuern rauchen verkohlte Überreste verbrannter Fleischspieße, batteriebetriebene Spielautomaten dudeln Melodien vor sich hin, E-Cars sind frontal gegen Mauern gerammt und summen monoton vor sich hin. Auch zwischen den Verkaufszelten auf dem feuchten Pflaster liegen reglose Körper. Eine Dunkelheit herrscht hier, als wäre rundherum das Universum implodiert und nur unsere Erde wäre dabei vergessen worden. Eine Dunkelheit, als wäre ich in den Hades hinabgestiegen, zu den toten alten Griechen.

»Also, wie geht's jetzt weiter?!«

Stablampen werden eingeschaltet. Such.

»Es muss hier irgendwo sein. Wahrscheinlich im Hauptquartier irgendeines Drogenbarons … In dieser Gegend jedenfalls …«

»Alles klar.« Einer von ihnen starrt mich ausdruckslos an, dann gibt er den Befehl: »Ausschwärmen! Sämtliche Häuser durchsuchen! Wir brauchen Mendez! Alle anderen identifizieren, spritzen, und ab in die Tanker!«

Wir schwärmen aus und beginnen zu suchen.

Ein Antiseptikum verhindert, dass meine Wunden eitern, Pflaster sorgen dafür, dass ich sie nicht mehr sehe, und Schmerzmittel, dass ich sie schließlich ganz vergesse.

Annelie …

Im Reich der Lebenden habe ich dich nicht gefunden, also suche ich dich im Reich der Toten. Haus für Haus, Wohnung für Wohnung, Korridor für Korridor, Zimmer für Zimmer, Stufe für Stufe, Keller für Keller. So viele Menschen hier. So viele Menschen.

Als wir beschlossen, Barcelona einzunehmen, wussten wir, dass auf jeden von uns tausend Aufständische kommen würden. Tausend wütende, verzweifelte, brüllende, bewaffnete Menschen, die nichts zu verlieren hatten.

Jetzt liegen sie gelähmt da, atmen kaum merklich, Arme und Beine weich wie Gummi – und trotzdem sind es ungeheuer viele: tausend pro Kopf! Erst jetzt begreife ich, was diese Zahl bedeutet.

Ich habe meine eigene Mission, aber ich muss auch die der Phalanx erfüllen: jedem Schlafenden den Scanner ins Handgelenk drücken, seinen Namen feststellen oder ihm eine Nummer zuordnen, ihm den Akzelerator injizieren, ein Band mit dem Schriftzug »bearbeitet« um den Arm hängen, ihn auf eine Bahre verladen und nach oben tragen. Dort sind andere Brigaden damit befasst, die Körper am Boden zur Seite zu schleifen, um eine Trasse für die Lkws zu schaffen. Dann stapeln sie die lebenden Leichen aufeinander, wobei sie darauf achten, dass der Kopf frei ist und das Gesicht nach unten zeigt, damit niemand an Erbrochenem erstickt. Schließlich werden sie zum Hafen transportiert, wo bereits Megatanker und Superfrachter bereitliegen, allesamt Schiffe, die Bering für unsere Operation requiriert hat.

Und so wühle ich, wühle in fremden Häusern, blicke den eingeschläferten Alten, Männern und Frauen ins Gesicht. Sind die Batterien unserer Scanner leer, erhalten wir neue. Zeigt der Füllstand unserer Injektoren null an, bekommen wir frische nachgeliefert. Mein Kreuz schmerzt höllisch – wir arbeiten gebückt, die Schlafenden wiegen wie Tote, und Tote sind dreimal so schwer wie Lebende. Die Schlafenden widersetzen sich uns mit ihrem Gewicht, ihrer Willenlosigkeit.

Ich wollte eine Schlacht, wollte kämpfen, aber dies hier fühlt sich überhaupt nicht an wie ein Kampf, sondern eher wie eine endlose Bestattung. Was tun? Ich kämpfe mit ihnen, so gut ich eben kann: wälze sie herum, zerre die Ärmel hoch, stopfe hervorquellende Brüste zurück, wische verschmierte Lippen sauber und leuchte mit meiner Lampe in ihre Augen. Keiner von ihnen wacht auf, ein Triumph der modernen Chemie. Was sie wohl träumen? Vielleicht alle dasselbe, nämlich nichts?

Ein Tag und eine Nacht vergehen. Nur noch neunhundert pro Kopf.

Warum hilft uns niemand?

Annelie ist nicht darunter. Auch nicht Rocamora oder Mendez. Oder Margo. Oder James. Alle Gesichter hier sind mir fremd.

Irgendwann sinke ich vor Müdigkeit zu Boden und schlafe auf den Schlafenden ein. Während ich dahindämmere, ackert jemand anders weiter. Hermetische Zelte werden für uns errichtet, in denen wir die Gasmaske wenigstens für ein paar Minuten abnehmen können, um schnell etwas zu essen und zu trinken.

Wir kauen schweigend, ohne miteinander zu reden: Wir wüssten auch nicht, worüber.

Jedenfalls nicht darüber, dass wir mit jeder dieser Injektionen jemanden zu zehn Jahren Restlebenszeit verurteilen, ohne Ansehen der Person, ohne Klärung des Tatbestands. Die Verurteilten erheben keinen Einspruch, wenigstens das. Es gibt Situationen, in denen Ausnahmegesetze greifen, wie Bering immer wieder in den Nachrichten der Welt erklärt: Wenn wir nicht jeden von ihnen spritzen, werden sie zurückkehren. Wir tun dies nicht, um sie zu bestrafen. Sondern um sie zu erziehen. Um eine Wiederholung ähnlicher Vorfälle in Zukunft zu verhindern. Europa hat ein Recht auf eine Zukunft, sagt Bering.

Ich suche Annelie, suche und suche, grabe und grabe. Noch eine Nacht vergeht, noch ein Tag und noch eine Nacht. Ich versuche kräfteschonender zu arbeiten, wechsele den Injektor zwischen meiner blutenden rechten und der untrainierten linken Hand hin und her, und wenn ich mich nicht mehr bücken kann, setze ich mich auf den Rücken eines der Schlafenden. Mein Kreuz brennt, die Beine sind angeschwollen, ich bekomme kaum Luft. Als wir die Plaça de Catalunya bereinigt haben, arbeiten wir uns die Ramblas entlang. Wir müssen uns beeilen, denn sie beginnen allmählich aufzuwachen, doch dann sinkt eine neue schwere Wolke auf die Erde nieder, hüllt alle ein, zieht sie zurück in die Dunkelheit, und wir wälzen weiter fette Leiber herum, legen gebrechliche Greise auf Bahren, tragen zarte Mädchen umher, identifizieren, spritzen, identifizieren, spritzen, spritzen, spritzen, längst ist mein Rachedurst gestillt, ich kann dich nicht mehr hassen, Barcelona, denn ich empfinde überhaupt nichts mehr. Und es sind immer noch fünfhundert pro Kopf, wenn es doch endlich vorüber wäre, und immer noch legt ein verfluchter Tanker nach dem anderen im Hafen an, wir füttern sie mit Fleisch, sie schlagen sich den Wanst voll und machen sich davon, während wir Barcelonas Eingeweide ausschaben, diesen beschissenen Hades räumen, die Hölle dichtmachen. Wir tünchen hier alles weiß, nie wieder wird es hier nach eurem Sternenstaub, eurem Urin, eurem Curry, euren faulen Körpern stinken, sondern nur noch nach synthetischen Rosen duften. Ihr dagegen verzieht euch nach Afrika, oder wo auch immer euch die Tanker rausschmeißen werden, das ist nicht unser Bier, Hauptsache, ihr macht die Fliege, und ich muss euch nicht mehr sehen. Hört auf, ich bitte euch, vor lauter Erschöpfung spreche ich wie in Trance zu ihnen, doch sie schweigen nur, als hätte man ihnen die Zunge abgeschnitten. Und ich werfe sie herum, trage sie von hier nach da, spritze, identifiziere, spritze, doch Annelie ist immer noch nicht dabei, keiner von meinen Bekannten, auch wenn ich mich jetzt nicht mehr davor fürchte, Raj zu begegnen oder Bimbi, mich nicht mehr davor fürchte, eine Entscheidung zu treffen, ihnen die Injektion zu verpassen, nichts mehr fürchte, außer dass ich, sobald all die Körper endlich abgefertigt sind, wieder hinaufsteigen, Barcelona verlassen muss und nie mehr irgendetwas empfinden werde, weil sich in mir alle Nerven in Blut aufgelöst haben und sich anstatt ihrer ein dicker Schorf gebildet hat, der sich zu einem fetten, undurchdringlichen Hühnerauge auswächst. Und als ich wie jeder von uns nur noch hundert Menschen abzuarbeiten habe, fürchte ich mich nicht einmal mehr davor. Einmal entdecken wir ein christliches Waisenhaus mit zwanzig Mädchen zwischen drei und zehn Jahren sowie einigen runzeligen Nonnen, die kaum noch atmen und zuckend die Glupschaugen unter ihren Lidern bewegen. Wir informieren ein Sonderkommando, es muss ja alles streng nach

Protokoll ablaufen, und für Kinder sind nun mal Frauen zuständig, das hat die Natur so eingerichtet. Nach einer Stunde trifft eine weibliche Zehnereinheit ein, sehnige Mädel in schwarzen Anzügen, Masken der Pallas Athene auf ihren Gesichtern, und während ich zur Seite trete und zusehe, wie sie mit schnellen, geschickten Bewegungen die schlaffen Kinderkörper abfertigen, denke ich nicht daran, dass die Dreijährige dort drüben mit den kurzen Löckchen – tschick! – mit dreizehn als kleines Hutzelweib den Löffel abgeben wird, die fünfjährige Schwarze – tschick! – immerhin fünfzehn Lenze erleben wird und es vielleicht gerade noch schafft sich zu verlieben, wohingegen die siebenjährige Schönheit mit dem langen, dichten Zopf doch einen Vorgeschmack auf das wahre Leben bekommen wird, auch wenn das frühe Alter all ihre Anmut auffrisst, bevor sie richtig erblüht. Dann tragen die Göttinnen der Weisheit die schlafenden Mädchen auf ihren Armen mit geradezu mütterlicher Sorgfalt hinfort ins Dunkel.

Eine der Nonnen stöhnt plötzlich, greift sich ans Herz, setzt sich auf und starrt mich verstört an.

»Was?! Was?!«, ruft sie heiser und bekreuzigt mich. Sie erwartet wohl, dass ich losheule, mich wie ein Kreisel zu drehen beginne und elendig verbrenne.

»Schsch …«, mache ich, gehe auf sie zu und streichele ihr über den Kopf, bevor ich sie mit dem Schocker kurz unter Strom setze. »Alles ist gut. Schlafen Sie weiter.«

XXII · GÖTTER

Die Packung ist leer. Ich brauche Nachschub vom Tradeomaten.

Als ich die Tür öffne, fällt mir ein Kurier mit einer Einladung in die Arme. Es ist ein echter Kurier aus Fleisch und Blut.

Ein solides Kärtchen aus erstklassigem Kunststoff, verschnörkelte goldene Buchstaben auf schwarzem Grund. Obwohl es meinen Namen trägt, vermute ich erst, dass es sich um einen Aprilscherz handelt. Ein paar Stunden später jedoch geht auf meinem Kommunikator eine weitere elektronische Nachricht mit der Bestätigung ein.

Minister Bering… die Mitglieder des Rates … haben die Ehre … Sie, sehr geehrter … als Ehrengast … Kongress der Partei der Unsterblichkeit … Pantheon-Turm … am soundsovielten … pünktlich um … nicht erforderlich …

Da ist sie, die Überraschung, die mir Schreyer versprochen hat.

Ich habe von deinen Heldentaten gehört. Das waren seine Worte.

Heldentaten? Ich kann mich an nichts dergleichen erinnern.

Nichts, was andere nicht auch gemacht hätten. Wie alle anderen verbrachte ich fast zwei Wochen auf diesem Friedhof, verlud Menschen wie Mehlsäcke und pumpte sie mit Wasser voll, damit keiner von ihnen unterwegs abkratzt.

Wir haben das alle gemeinsam gemacht.

Die anderen erhielten eine kleine Prämie und wurden von Bering in den Nachrichten öffentlich gelobt (»Mit der Lösung des Barcelona-Problems hat die Phalanx ihren unersetzlichen Wert unter Beweis gestellt!«). Ich dagegen durfte einen Monat in Reha gehen und bekam eine Überraschung in Aussicht gestellt.

Natürlich habe ich nicht lang herumdiskutiert, sondern diesen einen Monat so gut wie möglich genutzt: Jeden Tag besuchte ich die Escher-Gärten und sah den Leuten beim Frisbee-Spielen zu. Ich wartete darauf, dass mich jemand einlädt mitzumachen, aber keiner interessierte sich für mich.

Außerdem aß ich. Und schlief.

Ich kann nicht sagen, dass ich besonders große Lust hatte zu essen, zu schlafen und Frisbee zu spielen, aber irgendwas muss man mit seiner Zeit ja anfangen. Ach ja, außerdem machte ich zwei Entdeckungen. Erstens: Wenn ein Tag dem anderen gleicht, vergehen die Stunden schneller. Zweitens: Wenn man dazu noch Glückspillen und Beruhigungsmittel einnimmt, erhöht sich die Vorlaufgeschwindigkeit der Zeit auf das Vierfache.

Natürlich sah ich regelmäßig die Nachrichten. Ich wählte eine Einstellung, bei der mir alle Meldungen zu den Stichwörtern »Rocamora« und »Partei des Lebens« automatisch angezeigt wurden. Schon die ganze Zeit warte ich darauf, dass man dieses Schwein endlich aufspürt und abschlachtet, aber er ist wie vom Erdboden verschluckt. Weder er noch Annelie sind irgendwo aufgetaucht. Hat man ihn insgeheim verhaftet, sitzt er bereits in irgendeiner Zelle? Hat man ihn nicht identifiziert, und wurde er deshalb als ganz normaler Illegaler nach Afrika verschickt, um die letzten zehn Jahre seines Lebens in einem humanitären Zeltlager zu verbringen? Oder ist er bei der ganzen Aktion durch einen Unfall ums Leben gekommen und deshalb aus der Statistik gestrichen worden?

Mendez dagegen wurde gefunden. Damals war das eine Woche lang die Topstory auf allen Kanälen: Mendez lebt, Mendez ist wieder zu sich gekommen, Mendez hat um Wasser gebeten, Mendez hat passierte Kost gegessen, Mendez hat Stuhlgang gehabt, Mendez hat gewunken, Mendez ist nach Hause geflogen.

Aber nicht ich habe Mendez gefunden, sondern jemand anders.

Also weiß ich nicht, aus welchem Haufen von Körpern man ihn hervorgezogen hat und ob sich in seiner Nähe auch der meistgesuchte Terrorist des Planeten befand. Ich weiß nicht, ob ein kahl rasiertes Mädchen dabei war – in den Nachrichten ist davon nie die Rede. Hundertmal habe ich Schreyer angerufen, aber der meinte immer nur, ich solle mich beruhigen, verordnete mir einen Monat Reha und versprach, mich für meine Heldentaten mit einer Überraschung zu belohnen.

Meine Heldentaten. Was meint er eigentlich damit?

Mein großspuriges Versprechen, unsere Leute zu Rocamora zu bringen, habe ich nicht eingelöst. Mit der jungen Frau, die ich eigentlich liquidieren sollte, bin ich nach Barcelona gefahren, und diese junge Frau hat unter ihrem eigenen Namen eine Anfrage nach dem Aufenthalt meiner Mutter abgeschickt. Die vielen Anrufe meines Mentors habe ich standhaft ignoriert.

Angeblich werden unsere Schritte von niemandem kontrolliert. Natürlich, wer hat schon die Mittel, fünfzigtausend Kontrolleure anzuheuern, damit sie fünfzigtausend Unsterbliche rund um die Uhr überwachen?

Aber wenn man an einem dieser fünfzigtausend ein besonderes Interesse hat …

Ich habe den Unsterblichen das Tor nach Barcelona geöffnet. Ich habe mit schlafenden Leichen gekämpft, mich nicht eine Sekunde vor der Arbeit gedrückt.

Ich machte mir keine Illusionen, dass ich damit all meine bisherigen Fehler gesühnt habe. Nein, ich habe nur getan, was zu tun war, und habe damit noch nichts wiedergutgemacht. Ich vermute, mit dieser Überraschung meint Schreyer eine Art Schauprozess mit anschließender Hinrichtung.

Ich könnte versuchen zu fliehen, aber mir fehlt die Kraft dazu. Und selbst wenn, wüsste ich nicht wohin. Es gibt keinen Ort auf dieser Welt, den ich als mein Zuhause bezeichnen könnte. Niemand wartet irgendwo auf mich. Und all den Leuten, die mir vielleicht Unterschlupf gewährt hätten, habe ich eine Akzelerator-Injektion verpasst und sie nach Afrika geschickt.

Mir fehlt die Kraft, mir irgendwas einzubilden. Ich glaube nicht mehr an diese junge Frau, die mich betrogen hat. Erloschen ist der Wunsch, meine Mutter mit irgendwelchen Maschinen ausfindig zu machen, die sowieso nie funktionieren. Ich will nichts mehr.

Also nehme ich seit einem ganzen Monat Antidepressiva und potenziere ihre Wirkung mit Beruhigungsmitteln. Ich schlafe oder schaue anderen Leuten beim Frisbee-Spielen zu.

Es ist, als stünde ich unter Hausarrest. Wie der Schraubstock, in den man Mastgänse einspannt, damit sie beim Stopfen nicht zappeln. Später schmiert man sich ihre zirrhotische Leber dann auf geröstetes Brot. Foie gras nennt sich das und ist eine Delikatesse.

Irgend so eine Überraschung erwartet mich also. So was Ähnliches wie Foie gras.

Der Monat ist wie im Flug vergangen. Und nicht ohne Erfolg: Meine Hand ist verheilt, die Finger lassen sich wieder krümmen, und ich habe sechs Kilo zugenommen. Reha erfolgreich absolviert, würde ich sagen. Mission accomplished.

Das ist es also: Ehrengast beim Parteikongress. Möglicherweise in der Rolle des Sündenbocks, dem die Priester feierlich die Kehle durchschneiden.

Natürlich leiste ich der Einladung Folge und finde mich zur genannten Zeit am Fuß des Pantheons ein. Das Hauptquartier der Partei der Unsterblichkeit. Eines der großartigsten Gebäude des Kontinents.

Ein wichtiger Tag, denke ich mir. Heute kommst du mal ohne Pillen aus.

Das Pantheon ist eine marmorweiße Kompositsäule, deren Umfang einen Kilometer misst und die weit über alle anderen Wolkenkratzer hinausragt. Die Kongressteilnehmer werden am Haupttor auf der zehnten Ebene, also fast direkt am Boden, empfangen: Den Aufstieg zum Dach der Welt soll man nicht auf halbem Wege beginnen.

Eine gigantische Empfangshalle, in die ein Turbokopter bequem einfliegen könnte, und eine steinerne Treppe, so breit, dass darauf mühelos eine halbe Hundertschaft nebeneinander Platz fände. Selbst die Stufen dieser Treppe sind höher, als es der Normalsterbliche gewohnt ist, und das ist natürlich beabsichtigt. Gewebte Teppichbahnen sind darauf ausgelegt, und auf jeder zweiten Stufe steht ein Unsterblicher in schwarzem Chiton und Maske.

Sanftes Licht dringt aus dem Inneren des Pseudomarmors, mit dem die Wände der Halle verkleidet sind.

Ein eigenartiger Geruch liegt in der Luft. Dieser wurde seinerzeit in den antiken Tempeln versprüht, geriet zwischendurch in Vergessenheit, wurde dann neu entdeckt und eigens für das Pantheon synthetisiert. »Myrrhe«, erklärt mir ein junger lockiger Gott an der ersten Station, während er meine düstere Alltagskleidung entgegennimmt und mir einen weißen altgriechischen Leibrock reicht.

Danach geht es weitere zweihundert Stufen hinauf, begleitet von Schalmeienklang und dem ehrfürchtigen Rascheln der anderen Gäste, die diese unendliche und unbequeme Treppe gemeinsam mit mir besteigen.

Die Männer und Frauen sind jung, herrlich gebaut und wunderschön. Sie alle tragen diese Chitone, so will es die Hausordnung. Es ist keine Laune und auch kein Karnevalsaufzug, sondern eine bescheidene Reverenz an die Geschichte Europas.

Die Partei der Unsterblichkeit, so Schreyer, lässt uns in die glücklichste aller Epochen zurückkehren, seit der Mensch auf zwei Beinen geht.

Die Partei der Unsterblichkeit verkündet eine neue Antike.

Eine Wiedergeburt des großartigen Altertums. Denn diese Ära hat sich als wahrlich unsterblich erwiesen, jünger als alle späteren Epochen, deren eiserne Fundamente längst verrostet und zu Staub zerfallen sind. Sie hat alle nachfolgenden Kulturen mit dem Virus ihrer unvergänglichen Schönheit infiziert – und dieses ist nach Hunderten von Generationen nun wieder zum Vorschein gekommen. Die Gene des heutigen Europa haben sich mit diesem Virus verwoben – und es ist dieses Virus, das dem Kontinent seine ewige Jugend ermöglicht. Wir alle tragen es in uns, wir sind sein natürliches Reservoir. Auch diese Worte stammen von Schreyer. Im Reden ist er ziemlich gut.

Aufzüge erwarten uns erst an der zweiten Station, nachdem wir dreihundert unbequeme, für Menschen denkbar ungeeignete

Stufen erklommen haben. Auch hier steht eine Ehrenwache der Unsterblichen, vielleicht sind auch jene darunter, mit denen ich zwei Wochen lang Seite an Seite Barcelona ausgemistet habe – aber wie sollte ich sie hinter ihren Apollogesichtern erkennen?

Ich selbst trage keine Maske. Ohne sie fühle ich mich unwohl, beinahe nackt: Wie kann ich jetzt unbemerkt all die Parteibonzen mustern, die Spender und Funktionäre, die einflussreichen Freunde und die Ratsmitglieder? Sonst sieht man sie ja nur in den Nachrichten – und auch dort ganz sicher nicht alle. Wenn es überhaupt wahre Unsterbliche gibt, die Europas Geschicke lenken, so sind es diese Leute hier.

Jünglinge. Ewige Jünglinge.

Der goldene Lift gleitet ohne Hast hinauf, jenseits der verglasten Türen sehe ich die Ebenen vorüberziehen: düstere Hallen für Aufmärsche, Labyrinthe zum Zeitvertreib, Amphitheater am Ufer des Ägäischen Meers. Apollotempel auf steilen Felsen und Heiligtümer der Aphrodite in grünen Wäldern – natürlich haben diese nur eine ästhetische Funktion, denn die Unsterblichen bedürfen längst keiner Götter mehr. Idyllische Bäder, ein dreifach vergrößertes Parthenon, ein auferstandener Koloss sowie zahllose Säle für Versammlungen, Sinfoniekonzerte und Videovorführungen; Olivenhaine in mildem Sonnenlicht, Becken mit lebenden Delfinen, Gymnasien, Museen sowie irgendwo dahinter – auf jedem der zweitausend Stockwerke – Büros, Vorzimmer, Konferenzräume und wer weiß was noch alles. Auf der letzten Ebene thront über allem der Große Naos, ein Saal von zyklopischen Ausmaßen, jener Ort, an dem die Parteikongresse abgehalten werden.

Schreyer hat sich mit mir eine Ebene darunter verabredet: in den dionysischen Festsälen. Am Eingang werden die Einladungen der Gäste mit der Datenbank verglichen.

Das ist es also.

Würde man mir jetzt die Arme auf den Rücken drehen, mich in eine Folterkammer unter dem Delfinbecken führen oder mich an einem der Olivenbäume aufknüpfen, ich wäre nicht überrascht. Doch der Unsterbliche am Eingang quittiert mein Erscheinen nur mit einem verbindlichen Nicken – und lässt mich ein.

Zunächst entledigen wir uns unserer Schuhe. Weiter geht es über flauschig weiche, lebhaft gemusterte Teppiche, die Wände zieren Darstellungen von nackten Athleten. Jenseits der Fenster öffnet sich der Blick auf eine steinige Küste mit runden weißen Lehmhäusern, die wie Vogelnester auf den Felsen sitzen, sowie auf staubige Sommervegetation und ein schläfriges, azurblau gestrichenes Meer. Zitronenbehängte Zweige streichen über die Fensterscheiben.

Am anderen Ende des Raums, wo sich mit Speisen gedeckte Tische befinden, entdecke ich Schreyer.

Der Senator ist umgeben von gepflegten jungen Männern in farbenprächtigen, komplex gemusterten Chitonen. Er steht Arm in Arm mit Helen, deren Haare zurückgekämmt sind und die ein einfaches weißes, knöchellanges Kleid trägt. Dieses wird jedoch nur von ein paar Spangen zusammengehalten, sodass der Schlitz an der Seite ihre zarte, verletzliche Flanke und weiter unten ihren Schenkel entblößt – wie poliertes Kupfer …

Helen steht sichtlich gelangweilt neben Erich, der sich angeregt unterhält. Er bemerkt mich sofort, während sie mich ignoriert. Als ich mich ihnen nähere, entfernt sie sich, was ihm jedoch völlig egal ist.

»Also wirklich, Erich, warum musst du immer diesen alten Drachen mit dir herumschleppen?«, fragt ein lockiger Pan. Ganz schön dreist. Er hat nicht einmal abgewartet, bis Helen außer Hörweite ist.

Schreyer breitet die Arme aus. »Sie ist meine Frau, Philipp.«

»Deine Frau!«, entgegnet der andere kopfschüttelnd. »Du bist wahrscheinlich der letzte Mensch in der Partei, der immer nur mit der Gleichen schläft.«

»Ich bin eben alt und sentimental«, scherzt Schreyer. »Jan! Da bist du ja endlich. Meine Damen und Herren, das ist Jan, ein junger Freund von mir und ein überaus hoffnungsvolles Talent.«

»Oh! Habe schon von Ihnen gehört.« Ein rassiger Schönling mit wilder Mähne lächelt mir zu. »Endlich mal ein neues Gesicht! Sie ahnen ja nicht, wie ermüdend es ist, zweihundert Jahre lang auf jedem Kongress immer wieder die gleichen Visagen zu sehen. Wahrscheinlich sind mir inzwischen sämtliche Parteimitglieder persönlich bekannt. Was sage ich da: Ich weiß sogar, wer mit wem in welchem Jahrhundert geschlafen hat!«

»Dein Verlangen nach frischem Blut ist mir bestens bekannt!«, fällt Schreyer lachend ein. »Alter Vampir! Darf ich vorstellen: Maximilian, Vorstandsmitglied bei Cloud Construction. Ja, genau der Konzern, der bereits den halben Kontinent bebaut hat und sich jetzt auch noch die zweite Hälfte unter den Nagel reißen will …«

»Sofern ihr irgendwann mal aufhört, uns Steine in den Weg zu legen!«, pariert Maximilian und lacht ebenfalls.

»Natürlich«, nicke ich. »Ist mir bekannt.«

»Und das hier ist Rick.« Schreyer deutet auf einen edlen Helden mit Dreitagebart, der eben erst seinen Hoplitenpanzer abgelegt hat. »Lass dich vorstellen, Rick! Er ist unser Cheflobbyist, zuständig für die Regierungskontakte bei Thermo-Atomic …«

»Für unsere Kontakte oder für die von ThermoAtomic?«, frage ich und lächle Rick an.

»Witzbold!«, antwortet dieser mit einem Augenzwinkern.

Helen blickt aus dem Fenster. Besser gesagt, auf den Bildschirm.

»Ich will nur eben Ihre Frau Gemahlin begrüßen«, sage ich zu Schreyer.

Rick winkt ab. »Wozu? Die Mühe können Sie sich sparen.«

»Erich, ich schwöre dir, die Leute tuscheln schon«, pflichtet Maximilian bei. »Ein verheirateter Mann … Am Ende willst du noch Kinder?«

»Hör mal, mein Alter«, antwortet Schreyer lachend. »Du hast doch auch eine Katze zu Hause?«

»Die musste ich übrigens sterilisieren lassen – dieser ständige Gestank, dann das Gefauche und die ganzen Haare, furchtbar! Aber dafür leben wir jetzt in absoluter Harmonie.«

»Ich bin am Überlegen, ob ich mit meiner nicht das Gleiche tun sollte«, sagt Schreyer mit blendendem Lächeln. »Es wäre doch grausam, sie einfach aus dem Fenster zu werfen!«

Ich verneige mich. »Sie gestatten? Ich will wenigstens kurz Hallo sagen. *Ich* bin ja nicht mit ihr verheiratet.«

Ich nehme zwei Weingläser vom Tisch und gehe zu Helen hinüber.

»Allmählich beginne ich Sie zu verstehen«, sage ich.

Sie dreht sich nicht um. »Das glaube ich nicht.«

Ich überlege, was ich noch sagen könnte. Helen schweigt beharrlich. Die Akustik des Saals ist perfekt: Alles, worüber sich Schreyer und seine Freunde unterhalten, ist hier zu verstehen. Wahrscheinlich ist es nicht das erste Mal, dass sie sich solche Gespräche anhören muss.

»Es heißt, Senator Schreyer sei der letzte verheiratete Mensch in der Partei«, sage ich gedehnt. »Das ist doch was wert.«

»Sie meinen, was mich das kostet?«

Schreyer winkt mir zu: Komm doch rüber, hier ist es lustiger!

»Verzeihen Sie mir, dass ich Ihnen nicht geantwortet habe«, sage ich. »Bei mir war ziemlich was los.«

»Kann ich mir vorstellen. Ich dagegen komme nicht gegen meine Langeweile an. Auch so ein Problem.«

»Ein Tapetenwechsel könnte helfen«, schlage ich vor. »Fahren Sie doch mal irgendwohin, lassen Sie Ihre grauen Zellen durchlüften. Vielleicht nach Russland.«

»Sie haben ja keine Ahnung«, sagt sie ungerührt. Ihr Blick zeigt noch immer starr geradeaus. »Meine Leine ist höchstens drei Meter lang.«

Was soll ich noch sagen? Also verneige ich mich vor ihrem hinreißenden Nacken und kehre mit den beiden vollen Gläsern zu Schreyer und seinen Freunden zurück.

»Dich scheint sie heute auch nicht zu mögen«, empfängt mich Schreyer mit leichtem Spott. »Achtung, Hormonalarm, rette sich, wer kann! Da siehst du mal, was passiert, wenn man keine Gelassenheitspillen nehmen will. Früher oder später sattelt man dann eben auf Beruhigungsmittel um.«

»Sie sind wirklich sehr überzeugend«, entgegne ich lächelnd.

»Was soll das Siezen, Jan? Ich dachte, wir hätten eine Vereinbarung …« Er blickt mich vorwurfsvoll an. »Komm, gehen wir ein Stück. Entschuldigt uns, Jungs.«

Wir lassen Helen links liegen und gleiten eine endlose Zimmerflucht entlang wie durch einen imaginären Palast der griechischen Antike.

»Stell dir vor, Cloud fordert, dass wir unsere Maßnahmen zur Geburtenkontrolle aufweichen. Angeblich ist die derzeitige Population mit Wohnraum gesättigt, weshalb sich das Unternehmen nicht weiterentwickeln kann! Deshalb klopfen sie jetzt ständig bei mir an …«

»Die Wohnraumfrage steht doch ganz hinten in der Prioritätenliste«, bemerke ich. »Was ist mit Wasser? Strom? Ernährung?«

Schreyer hebt den Daumen. »Nächstes Mal heuere ich dich als Anwalt an. Aber diese Schlitzohren denken natürlich nur an den Milliardengewinn, der ihnen durch die Lappen geht. Ich sage zu ihm: Es war verdammt harte Arbeit, den Dschinn in die Flasche zu kriegen – also wage mir keiner von euch, diese Frage öffentlich zur Sprache zu bringen! Oder soll ich euch vielleicht an unsere indischen Kollegen empfehlen? Ein Markt mit fantastischem Potenzial! Du hättest sehen sollen, wie er mich da angestarrt hat: ›Indien? Das ist doch ein verstrahlter Dschungel!‹ Genau, hab ich ihm geantwortet. Wo sich früher Indien und Pakistan befanden, ist heute nichts als Dschungel und Wüste. Und warum? Einzig und allein weil man den Leuten gestattet hat, sich unkontrolliert zu vermehren! Die Folgen waren Überbevölkerung, dann ein Territorialkonflikt, wie immer von religiösen Fundamentalisten angefacht, und schließlich der unvermeidliche Atomkrieg mit einhundert Milliarden Opfern. Heute erschließen die Chinesen diesen Dschungel, denn in ihrem Land war man schon vor zweihundert Jahren weise genug, die gesamte Bevölkerung zu kastrieren, und seither erleben sie eine Ära der Stabilität. Während die letzten Inder bei uns in Barcelona leben …«

»Lebten.«

»Wie? Ach ja. Und weißt du, was er mir geantwortet hat? Dass Indien dafür die besseren Entwicklungschancen hat!« Der Senator lacht. »Ein zynisches Arschloch, findest du nicht?«

»Ein Geschäftsmann.«

»Geschäftsleute haben keine Seele.« Schreyer schüttelt sichtlich mitgenommen den Kopf. »Nicht Geld regiert die Welt, sondern Gefühle. Deshalb gehört die Zukunft nicht diesen Dinosauriern, sondern der Pharmazie.« Er zwinkert mir zu. »Drei der fünf neuen Parteimitglieder, die wir in diesem Jahr aufgenommen haben, sind Aktionäre großer Pharmakonzerne. Wir können also mit günstigen Konditionen für Antidepressiva rechnen. Und übrigens auch für Gelassenheitspillen!« Er klopft mir auf die Schulter und fährt im gleichen Ton fort: »Du bist dieses Mädchen doch losgeworden, oder?«

»Ja …«, antworte ich.

Mir wird kalt, als ich begreife: Er weiß, dass im Häcksler keine Überreste von ihr waren. Sicher hat man ihm auch Aufnahmen von Bahnhofskameras gezeigt, vielleicht sogar von Überwachungskameras aus meinem Kubus.

»… aber erst später. Es war jemand dort, und ich musste sie erst nach Barcelona bringen, denn …«

Eigentlich hatte ich mir fest vorgenommen, nicht zu lügen und mich nicht zu rechtfertigen, doch jetzt tue ich genau das. Augenblicklich entsteht in meinem Kopf eine mögliche Version des Geschehens: Ich habe sie getötet, aber nicht in Europa, ich wollte sie erst nach Barcelona bringen, denn das war ihr letzter Wunsch – Quatsch, weil es dort leichter war, ihre Leiche spurlos verschwinden zu lassen.

»Keine Details«, unterbricht er mich seufzend. »Mir genügt dein Wort, Jan. Ich glaube dir.«

Schweigend wandern wir von einem Zimmer zum anderen – vorbei an wunderschönen Jünglingen und Maiden, die glücklich lachen, tafeln oder einfach nur Freundlichkeiten austauschen.

»Rocamora«, sagt Schreyer plötzlich, wie zu sich selbst. »Er hat extrem begabte Hacker in seinem Team. Sämtliche Informationen über ihn sind aus der Datenbank gelöscht worden … Jetzt kann ihn niemand mehr identifizieren. Und diese Komödie mit Mendez' Projektor und den Turbokoptern …« Er schüttelt den Kopf. »Wenigstens mal ein interessanter Gegner. Mendez will übrigens vor dem Völkerbund sprechen. Er will die Partei der Inhumanität beschuldigen und die Abschaffung des Gesetzes über die Wahl fordern. Ein knallharter Bursche, nicht wahr?«

»Wird es eine Abstimmung geben? Das ist doch keine Bedrohung für uns, oder?«

»Mendez? Für uns?«

Ein kurzes Lachen: guter Scherz. Eine Antwort hält er offenbar nicht für nötig.

»Du hast doch gehört, was Maximilian sagte, oder? Es ist Zeit für neue Gesichter in der Partei, Jan. Glaub mir, es bedeutet mir sehr viel, dich diesen Leuten vorzustellen. Dir steht eine glänzende Zukunft bevor.«

Mir ist das Ganze peinlich: Ich passe doch überhaupt nicht zu diesen Leuten, zu diesem Ort, zu dieser Rolle.

»Womit habe ich das verdient?«

Der Senator sieht mich seltsam an: wie damals, bei unserer ersten Begegnung, als zum ersten Mal die Maske von seinem Gesicht verschwand. Auch diese Frage bleibt unbeantwortet. Er scheint sie nicht einmal gehört zu haben, und auch über seine eigenen Worte hat er wohl nicht näher nachgedacht.

»Weißt du, Jan …« Er legt mir seine Hand auf die Schulter. »Das, was ich jetzt sage, ist dumm und sentimental und … Und wenn eines der Ratsmitglieder das hört, gibt es einen Riesenskandal. Aber …«

Wir bleiben stehen. Das Zimmer ist leer. Lachen dringt kaum hörbar aus der Ferne. Eine fiktive Brise bewegt die animierten Zweige vor den falschen Fenstern.

Schreyer runzelt die Stirn und zögert lang.

»Du weißt, dass wir keine Kinder haben. Euch Unsterblichen sind ja sogar Beziehungen zu Frauen verboten … Innerhalb der Partei gibt es zwar keine Einschränkungen dieser Art, aber es ist uns trotzdem nicht gestattet, Kinder zu bekommen. Nicht einmal wünschen dürfen wir sie uns … Und doch …«

Er windet sich wie ein kleiner Junge.

Auf einmal brandet von oben ein schallender Klang durch die kilometerlangen Gänge des Turms. Es ist ein gewaltiger Trompetenstoß – an dem Schreyers innerer Widerstand zerbricht.

»Du … Du bist der Sohn, den ich nicht habe, Jan«, stammelt er konfus. »Den ich nicht haben kann. Verzeih. Komm, man erwartet uns.«

Nein, warte … Bleib stehen …

Was wollte er damit sagen?!

Doch kein Wort mehr davon, der Senator wirbelt voraus durch all die Gänge und Räume, in denen ich mich ohne ihn sofort verirren würde. Ich begreife überhaupt nichts, haste ihm hinterher, will ihn aufhalten, ihn auffordern, seinen Gedanken zu Ende zu bringen!

Auf einmal ist all das, was mir seit unserer ersten Begegnung zugestoßen ist, kein Zufall mehr: seine Aufmerksamkeit, sein

Schutz, seine Geduld, sein Vertrauen, das ich missbraucht habe, und seine Bereitschaft, sich weiterhin betrügen zu lassen.

Vielleicht will er mir gar keinen Kredit andrehen, sondern … eine alte Schuld begleichen? Als hätte er mich vor langer Zeit verloren und jetzt wiedergefunden – und jetzt will er mich nicht mehr fortlassen. Als ob …

Durch einen kleinen Seiteneingang führt mich Schreyer direkt in den Naos, während die anderen sich noch vor den Türen drängen. Hier bin ich noch nie gewesen. Normalerweise haben Unsterbliche hier nur Zutritt, wenn sie als Sicherheitspersonal engagiert sind.

Der Große Naos ist im Wesentlichen ein Quadrat mit mehreren Hundert Metern Seitenlänge, das sich genau in die Kreisform des Turms einpasst. Seine Säulen ragen so hoch in den Himmel auf, dass sie ihn zu tragen scheinen. Der Boden ist mit Marmor ausgelegt – mit echtem, zerkratztem, stellenweise abgebrochenem, altem Marmor. Barfüßig gehen wir über diese Platten, auf denen schon vor dreitausend Jahren die alten Hellenen ihre Sohlen kühlten. Als sie damals ihren Tempel aus diesen Steinen errichteten, glaubten sie, er werde Athene, Apollo und Zeus Zuflucht gewähren. Jetzt stehen wir darauf. Ein merkwürdiges Gefühl.

Könnte ich mich an diesem Ort heimisch fühlen?

Ich suche Schreyers Blick. Er lächelt zurück – gequält, befangen.

Wieder ertönt eine donnernde Fanfare – vielleicht ja auf ebenjenen Trompeten, die ursprünglich die Apokalypse verkünden sollten, dann aber von den entlassenen Engeln versoffen und von Menschen zu einem Spottpreis auf einem Flohmarkt erstanden wurden? Das Ende der Welt ist abgesagt. Wir werden immer auf dieser Erde bleiben – von nun an bis in alle Ewigkeit.

Der Saal füllt sich mit jungen Menschen in griechischen Leibgewändern. Es sind Zehntausende, vielleicht sogar alle hunderttausend, die Elite der Partei. Sechs davon besteigen ein längliches Podium am hinteren Ende des Saales.

Schreyer streicht mir über den Arm – und lässt mich in einer der vorderen Reihen zurück. Sein Platz ist dort oben, er ist das siebte Ratsmitglied.

Es gibt keinen Vorsitzenden: Sämtliche Entscheidungen des Rats werden einstimmig getroffen. Die Stimme von Senator Erich Schreyer wiegt nicht weniger als die der anderen. Bering stellt sich bescheiden am Rand auf, der Platz in der Mitte gebührt der stolzen, aufrechten Stella Damato, Ministerin für Sozialpolitik. Dann kommen Nuno Pereira, Chef des Kulturministeriums, Françoise Ponsard, zuständig für Bildung und Wissenschaft, und der Gesundheitsminister Guido Van Der Bill. Iliana Meir schließlich vertritt den Sprecher des Parlaments.

Es spielt keine Rolle, wer heute welches Amt innehat. Alles kann sich ändern. Sie sind alle gleich – aber es ist Senator Erich Schreyer, der den Kongress eröffnet.

»Brüder!«, ruft er und tritt nach vorn. Das Geflüster, das den Saal bis dahin erfüllt hat, fließt sogleich durch die Spalten zwischen den Marmorplatten ab. »Wir alle haben die große Ehre, in diese großartige Zeit hineingeboren zu sein. Die ersten Menschen zu sein, die alle Sehnsüchte und Träume unserer unzähligen Vorfahren verwirklicht haben. Es ist ein uralter Wunsch der Menschheit, den Tod, den Zerfall und die Vergessenheit zu überwinden. Von Hunderten Milliarden von Toten sind uns nur wenige Tausend namentlich in Erinnerung. Die übrigen sind vergessen. Sie haben nicht gelebt, ihr Licht ist nur kurz aufgeflackert und sogleich wieder erloschen.«

Ich blicke nach oben. Der Große Naos scheint keine Decke zu haben. Über unseren Köpfen tut sich ein Abgrund auf. Der schwarze Kosmos, Myriaden von Sternen. Supernovas, gerade im Entstehen begriffen, sowie erlöschende Zwergsterne. Spiralförmig gewundene ferne Galaxien. Fluoreszierende Nebel. Auch unsere Sonne ragt hier unermesslich groß über den Rand, eine alchemistische Pfanne, bis obenhin gefüllt mit kochendem Gold, die Blasen platzender Protuberanzen sind deutlich zu erkennen … Sind das Bilder von Kameras, die auf Merkur oder Jupiter installiert sind? Oder ist das Ganze eine Animation? Der Blick aus Gottes leerem Arbeitszimmer?

Auch den Zwischenraum der Säulen füllt das Weltall aus, es ist überall, als befände sich der Große Naos auf einem Kometen. Hier gibt es weder Schwerkraft noch Luft – doch ich brauche weder das eine noch das andere.

»Man sagt, wenn die Ameisen ihr gesammeltes Wissen über die Welt an die nächsten Generationen weitergeben könnten, so würde der Planet ihnen gehören, und der Mensch fände keinen Platz mehr darauf«, fährt Schreyer fort. »Auch die Menschheit war einmal wie die Ameisen. Was Hunderte von Milliarden einst schufen, dachten und fühlten, ist heute spurlos verschwunden – es war also umsonst. Wir mussten immer wieder dieselben Lektionen lernen, und so bauten wir den Turm von Babel aus trockenem Sand. Erst die ewige Jugend hat aus uns Ameisen Menschen gemacht. Einst wurden Wissenschaftler und Komponisten alt und taub, kaum dass sie die Geheimnisse der Natur und der Harmonie erkannt hatten. Philosophen wurden dement, und Künstler erblindeten, bevor sie ihre größten Werke schaffen konnten. Alter und Tod zwangen die sogenannten einfachen Menschen, sich zu vermehren, Nachkommen zu zeugen, weshalb sie nie die Zeit fanden, über ihr Leben nachzudenken, nach ihren wahren Begabungen zu forschen und diese zu entdecken. Kaum hatten wir Lebenserfahrung gesammelt, da raubte uns das Alter bereits den Verstand und die Kräfte. Wir dachten nur noch daran, wie schnell das Leben vergeht, und so trugen wir einfach immer weiter unser Joch, an dem der Deckel unseres Sarges befestigt war. So war es noch bis vor gar nicht langer Zeit. Viele von uns erinnern sich noch an diese Ära. Viele von uns mussten ihre Mütter und Väter bestatten, weil diese der Tod ereilte, bevor wir uns von ihm befreien konnten.«

Der Große Naos lauscht stumm. Über uns drehen sich die Galaxien lautlos weiter. Der Sonnengott tritt hinter den Säulen hervor, und Erich Schreyers Gesicht erstrahlt in purpurnem Licht.

»Es war eine Befreiung! Die Unsterblichkeit machte uns frei. Nach einer Million Jahren der Sklaverei! Fünfzigtausend Generationen von Sklaven mussten geboren werden und sterben! Wir sind die Ersten, die in wahrer Freiheit leben. Niemand muss mehr fürchten, seine Lebensaufgabe nicht zu Ende bringen zu können. Es ist an uns zu errichten! Zu erschaffen, was zuvor noch nie erschaffen wurde! Alle Gefühle zu empfinden, die dem Menschen zugänglich sind, ja sogar neue zu erfinden! Das Antlitz der Erde zu verändern und das All zu besiedeln! Stellt euch vor, wenn Beethoven die Erfindung des synthetischen Orchesters und Kopernikus die Epoche interplanetarer Flüge selbst erlebt hätte! Uns aber ist dies gegeben. Wir werden Entdeckungen machen, die in eintausend Jahren das Universum verändern werden, und wir werden die Früchte dieser Entdeckungen in eintausend Jahren mit eigenen Augen erleben!«

Der Saal hält nicht mehr an sich: Schreyers Rede wird von lang anhaltendem Applaus unterbrochen. Mit einer Handbewegung gebietet er dem Donner Einhalt wie ein mittelalterlicher Heiliger, der gerade ein Wunder vollbringt.

»Dies ist eine großartige Errungenschaft! Eine Errungenschaft, sage ich, doch Errungenschaften fordern immer auch Opfer. Jene, die als Sklaven geboren wurden, sehnen sich nach ihren Fesseln zurück, und diese Sehnsucht lässt sie aufsässig werden. Die Kriege der Verdammten, die Revolution der Gerechtigkeit … Europa musste nicht wenig Blut vergießen, bevor es zu dem wurde, was es heute ist. Zu einem Kontinent der Gleichheit. Einem Kontinent der Unsterblichkeit. Einem Kontinent der Freiheit.«

Wieder erhebt sich brausender Beifall. Und auch meine Hände, die bisher steif waren wie Komposit, holen nun aus und schlagen mechanisch gegeneinander.

»Doch der Kampf geht weiter. Sie alle wissen Bescheid über den Verrat Barcelonas, dieses Drama, das Europa erschütterte. Die Entschlossenheit, mit der Paul Bering handelte. Doch diese Entschlossenheit hätte nichts genützt ohne den heldenhaften Einsatz Zehntausender Unsterblicher, der Speerspitze unserer Partei. Nicht uns, sondern ihnen ist es gelungen, den Aufstand – ohne einen Tropfen Blut zu vergießen! – mit Mut und Menschlichkeit zu beenden. Sie hielten das Chaos auf, das kurz davor war, ganz Europa mit sich in den Abgrund zu reißen. Ihnen verdanken wir, dass Stabilität und Frieden erhalten blieben und wir unsere Errungenschaften bewahren konnten!«

Schreyer befeuchtet seine Lippen mit der Zunge.

»Fünfzigtausend Helden in Masken des Gottes der ewigen Jugend und Schönheit. Diese Männer sind kühn und bescheiden zugleich, sie streben nicht nach Ruhm und nehmen nur ungern ihre Masken ab. Doch eines ihrer Gesichter sollten wir unbedingt kennen. Wenn dieser Mann nicht gewesen wäre, hätte die Operation in Barcelona unsere treue Phalanx viele Tausend Leben gekostet. Natürlich hätte sie ihren Auftrag erfüllt, doch um welchen Preis! Die Schläue und Klugheit des Mannes, von dem ich spreche, wären eines Odysseus würdig gewesen. Von innen öffnete er uns das Tor nach Barcelona. Er ermöglichte es uns, ungehindert in die Stadt vorzudringen, und rettete somit zahllosen unglücklichen Aufständischen als auch vielen unserer Kämpfer das Leben. Ich bitte Jan Nachtigall aufs Podium.«

Nur mit Mühe bewege ich meine verkrampften Gelenke, spüre kaum, wie ich ein Bein vor das andere setze, kämpfe mich durch die Ovationen, erklimme die Bühnentreppe, trete in den sengenden Lichtkegel … Bering selbst kommt mir entgegen und drückt mir kraftvoll und energisch die Hand. Er sagt zu mir – und gleichzeitig zu allen:

»Trotz seiner Verletzung bat Jan Nachtigall um Erlaubnis, sich an der Operation in der gleichen Weise zu beteiligen wie alle anderen. Er hat den Rang eines Gruppenführers, doch er kämpfte wie ein einfacher Unsterblicher, ohne auf Hierarchien und Privilegien zu achten. An solchen Menschen können sich andere ein Beispiel nehmen. Hiermit ernenne ich Jan Nachtigall zum Tribun der Phalanx.«

Was fühle ich?

»Danke.«

»Wir danken Ihnen!« Schreyer umarmt mich, berührt mit seiner glatten, wohlduftenden Wange die meine, während die anderen Ratsmitglieder lächelnd nicken.

Ich gehe, setze mich wieder auf meinen Platz. Von allen Seiten strecken sich mir Hände entgegen, man gratuliert mir, will unbedingt meine vernarbte Hand ergreifen.

Ich bin ein Held. Ein Star. Ein Tribun.

Ich applaudiere mir selbst.

Was fühle ich?

»Aber die Truppen nach Barcelona einzulassen wäre nicht genug gewesen«, fährt Schreyer fort und bringt damit meine Anhänger zur Räson. »Denn die Aufständischen hielten Theodor Mendez, den Präsidenten der Panamerikanischen Föderation, gefangen. Was wäre geschehen, wenn Präsident Mendez ums Leben gekommen wäre? Wenn er spurlos verschwunden wäre? Wenn man ihn aus Versehen gemeinsam mit all den Illegalen nach Afrika deportiert hätte? Wenn er mit dem Akzelerator injiziert worden wäre? Herr Mendez hat, wie wir wissen, nicht viel für uns übrig… Doch das ist noch kein Grund … denke ich …«

Ein schelmisches Lächeln erscheint auf dem Gesicht des Senators – und bewirkt verhaltenes Gelächter im Saal.

»Wenn es einen Mann gibt, dessen Leistung mit der von Jan Nachtigall vergleichbar ist, so ist es derjenige, der unter fünfzig Millionen Illegalen diese eine Geisel, den Präsidenten, ausfindig machte, sich dem Kampf mit den Banditen stellte und ihn befreite. Dadurch leistete er Europa einen unschätzbaren Dienst – und hat, wie wir hoffen, aus unserem alten Gegner Mendez einen potenziellen Verbündeten gemacht. Ein untrügliches Gespür, aufopferungsvolle Treue und grenzenloser Mut – dies sind die drei Eigenschaften eines Unsterblichen. Dieser Mann hat sie alle bewiesen.«

Er hat Mendez gefunden. Er kann mir berichten, wie alles gewesen ist!

»Brüder und Schwestern! Ich bitte Arturo de Filippis auf die Bühne. Den Mann, der den Präsidenten von Panam und damit den Frieden zwischen unseren beiden Mächten gerettet hat!«

Schreyer beginnt so begeistert zu klatschen, dass man befürchten muss, er könnte sich die Handgelenke brechen.

Ein Mann tritt nach vorn, erklimmt das Podium, doch ich achte nicht darauf. Ich schüttle noch eine feuchte Hand (»Ich bitte Sie, das war doch selbstverständlich!«), erst dann hebe ich den Blick.

Große grüne Augen, eine etwas eingedrückte Nase, ein breiter Mund und drahtige schwarze Haare. An seiner äußeren Erscheinung ist eigentlich nichts Unangenehmes, und doch wirkt er zwischen all diesen wunderschönen jungen Menschen wie ein hässliches Monster. Sie sind perfekt, ohne den geringsten Makel – ihm dagegen fehlt ein Ohr.

Nr. 503 setzt ein schräges, widerliches Grinsen auf. Das Bühnenlicht scheint ihn nicht zu blenden. Er sieht mich nicht an, aber mir ist klar, dass er mich ausgiebig betrachtet hat, als ich blinzelnd auf dem Podium stand.

Was soll das?! Was hat das alles zu bedeuten?!

Schreyer schüttelt ihm die Hand, umarmt ihn und dankt ihm. Nr. 503 macht einen ziemlich gehemmten Eindruck. Dann ist Bering an der Reihe, ihn zu umarmen:

»Arturo! Man könnte behaupten, dass Sie einfach Glück gehabt haben. Dass jeder Mendez hätte finden können. Aber hätten Sie nicht so viel Hartnäckigkeit, Aufopferungsbereitschaft und Prinzipientreue an den Tag gelegt, hätte alles anders kommen können. Ihre Heldentat ist kein Zufall, Arturo, sondern die Krönung all Ihrer früheren Leistungen. Empfangen Sie als unseren Dank die Ernennung zum Tribun der Phalanx!«

Mein Mund fühlt sich trocken an.

Ich höre den Beifall nicht mehr, bekomme nicht mit, wie sie diesen Blutsauger umschmeicheln, sondern springe von meinem Platz auf und verlasse den Saal. Ich versuche es wie einen Exerzierschritt aussehen zu lassen, damit es nicht wie eine Flucht erscheint.

Mit letzter Kraft schiebe ich den zehn Meter hohen Flügel der Saaltür auf, stürze hinaus und atme, atme, atme.

Warum macht er das mit mir? Was ist das für ein schmutziges Spiel?! Warum tut er erst so, als wolle er mich adoptieren?! All das Herumgedruckse, die dramatischen Seufzer und das unverständliche Gemurmel?!

Erst erhöht er mich vor allen Menschen, damit ich ihm sein Geständnis abnehme – und dann stellt er nur wenige Augenblicke später Nr. 503 direkt neben mich?

Ausgerechnet Nr. 503?!

Am liebsten würde ich ihm ins Gesicht spucken – und mir genauso. Ich fühle mich von Schreyer missbraucht, erniedrigt. Mir ist zum Heulen und zum Kotzen.

Die weitläufige Vorhalle ist menschenleer und kalt.

Hier steht, den Blick starr auf die gegenüberliegende Wand gerichtet, ein riesiger Apoll von Belvedere – genau der, dessen Gesicht wir gestohlen und tausendfach vervielfältigt haben, damit wir bei unseren Pogromen anonym bleiben. Dies ist jedoch kein verkleinertes Abbild, wie es einst ein griechischer Bildhauer schuf. Unserer hat wahrhaft göttliche Ausmaße: Er ist zehn Stockwerke hoch.

Gegen den Fuß des Monuments gelehnt steht eine junge Frau in einem weißen Kleid. Außer ihr ist niemand hier.

Und doch ist der Saal voller Geräusche.

Auf großen Bildschirmen laufen die Nachrichten der wichtigsten Sender: Sie alle übertragen live den Parteikongress. Gerade zeigen sie Nr. 503, und noch vor fünf Minuten flackerte meine verschwitzte, von unerwartetem Glück verzerrte Visage über jede Mattscheibe in ganz Europa.

Es ist ein Wendepunkt in meinem Leben.

Ich bin im ganzen Land berühmt.

Schreyer hat mir eine Maske aufgesetzt, die ich nie wieder werde absetzen können. Von nun an wird man mich überall erkennen, in meiner Wohnbox genauso wie in Zügen und Badehäusern.

Nie wieder werde ich mich als jemand anderer ausgeben können. Mein Arsenal an falschen Namen und Persönlichkeiten hat seinen Sinn verloren; ich kann sie alle durch den Reißwolf drehen.

Man hat mich gezwungen, für alle Zeiten jener Jan zu sein, der eine große Heldentat vollbracht hat, indem er den Unsterblichen das Tor nach Barcelona öffnete.

Eine idiotische und nutzlose Tat: Bis zum Gasangriff, der von Anfang an geplant war, fehlten ja nur wenige Minuten. Die Unsterblichen hätten die Stadt ohnehin vollkommen ungehindert betreten.

Eine Heldentat also?

Dafür bin ich jetzt Tribun. Endlich ein menschenwürdiger Sold und eine menschenwürdige Behausung. Alles, was ich mir gewünscht habe. Der Aufzug zum Himmel, den ich so lange mit verzweifelter Wut angefordert habe, ist endlich bei mir angekommen.

Ich gehe zu Helen Schreyer hinüber. Es ist mir egal, ob meine Anwesenheit sie stört oder nicht.

»Und? Soll ich Ihnen jetzt gratulieren?«, sagt sie ausdruckslos.

»Ihr Mann ist ein verlogenes Arschloch.«

Helen verzieht die Lippen zu einem dünnen Lächeln. »Sie kennen ihn einfach noch nicht.«

»Ich werde es ihm ins Gesicht sagen.«

»Ach, Sie Böser, ob er das wohl überlebt?«

Sie versucht nicht mal, eine Maske aufzusetzen.

»Sie tun mir leid, Helen. Dass Sie sich an dieses Monster gebunden haben.«

Sie legt ihren Kopf schräg. Ihre Lippen sind leicht geöffnet, eine Schulter entblößt.

»Mitleid ist also die niedrigste Empfindung, die ich bei Ihnen auslöse?«

Ich nehme ihre Hand. Sie wehrt sich nicht.

»Fahren wir«, sage ich.

»Unter einer Bedingung.« Sie wirft ihren Kopf zurück.

»Welche auch immer«, entgegne ich und drücke ihre Finger noch fester.

Nach einer Stunde betreten wir die Kabine mit dem Parkettboden aus russischem Holz, dessen letzte Vorräte schon vor hundert Jahren verbraucht wurden und das heute daher eine absolute Rarität ist. Der Concierge ist nicht am Platz – sie hat ihn zuvor mit einem Anruf nach Hause geschickt. Unterwegs sieht uns niemand. Erich Schreyers Haus dagegen ist sicherlich mit unendlich vielen Kameras gespickt. Egal, sollen sie doch zusehen.

Die Lifttür öffnet sich, und wir betreten den hellen Flur. Ich will sofort über sie herfallen, aber sie weicht zurück – und führt mich an der Hand weiter ins Innere der Wohnung.

»Nicht hier.«

Die Schatten falten sich zusammen wie der Balg eines Akkordeons: Türbogen, Zimmer, Türbogen, Zimmer … An der Decke rascheln die Ventilatoren mit ihren Messingschaufeln wie Propeller, die diese fliegende Insel über den Wolken halten. Die Kühle ist angenehm; es riecht nach gegerbtem Leder und Bücherstaub, Kirschtabak und einem eleganten weiblichen Parfüm.

»Wohin?«, flüstere ich ungeduldig.

Wir passieren die abgewetzte Liege vor dem goldenen Buddha, Helen drückt eine Klinke und zieht mich ins Schlafzimmer. Ein riesiges Ehebett, die Wände braun-golden gestreift, mit geschnitzten Holzplatten. Der Leuchter – eine Fontäne aus Kristall. Alles hier riecht nach Anstand und Kontinuität. Auf einer Kommode mit steinerner Tischplatte steht ein 3-D-Foto von Erich Schreyer, den Arm um seine wunderschöne Ehefrau gelegt, er steht hinter ihr, beide strahlen. Sicherlich ein Foto von der Titelseite eines Magazins, für eine Story über das herrlich uneingeschränkte Leben der Celebrities.

»Das ist meine Bedingung«, sagt sie, während sie sich das Kleid über den Kopf zieht und vor mir auf die Knie sinkt. »Hier.«

»Arme nach hinten«, antworte ich ihr heiser, meine Stimme überschlägt sich fast. »Streck deine Arme nach hinten.«

Sie gehorcht, ich binde ihre Ellenbogen so fest mit meinem Hemd zusammen, dass es fast reißt. Dann richte ich mich auf. Helen betrachtet mich von unten bis oben. Ihr zerbrechliches Gesicht: der spitz zulaufende Nasenrücken, die dünnen Linien der Augenbrauen, das jugendliche Kinn und diese unglaublich großen Augen – sie sind gar nicht smaragdgrün, wie ich damals glaubte, als ich sie zum ersten Mal sah. Smaragdgrün ist eine kräftige Farbe, Helen Schreyers Augen dagegen sind wie aus hauchdünnem Glas.

Ich ziehe die Nadel aus ihrem Haar, und es ergießt sich über ihre schmalen braunen Schultern wie flüssiger Honig. Dann wickle ich mir ihre Mähne um die Faust – so fest, dass sie leise aufschreit. Das sind meine Zügel, Helen. Sie versucht sich als Herrin der Lage aufzuspielen, dreht sich zur Seite, hebt ihre gefesselten Arme ein Stück und macht sich an meinem Hosenschlitz zu schaffen, doch ich schiebe ihre Finger weg. Ich will alles selbst tun.

Ich breche dir die Treue, Annelie.

Ich öffne den Reißverschluss und richte mich auf.

»Nein. Nicht so. Ich mache es selbst.«

Ich will von ihr jetzt kein großes Getue und kein höfliches Drumherum.

Ich bin hier, weil ich mit Erich Schreyer eine Rechnung offen habe. Genauso wie sie.

Ich verpasse ihr eine Ohrfeige, eine leichte, aber das genügt. Sie stöhnt, ich packe mit meinen steifen, harten Fingern ihre Kiefer und drücke mit den Daumen auf die Grübchen in ihren Wangen. Sie öffnet ihren Mund für mich, und ich fahre bis zum Anschlag in sie hinein. Helen versucht so zu tun, als genieße sie das Ganze, versucht sich selbst zu bewegen – doch wir finden keinen gemeinsamen Rhythmus. Also nehme ich ihren Kopf mit beiden Händen wie in einen Schraubstock, verwandle sie in einen Gegenstand, eine Maschine, gebrauche sie, wende sie an, ziehe sie mir über, schiebe sie zurück und ziehe sie wieder heran. Sie hustet und spuckt, fast muss sie sich übergeben, doch dabei sieht sie mir folgsam in die Augen, nicht für eine Sekunde wendet sie ihren Blick ab. Ich spüre ihre Zähne nicht, vielleicht tut sie mir heimlich weh, aber wahrscheinlich ist sie zu sehr mit sich selbst beschäftigt, um jetzt an mich zu denken. Ich will noch tiefer, reibe mich gegen Zonen, die von der Natur nicht für den Koitus vorgesehen sind, so dünn, dass sie leicht reißen könnten. Ich blockiere ihre Kehle, sie zuckt und würgt, also gebe ich ihr eine Sekunde zum Luftholen. Aber nur eine Sekunde.

Ich sehe Tränen in ihren Augen, aber ihr Make-up ist wasserfest, nichts verläuft auf ihrem Gesicht. Die glatten, sauberen Wangen glänzen feucht. Ich hebe sie auf, küsse sie auf den Mund. Dann stoße ich sie aufs Bett – auf Schreyers Seite, wie ich am Nachtkasten erkenne. Ich drücke ihr Gesicht nach unten, setze mich mit meinem nackten Hintern auf das Kissen des Senators, reiße an dem weißen Bändchen aus Spitze, das Helens nackte Scham bedeckt, klatsche ihr auf die weit offenen Lippen, tauche meine Finger hinein, fahre mit dem Arm unter ihren Bauch, hebe sie an, ziehe sie zu mir.

Sie hat mir unser kleines Präludium schon verziehen und sucht mich, zittert ungeduldig, stammelt etwas Unverständliches, Flehendes. Helens Hintern ist winzig und straff – keine Ahnung, wie ein Mann darin Platz finden soll –, doch das steigert mein Verlangen nur noch mehr. Ich ziehe sie auf mich, finde meinen Weg in sie hinein und verbrenne fast, so heiß ist sie. Sie macht kleine, unsichere Bewegungen, versucht sich an mich zu gewöhnen, oder vielleicht will sie mich nur überall berühren, ihr Inneres erwecken. Aber sie macht alles zu scheu, zu feinfühlig, als hätte sie vergessen, weshalb wir hier sind. Ihr Gesicht hat sie halb im Laken, halb in der zusammengeknüllten Bettdecke vergraben – um sich vor Schreyer zu verstecken, der auf dem Foto lächelnd ihrem Stöhnen lauscht.

Also ziehe ich sie an den Haaren in die Höhe, damit Erich alles sieht, spreize seine Helen, zerreiße sie fast, spucke auf sie –

und stoße ungefragt in den engen, braunroten, ängstlich zuckenden Ring. Sie fährt zusammen, schreit laut auf, versucht sich zu befreien, aber ich ziehe sie immer wieder zurück, bohre mich in sie hinein, arbeite mich vor, erobere sie. Schreyers Lächeln ist erstarrt, sein Gesicht versteinert. Endlich wagt es Helen ihm ins Gesicht zu sehen, und dann löst sich ihre Verkrampfung, sie stößt mich nicht mehr von sich, wird weich. Dann, ohne den Blick von ihm abzuwenden, bittet sie mich, einen ihrer Arme freizulassen, und beginnt – erst schüchtern, dann immer heftiger – es sich selbst zu machen, öffnet sich immer mehr, und dann spürt sie endlich meinen Rhythmus, gehorcht ihm, gibt sich dem hin, was eben noch Schmerz war, jetzt schreit sie nicht mehr, sondern wimmert, dünn und lang anhaltend, und so lernt sie doch noch, sich so hinzugeben, wie es sich für eine Frau gebührt.

Helen erreicht ihren Höhepunkt vor mir, aber sie hört nicht auf sich zu bewegen, nicht einmal als ich bereits kurz davor bin und schließlich alles verspritze, in sie und auf sie, auf die Bezüge des Ehebetts und auf meine Hände.

Sie dreht sich zu mir um – und leckt mir die Finger. Ich wische meine scharf riechenden Handflächen an ihren Haaren ab und lache.

Im Badezimmer – schwarzer Marmor und Glas – ist Helen einsilbig.

»Das war dumm«, sagt sie.

»Es musste sein«, entgegne ich.

»Wir dürfen uns nicht mehr treffen.«

»Dann eben nicht.«

Sie sieht weg – und nur der Zufall will, dass ich ihren Blick erhasche, der sich zweimal im Glas der Duschwand spiegelt. Ein merkwürdiger Ausdruck: Angst? Enttäuschung? Einer doppelten Spiegelung soll man nie glauben. Tropfen spritzen auf die Scheibe – und die Vision verschwindet.

Ich helfe ihr nicht, sich abzutrocknen.

»Wenn jemand das erfährt, kommst du vors Tribunal … Und ich …«

»Ja.«

»Dann ist das also unser kleines Geheimnis.«

»Mir egal.«

»Also muss nur ich mich fürchten?«

Ich bemerke die Koketterie in ihrer Stimme und natürlich auch den Wunsch, dass ich sie vom Gegenteil überzeuge, sie beruhige – doch in mir regt sich nichts.

Was fühle ich?

Helen hüllt sich in einen schwarzen Bademantel, und wir gehen ohne Hast von Zimmer zu Zimmer.

Da hast du's, Erich Schreyer. Jetzt empfinde ich nichts mehr, weder für dich noch für deine Frau. Wascht eure durchwühlten Laken, teilt euer Eigentum, und lasst euch scheiden. Und ich schwinge mich auf einen Asteroiden und reite weiter bis zum nächstbesten schwarzen Loch.

Wir gehen wieder durch diesen Raum mit der abgewetzten Liege und dem riesigen Buddhagesicht an der Wand.

»Warum verlässt du ihn nicht?«, frage ich.

Statt einer Erklärung schüttelt sie nur den Kopf und geht weiter.

Im nächsten Zimmer – es ist ein halb dunkler Raum, vor eine Wand ist ein Samtvorhang gezogen, die anderen sind leer bis auf einen Lichtfleck in der Ecke – hole ich sie ein und halte sie am Arm fest.

»Er nimmt doch ständig diese Tabletten, oder? Nicht mal mit einem Seitensprung wirst du da etwas erreichen! Und ich bin nicht der Mann, der …«

»Hör auf!« Sie reißt sich los. »Gehen wir weiter. Ich mag dieses Zimmer nicht.«

Wieso?

Vielleicht macht sie mir nur irgendwas vor, versucht mich abzulenken oder …

Dieser Lichtfleck in der Ecke.

Ich gehe näher ran. Vom Korridor aus ist er kaum zu erkennen.

Darin, in diesem Fleck, von einem Scheinwerfer angestrahlt … eine Kreuzigung.

»Jan?«

Das Kruzifix ist klein, vielleicht gerade handtellergroß, aus irgendeinem dunklen Material. Es ist unvollkommen, leicht schief, und die Oberflächen des Kreuzes und der darangenagelten Gestalt sind nicht glatt, sondern scheinen aus Tausenden winziger Kanten zu bestehen. Als hätte man es nicht Molekül für Molekül aus Komposit hergestellt, sondern wie in alter Zeit geschnitzt, mit einem Messer aus einem Stück …

Ich berühre es – und rase im ersten Wagen einer Achterbahn in einen Looping, stürze in den Abgrund.

… aus einem Stück Holz. Auf dem Kopf trägt die Figur einen Kranz, der aussieht wie ein Stück vergoldeter Stacheldraht.

Ich kenne sie. Ich kenne diese Figur. Es ist das Kruzifix. Ich kenne es.

»Was ist das?«, sage ich zu Helen. »Woher kommt das? Woher?!«

»Was? Was meinst du?«

»Wie kommt das hierher?! Sag schon!«

Es ist keine Kopie. Es gibt nur dieses eine Kruzifix. Er ist es. Er.

»Was ist das für ein Zimmer?!«

Rasend suche ich sämtliche Ecken ab, packe den Samtvorhang und reiße ihn zur Seite. Die Wand dahinter besteht zur Gänze – vom Boden bis zur Decke – aus dickem Panzerglas. Sie befindet sich genau gegenüber dem Lichtfleck mit dem Kruzifix.

»Ich weiß nicht, was das ist … Ich weiß es nicht, Jan … Ich schwöre dir, ich …«

Ich trete ganz nah an die Scheibe, lehne meine Stirn daran und blicke ins Innere.

Ein kleines Schlafzimmer – sauber und aufgeräumt, ungewöhnlich einfach und ärmlich für dieses Haus, das doch eigens errichtet wurde, um jeglichen nur vorstellbaren Überfluss zu beherbergen. Das Zimmer ist leer und unbewohnt. Staub auf einem Stuhl. Ein enges Bett, penibel gemacht, das Federkissen aufgeschüttelt. Eine Tür ohne Klinke. Und kein einziges Fenster, weder gefälscht noch echt, außer dieser Fensterwand, vor der ich stehe, und durch die nichts anderes zu sehen ist als der Lichtfleck mit dem kleinen Kruzifix aus meinen Träumen.

Das Kruzifix, das meiner Mutter gehörte.

Ich will es mitnehmen, will es in die Hand nehmen – und bin nicht einmal imstande, es zu berühren.

Wie kommt es hierher?!

XXIII · VERGEBUNG

Am Ende musste sie die Leute von der Sicherheit rufen.

Ich wollte ihr nichts tun, aber ich wollte von ihr die Wahrheit erfahren, wollte, dass sie mir sagt, was sie weiß. Doch sie hat nur vor sich hin gestammelt und geschluchzt, und ich habe nichts aus ihr herausbekommen. So richtig habe ich sie gar nicht geschlagen – nur eine Ohrfeige, wenn auch mit Wucht, voll auf ihre Wange, und dann habe ich sie zu Boden geworfen, aber mehr nicht. Mehr nicht.

Helen hat mich entkommen lassen: Der Aufzug war leer, der Concierge immer noch nicht an seinem Platz. Aber wenn sie es sich anders überlegt, werden sie mich finden, egal wo. Deshalb versuche ich auch gar nicht mich zu verstecken, sondern fahre einfach nach Hause. Während der Fahrt sehe ich noch immer das Kruzifix vor mir, das ich in Schreyers Haus zurückgelassen habe.

Wer ist Erich Schreyer? Was ist seine Frau für mich?!

Ich werde es herausfinden. Egal wie, ich werde es herausfinden. Mit Gewalt oder mit Tricks, durch Betrug oder durch ein Gespräch unter vier Augen. Ich werde herausfinden, warum der Senator so eine miese Schau abzieht, mich als seinen Sohn bezeichnet, warum er mich sofort anruft, sobald ich auch nur eine Anfrage nach meiner Mutter abschicke, und warum er dieses verdammte Kreuz bei sich zu Hause hat.

Immerhin bin ich jetzt Tribun, rufe ich mir in Erinnerung, als ich die Tür zu meinem Kubus öffne. Und Tribune haben gewisse Privilegien.

Zzzzz.

Alles läuft so schnell ab, dass ich zuerst überhaupt nichts begreife. Ich höre das Surren des Schockers, und im nächsten Augenblick bäumt sich mein Körper krampfartig auf, ein wilder Schmerz, dann klatsche ich kopfüber in trüben Schlick.

Ich schneide einen Spalt in meine zusammengewachsenen Lider, dann erweitere ich ihn langsam.

Mein Schädel droht zu platzen. Wie viel Zeit ist vergangen?

Ich liege auf meinem Bett, Arme und Beine gefesselt, der Mund geknebelt, wahrscheinlich mit Klebeband, denn ich bekomme die Lippen nicht auseinander. Das Licht ist gelöscht, nur mein Bildschirmschoner leuchtet schwach: toskanische Hügel im Frühsommer.

Am Fußende sitzt ein Mann in Apollomaske und schwarzem Kapuzenanzug.

»Na, wieder wach, Kleiner?«

Ich erkenne ihn sofort, auch wenn sein verkrüppeltes Ohr jetzt unter der Kapuze verborgen ist.

Ich bäume mich auf, will mit meinen zusammengebundenen Beinen nach ihm treten, ihm einen Kopfstoß versetzen, aber statt Muskeln habe ich nur gefrorenes Hackfleisch im Körper, und so falle ich wie ein Mehlsack zu Boden. Ich liege mit dem Gesicht nach unten, blöke vor mich hin, winde mich, versuche das mehrfach um meine Handgelenke gewickelte Isolierband zu zerreißen oder ein Loch in dieses Klebeband vor meinem Mund zu nagen, das nach billiger Chemie stinkt.

»Lass dein dummes Zappeln«, sagt Nr. 503 zu mir. »Ich könnte dich noch mal ruhigstellen, aber ich will mit dir reden.«

Das wirst du bereuen, will ich schreien. Du wagst es nicht, in mein Haus einzudringen! Einen anderen Unsterblichen zu überfallen! Einen Tribun! Du kommst vor Gericht, und dort wird man dich fertigmachen! Schwein! Bastard! Wir sind nicht mehr im Internat!

Aber alle Schreie bleiben in meinem Mund.

»Es war sowieso höchste Zeit, dass wir uns mal wiedersehen. Unsere letzte Begegnung verlief ja ein wenig holprig, nicht wahr? Dabei haben wir so viel zu bereden.«

Etwas Furchtbares liegt in seiner Stimme, und so presse ich aus meinen tiefgefrorenen Muskeln das Letzte heraus, drehe mich wie eine Spindel und lande mit Mühe auf der Seite – so kann ich wenigstens sehen, was er vorhat.

»Mach dir nicht in die Hose«, sagt Apollo zu mir. »Ich will nichts von dir. Du gefällst mir nicht mehr.«

Mit einer heftigen Bewegung zieht Nr. 503 am Reißverschluss seines schwarzen Rucksacks. Es ist ein schmuckloses Exemplar, genau wie meiner. Dann holt er seine Instrumente hervor: einen Scanner und einen Injektor.

»Die Kinderliebe ist vorbei«, sagt er schniefend. »Du bist jetzt erwachsen und potthässlich. Ein Tribun bist du jetzt, und das, was ich mit dir zu besprechen habe, ist rein geschäftlich.«

Er rückt näher, drückt mit der geriffelten Sohle seines Stiefels meinen Hals zu Boden, reißt mir den Ärmel auf – und entblößt mein Handgelenk!

Das geht nicht! Das kann er nicht tun! Wenn das jemand erfährt … Wenn ich es Schreyer sage … oder Bering … Dazu hast du kein Recht, Arschloch!

Er überprüft den Injektor, dieser ist geladen, und will die Kanüle in meine Vene drücken. Ich werfe mich hin und her, verzweifelt, ungeschickt, kraftlos. Nimm das weg, du Sau! Du elender Wichser!

»Mit der Aussprache hast du's heute nicht so«, bemerkt er belustigt. »Aber ich verstehe dich auch so. Ich habe kein Recht dazu, stimmt's?«

Ich nicke heftig, soweit sein Stiefel mir das erlaubt.

Einfach so hier einzudringen und mir den Akzelerator zu spritzen?! Nein. Er blufft! Dafür kommt er vors Tribunal! Dich schicken sie durch den Häcksler! Ich werde selbst den Knopf drücken, und dann wirst du zu Staub, zu Brei, kapiert, du Sack?!

Nr. 503 drückt etwas stärker zu; mein Kehlkopf knickt ein, mir wird schwarz vor Augen. Als ich aufhöre zu zucken, gibt er etwas nach.

»Hab ich doch, Kleiner. O ja. Kaum zu glauben, aber wahr.«

Er drückt den Scanner gegen meinen Arm. Klingeling. Ein Mückenstich.

»Jan Nachtigall 2T«, verkündet der Apparat. *»Schwangerschaft gemeldet.«*

Nr. 503 schnippt mit den Fingern: Er trägt dünne Handschuhe.

»Kaum zu glauben, aber wahr«, wiederholt er.

Mein Zimmer schrumpft zusammen, bis es so groß ist wie mein Kopf. Es fühlt sich an wie ein altes chinesisches Folterinstrument, ein in Wasser aufgeweichter Ledersack, der jetzt trocknet, sich um mich zusammenzieht und mich langsam erstickt.

Ich bin gelähmt, als hätte mir Nr. 503 noch einen Stoß mit dem Schocker verpasst.

Schwangerschaft gemeldet, wiederhole ich für mich. Für mich. Lüge!

Das ist eine Lüge! Wie kann das sein?!

»Wie?«, fragt Nr. 503. »Ja, das interessiert mich auch brennend. Wie kann das sein? Der Held der Befreiung Barcelonas! Ein Tribun!«

Er hat das so gedeichselt! Den Scanner gehackt und die Einstellungen geändert! Nr. 503 sucht nach einer Möglichkeit, einem Anlass … Aber warum? Warum macht er mich nicht einfach fertig? Wozu das Ganze?!

Meine Nervenenden kommen allmählich wieder zu sich, Arme und Beine gehorchen mir wieder. Ich muss nur den richtigen Moment abwarten … ihn am Hals packen, und zwar mit den Knien … Ich habe nur einen Versuch.

»Suche Urheber der Schwangerschaftsmeldung«, befiehlt Nr. 503.

»Annelie Wallin 21P«, antwortet der Scanner.

»Ta-taa!«, trompetet Nr. 503. »Überraschung!«

Annelie? Annelie?!

Das ist Betrug, das kann nicht sein. Annelie ist doch unfruchtbar, ich war Zeuge, als sie …

»DNA-Analyse zur Feststellung der Vaterschaft«, ordnet Nr. 503 an und drückt das Gerät erneut gegen meinen Arm.

Die Berechnung dauert eine Sekunde.

Was immer diese Teufelsmaschine jetzt auch herauskrächzt, es ist illegal, er darf nicht einfach so ohne Signal hier eindringen, und schon gar nicht ohne Begleitung einer Zehnereinheit operieren, ohne Zeugen, das hier ist reine Willkür, mit mir kann er nicht so umspringen wie mit einem stinknormalen Sterblichen, das ist unmöglich!

»Genetische Verwandtschaft mit dem Fötus bestätigt.«

»Laut Punkt fünf des Gesetzes über die Wahl hat die Frau bei rechtzeitiger Meldung der Schwangerschaft das Recht, das Kind auf ihren eigenen Namen oder auf den Namen des Vaters anzumelden, sofern ein DNA-Test die Vaterschaft bestätigt«, zitiert Nr. 503. »Und exakt dieser Fall liegt hier vor.«

Lüge! Alles Lüge! Manipulation!

»Laut Punkt fünf, drei ist bei Anmeldung des Kindes auf den Vater diesem eine Akzelerator-Injektion zu verabreichen. Stimmt doch, oder?«

Nein! Wage es nicht! Nimm das weg!!!

»Mmmmm!!!«

»Stimmt alles, Kleiner. Weiß ich doch selbst.«

Er drückt auf den Knopf.

Wieder spüre ich einen Stich, nicht schmerzhaft, kaum spürbar, ich begreife erst gar nicht, wie mir geschieht. Er tritt zurück – und ich bäume mich auf, rolle über den Boden, versuche ihn zu treten, schüttele den Kopf – wie um mich gegen das zu wehren, was soeben passiert ist.

»Na also«, sagt Nr. 503. »Jetzt sind wir quitt. Friede?«

Aus kurzer Entfernung rammt er mir seinen Stiefel gegen den Kiefer. Zähne knirschen und brechen ab, meine Zunge schmeckt etwas Heißes, Rostiges, vor meinen Augen blitzen Kurzschlüsse. Stöhnend versuche ich mich unter dem Bett zu verstecken. Ich spüre die Knochenkrümel auf der Zunge und schlucke blutigen Schleim.

Nr. 503 findet mich, hebt seine Maske, fährt mit seinen grünen Augen über meinen Körper, beugt sich über mich, drückt meinen Kopf mit seinem Ellenbogen zu Boden und flüstert mir heiß ins Ohr:

»Na, Würstchen? Verzeihst du mir jetzt? Das hättest du nie gedacht, dass es so kommt, oder? Du hast wohl geglaubt, wir sehen uns nie wieder? Tja … Ich würde dir zu gern den Hals umdrehen, aber das verdienst du nicht, du mieses Stück Scheiße … Du bist ja sooo gut, nicht wahr? Sooo rechtschaffen … Ich gehe jetzt … Du kannst ruhig weiterleben … Tu deinen Dienst, melde deine Erfolge … Und mach dir nicht ins Hemd: Dass ich dir die Spritze gegeben habe, bleibt natürlich unser Geheimnis … Ich habe so lang darauf gewartet, verstehst du? Eine verfluchte Ewigkeit hab ich gewartet. Und jetzt will ich es so lang wie möglich auskosten … Ich will sehen, wie du deine grauen Härchen färbst. Wie du dir die Falten entfernen lässt. Wie du deine Vorgesetzten in der Partei anlügen wirst … deine Paten … Wie du allmählich alt und klapprig wirst, bis du dich irgendwann, bei irgendeiner Orgie im Puff, nicht mehr vor deinen Kollegen ausziehen magst … Ich will sehen, wie du Karriere machst, Würstchen, und dabei laaangsam krepierst … Das wird eine Schau. Aber erzähl es ja niemandem! Das alles bleibt unter uns: dass du gehurt hast, ein glücklicher Vater bist und jetzt alt wirst. Aber halt die Klappe, ja? Denn wenn man dich jetzt schon durch den Häcksler schicken würde, wäre ich furchtbar traurig …«

Ich reiße meinen Oberkörper hoch und ramme ihm meine Schläfe gegen die Nase. Heißes tropft auf mich herab: Wahrscheinlich habe ich sie ihm gebrochen.

»Arschloch …«, näselt er, lacht und tritt mir zwischen die Rippen. »Aber weißt du, was? Ich lasse sie so. Wie mein Ohr, zur Erinnerung, damit ich dich nicht vergesse. Erst wenn du verreckt bist, werd ich sie richten lassen.«

Nr. 503 packt mich mit beiden Händen an den Ohren, reißt daran, dass es knackt, und dreht mein Gesicht nach oben. Dann hält er sich den Zeigefinger unter die Nase – dort, wo alles mit schwarzem, glänzendem Blut verschmiert ist – und malt wie mit Tinte auf dem Isolierband herum, das meinen Mund verklebt.

»So. Jetzt gefällst du mir wieder. Wie damals, als wir noch Kinder waren.«

Er wirft Scanner, Injektor und Maske in seinen Rucksack.

Dann lacht er, dass seine zermatschte Nase rote Blasen wirft, und knallt die Tür zu. Ich bleibe allein auf dem Boden zurück, Blut und Zahnsplitter im Mund. Ich spüre mit der Zunge die scharfen Ränder, zapple mit den Beinen und versuche mit klammen Fingern das Isolierband zu fassen. Ich denke an Annelie. Sollte Nr. 503 etwa recht haben? Wenn ja, warum hat mich dieses Luder verraten? Hat sie den Embryo auf meinen Namen angemeldet, um mit Rocamora abzuhauen?

Oder ist das Ganze nur ein Bluff? Wollte er nur noch mal erleben, wie ich mir in die Hosen mache? Vielleicht hatte er ja nur irgendeine Flüssigkeit im Injektor, und hat das ganze Theater mit dem Gesetz und so nur gespielt, um mir eins reinzuwürgen? Ein übler Scherz, mehr nicht!

Vielleicht hat sich ja überhaupt nichts geändert. Vielleicht werde ich weiterleben wie immer.

Du konntest gar nicht schwanger werden, Annelie. Du konntest gar kein Kind von mir bekommen. Ich habe selbst mit angehört, wie deine Mutter immer wieder sagte, dass bei dir da unten alles zerfetzt und abgestorben ist!

Es ist einfach unmöglich. Sie konnte gar nicht schwanger werden!

Ich wälze mich hin und her, versuche mich aufzusetzen – vergeblich. Ich komme einfach nicht hoch. Und kann dem Betriebssystem nicht mal befehlen, eine Ambulanz oder die Polizei zu rufen.

Warum?!

Ich winde und drehe mich weiter, bis ich schließlich völlig ausgelaugt bin. Dann sacke ich auf einmal weg, und alles wird dunkel. Ich bin wieder im Internat. Immer wieder kehre ich im Traum dorthin zurück. Vielleicht hätte ich es nie verlassen sollen.

Im letzten Jahr ist auf einmal Schluss mit all der Schikane und dem ständigen Drill: Die Abschlussprüfungen stehen bevor, alles, was jetzt von uns erwartet wird, ist büffeln. Wenn man eine einzige Teilprüfung nicht besteht, muss man das ganze Jahr wiederholen. Dann kommt man in eine andere Zehnergruppe, zu all dem dummen, boshaften Kroppzeug. Wer dagegen alle Prüfungen erfolgreich ablegt, wird einem letzten Test unterzogen. Es heißt, es sei ein einfacher Test. Nicht schwieriger als der Anruf. Nicht schwieriger, als die Geschichte Europas vom Römischen Reich bis zum Sieg der Partei der Unsterblichkeit auswendig zu lernen oder als drei Box- oder Ringkämpfe zu überstehen. Der einzige Unterschied: Prüfungen kann man so oft wiederholen, wie man will, diesen Test hingegen absolviert man nur ein einziges Mal. Fällst du durch, kommst du in deinem ganzen Leben nicht hier raus.

Seit sie Nr. 7 mitgenommen haben, ist sein Platz leer. Erst am ersten Tag des letzten Schuljahres flicken sie das Loch, und wir bekommen einen Neuen.

»Das hier ist Nummer Fünf-Null-Drei«, stellt ihn uns unser Leiter vor. »Schon zum dritten Mal in Sprache und Algebra durchgefallen. Ich hoffe, bei euch fühlt er sich wie zu Hause. Seid nett zu ihm.«

Zeus' Sehschlitze sind auf mich gerichtet. Ich spüre förmlich das spöttische Grinsen, das sich hinter den zusammengeklebten Kompositlippen der Gottesmaske verbirgt.

Nr. 503 ist jetzt achtzehn, seine Schultern sind doppelt so breit wie meine, seine Arme wölben sich wie vollgefressene Würgeschlangen, sein Ohrstummel ist lila angelaufen und sieht aus wie ein fremdes Organ – nicht menschlich, merkwürdig, irgendwie unanständig.

»Hallo, Würstchen«, begrüßt er mich.

Drei Jahre sind vergangen, seit sie mich aus dem Kasten geholt haben. Die ganze Zeit über hat Nr. 503 so getan, als wäre sein Todesurteil für mich aufgehoben oder zumindest aufgeschoben. Seine Gefolgsleute haben mich ignoriert, und auch ihm selbst bin ich seither nicht mehr unter die Augen gekommen. Ich wusste natürlich Bescheid, dass Nr. 503 Probleme mit den Prüfungen hat: Bei jedem Appell zum Schuljahrsbeginn entdeckte ich sein Gesicht wieder unter den älteren Schülern. Seine Gruppe war jedes Mal entlassen worden, er dagegen schaffte es nie. Drei Mal ging das so, jetzt sind wir gleichgezogen.

Der Leiter entfernt sich.

»Wer ist hier der Boss?«, fragt Nr. 503, ohne irgendeinen von uns anzusehen.

»Ich, wieso?«, antwortet Nr. 310 – und fasst sich im nächsten Augenblick an seine blutende Lippe.

Der rote Saft strömt durch die Finger, eigentlich würde das schon genügen, aber Nr. 503 rammt ihm noch das Knie zwischen die Beine.

Nr. 900 ist größer als Nr. 503, aber vergleichsweise unförmig. Er versucht ihm mit seiner Bärentatze einen ungelenken Schlag zu verpassen, doch Nr. 503 fängt seinen Arm ab und verdreht ihn so, dass es knackst.

»Orientiert euch an 717, ihr Filzläuse«, sagt er, während er sich die blutverschmierten Knöchel an der Hose abwischt. »Er kennt mich und weiß: Wer bei mir das Maul aufmacht, für den ist Ende Gelände. Stimmt's, Würstchen?«

Dann greift er mir – vor allen anderen – durch die Hose an die Eier und presst sie zusammen. Vor lauter Schmerz wird mir fast schwarz vor Augen, meine Arme hängen schlaff herab. Etwas sägt an meinen Nerven, und mich erfüllt brennende Scham.

»Ja! Ja!«, schreie ich.

»Warum so traurig?«, sagt er zu mir, bleckt die Zähne und drückt meine Hoden noch etwas fester zusammen, dass sie zu platzen drohen. »Lächle! Früher warst du doch immer so eine Stimmungskanone!«

Und ich lächle.

»Und was glupschst du so?« Nr. 503 lässt mich los und gibt Nr. 906 eine Ohrfeige, eine schwache, nur um ihn zu erniedrigen. »Möchtest du vielleicht jetzt mein Zuckerpüppchen sein?«

Jetzt wirft sich Nr. 163 auf den Neuen, doch der ist dreimal so stark wie er. Jedes Mal, wenn er wieder einen von uns besiegt, wieder einen aufs Kreuz legt, scheinen seine Pythonarme noch stärker zu werden. Schon liegt Nr. 163 röchelnd am Boden und hält sich die Kehle. Die anderen wenden sich murmelnd von ihren eigenen Kameraden ab. Sie geben klein bei.

Also ist ab jetzt Nr. 503 unser Boss. Und so beginnt mein letztes Jahr im Internat. Hauptsache, ich überlebe es und bestehe alle Prüfungen. Nur noch ein Jahr, dann bin ich hier draußen, und dann sehe ich dieses Ungeheuer nie wieder.

Nur ein Jahr.

Das geht mir durch den Kopf, während der Oberste Leiter uns erklärt, worum es bei dem letzten Test geht.

»Das Internat ist über die Jahre zu eurer großen Familie geworden«, deklamiert er vor allen Zehnergruppen des Abschlussjahrgangs. »Ihr habt euch von den Verbrechern losgesagt, die sich als eure Eltern bezeichneten. Werdet ihr also von nun an auf euch gestellt sein? Es ist hart, ganz allein dort draußen! Aber habt keine Angst: Ihr werdet immer mit euren Nächsten zusammen sein. Mit den Kameraden aus eurer Gruppe. Die Zehnergruppen des Internats werden als Einheiten in die Phalanx aufgenommen. Ihr werdet immer Seite an Seite kämpfen. Euer ganzes Leben lang. Ihr werdet euch gegenseitig in der Not zur Seite stehen und alle Freude miteinander teilen. Auch die Frauen« – er dehnt das Wort, lässt es wirken, denn er weiß, welche Kraft dieses Versprechen ausübt –, »auch die Frauen werdet ihr miteinander teilen. Natürlich will niemand sein ganzes Leben lang mit einem Menschen zu tun haben, den er nicht mag. Genauso wie in der Phalanx herrscht auch in unseren Internaten das Prinzip der Gerechtigkeit. Ihr müsst euch immer auf die Jungs in eurer Einheit verlassen können. Immer. Der letzte Test verläuft daher wie folgt: Sobald ihr alle Prüfungen bestanden habt, muss jeder von euch mir laut bestätigen, dass alle in seiner Zehnergruppe das Internat verlassen sollen. Erhebt auch nur einer seine Stimme gegen einen von euch, so wird dieser für alle Ewigkeit hierbleiben. Einfacher geht es kaum, nicht wahr? Seht es als eine Art Spiel.«

Einfacher geht es kaum: Nr. 503 hat uns jetzt alle am Wickel. Und ich habe null Chancen, hier rauszukommen, wenn ich ihm nicht zu Diensten bin.

An einem Abend versammelt uns Nr. 503 kurz vor dem Zapfenstreich draußen im Gang.

»Wer von euch hat was auf dem Kasten?«, fragt er heiser. »Der muss mir diese Scheißsprache und dieses Scheißalgebra beibringen. Damit rettet er seinen Arsch. Also?«

Nr. 38 hebt die Hand. Und Nr. 155 auch. Der eine will seinen Arsch retten, der andere sich beim Boss einschleimen.

»Einer genügt mir.« Nr. 503 wickelt sich ein Engelslöckchen um den knotigen Finger. »Dich kann ich für etwas anderes brauchen. Und dich auch.«

Er spitzt die Lippen in meine Richtung.

»Fick dich selbst.«

Der Schlag erreicht mich mit solcher Geschwindigkeit, dass ich den Schmerz zuerst gar nicht spüre. Ich lande auf dem Boden, die Welt steht plötzlich Kopf – und erst jetzt setzt ein schweres Dröhnen in der Birne ein.

»Will sich da einer beschweren?!«, brüllt Nr. 503 mich an und trampelt mir auf die Rippen. »Los, lächle, du Stück Scheiße! Lächle! Lächle!«

Und ich lächle.

Ich lächle, als er Nr. 38 vor allen entkleidet und ihn zwingt, auf allen vieren in der Dusche herumzukriechen, weil er den Eindruck hat, dass es mir hier »nicht lustig genug« ist.

Ich lächle, während ich mit ihm Geschichte pauke.

»Mir gefällt dein Lächeln, Würstchen. Ich will glückliche Gesichter um mich haben, und du schaust immer wie drei Tage Regenwetter. Lächle häufiger.«

Ich entkomme ihm nicht. Keiner von uns entkommt ihm. Wir sind eine Zehnergruppe. Eine künftige Zehnereinheit. Also macht Nr. 155 mit ihm Sprachenunterricht, Nr. 38 bedient ihn, Nr. 310 steckt den Kopf in den Sand, und Nr. 906 versteckt sein wahres Ich in seiner falschen Ich-Hülle.

Und ich lächle.

Er bringt mir bei zu lächeln, wenn ich rasend bin. Zu lächeln, wenn es mich graust. Wenn mir übel ist. Wenn ich verrecken will. Wenn ich nicht weiß, wohin mit mir. Hartnäckig arbeitet er einen Monat an mir, dann noch einen, einen dritten, und ganz allmählich entwickle ich tatsächlich einen neuen Reflex. Doch als unser Unterricht erste Erfolge zeigt, denkt er sich etwas Neues aus.

»Mir ist langweilig«, sagt er eines Abends. »Erzähl mal, wie sie dich deinen Eltern weggenommen haben. Erzähl mir von deiner Mama, deinem Papa.«

»Fahr zur Hölle.«

Nr. 503 packt mich an den Haaren und schleift mich in den Korridor, der, was für ein Zufall, gerade menschenleer ist. Dort peitscht er mir über die Wangen – da! und da! und da!

»Du hast vor mir keine Geheimnisse zu haben!«, sagt er. »Hast du das vergessen, Würstchen? Hast du das Urteil vergessen, das damals über dich gefällt wurde? Du wirst alles tun, was ich sage, kapiert? Alles!«

»Ja, kapiert!«

»Was bist du so traurig?« Er drischt noch stärker, noch genüsslicher auf mich ein. »Lächle! Du hast doch früher so viel gelächelt! Und denk immer daran: Du kommst hier nie raus. Also? Lächle!«

Ich werde ihn nicht besänftigen können. Soviel ich ihn auch bitte, er wird mir nie verzeihen. Ich kann ihm kein neues Ohr einpflanzen. Er wird das Internat verlassen – ich dagegen werde für alle Zeiten hier drin schmoren.

Allein habe ich keine Chance, und es gibt niemanden, mit dem ich mich verbünden könnte. Er hat einen Keil zwischen uns getrieben, jeden Einzelnen von uns erniedrigt und gezwungen, mit ihm einen separaten Frieden abzuschließen.

Ich gehe zu Nr. 906.

»Ich kann nicht mehr.«

»Ich auch nicht.« Ihm ist sofort klar, worum es geht.

Er ist mit Nr. 310 befreundet, und ich habe noch Beziehungen zu Nr. 38. Nr. 220, der Verräter, gehört derzeit auch nicht zu den Günstlingen des Chefs: Er muss ihm vor dem Schlafengehen die Fersen kitzeln, eine andere Verwendung hat Nr. 503 für ihn nicht, was ihn in seiner Denunziantenehre kränkt. Nr. 310 holt Nr. 900 ins Boot, der seit dem ersten Aufeinandertreffen nicht gut auf den Chef zu sprechen ist. Nr. 163 anzuwerben kostet mich nicht viel Mühe: Er brennt auf Rache, ich muss sogar fürchten, dass er unser Vorhaben vorzeitig preisgibt. Die anderen schließen sich uns von selbst an.

Wir verteilen die Rollen: Nr. 38 lockt Nr. 503 auf ein Schäferstündchen in die Toilette, Nr. 906 steht Schmiere, Nr. 310 leitet die Operation.

Tollkühn stürzen wir uns zu acht auf unseren Boss und vermöbeln ihn schrecklich. Wir brechen ihm die Finger, treten ihm gegen Rippen, Nieren, Bandscheiben sowie ins Gesicht und lassen ihn einfach so auf dem Boden liegen, damit er verreckt.

Als die Leiter wissen wollen, was passiert ist, rechtfertigt uns Nr. 220. Ihm glaubt man, schließlich hat er uns vierzehn Jahre lang zuverlässig denunziert.

Im Lazarett wächst Nr. 503 nur langsam wieder zusammen. Nach eineinhalb Monaten kommt er humpelnd und schief zurück. Seinem animalischen Instinkt folgend, stürzt er sich sofort auf mich.

Doch inzwischen sind wir genau das geworden, was der Oberste Leiter aus uns formen wollte: mehr als nur eine Gruppe. Mehr als eine Einheit.

Eine Familie.

Alle halten jetzt ihre Köpfe für mich hin. Nr. 503 versinkt im Staub, sie trampeln ihn in Grund und Boden, sodass er sofort wieder aufs Krankenlager zurückkehrt. Als er dann – nach weiteren eineinhalb Monaten – zurückkehrt, erkennen wir ihn nicht wieder.

Er versucht nicht einmal mehr, jemanden aus der Gruppe zu drangsalieren. Stattdessen verschanzt er sich schweigend hinter seinen Lehrbüchern, hängt im Videosaal herum und hält sich abseits. Seine Muskeln sind in den drei Lazarettmonaten völlig verkommen, seine Arroganz verflogen, der gefährliche Glanz seiner Augen verschwunden. Er büffelt jetzt nur noch für die Prüfungen – verbissen, einsam.

Als wir alle schon fast vergessen haben, wie er früher war, bittet er Nr. 310, eine Versammlung einzuberufen.

»Jungs«, sagt er dumpf, wobei er unentwegt in eine Ecke starrt, eine klobige, geknickte Gestalt mit nur einem Ohr. »Ich bin selbst an allem schuld. Ich habe mich verhalten wie das letzte Arschloch. Wie Abschaum. Das hier ist eure Gruppe. Eure Regeln. War 'ne Scheißidee, bei euch den Kommandeur spielen zu wollen. Also, Jungs, um's kurz zu machen: Ich sehe meinen Fehler ein. Und ich bitte euch um Entschuldigung. Ihr habt mir eine Lektion erteilt. Die hab ich gelernt. Wirklich.«

Alle schweigen, keiner von uns blickt ihm ins Gesicht. Jedem ist klar, was er mit diesem Sermon beabsichtigt: Bis zum Test bleibt noch ein Monat. Sollte Nr. 503 auf wundersame Weise tatsächlich die Prüfungen bestehen, hängt seine weitere Zukunft nur von uns ab.

»Fick dich doch«, sage ich.

Er blinzelt, schluckt, aber gibt nicht auf.

Er geht zu jedem Einzelnen von uns. Entschuldigt sich. Argumentiert. Schwört. Macht Versprechungen. Schließlich erreicht er, dass Nr. 310, Nr. 155 und sogar Nr. 38 ihm verzeihen – sie werden ihm ihre Stimme geben. Dann bin ich an der Reihe.

»Hör mal, 717«, sagt er, als er mir eines Tages im Korridor hinterherhinkt. »Warte! Jetzt bleib schon stehen! Bitte!«

Ich drehe mich um und blicke ihn an.

»Ich will mich wirklich entschuldigen, Mann. Ich bin ein Stück Scheiße. Aber du hast auch … Du weißt selber, was du mit mir gemacht hast! Kommt alles mal vor, oder? Ist schließlich ein Internat hier! Da sind alle wie wilde Tiere. Also … Friede?«

Nr. 503 streckt mir die Hand entgegen.

Ich lächle ihn an.

Er gibt sich nicht geschlagen, macht sich an Nr. 900 und an Nr. 906 ran, an Nr. 163 und an Nr. 220 … In unserer Gruppe ist nur noch von ihm die Rede. Sollen wir ihm verzeihen?

»Willst du ihn wirklich nicht rauslassen?«, flüstert mir eines Tages Nr. 310 zu.

»Er soll hier verrecken.«

»Aber er hat auch eine Stimme. Genauso wie du. Er kann uns alle hier sitzen lassen. Alle. Stell dir das mal vor. Für immer. Dabei könnten wir in einem Monat frei sein.«

»Willst du etwa dein ganzes Leben mit ihm zusammen in einer Einheit sein?!«

»Natürlich nicht.«

»Hast du schon vergessen, wie er dich vermöbelt hat? Oder hat dir das damals gefallen?!«

»Scheiß drauf«, entgegnet Nr. 310 finster. »Versteh doch … Er könnte uns auch erpressen. Aber er bittet, er versucht uns zu überreden, er erniedrigt sich …«

»Und wenn er mir den Schwanz lutscht!«

Damit ist das Thema abgehakt.

Zwei Wochen vor den Prüfungen hat sich Nr. 503 bei fast allen von uns eingeschleimt. Die anderen reden wieder mit ihm, und er darf mit uns am Tisch sitzen. Er muckt nicht auf, nimmt ständig Rücksicht auf Nr. 310, unseren gerechten König, und sendet schuldbewusste, versöhnliche Signale in meine Richtung.

»Verzeih ihm«, sagt Nr. 906. »Tu es einfach.«

»Lass mich in Ruhe.« Ich schiebe seine Hand von meiner Schulter. »Er hat dich also auch schon gekauft?«

»Ich sage das, weil du mein Freund bist. Damit erleichterst du dir das Leben.«

»Mein Leben wird erst leicht, wenn er unter der Erde liegt, klar? Schade, dass wir ihn nicht gleich totgeprügelt haben!«

»Hör doch mal zu«, versucht Nr. 906 mich zu besänftigen. »Er ist auch nur ein Mensch. Ein Idiot, eine Drecksau, ein perverses Arschloch – aber trotzdem ein Mensch. Wie kannst du ihn dazu verdammen hierzubleiben? Für immer? Niemand hat es verdient, hier zurückgelassen zu werden …«

»Ich bin auch ein Mensch! Ich! Er ist nur ein mieses Schwein!«

»Ja, du bist auch ein Mensch. Und dir selbst verzeihst du doch auch?«

»Du hast keine Ahnung, was passiert ist! Als ich abhauen wollte! Im Lazarett …«

Nr. 906 schüttelt den Kopf. »Doch, ich weiß es. Die Jungs haben es mir erzählt. Versteh doch: Das ist deine Chance, mit der ganzen Geschichte abzuschließen. Er will dir die Hand reichen.«

»Du bist ja so ein Gutmensch, nicht wahr? Du kannst jedem verzeihen! Deiner Mutter, dem da … Egal, das ist deine Sache.

Aber ich weiß, wenn dieser Schweinehund hier rauskommt …« Mir stockt der Atem, ich kämpfe mit den Worten. »Wenn er erst mal diese Schwelle hinter sich lässt, wird er uns alle auffressen. Und mich als Ersten!«

»Das glaube ich nicht. Wenn wir ihm alle verzeihen. Er weiß, dass er nur dank uns hier rauskommt. Verstehst du, etwas ist in ihm zerbrochen. Er ist nicht mehr so wie früher.«

»Soll er sich doch das Rückgrat brechen. Dann rede ich vielleicht mit ihm.«

»Tu es nicht für ihn! Befrei dich selbst! Wie willst du damit weiterleben?«

»Ich kann mir nichts Schöneres vorstellen«, antworte ich und spucke auf den Boden.

Dann stürzen die Prüfungen auf uns herein.

Ich bestehe fast alle mit »sehr gut«, nur mit einem Punkt weniger als unser ewiger Klassenbester, Nr. 310. Nr. 906 nimmt die Sache nicht wirklich ernst, kratzt aber doch genug Punkte zusammen, um zu bestehen. Alle anderen landen irgendwo zwischen uns.

Sogar Nr. 503 schafft das Unmögliche.

Algebra und Sprache besteht er genauso wie die ganze Zehnergruppe. Er ist nicht einmal der Schlechteste von uns. Als man uns die Ergebnisse verkündet, strahlt er vor Glück. Ich blicke ihn an – und lächle. Für einen Augenblick vergisst er sich und lächelt zurück.

Wieder hinkt er mit ausgestreckter Hand auf mich zu.

»Na komm, 717 … Friede, okay? Friede? Vergessen wir alles, was war! Du lässt mich gehen und ich dich. Wir wollen doch alle raus hier, oder? Also gehen wir gemeinsam! Was sollen wir hier noch? Verzeihst du mir jetzt? Friede?«

Da ist sie, seine Hand. Dieselbe Hand, mit der er sich einen runterholte, während seine Schergen mich mit einem Hemd zu erdrosseln versuchten. Dieselbe Hand, mit der er mir ins Gesicht schlug. Dieselbe Hand.

»Friede«, flüstere ich. »Friede.«

»Jaaa! Na also!« Er klopft mir auf den Rücken. »Ich wusste doch, du bist in Ordnung!«

Ich höre nicht hin, sondern forsche nach jener Erleichterung, von der Nr. 906 gesprochen hat. Doch da ist nichts.

Dann kommt der Tag, an dem wir glauben, dass alles vorbei ist.

Die Leiter bringen uns zum Lift. Zum ersten Mal erfahren wir, dass es noch andere Stockwerke gibt – nur keine Knöpfe, mit denen man sie ansteuern könnte. Hätte ich mir schon früher denken können.

In der Erwartung, dass wir endlich entlassen werden, stoßen wir uns mit den Ellenbogen an und flüstern aufgeregt. Vor uns liegt das Leben! Jetzt lieben wir unsere Leiter schon fast, denn wir werden sie nie wiedersehen, und endlich fühlen wir uns wirklich wie Brüder innerhalb unserer Gruppe … Der Traum, das Internat hinter uns zu lassen, hat uns zusammengeschweißt – jetzt sind wir eins.

Der Aufzug fährt lange und langsam – unklar, ob nach oben oder nach unten –, und plötzlich kommt uns ein grauenvoller Gedanke: Was, wenn man uns reingelegt hat? Was, wenn es gar keine finale Abstimmung gibt, sondern uns ein steriler Saal erwartet, abwaschbar und taghell ausgeleuchtet wie das ganze Internat? Was, wenn wir dort zehn Tische mit Riemen erblicken und Kopfstützen mit eisernen Zwingen?

Ja, es heißt, wer den Test besteht, darf in die Welt hinaus. Aber muss das denn die Wahrheit sein? Vielleicht ist es nur eine Kelle voll dünner Traumplörre, die man uns in unsere Plastikschälchen kippt, dazu für jeden einen trockenen Kanten mit einem klaren, erreichbaren Ziel. Träumer lassen sich leichter kontrollieren: Sie glauben nämlich, sie hätten etwas zu verlieren. Wer dagegen alle Hoffnung aufgegeben hat, mit dem lässt sich nicht verhandeln. Sie werden uns nicht rauslassen, sie werden uns nie rauslassen, wir sind einfach zu alt geworden, um mit den Minderjährigen in derselben Baracke zu bleiben, also bringt man uns auf eine neue Ebene. Für die nächsten zehn Jahre.

Und plötzlich schwant uns, dass es im Internat nicht nur ein Stockwerk geben könnte, für das es keine Knöpfe gibt, sondern drei. Oder dreißig. Oder dreihundert. Und dass wir uns nicht in Richtung Oberfläche bewegen, sondern immer tiefer abwärts …

Aber als sich die Tür öffnet, erblicken wir weder einen OP-Saal noch eine Folterkammer.

Der Aufzug hat uns auf eine Ebene gebracht, von der niemand von uns je gehört hat. Eine Säulenhalle, komplett mit schwarzem Stein verkleidet, erleuchtet von echten Fackeln. In der Mitte verläuft von der einen Wand bis zur anderen ein tiefes Becken mit dunklem Wasser.

Am einen Ufer des Grabens stehen der Oberste Leiter sowie neun weitere Personen in Zeusmasken. Ihnen gegenüber warten unbekannte Gestalten: unsere Begleiter in die wirkliche Welt.

Wir müssen nur noch das dunkle Wasser durchschwimmen.

Nur noch den letzten Test bestehen.

Wir stellen uns in aufsteigender Nummernfolge im Kreis und nehmen uns an den Händen: Ich stehe zwischen Nr. 584 und Nr. 900. Dann sprechen wir alle unsicher die Worte, die man uns beigebracht hat.

»Es gibt niemanden, der dem Bruder näher ist als der Bruder. Es gibt keine andere Familie für einen Unsterblichen als die Unsterblichen. Meine Brüder, mit denen ich heute diesen Ort verlasse, werden immer bei mir sein, und ich werde immer bei ihnen sein.«

Der Oberste nickt uns bedeutungsvoll zu.

»Drei-Acht!«, dröhnt seine Bassstimme. »Gibt es in deiner Zehnergruppe jemanden, der das Internat nicht verlassen soll, der nicht würdig ist, der großen Phalanx beizutreten?«

»Nein«, sagt Nr. 38 hastig und blickt scheu zu Nr. 503 hinüber.

»Eins-Fünf-Fünf! Gibt es in deiner Zehnergruppe jemanden, der das Internat nicht …«

Nein. Der gutmütige Nr. 155 weiß niemanden zu nennen. Auch Nr. 163 schüttelt heftig den Kopf. Und so geht es im Kreis: Nr. 220, der Denunziant, der uns vor den Leitern rettete, kommt als Nächster an die Reihe, dann Nr. 310, der Musterschüler und künftige Gruppenführer.

»Fünf-Null-Drei!« Nun wendet der Kompositgott seinen riesigen Kopf dem rebellischen Satan zu. »Gibt es in deiner Zehnergruppe jemanden, der das Internat nicht verlassen soll, der nicht würdig ist, der großen Phalanx beizutreten?«

Nr. 503 antwortet nicht gleich. Er betrachtet, ja durchleuchtet mit seinen grünen Augen diejenigen, die noch nach ihm kommen, ihm noch nicht die Absolution erteilt haben. Am längsten verharrt sein Blick auf mir. Ich halte ihm stand und lächle ihm ruhig zu: Alles ist noch in Kraft.

»Nein«, spricht er dann heiser, denn er begreift, dass ihm in diesem Moment die Macht vollends entgleitet, und er lässt sie sichtlich ungern fahren. Dann wiederholt er, als ob ihm jemand erlaubt hätte, es sich noch einmal zu überlegen: »Nein!«

Der bärtige Gott nickt ungerührt, dann ist der segelohrige Onanist Nr. 584 dran.

»Nein«, antwortet auch dieser.

»Sieben-Eins-Sieben!« Nicht nur Nr. 503, sondern alle aus meiner Gruppe starren mich jetzt an. Nr. 584 streckt seinen dünnen Hals so weit vor, wie es nur geht, und Nr. 900 wendet mir seinen ganzen Körper zu. »Gibt es in deiner Zehnergruppe jemanden, der das Internat nicht …«

»Ja. Ja.«

»Du Schwein! Du Verräter!« Nr. 503 heult auf. Ohne abzuwarten, ob ich seine Nummer nenne, reißt er sich von Nr. 584 los und stürzt mit geballten Fäusten auf mich los.

»Festhalten!«, brüllt der Oberste, und binnen Sekunden werfen drei Leiter Nr. 503 zu Boden, noch bevor er mich erreicht. »Wer ist es? Nenne die Nummer.«

»Fünf-Null-Drei!«, verkünde ich atemlos.

»Verräter! Das zahle ich dir heim, du Missgeburt!«

»Ist dir klar, dass derjenige, den du genannt hast, die Mauern des Internats niemals verlassen wird?«, hakt der bärtige Gott nach.

»Ja!«

»Er hat mich betrogen! Reingelegt hat er mich! Jungs! Hört doch zu! Wozu braucht ihr diesen Wichser?! Überlasst ihn mir! 900! 906! Kommt schon, nur ein Wort von euch! Lasst diesen Hurensohn hier, und ich reiße ihn in Stücke! Ich will nicht allein hier drin krepieren!«

»Ruhe!«, befiehlt der Oberste, und sofort stopfen sie Nr. 503 das Maul.

Der Kreis ist durchbrochen. Ich strecke meine Hände nach Nr. 900 und Nr. 584 aus, doch sie schrecken zurück, sind sich nicht sicher, ob sie mich jetzt noch berühren dürfen, ohne sich den Aussatz des Verrats zu holen.

So bleibe ich mit ausgebreiteten Armen stehen – allein.

Was für Heuchler! Ich weiß, dass sie in Wirklichkeit alle erleichtert sind: Wer von ihnen hätte die Ewigkeit und die Frauen mit diesem Aasgeier teilen wollen?! Keiner! Aber sie würden sich niemals die Hände schmutzig machen! Ich habe das für euch getan, habe eure Sünden auf mich geladen!

Doch sie wenden sich von mir ab. Unser Kreis wächst nicht zusammen.

Ich versuche gar nicht, mich zu verteidigen: Wenn ich das alles laut sagen würde, würde ich sie nur endgültig gegen mich aufbringen.

Nr. 503 bäumt sich auf, aber gegen die Leiter kommt er nicht an. Außerdem kann er ohnehin nichts mehr ausrichten: Bald werden diese Teufel ihn mit sich fortschleppen, hinab in die untersten Kreise der Hölle, von wo aus er niemals das Sonnenlicht erblicken wird. Noch immer schlägt er um sich, doch es ist bereits entschieden.

Auf einmal wird mir klar, was für ein jämmerliches Bild er abgibt.

Solche Trauergestalten sind schwer zu hassen, sogar ich muss mich fast anstrengen.

Ich habe getan, was ich tun musste. Wovon ich die ganze Zeit geträumt habe. Endlich habe ich mich an diesem Schwein gerächt.

Der Triumph ist mein!

Aber wie ich ihn so betrachte, am Boden zerstört, zieht sich etwas in mir zusammen – vielleicht mein Magen, vielleicht auch mein Darm. Gut wäre es, wenn sich da ein schlechtes Gewissen regte. Dann könnte ich es nämlich, sobald ich hier weg bin, einfach rausscheißen.

Zeus räuspert sich und fährt fort: »Neun-Null-Null. Gibt es in deiner Zehnergruppe jemanden …«

Nr. 900 brummt etwas vor sich hin. Nr. 503, noch immer geknebelt, blickt ihn hoffnungsvoll an. Und da wiederholt Nr. 900 für ihn und für mich deutlich und klar:

»Solche Leute gibt es bei uns nicht.«

Ja! Ja! Jetzt muss nur noch Nr. 906 für mich stimmen – und alles ist vorbei. Ich komme hier raus und werde nie wieder an diesen Ort denken müssen – und auch nicht an dieses blutrünstige Biest, das ich gejagt und endlich erlegt habe.

Nie wieder! Nie wieder!

»Neun-Null-Sechs«, sagt der Oberste schließlich, ohne darauf zu achten, wie die Leiter den rasenden Nr. 503 in den Schwitzkasten nehmen und zu Boden drücken. »Gibt es in deiner Zehnergruppe jemanden, der das Internat nicht verlassen soll, der nicht würdig ist, der großen Phalanx beizutreten?«

»Ja«, stößt Nr. 906 auf einmal hart und deutlich hervor.

Er blickt mich an – ruhig und selbstgewiss. Mich?!

Nein! Ich bin doch schon fast draußen! Was bringt dir das?! Verrate mich nicht – nicht du! Überlass mich nicht diesem Tier! Warum denn? Warum?! Eine Verschwörung? Rache?!

Ich schweige.

»Wer ist es?«, erkundigt sich schmeichelnd der alte Kompositgott. »Nenne die Nummer.«

Nr. 906 lächelt mich genauso an, wie ich eben Nr. 503 angelächelt habe.

Du kannst das nicht mit mir machen. Wir haben uns doch immer zusammen unseren Film angesehen, man hat uns beide in eiserne Kästen gesperrt, du hast mich gelehrt zu lügen, zu verzeihen, ich wollte dein Freund sein, wollte bei dir sein!

Du wirst mich doch nicht hier zurücklassen, um mich zu bestrafen! Der, den ich verraten habe, ist ein Feind! Ich konnte ihm nicht verzeihen – weil er nichts bereut!

Oder haben sie alle insgeheim ihr Urteil über mich gefällt – und er zögert jetzt nur dessen Verkündigung hinaus?

Eine Sekunde ist vergangen.

»Wer ist es?«, fragt der Oberste erneut.

»Fünf-Null-Drei«, antwortet Nr. 906.

Nr. 503! Nicht ich! Nr. 503!

Und da fühle ich es.

Gleich gehe ich an die Decke. Gleich zerreißt es mir die Brust. Gleich fange ich an zu weinen.

Ich verstehe Nr. 906 nicht, aber ich bin ihm dankbar, so unermesslich dankbar.

»Es sei«, bestätigt der Oberste unser Verdikt. »Führt Fünf-Null-Drei ab.«

Und so schleifen sie Nr. 503 fort aus meinem neuen, in gleißendem Licht erstrahlenden Leben – zurück in die Dunkelheit, in die Vergangenheit, für alle Zeit.

Am Ufer des Grabens lassen wir unsere Internatskleidung sowie die Erkennungsnummern zurück. Auf der anderen Seite leisten wir den Treueeid auf die Phalanx und bekommen unsere schwarzen Uniformen und Apollomasken überreicht. In jeder Maske steht etwas geschrieben. Ich nehme die, auf der »Jan Nachtigall« steht. Ich erhalte also meinen Vornamen zurück – und bekomme zum Abschied noch einen Nachnamen geschenkt.

Meine Zehnereinheit blickt mich scheel an, aber ich weiß, insgeheim sind sie mir dankbar und werden mich nicht auf das ansprechen, was ich heute getan habe. Sie stehen jetzt in meiner Schuld. Ich verstehe sie, und sie mich. Und jetzt, da Nr. 906 ebenfalls den Judas spielt, bin ich kein Außenseiter mehr. Alles wird gut. Alles wird vergessen.

Nur Nr. 906 verstehe ich nicht. Ich verstehe ihn nicht – und bete ihn an.

»Was hast du getan?«, sende ich ihm hinter meiner neuen Maske und wedele Freundschaft heischend mit dem Schwanz. »Warum hast du das getan?«

»Das war nur so.« Er blickt mich aufmerksam durch seine Sehschlitze an. »Ich habe dir verziehen.«

Endlich schaffe ich es, mich aufzurichten. Ich hieve mich auf mein Bett und beginne, das Isolierband an meinen Handgelenken zu zerreißen. Ich sehe mein Spiegelbild in der Toskana.

Meine Haare sind wirr, die Augen stieren umher. Der Mund ist mit einem breiten Isolierstreifen zugeklebt, auf dem ein fröhliches Lächeln aus braunem, trockenem Blut prangt.

XXIV · ZEIT

Stück für Stück reiße ich das Isolierband ab, das um meine Beine gewickelt ist. Jetzt bin ich wieder ganz ruhig. Ich habe jetzt einen Plan, ein Schlupfloch entdeckt. Ich werde mich dem Alter nicht kampflos ergeben. Dieses Miststück wird es nicht erleben, dass meine Innereien verfaulen und mein Gesicht verwittert.

»Gesetz über die Wahl, Paragraf 10«, sage ich zu mir selbst. Das aufgemalte Grinsen hängt von meinem Mundwinkel herab und stört beim Sprechen. »Absatz b: ›Beschließen beide Kindeseltern vor Beginn der zwanzigsten Schwangerschaftswoche, eine Abtreibung durchzuführen, und erwirken sie sodann einen Abbruch der Schwangerschaft im Familienplanungszentrum Brüssel im Beisein von Vertretern des Gesetzes, des Gesundheitsministeriums und der Phalanx, so kann ihnen eine Antivirustherapie verordnet werden, die die Wirkung des Akzelerators blockiert.‹«

Ich muss sie nur finden. Annelie finden und überreden, eine Abtreibung zu machen. Sie nach Brüssel in dieses verdammte Zentrum bringen. Der Vertreter der Phalanx wird sich natürlich wundern, aber als Tribun und Held der Nachrichten werde ich schon eine Möglichkeit finden, mich ihm erkenntlich zu zeigen … Vor allem aber muss ich sie erst einmal ausfindig machen. Schon wieder.

Eine von hundertzwanzig Milliarden. Wie soll ich sie bloß finden?

Warum hat sie das Kind auf meinen Namen angemeldet? Warum muss ich dafür bezahlen?

Selbst wenn das kein Fehler ist, wenn sie durch irgendeinen verfluchten Zufall tatsächlich schwanger geworden ist, warum muss ausgerechnet ich dafür geradestehen? Warum hat sie einfach mein Todesurteil unterschrieben, ohne mir vorher zu schreiben oder mich anzurufen?! Mit welchem Recht?

Sie will also einen kleinen, schrumpeligen Jan auf die Welt bringen – und der große Jan soll dafür einfach so ins Gras beißen? Soll sich in irgendeinen Winkel verziehen, in ein Reservat, und den Rest seines Lebens unter irgendwelchen nach Urin stinkenden Greisen verbringen wie in einer Todeszelle? Warum? Warum ich? Was habe ich ihr getan?!

Die erste Aufwallung klingt allmählich ab, und jetzt erinnere ich mich an Annelie, wie sie wirklich ist: ihr Lächeln, die Reise in die Toskana, die Grashüpfer, das aufspritzende Wasser, als wir durch den Fluss liefen, die Boulevards und den Eimer Garnelen. Ich begreife nicht, warum du das getan hast. Vielleicht hat Nr. 503 dich gezwungen. Ja, sicher hat er das. Von selbst hättest du niemals … Du weißt, was ich für dich riskiert habe. Ich werde dich bitten, dich anflehen, Annelie. Du willst mich doch nicht ins Verderben stoßen. Wir sind doch keine Feinde. Du wirst diese Abtreibung machen, um mich zu retten.

Nr. 503. Er hat sie ausfindig gemacht, also weiß er vielleicht, wo sie sich jetzt befindet. Ich werde ihn unter Druck setzen, und alles wird gut. Erst mal Schreyer anrufen, und dann …

Es klingelt an der Tür.

»Polizei.«

Wie peinlich, ausgerechnet jetzt. Es wird Fragen geben, die ich nur ungern beantworten möchte. Krampfhaft reiße ich an dem Isolierband, ich sollte mich wenigstens etwas zurechtmachen, bevor ich diese Jungs einlasse – was immer sie von mir wollen.

»Wir wissen, dass Sie da drin sind!«, teilt man mir von draußen mit. »Wir öffnen jetzt mit einem Universalschlüssel!«

»Nur eine Minute!«, rufe ich, aber sie knacken das Schloss, lange bevor diese abgelaufen ist.

»Was zum Teufel …?!« Ich hüpfe mit gefesselten Beinen auf sie zu, am Mundwinkel baumelt noch immer das Klebeband mit dem Smiley. »Was erlauben Sie sich?!«

»Jan Nachtigall 2T? Sie sind verhaftet wegen Verdacht des Mordes an Magnus Jansen 31A.«

»An wem?!«

Zu dritt zielen sie auf mich – mit echten Pistolen. Auf einmal soll ich ein Schwerverbrecher sein. Was ist denn das schon wieder für ein Aprilscherz?!

Na gut, vor eineinhalb Monaten habe ich zweihundert Mann in Kerosin gebadet, aber von denen sah nun wirklich keiner wie ein Magnus Jansen aus. Und selbst wenn, hätten dessen Angehörige sicher nicht bei euch Anzeige erstattet, sondern bei der afrikanischen Polizei. Ansonsten wüsste ich nicht, wen ich getötet haben soll.

»Kommen Sie mit.«

Das ist keine Einladung. Zuerst schneiden sie mir die Beine frei, dann binden sie meine Handgelenke mit einer Plastikschleife zusammen und ziehen mich in den Gang hinaus. Der ganze Block starrt mich an – schon wieder sorge ich für beste Unterhaltung. Sie deuten mit den Fingern auf mich, nehmen mich mit ihren Kommunikatoren auf: Immerhin bin ich ja ein TV-Star.

»Sie haben dazu kein Recht! Ich bin ein Unsterblicher, ein Tribun der Phalanx!«

Mit Stößen treiben sie mich bis zur Luftschleuse, wo bereits ein abflugbereiter Turbokopter auf uns wartet.

»Sie haben keine Ahnung, mit wem Sie es zu tun haben! Ich habe in meinem Komm die Nummer des Senators. Ein Anruf, und ich bin mit dem Minister verbunden! Ich war an der Befreiung Barcelonas beteiligt …«

»Nimm ihm den Komm ab«, sagt einer der Polizisten zu einem anderen. »Das Gerät ist hiermit beschlagnahmt und kommt zu den Akten.«

Im nächsten Augenblick bin ich mein Armband los.

»Das ist euer Ende!« Ich versuche mich loszureißen. »Wenn Bering davon erfährt …«

»In Europa sind alle gleich«, entgegnet einer der Polizisten, winkt mit einer Hand, die Schleuse wächst langsam wieder zu, und der Turboflieger stürzt in den Abgrund.

»Keinem von euch ist in Barcelona auch nur ein Härchen gekrümmt worden – im Gegensatz zu unseren Leuten«, zischt mir ein anderer ins Ohr und reißt meine auf dem Rücken gefesselten Arme nach oben. »Eure Gegner haben nämlich alle geschlafen.«

Meine Knie werden weich.

»Wer soll dieser Magnus Jansen überhaupt sein? Und wann soll ich ihn bitte umgebracht haben?«

»Im Badehaus. Wir haben dich überall gesucht, Nicolas Ortner 21K.«

»Fred?«

Absurd! Wollen sie mir tatsächlich diesen idiotischen Vorfall anhängen? Bringt mich meinetwegen vor Gericht, weil ich zweihundert Brüllaffen bei lebendigem Leib verbrannt habe. Dann müsst ihr mich nämlich freisprechen, denn ich habe nur Frauen und Kinder verteidigt. Aber dafür, dass ich diesen Fettsack zu retten versucht habe? Dass ich den toten Fred künstlich beatmet habe?!

»Er war ertrunken, ich wollte ihm nur helfen!«

»Das ist uns egal, Mann. Wir haben dich festgenommen, der Rest ist jetzt Sache des Gerichts.«

Ich kann jetzt nicht vors Gericht, darf mich nicht in die Öffentlichkeit zerren lassen. Für mich tickt die Uhr, ich muss innerhalb von drei Monaten hundertzwanzig Milliarden Menschen durchsieben, ich habe keine einzige freie Sekunde!

Aber diese Männer hier haben alle Zeit der Welt.

Der Turbokopter legt an der Schleuse eines schneeweißen, vollkommen fensterlosen Turms an. Ich weiß, wo wir sind: Dies ist eine Justizvollzugsanstalt mit einem Untersuchungsgefängnis.

Man führt mich einen Gang entlang, setzt mich in ein winziges Zimmer ohne Bildschirme, eine gesichtslose Maus trägt mir kaum hörbar murmelnd die Anklage vor: Mord, Paragraf soundso, Haftstrafe bis soundsoviel Jahre. Dann verkündet sie mir, dass noch kein Verhandlungstermin angesetzt ist, dass ich aufgrund der Schwere der mir zur Last gelegten Schuld in Untersuchungshaft bleibe, dass es sich positiv auswirken kann, wenn ich mit den Ermittlungsbehörden kooperiere, dass es sie nicht interessiert, warum man mich zu Hause mit Isolierband gefesselt vorgefunden hat, das sei schließlich mein Privatleben, dass es keine Rolle spielt, wie oft ich im Fernsehen gezeigt werde oder wie viele Auszeichnungen ich bekommen habe, das hat nämlich nichts mit dem Verfahren zu tun, dass ich, wenn es sein muss, auch den Papst anrufen kann, dass ich laut Gesetz drei Anrufe machen darf, und dass sie, wenn ich mich weiter so aggressiv verhalte, gezwungen ist, mich in eine Einzelzelle zu sperren und zu sedieren, dass es ihr absolut ernst damit ist, dass ihre Geduld am Ende ist, dass sie mich gewarnt hat, dass man jetzt anders mit mir umspringen wird, und dass ich selbst an allem schuld bin.

Tatsächlich springen sie von da an anders mit mir um.

Ich werde nackt ausgezogen und wie ein verlauster barcelonischer Penner mit einem Desinfektionsmittel besprüht, dann fahre ich mit einem Hebekran an einer kilometerhohen, glatten Wand mit Millionen von Türen empor, die alle direkt in den Abgrund führen. Der Kran setzt mich in meiner Einzelzelle ab, Vorsicht, Türen schließen, und dann sitze ich auf einmal in einem Schwalbennest, unter mir ein kilometertiefer Abgrund – an Flucht ist nicht zu denken.

Eine Zelle, so groß wie mein Kubus. Um mir die Zeit bis zur Verhandlung zu vertreiben, von der ich nicht weiß, wann sie stattfinden wird, setze ich mich direkt vor den winzigen Bildschirm, auf dem die Nachrichten laufen. So denke ich wenigstens nicht daran, wie eng es hier ist.

Aber ich habe nicht vor, dieses alberne Gerichtstheater abzuwarten. Mit jedem Tag, den ich hier herumhänge, altere ich um eine Woche, und ich habe immer weniger Zeit, um Annelie zu finden und sie anzuflehen, dass sie den Fötus loswird, der sich von meinem Leben ernährt.

Sofort mache ich von meinem verdammten Telefonrecht Gebrauch und wähle Schreyers Nummer. Seine persönliche ID habe ich nicht, also muss ich über sein Vorzimmer gehen. Sein Sekretär bittet mich, meinen Namen zu buchstabieren, als höre er ihn zum ersten Mal, und verspricht, den Herrn Senator unverzüglich in Kenntnis zu setzen.

Im Schneidersitz warte ich auf Schreyers Rückruf. Ich habe nur noch zwei Anrufe – vielleicht für den Rest meines Lebens –, also muss ich sparen. Los, mach schon, sage ich zu ihm. Ich weiß, es gab eine Zeit, da hast du mich immer wieder zu erreichen versucht, und ich bin nicht rangegangen, aber damals hatte ich triftige Gründe. Los, frag schon deinen schwulen Sekretär, ob jemand angerufen hat, mach dein vornehm verwundertes Gesicht, und ruf zurück. Ich bin doch dein Adoptivsohn, du hast mich doch erst heute zum Tribun ernannt, hast mich vor den Augen der ganzen Welt umarmt! Na gut, ich hab es gleich danach mit deiner Frau getrieben, aber so schnell konntest du das doch nicht herausfinden!

Erst spreche ich laut mit ihm, dann flüstere ich, dann schreie ich ihn an – aber Schreyer antwortet nicht. Er hat wichtige Staatsaufgaben zu erledigen, oder er streitet sich mit seiner Frau, oder er ist krepiert – jedenfalls erhalte ich an diesem Tag keinen Rückruf von ihm.

Und auch nicht am nächsten.

Am dritten Tag rufe ich erneut an, und wieder ist der Sekretär am Apparat. Erneut schreibt er sich Buchstabe für Buchstabe meinen Namen auf, wundert sich höflich, entschuldigt sich, sagt, dass er wohl vergessen haben muss, von meinem Anruf Mitteilung zu machen, dass er diesmal jedoch auf jeden Fall dem Herrn Senator Bescheid geben wird, hört sich geduldig meine Beschimpfungen an – und gestattet mir die Hoffnung, dass es sich nur um ein Missverständnis handelt.

Eine ganze Woche lang lässt der Herr Senator nichts von sich hören. Mir bleibt nur noch ein einziger Anruf, also muss ich mir jetzt sehr sorgfältig überlegen, wem mein letzter Anruf gelten soll. Bering? Al? Nr. 503? Annelie? Fred? Mir selbst, vor zwanzig Jahren, im Internat?

Dann steht auf einmal ein sprechender Hamster mit Krawatte in meiner Zelle: Sie haben einen Rechtsbeistand angefordert? Nein, ein Verhandlungstermin ist noch nicht festgesetzt worden. Mehr kann ich Ihnen bedauerlicherweise nicht mitteilen. Sie stehen auf der Warteliste, wir stecken bis zum Hals in Arbeit, völlig überlastet, wissen Sie, und jetzt hat es sogar noch Kürzungen gegeben, Bering hat ja gerade eine Erhöhung des Haushalts für sein Ministerium durchgesetzt, nun zahlt der Steuerzahler den Unterhalt der Phalanx aufgrund ihrer Verdienste vor dem europäischen Volk, na ja, und dafür hat man eben beschlossen, bei uns einzusparen, die ersten Entlassungen sind schon erfolgt, es herrscht komplettes Chaos, also seien Sie mir nicht böse …

Ich rechne, wie viel Zeit ich noch habe, um Annelie zu finden: Die Tage schmelzen dahin. Natürlich können sie die Verhandlung nicht ewig hinauszögern, ein paar Monate werde ich dann schon noch haben, denn natürlich werde ich diesen Kretins beweisen, dass ich Fred nicht ertränkt habe, sondern ihn wiederbeleben wollte. Irgendwo muss es ja noch Kameraaufnahmen von dem Vorfall geben. Das ist doch nur eine Intrige des Badehauses, sie wollen nicht zugeben, dass bei ihnen auch mal Leute ertrinken, und die Rettungskräfte können sowieso nichts anderes als irgendwelche Leichen herumschleppen. Jedenfalls wird sich vor Gericht alles aufklären, denn wenn man mir anderswo vielleicht was anhängen kann, so doch auf keinem Fall in dieser Sache. Zwei Monate. Ich werde Nr. 503 die Daumenschrauben anlegen, damit er mich zu Annelie führt, und dann – dann werde ich sie schon überreden können.

Seltsamerweise bin ich absolut überzeugt, dass mir das gelingen wird. Auch wenn ich mich noch genau erinnere, wie sie die fatale Diagnose der Ärzte erschütterte und wie sie gegen ihre Mutter aufbegehrte. Ach was, es ärgerte sie doch nur, dass sie grundsätzlich nie mehr Kinder bekommen sollte – aber doch nicht hier und jetzt, von diesem Typen aus der Phalanx, mit dem sie gerade mal eine Woche zusammen war, der die Männer anführte, die sie vergewaltigten, und der ihren Geliebten umlegen sollte. Nicht von mir.

Hoffnung flackert auf: Vielleicht hat sie die Abtreibung ja schon gemacht? Hat mich nur gemeldet, um sich abzusichern, ist bereits nach Brüssel gefahren, hat sich ausschaben lassen – und mich somit begnadigt? Sie ist erst fünfundzwanzig, wozu braucht sie jetzt einen dicken Bauch und Hängebusen – und später dann einen roten, brüllenden Zwerg? Ich habe dir nichts getan, Annelie, verschone mich!

Ich sende ihr ein kosmisches Signal: Denk noch mal drüber nach, du weißt doch auch, was Paragraf 10 zu bedeuten hat, du warst dabei, als Rocamora-Zwiebel ihn damals zitiert hat, du musst dich doch erinnern! Du wirst nichts spüren, Annelie, alles wird unter Narkose geschehen, du schläfst einfach ein, und wenn du aufwachst, bist du es los: die morgendliche Übelkeit, den ewigen Drang auf der Harnblase, den sich täglich immer weiter blähenden Bauch, in dem ein Wesen sitzt, das dich schon jetzt malträtiert – und dich ewig malträtieren wird!

Ich will, dass man mich wieder freilässt. Und ich will, dass man mir draußen sofort berichtet, dass die Schwangerschaft, die du mir angehängt hast, annulliert wurde! Ich will meine Jugend wiederhaben!

Weitere zwei Wochen vergehen: Schreyer ist wie vom Erdboden verschluckt, der Verhandlungstermin steht immer noch nicht fest, man rasiert mich kahl und verordnet mir ein Schlafmittel, da ich von selbst kein Auge mehr zumache. Ich multipliziere jeden Tag mal sieben, mein Leben nimmt täglich siebenfach ab, ich denke die ganze Zeit an nichts anderes. Wie kann es sein, dass mein Leben irgendwann zu Ende geht?

Eines Nachts wache ich von dem Gedanken auf, dass ich sterben werde. Dass Schreyer gar nicht vorhat, mir zu helfen, dass er von meiner Beziehung zu seiner Frau weiß, dass er mich auf diese Weise bestrafen will, ohne sich die Hände schmutzig zu machen. Er ist ja ein Mann des Staates, und deshalb übernimmt der Staat für ihn die Bestrafung: mithilfe von Henkern, die aus dem Staatshaushalt bezahlt werden, und der tausendfach verlangsamten Guillotine einer dementen Gerichtsbarkeit.

Nur noch ein Anruf. Wie soll ich ihn nutzen?

Aus den Nachrichten erfahre ich, dass der Völkerbund den Entwurf einer Konvention diskutiert, die ein Verbot der Alterungsbeschleunigung vorsieht. Da steckt Mendez dahinter. Heute soll ich eigentlich zum Spaziergang durch einen aufgemalten Wald gehen, der mit ozonhaltiger Luft gesättigt ist, aber ich verzichte: Ich will seine Rede hören. Was, wenn er es durchbringt? Wenn Mendez die Asiaten überzeugt, die nötigen Stimmen zusammenbringt und den Völkerbund in die Knie zwingt? Auch Europa würde dann gehorsam salutieren müssen, denn internationale Konventionen stehen über staatlicher Gesetzgebung. Dann hätte ich eine Chance.

Also sehe ich mir die Live-Übertragung von Mendez' Rede an. Ich war in Barcelona, sagt er, dort habe ich unglückliche Menschen gesehen, die Gerechtigkeit forderten und deswegen zum Tod verurteilt wurden. Die ewig jung bleiben wollten, und die man deswegen mit Alterung bestrafte. Es waren ältere Menschen darunter, die der Akzelerator innerhalb eines Jahres umbringen wird, aber auch kleine Kinder, die bereits nach zehn Jahren als runzlige Greise sterben werden. Als die Menschheit vor fünfhundert Jahren das Gemetzel des Ersten Weltkriegs überstanden hatte, war sie weise genug, chemische und biologische Waffen für immer zu verbieten. Wir wussten, dass wir damals kurz davorstanden, das Recht zu verlieren, uns als Menschen zu bezeichnen. Warum aber setzen wir nun, fünfhundert Jahre später, erneut eine biologische Waffe ein – auch wenn diese nicht sofort tötet und nicht massenhaft, sondern selektiv? Waren wir etwa damals weiser als heute? Besser? Müssen wir am Ende feststellen, dass Europa, das sich selbst als Bollwerk des Humanismus bezeichnet, sein eigenes Erbe vernichtet, weil es einen Genozid an denen verübt, die es um Asyl bitten? Wir müssen die Alterungsakzeleratoren heute verbieten, Ladies and Gentlemen. Diese Entscheidung kann nicht Europa allein treffen, auch nicht Panamerika und nicht Indochina. Diese Entscheidung kann nur die gesamte Menschheit treffen.

Beifall brandet auf – aber natürlich nicht aus den Logen, wo die europäischen Ölgötzen sitzen. Als Nächste besteigen irgendwelche Afrikaner das Podium, dann der außerordentliche Botschafter Guatemalas in Nationaltracht, dann ein Samurai aus Japanisch-Ozeanien – jeder hat etwas zu sagen. Sie reißen ihre Mäuler auf, und als Soundtrack zu diesem Schauspiel höre ich leises Schnarchen, Kinderatmen sowie das Klingeling meines

Scanners, ich lausche den eingeschläferten Kindern im katholischen Waisenhaus, den Frauen mit den Masken der Pallas Athene, die jedem der Kinder einen Injektor gegen das Handgelenk drücken, dem Atmen der schlafenden Kinder, die nicht mitbekommen, wie sich ihre Kindheit und Jugend in Säure auflösen, wie ihr Leben, das eben noch prallvoll war mit naiven Hoffnungen und Träumen, in diesem Augenblick zum Albtraum wird, der beginnt, sobald sie aufwachen, und dem sie nie wieder entkommen können.

Als der Sondergesandte Europas davon spricht, dass man von der Aggressivität überrumpelt worden sei, dass die Entscheidung schwierig war, dass man sich gezwungen sah, dass man keine Alternative gehabt habe und dass es keinen Zusammenhang gebe zwischen dem Vorfall in Barcelona und Europas Strategie im Kampf gegen die Überbevölkerung innerhalb der eigenen Staatsgrenzen, ertappe ich mich dabei, dass ich vor mich hinflüstere:

»Halt's Maul, halt's Maul, halt's Maul …«

Ich gebe meine Stimme dem Spitzbuben Mendez. Rette mich, alter Mann, rette alle, die in unserem ach so glücklichen Land irgendwann mal aus Versehen schwanger werden, und dazu auch noch die, die wir in Barcelona abgefertigt haben. Scheiß auf die Überbevölkerung – ich will leben.

Der Völkerbund ist in Aufruhr, die Debatte ähnelt eher einem Handgemenge, die Abstimmung wird zweimal von irgendwelchen Spaßvögeln unterbrochen, doch am Ende verliert Mendez: Hinter Europa stellen sich Indochina und – um sich demonstrativ solide zu geben – die sonnenbebrillten afrikanischen Führer; wahrscheinlich sind es genau die, die von der Partei mit Glasperlen überhäuft wurden, damit sie zuließen, dass auf ihrem

Staatsgebiet Lager für all die Injizierten aus Barcelona errichtet wurden.

Mendez ist gekränkt angesichts dieses Angriffs auf die menschlichen Grundwerte, die Grundfesten der Zivilisation, die allgemeine Moral. Europa sei auf dem Weg in den Popularfaschismus, ein Hitler könne dort seine ganze Begabung mit Erfolg zum Einsatz bringen, übertönt er unsere gekauften Verbündeten. Ich bin glücklich, sagt er, dass ich in Panamerika lebe, einem Staat, in dem nichts höher geachtet wird als das Recht des Menschen, Mensch zu bleiben.

Ende.

Natürlich nehmen ihn die Kommentatoren in den Nachrichten sofort nach Strich und Faden auseinander und erläutern den wohl etwas nachdenklich gewordenen Europäern seine wahren Beweggründe: Es seien nur noch zwei Monate bis zu den Präsidentschaftswahlen, sein demokratischer Rivale unterstütze den europäischen Weg der Bevölkerungskontrolle und halte das panamerikanische Quotensystem für veraltet und ungerecht. Deshalb habe Mendez jetzt versucht, das Forum des Völkerbundes zu nutzen, und diese Breitseite sei in Wahrheit gar nicht gegen Europa, sondern gegen die Demokratische Partei Panamerikas gerichtet …

Es war idiotisch mir einzubilden, dass ihm dieser Schachzug gelingen würde. Und doch hatte ich für einen Augenblick genau diese Hoffnung.

Ich schreibe Petitionen an Bering und an Riccardo, den Kommandeur der Phalanx. Ich fordere, dass man mir kostenlos einen Anwalt zur Verfügung stellt. Ich habe nur noch einen Monat, um Annelie aufzuspüren, und noch immer ist kein Termin in Aussicht. Ich beginne Tag und Nacht zu verwechseln – in dieser Einsamkeit ist kein Unterschied mehr zu spüren. Ich schaue tagelang ununterbrochen Nachrichten und begreife überhaupt nichts mehr.

Endlich bekomme ich meinen Pflichtverteidiger zugewiesen: ein faules Arschloch von der Sorte, die einst davon träumten, die Welt zu verbessern, und deshalb anfingen, für einen feuchten Händedruck irgendwelches Gesindel zu vertreten, doch schon ziemlich bald eine ausgeprägte Resistenz gegen all diese tragischen Geschichten entwickelten und heute selbst nicht mehr so recht wissen, warum sie noch immer durch irgendwelche Gefängnisse und Gerichtssäle irrlichtern. Dieser sogenannte Rechtsanwalt labert also irgendeinen Quatsch von wegen dass ich auf der Videoaufzeichnung dem Opfer durch mehrfache Schläge die Rippen gebrochen und das Herz gelähmt haben soll, dass die Anklage Anlass hat zu glauben, das Opfer sei zum Zeitpunkt des Eintreffens in meinem Becken noch am Leben gewesen, und dass die Verletzungen, die ich ihm zufügte, niemand hätte überleben können. Die Strategie der Verteidigung werde darauf aufbauen, dass die Tötung im Affekt erfolgte, sagt er, bohrt in der Nase und schmiert den Popel an mein Bett. Als er dann erfährt, dass ich ein Tribun der Phalanx bin, fährt er hustend auf, ruft die Wache, verflucht mich als faschistisches Schwein und prophezeit mir, dass ich nie wieder auf freien Fuß kommen werde.

Dann geht er. Ich starre wieder völlig kraftlos auf die flackernden Bilder und denke dumpf daran, dass jeder Mensch aus einem bestimmten Grund und mit einem bestimmten, ganz persönlichen Zweck auf die Welt kommt. Sobald er versucht etwas zu tun, was nicht seinem Charakter entspricht, ist er zum Scheitern verurteilt. Ich zum Beispiel bin auf dieser Welt, um

Menschen zu töten, darin bin ich einfach am besten, und auch für alles, was mit Feuer zu tun hat, scheine ich ein gewisses Händchen zu haben. Sogar wenn ich versuche, jemanden wiederzubeleben, töte ich ihn.

In der Phalanx war ich am richtigen Platz. Aber wie es aussieht, gehört dieser Platz bereits jemand anderem; zumindest scheint meine Abwesenheit weder Riccardo noch Bering noch Schreyer aufgefallen zu sein, und sie reagieren auch nicht auf die Dutzenden von Nachrichten, die ich ihnen schicke. Es ist, als hätte man mich aus der Datenbank gelöscht. Alle, die mich kannten, mich beglückwünschten, mich unterstützten oder mich hassten, haben nur einmal kurz geblinzelt und setzen nun ihren Weg in der Welt fort – ohne mich.

Keiner von meinen Leuten – weder Al noch Josef noch Viktor – kommt zu Besuch; wahrscheinlich hat man ihnen befohlen so zu tun, als hätte es mich nie gegeben. Disziplin. So verliere ich meine Brüder. Ist doch egal, dass sie mich seit fast dreißig Jahren kennen, sie haben ja noch dreihundert vor sich, um das aus ihrem Gedächtnis zu tilgen.

Meine siebenfachen Tage rauschen nur so in den Abfluss; ich scheide mein Leben aus, atme es aus, verdampfe es durch die Poren meiner Haut. Der Fötus müsste jetzt achtzehn Wochen alt sein. Aber mir kommt es so vor, als sei ein ganzes Erdzeitalter vergangen, seit ich die Zeit mit einem Seidenkissen bewarf und mich wie ein blinder Welpe gegen Annelies Brustwarzen drückte. Noch vierzehn Tage, dann ist es zu spät, um nach Brüssel zu fahren. Dann ist der Embryo offiziell Mensch geworden, und dann wird man mich von diesem Schachbrett mit hundertzwanzig Milliarden Feldern schnippen, und es wird mein eigener Sohn sein, der meine Figur schlägt.

Mein letzter Anruf gilt Helen Schreyer. Merkwürdig: Ausgerechnet sie steht mir jetzt noch am nächsten. Sie geht nicht ran, also habe ich ein inniges Gespräch mit ihrem Anrufbeantworter, doch auch Helen ruft nicht zurück.

Ich sitze in einem U-Boot, und mein kleiner Bildschirm ist das Periskop, mit dem ich die Welt betrachte.

In den Nachrichten geht es um die Erschließung Ostsibiriens durch China. Dicht über den Bildschirm gebeugt, damit dieser so groß wie nur möglich erscheint, sitze ich auf meinem Bett und beobachte abgestumpft, wie fleißige Chinesen schwere Bautechnik in ausgeblutete, wüste Gegenden transportieren. Ganz Sibirien ist Permafrost, selbst in den besten Zeiten war die Humusschicht dort nie dicker als einen Meter, meldet Reporter Fritz Frisch. Früher einmal gab es hier reiche Vorkommen an Öl, Erdgas, Gold, Diamanten und Seltenerdmetalle, doch waren diese bereits Mitte des 22. Jahrhunderts sowohl hier als auch im übrigen Russland erschöpft. Nachdem Moskau alle Bodenschätze verkauft hatte, konnte es bekanntlich noch genau fünfzig Jahre vom Abholzen der Wälder leben, und als damit ebenfalls Schluss war, lenkte man die Flüsse nach China beziehungsweise nach Europa um. Die zivilisierten Länder entwickelten sich damals explosionsartig und litten unter akuter Trinkwasserknappheit. Fritz Frisch beklagt die Störung des ökologischen Gleichgewichts, die Gegend hier sei heute eine völlig lebensfeindliche Wüste. Doch die chinesischen Kolonisten, die sich ja sogar in die radioaktiven Dschungel Indiens und Pakistans vorwagen, kann auch ewiger Frost nicht aufhalten. Dann kommt ein Interview mit einem schlitzäugigen Typen, der voraussagt, dass hier schon bald Gärten blühen und Türme wachsen werden, während sich im Hintergrund Bagger in den kalten, unnachgiebigen Grund verbeißen: Hier gibt es tatsächlich nichts als Eis, doch diese gelben Teufel scheinen den harten Boden einfach so zum Frühstück zu verputzen. Hier, im Becken des Flusses Jana, so Fritz Frisch mit dramatischer Stimme, haben die Pioniere vor Kurzem eine schockierende Entdeckung gemacht. Der Kameramann folgt dem Reporter auf den Gipfel eines Hügels, dieser deutet nach unten, auf ein klaffendes Loch …

Zuerst begreife ich gar nicht, was sich dort befindet.

Anstelle von brauner Erde sehe ich eine grau-weiße, wellige Masse. Der Grund ist aufgeplatzt und zur Seite gerutscht, der Hügel hat sich geöffnet und ist, wie sich herausstellt, ein riesiger Kurgan: Tausende menschlicher Körper, teils in zerrissene Arbeitskittel gekleidet, teils vollkommen nackt … Die Kamera fährt langsam näher, sie weiß, wie wichtig es ist, den Bürgern Utopias hin und wieder ein wenig Nervenkitzel zu bereiten … Tiefliegende Augen, graue Haut mit blutigen Kratzspuren, kahlgeschorene Schädel, alle ausgezehrt, fast ohne Fleisch, verhungert oder erschossen. Mit geradezu archäologischem Interesse sucht die Kamera die Einschusslöcher in Rücken und Köpfen ab. Beachten Sie, wie hervorragend diese Leichen erhalten sind, begeistert sich Fritz Frisch, es scheint, als seien all diese Menschen gerade erst gestorben, dabei liegen sie hier schon seit fünfhundert Jahren! Ja, zweifelsohne sind wir auf ein Massengrab politischer und krimineller Lagerhäftlinge gestoßen, die im 21., Pardon, im 20. Jahrhundert unter dem russischen Diktator Josef Stalin nach Sibirien verbannt wurden, um dort die reichen Lagerstätten fossiler Rohstoffe abzubauen. Und nun – der Reporter hebt dramatisch die Brauen – sind diese unglücklichen Häftlinge selbst zu Fossilien geworden. Warum nur sehen sie so aus, als seien sie eben erst gestorben? Handelt es sich um eine

Anomalie? Ein Wunder? Keineswegs: Auch das ist die Wirkung des Permafrostbodens, in dem die Leichen begraben wurden. Selbst während des heißen sibirischen Sommers erwärmt sich der Permafrost nur bis auf etwa einen Meter Tiefe, weshalb sich die Häftlinge im ewigen Eis wie in einem natürlichen Kühlschrank befanden! Wie die neue Kolonialmacht mit diesem furchtbaren Fund zu verfahren gedenke, erkundigt sich Fritz Frisch beim Chef der Schlitzaugen. Keine Sorge, versichert dieser, China sei dem Erbe angeschlossener Länder schon immer mit äußerstem Respekt begegnet. Vielleicht errichten wir in einem der Wolkenkratzer, die hier entstehen sollen, ein russisches ethnografisches Museum auf Basis dieser Funde. Die Leichen könnten wertvolle Ausstellungsstücke sein, die mit Sicherheit viele Touristen anlocken – auch wenn wir eigentlich gar nicht so viele brauchen … Sie sagten ja, dies sei nicht der einzige Grabhügel dieser Art, fällt Fritz Frisch ein. Stimmt, nickt der Chinese, hier gibt es jede Menge davon. Uns stehen noch einige solcher Funde bevor. Das Schlitzauge verneigt sich, der Reporter fügt noch einige bedeutungsvolle Worte hinzu und verabschiedet sich von den Zuschauern. Zehntausend Menschen bleiben weiter in ihrem Gefrierschrank liegen, während ich vor meinem Bildschirm sitze und fast mit der Stirn dagegenstoße.

Es ist dieser Tag, an dem mein Monsterkind genau zwanzig Wochen alt wird. Der letzte Tag, an dem ich noch Berufung einlegen könnte.

Noch immer steht kein Gerichtstermin fest: Sie müssen schon entschuldigen, bei uns geht es drunter und drüber, die ganzen Entlassungen, aber immerhin etwas hat sich bewegt: Möglicherweise könnten Sie auf Kaution freigelassen werden, wenn man jedoch die Schwere der Anschuldigungen bedenkt …

Die Summe ist so hoch, dass ich hundert Jahre lang buckeln müsste, um sie aufzubringen, und so viel Zeit habe ich leider nicht mehr. Warten Sie, teilt man mir mit, bitte gedulden Sie sich, hier nehmen Sie ein Beruhigungsmittel, damit können Sie die Wartezeit besser überbrücken, und bitte hören Sie auf, Tag und Nacht herumzuschreien, sonst schalten wir Ihren Bildschirm ab.

Auf einmal flackert diese Nachricht vorbei: Die Virenforscherin Beatrice Fukuyama, verhaftet wegen der Entwicklung illegaler Alterungsmodifikatoren, wurde von Unbekannten aus dem Turm des Europäischen Instituts für Gerontologie entführt, wo sie in der letzten Zeit im Rahmen einer Vereinbarung mit den Ermittlungsbehörden tätig war … Tatverdächtig sind Untergrundkämpfer der Partei des Lebens, die in letzter Zeit immer häufiger … Kommentar eines Polizisten: Es ist längst Zeit, dass wir diesen Terroristen gegenüber durchgreifen; ist doch sonnenklar, worum es geht, wenn sie eine Wissenschaftlerin dieses Kalibers in ihre Gewalt bringen, die Motive sind absolut …

Sie haben sie befreit, denke ich. Unsere Leute haben sie wegen irgendwelcher Präparate, die sie entwickelt hat, hinter Gitter gebracht, und wollten dann noch das Letzte aus der Alten herauspressen, ehe sie den Löffel abgibt. Aber jetzt haben Rocamoras Leute sie rausgehauen. Ich freue mich für Beatrice: Vielleicht sieht sie noch einmal den Himmel, die Stadt, vielleicht schmuggeln sie sie von diesem Kontinent … Schade, dass ich ihnen nichts wert bin. Wie es aussieht, bin ich niemandem etwas wert – und deshalb werde ich hier in dieser stinkenden Hundehütte verrecken!

Dieser Anfall ist schlimmer als die vorigen: Wachpersonal stürmt herein, ich werde fixiert, mit Sedativa vollgepumpt – und plötzlich hat man den rauchenden, kurzgeschlossenen Prozessor in meinem Schädel gegen irgendeine riesige, vorsintflutliche Schaltung ausgetauscht, die nach allen Seiten aus mir herausragt, und in der die Elektronen wie Schnecken durch ein Labyrinth kriechen. Auch eine fremde Zunge hat man mir eingenäht, sie will mir einfach nicht gehorchen, sondern liegt mir nur breit und flach im Mund.

Wo bist du jetzt, Annelie? Wo bist du? Wo?

Ich blicke auf das flache Kissen, stelle mir sie mit rundem Bauch vor. Ob sie sich inzwischen die Haare wieder wachsen lässt, so wie es Rocamora gefiel?

Warum tust du mir das an? Was habe ich dir getan? Ich wollte, dass du lebst, Annelie, dass wir leben – gemeinsam … Ich war bereit, in Barcelona zu bleiben, es zu lieben um deinetwillen. Natürlich war dieses Gefühl damals noch jung und unreif – ein, zwei Tage alt –, aber wir kannten uns ja ohnehin erst seit etwas mehr als einer Woche.

Du bist in mich hineingekrochen, Annelie, eigenhändig hast du mein Herz massiert, das Blut in meinen Arterien vorwärtsgepumpt, wohin du gerade wolltest, mal hast du mir den Kopf schwer gemacht, mal ihn geleert und alles in gewisse andere Gefäße gelenkt, mit einer einzigen Berührung konntest du meine Lungen anhalten – und erst wenn du sie wieder losließt, durfte ich wieder atmen, du hast mir Diapositive von dir direkt in die Pupillen eingepflanzt, sodass ich niemanden, niemanden und nichts mehr gesehen habe außer dir. Du warst mein zentrales Nervensystem, Annelie, und ich dachte, ich könnte ohne dich nicht mehr atmen, fühlen, leben. Wie nennt man dieses Gefühl?

Ich kannte dich gerade mal zwei Wochen, Annelie. Doch in diesen zwei Wochen habe ich mich vergessen.

Du hast mir die Freiheit gezeigt.

Letztlich habe ich es nie geschafft, aus dem Internat abzuhauen, Annelie, und seit meiner Entlassung kehre ich jede Nacht wieder dorthin zurück. Du musstest deinen Körper verkaufen, um deine Seele zu retten, denn du glaubst an sie. Ich habe Neid und Begeisterung für dich empfunden, denn ich habe zwar meinen Körper gerettet, meine Seele dagegen ist ein alter Ladenhüter, für den sich niemand interessiert.

Ich lebe noch immer in einem Käfig. Schleppe ihn mit mir herum, meine Beine ragen beim Gehen zwischen den Gitterstäbe hindurch. Ich habe mich an das Leben darin gewöhnt, gelernt, die Stangen zu übersehen, die ich ständig vor Augen habe. Doch als ich mich an dich schmiegen wollte, bin ich zum ersten Mal dagegengestoßen.

Erst in diesem Augenblick wuchs in mir das Verlangen, meinen Käfig zu verlassen.

Aber ich verstehe das nicht.

Warum hast du mich verführt, mir die Freiheit versprochen – und mir alles genommen, was ich hatte? Warum gebe ich jede Sekunde sieben Sekunden meines Lebens ab, damit du ewig so jung und lebendig bleibst wie jetzt? Das ist ungerecht, Annelie. Du hast mich in eine Falle gelockt. Deine Freiheit ist ein Trugbild, eine Fata Morgana. Ich baumele in einem Kokon aus Spinnweben, und du saugst Tropfen für Tropfen die Lebenskraft aus mir heraus.

Lasst mich raus.

Ich liege rücklings auf meinem Bett, mein Kopf hängt vom Rand herab, sodass ich die Nachrichten umgedreht sehe. Ein umgedrehter Ted Mendez gewinnt die Wahlen in einem umgedrehten Panamerika. Die Demokraten, die das europäische

Modell »Unsterblichkeit für alle« bis zuletzt verteidigt haben, sind nach Mendez' Barcelona-Abenteuern und nach seiner heroischen Schlacht im Völkerbund gedemütigt, umgedrehte Millionen marschieren auf umgedrehten Demonstrationen und rufen dazu auf, das umgedrehte Panam nicht in ein umgedrehtes Europa zu verwandeln. Ich bin zu faul, die Perspektive zu wechseln, um mir den Kerl richtig zu betrachten. Der umgedrehte Amtsantritt eines umgedrehten Präsidenten. Mendez macht das umgedrehte Victory-Zeichen. Ein Happy End. Ich muss kotzen.

Ich kotze meine Überzeugungen heraus, meine romantischen Verirrungen, den letzten Glauben an Schreyer, an die Phalanx, die Partei, das Schlitzohr Mendez. Wie zum Teufel kann es sein, dass aus diesem gnadenlosen Kampf alle außer mir als Sieger hervorgehen? Rocamora wird weltbekannt und holt sich Annelie zurück, Bering sterilisiert ganz Barcelona, Schreyer sichert sich Haushaltsgelder für den Unterhalt der Phalanx, Mendez gewinnt seine Scheißwahlen, und die Partei kann sich über stetig steigende Umfragewerte freuen?!

Nur ich stehe als Verlierer da. Ich und die fünfzig Millionen Einwohner von Barcelona. Die Mädchen, die wir im Schlaf umgebracht haben.

Dann passiert erst mal überhaupt nichts mehr. Jeder Tag besteht jetzt aus drei identischen Bildern: Ich liege auf dem Bett und starre zur Decke, ich nehme meine Essensration aus dem Verteiler, ich schlucke Tabletten. Und das immer weiter im Kreis: Ich liege auf dem Bett, hole meine Ration, schlucke Tabletten, liege auf dem Bett, hole Ration, schlucke Tabletten, Bett, Ration, Tabletten, der Film spult sich immer schneller vor, schneller und noch schneller, die Einzelbilder der Tage verschwimmen zu einem einzigen: Ich liege auf Bett liege auf Bett liege auf Bett, meine langen, wirren Haare schlagen Wurzeln in meinem Kissen, fesseln mich an dieses Bett, die Nachrichten hören nicht eine Minute auf zu plappern, doch ich höre und sehe sie nicht mehr, sondern treibe durch einen endlosen Fiebertraum, suche Annelie auf dem Platz der fünfhundert Türme in Barcelona, überprüfe einen nach dem anderen, wälze die Eingeschläferten auf der eingemauerten Plaça de Catalunya, suche Annelie im Gedränge Tausender umhereilender Passagiere in irgendwelchen Hubs, suche sie auf luxuriösen Dachinseln, zu denen meinesgleichen keinen Zutritt hat, suche sie taumelnd, zunehmend erschöpft – und sehe gleichzeitig vor mir, wie in ihrem Bauch ein seltsames Wesen heranwächst, sich all meine Kraft einverleibt, ein Wesen mit einem riesigen Kopf und fest verschlossenen Augen, und genau mit diesen Augen spürt es meine Anwesenheit, und es weiß, dass ich seinen Tod will, und es treibt Annelie immer weiter voran, fort von hier, auch wenn sie sich vielleicht gern von mir finden ließe, aber es hat Macht über sie, hat von ihr Besitz ergriffen, und Annelie, die eben noch einen Schritt von mir entfernt stand, verschwindet auf einmal, und ich muss ihr folgen, ihr in seltsame, fremde Länder folgen, wo es keine Sonne und kein Wasser gibt, nur trockene, tote Wüste, wo nichts aus dem eisigen, unfruchtbaren Boden sprießt, und plötzlich fange ich dort an zu graben, suche sie, wo hast du dich versteckt, komm heraus, und ich grabe sie aus, diese unverwesten Leichen, gestorben gestern und vor fünfhundert Jahren, nicht einmal ihre Augen sind verschrumpelt, offen und glänzend blicken sie mich an, woher kommen bloß diese Kratzspuren, sagt? – ach, das sind die Läuse, die Läuse und die Krätze, wir dachten, das Jucken vergeht, wenn wir tot sind, wir dachten, dass der Schmerz von den Kugeln vergeht und der Hunger auch, aber er vergeht nicht, verstehst du? – ihr habt hier nicht zufällig ein schönes Mädchen mit einem Ungeheuer im Bauch gesehen? –, nein, haben wir nicht, aber lauf doch nicht weg, hör auf zu suchen, bleib bei uns, Bruder, du bist ja nicht zufällig auf uns gestoßen, du gehörst jetzt nicht mehr zu ihnen, sondern zu uns, auch in dir ist der Tod, soll sie doch weglaufen, sich verstecken, beruhige dich erst mal, kühl dich ab, komm zu uns, wir rücken zur Seite, kratz uns einstweilen den Rücken, wir kommen selbst nicht ran, aber die toten Läuse beißen uns, hab keine Angst, mach's dir bequem, und mach dich bereit, du wirst keinen Unterschied spüren, es ist genau dasselbe, das ist Permafrost hier, bei uns verändern sich die Menschen nicht, du wirst sie weiter genauso lieben, denn Liebe ist doch auch nur so ein Jucken, so ein Hunger – nein, ich will nicht zu euch, ich lebe, ich bin warm, ich muss los, ich hab zu tun, ich muss es rechtzeitig schaffen – Blödsinn, nichts hast du zu tun, verstehst du denn nicht, dass dein Herumgerenne, die ganze Hetze völlig überflüssig sind, dass du bereits tot bist, denn die Toten sind die wahren Unsterblichen, nicht so wie ihr, Schall und Rauch, du warst doch die ganze Zeit unterwegs zu uns, zu uns, nicht zu deinem Mädchen – wann soll ich denn bitte gestorben sein? –, genau damals, als dich der Tod küsste – ich erinnere mich an nichts dergleichen, das ist doch absurd, ich geh jetzt – nein, das tust du nicht, und es ist auch nichts Absurdes daran, hast du etwa den Tag vergessen, als alles begann, als du dich, hungrig nach einem Liebesabenteuer, in das sündige Badehaus begabst und man dir ein totes Menschlein sandte, und dieses Menschlein bat, du mögest ihn küssen – auf die Lippen, sogar mit der Zunge –, und du hast dich nicht geweigert, du hast ihn geküsst, und er dich –

genau damals ist der Tod auf dich übergegangen, damals hat er sich in dir eingenistet, du kannst dich wehren, so viel du willst, sterben musst du, also kannst du den Widerstand auch gleich aufgeben, beeil dich lieber, auch wir sind hier nämlich viel zu viele, heute wäre noch ein Plätzchen frei, aber morgen schon werden deine Leute uns von hier vertreiben und überall ihre Türme hinbauen, und dann findest du keine Ruhe mehr, man wird dich ausstopfen und in einem landeskundlichen Museum ausstellen, wie wäre das? – nein, nein, nein, nein –, na gut, dann spaziere eben noch ein wenig da draußen herum, wenn es unbedingt sein muss, früher oder später kommst du sowieso zu uns, aber denk erst noch mal nach, bevor du losgehst – hast du nicht irgendwas vergessen? –, du wolltest uns doch etwas fragen, und zwar nicht nach deinem Mädchen mit dem dicken Bauch, sondern nach einer anderen, obwohl die beiden einander ganz schön ähnlich sind – was denn? –, na, nach deiner Mutter! – ach ja, sagt, habt ihr dort, in der Erde, nicht zufällig meine Mutter gesehen?

Drrring!

Frühstück!

XXV · FLUG

Ist er das?«

»Das müssten Sie besser wissen, Madame. Ist es derjenige, für den Sie die Kaution hinterlegen wollen?«

»Warum sieht er so aus?«

»Wenn Sie wünschen, können wir ihn rasieren. Er weigert sich, und die Haftregeln gestatten es uns nicht …«

»Das meine ich nicht … Nein, lassen Sie ihn, es spielt keine Rolle. Er … Er ist doch noch zurechungsfähig?«

»Oh, keine Sorge, die Medikation müsste bald abklingen. Sie müssen wissen, er war in letzter Zeit nicht leicht zu kontrollieren …«

»In letzter Zeit? Wie lange ist er schon hier?«

»Sieben Monate, Madame. Der erste Verhandlungstermin ist noch nicht angesetzt, aber der Automat hat eine Freilassung auf Kaution genehmigt. Er darf sich allerdings nur innerhalb der Grenzen Europas bewegen, aber das wissen Sie sicher.«

»Ja. Könnten Sie ihm vielleicht etwas Aufputschendes geben? Ich habe keine Zeit zu warten, bis er wieder zu sich kommt.«

»Selbstverständlich, Madame. Charles!«

Ein Krankenpfleger tritt ein, drückt mir einen Injektor in den gefühllosen Arm, und schon nach einer Minute kann ich meinen Kiefer wieder hochklappen und mir den Speichelfaden abwischen.

»Helen.«

»Gehen wir. Unterwegs können wir reden.«

Man gibt mir meine Kleider und meinen Kommunikator wieder, befestigt eine Fußfessel an meinem Bein und führt mich aus der Pufferzone. Die Welt öffnet sich sperrangelweit nach allen Seiten, plötzlich fühle ich mich wie ein Floh, mir wird schlecht, wenn ich über die nächsten drei Meter hinausblicke. Offenbar ist der Isolierungszelle das gelungen, was Annelie vergeblich versucht hat: Ich habe keine Angst mehr vor der Enge, denn ich habe mich an sie gewöhnt.

Jetzt bräuchte ich jemanden, der mich an der Hand nimmt. Aber Helen achtet darauf, mich nicht zu berühren. Ihre Augen sind wieder hinter der Libellenbrille verborgen, ich weiß also nicht, was in ihr vorgeht.

Am Dock wartet ein kleiner Privatkopter. Sie setzt sich selbst ans Steuer.

»Verzeih mir. Ich konnte nicht früher kommen.«

Ich nicke schweigend: Ich bin mir nicht sicher, ob dies nicht doch nur ein Nebenstrang eines meiner Albträume ist. Wenn ja, wäre es zwecklos, mit irgendjemandem ein Gespräch anfangen zu wollen.

»Erich hat mich beobachtet. Ich habe die erste Gelegenheit genutzt, die sich mir bot.«

»Weiß er Bescheid?«, frage ich mit langsamer, ungeschickter Zunge.

»Er weiß immer alles.« Helen dockt die Maschine ab, und jetzt hängen wir über dem Abgrund. »Er wusste schon damals gleich Bescheid.«

»Hat er dir … etwas angetan? Dich geschlagen?«

»Nein. Erich schlägt mich nicht. Er …«

Helen beendet den Satz nicht. Wir tauchen durch Kompositschluchten und zwischen Kompositklippen hindurch; sie konzentriert sich aufs Steuern. Mir dreht sich alles, dabei bin ich eigentlich schwindelfrei. In unserer Ausbildung haben wir sogar ein paar Flugstunden gehabt.

»Wohin fliegen wir? Zu euch?«

»Nein!« Sie schüttelt ängstlich den Kopf. »Sobald er erfährt, dass ich dich herausgeholt habe … Jan, versteh doch … Wenn er mich einfach nur schlagen würde …«

»Er wusste also, dass ich in Untersuchungshaft sitze? Ich habe versucht ihn zu erreichen, zwei von drei Anrufen habe ich auf deinen Mann verschwendet, aber sein Sekretär, dieses gestriegelte …«

»Erich sagte, du würdest nie wieder dort rauskommen. Und ich … Mein Gott, was mache ich bloß …«

»Hat er dir gedroht? Ihr seid doch ständig im Rampenlicht, er würde es doch nicht wagen …«

»Erich? Was würde er nicht wagen?«

Der Turbokopter rast auf einen Spalt zwischen zwei Türmen zu – doch Helen steuert zu weit nach links, die Geschwindigkeit ist enorm, und ich bemerke erst im letzten Moment, dass sie kurz davor ist, uns beide zu töten. Ich überwinde meinen Schwindel und packe sie am Arm.

»Helen!«

»Mein Gott! Entschuldige …« In letzter Sekunde weicht sie dem Zusammenstoß aus. »Verzeih mir, ich …«

»Was ist los mit dir? Lass uns landen und dann weiterreden!«

»Nein. Nein.«

Helen denkt nicht an Landung. Sie steuert den Flieger hektisch und unsicher, wahrscheinlich ist es Schreyers Dienstmaschine. Seltsam, dass sie damit überhaupt umgehen kann.

»Im September sind es fünfzehn Jahre, dass Erich und ich zusammen sind.«

»Helen, ich meine es ernst!«

»Du weißt doch, dass ich nicht seine erste Frau bin?«

Auf einmal stürzt alles wieder auf mich herein. Unser letztes Gespräch. Ihre Wohnung. Mein Kruzifix an der Wand. Das Zimmer hinter dem Samtvorhang.

»Nein. Ich … Wer war seine erste?«

»Sie hieß Anna. Sie ist spurlos verschwunden. Elf Jahre bevor ich ihn kennenlernte. Er hat es mir selbst erzählt, schon bald nachdem wir anfingen, uns regelmäßig zu treffen. Erich hat sie sehr geliebt. Auch das hat er mir gleich gesagt.«

»Sie ist verschwunden? Davon habe ich nie etwas gehört.«

»Die Presse hat den Vorfall verschwiegen.«

»Seltsam. Da verschwindet die Frau eines prominenten Politikers … Das ist doch ein heißes Thema.«

»Damals, auf dem Kongress. Hat er dir nicht den Chef von Media Corp. vorgestellt?«

Wir lavieren zwischen den Türmen hindurch. Helen fliegt mit rasender Geschwindigkeit, als würden wir verfolgt. Wir passieren gigantische Reklameschilder: Glückstabletten, Ferien im Paradies-Turm, ein zehnstündiger Flug einmal um die ganze Welt, das Eco-Pet Doggy-Dog zum Liebhaben, wann immer Sie wollen, und dann ein durchgestrichener Embryo, wie eine Kaulquappe: »Damit dir deine Triebe nicht das Leben vermiesen!«

»Und … was ist mit dieser Anna passiert?«, frage ich vorsichtig.

»Einmal hat er es erwähnt … Wir hatten uns gestritten … Ich hatte schon meine Sachen gepackt … Angeblich hat Anna auch einmal versucht ihn zu verlassen. Aber er hat sie damals wiedergefunden. Es hat einige Zeit gedauert, aber er hat sie aufgespürt.«

»War … War das ihr Zimmer?« Mein Hals ist ausgetrocknet. »Es war ihr Zimmer, nicht wahr? Und ihr Kruzifix? Das Kreuz an der Wand, das gehörte doch ihr?«

»Ich habe sie nicht persönlich gekannt, Jan. Ich wollte das Kreuz entfernen … Aber er hat es mir verboten. Und auch dieses Zimmer darf ich nicht betreten.«

»Sie haben dort zusammen gelebt? Auf der Insel?«

Ich begreife überhaupt nichts mehr: In meinen Träumen, den Erinnerungssplittern, ist es ein ganz anderes Haus. Ein zweigeschossiges, helles Haus mit schokoladenfarbenen Wänden – nicht dieser schlossgleiche Bungalow der Schreyers. Aber das Kruzifix ist das gleiche, und …

»Warum ist das für dich so wichtig?«, fragt sie.

»Ich bin sein Sohn, nicht wahr? Sag es mir! Du weißt es doch! Bin ich sein Sohn?!«

Sie schweigt, ihre Finger sind weiß, sie starrt geradeaus.

»Lande endlich dieses verdammte Teil, Helen, und dann lass uns in aller Ruhe reden!«

»Erich kann keine Kinder haben.«

»Ich weiß! Er hat es mir selbst mitgeteilt! Das ist doch kein Geheimnis! Wenn du in der Partei …«

»Er kann überhaupt keine Kinder haben, Jan. Er ist unfruchtbar.«

Ich brauche einige Zeit, um diese Information zu verdauen.

»Das liegt doch an den Tabletten, die er ständig schluckt!«

»Nein, daran liegt es nicht. Ich … Ich darf darüber nicht sprechen.«

»Landen wir jetzt oder nicht? Wohin fliegen wir?«

»Ich weiß es nicht, Jan! Ich weiß es nicht!«

»Da … Da drüben ist ein Landeplatz. Bitte, Helen.«

»Du musst fort von hier. Dich verstecken. Er wird schäumen vor Wut, sobald er erfährt, dass …«

»Ich werde mich nicht verstecken. Dafür habe ich zu viele Fragen an ihn.«

»Nein. Tu das nicht, Jan. Begreifst du nicht, was ich riskiere? Ich habe das nur getan, um dir noch eine Chance zu geben … Verschwinde von hier, fliehe aus diesem verfluchten Land!«

»Ich kann nicht. Ich habe noch so viel zu erledigen. Jede Menge illegales Zeug. Aber du … Du solltest fliehen.«

»Er lässt mich nicht gehen. Nicht mal für einen Tag. Ich muss jede Nacht in seinem Bett schlafen. Jede Nacht. Er würde mich sowieso finden. Und wenn er Verdacht schöpft, dass ich ihn wegen jemand anderem verlasse, wird alles nur noch viel schlimmer …«

»Kann es etwas Schlimmeres geben?« Ich berühre ihren Hals, sie zuckt zurück.

»Bitte nicht.«

»Ich werde nirgendwohin gehen. Ich bleibe hier, Helen. Los, lande die Maschine.«

Aber sie hört nicht auf mich. Der Turbokopter nimmt wieder Geschwindigkeit auf, die Wolkenkratzer flackern vorbei, die Zwischenräume werden immer enger, Helen klammert sich an den Steuerknüppel – und ich bin mir nicht mehr sicher, ob sie den Türmen ausweichen oder nur so stark beschleunigen will, bis sie die Maschine irgendwann nicht mehr unter Kontrolle hat.

»Lande die Maschine!« Ich stoße sie beiseite, reiße den Steuerknüppel an mich. Kurz vor der schwarzen Wand, auf die wir zurasen, zieht der Turbokopter steil nach oben. »Was ist los mit dir?!«

»Hör auf! Lass mich!«, schreit sie und gräbt ihre Nägel in meine Arme. Mit aller Kraft schüttle ich sie ab, ihre Brille fliegt in eine Ecke des Cockpits.

Unsanft lande ich die Maschine auf einem Dach, sie setzt schief auf, der Rumpf drückt sich ein. Mit einem Tritt öffne ich die Luke. Helen bleibt im Inneren zurück. Sie weint.

»Wer ist sie? …«

»Was?!«

»Wer ist sie, Jan? Die Frau, wegen der du alt wirst? Von wem hast du ein Kind?«

»Woher weißt du das? Sie haben es dir verraten, ja?! Hat es dir dein Erich erzählt?!«

Sie blickt mich aus ihrem abgestürzten Turbokopter an wie eine Wölfin aus ihrer Höhle.

»Deine Haare, Jan. Sie sind fast grau.«

»Lass mich in Ruhe! Was geht dich das an?!«

»Es ist ungerecht«, sagt sie leise, ihre Augen glänzen. »So ungerecht.«

»Hör endlich auf damit, Helen! Ich bin dir dankbar, dass du …«

»Sei still. Bitte sei still. Geh jetzt.«

»Warum tust du das? Es ist mir wirklich nicht gleichgültig, was mit dir geschieht, du …«

»Nichts geschieht mit mir! Niemals wird etwas mit mir geschehen! Ich werde in meinem luxuriösen Penthouse herumsitzen, unter dem Glasdach, jung und schön, ewig, wie eine beschissene Fliege in Bernstein, und deshalb wird mit mir nichts geschehen! Verschwinde endlich, hörst du?! Hau ab!!!«

Ich zucke mit den Achseln wie ein feiger Idiot. Dann befolge ich ihren Befehl und ziehe mich zurück.

»Du hast nie gefragt, ob ich mit dir fliehen will …«, flüstert sie mir nach, aber ich tue so, als ob ich sie nicht mehr höre.

Verzeih mir, Helen, aber ich kann dich nicht retten. Ich habe nichts, womit ich dir meine Rettung vergelten könnte. Wir haben uns einen Streich erlaubt. Um deinen Mann zu ärgern. Dir war langweilig, und ich habe etwas Abwechslung in dein Leben gebracht. Es gibt keinen Ort, wohin wir gemeinsam fliehen könnten.

Während der Lift mit mir in die Tiefe fällt, rechne ich fieberhaft: fünfzehn Jahre plus elf, macht sechsundzwanzig. So lang ist Senator Schreyers erste Frau also schon verschollen. Und genau damals kam ich ins Internat. Das heißt?

War meine Mutter Erich Schreyers erste Frau? Die ihn verließ, von ihm wieder aufgespürt wurde und … und dann spurlos verschwand? Aber wenn er unfruchtbar ist, warum hat er mich dann als seinen Sohn bezeichnet?

Nein, die Rechnung geht nicht auf: Ich bin neunundzwanzig. Glaube ich zumindest.

Ich habe keine Kraft mehr, darüber nachzudenken. Keine Kraft, die Wahrheit herauszufinden, Schreyer aufzuspüren und ihm meine heilige Lanze in die Brust zu stoßen. Das Aufputschmittel von vorhin hat den ganzen Mist, den man mir im Knast verabreicht hat, offenbar noch nicht richtig verdrängt. Sämtliche Flüssigkeiten, die in meinem Organismus zirkulieren, sind noch mit Schlaf- und Beruhigungsmitteln versetzt.

Ich bin müde. Ich brauche eine Ruhepause. Wenigstens für einen Moment will ich mich wieder wie ein Mensch fühlen.

Ich kann kaum damit rechnen, dass mein Kubus noch mir gehört: Nach sieben Monaten Mietrückstand hat man dort sicher irgendeinen anderen Typen mit Maske einquartiert. Und außerdem warten vor der Tür schon seine Kollegen auf mich. Mit diesem blöden Teil am Fuß machen sie mich sowieso überall ausfindig.

Keine Ahnung, wo ich jetzt Zuflucht finden kann.

Meine Beine tragen mich von selbst dorthin, wo ich früher zu mir selbst fand. Das Badehaus. Ich will nur noch einmal in dieses Wasser eintauchen, einfach die Augen schließen und fröhliche Menschen sehen. Ich will, dass sich diese Zangen in mir lösen.

Ja, zur Quelle. Sonst nirgendwohin.

Mein Bart vermag die Leute nicht zu täuschen: Sie starren mich verwundert an – offenbar erinnern sie sich noch an meinen Auftritt beim Parteikongress. Jemand versucht, seinen Kommunikator gegen meinen zu halten, doch ich zucke zurück. Betrüger gibt es immer.

Mein Bankkonto ist noch nicht endgültig geleert, und ich kann mir sowohl den Eintritt zur Quelle als auch ein gutes Mittagessen leisten.

Als ich beim Badehaus ankomme, nagt der Hunger an mir. Erst mal ein Imbiss, dann entspannen.

Ich suche mir einen Tisch direkt am Fuß des berühmten Kristallbaobabs, dieses großen Baumes der fleischlichen Genüsse. Durch seine Zweige fließen die zähen Säfte der Begierde, der Wolllust und der Befriedigung. Die pulsierenden, blütengleichen Becken locken die Besucher.

In meinem Schädel rauscht es, das Wasser plätschert durch mich hindurch. Ich blinzle in die falsche Sonne hinter den Bergen. Eine kühle Brise weht durch mein zottiges Haar.

Ein schillerndes Tableau: »Willkommen in der Quelle! Heute ist der 24. August 2455«. Es ist alles noch genauso wie vor einem Jahr – oder wie lang ist das jetzt her? –, und es wird auch in zehn

Jahren so sein, in dreißig und in dreihundert. Stets werden diese kleinen Götter hierherkommen, um sich verwöhnen zu lassen, zu genießen und zu spielen.

Ich bestelle mir ein Steak; früher hätte ich mir das nie erlaubt, aber jetzt hat es keinen Sinn mehr, irgendetwas aufzuschieben. Es schmeckt fantastisch, zerschmilzt auf meiner Zunge, ich tunke die Stücke in die Pfeffersoße und lasse mir alle Zeit der Welt. Als ich fertig bin, steige ich in Gedanken bis in den Wipfel des Glasbaums hinauf und gleite wieder hinab, von Schale zu Schale. Ich genieße es, mich einfach nur umzusehen.

Warum bin ich hier?

Um mich abzulenken. Um so zu tun, als wäre ich noch immer derselbe; um diese sorglosen Jungen und vor allem Mädchen mit ihren herrlichen Körpern zu betrachten. Um mich daran zu erinnern, was ich früher bei ihrem Anblick empfunden habe. Um mich an ihrer Jugend aufzurichten. Und um endlich den Kuss der Wasserleiche aus dem Kopf zu kriegen.

Ihre ranken, gebräunten Körper schwimmen in den transparenten Becken, sie berühren einander, ihre Münder verschmelzen, die Luft riecht nach süßer Fleischeslust. Jugend und Verlockung sind allgegenwärtig.

Ich sehe sie an – und auch sie mustern mich neugierig.

Funktioniert doch noch alles, ein Idiot war dieser Student, Rajs Bruder, der Filmchen mit Dirnen aus Barcelona nach Europa verkaufen wollte … Wie hieß er noch mal? … Ich ziehe die Visitenkarte aus meiner Brusttasche: »Hemu Tirak. Pornobaron.« Ein seltsames Gefühl. Ich sehe es noch vor mir, wie ich an ihrem Tisch sitze, der alte Devendra lebt noch und flößt mir sein brennendes *Eau de vie* ein, die alte Chahna sagt ihm, er soll damit aufhören, und Raj mustert uns stirnrunzelnd und fragt sich, ob wir am Ende aufseiten der Araber, der Pakis sind, und Hemu mit seiner Brille quatscht davon, was das für ein Hammer wird, wenn wir unser Business erst mal in Gang bringen.

Vorbei das alles, aus und vorbei. Ein für alle Mal.

Dort, wo einst Barcelona war, steht jetzt eine sterile Stadt, sauber, leer und desinfiziert, ein gestrandeter fliegender Holländer.

»Entschuldigen Sie.« Jemand legt mir die Hand auf die Schulter.

»Sie haben nicht zufällig *Eau de vie?*«, frage ich, ohne mich umzusehen; ich will noch nicht wieder auftauchen.

»Entschuldigen Sie, ich muss Sie bitten zu zahlen und unser Badehaus zu verlassen.«

»Wie bitte?«

Ein Mann vom Wachdienst in weißem Badeanzug, auf der Brust das Logo der Quelle.

»Bitte begleichen Sie jetzt Ihre Rechnung, und verlassen Sie das Badehaus.«

»Wo ist das Problem?«

»Sie stören unsere Kunden. Mit Ihrer äußeren Erscheinung …« Er räuspert sich.

»Meiner Erscheinung?«

»Sie befinden sich nicht in der Altersgruppe, die wir hier gern sehen wollen. Warum man Sie überhaupt hier reingelassen hat, ist noch zu klären.«

»Was zum Teufel? Ich bin neunundzwanzig …«

In diesem Augenblick wird mir klar: Es ist August, und mein Geburtstag ist im Juni. Also bin ich schon dreißig. Erst.

»Alternden Personen ist der Zutritt zur Quelle verboten. Damit nehmen wir Rücksicht auf die Gefühle unserer Kunden. Muss ich meine Kollegen rufen?«

»Nein, müssen Sie nicht.«

Ich stoße ihn weg, bezahle meine Rechnung im Gehen und suche unter den Badenden nach dem Arschloch, das mich verpfiffen hat. Was an mir hat den- oder diejenige so gestört?!

»Lassen Sie mich wenigstens noch auf die Toilette gehen! Schließlich habe ich den vollen Eintrittspreis bezahlt!«

»Tut mir leid, aber so ist die Politik unseres Hauses …«

Immerhin erreiche ich doch noch, dass man mich auf die Toilette lässt. Ich stehe vor dem Spiegel und betrachte mein Spiegelbild, zum ersten Mal seit sieben Monaten, den Widerschein im Periskop des Gefängnisbildschirms nicht mitgerechnet.

Ich erkenne mich nicht wieder. Ich greife mir ins Haar, meine Mähne, meinen Bart. Zum ersten Mal in all den Monaten merke ich, wie verwahrlost ich bin. Ich kann es gar nicht glauben. Ich halte mir eine Strähne vor die Augen – sie ist grau und hässlich. Helen hat nicht übertrieben. Meine Schläfen sind bleich, gealtert, sie pressen meinen Kopf wie ein enger Reif zusammen. Auch in dem wirren Bart sind weiße Sprengsel zu entdecken.

Wieso bin ich so früh ergraut?! Es ist doch erst ein halbes Jahr vergangen – vielleicht etwas mehr …

Mir schwindelt, und auf einmal packt es mich im Genick – ein unbekanntes Gefühl, als hätte man mir eine eiserne Kappe direkt übers Gehirn gestülpt. Kopfschmerzen? Seit wann das?

Ich drehe den Wasserhahn auf, bade mein Gesicht in kaltem Wasser, aber dadurch ändert sich nichts. Ich werde einfach nicht wach, der Schmerz lässt nicht nach, und mein Bart ist genauso grau und unansehnlich wie zuvor. Kahl rasieren. Diese ganzen schimmligen Algen müssen weg.

Deswegen haben mich die Leute in der Tube so angestarrt. Und das mit dem Kommunikator … War das am Ende der Versuch einer milden Gabe?

»Hey! Sind Sie bald fertig?«

Nein, rasieren darf ich mich nicht. Mit Schopf und Bart bin ich besser vor Erkennungssystemen geschützt. Natürlich ist da noch die Fußfessel, aber es soll Spezialisten geben, die sie aufschneiden können. Hoffentlich finde ich einen von denen, bevor man mich wieder schnappt.

»Zwingen Sie mich nicht, Sie vom Klo runterzuholen!«

Ich erscheine, so gut wie möglich gekämmt, und spucke ihm vor die Füße.

»Fick dich doch.«

Am Ausgang tritt mich die Ratte noch in den Rücken.

Ich suche im Kommunikator nach einem Friseur in der Nähe. Drei Ebenen weiter unten befindet sich sogar ein richtiger Beautysalon. Hervorragend. Wenn die Schönheit die Welt rettet, wird sie auch mir aus der Patsche helfen.

Der Turm Prestige Plaza, in dem sich die Quelle befindet, ist ein einziger immenser Vergnügungspark. Tausend Stockwerke voller Geschäfte, Spa-Zentren, Nailbars, Spielautomaten mit direktem Neuronalanschluss, Praxen für Thai-Massage mit Vollkontakt, Cafés mit Molekularsäften, Raucherzonen, Ozeanarien mit lebenden Haien, virtuellen Reisebüros und einer Bungeejumping-Anlage über zweihundert Etagen. All das dröhnt, strahlt, flimmert in allen Farben des sichtbaren Spektrums, klimpert und plärrt mit den Stimmen der ewig gleichen Popstars und Videospiel-Helden. In der Menge sehe ich grelle Sommershirts, Bizepse und Trizepse, ultrakurze Röcke, buntes Haargel, aufgedonnerte Kosmetik, feste Mädchenbrüste unter eng anliegendem Stoff – eine lärmende Feiergesellschaft. Ich irre zwischen ihnen hindurch, von ihren Blicken durchbohrt wie der Heilige Sebastian von den Pfeilen der Heiden. Sie spüren, dass ich anders bin als sie.

Ich bin mir bewusst, dass ich nicht dazugehöre. Ich muss an die Menschenmenge denken, durch die ich mit Annelie spazierte, auf den Boulevards der Ramblas, unter der niedrigen, bemalten Decke. Dort surrten schwachbrüstige Ventilatoren, alles war voller Rauch und Brandgeruch, ringsum nichts als Armut, aber seltsamerweise empfand ich die Leute dort als echte Menschen, wohingegen mir diese neonfarbene Jugend monoton und synthetisch vorkommt. Woran liegt das?

Der Beautysalon befindet sich direkt neben einer Klinik für Geschlechtsumwandlung. Beinahe nehme ich den falschen Eingang, vor dem ein paar schillernde Transvestiten mit Sumoringer-Statur herumstehen. Erst sprechen sie mich an und verheißen mir ein günstiges Angebot, doch dann wird ihnen klar, dass meine Haarfarbe kein launiger Modegag ist. Sie beginnen miteinander zu flüstern und zu kichern und halten sich kokett die melonengroßen Fäuste vor ihre breiten, geschminkten Lippen. In unserem alterslosen, gelangweilten Staat sind sie normaler als ich. Ich schlucke, dränge mich an den Freaks vorbei und betrete den Salon.

»Kann ich mich hier färben lassen?«

Der Salon ist voller Frauen, die sich gerade riesige Haartollen aufbauschen, Fingernägel mit Hologramm applizieren, magnetische Zungenpiercings stechen oder geflügelte Penisse auf den Rücken tätowieren lassen. Sie alle glotzen mich verwundert an.

Das Personal hier drin würde gut in einen intergalaktischen Tierpark passen, wenn das All nicht genauso tot wäre wie Sibirien. Alle reißen sie ihre geschminkten Augen auf und klappern dramatisch mit überlangen Wimpern. Unnatürlich gefärbte Kontaktlinsen mit vertikalen Schlangenpupillen oder sogar ganz ohne Pupillen starren mich an. Selbst auf dem Ball des Satans bin ich ein Monster.

»Also, ich weiß nich …«, sagt ein Mädel gedehnt, dessen Gesicht fast schwarz gebräunt und von einem weiß tätowierten Muster überzogen ist. »Haste das vom Alter, oder wie? Biste etwa 'n Gespritzter?«

»Erraten«, murmele ich.

»Also ich weiß wirklich nich …«, wiederholt sie. »Wir ham grad kein Einmal-Geschirr da und so. Du bist ja wahrscheinlich ansteckend, oder?«

»Blöde Zicke! Das ist nicht ansteckend! Und jetzt hört endlich auf, mich anzustarren!«

»Ruf besser die Polizei«, flüstert ihre Freundin laut. Sie trägt eine ihrer Brüste frei, der Nippel ist gepierct.

»Schlampen!«

Ich lasse krachend die Tür hinter mir zufallen, stoße eine fette Transe beiseite und bohre mich in das Fleischdickicht. Mein Kopf platzt gleich.

Ich lasse mich doch nicht von diesen Hühnern vorführen! Ich bin nicht verseucht, kein Idiot, kein sentimentaler Loser, und auch kein Tier, das seine Instinkte nicht zu kontrollieren weiß! Ich habe diese verfluchte Wahl nicht getroffen, klar?! Jemand hat sie für mich getroffen, jemand hat mich verraten, und ich habe davon erst im Nachhinein erfahren! Ich will kein Kind, wollte es nie! Wir sind sowieso schon zu viele, da hat es gerade noch gefehlt, dass sich so jemand wie ich vermehrt!

Ich will mir nur meinen grauen Schopf färben. Es wird in dieser Stadt doch wohl einen Ort geben, wo man das ohne überflüssige Fragen erledigt, wo man sich vor mir nicht ekelt und wo man es wagt, mich anzufassen?

Die Reservate.

Dort würde ich niemandem auffallen. Im Gegenteil, dort wäre ich sogar fast unstatthaft jung. Sicher färben sie sich dort, lassen sich die Falten glätten und die Haut straffen. Ich will ja erst mal nur die hässlichsten Stellen maskieren, irgendwas drüberschmieren … Die Maske des ewig jungen, ewig schönen Apoll aufsetzen. Wieder so sein wie alle.

Bis zum nächstgelegenen Reservat ist es eine halbe Stunde Fahrt, aber dafür ist der Turm ideal, denn die Hälfte der Stockwerke wird von Hehlern, plastischen Chirurgen und ethnischen Bordellen besetzt.

Ich kaufe eine Kapuzenjacke und eine Sonnenbrille und betrachte mich im Spiegel der Umkleidekabine: die Augen umgeben von Fältchen, die Tränensäcke deutlich sichtbar, die Stirn zerfurcht. Ich setze die Brille auf, ziehe die Kapuze über. Dennoch habe ich in der Tube das klebrige Gefühl, dass die anderen Passagiere von mir abrücken, als ob ein ekelhafter Gestank von mir ausgeht. Vielleicht liegt es an meinen Händen? Weil die Haut dort bereits schlaff wird? Ich stecke sie in die Jackentaschen.

Der Sequoia-Turm. Wir sind da.

Zuerst geht es dreihundert Ebenen nach unten, Richtung Erde, dorthin, wo es billiger ist – Reservate befinden sich immer unten, denn die Alten verdienen ja nicht mehr genug, um sich etwas Anständiges leisten zu können.

Unter den Mitreisenden im Aufzug gibt es einen Schwarzen mit gebleichtem Gesicht, eine Maid mit künstlich vergrößerten Augen, eine prallbusige Pseudo-Brasilianerin in breiten Shorts und eine Oma mit Bürstenschnitt und Gehstock. Dann betreten auf einmal zehn Jungs mit unförmigen schwarzen Kapuzenanzügen und Rucksäcken die Kabine.

Es ist schwer, so zu tun, als wären sie nicht da. Sie wissen selbst nicht, wohin mit sich, stieren umher, verschlingen die Alte mit ihren Blicken und schnuppern auch an mir. Aufgeregt atmend blickt sich die Oma nach mir um: Wir sind doch Schicksalsverwandte, da werde ich, der ich noch jung und frisch bin, ihr doch nötigenfalls beistehen?

Oder?

Diese mir unbekannte Einheit ist zufällig zum selben Stockwerk unterwegs wie ich. Dorthin, wo sich das Reservat befindet. Ich lasse den Jungs den Vortritt und bleibe mit der Alten etwas zurück.

»Steigen Sie hier aus?«, fragt sie mich.

»Nein«, lüge ich. »Ich muss weiter.«

»Ich auch«, lügt sie.

Wir wählen auf gut Glück eine andere Ebene.

»Es ist einfach furchtbar«, beklagt sie sich. »Jeden Tag gibt es Durchsuchungen. Früher war das anders. Sie lassen einen jetzt nicht mal mehr in Ruhe sterben.«

»Was suchen sie?«

»Unsere Jungs. Aus der Partei.«

Mir ist klar, welche Partei sie meint. Aber das geht mich jetzt nichts mehr an, Herr Senator. Das sind Ihre verdammten Spielchen, Ihre und die Ihres Freundes aus Panam. Anfangs geht es immer ums Prinzip, um die Zukunft des Planeten, und am Ende ist alles eine Frage des Budgets und des Ministerressorts. Der Tribun der Phalanx Jan Nachtigall sitzt in Untersuchungshaft und wartet auf die Verhandlung einer idiotischen Anklage, auf eine Verhandlung, die nie stattfindet. In diesem Aufzug hier ist dagegen eine nicht näher identifizierte Privatperson mit grau meliertem Bart bis fast unter die Augen unterwegs, zusammen mit einer Oma, die was für kriminelle Elemente übrig hat.

Ich werde Sie nicht vergessen, Herr Senator. Sie sind doch mein Adoptivvater, nicht wahr? Wie kann ich Sie da vergessen! Sie – und Ihre erste Frau. Ich muss mich nur noch einmal in der Menge auflösen, noch einmal unauffällig werden – dann werde ich Ihnen irgendwann wieder auf die Schulter klopfen. Es dauert gewiss nicht mehr lang, Herr Senator. Ich habe es nämlich ziemlich eilig.

»Sie wissen nicht zufällig, wo ich mich hier färben lassen kann?« Ich berühre meine Haare.

Die Alte nickt verständnisvoll: »Bei uns im Reservat wird das überall gemacht. Aber jetzt sollten wir uns dort lieber nicht blicken lassen, stimmt's? Sind Sie schon lang …?«

»Ein halbes Jahr.«

»Sieht man Ihnen gar nicht an«, sagt sie freundlich. »Ohne den Grauschleier würde ich Sie auf höchstens dreißig schätzen. Auf Ebene 76 gibt es einige hervorragende Salons. Ästhetische Chirurgie und so weiter. Ich bin da immer hingegangen, solange ich noch Geld hatte. Zweite Jugend heißt der Laden, schreiben Sie es sich auf.«

Schon drücke ich auf die Ziffern 7 und 6, verabschiede mich von der netten Alten und steige schließlich in einem Stockwerk mit nur zwei Metern Raumhöhe aus. Ich gehe vorbei an Wohnblöcken, Reparaturwerkstätten für virtuelle Brillen, Kiosks für gebrauchte Komms und versifften Buden, wo man Fetisch-Sammlern unter dem Ladentisch Papiercomics und vierhundert Jahre alte Lego-Baukästen in Originalverpackung verkauft. Die Eco-Pet-Shops hier bieten eine riesige Auswahl an besten Freunden des Menschen: elektronische Hunde, Katzen, Mäuse und Papageien, entweder in Plüsch oder als Programmcode. Mit starren Augen blicken sie mir aus Vitrinen und von kleinen Bildschirmen entgegen, dafür aber betteln sie nicht um Futter, machen nicht in jede Ecke, und man muss keine horrende Sozialsteuer für sie berappen.

Der Salon Zweite Jugend befindet sich direkt neben einem Geschäft für Krücken, Rollstühle und Rollatoren. Jetzt weiß ich also, wo ich das alles bekommen kann.

Eine Warteschlange an der Rezeption: Alle hier fallen allmählich auseinander, werden grau, fett, kahl, haben Falten am Kinn, schlaff herabhängende Haut – früher hätte man diese Leute als Menschen in den mittleren Lebensjahren bezeichnet. Wie ein Pilzgewebe wächst das Alter in ihnen, breitet seine Fäden bis in ihre Arme und Beine aus, erfasst ihre Organe und ernährt sich von ihnen, lässt ihre Körper verfaulen – und deshalb sitzen sie hier und geben ihre letzten Ersparnisse aus, um all ihre Druck- und Kahlstellen zu maskieren.

Endlich bin ich unter meinesgleichen.

Sei verflucht, Nr. 503. Du hast vorausgesagt, dass ich dies tun würde.

Dafür freut man sich hier endlich mal über mein Erscheinen. Während der Stylist mir die Haare wäscht und färbt, das Ganze unter einer Tüte einwirken lässt, die Haare wieder wäscht und wieder färbt, massiert sein beflissenes Geplapper mein verkrampftes Gehirn. Er empfiehlt mir eine Straffung, Kollagenspritzchen, Verjüngungsinhalationen sowie einen Solariumbesuch.

Ich bin kein Idiot. Ich glaube nicht daran, dass Kosmetik Krankheiten heilen kann. Dies sage ich auch zu José mit seinem akkurat gestriegelten Schnauzer und dem erstaunlich sauberen weißen Kittel.

»Verstehe. Selbstverständlich!« Er nickt ernst, dann neigt er sich zu mir herab. »Es gäbe da noch andere, allerdings etwas radikalere Methoden.« Und im Flüsterton: »Nicht äußerlich.«

»Was meinst du damit?«

»Nicht hier …« José wirft einen Blick in den Spiegel, ob im Saal auch niemand lauscht. »Darf ich Ihnen einen Kaffee anbieten?«, schlägt er dann vor. »Wir haben hier eine kleine Küche …«

Ich folge ihm, auf dem Kopf noch immer die Tüte mit meinen neuen Haaren. Sie sind jetzt feuerrot, was nicht unbedingt jugendlich, sondern eher fast schon kindlich wirkt. Der Kaffee, den man mir einschenkt, hat ein wunderbares Aroma.

»Wie Sie sicher verstehen, ist das nicht ganz legal … Alles, was in irgendeiner Weise mit Virustherapie zu tun hat, wird von der Partei der Unsterblichkeit kontrolliert, von den Killern der Phalanx … Ich wollte mich nur vergewissern, dass Sie wirklich ernsthaft interessiert sind.«

Natürlich habe ich schon von Scharlatanen gehört, die verzweifelten Greisen irgendwelche Placebos andrehen, oder von irgendwelchen Wunderheilern, die schwören, sie könnten den Alterungsprozess umkehren, indem sie dem erschöpften Bioenergiefeld der jeweiligen Person wieder auf die Sprünge helfen. Dieser Typ jedoch sieht nicht wie ein Gauner aus.

»Ob ich ernsthaft interessiert bin? Vor sieben Monaten war ich noch ein völlig normaler Mensch, und jetzt zeigt man überall mit dem Finger auf mich. Früher habe ich nie bemerkt, dass ich einen Kopf habe, und heute fühlt er sich schon den ganzen Tag wie aufgepumpt an.«

»Jaja, die Gefäße«, seufzt José. »Sie verändern sich mit dem Alter.«

»Hör mal, du versuchst mir doch nicht irgendwelche tibetanischen Zauberkugeln anzudrehen, oder?«

»Natürlich nicht!« Er flüstert jetzt noch leiser. »Ich kenne ein paar Leute, die Bluttransfusionen machen. Sie pumpen einem das infizierte Blut aus dem Körper und ersetzen es durch Spenderblut. Mit Antivirus-Präparaten. Und zwar echten. Aus Panam eingeschmuggelt. Die Prozedur kostet natürlich ein bisschen, aber es lohnt sich. Mein Vater … Also, er lebt noch immer.«

»Aus Panam?«

»Der Transport erfolgt in der Diplomatenklasse, da gibt es keine Kontrollen.«

Ich glaube ihm nicht. Aber als ich meine Fäuste betrachte, sehe ich winzige gelbe Flecken, die vorher nicht da waren. Pigment. Wie bei einem Neunzigjährigen. Früher alterten die Menschen unterschiedlich schnell: Manche sahen schon mit sechzig aus wie achtzig und starben an irgendeiner Lappalie. Es hängt davon ab, was für Gene man hat. Mein eigenes Erbgut scheint jedenfalls beschissen zu sein. Ich habe nicht mal mehr zehn Jahre. Danke, Ma. Danke, Pa. Wer immer ihr auch seid.

»Warum machen die das? Gibt es Garantien?«

»Verstehen Sie mich nicht falsch: Ich habe da kein geschäftliches Interesse. Ich sehe nur, dass Sie ein anständiger Mensch sind. Sehen Sie es als eine Art Beratung.«

»Bringst du mich dorthin? Ich würde mir das gern mal ansehen.«

José willigt ein.

Wir gehen auf Umwegen, durch Technikflure, schmale Dienstaufzüge, bis wir plötzlich vor einem kilometerbreiten, in Hunderte von Etagen aufgeteilten Reisfeld stehen, mit einem Halogenhimmel, der sich jeweils nur einen halben Meter über den kleinen grünen Spitzen befindet. Dazwischen surren flache Roboter auf Gleisen und ernten oder düngen. Hier ist es so feucht, dass man nur drei Schritte weit sieht, Myriaden von Mücken schwirren im Nebel herum und verteilen sich über die Lüftungsanlage im gesamten Turm. Wir lassen das Feld hinter uns und steigen in eine Kanalisationsluke ein, klettern auf einer Bügelleiter hinab, kommen in einem Industriegebiet heraus, weiter geht es durch Produktionsstraßen, wo gerade einer von Milliarden von Kompositwerkstoffen zu irgendetwas verarbeitet wird, und kommen schließlich bei einer schwarzen Tür ohne Schloss und Namensschild an, nicht einmal ein Videofon ist hier installiert.

José klopft.

»Ab jetzt keine Komm-Gespräche mehr«, warnt er mich. »Das Ministerium hört alles mit.«

Dann deutet er unauffällig in eine Ecke. Kameras.

Finstere Gestalten öffnen uns, Schulterhalfter über Muskelshirts, Irokesenbürsten auf kantigen Schädeln. Man kennt José, tauscht rituelles Schulterklopfen aus.

»Hier kommt man nur über Beziehungen rein«, erklärt er mir leise, als wir an der Wache vorbei sind. »Die Unsterblichen sind unberechenbar geworden. Offenbar planen sie die endgültige Vernichtung der Partei des Lebens. Angeblich soll für deren Mitglieder sogar die Todesstrafe wieder eingeführt werden.«

»Unmöglich!«

»Möglich ist alles«, entgegnet José. »In Barcelona haben sie allen Bewohnern den Akzelerator gespritzt, und was war die Reaktion? Nichts. Das Volk hat es einfach geschluckt, keiner hat sich getraut, etwas von Menschenrechten zu sagen.«

Der Raum ähnelt einem Krankenhauskorridor: Bänke für die Wartenden, an den Wänden hängen Ratschläge für eine gesunde Lebensweise. Die Beleuchtung ist miserabel, nur ein paar winzige Leuchtdioden für den ganzen Schlauch, man kann die Gesichter der Patienten kaum erkennen, zumal sich diese ohnehin unter Hüten, hinter Tablets oder Videobrillen verstecken.

»Hier ist alles anonym.« José stolpert über ein abstehendes Stück Laminat. »Verdammt!«

Ich werde außer der Reihe vorgelassen, und während ich auf das Behandlungszimmer zugehe, erhebt sich hinter einigen Tablets entrüstetes Zischen. Der Innenraum macht einen anständigen Eindruck. Alles ist steril, modernes Equipment, ein Transfusionsgerät, Teströhrchen in einem gläsernen Safe, intelligente Gesichter. Annelies Mutter würde vor Neid vergehen.

»Ihre Injektion ist etwa ein Jahr her, korrekt?«, erkundigt sich der Arzt fachmännisch. Er hat eine akkurat gescheitelte Frisur und ein hervorstehendes, behaartes Muttermal auf der Wange.

Der Tisch, hinter dem er sitzt, ist übersät mit Röntgenaufnahmen, Virenkarten, ausgedruckten Analyseergebnissen und weiß der Teufel was noch alles. Auf einem kleinen Schildchen an seinem Hemd steht »John«. An der Wand hinter ihm hängen Grafiken, gelbe Notizzettel und Fotos.

»Sieben Monate.«

»Das bedeutet, dass Ihre Akzelerator-Resistenz niedrig ist. Wenn Sie jetzt nichts dagegen unternehmen, haben Sie vielleicht noch fünf bis sechs Jahre.«

»Fünf bis sechs?!«

»Wie gesagt, wenn Sie nichts tun. Aber deswegen sind Sie ja hier, nicht wahr?«

Eines der Fotos zieht meine Aufmerksamkeit auf sich. Das Gesicht kommt mir bekannt vor … aber hier ist es jünger. Ich erhebe mich.

»Ist das Beatrice Fukuyama?«

»Ja, das ist sie. Sie kennen sie aus den Nachrichten? Das Foto stammt aus unserer gemeinsamen Anfangsphase. Sie hatte weniger Glück.«

»Sie haben mit ihr zusammengearbeitet?«

»Fünfzehn fruchtbare Jahre lang. Sie kennt mich natürlich unter einem anderen Namen, aber …«

Wenn ich nur wüsste, wo ich sie suchen muss! Natürlich würde ich sofort zu ihr gehen. So viele Jahre wissenschaftlicher Erfahrung! Aber jetzt ist sie ja bei Rocamora, und der versteckt sie genauso vor mir wie Annelie, und deswegen werde ich sie niemals finden. Vielleicht würde sie mich erkennen, ich würde sie um Verzeihung bitten, würde versuchen, meine Schuld irgendwie wiedergutzumachen, ihr helfen, sie beschützen. Und darauf hoffen, dass sie ihr Wundermittel endlich fertigstellt. Das Mittel, bei deren Entwicklung ich sie gestört habe.

»Sie sind also auch so was wie ein Nobelpreisträger im Exil?«

»Nein, die Lorbeeren hat damals nur sie eingeheimst. Dafür sieht man mir mein wahres Alter nicht an.« John lächelt. »Also dann: Sollen wir anfangen?«

Diese Einmaltherapie wird mein Konto leerfegen, aber das macht nichts, mein Kreditlimit ist unbegrenzt. Im Preis inbegriffen sind fünf Liter Spenderblut, Bestechungsgelder für die Popularkontrollbehörden und die Zollbeamten von Panam sowie die Kosten für alle Sicherheitsmaßnahmen hier vor Ort. Eine Erfolgsgarantie kann er mir nicht geben, aber bei den meisten Patienten hält die Remission mehrere Jahre, ja sogar Jahrzehnte an.

»Ich will Ihnen keine falschen Hoffnungen machen: In gewissen Zeitabständen werden wir die Behandlung wiederholen müssen, denn vollkommen lässt sich das Virus leider nicht beseitigen …«

In diesem Augenblick fällt sein Blick auf mein leicht hochgezogenes Hosenbein. Am Knöchel ist meine Fußfessel zu erkennen.

»Sind Sie verrückt geworden?!« Er springt auf, sein Charme ist wie weggeblasen. »Wie sind Sie damit reingekommen? Fernando! Raúl!« Dann brüllt er den erbleichten José an: »Wen um Himmels willen hast du hierhergebracht?«

»Nein, hören Sie …«

Die zwei Irokesen kommen mit gezückten Knarren hereingestürmt. Sie sehen nicht so aus, als wollten sie mir zuhören.

»Wir können Sie nicht behandeln. Wir haben hier nichts. Das muss ein Irrtum sein«, spricht John laut und deutlich in Richtung meines Fußknöchels.

»Ich schwöre Ihnen, ich bin kein Provokateur! Man hat mich auf Kaution freigelassen, dieser Ring soll dafür sorgen, dass ich Europa nicht verlasse!«

Jetzt will ich unbedingt, dass sie mir diese blöde Transfusion machen. Vielleicht ist sie meine einzige Chance, so gering sie auch sein mag.

»Sie haben mich reingelegt.« José zieht sich Richtung Ausgang zurück.

»Man hat mich verhaftet, weil ich jemanden ermordet haben soll. Sieben Monate war ich in Isolationshaft, und irgendein Weib hat mir ein Kind angehängt, ohne mich vorher zu fragen! Ich bin in diesen sieben Monaten um sieben Jahre gealtert, und Sie wollen mir nicht helfen?! Was sind Sie überhaupt für ein Arzt?!

Wohin soll ich jetzt gehen? Zu irgendwelchen Heilern? Zu afrikanischen Medizinmännern?! Zu Fukuyama?! Ich will nicht einfach krepieren, was ist denn daran so besonders?!«

Doktor John hat den Mund geöffnet, um mir das Wort abzuschneiden, doch er lässt mich ausreden; Fernando und Raúl dagegen gehen meine Probleme am Arsch vorbei, nur ein Wort, und sie durchlöchern mich.

Die Verkündung des Urteils verzögert sich. José drückt sich am Eingang herum, während sich der Doktor den haarigen Leberfleck reibt.

»Na gut. Wir nehmen Ihnen dieses Teil ab und sehen es uns an. Wenn wir keine Kameras und Abhörgeräte finden, sind wir im Geschäft.«

Raúl schafft ein kompliziert aussehendes Gerät herbei, verpasst meiner Fessel einen heftigen Stromstoß, dann sägt er sie mit einem Laserschneider auseinander. Dabei geht er mit verblüffender Geschicklichkeit zu Werke – wahrscheinlich war er früher Chirurg oder Pathologe. Anschließend knacken sie die Vorrichtung auf und untersuchen sie von allen Seiten mit einem Vergrößerungsglas. Ein ziemlich nervenaufreibender Moment, doch schließlich erlassen sie mir meine Sünden.

»Nur ein Ortungssender.«

»Reparieren können Sie es selber«, kommentiert Doktor John mit trockenem Lächeln. »Kommen Sie, wir fangen an.«

Erst nachdem sie mein Bankkonto ausgesaugt haben, holen sie aus dem Kühlschrank die Blutpakete, die wie Tomatensaft-Tüten aussehen, spicken mich mit Kanülen und spülen mich durch. Mir dreht sich alles, dann schlafe ich ein und träume davon, dass Annelie mich anlächelt und dass ich bei ihr bin – aber nicht mit meinen neuen roten Haaren, sondern noch so jungfräulich wie früher. Wir gehen in Barcelona die Strandpromenade entlang und essen gegrillte Garnelen.

»Hallo, aufwachen!« Der Arzt tätschelt mir die Wange. »Aufwachen!«

Ich blinzle und schüttele den Kopf. Wie viel Zeit ist vergangen? Meine Arme und Beine sind bereits mit Pflastern verklebt, alles ist vorbei.

»Na dann. Ich hoffe, dass wir uns nie wiedersehen!«, scherzt John zum Abschied und schüttelt mir die Hand. »Ach ja … Ihr Komm hat ein paarmal geklingelt.«

Wahrscheinlich Helen.

Ich sollte sie zurückrufen. Mein idiotisches Verhalten ist mir richtig peinlich. Sie hat alles riskiert, um mich aus dem Knast zu holen, aber ich habe nur ihre Hysterie ausgenutzt, um bei der erstbesten Gelegenheit einfach wegzulaufen wie ein kleiner Junge …

Ich halte mir den Komm vor die Augen und tippe darauf.

Eine unbekannte ID.

»Ich brauche dich dringend. A.«

»Ist Ihnen nicht gut?«, erkundigt sich der Arzt. »Ihre Pupillen sind etwas merkwürdig. Vielleicht ein Schwindelanfall? Setzen Sie sich doch erst mal.«

»Wo bist du?!«, gebe ich ein. Meine Finger zittern, dass ich die Buchstaben kaum treffe. *»In einer Stunde bin ich, wo immer du willst.«*

XXVI · ANNELIE

Die Fahrt dauert zwei Stunden und dreiundvierzig Minuten: Industriepark 4451 heißt der Turm, und er befindet sich irgendwo am Rand der zivilisierten Welt. Ein zweckbetonter, graublauer Quader ohne Außenterrassen, Werbetafeln und Fenster, wahrscheinlich zwanzigmal größer als jeder Wohnturm, den ich bisher gesehen habe.

Bei der Anfahrt auf dieses Monster taucht der Zug in den Untergrund ab und rast durch stockfinstere Tunnel. Nur eine einzige Tube-Linie führt hierher, sie fährt nur ab und zu, und trotzdem ist der Zug leer, denn Industriepark 4451 wird fast vollständig von Robotern betrieben. Die verschiedensten Unternehmen mieten hier ganze Ebenen für ihre Zwecke: von der Turbinenproduktion bis zur Glückspillenpressung. Wenn es hier überhaupt einen Wohnbereich gibt, so ist er in den Aufzügen jedenfalls nicht ausgeschildert.

Ideal für einen Mord, denke ich. Wahrscheinlich ist das Ganze eine Falle. Rocamora, Nr. 503, Schreyer – einer von ihnen hat mich hierhergelockt, um mich beseitigen zu lassen. Das ist mir klar, und doch fliege ich dem Wiedersehen mit Annelie entgegen, Hals über Kopf rase ich auf die sengende Glühbirne der Nachtlampe zu.

Sie will nicht per Komm mit mir sprechen, um mir alles zu erklären. Komm zu der Adresse, ich warte auf dich.

Die Lifte hier sind nicht für Menschen gemacht: Es sind riesige, zehn Meter hohe Industrieaufzüge, überall dicke, schmutzige Kompositwände, fester als jedes Metall, anstatt der üblichen Schiebetüren gibt es hier richtige Tore, durch die selbst ein Muldenkipper passen würde. Aber für die gigantischen, automatisch gesteuerten Ladefahrzeuge, auf deren Motorhauben ein trompetendes Mammut abgebildet ist, reicht der Platz gerade so. Merkwürdig, dass es hier überhaupt ein Steuerpult in Mannshöhe gibt.

Im Inneren herrscht fast völlige Finsternis: Roboter benötigen kein Licht, sie sind ohnehin blind. Ich drücke mich gegen die Wand, um nicht von den Rädern der Laster zerquetscht zu werden, von denen jedes doppelt so groß ist wie ich.

Ebene 320.

Bison Willie heißt eines der Fleischproduktions-Unternehmen von Ortega & Ortega Foods Co., einem gigantischen Lebensmittelkonzern, der die halbe Welt ernährt. Ich erinnere mich an das Logo, einen comicartig gezeichneten, zotteligen Stier, der in die Kamera zwinkert, hinter sich die freie Prärie im Licht der untergehenden Sonne. Bisonfleisch in jeder nur erdenklichen Form, einschließlich fertig vorgeschnittener Steaks für Restaurants – nahrhaft und gesund. Hoffentlich befindet sich auf Ebene 320 nicht die Schlachterei. Aber echte Schlachtereien gibt es heute sowieso kaum noch.

Egal, von mir aus auch eine Schlachterei. Hauptsache, mich legt niemand rein.

Hauptsache, Annelie wartet hier auf mich.

Ich lasse dem augenlosen Zyklopen den Vortritt und folge ihm vorsichtig in seine Höhle. Mich erwartet kein Korridor, sondern ein breiter Trakt, auf dem mit ohrenbetäubendem Getöse riesige Ungetüme hin und her fahren, bepackt mit zig Tonnen undefinierbarer Fracht. Die Decke der Halle verliert sich im Dunkeln, alle fünfzig Meter leuchtet eine einsame Diode, also taste ich mich an der Wand entlang, nähere mich Schritt für Schritt der blinkenden Geomarkierung auf dem Bildschirm meines Kommunikators.

Sie hat mich gerufen. Sie denkt an mich.

Wahrscheinlich hat Rocamora sie verlassen. Weil er kein fremdes Kind großziehen will.

Ich gehe die Wände entlang, der gesuchte Punkt kommt immer näher, langsamer jetzt. Unter dem Brustkorb spüre ich ein nervöses Ziehen, ich wische mir den Schweiß von der Stirn. Ich habe Schiss: Was soll ich ihr sagen? Soll ich sie anschreien, von ihr eine Erklärung fordern? Soll ich ihr vorwerfen, dass sie mein Leben zerstört, mir meine Jugend genommen hat?

Vielleicht gibt es auch gar kein Kind. Vielleicht hat sie, nachdem sie zu Rocamora zurückgekehrt ist, genau die Abtreibung machen lassen, um die ich sie in meiner Isolationszelle angefleht habe, und sich befreit von einer lebenslangen Erinnerung an unseren Sündenfall, ihre Untreue. Vielleicht ist ja auch gar nichts passiert, außer dass Schreyer Nr. 503 beauftragt hat, sich an mir für das Verhältnis mit Helen zu rächen. Gleich wird sich alles aufklären. Und ich bekomme endlich Antworten auf alle meine Fragen.

Ich brauche diese Antworten, aber selbst wenn sie mich schweigend zum Teufel jagt, werde ich glücklich sein, weil ich sie noch einmal gesehen habe. Ich muss sie einfach wiedersehen. Ich sehne mich schon so lange danach.

Ein Wegweiser: »Bison Willie. Zuchtbetrieb 72/40.«

Ich biege um die Ecke.

Vor mir eine kleine, mannshohe Tür in einem riesigen Zyklopentor. Sie steht offen, ein leuchtendes Rechteck, in dessen Rahmen eine Silhouette zu erkennen ist.

Der Schatten liegt flach auf dem Boden, mehrere Meter lang reicht er von der Tür nach vorn, als hätte man ihn mit einem riesigen Rad plattgewalzt. Sie scheint ein langes Kleid zu tragen.

»Annelie!«

»Kommen Sie hierher!«

Es ist ein Mann. Seine Züge sind von hier aus nicht zu erkennen, das Licht scheint mir direkt ins Gesicht. Unruhe ergreift mich, ich fange an zu laufen. Er scheint keine Angst zu haben und versucht sich nicht vor mir zu verstecken. Also doch eine Falle. Na gut, von mir aus.

»Wo ist sie?!«

Ich packe ihn am Kragen und stoße ihn nach hinten. Er wehrt sich nicht.

Es ist ein junger Kerl, gut aussehend und etwas feminin, das erkennt mein geübtes Auge sofort. Was ich für ein Kleid hielt, ist eine schwarze Soutane. Ein Priester?! Dunkle Haut, Scheitel, ein akkurat gestutztes Bärtchen, große traurige Augen. Wie Jesus nach dem Besuch beim Friseur.

»Wo haben Sie sie versteckt?!«

»Sind Sie Annelies Freund? Der, den sie gerufen hat? Sie hat meinen Komm verwendet, ich …«

»Wo ist Nr. 503?!« Ich packe ihn an der Gurgel. »Oder ist es Rocamora?!«

»Warten Sie! Ich schwöre Ihnen, ich begreife überhaupt nichts! Ich heiße André, Pater André. Annelie ist in meiner Obhut.«

»In deiner Obhut?! Was soll der Scheiß?! Wo ist sie?!«

»Schalten Sie den Kommunikator aus, und kommen Sie mit. Ich führe Sie hin.«

Ich lockere meinen Griff, aber nur langsam, er reibt seinen dünnen Hals, hustet erbärmlich, lächelt mich unterwürfig an, der Drecksack. Dann bedeutet er mir, ihm zu folgen. Ich schalte meinen Komm aus.

Unterwegs blicke ich mich nach allen Seiten um.

Dies könnte der merkwürdigste Ort sein, an dem ich jemals gewesen bin.

Wir sind in einer Halle, die etwa so groß ist wie ein Fußballfeld. Zwischen Boden und Decke könnte man leicht zehn Wohngeschosse packen. Es ist hell hier, aber das Licht ist seltsam, unangenehm, ja beängstigend. Die ganze Halle ist von oben bis unten und von einem Ende zum anderen vollgestellt mit großen durchsichtigen Wannen. Diese sind gefüllt mit einer leicht trüben Flüssigkeit, in der riesige, unförmige rote Gewebeklumpen schwimmen. Manche davon sind nur einen Meter lang, andere drei. Fast bewegungslos liegen sie in ihren Bottichen, umspült von dieser halb transparenten Brühe, diesem Sud aus etwas, das wie eine Mischung aus Lymphe und Blut anmutet. Unter der Decke sowie zwischen den Dutzenden von Ebenen, auf denen sich diese transparenten Wannen befinden, hängen weiße Leuchten, doch ihre Strahlen brechen sich in dem Serum, und so erreichen sie den Boden und die Wände mal gelb, mal purpurrot, zitternd und unsicher.

Ein feuchter Dunst hängt in der Luft, schwer und herb.

Die Wannen sind mit Rohrleitungen verbunden, durch die – mal sauber, mal trüb – Flüssigkeiten strömen und den roten Klumpen Nährstoffe zuführen beziehungsweise verbrauchte Substanzen abtransportieren. Selbst wenn man diesen Prozess nicht näher studiert, spürt man, kaum dass man diesen Ort betreten hat, dass diese Fleischberge leben.

»Keine Angst, es ist nur Fleisch«, sagt Pater André sanft.

Na klar, Bisonfleisch. Schließlich können sie in unserer überbevölkerten Welt keine echten Büffel züchten. Bis so ein Vieh groß ist, verbraucht es tausendmal mehr Gras, als es wiegt, und dazu noch Wasser und Sonnenlicht. Mit seinen Verdauungsgasen würde es unsere ohnehin kaum noch existente Ozonschicht nur noch weiter schädigen. Nein, die wahre Rinderzucht findet höchstens noch in einigen unterentwickelten lateinamerikanischen Ländern statt. Die Alte Welt ernährt sich von reinem Muskelgewebe, das als Zellkultur gezüchtet wird. Keine Hörner, keine Hufe, keine traurig-klugen Augen – also auch keine Abfälle. Nichts als reines Fleisch.

»Was soll das? Warum ist sie hier? Wieso ist sie nicht selbst gekommen?«

Bläschen steigen auf aus diesen schweren roten Schichten, die Nährlösung zuckt und blubbert. Das Licht bricht sich in den Rinnsalen und erzeugt unheimliche Projektionen auf dem Boden. Zwischen den Wannen hat man Korridore gelassen, in denen Automaten vor- und zurück- sowie hoch- und runterfahren, um Sonden in das Fleisch zu bohren und Messungen vorzunehmen. Uns beachten sie nicht.

»Hier sucht uns niemand«, erklärt Pater André. »Alles funktioniert vollautomatisch, und die Einbruchmeldeanlage ist außer Betrieb. Wir leben hier schon seit einigen Jahren.«

»Wir?«

»Wir. Meine Mission. Wir sind Katholiken.«

»Eine Mission«, wiederhole ich. Unwillkürlich ballen sich mir die Fäuste.

»Ich zeige es Ihnen gern, aber später. Sie hat so lange ausgehalten, um auf Sie zu warten …«

»Was sagst du da?«

Am anderen Ende der Halle befindet sich eine Tür, die wie der Eingang zu einem Mauseloch aussieht. Dahinter kommen wir in einen kleinen Technikraum, der eigentlich als Depot für Reinigungsmaschinen dient. Hier sieht es aus wie in einem Squat: Zwischen dünnen Plastikwänden hat man winzige Wohnstätten eingerichtet, zerzauste Menschen schlafen auf dünnen Matten, ein Piepsen ist zu hören … Kinder. Es ist ein Squat.

»Wo ist sie?«

»Jan!«

Annelie sieht blass und abgekämpft aus, ihre Haare sind wieder nachgewachsen, aber sie ist noch immer so schön, wie ich sie in Erinnerung habe: ihre Augen, ihre dünnen Brauen, ihre scharfen Wangen, ihre Lippen, sie ist mein …

»Gott sei Dank!«

Ich sinke vor ihr auf die Knie.

»Annelie. Annelie.«

Sie hat einen riesigen, nein: gigantischen Bauch. Die Geburt steht wahrscheinlich unmittelbar bevor. Ich zähle nach: achteinhalb Monate.

Ich sollte sie dafür hassen, und ich weiß, ich habe sie gehasst! Aber jetzt bin ich dazu nicht imstande: Ich sehe sie einfach nur an, kann mich nicht sattsehen.

»Annelie.«

Sie hat ihre eigene Ecke: eine doppelte Matratze, darauf eine zerknitterte Decke, ein Stuhl, neben dem Bett eine Kiste, auf der eine dampfende Tasse und eine Tischlampe – die einzige Lichtquelle – stehen.

»Meine Wehen haben begonnen.«

»Annelie wollte, dass Sie bei ihr sind«, erklärt der Pater an ihrer Stelle.

»Verzieh dich!«, knurre ich ihn an.

Er zieht sich demütig aus unserer Nische zurück. Ich setze mich, doch halte ich es nicht einmal eine halbe Minute an meinem Platz aus.

»Danke, dass du gekommen bist. Ich hatte solche Angst.«

»War doch klar«, sage ich entschlossen und vergesse sofort, dass ich sie eigentlich erst verhören und unverzüglich von ihr fordern wollte, dass sie dieses … »Warum bist du nicht im Krankenhaus? Nicht auf einer Entbindungsstation?«

»Ich, die ich in Barcelona gemeldet bin? Ich bin illegal hier, Jan. Man würde mich sofort der Polizei ausliefern – oder deinen Unsterblichen.«

»Es sind nicht mehr meine. Ich habe gekündigt … Besser gesagt: Ich bin entlassen worden.«

»Ich wollte dich nicht in all das hineinziehen. Verzeih mir.« Sie blickt mir die ganze Zeit fest in die Augen. »Aber als mir deine ehemaligen Freunde mitteilten, dass ich schwanger bin … Nach all dem, was meine Mutter und der Arzt mir damals gesagt hatten … Ich dachte, es ist ein Wunder. Und wenn ich dieses Wunder jetzt aus mir herausschabe, werde ich nie wieder …«

Ich weiß noch: Als ich sie das erste Mal sah, mit ihrem kleinen fremden Bäuchlein. Damals fiel mir auf, wie sehr sie sich von allen anderen – verschluderten, zerzausten, angeschwollenen – Schwangeren unterschied. Und jetzt ist sie selbst prall und dick, aber trotzdem widert sie mich nicht an. Ich bin bereit, ihr zu verzeihen, sogar diesen Verrat.

»Ich … Warum … Warum hast du mich nicht gefragt? Du hättest mich fragen sollen. Diese Entscheidung … Ich oder du. Es ist natürlich richtig, ich hätte ja auch selbst, aber … Sie haben mich aufgespürt, Annelie, und mich mit Ax vollgepumpt.«

»Mich auch.«

»Was?!«

Ich begreife nichts: Wenn man ihr die Injektion bereits gegeben hat, dann war meine, die zweite, doch illegal! Einer von uns beiden hätte das Recht gehabt, jung zu bleiben. Entweder ich … oder sie.

»Es sind zwei, Jan.«

»Wer?« Mein Kopf ist löchrig wie Schaumstoff.

»Ich bekomme Zwillinge.«

»Zwillinge«, wiederhole ich. »Zwillinge.«

Für jeden ein Leben. Sie konnte mich gar nicht verraten. Nicht an Nr. 503, an niemanden. Sie hat nie versucht, sich an mir zu rächen. Sie hat die Verantwortung nicht auf mich abgewälzt – sondern sie nur mit mir geteilt.

Seltsamerweise wird mir leicht ums Herz, auch wenn mir im selben Augenblick klar wird, dass meine Verurteilung endgültig und eine Berufung ausgeschlossen ist.

Auch sie hat die Spritze bekommen. Wir sitzen beide im selben Boot.

Bei diesem Licht ist nicht zu erkennen, ob sie schon graue Haare hat. Ihr Gesicht ist etwas angeschwollen, und sie hat dunkle Ringe um die Augen, aber das kommt wohl von einer anderen Krankheit: der Schwangerschaft.

Wir haben immerhin noch zehn Jahre. Wenn die Bluttransfusion anschlägt, vielleicht sogar noch mehr.

Annelie hat mich angerufen. Sie will mit mir zusammen sein.

Sie hat mich nicht verraten.

»Ich habe dich so vermisst.«

»Deine ID war blockiert. Ich habe schon vorher versucht, dich zu finden.«

»Ich saß im Gefängnis. Wegen einer idiotischen Geschichte. Nichts Wichtiges.«

Auch ihr scheint es nicht wichtig zu sein.

»Und was … Was ist mit Rocamora? Mit Wolf?« Ich betrachte konzentriert den improvisierten Nachttisch: eine Schachtel für eine Küchenmaschine. Interessant.

»Ich habe ihn verlassen.« Sie setzt sich etwas höher, umfasst ihren Bauch mit beiden Händen, ihr Gesicht wird schärfer, härter.

»Verstehe.«

Über den Wandschirm, der uns von den Nachbarn trennt, lugt auf einmal ein kleiner Bengel, vielleicht vier Jahre alt. Er scheint auf einen Stuhl gestiegen zu sein.

»Hallo! Wann kriegst du deine Kinder?«

»Verschwinde!« Ich tue so, als würde ich etwas nach ihm werfen, der Junge heult verängstigt auf und fällt nach hinten, aber ein Aufprall ist nicht zu hören.

»Das ist mein Freund Georg«, sagt Annelie und blickt mich vorwurfsvoll an.

»Ist Hochwürden auch dein Freund?«, frage ich misstrauisch. Auf einmal bin ich eifersüchtig auf alle hier.

»Ja. Er …« Sie lächelt schwach. »Frauen interessieren ihn nicht. Er ist ein guter Mann.«

Auf einmal bemerke ich, halb hinter ihrem Hemdkragen versteckt, eine Jesusgestalt an einem kleinen silbernen Kreuz.

»Ganz großartig ist er, dein Priester! Verkauft Seelen und bietet dazu noch seinen Arsch feil.«

»Du tust ihm unrecht. Ich lebe hier seit einem halben Jahr, sie haben mich einfach so aufgenommen, nur weil ich schwanger war.«

Ich nicke steif. »Weil es eine Todsünde ist, die Frucht des eigenen Leibes umzubringen. Reiner Mord.«

Das habe ich schon mal gehört, von einer anderen Frau. Genau deswegen bin ich ja ins Internat gekommen: weil sie zu feige war zu sündigen.

»Weil ich sonst nirgendwo hinkonnte.«

Na schön. In Ordnung, Annelie. Um deinetwillen lege ich die Waffen nieder. Wenn er dir Zuflucht gewährt hat, werde ich ihn schonen.

»Außer Rocamora kannte ich niemanden.«

Rocamora. Sie nennt ihn nicht mehr Wolf.

»Außerdem hatte ich ja die Spritze bekommen … Wo hätte ich sonst hingehen können?«

»Ich habe dich auch gesucht. Dort, in Barcelona. Zwei Wochen lang.«

»Wir saßen in einem Bunker. An der Plaça de Catalunya. Einen ganzen Monat lang. Bis alles vorüber war.«

»Du warst also doch in der Nähe. Ich hätte dich finden können. Schon damals. Warum nur habe ich dich nicht gefunden?«

»Ich weiß nicht. Vielleicht war es noch zu früh?«

»Und … Nr. 503? Die Unsterblichen? Wie haben sie dich geschnappt?«

»Als sich alles beruhigt hatte, habe ich den Bunker verlassen, um nachzusehen, was draußen los ist. Und bin in die Falle getappt. Rocamora und seine Leute konnten mich wieder befreien, aber sie hatten mich schon … verarztet. Später sind wir nach Europa geflüchtet. Übers Meer.«

»Warum war es damals zu früh? Warum?«

Annelie fährt sich über den Bauch, runzelt die Stirn, beißt sich auf die Lippe.

»Die beiden da drin boxen ganz schön rum. Wahrscheinlich prügeln sie sich, die kleinen Racker. Willst du mal fühlen?«

Ich schüttle den Kopf. Ich verspüre nicht die geringste Lust, diese Wesen da drin anzufassen – nicht einmal durch Annelie hindurch.

»Hast du etwa Muffensausen?«, sagt sie und lächelt sanft. »Schon klar. Die Menschen hätten sich ja auch keine dümmere Methode ausdenken können, um Nachwuchs zu produzieren. Das letzte Mal habe ich so was bei ›Alien‹ gesehen. Hast du dir den Film auch angeschaut, damals im Internat?«

»Nein.«

»Schade. Sonst wüsstest du nämlich, wie ich mich jetzt fühle.«

Ich komme mir vor wie ein Idiot. Ich schäme mich. Vielleicht sollte ich wirklich einmal hinfassen, ihr zuliebe? Aber ich kann mich einfach nicht überwinden.

»Es wäre zu früh gewesen, weil ich damals noch mit ihm zusammen sein wollte. Mit Rocamora. Damals hatte ich es noch nicht verstanden.«

Ich brauche das alles gar nicht zu hören. Mir genügt, dass sie angerufen hat und all diese Monate versucht hat, mich zu erreichen. Du brauchst es mir nicht zu erklären, Annelie. Ich habe dir bereits verziehen. Wie könnte ich dir nicht verzeihen?

»Ich hatte nicht verstanden, wie dumm ich gewesen war. Ich war zu ihm zurückgekehrt. Wollte alles vergessen. Dass er mich ausgeliefert hatte. Dass er gelogen hatte. Ich dachte, wir seien quitt, denn ich hatte ja … Na ja, mit dir eben. Er wusste Bescheid … über das Kind. Natürlich war jetzt alles anders, aber trotzdem wollte ich noch einmal ganz von vorn anfangen. Reinen Tisch machen. Er hätte mir nur zu sagen brauchen: du und nur du. Sonst niemand. Für immer. Wie damals, als er es durch all die Lautsprecher aussprach. Wenn er es vor Millionen fremder Menschen fertigbringt, warum ist er dann nicht in der Lage, es mir direkt ins Gesicht zu sagen?«

Ich wende mich ab: Ich bin wütend, und es fällt mir schwer, das alles anzuhören. Ich komme mir irgendwie unanständig vor.

»Was hat er stattdessen getan? Kaum war uns die Flucht gelungen, sagte er zu mir: Ich will ehrlich zu dir sein … Ich bin dir nicht böse, Annelie. Ich verzeihe dir alles. Sogar dass du fremdgegangen bist. Du bist noch jung und willst was erleben. Ich dagegen bin alt. Wenn du wüsstest, was ich alles erlebt habe …«

Am liebsten würde ich diesem Rocamora die Augen ausdrücken. Aber sie spricht immer weiter.

»Ich dachte erst, er will nur, dass ich ihn tröste, dass ihm sage, er sei doch gar nicht so alt. Aber er …«

Annelies Gesichtsausdruck verzerrt sich, sie rutscht auf ihrer Matratze herum und greift sich an den Bauch.

»Genug davon«, unterbreche ich sie. »Geht es dir nicht gut? Soll ich jemanden rufen?«

»Nein, es muss sein. Vor langer Zeit, als ich noch jung war, sagte er, hatte ich ein Mädchen. Ich war unsterblich in sie verliebt. Aber es endete tragisch. Ich war schuld daran. Als ich sie wieder zu mir zurückholen wollte, war es zu spät. Das ist alles ewig lang her, aber ich kann es einfach nicht vergessen.«

»Warum musste er dir das unbedingt erzählen?«, zische ich empört, ganz auf Annelies Seite.

»Bingo. Mich interessierten seine Verflossenen überhaupt nicht, sie existierten nicht für mich! Aber er sagte: Das Schlimme ist, dass du ihr gleichst wie ein Ei dem anderen. Als ich dich das erste Mal sah, dachte ich, sie sei von den Toten auferstanden. So ein Scheiß-Romantiker.«

Ihre Augen glänzen fieberhaft; sie stützt sich auf ihrem Lager auf.

»Damals begriff ich, warum ich mir diese altbackene Frisur schneiden musste. Warum er mir ständig irgendwelche seltsamen Klamotten hinlegte. Weil er nicht mich liebte, sondern die Erinnerung an irgendeine Exfreundin. Dabei war es das Einzige, was ich von ihm hören wollte. Ich war bereit, alles – wirklich alles! – zu vergessen, wenn er mir nur sagte, dass er mit mir zusammen sein will. Mit mir, nicht mit dem Klon einer anderen!«

Ich nicke. Die Worte bleiben mir im Hals stecken.

»Verzeih. Es ist dir unangenehm, nicht wahr? Aber ich musste dir einfach die Wahrheit sagen. Also: Es tut mir leid, dass ich damals weggelaufen bin. Es tut mir leid, dass ich ihm geglaubt habe und nicht dir. Bitte verzeih mir.«

»Nein … Nein. Wie hättest du mir damals glauben können? Einem Unsterblichen? Nach alldem, was …«

»Weißt du …« Sie lächelt mich an und tastet nach meiner Hand. »Ich habe mich nie vor dir gefürchtet. Nicht einmal damals, als … Als du noch die Maske trugst. Ich wusste, dass du mir nichts antun würdest. Auch als du mich aus unserer Wohnung holtest. Ich spürte es gleich. Außerdem hatte ich das Gefühl, dass ich dich irgendwoher kenne. Von Anfang an. Vielleicht wegen der Stimme. Deine Stimme ist so … vertraut. Als wäre es meine eigene.«

»Ich habe immer wieder von dir geträumt. Das klingt jetzt vielleicht dumm, aber … Ich habe dir … Also, ich habe dir im Traum meine Liebe gestanden. Nach dieser Geschichte … nach dem ersten Mal. Und ich träume oft von dir … Na ja, auf jeden Fall …«

»Im Traum hast du es mir gesagt? Und im wahren Leben hast du kalte Füße bekommen?« Sie lacht und verzieht ihr Gesicht.

»Nein. Also … Jetzt gleich?«

»Ja, jetzt sofort.«

»Na schön. Also … äh … kurz und gut, ich liebe dich.«

»Schon immer? Bitte sag Ja. Von mir aus bin ich auch die Dumme, die es zu spät kapiert hat.«

»Na ja … Als ich erfuhr, dass du es auf meinen Namen angemeldet hattest … Ehrlich gesagt, da hätte ich dich umbringen können. Ich wusste doch nicht, dass es zwei sind.«

»Sind es aber«, entgegnet sie und streicht sich über den Bauch. »Ich weiß nur noch nicht, ob es Jungs oder Mädchen sind.«

»Ich habe nicht die geringste Ahnung, was wir mit ihnen machen sollen«, gebe ich zu.

»Ich auch nicht. Aber wir können ja die Leute hier fragen. Hier haben viele Kinder. Sie sagen, man muss sie nur lieben.«

»Das genügt?«

»Ich habe auch von dir geträumt. Oft. Seit ich hier bin. Komisch, was?« Sie lacht. »Davon, dass wir beide in diesem Park mit dem Fluss leben, in den du mich damals geschleift hast.«

»Du hast mich doch hingeschleift!«, protestiere ich.

»In meinem Traum gab es keine Bildschirmwände, man konnte überall hingehen, wohin man nur wollte. Und wir hatten Kinder.«

»Sollen wir dorthin gehen, wenn die Kinder da sind?«, frage ich und glaube für einen Augenblick selbst an diese Möglichkeit. »Oder hauen wir einfach ab? Ich bin ja jetzt kein Unsterblicher mehr, also werden sie mich sicher rauslassen.«

»Wohin?«

»Keine Ahnung. Vielleicht auf eine Insel in Ozeanien? Oder willst du nach Panam?«

»Ich würde lieber nach Barcelona gehen«, sagt sie leise. »Dort habe ich mich wohlgefühlt.«

»Ich auch.«

»Damals … Damals haben sie in den Nachrichten gesagt … dass du ihnen das Tor geöffnet hast … Stimmt das?«

Ich nicke. Eigentlich will ich lügen – aber ich nicke.

Ich will, dass jetzt nichts mehr zwischen uns steht, dass uns nichts daran hindert, eins zu werden. Eine Lüge würde sich zwischen mich und sie drängen wie ein künstlicher Film und uns daran hindern zusammenzuwachsen.

»Ich … Als du mich verlassen hattest, wollte ich … dass es aufhört zu existieren. Barcelona. Ich hatte es lieben gelernt – nur wegen dir. Und als du … Also machte ich auf. Ich bin ein Idiot. Und ein mieses Schwein. Wenn ich ihnen nicht das Tor geöffnet hätte, hätten wir jetzt dorthin fahren können.«

»Nein.« Annelie seufzt. »Das warst nicht du. Was für einen Unterschied hätte es gemacht? Dann wären sie eben vom Meer gekommen. Das alles hat Jesús verursacht. Mit seiner Märchengeschichte. Er ist schuld an allem.«

Ich wende mich ab und wische mir die Tränen aus den Augen.

»Danke. Ich … Danke.«

Da ist sie: die Vergebung.

»Ich danke dir«, wiederhole ich. »Aber ich bin trotzdem schuld daran …«

»Ich liebe dich«, sagt Annelie. »Das wollte ich dir unbedingt noch sagen.«

»Noch?«

Sie drückt meine Finger und flüstert:

»Ich habe Angst. Hier gibt es keine Geburtshelfer. Ich habe das Gefühl, dass ich sterben werde.«

Ihre Finger wandern über ihren Hals, finden das Kreuz und beruhigen sich wieder.

»Red keinen Unsinn!« Ich winke ab. »Klar kriegst du deine Zwillinge! Das machst du mit links.«

»Unsere«, sagt sie.

Ja, unsere. Zumindest sieht es ganz danach aus. Aber wie kriege ich das bloß in meinen Kopf?

»Danke, dass du gekommen bist«, sagt sie noch einmal. »Ich bin offenbar eine trächtige Katze, die sich erst Gott weiß wo herumtreibt, aber zum Werfen kehrt sie doch wieder zu ihrem Herrchen zurück.«

»Ich weiß nicht«, antworte ich lächelnd. »Solche Filme gab es bei uns im Internat nicht.«

Dann schließt sie die Augen wieder, und ich sitze einfach nur da und halte ihre Hand.

Nach zwei Stunden platzt ihre Fruchtblase. Die hiesigen Frauen laufen hin und her, geben uns nutzlose Ratschläge, treiben irgendwo saubere Tücher und kochendes Wasser auf, keine Ahnung, wo sie das alles hernehmen. Pater André ist das Zentrum dieses Kreisels. Ich bin bereit, ihn hochkant rauszuschmeißen, sobald er zu predigen beginnt, aber er kommt ohne altkluges Gerede oder Bibelzitate aus und handelt absolut nüchtern. Nur dass er kaum etwas ausrichten kann: Die Bedingungen sind einfach nicht gegeben.

Man hat uns beigebracht, wie das bei den Frauen aussieht. Gynäkologische Grundkenntnisse sind bei unserer Arbeit mitunter ganz nützlich. Aber als Annelie sich das erste Mal aufbäumt und zu schreien beginnt, vergesse ich alles, was ich jemals gelernt habe.

Die Wehen ziehen sich ewig hin. Annelie schwitzt, liegt breitbeinig auf ihrer durchnässten Matratze, ihre angeschwollenen Brüste ragen aus dem aufgerissenen Nachthemd hervor, jemand hat seinen Kopf unter das Laken gesteckt, fremde Kinder lungern um uns herum, während Pater André kommandiert: Wasser, die Schere abkochen, trockene Handtücher, pressen, pressen! Sie weint, wirft den Kopf zurück und blickt mich an. Ich streichle ihr Haar, küsse ihre salzige Stirn, erzähle ihr davon, dass wir dieses beschissene Land verlassen werden, sobald sie wieder zu Kräften kommt. Es ist grauenvoll, ich habe Höllenangst.

Ein Köpfchen kommt zum Vorschein: Irgendein Weib sagt, ich solle es mir ansehen, aber ich kann Annelies Hand nicht loslassen, sie brüllt, als würde man sie exorzieren, die Weiber ringsum sind wie gelähmt. Ich lasse sie für einen Augenblick allein – und sehe, wie es sie aufreißt, meine Annelie zerreißt, genau an jener winzigen, engen, zarten Stelle. »Nicht an den Schultern ziehen! Nicht an den Schultern!« Und dann ist es endlich draußen, rosig, völlig verschleimt, seltsam riechend, unbeweglich, und plötzlich fällt mir die Geburt in Devendras Haus ein, und ich schreie: »Die Nabelschnur abbinden! Mit einem Faden!«, und ich binde die Knoten selbst, einen unmittelbar in der Nähe dieses roten, angeschwollen Bauchs, den anderen etwas weiter weg, der Priester schneidet die Nabelschlange mit der Schere durch, Blut fließt heraus, ganz, ganz hell, Annelie schreit, die Weiber heulen mit, nutzlose Biester, während der Priester das kleine Wesen umdreht, ihm einen Klaps auf den mikroskopisch kleinen, runzligen Hintern gibt – und da lebt es plötzlich auf und fängt an zu quietschen. Erst jetzt erkenne ich: Es ist ein

Mädchen, hässlich, blind und rot. Warum habe ich nur die ganze Zeit gedacht, dass es ein Junge wird?

»Gib, gib es mir!« Ich nehme es auf die Arme: Es wiegt nichts, sein Kopf, kleiner als meine Faust, liegt in meiner Hand, und seine Füße reichen mir gerade mal bis zur Ellenbeuge.

»Ein Mädchen!« Ich will es Annelie zeigen, doch sie nimmt überhaupt nichts wahr.

Stattdessen keucht sie ununterbrochen, das Kind quäkt, ich muss es irgendwie loswerden. Annelie ist leichenblass, das Wasser läuft ihr über die Stirn, jemand – der Priester? – nimmt mir das namenlose Mädchen ab und trägt es fort, denn mich braucht jetzt Annelie.

»Na also. Siehst du, eines ist schon draußen. Noch ein bisschen anstrengen, und wir haben es geschafft!«

Pater André sieht, ohne lange zu fackeln, in meiner Frau nach und sagt etwas, das ich nicht verstehe:

»Es liegt falsch!«

»Was liegt falsch?!«

»Das Zweite. Mit den Füßen zuerst. So kriegen wir es nicht raus.«

»Doch, wir müssen! Es wird von selbst kommen!«

Annelie weint, ihre Brust bäumt sich auf und fällt wieder in sich zusammen, ihr Herz hämmert, als müsse sie einen beladenen Waggon ziehen, als wäre sie zu Fuß tausend Stockwerke hinaufgestiegen. Das zweite Kind will einfach nicht kommen, jemand versucht nachzuhelfen, Annelie blickt suchend um sich:

»Jan, Jan, Jan, bleib bei mir, bleib bei mir, ich habe Angst, Jan …«

Wieder nehme ich ihre zuckenden, verkrampften Hände in meine und erzähle ihr von meinen Träumen: Wir spazieren durch Barcelona, das lebendige, duftende Barcelona, diesen höllischen

Rummelplatz, blicken auf den leeren Horizont, knuspern gegrillte Garnelen; der bodenlose Himmel über uns, das Meer voller Fischerboote, und irgendwo unter unseren Füßen kochen die Ramblas, die nicht wissen, was Schlaf ist, mit ihren Fakiren und Tänzerinnen, den Kohlebecken mit allen möglichen Sachen darin, mit chinesischen Karnevalszügen, mit den Hindis und ihrem Curry, ihren Träumen davon, eines Tages in das Land zurückzukehren, wo ihr heiliger Tempel steht; und wir beide werden dort leben, bei ihnen, in dieser Stadt, und im Meer baden, und auf den Straßen tanzen, und auf den Dächern fremder Häuser in der Sonne liegen, warum zum Teufel sollen wir uns anständig benehmen, wir sind doch beide noch nicht mal dreißig …

Ich rede, flüstere, lache, weine, streichle ihre Hände, ihre Stirn, ihren Bauch – und so merke ich gar nicht, dass sie allmählich aufhört, mir zuzuhören, mich zu hören, und dass sie auf einmal still liegt. Als Erster bemerkt es Pater André: Er stößt mich beiseite, ich falle mit dem Gesicht auf den Boden, springe auf, will ihn schlagen, doch er ruft:

»Sie atmet nicht mehr! Du Idiot, wohin hast du geschaut?!«

Ich lege mein Ohr auf ihr Herz: Stille, auch in ihrem Bauch regt sich nichts.

»Wie ist das möglich?! Was ist passiert?! Warum?!«

»Ihr Herz! Ihr Herz steht still! Wir müssen das Kind retten! Gebt mir ein Messer! Ein Messer!«

»Nein! Nein! Ich lasse nicht zu, dass ihr sie aufschneidet! Sie lebt! Hör noch einmal hin! Es schlägt, nur ganz schwach! Ganz schwach …«

Eine Frau holt einen kleinen Spiegel, hält ihn vor Annelies blaue Lippen – kein Tau bildet sich darauf, kein Nebel, kein Leben.

»Geh weg! Lass mich!« Ich halte den Spiegel selbst – vergeblich.

Pater André will ihr den Bauch aufschneiden, aber er weiß nicht wie. Ich weiß es auch nicht. Ich fürchte, ich könnte das Kind verletzen, das sich nicht mehr rührt, ganz ruhig geworden ist, während wir hektisch herumfuhrwerken und einander anschreien.

Später, als ich mich bereits abgewendet habe, holen sie ihn doch irgendwie heraus. Es ist ein Junge. Er ist tot.

»Es war ihr Herz«, leiert mir Hochwürden ins Ohr. »Es ist stehen geblieben. Ohne Ärzte hatten wir keine Chance. Wir hätten sie nicht retten können.«

Ich ramme ihm meine Faust irgendwohin und blicke meine Frau an, meine Annelie, die ausgeweidet, verschmiert und entleert daliegt. Ich sinke neben ihr auf die Knie, streife ihr die Haare aus der Stirn, will ihren Kopf bequem hinlegen – und bemerke voller Grauen, dass die schwere Kugel mir willenlos gehorcht.

»Ich liebe dich«, flüstere ich ihr ins Ohr. »Bitte tu mir das nicht an. Ich liebe dich. Ich habe dich doch gerade erst wiedergefunden. Ich will dich nicht verlieren.«

Ich küsse ihre Lippen – das Fieber ist längst vorbei, das Leben aus ihr gewichen, ihre Lippen sind so kalt, wie sie es bei Menschen niemals sein dürfen. Ich berühre ihre Brust – kaltes Gallert, auf dem der Schweiß trocknet.

Ich begreife das nicht.

Ist sie das? Oder eine fremde Puppe?

»Der Herr hat ihre Seele zu sich geholt.«

»Sei still! Haltet die Klappe, alle!«

Jemand schneidet die tote Nabelschnur durch, hüllt das gekrümmte, himbeerfarbene Etwas in ein Tuch, jemand will Annelies Kopf mit einem Laken bedecken.

»Nein!«, schreie ich. »Noch nicht. Ich will sie sehen, nur noch ein bisschen.«

»Wir müssen sie füttern!«, ruft jemand hinter mir.

»Sie?« Ich drehe mich verwirrt um, meine Augen schwimmen in Tränen.

»Das Kind hat Hunger! Eines ist dir doch geblieben!«

»Wirklich?«

»Ich kann sie stillen!«, ruft jemand in der Nähe. »Ich habe noch ein wenig übrig!«

»Da, nimm.« Jemand reicht mir eine Selbstgedrehte. »Nimm mal einen Zug, dann geht's dir besser.«

Ich öffne die Lippen leicht, jemand steckt mir die Zigarette dazwischen, ich inhaliere auf Kommando, der Rauch schmeckt nach Tannennadeln, er füllt mich auf, die Schlafecke fängt an zu schwimmen, die Wände geraten in Bewegung, Annelies Züge glätten sich, sie spürt keinen Schmerz mehr, und ich werde ruhiger, schließe ebenfalls die Augen.

Warum ist man zu den Toten ehrlicher als zu den Lebenden?

Ich weiß es nicht. Über die Toten wissen wir hier nichts, ganz und gar nichts.

Ich verbringe die Nacht neben ihr. Mich zu ihr auf die Matratze zu legen wage ich nicht, also bleibe ich auf einem Stuhl sitzen. Morgen müssen wir überlegen, was wir mit der Leiche machen, sagt der Priester. Von welcher Leiche spricht er? Mir ist alles gleich.

Irgendwo da hinten ist jetzt ihr Kind, das auch meines ist, das hat Annelie gesagt, aber ich will es nicht sehen, ich habe Angst, es kaputt zu machen. Wer ist schuld an ihrem Tod? Ich? Das Mädchen? Der Junge? Die unfähigen Hebammen? An wem soll ich mich rächen?

Ich ziehe das Laken von ihrem Gesicht.

Ich sehe sie mir an: Nein, das ist nicht Annelie. Wo ist sie bloß geblieben?

Von oben sieht mir Georg, der Nachbarsjunge, über den Wandschirm hinweg zu. Er ist wieder auf den Stuhl gestiegen.

Ich verbringe die Nacht ohne Schlaf, in einem seltsamen Taumel, manchmal scheint mir, als habe sie die Lider geöffnet, als blitzten mich ihre Pupillen an, ihre Lippen scheinen sich zu bewegen, aber ich verstehe kein Wort. Sie wollte mir unbedingt noch etwas sagen, denke ich in meiner Trance. Aber sie hat es nicht geschafft. Nichts hat sie geschafft.

Am nächsten Morgen versammeln sich alle Einwohner des Squats – gut zwanzig Menschen – um unser Lager. Außer mir nur zwei weitere Männer, der Rest sind Frauen und Kinder.

»Ich möchte sie aussegnen«, sagt Pater André vorsichtig.

Ich springe auf und fahre ihm an die Gurgel. »Wegen dir ist sie doch …! Haben deine Kreuze ihr vielleicht geholfen? Also wozu das Ganze? Fass sie nicht an, verstanden?!«

Ich stoße ihn weg, und er verzieht sich.

»Nach christlichem Brauch soll ein Entschlafener in der Erde bestattet werden.« Jemand anderer nimmt den Faden auf. »Aber hier geht das nicht. Es gibt keine Erde hier.«

Nirgends in Europa gibt es Erde, alles nur Beton und Komposit, sämtliche Pflanzen baden ihre Wurzeln in Nährlösung. Was also tun?

»Auf Ebene 205 gibt es Abfallhäcksler«, erinnert sich ein anderer.

In den Häcksler also. Verbrennen hieße, Energie und organisches Material zu vergeuden. Für diejenigen, die beschlossen haben zu sterben, gibt es keinen anderen Ausweg, als zu Dünger zerschreddert zu werden.

In den Häcksler. Also doch.

Ich will nicht. Aber was soll ich tun?

Wir alle landen dort, früher oder später.

Ich habe versucht, dich davor zu bewahren, Annelie, aber ich habe den Tag nur hinauszögern können. Einen Aufschub von neun Monaten habe ich dir verschafft, aber am Ende ist alles genauso wie damals.

»Von mir aus«, sage ich. Alle weiteren Entscheidungen trifft jemand anders für mich.

Die Frauen wollen mir mein Kind zeigen (»Schau doch, was für ein süßes Ding!«), einen eingewickelten Kegel, der an einer fremden, ausgezehrten Brust klebt.

»Ja, ja.«

Ich bringe es nicht fertig, zu ihr zu gehen.

Zu viert tragen wir Annelie auf zusammengelegten Laken hinaus, die Frauen haben es so arrangiert, dass nur ihr Gesicht zu sehen ist. Den toten Jungen haben sie ihr auf den Bauch gebunden, sodass er jetzt bei ihr geborgen liegt. Ich gehe vorn, rechts neben mir Pater André, dessen Blicke ich meide, hinter uns die zwei anderen Männer. Als wir die Halle mit den hirnlosen, blubbernden Rümpfen durchqueren, tanzen Serumflecken auf der Stirn meiner Frau.

Wir gehen einen Gang entlang. Blinde Giganten rasen auf uns zu, drohen uns alle zu zerquetschen, irgendwo hinter den Wänden atmen und wälzen sich gewaltige Mechanismen, etwas wird da geschmiedet, gegossen, gedreht, produziert. Das Leben geht weiter.

Wir betreten den Riesenlift, fahren neben gleichgültigen Robotern nach unten, bis wir im gewünschten Geschoss ankommen. Dort befindet sich eine Fabrik zur Entsorgung von organischem Material. Ich komme mir vor wie zu Hause: All diese Anlagen sind mir bekannt. Verstohlen – die Sammelroboter sind gerade in einer anderen Ecke beschäftigt – suchen wir uns einen freien Sarkophag.

Der Priester bekreuzigt sich heimlich, bewegt die Lippen, aber ich achte nicht darauf. Während ich von Annelie Abschied nehme, läuft er im Saal umher – und kehrt mit Blumen zurück. Verblühten, zerdrückten, gelben Blumen.

Wir legen ihr den Strauß auf die Brust und schließen die schwere durchsichtige Klappe.

Dann laufe ich weg wie ein feiger Schwächling.

Ich fürchte mich vor dem Bild, wie sie zu Staub verwandelt wird. Ich will mich nicht daran erinnern müssen. Und auch nicht an die gestrige Annelie. Ich will sie so bewahren, wie sie auf den Boulevards und an der Uferpromenade war. Lachend, wütend, lebendig. Was soll ich mit der Toten? Warum soll ich sie mit mir herumschleppen?

Ich hocke mich im Gang hin. Fremde Menschen sind Zeugen, wie Annelies Arme und Beine von scharfen Messern zermahlen werden.

»Wo ist sie?«, frage ich Pater André, als wir durch die Halle mit den Fleischwannen zurückkehren.

Er bleibt stehen. »Was meinen Sie?«

»Was wir eben in dem Laken weggetragen haben, das war nicht sie. Nicht sie war es, neben der ich eine Nacht lang gewacht habe. Nicht Annelie. Und das da, im Häcksler … Das ist doch nicht sie? Wo ist sie jetzt? Wo ist der Mensch? Wohin ist er verschwunden?«

Die beiden anderen gehen zu ihren Frauen und Kindern.

Pater André lässt sich Zeit mit seiner Antwort.

»Wohin verschwindet all das hier?« Er hebt die Hand und deutet auf die Wannen mit den riesigen roten Klumpen darin. Es sind Fleischbrocken, unfertige Muskeln eines riesigen Nichts: Schwer liegen sie da, schlucken Nährlösung und scheiden Schlacken aus. Sie spüren nichts, denken nichts, wollen nirgendwohin und fürchten nichts, sind ganz ohne Nerven und Sehnen. Die Luft ist gesättigt mit diesem dichten, allgegenwärtigen Fleischhauch.

»Sag du es mir.«

Er schüttelt den Kopf. »Woher soll ich das wissen? Wahrscheinlich wird man es schneiden, braten und verzehren, und dann macht man es irgendwohin und wischt es sich ab.«

»Arschloch!« Ich packe ihn an der Brust. »Willst du damit etwa sagen, dass sie nur Fleisch ist?! Meine Annelie – nichts als Fleisch?!«

Er reißt sich los und stößt mich weg.

»Bleib hier!«, befiehlt er. »Bleib hier und schau dir das an! Und finde selbst heraus, wo sie ist, du Idiot. Wenn du keinen Unterschied zwischen diesen Brocken und einem Menschen entdecken kannst, zwischen ihnen und dem Mädchen, das dich und das Leben liebte, das dir eine Tochter geboren hat, wenn du das nicht siehst … Dann verschwinde von hier. Dann werde ich dir das Kind nicht geben.«

Er dreht sich auf dem Absatz um und eilt davon, die Soutane fegt hinter ihm über den Boden.

Es kann doch nicht sein, dass wir genauso sind. Diese Leiber sind doch mausetot, sie haben keine Seele, nichts als Zellen, Moleküle und chemische Reaktionen. Wenn wir nichts anderes sind als das, wie kann ich dann Annelie wiederbegegnen?

Irgendwo aus dem Inneren der Halle fährt dröhnend ein riesiger Greifer heran, wählt mit unergründlicher Logik, schicksalsgleich, eines der Fleischstücke aus, krallt sich hinein, hebt es aus seinem Mutterleib, der warmen Flüssigkeit in der Wanne, und trägt es davon ins Nirgendwo, wie die Klaue eines gigantischen Adlers, wie der Tod.

Ich will das nicht.

Ich blicke auf meine Hände mit den Pigmentflecken und Fältchen.

Es kann doch nicht sein, dass das schon alles ist.

Ich verberge meine Hände in den Taschen und gehe dorthin, wo Menschen sind – immer schneller gehe ich, bis ich schließlich laufe. Noch aus den Augenwinkeln sehe ich, wie einer der Fleischbrocken sich plötzlich in seiner gläsernen Schale verkrampft, sich leicht aufbäumt, um dann, ohne irgendetwas erreicht zu haben, wieder in sich zusammenzufallen.

»Es kann nicht sein!« Keuchend ziehe ich den Priester am Ärmel. »Das glaube ich nicht!«

»Auch ich glaube das nicht«, sagt er und nickt. »Aber wer weiß das schon?«

Er hat also auch keine Ahnung.

Was soll ich bloß tun? Wie soll das gehen, so ganz allein?

»Zeigen Sie es mir. Ich will mein Kind sehen.«

XXVII · SIE

»Ich weiß nicht, was ich mit ihm machen soll.«

»Es ist eine ›sie‹«, korrigiert mich die sommersprossige Bertha empört. Sie ist es, die genug Milch hat für ihr eigenes Kind und einen zweiten Säugling.

»Ich weiß nicht, was ich mit *ihr* machen soll. Ich muss unbedingt noch was erledigen. Ich komme dann später wieder.«

Ich muss Schreyer sehen. Und Nr. 503 aufspüren. Ich muss die Wahrheit erfahren …

»Wie, noch was erledigen? Du nimmst sie jetzt, und zwar flott, verstanden? Sie ist deine Tochter, da brauchst du dich überhaupt nicht zu drücken! Glaubst du etwa, ich wiege sie noch in den Schlaf? Ich hab mit meinem mehr als genug zu tun!«

Mit diesen Worten drückt sie mir das kleine, fest verschnürte Päckchen in die Arme.

Meine Tochter ist ein Mund, weiter nichts. Ihre Augen sind noch nicht offen, Stirn und Wangen voller kleiner dunkler Härchen, wie bei einem Schimpansenbaby. Schon komisch, wie die Menschen anfangs aussehen.

Mein erster Gedanke: Damit komme ich hier nicht raus. Keine Chance, an Schreyer ranzukommen, um ihm die Wahrheit abzupressen. Keine Chance, meine Rechnung mit Nr. 503 zu begleichen oder mich bei Helen zu entschuldigen. Schon mein

Grauschleier im Haar hat in der Öffentlichkeit für Befremden gesorgt, aber würde ich mich noch dazu mit einem Säugling auf dem Arm in die Tube setzen, könnte ich ebenso eine Giraffe am Halsband mitnehmen.

Zweitens: Das hier ist für den Rest meines Lebens. Für jeden Tag, der mir noch bleibt. Wenn ich es nicht im Unterschlupf zurücklasse und einfach weglaufe, geht mein übriges Leben den Bach runter. Ich werde nie mehr auch nur eine einzige Entscheidung selbst treffen: *Es* wird mein Leben bestimmen.

Drittens: Ich weiß wirklich nicht, was ich *damit* anfangen soll. Mit *dem da*. Ich bin völlig ratlos.

»Wie willst du sie nennen?«, fragt Bertha.

»Keine Ahnung.«

Ich habe nur eine halbe Stunde, um über die ganze Situation nachzudenken. Nach Ablauf dieser Frist fängt es an zu quäken. Es reißt seinen riesigen Mund auf, runzelt die Stirn und weint und weint. Ich versuche es auf die Matratze zu legen, doch es quäkt nur noch kläglicher und lauter. Es ist, als ob mir jemand den Schädel aufbohrt und mit einem heißen Lötkolben in meinen Windungen herumstochert.

»Nimm!« Ich halte es Bertha hin. »Ich kann nicht.«

»Vergiss es!«, entgegnet sie und zeigt mir den Mittelfinger.

»Ich versuche es ja zu schaukeln, aber es will einfach nicht schlafen. Gib ihm wenigstens die Brust.«

»Sie hat sich vollgekackt«, sagt Bertha. »Verständlich, dass ihr das nicht gefällt.«

»Na … dann unternimm doch irgendwas!«

»Mach es doch selber. Meiner zahnt gerade, ich habe jetzt keine Zeit.«

»Was, wer zahnt?«

»Da, halt mal!« Plötzlich habe ich ein etwas schwereres Bündel auf dem Arm, dem sein eingewickelter Zustand gar nicht passt, und das schon versucht aus der Decke zu krabbeln und runterzufallen. »Sieh her. Du nimmst sie so und machst sie sauber. Der Hahn ist da drüben, aber prüfe die Wassertemperatur vorher, und zwar mit dem Ellenbogen, denn an der Hand ist die Haut dicker. Gott steh dir bei, wenn du sie verbrühst, oder sie sich erkältet! Danach wickelst du sie in saubere Tücher ein. Und die schmutzigen Sachen wäschst du. Ich gebe dir Windeln für einen Tag. Vorerst.«

»Wie oft am Tag muss ich das machen?« Natürlich habe ich schon wieder vergessen, wie das mit dem Wickeln funktioniert.

»Sooft sie sich eben vollmacht. Sechsmal. Sieben. Kommt drauf an, ob du Glück hast.«

»Glück ist, wenn sie gar nicht muss«, versuche ich zu scherzen.

»Wenn sie keinen Stuhlgang hat, wird sie so schreien, dass dir die Freude am Leben vergeht«, erklärt Bertha. »Gut, jetzt gib mir meinen wieder.«

»Deiner ist nicht so … behaart«, sage ich. »Ist mit meinem, äh, mit ihr alles in Ordnung? Das ist doch keine Krankheit, oder? Warum hat sie dieses Fell im Gesicht?«

»Sie ist ein Frühchen«, antwortet Bertha. »Der Flaum fällt bald ab. Was für ein Gesichtchen sie hat! Sie sieht dir übrigens ziemlich ähnlich. Wann wirst du sie taufen lassen?«

Ich nehme es ihr ab und gehe weg.

Mit seinem rosigen, verschrumpelten Gesicht, der schuppigen Haut, den krummen, dünnen, faltigen Extremitäten, dem aufgeblähten Bauch und dem Flaum auf Rücken und Stirn ähnelt es weder mir noch sonst jemandem. Bertha bemüht sich vergebens: Ich fühle nicht, dass dieses Wesen zu mir gehört. Es ist mir fremd.

Dennoch verlasse ich es nicht, laufe nicht weg. Vielleicht, weil dieses kleine Monster alles ist, was mir von Annelie geblieben ist. Von mir und Annelie.

Nicht einmal auf der Matratze lasse ich es allein. Es wiegt sowieso nichts, also ist es einfacher für mich, wenn ich es im Arm halte.

»In einer Stunde musst du es füttern!«, sagt Bertha. »Komm zu mir, ich pumpe dir Milch ab.«

Aber ich stehe schon nach einer halben Stunde wieder in Berthas Nische: Es ist aufgewacht und quäkt, und ich habe keine Ahnung, wie ich es saubermachen soll.

Es heißt immer, dass sich Säuglinge von Milch ernähren. In Wirklichkeit aber fressen sie Zeit. Milch schlucken sie natürlich auch – wenn sie sich nicht gerade krümmen, weil sie Stuhlgang haben, oder danach erschöpft in einen kurzen, unruhigen Schlaf fallen. Auch Gedanken fressen sie, jegliche Gedanken, die nicht ausschließlich um sie kreisen. Das ist ihre Überlebensstrategie.

Anfangs habe ich das Gefühl, dass es von mir lebt wie ein Parasit.

Doch dann komme ich irgendwann zu dem Schluss: Nein, es ist eine Symbiose.

Kaum habe ich auch nur ein wenig Zeit für mich, denke ich an Annelie. Daran, dass es für sie nicht so hätte kommen müssen, dass wir alles noch zum Besten hätten wenden können. Daran, dass ihre Worte über den Tod keine Vorahnung des Unausweichlichen, sondern nur ein Spiel mit der Angst waren. Dass wir einen privaten Arzt, einen Chirurgen hätten finden können, wenn ich doch nur einen Tag mehr Zeit gehabt hätte, wenn ich mir hätte vorstellen können, wie schwierig und wie grausam das alles sein würde.

Und sogleich erwacht es wieder und holt mich aus dem Traum mit Annelie zurück. Es frisst meine freie Zeit, die ich eigentlich dazu nutzen will, an mir selbst zu nagen. Es verdaut meine Fähigkeit, klar zu urteilen, mich zu erinnern, nachzudenken, verwandelt all das in seinen gelben flüssigen Stuhl, der irgendwie albern und harmlos riecht. Ich soll mich gefälligst kümmern, es will mich mit niemandem teilen, nicht einmal mit seiner toten Mutter. Es ist eifersüchtig auf sie, auf Schreyer, auf Nr. 503, auf Rocamora. Ich darf nur an dieses Kind denken – oder an gar nichts. Damit erreicht es, dass ich aufhöre zu zweifeln und zu trauern – und es nicht sterben lasse.

Bertha rät mir erneut, es taufen zu lassen. Ich schlage sie nicht, denn von ihr bekomme ich die Milch.

Wenn Bertha keine Milch hat, stößt das Kind mit seinem Saugmund gegen mich. Ich drücke es an mich, und es saugt, das Dummchen, an meiner trockenen Brust, es stößt und kaut mit seinen zahnlosen Kiefern, begreift nicht, warum da nichts passiert, und gibt doch nicht auf. Es saugt an mir, obwohl ich leer bin, und beruhigt sich für kurze Zeit.

»Warte, nur Geduld«, sage ich, und so beginne ich mit ihm zu reden.

Niemand will es nehmen. Aber es einfach krepieren zu lassen, dazu habe ich kein Recht. Es ist schließlich nicht nur meins. Es ist das Kind, das nicht auf die Welt kommen durfte. Sämtliche Ärzte hatten es Annelie verweigert, aber es wollte so unbedingt leben, dass es sich gegen alle durchgesetzt hat.

»Du kannst einstweilen hierbleiben«, sagt Pater André zu mir.

Ich habe ihm nicht verziehen, dass Annelie gestorben ist, aber ich habe keine andere Wahl. Immerhin hat der Priester genügend Takt, um nicht schon wieder von dieser Taufe anzufangen, und so bleibe ich hier.

Im Schutz schwebender Fleischrümpfe leben hier etwa zwanzig Menschen. Ihre Nahrung stehlen sie aus den Wannen, Wasser holen sie sich bei den Reinigungsautomaten, ihre Wohnungen haben sie sich in Abstellkammern und Wirtschaftsräumen eingerichtet. Einer der früheren Squatter, offenbar ein technisch begabter Kerl, hat die Anlagen so manipuliert, dass Menschen von ihnen nicht erkannt werden, und so lebt Pater Andrés Mission hier unbehelligt wie in Abrahams Schoß. Wie ein Rattennest im Keller einer Villa. Und eine dieser Ratten bin jetzt ich.

Nur dass ich hier fremd bin.

Sie versammeln sich zum Gebet, dafür gibt es eine eigene Ecke, sie beichten dem Priester ihre Gedanken – Taten kann man hier, wo einen ständig alle anderen sehen, nicht begehen. Er murmelt irgendwelche Worte der Vergebung. Sie laden mich mehrmals ein, am Gebet teilzunehmen, aber ich zische sie jedes Mal so an, dass sie es schließlich aufgeben.

Ich fühle mich unwohl hier, aber ich wüsste keinen anderen Winkel für mich. Für uns.

Selbst wenn ich es einfach hier zurückließe: Könnte ich es ihnen anvertrauen? Könnte ich zulassen, dass es genauso wird wie sie? Wie dieser Sünder in seiner Soutane?

Nach ein paar Tagen öffnet es die Augen, aber es sieht an mir vorbei, sein Blick ist undeutlich, wandert hin und her. Ich kenne das aus den Reservaten, von alten Klappergreisen im letzten Stadium.

»Warum sieht sie mich nicht an?«, frage ich Bertha, in deren Anwesenheit ich das Wort »es« zu vermeiden versuche. »Sie ist doch nicht blind, oder? Hört sie mich überhaupt?«

»Du hast ihr noch keinen Namen gegeben«, antwortet sie ernsthaft. »Gib ihr einen Namen, und alles wird gut.«

Einen Namen. Ich muss einem anderen Menschen einen Namen geben. Einem Menschen, der mich überleben wird. Seltsam ist das. Für einen Augenblick scheint mir, dass dies die folgenreichste Entscheidung ist, die ich je zu treffen hatte. In Barcelona hatten sie das Neugeborene Devendra genannt – zu Ehren des gerade eben getöteten Devendra. Aber ich will nicht, dass es Annelie heißt. Ich kann mich nicht entscheiden.

»Na schön!« Bertha runzelt die Stirn. »Sie wird dich auch so irgendwann anschauen. In den ersten Tagen sehen sie sowieso alles auf dem Kopf und unscharf, wie mit einer Brille mit fünf Dioptrien. Gib ihr Zeit. Und hör auf, ›es‹ zu sagen – ich kann das nämlich hören!«

»Hör zu«, flüstere ich dem Kind zu. »Ich höre auf, ›es‹ zu sagen, aber dafür fängst du an, scharf zu sehen, abgemacht? Eine Behinderte hat mir nämlich gerade noch gefehlt!«

Und dann beginnt sich ihr Blick tatsächlich allmählich zu schärfen. Sie beginnt sich nach Geräuschen umzudrehen und meinen Blick zu suchen.

Zum ersten Mal blickt sie mir direkt in die Augen. Ihre sind ganz hellbraun, fast gelb, das bemerke ich erst jetzt und muss es erst einmal verdauen. Fast gelb, obwohl Säuglinge eigentlich immer erst dunkelblaue haben, wie Bertha sagt.

Sie hat Annelies Augen. Und obwohl ich weiß, dass das Wesen, das mir von dort, von innen heraus, durch die Pupillen entgegenblickt, ein anderer Mensch ist, und eigentlich noch gar kein

Mensch, bin ich wie gelähmt, gefesselt, kann meinen Blick nicht losreißen, mich nicht an ihr sattsehen.

Mich fröstelt: Als wir den Deckel des Häckslers über Annelie schlossen und als sie dann in einzelne Moleküle zerschreddert wurde, dachte ich, dass in dieser Welt von ihr nichts mehr zurückbleibt. Doch da sind sie plötzlich, hinter diesen kleinen, angeschwollenen Lidern, am unpassendsten Ort der Welt: Annelies Augen. Eine Sicherheitskopie. Eigens für mich angefertigt.

Aber das ist noch nicht alles.

Die Finger. Ihre Fäuste, walnussgroß, die Finger so klein, dass ich gar nicht verstehen kann, warum sie nicht abbrechen. Diese Finger sind eine exakte Kopie der meinen. Ich bemerke es eher zufällig, als sie einmal mit ihrer Hand meinen Zeigefinger umklammert und sich kaum halten kann. Die gleiche Verdickung des Mittelglieds, die gleichen Rundungen am Fingernagel, und die Nägel sehen auch genauso aus wie meine, nur zehnmal kleiner.

Ihr Gesicht bleibt mir aber fremd, die Röte ist jetzt einem gelblichen Ton gewichen. Sie kommt mir fast dunkelhäutig vor, so gar nicht einem von uns beiden ähnlich, weder mir noch Annelie – nur die Finger sehen bereits aus wie die eines erwachsenen Menschen.

Meine Finger an diesem Äffchen. Wozu braucht es sie?

Sie hebt meinen Tag- und Nachtrhythmus auf, legt einen gnadenlosen Takt vor: Alle drei Stunden wacht sie auf, um zu essen und in die Windeln zu machen. Sobald sie wieder sauber ist, schläft sie wieder ein. Es ist, als wäre sie gar nicht von dieser Welt, sondern von irgendeinem Asteroiden, der sich an einem Erdentag achtmal um die eigene Achse dreht. Irgendwie sieht sie ja auch aus wie eine Außerirdische.

Auch ich lebe nun so: schlafe eine Stunde und wache zwei, um zu füttern, abzuputzen, schlafen zu legen und Windeln zu waschen.

Wenn sie nicht einschlafen will, bin ich wütend auf sie wie auf einen Erwachsenen.

Ich brülle sie an, wenn sie scheinbar grundlos Fisimatenten macht.

Dann erklärt mir Bertha, oder Inga, oder Sara, dass sie kein Bäuerchen machen kann, weil sie Luft im Bauch hat, und das tut ihr weh, ich soll sie aufrecht spazieren tragen.

So erweitere ich meine Liste all der Dinge, die sie nicht mag und die ihr wehtun. Ich finde heraus, wie die fremde Milch in ihrem winzigen Katzendarm keine Schmerzen verursacht: Wenn ich sie auf meinen nackten Bauch lege, sorgt meine Körperwärme dafür, dass ihre Krämpfe vorübergehen.

Nach zwei Wochen trete ich zum ersten Mal vor einen Spiegel. Ich rechne damit, ein Wrack zu sehen, habe sogar Angst hineinzublicken – und bemerke, dass meine Falten sich allmählich glätten und meine Haut sich verjüngt hat. Das seltsame Heilmittel, das fremde Blut, das man in mich hineingepumpt hat, scheint tatsächlich zu wirken.

Das Alter schwindet.

»Wir kämpfen weiter!«, verspreche ich ihr. »Nur nicht aufgeben!«

Sie antwortet mir nicht. Sie versteht meine Worte nicht, aber wenn ich mit ihr spreche, beruhigt sie sich.

Ich lerne, sie richtig sauberzumachen: von vorn nach hinten, erklärt mir Inga oder Bertha oder Sara, sonst können Darmbakterien in sie gelangen, und das kann zu einer Entzündung führen. Inzwischen achte ich nicht mehr darauf, dass sie dort wie ein Mädchen, wie eine Frau aussieht und nicht wie das geschlechtslose Wesen, das sie in Wirklichkeit ist. Ich ekle mich nicht mehr vor ihrem gelben Stuhl, ihren sauren Rülpsern, dem ewigen Windelwaschen. Ich mache, was zu machen ist.

Kaum wickle ich sie aus, schon versucht sie zu krabbeln – wie ein Wurm, ohne den Kopf zu heben, denn sie kann ihn nur zur Seite drehen. Die Ärmchen an den Körper angelegt, drückt sie sich gleichzeitig mit beiden Beinen ab und streckt ihren riesigen kahlen Kopf in den Raum hinaus. Ein Reflex, sagt Sara.

»Schade, dass dich Mama nicht sehen kann«, sage ich.

Ich nenne Annelie »Mama«, auch wenn es mich unangenehm berührt. Noch erscheint es mir unpassend – ich werde mich daran gewöhnen müssen.

Die ganze Zeit über habe ich Annelies Sachen nicht angerührt. Sie liegen noch immer in dem Küchenmaschinenkarton. Ich werfe nicht einmal einen Blick hinein, vielleicht, weil ich Angst habe, dort Erinnerungen an Rocamora zu finden, oder vielleicht, weil ich meinen eigenen Erinnerungen an sie aus dem Weg gehe. Ich tue so, als gäbe es die Schachtel gar nicht, gestatte aber auch sonst niemandem, sie zu berühren.

Zwischen Pater André und mir herrscht seit einiger Zeit ein Nichtangriffspakt, doch eines Tages bricht er ihn.

»Es wäre schön, wenn wir sie taufen könnten«, sagt er zu mir. »Sie ist noch kein Kind Gottes. Wenn etwas passiert …«

Schade, ich hatte mich fast schon an ihn gewöhnt.

»Hör mir gut zu«, sage ich, ohne meinen Tonfall zu ändern, denn sie spürt es immer gleich, wenn ich wütend werde. »Ich bin hier zu Gast, deswegen tue ich dir nichts. Aber deine Art von Absicherung benötige ich nicht.«

»Tun Sie es um des Kindes willen«, drängt er mich.

»Genau das tue ich ja. Du willst sie also schon im Säuglingsalter für deine Sache anwerben?«

»Aber nein, ich …«

»Wozu brauchst du das? Bekommst du einen Bonus für jede neu eingefangene Seele?«

»Ich will nur helfen. Ich sehe doch, dass Sie leiden …«

»Helfen?« Ich lege sie auf die Matratze und dränge den Priester aus unserer Schlafecke. »Klar, helfen … Aber als meine Frau gestorben ist, hat all dein Quatsch« – ich bekreuzige mich ungelenk und hässlich – »sie auch nicht gerettet. Oder ist dir das nicht aufgefallen? Und ich bin auch noch so doof zu trauern! Dabei bin ich ja selbst gespritzt und beiße früher oder später ins Gras. Aber das ist ja genau deine Zielgruppe, nicht wahr? Memento mori und so. Du willst mir also eine Seele aufquatschen, was? Um mich darauf abzuspeichern. Du bist doch wie ein Aasgeier: Du spürst den Tod – und schon schleichst du dich näher. Und jetzt soll ich dir auch noch mein Kind zum Fraß vorwerfen. Glaubst du etwa, ich bin wie die da?« Ich deute mit dem Kopf auf Sara-Inga-Bertha, die besorgt unserem Gespräch lauschen. »Deine verirrten Schäfchen, die du deinem lieben Herrgott zutreibst? Auch so eine Art Fleischfabrik, was? Aber nur weil sie mir Ax gespritzt haben, bin ich noch lange kein blöder Hammel. Ich werde deinem Herrgott nicht in die Arme laufen, nur weil ich morgen sterben muss.«

»Du glaubst wohl, du bist stark, was?«, entgegnet der kleine Jesus. Er hält wacker stand, weicht mir nicht aus, obwohl ich ihn wegstoße. »Denkst du, nur die Sterblichen brauchen Gott? Die Unsterblichen brauchen ihn doch noch viel mehr!«

»Wozu?! Was sollen sie mit all der verdorbenen Ware anfangen? Sie leben doch auch ohne Seele wie die Made im Speck!

Geh, und predige deinen Schäfchen! Aber wenn du dich noch einmal meinem Kind näherst …«

»Wie behandelst du unseren Pfarrer?!«, fährt Olga, ein klapperdürres, ziemlich verrücktes Weib dazwischen. »Lass ihn sofort in Ruhe! Hast du gehört? Sonst hole ich meinen Mann!«

Pater André hält sie mit einer Geste in Schach. »Du denkst also, dein bisheriges Leben war ruhig und erfüllt, wo du doch gar nicht wusstest, wofür du leben solltest? Und das ewig! Ohne jeglichen Sinn …«

»Ach Gott, wie schlimm, ohne Sinn zu sterben! Was mit Annelie passiert ist, das nenne ich schlimm! Die anderen Menschen scheinen jedenfalls mit diesem Leben ziemlich gut klarzukommen! Von den hundertzwanzig Milliarden hat sich noch keiner beklagt!«

»Weil sie ganze Wagenladungen voll Tabletten schlucken!«, entgegnet er aufbrausend. Seine zarte Haut ist rot angelaufen, die wohlwollende Art auf einmal wie fortgeblasen. »Warum nehmen sie denn alle Stimmungsaufheller statt Vitamine? Weil sie so ein tolles Leben haben?«

»Vielleicht, weil der liebe Gott es ihnen befiehlt?!«

»Weil der Mensch nicht ohne Sinn und Zweck leben kann. Weil er das braucht. Aber was hat man sich ausgedacht? Erleuchtungspillen. Illuminat. Extrakte aus irgendwelchen Pilzen – guten Appetit! Wenn du sie nimmst, schnappt ein Rezeptor im Hirn zu, und alles um dich herum bekommt plötzlich Sinn, in allem ist irgendeine Vorsehung zu erkennen. Dumm nur, dass sich die Leute an den Sinn des Lebens gewöhnen. Also brauchen sie ständig Nachschub. Und schon rollt der Rubel für die Pharmaindustrie!«

»Na also!«, rufe ich aus. »Du gibst ja selber zu, dass es genügt, eine Pille zu schlucken, und schon hast du Erleuchtung, Sinn und selige Ruhe. Alles nur Chemie! Ob du nun mit deinem eigenen Hormon den Rezeptor schaltest oder mit einer Tablette – worin besteht der Unterschied?«

»Darin, dass die Leute immer fauler werden. Dass man aus uns träges, willenloses Vieh macht. Uns mit Kraftfutter vollstopft, mit Nährlösung, so wie diese Büffel.« Er deutet mit dem Kopf in Richtung Fleischhalle. »Die Seele dagegen braucht Arbeit. Und der Glaube ist Arbeit. Ständige Arbeit an sich selbst. Exerzitien. Um nicht wie Vieh zu werden, wie willenloses Fleisch. Was tätet ihr sonst ohne eure Tabletten?«

»Dein lieber Gott ist eben genau für die, denen Tabletten nicht mehr helfen. Für die hoffnungslosen Fälle. Für die, die sich noch an irgendwas festhalten müssen. Für die es sonst keine Rettung gibt. Man braucht ja nur mal kurz mit den Fingern zu schnippen, und schon hat man ihnen eine Seele verpasst. Bitte schön: Dein Körper krepiert zwar, aber sei's drum!«

Der Priester berührt mit dem Finger meine Nase, als hätte er mich ertappt. Einen Augenblick hält er so inne.

»Du hast absolut recht«, fährt er dann fort. »Er ist für alle, denen Tabletten nicht helfen. Und das ist das Tröstliche daran.«

»Wieso tröstlich? Das sind doch nur leere Versprechungen! Dein Gott handelt doch mit Luft!«

»Leere Versprechungen?!«

»Ja, versuch doch mal nachzuschauen, ob nach dem Tod überhaupt noch was kommt? Das Problem ist nur: Von dort ist noch niemand zurückgekommen. Und genauso ist das mit all seinen Versprechungen: Es steckt nichts dahinter!«

»Was regst du dich eigentlich so auf?«, fragt Pater André plötzlich. »Schuldet er dir irgendwas?«

Was er mir schuldet?! Schutz! Erlösung! Obhut! Die Gewissheit, dass alles so bleibt, wie es ist! Dass ich bei ihr bleibe, bei meiner Mutter! Denn das hat er mir und ihr versprochen!

Und was ist mit Annelie? Meiner Annelie? Mit ihrer Rettung? Dass ihre Kinder gesund zur Welt kommen?

»Verpiss dich!« Am liebsten würde ich ihm jetzt sein edles Näschen einschlagen, damit das Blut nur so spritzt. »Für dich schwule Sau wäre es doch sowieso besser, wenn nach dem Tod nichts mehr kommt. Du würdest nämlich brennen. Brennen für deine kleinen Schwächen!«

»Wie redest du mit unserem Padre?!« Einer der Männer erhebt sich von seinem Stuhl. Es ist Luis, ein Hüne, dessen Maße und Frisur mich irgendwie an Bison Willie erinnern. »Jemand wie du hat kein Recht, ihn zu verurteilen, kapiert?!«

Mir ist alles gleich, ich könnte sie jetzt alle fertigmachen. In meiner Ecke hinter dem Wandschirm quäkt sie, ich höre es mit halbem Ohr, aber die Trommeln in meinem Kopf übertönen es.

Pater André ist kirschrot angelaufen. Meine Worte waren ein Schlag unter die Gürtellinie, aber er hält stand.

»Ich habe mir das nicht ausgesucht«, sagte er leise und bestimmt. »Er hat mich so geschaffen. Er hat gewollt, dass ich homosexuell bin.«

»Warum?! Weil ihm langweilig war?!«

»Damit ich den Weg zu ihm finde. Damit ich ihm diene.«

»Du hast kein Recht, ihm zu dienen! Du hast gesündigt! Hat dich dein Gott vielleicht als Sünder geschaffen? Wozu dann überhaupt?!«

»Damit ich stets meine Schuld mit mir trage. Was auch immer ich tue.«

»Na großartig!«

»Weil die Welt gottlos ist«, sagt André unerschütterlich. »Wie sonst hätte er mich rufen sollen? Wie hätte ich sonst begreifen können, was meine Aufgabe in dieser Welt ist?«

»Was denn für eine Aufgabe?!«

»Menschen zu retten.«

»Damit wirst du deine Schuld trotzdem nicht begleichen! Da kannst du noch so viele retten, das eine sühnt das andere nicht!«

»Nein, da hast du recht.« Der Priester nickt ruhig. »Das ist mir bewusst. Ich habe ein Gewicht an den Füßen. Einen Betonklotz. Jemand hat mich damit ins Meer geworfen. Und jetzt muss ich an die Oberfläche schwimmen. Um Luft zu holen. Ich weiß, dass ich es nicht schaffen kann, aber ich schwimme trotzdem. Und werde es weiter tun, solange ich kann.«

»Und wo ist dann seine Liebe, von der ihr immer in euren Reklameheftchen schreibt?! Warum hat er dich schwul zur Welt kommen lassen? Warum hat er mir Annelie weggenommen?!«

»Es ist eine Prüfung. Für mich. Für uns alle. Er prüft uns immer. Das ist der Sinn des Ganzen. Wie soll man sonst erfahren, wer man ist? Wie sich ändern?«

Ich hole tief Luft. Am liebsten würde ich ihn jetzt mit dem Gesicht in seine eigene scheinheilige Scheiße tunken, doch dann stockt mir auf einmal der Atem. Das Kind schreit immer lauter: Ich bin es, der sie beunruhigt.

Es ist eigentlich nichts Schlimmes passiert. Nur … da war es: dieses vertraute Wort.

Prüfung.

Vielleicht steht jedem von uns irgendwann seine eigene bevor.

»Ich weiß, dass ich so erschaffen wurde, weil ich sein Werkzeug werden sollte. Ich kann mir keine Vergebung verdienen, und ich werde nie zur Ruhe kommen. Das heißt, solange ich lebe, werde ich dienen. Ich kann verzweifeln. Kann mich vor ihm verstecken. Aber das würde bedeuten, dass ich aufgebe. Und deswegen werde ich immer weiter mit meinen Armen rudern.«

»Viel Spaß.« Endlich atme ich aus. »Wenn du unbedingt sein Werkzeug sein willst, bitte. Ich jedenfalls kann diese Art von Sinn nicht gebrauchen. Ich bin doch keine Versuchsratte. Und auch kein Instrument. Ich gehöre niemandem, und schon gar nicht ihm oder dir. Ich bin nicht der Typ, den man einfach so benutzt, kapiert?! Meine beschissene Ewigkeit ist dahin, also brauche ich mich auch nicht mehr zu langweilen!«

Dann muss ich hastig das Schlachtfeld räumen, denn sie brüllt inzwischen so hysterisch, dass ich eine halbe Stunde brauche, bis ich sie mit Schaukeln und Singsang zur Ruhe bringe.

Nach dem Streit mit dem Priester redet Bertha kein Wort mehr mit mir. Schweigend melkt sie sich, wenigstens lässt ihr Hass auf mich ihre Milch nicht gerinnen.

Seltsamerweise habe ich André fortan nichts mehr zu sagen. Vielleicht habe ich jetzt alles herausgekotzt und bin einfach leer.

Wenn ich ehrlich bin, empfinde ich jetzt sogar etwas Respekt für ihn. Er ist wie Nr. 38, der bei dem einzigen Gespräch mit seinem Vater nicht zu feige war, ihm alles zu gestehen. Ein Schwächling hätte das nicht gekonnt.

Ich versuche mich von ihnen abzusondern, obwohl sie mir meine Gotteslästerung großmütig verzeihen und mich jeden Abend rufen, um mit mir das gestohlene Fleisch der fliegenden Bisons zu teilen. Ich nehme mir mein Stück und kehre zurück in meine Ecke, um sie zu wiegen, in Schlaf zu singen, zu säubern und ihre Sachen zu waschen.

Sie ist vielleicht einen Monat, als es geschieht: Sie beginnt ihr Köpfchen zu heben. Erst war es ihr zu schwer und drückte sie aufs Bett. Aber dann hat sie aus Berthas übriger Milch, meiner Zeit und den vielen schlaflosen Nächten genügend Kraft gesammelt, um sich vom Boden loszureißen – auch wenn sie es anfangs nur ganz kurz schafft und dabei vor Anstrengung zittert.

Ich triumphiere. Es ist der einzige Sieg, der mir geblieben ist.

Ich will mich vor Annelie damit brüsten – und erzähle es ihr, als niemand es hören kann.

Irgendwann merke ich, dass ich die anderen Kinder zur Kenntnis nehme, ja sogar ihre Namen kenne. Berthas Sohn ist der zehnmonatige Henrik. Sara hat ein Mädchen namens Natascha, zwei Jahre alt. Georg ist der Sohn des zotteligen Luis. Und der einsamen Inga gehört der kleine Xavier, der mir die ganze Zeit erzählt, was sein Papa an seiner Stelle tun würde.

Georg und Xavier klettern, ohne um Erlaubnis zu fragen, auf den Gestellen mit den Fleischwannen herum, tunken ihre Finger in die rote Masse und malen Raumschiffe auf den Boden, die alle überflüssigen Menschen in den Weltraum transportieren, um ferne Planeten zu erobern. Sie streiten sich, ob man auf dem Meeresgrund Städte errichten kann oder nicht. Georg glaubt, dass man den Sauerstoff direkt aus dem Wasser holen könnte, und denkt sich einen Apparat aus, mit dem man sich ohne Taucheranzug im Meer bewegen kann. Xavier sagt, wenn die Menschen in den Weltraum flögen, wäre sein Papa ganz sicher Astronaut und würde ihn mitnehmen, und dann würden sie auf dem Mond leben. Dann kommt Inga und ruft ihren Sohn zum Mittagessen.

»Siehst nicht besonders gut aus«, sagt sie, als sie mich erblickt und runzelt die Stirn. »Die Kleine fordert dich wohl ziemlich? Schau dir mal dein Gesicht an. Und deine Haare.«

»Seit einem Monat schlafe ich nicht mehr«, antworte ich achselzuckend.

Doch als ich vor den Spiegel trete, zucke ich zusammen.

Das hat nichts mit Schlafmangel zu tun. Unter meinen roten, jungenhaften Haaren, meiner aufgesetzten Jugend, ist ein lebloser weißer Ansatz zu erkennen. Nicht nur an den Schläfen wie neulich, sondern auch höher, auf der Stirn und im Nacken. Schlimmer noch: Die Stirn hat sich vergrößert, steigt immer höher, strebt mit zwei deutlich erkennbaren Geheimratsecken auf den Scheitel zu.

Von den Nasenflügeln bis zum Mund hat mir jemand mit einem Messer zwei tiefe Einschnitte verpasst. Auch die Stirn ist ganz von Furchen durchzogen. Die Haut ist grau und mit Bartstoppeln übersät – selbst dort, wo bei mir früher nie etwas wuchs.

Blödsinn, das kann doch nicht sein. Ich habe noch zehn Jahre, mindestens, schließlich habe ich eine Therapie bekommen, in mir fließt geborgtes, junges Blut.

Damit ich nicht wahnsinnig werde, beginne ich Spiegeln aus dem Weg zu gehen, doch es hilft nichts: Egal, womit sich meine Gedanken beschäftigen, woran sie sich auch immer stoßen, am Ende rollen sie unausweichlich – wie Flipperkugeln – zurück in den Trichter der Altersfrage.

Könnte ich doch Beatrice Fukuyama finden. Wenn ich nur wüsste, wo ich sie suchen soll! Rocamoras Leute haben sie doch mit einer bestimmten Absicht befreit. Sie war dabei, ein Medikament zu entwickeln, das den Akzelerator unschädlich machen und Unheilbare heilen sollte. Sicher arbeitet sie jetzt wieder daran, rede ich mir zum x-ten Mal ein. Ganz sicher.

Aber wie soll ich mich jetzt aus dem Staub machen? Wo soll ich sie suchen?

Also lebe ich weiter wie bisher: in ewiger Schlaflosigkeit, ständigem Halbdunkel.

In einer Nacht weckt sie mich alle halbe Stunde mit ihrem Schreien. Anfangs versuche ich sie brav zu füttern, Bäuerchen zu machen, ihr den Bauch zu massieren, halte sie so, dass ihre Beine für sie angenehm gespreizt sind. So beruhigt sie sich zunächst wieder, lässt sich hinlegen, doch das ist nur ein Täuschungsmanöver: Kaum schließe ich die Augen, schon höre ich sie wieder weinen. Einmal geht das so, dann noch einmal, und dann immer wieder.

Ich kann mich nicht ausruhen, komme nicht zu mir, finde keine Erholung.

Als sie mich zum vielleicht zehnten Mal aus dem Halbschlaf reißt – was ist nur mit ihr los?! –, fahre ich hoch, packe sie wütend, und anstatt sie sanft zu wiegen, schüttele ich sie wild, mir egal, ob sich ihr der Kopf verdreht, oder ob ihr schlecht wird, Hauptsache, sie ist endlich ruhig! Dann höre ich mein Gebrüll:

»Schlaf! Schlaf endlich, und halt die Klappe!«

Bertha eilt herzu, zerknittert, verschlafen, aufgelöst, nimmt mir schweigend das Kind ab, stößt mich beiseite, dreht sich mit ihr im Walzertakt, singt leise etwas dazu, gibt ihr die Brust, und da beginnt sie sich langsam, unwillig zu beruhigen. Ein kleines, unglückliches, Mitleid erregendes Geschöpf. Noch einmal schluchzt sie tief und traurig, dann ist sie still.

Ich sehe die beiden an – und ich schäme mich.

Nicht vor Bertha, sondern vor meinem Kind. Ich schäme mich, dass ich mich benommen habe wie ein launischer Trottel. Ich schäme mich, dass ich es fertiggebracht habe, ihr wehzutun. Es ist idiotisch: Ich könnte mich genauso vor einem Holzscheit schuldig fühlen. Aber ich schaffe es einfach nicht, das Gefühl loszuwerden.

»Sie spürt es genau, wenn du durchdrehst und wütend bist«, behauptet Bertha. »Dann bekommt sie natürlich Angst und schreit noch mehr. Du hättest mich gleich holen sollen.«

»Quatsch!«, antworte ich.

Aber als Bertha mir mein Holzscheit zurückgibt, entschuldige ich mich flüsternd bei ihm.

Dann bringt Pater André eines Tages Anastasia zu uns. Auf einer Medikamenten-Besorgungsfahrt hat er sie irgendwo an einem Umsteigebahnhof aufgegabelt.

Anastasia ist bereits zur Hälfte vom Akzelerator zerfressen, ihre Augen wandern ständig hin und her, und sie redet ununterbrochen sinnloses Zeug vor sich hin.

Kaum zu verstehen, was sie murmelt, doch offenbar kommt sie aus einem großen Squat in einem illegal besetzten Keller eines Wohnturms, sozusagen im Höllenkreis Nummer soundso. Clausewitz war bei uns, sagt sie, der Parteichef, samt Familie und Leibwache. Vor drei Tagen sei ihr Squat jedoch von den Unsterblichen gestürmt worden, Clausewitz hätten sie erschlagen, nur vier von ihnen seien durch die Kanalisation entkommen. Was mit den anderen passiert ist, weiß sie nicht.

Anastasia musste ihren Mann und zwei Kinder dort zurücklassen. Der Junge heißt Luca, das Mädchen Paola. Das zweite Kind sei illegal gewesen, sie hätten es nicht übers Herz gebracht, es anzumelden.

Als die Unsterblichen hereinstürzten, habe ihr Mann die Kinder unter den Arm genommen und sei losgerannt. Aber sie hätten ihn schnell gefangen. Anastasia ist aus Versehen in den falschen Korridor eingebogen – und deshalb davongekommen. Es scheint, dass sie den Verstand verloren hat.

Was mit ihren Kindern ist, ist mir egal, aber die Geschichte mit Clausewitz glaube ich keinen Augenblick. Uns erreichen hier immer die neuesten Nachrichten, und obwohl angeblich schon drei Tage vergangen sind, ist von seiner Verhaftung oder Liquidierung bisher nichts berichtet worden.

Es gibt keinen Grund, warum man ein solches Ereignis unter den Teppich kehren würde.

Anastasia will nicht mit uns in unserem Nest leben. Stattdessen bleibt sie in der Fleischhalle, wo sie unentwegt auf die saftigen roten Fleischberge blickt und lautlos zu ihnen spricht. Wenn man ihr zu essen und zu trinken gibt, isst und trinkt sie. Ansonsten ist nicht mehr Willenskraft mehr in ihr als in diesen leblosen Rümpfen.

In einer Nacht hat mein Kind Koliken, es verwandelt sich in eine Stahlfeder und kreischt so wild, dass sämtliche Mitbewohner uns anzischen. Ich schicke sie alle zum Teufel und trage meine Kleine hinaus in die Fleischhalle, gehe mit ihr hin und her und erzähle ihr eine etwas ausgeschmückte Geschichte davon, wie ich ihre Mutter kennengelernt habe. Auf einmal steht Anastasia vor mir.

Sie schläft nicht. Überhaupt scheint sie in all den Tagen, die sie hier ist, ihre entzündeten Augen kein einziges Mal geschlossen zu haben. Wie gebannt starrt sie mich an, lauscht meinem ungeschickten, selbst erfundenen Wiegenlied und lächelt mich an, zerzaust und grau, noch nicht alt und doch vollkommen ausgetrocknet. Ich überlege, ob ich sie über Clausewitz ausfragen soll, aber mir ist klar, dass sie mir gar nicht zuhört. Stattdessen beginnt sie ebenfalls zu singen, aber ihre Melodie trifft meine schiefen Töne nicht, sie singt ihr eigenes Lied, ein wenig süßlich und eintönig.

Ich drehe mich um und gehe, während sie die schwebende Herde in Schlaf singt.

Am nächsten Tag kehrt Pater André von einer weiteren Besorgungsfahrt mit einem Paket Antibiotika und Schlafmitteln zurück. Er erzählt, dass Clausewitz' Frau in den Nachrichten zu sehen war. Sie behauptet, ihr Mann habe sich selbst umgebracht. In letzter Zeit hätten sich reihenweise Mitglieder der Partei des Lebens den Behörden gestellt, da habe ihr armer Ulrich den Mut verloren, nicht einmal Antidepressiva hätten mehr geholfen, Tag und Nacht habe er zuletzt davon gesprochen aufzugeben, mein armer Ulrich, bla-bla-bla. Bering hat sie laufen lassen, was für eine großmütige Geste.

Jetzt ist Rocamora die Nummer zwei in ihrer Organisation, vielleicht sogar die Nummer eins. Aber vielleicht ist er auch schon tot, und sie halten seinen Skalp nur zurück, warten auf die nächste passende Gelegenheit, um ihn zu präsentieren: zum Beispiel bei den kommenden Wahlen.

Aber wenn er lebt, muss er als Nummer eins über alle Dinge in der Partei Bescheid wissen. Also auch darüber, wo sich Beatrice befindet. Wenn ich ihn ausfindig machen könnte …

Aber wie soll ich weg von hier? Und wohin?

Abends lasse ich das Kind für kurze Zeit in Ingas Obhut. Mein Magen rebelliert, ich vertrage das ständige Fleischessen nicht mehr.

Nach fünf Minuten kehre ich zurück: Inga ist damit beschäftigt, ihr eigenes Söhnchen zu trösten, das hingefallen ist und sich das Knie blutig geschlagen hat. Der Junge heult erbärmlich, sie hält ihm das Beispiel seines Vaters vor, den der Junge noch nie gesehen hat. Meine Matratze – ist leer.

Leer!

Dort, wo ich das Kind zurückgelassen habe, ist nichts. Das Laken ist leicht zerknittert, die Lampe steht schief. Ist sie heruntergefallen?! Oder weggekrochen?!

Ich nehme die Lampe, halte sie mir über den Kopf und leuchte in alle Ecken – auch wenn mir klar ist, dass sie noch gar nicht so weit kriechen kann. Außerdem habe ich sie extra fest eingewickelt, damit sie nicht wegkommt.

Mit einem Satz bin ich bei Inga. »Wo ist sie?! Wo ist mein Kind?!«

»Noch immer auf deiner Matratze, wo sonst?«, antwortet sie, ohne mich eines Blickes zu würdigen. »Mein Xavier ist hingefallen, schau, wie er sich das Knie aufgeschrammt hat, hast du vielleicht was zum Abwischen?«

»Wo – ist – mein – Kind?!«

Während ich in den Gemeinschaftsraum renne, überkommt mich eine Panik, so heftig wie nie zuvor. Noch nie habe ich mich so gefürchtet, weder als mich die Pakis in Barcelona schlugen noch als mich Nr. 503 mit Ax vollpumpte. Doch jetzt tut sich in mir ein hässlicher Abgrund auf, in den mein gesamtes Innenleben hineinfällt. Ich stürze von einer Mutter zur nächsten – wo ist sie?! –, sehe jedem Kleinkind ins Gesicht, packe den verblüfften Luis am Kragen, schaue in Berthas Kinderbett, fordere eine Antwort von André. Niemand hat etwas gesehen, niemand weiß etwas, wohin soll ein eineinhalbmonatiger Säugling schon verschwinden – aus einem geschlossenen Raum?!

Es ist, als wäre ich plötzlich aufgewacht, und mir fehlte eine Hand oder beide Beine. Das gleiche Grauen, nur noch viel furchtbarer.

Ich hetze in die Halle hinaus, umgeben von einem Gefolge aufgeregter Hühner – und finde sie.

Am Rand einer Fleischwanne sitzt Anastasia.

Sie sieht mich nicht, bemerkt keinen von uns. Sie hat nur Augen für das Bündel, das sie in den Armen hält. Es ist meine Tochter.

»Schlaf, meine kleine Paola, schlaf …«

Ich nähere mich ihr vorsichtig, um sie nicht zu erschrecken, damit sie nicht aus Versehen umkippt und mein Kind im Fruchtwasser ertränkt.

»Anastasia?«

Sie hebt den Blick – ihre Augen glänzen. Anastasia weint.

Vor Glück.

»Da ist sie! Ich habe sie gefunden! Es ist ein Wunder! Ich habe meine Kleine wieder!«

»Wie schön sie ist!«, sage ich laut, mit gespielter Begeisterung. »Darf ich sie mal halten?«

»Aber nur einen Augenblick!«, antwortet Anastasia, unsicher, ob sie lächeln oder die Stirn runzeln, misstrauisch oder geschmeichelt sein soll.

»Natürlich. Natürlich.«

Ich nehme das Bündel an mich – das Kind schläft. Ich will dieses verrückte Weib in den Bottich mit dem Fleisch stoßen, ihr Gesicht unter Wasser drücken und sie in dem Serum ertränken, aber etwas in mir blockiert, und ich gehe einfach weg.

Sie tut mir leid. Ich bin anscheinend schon ganz rostzerfressen.

Anastasia begreift nicht einmal, dass ich sie hereingelegt habe. Verwirrt und gekränkt blickt sie mir hinterher und beschwert sich:

»Wohin? Wohin schon wieder?«

»Wenn du sie nicht von hier fortschaffst, kann ich für nichts garantieren«, warne ich Pater André.

Am nächsten Morgen bringt er sie in ein anderes Versteck.

Ich weiß nicht, wann genau dieses Bündel in mich hineingewachsen ist. Ich könnte keinen speziellen Tag nennen. Es ist allmählich passiert, in all den Nächten, immer wenn sie weinte und ich ihr die Windeln wechselte. Von außen mag es scheinen, dass das Kind den Vater oder die Mutter verbraucht, seine Nerven, seine Kraft, sein Leben für sich beansprucht, und wenn es dann satt ist, wirft es die ausgelaugten Eltern auf den Müll, und das war's dann.

Aber innen drin ist alles anders: Nein, es frisst dich nicht, sondern du tränkst es mit dir selbst. Die Zeit, die du mit ihm verbringst, wird nicht zu gelbem Stuhl, nicht zu irgendeinem Dreck, o nein. Jede einzelne Stunde bleibt in ihm, verwandelt sich in tausend Zellen, die in ihm heranwachsen. Du siehst all deine Zeit, all dein Bemühen in ihm, da sind sie doch, sieh, sie sind nicht weg. Dein Kind besteht aus dir – und je mehr du ihm von dir gibst, desto mehr liebst du es.

Seltsam. Wer es nicht selbst erlebt, der glaubt das nie.

Begonnen hat es damit, dass ich Annelie in ihr liebte. Doch jetzt liebe ich mich selbst in ihr.

Ihr Gesicht verändert sich jede Woche. Würde ich mich für einen Monat von ihr entfernen, wahrscheinlich würde ich sie nicht wiedererkennen. Die Gelbsucht, die falsche Sonnenbräune, vergeht, ihre Haut hat nun einen milchig rosigen Ton, längst ist der Flaum von Stirn, Wangen und Rücken verschwunden. Ihr Kopf ist nun größer als meine Faust, und sie selbst wiegt fast doppelt so viel wie vorher.

Erst zwei Monate sind seit Annelies Tod vergangen.

Irgendwie reagieren wir aufeinander: Wenn ich wütend bin, weint sie, und wenn ich sie in den Schlaf wiege, kann es sein, dass sie tatsächlich wegdämmert. Manchmal aber gibt sie nur irgendwelche Laute von sich und blickt mir mitunter sogar in die Augen. Manchmal tut sie das fünf, sechs Sekunden lang. Doch ist sie noch kein Mensch. Ein kleines Tier ist sie wahrscheinlich. Ein Tier, das ich pflege und zu zähmen versuche. Wenn sie isst, lächelt sie, aber das ist nur ein Reflex: Die Mundwinkel gehen spontan nach oben, aber das ist noch nicht menschlich, nur ein Ausdruck von Sattheit, von tierischer Zufriedenheit.

Doch dann geschieht es.

Eines Nachts weckt sie mich – ihre Windeln sind nass, und sie hat Hunger. Schon von ihrem ersten Schluchzer wache ich auf, denn so funktioniere ich jetzt. Ich kämpfe mich aus einem bösen Traum, wickle sie aus, trockne sie ab und nehme sie auf den Arm.

Im Internat war ich, wieder einmal im Internat, und wieder habe ich versucht zu fliehen. Davon träume ich am häufigsten, von meiner idiotischen Flucht, die stets vor dem ausgebrannten Bildschirm endet. Mit Variationen allerdings: Manchmal verrät mich Nr. 220 nicht, manchmal irre ich durch unendliche weiße Gänge mit Tausenden von Türen, reiße an ihnen, doch sie sind allesamt verschlossen, manchmal fliehe ich gemeinsam mit Nr. 906, doch das Ende ist immer gleich: Ich werde gefangen, meine Komplizen stimmen für meinen Tod, fesseln mich in dem großen Krankenzimmer mit irgendwelchen Stofffetzen ans Bett, und ich werde hingerichtet, erdrosselt, während Nr. 503 mein Leben durch einen Strohhalm aufsaugt und sich den Schwanz reibt, um den Moment noch mehr auszukosten.

Während ich meinem Traum nachhänge, vergesse ich ganz, dass ich sie ja füttern muss, dass es höchste Zeit ist, der schlafenden Bertha ein Fläschchen mit Milch abzuschnorren, dass das

Kind jeden Moment außer Rand und Band geraten kann, und dann bekomme ich sie nicht mehr so schnell ins Bett.

Ich muss an ihn denken, an Nr. 503, seine Handlanger, seinen trunkenen Blick, seine Worte. »Lächle …«, fordert er mich auf, gestattet es mir wie einen letzten Wunsch vor meinem Tod. Meine Wangen verkrampfen sich, und ich lächle, lächle tatsächlich, seit ich wach bin, es ist mein üblicher Lächelkrampf – meine Antwort auf alle Fragen –, und er sitzt fest in meinem Gesicht.

Aber dann …

Etwas stört mich. Etwas lenkt mich ab von meinem Albtraum. Da unten. Auf meinem Arm.

Sie blickt mir in die Augen und auf den Mund.

Und sie lächelt zurück.

Sie hat auf mein Lächeln geantwortet. Zum ersten Mal gibt sie mir etwas zurück, lässt mich erleben, dass sie etwas als Freude empfindet. Sie versteht mich, oder glaubt zumindest, dass sie mich versteht.

Jetzt ist er in ihr erwacht: der Mensch.

Ein Schauder läuft mir über den Nacken und dringt bis tief in meine Hirnrinde ein.

Sie gluckst leise vor sich hin – und lacht. Ihre Milch hat sie ganz vergessen. Sie hat lächeln gelernt. Von mir.

Aus meinem Nacken, aus der Schädelbasis hat man mir das Rückgrat herausgerissen und meinen dummen Kopf auf ein Tausend-Volt-Kabel gesetzt, auf einen glühenden Eisenstab, den man mir immer tiefer und tiefer hineintreibt.

Ein komisches Lächeln ist es, ungeübt, schief und zahnlos. Aber nicht mehr das von vorher, das gesättigte, mechanische Lächeln, sondern ein echtes. Ich glaube, dass sie jetzt zum ersten Mal so etwas wie Freude empfindet. Sie ist mitten in der Nacht nass aufgewacht, hat mich gesehen, ich habe sie abgetrocknet, ihr etwas Gutes getan, sie hat mich erkannt – und ist froh, dass ich hier bin. Ich habe sie angelächelt, und sie mich.

Komisch ist sie. Und schön.

Ich lächle wieder zurück.

Und da begreife ich: Meine Lippen sind entspannt. Der Krampf ist vorbei.

Den Rest der Nacht träume ich von Annelie, von unserer Reise in die Toskana, von dem Picknick im Gras. Wir wohnen in dem kleinen Wärterhaus auf dem Hügel, dort, wo sich der Geheimeingang befindet und der Holztisch steht. Wir leben zu dritt: ich, sie und unsere Tochter, die im Traum irgendeinen Namen hat – einen schönen. Wir spazieren durch das Tal, Annelie gibt ihr die Brust, ich verspreche ihnen, dass ich sie einmal mitnehmen werde ans andere Ufer des Flusses, um ihnen das Haus zu zeigen, in dem ich aufgewachsen bin. Außerdem mähe ich Gras, hohes, saftiges Gras, ich mähe, bis ich es überall im Kreuz spüre, aber da rettet mich Annelie, indem sie mich zum Essen ruft. Es gibt Grashüpfer, köstlich, und Annelie turtelt mit dem Kind herum. Ich versuche mir einzuprägen, wie sie heißt, unsere Tochter, aber am Morgen ist da nichts, weder der Name noch Annelie noch unser glückliches Leben in der Toskana – nichts als verbrauchte Luft.

Als ich aufwache, kann ich zuerst gar nicht glauben, dass es ein Traum war: Mein Rücken schmerzt noch immer, er schmerzt wirklich! Das kann nur davon kommen, dass ich Gras gemäht habe.

Mit Mühe strecke ich mich und stehe unter Schmerzen auf. Nein, ich habe nicht gemäht, nicht gegessen, nicht gelebt. Der Rücken tut einfach weh. Zum ersten Mal ohne Grund.

Auf dem Kissen liegen Haare: Das Rot ist blass geworden, stumpfes Silber nachgewachsen.

Als ich mich waschen gehe, nehme ich sie mit und betrachte uns beide im beschlagenen Spiegel. Das Glas ist wie verhext: Das Kind spiegelt sich darin genauso, wie auch ich es sehe. Mit meinem Gesicht dagegen geschieht etwas Ungutes.

Tiefe Ringe unter den Augen, die Geheimratsecken bohren sich immer weiter in meinen Haaransatz, meine Mähne ist inzwischen an so vielen Stellen grau, dass es sich durch keine Mütze mehr verbergen lässt. Ich kämme mich mit einer Hand – zwischen meinen Fingern bleiben ausgefallene Haare hängen. Mein Darm krampft sich zusammen von all dem verfluchten Fleisch.

Man hat mich gelinkt.

Was immer sie mir da anstelle meines verrosteten Blutes gegeben haben: Es vergiftet mich. Es hat mir eine kurze Erleichterung verschafft, eine falsche Hoffnung, doch dann ist es verpufft, und das Alter nagt jetzt mit dreifacher Kraft an mir.

Vielleicht sind es ja auch irgendwelche Experimente, die sie an Menschen durchführen, wie die Alchemisten. Sie mischen Quecksilber mit Scheiße und Tomatensaft und spritzen es irgendwelchen armen, hoffnungslosen Teufeln in die Venen. Vielleicht wirkt es ja bei jemandem. Wenn nicht, macht es auch nichts, dann haben sie wenigstens mit fünf Tüten Tomatensaft einen ordentlichen Reibach gemacht.

Ich falle auseinander, zerbreche, verkomme. Mein Rücken, mein Magen, meine Haare. In den alten Filmen sehen die Menschen über vierzig so aus. Dabei ist seit der Injektion noch nicht einmal ein Jahr vergangen!

Jetzt weint sie wieder.

Ich wiege sie, flüstere ihr irgendwelche sinnlosen Worte ins Ohr, aber sie versteht sie nicht, sondern hört nur meinen Tonfall – und heult noch untröstlicher.

Soll ich in diesen Laden zurückkehren, alles kurz und klein schlagen und den gelackten Doktor erwürgen? Er wüsste sowieso nicht, wie er mir meine Jahre zurückgeben könnte. Ein überflüssiges Risiko.

Nein. Ich muss zu ihr. Zu Beatrice.

Wenn selbst sie an mir kein Wunder mehr vollbringen kann, kann mir niemand helfen.

Ich kehre durch die Halle mit den Fleischwannen zurück zu meiner Schlafecke. Mitten unter all den Rümpfen treffe ich auf Saras zweijährige Tochter Natascha. Sie trägt ein winziges gelbes Kleid, in dem sie tatsächlich aussieht wie ein kleines Mädchen, auch wenn ihre Mutter ihr das Haar so kurz und schief zurechtgestutzt hat wie bei einem Jungen.

Natascha hat die Arme zur Seite gestreckt, den Kopf zurückgelegt und dreht sich im Kreis.

»Himmel-Himmel-Himmel-Himmel, Himmel-Himmel-Himmel-Himmel«, singt sie mit ihrem dünnen Stimmchen und lacht.

Ich werde nicht mehr erleben, wie meine Tochter sprechen und tanzen lernt.

Es gibt nur eine Möglichkeit.

Wo ich Beatrice suchen soll, weiß ich nicht. Aber Rocamora werde ich finden.

Annelie hat sich nicht gleich von ihm getrennt. Eine Zeit lang haben sie zusammen irgendwo hier in Europa gelebt. In einer konspirativen Wohnung, einem Unterschlupf … Vielleicht finde ich in ihren Sachen noch etwas … Irgendeinen Hinweis.

»Himmel-Himmel-Himmel-Himmel …«

Ich kehre in unsere Ecke zurück, lege sie schlafen, reibe mir die Finger und öffne die Schachtel.

Billiger Schmuck. Unterwäsche. Ihr Kommunikator.

Das ist es.

Als ich ihn einschalte, vergesse ich alles um mich herum. Ich blättere mich durch Anrufe, Aufnahmen, besuchte Orte. Gleiche die Daten ab.

Kling. Eine Nachricht von Rocamora. Kling. Noch eine. Kling. Noch eine. Kling. Zu Dutzenden laufen sie ein, über all die letzten Monate hinweg. Ihr Komm muss seit ihrer Flucht ausgeschaltet gewesen sein. Kling. Kling.

Ablehnen. Ablehnen. Ich will seine verdammten Drohungen, seine verdammten Beteuerungen, sein verdammtes Flehen gar nicht lesen. Löschen. Alles löschen.

Videos und Fotos ansehen.

Drei, fünf, zehn Bilder, die genau zur richtigen Zeit an ein und demselben Ort gemacht wurden: eine aus Brettern zusammengezimmerte Bude mit einer eingebrannten Känguru-Silhouette auf einem Holzschildchen. Rocamoras Visage. Der Vertigo-Turm, Ebene 800. Ich schicke mir eine Geo-Markierung.

Dann schalte ich ihren Komm aus. Hab noch etwas Geduld, Jesús.

Ich komme bald und dann reden wir.

XXVIII · ERLÖSUNG

Der Bahnhof Industriepark 4451 liegt unterirdisch: An seinen Bahnsteigen halten nicht die zerbrechlichen Glaskolben der Passagier-Tubes, sondern schwere Güterzüge. Der gesamte Frachttransport Europas bleibt dem Durchschnittsbürger verborgen.

Hier unten funktionieren die Bewegungsmelder reibungslos. Sobald die Aufzugtüren beiseitefahren, flammt an der fernen Decke eine Welle von Leuchtdioden auf, um diesen unüberschaubaren, düsteren Raum mit seinen nackten Wänden der absoluten, kosmischen Dunkelheit zu entreißen. Automatische Ladekräne heben und senken sich ununterbrochen, und auf den breiten Gleisen rollen wie gigantische Tausendfüßler finstere Güterzüge ein. Die beiden Schlünde des Tunnels liegen mindestens einen Kilometer auseinander, und doch passen die Tausendfüßler nicht mal zur Hälfte hinein. Erst schlagen sie sich ihre vielen Mägen mit allem möglichen Zeug voll, dann kriechen sie ein Stück weiter, damit die Kräne weiteres Gerümpel in ihre noch leeren Sektionen stopfen können. Sie alle können bestens auf uns Menschen verzichten. Ich komme mir vor wie in der Basis einer Humankolonie in einer fremden Galaxis, wie man sie aus ach so vielen Filmen kennt, deren Prophezeiungen sich nie erfüllt haben. Die Menschheit hat dieses Bollwerk geschaffen, um von hier aus das Weltall zu beherrschen, doch vor etwa einer Million Jahren ist Homo sapiens durch einen Zufall dahingerafft worden, während die Automaten immer weiter arbeiten, als wäre nichts geschehen, und uns im Übrigen nicht sonderlich zu vermissen scheinen.

Ich sitze allein auf einer fünfhundert Meter langen Bank, ganz in der Mitte, das Gesicht dem einzigen leeren Gleis zugewandt, und warte auf die Ankunft des Passagierzuges. Über mir fliegen tonnenschwere Container vorüber, Roboterzangen surren an Deckengleisen entlang. Außer dieser harten, endlosen Bank und dem Schriftzug »Industriepark 4451« vor meiner Nase ist hier nichts für Menschen gedacht.

Zum Vertigo gibt es eine direkte Bahnverbindung, eine Stunde Fahrt ohne Umsteigen. Wahrscheinlich hat Annelie damals den erstbesten Zug genommen, um einfach wegzukommen, egal wohin.

Tatsächlich fühlt man sich hier fern von aller Welt. Ich stelle mir vor, wie ihre Tube damals inmitten dieser schwarzen Leere anhielt, wie das Licht anging, denn die Roboter hatten die Anwesenheit eines Menschen registriert, wie sie ausstieg, sich ihren Bauch hielt und sich auf die leere, unendlich lange Bank unter dem hohen Betonhimmel setzte.

Unser Kind habe ich bei Pater André gelassen. Er hat versprochen, einige Stunden auf sie aufzupassen, damit ich meine Angelegenheiten erledigen kann. Es ist mir nicht leichtgefallen, ihn darum zu bitten, und auch er hat sich nur zögerlich bereit erklärt. Aber er weiß: Wenn ich irgendwie in der Lage dazu bin, werde ich zurückkehren.

Wahrscheinlich ist sie gerade aufgewacht – das ist ihre Zeit. Sicher quäkt sie schon, will, dass man ihr die Windeln wechselt, aber Bertha kann jetzt nicht, weil sie gerade ihren eigenen

Spross am Busen hängen hat. Egal, Hochwürden wird schon jemand anderen finden, der den Job übernimmt – zur Not kümmert er sich eben selbst.

Dennoch ist mir nicht wohl.

Ohne Vorwarnung taucht aus dem Tunnel eine Glasröhre auf: der Passagierzug. Dieser vorbeifliegende Wandersmann blickt verächtlich in der nackten Station umher – Beton, Beton, Beton –, doch für wen soll sie auch so tun, als wäre sie ein paradiesisches Fleckchen?

Ich werde hineingezogen. Kaum hebe ich den Fuß vom Bahnsteig, da beginnen die Leuchtdioden in der Halle schon zu erlöschen, bis das gesamte Frachtterminal schließlich verschluckt ist, als hätte es nie existiert.

Jetzt eine Stunde lang immer geradeaus.

Eine Stunde, um ein voreingenommenes Verhör mit Rocamora sowie eine flehende Bitte an Beatrice zu proben und zum hundertsten Mal jene einfachen Additionen abzugleichen, nachzurechnen, wie alt ich war, als Erich Schreyer seine flüchtige Frau wiederfand, um dann mit mir selbst zu klären, ob ich überzeugt genug bin zu glauben, dass sie meine Mutter ist, und mutig genug zu glauben, dass sie noch am Leben sein könnte.

Eine Stunde, um mir noch einmal all das durch den Kopf gehen zu lassen, was ich bislang nicht zu Ende denken konnte, weil sich ständig jemand auf meinem Arm oder neben mir regte, weinte, gurrte, mich ablenkte, meine Aufmerksamkeit für sich und nur für sich einforderte.

Eine Stunde Ruhe! Endlich!

Augenblicklich schlafe ich ein.

Ich träume, ich habe meine Mutter gefunden – in Barcelona. Sie hat die ganze Zeit über in der Mission des Roten Kreuzes gearbeitet und in einem Haus mit schokoladenfarbenen Wänden gelebt, ebenjenem Haus mit der Treppe und der Teeblüte und dem Albatros-Modell. Ich träume, dass ich meine Apollomaske trage, meine ganze Einheit ist bei mir, ebenfalls in voller Uniform, sie sind gesichtslos, und doch weiß ich: Es sind meine Jungs, ich kann mich auf sie verlassen. Ich habe ein Signal bekommen, es geht um meine Mutter, es ist meine Pflicht, sie zu scannen, illegal geborene Kinder festzustellen und ihr eine Akzeleratorspritze zu setzen. Sie öffnet die Tür, ich halte ihr den Mund zu, meine Leute durchkämmen beide Etagen, und ich darf zur Tat schreiten: Es ist ja meine Mutter. Sie ähnelt Annelie, die gleichen gelben Augen, die gleichen scharf geschnittenen Wangenknochen, die gleichen Lippen, nur das Haar ist ganz anders: langes, nach hinten gekämmtes Haar. Klingeling! Blutsverwandtschaft ersten Grades mit Jan Nachtigall 2T, Schwangerschaft nicht gemeldet, Sie bekommen jetzt ein Spritzchen, alles streng nach Gesetz, und Ihren Sohn bringen wir ins Internat, so sind die Regeln. Nein, warte, du bist doch mein Sohn, ich habe all die Jahre auf dich gewartet, darauf gewartet, dass du mich findest und wir endlich reden können, wir haben so viel zu besprechen, erzähle, wie du allein gelebt hast, mein armer Junge, mein Gott, wie konnte ich damals nur zulassen, dass man uns trennte, verzeih mir, verzeih. Augenblick, meine Dame, wenn Sie glauben, dass Sie mich mit Gejammer herumkriegen, können Sie das vergessen, geben Sie mir mal Ihren Arm – Autschick! –, so, damit wäre das Gesetz vollzogen. Im selben Augenblick stürzen sich die anderen Masken – Al, Viktor, Josef, Daniel – auf mich, fesseln mich, schleifen mich fort, nehmen mich meiner Mutter weg, hey, wohin bringt ihr mich, lasst mich los, na hör mal, Jan, ins Internat bringen wir dich, zurück ins

Internat, du kennst doch das Gesetz, du musst doch jetzt im Internat sitzen, bis deine Mutter den Alterstod stirbt! Aber ich will nicht, ich will nicht wieder dorthin, ich will nicht, dass sie alt wird, ich will nicht, dass wir uns nie wiedersehen, ich habe doch so lange nach ihr gesucht. Es hilft nichts: Sie führen mich ab, ich bin machtlos dagegen. Nur eines kann ich tun, um nicht wieder im Internat zu landen: aufwachen.

Eine Minute, bevor der Zug in den Vertigo einfährt.

Der Wagen ist gesteckt voll mit Menschen, alle sind sie bester Laune, manche sogar fröhlich, und sie alle steigen wie ich im Vertigo aus.

Am Bahnhof mische ich mich unter die Massen von Ausflüglern, die Abordnungen von Genussmenschen in modischen Outfits. Offenbar gibt es hier Kasinos und tropische Hotels, unter unseren Füßen ist gelber Sand, noch auf dem Bahnsteig ragen ausladende Palmen in die Höhe, in denen aufziehbare Kakadus sitzen, an den Wänden begrüßt uns ein Panorama wie in einem Seychellen-Paradies. Aufzüge gibt es im Vertigo mehr als genug, von innen sehen sie aus wie Körbe aus Bambusgeflecht mit Glashaube oder wie selbstgezimmerte Baumhäuser, und schon hier reicht man jedem Fahrgast einen kostenlosen Welcome-Drink mit unschuldigem Fruchtgeschmack. Ich nehme einen Schluck: Gleich werden die Farben etwas greller, die Konturen etwas verschwommener. Man braucht nur ein paarmal mit so einem Lift zu fahren, um sich im Kasino gleich viel spendabler zu fühlen.

Ebene 800 ist gesperrt. Umbauarbeiten.

Am Infostand weigert man sich, mir zu helfen, also muss ich einen anderen Weg suchen. Vom Dach des Hotels Riviera – einer Anlage aus mehreren weißen, dreigeschossigen Häuschen mit hellblauen Fensterläden entlang einer einhundert Meter langen gepflasterten Uferpromenade mit Gaslampen und dicken, umherwatschelnden Möwen – führt eine Leiter in eine Deckenluke. Reparaturarbeiten im Himmel. Das Riviera befindet sich auf Ebene 799. Es ist ebenfalls geschlossen, aber es gelingt mir, mit einer Gruppe von Bauarbeitern in Atemschutzmasken hineinzukommen. Mit einem davon habe ich mich vorher in eine Abstellkammer zurückgezogen, um mir seine Schutzkleidung zu borgen.

Ich steige die Sprossen hinauf in die nächste Ebene und schließe die Luke hinter mir.

Heraus komme ich auf der gegenüberliegenden Seite des Erdballs, irgendwo in Australien: ein Hostel aus Holzbrettern am Ufer des Ozeans, auf dem bis zum Horizont reichenden Strand liegen abgenutzte Surfbretter, eine große aufblasbare Schildkröte wippt in der trägen künstlichen Brandung gegen den nassen Sand. Unweit des Ufers ragt die Rückenflosse eines Hais aus dem grünen Wasser, aber sie bewegt sich nicht, ist wie festgenagelt. Der Himmel ist eingeschaltet, hängt aber irgendwie fest: Die immer gleichen Wolken schwimmen im Kreis wie an einer Kette, und die Sonne taucht alle zwei Minuten ins Meer und springt kurz darauf auf der gegenüberliegenden Seite, jenseits der roten Berge, wieder hervor.

Wartungsarbeiten, wir bitten um Verständnis.

Die Fenster des Hostels »Känguru am Strand« sind verhangen, die Terrasse im Erdgeschoss ist von einer Markise überdeckt, eine verhüllte Theke, die Wände sind mit Etiketten von Bierflaschen beklebt, verstaubte Gläser zu Pyramiden aufeinandergestellt. Irgendwo hört man gedämpfte Gitarrenklänge aus billigen Lautsprechern, eine romantische Urlaubsmelodie. Ein

Typ mit Sonnenbrille kommt mir entgegen, die Hände in den Hosentaschen, der Gang wackelig, die Haut fleckig und vernarbt, offenbar transplantiert. Wie es aussieht, bin ich an der richtigen Adresse.

»Na, Mann, su'st du was?«

Ich trage einen Mechanikeroverall, Mund und Nase sind von der Maske verdeckt. Ich sage irgendwas Unverständliches und deute mit den Händen auf das Haus. Nach dem Motto: Muss nur mal kurz was nachschauen.

Er interessiert sich mehr für die Luke, durch die ich hier nach Australien reingeklettert bin. Wenn mir jetzt jemand von der anderen Seite der Erde nachsteigt, muss ich als Erster reagieren. Wenn nicht, gehe ich vielleicht tatsächlich als Arbeiter durch.

Ich tue so, als interessierte ich mich gar nicht für den Typ und gehe sofort zur Inspektion des Hostels über. Ich habe hier zu arbeiten, Junge, deine Kriegsspiele kannst du mit dir selber austragen. Mit professioneller Miene klopfe ich die Wände ab und öffne irgendwelche Klappen. Ich drücke die Klinke der Eingangstür – sie gibt nach. Als wäre es das Natürlichste auf der Welt, trete ich ein, und als er mir hinterherlaufen will, klemme ich seinen Arm in der Tür ein, seine kleine, aber schwere Pistole poltert zu Boden, ich hebe sie als Erster auf und schlage ihm mit dem Griff gegen den Hals. Während er zusammensackt, horche ich: Ist er etwa allein? Ziemlich schwache Besetzung.

Ist Rocamora am Ende gar nicht hier? Unmöglich, dass er so schlecht bewacht wird! Nach dem, was mit Clausewitz passiert ist?

»Wer ist da?«, ertönt die Stimme einer alten Frau von oben. »Jesús?«

Ich erkenne Beatrice.

Und ich erkenne sie nicht.

Die Stimme von damals ist jetzt wie ein Glas, das man in einen Beutel gelegt und mit einem Hammer zertrümmert hat: Wo früher Fülle und Klang waren, ist nur Krächzen und Knirschen.

»Bist du schon wieder zurück?«

Ich habe mir eine Kombination aus mehreren Zügen ausgedacht – und dabei die einfachste Möglichkeit übersehen: Rocamora ist gar nicht auf die Idee gekommen, Beatrice zu verstecken. Fehlt nur noch er selbst. Unterwegs? Egal, dann warte ich eben auf ihn.

Ich zwinge meinen Atem zur Ruhe, gehe die Treppe in den ersten Stock hinauf, die Pistole bereit, der Staub in der Luft flammt auf und erlischt wieder im Karussell der Sonnenstrahlen, die Stufen ächzen unter meinen Absätzen, an den Wänden hängen Fotos von Surfern mit strahlend weißen Zähnen, daneben nautische Tafeln.

Die einzige Tür ist verschlossen. Ich klopfe.

»Jesús?«

»Ich bin es, Beatrice, machen Sie auf.«

Sie fällt darauf herein.

Als das Schloss klickt, reiße ich an der Klinke, und Beatrice fällt in meine Arme. Sie will sich losreißen, aber ich drücke sie an mich, umarme sie wie ein Bär.

»Schschsch … Ganz ruhig. Ich tue Ihnen nichts …«

Sie schreit mir etwas in die Brust, doch dann bekommt sie keine Luft mehr und ergibt sich, also lockere ich allmählich meinen Griff und setzte sie in einen Flechtsessel.

Das Zimmer ist in ein Labor verwandelt worden. Ein PC-Arbeitsplatz, ein Molekulardrucker, ein Kühlschrank mit irgendwelchen Glasbehältern darin. Sie arbeitet also noch immer! Ich hatte recht: Rocamora hat Beatrice entführt, damit sie ihr Projekt zu Ende führt – für ihn.

»Wer sind Sie?«

Ich werfe die Tür zu, dann setze ich die Maske und das Handwerker-Käppi ab.

»Was soll das … Olaf! Zu Hilfe! Olaf!«

»Olaf schläft.«

Sie hat in diesem einen Jahr ziemlich nachgelassen. Ihr Rücken ist gebeugt, das Gesicht eingebrannt. Die Haut ist dünn und labbrig geworden. Wenn Beatrice Fukuyama früher ganz aus festem und trockenem Dörrfleisch bestand, so ist jetzt alles an ihr nur noch überreifer Matsch. Sie will sich noch aufrecht halten, aber ihr Gerüst ist morsch geworden. Die einst ausrasierten Schläfen, ihr Aufstand gegen das Alter, sind längst von wirren Strähnen überdeckt. Ihre Augen sind nach wie vor lebendig und klug, doch drohen schlaffe Lider sie zu verschließen.

»Wagen Sie es nicht, mich anzurühren!«, sagt sie, und es klingt müde, wie mit fremden Lippen, die ihr nicht gehorchen. »Sie können jeden Augenblick zurückkehren, und dann wird es Ihnen …«

»Ich will Ihnen nichts tun. Ich brauche Ihre Hilfe … Nur Sie können mir …«

»Helfen?« Sie runzelt misstrauisch die Stirn. »Womit sollte ich dir helfen können?«

»Ich werde alt. Ich habe die Spritze bekommen. Ich weiß, dass Sie ein Gegenmittel entwickeln … Gegen den Akzelerator … Gegen das Altern. Ich … Ich habe es in den Nachrichten gesehen, und … Ich hätte nicht gedacht, dass ich Sie jemals finden würde.«

»Ein Gegenmittel.«

Beatrice nickt. Ihre Augen dringen in mich ein wie Angelhaken, ihr Blick durchbohrt meine erschöpfte Haut, die zwei wintergrauen Zentimeter in meinem roten Haar, und sticht scharf in meine Pupillen.

»Ich erinnere mich an dich.«

Ich rühre mich nicht. Eigentlich hatte ich gehofft, dass Feuer und ätzender Rauch mich nach einem Jahr, das so lang war wie zehn, aus ihrem Gedächtnis gelöscht hätten, dass sie mich mit jemand anderem verwechselt, so wie sie meine Stimme eben für die von Rocamora gehalten hat.

»Du bist dieser Verbrecher. Der mit der Maske, der mein Labor zerstört hat. Genau der bist du.«

»Ich bin kein Verbrecher. Ich bin kein Unsterblicher mehr …«

»Das sehe ich«, sagt sie. »Sogar ich erkenne das.«

»Hören Sie … Es tut mir leid, was damals passiert ist. Mit dem Labor. Dass ich Sie festnehmen musste. Aber diese Menschen starben …«

»Edward«, unterbricht sie mich. »Ihr habt Edward umgebracht.«

»Wir haben ihn nicht getötet. Er hatte einen Infarkt.«

»Du hast Edward umgebracht«, wiederholt sie starrsinnig. »Und du hast mich diesen Sadisten ausgeliefert.«

»Haben die … Haben die Ihnen etwas getan? Ich habe Sie in den Nachrichten gesehen … Mir schien …«

Ihre Lippen formen ein schiefes, müdes Lächeln.

»Das, was in den Nachrichten gezeigt wurde, war eine digitale Kopie von mir. Ein dreidimensionales Modell. Sie haben mich vermessen, als ich noch sauber war. Ohne Blutergüsse, Brandwunden und Injektionsspuren. Und dieses Bild kann jetzt in meinem Namen alle möglichen Geständnisse ablegen.«

»Das tut mir wirklich leid. Ich habe oft an Sie denken müssen …«

Beatrice nickt, und ich fasse es als Zustimmung auf, bis mir klar wird, dass sie nicht mir, sondern sich selbst zunickt.

»Und du wirst also wirklich alt«, sagt sie lächelnd. »Es ist keine Maskerade.«

»Ich sage Ihnen doch, ich habe eine Spritze bekommen!«

»Gut.« Wieder nickt sie zufrieden. »Es gibt also doch noch Gerechtigkeit auf dieser Welt.«

»Können Sie mir helfen? Bitte! Sie hatten doch eine Formel entwickelt … Und ich sehe, dass Sie noch immer daran arbeiten … Die ganzen Apparate …«

Beatrice verkrallt sich in den Armlehnen des Sessels, zieht sich mühselig in die Höhe und scheucht mich aus dem Weg.

»Du heißt Jacob, nicht wahr? Auch ich habe oft an dich denken müssen. Du hast mich vieles gelehrt.«

»Jan. In Wirklichkeit heiße ich Jan.«

»Es ist mir gleich, wie du heißt. Für mich bist du Jacob.«

Ein Rollstuhl steht direkt bei dem verhangenen Fenster. Beatrice bereitet das Stehen Mühe, ihre Knie zittern, aber sie steht – und jetzt blickt sie mich nicht mehr von unten an, sondern auf Augenhöhe.

»Ich bitte Sie. Man hat irgendein Zeug in mich hineingepumpt. Einer Ihrer Kollegen, mit dem Sie früher, am Anfang, zusammengearbeitet haben. Er hat ein Muttermal – hier. Aber durch seine Therapie hat sich alles nur beschleunigt, und ich werde jetzt viel schneller alt!«

»Ich kenne niemanden, der so aussieht. Wahrscheinlich irgendein Betrüger.«

»Sie müssen es aufhalten.«

»Ich muss?«

»Bitte! Vielleicht haben Sie ja irgendwelche Versuchspräparate … Sie brauchen doch sicher Freiwillige, um es zu testen …«

»Ich soll dir also helfen, ja?«

»Es gibt niemanden, der mir sonst helfen könnte!«

Beatrice hält den Kopf gerade, obwohl er ihr wahrscheinlich so schwer auf den Schultern liegt wie die ganze Erdkugel. Sie spricht undeutlich, aber ihre Stimme ist fest.

»Dir ist nicht mehr zu helfen. Du hast alles verbrannt, was ich damals tat. Du hast es zerbrochen, ausgelöscht und verbrannt. Es gibt kein Heilmittel. Und es wird auch nie eines geben.«

»Ich habe ein Kind. Deshalb hat man mir die Injektion gesetzt. Ich bin nicht mehr auf ihrer Seite, ich schwöre es. Ich bin nicht mehr bei den Unsterblichen! Ich habe die gleiche Hölle durchgemacht wie Sie! Ich war im Gefängnis, ich …«

»Das glaube ich nicht«, sagt sie und schüttelt langsam und vorsichtig ihren offenbar tonnenschweren Kopf. »Die gleiche Hölle? Wohl kaum.«

»Ein Mädchen. Ich habe eine Tochter. Ihre Mutter, meine … Sie starb bei der Geburt. Ich bin allein. Wegen dieser Transfusion geht jetzt alles viel schneller. Ich habe keine zehn Jahre mehr. Ich habe niemanden, bei dem ich sie lassen könnte. Sie müssen das doch verstehen! Mich verstehen!«

Sie schweigt. Dann geht sie zum Fenster – erst einen Schritt, dann zwei, dann drei. Schließlich bleibt sie stehen.

»Ich habe Maurice angerufen. Ich habe meinen Sohn im Internat angerufen. Es war dieser eine Anruf, der einzige. Du hast mir damals davon abgeraten, erinnerst du dich? Aber ich habe nicht auf dich gehört. Ich habe ihn gesehen. Ich habe gesehen, wie groß er geworden ist. Du hattest recht, Jacob: Ich hätte es nicht tun sollen.«

Sie hat sich also anhören müssen, was Maurice ihr zu sagen hatte. Vielleicht kann ich sie ja umstimmen, wenn ich es ihr erkläre.

»Ja. Ja, ich weiß. Ich weiß, was er Ihnen gesagt hat. Er hat sich von Ihnen losgesagt, nicht wahr? Aber das hat nichts zu bedeuten! Das ist ein Test, ein Test für uns. Hätte er Ihnen das nicht gesagt, hätten sie ihn niemals dort rausgelassen! Deswegen sagen wir alle dasselbe!«

Beatrice Fukuyama zuckt mit den Schultern – und in diesem Moment sieht sie nicht mehr nur so aus wie eine alte Frau, sondern auch wie eine Art Königin.

»Ich hatte es mir ungefähr so vorgestellt. Aber das ändert nichts. Er ist mir fremd geworden. Ich kenne ihn nicht und er mich genauso wenig. Und wir werden uns niemals kennenlernen. Du hast damals gesagt, er sei doch nur ein Stück Fleisch gewesen, als sie ihn mir wegnahmen. Er war damals zwei Monate alt. Wie alt ist deine Tochter jetzt?«

»Zwei Monate«, antworte ich.

»Sie wird sich nicht an dich erinnern«, sagt sie mit Nachdruck. »Du wirst sterben, und deine Tochter wird nichts mehr von dir wissen. Ich habe nichts für dich.«

»Du lügst!« Ich mache einen Satz auf sie zu, hole aus und halte erst im letzten Augenblick meine Hand zurück. »Du lügst doch!!«

Sie zuckt nicht einmal mit den Wimpern. »Was willst du tun? Mich umbringen? Bitte. Mir ist es gleich. Ich sterbe sowieso …

Es gibt kein Gegenmittel. Du hast alles vernichtet, was es jemals gegeben hat.«

»Und was braust du hier zusammen?! Was ist das?!« Ich deute auf die Flaschen und Reagenzgläser. »Du willst es mir nicht sagen?! Dann nehme ich es eben selbst!«

»Nur zu«, antwortet sie.

»Was ist es?!«

»Genau das, was du verdienst. Solche wie du. Was wir alle verdienen! Da! Sauf es aus!« Sie packt eins der Gläser, die auf ihrem Tisch stehen, und hält es mir hin. Die Venen auf ihren Händen sehen aus wie Leichenwürmer, die sich schon jetzt unter ihrer Haut eingenistet haben. »Na?!«

»Was ist da drin?«

»Das, woran ich die ganze Zeit gedacht habe, während sie mich dort festhielten. Und was ich hier dann … gebraut habe. Ich habe mich beeilt, denn ich hatte Angst, nicht mehr rechtzeitig damit fertig zu werden. Aber ich habe es geschafft. Dieses Mittel wird uns wieder zu Menschen machen. Zu richtigen Menschen. Es ist ein Gegengift.«

Ich begreife nicht gleich, was sie meint, aber schon von der ersten Vorahnung wird mir heiß, und dicke Schweißtropfen treten mir auf die Stirn.

»Ich habe es Jacob genannt, dir zu Ehren. Es rückt alles wieder zurecht. Anfangs vermehrt es sich unbemerkt in dir. Und schon nach einem Tag beginnst du andere damit anzustecken. Ganz unmerklich. Es weiß sich zu tarnen. Es erzeugt keine Symptome. Und nichts hilft dagegen. Nach einem Monat beginnt es, das Jugend-Virus in dir zu vernichten. Es verdrängt es einfach. Und erzeugt eine Immunität dagegen. Für immer. Es heilt dich. Macht dich wieder sterblich. Gib es ins Trinkwasser, und es heilt jeden, der davon trinkt. Du musst nur eine zentrale Wasserleitung finden. Gib es dort hinein, und du rettest Milliarden.«

»Du Hexe …« Es verschlägt mir die Stimme, und ich bringe nur ein Flüstern hervor. »Das ist reiner Terrorismus … Das … Das ist Massenmord! Du redest doch dummes Zeug! Das kannst du nicht! Du bluffst schon wieder, wie damals, mit der Vogelgrippe!«

»Probier es aus«, entgegnet sie mit fester Stimme.

»Ich lasse die Polizei kommen! Die Unsterblichen …«

»Die sind sowieso bald hier.« Ihre Stimme klingt müde und gleichgültig. »Jesús hat nicht mehr viel Zeit. Sie haben ihn und seine Leute in die Enge getrieben. Dieser Dummkopf. Auch er wollte, dass ich ein Mittel gegen das Altern herstelle. Aber dies hier ist viel besser. Dies ist das wahre Allheilmittel.«

Sie versucht das Reagenzglas zu öffnen, doch ihre Kraft reicht nicht, und ich ringe ihr den Samen des Teufels aus den verwurmten Händen.

»Trink!«, sagt sie und lacht heiser. »Trink! Du wolltest doch geheilt werden!«

»Du bist verrückt!«

»Ich?!« Sie macht einen Schritt auf mich zu, und ich weiche hastig zurück. »Nein, ich bin endlich bei klarem Verstand! Und das habe ich dir zu verdanken, Jacob!«

»Eine Wasserleitung zu infizieren … Ihr seid Terroristen. Du und Rocamora …«

Ich weiß nicht, wohin mit dem Reagenzglas, fürchte, es aus Versehen zu öffnen und so den Tod freizusetzen.

»Du hast Angst. Angst vor dem Alter, vor dem Tod. Du dummer, naiver Grünschnabel.« Beatrice lächelt mit zitternden Lippen. »Du brauchst dich nicht davor zu fürchten. Ich kann ihn von hier aus sehen. Er ist nur zwei Schritte entfernt. Und er ist nicht furchtbar.«

Von unten höre ich ein leises Rascheln. Wahrscheinlich fährt Olaf gerade sein Hirn wieder hoch, nachdem ich ihm fast das Genick gebrochen habe.

»Ich sage dir jetzt das Gleiche, was ich Rocamora schon die ganze Zeit sage: Wir brauchen den Tod. Wir dürfen nicht ewig leben, denn das widerspricht unserer Natur. Wir sind einfach zu dumm für die Ewigkeit. Zu egoistisch. Zu vermessen. Endlos zu leben, dazu sind wir nicht in der Lage. Wir brauchen den Tod, Jacob. Ohne ihn geht es nicht.«

Beatrice tritt ans Fenster, schiebt die Vorhänge beiseite, stützt sich auf das Fensterbrett und betrachtet die Sonne, die über das Firmament dahinrast.

»Sie sind nur müde … Das ist das Alter … Wären Sie jung, würden Sie das nie sagen!«

»Für wen habe ich gelebt? Ich habe niemanden mehr.« Beatrice starrt wie gebannt aus dem Fenster.

Untergang, Aufgang, Zenit, Untergang, Aufgang, Zenit.

»Es stimmt, ich klammere mich nicht mehr an mein Leben. Der Tod hat mich befreit. Ich habe nichts mehr zu verlieren, Jacob. Du kannst mir nichts tun. Weder du noch eure Partei noch Jesús. Ich will nur, dass mein Kind« – sie deutet mit dem Kopf auf ihren Arbeitstisch – »die Welt erblickt.«

»Beatrice!«, ruft jemand von unten. »Beatrice, geht es Ihnen gut?!«

»Hundertzwanzig Milliarden werden sterben! Und was werden Sie damit verändern?!«

»Sie hätten alle längst sterben sollen. Was lebt, stirbt. Wir sind keine Götter. Und werden niemals Götter sein. Irgendwann stoßen wir an eine Grenze. Wir können nichts verändern, weil wir uns selbst nicht ändern können. Die Evolution ist stehen geblieben, und zwar mit uns. Der Tod gab uns die Möglichkeit zur Erneuerung. Er setzte immer alles zurück auf null. Aber wir haben den Tod verboten.«

Ich schließe die Tür ab.

Trampelnde Schritte auf der Holztreppe. Aufgang-Untergang-Aufgang. Die Gardinen hängen kraftlos herab. Die Luft ist unbeweglich.

Mein Kopf droht zu platzen.

»Wir wissen mit der Ewigkeit nichts anzufangen«, wispert Beatrice. »Welcher große Roman wurde in den letzten hundert Jahren geschrieben? Welcher große Film gedreht? Welche große Entdeckung gemacht? Mir fallen da nur alte Kamellen ein. Wir haben nichts aus unserer Unsterblichkeit gemacht. Der Tod hat uns immer angetrieben, Jacob. Er sorgte dafür, dass wir uns beeilten. Unser Leben nutzten. Früher war er überall sichtbar. Alle dachten an ihn. Es gab eine Struktur: Anfang und Ende.«

Die Türklinke hüpft mehrmals heftig auf und ab. »Beatrice?! Ist er dort?! Wer ist das?!«

»Ein armseliger Dummkopf«, antwortet Beatrice. »Er will von mir ein Mittel gegen das Altern.«

»Weg von der Tür!«

Ich schaffe es gerade noch zur Seite zu springen, bevor ein Knall das Schloss zertrümmert. Als die Tür aufschwingt, stehe ich bereits hinter Beatrice, verschanze mich hinter ihrem Körper und ziele mit meiner Knarre auf Olaf, den Mann mit den Schweinsaugen, der geflickten Haut und der riesigen Stirn.

»Keinen Schritt weiter!«

»Du hättest keine sinnlosere Geisel finden können«, sagt Beatrice und lacht; sie riecht alt und säuerlich. »Tötet mich, dann hat das alles hier ein Ende. Und ich meine Ruhe.«

Olaf verändert seine Position, um mich besser treffen zu können. Er blickt durch das Zielfernrohr einer schweren Maschinenpistole.

»Wenn ihr etwas zustößt, reißt dir Rocamora den Kopf ab«, sage ich. »Also mach keine Dummheiten.«

Er erstarrt, blinzelt mit seinen Glupschern, tut so, als würde er nachdenken, aber ich falle nicht darauf herein.

»Jesús ist ein guter Mensch«, murmelt Beatrice. »Einfach alles stehen und liegen zu lassen und ans Ende der Welt zu fahren, alles wegen eines Mädchens … Er ist ein Mensch, der das Leben lebt. Das ist seine Schwäche. Ihm bleibt nicht mehr viel Zeit. Er wird es nicht mehr schaffen. Sein Spiel ist aus.«

»Welches Mädchen? Wo ist er?!«

»Wie heißt sie? Annelie? Er sagte, er habe sie endlich gefunden …«

Olaf schießt.

Anstatt die Kugeln mit Beatrice' Körper abzufangen und ihr damit endlich Erleichterung zu verschaffen, stoße ich sie beiseite und nehme den brennenden Schmerz auf mich. Die linke Schulter. Schon wieder. Dann – eins! zwei! drei! – hüpft mein Lauf, das Trommelfell dehnt sich, in meinen Ohren pfeift es, Olaf wankt, beugt sich nach vorn und legt sich mit dem Gesicht zu Boden schlafen.

Beatrice fällt auf den Tisch, Fläschchen rollen umher, fallen zu Boden, sie hebt sie auf, dreht sich mühsam zur Seite und setzt sich schwer auf einen Stuhl.

»Jesús hat eine Seele. Ein seelenloser Mensch hört nicht auf sein Gewissen, bereut nichts, Jesús dagegen ist ein einziges Bedauern.«

Ich drehe Olaf mit dem Gesicht nach oben und hebe seine MP auf. Er lebt, aber sein Bauch ist überall rot und schwarz.

»Ist Rocamora zu Annelie gefahren?! Wohin?! Rede!«

Olaf schweigt, er atmet nur, schnell und flach, und jedes Mal, wenn er ausatmet, spritzt ein schwacher Strahl aus ihm hervor wie aus einer Badeente.

Rocamora ist dorthin gefahren. Schreyer sagte, dass er Hacker beschäftigt … Wahrscheinlich hat er mich geortet, als ich Annelies Kommunikator durchsuchte. Deshalb also ist er nicht hier … Weder er noch seine Leute.

Ich muss Pater André fragen, ob alles in Ordnung ist. Ob sie in Sicherheit ist …

»Kennst du den?«, murmelt Beatrice. »Die Efuni-Variable … Er behauptete, dass die DNA-Abschnitte, die für das Altern verantwortlich sind, noch eine andere Funktion haben. Dass sie für die Seele zuständig sind. Wir haben sie umkodiert. Und keiner weiß, was wir da hineingesetzt haben – anstelle von unserer Seele.«

Ich schalte meinen Komm ein und wähle Andrés ID. Zum Glück ist sie noch gespeichert, Annelie hatte mir ja von seinem Apparat aus geschrieben. Er antwortet nicht gleich.

»Jan! Jan! Die Unsterblichen sind hier! Wir müssen …« Das Bild flackert, Andrés Stimme ist für einen Augenblick unterbrochen. *»Dein Kind … Sie haben uns gefunden! Wo bist du?!«*

»Was?! Was ist passiert?!«

Die Verbindung bricht ab, der Bildschirm erlischt.

»Wir müssen die Seele zurückholen …«, flüstert Beatrice und trinkt aus einem der Reagenzgläser. »Wir müssen sie zurückholen …«

Sie trinkt aus einem offenen Reagenzglas!

Ich stolpere über Olaf, rutsche über den gerinnenden Spiegel, der aus ihm herausfließt, und stürme aus diesem grauenvollen Zimmer, fliege die Stufen hinab, schmettere die Eingangstür hinter mir zu, bleibe keuchend im Sand stecken und werfe einen letzten Blick auf das Strandhaus.

Beatrice sitzt lächelnd am offenen Fenster, ihre erloschenen Augen folgen mir, und die Sonne dreht sich wie wild um die unbewegliche Erde.

Ich begreife nichts mehr. Mein Herz hämmert so stark, dass meine Rippen schmerzen, in meinem Schädel regt sich etwas Dorniges, meine Lungen sind erfüllt von Angst und Wahnsinn, und dieser Wahnsinn schwappt durch meinen Mund nach außen, sobald sich mir jemand in den Weg stellt.

Ich stoße und schlage all die Trantüten beiseite, die sich nicht bewegen wollen, all diese geschniegelten Nichtstuer, die ihre Unsterblichkeit im Kasino herunterspülen oder unter einer aufgemalten Sonne räuchern, stürme in Aufzüge, schlage wie verrückt auf Knöpfe und viel zu langsame Touch-Displays ein, laufe so schnell ich kann, so schnell es der stechende Klumpen in meiner Brust und die überfüllten Lungen erlauben – und das Loch, das mir Olaf nur wenige Zentimeter neben meiner Hauptpumpe eingebrannt hat.

Der Zug kommt sofort, mein einziger Wunsch, der bislang in Erfüllung geht, eine letzte Zigarette vor der Erschießung.

Die Arbeitermütze habe ich bei Beatrice zurückgelassen, und so glotzen mich die Leute in der Tube an, kichern spöttisch, weichen mir ängstlich und voller Ekel aus. Ich starre mit ausgetrockneten Augen auf die Sozialreklame, die draußen vorbeiflackert: »Hohe Steuern? Schuld sind die, die Kinder bekommen!« Darüber das Bild eines ultramodernen Klassenzimmers voller kleiner, pickeliger Vandalen.

Wagt es nur.

Wagt es nur, ihr verdammten Schweine.

Wehe ihr rührt sie auch nur an.

Ich denke nur an sie, an ein zweimonatiges Mädchen ohne Namen, das man mir wegnehmen will. Ich versuche den Priester zu erreichen, einmal, dann noch einmal, und noch einmal.

»Sie stürmen … Heuschrecken … Zu den Heuschrecken …«, schreit er mir zu, immer wieder unterbrochen von Störungen, und schließlich antwortet er gar nicht mehr.

Endlich bremst die Tube inmitten des schwarzen Industrieparks. Die Türen fahren zur Seite, und ich muss hinaus ins Vakuum, an einen Ort, der nicht existiert. So ist Annelie damals hier angekommen, mit meinen Kindern im Leib. Deswegen ist sie hier ausgestiegen.

Ich trete hinaus auf den Bahnsteig, und während die Halle allmählich sichtbar wird, renne ich schon, so schnell ich kann, an der Grenze zwischen Leere und Welt, zu den Aufzügen. Ich werfe mich vor die Räder der Riesenlaster, die erschrocken bremsen, wie Elefanten vor einer Maus, brülle bis zur Heiserkeit die schweren, langsamen Aufzüge an, verfluche ihre rostigen Gehirne, hämmere mit der Faust auf die Steuerpaneele, die Aufzüge schleppen sich nach oben, und ich zwänge mich hinaus, sobald sich der Spalt öffnet. Hals über Kopf geht es durch dunkle Korridore zum Eingangstor der Fleischfarm, wo die blinden und tauben Bisons sind, das tumbe Fleisch, wo mein Zuhause ist, mein Kind, diese Ungeheuer, Pater André, dieser arme, tapfere Homo, Bertha, Xavier, Natascha, mein Kind, mein Kind.

Die Tür ist mit einem Laserschweißgerät aufgeschnitten worden. Die Halle ist leer.

»Wo seid ihr?! Wo seid ihr?!!!«

Es ist ein krächzendes Heulen, in einer Hand habe ich die Pistole, Olafs Geschenk, der Erstbeste bekommt eine Kugel zwischen die Augen – doch hier ist niemand. Unser Squat ist verwüstet und leer, die Matratzen liegen wild durcheinander, die Kruzifixe sind von den Wänden gerissen, auf dem Boden Kleiderfetzen und rote Spritzer.

»Wo seid ihr?!!«

Eine Stunde. Ich habe eine Stunde bis hierher gebraucht. In dieser Zeit kann alles passiert sein, alles vorüber sein. Ich bin zu spät gekommen, zu spät! Trotzdem suche ich weiter, sehe überall nach. Wieder zurück in die Fleischhalle, zur Herde – es kann doch nicht sein, dass es gar keine Spuren gibt! Ich laufe die Wand entlang, eine Hand auf das Loch in mir gepresst. In einer Ecke erblicke ich eine Einstiegsluke für die Reinigungsmaschinen, der Deckel ist abgerissen. Auf allen vieren krieche ich durch das Rohr, da liegt ein Schnuller – und auf einmal habe ich irgendeine beschleunigende Droge in meinem Blut, ich spüre keinen Schmerz, nur der Schweiß rinnt und rinnt mir in die Augen, verdammt!

Die erste Halle: Hier rotieren Willies demütige Bisons auf einem Fließband, so groß wie das Weltengebilde, und verwandeln sich in alle möglichen Arten von Fleischprodukten, von Würstchen bis zu Burgern, so bekommt ihr irdisches Dasein einen Sinn.

Nein … Er hat etwas von Heuschrecken gesagt. Heuschrecken.

Ich krieche weiter, schneller, schneller! Durch weitere Hallen, in denen Getreide wächst, wo Pseudogemüse gestanzt wird, weiter, weiter, hier und da treffe ich auf geriffelte Abdrücke von Springerstiefeln, auf ein Stück Windel, auf Tropfen weißer Milch.

Doch etwas anderes versetzt mich in Panik: ein anschwellendes, immer näher kommendes Geräusch, seltsam, grauenhaft, nicht lebend, aber auch nicht mechanisch, eine Art Flüstern oder auch Knistern.

Mein Kommunikator leuchtet immer schwächer, und auch meine Energiereserven sind schon fast auf null. Dann schaltet der Komm sich ganz ab, jetzt bin nur noch ich da.

Der Tunnel führt mich in einen weiteren Raum, dessen kilometerlange Wände komplett mit Fototapeten beklebt sind, auf denen saftiges grünes Gras abgebildet ist. Nur Gras, nichts weiter. Entlang dieser Graswände stehen riesige gläserne Zisternen, oben breit und sich nach unten verjüngend, jede etwa zehn Mann hoch. Es sind Hunderte solcher riesiger Trichter, jeder davon ist von oben bis unten angefüllt mit einer staubig-grünen, brodelnden Masse.

Grashüpfer. Heuschrecken. Die beste Proteinquelle.

Von oben führt ein geschlossenes Fließband an die Trichteröffnungen heran, aus dem irgendeine grüne, grasähnliche Masse wie himmlisches Manna auf die Insekten fällt. Andauernd, unaufhörlich rieselt das Grünzeug herab, doch sind in der Zisterne davon keine Spuren zu erkennen, denn innerhalb von

Sekundenbruchteilen zermahlen es die Heuschrecken, vernichten es bis aufs letzte Molekül. Die Glücklichen unter den Tieren, die am Rand des Trichters sitzen bleiben, starren mit ihren Knopfaugen durch die Glaswand auf die Grastapete, was für ein wohltuendes psychologisches Umfeld für sie, geht mir blitzartig durch den Kopf, ein abwegiger, willkürlicher Gedanke, andere Insekten wiederum betrachten ihre Nachbarn. Am unteren Ende des Trichters führt ein anderes Fließband vorbei, auf das all die Insekten gezogen werden, die die gewünschte Größe erreicht haben. Erst tötet sie ein Stromstoß, dann werden sie weitertransportiert, um in siedendem Fett gegart zu werden.

Das Zirpen ihres Lebens und das Knistern ihres Todes erfüllt sämtliche Hunderttausend Kubikmeter dieses kleinen Universums bis in den letzten Winkel. Nichts ist zu hören außer diesem nervenaufreibenden »TSCHRSCHTSCHRSCHTSCHRSCH«, nichts ist zu sehen außer dieser grünen Masse, die langsam, aber unaufhaltsam wie Sand in einem Glaskolben herabrieselt.

Und da sehe ich sie.

An der Wand führt eine wackelige Trittleiter hinauf, für den Fall, dass jemand zum oberen Fließband über den Trichtern gelangen muss, um etwas zu inspizieren oder die Mechanik zu kontrollieren. Die Stufen sind nur einen halben Meter breit, ein dünnes Kabel dient als Geländer. Schon fast unter dem Dach trifft die Leiter auf einen schmalen Steg, der über den transparenten Zisternen verlegt ist.

Der Steg geht bis zur Wand und endet dort vor einer verschlossenen Tür, vor der sich ein Häuflein abgerissener Leute drängt. Eine Gestalt in einer Soutane, Frauen mit Bündeln, zwei Männer versuchen sie zu schützen. Ihnen nähern sich Menschen in schwarzen Kapuzenanzügen und mit weißen Flecken anstatt Gesichtern.

Ich klammere mich an das Kabel und steige die zitternden Stufen hinauf, ich fürchte mich nicht davor zu stolpern oder hinunterzufallen.

Drei der Weißgesichtigen bleiben stehen und gehen auf mich zu. Die anderen rücken immer weiter gegen den Priester und die anderen vor, drängen auf sie ein – drängen sie gegen die verschlossene Tür und auf den Abgrund zu.

Wo ist mein Kind?! Wo ist sie?!

Der Priester ruft mir etwas zu, aber die Heuschrecken übertönen seine Worte.

Ich erreiche die Galerie und richte meine Waffe auf die Nächststehenden. Die Unsterblichen haben nur Schocker, es wird also ein ungleicher, kurzer Kampf.

Einer von ihnen misst über zwei Meter, ein Baum von einem Mann, fast so gewaltig wie Daniel. Mit ihm fange ich an und nehme seine breite, weiße Marmorstirn ins Visier.

Fünf Schritte vor mir erstarren sie. Sie scheinen etwas zu begreifen …

»717?«

»Jan?!«

Wahrscheinlich brüllen sie aus voller Kraft, aber mich erreicht nur ein heiseres Flüstern. Ich erkenne ihre Stimmen nicht, die Heuschrecken übertönen alles, zermahlen Melodie und Klang und lassen nur die leeren Worthüllen übrig.

Der Vorderste nimmt seine Maske ab. Es ist Al.

Dann ist der Große tatsächlich Daniel?!

Es ist meine Einheit! Meine eigenen Leute, meine Zehnergruppe!

Aber was haben sie hier zu suchen?! Wie groß war die Wahrscheinlichkeit, dass gerade sie beauftragt wurden, mein Kind zu holen?!

»Jan! Lass die Knarre sinken, Bruder!«, knistert Al.

Wer ist der Zehnte? Wer hat die Lücke gefüllt, mich ersetzt?!

Al macht einen Schritt auf mich zu – und ich weiche zurück. Wie könnte ich auf ihn schießen? Wie Daniel töten? Meinen eigenen Bruder?

Die anderen sieben begreifen, dass ich zögere, und dringen weiter auf das Menschenhäuflein ein.

»Stehen bleiben!« Ich schieße in die Luft, und die Heuschrecken geben das Echo knisternd wider.

Al und die anderen beiden bleiben tatsächlich stehen, doch hinter ihnen sind die anderen Masken bereits mit den Schockern zugange. Jemand fällt fast von der Galerie, wird jedoch im letzten Moment festgehalten. Und als ich schon so weit bin, auf meine eigenen Leute zu schießen, winkt man mir zu.

Einer der Maskierten hat einen Säugling im Arm.

Das Kind ist in ein Stück Stoff gewickelt, das früher mal Annelies Kleid war.

Das Dreckschwein wickelt sie jetzt aus, nimmt sie nackt an einem Bein, ihrem kleinen Beinchen, und hält sie über den Abgrund. Mein Kind! Mein Kind!

Ich öffne meine Faust. Seht her: Die Pistole fliegt nach unten. Dann hebe ich die Arme. Ich ergebe mich! Was willst du noch?! Wage es nicht, das zu tun! Wer immer du auch bist. Josef? Viktor? Alex?

Er bedeutet mir: zurück, langsam, ohne heftige Bewegungen.

Und so steigen wir wieder hinab, einer nach dem anderen: ich, Al, Daniel, die anderen Unsterblichen, das unglückliche Häuflein und der Mistkerl, der meine Tochter hat. Er scheint die anderen zu befehligen. Nicht Al, sondern er.

Wir steigen hinab – er dirigiert, sagt meiner Zehnereinheit, was zu tun ist.

Die Männer bekommen eins mit dem Schocker verpasst, den Frauen werden die Arme auf den Rücken gedreht, die Kinder mit Fußtritten zur Seite gejagt.

Ich habe nur Augen für das nackte Kind, das in den Fetzen aus Annelies Kleid eingewickelt war. Für nichts und niemanden, nur für dieses Kind.

Al nähert sich mir und hält mir ein Plastikband hin: Da, binde dir selbst die Hände, Bruder. Ich nehme es entgegen, ohne ihn, den mit der Maske, der meine Tochter hält, aus den Augen zu lassen. Er hält sie noch immer an einem Bein, mit dem Kopf nach unten, das Blut lässt ihr Gesicht himbeerfarben anlaufen, sie brüllt aus voller Lunge, sogar durch all das Zirpen und Knistern kann ich ihr Schreien hören.

Er tut so, als wolle er ihren Kopf gegen eine Zisterne schlagen, ihn zerschmettern – doch hält er im letzten Moment inne. Ich stürze auf ihn zu, aber Daniel stellt sich mir in den Weg, stößt mich zurück und verdreht mir das Handgelenk.

Derjenige, der sie hält, hat offenbar genug Spaß gehabt. Er übergibt mein Kind einem anderen.

Da platzt auf einmal alle Wut aus mir heraus, nicht einmal Daniel kann mich noch halten. Ich lege all meine Kraft in einen Kinnhaken, meine Finger und seine Zähne brechen – er wird ein Stück hochgeschleudert, stürzt zu Boden, und im nächsten Augenblick bin ich bei diesem Drecksack, diesem Abschaum.

Als er sich aufsetzen will, verpasse ich ihm einem Kopfstoß gegen die Apollostirn und prügle mit zerfetzten Fäusten auf ihn ein, beschmiere seine Maske mit meinem Blut. Er versucht sich zu befreien, tritt mir in den Bauch, krallt seine Finger in meinen Hals, aber ich spüre weder Schmerz noch Atemnot. Die zweite Pistole – die kleine, schwere – fällt aus mir heraus, ich packe sie und hämmere mit dem Griff wie mit einem Stein unaufhörlich auf Augen, Scheitel, Nase, Mundschlitz, breche durch, schlage ihm die Maske ein. Von hinten stürzen sie sich auf mich, versuchen mich fortzuziehen, aber ich prügle einfach weiter, ich prügle und prügle. Dann reiße ich ihm das Gesicht weg – die weiße, zerbrochene, gespaltene Maske.

Darunter liegt Nr. 503.

Er ist hinüber. Seine Stirn ist eingebrochen, weiße Knochensplitter in rotem Matsch. Doch ich kann noch immer nicht aufhören. Ich kann nicht. Ich kann nicht.

Nr. 503.

Nichts lässt sich wiedergutmachen! Es wird keinen Frieden geben! Keine Vergebung!

Weder jetzt noch in Zukunft! Krepiere, Drecksau! Krepiere!

Dann reißen sie mich endlich von ihm weg, brennen mir mit dem Schocker eins über und drücken mich zu Boden.

Eigentlich müssten mir jetzt die Lichter ausgehen, aber ich bin nur gelähmt und sehe schweigend zu, wie mein Kind zu den anderen gelegt wird, wie Al eine Sondereinheit herbeiruft, die sie ins Internat mitnehmen soll, wie er seinen Kommunikator auf mich richtet, mich jemandem zeigt und den Erfolg der Operation vermeldet.

Im nächsten Augenblick kippt einer derjenigen, die auf meinen Beinen sitzen, vornüber auf den Boden. Die Frauen stürzen zu ihren Kindern, eine von ihnen fällt hin. Al schnappt sich die kleine Pistole und drückt ab.

Vom anderen Ende der Halle nähern sich drei Männer im Laufschritt. Sie tragen Mäntel, ihre ausgestreckten Arme zucken nach oben – der Rückstoß. Ein weiterer Apollo greift sich an die Seite, ein anderer bricht getroffen zusammen, die Heuschrecken knabbern an ihren davonfliegenden Seelen. Dann trifft Al – und einer der Bemäntelten stolpert, kurz bevor sie uns erreichen. Den anderen beiden scheinen die Patronen ausgegangen zu sein, sodass sich nun die Unsterblichen auf sie stürzen. Ich winde mich auf dem Boden, will aufstehen, zwei Mäntel gegen sechs Masken, aber mir fegt ein Wirbelsturm durch den Kopf.

»Annelie! Wo bist du?! Annelie!«

Kurz erhasche ich ein Gesicht, bekannt und fremd zugleich, mit unscharfen, schwer zu fassenden Zügen – es ist dasselbe, auf das ich einmal einen Schuss abgab, der sich als Versager entpuppte. Dasselbe Gesicht, das Millionen Menschen auf dem Platz der fünfhundert Türme in Barcelona erblickten.

»Annelie!«

Rocamora ist hier. Er hat uns gefunden. Er hat Annelie gefunden.

Er ahnt nichts, er denkt, sie sei noch am Leben, er ist wegen ihr hier. Und jetzt werden sie ihn umbringen. Schon sitzt einer auf ihm, traktiert ihn mit dem Schocker, würgt ihn mit einem Plastikband. Sein Partner rührt sich nicht mehr.

Ich nehme all meine Wut und Verzweiflung zusammen, aber es reicht nur, um mich auf die Seite zu drehen. Und so beobachte ich hilflos, wie Pater André die Maschinenpistole aufhebt, die ich vorhin vom Steg habe fallen lassen. Er zielt an den

Kämpfenden vorbei, dieser Trottel, kriegt den Rückstoß nicht in den Griff, schießt wieder und wieder – wohin bloß? Er trifft keinen einzigen der Unsterblichen, alles vergebens …

Plötzlich zerplatzt eine der durchsichtigen Zisternen wie eine Blase, zerschellt in Tausende schillernder Kristalle, explodiert wie ein Wassertropfen, der auf den Boden trifft, und im nächsten Augenblick bedeckt ein lebender, zirpender Teppich den gesamten sichtbaren Raum. Die vollgefressenen Tierchen füllen Luft und Erde, springen, überrascht von dieser Planänderung, zum ersten Mal in ihrem Leben in die Höhe, öffnen die Flügel, rascheln, zirpen, fliegen uns in die Augen, in Mund und Ohren, kratzen mit ihren Chitinpanzern an unserer Haut: eine ägyptische Plage, der Zorn Gottes.

Eine weitere Zisterne bricht auseinander, und nun ist nichts mehr zu sehen.

Ich krieche – kann kriechen! –, taste mich dorthin, wo ich mein Kind zuletzt gesehen habe. Was mit Rocamora, mit Pater André und den anderen passiert, spielt keine Rolle.

Ich finde sie, als hätte ich ein eingebautes Navigationssystem, als wären wir beide magnetisch. Ich nehme sie in meine Arme, verberge sie vor den Heuschrecken, die über uns herfallen, und suche blind, auf watteweichen Beinen schwankend, nach einem Unterschlupf.

Eine Tür. Ich ziehe sie auf und verstecke mich dahinter – es ist eine enge Abstellkammer.

Ich öffne das Bündel: Es ist meine. Sie lebt.

Ich küsse sie, drücke sie an mich, sie kreischt und heult, blau vor Anstrengung. Ich setze mich in eine Ecke, rede ihr beruhigend zu und beschmiere sie mit eigenem und fremdem Blut. Auf dem Boden springen Grashüpfer umher, kopflos ob ihrer unerwarteten Freiheit prallen sie gegen die Wand, an die Decke, in mein Gesicht.

Die Tür wird aufgerissen, jemand erscheint auf der Schwelle, und Unmengen von Heuschrecken dringen durch die Öffnung herein.

»Mach zu! Mach die Tür zu!«, brülle ich.

Mit einem Satz ist er im Innern der Kammer, zieht heftig an der Tür, wobei einige der Insekten knirschend im Spalt verenden, hantiert an dem Schloss herum, dann fällt er entkräftet zu Boden und reibt sich keuchend seinen geröteten Hals.

Es ist Rocamora.

XXIX · ROCAMORA

Hast du eine junge Frau gesehen? Mit kurzen Haaren?«, fragt Rocamora hustend. »Sie heißt Annelie.«

Ich könnte ihn erwürgen – aber ich habe alle meine Energie bereits für Nr. 503 verbraucht. Noch ist mein verrosteter Kopf zu sehr damit beschäftigt zu begreifen, dass ich meinen größten Feind gerade ein für alle Mal beseitigt habe. Es ist aus zwischen ihm und mir. Diese Geschichte, die immerhin ein Vierteljahrhundert lang währte, hat ihr unbeholfenes Ende gefunden.

Das Kind weint.

Ich wiege sie, rede ihr sanft zu. Rocamora muss mich rütteln, um seine idiotischen Fragen loszuwerden.

Er trägt immer noch diesen Mantel, der ihm zwei Nummern zu groß ist. Hager und ausgezehrt ist er jetzt, all sein Glanz ist verloren, abgewetzt. Aber er ist noch immer so jung wie bei unserem ersten Treffen. Fast ein Knabe.

»Sie war doch auch in eurem Squat, oder? Ich weiß es. Du kannst mir vertrauen, ich bin einer von euch. Ich bin ihr Mann …«

»Ihr Mann?«, frage ich zurück.

»Ja«, antwortet er mit fester Stimme.

Ich kann sie hier nirgends hinlegen, nicht einmal für einen kurzen Augenblick. Hier ist nur nackter, kalter Boden, auf dem verrückt gewordene Heuschrecken herumspringen.

»Sie hatte keinen Mann. Sie war allein.«

»Wir hatten uns getrennt … für kurze Zeit. Wegen einer dummen Geschichte. Wo ist sie?!«

»Soso, getrennt hattet ihr euch, für kurze Zeit …«, wiederhole ich nickend, während ich das schreiende Kind weiterschaukele – und dabei selbst jemanden brauchen könnte, der mich in den Arm nimmt.

Ich will schreien, will diesem Typ meine Anschuldigungen ins Gesicht schleudern – aber ich habe bereits mein ganzes kochendes Wasser über Nr. 503 ausgegossen. Und so klingt meine Frage leise und gleichgültig:

»Vielleicht hast du sie ja verlassen?«

»Was geht dich das an?«, sagt er und erhebt sich. »Nicht ich habe sie verlassen, sondern sie mich. Wo ist sie jetzt? Kennst du sie nun oder nicht?!«

»Hast du sie nicht im Stich gelassen, damals, als die Unsterblichen sie vergewaltigt haben?«

»Hat sie das gesagt? Das glaube ich nicht!«

»Vielleicht bist du ja damals abgehauen, um deine feige Haut zu retten? Und vielleicht hat sie dir das nie verziehen?«

»Halt den Mund!« Er macht einen Schritt auf mich zu, aber das Kind in meinem Arm hindert ihn daran, mir zu Leibe zu rücken – und mich, dieses Dreckschwein, fertigzumachen. »Wo ist sie?! War sie in der Gruppe?!«

»Und wo hast du so lange gesteckt? Das ganze letzte Jahr?«

»Das war kein ganzes Jahr, sondern höchstens zehn Monate! Ich habe ständig nach ihr gesucht! Aber ihr Komm war ausgeschaltet! Wie hätte ich sie finden können?!«

»Sie hatte ihn ausgestellt, weil sie nicht wollte, dass du sie findest. Sie brauchte dich nicht.«

»Wer bist du eigentlich?!« Er schaltet die Lampe seines Kommunikators an und leuchtet mir ins Gesicht. »Wer bist du?!«

»Und wie es aussieht, hast du sie auch nicht wirklich gebraucht. Du hast dir mit ihr doch nur die Zeit vertrieben, stimmt's? Weil sie dich an eine Verflossene erinnerte, die wahrscheinlich schon vor hundert Jahren den Löffel abgegeben hat. Sie ist es, die du in Wahrheit gesucht hast, nicht Annelie, stimmt's?«

Ich kann sein Gesicht nicht sehen. In der Dunkelheit der Abstellkammer leuchtet der Komm in seiner Hand so hell wie ein Stern. Gelangweilt springen ein paar Heuschrecken dagegen.

»Kenne ich dich?«, fragt Rocamora und vertreibt mit einer Hand die Insekten. »Wo haben wir uns schon mal gesehen? Warum hat sie dir das alles erzählt?!«

Die Schreie draußen nehmen nicht ab. Jemand hämmert gegen die verschlossene Tür. Wir rühren uns nicht. Es sind zwanzig Squatter, eine Einheit Unsterblicher und zwei angeschossene Kämpfer – wer weiß, wer von denen jetzt vor der Tür steht. Es ist ein Roulette.

Rocamora unternimmt einen weiteren Versuch. »Sie braucht Hilfe! Sie hat die Spritze bekommen! Und sie ist schwanger!«

»Glaubst du etwa, du kannst ihr helfen?«, frage ich. »Hast du vielleicht ein Gegenmittel?«

»Was ist mit ihr?! Wo ist sie?!«

»Warum kümmert dich das überhaupt? War sie etwa von dir schwanger?«

»Das geht dich überhaupt nichts an!«

Noch immer kratzt jemand an der Tür – verzweifelt, geradezu hysterisch. Es ist die Stimme einer Frau, vielleicht die von Bertha.

»… fleh… bit…«

»Wer ist da?«, rufe ich durch die Tür.

»… ich! … ert…«

Für dieses Gespräch kann ich keine Zeugen brauchen. Aber wenn es wirklich Bertha ist …

»Was machst du?! Da draußen sind doch …«

Zu spät: Ich schließe auf. Bertha stürzt schwer ins Innere der Kammer, den eigenen Körper schützend über ihren Sohn gebeugt. Henrik weint – also lebt er.

»Jan! Du … Gott sei Dank!«

Ich will uns gerade wieder einschließen, als sich ein Springerstiefel im Türspalt verkeilt, sich unaufhaltsam immer weiter vorschiebt, gefolgt von einer schwarzen Gestalt.

»Die Tür! Die Tür!«, schreie ich Rocamora an, der reglos auf das Geschehen starrt. »Hilf mir, Idiot!«

Doch Rocamora schaltet zu langsam – und schließlich gelingt es der schwarzen Gestalt, in unser Kämmerchen einzudringen. Trotz des Apollogesichts erkenne ich ihn an der kleinen Pistole: Es muss Al sein.

Ich ziehe die Tür zu – sie schließt sich mit lautem Knistern. Bertha lehnt sich gegen die Wand und sinkt zu Boden. Henrik heult, und auch mein Mädchen brüllt noch immer. Noch in der Bewegung richtet Al den Lauf der Pistole auf Rocamora. Gute Reaktion.

»Flossen hoch!«, sagt er und ruft in seinen Komm: »Rocamora ist hier! Ich habe Rocamora!«

Dieser geht zwei Schritte zurück, lehnt sich gegen die Wand und öffnet seinen Mantel. Ein breiter schwarzer Gürtel kommt zum Vorschein, an dem jede Menge mit Kabeln umwickelte Briketts befestigt sind. Rocamora hebt langsam die Hände – in der einen presst er etwas zusammen, das aussieht wie eine Fingerhantel.

»Hol mich doch«, sagt er. »Wenn ich loslasse, bleibt von dir nur noch ein roter Fleck übrig. Von uns allen.«

Wenn das echter Sprengstoff ist, kann er damit die ganze Halle in Schutt und Asche legen.

Es ist Al nicht anzumerken, aber ich bin sicher, dass er spätestens jetzt ins Schwitzen gerät. Ich jedenfalls spüre, dass sich Tropfen auf meiner Stirn bilden. Bei Rocamora offenbar auch.

»Wage es nicht«, sage ich zu ihm.

»Nein, bitte nicht!«, fleht Bertha. »Ich habe ein kleines Kind!«

»Ganz ruhig, Freundchen«, sagt Al, ohne die Pistole zu senken. »Nur nicht nervös werden. Ich tu dir nichts. Solche hohen Tiere wie dich brauchen wir lebend.«

Rocamora schüttelt den Kopf. »Lebend bekommt ihr mich nicht.«

»Tu es nicht!«, weint Bertha. »Bitte!«

»Was ist da los?«, meldet sich blechern eine Stimme aus Als Kommunikator. *»Wer ist noch dort?«*

»Gebt weiter, dass ich Rocamora gestellt habe! Nachtigall ist auch hier! Genau, Jan! Mit Kind! Und noch so eine Tante mit ihrem Säugling.«

»Nachtigall?« Rocamora horcht auf. »Jan Nachtigall?«

»Hallo, Al«, sage ich.

»Wir melden uns! Halt aus!«, scheppert der Kommunikator.

»Die Waffe auf den Boden!«, unterbricht Rocamora. »Auf den Boden damit, Arschloch, oder ich lasse los. Eins …«

»Das traust du dich nicht!«

Mein Kind schreit wie am Spieß.

»Wenn sie mich erst mal digitalisiert haben, werden sie mich sowieso umbringen! Dann lieber so! Zwei!«

»Na schön. Aber das wird dir auch nicht helfen …« Al geht in die Hocke und legt die Pistole auf den Boden.

»Sag es deinen Leuten! Los!« Rocamora spielt mit dem Auslöser, als wolle er tatsächlich seine Handmuskeln trainieren.

»Nicht stürmen!«, ruft Al in den Komm. »Dieser Psycho hier hat sich komplett mit Knallfröschen behängt! Haltet euch ruhig da draußen.«

»Fünf Geiseln, davon zwei Kinder, Rocamora hat eine Bombe, verstanden«, näselt die Stimme aus dem Komm.

»Nimm bitte mein Kind. Ich kann sie einfach nicht beruhigen«, sage ich und setze mich zu Bertha, die immer noch vor sich hin winselt. »Keine Angst. Alles wird gut.«

Al und Rocamora starren einander um die Wette an. Ich nutze den Augenblick, stürze mich von hinten auf Al, packe ihn mit stählernem Griff und zwinge ihn zu Boden. Er tritt mit den Beinen, Bertha heult, die Kinder kreischen, die Heuschrecken fliegen hin und her, und Rocamora starrt uns mit aufgerissenen Augen an. Ich ertaste die Pistole – sie ist klebrig und verschmiert – und stelle Al mit einem Schlag ruhig. Dann hole ich aus seiner Tasche eine Plastikfessel, binde ihn an den Handgelenken und schleife ihn wie einen nassen Sack in eine Ecke.

»Nachtigall«, wiederholt Rocamora, während er unablässig meine Handgriffe verfolgt. »Du bist also dieser Nachtigall. Der Held von Barcelona. Der Tribun. Das Dreckschwein.«

»Hör mir gut zu!« Ich ziele mit der Waffe auf ihn, sie ist jetzt nur einen halben Meter von seiner Stirn entfernt. Ich weiß: Das Risiko ist trotzdem zu hoch. »Ja, ich war dort, in Barça. Ich habe alles gesehen. Und gehört. Es stimmt, ich habe das Tor geöffnet.

Aber schuld am Tod der fünfzig Millionen bist du. Denn du hast sie ausgeliefert. Für deine Zwecke missbraucht. Sie zur Schlachtbank geführt. Ich war dort, als du sie angestachelt hast …«

»Du lügst! Ich wollte sie befreien! Sie hatten Gerechtigkeit verdient! Ich wollte nur …«

»Ich habe deine Lügengeschichte über Annelie gehört.«

»Was?!«

»Als du ihr deine Liebe schworst und sagtest, du würdest am liebsten alles rückgängig machen …«

»Das war die reine Wahrheit! Und was geht dich das an?! Wer bist du?! Und wo ist sie?!«

Ich schweige.

»Wo ist sie?!«

»Du meinst unsere Annelie?«, sagt auf einmal Bertha, die sich inzwischen wieder beruhigt hat. »Sie ist gestorben. Bei der Geburt, schon vor bald drei Monaten.«

Der Laut, den Rocamora von sich gibt, klingt teils wie ein Seufzer, teils wie eine Mischung aus Lachen und Schluchzen.

»Was sagst du da …?«

»Bleib bitte ruhig, und spreng uns nicht in die Luft, ja?«, fährt Bertha fort. »Sie ist tot. Frag ihn, die Kleine da ist ja ihr Kind. Wenn du unsere Annelie wirklich geliebt hast, wirst du ihrem Kindchen doch nichts tun wollen, oder?«

»Ist sie wirklich tot?«

»Ja«, gebe ich zu.

In der Ecke beginnt sich Al zu regen und brummt etwas vor sich hin.

»Warum ist ihr Kind bei dir?« Rocamora richtet seine geröteten Augen auf mich. »Warum weißt du alles über sie … Du bist das also, ja? Du hast es mit ihr … Es ist von dir.«

Seine Finger gleiten fast vom Griff des Detonators ab, doch im letzten Moment packt er wieder zu. Ich ziele unverwandt auf ihn.

»Von einem Unsterblichen. Einem Bastard. Einem Mörder.«

»Besser, als von einem Feigling, Versager und Verräter, oder?«, entgegne ich. »Sieh her! Erkennst du mich jetzt?!« Ich nehme Al die Maske ab – dieser blinzelt betäubt – und halte sie mir vors Gesicht. »Erinnerst du dich noch, wie du damals auf mich eingeredet hast? Dass sich hinter dieser Maske ein normaler Mensch verbirgt, und dass ich dich nicht umbringen soll? Aber als sich die Unsterblichen über deine Frau hermachten, hast du den Schwanz eingezogen und das Weite gesucht. Und ich habe dich gehen lassen! Erinnerst du dich?! Ja, ich bin es!« Ich nehme die Maske wieder ab. »Ein ganz gewöhnlicher Mensch! Ich hätte dich schon damals erledigen sollen!«

»Du … Du bist das?«

»Warum hast du sie damals allein gelassen?! Warum hast du sie nicht geholt, wenn du sie so sehr geliebt hast?! Warum hast du zugelassen, dass ich sie umbringe?! Zweimal hätte ich die Möglichkeit gehabt! Aber du hast sie einfach zurückgelassen und abgewartet! Worauf hast du gewartet?«

»Meine Leute sollten sie holen!«

»Wärst du selbst gekommen, hätte ich niemals mit ihr fliehen können! Aber du hast dich schon damals mehr um deine eigene Haut gesorgt. Du liebst nicht sie, sondern nur dich selbst! Du hast kein Recht auf sie!«

»Halt dein dreckiges Maul, verstanden?!« Er geht auf mich zu, ohne auf die Bombe und die Pistole zu achten. »Ich habe sie geliebt! Ich habe sie geliebt!«

»Nicht sie, sondern irgendeine andere Tussi! Das hast du ihr doch gestanden, nicht wahr? Natürlich! Sie war ihr einfach ähnlich! Du hast sie als Ersatz missbraucht!«

»Was kapierst du schon, du grüner Junge?!«, brüllt er mich an.

Bertha gibt meinem Kind die Brust, und tatsächlich wird sie endlich ruhig. Die Heuschrecken zirpen. Al stöhnt und grunzt vor sich hin. Dann meldet sich erneut sein Kommunikator.

»Wir haben dem Oberkommando Bericht erstattet. Man hat uns gebeten, eine Verbindung herzustellen. Senator Schreyer ist am anderen Ende der Leitung.«

»Nicht rangehen!« Ich lenke meine Waffe auf Al, doch dieser ist noch immer zu benommen, um irgendetwas zu unternehmen.

»Jesús! Bist du's?«, ertönt Schreyers Stimme aus Als Handgelenk.

»Schreyer?! Warum Schreyer?!« Rocamora fährt sich mit der Zunge über die Lippen, wischt sich mit der Hand, in der er den Zünder hält, über die Stirn. »Was hat er damit zu tun?!«

»Bist du da, Jesús?«, wiederholt der Senator. *»Was für ein Erfolg! Ich habe nach Jan gesucht – und dich gefunden. Das ist ja mal ein tolles Geschenk! Nach so vielen Jahren! Was machst du da? Diskutiert ihr über eure Gefühle für dieses arme Ding, wie heißt sie noch … Annelie?«*

»Woher weiß er Bescheid? Woher?!«

»Man sagt mir, du willst dich in die Luft jagen?«, erkundigt sich Schreyer höflich. Er klingt völlig entspannt, als wäre dies hier nur Small Talk.

»Leg auf!«, fordert Rocamora. »Schalte ihn aus.«

»Nur keine Eile«, entgegnet der Senator. *»Ich habe jede Menge interessanter Neuigkeiten für dich. Und für dich auch, Jan. Entschuldige übrigens, dass ich nicht früher zurückgerufen habe. Mein Terminkalender war ziemlich voll.«*

Hinter der Tür sind Geräusche zu hören, etwas Schweres schlägt dagegen. Ein erster Versuch.

»Was ist da los?«, ruft Rocamora. »Ruf deine Köter zurück, Schreyer! Ansonsten lasse ich hier alles hochgehen! Hast du verstanden?! Ich übernehme keine Verantwortung!«

»Bitte nicht, bitte nicht …«, wimmert Bertha vor sich hin.

»Das hast du noch nie getan, stimmt's?«, bemerkt Schreyer und sagt zu jemandem im Hintergrund: *»Riccardo, die Jungs sollen eine Pause machen. Ich will versuchen, mit dem Terroristen zu verhandeln.«*

»Mit dem Terroristen?!«

»Nun ja. Du brauchst nur die Nachrichten einzuschalten. Jesús Rocamora hat fünf Geiseln in seiner Gewalt und droht, sich selbst zusammen mit ihnen in die Luft zu sprengen. Unter den Geiseln sind eine Frau und zwei Säuglinge. Großartig, nicht? Der Chef der Partei des Lebens tötet zwei Babys. Ein wahrhaft würdiges Finale.«

Die Schläge hören auf, dafür ist jetzt hinter der Tür ein dumpfes Kratzen zu hören, wie wenn etwas Schweres über den Boden geschoben wird.

»Alles Lüge! Das glaubt euch niemand!«

»Denkst du etwa, du hast noch Gelegenheit, diese Nachricht öffentlich zu widerlegen? Es ist zu Ende, Jesús, du hast dich selbst in diese Sackgasse manövriert. Die Frage ist nur, ob du als Terrorist abtreten oder vielleicht doch lieber aufgeben und alles bereuen möchtest.«

»Bereuen?! Was?! Dass ich dreißig Jahre lang Menschenleben gerettet habe?! Dass ich gegen ein mörderisches Regime gekämpft habe?! Dass ich versucht habe, Kinder vor euren Knochenmühlen zu bewahren?!«

»Wenn es dir selbst so schwerfällt zu bereuen, kann dies auch eine 3-D-Simulation für dich übernehmen. Für deine Digitalisierung bräuchten wir dich aber bitte ganz.«

»Ich habe es mir gleich gedacht.« Rocamora fährt erneut mit der Zunge über die Lippen. »Ihr wollt eine Aufziehpuppe mit meinem Gesicht in den Nachrichten bringen. Und die soll euch dann in den Arsch kriechen und unsere Leute aufrufen, sich zu ergeben. So wie Fukuyama und Clausewitz' Frau.«

»Eure Leute gibt es nicht mehr, Jesús. Hat man dich etwa nicht informiert? Ach ja, wahrscheinlich funktioniert dein Kommunikator nicht mehr. Exakt in diesen Augenblicken wird euer Unterschlupf im Vertigo gestürmt. Auch das berichten die Nachrichten gerade. Nur du bist noch übrig.«

Gestürmt? Als ob Beatrice und Olaf noch irgendwelchen Widerstand leisten könnten.

Aber wie haben sie das Versteck so plötzlich gefunden?

Haben sie meine Position geortet, als ich Pater André anrief?

»Meinen Skalp bekommt ihr nicht. Wenn, dann müsst ihr ihn schon von der Wand kratzen.« Der Schweiß rinnt jetzt in Strömen von Rocamoras Stirn. »Ich lasse es nicht zu, dass ihr mich ausstopft, verstanden?!«

»Riccardo, könnten Sie bitte veranlassen, dass die Halle geräumt wird?«, spricht Schreyer in den Hintergrund. *»Und seien Sie doch so gut, mich auf eine abhörsichere Leitung zu legen. Ich möchte mit dem Selbstmordattentäter unter vier Augen sprechen. Die hohe Kunst der Psychologie, wenn Sie so wollen. Ein letzter Versuch, das Leben der Kinder zu retten.«*

»Ich will den Tod dieser Menschen nicht!«, schreit Rocamora. »Glaubt ihm nicht! Und ich bin kein Selbstmörder! Wir können uns noch retten! Wenn mich jemand hört … Ich habe immer dafür gekämpft, dass Menschen einfach Menschen bleiben dürfen, dass wir ein Recht auf Fortpflanzung haben, dass man uns unsere Kinder nicht wegnehmen darf, und dass man uns nicht zwingt, diese unmenschliche Wahl zu treffen …«

Ich schleiche mich an der Wand entlang zur Tür. Rocamora beachtet mich nicht. Vielleicht kommen wir hier raus, bevor …

Ich öffne das Schloss. Dann drücke ich langsam und vorsichtig gegen die Tür …

Sie lässt sich nicht öffnen. Etwas drückt von außen dagegen.

»Du brauchst nicht mehr groß herumzutönen. Sie haben dich abgedreht«, unterbricht Schreyer. *»Lass uns ernsthaft reden. Nur du und ich. Und deine Geiseln natürlich, aber die zählen nicht. Du wirst sie ja ohnehin umbringen.«*

»Du mieses Schwein! Lügner!«

Rocamora starrt Al hasserfüllt an, der zusammengesunken, mit blutender Stirn und gefesselten Händen in der Ecke sitzt. Aus ihm dringt eine fremde Stimme, als wäre er ein Medium in Trance, durch das irgendein Dämon mit unserer Welt kommuniziert.

»Dreißig Jahre, Jesús. Dreißig Jahre lang hast du um jeden Preis versucht, dieses Gespräch mit mir zu vermeiden, nicht wahr? Du warst natürlich sehr beschäftigt, das verstehe ich. Schließlich musstest du das System bekämpfen! Dreißig Jahre habe ich dich gesucht. Und du bist ein wahrer Meister im Versteckspielen. Dreißig Jahre lang hast du vor mir, dem Menschenfresser, all diese rosigen Kinderlein gerettet. Fremde Kinder. Nur mit deinen eigenen hat es nicht ganz so gut geklappt, was?«

»Ich …«

»Dreißig Jahre lang hast du gefordert, das Gesetz über die Wahl abzuschaffen. Hat das vielleicht etwas damit zu tun, dass du selbst nicht die richtige Wahl treffen konntest?«

»Ich war nicht verpflichtet … Niemand ist verpflichtet …«

»Weil du zu feige warst? Weil du dich verhalten hast, wie ein ganz gewöhnliches Dreckschwein?«

»Schalt ihn ab! Schalt ihn ab!«, schreit Rocamora Al an.

»Sei nicht hysterisch«, fährt Schreyer fort. *»Du hast dich dreißig Jahre vor diesem Gespräch gedrückt. Sollte es dir am Ende leichter fallen zu krepieren, als mit mir zu reden? … Weißt du, was mich ärgert? Dass sie mich mit so einem Hasenfuß hintergangen hat. Es spielt keine Rolle, dass er ein Gigolo war und ein mittelloser Vagabund. Aber mich kränkt, dass sie mich verlassen wollte wegen so einem Nichts wie dir.«*

Die Wände unserer Kammer beginnen zu schmelzen und sacken in sich zusammen. Die kleine, bösartige Pistole schwimmt in meinen feuchten Fingern – und ich lasse den Arm mit der Waffe sinken, aus Angst, Schreyer zu unterbrechen, bevor ich das Ende der Geschichte gehört habe.

»Sie hat auf dich gewartet, Jesús. Die ganzen vier Jahre über, während ich sie suchte. Hast du dich wenigstens ein Mal bei ihr blicken lassen? Sie angerufen?«

Vier Jahre, wiederhole ich im Kopf. Vier Jahre hat sie gewartet, bis …

»Ich will nicht darüber sprechen!« Rocamora blickt sich hastig zu mir um, dann sieht er Al an, dann Bertha.

»Hattest du Angst vor einer Falle? Damals warst du doch noch weit davon entfernt, Staatsfeind Nummer eins zu werden! Du warst nur ein Striptease-Tänzer, ein Verführer reicher, gelangweilter Damen, ein armer, stinkender Hund. Und irgendwann hast du eine Hündin gefickt, die jemand anderem gehörte.«

»Du bist selbst schuld, Schreyer! Du allein! Du hast sie so weit getrieben!«

»Immer sind die anderen schuld, nie du selbst.«

»Ich habe sie geliebt!«

»Und deshalb hast du sie allein gelassen. Sie hat ihren Mann wegen dir verlassen – und du?«

»Was hast du mit ihr gemacht?!«

»Ach, auf einmal interessiert dich das? Dreißig Jahre lang hast du deine Neugier im Zaum halten können, und jetzt soll ich dir alles auf dem Silberteller präsentieren!«

»Ich habe sie gesucht! Ich habe versucht, sie ausfindig zu machen!«

»Vergeblich. Trotz all deiner Möglichkeiten, all deiner Hackerfreunde, hast du sie nicht gefunden. Hörst du das, Jan? Was für ein Pech!«

Ich höre es. Ich höre alles und begreife nichts. Mein Gesicht ist nass, es fühlt sich an, als ob Blut aus meinen Ohren strömt. Bertha starrt mich schweigend an. An ihrer einen Brust hängt Henrik, an der anderen meine Tochter. Eine Heuschrecke springt Rocamora gegen die Wange. Er zuckt zusammen, die Hand mit dem Expander verkrampft sich, ich kneife die Augen zusammen.

»Was hast du mit ihr gemacht?!«

»Nichts. Ich habe sie nur nach Hause zurückgebracht, Jesús. Alles andere hast du mit ihr gemacht.«

»Und das Kind?!«

»Das Kind?«

»Sie hat doch ein Kind bekommen?!«

»Ja, das hat sie, Jesús. Obwohl ich ihr sehr davon abgeraten habe. Ich war bereit, ihr alles zu verzeihen, verstehst du? Es ist doch idiotisch, auf einen Alfons, eine Nutte in Hosen, eifersüchtig zu sein, wenn du mit deiner Frau fünfzig Jahre zusammengelebt hast. Werde es los, habe ich sie gebeten. Hol es aus dir raus, reinige dich, und wir vergessen alles. Dann können wir leben wie früher. Du glaubst doch nicht, dass sie wegen dir weggelaufen ist? Nein. Weil sie diesen verdammten Fötus unbedingt behalten wollte.«

Diesen verdammten Fötus behalten … Unbedingt behalten …

Werde es los …

»Du hast sie fünfzig Jahre an der Leine gehalten und wolltest einfach immer so weitermachen! Du konntest ihr nichts geben, Schreyer! Sie war unglücklich mit dir! Sie hätte nie …«

»Aber du hast ihr natürlich alles gegeben.«

»Anna wollte ein Kind!«

»Also hast du ihr erst einen dicken Bauch gemacht – und bist dann weggelaufen. Du edler Wohltäter.«

»Wie lange hat sie versucht, von dir schwanger zu werden?! Sie hat es mir erzählt, alles hat sie mir gesagt … Es hat bei euch doch nie geklappt!«

»Und auf einmal – ein Wunder! Das Wunder der Wunder! Der Heilige Geist hat sie erleuchtet! Die unbefleckte Empfängnis! Das, worum sie ihren Herrgott immer bat, wenn sie glaubte, dass ich es nicht hören konnte! Ein Kindchen!«

»Sie dachte, das Problem liegt bei ihr. Dass sie unfruchtbar ist. Deswegen hat sie gebetet und … Du weißt das doch alles. Wer, wenn nicht du!«

»Das Problem? Ich sehe überhaupt kein Problem. Habe ich damals nicht und tue ich jetzt nicht. Ein Problem ist es, wenn man seinen animalischen Instinkten freien Lauf lässt! Ein Problem ist es, wenn man nicht weiß, wie man mit seiner Geilheit umgehen soll und es mit irgendeinem Dahergelaufenen treibt! Wenn man sich wer weiß was einbildet und banale Hurerei mit göttlicher Fügung verwechselt! Das nenne ich ein Problem!«

»Du hast sie so weit getrieben! Du! Bis sie schließlich wahnsinnig wurde! Vorher war sie nicht so!«

»Du meinst, dass sie mit ihrem Herrn Jesus redete, als ob er ihr antwortet? Ja, das kam erst später. In den Jahren, in denen ich sie suchte. Und ich wiederhole noch einmal: Ich war es, der sie suchte, nicht du,

Jesús. Und jetzt hast du die Dreistigkeit, mir vorzuwerfen, ich hätte sie nicht geliebt? Hätte ich mich so um eine Frau bemüht, die ich nicht liebte?«

»Was hast du mit ihr gemacht?!«

»Ich habe getan, was ein liebender Mann und anständiger Ehegatte in so einer Situation tut. Nein, ich habe sie nicht sitzen gelassen, so wie du. Sie nicht fortgejagt. Ich habe mich bis zuletzt um sie gekümmert, Jesús.«

Ich höre ihnen zu. Starr, taub, ohne mich einzumischen.

Mein Blick ruht auf Jesús Rocamora.

Seine Augen. Einmal, es ist lange her, vor einem Jahr, kamen sie mir merkwürdig bekannt vor.

Hinter all der Schminke, den falschen Augenbrauen und Wangen, der gerichteten Nase …

Irgendwo dort – bin ich.

»Bis zuletzt?!«, krächzt Rocamora. »Du hast sie umgebracht!«

»Sie und ich haben streng nach dem Gesetz gehandelt, Jesús. Sie hat ihre Wahl selbst getroffen. Sie beschloss, dein Kind am Leben zu lassen und dafür mit ihrer Schönheit, ihrer Jugend und ihrem Leben zu bezahlen. Ich dagegen sagte ihr, sie solle es sich doch noch einmal überlegen.«

Sie wählte das Alter und den Tod. Damit das Kind überleben konnte.

Mein Blut fließt dick und langsam in mir. Wie das Blut, das aus dem armen Olaf herausfloss. Mein Herz tut sich schwer, es durch meinen Körper zu pumpen, innerhalb des letzten Jahres ist es alt geworden. Es ist kaum noch in der Lage, mein zähflüssiges Blut aus den fernen, schweren Beinen nach oben zu hieven und durch die spröden Gefäße meines versteinerten Gehirns zu pressen. Es pumpt aus voller Kraft und schafft es doch nicht. Ich schaffe es nicht.

»Was hast du mit meinem Kind gemacht?!«

»Oh! Hier bin ich in höchstem Maße verantwortungsvoll vorgegangen, Jesús. Ich habe ihn großgezogen. Ihn ausgebildet. Er ist ja der Sohn meiner geliebten Ehefrau.«

»Der Sohn …?«

All meine Jahre im Internat. All die Jahre, die ich mich danach sehnte abzuhauen, zu fliehen, und immer mit dem Kopf gegen irgendwelche Bildschirme stieß. All die Jahre, die ich auf einen Anruf von meiner Mutter wartete.

Nichts davon war Zufall. Meine erste Begegnung mit Schreyer. Der Auftrag, den er mir erteilte. Seine Geduld. Seine Bereitschaft, mir meine Fehler zu verzeihen. Die Abendessen und Cocktails. Großgezogen. Ausgebildet.

»Hast du noch andere Kinder, Jesús?«

»Nein! Das geht dich nichts an!«

»Du liebst Kinder doch so, Jesús. Dein ganzes Leben hast du geopfert, um irgendwelche armen Irren zu beschützen, weil sich diese unbedingt vermehren mussten. Aber wie sieht es mit deinen eigenen Kindern aus?«

»Halt die Klappe!«

»Hast du noch mit ihnen Kontakt? Wohl kaum. Du lässt deine Frauen ja immer sitzen, sobald sie schwanger werden. Keine gute Voraussetzung, um ein freundschaftliches Verhältnis zu den eigenen Kindern zu entwickeln. Kennst du sie überhaupt?«

»Bitte nicht«, sage ich leise.

»Vielleicht sollte ich dir jetzt einmal deinen Sohn vorstellen. Umso mehr, als ihr euch ja schon kennt. Jan, das ist Jesús. Jesús, das ist Jan.«

Ich habe die Pistole. Aber wen soll ich erschießen? Schreyer? Rocamora? Mich selbst?

»Ich werd nicht mehr«, sagt Bertha.

»Er ist es?! Der da?!«

»Tja, so sieht es aus. Keiner von euch beiden, weder du noch dein Sohn, konnte seine niederen Gelüste beherrschen. Deshalb sitzt da jetzt doch tatsächlich eine komplette Familie, glücklich vereint. Drei Generationen in einem Zimmer. Das heißt, wenn du deine Bombe jetzt hochgehen ließest, würdest du gleich auch deinen Sohn und deine Enkelin mit umbringen.«

»Was sagst du da …?!« Rocamora begreift es noch immer nicht. »Du … Ungeheuer …«

»Ist das nicht lustig? Dreißig Jahre lang hast du für das Recht auf Fortpflanzung gekämpft, Jesús! Anstatt dich um die Erziehung deines eigenen Sohnes zu kümmern. Anstatt bei der Frau zu sein, die ihn dir geboren hat. Dreißig Jahre Demagogie und Feigheit! Doch jetzt ist er da, der Augenblick der Wahrheit: Jetzt wirst du deine Nachkommen gemeinsam mit dir in die Luft sprengen – um deines heiligen Kampfes willen!«

»Das ist nicht wahr! Du lügst!«

»Eine äußerst lehrreiche Geschichte, nicht wahr, Jesús? Ausgerechnet der Mann, der sich die ganze Zeit so fanatisch für das Recht auf Fortpflanzung eingesetzt hat, reißt seine Kinder und Kindeskinder mit in den Tod!«

»Das hast du so arrangiert …«

»Vielleicht hättest du doch besser keine Nachkommen zeugen sollen?«

Rocamora wischt sich den Schweiß von der Stirn und gibt den Auslöser von der einen, völlig blutleeren Hand in die andere. Blinzelnd dreht er sich zu mir um.

»Er?!«

»Ja, er, Jesús. Du hast einen Sohn! Ich wollte euch schon früher miteinander bekannt machen, aber …«

»Früher? Als … Als er mich umbringen sollte? Er hatte den Auftrag doch von dir, oder?! Du hast von Anfang an alles so geplant! Du hast ihn auf mich angesetzt …«

»Das wäre doch auch lustig gewesen, nicht wahr? Und ebenfalls durchaus lehrreich. Ich habe so etwas schon mal in einem ziemlich dummen Science-Fiction-Film gesehen. Der hätte dir sicher auch gefallen.«

»Und das alles nur, weil du dich an mir rächen wolltest?«

Alles, was im Laufe dieses einen Jahres passiert ist, all diese seltsamen, unzusammenhängenden Ereignisse, passen auf einmal zusammen. Mein Leben bekommt einen neuen Sinn. Aber was für einen?

»Mich rächen? An dir, einer Hure, einem Feigling, einem Nichts? Nein, schon eher, um dir eine Lektion zu erteilen.«

»Du hast meinen Sohn genommen … Annas Sohn … Und aus ihm ein Monster gemacht … Dreißig Jahre lang hast du ihn darauf vorbereitet … Du bist wahnsinnig! Ein kranker Mensch!«

»Dein Sohn – ein Monster? Aber nein, er ist ganz lieb. Ich habe ihm nur ein wenig die Karriereleiter hinaufgeholfen. Jan ist ja jetzt Tribun der Phalanx, der Held von Barcelona! Bist du denn nicht stolz auf deinen Sohn? Auf den Sohn, den sich meine arme Frau so sehr gewünscht hat?«

Meine arme Frau …

Nach Hause gebracht …

Bis zuletzt gekümmert …

Das kleine Holzkruzifix aus meinen albtraumhaften Erinnerungen. An der Wand in dem Bungalow, dem magischen Schloss auf der Himmelsinsel. Jenes Kruzifix, zu dem meine Mutter immer betete. Das sie um Schutz und Hilfe anflehte.

Es hängt genau gegenüber von diesem merkwürdigen kleinen Zimmer, vor dem sich Helen Schreyer so fürchtet. Diesem Zimmer mit dem schmalen Bett, mit einer Tür ohne Griff und einer

Wand aus kugelsicherem Bankschalterglas, dessen Vorhang man von außen auf- und zuziehen kann, nicht aber von innen.

»Du …«, krächze ich tonlos, aber so kann mich Schreyer nicht hören. Also schreie ich:

»Du! Du hast sie dort gefangen gehalten! In diesem Zimmer! In einer Einzelzelle!«

Ohne Fenster, ohne Bildschirme, ohne die Möglichkeit, sich zu verstecken, wenn der Herr den Vorhang offen lässt. Eine Zelle, in der Anna Schreyer eine lebenslängliche Haft verbüßte, aus der sie nie herauskam. Und alles, was sie von dort aus sehen konnte, war das Kruzifix an der Wand gegenüber. Jenes Kruzifix, zu dem ich sprechen sollte, wenn es mir schlecht ging oder ich mich fürchtete.

Ich habe mich bis zuletzt um sie gekümmert …

Sie ist all diese Jahre, zehn Jahre lang, in dieser verdammten Zelle gesessen?! Meine Mutter?!

»Du sadistisches Schwein …«

»Ich? Wirklich?« Aus dem Lautsprecher ertönt ein trockenes Lachen. *»Wir hätten immer füreinander da sein sollen. Sie und ich. Es ging um wahre, ewige Liebe. Ohne irgendwelche Verunreinigungen. Und was habe ich bekommen? Verrat. Aber ich war großmütig. Ich flehte sie an, auf das Kind zu verzichten. Aber sie hat dich behalten, mir zum Trotz. Der liebe Gott hat es ihr angeblich befohlen. Sie dachte, sie kann mich reinlegen. Dass sie irgendwann fliehen kann. Dass er ihr hilft, ihr hölzerner Schutzengel. Sie hat sich selbst für das Alter entschieden, also habe ich es ihr geschenkt. Aber sie war nicht einsam. Ich bin jeden Tag vor die Glasscheibe getreten und habe eine Aufnahme gemacht. Das war nicht schwer, denn sie stand die ganze Zeit vor der Scheibe und wartete darauf, dass ich den Vorhang öffne. Sie wollte ja ihren Jesus sehen. Und so konnte ich ihr zeigen, wie sie immer älter wurde.«*

»Warum hast du das getan?!«, flüstert Rocamora. »Wozu hast du sie so gequält?! Ich wusste das nicht … Mein Gott, hätte ich gewusst … Warum hast du dich nicht einfach scheiden lassen?!«

»Ich bin ein treuer Ehemann. Ich habe nie etwas mit anderen Frauen gehabt, solange Anna noch lebte. Und ich bin kein Sadist. Ich habe sie nie gefoltert! Im Gegenteil, Jesús, sie war immer bester Laune. Und damit sie nicht verkümmerte, sorgte ich dafür, dass in ihrem Trinkwasser immer Glückstabletten aufgelöst waren. Schade, dass ich dir diese Fotos nicht mehr zeigen kann. Sie lächelt darauf – immer.«

»Das zahle ich dir heim, du Dreckschwein!«

»… und Ungeheuer!«, assistiert Schreyer sarkastisch. *»Was willst du denn tun? Den Knopf drücken? Es ist aus, Jesús. Ich habe nicht umsonst dreißig Jahre lang gewartet. Natürlich hast du, wie immer, die Wahl: Entweder schließt du dich um deiner Kinder willen all den anderen Exrevolutionären an und lässt dich in eine digitale Marionette verwandeln, oder du hinterlässt nichts als verbranntes Fleisch. Ich an deiner Stelle würde für die erste Option stimmen. Ich mag Jan. Irgendwie habe ich mich an ihn gewöhnt. Aber es ist deine Entscheidung.«*

»Du hast mich missbraucht«, sage ich. »Als Waffe. Als Werkzeug. Und dann hast du mich weggeworfen, damit ich krepiere.«

»Ein wirklich großartiges Werkzeug«, entgegnet Schreyer. *»Nichts hast du richtig hingekriegt. Erst fängst du was mit dem Mädchen an, das du beseitigen sollst, und dann passiert auch noch diese Geschichte mit Helen. Der Apfel fällt nicht weit vom Stamm, was?«*

»Du wusstest es also?«

»Ich sehe mir immer die Aufzeichnungen der Sicherheitskameras an. Außerdem seid ihr doch genau deshalb zu uns nach Hause gegangen, oder nicht?«

»Wage es nicht, ihr auch nur ein Haar zu krümmen!«

»Noch so einer, der gern leere Drohungen von sich gibt. Keine Sorge, Jan. Immerhin habe ich euch ja miteinander bekannt gemacht, weißt du noch? Helen hat ihren eigenen Kopf, sie will einfach keine Tabletten nehmen. Also musste ich ihr vorübergehend einen Zeitvertreib besorgen. Einen Imitator.«

Al sitzt inzwischen gequält, mit hochrotem Kopf, in der Ecke, während der Dämon weiter aus ihm spricht. Dennoch wagt er es nicht, den Senator zu unterbrechen. Hinter der Tür hören wir hastige Schritte, undeutlich gebellte Befehle und ein klirrendes Geräusch.

»Nett, dass du dich so um Helen sorgst, aber das bringt nichts. Sie gehört mir, Jan. Sie würde niemals irgendwohin gehen. Sie wird immer bei mir bleiben. Natürlich weiß sie, was mit Anna passiert ist, und sie hat keine große Lust, ewig jung und schön in diesem Zimmer zu sitzen. Nur weil du mit ihr ein paarmal rumgemacht hast, brauchst du dir nichts einzubilden. Aber ich fürchte, du bist genauso ein hirnloses Tier wie dein Vater. Ich habe ja so gehofft, dass du besser wärst. Dass ich aus seinem dreckigen Samen ein höheres Wesen züchten könnte, als Lektion für diesen Affen – und zur Erinnerung an meine geliebte Frau. Ich habe so gehofft, dass du dich der Ewigkeit würdig erweisen würdest, Jan!«

»Glaubst du, du bist ihrer würdig?!«, brülle ich zurück. »Du, der du einfach so mit Menschenleben spielst? Glaubst du, du bist Gott?!«

»Wenn nicht ich, wer dann?«, lacht Erich Schreyer. *»Oh, einen Augenblick … Mich erreicht gerade eine Meldung aus dem Vertigo. Jesús, deine Freunde haben vor Kurzem drei ganze Ebenen des Turms zerstört. Wer von euch war das? Ulrich? Peneda? Sie haben alles in Schutt und Asche gelegt.«*

Rocamora schweigt. Seine Hand zittert vor Erschöpfung. Er sieht Al an, dann mich – und schweigt.

»Warum schweigst du, Jesús? Los, drück auf den Kopf! Ein wahrer Revolutionär sollte einen schönen Abgang haben, damit er ewig lebt! Drück drauf, und werde ein zweiter Che Guevara!«

Schwarze Punkte auf dem Betonboden. Rocamora atmet schwer.

Beatrice' verschleierter Blick aus dem Fenster im oberen Stockwerk. Der wilde Ritt der Sonne. Die aufblasbare Schildkröte im abgeschnitten Ozean. Das Labor. Alles dahin. Olaf mit den Löchern im Bauch. Er hatte ohnehin nichts mehr zu verlieren.

»Soll ich dir helfen? Eure Tür ist jetzt vermint. Die Schlagzeilen der Nachrichten sind schon fertig, Jesús. Du hast diesen Terroranschlag praktisch schon verübt. Keiner wird sich wundern.«

Meine Tochter, die bisher erstaunlich ruhig an Berthas Brust gehangen ist, beginnt erneut zu weinen und wird lauter und lauter.

»Ihre Windel ist voll«, teilt Bertha mit. »Halt mal meinen, ich will sehen, was ich tun kann.«

»Mach den Komm aus, Al«, sage ich. Die Pistole verleiht meinen Worten Gewicht. »Von so vielen Neuigkeiten platzt einem ja der Schädel. Los, mach aus.«

Al gehorcht.

»Gib sie mir«, sage ich zu Bertha und stecke die Pistole weg. »Ich mache es selbst. Hast du irgendwo ein trockenes Stück Stoff?«

»Ihr solltet euch ergeben«, krächzt Al. »Wir verrecken sonst hier ganz umsonst.«

Rocamora fährt sich mit der Zunge über die Lippen, senkt den Zünder und wechselt erneut von einer Hand in die andere.

Er folgt gebannt meinen Bewegungen. Ich wische die gelbe Schmiere ab. Hätte ich doch nur etwas Wasser. Sie hat mich erkannt und ist beruhigt. Aufmerksam betrachtet sie mein Gesicht.

Die Zeit vergeht. Hinter der Tür herrscht Schweigen. Al schwitzt lautlos, nur hin und wieder schüttelt er den Kopf, um einen Grashüpfer aus seinem Haar zu verscheuchen.

Das Universum ist gerade dabei, in sich zusammenzufallen. Ein riesiger Meteorit fliegt auf die Erde zu, in wenigen Minuten wird nichts mehr von uns übrig sein. Und ich säubere einen Kinderpopo.

»Ich wusste das nicht«, sagt Rocamora zu mir. »Ich wusste nicht, was er ihr angetan hat. Und dir.«

Ist dieser Mensch wirklich mein Vater? Derselbe, den ich immer verachtet und gehasst habe? Ich habe nie nach ihm gesucht. Warum habe ich ihn jetzt gefunden?

Es liegt alles an Annelie. Sie hat mich dazu gebracht zu glauben, dass meine Mutter lebt. Sie hat mir gezeigt, was Vergebung ist. Auch sie hat mich betrogen. Auch sie ist gestorben.

Meine Mutter ist nicht mehr. Ich bedaure, sie gesucht zu haben. Und sie nicht gesucht zu haben.

So ist es also. Da hoffst du, dass die Welt flach und unendlich ist, und dann stellt sich heraus, dass sie nur ein Ball ist, der in der Leere herumhängt. Wohin du auch fährst oder schwimmst, immer wieder kommst du zum Ausgangspunkt zurück. Wir wissen alles über sie. Sie birgt keine Geheimnisse mehr.

»Sie sind beide gestorben«, sage ich zu Rocamora. »Es ist niemand mehr da.«

»Niemand«, sagt er. Wieder befeuchtet er seine Lippen. Seine gläsernen Augen starren ins Leere und scheinen zu schmelzen.

»Das ist also Ihre Enkelin!« Bertha deutet auf das kleine nackte Mädchen, das ich in ein Stück Stoff eines fremden Kleides wickle.

»Ich begreife das nicht«, sagt Rocamora.

Ich begreife es auch nicht.

Er betrachtet das Kind auf meinem Arm.

»Wie habt ihr sie genannt?«

»Gar nicht.«

»Es ist ihr Kind«, sagt er zu sich selbst. »Annelies Kind.«

»Aber nicht deins«, ermahne ich ihn. »Du hast damals gesagt, ich solle dafür sorgen, dass Annelie dein Kind abtreibt. Das war nicht mehr nötig: Es ist damals auf einem Handtuch zurückgeblieben. Ich konnte die Jungs nicht daran hindern. Denn ich war mit dir beschäftigt.«

»Bitte hör auf, so zu reden.«

»Du bist mit ihr genauso umgegangen wie mit meiner Mutter. Ich hatte einfach nur etwas mehr Glück.«

»Zeig sie mir«, bittet er.

»Fick dich doch.«

Er blinzelt.

»Wärest du für sie gestorben?«, frage ich meinen Vater. »Für sie beide?«

»Ich hätte es tun sollen«, antwortet er. »Es wäre besser gewesen, wenn ich damals gestorben wäre.«

Ich wechsle den Griff, damit sie bequemer liegt. Wenigstens für sie kann ich jetzt noch etwas Gutes tun. Sie sieht mich ernsthaft, ja fast mürrisch an. Wahrscheinlich ist sie kurz davor einzuschlafen.

»Erzähl von ihr. Von meiner Mutter.«

Er hüstelt und reibt sich mit der freien Hand den dunklen Streifen am Hals. Dann berührt er vorsichtig, nachdenklich, die Sprengladung an seinem Gürtel. Er hält sich an ihr fest, als wolle er sich daran aufladen.

»Ich habe sie im Stich gelassen«, sagt er.

»Nicht das …«

»Doch, ich habe sie im Stich gelassen. Es stimmt, ich hatte auf einmal Angst. Als sie mir erzählte, dass sie schwanger ist. Davor, alles auf mich zu nehmen. Alt zu werden. Krank. Impotent. Schwachsinnig. Es ist wie eine tödliche Krankheit, wie ein Aussatz, ein Verdikt. Was hatte ich getan?! Warum ausgerechnet ich?!«

»A-a-a-a … Schlaf, schlaf ein …«

»Ich wollte damals einfach nicht alt werden. Was ist so falsch daran?! Ich hatte noch nicht genug gelebt. Noch nichts gesehen, gespürt, getan. Ich hatte noch zu wenige Frauen gehabt. War noch nie außerhalb Europas gewesen. Warum sollte ich mir schon mein eigenes Grab schaufeln? Ich wollte damals kein Kind, es war allein ihre fixe Idee! Ich wäre nie darauf gekommen, dass sie nicht verhütet. Hätte ich auf mein ganzes Leben verzichten sollen, auf mich selbst, auf meine Zukunft, nur um ihr diesen Wunsch zu erfüllen? Nur damit sie jemanden hat, um den sie sich kümmern kann? Warum?! Wo war da die Gerechtigkeit? Wo der Sinn? Ich war noch zu jung, ich wollte noch leben, nur für mich. Ich wollte das Leben genießen. Gutes Essen und guten Wein. Frauen. Abenteuer. Ich liebte meinen Körper!« Er ballt die Finger der freien Hand zur Faust, dann löst er sie wieder. »Wir haben doch sonst nichts. Ich jedenfalls. Wieso sollte ich das alles gegen ein Kind eintauschen? Ein kleines, schreiendes Tier? Wozu? …«

»Ein Dreckskerl bist du, jawohl!«, sagt Bertha zu ihm.

»Natürlich bin ich damals fortgegangen. Ich beschloss, nicht darüber nachzudenken, was mit ihr geschehen würde. Mit Anna. Am Ende ist sie verrückt geworden … Ich denke, Gott hat sich ihrer erbarmt. Es war ohnehin ein Wunder, dass sie in ihrem Alter noch schwanger wurde. Na ja, und so weiter. Sie war doch so glücklich. Ich habe damals kein Wort von einer Abtreibung gesagt. Stattdessen bin ich einfach weggegangen und habe meine ID gewechselt.«

Ich nicke, und das tut weh. Meine grauen Haare und meine Falten schmerzen von jeder noch so kleinen Bewegung.

»Alles klar.«

»Hat sie dir gesagt, wer ich bin? Hat sie von mir gesprochen?«

»Nein.«

»Nie? Kein einziges Mal?«

»Niemals.«

»Ich habe jeden Tag an sie denken müssen. Anfangs hatte ich Angst, dass sie mich den Unsterblichen meldet. Doch dann begriff ich, dass sie ein besserer Mensch war als ich. Mutiger und edler. Ich zählte die Tage und stellte mir vor: Jetzt müsste sie bald niederkommen. Jetzt ist das Kind einen Monat alt. Jetzt ein Jahr. Ich brachte es einfach nicht über mich, bei ihr anzurufen. Und je mehr Zeit verging, desto schwieriger wurde es. Ich wusste einfach nicht wie. Ich war mit vielen Frauen zusammen, doch ich konnte mir ihre Namen nie merken, brachte sie ständig durcheinander, und ihre Gesichter flackerten nur so an mir vorbei. Aber sie … Ich bekam sie einfach nicht aus dem Kopf. Weißt du, wie es mit ihr war?«

Al zieht die Nase hoch und ruckt hin und her. Es ist ihm sichtlich peinlich, unser Gerede mit anzuhören. Er ist ja ein normaler Kerl. Nur etwas beschränkt vielleicht: Er wird nie kapieren, dass es auf der Welt niemals nur das Gute oder nur das Schlechte gibt.

»Sie schmeckte so intensiv, dass mir alle anderen Frauen irgendwie fade vorkamen. Sie hatte doch um meinetwillen in Kauf genommen, dass ihr ganzes bisheriges Leben einstürzte. Das Penthouse, die Empfänge und Bälle, die Weltreisen. Ihre Schönheit. Sie war sehr schön.«

»Ich weiß.«

»Nach ihr hatte ich nur noch zufällige, oberflächliche Affären, zum Zeitvertreib, ohne jegliche Bedeutung. So eine wie Anna hat es nie wieder gegeben. Ich sehe sie noch, wie sie einmal nach dem Wiener Opernball in einem Abendkleid, das sie von Schreyer bekommen hatte, bei mir in meiner winzigen Bude vorbeikam – und zwar mit der Tube. Ich erinnere mich, wie ich ihr beibrachte, Wodka zu trinken, und sie mich auf Sardinien lehrte, wie man einen Kopfsprung vom Felsen ins Meer macht. Wie sie mich zu den Christen brachte, in den Kellerräumen irgendeines Turms, wo uns ein alter Priester traute. Ich erinnere mich an all das, als wäre es gestern gewesen. Was vor einem Jahr passiert ist, daran erinnere ich mich nur noch trübe, aber die Zeit mit ihr sehe ich hell und klar vor mir.«

Als Kommunikator beginnt erneut zu klingeln und zu blinken. Aber Jesús Rocamora hat mich hypnotisiert, mich in eine Trance versetzt: Ich höre seiner Stimme zu wie eine Kobra der Flöte des Schlangenbeschwörers.

»Schreyer.« Al dreht mir seine gebundenen Handgelenke entgegen.

»Nicht jetzt«, sage ich zu ihm.

»Und nun sieh mich an: Ich bin jung. Jünger als mein Sohn. Ein Jüngelchen. Aber in meinem Inneren ist alles verrottet. Ich versuche verzweifelt, dasselbe zu empfinden wie damals … Nichts. Ich bin nur noch eine wertlose Hülle. Meine Seele wird alt. Mein Körper ist jung geblieben und kann noch alles, aber meine Seele hat sich abgenutzt. Ich schaffe es einfach nicht, dasselbe zu fühlen, die Welt mit den gleichen Augen zu sehen, mich genauso zu freuen wie damals. Die Farben sind verblasst. Sie sind unwirklich. Nichts stimmt mehr … Bin ich damals also umsonst davongelaufen? Schließlich habe ich im Leben nie wieder etwas Schöneres erlebt als Anna. Nur Annelie.«

Wäre er nur Jesús Rocamora, ich hätte ihn längst unterbrochen. Aber soeben habe ich erfahren, dass er mein Vater ist. Und auf einmal hat er eine Art Macht über mich. Dabei hat es mir nur jemand mitgeteilt, ich habe ihn nicht mal gescannt. Wie kann das sein?

»Annelie. Sie war deiner Mutter unglaublich ähnlich. Als wäre Anna wieder zum Leben erwacht. Und dann noch ihr Name … Wie eine Reinkarnation. Verstehst du? Als hätte ich sie wiedergefunden.«

»Jungs … Wollt ihr nicht ohne mich weiterreden?«, fragt Al.

»Vergiss es«, entgegnet Rocamora zerstreut. »Hier kommt niemand raus. Kapierst du das nicht?«

Wieder klingelt der Komm.

»Ich würde aber gern noch etwas leben«, sagt Al.

»Er wird uns nicht in die Luft jagen«, sagt Bertha überzeugt. »Er hat noch nicht sein ganzes Gewissen verloren.«

»Seid ruhig«, bittet Rocamora.

»Annelie war aber nicht meine Mutter.«

»Ich weiß. Zuerst habe ich versucht, aus ihr eine zweite Anna zu machen. Die Frisur … Die Kleidung … Ich mietete eine Wohnung für uns. Ich wollte mit ihr all das nachholen, was ich mit Anna verpasst hatte. Als hätte ich deine Mutter nie verlassen. Als hätte es diese dreißig Jahre nicht gegeben.«

»Und dann bist du vor Annelie weggelaufen.«

»Nicht vor Annelie. Vor dem Kind. Vor dem Alter.«

»Du kannst dem Alter nicht entkommen.«

»Annelie gab mir aber genau dieses Gefühl. Mit ihr ging es mir anders … Und erst als sie verschwunden war, begriff ich, dass ich *sie* brauche, nicht irgendeine Reinkarnation. Ich verliebte mich erneut. Ich versuchte ihr das zu sagen … Nach Barcelona. Aber ich war betrunken. Und da begann ich ihr die ganze Geschichte zu erklären … Sie hörte mir gar nicht zu. Sondern ging einfach weg … So ist es jedes Mal. Irgendwas stimmt mit mir nicht.«

»Du bist einfach ein Feigling«, sage ich. »Ein Feigling und ein Idiot.«

»Erst später habe ich verstanden, was ich ihr da gesagt hatte. Zehn Monate lang habe ich nach ihr gesucht. Ich rief jeden Tag an. Durchsuchte alle mir bekannten Verstecke. Und als heute auf einmal ihr Komm anging … da dachte ich als Erstes, das muss eine Falle sein. Aber mir war alles gleich: Wenn ich sie jetzt noch einmal verpasste, wie würde ich mit dieser Leere in mir weiterleben? Also nahm ich meine letzten Kameraden mit und kam hierher. Und … legte dies an.« Er streicht mit schiefem Lächeln über seinen Gürtel. »Zur Sicherheit.«

»Ja«, antworte ich nickend. »Auch ich rechnete mit einer Falle, als ich vor über zwei Monaten eine Nachricht von Annelie bekam. Und ich bin ebenfalls hergekommen.«

»Verzeih mir.« Seine Finger zittern vor Anspannung. »Verzeih, dass ich dein Leben ruiniert habe. Dass ich deine Mutter in den Tod getrieben habe. Und wegen Annelie … Ich liebe sie. Wenn auch du sie liebst, wirst du es verstehen. Was können wir jetzt teilen? Ich wollte alles wiedergutmachen. Aber ich kann nichts mehr tun.«

Ich habe keine Kraft, ihn zu hassen. Ich verachte ihn nicht einmal. Er ist ein Idiot, und ich bin ein Idiot. Wir sind zwei jämmerliche Idioten, die zwei tote Frauen nicht miteinander teilen können.

»Willst du sie mal halten?«, frage ich, während ich noch immer das Bündel im Arm wiege.

»Danke, aber ich habe nur eine Hand frei.«

»Stimmt. Ich vergaß.«

Ich lächle. Er lächelt zurück. Wir lachen.

Bertha schüttelt den Kopf: »Ihr seid bekloppt.«

»Hör mal, du«, sagt Rocamora zu Al. »Verbinde mich mit ihm.«

Schreyer kehrt in unsere Kammer zurück.

»Na, wie geht's euch?«

»Ich brauche Garantien. Ich will sicher sein, dass du sie gehen lässt. Und zwar lebend. Meinen Sohn und meine Enkelin. Sonst hat das Ganze überhaupt keinen Sinn.«

»Versprochen«, antwortet der Senator. *»Du ergibst dich unversehrt, und Jan kann mit dem Kind gehen, wohin er will.«*

»Diese Frau, die hier bei uns sitzt«, füge ich hinzu. »Kommt sie auch frei? Mit ihrem Kind?«

»Das würde gegen das Gesetz verstoßen«, brummt Al. »Wir müssen sie erfassen.«

»Du Mistkerl!«, giftet Bertha. »Halt den Mund, wenn andere Leute reden!«

»Mir ist es gleich«, sagt Schreyer. *»Lange wird sie sowieso nicht frei herumlaufen.«*

»Das wäre nicht rechtens«, wiederholt Al störrisch. »Gesetz ist Gesetz.«

»Gebt mir noch fünf Minuten mit meiner Familie«, bittet Rocamora. »Dann könnt ihr reinkommen.«

Mit der linken Hand krempelt er seinen rechten Ärmel hoch und zieht vorsichtig ein paar haarfeine Kabel aus dem Zünder. Dann blinzelt er mehrmals und entspannt langsam seine Finger.

»Verdammt, die sind richtig taub.« Er schüttelt seine Hand. »Darf ich sie jetzt mal halten?«

Vorsichtig nimmt er sie auf den Arm und blickt ihr ins Gesicht.

»Sie ist schön.«

»Jetzt kannst du es nicht sehen, aber sie hat Annelies Augen. Die ihrer Mutter.«

»Sie lächelt.«

»Wahrscheinlich träumt sie was Schönes.«

»Wenn ich euch so zuhöre, muss ich gleich kotzen«, sagt Al.

Hinter der Tür höre ich Knirschen. Wahrscheinlich werden gerade die Barrikaden abgebaut und die Sprengladungen von der Tür entfernt.

Sie kommen, um Rocamora zu holen. Um uns alle zu holen.

Ich stecke meine Hand in die Tasche.

XXX · AUFGABE

Armeepioniere in klobigen Raumfahrtanzügen entkleiden Rocamora mit langsamen Bewegungen, als befänden sie sich tatsächlich in der Schwerelosigkeit. Dieser steht mit erhobenen Armen da, ein schiefes Lächeln auf dem Gesicht – wie ein Schlaganfallpatient. Wir stehen noch immer bei ihm, denn die Pioniere befürchten, er könnte es sich anders überlegen.

Zwei Sondereinsatzbeamte mit schusssicheren Westen und Sturmhauben verladen Al auf eine Bahre, ziehen den Reißverschluss des schwarzen Sacks zu und klopfen sich die Hände ab. Armer Al.

Wir stehen und warten, bis alle fertig sind.

Rocamora wird abgeführt. Er dreht sich um, wirft einen letzten Blick über die Schulter und nickt mir zu. Bertha und ich bleiben zurück in der mit leblosen Heuschrecken übersäten Halle. Wahrscheinlich hat man sie vergast. Roboter schaufeln die Grashüpfer zusammen und karren sie zur Recyclinganlage: Das kurze Leben in Freiheit haben die Insekten nicht verkraftet – jetzt sind sie nicht mal mehr als Nahrungsmittel zu gebrauchen.

Von den Leuten aus Pater Andrés Versteck ist niemand mehr hier. Auch sie hat man längst entsorgt: Luis, Sara und Inga haben die Spritze bekommen. Georg und Xavier, die beiden Utopier, sind auf dem Weg ins Internat, wo sie neu formatiert werden.

Auch Natascha, die immer »Himmel-Himmel-Himmel-Himmel!« sang, kommt in eine ähnliche Anstalt, wo man ihr beibringen wird, Kinder ihren Eltern wegzunehmen und Schlafenden die Altersspritze zu setzen.

Ich halte meine Tochter im Arm. Niemand tritt zu mir, niemand will sie mir wegnehmen. Ich mache einen Schritt auf den Ausgang zu, noch einen – niemand versucht mich aufzuhalten. Man scheint mich hier überhaupt nicht mehr zur Kenntnis zu nehmen.

Trotzdem bewege ich mich langsam, damit diese Seifenblase, die mich unsichtbar und unverletzbar macht, nicht zerplatzt. Vorbei an den Unsterblichen mit ihren Masken, die vor dem schwarzen Sack in Habachtstellung gehen und ihre Sehschlitze von mir abwenden. Vorbei an den dicken, komischen Pionieren, die weiter durch ihre Schwerelosigkeit wanken. Vorbei an den Leuten in Zivil, die die beschädigte Halle mit winzigen Spionagekameras aufnehmen. Vorbei an jenen Heuschrecken, die noch immer in ihren Glastrichtern hocken und auf die Fototapete starren und deren Glück darin besteht, dass niemand sie befreit hat.

Bertha trippelt hinter mir her wie ein Schoßhund an der Leine. Wahrscheinlich weiß sie nicht, wohin mit sich, oder sie glaubt, dass die Freiheit, die ihr Schreyer versprochen hat, fest mit meiner Freiheit verklebt ist.

»Du musst dich verstecken«, sage ich zu Bertha. »Lauf weg.«

Sie weicht mir nicht von der Seite.

Der Aufzug ist leer. Bertha und ich steigen als Einzige ein, zu zweit nehmen wir gerade mal ein Tausendstel seines Rauminhalts ein. Wir fahren in aller Ruhe, als wäre im Industriepark 4451 überhaupt nichts passiert und als wüsste niemand etwas von unserer Existenz. Keine Reporter, keine Absperrungen. Mein Kommunikator hat sich abgeschaltet, niemand kann mich erreichen. Aber wer würde das schon wollen?

Wir erreichen das Frachtterminal, wo es wie immer stockfinster ist. Wir tragen das Licht mit uns durch die Halle und setzen uns schweigend auf den halben Kilometer Bank. Wir warten auf den Zug. Die Kräne und Fließbänder arbeiten weiter. Wahrscheinlich werden sie auch noch eine Minute vor dem Ende der Welt so laufen wie immer.

Meine Tochter schläft, weder das Donnern der Container noch das Heulen der Elektromotoren schreckt sie auf. Wie heißt sie eigentlich?

Bertha und ich sitzen beinahe Rücken an Rücken. Sie hat sich abgewandt und massiert sich die Brust. Sie pumpt Milch ab für mich – für unterwegs.

Eine leuchtende Tube fliegt heran, voller Menschen, die nun als zähe Masse herausstürzen, direkt auf uns zu. Da sind sie: Reporter, Schaulustige, Polizisten. Wie eine Herde trampeln sie auf uns zu, doch wir kugeln uns gerade noch rechtzeitig ein, verbergen die Kinder vor ihren Blicken, tragen unser Schmuggelgut in den leeren Zug – und fahren fort aus dem Industriepark.

Bertha reicht mir ein Fläschchen mit Milch. Ich stecke es ein. Meine Taschen sind jetzt prall gefüllt mit Wertvollem. Wir fahren schweigend dahin.

An der nächsten Station steigt Bertha aus. Niemand folgt ihr. Sie winkt mir zu, während die Station bereits fortschwimmt, ich winke zurück.

Der Mann, der eine Zeit lang mir gegenüber gedämmert hat, ist ein junger Kerl mit nettem, offenem Gesicht. Plötzlich erwacht er und lächelt mich an.

»Ein Anruf für Sie«, sagt er und reicht mir seinen Kommunikator.

»Wie bitte?«

»Herr Schreyer möchte mit Ihnen sprechen.«

Als ich seinen Komm entgegennehme, brennen und jucken meine Finger, als kehrte mein Blut erst jetzt wieder in die vertrockneten Bahnen zurück, nachdem ich stundenlang auf meinem Arm geschlafen oder lange krampfhaft einen Handtrainer gedrückt hätte.

»Hallo!« Erich Schreyers Stimme ist energisch und voller Lebensfreude. *»Wie geht es dir?«*

»Was willst du von mir? Du hast versprochen, uns gehen zu lassen!«

Er lacht. *»Du bist frei, Jan! Ich halte stets mein Wort! Entschuldige, falls ich dich bei etwas Wichtigem störe. Ich wollte dir noch ein Angebot machen …«*

»Nein, danke.« Ich will dem lächelnden Mann seinen Kommunikator zurückgeben, doch der schüttelt den Kopf und weigert sich, ihn entgegenzunehmen.

»Ich verstehe, dass du böse auf mich bist. Diese Geschichte mit Nr. 503, deine Anrufe aus dem Gefängnis … Und dann das ganze Theater, das dein Vater inszeniert hat. Ich gebe zu, ich wollte dir eine Lektion erteilen, Jan. Damit du ein paar Dinge einsiehst. Und wie mir scheint, hast du bereits deine Schlüsse gezogen.«

»Was für Schlüsse?«

»Wahrscheinlich empfindest du deine Lage als ziemlich aussichtslos, oder? Du hast ein Kind auf dem Arm, kein Zuhause, kein Geld, und du wirst alt … Aber das stimmt nicht, Jan. Keineswegs. Oder hast du etwa geglaubt, dass ich dich in dieser Situation im Stich lasse?«

Er spricht noch immer aus meiner ausgestreckten Hand. Doch so kann ich meine Tochter auf Dauer nicht halten, also lasse ich den Komm auf den Boden fallen. Was Schreyer kein bisschen irritiert.

»Lass uns doch einfach vergessen, was passiert ist, ja? Wie einen schlechten Traum. Als hätte es das alles nicht gegeben. Dein Verhältnis mit meiner Frau, deine Verstöße gegen den Kodex, die gescheiterten Missionen, diese blöde Geschichte mit der Frau deines Vaters, dein Alter. Was sagst du dazu?«

»Vergessen?«

»Vergessen. Für jede Regel gibt es eine Ausnahme. Ich habe Beziehungen zu diesem Zentrum in Brüssel. Wir könnten dir dort eine Therapie besorgen. Sie ist nicht ganz einfach und auch nicht gerade billig, aber … Meinetwegen können wir morgen loslegen. Deine Alterung aufhalten und rückgängig machen. Auch auf deine Karriere musst du nicht verzichten: Wir gliedern dich einfach wieder in die Phalanx ein. Schließlich weiß dort keiner, was mit dir passiert ist.«

»Was soll das, verdammt?!«

Gegen meinen Willen spüre ich, wie in mir eine sich drehende Welle irgendwelche Saiten anzupft und eine schräge Melodie erklingt – zaghaft und gedämpft. Sollte das wirklich möglich sein?! Ich verbiete mir, dieser – seiner – Melodie weiter zuzuhören.

»Das ist die reine Wahrheit. Glaub mir, es ist nichts Besonderes dabei. Du musst mir nur beweisen, dass du meine Lektion gelernt hast. Dass du die Prüfung bestanden hast.«

Ich wiege sie hin und her, damit sie nicht aufwacht. Hin und her. Hin und her. Und versuche mich selbst zu beruhigen.

»Eine Prüfung?!«

»Ja.«

»Meine eigene Einheit gegen mich aufzuhetzen?! Und Nr. 503 aus dem Internat zu entlassen, damit er mir an die Kehle geht?! Nur um mich zu prüfen?!«

»Mit dem Abschluss des Internats hören die Prüfungen nicht auf, Jan. Sie hören niemals auf. Du darfst keine Angst davor haben. Prüfungen machen uns stärker. Ich habe dich gestählt.«

Sieh einer an: Auf einmal geht es nur darum, mich zu stählen.

»Und was muss ich tun, um diese Prüfung zu bestehen?«

»Gib das Kind ab.«

»Mein Kind?«

»Genau.«

»Wem? Dir?«

»Nein! Was soll ich denn damit? Glaubst du wirklich, ich fresse kleine Kinder?« Er lacht. *»Sie kommt ins Internat. Natürlich anonym, damit du sie nicht mehr wiedersiehst. Aber dafür ist ihre Zukunft gesichert.«*

»Ihre Zukunft?«

»Du weißt doch gar nicht, was du mit ihr anfangen sollst, Jan! Du kannst sie nicht ernähren, hast keine Wohnung, kannst ihr weder Erziehung noch Ausbildung finanzieren, und dir stehen jede Menge Ausgaben bevor, für deine eigene Gesundheit, verstehst du … Was kannst du ihr schon bieten? Ein Leben in der Fleischfabrik? In irgendwelchen Slums?«

»Das heißt, ich gebe dir einfach meine Tochter, und alles wird wieder so, wie es einmal war?«

»Du hast es erfasst.«

Ich lege sie vorsichtig auf den Sitz, bücke mich langsam und hebe den Kommunikator vom Boden auf. Der junge Mann gegenüber lächelt aufmunternd: Nur weiter so, du machst alles richtig.

»Ich muss darüber nachdenken.«

»Tu das, Jan. Denk nach. Genügt dir ein Tag?«

Ich zögere. »Das muss es wohl.«

»Na wunderbar. Weißt du was? Behalte doch gleich diesen Kommunikator. Vielleicht überlegst du es dir ja schon früher? Und für den Fall, dass ich mich mit dir unterhalten will. Damit ich weiß, wo du bist und was du treibst. Behalte ihn.«

»Es gibt eine Bedingung.«

»Du stellst ganz schön viele Bedingungen, Jan, findest du nicht? Du hängst am Rand des Abgrunds, ich strecke dir meine Hand entgegen – und du stellst deine Bedingungen! Aber gut. Sag schon.«

»Sag mir, wo sie jetzt ist. Meine Mutter.«

»Oh! Kein Problem. Ich schicke dir die Adresse. Ist das alles?«

»Ja.«

Ich lege mir das Armband um und ziehe den Riemen fest. Dann nehme ich mein Kind wieder in den Arm.

Nach kurzem Schweigen nehme ich das Gespräch wieder auf.

»Eines verstehe ich nicht: Was bringt dir das?«, frage ich. »Das Versprechen, das du deinem Feind gegeben hast? Du hättest uns alle doch sofort hinrichten können. Wozu dieses Spiel?«

»Spiel?« Jetzt, da ich bereift bin, spricht Schreyer meinem Kind direkt ins Ohr. *»Was denn für ein Spiel? Das hier ist bitterer Ernst. Versteh doch: Wenn du diese Wahl nicht selbst triffst, wirst du niemals auf meiner Seite sein. Glaubst du etwa, dein Körper – oder der deines biologischen Vaters – ist auch nur irgendetwas wert? Mit den Aufnahmen von seinem Auftritt in Barcelona hätten ihn meine Jungs auch so wunderbar simulieren können. Aber ich wollte, dass es sein eigener Entschluss ist. Und ebenso ist es mir wichtig, dass du selbst diese Entscheidung triffst. Ich brauche keine Körper, keine Sklaven, Jan.«*

»Du hast es doch nicht etwa auf unsere Seelen abgesehen?« Ich muss unwillkürlich grinsen.

»Merkwürdige Frage«, antwortet er und lacht. *»Irgendjemand hat mir mal gesagt, dass du nicht an die Seele glaubst.«*

Irgendjemand? Das war ich selbst. Aber nicht ihm habe ich es gesagt, sondern Annelie.

»Ich meine es ehrlich, Jan. Alle Karten liegen auf dem Tisch. Mein Angebot gilt genau einen Tag. Danach vergesse ich für immer, dass du jemals existiert hast.«

Das Theater ist vorbei: Jetzt klingt seine Stimme wieder wie sein wahres Ich: leer und künstlich, wie aus Komposit.

»Die Adresse bekommst du gleich. Ich glaube an dich, Jan. Enttäusche mich nicht.«

An der nächsten Station salutiert der junge Mann auf dem Sitz mir gegenüber und steigt aus. Meine Tochter wacht auf – vielleicht weil Schreyers Stimme auf einmal weg ist.

Sie maunzt und kneift mehrmals die gelben Augen zusammen. Sie ist hungrig. Und ich brauche eine trockene Windel für sie.

Beim nächsten Halt verlasse ich den Zug. Keine Ahnung, was das für ein Turm ist. Ich folge den Hinweisschildern zu einem Tradeomaten, kaufe mit dem fremden Kommunikator billige Klamotten, achte nicht auf die Blicke der Umstehenden, schaukele mein Kind und suche eine Toilette. Ich sperre mich in der Behindertenkabine ein. Weiße Wände, Handläufe, alles glänzt sauber, denn in Europa gibt es kaum noch Behinderte. Schon bald werden sie ganz verschwunden sein.

Ich schließe den Toilettendeckel, lege eines der Tücher darauf, mache sie sauber und wickle sie. Meine längst eingespielten Bewegungen laufen fast automatisch ab. Sie lächelt dankbar und gurrt etwas. Ich stecke prüfend meine Hand in die Tasche.

Dass du selbst diese Entscheidung triffst. Dass du selbst diese Entscheidung triffst.

In der Nachbarkabine hustet jemand.

In meinem Kommunikator sitzt immer noch Erich Schreyer. Er hat die Beine übereinandergeschlagen und lauscht, was ich mir selbst oder meiner Tochter zu sagen habe. Freundlicherweise hat er mir die Wahl gelassen – aber eigentlich habe ich gar keine.

Ich füttere sie, lasse sie aber das Fläschchen nicht ganz leer trinken, denn wir müssen den ganzen Tag damit auskommen. Dann verstaue ich das Fläschchen wieder und verlasse mein Gehäuse. Kling! Eine Nachricht von Senator Schreyer.

Friedhof Pax, Centuria-Turm. Anna Aminsky 1K.

Ein Friedhof.

Ich weiß nicht, worauf ich gehofft hatte. Immer wieder hat man mir zu verstehen gegeben, dass sie tot ist. Tot. Tot. Und doch habe ich mir insgeheim – nur ein ganz kleines bisschen – eingebildet, dass die Nabelschnur noch ganz nicht gerissen sei, sondern sich nur gedehnt habe wie ein altes Telefonkabel, bis ans andere Ende der Galaxis, dass ich an einer Art Tropf hinge und mich immer noch Tropfen für Tropfen etwas von ihrem Blut, ihrer Wärme erreiche.

Es war also doch nur Einbildung.

Der Centuria-Turm ist ein unauffälliges Gebäude: primitiver pseudo-römischer Stil, plumpe Statuen von Legionären mit Kurzschwertern vor den Aufzügen. Der Vorplatz ist völlig überfüllt, die Massen ineinander verkeilt wie Fußsoldaten im Nahkampf.

Die etwa hundert Menschen, die sich in die Aufzugkabine gezwängt haben, beginnen untereinander zu tuscheln, als ich die Friedhofsebene anwähle. Sie igeln sich ein, rücken von mir ab. Als handle es sich nicht um einen Friedhof, sondern um einen Graben voller verwesender Pestleichen.

Sicher ist niemand von ihnen je auf dem Friedhof gewesen. Ich bin da keine Ausnahme.

Überall in Europa sehen die Friedhöfe exakt gleich aus. Auch darüber befindet ein Gesetz schon seit gut zweihundert Jahren, eine Begräbnisstättenvereinheitlichungsverordnung oder so ähnlich. Die Logik dahinter liegt auf der Hand: In unserer Welt ist es schon für die Lebenden viel zu eng, also wäre es geradezu ein Verbrechen, weiteren Raum für die Toten zu verschwenden. Deshalb wird jedem Verstorbenen gerade mal so viel Platz eingeräumt, dass seine genetische Information gespeichert und etwas Sichtbares aufbewahrt wird – falls tatsächlich einmal jemand ihn besuchen möchte. Keine Denkmale, keine Grabsteine: Derlei Nekrophilie würde viel zu sehr an die Generation des Todes erinnern. Friedhöfe sind heute zu Leichengettos degradiert.

Alle hundert Insassen schrecken zurück, als sich die Aufzugtür auf der von mir gewählten Ebene öffnet. Dahinter kommt eine weiße Wand zum Vorschein, auf der nur ein Schriftzug zu lesen ist: PAX. Nüchterne, präzise schwarze Buchstaben auf einer gelben Leuchttafel, ähnlich wie die Toiletten-Hinweisschilder an den Umsteigebahnhöfen. Friedhöfe dürfen ihre Dienstleistungen nicht öffentlich bewerben, doch die Aufzugpassagiere wissen natürlich, was sich hier – in ihrer Nachbarschaft – befindet.

Nur wir beide stehen jetzt in diesem Gang: sie und ich.

Sie ist wach, hat ihre Augen fest auf mich gerichtet, und als ich sie bemerke, beginnt sie vor sich hin zu lallen. Ich lächle sie an – und sie lächelt zurück.

Ich gehe den leeren weißen Gang entlang, bis ich vor einem mattgläsernen Tor zu stehen komme. Ein Terminal fordert mich auf, meinen Namen zu nennen sowie den Namen der Person, die ich besuchen möchte. Sämtliche Besuche werden registriert, um Unbefugten und Todesanbetern den Zugang zu verwehren.

Anna Aminsky 1K. Jan Nachtigall 2T.

Angenommen. Erich Schreyer hält Wort – wie immer.

Die beiden Torflügel gleiten geräuschlos auseinander. Der Raum vor mir liegt im Halbdunkel. Ich mache einen Schritt – und mir stockt der Atem. Es ist, als würde ich in einen Abgrund fallen. Dann begreife ich: Der Boden, auf dem ich stehe, ist aus dickem, durchsichtigem Komposit, ähnlich wie die Glaswand, hinter der meine mit Stimmungsaufhellern vollgepumpte Mutter saß. Unter dem transparenten Boden ist Leere – ein Loch, ein Graben. Ganz am Rand sind kleine verchromte Roboterarme zu erkennen, die so aussehen wie chirurgische Instrumente. Die Totengräber.

Ein Weg mitten durch die Luft.

Ein zu Eis erstarrter Fluss.

Der mit einer trägen Windung sowohl nach rechts als auch nach links vom Eingang fortführt. Nur schwach leuchten einige Dioden im Boden, Decke und Wände dagegen sind schwarz und nackt.

Weder Musik ist zu hören noch sonst irgendwelche Geräusche: Das Tor hat sich wieder geschlossen, nicht einmal das Quietschen aus den Aufzugschächten dringt hier herein. Wenn es auf der Welt einen stillen Ort gibt, so ist es dieser.

Sie dagegen wird nun unruhig, dreht sich hin und her, verzieht ihr Gesichtchen, wie wenn sie presst oder ihr etwas wehtut, und winselt. Hier gefällt es ihr nicht.

Ich gehe mit langsamen, hallenden Schritten über das gläserne Eis und folge der ersten Kurve. Das Tor ist jetzt nicht mehr zu sehen. Ich blicke nach unten: Kein einziger Kratzer auf dem Eis. Hier kommt nur selten jemand vorbei.

Und dann sehe ich – sie.

Erst eines, dann zwei, dann drei – zunächst kaum voneinander zu unterscheiden, fast aufgelöst im Licht der Bodenlampen, doch dann immer dichter und dichter …

Haare.

Ein Haar für jeden Toten. Mehr können wir uns nicht leisten. Für mehr ist hier kein Platz.

Jedes Haar trägt die DNA seines Besitzers. So haben wir noch bis vor einiger Zeit die Sterbenden beruhigt: Dass die Menschheit einst lernen werde, Menschen nach ihrem genetischen Code zu rekonstruieren, und dann würden die Toten auferstehen und zu den Lebenden zurückkehren und für immer mit ihnen zusammen sein.

Das war natürlich Humbug: Wir wissen ja nicht mal, wohin mit den Lebenden.

Ein Haar für jeden von Millionen Toten. Dieser Friedhof ist nicht groß, aber für die Haare ist genug Platz. Vereinzelt sind rote, blonde und dunkle in der grauen Masse zu erkennen.

Ein leichter Wind weht unter dem Glas: offenbar eine Lüftungsanlage. Er streichelt, zaust die Haare all dieser Menschen, deren Körper längst recycelt sind.

Der ganze Boden ist von ihnen bedeckt wie von Seegras. Ein gespenstischer Strom fließt unter dem Eis und streift mit seinem Lufthauch alte, verblasste Algen – eine seltsame Art stillen Lebens nach dem Tod.

Der Boden leuchtet in gleichmäßigem Weiß. Die Strahlen dringen durch den bewegten Tang, treffen auf die runde Decke dieses tunnelartigen Gangs, sodass dort oben ein zweiter Strom aus Licht und Schatten fließt.

Ich wandle vorsichtig dahin, wie um nicht einzubrechen. An einer Stelle bleibe ich willkürlich stehen.

Eines dieser Haare hier gehört meiner Mutter. Anna Aminsky 1K. Ein seltsamer Name. Was hat das alles mit den Bruchstücken meiner Erinnerung zu tun?

Jedes Haar sitzt in einer Art Halterung mit einer kleinen Nummer darauf. Am Terminal könnte ich eine Anfrage abschicken, um das gesuchte Haar angezeigt zu bekommen. Eine der Roboterhände würde es heranholen, es beleuchten, und ich könnte es betrachten. Aber ich will das nicht. Was würde ich erkennen? Inwiefern wäre es anders als die übrigen Gräser dieses Unterwasserfelds?

Diese Wirkung ist natürlich beabsichtigt. Worin unterscheiden sich die Toten überhaupt voneinander?

Ich knie nieder und lege mein Kind neben mir auf das Eis.

Dann berühre ich das transparente Komposit. Die Leere lässt meine Hand nicht hindurch.

Hallo, Ma.

Da bin ich also. Ich habe dich gefunden.

Ich wollte dich lange nicht finden. Ich hatte Angst vor dieser Begegnung, davor, dass es so sein würde wie jetzt. Deshalb habe ich es hinausgezögert, solange ich konnte.

Keine Ahnung, worüber ich mit einer Toten reden soll – und wie.

Tun wir doch einfach so, als würde ich dich anrufen. Als wäre dies ein Telefongespräch zwischen dir und mir.

Hallo. Ewig nichts von dir gehört. Wie geht es dir? Mir geht's ganz gut. Ich hatte einen guten Job, habe ordentlich verdient, meine

Karrierechancen waren blendend. Aber dann habe ich mich verliebt. Sie war ein gutes Mädchen. Ja, und das war eigentlich schon mein ganzes Leben. Wie sie heißt? Annelie. Aber weißt du, ich will jetzt lieber nicht davon sprechen. Vielleicht ein anderes Mal.

Es ist gut, dass wir endlich miteinander reden. Ich dachte natürlich, wir würden es früher schaffen. Aber du hast mich im Internat nicht angerufen. Hast mir keine Gelegenheit gegeben, mich von dir loszusagen. Mich nicht befreit. Nein, unterbrich mich nicht. Das ist jetzt wichtig.

Ich hatte keine Gelegenheit, dir zu sagen, wie sehr ich dich hasse für all das, was du getan hast. Dafür, dass du mein Leben verhunzt, verkrüppelt und vernichtet hast. Wie sehr ich dich verachte für diese Affäre, wegen der ich mich zwölf Jahre erniedrigen lassen musste. Was für eine dumme Gans du warst, dich einem hölzernen Gott anzuvertrauen, einen tauben Götzen anzuflehen, dass er sich erbarmt und dich schützt und rettet.

Du hast mich damals nicht angerufen – und ich wusste nicht, ob du gestorben warst oder ob ich dir einfach scheißegal war. Alle wurden von ihren Eltern angerufen, sogar die letzten Arschlöcher, nur ich nicht.

Natürlich dachte ich, dass ich dir egal bin. Dass du mich losgeworden warst und froh warst, mich vergessen zu können. Es war leichter für mich, das zu glauben, süßer und schmerzhafter zugleich. Wenn man ein kleiner Junge ist, ist es einfacher darunter zu leiden, dass man nicht geliebt wird, als zu wissen, dass es niemanden gibt, der dich lieben könnte.

Als ich größer wurde, wartete ich auf deinen Anruf, Ma, auf die Möglichkeit mit dir zu sprechen, dich zu sehen, dich zu verfluchen und endlich freizukommen. Aber du hast nicht angerufen.

Du saßt damals in deinem Haus hinter Panzerglas, hinter einem Samtvorhang, die Stirn gegen die Scheibe gepresst, und wartetest darauf, dass dein Mann den Vorhang beiseitezieht und du zu deinem Gott sprechen kannst, den er da noch einmal – speziell für dich – gekreuzigt hatte.

Wahrscheinlich hast du damals auch mit mir geredet, Ma, so wie ich jetzt mit dir rede. Wahrscheinlich hast du die ganzen zehn Jahre lang ununterbrochen mit mir geredet, bis du alt wurdest und starbst. Aber ich habe deine Stimme nicht gehört, so wie du jetzt meine Stimme nicht hören kannst, denn das Glas ist zu dick.

Irgendwo hinter mir fährt das Tor zischend auf und lässt einen weiteren Besucher ein. Ich höre das Tappen von Sohlen auf dem Komposit, blicke mich um, aber der andere hält noch vor der Biegung des Ganges inne, offenbar will er nicht näher kommen. Und ich will nicht zu ihm gehen.

Das Kind windet sich unruhig, es fühlt sich nicht wohl auf dem harten Eis, also nehme ich es wieder auf die Arme. Hier, Ma. Das ist deine Enkelin. Sie ist zwei Monate alt, und sie hat keinen Namen. Sie kann schon ihr Köpfchen halten, sie kann lächeln und Laute sagen, für die es keine Buchstaben gibt. Mehr kann sie noch nicht. Ich werde nie erleben, wie sie sitzen und stehen lernt, wie sie ihr erstes Schrittchen macht, werde nie hören, wie sie »Papa« sagt – eine Mutter hat sie nicht.

Ich weiß, dass ich dich Schlampe und Hure genannt habe, dich verflucht habe dafür, dass du mich nicht mit einem Löffel aus dir rausgekratzt hast, dass du mich wie eine Missgeburt empfangen und geboren hast – insgeheim, im Schmutz, im Vorbeigehen. Ich habe dich verwünscht, weil du mich nicht anmelden wolltest, mich nicht vor dem Internat bewahrt hast. Wir hätten immerhin zehn Jahre zusammen leben können.

Dies ist meine Tochter, Ma, sie kann noch nicht sprechen, aber sie hat mir trotzdem etwas beigebracht.

Ich habe verstanden, dass es furchtbar ist, den Tag festzulegen, an dem du stirbst. An dem du dich für immer von deinem Kind trennen musst. Es ist furchtbar daran zu denken, dass du nicht bei ihm sein kannst, wenn es gehen und laufen lernt, wenn es zum ersten Mal ungelenk tanzt oder lispelnd die falschen Noten singt. Du wirst seine ersten Worte nie hören. Du wirst es nicht waschen, nicht füttern, nicht behüten können. Sie ist gerade mal zwei Monate alt, und ich beginne das erst jetzt zu begreifen. Ich kann mir nicht vorstellen, wie es wäre, wenn mir dein Mann sein Angebot erst in einem Jahr machen würde. Wie würde ich dann reagieren?

Du brachtest es damals nicht fertig, mich abzutreiben, weil du mich liebtest und mich behalten wolltest.

Du brachtest es nicht fertig, mich ordnungsgemäß anzumelden, weil du nicht einmal den Gedanken daran ertrugst, dass man mich von dir trennen würde.

Ich war für dich wie ein Wunder. Ich, ein nasses, böses Rattenbaby, war für jemanden ein Wunder.

Ich habe zwölf Jahre auf deinen Anruf gewartet. Ich fürchtete mich davor, dass du mich um Verzeihung bitten würdest, und dass ich nicht fähig sein würde, mich zusammenzureißen – und dir vergeben würde. Dass ich mich als Versager herausstellen und niemals diesem teuflischen Ei entschlüpfen würde. Ich ärgerte mich so sehr, dass du nicht einmal versuchtest, dich bei mir zu entschuldigen, denn insgeheim war ich bereit, dir zu vergeben. Gegen alle Verbote, verstehst du? Aber du hast nie angerufen.

An meinem Arm fängt es zu klimpern an, zu blinken und zu klimpern.

Der Kommunikator.

Schreyer.

Er ruft absichtlich an, um mich abzulenken, sich einzumischen. Ich muss in Gedanken mit meiner Mutter sprechen, denn sein Kommunikator funktioniert sicher wie ein Abhörgerät. Doch dieser Mensch scheint meine Gedanken zu lesen.

Ich gehe nicht ran. Er ist es gewohnt zu warten, also soll er sich auch jetzt gedulden. Ich habe nur noch ganz wenig zu sagen.

Vergib mir, Ma.

Nicht du musst mich um Verzeihung bitten, sondern ich dich. Dafür, dass ich mir gewünscht habe, du hättest mich abtreiben sollen. Dass ich dich verflucht habe. Dass ich mich am liebsten von dir losgesagt hätte und fortgelaufen wäre, dass ich dir wehtun wollte, dass ich wütend auf dich war, ein hirnloser Idiot, ein Aas, ein Stück Dreck, ein unreifer Bengel. Vergib mir. Bitte.

Erst jetzt beginne ich zu begreifen, was es heißt, das eigene Kind wegzugeben. Sich den Bauch aufzuschlitzen, das Zwerchfell durchzuschneiden, mein pochendes Herz aus mir herauszureißen – und wegzugeben. Jemand anderem. Für immer. Du konntest es nicht. Also kannst du es mir auch nicht beibringen. Aber ich muss wissen, wie es geht.

Vergib mir. Wirst du das tun?

Ich berühre die Kompositfläche, klopfe bei dir an, will dir über den Kopf streicheln – und komme nicht durch die Scheibe hindurch. Unter dem Eis wogt das trockene Gras, eine endlose graue Mähne. Haare, überall nur Haare, nirgendwo ein Gesicht, das sich darunter verborgen hätte. Als hätte sie sich von mir abgewandt. Ich suche, suche darin herum – und kann sie nicht finden.

Welcher dieser Halme gehört ihr? Alle.

»Mama!«

Stille. Das Gras wogt lautlos hin und her. Es antwortet nicht. Es kann mir nicht verzeihen.

Langes Läuten. Keine Verbindung.

Ich küsse das Eis zum Abschied. Es schmilzt nicht unter der Berührung meiner Lippen.

Ich finde kaum die Kraft mich zu erheben. Schließlich stehe ich doch auf, meine Tochter, ihre Enkelin, im Arm. Schwankend gehe ich im Kreis, folge der Strömung der beiden Wasserläufe, einer zu meinen Füßen, der andere über mir. Jemand läuft eilig davon, als er meine schweren Schritte vernimmt. Schreyer hat sie geschickt, sie sind immer in meiner Nähe, beobachten und kontrollieren mich.

Schließlich bringt mich der Gang – oder der Fluss – wieder dorthin zurück, vor das Mattglastor. Ich verlasse den Friedhof, ohne mich noch einmal umzusehen.

Wieder ruft er an. Diesmal antworte ich.

»Das hat aber lange gedauert«, sagt er besorgt. *»Es ist doch nur ein Haar von ihr. Als Symbol nicht gerade überwältigend. In meinem Staubsauger sind wahrscheinlich auch noch ein paar davon.«*

»Können wir uns treffen?«

»Nicht jetzt, Jan. Nicht, bevor dein Kind im Internat ist. Ich vertraue Menschen gern, Jan, aber du bist jetzt in einer schwierigen Situation. Hast du schon eine Entscheidung getroffen?«

»Ich brauche noch Zeit. Ich muss mir über ein paar Dinge klar werden.«

Der Aufzug kommt. Zwei, drei der Fahrgäste sehen mich an, als wüssten sie Bescheid, was ich auf dem Friedhof gemacht habe. Ich versuche mich zu verstecken, mich zwischen Menschenkörpern aufzulösen, aber Erich Schreyer sieht mich durch sämtliche Beobachtungskameras, sein Ohr ist an meinem Handgelenk befestigt, er verfolgt jeden meiner Schritte.

Ich werde sein Angebot nicht ausschlagen können. Ich habe keine Wahl.

Ich küsse sie auf die Stirn.

»Igitt!«, bemerkt stirnrunzelnd eine langbeinige Schönheit mit gezupften Augenbrauen.

»Zieh Leine, Miststück«, antworte ich.

Ich drücke mein Kind noch fester an mich. Ganz, ganz fest.

Wir fahren dorthin, wo sich früher die Stadt Straßburg befand. Es gibt noch etwas, das ich tun muss, solange wir zusammen sind.

Ich bin seit vierundzwanzig Stunden ununterbrochen wach, abgesehen von jener Fahrt zu Beatrice, als ich während eines kurzen Dämmerschlafs von meiner Mutter träumte. Aber ich bin nicht müde. Ich sitze, halte sie im Arm, gebe sinnlose Laute von mir, es gefällt ihr. Hin und wieder steckt jemand mir eine milde Gabe zu oder zischt mich von hinten an, dass ich kein Recht habe, Kinder in öffentlichen Verkehrsmitteln zu transportieren. Mir ist das inzwischen alles egal.

Als ich im Leviathan ankomme, ist ein Viertel der Frist, die Schreyer mir eingeräumt hat, bereits abgelaufen. Ich steige aus, überall starren mir Kameras ins Gesicht, jemand geht mir nach, flüstert etwas in ein Funkgerät, tarnt sich in der Menge. Erich Schreyer klopft mit den Fingern auf den Tisch in seinem Büro, das mit Leere möbliert ist.

Ich fahre hinab zur Ebene null.

Ich lasse die Holztür des Hauseingangs hinter mir zufallen und balanciere über das Kopfsteinpflaster. Der schwarze Spiegelhimmel über Straßburg ist noch immer dunkel und leblos.

Hier herrscht ewige Nacht, aber umso heller brennen die roten Lampen und umso einladender ist das Licht in den Fenstern der Lebkuchenhäuser. Doch selbst wenn es hier stockfinster wäre, fände ich den Weg zum Liebfrauenmünster blind.

Der Dom ragt über das gesamte Viertel hinaus wie Gulliver über eine liliputanische Spielzeugstadt und scheint sich ducken zu müssen, damit er unter das falsche Himmelsdach passt. Hier befindet sich mein Lieblingsbordell. Ich bin aus Gewohnheit hier und denke nicht einmal daran, dass man mich mit dem Kind vielleicht gar nicht einlassen könnte. Heute besuche ich das Münster nicht, um meine Lust zu stillen – nein, ich suche etwas anderes.

Ich klopfe an das Tor und warte darauf, dass mir der Empfangschef in seiner Livree die Tür zum Fetisch-Club öffnet. Niemand reagiert. Das Münster erscheint ausgestorben, monolithisch, wie ein Fels, als gebe es darin keine Hohlräume, in denen man Heilige – oder auch kostümierte Nutten – unterbringen könnte.

Ich drücke eigenhändig die schwergängige Holztür auf und betrete das Innere.

Alles ist wüst und leer: die Theke des Empfangschefs umgestürzt, die Visitenkarten der Huren auf dem Boden verstreut, nirgends Licht, kein Widerhall von Musik, Lachen oder Stöhnen. Überall nur Staub und Rattenkot.

In der Stille hallen meine eigenen Geräusche doppelt laut.

Ich wandle das Kirchenschiff entlang, meine Tochter auf dem Arm. Die Nischen, in denen die Prostituierten einst Szenen aus der Bibel nachstellten, sind verlassen. Die riesige Rosette über dem Portal ist in dieser unendlichen Nacht nur ein schwarzer Fleck. So muss es wohl aussehen, wenn Gott sein ewiges Auge schließt.

Jeder meiner Schritte fliegt hinauf bis ins Gewölbe, das Echo scharrt an der Decke entlang, ich allein fülle mit meinen kleinen Geräuschen – dem Hüsteln, dem Summen eines Wiegenlieds ohne Worte, dem fragenden »Ist da wer?« – den unermesslichen Innenraum der Kirche.

»Licht!«, befehle ich.

»Licht!«, befiehlt das Echo.

Nichts. Und niemand.

Kein einziger Kunde, der daran interessiert wäre, den heiligen Ort zu entweihen. Keine einzige käufliche Frau, die ihren Körper hier feilbietet. Keine starrsinnigen Sektierer oder durchgedrehten Fanatiker auf heiligem Kreuzzug gegen die Gotteslästerer.

Ich leuchte mir den Weg mit Erich Schreyers Kommunikator.

Auf dem Boden liegt eine Mitteilung des Gerichtsvollziehers: Geschlossen wegen Überschuldung.

Der Fetisch-Club ist also pleitegegangen. Nicht einmal die TV-Serie über das Leben Christi hat ihn retten können. Wahrscheinlich waren die Rechnungen für Miete, Strom und Reparaturen einfach zu hoch. Er war nur ein dreister kleiner Flohkrebs, der da in den versteinerten Panzer dieser gigantischen, prähistorischen Molluske eingedrungen war, ein paar Runden drehte und dann wieder verschwand.

Ich bin allein hier. Der letzte und treueste Kunde.

Sie regt sich wieder und beginnt zu weinen – und zugleich weint jemand dort oben im Himmel. Sie strampelt mit den Beinen, offenbar hat sie wieder Hunger. Ist ja gut, ist ja gut, sch, sch, sch, wir haben noch etwas Milch von Tante Bertha. Ein Drittel des Vorrats hast du schon ausgetrunken, also sei nicht zu gierig, wir müssen sparen.

Sie will den Sauger nicht loslassen, schneidet Grimassen und protestiert, aber schließlich muss ich ihr die Flasche doch wegnehmen. Lieber ein bisschen jetzt und ein bisschen später. Ich stecke die Flasche weg, hebe meine Tochter hoch und trage sie aufrecht, damit sie all die Luft loswird, die sie in ihrer Gier mitgeschluckt hat.

Ich gehe auf und ab durch das verwüstete Schiff, klopfe ihr leicht auf den Rücken, bis sie schließlich mit komischem Geräusch ihr Bäuerchen macht und aufhört sich zu beschweren. Erst jetzt wird ihr der Kopf auf dem dünnen Hals zu schwer, und sie legt ihn sanft auf meine Schulter.

Doch sie schläft nicht ein, sondern starrt ins Dunkel, gluckst vor sich hin und zuckt mit ihren Ärmchen: Sie lebt. Seltsamerweise fürchtet sie sich hier nicht. Ich streichle ihr über das Köpfchen, über die durchsichtigen, spärlichen Locken, vorsichtig, um nicht auf die pulsierende weiche Stelle in der Mitte zu drücken. Schweigend gestattet sie mir, mich meinen Gedanken hinzugeben.

Wie ein zwanzig Meter hoher Eisberg schwimmt die alte astronomische Uhr durch den nächtlichen Ozean heran, der Stolz des Fetisch-Clubs und aller vorhergehenden Bewohner dieses Fossils. Bei jedem meiner Besuche bin ich vor dieser Uhr stehen geblieben. Zwei runde Zifferblätter: das untere mit römischen Ziffern, das obere mit den sechs vergoldeten Planeten des Sonnensystems auf sechs schwarzen Zeigern. Und dann noch dieser Teil, der die Präzession der Erdachse anzeigt. Eine Umdrehung in sechsundzwanzigtausend Jahren. Ich erinnere mich, dass ich mich immer fragte, wozu der Uhrmacher einen Mechanismus schuf, der ihm auf so erniedrigende Weise den Wert und die Länge des eigenen Lebens vorführte: eine einzige von dreihundertsechzig Teilungen des Zifferblatts.

Früher kam ich als ewig junger Mensch hierher. Ich stellte mir vor, der Uhrmacher müsste doch wenigstens einmal die Planeten von Hand bewegt, Zehntausende von Jahren nach eigenem Gutdünken vorgespult haben, um so seine eigene Flüchtigkeit, die Sinnlosigkeit seines irdischen Daseins infrage zu stellen.

Nun betrachte ich diese Uhr erneut. Sie steht. Es ist niemand da, der sie aufzieht – und ich weiß nicht, wie es geht.

Die Zeit im Liebfrauenmünster steht still. Die Minuten sind erstarrt, die Planeten stecken fest.

Meine eigene Sonne rast unterdessen um die Erde wie jenes wildgewordene Gestirn vor dem Fenster von Beatrice Fukuyamas letzter Zufluchtsstätte: Jeder meiner Tage zählt wie hundert. Und wenn ich Schreyers Angebot nicht annehme, bleiben mir nur noch wenige von diesen hastig vorbeihuschenden Jahren.

Jetzt begreife ich das Handeln des Uhrmachers neu. Ja, er hat einen Anschlag auf die Zeit verübt – aber ganz anders, als ich dachte.

Zeiger zu drehen und mit Zahnrädern zu spielen ist nur ein Dummejungenstreich. Du bist dir doch immer bewusst, dass du lediglich einer Uhr ins Getriebe gegriffen hast, dass du betrügst. Dass Zeiger die Zeit bestimmen, glauben doch nur Dreijährige.

Aber einen Mechanismus zu erschaffen, dessen eine Umdrehung dreihundertsechzigmal so lange dauert wie dein eigenes Leben! Mit dem eigenen Verstand, einem verglimmenden Stück Kohle, dem Funken eines Feuers, so etwas zu entwerfen und mit den eigenen, weichen, unbeholfenen Händen, mit deinem verrottenden, schwachen Körper etwas aus Metall herzustellen, das wenn schon nicht die Ewigkeit, so doch sechsundzwanzigtausend Jahre überdauern soll! Wenn hundert Generationen deiner Nachkommen gelebt haben und gestorben sind, wird der Zeiger, den du in Bewegung gesetzt hast, nicht einmal ein Drittel seines Weges zurückgelegt haben.

Das ist es also: Der Uhrmacher ist eins geworden mit seinem Werk und hat darin den Tod überdauert.

Ich hingegen werde nach meinem Tod nichts hinterlassen.

Außer ihr.

Irgendwo über der erstarrten Planetenanzeige muss sich noch das aufziehbare Puppentheater befinden: auf dem unteren Balkon Gevatter Tod, wie er mit seiner Sense die Menschlein dahinrafft, ein Stockwerk höher Jesus, der seine Apostel auf den rechten Weg weist.

Mit einem dünnen Lichtstrahl hole ich Christus aus der Finsternis. Er blinzelt: Seine Augen sind das Licht nicht mehr gewohnt. Wie geht es dir da oben so ganz allein? Wann hat zum letzten Mal jemand zu dir gesprochen? Rede mit mir. Ich habe auch niemanden mehr.

Nein, wir kennen uns nicht.

Aber meine Mutter hat mir viel von dir erzählt, als ich noch klein war: Hab keine Angst, er wird dich schützen. Er war früher auch mal ein Kind, und damals suchte man auch nach ihm. Es waren die Soldaten eines mächtigen, bösen Königs, der fürchtete, das Kind werde ihn eines Tages, wenn es groß wäre, vom Thron stürzen. Jesus war durch ein Wunder zur Welt gekommen, ihm war eine große Bestimmung geweissagt worden, und Gott schützte ihn vor den bösen Menschen. Genauso wird er auch dich beschützen, und die bösen Menschen, die dich finden und mir wegnehmen wollen, wird er in die Irre führen und von uns ablenken. Er wird dich schützen, und sein Vater wird stets auf dich aufpassen, denn auch du bist durch ein Wunder zur Welt gekommen, auch du bist bestimmt, Großes zu tun. Du wirst über den Verstand der Menschen herrschen, sie inspirieren und uns alle retten. Ich begriff damals nicht einmal die Hälfte dessen, was sie mir sagte, aber ich erinnere mich an all ihre Worte, denn sie sagte sie immer und immer wieder.

Und?

Sie spürten uns auf und steckten mich in ein Internat. Meine Mutter verließ mich und kehrte nie wieder in mein Leben zurück.

Du warst doch für mich wie ein Bruder – ein älterer Bruder, dem immer alles gelang. Du bist den bösen Menschen entkommen, und später wurdest du Gott. Bei mir dagegen, siehst du, klappt überhaupt nichts. Das Einzige, was ich bisher geschafft habe, ist, meinen eigenen Arsch zu retten. Dafür haben sich Gott und die Welt ausgiebig meiner Seele bedient, also habe ich einfach beschlossen, dass ich keine habe – so kann mir keiner was tun.

Ich wusste ja nicht, dass du nur eine bemalte Figur aus einer vertrackten mechanischen Rummelbude bist und dass du stehen bleibst, wenn man dich nicht ständig neu aufzieht. Du hättest mir wahrscheinlich gern geholfen, genauso wie meiner Mutter, die hinter der Glaswand festsaß und dich rief – doch was konntest du schon ausrichten?

Der Kommunikator klingelt.

»Jan?« Schreyers Worte rütteln mich aus meiner Trance. *»Was machst du da?«*

»Ich bin im Bordell.«

»Im Bordell«, konstatiert meine Stimme oben im Gewölbe.

»Ich weiß, wo du bist. Ich habe dich gefragt, was du dort machst. Das Bordell ist geschlossen.«

Ich zucke mit den Achseln.

»Abgewirtschaftet«, sagt Schreyer. *»Nicht mal mehr als Freudenhaus zu gebrauchen. Wenn du die Menschen so viele Jahrhunderte lang belügst und betrügst, kommen sie dir eben irgendwann doch auf die Schliche.«*

Ich schweige.

»Sie hat dir ja auch all diese Lügenmärchen erzählt, nicht wahr, Jan? Ich habe es längst bemerkt. Ewig kreisen in deinem Schädel irgendwelche Sätze und Bildchen aus der Kinderbibel, stimmt's? Sicher hat sie dir auch eingeredet, dass deine Geburt das Wunder aller Wunder gewesen sei. Ist es nicht so? Dass sie vom lieben Gott geküsst wurde? Aber es war nicht der liebe Gott. Es war kein Wunder, Jan. Ich kann keine Kinder bekommen. Sechshundert Millionen Spermien bei jedem Orgasmus – und alle tot, so war es schon immer. Ich hielt das für einen Segen. Rocamora dagegen hat deiner Mutter ratzfatz ein Kind gemacht. Kein so tolles Wunder, was? Aber zu mehr ist dieser gekreuzigte Lügner, dieser Möchtegern-Märtyrer doch auch gar nicht in der Lage. Da konnte sie sich noch so oft die Stirn einschlagen an dieser Scheibe – glaubst du, er hätte auch nur einen Finger gerührt?«

Er ist so in Fahrt, dass das Echo seinem Wortschwall nicht mehr nachkommt: Die dunklen Ecken und das verrußte Deckengewölbe werfen nur ein unverständliches, sinnloses Gemurmel zu mir zurück.

»Er kümmert sich doch einen feuchten Kehricht – um sie, um dich, um uns alle! Teufel, wenn du wüsstest, wie sie mir auf die Nerven ging mit ihren ständigen Gebeten! Jeden Morgen, jeden Abend, immer, zu jedem Anlass! Sie hatte den Verstand verloren, Jan. Sie war verrückt! Und es war seine Schuld. Der Seelenkrämer hat sie um den Verstand gebracht! Ich hätte sie ins Irrenhaus einweisen müssen, wo sie ihre letzten Tage in Gesellschaft anderer psychisch Kranker verbracht hätte, in einer Zwangsjacke, ans Bett gefesselt! Aber ich habe sie ge-

liebt. Ich konnte sie einfach nicht loslassen. Findest du, ich war grausam zu ihr?«

Seelenkrämer. Märtyrer. Gekreuzigter Lügner.

Ich erkenne meine eigenen Worte wieder. Und erkenne sie nicht. Wer hat sie damals in mich gelegt?

Ich lenke den Lichtstrahl erneut auf die Christusfigur – ich will ihn nicht loslassen. Reich mir die Hand, zieh mich zu dir. Oder, wenn du willst, kann ich dir auch meine Hand reichen, und du steigst zu mir herab.

Vielleicht liegt es daran, dass ich schwach geworden bin? Vielleicht habe ich, wie Annelie, erst jetzt etwas begriffen?

Schreyer zetert noch weiter vor sich hin, er ist wie besessen, als ob er dieses Gebäude nicht erträgt und deshalb will, dass ich es unverzüglich verlasse. Doch inzwischen kann auch ich, wie das Echo, seine Worte nicht mehr unterscheiden. Ich bin in Gedanken versunken.

Ich muss an Pater Andrés Worte denken. Dieser arme Kerl, sündig, in Schuld geboren, musste sein ganzes unendliches Leben lang Buße tun, indem er seinem Gott diente. War das gerecht? Nein, aber er wollte keine Gerechtigkeit für sich. Er hielt sich für ein Werkzeug des Herrn. Selten war ein Werkzeug so unpraktisch wie dieses. Was muss das für ein Mensch sein, der glücklich ist, sich selbst als Werkzeug zu sehen? Ich bin kein Werkzeug, habe ich zu ihm gesagt.

Und war doch eines.

Ich ermöglichte es anderen, alte Rechnungen zu begleichen. Ich spielte eine bestimmte Rolle. Ich war ein Werkzeug – und eine Waffe.

Aber nicht in den harten, hölzernen Händen irgendeines Gottes, sondern in Erich Schreyers parfümierten, weichen Greifern.

In den Händen des Mannes, der meine Mutter in den Tod getrieben hat, der meinen Vater in diesem Augenblick in eine leblose digitale Marionette verwandelt, und dem ich mein eigenes Kind ausliefern soll. Er ist es, der mein Leben mit Sinn erfüllt hat. Für den Herrn Senator habe ich getanzt, mich auf seinem Rummelplatz gedreht, damit er sich mit mir ein wenig die Ewigkeit vertreiben kann.

Er ist es, der mir erneut ewiges Leben schenken kann. Jesus Christus hingegen ist zu nichts imstande.

»Jan?! Hörst du mich?!«

»Ja. Ich gehe schon.«

»Ich gehe schon.«

»Enttäusche mich nicht, Jan.«

Schreyer legt auf, aber ich bleibe noch. Sie ist eingeschlafen, und ich lege sie bequemer zurecht.

Gleich. Gleich. Es ist Zeit.

Unter den Heiligenbildern gibt es ein besonders wichtiges: das der Heiligen Gottesmutter. Geliebt und gehasst. Wegen ihr bin ich hier. Wegen ihr, nicht wegen der Huren, nicht wegen des armen Christus, den immer alle um etwas bitten, obwohl er doch nur eine Holzfigur ist.

Da ist sie.

Ich betrachte die Mutter mit dem Kind.

Wie Erich Schreyer glaube auch ich nicht an Wunder.

Aber sie hat meine Annelie gerettet. Sie hat Annelie vor mir gerettet – und mich vor mir selbst.

In einer gottlosen Welt kann man Sünder berufen, Gott zu dienen, und man kann Menschen zwingen, Sünden zu begehen, damit sie zu Dienern Gottes werden. So hat es Pater André gesagt. Im Krieg heiligt der Zweck die Mittel.

Ich glaube nicht an Wunder. Aber die Ärzte hatten ausgeschlossen, dass Annelie jemals schwanger werden würde, und doch empfing sie ein Kind.

Ich halte sie der Gottesmutter entgegen.

»Hier«, sage ich. »Ich habe einen Namen für sie gefunden. Ihr braucht ja dort einen Namen, nicht wahr? Sie soll Anna heißen.«

»Sie soll Anna heißen.«

»Wie meine Mutter.«

»Wie meine Mutter.«

Ich spreche zu ihnen, ohne daran zu denken, dass hier alles leer ist, dass wir sie alle längst verjagt haben. Ich spreche, als wäre der Hausherr dieser gigantischen Muschel nicht schon vor hundert Millionen Jahren ausgestorben.

Sie können mich nicht hören. Erich Schreyer dagegen schon.

Im Internat nehmen sie uns den Nachnamen weg, aber unsere Vornamen dürfen wir behalten.

Draußen vor dem Münster warten sie bereits auf mich, geben sich als Nachtschwärmer aus, aber ich bin überzeugt, dass sie weder auf Frauen noch auf Männer erpicht sind. Wie ihr Boss nehmen auch sie Gelassenheitspillen, um stets einen klaren Kopf zu behalten.

Ich blicke auf die Uhr: Noch ist Zeit.

Über die Ritzen zwischen den Pflastersteinen stolpernd, gehe ich auf die Tür eines der vierstöckigen Häuser zu, biege in den Korridor und stehe plötzlich vor mir selbst, vor meiner Reflexion in einem schwarzen Spiegel, einem ausgeschalteten Bildschirm. Ein struppiger Bart, wirre Haare, schwarze Ringe unter den Augen, im Arm das Kind. Ich bin schwarz, und die Welt ist schwarz: schwarz auf schwarz.

Im Aufzug läuft ein Nachrichtenkanal. Im Newsticker ist die Rede davon, dass der letzte Anführer und Ideologe der Partei des Lebens, Jesús Rocamora, den Kampf aufgegeben und sich den Behörden gestellt hat.

Schreyer meldet sich erneut: *»Schau dir unbedingt heute Abend seinen Fernsehauftritt an!«*

»Was habt ihr mit ihm gemacht?«

»Mit dem Original, meinst du? Spielt das eine Rolle? Ich sage dir doch, Körper haben heute keinen besonderen Wert mehr.«

»Ist er … Lebt er noch?«

»Sollte jemand plötzlich Sehnsucht nach Rocamora bekommen, soll er sich vertrauensvoll an mich wenden. Meine Jungs können alles darstellen, was man sich nur vorstellen kann. Sogar Dinge, die Jesús selbst nie fertiggebracht hätte. Von Reue bis zu väterlicher Liebe.« Schreyer lacht. *»Wie sieht es mit deinen Plänen aus, Jan?«*

»Ich will noch ein wenig Zeit mit meinem Kind verbringen.«

»Ein wenig«, betont Schreyer und verschwindet.

Ich würde mit der kleinen Anna gern nach Barcelona fahren, ihr dort noch einmal von ihrer Mutter erzählen, ihr zeigen, wo ich mit ihr spazieren ging. Aber das Barcelona, in das es mich zieht, gibt es nicht mehr. Dort ist jetzt alles sauber, und es riecht nach Rosen und frischer Minze. Die verrauchten Boulevards sind verschwunden, ebenso die Garnelen in synthetischem Öl, die Straßentänzerinnen, Jongleure und Schwertschlucker, die Karnevalszüge und Familienessen, wo eine Schüssel mit Curryreis für dreißig Münder reicht. Es gibt keine Kinder mehr, die bei ihren Großvätern auf den Knien sitzen, keine Gerechtigkeits-Graffiti an den Wänden, keine Geburten und keine Tode. Auch Annas Großmutter, die junge Margo, ist nicht mehr da, auch Raj nicht, der versprochen hatte, uns wie seine eigene

Familie bei sich aufzunehmen. Nichts von alldem. Den Ruß hat man abgeschabt, die Scheiße weggewischt, die Kinder deportiert. Ich selbst habe Barcelona verraten und vernichtet, es waren meine Gebete, die Ströme von siedendem Schwefel auf die Stadt niedergehen ließen. Aber ich selbst habe sie nicht verlassen, ich konnte es einfach nicht. Ich bin dortgeblieben, und der Schwefel ergoss sich auf mein Haupt, und ich verbrannte dort, und bin dort für immer geblieben, ein Geist in einer Geisterstadt.

Alles, was ich dir erzählen kann, kleine Anna, darf ich nicht laut aussprechen. Ich kann es nur denken, sonst hört es der Mann, der dich mir wegnimmt. Ich werde lautlos mit dir sprechen, Anna, du wirst den Unterschied nicht merken – denn du wirst dich ohnehin nicht an mich erinnern, an kein einziges meiner Worte. Vielleicht bleiben Empfindungen in dir zurück: die Wärme meines Körpers, der Nachhall meiner Stimme, die fremde Milch, mit der ich dich an diesem letzten Tag gestillt habe. Ich liebe dich, und ich werde versuchen, mit dir so viel Zeit wie möglich zu verbringen, bevor ich dich für immer hergebe.

Im Café will man uns nicht bedienen, aber was kümmern die uns. Dann fahren wir eben zu den Escher-Gärten und machen ein Picknick auf dem Rasen. Ich esse Sandwichs aus dem Tradeomaten und gestatte mir ein wenig Tequila – natürlich *Cartel*. Hallo, Basile. Den Schluck Tequila kann ich jetzt richtig gut gebrauchen. Die Sandwichs sind mit einer Nährmasse gefüllt, das Gras lässt sich nicht plattdrücken – aber es ist besser als nichts. Ich achte nicht auf die jungen Leute, die uns anstarren wie Freaks und uns mit ihren Kommunikatoren aufnehmen.

Ich achte auch nicht darauf, dass um uns herum – in einem gewissen Abstand – ein paar von den Typen im Gras sitzen, denen

Schreyer beruhigt seine Sonderaufträge anvertrauen kann: gegerbtes Leder, Plastikgucker.

Natürlich lässt uns niemand aus den Augen.

Ich lege meine Kapuzenjacke auf den Boden, wickle sie … wickle Anna aus, mache sie sauber, lege sie auf den Bauch und lasse sie an der Luft strampeln. Verzeih mir, dass du einen ganzen Tag lang ständig eingewickelt sein musstest.

Sie betrachtet die umherschwebenden Frisbeescheiben, lächelt die hängenden Orangenbäume an, zappelt mit ihren lustigen, winzigen Ärmchen und Beinchen und versucht sich vom Bauch auf den Rücken zu drehen. Ein guter Tag für sie: so viele bunte Farben.

Und dann begreife ich: Es ist das erste Mal, dass sie die Fleischfabrik verlassen hat.

Das Leben beginnt erst jetzt.

Ich gebe ihr noch etwas Milch – aber immer noch nicht den ganzen Rest. Ich rationiere die Milch, so gut ich kann, als ob davon alles andere abhinge.

Jemand hat die Polizei informiert, sie soll mich und mein stinkendes Kind von dem wohlriechenden Rasen entfernen, aber die Patrouille wird von den gegerbten Leuten aufgehalten: Sie zeigen ihre Ausweise und schicken die Polizisten wieder fort. Wir beide sind gut geschützt, Anna.

Dann schlafen wir ein – sie neben mir, unter meinem Arm.

Nein, ich habe keine Angst, dass Schreyers Gesandte sie mir wegnehmen könnten: Körper haben schließlich keinen besonderen Wert. Es ist wichtig, dass ich sie ihnen selbst übergebe.

So ist es für uns einfach am bequemsten.

Hoffentlich träume ich von Annelie – so wären wir noch einmal zu dritt, bevor wir uns trennen müssen. Aber Annelie will sich nicht von ihr verabschieden, und ich träume überhaupt nichts. Du hast es leicht, Annelie: Du bist tot.

Als ich aufwache, ist noch Tag. Aber das ist es hier sowieso immer.

Unser gemeinsamer Tag geht langsam zu Ende. Die Zeit verrinnt, wir sitzen da, aneinandergeschmiegt. Wie kann ich ihn noch verbringen, womit vergeuden? Ich weiß es nicht. Ich habe nicht besonders viel Fantasie.

Ich stehe auf und versuche, Anna nicht zu wecken. Die Leute in den gegerbten Jacken folgen meinem Beispiel.

Wir gehen zum Bahnhof des Oktaeder, nehmen eine Tube und fliegen mit vierhundert Kilometern pro Stunde zum Hauptverkehrsknotenpunkt. So wiederholen wir – in umgekehrter Richtung – eine andere meiner Fahrten, diejenige, die mit Rocamoras und Annelies Tod hätte enden sollen. Sehen Sie, Herr Senator, es hat sich doch noch alles bestens gefügt, wenn auch mit etwas Verspätung. Sie können auch in Zukunft auf mich bauen.

Wir treffen an Gate Nr. 72 ein, von dem ich damals fälschlicherweise losfuhr: Ich muss an meine Agoraphobie denken, den Schwindel, die Panik.

Wir kommen gerade rechtzeitig an, um den Beginn von Rocamoras Fernsehansprache auf dem größten Kuppelbildschirm Europas mitzubekommen. Mein riesiger Vater nimmt das gesamte Himmelsgewölbe ein. Man hat ihn mit großer Sorgfalt reproduziert – ich kann nichts Falsches an ihm erkennen: Er ist es, mein Vater, der Mann meiner Frau, mein Feind und mein Verbündeter. Er spricht zu mir und der Welt: Die Sache der Partei des Lebens ist in eine Sackgasse geraten. Wir haben uns zu lang geweigert, die Wirklichkeit zu akzeptieren und anzuerkennen, dass das Gesetz über die Wahl die einzige Möglichkeit ist, eine demografische Katastrophe zu verhindern. Wir haben uns selbst belogen – und all jene, die an uns glaubten. Aber es ist unmöglich, die Menschen endlos zu belügen: Irgendwann kommt die Wahrheit doch ans Licht. Das Volk wendet sich von uns ab, die Squats werden einer nach dem anderen geschlossen, unsere Finanzierungsquellen sind versiegt. Ich habe keine Kraft mehr, eine Sache fortzuführen, die niemandem mehr etwas bringt. Deshalb erkläre ich in meiner Funktion als Vorsitzender der Partei des Lebens hiermit deren Auflösung, und zwar mit sofortiger Wirkung. Alle unsere Aktivisten weise ich an, mit den Behörden zu kooperieren. Die Zeit des Kampfes ist vorbei, und eine Zeit der konstruktiven Zusammenarbeit ist angebrochen – zum Wohle unserer gemeinsamen Zukunft. Der Zukunft Europas.

Vorhang. Der letzte Akt ist zu Ende.

Die Kaugummi kauende vielmillionenköpfige Masse, die während Satans Bußpredigt innegehalten hat, gerät nun wieder in Bewegung. Diese Online-Kapitulation hat die Lage der Dinge zementiert: Europa ist wiedergeboren. Es ist kein Platz mehr darin für Jesús Rocamora, für Raj und Devendra, für Annelie Wallin und ihre Mutter, kein Platz für mich und meine Tochter. Und damit sind alle hier zufrieden. Alle sind dafür.

Ich stehe inmitten von zehn Millionen Menschen. Alle hetzen irgendwohin, nur ich nicht. Sie atmen meine Luft, streifen mich, berühren meine Arme, Beine, mein Gesicht, sie kleben an mir – und mir gefällt das. Kein Schwindel, keine Übelkeit. Ich habe keine Angst mehr vor der Menge. Ich will, ich muss in der Menge sein. Ich lebe mit ihr, ich bin ein Teil von ihr, ich schenke ihr meine Seele. Sie sollen mir den Schweiß abwischen, die Luft atmen, die ich ausatme, meine Hautschuppen von mir abstreifen und mitnehmen – nach Paris, Berlin, London, Lissabon, Madrid und Warschau. Sie sollen mich in kleinste Teilchen zerlegen. Ich bade in euch. Ich atme durch euch. Ich liebe euch.

Irgendwo hier schwappen wahrscheinlich Schreyers Agenten herum – aber in dieser Menge ist es nicht so leicht, mich zu sehen und zu ergreifen.

Sekündlich starten vom zentralen Hub aus leuchtende Glaskolben in alle Ecken Europas. Was wäre, wenn ich jetzt auf einen – irgendeinen – davon aufspringen und für immer verschwinden würde?

Wie lange ist das: für immer? Nur wenige, kurze, erbärmliche Jahre.

Ich drücke Anna kräftig an mich.

Nur noch ein Anruf. Ich wähle seine Nummer.

Schreyer lässt sich Zeit. Sein Schweigen zieht sich in die Länge, in die Warteschleife hat man eine Illuminat-Werbung gequetscht. Ich bin kurz davor aufzugeben, als er endlich rangeht.

»Ich habe Rocamoras Rede gesehen«, sage ich. »Gratuliere.«

»Helen ist tot«, antwortet er.

»Helen? Was?«

»Sie ist tot.«

Unser Kurvenflug in dem kleinen schwarzen Turbokopter. Die Hand am Steuerknüppel festgekrallt, rast sie direkt auf eine Wand zu, die die ganze Welt vor uns verschließt.

Die verbeulte Maschine, die ich mit Müh und Not zur Landung gebracht habe. Die offene Luke, wie eine Höhle. Helen, in die Enge getrieben, bleckt die Zähne.

»Wie? Wie ist sie gestorben?«

»Sie ist gesprungen. Sie ist auf den offenen Bereich des Daches gestiegen und hinabgesprungen.« Er berichtet es mir, als stünde er vor

dem Ermittlungsleiter der Kriminalpolizei. Und fügt hinzu: *»Vom Dach unseres Hauses. Sie hat den Sprung nicht überlebt.«*

Ich werde in meinem luxuriösen Penthouse herumsitzen, unter dem Glasdach, jung und schön, ewig, wie eine Fliege in Bernstein …

Sie gehört mir, Jan. Sie wird niemals irgendwohin fortgehen. Sie wird immer bei mir bleiben. Sie weiß, was mit Anna passiert ist, und sie hat keine große Lust, in diesem Zimmer zu sitzen …

Es ist meine Schuld, denke ich dumpf.

Du hast nie gefragt, ob ich mit dir fliehen will …

Die Leute stoßen mich, drängen sich an mir vorbei, fragen wütend, warum ich ausgerechnet hier stehen muss. Ich schütze Anna mit meinen Armen, habe einen festen Korb um sie geflochten und treibe willenlos mit ihr hin und her, eine vom Sturm losgerissene Boje in trüben Wellen.

»Wie dumm von ihr«, sagt Erich Schreyer mit seiner Kompositstimme. *»Wie dumm. Wie dumm.«*

Eine zerkratzte Schallplatte. Eine hüpfende Nadel. Eine ewige Wiederholung.

Helen.

Du warst doch stärker als meine Mutter. Du hast den Bernsteinklumpen von innen gesprengt, hast ihn aufgebrochen und bist fortgelaufen. Dorthin, von wo dich Erich Schreyer niemals zurückholen kann.

»Sie hat mich alleingelassen«, sagt er. *»Allein.«*

Keine Stimme, sondern ein Knistern. Ein Rascheln. Plötzlich begreife ich es.

»Du hast Angst. Auch du hast Angst vor der Ewigkeit. Angst davor, allein zu bleiben – für immer.«

»Unsinn!«, schreit er. *»Dummes Gerede!«*

Und bricht die Verbindung ab.

Helen war nicht bereit für die Ewigkeit. Erich ist nicht bereit für die Ewigkeit. Jan ist nicht bereit für die Ewigkeit.

Arme Helen. Arme, tapfere Helen.

Alles ist wüst und leer.

In mir ist nichts: weder Kraft noch Knochen noch Fleisch – nichts, womit ich diesem Schlag standhalten könnte. Ich bin nicht mal ein Balg, nicht mal eine abgezogene Haut. Ich bin so leer wie die Hülle eines 3-D-Modells.

Meine kleine Anna weint unhörbar: Sie hat erneut Hunger. Ich habe noch Milch, nur noch das Wenige, was ich ihr letztes Mal vorenthalten habe. Ich hole das Fläschchen aus der Tasche, nehme mit den Zähnen den Deckel ab, und noch während ich den Sauger an ihren Mund führe, stülpt sie ihre Lippen vor und schmatzt genüsslich. Sie macht einen Schluck – und verzieht das Gesicht, krümmt sich und wendet sich ab. Ich rieche an dem Sauger: Die Milch ist schlecht geworden.

Jetzt habe ich nichts mehr, womit ich sie füttern könnte.

Das ist es dann also. Meine Zeit ist um.

Erich Schreyer ruft an.

»Na?«, fragt er mit fester, kräftiger Stimme. *»Wie lautet deine Entscheidung, Jan?«*

»Hat sie nichts zurückgelassen?«, frage ich zurück. »Keine Nachricht?«

»Kein Wort mehr von dieser Schlampe«, antwortet Schreyer mit eisiger Stimme. *»Sie hat mich verraten. Sie dachte wohl, dass sie mir damit Unannehmlichkeiten bereitet. Dass sie mir eine Lektion erteilt. Aber weißt du, was? Sie wird mich nicht mit in den Abgrund ziehen. Ich fühle fast gar nichts, Jan. Ich bin endlich darüber hinausgewachsen.«*

Ich nicke.

»Endlich der Unsterblichkeit würdig?«

»Dies ist eine Zeit der Entscheidungen, Jan. Und auch deine Zeit ist nun gekommen. Was suchst du dort, am Bahnhof? Du glaubst doch nicht, dass du fliehen kannst? Was würde deine Flucht denn ändern? Ich denke, es genügt jetzt. Ich bin ohnehin schon zu geduldig mit dir gewesen.«

»Welche Wahl habe ich denn? Du hast ohnehin schon alles für mich entschieden, nicht wahr? Deine Leute schleichen mir schon den ganzen Tag hinterher. Du würdest mich doch nicht gehen lassen. Du klammerst dich an mir fest wie an Helen, wie an meiner Mutter. Was würde passieren, wenn ich Nein sagte?«

Ich frage nur aus Interesse. Einem Erich Schreyer sagt man nicht Nein, das weiß ich nur zu gut.

In der Menge blinkt als fünfundzwanzigstes Bild ein gegerbtes Gesicht mit eingesetzten Plastikaugen auf: Jeden Augenblick werden sie uns wieder aufspüren.

Es ist Zeit Abschied zu nehmen, kleine Anna.

Ich will nicht mehr mit Erich Schreyer streiten. Also beende ich das Gespräch und wähle die zuvor vereinbarte ID. Niemand antwortet – so soll es sein. Eine Sekunde später trifft eine Nachricht ein: 48.

»Du kannst nicht fliehen, Jan.« Mein Kommunikator hat sich von selbst wieder eingeschaltet. Er gehört Schreyer – genauso wie ich. *»Wie oft hast du es schon versucht? Es wird dir nie gelingen. Es gibt keinen Ort mehr, wohin du fliehen könntest. Niemand ist da, der euch verstecken könnte. Du gehörst mir, Jan. Ich will nur, dass du es von selbst begreifst. Ich will, dass auch du über den Menschen in dir hinauswächst. Ewigkeit, Jan! Ich schenke dir Ewigkeit. Jugend. Unsterblichkeit. Und dafür will ich nur …«*

Ich löse den Komm von meinem Arm und werfe ihn zu Boden. Sogleich treten zehn Millionen Menschen darauf, erdrücken Erich Schreyers Stimme, zerreiben ihn zu Staub und Splittern.

Ich verstecke Anna unter meiner Jacke, ziehe mir die Kapuze über und tauche in die Menschenmenge ein. Doch jetzt kämpfe ich nicht gegen sie, zerteile sie nicht mit dem »Eisbrecher«. Die Menge ist jetzt mein Element, ich lasse mich von ihr mal in die eine, mal in die andere Richtung tragen – und komme schließlich doch bei Gate Nr. 12 heraus.

Am Bahnsteig wartet bereits der Zug nach Andalusien, Endstation Tarifa-Turm, von wo aus die Fähren nach Marokko ablegen. Afrika also.

Jemand klopft mir auf die Schulter – »von Jesús« –, und wir gehen gemeinsam in die Hocke. Dort, abgetaucht zwischen Körpern und Beinen, lege ich Anna in eine längliche Sporttasche. Mir gegenüber auf dem Boden hockt eine junge, gut aussehende Frau mit arabischem Einschlag, die Augen hinter einer verspiegelten Brille verborgen, die drahtigen Haare zu Hunderten von Zöpfchen geflochten. Seltsam, ich hatte mir Rocamoras Hacker immer als asiatischen Mann vorgestellt.

»Ist sie bei euch?«, frage ich.

»Bertha? Sie steigt in Paris zu. Es war nicht leicht, die Spürhunde abzuschütteln.«

»Sie heißt Anna«, sage ich, bevor ich das Gesicht meiner Tochter mit einem Stück Gaze abdecke. »Ihr habt doch Beziehungen in den Deportationslagern, nicht wahr? Sucht dort nach Margo Wallin 14O. Das ist ihre Großmutter. Sie hat sonst niemanden mehr.«

»Ich werde sie hüten wie meinen Augapfel«, antwortet sie nickend. »Sie ist schließlich Jesús' Tochter.«

Europas größter Kuppelbildschirm vermeldet: Senator Erich Schreyer hat seine Kandidatur bei der Präsidentenwahl angekündigt.

Unterirdische Strömungen tragen die schwarze Tasche davon. Ich dagegen tauche auf – und sehe die Maskengesichter mit ihren umherschweifenden Augen. Sie suchen mich, suchen Anna. Ich will das Mädchen mit der Spiegelbrille warnen – doch sie hat die Situation bereits erfasst.

Sie flüstert etwas in ihren Kommunikator. Im nächsten Augenblick erlöschen die Lampen im gesamten Hub, und auch der Riesenbildschirm über uns stürzt in sich zusammen und wird schwarz. In der Dunkelheit höre ich, wie sich die Türen des langen Zuges gleichzeitig schließen und er sich aus dem dunklen Leib des Bahnhofs aufmacht – zum Licht, ins Leben.

Das also ist Jesús Rocamoras Taufgeschenk für seine Enkelin.

Ein heimliches Geschenk.

Verzeih mir, Al. Du warst ein guter Kerl. Aber die Welt lässt sich nicht in Schwarz und Weiß, nicht in Gut und Böse teilen. Ich wünschte, du hättest das begriffen. Einen Mann abzuknallen, der seit einem Vierteljahrhundert dein Freund ist, nur weil er den Plan zur Rettung deines Kindes verraten könnte, das du erst seit zwei Monaten kennst – ist das richtig oder falsch? Ich weiß es nicht, Al. Ich bin mir nicht sicher.

Ich bin mir bei nichts mehr sicher.

Um mich herum: unruhiges Flüstern, Frauen kreischen.

Nach ein paar Minuten flammt der Bildschirm wieder auf, die Lampen blinzeln verschlafen, und ein getragener Bariton verkündet vom Himmel, dass der kleine technische Defekt nun behoben sei, dass es keinen Grund zur Panik gebe und dass all die zehn Millionen Menschen weiter so leben können wie bisher und überallhin fahren, wo sie wollen.

Sie glauben es, beruhigen sich und eilen zu ihren Zügen, die an den Gates heranfliegen, drängen sich in sie hinein und schießen mit fünfhundert Kilometer pro Stunde davon – in alle Richtungen des Kontinents, nach Warschau, Madrid, Lissabon, Amsterdam, Sofia, Nantes, Rom und Mailand, Hamburg, Prag, Stockholm und Helsinki, wohin auch immer.

Nur ich bleibe hier.

So viele Reisende, und ich muss mich von ihnen allen verabschieden. Gute Fahrt!

Der Kommunikator ist längst zertrampelt, und ich kann nun laut sagen, was ich denke. In diesem Gewühl, diesem babylonischen Tumult würde mich ohnehin niemand hören und verstehen – doch diejenigen, mit denen ich mich unterhalten muss, sind nicht hier.

Erich Schreyer.

Glückwunsch, Erich. Du hast meinem Vater einen riesigen Aufziehschlüssel in den Arsch gesteckt, hast meine Mutter in ihrer Einzelzelle zugrunde gerichtet und die Frau, die bereit war, sie dir zu ersetzen, in den Selbstmord getrieben. Du hast alle vernichtet, die dir im Weg standen, hast fremdes Versagen in eigene Siege verwandelt. Du wirst der nächste Präsident Europas sein, und die digitalen Simulationen deiner Feinde und Freunde werden dir Lob und Preis singen.

Du wirst ein weiser Präsident sein, ein unabsetzbarer Präsident, wirst deinen Posten niemals räumen, und deine Partei wird die Macht niemals abgeben. Ihr werdet ewig herrschen, wie die Drachen in den sagenhaften Königreichen, wie die Große Schlange in Russland.

Keine Gefühle können dich verletzen. Es ist unmöglich, dich zu überlisten, dich auszuspielen. Es ist ehrenhaft, dein Werkzeug zu sein, und deine Verbündeten können sich wahrhaft glücklich schätzen.

Danke für dein Angebot, aber ich passe.

Du hast mir angeboten, alles zu vergessen, alles wieder auf Anfang zu stellen. Aber ich bin nicht imstande zu vergessen, was mit mir geschehen ist, und ich will es auch nicht: Annelie; unsere Reise in das Land meiner unerfüllten Kindheit; unsere glückliche Nacht in dem Freudenhaus, wo jede Minute ein Darlehen war, dessen Zinsen ich niemals werde zurückzahlen können; unsere Spaziergänge über die stinkenden und duftenden Boulevards; der Besuch bei ihrer schwangeren Mutter, ohne den ich meinem Vater niemals hätte vergeben können; meine eigene Mutter, dieses Zimmer in deinem Haus, Erich, eingesperrt hinter einer Glasscheibe, die so dick war, dass ihre Rufe weder zu mir, noch zu Rocamora noch zu Jesus Christus durchdrangen; meinen Vater, dem du bei lebendigem Leib die Haut abgezogen hast und den ich erst eine Stunde vor seiner Hinrichtung kennenlernen durfte, einer Hinrichtung, die von meiner Hand erfolgen sollte; das Internat, in dem ich erzogen und gestählt wurde; meinen Dienst in der Phalanx; die dunklen Milchflecken auf dem blauen Kleid; die schlafenden Mädchen im katholischen Waisenhaus Barcelonas; die ganze Stadt voller gestundeter Leichen.

Was von alldem könnte ich je vergessen? Nichts. Sie sind alle tot – und doch nicht fort. Wie sollte ich so lange leben und dabei stets daran denken, dass ich sie verraten habe?

Oder meine Tochter? Wie sollte ich sie vergessen? Wie sollte ich vergessen, dass ich es war, der sie verkauft hat?

Nichts lässt sich wieder auf Anfang stellen.

Ich gehöre nicht unter die Götter. Ich habe es nicht verdient und will es auch gar nicht versuchen. Warum sollte ich auch? Ich bin ein Straßenköter, eine Bestie. Du hast mir befohlen, das Tier in mir abzutöten – aber die besten Dinge, die ich je getan habe, verdanke ich meinen tierischen Instinkten.

Du bist auch nicht besser: Denkst du, dein Wunsch nach Ewigkeit ist der Wunsch, gottgleich zu sein? Nein, Erich. Es ist nur ein aufgeblähter, hypertrophierter, hässlicher Lebenserhaltungstrieb – der primitivste und niedrigste aller Instinkte. Du lässt einfach nicht zu, dass andere statt deiner leben, Erich. Das hat etwas von einem Reptil, von einem Bakterium, einem Pilz. Was daran ist göttlich?

Ich hätte dir das schon früher sagen können, aber ich habe mich für ein anderes Schlusswort entschieden.

Und nun verzeih. Ich muss noch ein paar Worte an jemanden anderen richten.

Meine Tochter.

Anna.

Ich kann mir noch so oft einreden, dass du mein Kind bist, und doch kann ich es nicht glauben. Die kleine Anna Rocamora. Rocamora – denn das ist doch mein wahrer Nachname, richtig? Also auch deiner.

Du wirst allein groß werden. Ich hätte dich nicht weggeben dürfen, und ich wollte es nicht. Aber ich habe es getan, denn ich musste. Vielleicht war es ein Fehler – wahrscheinlich sogar. Ich habe mein ganzes Leben lang Fehler über Fehler gehäuft und war nie imstande, sie mir einzugestehen. Ich weiß nicht, was für ein Vater ich geworden wäre, wenn ich einer hätte bleiben dürfen. Ich habe kaum Begabungen. Eigentlich nur eine: zu zerstören. Niemals würden mir Millionen folgen, ich könnte ihre Herzen nicht entzünden, ihnen keine Zukunft ausmalen, um deretwillen sie bereit wären, ihre Gegenwart zu opfern. Ich habe nichts geschaffen – außer dir, und selbst dich habe ich nur durch Zufall produziert.

Ich habe ein kurzes, verfehltes, idiotisches Leben gelebt, Anna. Ich gebe niemandem die Schuld dafür, nicht einmal Schreyer, diesem schrecklichen alten Mann, der seine weichen, knochigen Finger in meine Eingeweide steckte, mich über seine Hand zog wie einen Hampelmann und für mich mein Leben lebte. Ich habe sowieso schon viel zu lange andere für mein jämmerliches Dasein verantwortlich gemacht – und am Ende war keiner von ihnen schuld daran.

Ich werde nichts von alledem wiedergutmachen können.

Diejenigen, bei denen ich mich entschuldigen möchte, sind bereits tot oder haben nie existiert. All jene, denen ich bereit wäre zu verzeihen, habe ich umgebracht. Ich habe versucht, die Frau zu retten, die ich liebte – und habe es nicht vermocht. Es ist mir nicht gelungen, mit ihr ein langes, glückliches Leben zu leben.

Ich liebe eine Tote, mein Freund ist ein Toter, und auch meine Eltern sind tot. Ich selbst bin zu drei Vierteln tot. Du hingegen, Anna, beginnst erst zu leben. Ich wünschte, ich könnte sehen, wie du deine ersten Schritte von deiner Mutter zu mir machst, ich könnte hören, wie du »Papa« und »Mama« sagst, und dass ich eines Tages zu dir spreche und du alles verstehst. Aber nichts davon werde ich erleben. Du wirst ohne mich groß werden.

Du wirst noch einmal bei null anfangen müssen. Wie deine gesamte Generation.

Ihr werdet die Mauern einreißen müssen, die wir nicht einmal mehr sehen. Früher war die Welt anders: Die Wälder waren nicht in Pixel eingeteilt, die Bisons waren frei, und die alten Menschen starben nicht allein wie Aussätzige. Diese Welt ist uns unbekannt, und ihr werdet sie wieder aufbauen müssen. Ihr werdet erfinden müssen, ihr werdet suchen müssen, ihr werdet versuchen müssen zu verstehen, wie die Menschheit weitergehen soll und wie sie ihr Wesen bewahren kann. Ihr werdet leben müssen, denn wir sind schon versteinert.

Die Erde steht still, Anna. Du musst sie wieder anschieben.

Ich bin sicher, du wirst alles richtig machen. Du wirst alles anders machen als ich.

Vielleicht wirst du mich verwünschen, aber ich wollte, dass du die Wahl hast.

Vielleicht gelingt es euch – im Weltall oder unter Wasser – eine Welt zu erschaffen, wo wir nicht zwischen uns selbst und unseren Kindern wählen müssen. Wo du nicht sterben musst, damit meine Enkel leben können.

Im Hub hat sich ungeheuere Hektik ausgebreitet: Schreyers Leute suchen noch immer fieberhaft nach mir. Macht nichts, ich habe es nicht eilig. Ich werde mich in diesem Gewühl so lange treiben lassen, wie mich meine Beine tragen. Schlussendlich werden sie mich natürlich finden, einen lächelnden digitalen Balg aus mir stopfen und mich dann erschießen. Vielleicht erschießen sich mich auch gleich hier, sobald sie herausfinden, dass ich sie hereingelegt habe. Das ist auch nicht weiter schlimm. Man könnte sogar sagen, dass ich dies beabsichtige.

Jedenfalls sollte ich jetzt noch eine Sache tun: noch einen letzten Geist heraufbeschwören.

Nr. 906. Basile.

Du warst immer besser als ich, Basile. Du hattest immer den Mut zu tun, woran ich nicht einmal zu denken wagte. Ich wollte so sein wie du. Wärest du nicht gewesen, hätte ich mich nicht getraut. Ich beneidete dich um deine Lebendigkeit, selbst nachdem du gestorben warst. Schade, dass du sterben musstest, Nr. 906. Ich wünschte, du wärest jetzt hier bei mir, um mir zu helfen – oder wenigstens um mir zu vergeben.

Weißt du noch, wie wir uns stritten? Ich sagte dir, man könne ihnen nicht entkommen, aber du lachtest nur und sagtest, es werde alles klappen und ich solle sie nicht so furchtbar ernst nehmen. Erinnerst du dich? Aber ich konnte das nicht so wie du – mich verstellen, so tun, als sei mir alles egal, mir sagen, das alles sei doch nur ein Spiel. Ich kann diese Spiele nicht spielen, bin nicht imstande wie du, mein wahres Ich in dem anderen Ich mit der Nummer zu verstecken. Es gibt nur ein Ich, und dieses Ich ist zu beschränkt, um listig zu sein, und zu ernst, um zu spielen. Und weißt du was? Ich glaube noch immer, dass es sinnlos ist davonzulaufen.

Ich stehe im zentralen Hub, von hier könnte ich fahren, wohin ich will. Aber ich werde nicht vor ihnen weglaufen. Ich bin am Ende meiner Kräfte, und ich will mich nicht mehr vor ihnen verstecken. Ich habe mir etwas Besseres ausgedacht, Basile. Bist du bereit? Dann hör zu.

Während man hier nach mir sucht, nimmt jeder, der mich zufällig berührt, der zufällig meine Atemluft mit mir teilt, einen Teil von mir mit sich – mein Geschenk. Er nimmt es mit nach Bukarest, nach London, nach Bremen, nach Lissabon und nach Oslo.

Das Reagenzglas, das ich Beatrice weggenommen habe.

Ihr Virus. Ich habe es nicht weggeworfen, sondern erst in meiner Tasche aufbewahrt – und dann in mir. Während ich meinem Kind Berthas Milch gab, saugte ich selbst die vergiftete Milch von Beatrice.

Ein ganzer Tag ist seither vergangen. Der Tag, den Schreyer mir gegeben hat, um mich zu entscheiden. Ich wusste sofort, welche Wahl ich treffen würde. Von der ersten Minute an. Für mich und für uns alle.

Ich habe einen Tag lang gewartet, die Anweisung von Beatrice befolgt, und jetzt atme ich den Tod aus. Er ist in jedem Tropfen Schweiß auf meiner Stirn, in jeder zufälligen Berührung meiner Finger, in meinem Urin und in meinen Küssen.

Der Tod – und das Leben.

Deshalb bin ich hier; einen besseren Ort dafür gibt es nicht. Schreyers Besorgnis war ganz umsonst: Ich habe nie daran gedacht, mich zu verstecken. Von hier aus werden die Menschen das Virus über den ganzen Kontinent tragen, und nach einem weiteren Tag werden alle, die mit mir die gleiche Luft geatmet haben, es weiterverbreiten, dort, bei sich zu Hause.

In einer Woche wird alles wieder so sein wie vor fünfhundert Jahren. Innerhalb der nächsten fünfzig Jahre werden einhundertzwanzig Milliarden Menschen den Alterstod sterben – auch wenn sie vielleicht nichts begreifen werden.

Man wird mich als Terroristen bezeichnen. Aber ich bin nicht der Erste, der unsere kollektive DNA verändert. Die erste Einmischung war die Alterungsimpfung. Sie ist die ursprüngliche Krankheit. Ich versuche nur, sie zu heilen.

Wir befinden uns in einer Sackgasse. Das System ist abgestürzt.

Wir haben keine Lösung anzubieten – also müssen wir den Weg freimachen für diejenigen, die imstande sind, sie zu finden.

Ich setze die Menschheit auf Anfang. Ich mache einen Neustart.

Ich stelle mir vor, ich bin ein Werkzeug in den starken Händen dessen, der weiß, dass die Menschheit den falschen Weg eingeschlagen hat. Man muss uns aufwecken, uns Einhalt gebieten, uns in Erinnerung rufen, wer wir sind und woher wir kommen. Besonders einem von uns müssen wir das in Erinnerung rufen: dir, Erich Schreyer, du Dreckskerl.

Ich stelle mir vor, dass nichts an meiner Geschichte Zufall ist: weder meine Geburt noch die Worte, die mir meine Mutter zuflüsterte, noch die Störung, die verhinderte, dass ich den Mord beging, noch die Empfängnis, die sich allen wissenschaftlichen Erkenntnissen zum Trotz vollzog, noch das Kind, das ich nicht verdient habe und um das ich mich niemals hätte kümmern dürfen. Dass hinter alldem die Vorsehung dessen steckt, den ich gewohnt bin zu hassen und zu verleugnen.

Trotzdem übernehme ich für alles die volle Verantwortung.

Aber vielleicht irre ich mich auch – was ja nur menschlich wäre.

ANFANG

Die Zukunft

Eine Einführung

Seit es Menschen gibt, denken sie über die Zukunft nach. Aber heißt über die Zukunft nachzudenken auch, diese Zukunft zu »gestalten«? Was ist das eigentlich: die Zukunft? Ein Raum, in dem wir die Ängste und Hoffnungen der Gegenwart deponieren? Oder etwas, das wir verstehen, ja vielleicht sogar erfinden können? Dieses Buch erzählt eine einzigartige Ideengeschichte der Zukunft.

978-3-453-31595-2

Leseprobe unter: **www.heyne.de**

HEYNE